———— 每本书都是一座传送门

次元书馆

图书在版编目（CIP）数据

我有一座冒险屋．肆，林官村 / 我会修空调著
．－－ 北京：新星出版社，2020.2（2023.11 重印）
ISBN 978－7－5133－3862－2

Ⅰ．①我… Ⅱ．①我… Ⅲ．①长篇小说－中国－当代
Ⅳ．① I247.5

中国版本图书馆 CIP 数据核字 (2019) 第 274350 号

我有一座冒险屋
肆　林官村

我会修空调 著

新星出版社　NEW STAR PRESS

目录

001 / 第1章 打不开的抽屉

013 / 第2章 304号

026 / 第3章 我来实现你们的梦想

034 / 第4章 临江血防站

046 / 第5章 林官村

058 / 第6章 活棺村

080 / 第7章 冥村

097 / 第8章 我来为你申冤!

115 / 第 9 章 跟紧我!

129 / 第 10 章 门后的世界

144 / 第 11 章 冒险屋欢迎你

158 / 第 12 章 谁在装鬼?

184 / 第 13 章 陌生的室友

201 / 第 14 章 打电话的"人"

220 / 第 15 章 罪犯的克星

240 / 第 16 章 第三位特殊游客

262 / 第 17 章 流泪的雕像

279 / 番　外　灵楼鬼客

第1章 打不开的抽屉

阳光洒在脸上，陈歌握着手机，目光紧盯着屏幕。

当指针转动速度放慢的时候，他的心提了起来，一百尖叫不是小数目，要是抽到什么无用的东西，那可就亏大了。

我专门挑选早上朝阳升起的时候抽奖，这次应该不是怨念，从概率上讲也该让我见识一下转盘里的其他东西了吧？陈歌很久没有这么紧张过，他内心升起一丝期待，目不转睛地看着指针。

停下来了！

抽奖完成！幸运的怨念眷顾者，恭喜你获得稀有类特殊道具——无法打开的抽屉（概率百分之一）！

在看到"无法打开的抽屉"这几个字时，陈歌倒吸一口凉气，脑海中闪电般划过了几个名词，"被诅咒的情书""哭泣的磁带""无法打开的抽屉"，这几个东西听名字就感觉是一个系列的啊！

陈歌抱着一丝侥幸，继续看着手机屏幕。

我总觉有人在偷看我，他可能就藏在这个房间里，但是我找遍了所有能够藏人的地方都没有找到他。

我越来越害怕，每当我背对客厅坐在桌边工作时，那种被窥伺的感觉就会冒出来。

他一定在看着我，我很担心他在我背对客厅时，悄悄走到我的身后。

为了防身，我在书桌的抽屉里藏了一把刀。

某天深夜，那种被窥伺的感觉又出现了，我忍无可忍打开抽屉想要拿出那把刀。

可等我打开抽屉的时候才发现，原来那个人并不是藏在客厅里。

幸运的怨念眷顾者！恭喜你又一次抽中稀有怨念！

注意！累计抽中五次怨念后，怨念眷顾者称号将自动升级！

晨风吹在脸上，阳光刚刚好，陈歌的目光从屏幕上移开，慢慢飘远。

"为什么会抽到一个抽屉？"

当陈歌看到"抽屉"的字样时，已经意识到会抽到怨念了，真正让他陷入沉思的原因是：一共抽了四次奖，抽出了三个怨念，而最关键的是累计抽中五次怨念后，怨念眷顾者称号会自动升级！

"感觉我可能见不到转盘里的其他东西了，话说抽到一个抽屉跟怪谈协会打斗的时候要怎么用？"陈歌觉得自己需要买一个更大的背包了。

"抽中张雅那封情书的概率是千分之三，这个抽屉的中奖概率是千分之十，它的实力比张雅要弱，但要比许音强一点，也是属于很稀有的物品。嗯，这么一想还挺开心的。"打开冒险屋的门，陈歌跑进工具间翻找他父母留下的木箱，抽到的奖励，都会在这个木箱中出现，就好像原本那就是冒险屋的东西一样。但这一次情况有所不同，陈歌找了很久，也没有看到那个打不开的抽屉。

"难道黑色手机说的就是工具间里的抽屉？"他拉开木桌抽屉，在其中某一个抽屉里发现了一张房屋出租广告。

江州市第三医院员工家属院，304号。

户型：整租——2室1厅1卫。

豪华新房！全新高档家电家具！46寸全新液晶彩电！沙发超大超舒适！木地板！席梦思！拎包即可入住！

租金：900元/月（押一付三），电话……

出租广告上那一连串感叹号看得陈歌头疼。

"两室一厅，地段还不错，感觉三千一个月才合理，怎么这么便宜？"出租广告看起来比较破旧，像是几年前的东西。可就算是几年前，九百元也租不到那么大的房子。"这房子有问题，估计是凶宅。"

打不开的抽屉没有找到，自己的屋里却多出了这么一张广告单，陈歌隐约懂了黑色手机的意思。

"这位新朋友还需要我亲自去找他才行。"陈歌把手里的碎颅锤放在墙边，算了一下时间。"等会儿再睡一个半小时。九点开始营业，下午去趟江州市福利院，和江铃联络一下感情，顺便交代范郁一些事情，处理完后就去把那个抽屉取回来。"

陈歌换了身衣服，准备去喂白猫。他拿着猫粮不断尝试，想让白猫学会自己找猫粮，然后自己去吃。尝试了半天后，他发现还是养小小和笔仙比较省事。

"不能把白猫训练成自己找猫粮，我是不是该换一种思路，训练小小找到猫粮来喂白猫呢。"陈歌揉了揉小小的脑袋，忽然觉得自己的员工身上还有很多潜力，等待着他去发掘。

……

鬼屋九点开始营业，游客比之前更多了。罗董事的宣传很到位，更多的原因是鬼屋自身实力够硬。为了配合鬼屋宣传，新世纪乐园一方下了很大的功夫，网购乐园门票能享受折扣，和朋友一起参观鬼屋，以及转发鬼屋信息也能享受优惠。算下来，新世纪乐园的门票反而没多少了。这使得很多之前参观过鬼屋一星场景的人，又呼朋引伴再次体验，想要挑战更高难度。毕竟一个人玩鬼屋，和拉上熟人、损友一起玩，那是两种完全不同的体验。随着陈歌鬼屋的名气越来越大，网上有了一星和二星场景的攻略，通关二星恐怖场景的人也渐渐增多，不过他们都不是完美通关。

迄今为止，二星恐怖场景"暮阳中学"的最高纪录，是由江州市医科大学和路人攻略组创造的，他们十二人通力合作，在二十分钟内找到了二十一个校牌。让陈歌觉得惋惜的是，下午终于有一队人准备挑战三星恐怖场景——"第三病栋"，可当他们进入地下、打开病栋的门，看到走廊上那无数宛如坟包的被褥、单子和下面恐怖的假人后，那一队人选择了放弃。

"已经有游客开始攻略第三病栋，看来我也要为新场景做准备了。"

陈歌一直忙碌到晚上六点半才清闲下来。等到徐婉下班后，他全副武装，拿着那张房屋招租广告离开了新世纪乐园。

他先是购买了一大堆零食和玩具来到江州市福利院。院长以为他终于想通准备把范郁带走，还亲自跑出来迎接。不过，结果肯定是让老院长失望了。陈歌抱着一大堆零食进入范郁和江铃所在的房间，并不知道他要来的两个孩子正在屋里面画画。

白纸上只有红黑两种颜色，范郁的风格一点儿都没变。

"这个是我们住的房间，你姐姐当时就趴在那里。"范郁的手指在画上移动，经过几个黑色小人后，停在了一扇黑色窗户上面。旁边的女护士看着范郁的画，一头黑线，她刚才正好站在窗口附近，按照范郁所说，那个如同蜘蛛般的人形恐怖怪物就在她的头顶。

"铃铃，我们回房间玩，好不好？"女护士蹲下身，把目光从范郁的画作上移开。理智告诉她，范郁画的那些怪物都是他臆想出来的，但看得多了，心里总感觉毛毛的，好像身边真的有怪物存在一样。

"怪不得有很多精神病医生到最后都得了精神病，跟这些不正常的患者接触久了，慢慢地竟然会不自主地产生一种认同感。"在女护士看来，自己之所以会感到害怕和发毛，纯粹是因为心理暗示。她试着把小女孩抱到一边，可女孩又哭又闹，就是不愿意从范郁身边离开。

"让我来吧，对待孩子不能那么粗暴。"陈歌将手里的零食和玩具放在桌上，轻轻抓着江铃的小手。

"我粗暴？"女护士无语地站在一边。"我只是觉得经常观看这么恐怖的画，对江铃的成长很不利，想要带她离开。"

"理解，照顾孩子确实不容易。"陈歌看起来成熟自信，笑容中蕴含着一种说不出的温暖，女护士瞥了他一眼，轻轻哼了一声，假装不在意地看向一边，只是目光偶尔会落在陈歌身上。

"江铃，我见到你姐姐了。"陈歌开门见山地说。他并没有把江铃当成小孩子来对待。"我去了一趟林官村，你和你姐姐的事情我都弄清楚了。过段时间，我还会去大山深处的活棺村一趟，彻底调查清楚一切！"

听到林官村和活棺村几个字，小女孩突然停止哭闹，水汪汪的眼珠里好像蕴含着一丝特殊的情绪，好像是惊讶，又有点儿像是害怕。

两人谁也没有再开口，屋内突然变得安静下来，一旁的女护士心里也直嘀咕。

"这人在干什么呢？活棺？调查？怎么突然开始玩角色扮演了？骗小孩子也要有个限度啊！"

更出乎女护士意料的是，之前哭哭啼啼的江铃，声音突然平静下来，她非常乖地伸出小手抓住陈歌的衣袖，说道："不要去。"

"那里很危险吗？"陈歌听白大爷说过，江铃有轻微的畸形。她应该和她姐姐一样，身上流着那个诡异村子的血脉，很可能知道一些秘密。

"嗯。"女孩很乖巧地点了点头。"我妈妈说，那里有很多像姐姐一样的人，他们很坏。"

"像你姐姐？你妈妈还对你说过什么呀？"

"别碰棺材。"江铃左手握拳，右手抓着陈歌的袖子不松开。"你不要去，去了就回不来了。"

"好，叔叔知道了。"陈歌揉了揉江铃的脑袋，将她抱到椅子上。江铃自始至终都没有反抗。

"你俩说什么呢？"女护士生怕陈歌再说些什么奇怪的话，直接抱着江铃离开了。这一次江铃没有反抗，表现得很乖巧，只不过临走的时候，眼睛一直看着陈歌。

"别碰棺材，这个信息挺关键的。"陈歌关上了门，坐在范郁旁边。此时范郁在画第二幅画，白纸上有一个黑色小人走在中间，身后无数红影飘荡，一副百鬼夜行的架势。

"范郁，你有没有兴趣搬到我的鬼屋里去住？"陈歌撕开几袋零食，自己吃了起来。

放下笔，身体瘦小的范郁看着陈歌，很认真地点了点头。

"等我处理完手头的事情，就接你过来。不过你也要答应我几件事。"陈歌凑到范郁身边，和他坐在一起，说道，"我知道你没有任何心理疾病，你所表现出的格格不入，只是因为你拥有他们没有的能力。相比较来说，你更加聪明和成熟。

我不会去给你找什么心理医生，或者逼你吃药，只希望你能做好一件事情。"

"什么事？"范郁扬起了头。

"我会为你办理入学手续，让你过上和其他孩子一样的生活。我不求你学习能有多么好，只希望你能交几个同龄的朋友，走出这个封闭的小世界。"陈歌说的是心里话，在做出这个决定的时候，他已经准备揽下范郁以后上学需要的所有费用。他不是那种喜欢炫富的人，很多时候能省则省也不是因为吝啬，只是觉得没有必要。范郁没有表态，又低下了头，拿着画笔开始画第三张画。

"你可以考虑一下。"陈歌看着桌上那些黑红两色的恐怖画作，并没有强迫范郁做出决定。"还有一点我要说说你，别老绷着一张脸，要学会微笑，就像我这样。我不管去哪里都很受欢迎，这就是我的秘诀。"

一直面无表情的范郁听到这儿似乎听不下去了，他把手里的画塞给陈歌，一个人躺在床上，用被子蒙住了头。

"这孩子。"陈歌摇了摇头，看向手中的画，原本只是随便扫了一眼，但看完后他的目光却久久无法移开。

白纸中央用黑笔画了一个小女孩，女孩身后是一个巨大的红色蜘蛛怪物，乍一看跟范郁之前画的一样，仔细看几眼才能发现区别。小女孩的左右手上各缠着一个哭泣的红色小人，似乎是她的父母。

"这是范郁给我的提示？"

陈歌将这幅画收好，看着把自己藏在被子下面的范郁，没有再问什么，背上包离开了江州市儿童福利院。

"这个小女孩不简单啊。"陈歌拦下一辆出租车，马不停蹄赶往招租广告上的地点。"拿了抽屉我就走，今晚需要好好休息一下了。"

他拨打了招租广告上的电话，发现是空号。联系不到户主，他只能亲自登门。

第三医院家属院位于老城区，人比较少，建筑普遍不算高。

直到晚上九点，陈歌才找到地方。这个小区有些冷清，亮着的灯没有几盏，还全部集中在外围的两栋楼上。

第三医院家属院年代久远，看起来有些破旧，连个门卫岗都没有。

他先进入旁边的家属楼里看了看,结果发现这里的房间全都没有标写门牌号。

"招租广告上只写了一个304号,这要我怎么去找?"

陈歌背着包守在小区门口,想要找个人问问路。等了十几分钟,有一个骑着电瓶车的高中生进入小区。

"你好,我想问问咱们小区304号在哪个楼?"陈歌隔着很远就开口,他怕突然站出来吓住那孩子。

"304号?听着耳熟。"那个高中生停下电瓶车,朝小区里面指了指,"应该在里面吧,我不是太清楚。"

"劳烦再问一句,咱们小区以前有没有发生过什么奇怪的事情?"陈歌尽量让自己看起来和善一些。"路对面的电力局家属院也在老城区,但人家那边看着明显要比咱们小区热闹。"

"没出过什么奇怪的事啊。"高中生看着陈歌,他倒是觉得眼前这人有点奇怪。

"亚文!跟谁说话呢!"旁边三楼传来一个中年女人的声音,陈歌扭头看去,有一个穿着睡衣的女人正一脸警惕地看着陈歌,然后对旁边的高中生招手,"回家!"

"哦,知道了。"高中生骑着车离开。

"稍等一下!"陈歌不想错过这个机会。他只是来拿抽屉的,不想把事情搞得那么麻烦。说完后他直接站在楼底下朝楼上的中年女人喊道:"大姐,你知道304号在哪个楼吗?"

他只是随口喊了这么一句,但是说完后,整栋楼仅有的亮着灯的几家,瞬间把灯给关了。

"这么严重吗?"陈歌面前的居民楼只剩下中年女人家里还亮着灯。

"往里走,小区左数第一栋三层。"那位大姐脸色很难看,回到屋里也关上了自家的灯。

"你们反应也太过激了吧?"陈歌没有直接离开,他悄悄跟在高中生后面一起上了楼。

"妈,晚上吃啥?"高中生正要去打开外面的防盗门,里面突然传出来中年女人的声音:"别碰门!跺跺脚再进来!"

"跺什么脚啊?我刚下晚自习,累死了快。"

"让你干什么就干什么！"女人声音一下变大，好像特别的生气，把藏在二楼的陈歌都吓了一跳。高中生不情愿地跺了跺脚，中年女人这才把门打开，嘴里还不断念叨着："小孩不懂事，无意冒犯，霉运走开……"

连续念了好几遍，她才放心让高中生进屋："把这身衣服全脱下来，我给你洗一遍。"

"早上才换的啊！"

"不脱就别吃饭了。"

三楼的防盗门慢慢关上，陈歌走出楼道，心里觉得奇怪。"这小区的人是不是有点小题大做了？"

转盘抽中抽屉的概率是百分之一，抽中许音的概率是百分之三，从概率上讲，抽屉也就比许音强一点才对，连红衣都不是。

"不管了，趁着天没黑，先把东西拿到手再说。"

不知道是不是他刚才喊那一嗓子的缘故，小区里亮着灯的房间更少了。陈歌找到中年女人所说的那栋楼，进入楼道后也没有发现什么特殊的地方。这栋楼只不过看起来很破旧，似乎很久没有住人了。

来到三楼，左右两户人家都没有门牌号，不过左边那一户门上留下了一个联系方式。

"难道这就是 304 号吗？"

陈歌拿出手机拨打了这个号码，只响了两声，电话就被接通了。

"您好，我们是宜居中介公司，请问有什么能为您服务的吗？"

"是这样的，我看中你们在第三医院家属院的一间房子了。我现在就在小区里，如果可以的话，我想今晚就看一下房子。"

"请稍等，我帮您问一下所在区负责人。"过了一会，手机那边传来回复，给了陈歌另一个号码，"他刚下班，我已经把你的情况向他说明了，他现在正在往你那边赶。"

"麻烦你了。"

大概十几分钟后，一个穿着黑衬衫夹着公文包的男人停在了居民楼外面，他看起来三十多岁，表现得十分热情。"真巧，我家就在这附近，您要是换个地方恐怕就只能等到明天了。"

"看来我和这房子挺有缘的。"陈歌呵呵一笑,心里想着怎么神不知鬼不觉的把抽屉给带走。"我们先上楼看看房子怎么样?"

"好啊。"男人看着漆黑的楼道明显有些害怕,不过他并没有表现出来,脸上依旧挂着笑容。"跟我来。"

他拿出手机照路,边走边给陈歌介绍起来。"这一片交通特别便利,医院、学校、图书馆全都有,价格不贵,而且升值空间巨大。"

来到三楼,他从口袋里拿出了一串钥匙,陈歌拥有阴瞳所以看得很清楚,每把钥匙上都贴有编号。而那男的准备用来开门的钥匙上,贴的编号是305。

"这房间不是304号呀?"陈歌直接问了出来。

听到他的声音,中介那男的钥匙差点儿没拿稳,他回头朝陈歌干笑了一声:"这是305号。304号是凶宅,我们怎么可能把凶宅……"

"我想要的是304号,凶宅什么的我不介意,只要价格让我满意就行,你带我进304号看看吧。"

陈歌斩钉截铁,中介那男的捏着304号的钥匙,就是不敢去开门。

僵持了半天,那男的才哭丧着脸走向304。"我要早知道你想看的是304号,我绝对不会晚上跑过来。"

他把钥匙塞进门锁当中说道:"304号的价格是305号的一半,但有些事要给你说清楚,省得你以后投诉我。"

"什么事?"陈歌集中注意力,他感觉自己抽到的这个抽屉有点不一般。

"304号的第一任户主是个赌徒,欠了高利贷,他把房子抵押给银行还了一部分。但利滚利根本还不完,最后这家伙走投无路在小区里跳楼了。"

"这就是凶宅的来历?"

"要是我跟你说实话,恐怕你就不敢租了。"男人将房门打开,说道,"他是后半夜跳的楼,等警察过来的时候,发现这人被砍了一只手,可是找遍小区都没有找到那只手。"

如果只是有人跳楼就算了,关键是死者还丢了一只手,至今没有找到。不管谁搬进凶宅,心里肯定会有一根刺。万一日常整理东西的时候,无意间翻出来一只断手,那乐子可就大了。

"带我进去看看。"陈歌神色平静,一副"这都是小场面"的样子。

"好。"男人衬衫后面有一片区域颜色较深,好像是被冷汗浸湿的。"其实这房子也很好,马路对面供电局家属院和这间同面积的房屋,价格是它的四倍。"

打开防盗门,一股怪味飘散出来,好像有什么东西发霉了。男人试了试客厅的灯,可能是因为接触不良的原因,按动几次才把灯打开。明亮的白光驱散了黑暗,透出房门,照在了黑漆漆的走廊上。

陈歌也跟着进入屋内,他不想做多余的事情,直接开始寻找抽屉。黑色手机上有一小段关于抽屉的描述,好像说的是卧室工作桌的某一个抽屉。

男人站在门口还没来得及阻止,陈歌已经进入卧室当中。可他找遍了两个卧室并没有看到工作桌,只有一个大衣柜。

"跟手机上描述的不太一样。"陈歌从卧室走出来,狐疑地看了男人一眼。"老哥,你确定这是304号房?"

"钥匙上贴有编号,不可能搞错的。"男人向陈歌展示自己的钥匙。

卧室里没有工作桌,陈歌看着屋子里大大小小的抽屉有点发愁。一个个筛选查看肯定来不及,难道真要我在这儿住一晚?

"你觉得这房间怎么样?价格我们还可以再商量。"男人很害怕,一直站在门口没有进来。

"我很中意这房子,你看能不能让我先在这里试住一晚?"陈歌把手伸进背包里,摸索着什么。

"试住?我们从没有这项服务,你要是不满意的话,我们可以去旁边那房间看看。"

"不必了,就这间。"男人话没说完就被陈歌打断,他从背包里取出身份证和五百块钱说道。"五百元试住一个晚上,这是我的身份证,绝对不会破坏屋内的任何东西。如果今晚没发生什么奇怪的事情,这房子我就要了。"

中介那男人从来没有接待过这样的客人,摇摇头说道:"不行,公司有要求的,不能乱来。"

"死过人的凶宅有很多人要吗?错过了我,你这房子不知道还要闲置多久。"

陈歌说了半天，总算是说服了那个男人，拿到了这个房间的钥匙。

"小区四周安有监控，你要是遇到什么恐怖的事情可以跑出去求救。明天早上八点我来收房。"

"你明天最好早点来，我白天还有事。"陈歌送走中介那男的，看着手中的钥匙，觉得有点儿别扭。钥匙本身很破，但是贴纸却是新贴上去的，有点奇怪。

他正在思考，厨房里突然传来一声脆响。陈歌从背包中拿出碎颅锤，走到厨房门口，发现案板上的菜刀掉进了洗菜盆里。

"这菜刀原本放在什么地方？"他捡起菜刀看了看，打开了旁边的燃气灶，抓着木质刀柄将其放在火上烤了起来。"怨念应该会害怕明火吧？"

明亮的菜刀硬是被烤黑了。陈歌感觉差不多了，这才把菜刀重新扔进洗菜盆里。

"屋子里抽屉那么多，总有一个是我要找的，慢慢来吧。"他打开了所有房间的灯，开始寻找那个打不开的抽屉。

夜色已深，小区里安静的过分，似乎每个房间都没有住人一样。

不知不觉过去了一个小时，他把房间里所有抽屉都打开看了一遍。此时，陈歌坐在客厅里，看着摆了一地的抽屉发愁。

"这屋子里的抽屉都可以打开，也没发现有什么异常。"靠着沙发，陈歌感觉困意袭来。他已经很久都没有好好休息过了。"跟前几次抽奖不太一样，难道这只怨念很强，或者有特殊的能力？"

他把复读机放在旁边，抱着碎颅锤躺在沙发上，刚准备闭上眼休息几分钟，手机忽然震动了起来。

中介公司？他们找我干什么？陈歌接通了电话，手机那边还是那个女人的声音。

"您好，很抱歉，我这边刚收到通知，负责第三医院家属院那边的区域经理，在去找你的路上出了车祸，暂时不能帮您办理业务。如果您实在想要那套房子，三天后再来吧。"

"车祸？！"陈歌一下睡意全无，中介恰巧出了车祸，那刚才陪我看房的人是谁？是小区里的怨念，还是中介销售人员的灵体？不管这两个猜测哪一个正确，结果其实是一样的——他撞鬼了！

"能给我说说你们那个出车祸的中介工作人员长什么样子吗？"

"不好意思，我只负责接线，江州市各个地区的具体销售人员我也不清楚。"

"你公司的职员你都不清楚吗？"陈歌看着手里的钥匙。这钥匙是刚才那男人留下的，他越看越觉得别扭，贴纸很新，钥匙却显得有点旧。他一点点将贴纸撕下，下面是三个歪歪斜斜的数字——305。

那个男人之前竭力向我推荐的才是304号！他一开始想让我买下的才是真正的凶宅！陈歌没有按照套路出牌，那个男人也没料到常人听见凶宅避之不及，但今天遇到的"顾客"却反其道而行之，偏偏想要进入凶宅当中。

"您好，请问还有什么需要帮助的吗？"电话那边的女人态度很好，说话也很客气。

"你们中介应该有房子的资料吧？能不能帮我查一下304号房前任房主的信息，我知道这房间是凶宅，就是奔着凶宅价钱低才想要购买的，希望你们不要再对我有所隐瞒。"

"好的。"中介答应得非常爽快，没过一会儿就给了陈歌答复。"304号房前后有三任房客出过事。第三任房客是个赌徒，被逼债的砍下了一只手，跳楼自杀；第二任房客是个英语老师，在家里离奇失踪；第一任房客……"

陈歌正聚精会神地听中介说话，客厅却传来一阵敲门声。

外面有人？谁会这时候过来？陈歌抄起碎颅锤，朝着手机里的中介说了一句："麻烦你把资料拍成照片，用彩信发给我，这房子我要定了！"

第 2 章 304 号

陈歌挂断电话，摸到门口。他右手握着碎颅锤，左手将门打开了一条缝隙。亮光照到漆黑的走廊上，屋内屋外好像是两个不同的世界。

"你找谁？"

门口站着一个高高瘦瘦的男人，他眼眶下凹，皮肤粗糙，看起来非常憔悴。

"我就是来给你提个醒。"男人一直跟房门保持着距离，"千万别在这里过夜，就算非要留在小区里，也绝对不要住在这一层。"

"为什么？"陈歌很想听听这个奇怪的人会说些什么。

"别管为什么，不要在这里过夜就行了。"他咳嗽了两声，从口袋里伸出右手捂住了嘴巴，仿佛害怕被人听到一样，从牙缝中挤出了一句话。"有人在这一层的某个房间里失踪了。"

"在房间里失踪？"陈歌想起了中介说的那句话，第二任房客是个英语老师，在家里离奇失踪。

"快走吧，再不走就来不及了。"男人似乎只是出于好意，想要过来给陈歌提个醒。

"这些你是怎么知道的？你也是这里的租户？"陈歌半边身子露在门外，拿着碎颅锤的手藏在门内。

"嗯，我住楼上，刚才听见你在下面自言自语了。"高瘦男人穿着一件破旧的外套，双手插在兜里，他好像身体不是太好，走路走得很慢。"我本以为你进来看看就会离开，谁知道你竟然跑到屋子里面去了，看样子你好像是准备在这里过夜，所以我才想过来给你提个醒。"

"我自言自语？"陈歌咽了下口水，这要换个人估计已经开始慌了。"你们这楼里之前出现过类似的情况吗？"

"出现过，不过都是白天，像你这大晚上过来的我还是第一次见。"

"那些人后来都怎么样了？"

"有的疯了，有的成了这里的租客，不过那些租客的下场还不如疯了好，他们不是自杀，就是失踪。"

"有的疯了，有的失踪，不同的人下场还不相同？"

"也不是。"男人伸出右手示意陈歌靠近点，但是陈歌并没有照他的要求去做。

高瘦男人只好自己往前走了一步，小声说道："我听说疯了的人都是通过正规中介过来的，而成为租客，最后出事的人都是拨打了鬼中介的号码。"

"鬼中介？"陈歌脑中想起手机那边女孩一成不变，但却很有礼貌的声音。"什么是鬼中介？"

"这还要从几年前说起。你旁边这个304号房以前发生过凶杀案，死的好像是一个房产中介的销售人员，凶手到现在都没抓住。"男人吸了口气，朝楼上看了看，除了陈歌这里，其他地方都是漆黑一片，也不知道他在看什么。确认再三，高瘦男人才小心翼翼地说道："自从他出事以后，这房子就闲置下来，但怪事却不断发生。经常有人会来此地看房，问他们从哪儿看到的租房信息，他们的答案却各不相同。有的说是网上，有的说路边广告，还有的房客说自己也忘了在什么地方看到的。"

高瘦男人说到这里顿了一下，略带疑惑地看向陈歌，问道："对了，你是从什么地方看到的信息？还有……你怎么弄到了304号对面房间的钥匙？"

"这个过程有点曲折。"陈歌朝真正的304号房看了一眼。"我是看到了门上中介留下的电话号码，才拨打的电话，然后有一个穿着黑衬衫，大概三十多岁的男人给我的钥匙。"

"三十多岁?黑衬衫?"高瘦男人念叨了一遍,突然睁大了眼睛,"他又回来了!"

说完这句话,高瘦男人大步朝楼上跑去,好像受到了惊吓一般。

"喂!你倒是说清楚啊!"这个高瘦男人太过可疑,陈歌不打算放过他,提着碎颅锤就追了出去。那男的也不知道有没有看见陈歌手里的碎颅锤,闷着头往上跑。

像第三医院家属院这样的老楼,只有七八层,在追到五楼的时候,陈歌的手机不断震动起来。

"站住!"陈歌没有分心,一口气追到了六楼,终于追上了高瘦男人:"你跑什么?"

"当初做销售的那个死者就是三十多岁!他临死时穿的白衬衫被血浸透了,最后就成了红黑色!"高瘦男人情绪激动,他在看到陈歌手里的碎颅锤后,明显表现得更加"激动"了。他身体紧贴着围栏,似乎不愿意靠近陈歌。

"跟我想的差不多,看来我刚才遇到的就是第一任房客,现在需要考虑的是中介到底有没有问题。"陈歌的手机还在震动,他拿出手机,只见屏幕闪动,原来是中介将住房信息发送了过来。第一页上记录了第三任赌徒房客的一些情况,陈歌滑到屏幕最下方,中介很贴心地给他发送了一张赌徒生前的照片。

"精神萎靡,眼眶下凹,体形偏瘦!"看到那张脸的瞬间,陈歌的身体要比思维快一步做出反应,抡起碎颅锤砸向前面的栏杆。

早在看见高瘦男人时,陈歌心里就有这个猜测,那人无论做什么都只伸出右手,左手一直插在兜里。那个时候陈歌心中就思考过,这人是不是压根儿就没有左手?!

"嘭!"锤头砸弯了护栏,高瘦男人躲到一边,身体不正常地扭曲起来。他也不跟陈歌硬来,脸上带着奇怪的笑容,翻过护栏跳到了下一层,最后消失在了三楼。

"他应该是跑进304号房间去了。"

陈歌离开房间时,没有将复读机带在身边,为避免意外发生,他果断先撤到了三楼。回到305号房间，打开复读机的开关，陈歌这才觉得心安。

这栋楼可真有意思，一个个说得都跟真的一样，实际上个个心怀鬼胎，在这里我谁也不能相信。陈歌回想自己和高瘦男人的对话。赌徒一直在劝我离开，也不知道他是在给我心理暗示，还是真的不待见我。

收拾好所有东西，陈歌拿出手机，看向屏幕。

中介那边只把关于赌徒的信息告诉了我，并没有泄露前两任房客的信息，她是故意这么做的吗？这些人跟抽屉又有什么联系？陈歌摇了摇头，想道：我这次抽到的怨念，还真是有点特殊啊！

他拨通了中介的电话，单手抓着碎颅锤，另一只手把手机放在耳边。

"您好，资料已经给您发过去了，还有什么需要吗？"手机那边中介的声音依旧很有礼貌，而这时候已经快晚上十二点了！

"嗯，我还有最后一个问题想咨询一下。"

"您说。"

"请问，你是人吗？"

陈歌的直白让电话那边的女人猝不及防，她从没想过有人会问这样一个问题。

"请问你不是人吧？"

陈歌又重复了一遍，语气平静自然，听上去就好像是在询问她今天你吃饭了吗。女人的呼吸变得急促，她莫名地感到一阵烦躁，话筒里开始出现杂音，信号突然间变得很差。

"你不回答那就是默认了。"陈歌拿着手机，身体斜靠在门上，不知道的人恐怕还以为他是在跟多年未见的老朋友打电话。

"我……"电话那边的女人想要说什么，但又觉得不合适，她完全弄不明白，对方究竟是出于怎样的心态才会去问这么为难人的问题。一个正常人，发现自己在跟怪物打电话，第一反应不应该是尖叫着将手机扔到一边吗？就算你舍不得扔手机，颤抖着手挂断电话也行啊！为什么你不仅不害怕，甚至还主动过来问？手机那边的女人低声念叨了几句，通话突然中断。

听着手机那边传来的忙音，陈歌也不觉得意外。"看来是被我识破后恼羞成怒了。"

他收起手机，站在漆黑的走廊上分析起来。304号房间有三个房客失踪或者遇害。我刚见过赌徒和销售员，扮演中介的女人很可能就是第二任房客英语老师。现在还不到午夜十二点，陈歌已经遇见了三个不同的"人"，他有预感这仅仅只是一个开始。

"零点以后不知道还会遇见什么稀奇古怪的家伙，看来我要换一种破局的思路了。"陈歌背上背包，提着碎颅锤走到304号房间门口。"与其被人牵着鼻子走，不如直接一点。"

305号房间的灯光映照在漆黑的走廊里，整个第三医院家属院当中，只有陈歌这间房的灯是开着的。

"小区里的住户大多集中在前面两栋楼上，最后这栋楼似乎是他们的一个禁忌。"陈歌抓住304号房间的门锁，使劲晃动了两下，锈迹脱落，门框轻颤。

可能是因为多次发生凶案，警方不止一次暴力开锁的缘故，锁头边缘有明显的撬痕。

"砸门太粗暴了，不是我喜欢做的事情，但现在也没有更好的办法了。"

陈歌看准位置，抡起碎颅锤！

"嘭！嘭！"连续几声过后，锁头被砸歪。陈歌又把锤柄塞入门缝，硬将房门给撬开了。

"闹出这么大动静，小区里竟然没有一家敢吭声，看来这几只鬼平时没少捉弄他们。"

陈歌进入304房间，打开了客厅的灯，发现这房间很奇怪。沙发、餐桌这些家具都很正常，可凡是能打开的东西，比如抽屉和衣柜全都被木板封死了。

"这才有点凶宅的样子。"

可能是线路老化、接触不良的原因，客厅的灯忽明忽暗，让人本能地觉得不安。走到屋子中央，陈歌摸了摸沙发靠背，屋内许久没有住人，但是却一尘不染，就好像一直在有人打扫。

"两室一厅，跟305号房间布局一样，只不过家具要破旧许多。"陈歌走到鞋柜旁边，看着钉在上面的木板，心里有些好奇。"为什么所有柜子和抽屉都被封住了？难道里面藏着什么恐怖的东西？"

陈歌挥动碎颅锤，将鞋柜砸开，里面扔着几双鞋子，除此之外再没有其他东西。

"是死者留下的？"

皮鞋、高跟鞋、拖鞋胡乱塞在里面。陈歌倾斜柜子将那些鞋子倒出，很惊讶地发现所有鞋子都被水果刀刺穿划烂了。

"刀痕？是房客做的？"

从鞋子上找不到什么线索，陈歌又看向其他地方。客厅不大，连体沙发对面是一个电视柜，有意思的是电视柜下面的抽屉也被木板钉住了。

"我抽取到的物品叫作'打不开的抽屉'，那是不是说明只要我尝试过所有的抽屉，遇见打不开的那个将其带走就可以了？"

没有人能给陈歌答案，他只能自己去尝试。电视柜位置较低，陈歌费了好大劲才将上面的木板取下。

"哗啦！"

拉开抽屉，里面一盘盘装在黑盒子里的录像带掉落出来。

"录像带？这都是多少年前的东西了。"他从中找出一盘看起来比较新的，将其塞入电视下面的录像机。

插上电源，按下开关，在电视机启动的瞬间，好像有一道影子从屏幕上闪过。

"是录像里有影子闪过，还是刚才有东西从我面前跑过去了？"陈歌一直保持着警惕，他很清楚，丢了一只手的赌徒最后就逃进了304房间当中，他现在可能就藏在这屋子的某个地方。录像带是很多年前的东西，画质很差，电视机似乎也有毛病，屏幕不时会闪过白条和雪花。那么多年前的东西，能用已经是个奇迹了，陈歌并没有在意那些细节，蹲在电视机前观看起来。录像带记录的就是这个屋子里的场景，画面是完全静止的，录制视频的人应该是将摄像机固定在了某个地方。

"他在拍什么？"过了一分钟，电视画面仍旧没有发生任何变化，陈歌等得有些不耐烦，他找到遥控尝试着快进。

视频的前半部分都很正常，但后半部分就有些奇怪了。录像带的后半部分是在晚上拍摄的，画面上的场景就和陈歌所处的场景差不多。屋内开着灯，摄像机摆在了电视上，镜头对准客厅，正好能将客厅和旁边几个屋子的房门都给拍进去。

"一抽屉都是录像带，说明使用摄像机拍摄的人，是长时间对自己的屋子进行拍摄。"

陈歌隐约明白了屋主人的用意，他应该是经历了灵异事件，为了证明心中的想法，所以才想用摄像机把一切都给拍下来。

"要不说好奇害死猫，发现这屋子不对劲不赶紧搬走，还留下来作死。"陈歌说完把复读机抱在怀里，这才继续观看起录像来。画质很差，当陈歌快进到录像快结束时，一成不变的画面突然出现变化。录像中原本正常的灯光，开始变得和现实当中一样，忽明忽暗，而且每当灯光变暗的时候，录像里闭合的卧室门就会打开一点。

摄像机放在电视上拍摄，从这个角度拍摄到的正好就是陈歌转身看到的画面。

灯光忽明忽暗，蹲在电视机前，陈歌慢慢地出现了一种错觉，他好像不是在看录像，而是在看自己身后的客厅一样。客厅的灯还在闪动，而现实当中灯光闪动的频率，好像渐渐和录像当中灯光闪动的频率重叠。电视屏幕里灯光变暗的时候，客厅里的灯光也随之变暗，要不了多久，它们又同时变亮。

"录像在影响现实？不对，是有怪物作祟。"陈歌没有回头，他双眼紧紧盯着录像中那个慢慢打开的卧室门。每一次灯光变暗的时候，卧室门都会向外打开几厘米，当灯光第七次闪动的时候，陈歌看到一缕黑发从卧室门后露出。

"头发很长，应该是一个女人，她该不会就是第二任房主吧？"陈歌仍旧没有回头，他只是抓紧了手里的碎颅锤。在屋内灯光第八次变暗的时候，那缕头发被风吹动，有小半张脸开始往外伸。陈歌盯着录像中的脸，心里默数，每次灯光变暗的时间好像是固定的。录像中趴在卧室门口的脸向外倾斜，就快要露出来的时候，录像和现实当中的灯光突然同时熄灭了！

"许音！"陈歌几乎在一秒之内做出反应，双手握锤抡圆了朝身后砸去！

碎颅锤砸在沙发上，陈歌双眼扫视四周。屋内一片漆黑，隐约有什么东西在移动。

大概过了几秒钟，灯又亮了。

现实的客厅中没有发生任何变化，但是卧室的房门却打开了，就和录像里播放的一模一样！陈歌回头看了一下电视，屏幕上全是黑白雪花，录像到此就结束了。踹开沙发，陈歌看着缓缓转动的磁带，等到许音的声音响起时，他才慢慢朝卧室走去。木门半开着，地上还掉着几根女人的头发，陈歌将其捡起，用手揉搓。

"你们这样消磨我的耐心，小心我一把火将你们全给烧了。"

陈歌迈步向前，卧室看起来一片狼藉，地上扔着各种杂物，衣柜上横着钉了几排木板，旁边的床头柜也被封死。

"凡是能打开的家具全部被木板封上了，这些家具里到底藏着什么东西？那些录像又是第几任房客留下的呢？"

看着满屋子被木板封死的家具，陈歌产生了一个想法："拍下这些录像的房客是不是通过录像找到了闹鬼的原因，才把抽屉、衣柜都给封上的？"

他越想越觉得有可能。这位房客应该是看到了怪物从某件家具里爬出来，为避免这种情况再出现，所以才把屋子里所有能够打开的家具全部都给封死了。陈歌停在卧室中央，又想到了另一个问题：算上刚才那个女人，我一共遇到了三个"人"。他们都能自由出入这个房间，说明用木板封住家具这招并没有奏效。也就是说屋主人很可能漏封了一个抽屉，这个没有被封的抽屉很可能就是我要找的。

他把小小从口袋里取出放在卧室门口预警，自己挥动碎颅锤将抽屉和衣柜打开。所有抽屉和衣柜都被封死了，要找的抽屉是不是在另一间卧室里？

地上的小小身体向外，似乎是准备爬出去，陈歌将她捡起的时候，发现她的手好像指着门外。一开始他也没在意，经过客厅房门时，他无意往房门外面扫了一眼。

304号和305号的房门都没有关。在两间屋子的灯光交汇处，不知道什么时候站着一个佝偻着背的老太太。她不言不语，面朝304号房间，脸上的皱纹好像豆皮一般，看着有些吓人。

"阿婆，您是这里的租户吗？"陈歌下意识地把碎颅锤往身后放了放，声音依旧平静，没有太大的波澜。老太太没有回答陈歌，她的目光甚至都不在陈歌身上，而是看着那些被陈歌暴力撬开的抽屉。

"天这么黑，您老要是没事就赶紧回家去吧。"一个老太太三更半夜不声不响地站在门外面，这绝对不正常。如果换是一个年轻人在外面，陈歌不管是人还是鬼早就一锤抡过去了。

"那些抽屉是你打开的？"老太太声音沙哑，听起来好像粗糙的树皮在摩擦。

"是的，我准备买下这两间房子，现在正在整理这些家具。"陈歌目光盯着老人，如果对方有任何异动，他会毫不犹豫地叫许音出手。

"你赶紧走吧，找个半仙帮你看看，说不定你现在已经被她给缠上了。"老太太话说一半，朝楼下走去。她的脚步很慢，走路颤颤巍巍的。

"被她缠上？您倒是说清楚再走啊！"陈歌追到了楼梯上，那老人指了指304号房间，说道："那房间之前住着一位英语老师，长得很好看，说话声音也甜，后来好像是情杀吧，被人分开装进了抽屉里，过了很久才被发现。她的怨气很大，所有进入这房间的人都会被她缠上。"

"英语老师？"陈歌觉得这老人说得有板有眼，可能没有撒谎。但现在的问题是，大半夜一个老太太站在别人家的门口，这本身就是一件很诡异的事情了！

"阿婆，您为什么要告诉我这些？"陈歌站在灯光下，没有跟随老太太下楼，又继续问道，"能给我说说您是怎么知道这些事情的吗？"

"我住在旁边那栋楼，被杀的英语老师就是我的女儿。"老太太脸色变得非常难看，连声音也有点阴森了。"你是第三个，她已经做过很多错事了，我不想再看着她继续这样错下去了。快走吧，千万别在那两个屋子里待着了。"

老太太独自向下，她走得很慢，好像等着陈歌跟随她一起下楼。

"可我还有个问题。"陈歌正要问老太太她女儿都害过谁的时候，手机上突然收到了一条信息，正是鬼中介那个女人发来的。

"你知道那个小区为什么家家户户一到晚上就不敢发出声音，并且很早就关灯吗？他们那个小区里有一个老太太的残魂儿，经常会循着光亮和声响去找回家的路！"

看完手机上的信息，陈歌再次抬头。那个老太太停在楼梯拐角，脸上的皱纹挤在了一起，声音愈发怪异。"快走吧，跟我下楼，那房间很危险。"

陈歌的目光在手机屏幕、老人和两个房间之间移动，他忽然将背包扔在一边，脑中的推测慢慢成形：一个都不能信，也没有信的必要。

他唤出许音，双手握紧碎颅锤，冷冷地说道："我只想取回自己的东西，对你们的故事真的没兴趣。"

说完之后，许音慢慢从陈歌背后出现，两人同时朝那个老太太冲去。

老人脸上的皱纹挤在一起，看陈歌从304号房间离开，进入了光线照不到的地方后，她干瘪的嘴唇向两边翘起。可还没等老太太完全展露笑容，有一个半身红衣的男人先于陈歌突然冲了出来！

"好疼！"

满身伤口迸溅出鲜血，那个男人好像野兽般四肢着地，一脸歇斯底里的表情！

老人的笑容凝固在脸上，身体以一种和年龄完全不相符的速度，化为一道黑影朝楼下跑去。

"你不是让我跟你一起走吗！"碎颅锤重重砸在老人刚才站立的地方，声响传遍了整栋楼。"今天，你们一个也别想跑！"

许音和陈歌一前一后追了过去。楼道里满是脚步声，一节节台阶似乎永无尽头，老人第一次发现这楼道是如此的漫长，这应该是她度过的最惊悚的一夜。楼道出口就在眼前，黑影玩了命的狂奔，她只是普通的执念，一看见半身红衣的许音直接就被吓住了。

"站住！"

陈歌在后面叫喊，许音的速度只比黑影快一点儿，在黑影即将逃出楼道时，抓住了黑影的一条手臂。那黑影全身一震，没有一丝一毫的犹豫，断开手臂，头也不回地跑到楼外，消失在黑暗中。

"看来我以后还要锻炼身体才行，跑得太慢了。"陈歌颇有几分惋惜，他看向许音时，发现黑影断掉的手臂已经消失不见，而许音身上的血迹似乎变多了一点儿。

"如果许音能成为红衣也不错。"陈歌幽幽地看着漆黑的小区说道，"既然被我遇到了，那我就不能坐视不管。等找到了抽屉，我再帮那个老人了却执念。"

陈歌叫上许音回到三楼，又拨打了中介的电话。对方一直没有接听，他又给对方发了几条信息，询问对方在不在，他想要当面"感谢"一下对方的提醒。

"为什么不接我电话？"陈歌左手拿着手机，右手拖着碎颅锤进入304号房间。"客厅和门口的卧室都查看过了，抽屉应该在最后那间屋子里。这些怪物百般阻拦，似乎很害怕我进入那里。"

最后那个房间上了锁，不过这对陈歌来说也只是一锤的事情。"卧室门是从里面锁上的，丢了只手的赌徒该不会还藏在里面？"

陈歌将门砸开，折腾了小半个晚上，终于进入最后一个房间当中。卧室很小，巨大的书柜和工作桌占据了二分之一的面积，剩下的二分之一空间被一个生锈的小冰箱和一张破破烂烂的凉席占据。

"凉席边缘都磨烂了，看来房间主人经常使用这张席子，外面不是有床吗？他为什么非要睡在这屋里，难道是怕什么？"这房间的气氛和外面完全不同，感觉不到什么异常，抽屉和衣柜也全都没有被门板钉上。

工作桌和柜子一尘不染，像是每天都有人在打扫。陈歌看着整整齐齐的书架和各种杂物，心里忽然浮现出一个很奇怪的想法：好像是怪物在帮忙打扫卫生，该不会是这屋子里的怪物有洁癖？

他打开书柜，里面是各种和漫画绘制相关的书籍。

"《人气漫画素描技法》《如何画出受欢迎的世界》《人体结构详解》……这些书籍不太符合前几位房客的身份，难道屋里还住过第四位房客？"陈歌把书籍放回原位，又在柜子下面找到了一大堆废稿。奇怪的是，这些废稿上明明存在揉搓的痕迹，还有的已经被撕碎，却又被人重新拼合，用胶带一点点粘贴好。"所有废稿都保存了下来？"

陈歌将厚厚的废稿拿在手中，随便看了一眼。白纸上的人物有些诡异，能感觉出来画手努力想要把人物画得可爱一些，画得受欢迎一点儿，但实际效果却十分糟心。这个画手绝对不是专业学习绘画的，他画的人物大多数都是面瘫，稍有几个目光不那么呆滞的，表情却有些惊悚。不过，陈歌能看得出来，画家在努力地学习，想要画出受欢迎的漫画，但他的审美似乎天生就和大众不同，就算是临摹别人的作品，也能把当红人气美少女画出女尸的感觉。

"能把每张画都画得这么恐怖，也算是一种天赋了。"

陈歌放下废稿，在柜子角落里看到了一个薄薄的黄皮笔记本，随便翻了几页，本子上记录了每周的花销，以及屋主人每一笔通过画画得到的稿酬。看了本子上的内容，陈歌脸上的表情变得古怪起来。严格来说漫画家也算是304号房间的租客，只不过他是跟别人合租，只租下了这一间小小的卧室。他生活拮据，本身是漫画爱好者，可翻遍了笔记本，这位漫画家在小屋里住了三年时间，通过画画获得的收入只有一千二百元。其中一千元是唯一的粉丝房东老太太资助的，剩下二百则是他跑天桥下面给人画画，结果把活人画的跟死人一样，被追着打了好远，警察过来协调后，打人者赔给他的。他纯粹是靠之前工作时的积蓄为爱发电，每个月吃住控制在四百元以内，他坚持的理念是，只要不死，总会出头。这句话说得不错，但有些残酷的是直到他死，他的漫画都没有被人接受。

笔记本最后面是一张折叠起来的报纸，在报纸夹缝中报道了一个中年男人勇救落水儿童，自己溺亡的新闻。

报道篇幅有限，上面甚至没有提及中年男人的名字。

"这和那几位说得不太一样，304号到底有几任租客？"陈歌把所有废稿放回原位，然后走到工作桌旁边。"背对客厅，黑色手机里说的工作桌应该就是这张。"

桌面上整整齐齐摆着很多绘画工具，就好像随时等待着他的主人回来使用一样。陈歌的目光慢慢移动，他看向工作桌旁边的三个抽屉，抬手将第一个抽屉拉开，里面放着画笔和颜料。

"应该不是这个。"陈歌又打开了第二个抽屉，里面是中年男人收到的退稿信，整整塞满了一个抽屉，被画家全部保留了下来。

接着陈歌抓住了第三个抽屉，他用力一拉，抽屉却纹丝不动。

第三个抽屉不管陈歌怎么往外拉都打不开，他试着将上面两个抽屉完全抽出，想要从上面看看抽屉里装有什么东西。但让他失望的是，抽屉中间特意用木板隔开，根本看不见。

"屋子里收拾得干干净净，我也不想把这里弄乱，如果你能听懂我的话，最好自己出来。"

陈歌不是第一次威胁怨念了，虽然他自己也不知道这么做有没有用。再次抓住抽屉边缘，用尽全身力气，可抽屉就好像被什么东西卡住了一样。

"许音！"

陈歌唤出许音，一人一怪抓住抽屉两边。随着许音开始用力，他身上的伤口又一次崩开，血迹顺着苍白的手臂滑动，滴落在抽屉边缘。原本无法打开的抽屉，竟慢慢松动起来。

"再加把劲!"

许音没有任何保留,陈歌让他做什么,他就会去做什么。一道道伤口开裂,血液染红外衣,许音面目狰狞,双手满是鲜血。

"好疼啊!"

严丝合缝的抽屉终于被拉开了一指宽,许音的力量似乎可以影响到抽屉里的东西。血液外流,抽屉被许音一点点向外拉出,大概打开半掌宽的时候,抽屉里面突然间伸出了好几只人手!有男有女,看起来各不相同,他们似乎是想要阻拦陈歌,把抽屉重新合上。

猝不及防,陈歌和许音都松开了手,抽屉"砰"地一声又合上了。

"你们这又是何必呢?"陈歌拦下了还准备继续去开抽屉的许音,拿起了碎颅锤。"我也是为了你们好,毕竟以后可能会在一起共事。希望你们好好考虑一下,我完全可以采用暴力手段将桌子砸碎,或者用火烧掉一切,然后在残骸当中慢慢寻找,但我没想那么做,毕竟我骨子里是一个很和善的人,这一点你可以询问我身边的朋友。"

陈歌蹲在抽屉旁边,根本不怕抽屉里再钻出什么稀奇古怪的东西,他抓住抽屉把手,手指慢慢用力,边试着拉动抽屉边说:"这抽屉本就是我的东西,现在我只是想要将它拿走。今晚的遭遇我不会放在心上,你们虽然三番五次地欺骗我,但并不是真的想要谋害我的性命,应该只是想把我吓走。其实你们完全没有必要采取这样的方式,我这个人比较讲道理,有什么事可以说出来,大家一起商量解决。"

说完,陈歌用空闲的那只手扬起了碎颅锤。"就比如现在,你们已经无处可逃,迟早要面对我的,还不如放下戒备,让我们好好谈谈心。"

第3章 我来实现你们的梦想

紧闭的抽屉轻轻颤动,似乎住在里面的怨念产生了分歧,足足过了十几秒钟,原本闭合的抽屉主动向外弹开了一厘米。

"不错,有悟性,可造之才!"

陈歌将第三个抽屉取出放在桌面上,里面只有几本手工制作的漫画册子。

"这是画家自己做的?"

笔记本上说漫画家的作品没有出版社愿意出版,他所在的年代,实体出版应该是唯一的出路。

"那么多的鬼都是从这小册子里钻出来的?"

陈歌回想今晚的遭遇,隐约明白了些什么。他翻开了漫画家自己制作的漫画书。

这位画家的画风偏写实,看着非常诡异,也难怪很少有人愿意出版他的漫画,多看几眼就有点发虚。

整本漫画由五个小故事组成。

第一个故事的主角就是赌徒,身体高瘦,眼眶内陷,长得和陈歌之前见过的高瘦男人一模一样。赌徒出生在一个单亲家庭,从未与父亲见过面,是母亲一手带大的他。他没有受过什么良好的教育，成天无所事事就算了，人还好赌，三十多岁了依旧打光棍，赖在母亲家里。对他来说生活没有任何的意义，只是活着罢了。但就在他三十七岁那年，平静的生活被打破，一直照顾他的母亲得了重病，母亲辛苦积攒下的存款很快花光。他母亲想要放弃治疗，但赌徒不同意，他变卖了家里所有东西，最后只剩下那间老房子。母亲手术还差一大笔钱，就算手术成功，以后也不可能干重活。他思来想去，开始借高利贷。手术进行得很顺利，但欠的钱已经翻了几倍，讨债的人找上门来，逼着赌徒卖掉房子，赌徒说让他考虑一晚上。

第二天催债的人带着公证处的人来找赌徒，一推开门所有人都吓傻了。圆桌之上放着一个脸盆，盆里满是鲜血，赌徒左手被砍断，他右手拿着菜刀站在桌边。

他说自己从没为母亲做过什么事情，现在母亲手术完不能干重活，如果没了这房子，以后都不知道要住在哪里。所以这房子他不会卖，外人硬要抢的话，那他就用自己的命抵债。所有欠条都是他签的字，他举着菜刀冲出房间，没人敢阻拦，只能眼睁睁看着他跑到八楼，一跃而下。赌徒当场死亡，但他砍下的那只手却不知被藏在了什么地方。

第二个故事的主角是一个正在实习的英语老师，房东老太太将客厅和一个大卧室租给了她，自己只住在一个小卧室中。老太太的儿子走了以后，整个人恍恍惚惚，英语老师就把她当自己亲妈照顾。两人慢慢熟悉起来，一切都在朝好的方向发展。女教师晚上要为学生补课，回来得晚。老太太会提前做好饭菜放在桌上，她年龄大了，再加上身体不好，一般很早就睡觉了。而女教师怕自己回来晚会打扰老太太休息，每次都会嘱托老太太睡觉的时候关好房门。

某天女老师很晚才回来，她根本没想到有人早已盯上了她，刚一进楼道，就有人冲出来捂住了她的口鼻。她疯狂挣扎，在楼道里和凶手厮打起来，凶手没想到她会反抗得这么激烈，为防止女教师发出声音，引起其他人注意，凶手死死捂住她的口鼻，摸出刀具将其杀害。楼道里无法抛尸，凶手就带着女教师回到其租住的房间，处理掉了尸体。

一夜过去，尸体是第二天老太太在房间抽屉里发现的。

凶手在五天后落网，但老人的病却更严重了，在社区帮助下，她住进了医院。

这时候屋内迎来了第三个租户,是一个房地产销售,这人也就是漫画里第三个故事的主角。

销售员是外地人,三十多岁,按照公司要求,他每天穿着一件白衬衫,文质彬彬,说话很有礼貌。表面上和和气气,实际上内心已经千疮百孔。

他是一个非常倒霉的人。无论做什么,总是会因为莫名其妙的原因失败。

有时候身边还会发生一些稀奇古怪的事情,比如大晚上作噩梦,梦见妻子被分尸放进了抽屉里,纠结、担心了一晚上,早上起来才想起来自己根本没有女朋友。出门晴空万里,刚走到一半就下起瓢泼大雨,衣服湿透,想到早餐店避雨顺便吃个早饭,一摸口袋发现钱包丢了。打不着车,走着去公司,迟到后被老板痛骂,一整天接待的顾客都不待见他,最糟心的是回到家后发现门被撬开,屋里还进了贼。

对别人来说坎坷的一天,对销售员来说只是日常。

比起那些倒霉的事情,真正让他绝望的是,自己居住的房子里好像还闹鬼!

他独居在老房子里,晚上看电视想要放松一下,每当看到开心的地方,他还没乐,身后就传来了笑声。类似的事情还有很多,洗澡洗一半,有人会给他递洗发膏,上厕所没带纸,一卷卫生纸会自己从卫生间外面滚进来。

他曾是一个坚定的无神论者,但这段租房的遭遇却正在慢慢颠覆他的世界观。为了证明自己不是得了精神病,他买来摄像机,在屋子里拍摄。

持续了一周之后,他发现屋子里似乎真的有怪物,而那怪物就藏在抽屉里!

销售员试着将屋内所有衣柜和抽屉用木板封住,怪物再也没有出现。可是他却越来越倒霉了,大概一个月之后,他被上司辞退,回家的路上出了车祸。销售员死后才知道,他身上有一个充满恶意的怨念,之前一直是公寓里的怪物在帮他压制,后来他将抽屉、衣柜封住,那怨念没有其他怪物制衡,最后害死了他。

第四个故事的主角是那位房东老太太,她出租的屋子连续几位房客都出了意外,心里极为愧疚,她固执地认为一切都是她的错。老人的精神慢慢出现了问题,她总觉得自己的孩子和前两任房客都没有离开,大家都还住在这老房子里。

她一遍遍询问邻居和周边的人,清楚老房子过去的邻居们对老太太避之不及,认为她是个不祥的女人,有意疏远。有的人更是逃难般直接搬走,楼内的租户越来越少,老太太也愈发沉默。慢慢地,小区里不知道什么时候出现了某房间闹鬼的传说,老太太自身也成了怪物、不正常的代名词。

所有人都离她远远的,没人愿意和她来往。

就这样过了一段时间,老太太在天桥下面遇到了一个穷困潦倒的画家。画家鼻青脸肿,似乎刚刚和人发生过争斗,老太太有些同情他,便想要画家给自己去世的儿子画一张画。原本她只是想找个理由资助画家一顿饭,结果谁知道画家随手画出的人物,竟然和她儿子非常像,不止外形,连气质、眼神都一模一样。老太太珍藏了画家的那幅画,挂在屋子里。

让她没想到的是第二天傍晚,又有人跑过来租房,而这位新的房客正是画家。画家也没有想到房东会是老太太,他只是找遍了老城区,发现这间屋子最便宜。生活就是无数巧合组合在了一起,画家遇见了人生中第一个欣赏他的人,收获了第一个粉丝,而老太太也遇到了一个不畏惧她,愿意和她交谈的人。画家成了老房子里新的房客,老太太只是象征性地收取了画家一些费用,她把画家当作自己的孩子看待,最喜欢做的事情就是听画家畅谈梦想。

就这样过了一两个月,老太太渐渐发现了画家身上一些奇怪的地方。画家经常会跟自己的画交谈,每当夜深,画家的房间里就会传出各种奇怪的声响。在第三个月的时候,老太太实在好奇,就趁着画家外出投稿的时候偷偷进入他房间查看。结果她在画家工作桌的抽屉里,翻找到了一本手工制作的漫画册子,里面一共有四个故事。

诡异的画风,恐怖的剧情,每一个人物都好像活了过来。

更加匪夷所思的是,前面三个漫画故事分别对应着老人的儿子、英语老师和销售员。老人越看越害怕,接着她翻开了第四个故事,让她没想到的是,第四个故事的主人公竟然是她自己,讲述的正是她遇到画家后发生的事情。

第四个故事到此结束,再往后就是最后一个故事了。

第五个故事很短,类似于番外,主人公是一个漫画家,长着一张标准的中年失意脸，一副很丧很颓废的样子。漫画介绍了他一天的生活，早上五点二十起床，他元气满满地冲着镜子给自己鼓劲加油，然后从抽屉里取出画纸，校对画稿。忙碌到八点二十，他整理好所有画稿，拿着包亲自前往江州市当地一家出版社，向编辑推荐自己的漫画。结果就是他花费一个月的心血被人在十五分钟内否定，整个人好像行尸走肉般走出办公室。他拿着画稿，坐在马路旁边，看着车水马龙的城市，一直等到天快黑才哭丧着脸回家。

走过扭曲喧嚣的城市，进入漆黑的楼道，然后他打开了304号房间的门。

暖暖的光照在他身上，房东老太太为他做好了饭菜，老人说今天早上看了他的画，画得很好。

画家已经忘记了自己这是第几次被退稿，他对老人说了声抱歉，以后恐怕不会再继续画下去了。回到自己房间，漫画家锁上房门，一个人抱着腿坐在小屋墙角。他看着满满一抽屉的退稿信，把头深深埋在胸口。一次又一次失败，他把被驳回的画揉成一团扔在垃圾桶里。他不断地抱怨，又觉得委屈，说自己没有画画的天赋，决定放弃一切，以后就算从楼上跳下去也绝对不会再去画画了。

一直自言自语到晚上十二点，筋疲力尽的漫画家躺在凉席上睡着了。

小屋里的灯闪动了一下，忽然熄灭。

垃圾桶里被揉烂的画纸自己跑了出来，一点点展开铺平，被认认真真放在柜子里，桌面也被重新收拾了一遍。漫画最后一部分变成了黑白色，逼仄的小屋里漫画家已经睡着，但是在他身边却飘着几个"人"。

为首的是一个高瘦男人，他用仅剩的右手抓住一床被子给漫画家盖上，嘴里念叨着真不让人省心。在他旁边是一个身体好像积木般快要散开的女人，女人长相很美，紧蹙眉头，将漫画家画的极少一部分成人片段给扔掉，然后细心铺平所有废稿。在桌子边还坐着一个穿着黑色衬衫的男人，此时他正拿着笔精修漫画家的草稿。

一夜的时间很快过去，第二天早上五点二十，闹钟准时响起，漫画家猛然从梦中惊醒。

他关掉闹钟，拿起镜子看着镜中的脸，开始给自己加油打气。

"又是元气满满的一天，再多努点力！至穷不过讨口，不死总会出头！"

陈歌看得非常投入,可等他翻到下一页的时候,映入眼中的只剩下空白。

"没有了?"他看了看最后一页上漫画家亲笔写的日期,又将旁边的笔记本拿了过来。取出那张泛黄的报纸,陈歌对比了一下报纸日期。画完这幅画的第二天,漫画家就出事了,那报纸应该是老太太或者其他几位房客塞进去的。

"他的梦想停留在了那一天。"

拿着手工制作的漫画册子坐在床边,陈歌对今晚遇到的几位有了新的认识。

五个故事分别讲述了304号房间里那五个人的过去,他们生前都不是坏人。

陈歌一开始的猜测是画册中的怪物影响到了现实,可看了漫画家自己的故事后才弄明白,真相是现实中的怪物躲藏进了漫画里。

被出租屋里的几个怨念一起照顾,这大叔也挺厉害的。陈歌将漫画翻到第五个故事那里,他对着垂头丧气的中年大叔说道:"我知道你心有不甘,你渴望自己的漫画被更多人看到,让更多人喜欢,我可以帮你做到这一切。"

画册里那个抱着自己双腿缩在墙角的大叔,听到陈歌的话后,耳朵一动,似乎是想要把脑袋转过来。

"这漫画果然有问题,应该是可以让怪物寄托在上面。"

级别位于红衣之下的怨念和残念只有寄托在某件物品上,才能长久保留下来。漫画家的画册后面三十几页全是空白,如果这东西能够让怪物寄托其中,那陈歌以后再也不用背着个大包到处跑了,甚至还可以将暮阳中学那二十四个学生带出来遛弯。想到这里,陈歌有些心动。他柔声劝道:"大叔,你和你笔下的人物都有心愿没有了结。不如说出来,我可以帮你们弥补生前的遗憾。"

为了增加说服力,陈歌举了很多例子,比如出版漫画家的所有漫画,帮助销售员干掉那个带给他霉运的鬼,找到赌徒丢失的左手,去看望一下英语老师多年未见的家人,等等。陈歌动之以情晓之以理,画册里的中年男人终于转过了身体。他那张标准的中年失意脸上,带着生无可恋的笑容,用一种将信将疑的态度看着陈歌。足足过了几分钟,在那一格漫画下面浮现出了几个汉字。

"请多关照。"

同一时间黑色手机轻轻震动,陈歌也不避讳中年男人,当着他的面点开了提示信息。

幸运的怨念眷顾者！恭喜你获得红衣之下最强怨念！

闫大年：稀有特殊种类怨念。

能力一：怨念亲和（他看起来垂头丧气的样子，实在让人不忍心欺负）。

能力二：画魂（目睹怨念后，有一定概率将其拖入画中，红衣除外）。

能力三：？？？

看到黑色手机上的提示信息后，陈歌眼睛都瞪直了。

他实在不敢想象，漫画里那个穿着白色背心，独自坐在墙角，不开心都要从脸上溢出来的大叔，竟然是红衣之下最强怨念！

"深藏不露啊！"陈歌还是第一次见到拥有三种能力的怨念，不过这个怨念的外表简直是给所有怨念丢人。人家殷小小好歹每天也在努力做出很凶的样子，而这大叔完全就是放弃了治疗，一点怨念的尊严都没有，很丧，有气无力，纠结颓废，满脸的不开心。

"第三个能力还没有解锁，那个能力应该就是大叔可以制霸红衣之下所有怨念的关键。"

大家都是成年人，陈歌也明白漫画家的意思，对方还没有完全信任他，估计要等到心愿了结之后，大叔才会正式成为鬼屋员工。

"大叔擅长绘画，他的风格和鬼屋简直是绝配。漫画册里除了他之外，还有其他怨念存在，买一赠四，平时可以让他们帮忙打扫卫生，整理道具。关键时刻还能拉出来当演员，这群戏精放在鬼屋里真的是再合适不过了。"陈歌脸上终于露出了笑容，他发自内心地说道，"老哥，你的心愿我已经明白，你的梦想我来帮你实现！"

将屋内所有画作收好，陈歌又把桌子上的绘画工具塞入背包，这才走出狭窄的卧室。

"该告别过去了。"

他关上304号房间的门，走出楼道，在经过树丛时，有一道浅浅的黑影钻入画册当中，好像是刚才那个逃走的老太太。

陈歌打车回到新世纪乐园，进入鬼屋的"暮阳中学"场景当中，拿着画册跟所有人偶说明了一下情况，然后也不管他们有没有听懂就离开了。

"漫画册里的几个怨念都没有害人的心思，能够极大地充实鬼屋，解决人手不足的问题。闫大年本身拥有三个能力，等完成了他的心愿，解锁了那个最强能力后，说不定他还能带给我一个惊喜。"

陈歌回到员工休息室，时隔几天再次登录短视频平台的账号，直播间仍处于封停状态，但是关注却一路飙升到了五十一万。后台更是私信不断，每小时都有人在询问陈歌。

"看来大家还是很关心我的。"

冒险屋的第一波曝光是通过短视频引流而来，陈歌并不打算浪费这个大好的宣传渠道。他打开画册，认真挑选，拍了几张最诡异图片，边拍边说："老哥，我即将在五十万人面前展示你的画作，而这只是我为你推广的第一步。时代不同了，几年前你亲自跑去找出版社央求他们出版，现在我会让他们主动来找你。"

陈歌并不担心闫大年的画没人喜欢，只有真正看过他的画，才能清楚那种诡异的感觉。那是一种无法改变的风格，画中的人物仿佛就是其死亡时的样子。

陈歌先在鬼屋里拍摄了几段短视频，强势宣告自己回归，同时又在平台社区里以闫大年的名字开始连载恐怖漫画——《灵楼鬼客》。

陈歌的评论区很快炸开了锅，线下和线上宣传联动，短短十几分钟内，江州市西郊冒险屋的名字就出现在平台热度排行榜上，并且以一种恐怖的速度快速攀升。

第 4 章 临江血防站

秦广和陈歌的直播间同时被封。现在陈歌回归,秦广却不见踪影,大批好奇心重的观众都涌入陈歌的短视频评论区,他们想要知道那天到底发生了什么。

关于第三病栋里的真实情况,陈歌连警察都没有透露,更不可能对观众说明,他简单回复了几个评论,正准备下线,手机突然震动起来,是平台主播刘刀打来的。毕竟他曾是合作伙伴,陈歌也没有拒绝,他退出短视频页面,接通了刘刀的电话。

"陈歌,平台有没有通知你什么时候解禁直播间?"

"没通知,不过应该快了,有事吗?"直播对陈歌来说只是一种宣传手段,他其实并不在意这些。随着冒险屋名气越来越大,他更偏向于把直播间做成冒险屋粉丝交流的平台,比如每天发布通关进度,以及新场景的预告,等等。

"是这样的,我们上一次的合作非常成功,我想做一个类似更加容易掌控的节目。"刘刀还是不死心,上次和陈歌合作是与秦广工作室交恶以来,最扬眉吐气的一天。

"什么节目?"

"我会安排旗下名气最大的几位主播,进入你的冒险屋进行直播,你觉得靠谱吗？"刘刀很期待陈歌的回答。他在询问陈歌之前，估计已经做好了各种调查。

"挺靠谱的，但时机不妥，恐怕要再等一段时间。"

"你放心，我们会支付给你一个满意的数字，另外直播也是在帮你做宣传不是？"刘刀这人在社会上摸爬滚打，早就成了精。他清楚陈歌的顾虑，安抚道，"你也不用担心我们会泄露鬼屋内部的场景，他们全程用手机直播，画质不会太好。"

"我现在的恐怖场景还不够多，让我考虑考虑再说吧。"

陈歌不想暴露鬼屋里一些场景的细节，所以委婉地拒绝了刘刀。

网络上虽然有很多冒险屋的攻略详解，但是看攻略和亲临现场是两种完全不同的体验，有些恐怖只有经历过，才能明白那种彻骨的感觉。

挂断电话，陈歌还没放下手机，就又有人打来了电话。他刚开始还以为是刘刀不死心，看了来电显示后才发现是颜队打来的。

"每次他找我都没好事。"陈歌嘀咕了一句，殊不知道对方在看到他的来电时也是类似的反应。

"颜队？有事吗？"陈歌躺在床上，很是放松，他今晚心情不错。

"我听李队说，你昨晚去林官村了？"和陈歌相比，颜队非常严肃，他每次用这样的语气说话，都说明事情十分严重。

"那村子有问题？"陈歌一下坐了起来，他之前并没有把大山脚下的林官村放在眼里，甚至还打算跑到深山里面的活棺村看看。

"离林官村远一点，尤其注意不要在晚上过去。"颜队似乎已经和李队通过电话了，知道陈歌在那里遇到的一些事情。

"颜队，你还是说清楚些，要不我更好奇了。"

"林官村投毒案你应该知道，一家四口唯一的幸存者是一个小女孩。"

"这我清楚，我还在福利院里见过她。"

"上一个照顾小女孩的人已经死了，尸体是在林官村一栋上锁的废弃老宅子里找到的。"颜队的声音平静得吓人，却能听出他隐藏的愤怒。

"尸体为什么会出现在林官村？"陈歌第一时间想到的凶手是江铃的姐姐，但是他和江铃的姐姐接触过，对方虽然拥有怪物的外形，但内心和常人无异。

"我也一直想不明白这个问题，当初的案件调查也因为这件事一度陷入僵局。

我们整理了死者生前几天说过的所有话,做过的所有异常举动,最后发现了很奇怪的一点。"颜队好像是在犹豫该不该告诉陈歌,停顿了几秒钟之后,他终于说了出来,"死者生前,借助职务便利购买过血浆。"

"人血?"

"对,这是我们掌握的唯一线索。"颜队再次提醒陈歌,"你千万不要晚上独自去林官村,至少在我们调查清楚前,不要轻举妄动。"

"那要等到什么时候?"陈歌可以等,但是黑色手机上的场景任务等不了,三星场景活棺村再过六天就消失了。黑色手机里所有被放弃的任务,以后都将永远无法解锁。

"至少要把从第三病栋外逃的精神病全部抓住才行。"说到这里,颜队不禁一阵头疼。"他们一开始还有所收敛,彻底撕破脸皮后,我们才发现远远低估了他们的危险性。"

陈歌听颜队话里有话:"难道他们又犯案了?"

"我现在就站在凶案现场外面收拾残局。"

"凶案?"陈歌语速放慢。"有人遇害?"

"没错,一共两起,但是现场的情况都比较诡异。

"第一个死者是一个抢劫犯,监控中显示,死者刚刚作案成功,躲入后巷结果再也没有出来。路过的醉汉报了警,死者双眼被挖去,死因不明。

"第二位死者本身就是藏匿在江州的通缉犯,他被吊死在出租屋内。如果不是作案手法相同,受害者都被挖去了双眼,我们甚至不会把这两起案子联系在一起。"

听完颜队的讲述,陈歌也觉得不对劲,问道:"死者为什么会被挖去双眼?"

"对手是精神病,所以我们不能站在正常人的角度去揣测疯子的想法。"颜队叹了口气。"大致说起来,像这种拥有共性的凶案,都是因为凶手的怪癖引起。被挖去双眼可能是一种仪式;也可能是因为凶手幼时发生过什么和眼睛有关的怪事,导致他留下了心理阴影;还可能仅仅只是为了干扰我们的调查。"

"幼时留下心理阴影的可能性很大,第三病栋的病人很多小时候都受到过创伤。"陈歌牢牢记下了颜队的话,作案的很可能就是怪谈协会的会长,他想尽可能多地去了解这个人。

"现在比起凶手为什么挖眼,我更好奇的是另外一件事。"电话那边传来指尖敲击桌面的声音,颜队只有在沉思的时候,才会无意识做出这样的举动。"他们为什么要去杀害那些有罪之人?难道这是在向我们证明,他们和一般的罪犯不同?"

"他们确实和一般的罪犯不一样,更加具有目的性,也更加丧心病狂。"陈歌想起曾经在怪谈协会里听到的一个故事。"这群疯子曾经将一个中年男人溺死在水箱里,而他们这么做的原因只是为了给一位同伴治病。"

"杀人是为了治病?"颜队觉得非常荒唐。

"那位病人从小被家暴,他的父亲曾多次将他按入水池,辱骂、威胁,声称要淹死他,这给他带来了无法磨灭的心理阴影。他长大后,一看见水就会觉得害怕,甚至每次喝水的时候都感觉自己的灵魂要被淹没,有种难以言说的窒息感。其他病人为他制订的治疗计划,就是抹去恐惧的源头,在他们看来那个病人害怕的并不是水,而是自己的父亲。"

这个故事是电台女主播询问协会成员时,其中一个协会成员说的,被陈歌偷偷记了下来。

"第三病栋里的是一群疯子,他们清楚自己不正常,患有疾病,只不过他们不认可大众的治疗方法,想要用自己的方法来治愈自己。"

陈歌的话让颜队陷入沉思。"公民人身权利受法律保护,任何人不得非法剥夺他人生命。不管那群疯子这么做是为了什么,他们都无法逃过法律的制裁。"

"我不会为那群疯子开脱,只是向你陈述事实。"陈歌拿着电话在屋子里走来走去。"此次的死者都是有罪之人,他们的双眼也都被挖去,两起凶杀案共性非常明显,很有可能是那群疯子又在为自己的同伴进行特殊治疗。"

"什么样的精神病会和眼睛、犯罪挂钩?"颜队也在思索,他觉得陈歌说得有道理。

"这我就不知道了,不过你们要抓紧时间,你们现在发现了两名遇害者,但以我对那群疯子的了解,他们最喜欢的数字是'三'。"

"你的意思是还会有新的受害者出现?"

"那群疯子不管做什么事情都会尽量和三挂钩,这其中的具体原因我也不太清楚。"

陈歌把自己知道的几乎都说了出来，怪谈协会也是他的敌人，协助警方就是帮他自己。

"好，我们会加强警戒的。"

电话挂断，陈歌却怎么都睡不着。

怪谈协会现在只剩下三个人了，熊青落网，可他应该不是怪谈协会成员，否则以他的性格，在周三聚会那天肯定会把我指认出来。当初从第三病栋逃出来的精神病，能够确定活着的只剩下三个人——王声龙、六号病房的韩宝儿和九号病房的吴非。王声龙在周三聚会那天待在自己家里，这一点已经得到警方证实，他不是怪谈协会成员，身上的怨念也是从门后偷偷跑出来的。那么现在就出现了一个问题，怪谈协会剩下的三个人里，最多只有两个是当初第三病栋的精神病人。

陈歌已经获得了很多关于怪谈协会的信息，比如说会长的声音他非常熟悉，是他曾经见过的人，又比如说十号认识他，对待他的态度非常模糊，立场不明。

侦察员跳楼的时候，最后说出的两个字是门楠，难道怪谈协会剩下的三个人分别是——吴非、韩宝儿和门楠？

想了想陈歌又否定了这个猜测，敌人的话不能相信，侦察员当时被怪谈协会的人操控，他留下的信息很可能是为了混淆视听。

不管侦察员说的是真是假，至少我能从他的话里得到一个很重要的信息，那个操控侦察员的人清楚门楠的情况，如果不是对门楠知根知底，不会在最后关头说出门楠这两个字。吴非行踪不定躲在城市最阴暗的地方，门楠则正好相反，过着和普通人一样的生活，随时都可以找到，这两个人都不是最好的突破口。陈歌思索片刻，将韩宝儿当作自己的下一个目标。

一个一个来，全部送进监狱，就不用去猜测会长到底是谁了……

蒙上被子，陈歌放空大脑，慢慢睡着了。

早上八点半，陈歌伸了个懒腰从床上爬起，冲了个凉水澡。他经过一楼厕所隔间门的时候，心脏猛地一跳。

厕所隔间的门板上出现了一条条很细的裂缝，就像是眯起的眼睛，带着恶意，窥伺着门外的世界。

"晚上十二点的时候,又有东西在门后出现了,这些裂缝应该就是它弄出来的。"

一楼厕所隔间门被陈歌用木板钉死,很多天都没有出事,他也慢慢放下心来,没有再去管。无意间发现门上的缝隙后,陈歌心中有了一丝紧迫感。

"门上缝隙分布十分均匀,表面光滑,这应该是一种我从未见过的怪物。"

门后的世界对陈歌来说还是太过神秘,他现在也不想招惹那些东西。

"怪谈协会掌握着关门的方法,门楠的主人格应该也清楚一些秘密,现在我鬼屋的这扇门又出现了变化,看来关于第三病栋的任务不能再拖下去了。"

走出卫生间,陈歌已经有了自己的打算。

九点钟乐园开业,鬼屋门口的休息厅在短短二十分钟内就被人挤满,其中还夹杂着好几张熟悉的面孔,他们显得十分兴奋,不时和身边的朋友交谈,话语中充满了期待。

"这应该就是每一个鬼屋老板都想要看到的吧,自己的作品被认可,吸引越来越多的人参观。"

陈歌戴上了碎颅医生面具,表情慢慢发生变化,冒险屋能走到这一天殊为不易,绝不能因为一扇门毁掉之前积攒下来的口碑。"在三星恐怖场景'活棺村'试练任务消失之前,一定要把怪谈协会一网打尽,从他们身上找出关门的方法。"

满含煞气的陈老板带给了游客们更优质的体验,鬼屋里的惨叫声此起彼伏,整整一天都没有停过。

下午三点钟,颜队又给陈歌打了几个电话。当时正在鬼屋里追赶游客的陈歌因为太过投入,压根儿没有听见。

一直到营业结束准备卸妆的时候陈歌才看到,他赶紧给颜队打了过去。

"颜队,凶手抓到了?"陈歌擦去脸上的妆容,让徐婉先下班。

颜队没有说话,半天才回了一句:

"第三个死者出现了,是临江血防站的一名职工,死状和前两名受害者一模一样。"

临江血防站这个地名陈歌不止一次听到过,但是他一直没有时间去查看。

"死亡时间也是在昨晚吗?"陈歌预料的事情还是发生了,怪谈协会似乎特别迷信"三"这个数字。

"法医推断死亡时间是在昨夜凌晨三点到四点之间，死因暂时无法确定。死者身份为临江血防站职工，昨天下午六点他已经回家，晚上十一点半时他又偷偷摸摸地回到血防站内。屋里没有监控，没人能说得清楚后面发生了什么事，只知道他进去后再没出来。"

"第三病栋那些疯子杀人很有仪式感，他们既然选定了这名职工，说明这名职工肯定做过什么错事。我们可以从这方面来调查。"

"已经查过了，此人是唯一一个清白的人，没有任何犯罪记录，附近的村民都说他人很好，老实忠厚，从不跟人结仇，也没有什么不良嗜好。"

颜队的话让陈歌有些疑惑。在他的印象中，怪谈协会极为注重仪式感，很少犯错。

"那个职员表现出的忠厚，有没有可能是装出来的？或许他私下里是一个心理扭曲的人。"

"我们还没有深入调查，暂时不能下结论。不过有一点可以肯定，这名受害者和前两名不太一样。他不仅双眼被挖去，背部还刻着一幅画。"

"能让我看看那幅画吗？"陈歌的心提了起来，案件的关键应该就在那幅画上。

"我们有规定，案发现场的所有照片严禁外泄，如果你想看就来血防站找我吧。"

颜队没有答应陈歌，之所以会告诉陈歌前面那些信息，也只是因为他和第三病栋的精神病打过交道，可以说陈歌是除警方之外，最了解那群疯子的人。

"好，我马上到。"挂断电话，陈歌拿着手机坐在鬼屋门口思索。"我第一次完成噩梦级别任务时，镜鬼想要杀三个人，映照出血门的镜子上也会浮现出对应的数字，怪谈协会这么做是不是也和血门有关？"

陈歌打车匆忙赶到临江血防站，这里已经算是个很偏僻的地方了，平时很少有人来。下车后，他找到留守的警察，说明来意。对方没有让他进入案发现场，而是领着他来到旁边一栋建筑里。

"颜队长，陈歌来了。"不用陈歌介绍，那名警察就直接叫出了他的名字。

"你先出去吧。"颜队对那名警察说完，示意陈歌过来，他将早已准备好的照片放在桌上说道，"只能在这里看。"

陈歌的目光扫过所有照片，最后停在了一张有些血腥的背部放大照上。

受害者的后背皮肤被撕掉了一部分，用血肉刻出了一扇半开的门。与陈歌在怪谈协会宣传单上看到的血门不同，这扇半开的门中间，还画着一个女孩。她把半边脑袋伸出门外，笑得很开心。

"你有什么发现吗？"颜队同意陈歌过来，自然是因为他觉得能从陈歌这里获得某些信息。

"这个小女孩我好像在什么地方见过。"陈歌一点儿也没有开玩笑的意思，他盯着那张有些血腥的照片，平静地说道。

"血污都没有清理干净，仅凭这些简简单单的线条能看出什么？"桌上的每一张照片，颜队都研究了许久。

"很熟悉。"陈歌将桌子上照片捡起，慢慢往身前靠近的时候，他脑中猛然浮现出一种熟悉感，似乎这个场景曾经出现过。他反复试了几次，终于想了起来，说道："这不是江铃吗？！"

照片拉近，门缝处的血脸女孩靠近，让陈歌想起了那天在福利院，江铃跑过来递给他蜘蛛的样子。

"林官村投毒案幸存的那个女孩？"颜队追查过林官村投毒案，也清楚小女孩在福利院里新起的名字。

"没错，就是她。"陈歌把照片递给颜队，"你对照一下两个孩子的脸型，虽然画得不够精细，但轮廓一模一样。"

颜队看了半天，一开始他根本没往江铃身上想，可被陈歌这么一说，他也觉得有几分相像了。

"我们调查过江铃及其家人的社会关系，她们和第三病栋的精神病没有任何交集。"

"这次的对手是一群疯子，他们什么事都能做得出来，不需要任何理由。"陈歌不等颜队阻拦，拿出手机拨打了女护士的电话，他想确定一下范郁和江铃是否安全。

受害者背后的图案很可能是在预示，他们将目标锁定在了江铃身上。那个女孩是活棺村唯一流落在外的种子，说不定她和门楠一样，也曾推开过一扇门！

电话响了两声就被接通，话筒那边传来一个略有些紧张的声音："陈先生？你找我有事吗？"

"能不能让范郁接电话，我有几句话想对他说。"

"他们在陈医生房间里接受心理辅导，如果不是急事的话，稍等几分钟可以吗？"

"他俩没事就行，等会你让范郁给我打电话。"

陈歌收起手机，看着桌子上的照片，他在思考今晚要不要埋伏在江州市福利院周边。

"颜队，我感觉昨夜的三次凶杀只是前奏，那些精神病人大部分被抓捕归案，剩下的病人应该是准备最后疯狂一把。"

"今夜确实可能会很乱。"颜队手指轻敲桌面，他说完后看着陈歌。"你今晚也跟我们待在一起吧。"

"我？"

"那些精神病最想杀的人就是你。"

陈歌想了想，觉得颜队说得有道理，反正对他来说只是换个地方睡觉而已。如果能帮忙抓到怪谈协会的其他成员，那更是皆大欢喜。见陈歌同意下来，颜队轻轻点头。两人又交谈了二十分钟，商定了一些细节，可就在这个时候陈歌的手机震动起来，他发现是女护士打来的也没在意，随手接通。

"陈先生！范郁和江铃不见了！今天下午我还看到他们在屋子里！"手机那边传来女护士焦急的声音，"我已经通知院长了，现在大家都在寻找他们！"

"不见了？！"陈歌目光变得凝重，"他们不是和那个陈医生在一起吗？让他接电话！"

"陈医生也不见了，屋子里所有东西都摆放得整整齐齐，但就是人不见了！"

"你等着，我马上过去！"

陈歌猜到怪谈协会可能要动手，但是没想到会这么快！

"那个陈医生有问题，我在第三病栋老院长的书信里看到过这三个字，不过当初那封信是寄到临江血防站来的。"

世界上姓陈的医生有很多，所以陈歌在第一次见到陈医生的时候根本没往这方面想，毕竟信是寄到血防站来的，而那个陈医生是在福利院里工作。

"江铃失踪了？"颜队看着桌上那张照片，他对陈歌越来越好奇。这人已经不单单是拥有很强的洞察力,似乎还拥有一种特殊的直觉和天赋,这一点恐怕连陈歌自己都没有意识到。

"一共失踪了三个人,范郁、江铃,还有一个照顾他们的医生。"

"那个照顾他们的医生也是第三病栋里的疯子?"颜队觉得难以置信,一个病人竟然在出院几年后变成了医生。

"现在还不能确定那个医生的身份。"挂断电话后,陈歌强迫自己冷静下来。

按照他的推测,剩下的三个怪谈协会成员里,有两个第三病栋的精神病人,还有一个是自己在现实中见过面的人,而那个和自己很熟悉的人就是会长!

陈医生是他上次去江州市福利院时第一次见,所以他是会长的可能性不大。

"颜队,查一下血防站五年前所有员工的资料,其中可能会有凶手的信息。"

第三病栋的那封信是寄到血防站的,当年和老院长通信的人应该在这里工作过。

"好,我安排老魏和你一起去江州市福利院,你们先看看情况,这边的调查就交给我吧。"颜队拿出对讲机把老魏叫了进来,上一次去救顾飞宇,就是老魏开车接送的陈歌。陈歌没有拒绝颜队的好意,今晚很可能要到处跑,打车太麻烦,和老魏在一起比较方便。

"颜队长,你找我?"老魏快要退休了,平时颜队也不让他冲在一线,想保他安安稳稳度过最后几个月。

"今晚你和陈歌一起行动,保护好他。"

"明白!"

老魏和颜队交谈的时候,陈歌仍旧在思考。血防站、怪谈协会、江铃这三者之间必然存在某种关联,但是他想不明白会有怎样的关联。

"怪谈协会把最后一个死者选在血防站,几年前和第三病栋老院长通信的人也在这里,关键在于血防站和活棺村的小女孩之间有什么联系。"陈歌双手抓着桌子边缘,手背上冒出青筋。

"陈歌,别耽误时间,你俩马上动身。"颜队拍了拍陈歌的肩膀,他以为陈歌在担心范郁和江铃的安全。"吉人自有天相,那两个孩子不会出事的。"

"我在想另一件事。"陈歌一动不动,忽然转身看向颜队问道,"你之前对我说过，照顾江铃的人，后来被发现死在了林官村的某座老宅里。"

"是啊。"颜队不清楚陈歌想说什么。

"那个人生前曾借助职务便利购买过血浆！"陈歌眼睛变亮了。"江铃、血防站和第三病栋的精神病之间肯定有所关联，应该和血液有关。"

"你误会了，血防站并没有人血。"颜队摇了摇头，"这地方主要是为了防治血吸虫病和其他寄生虫感染造成的疾病，算是专科医院。"

"那有没有另外一种可能，这里培育着一种需要人血才能存活的特殊寄生虫。或者不是寄生虫，就是一种需要血液才能生存下去的东西。第三病栋的病人需要这东西，而江铃身上正好有！"

陈歌说出了自己的看法，颜队和老魏一时间都没有反应过来。其实陈歌还有一半话没有说出口，江铃是活棺村最后的种子，那个与世隔绝的村子里大多村民都身体畸形，概率已经远远超过了近亲结婚。陈歌怀疑他们的畸变可能就是由这东西引起的。

"你们先去福利院吧，我会派人彻底搜查血防站，有了进展会第一时间通知你们。"颜队在思考陈歌的话，他越想越觉得有可能。

"千万要小心，你们最好几个人一起行动。"陈歌有些担忧，怪谈协会想要的东西并不一定是有形体的虫子，也可能是一段诅咒，甚至有可能是一种极为特殊的怪物。

离开血防站，天色已黑，老魏开着警车将陈歌送到了福利院。他们一来，门口的看门大爷和女护士就迎了过来。

"人没找到，大门口的监控也没有拍到他们的身影，应该是从其他地方翻出去的。"看门大爷有些内疚。

"带我去范郁和江铃最后待过的房间看看。"如果真是怪谈协会出手，这些普通人没有发现很正常。

"跟我来。"女护士领着陈歌进入心理康复活动室，这房间色彩明亮，布置得很温馨，一进去就让人心情好了不少。

"下午四点多的时候，两个孩子还在里面玩，结果刚才我过去看时，人已经不见了。"女护士站在屋内，她彻底慌了。

"你冷静点。"陈歌没去碰屋内的任何东西,先查看了一遍。"没有打斗的痕迹,所有物品摆放正常,两个孩子应该是自愿离开的。"

"难道真是陈医生带他们走的?不可能啊!陈医生是个好人,在我们这里治好了无数孩子,让很多人重新拾起生活的勇气。"女护士声音变大,似乎不愿意面对这一切。

"好人和坏人是很难定义的。"陈歌走到桌边,看见了几幅奇怪的画。

第一幅画里画着两个黑色小人坐在中间,窗口伸进来一个红色的身体很长的人。

"这应该出自范郁之手,他是在提示我。"陈歌看着手中的画,"黑色的是人,红色的是怪物,看来怪谈协会果然对江铃动手了。"

翻看第二张,画中有一个蜘蛛一样的红色女人将窗口爬进来的怪物撕碎,似乎正在进食。

"江铃的姐姐救下了他们两个,也对,有江铃的姐姐在,除非怪谈协会全力以赴,否则很难伤到他们。"

陈歌又看向第三张画,两个黑色小人在红色蜘蛛女人保护下走进了一扇门,旁边还用红笔歪歪斜斜地写了两个字——回家。

第5章 林官村

"还有时间画画，看来两个孩子没有受伤，他们应该是察觉到危险，主动离开了。"陈歌从来没有把范郁和江铃当作普通的孩子。

"你在看什么？"老魏和护士也走了过来，他俩看到了画上的字。"回家？这是什么意思？"

"在变成孤儿之前，他们也有自己的家。"看到"回家"两个字的时候，陈歌第一时间想到了林官村，那里是江铃长大的地方。"你把这里的情况跟颜队汇报一下，另外我们今晚可能要去一个很偏僻的地方。"

"好。"

交代完后，陈歌看向压在最下面的第四张画，画中是一座用黑色线条勾画成的破房子，房子左边竖着一个类似于棺材的东西。

"第三张画是进入门中，最后这张画是一座房子，范郁是在告诉我'门'所在的位置？"

他将最后一张画叠好装进口袋，按照他的猜测，范郁和江铃进入的那扇"门"，很可能就隐藏在这栋旁边竖着棺材的老宅子里。

"我上次进入过林官村，也没见有哪户人家把棺材放在门外，范郁画的这房子很可能是在大山深处的活棺村里。"人已经失踪,想要验证这个猜测只有亲自到林官村看看才行。陈歌深深地吸了口气说道:"必须要尽快找到他们,一旦进入门后的世界,再想出来就难了!"

"陈先生,江铃他们不会出什么事吧?"女护士一脸担忧。

陈歌看了一眼女护士,放下手里的画,他心里还有一个疑问——范郁的四张画里没有一张提及陈医生!在这起失踪案当中,他扮演了什么角色?

如果说陈医生是怪谈协会的人,那范郁画中身体瘦长的怪物为何是从窗外伸进来的,而不是从陈医生后背上伸出来的?以陈歌对怪谈协会的了解,寄生在身上的怪物被撕碎后,被寄生者会记忆受损、陷入昏迷,可是现场却没有发现陈医生的身影。"看来这家伙不简单,要多多注意才行。"安慰了女护士一句,陈歌和老魏离开了江州市福利院。

"我已经把这里的情况汇报给颜队了,咱们现在去哪儿?"

"先回新世纪乐园,我要去拿些工具。"怪谈协会在一星期内减员四分之三,现在是狗急跳墙,决定拼死一搏,陈歌自然不会大意。老魏也没有细问,颜队今夜给他下的命令只是保护陈歌。

到了新世纪乐园,陈歌马不停蹄进入鬼屋,将碎颅锤、复读机、笔仙、小小全部塞进背包里,然后又拿着那本漫画来到西城私立学院场景当中,使用闫大年的能力把散发恶臭的男孩和站着上吊的学生装入画中。

"如果张雅在就不用这么麻烦了。"陈歌看着鼓鼓的背包,也有些无奈。"还是很没安全感啊!"

他目光扫到了趴在桌子上咬尾巴的白猫,想了想将它也抱了起来。

"农村好像有尸体害怕猫的说法。"

在白猫不明所以的注视下,陈歌把它放进了另一个提包里,说了句"养猫千日,用猫一时,今晚拜托你了",就提着两个大包冲出冒险屋。

回到警车里,陈歌才把装有白猫的提包打开,说道:"老魏,开车吧,我们去西郊和山区交界处的林官村。"

看着陈歌拎着两个大包上了车,老魏脸色古怪,觉得陈歌有点小题大做。毕竟站在一个普通人的角度来看，寻找失踪儿童和在一线追查挖眼凶犯比起来，明显是追查凶手要危险一点。

"你这都装着什么东西？我怎么还听见猫叫了？"老魏发动了车子，他跟颜队一起追查过投毒案，知道那村子的位置。

"我这只猫能避邪。"

"行吧。"

……

晚上十点多，老魏带着陈歌来到林官村。一下车，陈歌就背着包跑进村子中，身后还跟着一只白色的猫。

"等等我啊！"老魏停好了车，再往外看时，已经没有陈歌的影儿了。

陈歌拿出范郁的画，挨个对照村子里的建筑。林官村外面有一条公路，可惜只是门面工程，路刚修进村子里就断了。周围的建筑也变得破破烂烂，家家户户门上挂着大锁，看起来荒废了很久。

"这才十点多，村子里就完全黑了。"

跟上次来的时候一样，陈歌在村子里没有看到一个活人。

"你不要乱闯，很容易引起人家误会。"老魏好不容易看到了陈歌，紧赶慢赶地跑过来，将其拖到了村外。

"那你说怎么办？"

"先找人问问。"老魏敲开了一户村民家的门。那人一开始态度很差，但在老魏亮出证件，声音变得严厉后，村民乖乖地打开了屋里的灯，把陈歌和老魏请进家中。

"你今天有没有看到一个三十岁左右的中年人，领着两个孩子进入林官村？"老魏开门见山，直接盘问起来。

"拐卖小孩的？"屋主人是个老实巴交的庄稼汉。

"问你什么回答什么就行了。"

"没看到，我们这里很少有外人过来。"

两人交谈的时候，陈歌在屋内随便看了看。里屋有张供桌，桌子上摆着一个老太太的黑白照片。除此之外，没有任何异常，就是很普通的民宅。

"你来看看这幅画,你们村子里有没有类似的建筑?"陈歌将范郁的画放到屋主人面前。

那人挠了挠头,一脸不解道:"这能看出来个啥?屋旁边的是柜子吗?"

"是棺材。"陈歌一开口,屋内其他两个人都不说话了。

"谁会把棺材立在门口,这真没见过。"屋主人看着陈歌,他也说不清楚,就觉得眼前这人有点儿恐怖。

"再问你个问题,你知不知道大山深处的棺材村?"

当陈歌说出"棺材村"三个字的时候,庄稼汉的眼皮一跳,赶紧拿起水杯掩盖自己的慌乱。"你们问这干什么?那村子闹过瘟病,没逃出来的都死了。我们村的人都不提那个名字,怕染上晦气。"

"看来你清楚这个村子的存在。那你知道这村子具体位置在哪儿吗?"陈歌声音平静,目光却有点吓人,"我现在就想过去看看。"

"现在?你、你是在开玩笑吗?"屋主人说话都结巴了起来。

"就是现在,我的两个孩子都不见了,他们有可能跑进了棺材村里。"陈歌不想再拖延下去,大山里环境复杂,两个孩子很有可能在路上出现意外。

"你找别家去吧。"屋主人手一抖,杯中的水洒落在外,他现在非常紧张,也非常害怕。"我只是听老一辈的人说起过那个地方,但并不知道路。"

他还没说完,就发现陈歌的目光慢慢发生了变化,似乎变得更加阴冷,立刻补充了一句道:"你们可以问村子里的老人,他们一定知道,我可以带你们去找他们。"

陈歌这才点了点头,说道:"麻烦你了。"

"不麻烦,不麻烦,应该的。"屋主人擦着额头的汗,进里屋寻找手电筒。

"陈歌,稍微注意一下,别吓着人家。"旁边的老魏拿陈歌是一点办法都没有,其实他站在陈歌旁边也有点犯怵,尤其是想到陈歌曾经做过的那些事。

"我心里有数。"陈歌淡淡开口,现在哪儿还顾得上这些细枝末节,找到失踪的孩子才是最关键的。

"我听家里老人说过,以前有一群从山里逃难出来的人,他们好像就来自棺材村。"屋主人拿着手电筒走了出来。人倒也老实,没有对陈歌他们隐藏什么。"那些人住在村子西边，我们住在村子东边，平时也没有什么往来。我奶奶在世的时候跟我说过，那些人身上不干净。当时我想啊，都什么年代了，人人平等，哪有什么干净不干净的，就觉得老人家是年龄大了，糊涂了。后来住得久了，才发现那群人确实有点不正常。"

"怎么不正常？"陈歌和老魏都很好奇。

"他们很少离开房间，天黑以后更是不会踏出房门半步，就好像外面有东西会害他们。"屋主人小声说道，"他们家家户户都在窗户上挂一条绳子，门后放一把菜刀。我当时问过他们为什么要这么做，他们说是为了防贼。"

"就这些吗？"

"还有一个最奇怪的地方。"屋主人声音变得更低了，"每隔一段时间，从大山里逃出来的人就会少一个，每当有人失踪后，那些同样从山里逃出来的人不仅不难过，还非常开心，那感觉就像……"

"像什么？你倒是说啊。"陈歌催促起来。

"就像只要死的不是自己就行。"屋主人这话说得有些残酷，让陈歌和老魏都沉思起来。

"我就是说说自己的感受，你们千万别多想啊！"屋主人急忙辩解，三人一起走到村子中间，拐进一条小路后看见了一间砖瓦房。

"到了，就是这儿。"屋主人刚准备敲门，等手落在门板上时才发现木门没锁。他忙喊道，"朱大爷？"

他迈步进入屋内，只往里走了一步，就不敢动了。餐桌上摆着一个老人的黑白照片，照片里那张脸正好对着房门，更恐怖的是照片里老人的双眼被抠掉了。

"别慌。"陈歌轻轻拍了拍庄稼汉的肩膀，灯都没开独自进入屋内，将桌上的黑白照拿了起来，"照片看起来有些年头，边缘还有磨损，他估计早就想到这一天会到来。"

联想到庄稼汉之前说过的话，陈歌觉得照片里的老人可能已经失踪了。

"从棺材村逃出来的那些人把绳子挂在窗口，门后藏菜刀，很明显是害怕某种特殊的东西进来。"陈歌摸着下巴说道，"难道是从大山深处棺材村里跟出来的怪物？照片的双眼为什么会被挖去？感觉和怪谈协会的作案手法很像。"

"大哥,你把照片放下来再说话,我总感觉照片里的人在看我。"庄稼汉站在门口,没有要进来的意思,"要不我再去其他几家看看?"

"行,正好去问问他们。"

三人赶往下一家,还没走到,陈歌心里就浮现出不好的预感。他拥有阴瞳,能清楚得看到那一家的门是开着的。

推门而入,这屋子的主人也失踪了。更诡异的是,房屋中间的桌子上也摆着一张黑白照片,照片的眼睛同样被挖去了。

"怎么都不见了?"庄稼汉把陈歌和老魏领到地方,两个外来者还没说什么,他自己先害怕了起来。

"快去其他人家里看看。"他们连续找了几家,所有从活棺村逃难出来的人全都不见了,每一家桌面上都摆着一张黑白照片,照片中人像的眼睛全部被抠掉了。整个村子就像鬼村一样。

"这到底是怎么回事!"庄稼汉脸色苍白,这时候只能向陈歌和老魏求助。

看着他询问的目光,陈歌拉开背包拉锁,紧紧抓住了碎颅锤:"所有人都失踪了,为什么偏偏就你没事?"

陈歌对着庄稼汉随口说了一句,把这个老实巴交的中年人给吓坏了:"我是真不清楚原因!村口还有几家原本白家村的人,他们应该都没事。"

登门查验,庄稼汉说得不错,失踪的只有那些逃难过来的人。

"陈歌,你觉得那些人会去哪儿?他们为什么要留下一张黑白照片?"老魏感觉事情已经脱离掌控,正在朝一个未知的方向发展。

"他们可能又回到了活棺村里。"陈歌从背包里取出范郁的第三张画,上面写着两个字——回家。

"不能等了,咱们现在就进山!"他走到庄稼汉旁边说道,"你们村子里应该有人知道棺材村的位置吧?这件事涉及好几条人命,希望你们能配合。"

"大哥,我真想配合你们,关键是知道那村子位置的人不是失踪,就是年龄太大已经不在了。"庄稼汉往后退了几步,走到老魏身边这才停下。

"年龄太大?"陈歌忽然想到了一个合适的人选,他叫上老魏,朝着大山深处的桃林跑去,边跑边说,"白大爷应该知道活棺村的位置!"

翻过山头，陈歌在小木屋找到了白大爷，说明来意后，老爷子一开始假装不知道。

但当他听说有两个孩子可能被拐到了活棺村后，终于同意下来，决定带陈歌和老魏一起进山。

"陈歌，要不我们先退出去，等颜队支援赶到，再一起进山？"老魏看着已经没有信号的手机，上面显示的时间是午夜零点五十分。

"开车从江州市赶到林官村最快也要一个小时，等他们过来再进山，天都亮了。"

陈歌他们已经在山林当中走了近两个小时，仍看不到任何村庄的影子，远处只有一座又一座的大山。

"可就我们三个过去能行吗？"老魏头疼的是，真要发生冲突，恐怕还要分出一个人来照顾白大爷。

"问题不大。"陈歌刚开始也挺担心白大爷的身体，走了一个小时后，他才发现自己的担心是多余的。

从小在山里长大，白大爷不仅身体硬朗，对山林环境也非常熟悉。

"你俩嘀咕什么呢？"白大爷拿着一根树枝走在前面，"往前是一个岔路口，从山顶上过去会绕很远的路，大概需要再走两个小时才能到地方。但如果从山谷中间穿过的话，只需要三十分钟就能到棺材村了。"

"山谷中间那条路是不是不好走？"陈歌心里清楚，白大爷既然专门说出来，肯定是有原因的。

"嗯。"白大爷神色凝重，"山谷里闹鬼。"

"闹鬼没事，我还以为你要说有狼呢。"陈歌拍了拍自己的背包，白猫很不满的把头从拉锁缝隙间拱出来。

"不是，我一直挺好奇，在你的世界里狼比鬼还要恐怖吗？"白大爷拄着树枝，他完全无法理解陈歌的思维。

"鬼虚无缥缈，而狼却是真实存在的。"老魏也不信鬼怪那一套。

陈歌翻了个白眼，他也没有辩解，催促道："我们就从山谷里走吧。"

"你们可要想清楚了，这世上有些东西真的很难说清楚。"白大爷再次询问两人的意见。

"大爷，你是不是以前遇到过什么事啊？"陈歌看出白大爷神色不自然，很不愿意进入山谷当中。"这条路你这么熟，以前肯定走过不止一次，咱们现在都是为了救孩子，希望你不要故意隐瞒什么。"

"我从来没有隐瞒，只是怕说出来你们不相信。"白大爷头一次讲起了他年轻时候的事。"我父亲略懂医术病理，上个世纪四五十年代天花麻疹肆虐的时候，他几乎跑遍了附近的山村，棺材村也是在那时被他发现的。这村子与世隔绝，识字的人没有几个，生了病全靠自己的土方法硬挺，我父亲过去的时候村子里的疫情已经很严重了。为了给那个村子里的人治病，我父亲去过好几次。我那会儿年轻，父亲想让我也学医，以后好靠这个吃饭，有的时候出诊就会带上我。

"前几次从山谷中间走的时候也没出事，就有一次父亲好像跟棺材村一个人争吵起来了，起因我也不清楚。平时我们都是下午两三点离开，但那天我们从棺材村出来的时候已经是傍晚了。当时村子外面的天还是亮着的，我和父亲没多想就进入山谷。走到一半，我父亲突然在身后催促我，让我走快点。我寻思早点儿回家还能吃上热乎的饭，就加快脚步往前走。可走了一会儿，又听见父亲在身后催我，让我再走快点。我这时候察觉不对，刚扭过头准备往后看，眼睛就被父亲的手捂住了。他还是催我走快点儿，我顺着他的指缝偷偷朝后面瞄了一眼，结果正好看到父亲后背上趴了一个人！

"我父亲脸色很差，护在我身后，不断催着我赶紧往前走，走快点儿。可能是我父亲平时行医好事做得多，他背后趴的那东西最后也没有动他。不过那天我记得特清楚，进山谷的时候天还是亮的，出来的时候天已经完全黑了。回到家，我父亲大病了一场，以后再也没有去过棺材村。

"我至今都不知道他那天在棺材村里为什么会和病人争吵，也不知道那天趴在他后背上的到底是个什么东西。"

白大爷讲起这段经历，心里有些难受。陈歌也有点儿理解，白大爷为何会因为愧疚去帮助江铃的姐姐了，他年轻时就经历过，所以比较信这些。

"你们现在还准备从山谷里走吗？"白大爷对那山谷有心理阴影。

"绕过去太耽误时间，就从山谷中间穿过去吧。"陈歌将笔仙反握在手里。"你俩走前面，我来断后。"

"你能行吗？"原本断后的是老魏，他一边走，一边在树林里做着各种标记。

白大爷本来也想劝陈歌，话到嘴边了，他忽然又想起那天晚上的事情，陈歌追着江铃姐姐跑出房间，似乎还想要挽留那个怨念。白大爷嘴角抽动，有些怀疑陈歌就是因为听到山谷里闹鬼，所以才故意往那边走的。

"你俩都看着我干什么？不用担心，赶紧走吧。"陈歌一点也不慌，他背着背包，包里还装着一只白猫，就算那怪物真趴过来，也是先趴在白猫身上。陈歌温柔地摸了摸白猫的小脑袋，跟在白大爷和老魏后面进入山谷当中。

风声从耳边吹过，好像有人在哭泣。荒草没过膝盖，偶尔有什么东西跑过，蹭着小腿，让人很不舒服。两边的树木渐渐变多，长得也愈发奇怪，周围的一切似乎都在慢慢发生变化。

"快点儿，争取二十分钟内走出去。"白大爷情绪不太稳定，似乎是年轻时恐怖的记忆又慢慢浮现出来了，他看起来非常紧张。

"陈歌，你在后面小心点儿。"老魏走在中间，他对陈歌还是比较放心的。

在山谷里走了五六分钟，狭窄的土路完全被荒草和树杈堵住，而在路的两边能看到很多半埋在土里的棺椁。

那些棺材好像是故意放置在附近的，有些甚至没有盖严实。

"你们别怕。"白大爷的声音好像在颤抖，他在逼自己冷静下来。"这是棺材村的习俗，那些都是空棺，沿路两边，节节垫高，取的是升官发财的意思。"

"害怕倒不至于，不过你们还是走快一点比较好。"

陈歌回头看去，自己身后好像有一道影子跟了过来。

他没有把这个消息告诉老魏和白大爷，只是在背包里翻找起了什么东西。

"就一个吗？那可别说我仗着'人'多欺负你。"

白大爷和老魏急匆匆地走在前面，陈歌却故意放慢了速度，与队伍脱节。

"保持这个距离就可以了，老魏和白大爷都在我的视野里，不用担心一会儿找不到他们。"

陈歌将复读机拿在手中，也不往身后看，就假装什么都没有发现一样。山谷内的风慢慢停止，周围突然变得很安静，如同打破了某种界限，进入了另一个世界。温度慢慢变低，陈歌能感受到一股凉气在慢慢逼近。

"要过来了。"陈歌心如止水，或许是因为白猫在后面充当肉盾的原因，他一点儿也不担心，慢悠悠地走着。身后的寒意和陈歌之间只剩下三四米远时，那股寒气突然停了下来，它似乎察觉到了什么。

"复读机都没有打开，那怪物怎么停下了？"陈歌在心里计算着两人之间的距离，装出了一副害怕、畏惧，不敢继续向前走的样子。他又一次放慢速度，极尽所能的"诱惑"后面的怪物。

"怎么还不过来？非要我自己往后倒退，撞在他身上才行？"陈歌在很认真地考虑，要不要主动往后退，他对自己的演技很有信心，就怕这不寻常的举动会惊走身后的怪物。

"还是再等等吧。"

山谷中间的路越来越窄，几乎被灌木和树杈堵死，前面的白大爷和老魏也不得不放慢速度，一点点清除掉那些枝杈。陈歌觉得自己也不能做的太过火，那怪物不上钩就算了，他加快速度，准备去帮白大爷开路。

可谁知道他一加快速度，身后那怪物反而有些着急，估计是以为陈歌发现了它，终于准备出手。寒意慢慢涌上心头，这久违的感觉让陈歌想起了自己第一次约会时的场景，当时张雅就靠在背后，一副我想你死的可爱模样。他脖颈上的汗毛竖了起来，温度变得更低，寒意从四面八方涌来。

陈歌还没做出反应，他背包里的白猫忽然挣扎着钻出，冲着他叫了两声，然后独自往前蹿去！

"你这太怕死了吧？不是都说猫有九条命吗？"

其实白猫还是很够意思的，至少在逃跑之前还对他发出了预警。

寒意好像一双手从两边抓住了陈歌的肩膀，慢慢透入他的身体。

"很熟悉的感觉。"陈歌背后传来一个女人宛如哭丧一般的声音，凄惨恐怖。更古怪的是这声音好像只有陈歌能听到，前面的白大爷和老魏都在做自己的事情，丝毫没有察觉。

寒气透骨，双肩慢慢变得沉重，陈歌这时候想起了白大爷的故事。

老爷子的父亲当初应该就承受着这样的痛苦，为了保护他儿子不受伤害，硬是背着怪物走了一路。

身体越来越重,身后还传来一股拉力,那怪物似乎是准备将陈歌拖入旁边的棺材当中。

"这不会就是替死鬼吧?"

空气好像凝结成了冰,肺里也被寒气侵入,耳边哭泣的声音开始影响陈歌的思维,周围的树木左右晃动,好像全部活了过来一样。哭声直接入脑,一张惨白的人脸慢慢浮现,它趴到陈歌耳边,还没来得及开口,陈歌突然向后扭头。

"哭够了吗?"

"啊?!"

惨白的人脸停在陈歌肩膀上,黑洞洞的嘴巴半张着。

"哭够了,那就上路吧。"

陈歌按下了复读机的开关。磁带转动,半身红衣的许音抓住了陈歌后背上的那只怪物,将其硬生生地从陈歌身上拽下来,撕成碎片,一口口吃掉了!风中哭喊的声音更加凄惨了,陈歌也觉得许音有些残忍。

"明明没哭够,为什么要骗我?我又不是那种不讲道理的人。"

等许音吞食完,他身上的血迹又多了一片。照这个速度下去,他迟早会变成红衣。

"陈歌!你在后面干什么!赶紧过来,别离我们太远!"

白大爷冲着陈歌招手,他们直到许音身体消散才发现身后的异常。以他们这个警惕性,如果不是陈歌断后,此时两人可能已经被那怪物拖入棺材当中了。

"马上来!"

陈歌将复读机放好,刚才跑出去的白猫又蹿了回来,跳到陈歌肩膀上,死活不肯再回背包里了。

"安逸的生活会让我们失去进取之心,你以前可没这么胆小,看来我以后要多带你出来走走了。"陈歌摸着白猫的脑袋。"我也是为了你好。"

追上老魏他们以后,陈歌才突然想起来,刚才那只怪物直接就被许音吃了,连它有什么能力都没有弄清楚。

"应该就是普通的孤魂野鬼吧,这里棺材这么多,应该不止它一个,以后估计还有机会遇到。"

在白大爷的带领下，他们几个用了二十多分钟走出了山谷。

"谢天谢地，没出什么意外。"白大爷额头满是冷汗。"咱们这次运气不错，出了这山谷再走十几分钟就到地方了，在进去棺材村之前，我要提前跟你们打个招呼。"

他双眼盯着陈歌，说道："进去以后，不管遇到什么事情，千万别冲动！我跟他们还算熟，让我来处理。"

"你们都十几年没见过了，他们会给你面子吗？再说那村子里的人，可能已经都不在了。"陈歌说的是实际情况。

"相比你们来说，我更了解他们的一些风俗，咱们是去找人，又不是去干仗，多一事不如少一事。"白大爷苦口婆心，他怕自己关键时候拦不住陈歌。

"我们听你的。"老魏拽着陈歌说，"找人要紧。"

白大爷没有继续这个话题，他指了指陈歌肩膀上的猫。"把猫装进包里，那村子里的人看见猫都会直接打死。"

"他们不养猫那怎么防鼠害？你不是说那村子里家家户户都有棺材吗？不怕被老鼠咬了？"陈歌追着白猫跑了半天，终于将它抓住，又塞回包里。

"那村子里活的东西很少，我也没见他们养过猪羊之类的牲畜。"老人说完后又思考了一会儿，"边走边说吧，那村子里怪事和禁忌很多，人长得也跟我们不太一样，你们要提前做好心理准备。"

第6章 活棺村

走出山谷后,手机信号完全消失,陈歌提前下载好的电子罗盘也失去了作用。他总觉得山谷这边的世界和外界不太一样,可能是因为他经常和怪物打交道,所以对某些东西比较敏感吧。透过树枝的缝隙向上看去,夜空中不见星月,就像一块密不透风的布捂在头顶,越往前走就越感到心慌。

"小心点,快到地方了。"

又走了十几分钟,陈歌他们终于钻出树林。抬头看去,眼前的场景让他们俩都感到惊讶。

"那是……灯笼?"

老魏碰了碰白大爷的胳膊,可白大爷自己也是第一次在晚上来活棺村。

"不知道。"他从口袋里取出一块玉戴在脖子上。"我走前面,你们跟着我,别离得太远。"

三人进入山洼当中,前面模糊的建筑轮廓渐渐变得清晰。在人迹罕至的大山深处,竟然还隐藏着这么一个村子。所有建筑都是几十年前的风格,荒凉破败,但诡异的是每家每户门口都挂着一个白纸灯笼。幽幽的光好像一颗颗白色的眼珠子,悬停在土路两边,盯着三个外来者。

村里有人！

这个在几十年前就因为瘟病荒废的村子，直到现在仍有人在里面居住。

"大爷，我们直接进去吗？"老魏走到陈歌身边，他还记得颜队的命令，今晚最主要的任务是保护陈歌。

"让我想想。"白大爷望着空无一人的村庄，还有挂满村子的白纸灯笼，手心不自觉得冒出冷汗。"我以前和父亲都是白天过来，真不知道晚上的棺材村是这个样子的。"

白大爷面带苦笑，他表达的意思已经很明显了，他不想进去。三人之中只有他以前进入过棺材村，最清楚那里的诡异和恐怖。白天尚且如此，晚上进去那还得了？

"不能急，我们先稳住阵脚。"老魏说完后拍了拍陈歌的肩膀。"要不，我们先在村子周围查看一番怎么样？"

陈歌没有回答老魏的问题，独自站在最后面，他的表情让白大爷和老魏都有点捉摸不透。

"你怎么了？"老魏很担心陈歌，虽说他也觉得陈歌有时候很莽撞，但不得不承认在这大山鬼村门口，站在陈歌旁边是最有安全感的。

"我在考虑一个问题。"陈歌摆了摆手，又低头看了一眼黑色手机。

在他们走到荒村附近时，陈歌的黑色手机震动了一下，他收到了一条新的提示信息。

幸存的怨念眷顾者！恭喜你找到大山深处的活棺村，是否接受三星恐怖场景——"活棺村"试练任务？

"你有什么问题就说出来，大家一起帮你分析。"老魏和白大爷都围了过来。

"不用了，我已经考虑清楚了。"陈歌点击屏幕，选择了确定接受任务。

活棺村（尖叫指数三星）：在活棺村内存活至天亮，即可解锁全新场景。

任务提示：那一天，除了我，他们都来了。

记住任务提示，陈歌收起黑色手机，看向黑暗中的活棺村。

"走吧，进去看看。"

"要不你再考虑一下？"老魏抓着陈歌的手臂，给白大爷使了个眼色，希望白大爷一起劝住陈歌，可惜天色太黑，白大爷根本没看见。

"我已经考虑清楚了。"陈歌所谓的"考虑"和老魏说的完全不同。

"你俩不要吵。进村也行,那村子里的人虽然长得奇怪,但心都挺好。"白大爷接触过棺材村的人,此时他最有发言权。

"大爷,你确定这些晚上点白纸灯笼的人心地善良?"三个人里老魏算是最理智的。

白大爷摸着领口的玉坠,好像想起了很久以前的事情。"我父亲说过,那村子里住着一群可怜人,如果我以后学医有成,可以去帮帮他们。"

陈歌拥有阴瞳,当他看到白大爷的玉坠时,眼眸竟然感到了一丝疼痛。不过那痛感来得快去得也快,如果不是他比较敏感也不会发现。

"白大爷,你脖子那玉坠是你父亲留下来的?"

"对,我父亲在外行医一直戴着,直到最后一次从活棺村回来,他把这玉坠给了我,再后来他就病倒了。"

"看来这玉坠不一般啊。"陈歌很想研究一下,他和怪物打交道的次数很多,也去搜寻过类似能对怪物产生影响的东西,可惜找了几个星期,只弄到了一把杀猪刀。

"我父亲说玉坠不能被外人碰,外人一碰就不灵了。"白大爷说的应该是实话,"这玉坠不能给你们护身,所以你们今晚最好都跟我待在一起。"

"老伯,你父亲还对你说过什么?"老魏询问道,"咱们这都要进村子了,你可不能藏私。"

"没了,他就跟我说不管去哪里,做什么事都要问心无愧,人善鬼不欺。"白大爷这么一说,陈歌更理解他为什么会一门心思的帮助江铃姐妹两个了,这大爷一家感觉都不错。

"说得有道理,但无论什么都跟人一样,也分恶和善。"陈歌一直有自己处事的原因,坚持着属于自己的"善良"。三人先在活棺村外围绕了一圈。这村子很大,想要看清楚村子的全貌,只有爬到旁边的大山上才行。

"这村子里估计住了上百口人,等会儿进去千万不要跟他们发生冲突。"白大爷主要是在交代陈歌。"咱们就从村口进去,也没必要遮遮掩掩。"

三人沿着村口的土路进入活棺村当中。路面上长满了杂草,两边的屋宅木门紧闭，更诡异的是他们家家户户门上不贴门神，而是贴着白色的倒福，看着非常瘆人。

"这地方感觉所有习俗都是跟活人反着来的。"陈歌停在某一间老宅子门口。"要不要进去看看？"

"直接进去不太好吧？"老魏的手按住了后腰的配枪，这地方带给了他很大的压力。

"我们是来找孩子的，迟早要跟村子里的人接触，等会儿估计还要麻烦白大爷来跟他们交涉。"陈歌抬起胳膊，就在他的手快要碰到木门时，这户人家门上悬挂的白纸灯笼突然熄灭了，整条街唯有陈歌所在的地方暗了下来。

"怎么回事？"白大爷和老魏都被吓了一跳。

陈歌的手悬在半空，并没有落到门上。"我也不清楚，不太像是巧合。"

刚才没有起风，灯笼又挂在高处，谁都没有触碰它，它怎么就熄灭了？微弱的白光轻轻晃动，随着陈歌头顶的纸灯笼熄灭，整个村子其他的白纸灯笼都摇晃起来，有种莫名的压迫感。

陈歌和老魏都看向白大爷，白大爷也没见过这场景。"要不我们先退出去？"

他往后走了两步，顺着土路看去时，忽然停下了脚步。

"注意！有人过来了！"

"人？"陈歌朝白大爷看的方向望去，在两边摇动的白纸灯笼映照下，有一道模模糊糊的影子慢慢靠近。"他好像在对我们招手？"

那影子越走越快，陈歌也终于看清楚了对方。这是一个穿着深色外衣的老太太，她一直低着头往前走，快要撞到人了才停下脚步。

"你们也是从外面进来的？"这个老太太的声音听着很怪，让人莫名觉得不舒服。

"也？今晚还有其他人进入村子？"陈歌注意到老太太的用词，反问道。

"嗯。"老人说话的时候一直低着头，让人看不见脸，似乎她的脸非常恐怖一样。联想到江铃姐姐的情况，活棺村里很多人身体都存在畸形，所以陈歌也不会自讨没趣，专门去看人家的脸。

"比我们提前进入村子的，是不是两个孩子和一个中年男人？"陈歌又追问了一句，但是老太太却没有再回话，她一开始好像就不是来找陈歌的。老太太的头向下压，给人的感觉就好像脑袋快要掉下来了一样，不过她自己并没有感到什么不妥，保持着那诡异的姿势说道："天黑别乱敲门，小心开门的不是人。"

老太太也不知道是跟谁在说话，就这样把三个人堵在路中间。夜色压在头顶，两边的灯笼晃动得越来越厉害。

"村子里最近不太平，不要乱跑，我带你们去找住的地方。"老太太转身朝来时的方向走去。她的步子很小，走得却很快，再配合她低垂到胸口的脑袋，整个人显得极为怪异。

"要不要跟过去？"老魏看着白大爷和陈歌，他在看到老太太的时候，心里萌生了退意。

"先跟她走吧。"开口的是白大爷，"这老太太给我的感觉很熟悉，难道我小时候来棺材村的时候见过她。"

白大爷率先朝前走去，陈歌和老魏紧随其后。老太太带着他们走在棺材村的土路上，绕了几个弯这才停下说道："今晚你们就先住这儿，有什么事情等天亮再说。"

她一直低着头，说话语气也从来没有发生过变化，感觉就像是人偶一样。

"屋里有三间房，你们一人一间，进去以后就不要再出来，更不要随便串门。窗户上挂着的绳子不要动，门后的菜刀不要碰，老实躺在床上，等今夜过去就行了。"

"三个人一人一间？我们三个挤在一间房里，凑合一晚上也行。"白大爷心想，今晚说什么都要抓着陈歌，要是分开，这家伙肯定会自己往外跑。

"屋里有三间房，你们一人一间……"

让白大爷和陈歌他们没想到的是，老太太听到白大爷的问题后，竟然又把刚才说过的话重复了一遍，声音变得更加难听了。

"阿婆，我们是来找孩子的，等到天亮恐怕会出现意外，能不能先带我们去看看其他从外面来的人？"陈歌打量着老人，没有在她身上发现什么畸形的地方。难道她真的是脸上有问题？

在老太太转身的时候，陈歌弯下腰看了一眼对方的脸。

那张脸普普通通并无什么异常。

"眼睛没有被挖去，脸型也比较正常，就是好像在什么地方见过。"陈歌自言自语道。他看了看老太太，又瞅了一眼白大爷问道："大爷，你之前说你觉得这老太太很熟悉，她有没有可能是林官村失踪的人？"

"我没看见脸，从穿着打扮上看，应该是林官村的人。"白大爷推开身后宅子的门。这老宅不算大，门上两张白色的倒福看得人心发慌。

"像是林官村的人，并且我和你都觉得熟悉。"陈歌想了一会儿，脸色慢慢发生变化。"我知道她是谁了！"

"是谁？"

"老魏，你还记得我们刚到林官村去的第一户人家吗？"

"记得，屋主人是个中年男人。"老魏记忆力很好。

"他住的那个屋子里有张供桌，桌上摆着一个老太太的黑白照片。"陈歌把声音压到最低。"刚才给我们带路的老人就跟那黑白照片里的老太太长得一模一样！"

"怎么可能？！你没看错？"老魏不敢相信陈歌的话。

"被你这么一提醒，我也觉得她很像林官村的一个老太太！"白大爷脑海里的人物重合在了一起。"可是这老太太已经去世很久了。"

"不管怎么说，事情已经发生了。"陈歌迅速冷静下来，"现在就先假设老太太不是人，那她给我们安排的房子，我们要不要住？"

门上的白色倒福被风吹动，发出声响。白大爷和老魏也拿不定主意。

"先进去看看吧，老太太生前跟我关系挺好，我觉得她不会害咱们。"白大爷说完后，不是太确定，又补充了一句，"应该不会。"

陈歌三人进入老宅，这宅子和村口那些差不多，只是门外没有悬挂白纸灯笼。

"跟老太太说的不太一样，这老宅里好像就一个房间。"陈歌走在前面，穿过光秃秃的院子，打开了房间的门。一股奇怪的气味从屋子里涌出，等他们适应之后，三人睁大了眼睛看向屋内。

老宅子唯一的房间中央，摆着三副黑色棺材。

"屋里有三间房，一人一间？那老太太说的房子不会是指棺材吧？"老魏脸上看不出一丝血色。"这地方太奇怪了，我们还是先退出去吧。"

"既来之则安之。"陈歌朝棺材走去。

"冷静点儿！"白大爷一把抓住陈歌，"那可是装死人的！"

他声音有点儿大，老魏赶紧劝住两人道："这事儿透着蹊跷，咱们要慎重。"

"老太太说的三个房间指的应该就是这三副棺材。她不是人，对她来说棺材就是家。"陈歌一脸平静地推开了白大爷的手。"我的逻辑有问题吗？"

"问题是……"

白大爷和老魏真不知道该怎么跟陈歌对话，停顿了半天老魏才开口道："你看着这些东西就不害怕？"

"当然害怕，但现在害怕也没有用，你们说是不是？"陈歌看着老魏，"不要让这些乱七八糟的东西干扰到你，都过来吧。"

三人一起走到棺材旁边，这些棺材做工粗糙，表面涂了一层黑褐色的东西，散发着淡淡的臭味。

"这是不是尸臭？"白大爷看向老魏。

"尸臭要比这难闻得多，应该只是木料腐烂散发出的味。"知道陈歌不同意离开，认清现实之后，老魏迅速进入状态，他毕竟是有丰富刑侦经验的警察，关键时刻要比普通人强太多了。只听他分析道："你们听我说，老太太的话不能全信，咱们今晚最好做两手打算。来的时候，我已经把出去的路记在脑子里了，咱们三个今晚就在一起，遇到危险往外跑的时候，记着跟在我后面，千万不要走散！"

"先弄清楚老太太是不是人再说吧。"陈歌双手托住棺盖。

"你想干什么？"

"开棺。"陈歌双手用力，将棺盖一点点推开。

"你该不会真想住在这地方和三副棺材睡一晚上吧？"

"先看看情况。"陈歌把棺盖推开一半，朝里面看去，棺底放着一件寿衣。

"别乱动啊！这很不吉利的，碰一下就会触动亡故的灵魂，很容易招致不祥。"白大爷死死抓住陈歌的手，老魏也赶紧跑过来，两人合力才把陈歌拉到一边。

"我就是想要看看，弄清楚这房间的布局。"陈歌好不容易才老实下来，白大爷和老魏终于松了口气，不过紧接着陈歌的话又让两人的心提了起来。"我其实很想把村子里的棺材都打开看看，这村子最大的秘密应该就藏在棺材里。"

"去外面你可不敢这么说，我怕你被村子里的人打死。"白大爷走到棺材旁边，想要把棺材盖合上,他看了一眼里面的寿衣,眉毛拧在了一起:"他们村子的寿衣怎么是大红色的?"

"是啊,我刚才看到的时候就觉得奇怪,所以才准备把它拿出来看看。"陈歌又走了过去。"门上挂着白纸灯笼,贴着白色的倒福,寿衣却是红色,这村子里红白事好像完全颠倒了过来,有点类似于冥婚。"

"你还知道冥婚?"白大爷瞅了陈歌一眼。

"我鬼屋里有一个恐怖场景就是'冥婚',活人嫁死人,生死配。"

陈歌正想把冥婚的故事讲出来,白大爷和老魏同时朝他摆手,异口同声地说道:"别说了,大晚上本来就够瘆人的。"

他俩围绕在棺材旁边,看着里面的那件红色寿衣,心里犯怵。

"嘭!"

突如其来的声音让白大爷和老魏心头一惊,扭头看去发现陈歌将旁边的棺材也推开了,拦都没拦住。

三副棺材里是三件大红色寿衣,手机灯光扫过,就好像棺材底部在渗血一样。

"尺寸全不一样,做工也不相同,有男有女,很可能是一家三口。"陈歌站在棺材旁边。"我现在想的是,棺材放在屋内,寿衣也在,可里面的尸体去了哪里?白大爷,这不会就是棺材村的习俗之一吧?家家户户会在活着的时候给自己准备棺材。"

"大概是吧。"白大爷也不确定。

"棺材里没尸体,如果真是活棺的话,那证明屋主人还没有死。"陈歌摸了摸下巴道,"你们觉得屋子的主人今天晚上会不会回来?如果他们回来,看见我们在他们的房间里会怎样?"

本来他就是随口一问,但是白大爷和老魏却感到寒气一阵阵往心里钻。

"回来正好,也能问一问他们这里的情况。"白大爷还是坚持活棺村的村民是可以沟通的。

"我觉得特殊时候应该采用特殊的手段,在这深山老林里,正常人会在大半夜离开自己家,往外面跑吗?"陈歌提议道,"我觉得咱们就埋伏在门口,等人进来,直接将他们擒下。他们一家三口,咱们也正好三个人,一人对付一个。抓住他们后,记得捂住他们的嘴,先把他们塞到棺材里,再用寿衣捆住他们的手脚,限制他们的行动,等完全占据主动后,再慢慢逼问。"

陈歌说出了自己的计划,但是一旁的白大爷和老魏的脸色却越来越古怪。

"这样做不太好吧?人家又没害咱们。"白大爷还是老实。他从陈歌身边离开,和老魏站在一起,关键时刻还是警察靠谱一点。

"等他想要害咱们就来不及了,我这叫先下手为强,把危险扼杀在摇篮里。"陈歌说完自己先站到了门后,动作熟练自然,仿佛演练过了无数遍。"老魏你埋伏在窗台下面,白大爷你躲在第二个棺材旁边,我已经检查过了,那里正好能躲过对方的视线。"

"你这些都是跟谁学的?"老魏和白大爷走到了各自的位置,他俩也不知道怎么就照着陈歌说的去做了。

"我们开鬼屋的,最重要的一点就是利用有限的地形,带给游客无限的惊吓。"陈歌顺着木门缝隙能看到外面的小院。"你俩先休息一会儿吧,跑了一路也累了。"

"行,那咱们一人一个小时轮着来,这样大家都能得到休息。"

老魏说完,白大爷也点了点头,说道:"没问题,我虽然年纪大了,但身体一直很好,整晚不睡也没事。"

"不用了。"陈歌从门缝处收回目光,扫了一眼老魏和白大爷,伸手摸着背包里夯毛的白猫。"小点儿声,他们好像已经来了。"

老魏和白大爷同时收声,屏住呼吸躲了起来。陈歌握住了背包中的锤柄,眼睛贴在门缝处。

漆黑的长街上,有一抹淡淡的冷光不断靠近。

"那是什么东西?"

惨白的光停在大门外面,顺着门缝照进院子当中。

"嘎吱……"

大门被推开,老宅外面什么都没有,街道上看不见一个人,唯一的变化就是房门口多了一盏白纸灯笼。

陈歌三人进入老宅时,门上还没有那东西。在这个奇怪的村子里,纸灯笼好像有特殊的含义。

"他们进来了？"

白纸灯笼洒落一地惨白的光，院子里明明没有人，地上却映照出了两高一矮三道影子。他们在院子里晃动，好像并没有发现屋内躲藏着三个外人。阴风吹过，大门自动闭合，当惨白的光消失在门外的时候，三个低垂着头的怪人出现了。他们把脑袋压在胸前，低着头，踮着脚，走路好像是在向前跳动。他们乱糟糟的头发遮住了脸，身上的衣服破旧沾染着血污，散发出一股臭味。

和第三病栋里那怪味很像！难道他们进入过"门"后的世界？陈歌比了个手势，让老魏和白大爷藏好。

三个怪人立在院子中央，跟陈歌猜测的一样，两个大人带着一个小孩，他们站立的姿势很奇怪，身体前倾，就好像随时要扑进屋子里一样。

气氛有些凝重，随着时间一分一秒流逝，屋外的三个怪人似乎感觉到了什么，他们同时向前，用一种很诡异的方式走到了正堂门口。隔着一扇门，陈歌已经能从门缝里看清楚对方衣服上的花纹了。

三道身影没有直接进入屋内，他们停在门口。

两个大人低垂着头一动不动，个子最矮的小孩手里拿着一个纸人，他不断用指甲从纸人身上撕下碎屑，一次只撕一点，而他手中的纸人则好像活了过来一样，表情痛苦，哀号求饶。可是小孩不仅没有收手，还发出瘆人的笑声，用更加"有趣"的手段折磨纸人。

"纸人身上好像有一个名字。"陈歌拥有阴瞳，勉强能看清纸人身上的那个名字，好像在林官村里见过的。

"这个纸人该不会是林官村那些失踪的人吧？"

林官村里有一部分人是从活棺村逃出去的村民，除了他们自己，没人知道他们逃出村子的真正原因。

门外的影子停留了大概几秒钟，他们似乎想要确定一下屋内有没有人，其中一道鬼影走到了窗边。陈歌看得很清楚，那低垂的人头贴在窗户上，悄无声息地顶开木窗，粘黏在一起的头发向下垂落，似乎准备把头伸进来！

此时此刻，老魏正蹲在窗户下面，他根本不知道就在自己头顶，还有另外一个人的头。

陈歌看着老魏，面不改色。

老魏盯着陈歌，以为一切正常，依旧保持着自己的姿势。

黏糊糊的黑发蹭到了老魏的脖子，他觉得有点痒，还伸手挠了挠。老魏的手臂几乎是擦着头顶那张脸过去的，躲在棺材后面的白大爷把这一切都看在眼中，他牙关紧咬，嘴唇都咬破了皮，拼命地朝老魏比划。

估计老魏自己也觉得不太对，他把视线从陈歌身上移开，看向白大爷。棺材后面的白大爷伸出一根手指，不断往上指，动作幅度有点大。

"我上面？"老魏伸手摸了摸自己的头，并没有发现什么，他看到白大爷还在不断地往上指，他也把手向上抬高。

门后面的陈歌握住了碎颅锤，他原计划是等到男人身体进来一半的时候再动手，但是看老魏这样子，估计是等不到了。

跟陈歌预料得差不多，老魏在白大爷的指挥下，手又往上抬了几厘米，他的指尖触碰到了什么东西，感觉凉凉的。

脖颈有些僵硬，老魏一点点朝上看去。他仰着头，正好和低垂着头伸进来的男人四目相对。

"动手！"

按下复读机开关，陈歌拿出了碎颅锤直接甩向老魏头顶的窗户！

几乎是在同一时间，门外的三道影子分别从房门和窗户发动进攻。距离老魏最近的男人嘴巴撕裂开，血丝在涌动，他一口咬向老魏的脸。上一秒还在想自己头上到底有什么的老魏，根本来不及做出反应。他甚至连害怕的情绪都刚刚出现，嘴巴张开，正要喊出声，一柄狰狞的大锤直接从他的头顶飞过！

"嘭！"

陈歌一点儿也没留情，碎颅锤甩出后直接砸在了男人脸上，连带着木质窗框也一起飞了出去！

"我天……"老魏的嘴巴还没合拢，陈歌已经踹开房门冲了出去，在他身前还站着一个穿着半身红衣的男人。

窗口的男人被砸飞，另两道影子发现屋内有人后，全部抬起了头，苍白的死人脸上露出狰狞的表情，他们本能地想要冲进屋内，而陈歌此时正好出来。双方正面遭遇，直接撞在了一起，开始得非常突然，结束得也很快。

零点几秒内，许音已经扑倒了其中一道影子。

许音满身伤口滴着血，神色癫狂，从来没有留下活口的习惯，两道影子很快化为他衣服上的血斑。他四肢着地，向外追赶，最后一道影子快要逃出房门时被他按倒。整个过程只持续了十几秒钟，而在这个时间段里，陈歌唯一做的事情就是转身关上了正堂的门。

"许音好像又变强了。"

血迹交错的外衣贴在身上，许音好像是一个孤独的钢琴家，他修长的五指轻轻甩动，将血迹隐藏。身影消散，陈歌关上了复读机。

"刚才怎么回事？！"老魏和白大爷一前一后从屋内跑出，他俩满头冷汗，表情惊慌。

"我也不知道。"陈歌摊开了手。"刚才我追出来的时候，那三道人影已经逃走了。"

他将地上的碎颅锤捡起，指了指敞开的大门道："我们应该更谨慎一点儿，闹得动静有点儿大，估计还会有其他怪物过来。"

"你还知道谨慎？"老魏捂着自己的头，看着陈歌手里狰狞的碎颅锤，几乎不敢相信刚才从自己头顶飞过的就是这东西。

"我那是为了救你。"陈歌把碎颅锤重新塞回背包。"有三道影子逃走，我们现在已经暴露，不能再待在这里了。"

"要离开吗？"老魏早就想走了。

"棺材村的夜晚非常安静，我们刚才打斗的声音一定传出去很远，我担心会有其他怪物听到响动后围堵我们。"陈歌有自己的打算。"刚才那三个怪物看见我们的第一反应是进攻，由此也能看出老太太将我们引到老宅的目的不单纯，这地方的人绝不像白大爷说得那么善良。"

白大爷不是太同意陈歌的看法："我从没有在晚上进入过棺材村，不清楚为什么会出现这样的变故，在我印象中，棺材村真正的村民不会做出这样的事情，他们就和普通人一样。"

"大爷，你已经很多年没有来过棺材村了，这里后来发生过什么，你也不清楚,所以我们还是小心一些比较好。"

陈歌朝四周看了看,他伸手捡起了地上的纸人。饱受男孩折磨的纸人上满是指甲印,四肢快要被拽掉,面部表情极为痛苦。

"朱凤喜?"

纸人后背上歪歪斜斜地写着三个字,也不知道是用什么颜料涂上去的,看上去像是凝固的血液。

"这名字有点熟悉。"白大爷凑到陈歌旁边,看着纸人。"他好像是当初从棺材村逃难出来的人之一。"

"纸人上写着逃难者的名字。"陈歌联想到自己在林官村里发现的一些异常,很多老房子门后放着一把菜刀,窗口悬挂绳索。结合刚才他们在鬼宅里的遭遇,他隐约明白这样布置的用意了。

如果有怪物从窗户钻进来,那绳索能套住对方的脑袋,门后的菜刀则可能是为了辟邪和防身。越是偏远的村子,越会有奇怪的习俗,陈歌现在只能用自己的方式去进行解读。

"从棺材村逃出去的那些人终日惶恐不安,他们一直在害怕的东西会不会就是棺材村里的怪物?如果被怪物抓住,那变成纸人被折磨难道就是他们最后的下场?"

陈歌心里一直有一个问题想不明白,当初那些人为什么要逃离棺材村?这个破旧的村子究竟发生过什么事情,才会让村民大批外逃?

"想要弄清楚这些,恐怕只有找到一个村民问问才行。"陈歌将纸人塞进口袋里。"我有一个计划想要跟你俩商量一下。"

"你说。"

"第一,我们先离开村子。"

"好。"老魏和白大爷都点头同意,他们也觉得村子里太危险。

"第二,我们出村后,就在村子外围,一间间宅子搜查,不管遇到什么,全部拿下。"陈歌双目透着一丝明亮。"只要我们不弄出太大的声响,就有机会把他们逐个击破。"

陈歌是经过深思熟虑的,许音每吞食一道怨念或者残念,身上的血迹就会增加一块，照这个速度发展下去，今夜就有很大概率成为真正的红衣！

红衣怨念和普通怨念实力相差巨大，没有红衣陪在身边，陈歌心里总觉得不踏实。

"你这是想灭人家一个村子吗？"老魏是警察，听到陈歌这么说后皱了皱眉头。

至于白大爷，他已经习惯陈歌疯狂的想法了。

"到村子外面再讨论下一步该怎么做吧。"白大爷走在前面，手里握着玉坠。

老魏脸色发白跟在白大爷身后，至于陈歌则站在原地没动。

三个怪物被许音吃掉后，白猫并没有恢复正常，它还在抓挠着背包。

"应该有什么东西藏在附近。"陈歌留了个心眼儿，若无其事地朝四周看了一眼。正堂左侧的墙头处好像有个人头一闪而过。

"隔壁的房间？"陈歌没在屋子里久留，走了出去。

白纸灯笼挂在街道两边，散发出惨白的光，不知是不是错觉，陈歌发现村子里的灯笼好像变多了。

"这灯笼到底是什么意思？挂了白灯笼就预示着屋里面有怪物？"

"陈歌，快过来。"

"马上。"陈歌经过旁边的宅子，扭头看去。木门紧闭，奇怪的是这一扇门上并没有悬挂白纸灯笼。

"刚才躲在墙头的不是怪物？"

陈歌和白大爷他们保持着距离，大部分注意力都放在身后。走到土路拐角，陈歌在视野快要被墙壁挡住的时候，他放慢速度，朝身侧瞟了一眼。那扇门不知何时被打开，有一件如血般红艳的寿衣立在门口。为了不暴露，陈歌只停留了不到一秒钟就继续向前，不过他的心却提了起来。

"寿衣自己动了？"

走在悬挂着白纸灯笼的诡异村庄里，背后跟着一件大红色的寿衣。夜风吹动，两边宅院当中还不时传出奇怪的声音，有人在哭，有人在笑，还有啃咬东西的声音。

夜色加深，整个村子也变得更加诡异。

"别的地方都是夜深人静，这地方却完全反了过来，越天黑越热闹。"陈歌在脑海里将自己今晚遭遇的怪物过了一遍。"山谷中那个想要把我拉进棺材的怪物和老宅子里遇到的一家三口似乎不太一样。相比较来说,老宅子里的怪物更加聪明一点儿。"

进入棺材村还没有半个小时,就已经遇见了那么多怪事,陈歌现在很怀疑这村子当中隐藏着一扇血门,而且是无人看管,完全打开的门!

"慢慢来,从外围开始搜查,肯定能找到范郁画中的那栋房子。"

陈歌在转过下个拐角的时候又朝身后看了一眼,那件寿衣下摆拖在地上,距离他们更近了。

被一件死人穿过的衣服追着跑,这感觉可不是太舒服。陈歌抱着复读机,一不留神撞到了老魏身上。"怎么停下来了?"

"不太对劲……"老魏看着前面完全陌生的街道,脸色更加苍白。"来时的那条路好像不见了。"

"鬼打墙?"陈歌沉思了一会儿,轻拍老魏的肩膀安慰道,"没事儿,不用怕,找个人问下路就行了。"

"这地方怪比人多,你问谁去?"老魏说了半天,无人回应,他一扭头才看见陈歌拎着碎颅锤已经走远了。

"不要一个人行动啊!你慢点!"

老魏拽着白大爷急匆匆地往后退,他俩年龄加起来都超过一百岁了,硬是追上了陈歌。

"我就问个路,你们过来干什么?"陈歌不想在老魏面前暴露许音,手指从复读机上移开。

"这村子里连个活人都看不见,你找谁问路去?"老魏真担心陈歌做出什么冲动的事情,比如拿着铁锤破门而入,冲进旁边的宅子里。

"等会儿你就知道了。"陈歌示意老魏不要说话。他守在拐角,默数心跳,握紧了碎颅锤。

足足等了一分钟,红色的寿衣仍旧没有出现,陈歌侧身朝拐角那边看了一眼,寿衣早已消失不见。

"跑了?"

估计是它听到了老魏的声音,所以藏了起来。陈歌收起碎颅锤,靠着墙壁开始思考下一步该怎么办。

"'活棺村'是尖叫指数三星的场景,但现在它展现出来的恐怖远远达不到三星的标准。"陈歌看着土路尽头那一栋栋几乎没有什么区别的老宅子暗中思量。"鬼打墙应该只是个开始,这村子里的怪物看来要慢慢苏醒了。"

三星恐怖场景预示着其中必定藏有红衣!这也是陈歌最担心的地方,他很清楚红衣这两个字的分量。

"暂时也没有更好的办法,只能一边调查,一边寻找落单的怨念喂给许音。如果他今晚就能成为红衣,那此次任务就算失败对我来说也不算亏。"

陈歌是一个心态很好的人,可他担心的是遇到一个心态不好的红衣,许音生吞了村子里那么多怪物,极有可能会激怒对方。盘算了一下带来的所有人马,能拿得出手的只有许音一个。新获得的闫大年,虽说号称红衣之下最强怨念,但是他的最后一个关键能力还没有解锁。另外,看他平时的形象,也不像是特别凶,把他放出来万一不小心被红衣撕了,那陈歌估计要心痛许久。

"必须要谨慎起来了。"陈歌反复叮嘱自己,牢记在心后,看向白大爷问道:"村子里的怪物开始苏醒了,你曾经来过活棺村,知不知道这地方有哪些比较特殊的建筑?"

"村子最深处有一间祠堂,禁止外人靠近,村子里挖有很多井,但平时棺材村的人宁愿跑到山对面去取水,也从来不在井里打水,他们看见井口就绕着走。"白大爷竭力回想,"还有一个比较奇怪的地方,这村子没有村长,管事的是一个女人,年龄不大,独自住在村里最大的宅子里。"

"祠堂这地方外人不能进去我理解,为什么他们会对井那么畏惧?难道是因为这里水质特殊,喝了就会身体畸形?"陈歌不是太明白。

"水没问题,我父亲曾用抓来的动物做了测试,但就是不知道为什么棺材村的人不肯使用,同时也阻拦我们到水井附近查看。"白大爷也说不清楚其中原因。

"这几个地方我们留意一下,对方越不让我们靠近的地方,就越有可能隐藏着真相。"

"行,那我们现在去哪儿?"他们迷失了方向,满街的白纸灯笼摇晃,看起来格外瘆人。

"走一步看一步吧。"

三人原路返回，但是却没有看到之前的那栋老宅，一眼望去，所有房子门口都挂着白灯笼。

"这下彻底出不去了。"白大爷把玉坠放在衣服外面，用手紧紧攥住。"咱们老在街道上待着也不是个事啊，要不进旁边的屋子里将就一晚上。"

"挂着白纸灯笼的房间里可能有怪物，不过这是老太太说的，不一定对，她也有可能是在故意骗我们。"老魏现在想起今晚的遭遇，还感觉跟做梦一样。

"那进去看看吧？"白大爷走到旁边一栋老宅子外面，手都抬起来了，可就是不敢落下。

老太太的那句"天黑莫敲门"就像是魔咒一样，萦绕在他的脑海里。

陈歌没有去阻拦白大爷敲门，他也在思索该怎么办，别看他行事比较冲动，三个人里只有他最清楚活棺村的危险。

"不能一直待在一个地方，指不定会吸引来多少怪物。"陈歌正在思考对策，背包里的白猫突然发出叫声，这声音很是刺耳，蕴含着一种少见的惊恐。上一次听到这样的叫声，还是在陈歌鬼屋卫生间那扇门快要被打开的时候。

"不好！有东西过来了！"陈歌立刻做出反应，他抓着白大爷和老魏的肩膀，三人一起进入旁边挂着白纸灯笼的宅子里。

"陈歌？你干什么？"

"别说话，千万别开口！"

陈歌关上木门，在房门关闭的一瞬间，街道拐角响起了一个男婴的哭声。

"是个小孩？"

"安静！"

看到陈歌露出前所未有的凝重之色，老魏和白大爷都紧张了起来，站在原地，一动不敢动。

哭声越来越近，就算捂住耳朵，那诡异凄惨的声音还能钻入大脑。

陈歌上半身倾斜，他不敢挪动脚步，怕发出声音。只能这样拉近和房门的距离，然后借助阴瞳看清楚门外的街道。

悬挂在门上的灯笼全部变暗，好像染上了一丝血色。外面的风突然停了，整条街上就只剩下婴儿的哭声。

它来了！

一只短小的手臂从拐角处伸出，陈歌瞳孔缩成一点，盯着那个方向。

很快怪物的脸露了出来，似乎是一个被淹死的孩子，它没有头发，皮肤发白肿胀，五官模糊，被一块湿漉漉的血红色布匹包裹！

"红衣？这么小的孩子怎么可能是红衣？！"

婴儿的哭声还在继续，它在地上飞速爬动，似乎在寻找什么东西，一直爬到陈歌三人躲藏的房门时才忽然停下。它模糊的脸向上扬起，皱在一起的皮肤被拉扯开，露出了真正的脸。

这个婴儿没有眼睛和鼻子，脸上只有三个黑色的孔洞和一张畸形的嘴巴。

陈歌屏住了呼吸，他很庆幸把白猫带了过来，如果不是有提前预警，以门外那怪物的速度，他甚至有可能来不及按下复读机开关，就已经被击倒了。

陈歌把指肚压在复读机上，微微弯下腰，全身肌肉绷紧，仿佛一张拉满的弓。

在芳华苑小区里和怪谈协会红衣的遭遇他记忆犹新，那一天他同时唤出笔仙和许音，但只阻挡了红衣不到十秒钟。这是他第二次在没有张雅的情况下面对红衣，和在芳华苑不同的是，此次他将鬼屋里的所有人马都带了出来，倾巢出动，准备充分。

"十打一，应该没有问题！"

陈歌已经做好了全力一战的准备。

门外的鬼婴看着木门，它的身体表面慢慢变皱，皮肤里滴出刺鼻的红色液体，而那液体落地之后好像蝌蚪一般围绕着它转动。所有血滴似乎都拥有自己的意识，看起来和怪谈协会怪物身上的血丝一样，融入了怨气和死意，令人不寒而栗。

"这孩子看起来只有几个月大，还不到记事的年龄，怎么会携带如此强烈的怨气？"

红衣形成的条件陈歌至今都没有琢磨透，他只知道其中关键的几点，首先死前要充满怨气，其次极具进攻性！每一位红衣都是残忍暴虐的代名词，它们见到其他怪物的第一反应就是将其撕碎，然后吞掉！不管张雅还是许音，都表现出了类似的特性。

面对红衣，陈歌不敢有半点大意。

灯笼散发出的光线变得更加暗淡，街道两边的墙壁隐隐泛红，婴儿慢慢转动身体，它没有直接发动进攻，而是慢慢地朝着木门所在的方向爬动。血在它身体下方流动，似乎随时都会涌向木门。

在这千钧一发之际，陈歌在脑中演练，他准备先唤出许音，而后拉开距离使用闫大年的能力，就算不能将鬼婴拉入漫画当中，应该也能减缓它的速度。趁此机会，他再唤出漫画册里的其他怨念，所有怨念一起出手，争取一次性就重创鬼婴。陈歌一直在避免和红衣发生正面冲突，但这并不是说他就没有一战之力。

"风险很大，但如果能杀掉鬼婴让许音吞掉，那许音百分百可以成为新的红衣！"

想到这里，陈歌终于做出决定，破釜沉舟，生死一搏！

阴瞳散发着丝丝凉意，他已经做好了准备，可是门外的鬼婴却突然停了下来，它布满褶皱的耳朵动了一下，在很远的地方好像有一个女人在呼喊他的名字。他丑陋的脸上露出一丝忌惮和畏惧，地上的血滴重新回到他的身体当中，皮肤又恢复到原来的样子，鬼婴用比刚才更快的速度离开了。

一直到鬼婴爬远，陈歌握紧的手才慢慢松开，艰难地活动了一下身体。

"这个红衣鬼婴离开也不知道是好是坏。"陈歌神色复杂。鬼婴离开，他避免了一场赢面不大的争斗，但是那个女人的声音能把鬼婴吓走，这说明村子里还有比鬼婴更恐怖的红衣，下次再见面说不定要同时对付两个红衣。

到底是三星恐怖场景。陈歌活动了一下手腕，站直身体，回头对老魏和白大爷说道："暂时没事了，那东西已经离开了。"

"你这一惊一乍的，刚才到底是什么东西过来了，它是不是在咱们门外停了好一会儿？"老魏揉了揉鼻子说道，"隔着门，我都闻到了一股血腥味。"

"像是一个小婴儿。"

"婴儿？"

"我跟你说不清楚。"陈歌懒得解释，"你们只需要记住，在这村子里看见身穿红衣的怪物，就赶紧躲起来，不要试着反抗，甚至在它面前逃跑都是多余的举动。"

"红衣……"老魏点了点头，记下了这个词。"咱们现在去哪儿？"

"先待在这宅子里吧。"夜色加深,越来越多非常恐怖的东西开始在活棺村内出现,陈歌也不敢再有松懈。

"这个活棺村的试练任务,虽说只有短短一句话,但难度估计要比第三病栋还要大。"

只是简简单单的"活着"两字,可对现在的陈歌来说,却是一个很大的挑战。

"鬼婴、吓走鬼婴的女人,活棺村内至少有两个红衣,其中那个女人的实力估计还要比一般的红衣强上许多。"陈歌回头看了一下自己的影子,他突然发现,除了张雅和许音,冒险屋的其他怨念都只是些表面上看起来很凶的家伙。

"幸亏没动手,要是十打一还被对方团灭,那就尴尬了。"

陈歌摸了摸白猫的小脑袋,刚才立了大功的白猫还没缓过神,它一双异色眼珠生无可恋地看着陈歌,脖颈上的毛到现在还是立着的。

"别怕,有危险记得告诉我,我是不会丢下你一个人逃走的。"

陈歌背上包,拿着碎颅锤站在院子里。这栋老宅面积比较大,荒草丛生,院内还有两棵枯死的树。

"门上挂着灯笼,屋内可能藏有怪物,你俩自己小心。"

"陈歌,你等一下。"白大爷用手电筒照了一下院子里的两棵树。"你觉不觉得这树有些眼熟?枝干枯萎,根系露在外面,中间鼓起一大块,有点像朱家大女儿尸体上种的那棵树?"

被白大爷这么一说,陈歌也觉得有些相似,当初朱新柔就是被倒着塞进桃树坑里的。他用双手推动树干,下面的根系已经腐烂,陈歌能隐约看到树坑下面埋着一个人。

"别把树给推倒了。"白大爷拦住了陈歌,"以前村子里流传过类似的说法,好像是中邪的人死了以后,就要这样倒着埋进土里,然后上面还要种棵桃树,这样才能镇得住他们身上的邪气。"

"也就是说这么做是为了镇邪?"陈歌摸了摸树干,他又觉得有些不对劲。"大爷,这两具尸体上面种的好像不是桃树啊。"

院内漆黑,三人看了半天才认出来,栽种在两具尸体上的是槐树。

"槐树据说是木中之鬼,往尸体上种槐树我也是第一次见。"白大爷抓着陈歌的胳膊。"多一事不如少一事，总之不去碰它肯定不会触它的霉头。"

"那可不一定，院子里就埋着两具尸体，这宅子肯定不干净，说不定我们现在已经被盯上了。"

"你可别乱说，小心祸从口出。"

白大爷对这些东西还是比较在意的，但陈歌就完全不一样了。"没事的，你俩跟在我后面就行。"

他抓着碎颅锤穿过庭院，直接进入屋内。

老宅的房屋布局很有意思，正堂左右各有一个卧房，卧房里没有床铺，各放着一副棺材。

"你们有没有发现棺材村里所有宅院的一个特点？"陈歌手握锤柄，目光扫视四周。

"屋内停棺吗？"白大爷垫着衣服将门推开，不愿触碰这里的任何东西。

"不是。"陈歌摇了摇头说道，"棺材村的老宅子里好像都没有灶台。"

老魏和白大爷相视一眼，要是陈歌不说，他俩还没有意识到这个问题。

"灶台是生火做饭的地方，没有灶台的话，他们平时去哪里吃饭呢？"陈歌坐在屋内的椅子上，语速放慢道，"还是说他们根本就不用吃饭，这里压根儿就是给死人居住的阴宅呢？从这个方向思考的话，卧房没有床，而是放置棺材就再正常不过了。"

他的声音很平静，却让两位听众毛骨悚然。

"挂着白纸灯笼，门上贴着白色倒福，屋内停放棺材，这一切说明整个村子会不会就是一个冥村呢？"陈歌回想起他在搭建冥婚场景时查阅到的资料。"我以前听说过一个故事，战争时期有一个大山深处的村子惨遭屠杀，几年后有人在山里迷路，无意间走进了这个村子。结果看到村子里家家户户都在办白事，所有人的脸色都十分古怪，那人没敢多问，半夜从村子里逃了出来。他等到天亮再回村子里看的时候，发现这个村子已经荒废了很久，根本没有活人居住的痕迹。"

"那你的意思是，我们现在就走进了一个冥村里？"老魏不确定地问道。

"棺材村的情况要比冥村还可怕，我总觉得这里隐藏有大秘密。"陈歌把碎颅锤放在腿上，用手撑住下巴。"这个村子里的人员构成比较复杂，有变成怪物的原住民，有之前逃离棺材村，最后又被抓回去的村民，还有我们这些外来者。老太太应该没有在关于外来者的事情上撒谎，除了我们还有其他人也被困在了这村子里，不管对方是谁，我觉得大家有必要联合起来。"

"那要怎么联合？我们现在根本找不到他们。"

"只能随机应变了，多留个心眼儿吧。"陈歌说完后朝外面看了看，他本来只是无意扫了一眼，却发现墙头上趴着半张人脸。

"有人！"他一下站了起来。

第7章 冥 村

突如其来的声音，让老魏和白大爷也高度戒备起来。他们连忙问道："你看见什么了？"

"墙头那儿有张人脸，我在第一座老宅里好像见过，当时他也是一闪而过，随后我就看到寿衣从门内出来，一直跟在咱们后面。"陈歌把当时的情景跟老魏和白大爷讲了一遍。

"他在隔壁，我们要不要过去看看？"老魏只是提议，他本人并不想再到处乱跑了。

"如果他一心想跑，咱们过去也抓不住他。"陈歌望着墙壁说道，"我总觉得他一直跟着我们另有目的，不像是要害我们。"

话音刚落，老宅的房门就慢慢朝两边打开，一件大红色的寿衣立在门口。

"别怕，之前跟在我们后面的就是这东西。"

漆黑的夜晚，宅院大门被打开，外面立着一件寿衣，这场景任谁看了都会觉得心慌。

"你到底是人还是鬼？"陈歌站在屋内，把碎颅锤藏在身后。

对方似乎也在纠结，过了好一会儿才做出决定。寿衣从中间解开，里面藏着一个又矮又瘦的男人。他绷着一张脸，嘴巴张了半天，终于说出了第一句话："我是来帮你们的。"

"帮我们？好啊，进来慢慢说。"陈歌笑得很和善，他反手握锤，想要先把那人骗进屋内。

男人摇了摇头，他跟着陈歌走了一路，心里清楚自己面前这个看似和善的年轻人到底有多危险。

"我就在外面说吧。"男人把寿衣立在一边。当他的身体彻底从寿衣里出来后，陈歌才看到此人的手臂一大一小，发育畸形。

"你们刚一进村，我就发现了你们，可还没等我靠近，你们三个就被怪物骗走了。我不放心，所以就穿着寿衣跟在你们后面，想要救你们离开。"

男人声音很诚恳，但陈歌不相信此人会平白无故冒这么大的风险，来救几个跟自己毫无瓜葛之人。他问道："你跟了我们一路，仅仅只是为了救我们？"

"救你们也是救我自己，说出来你们可能不信，如果今夜无法逃离这村子的话，所有人都要死。"男人声音很低，但能从中听出他的恐惧和不安。"门在今晚打开，那个东西又要从门后跑出来了。"

"门在今晚打开？"陈歌皱起眉头说道，"你是这里的原住民吧？能不能说说活棺村到底发生过什么事情？为何会变成现在这模样？"

"活棺村？这名字倒也合适。"男人关上木门，走到了庭院中央，从外貌上看不出他的年龄有多大。"这村子一开始叫什么名字已经没人知道了，之所以会变成现在这样，最初的原因应该和一个女人有关。

"我们村子在大山深处，跟外界隔绝，那会儿世道乱，村子里的男人想要讨老婆很难，近亲通婚，后代长成什么样子的都有。当时的村长心说这样下去以后就要断根绝种了，便跟村里人商量后，决定从山外面'拐媳妇'回来。前几次也没出什么事，新媳妇不听话就关起来，不给水、不给饭，敢逃跑，抓住后就是一顿毒打，慢慢就乖巧了。直到后来有一次，他们弄回来一个读书人家的小姐，性子很烈，死都不从。一连逃了好几次，最后差点儿被活活打死。直到那女人有了孩子，才不再逃跑，村里人都以为这女的不会再反抗。结果谁知道，这女的在他们一家正开心、准备办喜酒的时候，跳井了。

"一尸两命,村里人全都说这女的晦气,找了几个正当年的小伙准备把井口挖开,将尸体取出来。可这时候怪事发生了,那女的是脚朝下头朝上跳下去的,挖到一半时,有人看见女尸的脸扬了起来。一张死人脸,泡得发白,两眼外鼓,直勾勾盯着挖井的人。做了亏心事,井边的几个小伙都吓坏了,全都不敢再继续往下挖。尸体放到井里可不行,村长和死人那家商量着,出钱请人来挖。可第二天跑到井边一看,原本是头朝上的尸体,现在变成了脚朝上,她就好像要钻到井里面去一样。看到的人把这事报告给村长,老村长为了安抚人心,说是因为开井震了水脉,尸体自己滑了下去。这理由没人相信,到了第三天再去看的时候,村里人发现那井里的尸体竟然不见了!

"村子里共有东西南北四口井,打在同一条暗河上面,现在尸体不见了,指不定会从哪口井里冒出来。再往后古怪的事情接连出现,女人跳的是村子西边的那口井,很多人为了避开她,跑到村子东边的井里取水。东边井里的水刚打出来的时候看着没问题,但是做饭之后,会发现饭里有女人的长头发。大概又过了一周,住在井边的人在晚上听见井里传出哗哗的声音,感觉有什么东西沿着井壁往上爬。有人趴在窗户上面看了一眼,正好看到有一个红影从井口出来!

"到了第二天,大家发现女人的丈夫竟然死在了自家卧室里。她的丈夫本身是个畸形,脸部和手臂都有问题,死的时候脑袋被塞进水桶里,死因好像是溺水。村里人心惶惶,老村长把大家召集在一起,想要去山外面请个半仙来看看,结果还没等半仙过来,村子里的牲畜就开始大批量死亡。有人害怕了,举家逃离村子。可恐怖的是,过了一天一夜,那些逃走的人都被扔在了村口的山谷里,死状各不相同。似乎只要喝过井水的人,就算跑得再远也会被抓回来杀掉。村里人人自危,也顾不上打造棺材,只是把死者就地掩埋。跑出村子必死,留下来也找不到活路,村里人想尽了各种办法都解决不了。

"之后的日子,每晚都会有一两个人死在家里。死的人越来越多,我们这儿的人比较迷信,死后不装进棺材,变成鬼也是无家可归的野鬼。下一个死的会是谁没人知道,说不定就会落到自己头上,于是家家户户都开始给自己打造棺材,活人家里放棺材的原因就是这个。过了一个多月,那女人终于停手了,而这时候村子里几乎看不到一个身体正常的男人。村子里所有身体没有畸形,以及作恶的人都死了。这时候才有人猜到了她的想法，村里近亲通婚影响后代，所以去拐山外面的女人。但正常的人不断死去，村子里就剩下一群残疾怪物。那个女人希望村子里的人，世世代代只能以怪物的形象出现！"

瘦小男人越说越激动，他挥舞着长短不同的手臂喊道："祖先的血脉已经被污染，村子里只剩下怪物，身体正常的人会死掉，也只有畸形才能让那个女人开心，可以在她手中逃得一命。"

男人的故事有些沉重。陈歌没有发表意见，第一个开口的是老魏。"抛开身份不谈，我最厌恶的就是人贩子。"

"这是发生在很多年前的事情，做过错事的人早已死去，受到了应有的惩罚，现在是无辜的人受到了牵连。"男人扬起自己的手臂，"没有人愿意做怪物，我看见水面上倒映的自己，无数次想要去死，但我不甘心！"

他握紧了拳头，样子看起来很滑稽，可是陈歌他们却笑不出来。

"如果是一年以前，我根本不会，也不敢产生反抗的念头，但是现在不同了。"他深陷绝望的脸上浮现出一丝难言的表情。"我有了自己的孩子，是个身体没有任何缺陷的小男孩。"

"你有了自己的孩子？"

"是啊，简直是一个奇迹，两个怪物竟然有了自己的孩子。"男人喘着气说道，"我不能把他留在这里，他会被那个女人盯上的，就算那个女人没有发现我的孩子，村子里的其他怪物也会为了保命，将我的孩子献给她。"

陈歌从男人话中听出一丝不对劲，问道："其他村民会把你的孩子献出去？"

"这村子里的人都已经疯了，不对，现在的他们根本不能被称之为人。"男人的指甲抓进肉中，"很多年前，那死女人血洗村子的时候，唯独放过了一户人家。那家有一个独生女，姓朱。她第一次逃跑就是这个朱姓女人协助的，女人被抓住后，朱姓女人也被吊在村头一顿毒打。后来在女人被欺负的时候，也只有这个朱姓女人站出来帮她说过话，可能就是因为这个原因，朱家被放过了。村子里的人越来越少，剩下的村民为了活命只好推选朱姓女人为新的村长，让她去和已经成为怪物的女人沟通。村民以为朱姓女人会为他们说话求情，可事实和他们想的完全不同，那名朱姓女人站在了死女人那一边，她成了怪物管理村庄的工具。她要求我们只要发现身体正常的新生儿，都要送到她那里去，如果有人刻意隐瞒，就会杀掉所有知情不报者！

"没人知道孩子到了朱姓女人那里后究竟怎么样了，我们只知道孩子被朱姓女人抱进漆黑的屋子后，再也没有出来过。"

男人的双眼溢满恐惧和不安，畸形的双手抓在一起。"这个规则一直延续到今天，我孩子的情况已经被他们知晓，所以我只能和你们这些外来者合作，抓紧时间把我的孩子送出去！"

陈歌三人看着面前的畸形男人，神色各不相同。

"你说的都是真的？"白大爷的神色最为震惊。他和父亲很早以前来过活棺村，那个时候只是觉得这村子里的人长得很奇怪，其他方面似乎和普通人一样，根本没有想过这村子里还隐藏着如此恐怖的事情。

"全都是真的。"男人又往前走了几步，站在屋子门口道，"我完全可以隐瞒这些，现在我把一切都告诉你们了，这就是我的诚意。"

满是棺材的村子里，一个穿着寿衣的畸形男人，说着一些诡异的话。

白大爷和老魏互相看了一眼，最后不约而同把目光放在陈歌身上。

"不着急，我想先问他一个问题。"陈歌示意男人进来，"怎么称呼？"

"你可以叫我阿庆。"

"好。"陈歌拖着碎颅锤走到男人身边。"你能救我们出去？"

"是的，我知道路，也有这个能力。"男人有些着急，似乎留给他的时间不多了。

"你既然知道出去的路，也有离开的能力，为什么不自己带着孩子离开？"在陈歌看来，双方只是互相利用的关系，阿庆既然主动找上门来，那说明对他来说外来者肯定有值得利用的地方。"你不会是害怕被怪物追赶，所以想要让我们去吸引怪物的注意吧？"

"我从没有这么想过！"阿庆连忙摆手，他一直被困在村子当中，和外面的世界接触很少，表情变化幅度很大，几乎不会掩藏内心的真实想法。

"不是为了引开怪物，那你找我们做什么？"

"婴儿出生后第一个月，朱姓女人会亲自登门检查婴儿，如果正常她就会直接抱走，但是也有例外。"阿庆掰着手指算起来。"每年女人投井自杀那一天，村子里会举行一场祭祀活动，到时候朱姓女人会把村子里近三个月出生的所有婴儿抱到一个房间里，然后让女人去挑选合适的祭品。"

"让怪物挑选？"陈歌开始犹豫起来，阿庆口中的女人应该就是那个最恐怖的红衣怨念！

"今天就是女人投井的日子，祭祀很快要开始，这正是我们的机会！在祭祀活动进行的时候，所有人都会被聚集到一起将那女人唤醒，我们只要在她醒来之前，悄悄潜入那个房间里将婴儿偷走，再逃出村子就可以了！"

"你想得挺美。"陈歌打断了男人的话。"你口中变成怪物的女人能够靠一己之力屠戮整个村，我们几个就算逃出去，也是凶多吉少。"

"这已经是最好的办法了。"阿庆手指剜进了肉里。"那个女人的仇怨只针对这个村子，她对外来者并没有多大的兴趣。"

"有这事？"

阿庆艰难地点了点头，说道："就像她没有伤害朱姓女人一样，我从没见过她攻击过外来者。等找到我的孩子，你们就带着他离开，我会原路返回村子。如果你们不小心暴露，我会谎称看见了你们，将他们朝相反的方向引。"

"可问题的关键是，你的孩子是这村子里的人，我们带着他很可能也被女人视为目标。"

"如果她追上你们的话……"阿庆放下了握紧的手，一副认命的样子。"那你们可以将我的孩子放下，独自离开。"

话说到这个份儿上，白大爷有些不忍心地说道："要不就答应他吧，反正我们现在也出不去。"

"这人的话漏洞有很多。"老魏站在几人前面。"他说那个什么女人不会伤害外来者，可是咱们进这村子才多久，已经好几次遇到危险，我觉得他可能只是想要赌一把。真的被怪物追上，我们和他的孩子都要出事。"

"你们在村子里遇到的怪物和女人无关。"阿庆叹了口气。"村子里活人越来越少，邪气的事儿就越来越多，不是一时半会儿能跟你们说清楚的。我只能大概说一下，这村子里活人占一成，死人占一成，剩下八成都是怪物。"

老魏还想问什么，阿庆直接将寿衣又重新套在了身上。"祭祀马上开始，错过这个机会就真的没办法离开了！"

"跟他出去看看吧，留在这里也不安全，那个红衣鬼婴知道我们三个的位置。"陈歌将碎颅锤塞进背包。

"那个……你要不就把包放在这里吧。"从寿衣下传出阿庆的声音。"棺材里的寿衣可以一定程度干扰怨念们的判断，可是你的背包太显眼了。"

"没事。"陈歌拿出复读机朝旁边的卧房走去。

"你干什么去？我们没时间了。"

"拿寿衣，耽误不了多久。"陈歌随手关上卧房的门，按下复读机开关。

一分钟后，陈歌从屋内走出，他在两个卧房里找到了两件寿衣。

"你俩随身带着，情况不对再考虑穿不穿。"陈歌将寿衣递给老魏和白大爷。白大爷有玉坠保护，陈歌倒不是太担心，主要是老魏，他可不想这位警察在快退休的时候出现什么意外。

"你从棺材里找出来的？"阿庆看着陈歌手中的寿衣，那上面还残留着手指痛苦抓挠的痕迹。眼前这位身体完好无损，那抓出这些痕迹的只可能是寿衣原本的主人。

"对啊，我看见放在那里也没人要，就捡起来了。"陈歌淡淡一笑。"放心吧，以后有机会我会还回来的。"

阿庆目光躲闪，不敢和陈歌对视，眼前这人带给他一种特别的感觉。明明站在黑暗最深处，却充满了力量和希望，仿佛他的脚下就是太阳即将升起的地方。

"跟紧我，你俩最好把寿衣穿上，小心碰上怨念。"

阿庆说完后独自走在前面，他贴着左侧的墙壁，每次转弯都朝着左边的街道走，大概过了六七分钟后，街道两边开始出现不同的建筑。

"我们已经脱离鬼打墙了？"穿着寿衣，老魏脸色很差劲。

"我现在带你们来到了村子的中心处，等会儿祭祀会从这里开始。"阿庆领着陈歌三人躲入了旁边一间老宅当中，"听说这次的祭祀还有其他外来者参与，我会想办法联系上他们，探探他们的口风。"

"还有其他外来者？"陈歌他们进入村子的主要目的就是为了寻找范郁和江铃，

此时听到有其他外来者的信息，都打起了精神。

"在你们来之前，有两个孩子因为迷路，意外地进入了村子当中。"阿庆回忆起来。"是一男一女。男孩很瘦，个子不高，女孩看起来只有四五岁大，好像一个瓷娃娃，非常可爱。"

是范郁和江铃！听到阿庆的描述，陈歌更加确定心中的猜测。他抓住阿庆的寿衣问道："他们现在在哪儿？带我去找他们！"

"恐怕不行。"阿庆想要把陈歌的手推开，但是试了几次，他发现眼前这个看起来没有多少肌肉的男人，力气竟然大得出奇。"那两个孩子一进村就被其他村民看见，后来朱姓女人出现，亲自为他们安排了住处，并且带走了其中那个女孩。"

"江铃被带走了？"陈歌一愣。

"听人说，朱姓女人准备让女孩也来参加祭祀活动，当时我还觉得奇怪，这是几十年来第一次有外人来参加祭祀。"阿庆挣扎了半天终于放弃，任由陈歌抓着他的肩膀，疼得龇牙咧嘴。

"那个女人不会看出江铃的出身了吧？她准备把江铃也送给红衣怨念吗？"陈歌思索起来。"朱新柔就在江铃身边，肯定不会坐视江铃受到伤害，想来只有两种可能，朱姓女人有方法可以压制朱新柔，或者江铃是自愿参加祭祀的。"

范郁在画上给陈歌留下了两个字——回家，他们在今夜回到活棺村应该是有原因的，巧合的是怪谈协会也在这一天开始动手，并把目标放在了江铃身上。所有的一切都交织在了一个点上，而秘密的源头就在活棺村当中。

除了小心活棺村的原住民外，还要小心怪谈协会。

陈歌松开了手，轻轻拍了拍阿庆的肩膀，说道："如果可以的话，尽量把那个瘦小的男孩带出来。"

"明白。"阿庆揉着肩膀。"等会儿祭祀开始的时候，整个村子将受到影响，鬼打墙自动破除，平时沉睡在各个角落里的东西也会苏醒过来，你们将看到这村子不为人知的一面。村子里死人太多，阴气太重，滋生出各种各样的邪祟。它们会随着祭祀慢慢醒来，你们一定要小心，不要招惹它们，偷到了孩子，立刻离开。"

"你说这么多，我们上哪偷孩子去？"

"祭祀活动从村子中心的祠堂开始，所有孩子都会被放进祠堂当中，然后队伍将前往女人自杀的那口井,你们需要做的就是在祭祀队伍离开的时候,进入祠堂找到一个脖子上挂有铜钱的婴儿,将其带走。"阿庆说到这里停顿了一会儿,他十分犹豫地从口袋里取出一块布匹。"村子内部修建的十分复杂,有些路的尽头隐藏着怨念和怪物,你们想要出去就按照这块布上的路线走。请你们务必带着我的孩子一起离开!"

阿庆叮嘱了几句后匆匆离去。陈歌看着手里的布匹,上面是活棺村的简图,整个村子里足足有二十多个地方被打上了红叉。

"他居然对我们这么放心,提前把地图交到我们手上,也不怕我们不管他的孩子直接逃走吗?"白大爷拿过地图研究了一会儿,越看越心惊。这上面很多地方他年轻的时候都去过,不过都是在白天。

陈歌摇了摇头说道:"这人筹划了很久,不会犯这么低级的错误,这很有可能是张假地图,真的地图估计在男婴身上。"

几句话的工夫,外面的街道已经发生了变化。

白纸灯笼全部熄灭,村子完全被黑暗笼罩。一片死寂之中不知谁家的房门被推开了,黑夜中响起了一个女人的声音。她好像是在呼喊某个名字,想要唤醒什么。一扇扇门被推开,街道上响起了脚步声,一个个身体畸形的村民戴着面具从屋内走出来。他们提着白纸灯笼,没有一个人开口说话,低垂着头从陈歌所在的老宅门口经过,停在十几米外。女人的呼喊声愈发清晰,这座古怪的村子卸下了伪装。

夜色好像水银倾泻而下,压得人喘不过气来,村子干净的墙壁上浮现出血斑和污渍,地面上满是抓挠和刀铲挥砍的痕迹。

这座村子里曾经发生过的事情,要比阿庆描述的血腥、恐怖百倍,他说的应该只是他知道的那一部分。

鬼打墙早已被破除,街道交会的地方出现了一栋破旧的祠堂,而就在这祠堂旁边,竖立着一副大红色的棺材!女人的呼喊声已经停止,身体畸形的村民站在祠堂前面,一个个好像失去了灵魂的木偶般,低着头,提着灯笼,没有一个人开口说话,现场是死一般的寂静。

"嘎吱……"

祠堂旁边一栋二层木楼的门被推开,小楼是整个村子里最高的建筑,同时也是保存最完好的建筑。

漆黑的屋子里冒出一股寒气，几分钟后，一个穿着大红色外衣的女人走了出来。她脸色苍白，嘴唇青紫，就好像冻僵的死人一样。女人的目光扫过所有村民，走到祠堂旁边，对着棺材拜了三下，嘴里说着一些当地的方言。等她拜完之后，几个村民提着竹篮从人群里走出。篮子上盖了一层布，有婴儿的哭声从布下面传出。女人依次从他们身边走过，掀开蒙在竹篮上的布，挨个儿查看。

在经过第四个竹篮时，女人停留了好一会儿，张口说了些什么。

提着第四个竹篮的人，正是戴着面具的阿庆，他一长一短两条手臂轻轻打战，似乎是因为女人对他说了很可怕的话。

看完所有孩子之后，女人从袖子中拿出一把沾满了血渍的剪刀。她立在棺材旁边，让第一位村民将竹篮放在祠堂中央，然后拿着剪刀独自进入祠堂当中。大门关上，婴儿在啼哭，祠堂里的牌位发出声响，所有村民都绝望地低下了头，唯有门口的红棺当中，隐隐约约传出了笑声。

祠堂的门再次打开，女人手中的剪刀滴答着鲜血，和她身上的大红色外套很配。

看到这场景，第一个将篮子送进祠堂的村民瘫坐在地上，他极力控制自己，可还是哭出了声。

周围没有人去搀扶他，甚至没有人敢抬头去看。

女人走出祠堂，来到棺材旁边，轻声低语，似乎是在和棺材里的东西沟通。片刻之后，她又冲着村民说了几句话。

第二个提着篮子的村民连连摇头，似乎不同意将自己的孩子送出去。

女人伸出了三根手指，在手指全部收起之前，旁边的村民夺过那人的竹篮，放在了女人面前。拿着剪刀的手提起竹篮，在血腥味的刺激下，婴儿哭的声音更大了，可没有人敢阻止这一切。

女人又一次进入祠堂当中，房门关上，没人知道里面发生了什么事情。

祭祀还在继续，伴随着婴儿刺耳的哭声，活棺村变得越来越恐怖，黑暗之中有一双双陌生的眼睛慢慢地睁开。躲在房间里的陈歌和老魏也遇到了麻烦。原本还算安全的老宅里，土壤松动，似乎有东西要从里面爬出。房檐上挂着的碎布在风中飘摆，其中好像包裹着一张扭曲的人脸。窗户四周不断有阴影闪过，屋内偶尔能听到奇怪的声响，仿佛有人躲在床下面正敲击着床板。邪祟在苏醒，恐怖笼罩了整个村子，慢慢地握紧了所有人的心脏。

破旧的祠堂门被女人推开，婴儿的哭声已经消失，血液顺着剪刀滴落，就算女人穿着大红色的衣服，依旧能看出她身上的血块。

"第二个了。"陈歌目光盯着阿庆，这个双臂畸形的男人身体一直在颤抖。

女人手持剪刀站在棺材旁边低语，红棺里能够清楚听到另外一个女人的笑声，这声音让人害怕，仿佛是一段解不开的诅咒。抓着剪刀的手向上抬起，女人好像明白了红色棺材里女人的意思，她看向第三个手持竹篮的村民。麻木、冷漠、没有任何希望，那人亲自将竹篮放在女人身前。当女人提着第三个竹篮进入祠堂后，祠堂里的供桌晃动了一下，一个个牌位倾倒在地，似乎是不愿意再继续看下去。房门关闭，婴儿的哭声猛地变高，随后戛然而止。

血从门口渗出，村子的各个角落传出奇怪的声响，好像是这片土地在哭泣。陈歌他们所在的宅院也出现了新的变化，卧房的棺材里发出"咚咚"的声音，墙壁上的画像睁开了眼睛，满面狰狞。投井的女人似乎就是想要故意折磨这村子里的人，生生世世，死也不得安宁。

身穿红衣的女人第三次走出祠堂，她的裤脚在往下滴血，这一刻陈歌终于明白她为何要穿一件大红色的外衣了。一步一个血脚印，女人询问棺材，可棺内只有笑声传出。听到这个声音，阿庆打战的腿终于坚持不住了，他跪倒在地，一长一短两只手臂死死抓住竹篮。女人朝他伸出了三根手指，周围佩戴着面具的村民一同出手，将阿庆和竹篮分开。在女人手指全部收回之前，阿庆手中的竹篮被送到了女人手中。

祠堂的门关上了，没人知道女人对竹篮里的婴儿做了什么，只知道这片村子的所有亡魂都在哭泣。村民们祈祷的谅解没有出现，直到所有婴儿被女人带入祠堂当中，棺材里的笑声才慢慢停止。

此时女人身上的红衣已经湿透，她收起那把被血迹覆盖的剪刀，让村民打开了竖立在祠堂旁边的红棺。棺材里没有尸体，只有一套首饰，估计是投井女人生前被拐到棺材村时，随身携带的物品。女人将首饰一件件戴好，每佩戴一件，她身上散发出的气息就阴冷一分，皮肤也变得更加苍白。戴好了所有首饰，女人走向人群，所有村民都退到两边，中间的空地上只剩下一男一女两个孩子。

男孩身体瘦弱，就算在这么恐怖的环境当中，依旧没有感觉到任何害怕。女孩表现得和男孩相反，身体发抖，看起来很可怜，好像一只刚出生没多久的小猫。

这两个孩子正是范郁和江铃。

"欢迎回家，在这里没人能伤害你。"女人摸了摸江铃的脑袋，牵着她的手朝村外走去，其他村民则提着一个个白灯笼跟在后面。人群很快离开村子中心，范郁和江铃都被他们带走了。

"听那女人的语气不会伤害江铃，范郁护送了江铃一路，他们也没有道理对范郁出手。"陈歌拥有阴瞳，他清楚地看到范郁浑身是伤，衣服被树枝划破，手臂被擦伤，脸上也被蚊虫叮咬出了几个大包。为了护送江铃，这孩子没少吃苦头。

"女人说这里没有人能伤害江铃，看来江铃和范郁确实是为了避难才逃到这里的。"陈歌转念一想，"能让江铃的姐姐感受到压力，不得不逃跑，估计整个江州市也就怪谈协会有这个实力了。"

村子的异变还在继续，陈歌不敢再耽误下去，招呼上白大爷和老魏朝祠堂走去。

一推开祠堂的门，血腥味就涌了出来，屋内的场景看得人直皱眉头。

"那个女人不会把几个婴儿都给……"

陈歌迈入祠堂当中，供桌上落满了灰尘，应该很久都没有打扫过了。本应供奉起来的牌位掉了一地，有的已经摔裂，却无人整理。

"陈歌，这血应该不是从婴儿身上流出来的。"老魏摸了摸地上的血迹。"女人进入祠堂的时候手里拿着一把剪刀，假设那就是她使用的凶器，如果用剪刀刺入身体，伤口会迸射出鲜血，血迹不可能分布得如此规则。"

"那就是说，婴儿可能没有受到伤害？"陈歌沿着血迹搜查祠堂，最后停在了祠堂一角，这里胡乱堆积着一些杂物。他将杂物搬开，发现下面是一条地道。

"你俩在外面，我进去看看。"陈歌按下复读机的开关后，钻入地道。地道只有两三米长，尽头是一块虚掩的木板。陈歌抬手将木板推开，他发现自己来到了祠堂旁边的那栋二层小楼里。

"这不是朱姓女人住的地方吗？"

陈歌爬出地道，朝四周看了看。屋内没有窗户，距离地道口不远的地方摆着几只刚死没多久的家禽。

"她用的是家禽的血？这也能蒙骗住怨念？"

耳边隐约能听到婴儿的哭声，陈歌沿着楼梯来到二层。这儿明显是个女人的房间，屋子里摆着简单的家具，和其他宅院不同的地方在于，这屋里没有停放棺材，而是摆着一张木床。掀开厚厚的床帘，木床上并排摆着几个竹篮，篮子里每个婴儿嘴上都放着一片草叶。那草叶似乎有安神的功效，几个婴儿虽然离开了自己父母，但是哭得并不是太厉害。

"这个朱姓女人每次将孩子带走，其实是想要保护孩子？"

很快陈歌在床铺枕头下面发现了一个本子，翻开后上面记录着一个个人名和地址。书写这些东西的人可能认识的字有限，很多地方都是用符号代替。

"外面那个朱姓女人看起来也就三四十岁，可这本子泛黄破旧，感觉应该是很多年前的东西了。"陈歌拿着本子，实在看不懂上面的字，像是汉字，可大部分都认不出来。"地址很模糊，人名倒是能分辨出几个，他们会不会就是被救出去的孩子？"

"你说对了，他们都是我送出去的孩子。"身后突然传来一个老太太的声音，陈歌拿着复读机立刻转身。

"该害怕的是我才对吧？还是说你觉得我这个半只脚都埋进棺材里的老家伙，能威胁你呢？"

似乎是因为缺少牙齿的原因，这声音听着很奇怪，陈歌手拿复读机朝屋里面走去，在二楼的隔间看到了一个严重驼背、满脸皱纹的老太太。她斜躺在隔间的木床上，双腿肌肉萎缩，只有头和一条手臂还能勉强活动。

"您是？"这老人看起来年龄非常大，陈歌不由自主地用"您"来称呼。

老人家看着陈歌，咧嘴笑了笑说道："我是一个被怨念眷顾的人。"

听到这句话，陈歌的脑袋里"嗡"的一声响，老人说的这个词他再熟悉不过了！

"你这孩子让我觉得很亲切，你应该也和它们打过交道吧。"老人口中的它们指代的自然是怨念。

"没错，我不仅和它们打过交道，还修建了一个家，专门用来收留它们。"

"那你可比我强太多了。"老人很努力地表达出自己的善意,"坐下吧,我没听见门响,你应该是从祠堂地道跑进来的,我猜你是准备趁着祭祀活动偷偷将婴儿带走。"

"嗯,是有这个打算。"陈歌没有靠近老人,只是放下了手里的复读机。

"跟我想的一样,能被怨念眷顾的人,身上必然有被认可的品质。"老人的声音很平淡,可听着却让人觉得舒服。

"被怨念认可的品质?"

"嗯。"

老人费力地点了下头。在陈歌的追问下,她把当年发生的事情原原本本讲了一遍。老人讲的大致上跟阿庆说得差不多,不同点在于老人嘴里的怨念并非无节制的杀戮报复,似乎还有一丝残存的情感。

老人曾救过那个女人三次,女人便答应帮老人做三件不过分的事情。

她平时也会特别对待老人,比如说她从来不会进入老人的屋子,当村子里有其他怪物出现的时候,只要它们威胁到老人的生命,女人都会出现将其灭杀。

"她血洗了村子,作恶者无一幸免,这些我都可以理解,甚至觉得大快人心。但后面发生的事情,让我觉得有一些不妥。"老人身体很差,说一段就要休息片刻。"原本她居住过的那户人家里出现了一扇红色的门,这门只有她能推开。血洗村子之后,她放下了执念,本来是要离开。在离开之前她想要进入门内看看,可就是这么一看出了问题。

"等她再从门里出来,就变得仇怨缠身,目光里满是恶毒,彻底变成了另外一个人。我不清楚她在门内遇到了什么,只知道她对一切都充满了恶意,她准备把作恶者的后代囚禁在这里,让他们生生世世只能做怪物,甚至所有正常人在她看来都不可饶恕。"

老人声音里出现了一丝隐藏极深的痛苦,她继续说道:"我没有制止她的能力,只能在她疯狂时,用自己的办法救下一些无辜的孩子。正如你今天看到的,每年她会苏醒一次,进入门后的世界,这些孩子如果放在其他地方,会被她顺手杀死,也只有在我这里才能保证安全。熬过去,只要度过这一晚,等她从门内出来就又会陷入沉睡。"

老人也不知道门后的世界到底有什么，她只清楚女人每年这个时候，会去门内世界一趟。

"那你们为什么不逃走呢？全部离开村子。"陈歌开口说道。

"所有喝过井水的人都逃不掉，会被她纠缠终生，这也是我只救刚出生婴儿的原因。"

"纠缠终生？可我听说十几年前，你们村子有一部分人逃了出去，他们也没有出现什么意外。"陈歌说的就是江铃父亲他们。

"那是一个意外，十几年前的某一天，她进入门那边后，当晚并没有回来。村子里的人提心吊胆度过了一个月，发现她还是没有回来，有些人认为她可能死在了门那边。当时村子里有两种声音，一种是安心待在山村里，一种是趁机逃走。后来，一部分身体畸形不明显的人偷偷逃了出去，就在他们逃走后的第三天，她回来了。逃走的那些人里有我的后代，我恳求她放过那些人，用掉了两个人情，才保下了他们二十年的平安。"老人咳嗽得越来越厉害，陈歌不敢再继续问下去了，他已经从老人这里知道了足够多的东西。

"阿婆，你好好休息，我就不打扰了。那几个孩子我要带走一个，这是我和你们村子里某个人的约定。"

陈歌转身准备去床边寻找阿庆的孩子，还没走出几步，身后就传来老人的声音："其实我叫你过来还有另外一件事。"

"和那个跳井的女人有关吗？"陈歌已经找到了脖颈上悬挂铜钱的婴儿，看起来很可爱。

老人摇了摇头，眼睛盯着陈歌的脸说道："你有没有发觉，自己的体温在慢慢变低？"

陈歌的手停在竹篮上方，慢慢转过身。其实，早在几天前他就发现身体出现了一些变化。每晚睡三四个小时，第二天却仍精力充沛；在黑暗中五感极为敏锐，思维也变得十分活跃；唯一不好的地方就是，身体会莫名觉地感觉寒冷，就算穿很厚的衣服也没有用。

"看来你已经感觉到了。"老人抬起手臂，露出手腕上捆绑的一根根红绳，每一根细绳上都穿着一枚玉珠。"怨念的眷顾，活人又如何能吃得消？在村子被血洗三年之后，可能是因为常常与怨念交谈，我的身体开始出现种种异常，最明显的就是体温降低，无论春夏秋冬，都能感觉到身体深处的那股寒冷。"老人说的情况陈歌也遇到了，但两者之间却又有一些不同。

陈歌提着阿庆孩子所在的竹篮，走到隔间旁边问道："阿婆，你是在和怨念接触三年之后才感觉到体温开始下降？"

"准确地说是十年，之前我也像你一样，没有把这件事放在心上。"老人的声音很亲切，"你现在情况还不严重，应该是近几年才开始和它们接触的吧？"

"近几年？"陈歌眼皮跳动，犹豫片刻后说出了实话。"我是在几个星期前才第一次见到怨念。"

屋内突然安静下来，老人也许是因为年龄大了，说话有一点结巴。"几、几个星期前？"

"反正不到一个月。"陈歌摸了摸自己的手背，温度要比普通人低一些。

"我住在满是邪祟的村子里，又常常去和怨念交谈，三年后才有所察觉。你从见到怨念到现在只有区区几个星期的时间，体温怎么可能这么快就发生变化？"老人声音里满是疑惑。"你是不是同时招惹了很多怨念呀？"

"没有啊。"陈歌在心里默默地数了一遍后，说道，"能跟我扯上关系的也就十几个而已。"

老人仿佛在消化这个信息，一时间没有说话。

"估计和我住的地方有关，我住在鬼屋里，算是和它们吃住在一起。"陈歌又回头看了一眼自己的影子。"对了，我影子里还藏着一个红衣怨念，她跟我形影不离。"

老人一直没有开口，她用仅有的手臂支撑身体，往后挪动了一下，似乎是想要离陈歌远一点。

察觉老人神色上微妙的变化，陈歌心里有些不安，问道："阿婆，你当初是怎么解决体温下降这个问题的？如果解决不了，以后会出现什么事情？"

"我们的情况不太一样，我可能帮不了你。"老人从手腕上取下一条红绳。"长时间和怨念待在一起，身体里的阴气会越来越重，这绳上的珠子是用暖玉一点点磨成的。人养玉，玉养人，佩戴久了，暖玉会调和体内阴阳。另外你要多去一些人气旺的地方，多晒晒太阳。"

"我记住了。"陈歌点了点头,新世纪乐园白天人气很旺,以后游客数量还会越来越多。

"多注意一点儿,我这双腿就是因为放任不管,最后废掉的。"老人重新把红绳系上。"其实我本来是想要送你几枚玉珠子的,但你这个情况,就算我把暖玉全部给你也没有太大的用处,关键还在于你自己。"

她看着木床上的一排婴儿,又劝道:"尽量还是不要和它们接触的好。"

"嗯。"陈歌心里发愁,可是也没有好的解决方法。他没有告诉老人,"怨念眷顾者"这个称号对他来说只是入门,抽中五次怨念之后,他的这个称号还可以升级!

"没有其他事情的话,你就带着那孩子离开吧。外面主持祭祀的人叫作朱淑梅,是我挑选的继承人,她心地善良,只要你没有故意出现在她的面前,她是不会为难你的。"老人抬起手。"这村子一到晚上,魑魅魍魉就都跑出来了,你们走的时候多多注意,看见开着的门别进去,听见有人叫喊别答应,遇见亮光赶紧躲,不出村子不要碰棺材。"

第8章 我来为你申冤！

感谢过老人之后，陈歌提着竹篮原路返回。他能从老人身上感受到一种纯粹的善良，所以对于老人说的话没有任何怀疑。

"跟我想的一样，像我们这些'怨念眷顾者'，都拥有一颗善良纯净的心。"

陈歌钻出地道，感受到了一丝寒意，明明只隔着一面墙，屋内屋外却截然不同。

"孩子找到了？我来抱着吧。"白大爷接过孩子，他看见婴儿嘴边有一片类似于树叶的东西，想将其拿下，结果被陈歌拦住。

"那叶子好像能防止孩子哭喊，不要乱碰。"

陈歌招呼白大爷和老魏来到祠堂门口，取出阿庆的地图说道："祭祀的队伍会依次经过村外的几口井，我只要注意别和他们遇见就行。"

三人很快确定了路线，离开祠堂钻入街道当中。祭祀活动还在进行，村子里已经发生了很大的变化，冤魂苏醒，死意弥漫，一间间老宅子变得阴森恐怖，死去多年的屋主人似乎在今夜回来了。棺椁里发出声响，无人的街道上不时会有鞋印出现，墙壁上的血迹也愈发鲜艳，好像又回到了多年前的那个夜晚。陈歌三人跑过了一个拐角，抱着孩子的白大爷忽然停了下来。

"你们有没有听到一个声音？好像有人在喊我的名字。"

阴冷的风吹拂脸颊，耳边隐约能听见一个女人的声音，她在呼喊着什么。

陈歌想起了老人的叮嘱，冲着白大爷说道："就当没听见，不管她喊什么，都不要答应。"

三人继续向前，村子里干净的路面上飘起了纸钱，老宅房门上的白色倒福脱落，门板晃动，露出了后面的魂幡。耳边女人的声音慢慢变大，从四面八方传来，无法确定对方的位置，只知道她正在不断逼近。

"这村子里隐藏着一个红衣和无数饱受折磨的冤魂，现在红衣尚未苏醒，这些冤魂恐怕会争着抢着对我们出手，好上了我们的身，借此逃离出去。"

冤魂苏醒，陈歌知道，这个尖叫指数达到三星的场景将开始展露真正的恐怖。

女人的声音萦绕在耳边，让人心里发慌，越想要转移注意力，大脑就越不听使唤，只想弄清楚女人到底在呼喊谁的名字。周围的墙壁上开始出现清晰的血手印，陈歌他们正在走的这条土路上，似乎发生过很多惨剧。

"不要听！快走！"陈歌感觉有东西追了过来。他手持碎颅锤，背着包站在最后面。

那些冤魂想要不再被折磨，脱离女鬼的控制，这是它们唯一的机会。夜空中好像下起了看不见的雨，感觉空气变得湿润，鼻尖飘过一丝淡淡的血腥味，街道好像变得更加复杂了。女人慢慢逼近，音色也发生了变化，和记忆中的某个声音重合，听着就好像是生命中最亲近的人在呼喊。

"这好像是我女儿的声音，"白大爷往后看了一眼，"是怪物冒充吗？"

陈歌一把按住白大爷的肩膀，喊道："不要回头！不要答应！"他刚说完，前面开路的老魏又喊起来：

"你们往左边的房子上看！"老魏喊完后，手直接按在了配枪上，情绪起伏很大。

"房子上？"陈歌朝旁边的房间看去，瞳孔骤然缩小。

在老宅的房檐上蹲着一个人！那人身体枯瘦，手臂很长，像是猴子一样。

"这是什么东西？"陈歌从来没有见过这样的怪物，看起来也不像是怨念。

"我以前听我父亲说过这东西，好像叫作'檐鬼'。"白大爷脸色很差。"这东西晚上会趴在房檐之上，等主人睡着后，就从窗户钻进屋内，偷取屋主人的衣物，吸干屋主人的血。农村都有这怪物的传说,可是谁也没见过。"

陈歌把目光从那怪物身上移开,只要不是红衣,他都不害怕,招呼着另外两人道:"不用管它,我们直接冲过去!"

三人抱着孩子从"檐鬼"身边跑过,那趴在屋檐上的怪物似乎对活人非常感兴趣,它用修长的双臂钩住房檐,倒挂在房檐下面,朝陈歌他们追来。这鬼东西非常聪明,既不靠近,也不远离,保持着一个距离,好像是在等待时机。很快第二只"檐鬼"出现了,它们的长相和活人区别很大,骨骼向外凸,眼睛很小,嘴巴里满是尖牙。

"陈歌,这么下去不是办法啊!"老魏第一次遇到这样的场景,如果上天给他一次重来的机会,他绝对不会跟随陈歌跑到这山村里来。

"你们什么都不用管,往外跑就行了。"陈歌并没有把这些"檐鬼"放在心上,他真正担心的是红衣,是那个一直萦绕在耳边的声音。看得见的危险那不叫危险,往往看不见的,才是真正致命的东西。

又往前跑了几米远,在进入第二个拐角的时候,尾随在后面的"檐鬼"终于按捺不住了。不过这些鬼东西在此地生活很久,非常小心,它们没有直接去攻击活人,而是把目标放在了陈歌的背包上。几只枯瘦的手抓向背包,此时陈歌再也忍不下去了,他挥动碎颅锤将檐鬼的手砸开,按下了复读机的开关。

"速战速决!"

在张雅沉睡的时候,许音是陈歌身上的最强战力,一出手就是不死不休的局面,陈歌担心许音被引走,所以才一直没有动用,想要给自己留一张底牌。可是"檐鬼"再三挑衅,让陈歌动了杀心。

放出许音后,陈歌抓住老魏和白大爷的肩膀,让两人稍微放慢速度。那两只"檐鬼"看到许音出现,非常果断地转身就逃,许音双眼猩红,直接追上一只"檐鬼"将其撕碎吞食。这时候另一只"檐鬼"已经跑出去几米远,许音杀性太重,根本不给陈歌下令的机会,一跃而起,追向那只"檐鬼"。手中复读机里的磁带还在转动,陈歌三人必须要在祭祀活动结束前逃离村子,时间有限,他们三个只能继续向前。

白大爷和老魏按照陈歌的指示,捂着耳朵不去听风中那女人的声音,他们只管闷着头往前跑。距离很快拉开，三人都没有发现，前面的墙壁上浮现出了一张张人脸。它们表情各不相同，好像是提前画好的画，在黑夜中很不显眼，一直等到老魏和白大爷经过时，才露出獠牙，突然从墙壁当中伸出手来！

"孩子！"

白大爷第一时间用身体护住婴儿，他把后背对准了墙壁，一条条手臂抓向他，都想要钻进他的身体，但是因为数量太多，给人的感觉就像是那些手臂要把他生生撕碎一样。

"让开！"情况紧急，陈歌根本没多想，抡圆了碎颅锤砸在那面墙上。墙壁和铁锤碰撞发出一声巨响，这声音传出去很远。

"行踪暴露，活棺村的村民和隐藏起来的怪谈协会成员，可能已经意识到有外来者进入村子。"陈歌神色平静，双眼中没有一丝慌乱。"既然已经暴露，那就没有必要再掩饰下去了。"

他看准那些哭喊的脸，疯狂挥动狰狞的铁锤，墙壁里一片鬼哭狼嚎。

"别停下来，继续往前走！"

墙面上只要有人脸的图案，不管里面的怪物有没有往外伸手，陈歌过去就是一顿乱捶。他狂暴的姿势，把老魏和白大爷都震住了，白大爷更是捂住了婴儿的眼睛。

"你没事吧！"陈歌回头朝着白大爷喊道。

"没事，没事，那东西好像是墙灵，就是死在墙边的人，执念没有消散，它们能力有限，只是看起来比较吓人。"白大爷连连摆手，他看着陈歌竟然比刚才面对墙灵还要紧张。三人继续向前，这时候许音已经回来，他身上又多了两小片血迹。复读机里发出沙沙的杂音，陈歌这次没有将许音收回磁带，他已经下定决心，今晚就要让许音晋升红衣！

"满村子怪物，一路杀出去，应该能够染红你的外衣了吧！"

继续向前，土路上的纸钱飘飞起来，老宅的木门被风吹开，惨白的魂幡横在路上，隐约有一个声音从屋子里飘出。

"我死得好冤，好冤啊……"

"嘭！"破旧的木门被陈歌一脚踹开，他手持碎颅锤和许音同时冲进屋内！

"你在哪儿!我来为你申冤了!"

老宅的布局都差不多,屋内种着两棵枯死的槐树,树下放着一个大水缸,再往里就是正堂和卧房。木门砸在墙壁上,陈歌那一脚几乎把门给踹裂了。

"让我听听你的冤屈!"

大步向前,院子里的土路开始松动,枯死的槐树慢慢倾斜,似乎里面有东西要钻出来。陈歌走到槐树旁边,沙土滑落,露出一个黑漆漆的尸坑,其中有一双手正在往外伸。

"想出来?好啊!我帮你!"陈歌看着尸坑里怨毒的眼睛,高高举起碎颅锤。"骨头全部砸碎!就不会卡住了!"

铁锤砸落,老宅里响起令人毛骨悚然的声音。值得注意的是,旁边的另一棵槐树突然停止倾斜,沙土开始往回逆流。陈歌抡锤狂砸,和许音硬生生将槐树根部的怪物拖了出来。活动完筋骨,陈歌又把目光放在了院子的其他地方。

"它们躲在树坑下面,刚才喊冤的应该不是它们。"

之前的声音是从老宅里传出来的,但自从陈歌进去后,那个声音戛然而止。朝四周看去,陈歌发现水缸里漂浮着一个圆滚滚的皮球,奇怪的是那皮球正一点点往下沉,好像是打算把自己给淹住。

"皮球还会自己下沉?"

陈歌提着碎颅锤走到水缸旁边,向里看去,水缸里躲藏着一个怪物,原本的身体泡得发白,圆滚滚的脑袋好像皮球一样浮在水面上。

"刚才喊冤的是你吗?心里有冤屈,一定要说出来啊!"

铁锤砸碎水缸,水花四溅,陈歌让许音看着这怪物,自己进入正堂。屋内飘落着纸钱,好像不久前刚办过白事,正堂中央摆着一副漆黑的棺材,四壁贴着些古怪的画像。

"人呢?跑哪儿去了?为什么不说话?"

陈歌盯着墙壁上的画像看了半天,这里的人不敬神灵,只拜山鬼,画像上都是些面目恐怖的怪物。

"看着和真的一样。"

明明是画像,但却感觉有了神韵,仿佛里面住着什么东西。陈歌也不知是看得太久出现了错觉,还是因为其他原因,他看到其中某一幅画像的眼睛突然转动了一下。

"好像是动了,难道有怨念躲在画里?"

在陈歌思考的时候,半身红衣的许音走了进来。与此同时,从墙壁上的画里闪出几道黑影冲向卧房。许音立刻追赶,在他进入卧房的时候,屋子中间的棺材震动了一下,棺盖被推开一条缝。一道身上带着点点红色血迹的黑影非常忌惮地看了许音一眼,然后揭棺而起,夺路而逃!

"外衣上沾染着血迹,这家伙不会也有成为红衣的潜质吧?"陈歌叫上许音,果断追了出去。那黑影发现陈歌和许音追来,跑得更快了。

老宅里又是刨土,又是水缸碎裂,还有棺材的震动声,白大爷和老魏停在外面愣是没敢进去。

"陈歌在里面跟谁说话呢?他怎么还不出来?"老魏心里着急,他鼓起勇气走到门口,还没靠近,一道沾染着血迹的黑影就蹿了出来。

"什么东西?!"老魏心头一惊,没等他反应过来,就看到陈歌双眼泛红,挥舞着狰狞的铁锤追了出来。

"站住!"

黑影和陈歌一前一后向远处跑去。横拦在街道里的魂幡被直接撞断,整条街都能听见陈歌的声音。

"这是怎么回事儿……"

老魏和白大爷抱着婴儿立在门口,看着一追一逃的双方,竟然还觉得莫名和谐,似乎原本就该如此。

"是小陈在追赶前面那个人?"

"好像是。"

"可今晚不是我们三个在逃命吗?他为什么会追着别人到处跑?"

"我也不清楚,估计是因为他看起来比较凶吧。"

远处又传来锤击墙壁的声音,白大爷和老魏赶紧追了过去。

黑影速度极快,陈歌只能勉强追上,倒是许音慢慢拉近了和那怪物的距离。

"跑得这么快,实力一定不会太差。吞了它,许音或许就能成为红衣!"

陈歌杀红了眼,在这诡异的村子里一定要有一位红衣跟在身边才能安心。

"只要许音能成为红衣,这次试练任务就是血赚!"

黑影被追得不敢回头,不过它的逃跑路线好像是提前想好的,直奔村子里某栋建筑而去。街道变得更加压抑,地面上的纸钱少了很多,开始出现白纸剪成的囍字。追出去大概十几米后,在街道尽头,陈歌看见了一顶花轿。血红色的轿身和周围白纸剪成的囍字反差很大,散发着浓浓的怨气。夜风吹动轿帘,那个女人的声音又出现了。黑影在放置花轿的宅院门口停了一下,然后逃入其中。

"还知道求救?这鬼东西很聪明。"

陈歌掀开花轿看了一眼,里面什么都没有,他朝着黑影进入的老宅走去。这宅院要比村子里其他房屋气派,不过墙壁上残留的血迹和活人挣扎的痕迹也比其他房子多。

"会不会是村长的家?"陈歌推开了门,屋内到处都贴着白色的囍字,很显然有人准备在这里成亲,但是发生了意外。

"那黑影刚才在门口停顿的时候,我看得很清楚,他好像穿着新郎官的衣服,难道是跑来找他的妻子?"陈歌挥舞着碎颅锤,不屑一顾地笑了。"吃软饭的家伙。"

冲入正堂,耳边那个女人的声音越来越大,对陈歌也造成了一定的影响。

"看来一直发出声音的就是黑影的妻子。"

女人的声音好像钻进了身体里,犹如丝线般缠绕在心脏上,随着心脏每一次跳动,那熟悉的音调就跟着血液流淌到全身每一处地方,让人感觉特别的亲切,不由自主地想要应和。

"看来黑影的妻子才是怨念最重、最恐怖的。"陈歌正在思考那女人会不会是红衣的时候,正堂的门突然自己关上了,供桌两边的蜡烛被点燃,散发出幽幽的红光。在光线映照下,一个身着大红色嫁衣的女人从卧房探出头,她穿着一双绣花鞋,长相有些恐怖。

"红衣?"

陈歌手臂上的血管浮现出来,抓紧了碎颅锤。

喜烛散发出幽幽的红光,将老宅映衬得更加阴森。女人向外迈动脚步,露出另外半边身体,她身上的嫁衣并未完全被血染红,破损了大半,露出了下面满是污渍的底衫。身穿残破嫁衣的女人站在卧房门口,望着陈歌,嘴唇一张一合,声音直接在陈歌的脑海中响起，记忆被翻动，一种奇怪的感觉涌上心头。

"她好像在喊我的名字？"

小时候陈歌曾听家里老人说过，世上有一种怪物，会在深夜的街道上呼喊行人的名字，然后变成他记忆中最深刻的那个人，接近他，谋害他。

"难道这就是类似的能力？"

一路上听到的声音被无限放大，干扰着陈歌的判断，他想要集中注意力，可身体完全松懈了下来。抬眼看去，女人那张脸几乎变了形状，只能隐约看出一个大概轮廓的脸，竟然慢慢变得亲切，就好像是自己生命当中曾经遇到过的人。美好的记忆被针线缝合在一起，死状极惨的女人轻轻用嫁衣袖子遮住了脸，她走出卧房，动作轻柔。绣花鞋踩在白纸剪成的囍字上，女人的嫁衣愈发明艳，她偷偷放下衣袖边角，原本恐怖的脸竟然变得精致了许多，五官慢慢清晰起来，让陈歌觉得非常熟悉。

"她应该是我生命中很重要的一个人。"

女人的声音浸透入骨，像是一根根丝线捆住了陈歌的身体，让他生不出伤害对方的念头。思维凝固，身体本能地做出反应，陈歌不知不觉向前走了一步，脑海中仿佛有人在催促他，让他这辈子不要再留下遗憾。

"好熟悉的声音，她到底是谁？"

埋藏在心底的回忆被勾起，陈歌感觉自己的灵魂似乎快要离开躯壳。脑海里的声音不断回响，阴森恐怖的厅堂也不觉得恐惧，周围的一切都被忽视，在那个声音的诱导之下，陈歌一步步向前走去。两人离得越来越近，女人鲜红如血的嫁衣袖子慢慢放下，那张惨死的脸也早已发生变化，她似乎翻阅了陈歌的记忆，找到了那个爱他最深的女人。

模糊的五官变得清晰，没有任何瑕疵，就算是最挑剔的艺术家看到，也会不由得赞叹一声——好美。熟悉的五官，精致的脸，女人仰起头，期待地看向陈歌。四目相对，已经被女人声音完全诱导的陈歌，此时却好像让惊雷击中！他的全身止不住地颤抖，心脏狂跳，一股无法言说的恐怖撕碎了所有的浪漫和记忆。

"张雅？！"

强烈的求生欲望让陈歌本能地开始往后躲闪，任凭女人如何呼喊，都无济于事。摇曳的烛火被风吹灭,在极致的恐惧面前,脑海里女人的声音对陈歌再也构不成威胁。

女人的脸恢复原状,她手持剪刀和红线,停在屋子中央。她使用自己的能力,化为陈歌记忆当中某个印象最深刻的女人,一步步编织好陷阱,想要让陈歌自己踏入其中。一开始进行得很顺利,眼前的男人被完全控制,可她怎么都想不明白,为什么这个男人在看到了深爱自己的人后,反应会如此剧烈!

陈歌大口大口地喘着气,自从进入活棺村以来,他第一次感受到了恐惧,他没想到在张雅沉睡的时候,还能看到对方的脸。脑海中的声音已经消散,陈歌擦去额头冷汗,重新冷静下来。

刚才那一幕应该是女人的特殊能力,眼前这怪物很不一般,她的声音里蕴含着她自己的记忆,可以悄无声息地印入普通人的脑海,让人对她产生一种认同感,放下警惕之心。这手段很难防范,一不小心就会中招,陈歌此次能逃脱,纯粹是个意外。在陈歌摆脱控制的时候,女人自身也受到了伤害,她的声音骤然停止,有一部分记忆消散在了陈歌的脑海里。

对于这个很有可能蜕变为红衣的女人,陈歌对她也有了一丝了解。她是村长的女儿,大婚当夜,惨遭灭门。

一家人魂飞魄散,连鬼都做不成,只有她侥幸逃过一劫。怨恨在此地沉积,一年年过去,她的实力也在慢慢变强,直到今天遇见了陈歌。身穿嫁衣的女人就在距离陈歌几步远的地方,面部狰狞丑陋,眼中满是怨毒。

许音和鬼新郎已经交手,那黑影被许音压制,只能勉强拖延时间。他们最开始的计划应该是先上了陈歌的身,然后再合力杀掉许音,可惜新娘这边出现了一些问题。

眼看着陈歌恢复理智,女人格外的愤怒,她双手从嫁衣下面伸出,密布伤口的手掌上穿着一条条红线。

她嘴里发出凄惨的叫声,那些从血肉中伸出的红线直奔陈歌而来。正堂被封死,碎颅锤对那些红线的作用不太明显,远处的许音好像看出了陈歌的窘境,他撕扯掉鬼新郎的一条手臂,转而扑向身穿嫁衣的女人。红线刺入许音的身体,但是却无法阻拦他的脚步,越是疼痛越会激发出许音的潜力,只见他身上鲜血四溢,几乎要染红外衣。

女人和许音都是半身红衣，势均力敌，厮杀起来极为血腥。

陈歌五感恢复，再次感受到碎颅锤的重量，他游走在外围，准备寻找机会帮助许音，但是却没想到被旁边的鬼新郎给盯上了。此时许音无法分心，鬼新郎也察觉到这是一个难得的机会。他干裂的脸露出一抹难看的笑容，朝陈歌走来，似乎准备把刚才在许音手上受的委屈全部发泄出来。

"柿子捡软的捏？那你可是找错目标了。"

陈歌没有往后退一步，他今天心里也憋着一股火。"就算你有成为红衣的潜质，但只要你现在不是红衣，那对我来说就没有任何威胁！"

陈歌平静的语气在鬼新郎看来更像是一种掩饰，他抱着被许音撕扯掉的手臂，带着怪笑冲向陈歌！

"不相信吗？"

眼看着鬼新郎越来越近，陈歌不仅没有迎击，还将手中唯一的武器碎颅锤放在一边。

"其实比起单打独斗，我更喜欢群起围攻。"

陈歌从背包里取出漫画册，手指快速翻动，一股浓重的臭味逸散在老宅之中："今天我就让你看看，什么叫作人多势众！"

臭味凝聚成一个高大的胖子，紧接着一道道黑影从漫画册里钻出！

眨眼之间，陈歌身前已经浮现出好几道影子，他们神色各不相同，有的好奇，有的凶狠，有的狡诈，还有的瑟瑟发抖，自己都在害怕。鬼影森森，老宅变得比之前要恐怖好几倍！陈歌收起漫画，指着前面的新郎，局面瞬间逆转，一道道黑影从四面八方围住了他。

"准备开饭了。"

下达指令后，陈歌捡起碎颅锤身先士卒冲了过去。战斗从一开始就不公平，鬼新郎要比普通怪物强上一些，但是双拳难敌四手，他身上的伤口越来越多，身体也逐渐变得虚幻起来。鬼新郎快要支撑不住了，有意识的朝新娘那边靠拢，似乎是想要求助自己的妻子。此时是许音和身穿嫁衣的女人厮杀正激烈的时候，根本无法分心去管他。陈歌也看准了这个机会疯狂进攻，新郎本身就有伤在身，还被许音撕了一条手臂，现在支撑起来更加困难，一只只黑影撕咬着他，连躲的地方都没有。

"人多还是有好处的。"陈歌冲上去喊了两声，打消了自己员工的顾虑后，就退到了后面，这些员工足够应对新郎了。十几秒后，以自身为诱饵将陈歌引入这屋子的新郎，最终被陈歌的员工吞下。

"别发呆，去帮助许音！"陈歌又一次下令，但是所有黑影里只有臭味化成的胖子憨憨地走了过去，其他员工一看到许音和女人厮杀的惨烈场面，都一个劲儿往后缩。

"别磨蹭了！一起上！"

许音被最爱的人残忍杀害，死法更是恐怖，他本身拥有极强的怨念和不甘，又连续吞食了许多怪物，这才堪堪和身穿嫁衣的女人打平。

"那个女人拥有一项很强的能力，本身实力也有点恐怖，要是她也能成为冒险屋的员工就好了。"陈歌觉得身穿嫁衣的女人和"冥婚"场景简直就是绝配，所以有些心动。不过转念一想，这女人满含仇怨，目光透着恶毒，她心中的执念很可能是帮助自己一家报仇。想要替她了却执念，只有去除掉投井的红衣才行，这个难度对陈歌来说太大了。

"鬼屋里的员工必须要百分百服从指令，不会伤害游客才行，这一位怨气太重，无法化解，就算勉强带回去，也会另生事端。"陈歌不是那种犹豫的人，他果断命令其他鬼影配合许音，一起出手。

"安息吧，其实你一开始不招惹我的话，我也不会找上门来。"

一根根红线被许音的血液浸透，在众多黑影围攻之下，身穿嫁衣的女人终于被许音抓住机会了。老宅里鬼哭狼嚎，几分钟后，一切重归平静。陈歌担心影响到许音，约束了其他黑影。身穿嫁衣的女人被许音独自吞食，地上的红线失去了色彩，明艳的嫁衣也变得破旧。陈歌期待着许音身上出现变化，最好是立刻能成为新的红衣。许音站立在屋子中央，身上的伤口开始愈合，但是浸透外衣的鲜血却没有消退。

他抬起双手，看了看自己的掌心，然后回头望了陈歌一眼，身体慢慢消散，回到了磁带当中。

"好疼……"

复读机上的开关弹了出来,许音好像是在全力消化那个怪物。

"不太对啊,如果许音也陷入沉睡……"陈歌扫过身边那些稀奇古怪,甚至自己能把自己吓住的鬼影,嘴角轻轻抽搐起来。"那我今晚怎么办?"

将周围的鬼影收回漫画册里,陈歌提着碎颅锤扭头跑出老宅。"还是先离开村子比较好。"

跑出老宅,陈歌一眼就看到了老魏和白大爷。两人围绕着花轿停在门口,好像在谈论着什么。

"赶紧走,马上离开村子。"陈歌取出阿庆留下的那张布,认真研究起线路来。"跟着我,千万不要乱跑,这地方越来越危险了!"

"地图在你身上,我俩一直都是在跟着你跑啊!"老魏和白大爷还没开口,陈歌抢先要把他们准备说的话说了出来。

"走这边。"陈歌看完地图,发现他们距离村子外围还比较远。

三人刚准备离开,门口的花轿竟然前后摇晃起来,有两个孩子出现在花轿两边,他们哼唱着童谣,脸上涂着各种鲜艳得好像血液一样的东西,身上穿着红黑相间的奇怪衣服。白大爷听到身后传来歌声,回头看了一眼,原本走在队伍最后的他,立刻抱着阿庆的孩子朝前面的街道跑去,边跑边喊道:"快走!这是'轿鬼'!"

白大爷声音很大,陈歌和老魏顾不上回头看,赶紧跟着跑出了街道。花轿晃动,两个小孩笑得很开心,他们拍着手,跳着奇怪的舞蹈。

"大爷,那边是死路!你先停下!"陈歌拽住老大爷说道,"没事了,没事了,那两个小孩没有追过来。"

"居然没跟过来。"白大爷喘着气,就算他身体再好现在也有点儿吃不消了,"幸好咱们跑得快,如果被'轿鬼'给缠上,以后都不得安生。"

"什么意思?那两个小孩很难对付?"

"我也是小时候听村里老人说的,那'轿鬼'就藏在轿子下面,脸上带着脸谱,穿着戏服,谁家办什么事的时候就混进去。你要是没发现它还好说,如果有人揭穿了它们,那它们就会跟着你回家,变换着不同的脸缠着你。"白大爷歇了一会儿,才缓过神来。

"可你刚才不是直接叫出来它们的名字了吗?"老魏有些担心。

"是啊，我喊完就后悔了，谁知道传说里的东西真会出现。"白大爷自己也被吓得够呛。

"大爷，你都是从哪儿听到这些事儿的？你还知不知道其他的传说？干脆一口气说出来，也好让我有个心理准备。"陈歌抓着碎颅锤。现在许音也回到磁带当中，他能依仗的又少了一个。

"都是听我父亲说的，他走街串巷，行医救人，去过很多地方，听说过很多事儿。我小时候都是把他说的当故事来听，谁知道有一天真会遇上呢？"白大爷一脸苦笑，感觉今夜的遭遇就跟做梦一样。

三人刚放慢速度，没等白大爷说完，他们身后就响起了孩童哼唱童谣的声音。

白大爷颤颤巍巍回头看去，那两个穿着古怪衣服，脸上涂着红色图案的小孩似乎在顾忌什么，并没有过来，只是站在很远的地方看着他们。

"边走边说。"白大爷拽着老魏和陈歌往前走，竭力回想他父亲曾讲过的那些故事。"这些深山老林里的村子，一到晚上就会出现各种各样的怪物，除了咱们之前看到的'檐鬼''轿鬼''墙灵'外，比较难缠的还有'枕鬼''布鬼''人头灯'等等。"

"人头灯？你具体说说后面那三个长什么样子？"陈歌和老魏是第一次听到这些东西。

"我们那片村子，死人枕过的枕头要烧掉，就是为了防止'枕鬼出现。'这种怪物往往是死者的残念，依附在枕头上，晚上枕着死人枕过的枕头睡着后，会一直做噩梦，还会听到耳边有人在说话。运气好的话，能一觉睡到天亮，但是有些阳气弱，气运衰竭的人会在大半夜的时候从梦中惊醒，这时候他就会看到枕头旁边趴着另外一个人，那个人就是'枕鬼'。"

大爷没有讲故事的天赋，描述的有些干巴，陈歌将他说的这个"枕鬼"记在心里，心想以后说不定能在鬼屋里用上。

"'枕鬼'不会离开枕头太远，只要我们不进入那些老宅子应该不会遇到，对我们来说比较危险的是'布鬼'和'人头灯'。"白大爷说话很小心，他非常担心自己说的东西过一会儿真的出现。"'布鬼'要比'枕鬼'难缠，这东西就是农村里常说的裹尸布。下葬的时候，尸体身上缠着的布和衣服都是有严格要求的，如果尸体用过的布随处乱丢的话，就有可能形成'布鬼'。它会在一天中阴气最重的时候，走在街道上，外形看着好像是一个人，其实里面什么都没有，只有外面一层布。遇到'布鬼'就比较麻烦了，它会包裹在活人身体外面，让活人穿上死人的衣服，然后慢慢控制活人。如果平时看到有的人衣服很新，但是散发着怪味，就赶紧离他远点，因为他可能就是被'布鬼'上了身，穿的是死人的衣服。"

白大爷说完先朝四周看了看，祭祀活动还在进行，街道上空荡荡的，只有那两个轿鬼犹犹豫豫，有跟过来的意思。

白大爷加快脚步，护着阿庆的孩子，继续说道："'人头灯'是我父亲给我讲过的最恐怖的怪物。没人知道那玩意儿是怎么形成的，只知道有人曾在荒村或者一些怨气很重的地方见过。据说赶夜路的人，远远看见前面的村庄里有亮光，兴冲冲地跑过去以后，发现亮光朝某个方向移动。行人一边叫喊，一边继续追，等走到跟前才发现，那其实是一颗飘飞的人头，只不过嘴里咬着一盏灯。据传'人头灯'是因为冤死者想要申冤，所以才咬着灯到处找人。"

白大爷说完了最后一个故事，他发现老魏和陈歌都没有回话。"你俩怎么了？关于这些民间传说我还知道很多。"

"大爷，你说的那个'布鬼'是不是跟活人长得差不多？"老魏看着白大爷身后那条街道。

"没错，它们跟人长得一样，布匹会弯折成人的形状，但是它们没有脸和手，只是一件衣服。"白大爷已经产生了不好的预感。

"那你父亲有没有告诉你，遇到'布鬼'后要怎么做？"陈歌握着碎颅锤，同样看着白大爷身后。

白大爷没敢回头，脸色越来越难看，说道："我父亲说过，见了这些东西，只需要跑就行了。"

许音正在消化鬼新娘，陈歌拿着碎颅锤思考了片刻："看来我们要换一条路了。"

三人同时钻入另一条街道，在他们身后有三四件散发着怪味的破旧衣服立在街道上。耳边的童谣还未消失，又出现了新的东西，随着祭祀活动的进行，越来越多的怪物从黑夜中苏醒过来，数量多到无法想象。

"这才是完整的三星恐怖场景！"

陈歌在脑海里把活棺村和第三病栋对比着，当时他去第三病栋的时候，里面的病人已经离开，比如十号病人魔鬼和九号吴非。最疯狂的几个病人都加入了怪谈协会，只剩下很普通的几个在看守血门。而活棺村的情况则和第三病栋不同，这是陈歌第一次真正意义上踏入完整的三星恐怖场景。血门、冥村，各种各样的怪物都从躲藏的角落走出，露出狰狞的鬼脸和满怀恶意的笑容。

"这村子里什么妖魔鬼怪都有，真要完整搬入鬼屋，游客怕是要被吓死啊！"

陈歌嘴上这么说，心里还是有些激动。

活棺村区别于市面上所有流行的鬼屋主题，这种独树一帜的风格将会是属于陈歌自己的特色场景。更关键的是这个场景尖叫指数高达三星，足够游客们探索很久了。陈歌在前面开路，他看着布匹上复杂的线路，没走出多远，眼前浮现出点点亮光。二层小楼里的老人曾提醒过他，看见亮光就避开，再联想到白大爷讲的故事，陈歌更不愿靠近了。他们停留在街道上，附近的怪物在慢慢靠近，远处的灯火飘忽不定，隐约映照出了一张张人脸。老魏和白大爷脸色都不是太好，他们从来没有见过这样的场景，不由得都把目光放在了陈歌身上。

"怎么办？"

陈歌手持碎颅锤，也感受到了压力。"事到如今只能硬冲了，你们跟紧我，等会儿我可能顾不上你们。"

三人刚确定好方向，活棺村东边突然传出了一声巨响，动静比陈歌之前闹出来的大很多。

"有人在那里动手？是怪谈协会和主持祭祀活动的人打起来了？"

活棺村的平静被彻底打破，夜色已经到了最浓郁的时候，只要熬过去，天就该亮了。

"陈歌，我们要不要避开东边的出口，从其他地方绕出去？"

"来不及了！咱们先冲出去再说！"

活棺村里到底藏着多少只怪物没人能说得清楚，陈歌想起了阿庆曾说过的话，活棺村里一成死人、一成活人，剩下八成都是怪物。

"按这个比例算，我们看到的也只是一小部分。"

陈歌他们三个此时的处境不太乐观，四件脏兮兮的衣服朝他们飘来，两个画着鬼脸的孩子蹦蹦跳跳跟在后面,旁边的老宅里房门被推开,枕头下面好像有张歪斜的脸探了出来。所有路都被堵死了,只能往前走,可前面是一片看起来就非常诡异的亮光。陈歌拥有阴瞳,已经看得非常清楚,那是好几个晃动的人头。他提锤往前冲,并没有减速的打算,他心里清楚,主动冲过去只需要面对其中一部分怪物,如果停下来就会被所有怪物围攻。

"陈歌,你慢点啊!之前还是一片黑,现在突然浮现出亮光,肯定有问题,那估计就是白大爷说的'人头灯'!"老魏还没有被恐惧冲昏头脑,想要提醒陈歌。

"放心,我看得清清楚楚,那就是很普通的灯,冲过去!不要怕!"陈歌丝毫没有停下脚步的打算。

三人全力奔跑,白大爷怀中的孩子也哭了起来,动静很大,越来越多的怪物朝着他们所在的地方跑来。借助人头灯的光芒,周围的黑暗被驱散,能看见有黑影在不断靠近。街道里响起了诡异的脚步声,抬眼看去,是一副黑漆漆的棺材在小巷里移动。棺材四周被龙杠架起,前后各站着四个低着头的人。它们穿着打扮和普通村民一样,但是脸上的表情却极为吓人,嘴巴咧开,带着笑容,好像扛着的不是棺材,而是食材。

"'抬棺鬼'?!小陈!停下!陈歌!别过去了!"白大爷抱着竹篮,手臂还护着婴儿,他根本拦不住陈歌。

最前面的陈歌也看到了那抬着棺材的四个怪物,但是他现在已经停不下来了。四个"抬棺鬼"正好从巷子里走出,棺材横在中央,似乎是准备挡住陈歌三人的路,非常的巧合,很像是提前计划好的。陈歌从来不会低估对手,哪怕是怪物他也不会小觑,对方不愿意放他们过去,那他就非要过去,只有破坏对方的计划,自己这边才能安全。

"'抬棺鬼'不能惹啊!"

白大爷声嘶力竭,可陈歌却没有听入耳中,喊道:"先过去再说!"一锤子砸在棺材正中央,木屑纷飞,周围所有的怪物都停顿了一下。

"快走!"

老魏从白大爷手里接过孩子,直接从棺材上跳了过去。从警二十余年,陈歌这样生猛的人,他也是第一次见到。

四个"抬棺鬼"低垂的头慢慢抬起,笑容凝固在脸上,它们看着被砸劈了的棺材盖,惨白的脸上浮现出诡异的青绿色!刺耳的尖叫声在狭窄的街道中响起,四个"抬棺鬼"朝着陈歌追来。龙杠脱落,棺材里的几道残念从裂缝中跑出,它们对着陈歌的背影作揖,而后随风消散。到现在陈歌还没弄明白"抬棺鬼"究竟是什么东西,他砸完就跑,根本没有回头看。

三人一路狂奔,距离前面的亮光越来越近,老魏抱着孩子,慢慢发现不对,那片亮光当中好像有如同灯笼一样的球状物跟在后面。

"陈歌,你确定那只是普通的灯吗?"孩子在老魏怀中哇哇大哭,后面还有一群怪物在追,他也不敢停下脚步。

"我确定!"陈歌连拖带拽,和白大爷一起追上老魏。

灯光晃动,又往前走了几米,就算是视力不太好的白大爷都看到前面飞着一颗颗惨白的人头了。

"陈歌!停下啊!那就是'人头灯'!"

白大爷紧紧抓着陈歌,但是陈歌速度丝毫不减,拖着他直接冲了过去。

"'人头灯',不也是灯吗!"

抡动碎颅锤,第一个靠近的"人头灯"还没开口,就被陈歌一锤抡飞!烛火打碎在地,熄灭在陈歌的脚下。

"跟着我!"

三人还未从飘飞的人头中间穿过,耳边又响起吹吹打打的声音,扭头看去,只见地图上被阿庆专门用红叉标出来的那条街道里,不知何时出现了一队人。他们披麻戴孝,喊着丧号,一个个哭哭啼啼,但是眼中却没有流出一滴泪。纸钱撒落,魂幡摇摆,他们高举着手中鲜艳的纸人,朝着陈歌他们走来。

"出大事了!"白大爷心脏跳得厉害,双手握拳,急得说不出一句利索的话来。

"这些家伙和一般的怪物不同?"陈歌也发现,小巷里喊丧的队伍一出来,旁边的"人头灯"立刻散开,远处的"布鬼"和"轿鬼"也停下了脚步,唯有那四个"抬棺鬼"变得更加疯狂。

"肯定啊,这叫'阴丧'!死人给死人送葬,'抬棺鬼'只是阴丧队伍的一部分,棺材不送到,阴丧队伍就会一直在夜里游荡!"白大爷扯着嗓子喊道。

"那我们还是快点儿走吧。"

"人头灯"被阴丧队伍吓跑，陈歌三人正好借此机会冲了出来。前面有两条街道，左边是生路，右边是正在往外走的阴丧队伍。

"你们先跑，我来拖延一会儿时间。"陈歌把手里的地图塞给白大爷，上面的路线他已经全部记在了脑海里。走在阴丧队伍最前面的怪物已经和"抬棺鬼"会合，它们看见被陈歌锤裂的棺材后，表情十分精彩。

"你们先走，我觉得自己可能要被针对了。"

陈歌感受着阴丧队伍里那些怪物的目光，他手持碎颅锤站在路中央，凶手是谁已经不言而喻了。这一刻所有仇恨都集中在了他身上，让陈歌也有少许不适应。"快走啊！我来拖延时间！你们不用管我！"

陈歌将漫画册塞进怀里，只是单纯觉得有外人在，会影响他和员工们发挥全部实力，但是这话在白大爷和老魏听来却截然不同。

"别干傻事！一起走！"老魏抓着陈歌的手臂，声音焦急。

"我一会儿就追过去，你们先走！"陈歌在心里疯狂呼喊许音和张雅的名字，隐隐约约好像得到了许音的回应。

"不行！"老魏和白大爷同时开口，他们没想到陈歌会做出这样的选择，这在他们看来太过沉重。

"别说了。"陈歌推开老魏的手，语气深沉。"就当是为了那个婴儿，他出生在黑暗之中，还没有见过这世界的美好，你们一定要带他离开！"

陈歌说完主动冲向常人避之不及的怪物之中，像是扑火的飞蛾般义无反顾。看着他的身影被怪物淹没，白大爷和老魏的眼睛都红了，在不见星月的黑夜里，那道身影好像是唯一的光。

"陈歌……"

这一刻老魏和白大爷都没有说话，原来世界上真有这样的人，能为了别人的生命奋不顾身。

老魏抱紧了怀中的婴儿说道："原来我一直误会他了，我们都错了！"

冲入阴丧队伍的陈歌果断朝另一个方向跑去，身后跟着一队的怪物，哪里还敢回头，他一边呼喊许音的名字，一边翻动漫画册喊道："大叔！在不在？救命啊！"

第 9 章 跟紧我!

陈歌没有白大爷他们拖累,速度明显变快,他在满是怪物的村落中狂奔,嘴里喊着许音和闫大年的名字。张雅陷入沉睡,一点儿反应都没有,许音给了陈歌回应,但是他的蜕变到了关键的时候,没办法现身。陈歌现在能依靠的只有闫大年,可这位红衣之下最强的怨念,此时正蹲在漫画册墙角里瑟瑟发抖,他拿着笔画圈圈,假装出一副什么都没听见的样子。可以看出,他似乎比陈歌还要害怕。

其实也不难理解,常年锁在抽屉里拒绝和外人接触的失意大叔,第一次试着相信别人,走出自己的小天地,结果就被陈歌带到了活棺村。满村子的妖魔鬼怪,各种危险恐怖的气息,让大叔彻底慌了,他印象当中的世界可完全不是这个样子的。祭祀活动到了尾声,村子里各种怪物已经苏醒,陈歌随便朝哪个方向看去,都能发现更多恐怖的东西。

"现在有两个地方比较安全,一是祠堂旁边的二层小楼,那里被投井女人特别关照,应该没有怪物敢靠近;二就是去找祭祀队伍,江铃和朱姓女人都在,刚才我听到一声巨响,他们估计正在和怪谈协会交手。"

陈歌稍加思索,朝之前发出巨响的方向跑去。祠堂旁边的小楼里还住着一位老人,如果真出了意外,那老太太也要跟着他受罪,所以他决定还是去祸害怪谈协会比较好。他全力狂奔，但是身后的怪物数量却越来越多，陈歌自己也觉得纳闷，不就是砸了一副棺材，至于不死不休吗？村子外围正在交手的人估计也想不到，陈歌能引起整个村子里大半怪物的暴动。

眼看着身后队伍越来越长，陈歌已经懒得避开阿庆地图上的那些红叉，他横穿过去，只求能快一点儿离开。

这么做造成的后果就是追在他后面的怪物队伍又壮大了，声势已经不比村子外面差多少了。阴风席卷，鬼哭狼嚎，陈歌硬是在活棺村怪物的围追堵截之中杀了出来，他手中的碎颅锤估计是因为锤翻了太多怪物，锤头上浮现出一道道血丝，外形看起来更加狰狞了。

陈歌扶着墙壁，大口喘气，就算他体力远超常人，此时也有些吃不消了。他往身后看了一眼，密密麻麻的怪物让人头皮发麻。量变产生质变，这种情况下就算许音突破到红衣都改变不了局面，除非张雅醒来。

"我就知道三星场景的试练任务不会那么简单！"

距离天亮还有一段时间，但陈歌感觉已经熬不下去了。

"这个三星场景如果解锁失败，以后就再也不会出现，必须要拼一把。"

他咬牙穿过最后一条街道，终于来到村子西边，也就是刚才打斗声传出的地方。陈歌拖着碎颅锤，身后跟着数不清楚的怪物，当他在街道口出现的时候，外面正在交手的双方同时停了下来。

他们看到陈歌的时候，陈歌也看到了他们。

活棺村一共有东南西北四口井，祭祀活动是从最西边那口井开始，绕着村子走一圈，然后再回到西边这口井。此时朱姓女人抱着一个脸上没有五官，只有几个孔洞的红衣怪婴，江铃和范郁站在她身后。与她们对峙的是两个身穿黑袍的人，他们的身体全部被黑袍遮住，没有露出一点皮肤。

怪谈协会！

在看到黑袍的时候，陈歌心中第一时间浮现出了这四个字。

"一次出现两个，协会会长是不是就在他们当中？"

昨夜的连环谋杀，今夜的进山追击，能看得出来怪谈协会是下定决心要去完成某件事情。为了这件事，他们甚至不惜正面和警方对抗。

"这么重要的事情，那个一直隐藏在幕后的会长很有可能会亲自出手。"

现在的局势有些混乱，怪谈协会和朱姓女人似乎是在争夺那口水井。在井口一侧，穿着红白外衣、宛如人形蜘蛛的朱新柔正在和一个特殊的瘦长鬼影厮杀。象征着活人欲望的瘦长鬼影，是怪谈协会里最常见的怪物，越是强悍的鬼影身体越长、腹部囚禁的人脸越多。但是这只和江铃姐姐交战的鬼影却不太一样，它是六道身影交织在一起，共用一个下半身，看起来十分的别扭，可实力却非常恐怖，它在和江铃姐姐的交手中一直占据着上风。怪物厮杀极为血腥，双方身上都出现了大量伤口，但总体来说缺少斗争经验的朱新柔正一点点丧失主动权。

"这两个怪物看起来要比许音厉害，竟然都不是红衣。"

陈歌一开始以为江铃姐姐朱新柔是红衣，但对比一下她和鬼婴能明显看出差距。当时鬼婴在街道上爬动的时候，整条街的灯笼都发出了血红色的光，气势完全不同。

"看来我低估了红衣的恐怖。"因为张雅的存在，陈歌一直觉得红衣很普通，但是看到眼前这两只怪物厮杀后他才发现，普通怪物和红衣的差距太大了。江铃的姐姐朱新柔已经是勉强支撑，但朱姓女人却抱着鬼婴，丝毫没有要帮忙的意思。她自始至终都没有朝那边看一眼，目光一直锁定在另一位黑袍人身上。

"能让红衣小心的只有红衣，朱姓女人对面的黑袍人身上一定也有红衣级别的怪物。"

怪谈协会的总体实力让陈歌感到吃惊，被称之为魔鬼的病人身上有两个红衣，现在这个黑袍身上又有一个红衣，最关键的是怪谈协会现在还剩下三个人，而面前只有两个人，最危险的那个说不定还隐藏在暗处！

双方围绕着水井展开争夺，都在试探对方的底细，谁都没有先出手。

正常来说，等到朱新柔支撑不住，鬼婴就要被两只怪物围攻，局面会对朱姓女人更加不利。但双方都没有想到陈歌在这时候出现了，更恐怖的是，这个搅局者还带来了几乎半个村子的妖魔鬼怪！在短短几秒时间内，陈歌已经掌握了现场的情况，他咬紧了牙关，挥舞碎颅锤，朝身后大喊一声道："跟紧我！"

无数怪物紧追在身后，陈歌领着它们一起冲向了那两个黑袍人。

对于陈歌出现，怪谈协会的人只是感到意外，但是当他们听到了陈歌那声

"跟紧我"之后，两名黑袍人淡定不了了。一个陈歌并不可怕，可怕的是后面那呼啸而来满含怒火的怪物们。

数量太多了！

怪谈协会的两名成员头皮发麻，从看见陈歌出现到怪物好像海啸一般袭来，整个过程只有几秒钟。他们根本来不及分辨这些怪物到底是跟随着陈歌，还是在追赶着陈歌。作为外来者，两名黑袍人本能地将陈歌和其后面的怪物当作敌人。由六道身影交织在一起的瘦长怪物逼开朱新柔，回到黑袍人身边。但是仅仅它一个，在愤怒的怪群面前也不够看，想要压制住村子里的各种怪物，只有红衣才行！怪谈协会成员很清楚这一点，两人快速交流了几句，其中一直没有出手的黑袍轻轻叹了口气，他把手从袖子当中伸出，掌心里捧着一个木盒。

在看到黑袍人伸出的那只手时，陈歌的瞳孔猛然缩小，全身的血液开始加速，脑中闪过怪谈协会星期三聚会时的场景。皮肤很白，手指修长，保养得非常好，这只手我那天好像见过，当时这只手的主人应该就在我身边！

熟悉的场景浮现在脑海当中，陈歌控制不住，直接喊了出来："十号！你就是怪谈协会的十号！"

陈歌喊出十号两个字后，那只手明显颤抖了一下，不过很快恢复平静。对方并没有受到陈歌的干扰，将木盒打开。这盒子和张雅从魔鬼身上拿走的盒子差不多，边缘都残留着一小片黑色血渍。盒盖刚一掀开，朱姓女人怀中的鬼婴就好像嗅到了什么气息，他身体表面渗出鲜血，似乎是随时准备动手。不过怪谈协会成员既然敢拿出木盒，自然是做了充足的准备，他们并没有把鬼婴放在心上，只是全神贯注盯着盒子。

"熊青，出来吧，你的愿望可以实现了。"

听到黑袍人的话，陈歌心里一惊。熊青不是被警方击伤，在医院抢救吗？陈歌对这个患有偏侧综合征的患者印象很深，他半张脸满是伤疤，半张脸完好无损，在第三病栋时陈歌还追着熊青跑遍了整栋大楼。

黑袍人低声呼喊，盒子边缘的黑色血迹在慢慢消散，一股浓烈的臭味从中飘出。血丝爬出木盒，好像有生命般缠绕在一起，化为一个穿着血红色病号服的人。这人半边身体和常人无异，另外半边却涌动着血丝，露出各种各样的伤口，看起来就好像那半边身体在活着的时候被撕烂了一样。血丝几次尝试着凝固,但都没有成功。

这个人生前到底忍受了多少痛苦?熊青患有偏侧综合征,他眼中的对称和正常人不同,在他看来整个世界都是歪斜的,只有用自己的方式才能够矫正。他曾经是第三病栋的医生,也曾这样矫正过自己的病人,现在他似乎对自己进行了一次大的矫正。

熊青慢慢睁开双眼,猩红的目光落在了陈歌身上,熊青对他充满了怨气,就算是死后依旧要杀死他!

这到底怎么回事?李队电话里不是说熊青已经落网了吗?可他怎么会出现在这里,而且还变成了红衣?

主动冲向红衣,这对陈歌来说是想都不敢想的事情,但现在他已经没有其他的选择了。如果他往其他方向跑,后面的怪物会追着他一起离开,到时候怪谈协会的人肯定能看出问题来。机会稍纵即逝,对于陈歌来说,只有让怪谈协会和活棺村里的所有怪物打起来,他才能破局。他边在心里呼喊着许音和闫大年的名字,边不偏不倚朝着怪谈协会的人冲去!领着身后数不清的怪物,陈歌手持碎颅锤靠近熊青,此时的熊青和生前完全不同,他笑起来的时候半张脸嘴唇微微上扬,另半张脸的嘴巴直接开裂到耳根,这应该才是最符合他审美的外貌。

无数的血丝从熊青左边身体钻出,似乎准备将陈歌捆住,然后一点点拉入自己的身体当中。血丝拦在前面,好像一朵张开了口的食人花,等着陈歌自己跳入。

陈歌将碎颅锤放在身前,看准了血丝合拢的缝隙,想要侧身钻过去,但是熊青早已料到了他会这么做,血丝合拢的速度陡然变快。陈歌现在就像是跑进了凶兽的嘴里,想要从闭合的牙缝中间冲出去,他只需要零点几秒的时间就可以逃脱,可惜熊青不会给他这个机会。他脸上的笑容充满恶意,开始收拢血丝,他正在把陈歌往自己的身体里拖拽!血丝闭合,前面的路越来越窄,陈歌只来得及将一只手伸出去,那血丝就要将他完全淹没。

可就在这个时候,他口袋里的漫画册自己翻动了起来,里面传出一声重重的叹息。躲在墙角的大叔提起了笔,拿起了漫画当中的漫画册,他翻到了空白那一页,勾画出了熊青的外貌。在他画完以后,已经变成红衣怨念的熊青脑袋好像被重击了一下,有一股力量要将他吸走,这股力量只持续了不到一秒的时间就被熊青摆脱。

可就是因为这不到一秒的拖延,让陈歌从血丝缝隙当中逃了出来!他抓着碎颅锤,头也不回继续往前冲,根本没有和怪谈协会交手的意思,反而跑得更快了。看到这一幕,两个黑袍人隐约明白了什么。这个家伙根本不是来找他们麻烦的,只是想要祸水东引,让他们来背锅!

陈歌死里逃生,玩了命的继续往前,迂回了一大圈才敢停下脚步。在他身后,被闫大年摆了一道的熊青气急败坏,和活棺村里的各种怪物厮杀在一起。

朱姓女人也发觉这是个机会,让鬼婴和朱新柔一同上去偷袭。三方混战,已经彻底乱了套,一眼看去,到处都是哀号的怪物。而这一切的始作俑者,此时却好像个旁观者一样,找了个角落,躲藏在里面。陈歌拄着碎颅锤,后背衣服已经湿透,刚才那一刻实在是太惊险了。

"红衣怨念突然发呆,这就是闫大年的能力?"陈歌翻开漫画,想要当面感谢,可是大叔的情绪却很低落。

今夜的遭遇,把闫大年好不容易升起对生活的美好憧憬给狠狠撕碎,大叔似乎已经对未来不再抱有希望了,一副破罐破摔的样子,拿着笔孤单地在角落画起圈圈来。

"大叔,打起精神啊!我向你保证,今夜真的只是个意外!你跟着我绝对是一个明智的选择!"陈歌很认真地看着漫画里的闫大年。

安慰了半天,闫大年才重新振作起来,他告知陈歌,刚才让红衣停顿的就是他的能力——画魂。有一定概率可能将看到的怪物拖入画中,但对于红衣来说,只能迟缓其行动零点几秒钟。陈歌暂时还不清楚这个能力有什么限制,只知道漫画册的空白页数不多,能收纳的怪物数量有限,还有就是此能力成功率很低。仅凭这个能力,还不足以让闫大年成为红衣之下最强怨念,那个隐藏能力才是陈歌最期待的。

可惜无论陈歌怎么套话,闫大年都没有透露出一点信息,好像他也不知道自己有这项隐藏能力一样。许音和张雅沉睡,今夜还需要大叔出手帮助才行,所以陈歌也没有过多询问,哄好大叔之后,就将漫画册收了起来。

闫大叔什么都好，就是看着有些丧。刚才在开导大叔的时候，陈歌说了很多，他并不觉得自己说的有问题。"今夜发生的事情对大叔来说确实是个意外，但等到以后……这样的事情多经历几次，大叔应该也就会习惯了。"

看着水井四周狂乱的怪群和暴走的红衣，陈歌轻轻点头。他想，这波澜壮阔、光怪陆离的世界，只有站在我的身边才能看到，或许未来的某天，大叔会明白我的良苦用心。

陈歌等到体力恢复，拿着漫画册和铁锤游走在外围，他唤出漫画册里的员工，将村子里落单的怪物给拖到墙角。他一直觉得自己是个很讲道理的人，会让手下员工先把那些怪物打到快要消散，然后再询问那些怪物是否愿意加入冒险屋。如果愿意就收到漫画里，双方皆大欢喜，如果不愿意那就是敌人，放虎归山这种事陈歌自然不会去做。

"想要完美还原三星场景'活棺村'，需要不少村子里的怪物，我这么做也是为了游客着想。"

漫画册里的员工一开始不懂配合，但在陈歌的指挥下，他们慢慢有了默契。到后面根本不用陈歌去教，他们已经开始自发的去勾引落单的怪物了。

"天赋卓绝。"陈歌很满意员工们的表现，他抓着碎颅锤躲在一边，双眼瞄上了那两个黑袍人。

十号很可能在现实生活中认识我，他是会长的可能性很大，如果我能将其锤倒，熊青也会受到一定的影响。

想要进攻怪谈协会成员，熊青是绕不过的一道槛。陈歌很自然的又把目光放在了熊青身上，他第一次去林官村的时候曾接到过李队的电话，说熊青已经落网，而且是在新世纪乐园附近将其抓获的。可仅仅隔了两天，熊青却变成红衣出现在了陈歌面前。红衣诞生的条件非常苛刻，这一点从许音的身上就能看出，必须要饱受折磨，心含怨气和仇恨，拥有极强的进攻性才行。

"熊青的半边身体几乎被撕烂，如果这是他临死时的样子，那可以看出他死前经受了多大的痛苦。但问题的关键是，他为什么会独自出现在新世纪乐园附近，还刚巧被警方抓住，在他被抓的时候，其他协会成员在哪里？"

想到这里，陈歌大概猜到了一些。

"怪谈协会成员是不是一开始就打算抛弃熊青，让他失去最后一点希望，再疯狂折磨他的身体，最后借助他的怨气和痛苦，以及木盒里的黑色血迹，生生造出一个红衣来？"

怪谈协会掌握着一扇血门长达五年之久，他们知道的秘密绝对比陈歌多，造出一个红衣也不是不可能的。

"他们故意抛弃熊青，让他失去所有依靠，可是熊青在被警方抓住后，怪谈协会成员要如何完成后面的步骤？在警方封锁的情况下，他们怎么接近熊青？"

这也是陈歌最想不通的地方，他看着熊青化为血丝的半边身体，目光深沉。

"怪谈协会利用怪物动的手？还是说有人在配合他们？"

不管过程如何，熊青成为红衣这是一个无法改变的事实，怪谈协会做到了这一点，而且看他们在活棺村的布局，这群人明显还有更大的图谋。

"他们到底想要干什么？"

在陈歌思索的时候，水井附近的局势又发生了变化。怪物们疯狂进攻着视野中的一切东西，它们心中的怨气快要炸裂出来了。阴丧在活棺村里十分常见，延续了很多年，从来没有人敢冲撞阴丧的队伍。但是在这一天，那个人不仅阻拦了阴丧队伍，甚至还锤烂了它们的棺材！是可忍孰不可忍，所有怪物都像疯了一样。而被陈歌坑了的两名怪谈协会成员也气歪了嘴，他们心里无比憋屈，现在的情况已经很明显了。那个鬼屋老板不知道干了什么缺德事儿，招惹了整个村子的怪物，结果却让他们来背锅。

如果可以的话，黑袍人很想和村子里的怪物讲一下道理，或者暂时停手，大家一起去弄死那个最可恶的人。

可惜周围还有朱姓女人在一旁，不可能给他们这个机会。当她看到村子里那些怪物拖住了熊青的时候，便让鬼婴悄悄爬了过去，准备直接对那两个黑袍人出手。

怪谈协会对于怪物和人心的研究，要远远超过这个封闭的小村子。早在陈歌脱困时他们已经预料到会出现这样的情况，所以提前唤回那个特殊的瘦长鬼影，让它先顶住怪物围攻，解放出熊青来应对鬼婴。

两个红衣怨念在村子外围交手，它们的战斗方式和普通怨念完全不同，熊青和怪谈协会的其他红衣一样，依靠从半边身体伸出的血丝幻化出各种各样的形状想要抓住鬼婴直接吃掉。鬼婴的表现则更加古怪一点，它皮肤表面滴落血珠，那些血化为蝌蚪一样的东西爬向熊青的身体，似乎是想要钻进去。它俩速度都很快，交战时有意避开了水井。

现在的情况对怪谈协会愈发不利，瘦长鬼影虽然比江铃的姐姐强一点儿，但它毕竟不是红衣，面对诸多怪物也有些吃不消。

"自从遇见那个人后，所有事情都偏离了轨道，这一切不可能是巧合。"

怪谈协会的十号望着陈歌逃走的地方，他的脸隐藏在黑袍当中，没人能看到他此时的表情。

"谁说得清楚呢？"十号旁边的黑袍人笑了笑，说道，"还有件事忘了跟你说，不过现在应该也来得及。"

"如果是坏消息的话就算了，我最近已经听腻了。"十号五指用力，掌心的木盒发出轻响。

"前几天我用替身逃离芳华苑小区的时候，被那个人发现了。"

"我早就警告你，不要做多余的事情。"十号扭过头，他的声音嘶哑难听，就算跟身边的人交谈，使用的依旧是假声。

"你错了，那个替身死得很有价值，我从他身上获得了一个很关键的情报。"黑袍人声音中蕴含着笑意，就算被怪物包围，他也一点儿都不担心。

"什么情报？"

"他鬼屋里的那扇门，好像还没有人进去过，也就是说推门人已经离开，现在那扇门处于无主的状态。"

"推门人已经离开？他不是推门的人？"十号音调发生了明显变化，过了一两秒才恢复正常。"这么重要的事情，你为什么现在才告诉我？"

"那家伙影子里的红衣不见得比这村子里的红衣弱，难度都差不多，所以我才一直没有告诉你。"提到陈歌影子里的红衣，黑袍人终于收敛了笑容，他有些疑惑地看着陈歌离开的方向。"不过刚才他无意间暴露的几个细节，让我觉得这是个机会。"

黑袍声音变得更加阴冷，吸了口气，扭过头看着十号说道："我们派出去围杀他的人都没有回来，所有的怨念应该也都被他影子当中的红衣给吞掉了。包括魔鬼的两个红衣孩子在内。"

十号瞬间明白了黑袍的话。"吞入过量的怪物会陷入沉睡，但是没有怨念敢一次性吞入这么多东西。你有没有想过另一种可能，魔鬼的两个孩子说不定被制作成了鬼偶，而他影子里的红衣怨念或许也没有沉睡，这只是他布下的陷阱，想要故意引我们上钩。"

"也对，以他的性格确实会做出这样的事情。"黑袍人嘴里发出磨牙的声音。"其实我挺羡慕他的，这个骨子里狡诈、阴险、残暴的家伙，还偏偏能伪装出一副人畜无害的样子，光鲜亮丽地活在阳光下。"

对于陈歌，黑袍人给出了很高的评价。

十号轻轻点头，极为认同黑袍的看法道："敌人太过狡猾，不得不慎重一点。其实我也想要对他动手，但刚才你也看到了，熊青在快要杀掉他的时候，突然停顿了一下。能影响红衣的只有红衣，不管他影子里的红衣有没有沉睡，这家伙身上至少还藏着一个红衣！"

"可你愿意放弃吗？如果能将他们全部控制住，那我们便可以直接获得两扇'门'。"黑袍说的话很有诱惑力。

"这不是愿不愿意的问题。"十号冷冷地看了黑袍一眼。"就在几天前，协会里还有十二个人，可现在还剩下几个？"

黑袍脑中浮现出了答案，他沉默了一会儿，不再说话。

"十二个协会成员，现在只剩下三个人，而他只用了不到五天时间就做到了这一切。所以说对于这个人，再小心都不为过。"十号的心都在滴血，这每个数字都代表一条活生生的人命，是他们好不容易才从无数普通人中筛选出来的"病人"。

"那我们就还按照原计划来。"

"开始吧，等会儿说不定又会出现其他的变故。"

"好。"黑袍人活动了一下脖颈，他没有去管远处交战的鬼婴和熊青，也没有在意疯狂进攻的怪物，独自朝着水井走去。

"江铃，让你姐姐拦住他！"朱姓女人开口，躲在她身后的江铃对着空气喊着姐姐的名字，过了一会儿，满身伤痕的朱新柔朝着黑袍人冲去。

"我既然敢走出来，你觉得我会怕你吗？"黑袍人嘴里的笑声越来越大，他后背上的黑袍被掀开，一个血红色的，满身是人脸的怪物浮现出来！

"我从不觉得自己很聪明，只是周围的所有人都太笨了。"他抬手朝朱新柔一指，那满身是脸的怪物挡在朱新柔身前。远处的陈歌看到这一幕，心神一颤。"怪谈协会竟然还有一个红衣！"

他听到那个黑袍人之前说的话，对那人的身份也有了一个大概的猜测。这个唤出了新红衣的黑袍人，很可能就是第三病栋的吴非。江铃的姐姐本身就有伤，她这次面对的还是比瘦长鬼影恐怖数倍的红衣，所以战斗从一开始，结果就已经注定。吴非和魔鬼都是第三病栋里最危险的病人，两人身上的怪物也都达到了红衣的级别。没有人能阻拦黑袍人，他走到井边，朝里面看了看。然后从怀中取出另外一个木盒，打开盒盖，露出了里面的黑色血渍。

过了几分钟，井水里没有出现任何变化，黑袍微微一笑道："没有红衣能在这片血迹面前保持冷静，跟我之前推测的一样，那女人早已不在井中！"

他收起木盒，扭头看向朱姓女人问道："如果她不在井中，那会跑到哪里去呢？"黑袍人目光阴冷，给人的感觉好像被毒蛇盯上了一样，他慢慢走向祭祀队伍，身后那个满身是脸的红衣已经彻底压制了朱新柔，双方根本不是一个级别。

"我们从半年前就开始调查这个村子，那女人不在井里，你一直都在欺骗那些村民。"黑袍看着朱姓女人，眼神好像刀子一样，能直接刺入内心，在他面前根本隐藏不了任何东西。听到女人不在井里，首先开口的是旁边那些身体畸形的村民，他们一个个都傻了眼，然后心里又生出了被欺骗的怒火。其中一个村民想要质问朱姓女人，可还没开口，就被那个满身是脸的红衣给拖走了。

"我不喜欢有人打断我说话。"黑袍声音变得更加阴冷，他走到了朱姓女人身边说道，"你一定知道井中的红衣去了哪里？对不对？"

"她就在井里，只不过还未醒来。"朱姓女人没有往后退，护在两个孩子身前。

"你不说，那我只好自己去找了。"黑袍朝身边的红衣挥了挥手，那个满身是脸的怪物直接钻入刚才一个村民身体当中，不到一秒钟的时间，那个村民就瘫倒在地，没有了气息。

"看来不是他。"黑袍仰起头，"红衣生前是被村民逼死的，就算身受重伤无法维持形体，也肯定不会附身在村民身上，那她会寄托在谁的身上？"

黑袍与其说是在思考，不如说是故意在试探朱姓女人的反应。在进入活棺村之前，怪谈协会已经搜集到了很多信息，只不过这些信息大多比较模糊，需要验证。听到黑袍的声音，朱姓女人明显紧张了起来。

"红衣厌恶大部分村民，但有一个姓朱的女人是个例外。"黑袍将满身是脸的红衣唤到身边，手指穿过那怪物的头发，好像对待情人般，温柔地抚摸着它，"如果我是那只红衣，一定会寄托在最信任之人的身上。"

他轻拍红衣的头颅，语气陡然一变，伸手指向眼前的朱姓女人，大吼一声："杀了她！"

毫无征兆，这个疯子上一秒还在说着其他事情，下一秒就直接翻脸。

朱姓女人也没有想到对方会这么果断，危急时刻，女人从红棺里取出的那些配饰出现了变化。每一件饰品里都藏着一个半身染血的怨念，这应该是朱姓女人最后的底牌了。她回头对江铃小声说了一句话，然后就全力操控怨念拖住了怪谈协会的红衣。江铃和范郁听到了女人的话，慢慢往后退去。满身是脸的怪物发出瘆人的笑声，这个红衣和其他红衣不太一样，它更像是一个怨念的集合体，极有可能来自"门"后的世界。饰品里钻出的怪物被撕碎，那怪物身上所有的人脸都做出了同一个动作——张开嘴巴，咬向朱姓女人。

这一刻黑袍人似乎等待了很久，他的声音都在颤抖。"吃掉一个顶级红衣，这在以往根本不敢想象！"

黑袍人终于说出了怪谈协会此次来到活棺村的真正目的，他们不知通过什么渠道得知活棺村里有一个受伤的顶级红衣，所有布局都围绕着那只红衣怨念进行。只要能吞掉那只受伤的顶级红衣，怪谈协会也将拥有属于自己的顶级红衣。一张张嘴巴咬在了朱姓女人身上，停留了两三秒之后，那个满身是脸的怪物突然停下了动作。

"不在她的身上？"黑袍人一愣，目光落在了江铃和范郁身上。"有点麻烦，既然这样，那只能全都杀掉了。"

满身是脸的怪物冲向江铃，黑袍人则站在原地，他似乎早已知道了结局，根本不关心这些，做起了自己的事情。他伸手在黑袍里摸索，抓出了一大把纸人，每一个纸人表情都十分痛苦。

"林官村三十四口人都在这里，据他们自己交代，十几年前逃出活棺村的人，或多或少都和朱姓女人有关系，其中还包括她的后代。"黑袍慢慢站起身，紧紧盯着江铃。"外逃者里只有那个小女孩没有被我做成纸人，这么想的话，红衣最有可能附身的人就是她。"

范郁抓着江铃的手朝村子里跑，可是两个孩子怎么可能跑得过身后的红衣怪物。眼看着那满身是脸的怪物越来越近，范郁突然听见前面墙角传来了一个熟悉的声音。

"这边！"

陈歌把碎颅锤和漫画册装进了包里，空着两只手站在前面，他似乎早就做好了跑路的准备。

"陈歌？"范郁放慢了速度，有些惊讶，这也是他第一次说出陈歌的名字。不等他反应过来，就被陈歌直接抓起来训道："没大没小！以后要叫我叔叔！"

陈歌一手抱着一个，玩了命的朝村子里跑去。几乎是同一条路线，就在十几分钟前刚刚出现的场景再次上演。区别仅仅是陈歌负重增加，而后面追赶的怪物变成了红衣。陈歌轮流呼喊许音、张雅和闫大年的名字，张雅一点反应没有，许音有心无力，闫大年看见红衣后直接把自己给藏了起来，更是指望不上。不知还要多久天才会亮，陈歌为了拖延时间，按照脑海中的印象，故意往村子里那些危险的地方跑。阿庆给的那张地图发挥了大用处，所有标记了红叉的危险地方被陈歌跑了个遍，但就算这样仍旧没有和怪谈协会的红衣拉开距离。

"我快跑不动了！你俩有没有什么要说的！"

陈歌感觉肺里有一团火在烧，双腿都已经跑得快失去知觉了。

"叔，你放下我们自己走吧。"范郁的声音中少了一丝冷漠。

"如果你实在撑不住，就往村子西边靠，进入左数第三个宅院。"江铃的声音几乎是和范郁同时响起，让陈歌疑惑的是，这个女孩说话的语气腔调和以前完全不同，感觉就像是一个成年女人在说话。

怪谈协会猜对了？红衣藏在江铃身上？

陈歌脑海中闪过这个念头，他一直躲在水井附近偷听，清楚事情的经过。

"好！就去那里！"

转变方向，陈歌拼尽全力跑进了第三个宅院当中。"然后怎么做！"

"进屋，把我放在左边的卧室门口。"江铃的声音愈发古怪了。

陈歌踹开木门，进入正堂，这屋里没有棺材，也没有任何家具，连墙皮都被刮掉了一层。没有细想原因，陈歌把小女孩放在左侧卧室门口，然后直接躺在了地上，他全力冲刺几乎跑遍了整个村子，就算是铁打的人也撑不住。

屋外传出怪笑，一张张人脸挤在门口，怪谈协会的红衣追来了。

"我这个人一向恩怨分明，等解决了这个家伙再好好谢谢你。"江铃看了陈歌一眼，咬破自己的手腕，任由血液淋在掌心。"我只是想要做个人而已，为什么会这么难？"

她轻轻靠在木门上，当她的身体触碰到房门的时候，那扇再普通不过的门上竟然浮现出了一片片厚厚的血渍。

"这些血都是我曾经留下的，这屋子就是我噩梦的开始。"

江铃用力将木门推开，门后是一个血红色的世界。

第 10 章 门后的世界

江铃牵着范郁的手进入门后的世界，陈歌现在也没有其他的选择，比起那个满身是脸的红衣，还是血门后面安全一点儿。空气变得黏稠，鼻尖萦绕着一股血腥味，视线被遮挡，好像身处在大雾当中一样。

"和第三病栋那扇门后的世界不太一样。"

这是陈歌第二次进入血门当中，活棺村门后的世界血雾弥漫，能见度只有两三米远。

"别走丢了，这雾里面可藏着会吃人的家伙。"江铃已经彻底撕去了伪装，她稚嫩的声音中却带着一种不容置疑的强势。

"知道了。"陈歌目光古怪，"真难想象，一个跳起来都打不到我肩膀的小家伙，竟然是个顶级红衣。"

"虽然你救了我，但还是请你说话注意一点儿，否则我只能等你死后再报答你了。"江铃冷冷地看了陈歌一眼。进入门内后，她的外衣就开始发生变化，大雾中的血丝不断缠绕在她的身上，似乎她就是这里的主人一样。陈歌眼皮轻轻跳动，觉得这话有些耳熟，他想起了张雅的那封情书。等陈歌进来后，江铃关上了门，当她再次打开的时候，门外场景已经完全改变。

眼前是一个血红色的村落，大雾遮蔽了天空，笼罩着一切。

"那个红衣很快就会追过来，这扇门拖延不了太多时间。"

血雾飘到江铃身边时，会直接融入她的身体，但可能是因为受伤太严重的原因，她并不能主动去吸收那些雾气。在江铃的带领下，三人朝着村子一侧走去，身后那扇闭合的血门轻轻颤抖，不断有嘶吼声从门那边传出。

"你要带我们去哪儿？"血雾对江铃没有影响，但是却让陈歌和范郁觉得很不舒服，两人就好像陷入了泥潭当中。

"安静点。"江铃示意两人先躲在旁边的小屋里，等了几秒钟，前面的大雾当中走出了一个畸形怪物。他身体高大，手臂畸形，五官歪斜狰狞，穿着粗布外衣，东张西望，好像在寻找什么东西。雾气弥漫，这个怪物从江铃他们身边走过，很快就消失不见了。

"那是什么？"陈歌朝怪物离开的方向指了指。

"村民。"江铃眼中的怨毒根本掩饰不住，"他们就是我脑海中村民的样子。"

"你脑海中村民的样子？这血红色的世界是根据你的认知构建出来的？"陈歌对于所有和门有关的信息都很重视。

"我不知道这世界是怎么出现的，只知道这个世界和我曾经做过的一个噩梦很像。在我的噩梦里，所有村民都是像他那样的怪物，畸形丑陋，还一直在寻找我，想要把我抓回去。"江铃没有继续往下说，她换了个方向，朝着村子深处走去。门后是一片血红色的世界，但是陈歌直到现在都没有弄清楚，这世界究竟是连在一起的整体，还是一个个独立的个体。

按照跳楼的侦察员所说，每个人心中都有一扇门，只有在心灵彻底崩溃、最绝望的时候才有可能推开这扇门。第三病栋的门是门楠推开的，门后的世界就是门楠印象当中的世界，一个个因为注射镇定药物、好像行尸走肉般的病人，扭曲奇怪的医生，以及因为害怕出现的断手等。活棺村门后的世界被血雾笼罩，到处都是身体畸形想要抓到投井女人的村民，这很符合投井女人生前对村子的印象。

"难道门后的世界就是人心的映照，是一场真实存在的噩梦？"

陈歌又想到了自己鬼屋里的那扇门。"可为什么我的鬼屋里会有一扇门？那扇门是谁留下的？"

血雾蔓延,身后传来了嘶吼和打斗的声音,应该是怪谈协会的红衣和门后世界的村民交手了。

"让他们打吧,我们去取一个东西。"

穿过血雾,江铃带着陈歌和范郁来到了村子中心。这里的雾气变得稀薄,中间的空地上跪倒着一片村民。他们身体畸形,面目丑陋,就算穿着衣服,也很难被称之为人。

"他们在干什么?"

"忏悔。"

这些怪物低垂着头,身体对准祠堂,而在祠堂和村子中间则竖着一副红棺!与现实当中不同,门后世界的棺材正好堵在了祠堂门口。祠堂是村子里供奉先祖的地方,可是这棺材却毫不讲道理地立在正中间。

"只要打开那副棺材,今夜就没事了。"江铃绕到一边,慢慢靠近祠堂。"千万不要惊动这些怪物。"

三个活人屏住了呼吸,挪动脚步,一点点靠近祠堂。

雾气涌动,似乎是察觉到了活人的气息,有些怪物低垂的头轻轻晃动。范郁和江铃走在前面,陈歌断后,他看着那些跪倒在地的怪物,觉得有些瘆人。四周散落着红色的纸钱,怪物们就好像是在参加一场葬礼,它们被迫低头摆出悲伤的表情,想要挤出几滴眼泪。

"哭丧?葬礼?"陈歌自进入活棺村后,就发现这村子里有很多和白事有关的东西,包括悬挂在街道上的白灯笼、纸钱和棺材。

"不管在现实当中,还是在门后的世界,这个村子好像都在举行一场葬礼,一场延续到现在仍旧无法结束的葬礼。"

陈歌摸出黑色手机看了一眼。

"我已经进入门后的世界,可手机并没有提示我任务失败,看来在黑色手机的判定当中,无论门内门外,只要不离开村子就行。"

他翻找到任务信息,"活棺村"这三个字是他从黑色手机上看到的,一开始他只是觉得这个名字很奇怪,并没有多想。可现在结合起他在村子里遇到的种种事情后,陈歌隐约有了一些猜测。

"活棺？"

陈歌滑动屏幕，翻到了任务提示那里，看着手机上的信息。

那一天，除了我，他们都来了。

这次试练任务的提示信息很短。陈歌慢慢眯起眼睛，直到现在才明白这句话的含义。

"那些人是来参加'我'的葬礼，他们来为'我'送丧，所以才会出现除了我，他们都来了的情况。这个提示信息是想要告诉我，破局的关键和葬礼有关。"

陈歌看向祠堂门口，此时江铃已经悄悄跑到了红棺旁边。

红润细嫩的小手，按在了冰冷破旧的棺盖上。

在江铃触碰到红棺的时候，村子中心所有跪倒在地的怪物全都停止了哭喊，一张张畸形恐怖的脸慢慢抬起。

"来帮我！"江铃发出一声尖叫，那张脸上看不出往日的可爱，表情有些吓人。

"嘭！"

沉重实心的棺盖砸在地上，所有人都朝着棺内看去。

大红色的棺材里，躺着一个女人。她湿透的黑发贴在柔弱的身体上，皮肤苍白，五官周正，眉宇间透着英气，不能说好看，但是却给人一种特殊的感觉。

"你们拖延一会时间。"江铃走入红棺，双眼盯着棺材里的女人。村子中心那些村民全部站了起来，嘴里说着当地的方言，一个个脸上露出狂喜之色。

"你让我拿什么拖延时间？"陈歌回头看向江铃，心中又是一惊。

江铃掀开头发，她的后脑壳缺少了一块骨头，那一片头皮是塌陷进去的。

"这难道就是江铃身上唯一畸形的地方？"

江铃迈步向前，把自己的血涂抹在女人手上，然后抓住她的手放自己后脑。血丝从女人的手掌中探出，顺着那没有骨头的缺口钻进江铃的脑中。

"她在干什么？到底是她转生成了江铃，还是说她只是依附在江铃的身上？"

丑陋畸形的村民看到了棺材里沉睡的女人，他们就像疯了一样朝这边冲来。

"我讨厌孩子！"陈歌从背包里取出碎颅锤护在红棺前面，他感觉自己很快就要被撕碎了。看着冲来的各种畸形怪物，陈歌也有点慌，这种时候他除了全力一搏外，就只能在心中呼喊张雅了。狂暴的怪物马上就要撕碎陈歌和他后面的棺材，血雾当中忽然传来一声轻笑。"生死关头，你的红衣都没有出来帮你，看来她确实是陷入沉睡了。"

一道满是人脸的红色浪潮冲散了血雾，将陈歌和围攻过来的畸形村民全部撞开。

"怪谈协会的红衣！"陈歌只是被擦了一下，身体就好像冻僵了一样。他看向自己冰冷的左手，刚才情况紧急，他只来得及用双手护住头，结果手肘的位置被那红衣碰到，就着了道。

"我一直跟在你们后面，就是在等待这一刻。"满是人脸的怪物重新凝聚，从它身后走出了一个黑袍人，这人停在红棺旁边，目光却盯着陈歌。"没想到吧，这么快我们就又见面了。"

最后一句话，黑袍人改变了嗓音，他在模仿那个跳楼侦察员的声音。

"原来是你。"陈歌身上还有底牌，那就是闫大年的能力，但是他不敢随便乱用，因为这个能力对方之前见过，很可能已经做好了防备。

"一箭双雕，我们的目标原本就包括你。你太危险了，不能活在这座城市里。"黑袍人从袖子里取出一个小瓶子，里面是半瓶血液，他轻轻晃动，那血液中爬出无数黑红相间的血丝，"再多享受一下自由的时间吧，等会儿就轮到你了。"

血脸红衣阻拦了疯狂的村民，黑袍人没有废话，他打开瓶盖，将瓶子斜放在江铃头顶。

"这些血丝是我们在'门'后找到的，最珍贵的东西，妙用无穷，隐藏着红衣最大的秘密。"局面完全被黑袍人掌控，他双眼盯着瓶子里往外爬动的血丝，注意力高度集中。"只要被这些血丝缠上，就算是红衣也无法逃脱。"

陈歌注视着黑袍人手里的瓶子，血丝顺着瓶壁滑落，触碰到了江铃的头发。

"如果江铃和女人之间的仪式被打断，想要离开就更难了。"陈歌拍了拍背包，转过身轻轻摸了摸白猫的脑袋。"生死存亡的时候到了，等会儿你去弄掉他那个瓶子，记住，是手里的瓶子！"

陈歌抬手指了指黑袍人的掌心，养猫千日用猫一时，陈歌自己也不确定白猫有没有听懂他的话。

那些血丝很可能会对红衣的神智产生影响，一旦红衣女人被黑袍人控制，今夜就再也没有翻盘的可能，所以陈歌只能去拼一次，利用身上的所有道具和怪物，保住江铃和棺材里的女人。留给陈歌的时间不多，他也不是一个犹豫的人，在血丝快要钻进女孩后脑时，他抓住碎颅锤全力朝黑袍人冲去！

"不自量力。"黑袍人动都没动，手指保持着固定的姿势。

在陈歌冲到两三米远的时候，那满身是脸的红衣从村民围攻中脱身，怪笑着拦在陈歌身前。

"闫大年！"

漫画册里的大叔似乎也清楚，这时候不出力的话，自己也要跟着玩完，他拿起笔将满身是脸的红衣画在纸上。最后一笔落成，满身是脸的红衣停顿了一下，陈歌脚步不停，抡锤砸向黑袍人，这是一个难得的机会！

"同样的错误，我不会犯第二次。"黑袍人用空闲的那只手抓着一大把纸人撒了出来。那些纸人哭喊着冲向陈歌，想要爬到他的身上。行动受阻，满身是脸的红衣已经恢复正常，情况万分危急，但这时候陈歌却前所未有地冷静，他抓着背包对准黑袍人直接甩了过去。

"还真是百折不挠。"黑袍人护住瓶子，用空闲的那只手接住背包，可他刚抓住背包带，里面突然蹿出了一道白影！饶是他创造过无数怪谈，这一刻也愣住了。

"什么东西？"

临危受命的白猫根本不知道陈歌在瞎说些什么，它只是觉得那个瓶子给它一种奇特的感觉。它一口咬住瓶子，从黑袍人身上跳起，直接蹿上了房顶。

"猫？！"

村子中心那些疯狂的畸形村民，黑袍人和陈歌都被屋顶的那只白猫吸引，它一身洁白的毛和这血红色的世界格格不入。

"干得漂亮！"陈歌喊出了声，可接下来发生的事情把他也给惊住了。

白猫嘴里叼着瓶子，歪着头看向下面的一群人，它的小脑袋左右晃了晃，结果原本已经滑到了瓶口的血丝，直接掉进了它的嘴里。

白猫一口吞下血丝，似乎还没发现瓶子已经空了，可怜巴巴地瞪着眼睛，好像在寻找陈歌。

根据黑袍人所说，瓶子里的血液是他们在门后找到的最珍贵的东西，隐藏着红衣的秘密，似乎也是怪谈协会控制红衣的主要手段。但让所有人都没有想到的是，那隐藏着红衣秘密的血丝，现在被一只猫吞进了肚子里。

"吃了？"黑袍人气得手指发抖，他是真没想到有人会随身带着一只猫到处乱跑。"你给我吐出来！"

黑袍人的声音变得尖细了一点，这应该才是他的真实嗓音。

白猫耳朵压在脑后，它从黑袍人身上感受到了威胁，做出进攻的姿势。

"给我抓住它！我要把它的肚子剖开，榨出它身上所有的血液！"旁边满身是脸的红衣怪物听到命令，冲向屋顶。红衣袭来，原本还龇牙咧嘴的白猫叼着瓶子转身就跑，它在房顶上跳跃，然后钻进了那一堆畸形村民当中。村子中心乱作一团，黑袍人咬牙切齿，他素来谨慎，没想到会在阴沟里翻船。

"一定要抓住它，那是最后一瓶了。"黑袍人的双手攥在一起，看着被白猫引走的红衣，那怪物和他之间的距离越来越远。大概相隔了十几米的时候，他突然产生了一种不好的预感，扭头看向身后，陈歌已经提着碎颅锤冲了过来。

"'再多享受一下自由的时间吧'，你刚才说的这句话，我现在还给你。"

陈歌方才被黑袍人步步紧逼，终于找到了一个机会还手。

"我最讨厌你们这些借助外力的家伙，人还是要靠自己！"陈歌疯狂地挥动碎颅锤，向黑袍人飞奔而来。"有本事我们就赤手空拳地打一架！"

黑袍看着陈歌手里的碎颅锤，吸了口凉气道："这个疯子。"

他转身就跑，陈歌跟在后面，紧追不放。红衣怨念被引开，这是一个难得的机会，陈歌绝对不会放过。黑袍人慌忙逃窜，再也顾不上保持神秘感了，他捂着头套，嘴里呼喊着那个满身是脸的红衣。此时的场景和当初芳华苑小区里陈歌遭遇过的一样，都是红衣怨念被引开，然后被怪物寄生的人遭受攻击。

"看来红衣怨念也不是万能的。"连续两次遭遇让陈歌清楚意识到了这个问题。"没错，一个红衣怨念不保险，很容易被引开，所以要多养几个才行！"

同样都是被怪物寄托，但是黑袍人的身体素质却和陈歌差了一大截。这可能是和操控怪物的方式不同有关，陈歌是连哄带骗让怨念主动接纳自己，而怪谈协会他们和怪物之间的关系，应该只是相互利用。黑袍人跑出去没多远速度就慢了下来，反观陈歌，发现对方速度放缓，他立刻提速！

"我今天就帮那个跳楼的侦察员报仇！"

不尊重生命的人，生命也不会尊重他。

满身是脸的红衣听到黑袍人求救，赶紧追了过来。可在它经过红棺的时候，身上那些脸全都变了表情，就好像是看到了一种很危险的东西，在瞬间受到了惊吓。黑袍人已经支撑不住，但满身是脸的怪物却没有过去，它停在红棺旁边，高度戒备。村子里的血雾愈发浓重，那些畸形的村民好像也感觉到了什么，他们一个个望向红棺，身体不住打战。

"又失败了。"声音从红棺内传出，那个气质特殊的女人慢慢睁开了眼睛。她的眼眸和正常人完全不同，双瞳之中倒映着小女孩江铃的身影。"还是斩不断和你之间的联系。"

血丝钻入女人的掌心，她轻轻摸着女孩的后脑说道："我欠你一块头骨，以后我可以帮你做一件事情。"

江铃软软地瘫倒在地，女人又把目光放在了满身是脸的红衣身上说道："你们不让我做人，那我就连做怪物的机会都不给你们。"

话音一落，整个村子的血雾翻腾起来，好像是一道道无形的枷锁压制住了在场所有人。女人走出红棺，她身后粘黏着无数血丝，慢慢向前走去。血脸红衣拼命挣扎，可是周围的雾气将它死死锁住。小半个村子的雾气凝成了血水，犹如一层层枷锁黏在怪谈协会的红衣身上。

"在我推开的门后面，还想要跟我动手？"女人把手臂伸向红衣的脸，指尖刺入对方的身体当中，红衣怪物身上所有的脸都开始尖叫，可惜没有任何用处。接下来发生的场景血腥恐怖，这个女人将怪物身上的脸全部揭了下来，扔进了红棺当中。

"接下来，轮到你们了。"她非常记仇，操纵血雾吊起跪倒在地的村民。那些村民哭喊求饶的声音越大，她就越开心。陈歌同样被限制了行动，当他耳边响起女人的笑声时，不禁打了个寒战，他看着那些痛苦的村民，摇了摇头道："你们伤害过的人，终究会变成你们的噩梦。"

血雾不断融入女人的身体，她折磨完村民后，抱起江铃走到陈歌身边。

"你说我跳起来打不到你肩膀？"这个女人似笑非笑地看着陈歌。

"说过吗？不应该啊，我怎么记不起来了？"陈歌汗毛都立了起来。眼前这个女人报复心太强，而且看起来比怪谈协会的红衣还要难对付。

"记不起来就算了，本来我还想好好报答一下你。"

出乎陈歌的预料，这个记仇、残忍又可怕的女人并没有为难他，她走了几步，蹲在范郁身前问道："你是不是早就发现了我？"

范郁点了点头，他毕竟是个孩子，也没什么心眼儿。

"那你为什么还一直陪着我？"女人把脸凑在范郁身前，好像想要看清楚范郁的表情。

"是你陪着我，我没什么朋友的。"范郁说完朝陈歌指了一下，"除了他。"

女人笑了笑，从衣袖当中翻出一个玉镯说道："你能看到它们，戴上这个，它们就不会欺负你了。"

说完她起身，把江铃放在陈歌身边道："带着她离开吧，这个村子要被永远埋葬了。"

陈歌并不是太明白女人的这句话，他只是抱起江铃，牵着范郁的手问道："我能离开了吗？"

"嗯。"

"那我能不能把这个人也带走。"陈歌朝着黑袍人走去，"我想问他一些问题。"

陈歌掀开了黑袍人的头套，露出一张被毁了容的脸。

"你们的会长到底是谁？"

"反正不是我。"黑袍这时候脸上居然露出了笑容，他嘴唇弯出一道弧线，"慢慢猜吧，你临死之前一定会见到他的。"

说完，从黑袍人的嘴里冒出一道道血丝，那些血丝好像拥有自己的生命一样，从他的身体里爬出。一条条青筋爬上皮肤表面，黑袍人似乎正忍受着一种超越感官极限的痛苦，从他张大的嘴巴里能看到上颚和咽喉里都布满了血丝。

"他身体里的血丝好像在吞食他自己。"陈歌握紧碎颅锤，想给黑袍人一锤试试效果，但是被旁边的女人拦住了。那些血丝从黑袍人的身体里钻出，将他包裹了起来，只能看出一个大概的人形。

"会长就在你身边，他一直关注着你，你是他见过的所有人中最有趣的一个。"

嘶哑的声音从一团血丝里传出，陈歌和红棺里的女人看着黑袍人被一点点蚕食掉,化为血丝的一部分,然后钻入了血红色的土地当中。

"那些血丝是什么东西?"

"你可以把它理解为红衣怨念身体的一部分。"女人捡起地上的黑袍,好像在里面发现了什么有趣的东西。"你带着两个孩子离开吧,在门内待久了就回不去了。"

女人抓着黑袍消失在红雾当中。陈歌看着她离去的方向,心中有些疑惑:那件黑袍里藏着什么东西?我怎么从她的语气里听出一丝惊喜?

陈歌在祠堂房顶上找到了白猫,到现在它还不明白刚才到底发生了什么,它咬着瓶子,白毛倒竖,明显是受到了惊吓。

"下来吧,没事了。"白猫犹豫了好半天才从屋檐上跳了下来。陈歌接住它的时候,发现白猫好像变沉了一点,他戳戳猫头说道:"你这猫怎么什么都往嘴里塞?"他掰开白猫嘴巴看了看,连个血丝的影子都没见到。

"那玩意儿是怪谈协会给红衣准备的,猫吃了会不会出现问题?"陈歌也是第一次遇到这样的事情,他发现白猫并无异常,就把它塞进了背包,带着两个孩子回到女人曾居住过的卧房。

血门开在她的房间门口,可见对她来说,这扇门每次打开都是一场噩梦。面前的血门已经闭合,陈歌推了几次发现没用。

"让我来吧,江铃教过我开门的方法。"范郁按住房门,从女人送给他的镯子上渗出的鲜血染红了他的手掌,一点点将门推开。离开血门的时候,陈歌拿出黑色手机看了一眼,他一直在等待手机提示信息。

黑袍人有很大的概率是第三病栋的九号房病人——吴非!但是这人死后,黑色手机并没有收到提示信息。每死一个第三病栋的病人,第三病栋试练任务完成度都会提高,完成度超过百分之九十就能获得这个三星场景的隐藏道具!当初熊青被捕,魔鬼男被杀的时候,黑色手机都收到了提示,可这一次吴非死亡后,黑色手机却迟迟没有发来信息。

"是不是什么地方出了问题?"陈歌回忆遇到黑袍人后的所有细节,觉得自己好像忽略了很关键的一点。

"黑袍人一直尾随在我们身后,确定张雅沉睡才动手,他见到我后说的第二句话改变了语调,模仿当初那个跳楼的侦察员。"陈歌皱了皱眉,黑袍人好像也没有什么可疑的举动。"难道他没死，血丝包裹着他的灵魂逃走了，还是说他把自己意志的一部分藏在了其他地方，就像当初操控那个侦察员一样？"

陈歌又回想起女人在捡到黑袍时奇怪的反应，觉得那件黑袍似乎也有问题。

"可惜了。"张雅沉睡，他现在没有底气向那个女人讨要黑袍，推门之人，在门后的世界里似乎要比普通红衣强很多。

陈歌从宅院里出来，思考再三，决定先不去水井那里凑热闹，准备先找个安全的地方蹲到天亮再说。他带着两个孩子，来到了村子中心，顺着祠堂里的密道进入二层小楼当中。

"阿婆，你睡着了吗？"

陈歌抱着两个孩子进入小楼，上到二楼以后发现老人并没有在隔间里。

"人呢？"陈歌放下江铃，抓住碎颅锤，"老太太双腿肌肉萎缩，根本没法自己下床走动，难道除我之外还有其他人进来？"

房间里所有家具都完好无损，桌椅板凳都和他第一次进来时一样，如果老人是被强行带走的，屋内不可能这么干净。陈歌拍了拍范郁的肩膀问道："你有没有在这屋里看见什么人？"

"没有。"范郁摇了摇头。

"那她能跑到哪儿去？"屋里交织着婴儿的哭声，小楼不大，找遍了都没有看到那个老人。

"真是见鬼了。"陈歌将昏迷的江铃放在床铺上，他则直接坐在了地上，刚准备缓口气，村子西边传来一声枪响！

"枪声？是老魏？"陈歌又重新爬了起来。"他们回来了？是遭遇不测了，还是支援赶到了？"

枪声只响了一次，然后外面就恢复死寂。陈歌担心白大爷和老魏的安全，忙带着范郁和江铃又从屋子里走了出来，朝着村子西边赶去。

此时大山尽头的天空已经泛起蒙蒙的亮光，黑夜很快就要过去了。

等陈歌再次来到村子西边时，十号早已经离开，熊青和鬼婴都不见了踪影，现场只剩下瘫倒在地的村民。

"我离开后，这里又发生了什么事情？"陈歌抓起一个村民想要询问，可对方好像受了什么刺激，神志不清，胡言乱语，嘴里不断重复着——裂开了、裂开了。陈歌不确定这是他们当地的方言，还是真的有什么东西裂开了。

他左右环顾，看到了躺在水井旁边的朱姓女人，她披头散发，很是凄惨。

"你能听到我说话吗？"陈歌因为职业原因，对于治疗昏迷、晕厥很有心得，在他的帮助下，朱姓女人慢慢苏醒过来。

"别怕，那些黑袍人已经离开了。"陈歌搀扶着虚弱的朱姓女人问道，"你能不能告诉我，刚才这里发生了什么事情？那个拿着木盒的黑袍人呢？"

朱姓女人过了很久才清醒过来，她抓着陈歌的衣袖，开口第一句话就是"裂开了，那个人的身体裂开了"！

"人？你慢点说，别着急。"陈歌拍了拍朱姓女人的后背，将她扶了起来。

"你和两个孩子离开以后，黑袍人身边长着六个头的怪物被村里的怪物撕碎，整个过程中黑袍人都没有出手。"朱姓女人身体虚弱，说话也断断续续的。"村子里的怪物分食了那怪物后，又开始打黑袍人的主意，但是它们刚一靠近黑袍人，就又尖叫着离开了。"

"怪物害怕他？"

"是的，他身上往外渗出红色的血液，黑袍掀开后，我才看见他背着一具女尸。"朱姓女人描述的情况让陈歌想到了自己，只不过张雅一直躲在影子当中。

"他掀开黑袍的时候，你有没有看见他的脸？"

"没有，感觉就像是那女尸自己把黑袍掀开了一样。"

"你确定是那个女尸，不是身穿红衣的女人？"在陈歌印象中女尸和女人还是有很大差别的。

"这一点我还是能区分清楚的，不过那具尸体很特别，与我之前见过的所有尸体都不同。"朱姓女人竭力想要表达出那种感觉，奈何她一直在比较封闭的活棺村里，很难找到贴切的词语来形容。"那具尸体被精心打扮过，看着更像是一件展示品。"

怪谈协会的人果然都是疯子。陈歌忽然想到了一件事，随口问道："那具尸体很美吗？"

第三病栋到现在为止，除了吴非和王声龙外，只有一个韩宝儿确定还活着。这个女疯子的主治医师对她的评价是上帝多想毁掉一个人，才会赋予她这样的美丽。当时陈歌留意到了这条信息，他觉得既然熊青被做成了红衣怨念，韩宝儿说不定也被做成了某种东西，疯子的世界常人很难理解。

"那具尸体长得不算太好看。"朱姓女人也不知道自己为什么要去评价一具尸体的美丑，她说到这里突然停住了。"我差点儿忘了，那具尸体竟然一点儿腐烂的迹象都没有，只是肤色很奇怪，透着死意。"

朱姓女人越说越奇怪，弄得陈歌也有点儿摸不着头脑，十号背着的东西跟他之前见过的所有怪物都不太一样。

"后来发生了什么？为什么你们都在说裂开了？"陈歌比较好奇的是这一点。

"那女尸的身体是由无数红线缝合成的，她不管怪物还是活人都往嘴里塞。吃东西的时候，她的嘴可以裂开到这里。"朱姓女人指了指自己的耳朵，"那具尸体的各个位置也都会开裂，就像是一张张嘴巴。"

听朱姓女人的描述，这怪物可能也是红衣级别的，但如果对方真是红衣，朱姓女人和村民根本没有生还的希望。

"那怪物现在离开了吗？"陈歌比较关心的是这一点。

"黑袍人本想先抓住那个女人，再来对付我们，但这时候村子外面有一个人走了进来。"

"是警察吗？"

朱姓女人摇了摇头，说道："是一个医生，穿着白大褂，他身边围着很多嬉笑玩闹的小孩。"

陈歌的脑中闪过类似的场景，越想越觉得诡异，反问道："医生身边围着一群孩子？"

"那些孩子都是残念，他们似乎把医生当作了父亲。"朱姓女人这么说，倒是让陈歌想起了一个人——江州市儿童福利院的陈医生！

"穿白大褂的医生是不是看起来快四十岁，国字脸，眉毛很重？"

"他离得太远，我没有看清楚。"朱姓女人回忆了一会儿说道，"那个医生进入村子后，直接朝着黑袍人走来，双方似乎是仇人。"

"他们有没有说过什么话？"

"没有，黑袍人看到医生过来，就直接离开了。我们是被医生身边那些孩子攻击的,不过他们也没有痛下杀手,只是让我们昏了过去。"

"最后再问你一个问题,那些孩子是你通过祠堂的密道,转移到自己房间里的吧?"陈歌站起身,准备离开。

"这些你都知道?"朱姓女人没有反驳。"往年女人苏醒就会大开杀戒,只有我的房子比较安全。"

"我听二楼隔间里那位老人说过,那个老人应该是你的亲人吧?"陈歌随口说完却没有得到回应,他扭头看去才发现朱姓女人的神色变得古怪,忙问:"怎么了?"

"我奶奶已经过世很久了,跟你说话的可能不是她。"

虽然陈歌早就做好了心理准备,但心跳还是加快了一些。

"不过你不用怕,她可能仅仅只是有话想对你说。"朱姓女人示意陈歌去村子西边查看一下。"在昏迷之前,我看到黑袍人和医生朝村子西边的山林去了。"

"枪声也是在村子西边响起的,应该是老魏和他们相遇了。"陈歌担心那位快要退休的警察出事,赶紧往村子西边跑去。

没跑出多远,他就听到了婴儿的哭声。陈歌循着声音,他看到白大爷抓着竹篮和老魏晕倒在一面土墙旁边。两人都没有受伤,让陈歌感到奇怪的是,老魏的配枪此时正好端端地放在枪套当中。陈歌垫着袖子把枪取出来看了看,发现子弹确实少了一发。

"周围没有弹痕和弹壳,难道有人把那一枪打中的东西带走了?"

他守在老魏和白大爷身边,等了很久老魏和白大爷才清醒过来。白大爷感觉像是做了一个噩梦,依稀残留着昨晚的记忆,老魏的情况则有点复杂,他忧心忡忡,不断跟陈歌说,有一件很恐怖的事情发生在他身上,他却忘记了那件事是什么。老魏显然受到了很强烈的刺激,他甚至忘记了这一晚在活棺村里的遭遇,只是念叨着不对劲。

夜色消散,远处的天空泛起鱼肚白,陈歌的黑色手机也收到了任务完成的信息。

幸运的怨念眷顾者!恭喜你完成随机三星试练任务——"活棺村"!全新恐怖场景已解锁!

在规定时间内完成随机触发试练任务，获得随机任务奖励——绣娘的嫁衣！

绣娘的嫁衣：用我的骨做针，用我的血做线，用我的皮做衣，希望你不会嫌弃我这件血红色的嫁衣。

幸运的怨念眷顾者！恭喜你获得特殊种类残念——绣娘的残念！

三星恐怖场景"活棺村"试练任务结束，任务完成度百分之七，未获得隐藏道具奖励。

第 11 章 冒险屋欢迎你

陈歌连续看了两遍黑色手机上的信息，确定自己没有看错。

"任务完成度只有百分之七？这村子我今晚被追着跑了好几遍，所有地方都去过了，怎么可能只有百分之七的完成度？"黑色手机不会出错，陈歌看着屏幕思索起来。"怪谈协会横插一手，导致活棺村的祭祀活动没有成功。难道是因为这个原因？任务完成的关键应该还是在投井的红衣女人身上，帮助她顺利进行仪式，或者杀掉她，两种不同的选择会带来不同的变化，估计这才是任务的核心。那女人说过，谁让她做不成人，她就让谁连怪物都做不成。可以看出这个红衣的执念已经发生了变化，她想要重生！"

无论是帮助她，还是阻挠她，任务完成度都会不断提高，但是因为怪谈协会的出现，陈歌还没来得及选择，就已经开始逃命了。

"安全第一。只要人活着，以后还有机会提高任务完成度。"陈歌靠在墙壁上，默默收起手机。"不过以后我要怎么选择，帮助女人复生，还是阻止她？"

活棺村里隐藏着大秘密，整个村子可以看作是一座坟，所有村民都是陪葬的纸人，朱姓女人则是守墓人，而这坟中唯一葬着的就是红衣女人！

死者复生这根本不可能，寄生在别人的脑子里成为一段噩梦还差不多。如果阻止她的话，必定会和她成为敌人，到时候就是不死不休的局面。陈歌扭头看了一眼范郁，这孩子正低头看着手腕上的玉镯，那玉镯里面是一道道血红色的纹路。

那个女人似乎很看重范郁，还送了他一个看起来很贵重的手镯。红衣女人是范郁的朋友，范郁是我的朋友，也就是说红衣和我也是朋友。也好，这女人虽然记仇，但是恩怨分明，值得帮助。再说了，作为一个鬼屋老板，和红衣处好关系不是一件很正常的事情吗？

陈歌很快说服了自己，他嘱托范郁，以后一定要哄那个红衣姐姐开心。

今夜的试练任务，陈歌只是一个旁观者，张雅沉睡，许音处于蜕变当中，让他失去了入局博弈的资格。所幸结果也不算太差，场景顺利解锁成功，许音极有可能成为红衣，就连白猫吞掉了怪谈协会的血丝后，也可能会出现特殊的变化。

"明明一直在逃命，被追着跑了一晚上，但为何我会有种收获颇丰的感觉？"

天已经亮了，现在是早上五点多钟，陈歌算了一下时间，就算一刻不停地赶路，也很难在九点之前回到新世纪乐园。

"罗董事在全力宣传，我这边可不能掉链子，还是早点儿回去比较好。"

陈歌找到朱姓女人，和她商量了一下关于阿庆孩子的问题，最后陈歌他们没有将这个婴儿带走，而是交给朱姓女人抚养。期间老魏也询问了朱姓女人很多问题，可惜朱姓女人和跳井的红衣女人是一伙的，她没有透露出任何信息，只说这是一个普通的村子，每年的这个时候，他们就会举行祭祀。老魏总觉得自己好像忘了什么，就跟喝断篇儿了一样，完全想不起来昨天晚上发生过什么事情。陈歌生怕老魏被怪谈协会的人暗下毒手，他将老魏带到一个房间里，唤出怨念员工查看了一下，发现老魏身上并无异常。

昨晚有枪声传来，老魏应该是看到了什么才会开枪，而偷走他记忆的也正是那个东西。只有老魏见过偷走他记忆的人，也就是说只有一个忘记了凶手长什么样的人知道凶手是谁。陈歌嘱托老魏多加小心，平时不要一个人外出，他很担心类似侦察员那样的事情在老魏身上重现。

村子里的人很讨厌外来者，可能是因为他们害怕自己畸形的外貌被正常人看到，一个个都故意远离陈歌他们。

大概六点钟的时候，陈歌、老魏和白大爷带着两个孩子离开了活棺村。穿过密林，走了一个多小时，老魏和陈歌的手机同时响了起来。

"终于有信号了！"老魏打起精神，向颜队报告这边的情况，说两个孩子已经找到，但是那个孤儿院的医生却失踪了。按照老魏的说法，他怀疑这是一起有预谋的拐卖儿童案件，两个孩子可能是被陈医生卖到深山里去的。得知老魏和陈歌平安无事，还找到了孩子，颜队这才放心，让他们带着孩子先回市分局。

在老魏向颜队汇报的时候，陈歌登上自己的社交账号，发现昨晚凌晨一点到三点之间，鹤山和高汝雪给他发了很多信息，似乎有很要紧的事情。

拨通鹤山电话，陈歌直截了当地问道："有事儿吗？"

"老大！你怎么才接电话？出大事了！"鹤山嗓门很大，旁边的老魏都听见了。

"别咋咋呼呼的，慢点儿说。"陈歌往前走了几步，和其他人拉开距离。

"你还记得高汝雪吗？就是跟我一起去你鬼屋参观的那个学姐，她寝室有一个人失踪了！"鹤山就算压低了语气，在陈歌听来还是震得耳朵疼。

"失踪找警察啊，找我干什么？"

"人没失踪，我也不知道怎么说，就是外貌五官都还是这个人，但是性格完全不一样了，就像是躯壳里的灵魂被调包了！"

"鬼上身？"

"对，就是这种感觉！老大，你今天要不要来我们学校看看？这事儿非常邪乎，现在学姐特别需要帮助。"

"暂时没有时间。"陈歌想了想，没有直接拒绝。"我会找高汝雪问清楚的。"

挂断电话，陈歌又拿出了黑色手机，四星恐怖场景"通灵鬼校"的最后一个支线任务就在江州市医学院。

"先休息一段时间吧，至少要等许音苏醒再考虑下一步计划。"

陈歌刚把手机收起来，高汝雪的电话就打了过来，估计是鹤山通知了她。

"这么着急？"

陈歌接通电话，还没开口，话筒那边就传来了高汝雪特意压低的声音，她说道："我没戴耳机，室友就在外面的走廊上，你别大声说话。"

高汝雪现在的情况似乎不是太好，能从她的语气中听出一丝紧张和不安。

"我刚才听鹤山说你的室友被鬼上身了？"

"应该要比鬼上身还要恐怖,我感觉她就像是彻底换了一个人。"

"是行为习惯出现了改变吗?"

"她表现得和平时一样,但我能感觉得出来,那不是她!"高汝雪十分肯定。"你听我说,这件事也跟我们学校的一个传说有关。老教学楼的地下室里有一座眼睛会流血的石膏雕像,传说只要在晚上十二点找到它,就可以问它一个问题。我有两个室友,一个叫马颖,一个叫刘娴娴,那天晚上她们一起去找雕像了。"

"她俩为什么要去找雕像?就因为好奇?"陈歌小声插了一句。

"刘娴娴喜欢上了一个她不该喜欢的男人,她一直在纠结该不该和对方交往。她是个单亲家庭的孩子,特别没有安全感,谁对她好一点儿,她就会觉得那个人特别好。我们都劝过她,可她就是不死心。她很固执地认为那个男人也深爱着她,只是因为种种原因才不能和她在一起,她想要下定决心,但又害怕胆怯,所以想要找到雕像,问一下那个男人是不是真心爱她。"

陈歌在情感方面是一片空白,他也不知道该怎么开口,只好问道:"那另一个女孩为什么也要找雕像?"

"马颖有一个姐姐,五年前也考入了江州市医科大学。可是在她姐姐上到大二的时候,在返校途中失踪了,直到现在都没有找到。她想要弄清楚姐姐去哪儿了,这已经成了她们一家的执念。所以,一听到这个传说就产生了试一试的想法。"

高汝雪刚说到一半,走廊上突然传来另一个女人的声音,似乎是在催促她。

她匆匆应了一声,加快语速:"这两个人非要去试试,她俩胆子又都很小,结果就拉上了我一起。我们是一星期前去的,晚上十一点多进入老教学楼地下室,那里堆积了很多废品,想要找到雕像很难。第一天,我们搜查了大部分区域,什么都没有发现。到了第二天晚上,我以为她俩会死心,结果谁知道她们又拉着我过去。同寝室这么久,我没忍心拒绝她们,就第二次和她们一起进入地下室。

"这回和上次不太一样,刚进去没走出多远,我就听到有人在笑。我询问两个室友有没有听到笑声,但是她俩都说没有听到。我觉得情况有些不对,强行把两人拽了出去。我本来以为这件事就到此结束了,没想到她们第三天晚上竟然还要去。那是我第一次发觉两位室友出现了问题,我警告她们如果再去的话,我会把这件事告诉宿管和学校保安。她们见我不是在开玩笑,这才回到自己床上。

"让我真正感到害怕的事情发生在第四天清晨，我睁开眼的时候，两个室友都已经醒了，她俩躺在床上，面带微笑地看着我。第四天晚上，两个室友并没有再出去，但我一直觉得很不安，早早躺在床上，假装已经睡着。凌晨两点多的时候，两个室友同时起身，就像是商量好了一样，轻手轻脚地离开了寝室。我没敢追出去，等到凌晨三点半，她们才回来。就像什么都没有发生过一样，躺在自己床上。第五天晚上和第六天晚上也是这样，一直到昨天晚上。她们又是凌晨两点多偷偷离开，大概凌晨三点半的时候，室友回来了，但让我感到害怕的是，回来的不是两个人，而是三个！寝室里没有开灯，我看不清楚，感觉她们三个穿的都差不多。三人走到床边，躺在三张床上，最让我觉得奇怪的事情发生了！寝室里一共只有三张床，其中有一个人好像爬到了我的床上。

"我一晚上都没敢翻身，手藏在被子里拨打电话。下面我说的这些你可能不相信，但确实是事实。我给所有人发送短信，收到的回信都是——'往后看'，唯有给你留言的时候，收到的是系统的正常回复。那多出来的一个人应该就躺在我身后，我那个时候只能给你发信息、打电话，可是你的手机却打不通。整整一个晚上，天亮以后我才敢往身后看，可是我的床上什么都没有。一个小时前，我的室友从床上醒来。她们表现得都和平常一样，一直拉着我吃早餐、上课，但是……"

"你还没好吗？"电话里传出另一个女人的声音，厕所的门似乎也被推开了。

"没事，跟朋友聊天呢。"高汝雪的声音瞬间发生改变，听上去非常冷静。

"你平时跟我们都很少说话，这可不像你的性格啊，是男朋友吧？"另外一个女生笑了起来。"别光顾着聊天，今天的解剖课还挺重要。"

"行。"高汝雪对着电话又说了一句，"有时间晚上可以过来吃个饭，我这可是第一次邀请别人，你想清楚再拒绝。"

"你赶紧上课去吧，我晚上会过去的。"陈歌的声音富有磁性，透着一丝成熟和自信。

陈歌挂断电话，表情立刻发生了变化。高汝雪让我晚上过去面谈，看来昨晚的事情确实把她吓得不轻。不过话说回来，为什么只有我手机的电话和留言功能可以正常使用呢？

他将两个手机都拿在手中，实在想不明白这个问题。

"雕像、多出来的人、电话短信……"陈歌其实很想问问高汝雪,那个所谓的地下室和地下尸库有没有联系。

十号背着一具尸体,那具尸体会不会和江州市医学院的地下尸库有关?陈歌在脑中将所有的线索过了一遍,看似杂乱的线索隐约串联在了一起。

"晚上见了高汝雪后必须要给她提个醒,她现在这个情况已经不适合住在寝室里了。"

江州市医学院下面埋着极为恐怖的东西,这一点高汝雪还不知道。陈歌收起手机,全力向山外赶。九点多,陈歌刚回到林官村,徐婉的电话就打了过来,询问他怎么不在鬼屋,是不是出了什么事情。陈歌随便敷衍了几句,刚准备挂断电话,结果徐婉又告诉了他一个好消息——顾飞宇出院了。

这个年轻的保安在芳华苑小区里被怪谈协会袭击,一直到现在才调理好,一早就跑到新世纪乐园门口等待。

"小顾还是挺称职的,正好现在鬼屋比较忙。"

陈歌交代了一些事情,告诉徐婉三个小时内赶到鬼屋,希望她安抚一下游客,然后就挂断了电话。老魏带着两个孩子上了警车,原本准备直接开到市分局,陈歌好说歹说劝了半天,老魏才同意先把陈歌送到新世纪乐园。陈歌在车上小睡了一会儿。中午十一点,终于回到乐园。他奔波了一整夜,衣服裤子被树枝划破,背着一个大包,肩膀上趴着一只脏兮兮的白猫,看起来非常狼狈。

"不好意思,我来晚了。"

鬼屋旁边的休息厅已经爆满,门口的台阶上也全都是人,很多游客是专门来冒险屋参观的。游客等了很久,心里有怨言,但是看到陈歌这个凄惨的样子,也不好发作。

"小陈,你怎么才过来?都几点了!"徐叔安排工作人员给所有游客发放了免费的水和小礼物,然后问出了大部分游客心中共同的疑问,"你昨晚干什么去了?"

好多游客都围了过来,毕竟陈歌的这个造型实在是有点儿吸引人。

"昨天夜里江州市福利院有两个孩子丢了,我去帮他们找孩子。一路追查到大山里,结果发现了一个满是畸形人的村子。那村子就像一座坟,红白事颠倒,到处挂着白灯笼,地上全都是纸钱。我追过去时,他们正在举行一个仪式,竹篮里放着婴儿，门口立着红棺材。当时，村子里的女人手拿剪刀，就这么提着婴儿进入村子祠堂，等她再出来时，身上的衣服满是鲜血……"

"打住，你别说了。"徐叔赶紧抓住陈歌的手臂，附近已经围过来了一大拨游客。他们本来心存怨气，但是听着听着感觉还挺刺激。

"你让他继续说啊！后面咋了？"

"什么仪式这么血腥？真有这样的村子啊？"

"大家散了吧，鬼屋老板已经疯了。"

徐叔赶紧跟旁边的人解释，陈歌声音反而是越来越大："后面还有更给力的事情！"

他拿起工作人员为了维持秩序特意带过来的扩音器，踩着防护栏，直接爬到了午夜售票厅上面。他明明穿得很普通，但他给人的感觉却好像全身散发着光一样。

"我在那个村子里深入调查以后才发现，那是个冥村！白天住活人，晚上住死人，午夜十二点一过，整个村子里到处都是怪物！你们一定没见过那样的场景！死人给死人送葬，魂幡飘荡，整条街道都是阴丧的队伍！如果你们以为仅仅只有这些，那可就大错特错了！这村子里最危险的还是那一间间老宅，院子里种着阴气最重的槐树，树下倒栽着身体畸形的怪物，如果你能侥幸进入正堂，千万不要开心得太早！

"老宅里每个房间都停放着棺材，棺内摆着大红色寿衣，不管你碰没碰这衣服，它都会从棺材里跑出来跟在你身后！在那个地方，每一次呼吸都要小心翼翼。指不定什么时候，就会有人开始呼喊你的名字，倘若你应答以后，就会恍恍惚惚进入洞房，而和你成亲的对象则是一张人皮缝制成的新娘！'阴丧''冥婚''人头灯'！各种各样稀奇古怪的怪物全部藏在村子当中！

"独一无二的布局！恐怖绝伦的设计！这么给力的场景，现在只需三十元就能够体验！我今天之所以会迟到，就是因为在全力打造这个场景！

"这个尖叫指数三星的全新恐怖场景将限时对外开放！相信我，这绝对是市面上最恐怖的荒村主题场景！"

陈歌说完后，他的声音还在乐园上空回荡。

"明明是恐怖灵异场景介绍，怎么给我自己整得热血沸腾了？"

"我刚才想说什么来着？"

"既然有票价优惠和新场景，那我就不计较你迟到了，逐渐失忆中……"

"我有点想去，但是又好害怕！纠结啊！"

全新场景开放，这个更新速度能把市面上其他的鬼屋给吓死。陈歌满意地看着交头接耳的游客，票价限时降低，新场景开放，今天迟到的事情就当没这回事好了。他从售票厅上跳下，把扩音器还给工作人员，打开了冒险屋大门。

"开始营业！"

陈歌让顾飞宇换上碎颅医生制服，又把变得更加血腥狰狞的碎颅锤交给了他，让他进入"午夜逃杀"场景扮演杀人狂。至于徐婉则还和原来一样，负责"冥婚"场景。地面上的两个一星场景有专人负责，地下"暮阳中学"有二十四个学生残念照看，门外是徐叔在卖票，陈歌难得清闲下来。

"我应该多招募一些像闫大年、暮阳中学学生这样的怨念，他们对人没有恶意，用着很放心。长此下去，我就可以当甩手掌柜，每天只负责统计收入就行了。"

陈歌将游客送入场景之后，坐在门口休息，玩起了手机。他本来想要问问高汝雪的情况，突然看到有人在微信上找他。

"夜小心？"这是一个网络红人，专门测评鬼屋，她上次和田藤病院的人一起进入陈歌的冒险屋，最后差点儿被吓吐。后来她给了陈歌鬼屋很高的评分，还要走了陈歌的联系方式，说准备在网上帮陈歌宣传。

"怎么了？有事吗？"

"最近网上有很多人带你鬼屋的节奏，恶意给你刷低分，我找了很久才把挑事的人给找出来。"夜小心发给陈歌几张截图，说道，"其中有 个也是测评鬼屋的，她跟我关系不是太好，凡是我力推的鬼屋，她都要去踩上一脚。他们近期可能要去你的鬼屋里，你多注意一下。我把图片资料发给你，其中有那人在平台上晒的自拍照。"

陈歌先是瞄了眼照片，这个跟风夜小心的女人看起来一副乖宝宝的样子，打扮得非常可爱，与留着短发的夜小心完全是两种风格。陈歌滑动屏幕，继续往后翻，当看到第二张截图的时候，他有些不淡定了。

照片上乖巧的女人在背地里煽风点火，夜小心在平台上发布的每一条测评都能看到她的身影。尤其是陈歌冒险屋的测评报告，最开始是九点七分，一周时间被刷到八点九分，最后还是因为陈歌的冒险屋本身质量过硬，好评数量太多，这才硬是在水军差评刷爆的情况下，稳了八点九分。再看其他的截图，这个女人到处贬低冒险屋，抬高她自己测评的鬼屋，最关键的是还有一群人被她的长相欺骗，为她疯狂刷赞。

对比一下就能明显看出，她主页大部分鬼屋的测评都在九分以上，评论清一色说很烂、很垃圾，可她丝毫没有更改评分的意思。反观夜小心这边，评分最高的就是陈歌的冒险屋，第二名才六分左右。

"你跟夜小心作对和我无关，但你刷了我的差评，那我可就要为自己讨个公道了，不然都对不起我那些敬业的员工。"陈歌看了一眼这女人的ID，顺便将她的样子记了下来。

夜小心发来的截图有很多，除了这个女人外，还有人在贴吧、论坛上恶意发帖，似乎是有意往新世纪乐园上引，仿佛有所图谋。

"这事儿还是跟罗董事商量一下比较好，毕竟现在冒险屋是乐园的招牌，鬼屋评价降低，连带着游客对乐园的印象也会变差。"

陈歌坐在门口，看着游客紧张地进入场景当中，然后被吓得哇哇乱叫，双腿发软走出来。这让他颇有成就感。刚才陈歌在外面嚷嚷了半天三星场景"活棺村"限时开放，不过现在的游客很多已经是老油条了，他们进入鬼屋之前通常都会上网搜一下评论。在绝大多数人心里，尖叫指数三星的场景已是活人禁区级别的存在了。直到中午，陈歌坐在门口差点儿睡着时，突然被徐叔晃清醒了。

"叔，怎么了？"

徐叔咳嗽了两声，比画了一个手势，说道："这几位游客要挑战你说的那个新场景。"

"环境一般，勉强四分；员工懈怠，在工作期间睡觉，两分。"鬼屋门口站着五名游客，三男两女，其中一个女的拿着手机在不断打字。看到那女人的脸后，陈歌先是一愣，然后习惯性地露出了笑容。

"欢迎，新场景还没有人进去尝试，你们真是太幸运了。"

"现在改变态度已经迟了，我要看到的是你们鬼屋最真实的一面。"女人抬起头，长相算是比较可爱，但是说话声音有点儿糙，明显感觉得到她的实际年龄比较大。

"你们不是来参观的吗？"陈歌揣着明白装糊涂，一脸迷茫。

"你可以叫我Cassie，我是专业鬼屋测评员，网上有数百万粉丝，只要我觉得你的鬼屋不错，放在我首页力推，你的游客量至少能增加三分之一。"这个女人很是骄傲。"不过前提是，要我觉得可以才行，就你现在的表现，有些差强人意。"

陈歌根本懒得听女人废话，问道："你有中文名吗？比如说铁柱、狗蛋之类较为通俗的名字。"

女人的脸一下拉得老长，不过她没有对陈歌发火。这个女人在朋友面前一直保持着自己虚构的人设。她没开口，旁边的两个男人看到她受委屈，都站了出来。那两个男人一个染着黄头发，打着耳钉和鼻钉，看起来有些非主流；另一个穿得比较正常，是个大高个儿，身高接近一米九。

"行了，既然进来了，那就都是游客，不要耽误时间，快点把免责协议签了吧。"

陈歌不想现在跟他们发生冲突，他将免责协议摆在几人面前，兴奋的语气让徐叔头发都竖了起来。

"小陈，人家只是很客观的给你测评，你千万别冲动。"

"鬼屋开了这么长时间了，你对我还不了解吗？我什么时候冲动过？"陈歌将徐叔推到门外，"放心吧。"

"你每次都这么说。"徐叔因为有外人在场，不好意思明讲，只是目光中有一抹隐藏不住的担忧。那五个游客也看到了徐叔的目光，不知道为什么他们突然觉得有些瘆人。这大叔也是鬼屋的演员？演技未免有些太厉害了吧？一个眼神就可以表达出如此复杂的情绪。

送走徐叔，陈歌笑得更加灿烂。"签协议吧，'活棺村'场景是第一次开放，你们在里面一定要注意安全，如果遇到危险，就大声尖叫，工作人员会救你们出来的。"

陈歌态度无可挑剔，但他越是这样，就越让五名游客犯怵。

"新场景只是个噱头，你们不用害怕，其实这只是我自己做的一种尝试，是根据民间传说做出来的东方特色鬼屋，与日系和欧美的鬼屋完全不同。"

陈歌大概讲解了一下"活棺村"主题场景。几名游客听到不是市面上流行的日系和欧美鬼屋后，明显松了口气，事实上国内也有一些东方特色鬼屋，但可能是因为经费和设计团队不成熟的原因，做出来的效果大都比较差。

"东方特色鬼屋？之前听你说好像还是荒村主题？这种场景很少见了。"开口说话的是另一个女生，梳着马尾辫，看起来年龄不大。陈歌看了一眼免责协议，这名女生的名字有些朴素，叫作张兰。

"确实很少见，所以我才想尝试一下。"陈歌把所有免责协议收了起来，郑重放好，那动作给人的感觉就像是这玩意儿很快就会派上用场一样。"你们跟我来，新场景是在地下。"

"先不急着过去。"女人突然开口，她的心机比较重，来之前也查阅过很多关于陈歌鬼屋的资料，加上这一次挑战的又是三星恐怖场景，所以十分慎重。"我之前听说你这里二星以上场景，一次都是接待十名游客，现在我们就五个人，还是再等等其他游客，再一起进去比较好。"

陈歌被她这么一说也觉得有道理，"那我去外面看看还有没有游客要来参观。"

"麻烦你了。"女人笑得很甜。

"小事，我们冒险屋永远都是把游客的需求放在第一位。"陈歌转身走了出去。

等陈歌离开后，几名游客悄声交谈起来。

"猫姐，你怕什么？咱们五个人通关过全国多少鬼屋了呀，有其他游客在，说不定还会给我们添乱。"黄毛不满地抱怨道。

"这个人和夜小心关系很好，我怕他在鬼屋里给我们下套，如果有其他游客在，至少能让他有所顾忌。"女人拿着手机，又在上面添加了一条，"服务态度一般，三分。"

五六分钟后，陈歌推开鬼屋的门，他将手里的漫画册塞进口袋，身后跟着两男一女，女的气质很好，长得也很漂亮，就是身体稍微有点儿不协调。那两个男的，一个面无表情，左手一直插在口袋里，另一个穿着黑色的衬衫，嘴里抱怨着最近特别倒霉。

"你们运气真好，正巧有三位游客也想来参观，等会儿你们八个人一起进去吧。"

陈歌的脸上挂着淡淡的笑容，似乎能为游客服务是一件非常开心的事情。

"刚才我已经介绍过这个场景了，尖叫指数三星，没有固定路线，完全开放。你们只需要在里面找到一件血红色嫁衣，将其带出来，就算通关。"

陈歌随口编造着通关要求，毕竟在他的地盘，他说的话就是规则。

"就这么简单？"打着耳钉的黄毛反问了陈歌一句，"没有什么隐性通关条件吗？有的鬼屋为了体验过程更有趣，会设计好几条支线，让游客自己探索，增加乐趣。"

"我的鬼屋里支线有很多，你们可以慢慢探索，绝对会让你们满意的。"陈歌的笑容一如初阳般温暖，让人生不出厌恶。

"那通关时间有没有要求？"旁边的大高个也插了一句嘴，可以看出他们几个都是老手，对鬼屋非常了解。

"因为是第一次开放，所以给你们的时间多一点儿吧，只要在四十分钟内找到嫁衣将其拿出来，就算你们成功通关。"陈歌心地善良，为了游客能够更好地体验活棺村场景，特别延长了挑战时间。

"用不着四十分钟。"黄毛甩了一下自己的斜刘海，自我感觉相当好，"我们测评过无数鬼屋，耗时最长的一个也是在三十分钟内成功通关。"

"四十分钟确实有点儿长了，不过正好可以多转转。"为首的女人拿着手机，丝毫没有要将其收起的意思，当初夜小心进入鬼屋，全程是用纸和笔记录，仅凭这一点就足以看出两人的内在素质完全不在一个层面上。其实陈歌也看出来了，这个女人测评鬼屋只是为了一个噱头，让萌萌的自己和阴森恐怖的鬼屋形成反差，以此来炒作。而夜小心那种尊重鬼屋规则的人，才可以算得上是真正的测评员。

"是啊，多转转或许能发现更多隐藏的乐趣。"陈歌随声附和，态度好得连他身后的那三名"游客"都有点儿受不了。他让新来的三位游客签完免责协议后，带着八个人来到走廊尽头，掀开了地上的木板。

一股寒气从地下冲出，周围几人不约而同地打了个冷战。

"鬼屋场景只用一块木板阻隔，太简陋了，场景布局扣一分。"女人又拿出手机记录了一下。

陈歌也不恼火，脾气极好的他甚至直到这个时候仍在善意地提醒对方："我们的鬼屋不允许使用手机和其他拍摄工具,希望你能多注意一些。"

"我是大众认证的鬼屋测评员,使用手机也只是为了记录数据、方便统计,你不要想多了。"

"明白,等会儿你进去测评的时候,还希望高抬贵手啊。"陈歌客客气气的将八名游客送入地下。"左边是尖叫指数二星的'暮阳中学'场景,那扇医院铁门后面是'第三病栋'场景,你们要去的'活棺村'场景在正前方。"

陈歌一进入地下就看到"第三病栋"和"暮阳中学"场景中间多出了一条蜿蜒的小路,路的尽头散发着惨白的光。

"'活棺村'就在这条路的尽头,我就不送你们过去了,祝你们玩得愉快。"陈歌站在路这边,目送几名游客走远。

"三个场景最好还是分隔开比较好。不过等以后冒险屋扩建成了'战栗迷宫',地下车库的所有场景可能会连成一片,成为一个超大型恐怖场景。"

冒险屋扩建三次后才能成为"战栗迷宫",现在已经扩建了两次,第三次应该快了。陈歌朝其他两个场景看了看,"暮阳中学"场景里,最后一间教室的门不知道被谁推开了。有一个人头模型偷偷往外瞄了一眼,好像是在看陈歌走了没,它发现陈歌没有走,又赶紧滚了回去,连带着教室门也被关上了。

"这群家伙太随性了,以后我要让他们好好背一背员工守则。"

陈歌回到地面,直接朝鬼屋道具间走去,他翻了好一会儿,终于在角落里找到了上次任务的奖励——绣娘的嫁衣。这件残破的嫁衣猩红如血,上面好像缠绕着一道怨念,离近了仿佛能听见女人啜泣的声音。

如果这一幕让刚才进入场景的游客看见,肯定会气得发疯,他们要找的东西,竟然还没有被陈歌放进去。

"苦苦寻求而不得,体会那种努力后的快感,这才是游戏的乐趣啊。"

陈歌用黑布包住嫁衣,又进入旁边的猛鬼换衣间,这是鬼屋在第二次扩建完成后,奖励的特殊类型建筑,一直以来还没有游客尝试过。他随便在里面挑选了一套不显眼的衣服换上,然后给自己化了个妆。

"不错,我现在的这个妆容,乍一看和普通人一样,仔细看的话就会觉得瘆人了。"

全副武装的陈歌又一次进入"活棺村"场景当中，他使用黑色手机，查看了一下"活棺村"场景的详细介绍和各种密道，然后拿出了漫画册。昨夜，怪谈协会和朱姓女人发生冲突的时候，陈歌趁乱将好几只活棺村的怪物收入漫画册当中，经过一晚上的"教育"，这几只残魂现在已经彻底老实下来，变得乖巧懂事。

"我说过跟着我前途无量，这是我为你们安排的新家，整个村子都是你们的，你们可以食用游客的惊吓和恐惧。但是要注意一点，不能伤害游客，不要进行身体上的触碰，懂了吗？"

陈歌走在"活棺村"场景当中，随手将一只只怪物布置在场景里。

"'活棺村'试练任务完成度只有百分之七，场景本身最恐怖的东西还没有被激发出来，幸好我有先见之明，从村子里弄来了一大堆残念。"

看着"生"机勃勃、焕然一"新"的"活棺村"，陈歌露出了满意的笑容。

"虽然我累了一点儿，苦了一点儿，但是，只要能给游客带来最好的体验，这些付出都是值得的。"

陈歌觉得自己就是那种默默在幕后工作的人，如果把真相说出来，大部分游客估计都会感动的。

……

第 12 章 谁在装鬼？

八名游客在阴森压抑的环境与诡异恐怖的音乐中走到了小路尽头，眼前的场景只能用震撼来形容。

一排排古旧的宅院，错综复杂的街道，满地飘飞的纸钱，还有悬挂在门上散发着幽幽白光的纸灯笼。

"这就是活棺村？"为首的女人缩了缩脖子，悄悄躲在了同伴身后。

"好真实的布景。"大高个喃喃自语，"他是怎么做到的？"

"没有两把刷子谁敢开鬼屋呀？况且夜小心给了他那么高的评价，说明这鬼屋确实有可取之处。"女人站在黄毛身后，朝跟过来的那三个游客看了一眼，热情地迎了过去。

"三位是一起的吗？"女人很擅长跟人打交道，不管是说话的语气，还是神态都让人觉得很亲切。

"不是。"那个把手插在口袋的高瘦男人冷冷地回了一句，独自朝前面走去。

"你小心点儿，这可是三星恐怖场景！"女人抓住了高瘦男人的袖子，那男人猛地扭头瞪了她一眼，把她吓了一跳。"我就是好心提醒你一下。"

"猫姐，像这种人就不要搭理，等会儿他被吓尿了，就会主动跑过来找我们了。"黄毛站在女人和高瘦男人之间。

"没事的,大家既然是同一批进去参观的,就理应互相帮助。"女人好像一点儿也不介意高瘦男人刚才不礼貌的举动,又走到他面前说道,"我叫 Cassie,你也可以跟他们一样喊我猫姐。"

高瘦男人想了想,没有拒绝猫姐的好意。"我叫白秋林,最近心情不是太好,所以才想来鬼屋解压。"

"理解,鬼屋不就是这样的地方吗?供人释放压力,让人放声尖叫。"猫姐一副"我懂你"的样子,接着她又看向另外两名游客。"那你们两位如何称呼?"

穿着黑衬衫的男人打扮得很精神,人也特别热情。"我姓周,是房地产销售,今天陪女朋友一起来……"

"谁是你女朋友?"旁边的女人打了男人的手臂一下,她没有化妆,素颜很美。

"都差不多了。"周先生朝女人眨了眨眼,强行抓住了女人的手,"这是我女朋友段月,她在高中教英语,平时特别辛苦,晚上还要给学生补课,这不今天没事嘛,就想着带她过来放松一下。"

"你们小夫妻还真是甜蜜。"猫姐笑了笑,眼神中却闪过一丝厌恶,不过她隐藏得很好。"一会儿你们三个就和我们一起走,大家相互之间也好有个照应。"

"我听你说得很专业,你们是专门玩鬼屋的人吗?"老周有些好奇。

"我是鬼屋测评员,在网上有数百万粉丝,他们都是我团队的成员。"猫姐介绍了一下身边的几个人。

染了黄头发,打着耳钉的男人叫作黄星;大高个叫马天,另一个女孩叫作张兰,是猫姐的助理,猫姐没有详细介绍最后那个年龄比较大的男人,只是称呼他为王哥。这几人性格各不相同,能凑在一起,关系还这么好,主要是因为猫姐在其中调和。

"果然是专业的,那我们今天可要抱大腿了。"老周说话也很圆滑,好像没有看见段月嫌弃的眼神,跟猫姐聊得火热。

"放心,这种规模的鬼屋我们通关过不下十个。"黄星是所有人里胆子最大,也是最冲动的人,他一马当先走在前面。

"走吧,网上对这个鬼屋评价那么高,我倒要看看它究竟好在哪里。"猫姐为了方便记录，直接握着手机进入场景当中。

不知从哪儿吹来的阴风卷起了地上的纸钱，白灯笼晃晃悠悠，惨白的光映照着空荡荡的街道。

"鬼屋设计三大要素——故事、场景、情绪，他这场景我能给六分，可惜缺乏故事支撑，很难让游客产生代入感，至于情绪就更不要说了，完全感觉不到恐怖，简直白瞎了这么多逼真的道具。"猫姐随口点评着，旁边的大高个和黄毛连连点头附和，只有张兰不时回头看看白秋林，她总觉得这个男人有点奇怪。

"他的左手为什么一直插在口袋里？"

八个人挤在一起，还有五个是专业进行鬼屋测评的，自然感觉不到恐惧。

"我进来的时候听老板说有时间限制，这场景那么大，我觉得咱们还是分成两组同时从两个方向找比较好。"老周慎重地考虑了一会儿，提出了自己的建议。

"四十分钟时间足够我们找了，来鬼屋玩，尤其是这种开放型鬼屋，切记不要陷入他们的节奏当中。"黄星看起来很有经验。"你们两个跟在我后面就行了，跟你们说实话，我从小胆子很大，别说鬼屋演员，就算是遇见真鬼，我也敢跟他们过两手。"

"厉害。"

老周和段月跟在黄星后面，猫姐和大高个马天走在了一起。张兰则站在白秋林和王哥中间，她发现白秋林身上还有很多和常人不太一样的地方，比如说脖子有些歪斜，就像是曾经头朝下摔倒后扭到了脖子一样。

"看什么呢？"王哥回头扫了张兰一眼，他来鬼屋好像另有目的，跟猫姐的团队成员不太熟。

张兰是第一次见到王哥，她也不清楚猫姐为什么要带着这个男人。"没事，对了，等会儿你和我一起走，猫姐特意交代让我陪着你。"

几人全部走在前面，白秋林看着他们的背影，嘴角慢慢勾勒出一个弧度。

惨白的光将几人身影拉长，他们正式进入活棺村当中。当他们脚步踏入活棺村的那一刹那，街道两边的白纸灯笼轻轻晃动起来，村子里变得更加阴暗，好像有什么东西逐渐苏醒了。

"嘎吱……"

黄毛推开了第一间老宅正堂的门，空荡荡的小院里什么都没有。

"就这？"他似乎有些失望，在老周和段月的陪同下，三人又进入宅院正堂。供桌上摆着被挖去了双眼的黑白照片，墙壁上张贴着山鬼的画像，大堂正中间则停着一副棺材。

"布置得很简陋，似乎也没什么可害怕的。"黄毛在屋内转悠了一圈，拿起供桌上面的黑白照片，仔细打量起来。"为什么要把眼睛挖去？难道隐藏着通关的线索？"

他把相框拆开，将那张黑白照片取了出来仔细端详："这个人怎么好像在哭？"

黄毛正准备细看，身后忽然传来老周的声音："你在看什么？"

"没事儿，随便看看，我玩鬼屋喜欢把所有支线场景全部攻略，那样才有成就感。"

"我看咱们还是不要乱跑了，寻找嫁衣才是正事，等会儿时间都不够了。"老周和段月慢慢围了过来，他俩的脚尖点着地面。

"放心吧，时间肯定够。"黄毛甩了一下斜刘海，对着老周竖起两根手指说道，"我们完全可以在二十分钟内直接通关鬼屋，但是没有必要，这样会少很多乐趣。"

他背对着墙壁，没有看到此时那些画像里的鬼影都在盯着他。

"你说得对，慢慢玩才有意思。"老周不动声色地将那张黑白照片拿到一边，此时照片里的人像跟刚才不太一样了，就好像它自己往前走了一步。

老周很认同黄毛说的话，他伸手按住照片上的人头，说道："急什么？难得进来一次，要玩得尽兴才行。"

老周这话是对着照片说的，但是黄毛却以为是给自己说的，顺口就接了一句："对，玩鬼屋就要有这个心态！走，我带你们去其他地方转转，感觉也没什么可怕的，这鬼屋名不副实啊！"

黄毛大摇大摆地领着两人离开老宅。他们一间间宅院搜索，很快就来到了村子中心。

"场景有点儿大，按照我们现在的速度，四十分钟内还不一定能走完。要是阴沟里翻船，最后没能找到通关物品，那可就丢人了。"大高个马天对其他几人说道，"咱们还是分开行动比较好，以这个祠堂为中心，我、猫姐、王先生去搜左边，你们剩下的人搜右边。"

"凭什么你和猫姐在一起？我觉得还是换换比较好。"黄毛有点不乐意，还是猫姐出言安慰了几句，才把他劝好。

"那就这么定了。"

马天三人沿着蜿蜒的小路离开，剩下五个人停在村子中心。

"咱们也计划一下，小兰，你和这对情侣一起走，我跟另外一个游客一起，这样省时间，争取比他们先找到嫁衣。"黄毛也不客气，直接开始指挥。

"不好吧，人员已经够分散的了，再分开万一遇到危险怎么办？"张兰走到黄毛身边，希望他能改变主意。

"听我的，这鬼屋气氛烘托得很好，但是惊吓点设计很烂。"黄毛无所谓的语气让张兰有点儿着急，她很想告诉黄毛，跟你一起走的那个游客不太正常，可她又不好意思当着白秋林的面儿说这种话。

"行了，我们先出发了。"黄毛朝白秋林伸手，想要跟他握手互相认识一下，但是白秋林根本没把手伸出口袋的意思，只是点了点头。

"你还真是高冷，等会儿别哭着喊着求我带你出去。"黄毛有点儿生气，他收回了手，独自往前走，白秋林跟在他后面，自始至终，白秋林的手都在口袋里。

这一幕被张兰看得清清楚楚，她秀眉微蹙。"总觉得不对劲。"

"什么不对劲？"老周特别热心，凑在张兰旁边问道。

"对了，我正好有问题要问你们。"张兰指着已经走远了的白秋林说道，"那个人是和你们一起进来的，在外面排队的时候，他有没有做过什么奇怪的举动，或者说比较反常的事情？"

"排队？"老周摸着下巴，凝眉思索。"当时陈老板在外面喊有谁想要参观三星恐怖场景，票价优惠，然后我们三个离得最近，所以就被选过来了。我对他没有什么印象，应该就是个普通游客吧。"

"但愿吧。"张兰还是不放心。"我跟你俩们说讲，以前我和猫姐去一个鬼屋测评，那个鬼屋里来了个精神病，外表看着跟正常人一样，结果谁知道他在鬼屋里突然犯病了，你们估计想象不出当时有多恐怖。"

"说说呗。"老周和段月都很好奇。

"他把鬼屋里的人造血浆浇在自己身上,然后拿着鬼屋里的各种道具,撕咬、捶打游客,最主要的是,一开始游客看他过来还以为是鬼屋的工作人员,心里害怕,但是并没有反抗,最后导致好多人受伤。"张兰心有余悸,那次测评应该给她留下了很深的阴影。

"这也太恐怖了吧!"老周捂着嘴,动作幅度稍有些夸张。

"所以我才担心黄星,他虽然有些不好相处,但毕竟是我的同伴。"此时黄星和白秋林已经消失在他们的视野当中。

"换成我肯定也会担心的。"老周很自然地牵着段月的手,还回头含情脉脉地看了她一眼。"要是你丢了,我肯定会满世界找你。"

段月的反应稍有一丁点儿冷淡,她就说了一个字:"滚。"

"你们还真是恩爱。"张兰哭笑不得。她只是来鬼屋玩儿而已,没想到竟然还会被塞狗粮。"我们也开始行动吧,早一点儿找到嫁衣,主动权就早一点儿落在我们手上。"

提到通关任务,张兰神色又变得凝重起来。"我是猫姐的助理,来这儿之前查找过关于这个鬼屋的资料,最后整理得出的结果有些惊人。所有真正参观过鬼屋的游客,评分都在八分以上,排除水军在外,评论清一色说太吓人了。我们测评过那么多鬼屋,还是第一次出现这样的情况。"

"也就是说这个鬼屋非常恐怖?"老周朝左右看了看。"我倒没觉得有多恐怖,就是有点冷。"

"千万别大意,我怀疑老板在憋大招。"张兰拿出手机,点开一个页面。"你看看网上对鬼屋老板的评价就知道了。"

老周和段月扫了一眼张兰的手机屏幕,其中有十几条匿名评论。

匿名:"这鬼屋老板真是丧心病狂啊!他扮演杀人狂,早早就发现我了,一直不说话,悄悄跟在后面,最过分的是他跟了我整整十分钟!要不是朋友被吓跪了,我都不知道自己身后还有个人!"

匿名:"别问我为什么匿名,我还想看见明天的太阳……老板太恐怖了(小声嘟囔)。"

匿名:"朋友问我为什么去鬼屋玩儿还要多准备一套内衣,我说其实准备尿不湿也可以。"

看完所有匿名信息后,老周和段月是真的变了脸色,他们对陈歌有了一个新的认识。

"是不是很可怕?"张兰收起手机,"所以说我们还是抓紧时间找到嫁衣,离开这里比较好。"

"好的。"老周很快调整好状态,"那我们接下来去哪儿?"

"我有点儿不放心黄星,咱们先过去找他。"张兰朝着黄毛离开的方向跑去,老周和段月紧随其后。此时黄毛和白秋林已经踩着满地纸钱走到街道尽头,在拐角处发现了一顶喜轿。

"接新娘的轿子?"黄毛一下子兴奋了起来,"看来嫁衣应该就藏在这附近!我找对地方了!"

他没管白秋林,独自走进喜轿旁边的那户宅院当中说道:"到处都贴着白色的囍字,这是'冥婚'?"

黄毛左右张望,唯独忽略了身后。

那顶刚刚被他触碰过的喜轿,此时自己摇晃了起来。

就在黄毛进入宅院后不久,两个画着血红色脸谱的孩子从喜轿中探出头来。如此诡异恐怖的一幕,白秋林就好像没有看见一样,从喜轿旁边走过。

门上悬挂的白纸灯笼摇晃了几下后忽然熄灭,老宅当中变得更加昏暗了。一个个白色的囍字张贴在墙壁之上,黄毛独自站在宅院之中。"这屋子比之前去过的那些大很多,肯定布置了不少机关。"他胆子大,但不代表他傻,宅院里气氛不太正常,这一点他已经感觉出来了。

"黄星……"

耳边隐隐约约有人在喊他的名字,听不真切,好像是从正堂里面传出来的。

是在叫我?他沉下心仔细去听的时候,那个声音又消失了,就像是从未出现过一样。

"应该是有配套的环绕立体声装置,真看不出来这么破旧的场景当中,竟会安装那么昂贵的设备。"

黄毛的一颗心已经提了起来,慢慢地靠近正堂,小心翼翼地将房门推开。

屋子里挂着惨白色的帷幔，明明是喜事，办的却好像是丧事一样。

"还真是'冥婚'，类似的场景我也玩过，没什么新鲜感。"

"黄星……"

黄毛一个人自言自语，刚说到一半，那个奇怪的声音又响了起来，这一次他听得更清楚了。

"这声音有些熟悉！"

他有种很奇怪的感觉，叫他名字的人应该是生活中的熟人，可就是想不起来那个人是谁。破旧的老宅，满地的纸钱，墙壁上张贴着白色的囍字，周围的环境没有发生什么变化，但是给黄毛的感觉却有些不同，似乎更加阴森了一点儿。他身后突然刮来一阵风，脖子一凉，猛地回头问道："谁？"

"你慌什么？是我。"白秋林单手插兜，在屋子里转悠起来。

看到是其他游客，黄毛松了口气，问道："你刚才有没有听见一个女人说话？"

"没有啊。"白秋林翻看着屋内的种种布置，不过他一直没有离房门太远。

"我明明听见有人在喊我的名字。"黄毛朝门外看了一眼，大门口有两个带着血红色脸谱的小孩一蹦一跳地跑了过去。黄毛吓得大喊一声："外面有人！"

白秋林也朝大门口看了一眼，门外只有一条空荡荡的街道。他淡定地说道："你有病啊？哪儿有人？"

"真有啊！有俩呢！两个孩子，脸上还画着什么东西。"黄毛竭力想要把两个孩子的外形描述出来。

"你觉得有鬼屋会请那么小的孩子扮鬼吓人吗？如果不是假人道具，那就是你看错了。"

等白秋林收回目光，大门口那里又有两个孩子探出了头。

"我没看错！"这一次黄毛正好和那两个孩子对视，他一个箭步冲了出去。"等会儿我就把他们给你抓过来！"

黄毛一口气冲到了门口，可那两个孩子又消失了，街道上空空荡荡的，除了满地的纸钱，就只有那顶喜轿在轻轻晃动。

"人呢？奇了怪了，我跑出来也就用了几秒钟，他们能去哪儿？"

"黄星……"

黄毛突然打了个寒战，耳边又传来了那个女人的声音。"为什么我跑到外面以后，那个声音距离我反而更近了？感觉就像是趴在我耳边冲着我说的一样。"

他拿出手机照明，想要找到隐藏的音响，刚打开手机自带的手电筒，耳边又传来了女人的声音。

"黄星……"

这声音离得更近了，感觉就像是要钻进他脑海深处。

"邪门，太邪门了。"黄毛参观过很多鬼屋，还是第一次遇到这样的情况。"不能一个人待着，拿到嫁衣赶紧去和猫姐会合。"

他转身回到正堂，忽然发现一件更恐怖的事情——白秋林不见了！一个大活人就这样不声不响地消失了！

"人呢？"

一种少见的情绪在黄毛心中蔓延，他感受到了一丝恐惧。

"白秋林！"黄毛喊着高瘦男人的名字，缓缓走进卧房当中。

这屋子和其他房间不同，床被都是大红色的，不过看起来感受不到一丝喜庆，反而觉得有些血腥，似乎上面不是颜料，而是鲜血。

"看着像女孩的闺房，嫁衣应该就在这里吧？"黄毛又往前走了几步，地面上掉落着一团团红色的细线，在满地白色纸钱中格外显眼。

他从那些红线上迈过，走到床边，大红色的枕头、被褥胡乱扔在一起，床上还乱七八糟地堆放着针线、剪刀等物，可唯独没有自己要找的嫁衣。在最应该出现嫁衣的地方，却没有看到那件嫁衣，黄毛咬了咬牙："我就知道不会这么简单。"

他掀开床上的被褥，能看见一块块明显的血斑，做的就像是真的一样。

"黄星，往下看……"

黄毛专心翻找的时候，那个女人的声音又毫无征兆地直接出现在他的脑海里。人在高度紧张的时候，被人拍一下肩膀都会被吓一跳，更别说一个声音直接响在脑海当中。黄毛差点儿坐在地上，他单手扶着床铺，非常紧张。深吸一口气，他双手握拳。"不像是音效！这绝对不是音效！"

他拧了一下自己的胳膊，心脏咚咚乱跳。"那个声音刚才多说了一句，对！她说往下看！"

黄毛的视线向下偏移,发现屋子里所有红线都是从床底下延伸出来的。

"在床下面?"

他喉结颤动,慢慢蹲下身体,一手抓着床沿,另一只手撑着地面,歪着脑袋朝床底下看去。视线不断下移,黄毛每一根神经都绷得紧紧的,他咬紧了牙,脑袋就快要伸到床下面时,突然有一只手伸了出来!

"啊!"

黄毛一屁股坐倒在地,双手支撑着身体,不断往后爬,满眼惊恐。"刚才那好像是一只断手!没有手臂,只有一只手!"他还没有从突如其来的惊吓中摆脱出去,后背忽然碰到了什么东西。黄毛扭头看去,发现是白秋林站在自己身后。"你可吓死老子了!你刚才跑哪儿去了!"

"随便转了一圈,对了,你在床底下看见什么东西了?"白秋林好奇地问道。

"一只断手!断手!感觉不像是有人操控,突、突然就从床下面钻出来了。"黄毛擦了擦额头的冷汗,小腿还在打战,"我们要赶紧离开这里,你过来拉我一把。"

黄毛说完就直接抓向白秋林的左手,不料抓了个空。他手里握着白秋林空荡荡的袖口,神色有些呆滞,脑子一时间转不过来:"你、你的手呢?"

白秋林的脖颈弯折扭曲,好像从高楼坠落遭受过巨大冲击一样,七窍慢慢向外渗血,他看着自己空荡荡的左臂袖子,脸上挂着一丝开心的笑容。

"对啊,我的手呢?"

黄毛的双眼向外凸起,几乎要撑裂眼眶,坐在地上感觉自己快窒息了!

"你是不是见过我的手?"

白秋林居高临下地看着黄毛,脖颈忽然断裂,头直接掉了下来。

"我的手在哪儿?"

……

正在往黄毛离开方向去的张兰几人,突然听见从街道拐角处传来了黄星的惨叫。那声音简直要刺穿耳膜,很难想象究竟遭遇了什么事情,才能让一个男人发出这样尖锐的声音。

"糟了!"听到黄毛的声音,张兰脸色一变,她冲着身边的老周和段月说道,

"黄星出事了！那个白秋林有问题！"

"在鬼屋里被吓到尖叫很正常吧，也不一定是白秋林在搞事。"老周随口回道。

"如果是场景道具吓到了人，把人吓得情绪失控，他会不断叫喊，不可能存在这种只叫一声，就再无任何动静的情况。"张兰分析着，自己走在前面。

"哦，知道了。"老周暗暗把张兰说的话记在心里，"那你说那个白秋林真是精神病？"

"也不一定。"张兰面色凝重，"其实我还有一件事一直没敢告诉你们。"

她停下脚步，看着老周和段月。"网上有人说，这间鬼屋其实真的闹鬼。"

"真的闹鬼？你怀疑白秋林是鬼？"老周和段月同时停下了脚步，"不可能吧？这都什么年代了，还有人信这个？"

"我也觉得不可能，人在受到超越承受极限的惊吓后，除了会晕厥外，有极个别的人还会产生幻觉。"段月开口说了一句，不过很显然她现在非常害怕，手紧紧抓着老周，神色有些慌张。

"总之这个鬼屋很恐怖，老板精通心理学，就算没有鬼，也可以把游客自己心里的鬼给勾出来。"张兰放慢了脚步，与老周、段月走在一起。三人走过拐角，看见了街道尽头的喜轿，轿帘还是掀开的。

"黄星和白秋林来过这里。"张兰不敢一个人进入旁边的老宅查看，为了壮胆，她拉上了老周和段月。推开宅院的门，三人正好看到白秋林从正堂出来。

"站那儿别动！"张兰尖叫了一声，质问白秋林，"黄星呢？你们不是在一起吗？"

"你问我，我问谁去？我俩刚走出不远就分开了，我也是听到他的惨叫声才赶紧跑过来查看。"白秋林一手插兜，冷着一张脸，有些不耐烦。

"那你发现了什么吗？"张兰十分谨慎，没有靠近白秋林一步。

"这屋子里里外外我都找遍了，没有看见他。"白秋林说完，朝张兰他们走来。

"别过来！"张兰又喊了一声。

"小兰，都是游客，千万别伤了和气。"老周在旁边劝道。

"你们不清楚，我看过评论，这个鬼屋老板曾经让员工伪装成游客一起进去'陪玩'！简直是丧心病狂！"张兰指着白秋林喊道，"眼前这个人一定有问题！你们要相信我,最致命的威胁往往来自身边!"

"你怀疑我是鬼屋员工?"白秋林呵呵一笑,"你脑子被门挤了吗?"

"如果不是,为什么你的左手一直放在口袋里?是不是化了妆,或者拿着操控场景的遥控器?"张兰觉得自己身边还有另外两名游客在,所以有恃无恐。"只要你把手伸出来让我看看,如果什么都没有,那我就收回刚才的话。"

白秋林眯了眯眼睛,问道:"你确定?"

"对!我确定!你一定不是普通的游客!"张兰声音非常肯定。

"好吧,如你所愿。"白秋林伸出自己的左手,那里只有空荡荡的袖子,"残疾人不能来参观鬼屋吗?我心底的伤疤非要被你一次次揭开才行吗?现在你满意了吧?"

张兰傻在了原地,她真没想到白秋林左臂前端真的是什么都没有。

"小兰,你有点儿过分了啊。"老周赶忙打了个圆场,带着歉意朝白秋林笑了笑,"这丫头没有恶意的,其实我挺理解你的,我也有类似艰辛的过往。"

"这事是个误会。"段月在旁边劝说张兰,"别老疑神疑鬼的,我以前听人说过,在鬼屋玩最怕自己吓唬自己。"

"不对,我还是觉得他有问题,你们两个跟我一起来,咱们进去搜一下,我怀疑他在撒谎。"

在张兰的主动要求下,老周和段月跟着她进入了正堂。散落的纸钱被风吹动,墙壁上的囍字看久了好像一个个张开的大口。

"不在这个房间里。"张兰又进入卧房当中,"褥子被人掀开了,这房间之前有人进来过,那个白秋林确实在撒谎!老周你去外面看着他,千万别让他离开你的视线。"

"好。"老周一口答应下来,和段月走出了房间。

"这件事要通知猫姐。"张兰拿出手机,拨通之后放在耳边。她朝左右看了看,最后把视线停留在木床下面,"屋子里能藏人的地方只有床下。"

手机响了几声之后,猫姐接通了,问道:"小兰,我刚想找你,黄星怎么回事?我们在这边都听见他惨叫了,是不是出什么意外了?"

张兰蹲在床边,声音急促得说道:"那个白秋林有问题!你还记不记得上次我们在国外某个鬼屋里遇见的精神病？我怀疑白秋林就算不是鬼屋演员，也是跑进来报复社会的疯子！"

"好，我知道了，你现在在哪儿？我们马上过去找你。"

"这间老宅外面有顶轿子……"张兰说到这儿，头侧着看向床下，黑暗之中无数红线交织在一起，好像一张蛛网，而在蛛网正中间有一个披着血红色嫁衣的男人。

"黄星？"

"怎么了？小兰，你找到黄星了？"猫姐在电话那边询问，张兰正想回话，床底下突然伸出了一只冰凉的手，猛地抓向她！

"啊！"张兰吓得甩掉了手机，她想要去捡，却发现身边不知道什么时候多了一个人。那人脊骨歪斜，脖颈扭曲，往外渗血的五官让张兰觉得很熟悉。

"白秋林！"

张兰被吓得几乎崩溃，她没想明白为什么老周和段月看守着房门，白秋林还能进来，这时候她出自本能地大喊了一声："老周！快来救我！"

断手偷偷挂断了电话。老周和段月听到张兰的声音走了进来。只不过他们两人的外貌发生了很大的改变，三人全部挤在屋子中间，带给了张兰三倍的"快乐"。

"别怕，我们不会伤害你的。"

"小兰？说话啊！你那边怎么了？"猫姐拿着手机叫喊，但是那边却无人回应，只是不断传出杂乱的声音。猫姐茫然地放下手机。"小兰说白秋林是个疯子？他们五个在一起，黄星已经出事，小兰现在也没了音信，他们那边到底发生了什么事情？"

"刚才小兰不是在最后关头喊老周去救她吗？看来老周夫妻两人应该也是受害者，我们过去找老周问一下，就能知道答案了。"大高个马天建议道，"不过我们必须要快，赶在白秋林对老周他们动手之前找到他们。"

"我不关心老周和他女朋友的生死，也不在乎你们的那两个队友有没有出事，我是付过钱的，你们要先帮我完成任务。"开口说话的是王哥，他拿着手机，无视冒险屋规则，一直在录像。

"你这人……"

马天正要说什么,被猫姐一把拦住了。猫姐道:"王哥,现在情况有变,游客里好像混进来了鬼屋演员,这个必须要弄清楚才行。"

"在鬼屋里玩儿能出什么危险?"王哥拿着手机,把鬼屋内部场景全都录了下来。

猫姐自知劝说不了王哥。"要不你先在这屋里等着?我们去去就回。"

"来之前你们跟我吹,说进鬼屋就跟回自己家一样,现在才逛了一半,你们就慌成这个样子?"王哥的身份似乎有些特殊,猫姐也不敢还嘴,只能点头称是。"这一点是我们的失误,王哥,你给我们三分钟的时间就行了。如果没有找到黄星和小兰,我俩立马回来。"

"算了,我还是跟你们一起去吧。"王哥转过身,检查起刚才拍摄的录像。

"多谢王哥。"猫姐拽着马天走出宅院。"我俩在外面等你。"

刚一出门,马天就压不住心里的火。"这个老王还真把咱们当保镖使唤。"

"安心跑腿就行了。"猫姐轻轻抓住马天的手,劝道,"消消气。"

"猫姐,我其实很好奇,这人到底什么身份?咱们拿钱办事,干吗卑躬屈膝的,又不欠他什么。"

"王哥是虚拟未来乐园的高管之一,在圈子里特别有人脉,这样的人咱们没必要得罪。"猫姐松开马天的手,朝屋里看了看。

"他是虚拟未来乐园的高管?那他干吗亲自跑到新世纪乐园鬼屋里做调查?"马天很是不解,觉得这种行为有点莫名其妙。

"这是他们两个超大型游乐园之间的事,我们就不要跟着瞎掺和了。"

王哥出来的时候,已经把手机收了起来。"走吧。"

三人跑回村子中心,这是他们和黄星分开的地方。

"宅院这么多,怎么找啊?"

"小兰电话里说,她出事的房间外面有顶轿子,我们沿着他们离开的方向慢慢搜查。"

三人正要往那边走,远处的街道突然传来了脚步声。一男一女神色惊恐,狂奔而来。

"老周?"马天立刻意识到了什么,赶紧迎了过去,他还没开口,就听见老周焦急地呼喊。"快去救救小兰！那白秋林是个怪物！"

离得很远，猫姐和马天都能从老周话语中听出一种惊恐："真有怪物？！"

老周大口喘着气，紧紧抓着段月的手，他眼中溢满了恐惧，双耳微微向后移，头发甚至因为发怵而颤动。

"黄星想要提前找到嫁衣，他提议分成两队从两个不同的方向寻找。他独自和白秋林一队，我们两个和张兰一队，刚分开没多久，就听见黄星发出一声惨叫！"老周心有余悸，声音微微颤抖。

"我们也听到黄星的惨叫了，你继续往下说！后面发生什么事情了？"猫姐催促道。

"张兰一直怀疑白秋林有问题，她说网上有人觉得这鬼屋真的闹鬼！白秋林如果不是鬼屋里的演员，那就是精神错乱的疯子，或者是真实存在的怪物。"老周深深地吸了口气，"我俩一开始不相信张兰说的话，但是再往后发生的事情，真的太诡异了。"

"你快说啊！"

"我们三个赶到的时候，正好看到白秋林从一间老宅里走出来，当时小兰和他发生了争吵。"老周伸出自己的左手，"你们应该都记得白秋林总是把左手伸进口袋里的这个细节吧？小兰最开始以为他是鬼屋工作人员，觉得他藏在口袋里的左手，肯定在暗中操控着鬼屋机关，但是等白秋林把左手拿出来的时候，我们三个都惊呆了！"老周声情并茂，他有点儿激动，挥着自己的手。"那个白秋林根本就没有左手，伤口很整齐，好像是被人用刀砍了下来！"

光听老周讲，猫姐他们几个就有点儿犯怵了。

"更可怕的事还在后面，我和段月拉着小兰想要远离这个人，但是小兰却执意要进屋子里看一看，她觉得黄星肯定是被藏在某个角落里了。"

"后来你们三个进去了？"

"那院子很大，我和段月去了右边的卧房，张兰担忧黄星的安全，独自跑进了左边的卧房，结果还不到一分钟，我就听见张兰发出求救！"老周满脸的自责。"我拼命往那边赶，等我赶到，张兰已经消失在房间里。紧接着我和段月看到了最恐怖的事情，那个叫白秋林的家伙，他拿着自己断裂的左手从被褥后面走出来了。

他的脸变了形，身体是歪斜的，就像、就像是遭遇过车祸一样！"

老周有些语无伦次，很显然是受到了什么刺激。

"不要慌，你慢慢说，有我们在呢！"马天想要安慰老周。

"太恐怖了，真的太可怕了。"老周仿佛还没有从刚才的惊恐中缓过来，他的样子也让猫姐和马天紧张了起来。

"咱们五个不要再分开了，一起过去看看。"马天率先冷静了下来，"老周，你在前面带路。"

老周犹豫了一下，点了点头说道："没有看好张兰那丫头，我也有责任，你们跟我来吧。"

老周和段月走在前面，马飞在中间，猫姐陪着王哥走在最后。

"王哥，你等会儿一定要跟紧我。"猫姐小声说道，"这个鬼屋在网上评价非常高，我雇水军都很难把评分刷下去，所以一定有它自己独到的地方。"

"这场景我们也进来十几分钟了，没看见什么演员和吓人的道具，我很好奇这鬼屋到底是怎么运作的，就靠游客自己瞎转悠？"王哥拿着手机拍了一路，并没有发现什么亮眼的地方。"三星场景是难度最高的，按说也应该是布局设计最好的，可真正看过以后，我唯一的感觉就是无聊。"

"他这破鬼屋跟您参与设计的乐园肯定没法比，但是我们也不能大意。"猫姐赔着笑，不敢反驳王哥的意见。

"最近新世纪乐园有起死回生的迹象，所有改变就是因为这个鬼屋。我实在是想不通，一个鬼屋怎么能带动一座乐园？"王哥走得很慢，猫姐也不敢走太快。

这几个人有的担忧张兰和黄星的安危，有的在思考其他事情，根本没人注意到两边宅院的门全都错开了一条缝，墙壁上不时有人影闪过，甚至就在他们身后不远处，还有一个好像猴子般干瘦的黑影倒挂在房檐上。

"神色慌张"的老周就这样一步步将他们引入了怪物的包围之中。

耳边响起了丧乐，白纸灯笼轻轻晃动，光线忽明忽暗。

"等等，我怎么觉得不太对劲！"马天示意大家先停下来，"这周围的气氛好像跟刚才不太一样了，感觉有很多双在眼睛在注视着我们。"

"那我们还是先退出去吧。"老周表现得比马天还怂，直接提议离开这里。"我真不想再往那边去了！"

"通关物品没找到，人也弄丢了，规定四十分钟的时间，现在才十几分钟我们就主动离开。这要是传出去，我们以后还怎么做鬼屋测评？"猫姐表现得很霸气。"继续往前，至少也要看看那边的情况才行。"

说完，她又很不好意思的对老周笑了笑。"还要麻烦你带路，不过你放心吧，跟我们在一起，不会出事的。"

一连劝说了好几句，老周才勉强同意。"咱们走快点儿，我给你们指明地方后，就直接离开，你们自己在这儿玩吧。"

他和段月加快了脚步，马天紧跟在后面。地上的纸钱被风吹起，远处传来了哭丧的声音，身后隐隐有孩童在笑，街道的尽头有灯光飘动。又往前走了几米远，旁边的另一条街道里传来了脚步声，老周、段月就像是没有听见一样继续往前，马天也跟着走了过去。可就在三人刚走过街道的时候，丧乐临近，两个低垂着头的人抬着开裂的棺材，从那条街道中走出。棺材横在中间，挡住了猫姐和王哥的去路。

"这是——"

终于见到了鬼屋里的演员，但是猫姐和王哥都有点儿心慌，对方明明没有化妆，但为什么看着……就跟死人一样？

空气瞬间凝固，猫姐拽着王哥向后退了一步，她感觉背部碰到了什么东西，扭头看去是一个画着血色脸谱的小孩，正在冲着她笑。不等恐惧的情绪爆发，走在队伍最前面的老周突然发出惨叫声："他来了！他杀了张兰！"

大院之中，脊骨断裂、五官歪斜、满身是血的白秋林，拿着自己的断手疯了一样朝他们冲来！

"我没杀人！我没杀人！"

他高声叫喊，但是喉咙破了一个洞，血水随着喊声喷溅出来。走在最前面的老周转身就跑，恐惧的情绪开始蔓延，马天只看到了白秋林的长相，就也跟着老周开始奔跑。

太恐怖了，那绝不仅仅是化妆，白秋林的头都快要掉下来了！

"跑啊！"老周转身大喊，可这时候街道中间被一副棺材挡住，两个抬棺材的人好像听到了信号，他们同时松开手，抓向猫姐和王哥。

"嘭！"

棺材砸落在地，棺盖被掀翻在地，棺材里面一件大红寿衣自己站立了起来！王哥和猫姐根本没有看清楚街道那边的情况。猫姐还没从身后这个脸谱孩子带来的恐惧中走出来，紧接着感觉整个世界都发生了变化，抬棺人冲了过来，棺材里的寿衣甚至也追了过来！她本身胆子就不大，平时全靠马天和黄毛壮胆，这一次突发意外，她直接被吓了个半死，抓着王哥随便找了条路就钻了进去。

"猫姐！"马天在后面叫喊，但是猫姐这时候已经跑远，两人中间隔着一副棺材，棺材上还立着一件寿衣，这种情况下借马天十个胆子，他也不敢靠近，只能先跟着同样被吓疯了的老周和段月，跑进另一条街道当中。墙上浮现出人影，让马天一刻都不敢停留，他知道那个满身是血的白秋林此时就在自己身后！

"他好像真的杀了人！"

脑海中浮现出念头，马天的心就止不住地颤抖，天知道他只是来参观个鬼屋，怎么就遇到这么倒霉的事情。

"鬼屋里竟然混进来一个精神病，连自己的手都砍，这已经是病入膏肓，没救了！"

"别走！我没杀人！我没有！"

白秋林的声音从身后传来，离马天越来越近，马天不敢回头，拼尽全力去跑。心脏狂跳，马天已经被老周带得完全慌了神，只能跟他狂奔。马天体力飞速消耗，老周可能是感觉到马天速度放慢，体力不支，他声嘶力竭地冲马天喊道："快！千万别停下！"

又转过一个拐角，老周推开一座宅院的门，冲马天招手。"这边！"

马天没有多想就跟着老周进入宅院当中，可等关上门后他才后悔起来。"老周！这是条死路啊！"

"我妻子已经没有力气了！你让我抛下她一个人走吗？"老周搀扶着段月进入正堂。"先躲在这里。"情况危急，马天没有发现老周对段月的称呼从"女朋友"变成了"妻子"，他直接跟着老周夫妇进入正堂。

"这里也没有能藏人的地方啊!"

"过来,我们躲在柜子里!"

老周冲进卧房,打开柜子门,三人全部躲了进去。柜门关上后,马天才发觉有些奇怪。明明是三个人挤在一个柜子里,他却感觉不到一丝暖意,好像掉进了冰窟当中。

"好像哪里不太对……"

"别说话!"老周瞪了马天一眼。"我把宅院的门关上了,那个疯子应该不会猜到我们就藏在这间屋子里。"

他刚说完,宅院的大门就被推开了。嘎吱嘎吱的开门声,让马天的心都快要碎掉了。

"那怪物怎么可能猜到我们躲在屋子里?"老周一脸震惊,不过他很快调整好心态。"白秋林估计只是进来看一眼。"

这次他话音都还没落,正堂的门就被推开了。马天的一颗心跳到了嗓子眼,连呼吸都有些不顺畅了。

"你别慌!就算他进入正堂,也不一定能发现我们!"

老周就像是预言家,甚至他的话都没说完,白秋林就直接进入卧房当中,停在了柜子前面。马天脸上毫无血色,因为害怕被发现,他屏住了呼吸。

"你不要怕,现在事情还没有到最糟糕的地步,至少是我们三个游客面对一个'鬼'。"老周的声音渐渐发生了变化。"如果是三个'鬼'同时抓你一个人,那才是最恐怖的。"

听到老周的话,马天的脑海中突然闪过一个问题:老周是怎么知道这间卧室里有木柜的?

其他宅院的卧房里都没有柜子,只有这间是个例外!

一种无法言说的恐惧漫过心头,马天的每一根汗毛都竖了起来。

马天小腿发软,浑身的力气被抽干,他不敢转动视线,他已经感觉到身边两位游客正在发生变化。他顺着柜门缝隙往外看,身体歪斜的白秋林单手按住了柜门。

就在马天以为白秋林会把柜门打开的时候,白秋林竟然拿出一把锁,慢腾腾地将柜门锁死了！看到这些，马天在昏迷之前终于明白了一切。

"原来他们三个……都是怪物！"

尖叫声回荡在"活棺村"中，狂奔着的王哥和猫姐也听到了。

"马天平时最稳重，能把他吓得失声尖叫，肯定是遇见了极为恐怖的东西。"

猫姐的一颗心沉入谷底，五个人进来，不到十五分钟已经有三个人消失不见。最可怕的是，直到现在她都不清楚同伴遭遇了什么事情。她额头的冷汗止不住地往下流，她和夜小心不同，自己胆子不算大，所以才会组建团队一起进入鬼屋测评。

"你那几个朋友好像都不怎么靠谱。"王哥的体力很差，没跑出多远就不行了。

"是这个鬼屋太邪乎了！"高度紧张让猫姐也卸下了伪装，她不再浪费表情去维持可爱的模样，满脑子都是各种各样的恐怖画面。

"我们先退出场景吧，这时候就别死要面子活受罪了。"

"好。"

猫姐搀着王哥，两人回到村子中心，看着一条条街道，两人都愣住了。

"来的时候，我们走的是哪一条路？"

"王哥，现在的问题不是走哪一条路！我们来的时候，根本没有这么多条路啊！"猫姐几乎要哭出来了。

"冷静点儿，你别忘了自己是干什么的。"王哥掏出手机，"幸好我来的时候录像了。"

他滑动屏幕，找到了一条看着跟来时差不多的路。

"应该就是这条。"

两人顺着那条路往里走，可越走越感觉不对。

"我们进村的时候好像只走了几分钟就到村子中心了。现在怎么越走越阴森？"猫姐看着王哥的手机。"咱们是不是弄错了？"

随着时间推移，"活棺村"的场景慢慢展露出真正的恐怖，街道两边的白纸灯笼散发出淡淡的红光，一切都变得不同了。

"真的走错了？"王哥对比着手机边看边回忆。这条路一开始跟录像里的那条街道很像，可越走差别越多。"那我们再回到村子中心，重新选一条路。"

"可能是回不去了。"猫姐抓着王哥的手跑进了旁边的院子里，两人刚躲进院子,就听见街道上响起孩童唱歌的声音。

"转眼间,五天满,死者入土求平安。唢呐吹出伤心调,洋鼓洋号叫得欢。"

两个画着血红色面具的小孩蹦蹦跳跳地从门前经过,他们看起来只有七八岁大,声音也很清脆,可结合现在的环境,就给人一种非常阴森诡异的感觉。

"好像是走远了。"

猫姐想要往外看,却被王哥拦住。"别出去!万一那两个孩子这个时候就趴在门口呢?如果这鬼屋真像你说的那么没下限,那他们很有可能做出这样的事情。"

"可在这里待着也不是办法。"猫姐紧了紧衣领,"王哥,你有没有发现温度降低了一点儿?"

"没有,估计是你太紧张了。"王哥非常谨慎,拿着手机朝四周看了看。"检查一下这个院子,先清理出一个安全的地方。"

白纸灯笼散发出浅浅的红光,空气中弥漫着一股说不清是什么的气味,两边的沙土在松动,枯死的槐树轻轻摇晃。

"这玩意儿有机关操控吗?"王哥看着晃动的槐树,双手推了推,他本来只是想看一下控制树晃动的机关到底是什么样的,谁知道槐树竟然被他一下推倒了。"道具做得太不结实了。"

王哥话音未落,就被猫姐狠狠拽了一下。"王哥,看树下面!"

枯死的槐树下面是一个土坑,坑中倒插着一具"尸体","尸体"的双脚露在外面。

"这是什么设计?"王哥和猫姐都没想到槐树下面竟然埋有东西。

"树只是很普通的槐树,没有机关,难道是下面这双脚在动,导致上面的树跟着晃?机关其实就在下面这具'尸体'上吧?"王哥盯着那具倒插在土坑里的尸体模型,及时扼杀了自己的好奇心,避开了那个土坑。"场景布置得真够变态的。"

猫姐跟在王哥身后,死死抓着王哥的手臂问道:"还要去屋子里吗?"

"你让我想想。"王哥拿着手机,他现在也有点害怕。

两人停在院子中间,忽然不知从哪个方向传来了水花声,就像有一条鱼跃出了水面。四周很安静,猛地传来这么一个声音,两人想不注意都难。

"声音好像是从水缸里传出来的。"猫姐躲在了王哥身后,她已经忘了自己鬼屋测评员的身份，也忘了自己脸上的妆早已吓花，看起来也就比鬼好那么一点儿。

"走，过去看看。"王哥壮着胆子靠近水缸，离得近了也没有发觉出什么奇怪的地方。那就是一个很普通的水缸，水面上漂浮着一个白色的皮球。

"刚才进院子的时候，这水缸上面没有漂东西啊！"王哥想不明白，"这个白色的皮球是从哪儿来的？"

光线很暗，看不太清楚，一直走到水缸旁边，王哥和猫姐忽然听到水缸里传出鱼吐泡泡的声音。

"皮球在吐泡泡？"

王哥的身体向前倾斜，打开手机上的手电筒功能，照向水缸。亮光刺穿了水面，照亮了那圆滚滚的"皮球"。

嘴巴微张，那根本不是皮球，那是一个泡得发白的人头！

"哗啦"一声，水缸里的"皮球"一下蹿了出来，突如其来的强光似乎让它想到了某些不愉快的事情。肿胀发白的脸直接冲到眼前，把王哥吓得手机都扔了出去，他转身疯狂地往后跑，没跑出几步就被什么东西绊倒了。他望着记忆中平坦的地面，此时那土坑里原本脚朝上的尸体模型，不知道什么时候变成了头朝上！

"尸体"一张脸嘎嘎地笑着，似乎准备从树坑里钻出来。

王哥双腿发软，拼命地往宅院外面爬，可就在这时候，大门外面又响起了那孩子的歌声。

"老先生，坐灵前，一脸严肃很庄严。大人碎娃都围观，把个孝子腿跪酸。"

朱红色的院门被推开，两个画着血红色脸谱的孩子，一蹦一跳地跑了进来。

他俩唱着童谣，血液顺着脸颊滑落，离得近了才能看清楚，那血红色的脸谱不是画在脸上的，而是刻在肉中的。

"别过来！"王哥瘫坐在地，手拼命地往后抓，想要抓些东西挡在身前，结果指尖触碰到了什么冰凉的东西，他下意识地回头看了一眼，那个原本下半身埋在土里的尸体模型，不知道什么时候已经钻了出来，直接爬到了他的身旁！

"啊！猫姐！猫姐！"

王哥呼喊猫姐的名字大声求救。但是猫姐现在自身难保，水缸里泡得发白的"皮球"也跑了出来，水珠滴答滴答地落在地上，肿胀的脸正对着院内的两名游客。尖锐的女声快要刺透耳膜，猫姐被吓得失去了理智，抛弃王哥，疯了一般跑出宅院。

街道两边的灯笼散发出红光，原本看着只是有点阴森的村子在短短几分钟内完全变了模样，简直就像来到了阴间一样！

两个画着脸谱的孩子从大院里追出来，瘆人的童谣萦绕在耳边，吓得猫姐手脚并用，慌忙逃窜。

"救命！"

身为鬼屋测评员竟然在鬼屋里被吓得大声呼救，这是猫姐来之前绝对没有想到的，她越跑速度越慢，身后的"轿鬼"渐渐拉近距离，绝望和恐惧几乎要把她吞噬掉。

"为什么这条路还没有到头？谁来救救我！"

转过一个拐角，猫姐突然看见路中间立着一件大红色的寿衣。那衣服直挺挺地站在路中间，当它发现猫姐之后，二话不说就朝着猫姐冲来。猫姐的嗓子早已喊哑了，只能拼命奔跑。

努力的人运气都不会太差，猫姐在最深的绝望中看到了一点曙光！就在另一条街道的尽头，有几盏昏黄的油灯，火苗虽然微弱，却驱散了黑暗！

"那应该就是出口！"猫姐拼尽全力朝着油灯所在的地方奔跑，但跑着跑着她突然觉得有些奇怪，那些油灯好像不是固定在某个房间上的，它们似乎自己也会移动！

"这些油灯飘在空中？"

被怪物追赶的猫姐也顾不上考虑太多，又往前跑了十几米远，这才终于看清了那些油灯的真面目！一张张苍白的人脸浮现在油灯后面，每一盏油灯都被一颗人头咬在嘴中！猫姐的大脑已经当机，她的身体在惯性的作用下又往前冲了几米。就在她要撞进"人头灯"包围之中时，一只手抓住了她。

"跟我来！"那人的声音冷冽，抓着猫姐进入旁边的一栋老宅，又从宅院后面的一扇窗跳了出去。

"你是？"

"别说话，这里很危险。"

听声音有一点儿熟悉，猫姐任由对方拽着穿过两条街，甩开了那些怪物后，两人才停了下来。躲在门后，猫姐悄悄打量了一下这个在危难之中救了自己的人。当她看到那张脸的时候，心猛地一跳。

"白秋林？！"

"你小点儿声。"白秋林恶狠狠地说了一句，"怎么？看见是我很意外吗？"

猫姐脑子乱作一团，她往后退了一步。"小兰在电话里说……"

"说是我害了她，对吗？"白秋林冷冷地说了一句，"你们都被这鬼屋里的怪物给骗了。"

"怪物？"猫姐疑惑地看着白秋林，刚才他们五个一起去找张兰的时候，"抬棺鬼"把棺材横在了中间，强行分开队伍。当时猫姐的全部注意力被"抬棺鬼"和"轿鬼"吸引，并没有看到街道拐角那边发生的事情。

"接下来我说的事情你可能不相信，但这些都是真的。"白秋林沙哑的嗓音让人听着有些不舒服，"那对和你们在一起的夫妻，其实是怪物！"

"你说老周和段月是怪物？"猫姐瞪大了眼睛，她真的无法接受这个事实。

"这个鬼屋开了很长时间，一直有闹鬼的传说。"白秋林瞳孔震颤，"大概几个月前，有一对情侣因为各种原因，他们的爱情无法得到家人支持，两人最后决定殉情，而他们选择的地点就是这个鬼屋。"

"殉情？！"猫姐身体贴着墙壁，她已经有些站不稳了。

"一开始确实没什么，慢慢就有越来越多的游客见到了那对夫妻，他们怨念不散，一直游荡在鬼屋当中！"白秋林的声音非常吓人，"黄星就是被那对夫妻给蒙骗了。我想去救他，但是来不及了。"

"可是电话里，张兰说是你在害她，最后她还朝老周求救……"猫姐没说完就被白秋林打断。

"你们真是蠢到了无可救药的地步！接到电话的时候，难道你们就不会用脑子想一想吗？为什么电话会在张兰正好喊老周救她以后才挂断？如果他们有能力挂断电话，又为什么非要等张兰传递出我是凶手这个信息后才行动？"白秋林越说越激动，声音变得稍大了一点。

猫姐已经被绕了进去，感觉白秋林说的好像也有道理。

"那个时候我只是想趁机把这一切都告诉张兰，我专门避开老周夫妇，但是张兰却误会了我的意思,以为我要害她。"白秋林神情凝重。"我做这一切是出于好意,但没想到反而会被那对鬼夫妻利用!"

白秋林每一次开口都会加深猫姐心中的恐惧,她已经开始动摇:"原来他们两个才是鬼。"

"这里不安全,我先送你出去。"不给猫姐继续思考的机会,白秋林已经打开了宅院的门。两人顺着街道跑出十几米远,刚来到街道口,就看见两道身影在红灯笼的映照下慢慢出现在拐角。

这两个人正是老周和段月!

"猫姐?"老周稍一愣神,表情在零点几秒内发生变化,他手指着白秋林,神色焦急地对猫姐喊道,"快离开他!你身边的那个人是疯子!"

老周的声音直接击溃了猫姐的心理防线。两边都说对方不是好人,这时候到底该信任谁?

猫姐的脚步不自觉地朝前迈去,她还是更偏向于信任老周。

"别过去!那对鬼夫妻在骗你。"白秋林站在原地,语气紧张,似乎他自己也很害怕。

听到白秋林这么说,猫姐又犹豫了起来,她的双腿在打战。

"快过来啊!猫姐!"老周声嘶力竭地呼喊,他好像突然想起了什么,"那个疯子是精神病院里跑出来的!他砍断了自己的手!你可以看看他的左手!"

一边是在鬼屋里殉情的鬼夫妻,一边是砍断了自己的手、刚从精神病院里逃出来的疯子,猫姐站在中间,几乎要彻底崩溃了!

"他们之中到底是谁在撒谎?我又该去相信谁?"

"相信我,这对夫妻是怨念,千万别过去!"白秋林往前挪动了一步,"快跟我走,再晚就来不及了!"

"猫姐,你一定要想清楚!张兰、黄星都是和他在一起出的事啊!"老周面色惊恐,脸色被吓得煞白。"快过来!快啊!"

两边的声音快要把猫姐给折磨疯了,她现在实在是太难受了!这不是简简单单的恐惧,而是把惊吓融进了骨头里,只是想一想就觉得煎熬。

一边天堂,一边地狱,选错了就是万劫不复。她咬紧牙,耗尽了半辈子的勇气,终于做出选择。可能是因为老周之前表现得比较热情的原因,猫姐朝老周那边走了一步。

"你会后悔的。"白秋林直接抽身远离,他就像是准备独自逃跑一样。

看到白秋林如此果断地离开,猫姐的心又动摇了。如果他要害我,肯定不会直接逃走,难道真是我选错了?

猫姐看着老周夫妇,她忽然想起来,黄星、小兰出事的时候老周和白秋林都在场。但后来马天出事的时候,只有老周夫妇和他在一起!

我知道了!猫姐吓出了一身冷汗,她感觉自己好像在鬼门关外走了一圈。

"等等!"猫姐主动跑向白秋林,"我跟你一起走!"

"现在你相信我了?"白秋林没有回头,声音听上去很冷淡。

"我一直都很相信你啊!"猫姐极力辩解,想要重新博取白秋林的信任。

白秋林放慢了脚步,依旧没有转身。"你不害怕我是个杀人的疯子?"

"你别说了,他们快要追过来了!"猫姐眼里含泪,"我真的相信你,带我走吧,刚才我是鬼迷心窍了,所以才会犹豫。"

"鬼迷心窍?"白秋林停了下来。

猫姐好不容易跑到了白秋林的身边,这时候他才慢慢转过身来。他脖颈断裂,七窍流血,面容扭曲,带着兴奋的笑容问道:"你说的是像我这样的'鬼'吗?"

猫姐的魂都要吓丢了,身体本能地开始往老周那边跑。

"救我!救我!救救我!"

猫姐冲向老周和段月,脑子完全空了。

"早就给你说他有问题,你非不听,快过来!"老周和段月领着猫姐钻进旁边的一条巷子,没跑出多远,猫姐就看到了巷子的尽头,那是一面墙!

"这是一条死胡同啊?!"她看向旁边的老周和段月,嘴巴已经丧失了说话的能力。

"对啊,要不怎么叫死路一条呢?"老周的黑色衬衫开始往外渗血,好像一朵朵盛开的红牡丹,而段月那边就更恐怖了,她的身体如同积木般,随时会散开。

"我只说过白秋林有问题,但又没有说过自己就是人啊。"

双眼上翻,猫姐忽然觉得能被吓晕也是一件很幸福的事情。

第 13 章 陌生的室友

检查了一下自己脸上的妆容，一直守在"活棺村"场景入口处的陈歌进入了场景中。

"已经过去了二十分钟，该给他们施加点儿压力了。"

陈老板决定亲自出手，可他刚一进村子，几道黑影就闪了出来，钻进了漫画册里。

"什么意思？"

他翻开漫画，看到闫大年在空白的纸张上画了五个地方，宅院里这五处分别躺着五个人。

"已经结束了？五个都吓晕了？！"

陈歌赶紧跑到闫大年画的那几个地方，先把张兰和黄毛拖了出来，然后又找到口吐白沫、不省人事的马天，最后在小巷子尽头看到了假睫毛都被吓丢了的猫姐。

"这才过去二十分钟，要不要这么恐怖？"

陈歌自己去那栋老楼的时候，也没觉得这三个怨念员工有多吓人，仅仅只是戏多了一点儿而已。

"他们三个完全可以委以重任，合力撑起一个场景。不过伪装游客这招不能经常用,暂时就先当作是给游客的一个小彩蛋吧。"

收起漫画册,陈歌来到王哥昏迷的地方。和其他游客不同,王哥旁边的手机还在播放录像。他和猫姐逃跑的时候,一直想要通过录像找到回去的路。

"又一个偷拍的家伙。"

陈歌刚开始没在意,自从罗董开出二十万赏金后,网上就一直有人出高价购买他鬼屋的资料,越是新场景,价格越高。不过,敢进三星场景的狠人还没有几个,毕竟有钱赚也要有命花才行。

陈歌拿起手机,退出视频,正准备将这个手机塞回王哥口袋,忽然发现相册里有很多其他乐园的照片和短视频。那乐园的设计充满了未来感,与其相比,新世纪乐园就显得太保守太死板了。

"这是虚拟未来乐园?来我鬼屋参观的游客,手机里怎么会有虚拟未来乐园的内部场景图?"陈歌看了一眼王哥。这个人无论从气质还是年龄上看,都和鬼屋测评组的其他成员不同,他应该是虚拟未来乐园的人!树大招风,看来是冒险屋出了名,引起了虚拟未来乐园的重视。新世纪乐园原本死气沉沉,连罗董事自己都不确定要不要坚持下去。不过最近一段时间,因为冒险屋的存在,一切又焕发出了新的生机。作为对手,虚拟未来乐园来探底很正常。陈歌通过几段视频,直接猜出了个大概。

"想法很好,只是你直接从三星场景开始探查,未免也太不珍惜自己的生命了。"

陈歌拿出自己的手机,对准王哥的手机,将一些可能会用上的资料全部拍了下来。

"以猫姐为首的那伙人,雇水军刷差评,诋毁冒险屋,还有人在背后诋毁新世纪乐园,这个幕后黑手会不会就是未来虚拟乐园?"陈歌很清楚,江州市就这么大,两家大型游乐园肯定会争夺客源。

"从现在的情况看,新世纪乐园仍旧是全面处于劣势,不过距离未来虚拟乐园开业还有一个月的时间。"

陈歌匆匆拍完照片后,把手机塞进王哥的口袋,然后把他拖出了场景。

"这些事情要跟罗董事商量一下才行,估计他也感觉到有人在暗中针对乐园了。"

五名游客全部晕倒,陈歌也没办法将他们一次性全部带出去,只能先拖着猫姐和张兰回到外面。

"真沉,看来以后不能直接把人吓晕了。最好是吓个半晕,让他们自己能走路才行。"

掀开鬼屋门帘,徐叔看到陈歌拖着两个人出来,眼皮狂跳,票也不卖了,赶紧跑过来帮忙。

"去把休息厅准备的担架抬过来!待命的医生呢?快去叫人!别说什么病情了,直接给他说来鬼屋,他们就知道怎么做了!"

徐叔和工作人员把猫姐和张兰抬上担架,他们正要往外面走,陈歌突然抓住了徐叔的胳膊。

"还有什么事?"徐叔急着把游客送到医生那里,急得额头都冒汗了。

"休息厅还有担架吗?"陈歌伸出了三根手指。

"这回吓晕了三个人?!"

徐叔脸色很差,他正要再说些什么,但是被陈歌打断了。

"我的意思是,你再准备三副担架。"

手抖了一下,徐叔差点儿把刚扶起来的猫姐给扔出去。

"再准备三副?你那个场景一共就进去了五个人啊!"

不止徐叔,连旁边的游客也往后退了几步。

"我也没想到这些鬼屋测评员这么不经吓。"陈歌无奈的摊开手,"你叫人把担架送到门口,我去把其他游客弄出来。"陈歌说完后,转身进入鬼屋,留下了一群还没缓过神的游客。

"进去了五个人,吓晕了五个人,也就是说尖叫指数三星的场景,把人吓晕的概率是百分之百。"

原本正在排队准备进入第三病栋的攻略组商量了一下,票也没退,直接跑到了能被阳光照射到的地方。

一群人围成一圈,开始进行新一轮的风险评估。

"'第三病栋'和'活棺村'都是尖叫指数三星的场景,我认为挑战这些场景还须从长计议。"开口说话的正是和陈歌有过一面之缘的杨辰,这个江州市法医学院的学生好像是攻略组的核心成员之一。

"网上和'第三病栋'有关的资料都是文字版,据说是进入过'第三病栋'的游客亲口讲述的,但是真实性有待商榷。"

"我刚才询问了一个保险公司,关于参观鬼屋的理赔,很多公司都没有这个项目。"

"现在就进去挑战,风险还是太大了,我们连二星恐怖场景都还没有完美通关。我个人建议,等我们能完全通关二星场景后,再考虑进入三星场景。"

"总要有第一个吃螃蟹的人,我们昨晚讨论到凌晨三点多钟,罗列了十一种应急预案。现在放弃,你们甘心吗?"

"举手表决吧。"杨辰伸出自己的手,"我不同意现在就进去挑战三星场景。"

"我也不同意。"

十三个人围成一圈站在阳光下面,好像在讨论什么很重要的事情,旁边的游客都觉得他们有些神秘。

"七票不同意参观,两票弃权,四票同意,少数服从多数,我宣布放弃此次挑战!"

攻略组的成员回到休息厅,又开始商讨下一步计划,外人很难明白他们在干什么,就是感觉他们很厉害的样子。

五名游客被送出鬼屋,外面有工作人员接应,上了担架直接抬到了乐园的医护室。

"乐园的工作人员愈发专业了,上次费友亮就一个人昏迷,来来回回折腾了半个多小时才送到医院,现在效率提高了很多。"

陈歌发现很多游客在担架抬走后有些害怕,随口安慰起他们:"大家不要怕,我们冒险屋有全套医疗保障,已经和某大医院进行定点合作,所以放心参观吧,没事的。"

听陈歌这么说,部分游客才放了心,但仍有少部分人在疑惑,为什么一家鬼屋会和医院有合作?这应该是风马牛不相及的两个地方啊!被五名鬼屋测评人员一闹,很多想要体验三星场景的游客都开始打退堂鼓,冒险屋三星场景在他们心中的地位再次攀升。

人性大多如此,越是得不到的东西,越想要拥有。越是不敢去的地方,越是好奇。

确定没有人要来参观后,陈歌回到鬼屋当中,开始翻看手机里拍下来的照片。仔细看完后,他的神色慢慢变得凝重起来……

一星场景有顾飞宇和徐婉负责,二星场景里有二十四个人偶帮忙,只有游客想要挑战三星场景时,陈歌才会跟随他们一起进去,暗中保护游客。一下午的时间很快过去,晚上六点钟,鬼屋门口仍旧停留着很多游客。相比较冒险屋提供的服务来说,票价算不上昂贵,所以有一部分人体验完某个场景后,会想要再去体验其他的场景,这也导致鬼屋门口的队伍一直没怎么减少。

营业到六点半,出于安全考虑,陈歌停止售票。送出最后一批游客后,徐婉和顾飞宇也从各自负责的场景里走了出来。

"辛苦了,两位。"陈歌亲手帮助徐婉卸妆,然后把两位员工叫到了化妆间。"咱们简短地开个会,先从小顾开始,你今天的状态很好,一整天我都没有收到游客投诉,说明你还是有天赋的。"

"是老板教导得好。"小顾将碎颅医生套装取下,整整齐齐地叠好,放在化妆间的角落。

"长时间在鬼屋里扮鬼,很容易出现心理问题,你最近不要吃太油腻的东西,也不要去看那些压抑的电影、电视剧,先适应一段时间再说。"

"嗯嗯,我记住了。"

"行,没事了,你先走吧。生活上遇到什么麻烦记得跟我说,我希望你不仅仅把冒险屋当成工作的地方,这里也是你可以依靠的家。"陈歌声音平淡,但却蕴含着力量和温暖。小顾重重地点了点头,心里很是感动。

等顾飞宇走后,陈歌也开始给自己卸妆。"小婉,你最近有没有发现鬼屋里发生了什么变化?"

"没有,不过……"徐婉坐在陈歌旁边,"老板,我倒是觉得你的变化很大。"

"我?"陈歌回头看了徐婉一眼,"我能有什么变化?"

"说不清楚。"徐婉递给陈歌一块卸妆棉,安静地坐在一边看着他,"总觉得你跟以前不太一样了。"

"可能是因为我年龄大了吧。"陈歌笑了笑，将脸上的妆卸掉。他看着镜子里面的自己，忽然开口道，"小婉，万一有天冒险屋倒闭了，你能不能帮我做一件事？"

"什么事？"

"如果有那一天的话，我再告诉你。"

陈歌让徐婉先下班，自己打扫起冒险屋的卫生，全部弄完后，已经是晚上七点多。他锁上冒险屋的门，拿着手机赶往乐园的办公楼，最近一段时间新世纪乐园的事情比较多，所以罗董事一直住在乐园当中。陈歌敲开房门时，罗董事好像正在和什么人视频聊天，他穿得十分正式，似乎在谈论什么很重要的东西。

大约过了几分钟，双方才关闭视频，罗董事朝陈歌招了招手，说道："小陈，你是为那几个游客的事情而来的吗？我已经帮你处理好了，以后稍微注意点儿就行。"

"是其他的事情。"陈歌打开自己的手机，找到了白天拍下的那些照片。"那五个被吓晕的人里，有一个曾参与了虚拟未来乐园的设计。"陈歌关上房门，把手机里的照片放在罗董事面前，"和他们相比，我们这种三代主题乐园很不占优势。"

每张照片都是一个不同的场景，融合了天马行空的想象和不可思议的设计，充满了未来感。

罗董事看完后也在惊叹，坦白说就算让他自己去选择，他也更加乐意去虚拟未来乐园参观。

"你是察觉出这个人不对后，才故意将他们几个吓晕的？"罗董事翻看手机，没有抬头。

"只是个意外。"

"我没有责怪你的意思，相反我觉得你做得很好，只是有点担心你没有处理干净，给人留下把柄。"罗董事放下手机，"毕竟这里面的每一张图都是商业机密。"

"放心吧，我用手机拍照，不可能留下任何痕迹，拿他手机的时候也垫着自己的袖子，他就算找人验指纹，也找不到任何实质性的证据。"陈歌好像在说一件很普通的小事。

罗董事哑然，陈歌连指纹都考虑到了，那他还有什么可担忧的。

"最近网上有很多人恶意诋毁冒险屋、雇佣水军刷差评，一开始我也没放在心上，直到这个人出现。"陈歌把手机照片往后翻，"你看这些信息，是他们在背后搞鬼。"

罗董事看完后，只是点了点头："虚拟未来乐园有好几个股东，应该是他们其中的一员察觉到我们的存在给他们造成了威胁，所以才会搞这些上不了台面的小动作。这些不用你操心，我帮你挡住他们，你只需要安心发展冒险屋就行了。"

"罗董，后面还有几张照片。可能是咱们冒险屋的动静闹得太大了，他们也准备临时增设鬼屋的项目，叫作真实4D鬼屋。"

罗董事听到这里，神色才稍微发生变化。"他们也要开鬼屋？"

"没错，他们准备打造出虚拟和现实结合的鬼屋，我之前在网上见过，游客参观时就像进入了恐怖电影当中。"

"那跟你的冒险屋比起来呢？"现在陈歌的鬼屋是新世纪乐园的招牌，如果陈歌的冒险屋被比下去，那新世纪乐园就真的一点儿竞争力都没有了。

"虚拟的东西再真实也终究只是假的，我这边都是真家伙。"陈歌的冒险屋从不怕跟别人比较。

"感觉你话里有话，不过无所谓，你大胆地去做，出了事有我在。"罗董事翻看照片，一直到最后那张时，他眉头轻轻皱了一下，不过很快舒展开，"这张照片也是你从他手机里拍下来的？"

罗董说的最后一张照片，那是一张聚会的合照。当时陈歌拍下这张照片是准备给自己员工看的，凡是发现照片上的人来参观，不必留手。

"是的，这张照片有问题吗？"

"看见了一个老朋友。"罗董事把手机还给陈歌，神色自然。"只要你对自己的鬼屋有信心，我们就没必要怕他们。你也不用纠结游客分流的问题，因为我们有他们没有的东西。"

他站起身看着窗外的新世纪乐园。"眼光不要局限于小小的江州市，你的冒险屋独一无二，这就是我们的资本，只要名气打出去，网络能覆盖到的地方就能带来我们的潜在客源。"

论眼光格局，沉浮商海多年的罗董事要比陈歌老辣太多："他们随机应变，我们也不会原地踏步，正好我有个东西要让你看看。"

罗董事转动笔记本电脑，示意陈歌扫一下屏幕上的二维码。

"这是什么？"

扫完陈歌发现自己下载了一个叫作"冒险屋"的小程序，点开后是各个场景的简介，旁边还标注着体验人次、通关人数，以及通关时间和积分排名。

"这是我专门请人为你的冒险屋定制的软件。"罗董事又从抽屉里取出一个测量用的手环，"戴上它再试试。"

陈歌戴上手环后，绑定了软件，点击"个人"一栏，上面显示出心率、血压、呼吸频率等数据。

"数据不一定完全准确，但至少能唬住很多人，其实这手环最重要的作用是定位。每一个手环都有自己的编号，如果有游客在你的鬼屋里昏迷，只需要在电脑上一查，就能确定位置，及时将人救出。"

罗董事估计也有一点儿害怕陈歌了，所以才专门强调了一下定位这个功能。

"小程序可以单独使用，也可以和手环配套，具体如何操作我会和老徐商量，最迟三天后就能确定。"

这个专门为冒险屋设计的小应用功能很多，游客可以在上面查看排名和最新通关进度，甚至还有新场景预告以及独家解密，对于所有鬼屋爱好者来说，这个小程序更像是一个把大家聚集在一起的社区。

"罗董，你跟我的想法不谋而合，我早就想设计这样一款应用程序专门为我的冒险屋服务。"

陈歌野心很大，三星场景只是起步，他的目标是要建立国内第一座惊悚恐怖主题乐园。

"你觉得有用就行，那个手环就送给你了，编号是000。"罗董事也露出了笑容，可能是受到了陈歌的影响，他感觉自己的心态年轻了很多。晚上八点左右，陈歌离开罗董事办公室，有罗董事在背后全力支持，他更是没有任何顾忌了。

"还有一个月虚拟未来乐园就要开业，留给我的时间不多了。"

陈歌回到鬼屋，将复读机、碎颅锤和漫画册装进背包，然后拨通了高汝雪的电话。他准备今天先去接触一下高汝雪，说不定还能发现和江州市医学院地下尸库相关的线索。振铃响了十几秒，没有人接通，陈歌挂断电话，又拨打了一次。

"我跟她约好了晚上见面,难道出了什么事儿吗?"

电话还是没人接,陈歌又拨打了第三次,这次如果还没人接,他就准备给鹤山和高汝雪的父亲打电话了。

"难道她真的遇见了危险?"

陈歌等了足足有六七秒钟,在他几乎失去希望的时候,高汝雪的电话忽然被接通。

他屏住呼吸,没有立刻开口,等待对方先说话。大概过了一秒钟,手机里传出一个陌生女人的声音。

"你是谁?"陈歌第一次听到这个女人的声音,此人年龄应该和高汝雪差不多大,语气中有一丝不耐烦,还隐藏着很深的怨恨。

"我是高汝雪的朋友,晚上想要约她出来吃饭。"陈歌随口说道,"她人呢?"

"洗头去了,过会儿我让她打给你。"

"好。"

电话挂断,陈歌背着包坐在休息室的床上。如果是正常约会,那高汝雪洗头、洗澡都无所谓,可她现在明明处于恐慌当中,约我见面也是为了解决室友的事情。在这种情况下,以她的性格,应该不会去刻意打扮。

陈歌觉得高汝雪那边可能出了问题。五六分钟后,高汝雪打来了电话,接通后手机那边传来了高汝雪的声音"我现在就准备出门"。

房门打开又关上,高汝雪似乎一个人走在长廊上,电话里的杂音少了很多。"我们晚上在哪儿见面?"

"你说个地方吧,我现在就过去。"听到高汝雪的声音,陈歌稍微松了口气,人没出事儿就好。

"那直接来我们学校吧,从西门进来,那边人少,我们在老校区教学楼后面见。"高汝雪好像躲进了卫生间里,"你最好快点儿过来,我越来越觉得两个室友不对劲儿了。"

"又出了什么事吗?"

"下午上课的时候,刘娴娴趴在桌上睡了一下午。"

"她晚上跑去地下仓库,白天睡觉也正常。"陈歌没觉得有什么问题。

"如果她真的睡了,我就不会给你说了。"高汝雪压低了声音,她现在非常没有安全感。"第二节课上到一半的时候,我的笔掉到地上,在我弯腰捡笔的时候,无意中间发现刘娴娴其实一直都没有睡。她双眼圆睁,看着抽屉里的镜子。"

"镜子?"

"对,准确地说,她在看着镜子里的自己。"高汝雪为陈歌还原了当时的情况。"她的眼睛里全是血丝,感觉她对镜子里的人充满了怨恨,可是那镜子里照的不就是她自己吗?"

"你室友有点儿像中邪了。你今晚不要在寝室里住,她们晚上很可能会对你动手。"

"好,我们先在学校里见一面吧,我还有很多事情要告诉你。"

挂断电话,陈歌正要往外走,手机又响起了起来,这次是颜队长打来的。

"太巧了吧?偏偏是这个时候。"

按下接听键,陈歌还没开口,就听到颜队的声音:"你马上来市分局一趟,我有很重要的事情要跟你说。"

"现在吗?"

"对!非常重要!"颜队的语气很严肃,陈歌想了想答应下来。"我马上过去,不过我晚上还有其他事情,不能停留太久。"

"耽误不了你多长时间。"

通话很快结束,陈歌背着包打车前往市分局,路上又拨通了高汝雪的电话,但这回却没有人接听。

快八点钟的时候,陈歌来到市分局,一进门就发现屋里气氛不太对。门口的值班人员认出了陈歌,将其带到颜队的办公室。推门而入,房间里除了颜队外还有另外两个人——老魏和白大爷。

"呼!"房门关上,颜队示意陈歌坐下。"昨晚你们三个进入大山当中,找回了两个孩子,可我今天白天专门派人进山,按照你们所说的路线走,找了六个小时都没有发现那个村子。"

"昨晚是白大爷领的路,你要问白大爷才行。""活棺村"场景已经解锁,陈歌暂时不想再去那个冥村了。

"我路线说得没错。"白大爷靠在椅子上,他今天睡了一天才缓过劲来。"我看了你们队员回来后拍的照片,路没错,穿过山谷后就是棺材村了。"

"现在的问题是,穿过山谷后,我们并没有看到村子。"颜队坐在桌边,"你们三个昨晚到底遇见了什么?"

"我记不清了,不过印象中确实有一个村子。"老魏低着头,他明明立了功,表现得却有些低落。

"孩子已经救回来了,那个村子可以慢慢找,不用着急。"陈歌站在一边,他坐都没坐,准备随时离开。

"如果仅仅只是拐卖孩童,我们可以慢慢查,现在的问题是……"颜队长从抽屉里取出一个证物袋,袋子装着一把配枪,"老魏的配枪少了一发子弹,经过技术部门检查,发现这把枪昨晚曾经使用过,而老魏却没有任何这方面的印象,你知道这意味着什么吗?"

陈歌摇了摇头,他知道那一枪就是老魏开的,但他不知道当时老魏为何开枪,究竟遇到了什么。

"老魏从警多年,经验丰富,能逼得他开枪,说明事情已经到了必须要开枪才能解决的地步!你们昨晚遇到过这样的危险吗?"颜队紧盯着陈歌,等待陈歌回答。

陈歌不经意地扫了白大爷一眼,随口说了句:"没有。"

听到他的话,白大爷攥着的手慢慢松开。

"那你们对老魏开枪还有没有印象?"

"我在村子里听见了枪声,但当时我和老魏、白大爷他们不在一起。"

"配枪是警察最重要的东西,不可能让外人触碰,现在可以确定配枪使用过一次,不管开枪的是不是老魏本人,这件事都非常严重,如果你有什么线索,一定要尽快告诉我。"颜队长看着低垂着头的老魏,轻叹了一口气,"医生说老魏的情况属于受到强刺激造成短暂性失忆,这件事无论如何我都会追查到底。"

"明白。"陈歌点了点头,犹豫了一下,"颜队长,江州市福利院那个陈医生当时也在村子里,他一直跟在我们后面,老魏开枪可能和这个人有关。"

"我们现在正在全城通缉这个人,应该很快就会有结果了。"颜队说完在抽屉里翻找起来，片刻后他拿出一张贴着照片的地图。"今天找你来，还有第二件事。"

他指着地图上的那些照片说："你自己看吧，每张照片都是一起挖眼凶杀案的现场。"

陈歌看着地图上贴了一圈的照片，瞳孔慢慢收缩。江州市这两天一共发生了五起挖眼凶杀案，如果把这五起案子的案发地点用线连起来的话，就能发现它们正好形成了一个圆圈，而这个圈的中心正好是新世纪乐园！

"所有挖眼凶杀案都围绕着我的鬼屋？这是怪谈协会的某种仪式吗？"

陈歌在活棺村遇到了两名怪谈协会成员，当时怪谈协会应该还有一名成员留在江州市和警方周旋。一开始他以为挖眼凶杀案和活棺村有关，现在来看，怪谈协会的真正目的恐怕是为了对付他。

张雅、许音全都沉睡，陈歌身边能用的怨念只有号称红衣之下最强，实际上只有辅助功能的闫大年。

"在活棺村里，怪谈协会已经摸清了我的底细，他们现在知道张雅仍在沉睡中，局面对我有些不利。"

陈歌看着桌上的地图没有说话，对他来说局面仅仅有些不利，但是对怪谈协会来说已经到了崩盘的边缘。吴非被活棺村门内的女鬼击杀，黑色手机没有发来短信提示他死亡，但是后来有一个小细节，女鬼捡起吴非穿过的黑袍后十分兴奋，直接离开了。陈歌一直怀疑吴非把一部分意志藏在了替身上，然后又把替身放在了其他地方。红衣女人获得黑袍后那么开心，很显然黑袍里有很重要的东西，说不定就藏着一个替身。如果真是这样，那吴非落到红衣女人手里，还不如死了痛快。怪谈协会关于活棺村的计划落空，还搭进去一名成员，现在就剩下两个人了。而剩下的这两个人，一个被警方全力追查，一个在活棺村里和陈医生打了起来，双方似乎也是不死不休的局面。

陈歌心里清楚，怪谈协会的日子也不好过，他现在就害怕对方狗急跳墙。毕竟对于疯子来说，做出什么疯狂的事情都有可能。

"五次凶杀都围绕着新世纪乐园，这应该不是个意外，他们的下一个目标很可能就是你。"颜队将地图收起来。"我们已经追踪到了凶手，三天之内估计就能将他缉拿归案，在这个时间段内，你晚上最好不要待在乐园当中。"

"明白。"陈歌这才弄清楚颜队让自己来市分局的原因，警方是为了保护他。颜队又询问了陈歌一些问题，在询问过程中，有意无意透露出了一些挖眼案的信息，陈歌都牢记在心里。一直到晚上九点多钟，颜队才让他离开。出了市分局，陈歌拿出手机，高汝雪一直没有给他打电话。

"如果她等急了，肯定会跟我说一声的，难道她在等我的过程中出了什么事儿？"陈歌总觉得高汝雪刚才的表现有点儿奇怪。他坐上出租车，赶往江州市医科大学法医学院，路上又给高汝雪打了几个电话。和之前一样，前两次没有人接听，一直到第三次才接通。陈歌问："你等着急了吧？"

"我在老教学楼这边，你快点儿过来，我的室友越来越不正常了。"高汝雪的声音中透着一丝焦急，她似乎躲在了什么地方。

"如果你现在遇到危险，我建议你立刻报警，警方比我更值得你信赖。"陈歌催促出租车司机再开快点儿。

"我现在担心的是室友被什么东西交换了灵魂，如果报警的话，警方怎么可能相信我的话？那两个室友可能就真的回不来了。"从高汝雪的话中可以听得出，她似乎知道很多事情。

"你把手机设置成一键报警，尽量去人多的地方，我半小时内到。"

陈歌挂断了电话，握着手机开始思考，每次给高汝雪打电话都是第三次才接通，刚才通话的时候，她身边非常安静，在可能存在危险的情况下，她为什么要去那么安静的地方？

坐在出租车里，陈歌又分别给鹤山和高医生打了电话……

晚上九点三十分，高汝雪看着人越来越少的自习室，又一次拨通了陈歌的电话号码。

"对不起，您拨打的电话正在通话中……"

这已经是她今晚第二十三次拨打陈歌的电话了，但每一次拨打都显示对方正在通话中。

"他不会出事儿了吧？"高汝雪借了同学的手机打给陈歌，依旧没有人接听，似乎那个号码中了诅咒，永远无法打通一样。

昨晚在寝室，那三道人影进来的时候，我拨打通讯录里所有人的电话，只有陈歌那边的提示信息和其他人不同，现在怎么反过来了呢？其他人的电话都没问题，只有他的手机一直处于占线当中，他在和谁打电话？

高汝雪拿着手机，正想得入神，肩膀忽然被人拍了一下。

"小雪，走了，回寝室。"刘娴娴招呼高汝雪一起回去，她表现得跟平时一模一样，无论神态还是动作，就连行为习惯和说话语气，都挑不出一点毛病。可这也正是让高汝雪害怕的地方，她心里知道，此时站在面前的可能不是自己的室友。

"你们先走，我还有点儿事。"高汝雪收起手机，翻看桌上的书。

"看你最近心烦意乱的，该不会真的交男朋友了吧？"刘娴娴凑在高汝雪身边，亲昵的举动，熟悉的动作，就连开的玩笑都和以前一样。

身边就是最好的朋友，但高汝雪在刘娴娴靠近后，身体却不自觉得变得僵硬起来，她感觉到了一丝冷意。

"那你弄完早点儿回寝室，我先走了。"刘娴娴拿着书从高汝雪身边离开，等她走出自习室后，高汝雪才重新恢复平静。

"今晚绝对不能在寝室里住了。"高汝雪拿出手机，又给高医生打了个电话。

"爸，你今晚在家吗？我想回家住一晚。"

"我现在在医院，估计晚上十二点才能到家，你怎么突然想要回家了？"

"我室友最近很奇怪，等我到家以后再给你说。"

"好。"

高汝雪拿着书和水瓶走出教室，她看见刘娴娴和马颖正在楼梯口说话，两人就好像是在等她一样。高汝雪避开两人，从走廊另一侧的楼梯离开，她没有回寝室，拿着书和水杯准备直接打车回家。

"太奇怪了，为什么只有陈歌电话打不通，一直处于占线的状态？"

取出手机，高汝雪第二十四次拨打了陈歌的电话号码。

"对不起，您拨打的电话正在通话中……"

"还是没有人接听，算了，我先离开学校再说。"

一种莫名的情绪在高汝雪心中蔓延，她现在很不安，看什么都觉得有问题。

"师傅，再开快点儿，我有急事。"

密闭的空间让高汝雪喘不过气，她把车窗打开，风吹乱了她的头发。目光扫过拥挤的人群，高汝雪却感觉不到一丝热闹，她总觉得某个地方的某个人正在看着她。

"你是江州市医学院的学生吧？大晚上一个人最好不要乱跑，最近有点儿乱。"司机抓着方向盘，随口说道。"这几天深夜市区里发生了好几起凶杀案，死的人那叫一个惨，听说眼睛都被挖走了。我不是故意吓唬你，在抓住凶手之前，晚上最好老实待在学校里。"

司机可能是出于好意，但是在高汝雪听来就变了味道，她不由得开始胡思乱想。凶杀？连续几起？他为什么让我回寝室？难道他就是凶手？在高汝雪眼中，司机平凡普通的脸变得有些阴森，每一个微小的动作好像都隐藏着恶意。高汝雪握紧手机，没有回话，扭头看着窗外，不时偷偷瞄一眼司机。

二十分钟后，出租车开到了栖霞湖小区，这是高医生两年前在江州市买的房子。高汝雪付了车钱，匆匆下了车。

栖霞湖小区算是江州市比较高档的小区，环境优美，旁边就是栖霞湖，只不过位置稍有些偏僻。进入小区，路灯散发着浅浅的白光，高汝雪低着头快步往前，不敢朝两旁的树丛看，深夜的绿化带显得有一点儿恐怖。

"坏了，书和水杯都在出租车上。"她下来的时候很匆忙，不小心把东西忘在了出租车里。水杯无所谓，那本书以后上课还要用，想到这儿，高汝雪更加烦躁起来。出租车早已开走，现在想回去取也不行。

瞅了一眼手机时间，马上就晚上十点了，小区里几乎看不到其他的人影，不过远处楼房中那一盏盏亮着的灯，多少能让高汝雪心安一点。栖霞湖小区有自己的小花园，高汝雪从中穿过，来到了三号楼，她家就住在三号楼十三层。

"今天的小区好安静。"

高汝雪进入楼道，露在外面的手臂感到一丝凉意，她拍了下手，等声控灯亮起后才敢继续向前走。和以往相比，小区里似乎也没什么变化，但是高汝雪总觉得哪里不太对劲。司机在车上和她说的那些话不时闪过脑海，凶杀、挖眼等字眼好像一根绳子，慢慢勒紧了她的脖子。

那个司机会不会就是凶手？

我感觉他说话的语气很奇怪，连环凶杀案发生在不同的地方，凶手能够利用一个晚上的时间快速作案，肯定利用了某种交通工具，凶手极有可能就是出租车司机。

难道我坐过的座椅死者也坐过？后备箱里会不会藏着血淋淋的作案工具？

高汝雪越想越害怕，每走几步都要回头看一眼，她很担心身后突然钻出什么人来。靠着墙壁走到电梯旁，高汝雪按下电梯向上的按键，在电梯门刚刚打开时，声控灯正好熄灭。黑暗突然降临，高汝雪的身体僵在电梯门口，她隐约看到电梯里有一个深黑的人形轮廓！

"啪！"

拍手声从电梯里传出，一个穿着雨衣的人和高汝雪擦肩而过，朝楼道外面走去。

"雨衣？外面又没有下雨。"

宽大的帽檐遮住了那人的脸，他个子不高，大号雨衣直接盖住了他的双腿和鞋子。那人匆匆离开，雨衣上也没有血迹等可疑的东西。

"晚上可能会下雨吗？"高汝雪看了一眼手机上的天气预报，后半夜会有阵雨。

"奇怪的人。"

一直等到那人离开，高汝雪才敢进入电梯。灯光照耀着楼道，她看着电梯门慢慢闭合，一种难以形容的压抑感觉突然浮现出来，她觉得自己就像是一条被扔在了岸上的鱼，连呼吸都有些困难。

"还是别坐电梯了。"高汝雪伸手挡住快要关闭的电梯门，又走了出来，她看着电梯轿厢，有种很不好的预感。小跑进安全通道，她抬头看着一级级好像看不见尽头的阶梯，开始爬楼。当她走到六楼的时候，听见一楼的安全门发出声响，似乎是有另外的人也进入了安全通道当中。

"有人跟在我后面？"

高汝雪一下子想起了那个穿着雨衣的怪人。与此同时，出租车司机的那些话又浮现在她的脑海里。

"雨衣人就是连环凶杀案的凶手？难道他刚才就在这栋大楼里杀了一个人？！"高汝雪吓得脸色煞白，"我在无意间撞破他犯案，所以他现在跟过来了，是不是想要对我下手？"

高汝雪刚开始还有意放缓脚步，尽量不发出太大的声音，但在恐惧的驱使下，她越跑越快。

"我要赶紧回到家里才行！"

楼下隐约有脚步声响起，此时安全通道里好像还有另外一个人朝楼上追来！那人的脚步声越来越近，吓得高汝雪拼命向她家所在的十三楼跑去。一口气跑到十三层拐角，高汝雪推开安全通道的门，冲进走廊当中。

她在口袋里翻找出钥匙，楼道里的脚步声愈发清晰，那个人就跟在她的身后！高汝雪的手指有些僵硬，试了两次才把钥匙插入锁孔，她转动钥匙打开防盗门，这时候安全通道里的声音已经临近，大概距离她只有一层楼远。

"快啊！"

找到里面那扇门的钥匙，高汝雪将其塞入锁孔，耳边的脚步声已经变成了奔跑声！对方也到达了十三层！

卡簧弹动，里面的那扇门被打开，高汝雪顾不上关好外面的防盗门，直接进入屋内。她转身将里面的那扇门关上，然后背靠房门，大口大口地喘着气。

"终于到家了。"

调整了一下呼吸，高汝雪趴在里面的那扇门上，通过猫眼朝外面看去。漆黑的走廊上一个人影都没有，一扇扇住户的门都是锁着的。

唯有高汝雪家，外面的防盗门是半开着的。

第14章 打电话的"人"

"他没有跟过来。"

高汝雪终于松了口气,连鞋子都没顾得上换,一口气把屋里的灯全部打开了。灯光驱散了黑暗,也缓解了她紧张的情绪。

"外面的防盗门没有关上,不过现在打开里面的门出去太危险,万一那人躲在猫眼看不到的死角里就糟了。"高汝雪拉上窗帘,将茶几上的水果刀拿在手中。作为法医学院的学生,她很熟悉人体的各个要害。握着刀,心里总算没有那么慌了。坐在客厅当中,第二十五次拨打陈歌的电话,手机那边传来的依旧是"对方正在通话中"的声音。

"怎么还是打不通?这都十点了。"高汝雪看着手机里的一条条信息,她尝试了各种方法去联系陈歌,但都得不到回应。

"他是不是出事儿了?每次打电话都占线,不管给谁打电话都不可能打这么长时间,除非……"高汝雪好像想到了什么。高汝雪清楚地记得自己的手机出过问题,昨夜两个室友回到寝室的时候,有一个东西也跟了进来,那个时候她使用手机给别人发信息,所有人给她的回信都是"往后看",唯有陈歌的手机是系统的正常回复。

昨天夜里躺在我身后的人影，似乎无法改变和陈歌有关的东西，也不能代替陈歌给我回复。高汝雪脑中猛地闪过一个想法，手机从她的指缝间滑落，直接掉在了地上。

他无法改变和陈歌有关的事情，他不能模仿陈歌给我回复，所以我拨打陈歌的电话一直都是正在通话中，永远没有办法接通。也就是说，在我无法拨通陈歌电话的这段时间里，可能有人在操控着我的手机。如果真的是这样的话，那我之前用自己手机给我爸打电话，接电话的人可能并不是我父亲。如果装作我父亲，给我回复的话……

高汝雪的冷汗流了下来，她特意避开室友，偷偷躲回家里，就是担心出现意外。可在刚才的电话里，她亲口告诉"父亲"，今晚准备回家住一晚。如果她的猜测是真的，那现在对方已经知道她不在寝室，而是在自己家里了。高汝雪的双眼盯着地上的手机，一动不敢动，她忽然感觉身体很冷。就在她思考的时候，地上的手机突然震动起来，屏幕也亮起来了，有人在这时候给她打来了电话。手机在冰冷的地板上震动，那声音让人有些不安，高汝雪犹豫了一会儿，捡起手机。给她打来电话的正是高医生！

她的手指在接听和挂断之间徘徊，最终还是选择了接听。

"出什么事了？怎么这么长时间才接电话？"熟悉温暖的声音带给高汝雪一种久违的安全感。

"我手机静音，没有看到。"

高汝雪说出了早就编好的理由，她想要试探一下手机那边的人，刚准备开口询问一些只有父女二人知道的事情时，手机里的高医生却提前开了口："你安全到家就行，最近晚上比较乱，你老实在家待着，我这边还有点儿事，估计会回去稍晚一点儿。"

"好，我知道了。"

手机那边的人好像猜到了她想要干什么一样，不给她询问的机会就挂断了手机。

"感觉就好像有什么东西在看着我一样。"

高汝雪心里有一股冲动，她很想用手中的水果刀把手机屏幕划烂。她深吸了几口气，最终还是理智占据了上风。

"手机可能被操控，门外或许躲着一个杀人犯，我现在该怎么办？"

这里是十三楼，从窗户离开根本不可能，高汝雪不确定那个杀人犯走没走，不能贸然从大门离开。何况，就算对方走了，楼道里也不一定安全。

"用手机报警，接电话的可能还是假冒的，深更半夜过来的或许就不是警察了。"

"大声呼救倒是可以，但栖霞湖小区入住率很低。不管了，现在只能用这个方法试一试了。"高汝雪走到窗边，将窗帘拉开一角，看向窗外。才晚上十点多，小区里已经是漆黑一片，所有住宅楼里的灯全部熄灭了。

"怎么可能？"黑漆漆的小区里，只有路灯映照在栖霞湖上，带来了一点点光亮。

"我是不是出现幻觉了？"高汝雪更加害怕了，她原本想要大声呼救，可是小区显然出了问题，周围一片死气沉沉，到处都充斥着诡异的气息。看着窗外的小区，高汝雪在出租车上那种奇怪的感觉又浮现出来，她觉得哪里都不安全，每个角落好像都隐藏着危险。高汝雪收回视线，看向旁边的邻居，在她记忆当中这两边好像都没有住人。

左边那一户，窗户封死，屋内还没装修。右边那一户，窗台上摆着一些枯死的花草，很显然许久没有打理过了。高汝雪有些失望，她无意中朝右上方，也就是十四楼的那户人家看了一眼。窗户边缘好像有一个被挖去双眼的人脸，也在看着她。

"嘭！"

高汝雪猛地后退，后背撞到了柜子。

"尸体？这个小区里真的发生了凶案？而且就在我房间的右上方？"

她抓着刀，用刀尖挑开窗帘，再次朝右上方那户人家看去，人脸不见了，那里只有一排挂起来的衣服。

"是我看错了？"

犹豫片刻，高汝雪还是用手机拨打了报警电话。警方的回复挑不出任何毛病，一切都很正常，但就是感觉有哪儿不对。高汝雪抓着自己的头发，这种感觉和她面对室友时很像，明明眼前的人和平时一模一样，但就是觉得那不是她本人。

"周围的所有东西都和平时一样,包括父亲的声音、接警电话、出租车司机等等,可是我怎么就觉得不太对?到底是哪儿出了问题?"

高汝雪抓起手机,第二十六次拨打了陈歌的电话,忙音响了两声后,传来了系统电子合成的声音。

"对不起,您拨打的电话正在通话中,请死后再拨……"

"稍后再拨?"

高汝雪觉得自己好像是听错了,那系统合成的声音并不是这么说的,可不是这么说,又能说什么呢?

挂断电话,高汝雪看着手机屏幕上自己那张苍白的脸,那明明是自己的脸,但是却做出了和她不一样的表情。

"我似乎在笑?"

高汝雪把手机扔在沙发上,双手绞在一起,时间一分一秒流逝,她一动不动地站在窗边,不敢去任何地方,无论是卧室还是卫生间都带给她一种很不好的感觉。

"她们已经知道了我的位置,是不是再过一会儿,我那两个室友就会过来?"

窗外乌云压顶,透不过一丝光亮,马上就要下雨了。

"平常这个时间,我爸应该早就到家了才对。"

高汝雪握着水果刀,挑开窗帘的一角,又看向右上方的那户人家。被挖去双眼的人脸没有出现,阳台上只有一排衣服。

精神高度紧张让她疲惫不堪,看着外面黑漆漆的小区,心里没来由得又慌了。整个栖霞湖小区一片漆黑,唯有她所在的房间灯火通明,她因为害怕把所有房间的灯都打开了。

这种感觉就像是举着火把走在危机四伏的森林里,光亮固然能带来安全感,但同时也暴露了她自己的位置。

"太显眼了!"

在高汝雪犹豫要不要关灯的时候,她忽然看见小区门口有什么东西闪过。盯紧那个方向仔细看,心一下子提了起来。小区门口站着一个身体模糊的女人,看起来好像是她的室友刘娴娴。

"她怎么过来了?"

高汝雪全神贯注地盯着小区门口，没想到在这时候沙发上的手机突然震动起来！屏幕发出淡淡的冷光，嗡嗡的震动声音让人牙关打战。高汝雪急忙跑到沙发旁边，拿起手机一看，正是她室友打来的电话。

"接不接？"

犹豫了一下，高汝雪接通了电话。"喂？"

"这都十点多了，你怎么还不回寝室？"手机里传出刘娴娴的声音，"你跑哪儿去了？"

"我在外面，今晚不回去睡了。"

"你一个人注意安全啊！最近我们这片很乱，有个变态杀人狂，专门挖人眼睛。"刘娴娴的声音听上去有一点儿可怕。

"好了，你不用说了，这些我都知道。没事的话，我就先挂了。"高汝雪挂断电话，拿着手机又跑到窗边。

她朝小区门口看去，那个模糊人影不见了。

"会不会也是幻觉？"

当高汝雪移动视线，看到自家楼下的时候，她的脸瞬间变得毫无血色。那道人影不知道什么时候跑到了她家楼下！

"是灯光吸引了她？"

高汝雪躲在窗帘后面，浑身冰凉，就在她犹豫要不要关灯的时候，手机又一次震动起来。低头看去，还是刘娴娴打过来的。人影就在楼下，这次高汝雪说什么都不敢再接听电话了。她把手机扔在沙发上，用垫子盖住屏幕，但是震动的声音还是让她心慌。大概响了十几秒，电话才挂断，紧接着刘娴娴又给她发来了一条短信。

"宿管问你在哪儿？最近校领导查得比较严，你最好还是回宿舍里住。"

高汝雪没有回信息，将手机调成静音，刚设置好，刘娴娴的第二条信息就发过来了。

"小雪，你是不是出事了？用不用我去找你？你现在在哪儿？"

手机上的短信看起来很普通，就是朋友在担心高汝雪的安危，似乎没有其他的含义，但是结合高汝雪此时的处境来看，情况就完全不同了。

此时此刻，高汝雪楼下正站着一道人影！

高汝雪颤抖着指尖，将手机关机，她将窗帘拉开一角，楼底下的人影还停留在原处。

"一直就是那东西在给我打电话？"

高汝雪想要看清楚那人的脸，调整自己的位置，快要看到时，手中已经关机的手机屏幕突然又亮了起来。

"怎么回事？！"

她拿着手机，屏幕上浮现出刘娴娴的一条条短信。

"你在哪儿？外面很危险，快回学校吧！"

"用不用我去找你？"

"你在哪儿？"

高汝雪一直都没有回信息，刘娴娴给她发送了十几条短信后才停止，就在高汝雪以为终于熬过去的时候。手机相机忽然自动打开，将高汝雪和她身边的家具都拍了进去。

"原来你在家啊！我这就来找你！"

新的短信出现，高汝雪头皮发麻，她一边拼命地想要关掉手机，一边朝窗外看去。楼底下的人影已经不见了，好像进入了楼道当中。手机震动，新的信息发送了过来。

"我在一楼。"

对应着这一条信息，高汝雪朝外面看去，栖霞湖上倒映着三号楼，此时三号楼一楼的声控灯不知为何亮起。

"我现在到了二楼。"

就在短信发送过来的同一时间，湖面上二楼的灯也亮了起来，这东西的速度非常快！

"我到三楼了！"

"我在四楼！"

"五楼！"

"六楼！

一层层的灯全部亮起,高汝雪紧紧抓着自己的头发,她看着屏幕不断出现的短信,双眼红肿,情绪濒临崩溃。

"我到十三楼了,正在走廊上,你家的防盗门是不是没有关好?"走廊上响起脚步声,有东西正在飞速靠近!

外面的声音和手机上的信息这双重折磨终于让高汝雪失控了,她拿着水果刀不断扎向手机,将屏幕划烂,然后狠狠地摔在地上。

手机被砸裂,一切好像也到此结束了。

楼道里的声控灯全部熄灭,栖霞湖小区又被黑暗笼罩。走廊里突然安静下来,没有任何声音。

"走了吗?"

高汝雪走到手机旁边,被摔裂的手机屏幕上收到了最后一条短信。

"我就在你家门口。"

"嘭!"

敲门声突然响起!

刚开始很慢,然后力道不断加大,高汝雪感觉整扇门都在颤抖,那根本不像是人类的拳头能发出的声音。

"那东西来了,它就在门外!"

屋内的灯忽明忽暗,高汝雪表情扭曲,心底最深处的恐惧被激发出来。

她站在窗边,心脏跳得越来越快,眼中满是惊恐。高汝雪拉开窗帘,打开窗户,她现在只有一条能够离开这房间的路了。坐在十三楼的窗台上,她只觉得喘不过气,双手抓着窗框,看着地面,心中所有的恐惧在这一瞬间爆发了出来。

她身体慢慢前倾,就在她快要松手的时候。

防盗门被砸开,一个男人的声音出现在高汝雪耳边:

"许音!"

晚上九点二十,陈歌打车来到江州市医科大学法医学院,下了车后,他发现这所学校比自己想象中破许多。

"好安静,这才几点,校园里怎么连个学生都看不到?"

陈歌付了车钱,背着包进入校园当中,经过门岗时他还特地看了眼保安,那人并没有拦他。

"果然我看着就不像坏人。"

路两边种了很多的树,这学校绿化特别好,只不过这个时间一个人走在里面感觉有些阴森。

"老教学楼在哪儿?我看这里每栋房子都挺破的。"陈歌拿出手机,又拨打了高汝雪的电话,"我已经到你们学校了,现在我要去哪儿找你?"

"从南门进来一直往里走,能看见一片被拦住的旧楼,那就是老教学楼,你快点儿过来。"高汝雪的声音很低,似乎躲藏在某个地方。"我室友知道我出来了,我能感觉得到她们跟着我,我好像已经被她们发现了。"

"我劝你还是立刻报警比较好,你现在在哪儿?"

"教学楼后面,不说了,我看见她们了!"

电话被高汝雪挂断,陈歌被她的语气影响,莫名打了个寒战。他抬头看了看天,好像是快要下雨的原因,今夜气氛格外压抑。

刚进校门的时候,陈歌还能遇见几个人,继续往里走,渐渐地一个人也看不到了。

"法医学院里还有这么荒凉的地方?"

陈歌拿出手机上网查了一下,发现原本江州市医科大学和法医学院是在一起的,后面医科大学搬到了新校区,老校区只剩下法医学院和一两个比较特殊的专业。人少了,校区自然也显得空旷了。

"通灵鬼校的最后一个前置任务就在这里?"陈歌暂时不准备接这个任务,在活棺村时好歹还有许音帮忙,现在就凭他和闫大年单挑三星场景,无疑是送死。

"情况一有不对,立刻撤退。"陈歌将漫画册放进口袋,"闫大年的第三个能力,应该就是他制霸红衣之下所有怨念的关键,等忙完这段时间,先帮他把梦想实现比较好。"

黑色手机给闫大年很高的评价,说明这只怨念绝对有值得培养的潜力。陈歌边想边走,不知不觉已经深入校区,走到了高汝雪在电话里提到的那个地方。

两栋黑漆漆的建筑,大门上挂着一把锁。站在楼下仰头看,一扇扇黑色的窗户好像一只只睁开的眼睛。

"我已经到了。"陈歌拿着手机。

"一楼拐角有个仓库,你快过来!她们在找我!"高汝雪声音压得很低,偏偏还能听出她的着急和恐惧。一种特殊的情绪在陈歌的心底蔓延,他不禁轻轻地皱眉,四周明明没有什么奇怪的地方,但就是觉得有些不对劲。

"难道是因为我太担心高汝雪的安危?"

陈歌没有挂断电话,抬手将挂在门上的锁取了下来。拉开教学楼的门,朝里面走去,整栋大楼里没有一丝光亮,一间间大门紧闭的教室看着多少有些瘆人。

"自从离开暮阳中学和西城私立学院后,我已经很少害怕教室了,可进入这大楼后竟然觉得有些心慌,楼内是不是隐藏了什么极为恐怖的东西?难道和地下尸库的任务有关?"

陈歌停在门口,手机一直放在耳边,方便随时和高汝雪进行联系。

"一楼拐角,你千万小心一点,我的那两个室友……"

高汝雪说到一半突然不说话了,手机那边传来了很轻地推门声,似乎有什么人推开房门。那声音距离高汝雪越来越近,连带着陈歌的心也随之悬了起来,好像正在经历这场恐怖场景的人是自己。

"一楼拐角?还要往地下去?"

陈歌还是没有动,不过他背包里的复读机却在这时候,开关自己压下,发出了沙沙的电流声。

"许音?!"

自活棺村沉睡到现在已经一天一夜,许音终于给了陈歌回应。而且,以往都是陈歌主动打开复读机,这一次却是许音自己找上了陈歌。

"成功突破了?"

红衣级别以下的怨念,大多时候都只能躲在寄托之物上,不能长时间离开,十分被动,唯有红衣能摆脱这个限制。

"许音是不是想告诉我什么?"

陈歌的耳边传来模糊的声音,仔细听了很久,才明白许音的意思。手机里那开门的声音不断逼近,情况愈发危急,按理说陈歌此时应该受到影响,变得紧张、焦急、慌乱才对，但是他却抱着一个复读机，嘴角甚至还有一抹不明显的笑容。恐惧还没来得及滋生，就被喜悦淹没，对于陈歌来说，再没有什么比许音苏醒更好的消息了。

"陈歌！快来！她们发现我了！"

手机里传出高汝雪的尖叫，她藏身的那个房间的门被人打开，此时她顾不上隐瞒，疯狂逃命。从手机里传出脚步声，诡异的是大楼里却很安静，根本判断不出来高汝雪到底是在哪里被追赶的。陈歌将复读机硬塞入口袋，深吸口气，换上了一副严肃的表情，对手机大喊道："你再撑一会儿！我马上就到！"

他拿出碎颅锤，直接跑到楼梯拐角，一脚踹开了本来就没有上锁的门。地下一层没有灯，陈歌在阴瞳的帮助下才勉强看清楚，走廊另一侧有三道人影在奔跑。

"高汝雪！"

陈歌手持碎颅锤冲了过去，跑到一半的时候，感觉到身体慢慢变冷，有股阴寒的气息缠绕在他的身上。不过出于对许音的信任，陈歌依旧向前奔跑，追到了通往地下二层的楼梯口时，许音对他发出警告，不能再往前了。

"地下二层有问题？"

陈歌果断地停下脚步，开始往后撤。他突然倒退，没有跟过去，大概过了几秒钟，非常恐怖的一幕出现了。

就在那个拐角，有三个满身血迹的人影探出头来！那三道人影是一伙的，他们一直在等待陈歌！

陈歌目视前方说："差一点儿就撞过去了，让我猜猜，你们真正的杀局应该布置在地下二层吧？"

那三道人影从拐角走出，地下通道变得更加寒冷，他们身体略显僵硬，好像死人一样。

"你猜得不错，可惜你已经错过了最好的逃命机会。"声音是从手机里传来的，带着恶毒和怨恨。

"你不是高汝雪？"陈歌把手机放在耳边，并没有表现得多么慌张。

"你现在才发现，会不会太晚了一点儿？"手机里高汝雪的声音慢慢变得尖锐刺耳。

"其实今天早上六点你给我打第一个电话的时候，我就知道你不是高汝雪。"陈歌神色轻松，"当时我先给鹤山打了电话，询问他找我有什么事情，挂断电话没多久，你就打了过来。你告诉我说昨晚除了我的号码，其他人的电话都打不通。但是我查看了社交平台上的信息，在昨晚一点到三点之间，你和鹤山都找过我！如果你说的是真的，那鹤山又是怎么知道这件事的呢？

"所以，答案很简单，从一开始就是你给我打的电话！昨晚就想要把我骗出去，可惜那时我的手机不在服务区，你电话没打通，用各种方式都联系不到我，所以整个计划只能今晚来实施！

"还有最重要的一点，如果你真的经历了那么恐怖的事情，今天白天应该会来找我，可是你不仅没有来找我，还提出了晚上一起吃饭！我很奇怪，你为什么一定要拖到晚上？也就是从那个时候我有八成的把握，你不是高汝雪！"

陈歌面带微笑，按下了复读机的开关，"我自始至终都很清楚是你们给我打的电话，之所以会被你一步步诱骗到这里，那仅仅只是因为，我也在找你们啊！"按下复读机的开关，伴随着沙沙的电流声，一股阴寒到极致的气息从陈歌身上散发出来。黑暗之中，一条深红色的手臂抓住了陈歌的手机，血丝蔓延，手机里传出高汝雪痛苦的尖叫。

"疼吗？"

熟悉的声音在陈歌耳边响起，一身红衣的许音从阴影当中走出。不用陈歌开口，许音已经冲向走廊尽头的三个怪物，他的声音好像带着特殊的魔力，每当他开口，那三个怪物的身形都会停顿片刻，神智似乎受到了很大干扰。这是许音成为红衣之后的新能力？他的声音可以干扰到其他怨念？

陈歌拿着冰凉的手机，自从许音的血丝清理过手机之后，他就摆脱了手机的影响，眼中的世界恢复正常，心里的恐惧也彻底平息。陈歌低头看着已经恢复正常的手机，开始担心那个手机里怨念的安危。它不会就这么消散了吧？许音哪儿都好，就是太莽撞了，这个手机中的怨念能够激发人心底的恐惧，还可以干扰手机，如此完美不正是我的冒险屋急需的人才嘛。

类似虚拟未来乐园王哥那样的人有很多，网上很轻松就可以搜到冒险屋低星级场景的攻略和图解，游客在参观时的拍照行为屡禁不止，甚至还有人怀着恶意，进入鬼屋就是为了曝光新场景。陈歌只有一个人，没有时间，也没有精力去阻止那些游客，这时候如果有手机怪物帮忙，情况肯定会好很多。

"它应该不会被直接弄死。"站在敌对的立场上，陈歌还为手机怨念担忧，他觉得自己实在是太善良了。"像我这样情感细腻，容易多愁善感的人，常常会因为关心别人，而忽略自己，这样不好。或许我应该更自私一点儿才行。"

走廊尽头的厮杀没有任何悬念，只是场面稍有些血腥。陈歌平静地看着许音撕碎对方，脑海里却在想其他事情。手机鬼专门将我引到这栋楼里，却没有在这里布下杀局，看来怪谈协会真正关心的还是鬼屋里的那扇门，他们并没有把杀我当作首要目的。当然，这可能也是因为他们实力衰减得太过厉害，实在分不出多余的人手了。

五起挖眼凶杀案，正好将新世纪乐园包在中间，怪谈协会一开始的目的就是鬼屋里的那扇门。他们似乎正在准备一种特殊的仪式。想把我引走，难道是担心我破坏他们的仪式？别的不说，陈歌对自己的破坏力还是很有信心的。

"敌人越不愿意看见的，我就越要让他看到。"陈歌呼唤许音的名字，准备回新世纪乐园去。他叫了几次，许音却毫无反应。吞掉了那三个人影后，许音站立在楼道拐角，似乎在和某个东西对峙，身上裂开一道道伤口。

靠近以后，陈歌也发现有些不对劲。地下二层和地下一层被一扇铁门隔开，门上的锁已经被人打开，阴冷的风不断从地下吹出，楼梯上有几个湿漉漉的脚印。陈歌蹲下身体，用指尖蹭了一点，放在鼻下。

"福尔马林？"

陈歌不清楚教学楼地下有几层，他现在也不想给自己惹麻烦。"许音，走了。"大楼下面有东西让许音感受到了威胁，这对陈歌来说不是个好消息。呼喊了两三遍，许音才转过身，他在面对陈歌的时候，神态放松了许多，痛苦似乎都有所缓解。这也是陈歌在许音苏醒后第一次近距离看他，许音猩红的血从伤口渗出，和血衣交织在一起。但让陈歌觉得奇怪的是，那鲜红的血衣偏偏避开了许音心脏的位置。他一袭红衣，唯有心脏那里空出来一块儿还没有被鲜血染红。

"为什么心脏附近没有发生变化？"陈歌看着许音，他查看了一下黑色手机，许音那一栏没有什么变化，现在他也不清楚许音的这种情况算不算红衣了。

"许音和张雅的情况不同,张雅可是一身血红,难道成为红衣还有隐性条件?"陈歌试着和许音交流,可惜许音更是懵懵懂懂,什么都不知道。

会不会和门有关?在活棺村里,怪谈协会只用几天时间就把熊青变成了红衣,难道成为红衣的关键是那种只有在门后才能弄到的黑色血迹?那张雅又是如何成为红衣的?

陈歌发现自己对那个世界了解的还是太少了。他让许音回到磁带当中,背着包狂奔出教学楼。身上的冷意已经散去,陈歌拿出手机拨打了高汝雪的电话。他的手机恢复正常,但是高汝雪的手机却一直处于正在通话中。

"怪谈协会想要借高汝雪的名义把我引到学校,那他们肯定不会让高汝雪跟我碰面,所以一定会把高汝雪提前支开。"手机怨念能够煽动情绪,让人时刻处于惊恐当中,陈歌担心高汝雪的安全,直接给高医生打了电话。没有手机怨念影响,陈歌成功地和真正的高医生通了话,他如实将高汝雪可能遭遇的情况告诉了高医生。听到自己女儿可能被好几个变态杀人狂盯上,高医生什么都顾不上了,报警的同时又联系了校领导。辅导员找到了高汝雪同寝室的人,但是连她的室友也不知道高汝雪现在在什么地方,她们只觉得高汝雪今天心事重重,好像是因为新交了一个男朋友的原因。

一直查到了快晚上十点钟,最后是学校门口的一位保安提供了重要线索。就在半个小时以前,一位好心的出租车司机来到法医学院门口,将一个水杯和一本写着高汝雪名字的专业书籍交给了保安。司机说那个女孩下车太匆忙,忘记将书和水杯带走了,他也不知道那女孩住在小区什么地方,最后只能回到学校,希望保安能将书和水杯还给那个女孩。

这个司机无意间的善举,透露出了一个信息——高汝雪已经回家了。

陈歌问了高医生家的具体住址,背着包打车赶往栖霞湖小区。这小区环境优美,只是地理位置不太好,稍有些偏僻。他下了车,拿着手机,一边跟高医生交流,一边朝高汝雪住的那栋楼跑去。

晚上十点多,陈歌在漆黑的小区中,顺着大概是高医生家的方向看去,楼层之中只有一家灯火通明,好像把屋内所有的灯都打开了。

"应该就是那家。"

窗户紧闭,窗帘后面站着一个女人,那女人神情紧张,不时拉开窗帘往楼下看。

"高汝雪?"

高汝雪也看到了陈歌,但是她并没有表现出惊喜和意外,只有满脸惊恐,好像看到什么非常恐怖的东西。

"看来是手机怨念影响了她。"

人在突然遭受超过承受极限的惊吓时会晕倒,这是人体自我保护机制。但是手机怨念营造出的恐怖和这种突然的惊吓不同,它通过诱发受害者自身的恐惧,慢慢折磨受害者,让受害者长时间处于崩溃的边缘。在这种状态下,受害者很可能会被逼疯,或者做出极为不理智的行为。

"千万别干傻事啊!"

陈歌冲进楼道,按动电梯,电梯却停在十三楼一直不下来。他没有办法,只能去爬楼梯。完成了黑色手机发布的那么多任务后,相比逻辑思维和胆量,陈歌觉得自己进步最明显的其实是体能。陈歌打开复读机,手握碎颅锤,也不怕吓坏楼内的居民,以极快的速度全力朝楼上狂奔!

一层层声控灯亮起,陈歌一口气冲到十三楼。空荡的走廊上,其中有一户外面的防盗门没关,非常显眼。

"找到了!"

陈歌冲到门边,大声呼喊高汝雪的名字,可屋内根本没有人回应,只能听见高汝雪痛苦的低吟,还有什么东西被摔碎的声音。印象中冷静、理智的女孩,此时好像疯了一样,陈歌不敢再耽误时间,抡起碎颅锤砸向里面的那扇门!

"嘭!"

他全力挥击,碎颅锤的血槽中隐隐有血丝在动,陈歌也不知砸了多少下,门锁终于被砸开。他手提碎颅锤,冲入屋内,一眼就看见高汝雪上半身倾斜到了窗外。更恐怖的是,高汝雪的头顶有一个骨瘦如柴的小孩,那孩子抱住了她的头,用身体堵着她的耳朵,一双手紧紧捂着她的眼睛。

"许音!"

几栋楼都能听见陈歌的叫喊,屋内所有灯光在这一瞬间全部熄灭,空气仿佛也冻结了,一道血红色的身影扑向高汝雪!

看见许音过来,高汝雪头顶的小孩表情惊恐,没有任何犹豫地松开了手,消失不见了。

感知恢复正常的高汝雪,还没缓过神,就又看见一只满身淌血的红衣朝她扑来。她想要尖叫,可是嗓子已经发不出任何声音了,她双手无力,任由身体向后倒去。

"抓紧我!"熟悉的声音又一次出现,高汝雪涣散的瞳孔慢慢聚焦,回过神来发现屋子里的红衣已经不见了,只有陈歌死死抓住了她的手臂。灯光已经熄灭,高汝雪看着那个站在黑暗中的男人,逐渐恢复了冷静。

陈歌一脚踩在窗边,用尽全力把高汝雪拖了上来。看着惊魂未定的高汝雪,陈歌自己的心脏也在怦怦乱跳。"幸好外面的防盗门是打开的,如果那扇门也被锁住,我根本没办法这么短的时间进来。"陈歌还是有点不放心高汝雪,他把瘫坐在地的高汝雪拖到沙发上。"没事了,你好好休息,我去给高医生打电话。"

十几分钟后,屋内的灯重新亮起,走廊里响起了脚步声。陈歌抬头一看,原来是高医生赶了过来,他和平时完全是两个模样,再也没有那种成熟男人的自信和风度,喘着气,眼中满是担忧。

"小雪。"高医生趴在沙发旁边,抓住了女儿的手。一直冷冰冰的高汝雪这时候终于露出了自己脆弱的一面,放声大哭起来。陈歌默默地将碎颅锤装入背包,捡起高汝雪被摔坏的手机,独自走到门外。

今夜的事情还没有完,那个手机怨念他势在必得!

"红衣以下的怨念,不可能长时间暴露在外面,必须要依附在某种东西上才行,那个手机怨念逃不远。"

陈歌没有盲目地去追,他的思路一直很清晰。在陈歌刚进入大楼准备乘坐电梯的时候,电梯停在十三楼一直没有下来,当时手机怨念正趴在高汝雪头顶蒙蔽她的感知,所以说不让电梯下来的是另外一个人或者怪物。明显有人在背后操控手机怨念,而那个操控者很可能就是堵住电梯门,不让电梯下去人。

如果仅仅只是为了把高汝雪引走,那他根本不用多此一举,因为他没有杀死高汝雪的理由。计划失败，抽身离开才是最佳选择，这个时候动手强行杀人，只会让自己暴露更多。他为什么突然改变了注意，想要杀死高汝雪？

陈歌在脑海里想出了好几个答案，最有可能的一种情况就是——高汝雪在无意中看到了凶手。因为高汝雪见过凶手，为了不让自己暴露，所以凶手才临时改变主意，想要灭口。

操控我的手机，将我引出新世纪乐园，又将高汝雪引到其他地方去，幕后主导这一切的应该就是怪谈协会。陈歌靠在墙壁上，双眼望着窗外，脑中的所有线索串联在了一起。今夜过后，怪谈协会应该就只剩下一个人了。

陈歌回到屋内，让高医生去小区那里调看十三楼的监控，他则蹲在沙发旁边，一直等到高医生离开后才开口："你回家的路上有没有见到什么奇怪的人？"

"奇怪的人？"高汝雪想了一会儿，"送我回来的那个司机问题很大，他一直在给我讲关于挖眼凶杀案的事情。"

"除了他还有其他人吗？"高汝雪被手机鬼影响，无论看到什么都会往最恐怖的方面联想。

思索了一会儿，高汝雪忽然想起了什么，开口说道："我在楼道里准备坐电梯的时候，有一个穿着特大号雨衣的人正好从电梯里出来，我跟他走了个照面。"

"雨衣？"陈歌一下来了精神，"你有没有看见他的脸？"

"没，那人全身藏在雨衣里。"高汝雪欲言又止，最后还是说了出来，"他从电梯里出来后，我不知道为什么很害怕坐电梯，担心自己进去后，突然有什么东西冲进来。然后我就爬楼梯，当我走到六楼的时候，一楼的安全门被打开了，有人追了过来。"

"我真的被吓坏了，一路跑回家，慌慌张张的，连外面的防盗门都没关。"高汝雪现在回想起当时的场景，仍有些不安。

"你的选择没有错，当时跟在你身后的人确实不怀好意。"

手机怨念最大限度地激发了高汝雪的恐惧，让她产生各种各样的幻觉，不管遇到什么情况都会往最坏的方向想，可这也在无意当中救了她一命。十几分钟后，陈歌接到了高医生的电话，让他马上去小区的监控室一趟。现在高汝雪的情况还未稳定下来，他不放心高汝雪一个人在这里。陈歌搀扶起高汝雪，两人一起下楼，他们进入监控室时，高医生和两名保安正围在电脑前。

"有什么发现吗？"

"你来看。"高医生让保安回放监控视频，令人毛骨悚然的一幕出现了。

高汝雪进入安全通道没多久，一个穿着特大号深色雨衣的人就跟着进入了楼道。他紧紧追在高汝雪身后，好像幽灵一样。切换到下一个监控探头，高汝雪已经跑到了十三层，她狂奔到自家门口，颤抖着手翻找钥匙开门，隔着屏幕都能感受到她那个时候的紧张。身穿雨衣的人慢慢逼近，当他出现在十三层时，高汝雪还没有进门。那人加快了速度，奔跑过程中，雨衣袖子被风吹开，从监控画面中能清楚看到，他此时正抓着一个特殊的金属器具，上面沾满了血渍。两者距离不断拉近，最后只剩下不到十米时，高汝雪终于打开了里面那扇门，躲进了屋子里。

房门被关上，走廊重新恢复平静。不过身穿雨衣的怪人没有离开，他停在高汝雪家门口，慢慢蹲下身体，藏在猫眼看不到的死角。这个时候，如果高汝雪误以为那人离开，打开房门，后果将不堪设想。监控视频上的时间在变化，画面却好像定格了一样，凶手身穿雨衣，一直蹲守在门口。

"这个人会不会就是挖眼案的凶手？他袖子里那个前端尖锐的东西就是挖眼的凶器？"

在几人观看监控视频的时候，保安室的门被推开，两名警察走了进来。"我们是市分局刑侦队的，高医生呢？"

陈歌认识为首那人，正是在芳华苑小区见过面的李政，他是颜队手下的得力干将。与此同时，李政也看到了陈歌，他几乎控制不住，脱口而出："小区里发生命案了？"

"差一点儿。"陈歌没想到会在这里遇到李政，更没想到他和高医生似乎很熟。

"如果不是陈歌提前发现了凶手，我女儿可能已经遭遇不测了。"高医生的情绪不太稳定，女儿差点儿遇害，任谁都很难在短时间内冷静下来。李政走到电脑旁边，看到了视频当中的人后，表情一变，直接拿出手机，拨通了一个号码："颜队！栖霞湖小区发现挖眼案嫌疑人！和之前监控拍下的画面一样，凶手身穿深色雨衣！"

汇报完后，李政要求在场所有人和警方配合，暂时不要随便离开。十分钟后，颜队带人赶到，他简单询问现场情况后，便立刻对周边所有街道进行布控。

"放心吧，我们已经锁定了凶手的大概位置，他今晚插翅难逃！"

动静闹得比陈歌想象中大得多，警车、警犬，一条条街道被封锁，能够看出警方这次下定了决心。

"监控显示凶手离开三号楼到现在不超过二十分钟，如果没有机动车辆接应，那他的活动范围大致在这个区域内。"颜队在手机地图上标注出几个点，发送到他们的平台上。"所有人听好了，由外向内，一寸一寸地搜！掘地三尺也要把人给我找出来！"

在颜队的指挥下，市分局刑侦队好像一台精密的机器开始运转起来。等颜队下达完所有指令后，陈歌才凑了过去问道："颜队，凶手全身包裹在雨衣里，你们又没有见过他的真面目，会不会被他蒙混过去？"

"没有看过凶手的脸，不代表认不出来。"颜队密切注意各队动向的同时对陈歌说道，"这个凶手狡猾残忍，心理扭曲，杀人完全随机，作案毫无规律，为侦破案件带来极大困难。不过再狡猾的狐狸也斗不过好猎手，犯人自以为天衣无缝的犯罪，在我们看来其实漏洞百出，因为实在是太心急了。

"我们排查了五处案发现场近百个监控探头，通过图像比对，以及在现场提取到的包括头发、皮屑等证物，由专业人员进行犯罪心理画像，最后绘制出了这张图片。"

颜队把手机递到陈歌面前。

那是一个身体匀称、长相极美的女人。

"凶手是女的？"陈歌略有些诧异。

"不仅是女人，而且还是一个美得有些不真实的女人。"对讲机响起，颜队没有再跟陈歌废话，开始进行第二轮部署。

陈歌在心里反复思索颜队的那句话，他隐约猜到了这个连环挖眼案凶手的真实身份。和怪谈协会有关，长相很美，同时精神还存在问题，符合这些条件的女人只有一个——第三病栋六号病房的患者韩宝儿！

这个疯子的病例下面有一句话：上帝究竟多想毁掉一个人，才会赋予她这样的美丽？

除了王声龙外,这个女人就是第三病栋的最后一个病人了。只要能除掉她,第三病栋试练任务的完成度将突破百分之九十,获得隐藏物品奖励!

　　"应该就是她。"陈歌默默退后,"挖眼行凶的真正目的应该是为了我鬼屋里的那扇门,也就是说韩宝儿也是怪谈协会的成员之一,只要能抓住她,或者除掉她,怪谈协会就只剩下一个人了。"

　　确定了韩宝儿怪谈协会成员的身份后,另一件事也随之确定。

　　"十号要比韩宝儿高很多,并且是个男人,所以可以肯定韩宝儿不是十号!如果这么来推算的话,那个让我觉得很熟悉的十号,就是怪谈协会的会长!"

　　不到一个星期的时间,陈歌硬是用排除法找出了怪谈协会的会长。

　　"隐藏得还挺深,不过在我面前没有用,等韩宝儿落网,下一个就轮到你了!"

第15章 罪犯的克星

陈歌眼露凶光,怪谈协会会长带给他一种很熟悉的感觉,也正因为如此,他才更加迫切地想要找出那个人。

"五起凶杀案似乎是在进行某个仪式,怪谈协会准备了那么久,在成功将我诱出鬼屋后,估计就已经开始行动了。"

怪谈协会害怕陈歌暗中搞破坏影响仪式,陈歌又何尝不担心自己的性命,毕竟那个时候许音还未苏醒,他能用的只有一些看起来很凶,实际上并没有多少战斗力的员工。不过现在情况不同了,许音已经苏醒,虽说状态比较奇怪,但陈歌也有了可以与之一战的底气。

许音和闫大年配合,只要能拖住对方的红衣,我就有把握废掉那个暗中搞鬼的家伙。想到这里,陈歌走到颜队身边。"颜队,我鬼屋那边有点儿急事。"

"在凶手落网之前,你最好不要乱跑,别忘了,你也是他们的目标之一。"颜队没有同意陈歌离开,他拿着对讲机和手机,正忙着指挥。陈歌重新坐回椅子上,目光扫过颜队和屋内的另外两名警察。

从第一次见颜队开始,陈歌就没有怀疑过这个充满正义感的警察,但这回他却稍微有了一丝动摇。两个小时前,是颜队亲自打电话让陈歌去市分局。颜队给出的理由很充分，无可挑剔，也确实有保护陈歌的意思，但那个时机太巧了，正好是怪谈协会想要打鬼屋主意的时候。再往前推，怪谈协会想要夺取活棺村的门，他们准备得非常充分，不管是对江铃还是对活棺村都很了解，可是这些信息他们是从哪里获取到的？活棺村隐藏在大山深处，与世隔绝。那些外逃的人躲在林官村里，也很少和外界接触。一直到半年前，因为江铃父母投毒被杀，这个偏僻的小村子才引起警方重视，而当时负责投毒案的人正是颜队。深入调查过林官村的是颜队，照顾江铃的人也是颜队的手下，这是无可争辩的事实。陈歌在芳华苑小区救顾飞宇时颜队在场，第三病栋的案子从头到尾也是颜队在跟进，这么想的话，颜队确实有很大的嫌疑。当然，也仅仅只是有嫌疑，在陈歌看来，颜队长并没有这么做的理由，可能这一切只是个巧合。

今夜韩宝儿落网后，怪谈协会就只剩下那个隐藏最深的会长了。陈歌看着颜队的背影，悄悄地走出屋子，打车赶往新世纪乐园。晚上十一点，陈歌回到新世纪乐园，一下车他就觉得哪里不太对劲。空气中隐藏着一种很淡很淡的臭味，那气味和第三病栋以及海明公寓里飘散的气味很像，只不过要淡得多。

"又是这种气味。"当初在海明公寓，陈歌就闻到过。那个时候他还询问过高医生，结果他发现只有自己能闻到这种奇特的臭味。陈歌和看门大爷打了个招呼，进入乐园当中。越往里走，他就越觉得不对，周围的娱乐设施明明和平时一样，看起来却有点破旧，好像落了一层灰。

陈歌按下复读机的开关，从背包里取出碎颅锤，慢慢地靠近自家鬼屋。

深夜的游乐园有些阴森，陈歌走得很慢。"有点儿不太对，难道怪谈协会的最后一名成员还没有离开？"

当他距离冒险屋二十米的时候，远处的树丛突然晃动起来，陈歌眯起双眼，将碎颅锤横在胸前。过了几秒钟，树叶被挤开，一只白猫探出了自己小巧的脑袋，异色双眸在黑夜中格外显眼。白猫看见陈歌后，"噌"地一下蹿了出来，跳到了他的肩膀上，似乎只有这里比较安全。

"有外人进鬼屋，你好歹也象征性地抵抗一下啊，光知道逃跑。"陈歌摸着白猫的小脑袋，它好像是被吓坏了。陈歌继续向前走，停在鬼屋的防护栏旁边。"门锁完好，对方应该不是从正门进去的。"

他绕着鬼屋走了一圈，最后停在鬼屋卫生间的窗户外。之前因为镜中怪物的事情，他把这扇窗户封死，可是现在窗户又被打开了。

"果然是奔着'血门'来的。"

陈歌将窗户彻底打开，然后把白猫放在了窗台上，见白猫没有什么反应，这才翻窗跳进卫生间里。

"似乎有人在这里动手。"墙角的拖把、扫帚散落一地，卫生间刚换好的房门被撞坏，墙壁上的镜子布满细密的裂痕，厕所隔间上的木板也全部被拆下。

"张雅在我的影子里沉睡，许音也一直和我在一起，除了他俩鬼屋里还有谁能跟怪谈协会的人对抗？"

此次怪谈协会孤注一掷，肯定是带着红衣一起来的，陈歌并不认为自己鬼屋里有能跟红衣交手的员工存在。

"我是不是忽略了什么？"陈歌打开卫生间的灯，一点点清理地上的垃圾，搬开所有木板后终于有所发现。

在隔间那扇血门前面，躺着一个残破的布偶。

"是它？"

这一幕似曾相识，陈歌第一次去做噩梦级别任务时，也是这个布偶挡在了镜子前面，没有让镜中怪物出来。

双手将布偶抱起，陈歌的父母失踪后，警方只在那附近找到了两件东西，黑色手机和这个陈歌小时候制作的第一个布偶。完成第三件噩梦级别日常任务后，陈歌也弄清楚了布偶的身份，这个守护着鬼屋和新世纪乐园的可爱布偶，有着罗董事女儿的残念。

掌心的布偶身上有多处划伤，后背更是有一道半指长的裂口，里面的棉絮都被扯了出来。陈歌把棉絮塞回布偶身体，轻轻将布偶放在洗漱台上。

做完这一切后，陈歌看向隔间的门，布偶堵在门前，这说明怪谈协会应该没有得手。他们的目的就是这扇门，但是仅仅从外表来看的话，血门好像并没有发生什么变化。

陈歌有些不放心，他将门打开，就在拉开门板的一瞬间，他闻到了一股淡淡的血腥味。

低头看去，门后面画着一个奇怪的怪物图案，它龇牙咧嘴，背着各种刑具，更恐怖的是这怪物身上长着十个眼睛，而此时所有的眼睛好像都在盯着陈歌。

凶神恶煞？

看着门后的怪物图案，陈歌脑海里第一时间浮现出这么一个词。

"怪谈协会的人为什么要在门后面画一个怪物？这东西有什么特殊寓意？"

鬼屋里非常安静，被怪物身上十个眼睛盯着，就算陈歌经历了很多事情，此时也觉得有点儿不舒服。

围绕着新世纪乐园一共发生了五起凶杀案，死者的眼睛全部被挖去，受害者丢失的眼睛会不会就在这怪物身上？陈歌慢慢蹲下身体，用指尖轻轻触碰门板，那图案不是画在门上的，更像是嵌在门内，用手触摸表面根本感觉不出什么。

"去活棺村之前，颜队跟我说过挖眼案的一些情况，死者全部都是有罪之人，包括抢劫犯、小偷，还有在逃通缉犯等。用来进行仪式的是有罪之人，而门中的怪物又恰巧背着各种刑具，似乎象征着惩罚，最奇怪的是这怪物突然绘制在门内，正对着门后的世界。"

陈歌思索了很久也没弄明白怪谈协会的目的究竟是什么。

"等到了今夜十二点，门开的时候再过来看看吧。"

陈歌将房门关好，为了防止意外发生，他把地上的木板又全部捡起钉在隔间的门上。处理完这些后，陈歌抱起被撕破的布偶，带着白猫进入工具间。他打开灯，找到针线，开始修补布偶。会针线的男人很少，不过陈歌是个例外，冒险屋之前不景气，演员的服装大多都是他自己做的。在手被扎了无数次后，陈歌终于成了一个裁剪、缝纫、针线样样精通的男人。

"我爸妈对你比对我都好，要让他们看见你受伤，肯定特别心疼。"

陈歌耐心地缝合布偶后背上的裂口，手里的布偶虽然简陋，但是陈歌知道有一个美丽纯净的守护灵藏身其中。修补到一半的时候，陈歌忽然发现布偶的袖子里有一根又长又细的红色钉子，不仔细看根本发现不了。

"这钉子不是我从第三病栋院长办公室带回来的吗？"

第三病栋试练任务时，陈歌在院长的柜子里发现了很多信件，那个柜子没有被外人碰过，四角都被这种长钉钉死了。（详见第二册第 20 章）当时陈歌觉得这钉子有镇邪的功效,所以在后来去取碎颅锤的时候,顺便把红钉全部拔了出来,带回鬼屋。

钉子前端有血迹,说不定是凶手留下的,明天可以找人帮忙鉴定一下。陈歌把钉子收好,又继续开始修补布偶。时间慢慢流逝,无聊的白猫跳进线团里自己玩了起来,最后也不知道怎么弄得,它身体被线团缠住了,拖着放线团的小筐满屋跑。陈歌没有管它,把布偶后背上的伤口补好,轻轻将其捧了起来。这个布偶身上有一新一旧两道特别明显的伤口,新伤口就是刚才怪谈协会留下的,还有一道老伤口在脖子上,几乎快把布偶的脑袋给扯掉了。

陈歌的手指抚摸布偶脖颈上的伤口,回忆起许多年前的事情。当年,在布偶制作好后,陈歌的父母一直要求他将布偶带在身边,无论去哪里都要带在身上。一个男孩子随身带着一个布偶,让人看到总感觉怪怪的,陈歌心里不乐意,不过也没有因为这件小事和家人争吵。从小在鬼屋里生活,陈歌胆子很大,对什么都有很强的好奇心。他的父母也没有约束过他,只是严令禁止他自己一个人去江州市东郊。

陈歌一直不理解父母的做法,直到有一次学校组织郊游。当时全班人去江州市东郊的水库附近玩。刚开始也没什么异常,大概下午三四点的时候,陈歌看见有人在对他招手,那人给他一种很熟悉的感觉,好像还喊出了他的名字。陈歌把这件事告诉了老师,在老师陪同下朝着那条小路走去。他隐隐约约看到路的尽头有一座红房子,房子四周有很多孩子在玩奇怪的游戏,再往后的事情他就不记得了,只知道自己和老师晕倒在路边,醒来的时候自己怀里还抱着伤痕累累的布偶。

"那个时候应该就是你救了我。"陈歌摸着布偶脖子上的伤口,直到今天他才明白了很多事情。"以前是你守护我,以后我来保护你们。"

陈歌把布偶放进口袋,拿出碎颅锤,去每个场景都转了一圈。小小一家在午夜逃杀场景当中,没有损伤。他掀开木板,又进入地下"暮阳中学"场景。二十四个人偶老老实实待在最后一间教室里,没有一个往外跑,装得和真的人偶模型一模一样。继续往前,进入女生宿舍,被透明胶带包裹的笔仙倒是带给了陈歌一个惊喜。

白纸上写着一句话:凶手背着一具尸体,他称呼那具尸体为妻子!帮我照顾好王欣，为我报仇！

陈歌看着笔仙留下的"遗书"也是被惊呆了。"你倒是有情有义，生死关头，还不忘自己那个好朋友……"

检查了一下圆珠笔，发现笔仙完好无损，陈歌放下了心。他拥有一个会自己写遗书的怨念，这一点估计连怪谈协会会长都没有想到。

"凶手背着尸体，可以确定今天来冒险屋的人就是十号，他称呼自己背上的尸体为妻子，这倒是一个很重要的线索。"

陈歌检查了所有场景，可能是因为时间紧迫的原因，怪谈协会会长并没有破坏鬼屋，看来会长的主要目的还是一楼卫生间的那扇门。冒险屋里没有被人动过手脚。陈歌松了口气，他全副武装回到一楼卫生间，默默等待时间流逝。冒险屋的这扇门对怪谈协会来说是争夺的宝贝，对陈歌来说却没什么用，他对"门"了解得太少。因为未知，所以有些抵触。

守在隔间门口，一直到晚上十一点五十九分。

原本正在撒欢的白猫突然跑进了卫生间，冲着那扇门龇牙，陈歌也感觉到了异常。在门快要开启的时候，整座冒险屋里的所有怨念好像都有所反应。陈歌握紧碎颅锤，按下复读机开关，随时准备唤出许音帮忙。秒针在转动，当所有指针重合在一起的时候，原本画在门内的怪物图案浮现在门板上，那十个眼睛全部活了过来，看着根本不像是画，而是真实、会转动的眼珠。随着时间推移，门上开始出现细密的血丝，那怪物的表情也变得更加狰狞。血丝在怪物身上蔓延，每经过一枚眼珠，那枚眼珠就变得血红，一直到第十枚眼珠时才出现意外。

无论血丝如何缠绕，都无法染红最后一枚眼珠。

陈歌慢慢靠近，走到近处后他才发现，最后一枚眼珠好像被人用什么尖锐的东西戳瞎了。

布偶的袖子里藏着一枚长钉，应该就是它戳瞎了最后一枚眼珠。

最后一枚眼珠没有被染红，怪谈协会的仪式进行到了一半，不能算成功，但是好像也没有完全失败。血丝涌入怪物的身体，让它变得更加真实，仿佛随时都会从门上跳出来一样。大约过去了三十秒，门内传出一种奇怪的声音，好像是一个球在地上弹动。

"人头？"

陈歌唤出许音，手握碎颅锤蹲守在门口。如果不是他刚刚把木板重新钉好，现在说不定就直接开门跟对方打起来了。

那声音由远及近，最后撞在了门上，撞得隔间门板轻轻地震动了一下。在门内怪物触碰到房门的时候，门板上的怪物九只眼睛全部睁大，门内传出一声男孩的惨叫，紧接着那弹跳的球飞速离开了。声音远去，一分钟的时间也到了，怪物最终还是没有脱离门板。因为被戳瞎了一只眼睛的缘故，它好像被永远留在了这扇血门当中。

血门恢复正常，一切就像从未发生过一样。

门内怪物在触碰到门板的时候发出惨叫，声音中包含着痛苦和畏惧，看来怪谈协会画下的这个怪物图案极不寻常。

怪物图案已经随同血丝一起消失，但陈歌脑海当中仍残留着刚才的情景。

这怪物身上有五个罪人的眼睛，身上背着各种刑具，看起来凶神恶煞，更能震慑邪祟，怎么感觉跟"门神"差不多？普通人家过年贴门神，是为了驱邪避鬼、卫家宅、保平安，这怪谈协会在血门之上画一个怪物不会也是为了镇邪吧？

在活棺村时，吴非曾说过，陈歌冒险屋的这扇门可能还没有人进去过，是无主之"门"。当时十号的反应很大，似乎没有人进去过的无主之"门"非常少见。

画一个奇怪的图案就想控制住一扇"门"？这有点儿不太现实，成为一扇门主人的关键应该在门内。如此想来，陈歌很怀疑门上的怪物图案其实是一种保护门的手段。门是两个世界交接的地方，想要进入门内探索，首先要保证门的安全，这样遇到危险还能及时返回。保护门不被外人触碰，这应该是怪物图案的作用之一，其他的还需要慢慢摸索才行。

为了确保怪物图案不会对冒险屋造成什么影响，陈歌先后用许音和闫大年做了试探，两者并没有什么异常的反应。

"我还是有点不放心，明天晚上十二点再来测试一下好了。"

陈歌一开始对门的态度是避之不及，恨不得立刻将门封上。自从见过张雅在第三病栋一路杀进门内的疯狂举动之后，他对门的态度就慢慢发生转变了。

"有机会我也要进去看看。"陈歌把许音收回磁带当中，回头看了一眼自己的影子。"等张雅苏醒，就去门那边转一转。"

已经是晚上十二点，可陈歌回到员工休息室里却怎么都睡不着。他还是对那个手机怨念念念不忘，觉得那个手机怨念如果放到鬼屋里一定能派上大用场，就这么跟着怪谈协会陪葬太可惜了。平常都是"不做亏心事，不怕鬼敲门"，人担心被惦记，到了陈歌这里就完全反了过来。

"手机怨念是怪谈协会的，严格来说我也是怪谈协会成员，虽然他们没有承认，但这不重要。"

怪谈协会快要覆灭，陈歌忽然意识到了这个问题。怪谈协会掌控着不止一扇门，他们隐藏在城市阴影当中那么多年，应该积累下了不少好东西。退一步说，就算他们没有留下物质上的东西，仅仅是他们掌控的那些怪物对陈歌来说就十分具有吸引力。这可是一大笔财富啊！

怪谈协会包括会长在内的其他成员即将全部落网，作为怪谈协会的候补人员，陈歌觉得自己是时候站出来了。他背上包，拖着碎颅锤来到"暮阳中学"的场景当中，进入女生寝室，找到了笔仙。

"别怕，有我在，以后除了我没人敢欺负你。"陈歌安慰了一下笔仙，拿起了笔，预测韩宝儿的位置。笔仙预知的成功率只有百分之五十，并且预测事件还不能超出她自己的能力极限，这就导致预知这个能力稍有些鸡肋。不过今天她可能受到了外界的刺激，在陈歌问出问题后，直接在纸上写出了一个非常详细的地址。

"栖霞湖小区三号楼二十三层？挖眼案的凶手本身就住在栖霞湖小区？"

这是一条非常重要的信息，陈歌将白纸上的地址记在心中，拿出手机本来想要打给颜队，但是他犹豫了一下，最后收起了手机。他锁上了门，又一次离开了冒险屋。

"如果遇见红衣怨念就暂时撤退，寻求警方帮助；如果只有普通怪物，就全部扔进漫画册里慢慢训练。"陈歌身处暗处，依靠笔仙掌握了先机，再加上许音和闫大年的协助，几条加在一起，他的优势非常明显。

打车来到栖霞湖小区，警方的封锁仍未解除，为防止背包里的碎颅锤引起不必要的误会，陈歌提前下了车。

"挖眼案的凶手可以交给警方，但是手机怨念我必须带走。"

陈歌回到监控室，颜队他们早已经离开，奇怪的是颜队没有专门询问陈歌的去向，不知是太忙没有顾上，还是早已习以为常。找了半天，陈歌在现场看到了李政，他把笔仙的预测结果说了出来，并配上了一大段编造出的推理过程。李政皱着眉听完陈歌那些根本站不住脚的推理，如果换一个人，可能他早就不耐烦了。但是李政没有反驳陈歌，毕竟眼前这个男人非常特殊，有过辉煌到恐怖的报案记录，他似乎天生就是罪犯的克星。

简单沟通过后，李政找到物业，要来了三号楼二十三层所有居民的资料，最后在物业陪同下，一起去了二十三层。

"高汝雪想要乘坐电梯的时候，正好遇到了下楼的雨衣人，这应该只是一个巧合。"

警方的搜捕带给雨衣人很大的压力，陈歌换位思考，觉得凶手应该是想要离开栖霞湖小区，准备逃离这个地方。

"暂时还不能确定，不排除尾随谋杀的可能。"李政看着电梯里的监控探头。"我们也怀疑过凶手就住在栖霞湖小区当中，因为小区里有部分监控探头在三天前被人破坏，而那也正好是第一起挖眼案发生的时间。"

李政说完后狐疑地看了陈歌一眼。警方在掌握了大量线索的情况下，才推断出凶手有可能住在栖霞湖小区，而陈歌一个门外汉，孤身一人，没有团队的帮助，不仅确定凶手在栖霞湖小区，甚至连凶手所住的楼层都一清二楚。坦白说，如果不是李政对陈歌很熟悉，他甚至怀疑陈歌也和这个案件有关。进入电梯，小区物业人员为陈歌和李政提供了二十三层所有住户的基本信息。

户主的名字里没有"韩宝儿"这三个字，根据物业工作人员的回忆，三号楼二十三层好像也没有特别漂亮的女人。

"陈歌，你会不会是弄错了？"

警察来到栖霞湖小区后的第一件事就是封锁了三号楼，他们已经排查过大部分住户了。

陈歌对笔仙的预测能力也不是太放心，他只有百分之五十的把握。思考了一会儿，陈歌叫来物业工作人员开口问道："二十三层楼梯拐角有没有安装监控？"

"十五楼以上的监控很早以前就坏掉了，一直没来得及修，主要是之前请人修过，后来又莫名其妙地坏掉。反复几次后，我们也就没有再去管。"物业工作人员说话小心翼翼，这毕竟是他们的失职。"我们小区有三班保安，以前从来没有出过事情……"

"以前没出事，不代表以后不会。"陈歌没有跟工作人员计较。"你跟三号楼二十三层的住户熟不熟？这一层有没有什么行为举止不太正常的人？"

"不正常的人？"工作人员摇了摇头。

"那你们有没有接到过居民投诉？比如半夜某个房间里传出奇怪的声音，或者闻到什么刺鼻的气味？"陈歌开口询问，李政在旁边都插不上话。

工作人员沉思了一会儿，目光看向走廊深处的某一扇房门说："我们接到过住户的电话，不过不是投诉，是求助。"

"求助？"陈歌和李政都停下了脚步。

"二十三层有一户经常发生家暴，闹得很凶。不过我们从来没有接到过当事人的求助电话，都是邻居实在听不下去打给我们的。"工作人员带领陈歌和李政来到走廊最深处的那一户门口。"就是这家。"

对应着物业提供的户主信息，住在这里的人叫作裘猛，是一个很有名的高档俱乐部健身教练。

"你们要找的人应该不是他，裘猛身高快一米九，那个雨衣凶手的监控视频我也看了，最多只有一米七，肯定不是同一个人。"

"开门，先进去看看。"这时候陈歌不会放过任何可疑的地方。

工作人员似乎是有些害怕裘猛，有些不情愿地敲了敲门。"有人吗？我们是物业的。"

屋内非常安静，没有人回应。

陈歌碰了一下李政的肩膀。"这家可能有问题，叫你们的人过来，实在不行就使用暴力开门吧。"

"你说的真简单，在没有任何证据的情况下，我们没有权力破门而入。"李政想了想又补充了一句，"至少要征求颜队同意才行。"

两人交谈的时候，房门里忽然传出了脚步声，片刻后防盗门被打开，一个高大帅气、身材健硕的男人站在门口。他睡眼蒙眬，打着哈欠，眼睛稍有些红肿，似乎连续几天都没有好好休息过。

"你们有事吗？"

物业工作人员脸上挤出笑容，有些不好意思地说道："一个杀人凶手好像躲藏进咱小区里了，警察想要问你一些事情。"

"问我？"男人觉得有些莫名其妙，他慢慢清醒过来，看到李政身上的警服后，神色发生轻微变化。"我一直在家里睡觉，什么都不知道。"

"我们能进去聊吗？"陈歌五感非常敏锐，刚一开门就隐隐闻到空气中有股淡淡的血腥味。裘猛看了陈歌一眼，似乎不太愿意让外人进入自己家中。

"这是我的证件，希望你能配合我们工作。"李政出示完证件之后，当着裘猛的面拿出对讲机，让一组的其他成员来三号楼二十三层集合。

裘猛知道无法逃避，打开了防盗门。"进来吧，家里比较乱。"

客厅桌子被掀翻，各种东西散落一地，花瓶也被摔碎，几朵明显是刚买的鲜花掉在了地上，似乎还被人狠狠地踩了几脚，花瓣都被碾碎了。

"家暴？"陈歌第一个进入客厅，看到屋内的场景后，脑中首先浮现出的就是这个词语。

"有什么要问的就赶紧问吧。"裘猛脸色阴郁，他很讨厌外人来自己家，这让他有一种秘密被曝光的感觉。

"今晚八点到十二点之间，你在哪里？"

"在家玩电脑。"

"谁可以证明？"

"需要证明什么？我又不是凶手，你们找错人了！"裘猛大声喊道，他脾气很不好，就算面对警察依旧压不住火。

"我再重复一遍，谁可以证明？"李政此时好像换了个人一样，他的身高体形和裘猛比起来都不占优势，但是给人的感觉，真打起来，他似乎可以在几招之内制服裘猛。

"我七点半到家，吃了个饭，然后开始打游戏。"裘猛最后还是服软了，他打开电脑，"我平时没事喜欢玩直播，教人如何锻炼肌肉，今晚有点儿烦，不想跟人说话，就一个人直播打游戏去了。"

查看了直播录像，裘猛说的都是实话，八点到十二点之间他一直在打游戏。

"今晚你为什么会感到烦躁？"李政不放过裘猛话里的任何一个疑点。

"跟女朋友吵架了。"

"你动手打了她？"李政看了看一片狼藉的客厅。

"是。"

"为什么打她？在什么时间打了她？"

"这也要说吗？"裘猛脾气很差，好像已经到了爆发的边缘，"大概十点到十点半的时候，当时我正在直播，摄像头也没有关，不信你们可以自己去看录像。"

裘猛所说的时间，正好是雨衣人蹲在高汝雪房门外，准备袭击她的时间。如果裘猛说的都是真的，那他和他女朋友的嫌疑都将被排除。李政使用裘猛的电脑找到了那段直播录像。裘猛在玩游戏，一直到晚上十点左右，画面中响起他女朋友的声音，双方因为一点儿小事争吵起来，随后裘猛从摄像头前离开，屋内花瓶被摔碎，桌子也被掀翻，接着就听到了辱骂和哭喊的声音。

"我知道自己做得不对，但有时候我控制不住我自己。"裘猛轻描淡写的态度，让在场的人都有些愤怒。

"任何时候，对无辜者使用暴力，都是对人权的践踏。你要清楚，家暴致人受伤，也是可以判刑的。"李政站起身，朝旁边物业工作人员招了下手。"以后再遇到这种情况，你们必须要重视起来，纵容只会助长他犯下更大的错误。"

"明白。"

李政站起身，似乎是有些不放心地说："你女朋友现在在哪儿？我要看一下她的伤势。"

"在卧室，她把门反锁了，我进不去。"裘猛背靠沙发，一点儿要起来的意思都没有。

"你家里应该有卧室门的备用钥匙吧？把门打开。"

"你们警察都这么闲？外面不是还有杀人犯没抓住吗？我自己家的事情自己解决就可以了。"裘猛双眉拧在一起，手臂上浮现出一条条青筋。

"正因为我是警察，所以我不能不管。"李政盯着裘猛，指了指卧室，"开门。"

他态度坚定，裘猛自知无法糊弄过去，起身从衣柜里翻找出钥匙，打开了卧室门。

和一片狼藉的客厅不同，卧室里所有东西都摆放得整整齐齐，也不知是被人打扫过，还是原本就没有弄乱。

屋内隐隐能听见女人的哭声，很低，好像是受了委屈又偏偏不敢哭太大声。

"家暴不能被纵容，如果你需要帮助可以寻找当地妇联，或者直接报警也可以。"李政看着床上背对他躺着的女人，仅从背影看不出什么问题。但是多年的从警经验让他觉得这件事有些古怪，他绕到床铺另一边，看向女人的脸。局里的犯罪侧写师画出了凶手的外貌，挖眼案凶手有几个特点，手持特殊杀人器具，力气不大，外貌很美，为人亲和，很容易让人放松警惕。

这些李政早已记在心中，可就在他快要看到女人低垂的脸时，他的手机突然响了起来。拿出手机，接通电话，李政发现是颜队打来的，颜队告诉他已经发现挖眼案凶手，让他马上带人过去。收到命令，李政匆匆瞟了一眼床上的女人，那女人头发半遮着脸，看不出到底长得怎么样。出于对颜队的绝对信任，他简单交代女人几句后，直接走出卧室。

"凶手已经抓到了，陈歌，我们马上过去！"李政拿出手机朝外面走去，但是被陈歌拦了下来。

"别急着走，这个人好像在撒谎。"

李政快要看到女人的脸时，正好收到颜队的电话，这在陈歌看来不太正常。

更让他感到疑惑的是，市分局刑侦队平时在现场都是用对讲机联络，为何偏偏就这一次颜队要用手机给李政打电话？

"你们来看看这个被摔碎的花瓶。"陈歌指着地上的碎片，"如果是不小心撞到了柜子，花瓶从柜子边缘滚落，应该碎在柜子附近才对。可是你们看碎片溅射的中心点，距离柜子足足有一米多远，也就是说，这花瓶不是自己掉落的，而是被人举起来故意摔碎的。"

李政看了一眼，发现还真是这样的。

"刚才你进入卧室的时候，我朝里面看了一眼，卧室里干干净净，地板上连一点水渍都没有，这和客厅完全不同。我很好奇一个失去理智的男人，为什么偏偏只在客厅某一块区域发疯？"陈歌朝四周看了看，"厨房、卫生间都很干净，只有客厅被弄乱,而且乱得很克制,所以这很有可能是故意布置出来的。"

他拽着李政往后退了一步。"一对无辜的夫妇,为什么要在这么敏感的夜晚,营造出家暴的假象?他们是不是在掩饰什么?还有刚才男的提供的不在场证据,整段直播录像当中,只有他自己的身影,他的女朋友却一直没有现身,我很怀疑那录像有问题。"

被陈歌这么一说,李政也觉得有蹊跷,他让物业的工作人员离开房间去通知后面的人,然后自己和陈歌一左一右围住了裴猛。在陈歌说那些话的时候,裴猛刚开始还表现得很冤枉,但到了最后他直接沉默了。

"别做不必要的反抗,站起来!"

同时面对李政和陈歌,裴猛低下了头,过了很久,他似乎才做出决定。"那五起挖眼案,其实都是我做的,我跟你们一起离开。"

"你是凶手?"李政和陈歌对视一眼,同时明白了这个男人的想法,他想要替他女朋友顶罪。

"站起来!不要乱动!"李政拿出对讲机,正要向颜队汇报,他的手机又突然响了起来,打开一看竟然还是颜队的电话。

"喂?颜队!我这边发现疑犯!请求支援!"李政说完后,手机那边颜队只说了三个字:

"往后看。"

李政本能地转头看了一眼,卧室里那个女人不知什么时候走到了他的身后,一个个骨瘦如柴的小孩爬上了李政的身体。诡异的是,李政似乎没有看到这些,他双眼盯着女人黑洞洞的眼眶,好像被催眠了一样。

"我不想杀你们,你们非要找死。"

女人的声音有些沙哑,听上去年纪不小了,但如果看见她那张脸的话,所有人都会震惊。

很难形容出那种美,杂糅着病态和疯狂,好像是一朵盛开在墓地上的玫瑰。

汲取死亡的养分,绽放出惊心动魄的美。

陈歌还是第一次见到这样的女人,她美得有些不正常。她的容貌身体几乎挑不出一点瑕疵,而这也是最恐怖的地方。陈歌回想起了关于韩宝儿的病例介绍,这个住在六号房的病人患有身体畸形恐惧症。总是夸大身体的缺陷,强烈认为自己身体的某部分不好看,甚至为此采取极端的行为。病例当中说过,眼前这个完美的女人,曾在住院期间因为无法把指甲修理对称,想要砍断自己的手指。她拥有最完美的外貌,但是那颗心早已变得和正常人不同,与其说她是一个美丽的女人,还不如说她是一个披着最美人皮的怪物。

自从她出现后,屋内的气氛和刚才截然不同,所有灯全被关掉了。

黑暗之中,一个个体形干瘦的孩子从她脚下爬出,它们身上都有一根淡淡的血丝和她相连接。

"这些就是你的依仗?"陈歌往后退了一步,他双眼扫过,发现没有红衣之后,悬着的心掉回肚子里。"养这么多怪物小孩,对你自己负担也很重吧。"

"它们曾经都是我的孩子,所以我才能让它们听话。"韩宝儿这句话很有深意,她看着地上和李政身上的小孩,目光之中满是痛苦。

"孩子?"陈歌看着那些小孩,其中有一两个脸型大致和韩宝儿有些相似,他隐约明白了什么,感到一阵恶寒。"看来你确实病得不轻。"

"是啊,如果我没病的话,怎么会和这些怪物在一起,怎么会和你们这些散发恶臭的人说话?"韩宝儿用指甲划破手臂,所有伤口都是整整齐齐的,血液渗出,看着有种残酷的美感。"我讨厌所有脏东西,可惜这个世界本身就是脏的。我能想到的最好的办法,就是用这些脏东西去毁掉这个肮脏的世界。"

血液滴落,她和那些小孩之间的红线变得更加明显。

"我不知道你经历过什么,所以也没资格去点评你的所作所为,或许你有这样做的理由,但是这并不代表你就是正确的。"陈歌按下复读机开关,伸手抓住了碎颅锤的锤柄。"你们怪谈协会里的人都是疯子,想要缓解内心的痛苦,选择自己治疗自己,这一点我可以理解,但是你们使用的治疗方法不对。"

"治疗方法?"韩宝儿牵动手里的红色血丝。

"你活得太累了,该放下了。"

"你倒是挺镇定,我猜你心里一定很害怕,故意装出平静的样子想要等警察来救你对不对?"韩宝儿自以为看破了陈歌的把戏,没有再跟陈歌废话,指挥地上的小孩朝他冲去。

与此同时，裘猛也拿起了茶几上的水果刀，不过他很自觉的没有靠近韩宝儿，就像是仆人那样绕到另一边。

"除了趴在警察肩膀上那个小孩以外，其他的你想怎么处理都可以。"陈歌背靠墙壁，他已经无路可退，但看他的样子却一点都不着急。陈歌泰然自若地对着空气说话，就仿佛被吓疯了，在自言自语一样。

那些孩子在地上爬动，速度很快，数量也很多，在它们快要围过来的时候，一道血红色的身影悄然出现，一脚将地上的小孩踩成黑烟。

许音双手低垂，伤口渗着血液，顺着红色的外衣滴落在地。

"红衣？！你身上的红衣不是陷入沉睡了吗？"韩宝儿和孩子之间的血线开始颤动，她的那些孩子在害怕，畏惧的情绪传递到了她的身上，让她没有怎么思索就脱口而出。

"看来你早就认出我来了。"陈歌有些诧异，毕竟他是第一次见韩宝儿。

不过转念一想也对，怪谈协会就剩下两个人了，会长肯定会把陈歌的信息告诉韩宝儿。

"你身上一直都有两个红衣！"韩宝儿控制的血丝颤抖得更厉害了，似乎那些小孩想要挣脱束缚。

"是啊，我也从来没有说过我只有一个红衣啊！"

陈歌让许音去对付韩宝儿，自己从背包里取出碎颅锤，双手握紧锤柄，狰狞的锤头上缭绕着血丝。

"空间狭窄，这么大的锤子有点施展不开，算了，我就不计较那么多了。"

面对身高体形都远超自己的健身教练，陈歌一点也不敢大意，他翻动漫画册，唤出了英语老师段月、赌徒白秋林和推销员老周。

局势在顷刻间发生改变，裘猛死死攥着巴掌大的水果刀，冷汗直流。"你到底是什么人？"

"我就是一个开鬼屋的。"陈歌朝走廊外面看了一眼，"不能再耽误时间了，必须要在警察来之前处理好一切。"

陈歌和漫画册里的三个怨念同时出手，很快房间里就响起了男人的惨叫声，以及骨骼碎裂的声音。走廊里有开门声，似乎是附近的邻居想要过来查看，陈歌快步跑到门口，在裘猛绝望的注视下，将防盗门反锁。

"这下至少在警方来之前，没有人能救得了你们了。"

陈歌先使用闫大年的能力，将手机怨念拖入漫画册当中，然后就不再管许音，任由他放手去做。现在的许音已经不再进食普通的怪物，他遵照陈歌的指令，满屋子追杀那些小孩。那些孩子和韩宝儿血脉相连，每被灭一个，她的身体都会出现一个婴儿的手印。

相隔很远，陈歌都能从那手印中感受到浓浓的怨气，韩宝儿的孩子们最想报复的其实就是她。"它们是你的孩子，你不该把自己的不幸强行施加在它们身上。"陈歌看着韩宝儿，有时候美丽也是一种罪，因为这世界在阳光照射不到的地方，还存在着私欲和丑陋。韩宝儿被逼疯的原因，陈歌不太清楚，但是他知道每一个疯子背后都有一段不堪回首的记忆，那是让他们崩溃的根源。也正因为那段无法被消除的痛苦记忆，所以他们才会用更加疯狂、残忍的手段来寻求救赎。

韩宝儿身上的婴儿手印越来越多，那些死去的孩子，似乎想要将自己的母亲也一同拖入地狱。血丝一根根断裂，当最后一个孩子被许音灭掉，韩宝儿终于承受不住，她抱着头摔倒在地，原本完美的五官上浮现出了一个个孩子的手印。

韩宝儿患有身体畸形恐惧症，不能容忍自己身上出现一点畸形的地方，但此时那些婴儿手印不断在她的身体上浮现，就像是一片片胎记。她拼命抓挠，痛苦地嘶吼，歇斯底里地想要将婴儿手印挖下来。可惜直到她昏死过去，那些婴儿手印都没有消失。血顺着无瑕的皮肤滑落，遍体鳞伤的韩宝儿倒在屋子中央，她满身的伤口，看起来有些吓人。

在韩宝儿昏倒之后，被她迷惑的李政也跟着晕了过去。

同一时间，黑色手机轻轻震动了一下，不过陈歌暂时没有去看，他要在警察来之前先解决掉在场的另外一个人。双臂被捶断的裘猛好像是任人宰割的羔羊，他力气比陈歌大很多，但是论实战经验远不如陈歌。

"你还有什么要说的吗？"陈歌看着裘猛有些头疼，如果张雅在就好了，可以无声无息取出裘猛的灵魂，也不用担心暴露底牌。大局已定，裘猛瘫倒在地，看着远处的韩宝儿，眼神复杂。

"先被伤害的人是她，如果你知道她以前的经历，一定会认同她说的每一句话。"

"那你告诉我,她以前到底经历过什么?"陈歌对于韩宝儿这个人,还是比较好奇的。

"她从小跟随自己的母亲一起生活,她就像是那些趴在地上的小孩一样,依附在那个恶毒的女人身边。她是一个活生生的人,但是其他人却总是把她当作一件商品。美丽变成了一种罪,那是无法形容的绝望,错的是这个世界,她只不过是在走投无路之下,想要反抗而已。"

走廊外面响起脚步声,警察赶来了。陈歌不再耽误时间,他试着和许音沟通,询问有没有什么方法,能在保留裘猛性命的情况下,让他忘掉这一晚发生的事情。

许音显然理解错了陈歌的意思,他用双手按住裘猛的头,手臂上伤口裂开,鲜红的血液渗透入裘猛的身体。

只见裘猛眼珠里血丝密布,一片赤红,就在陈歌担心裘猛的眼睛快要撑爆的时候,他双眼失去色彩,晕了过去。许音好像从裘猛脑海中掠夺走了某一种东西,他缺失的心脏部位多了一抹浅浅的血色。

"成为红衣的关键和活人还有关?许音心脏那里缺少的究竟是什么?"

防盗门被撞击,陈歌心里清楚警察已经来了。他收起所有"员工",挑选了一个舒服的姿势"晕倒"在地,开始在心里思索如何应对接下来的盘问。

"快!有人受伤!叫救护车!"耳边响起警察的声音,陈歌感觉身体被搬动,他眯着眼睛看了一眼,市分局刑侦队一组的警察全部赶了过来,这让他有种久违的安全感。

韩宝儿和裘猛全部昏死过去,李政也不知道什么时候能醒来,为了避免不必要的麻烦,陈歌也很果断的开始装晕。连续几天都没有好好休息过,陈歌在被送到救护车上后,直接睡着了。

进入医院,医生检查了他和李政的身体,发现他俩并没有异常,反而是韩宝儿和裘猛被送进了急救室。躺在医院病床上,陈歌还不忘偷偷给自己订了个闹钟,这才沉沉睡去……

早上七点多,闹钟响起,陈歌伸了个懒腰,他很久没有睡得这么舒服了。

掀开被子朝两边看去,李政已经离开,病房里只有他一个人。

"李政昨晚被韩宝儿迷惑，应该不清楚后面发生的事情。"陈歌站起身，检查了一下床头柜上的背包，复读机和漫画册都在，但是碎颅锤却不见了。

他慌忙穿好衣服，提着包走出病房。

"你醒了？"守在病房门口的，正是陪他一起去过活棺村的老魏。"凶手身份已经确定，李政把功劳推到了你一个人身上，过几天你恐怕又要上电视了。"

"功劳全算在了我身上？"陈歌露出笑容，"那多不好意思，麻烦问一下，这个案子有赏金吗？"

"你好歹自己也是个老板，天天惦记赏金，荣誉是能用金钱来衡量的吗？"老魏觉得陈歌的想法有问题，"跟我来吧，颜队他们在楼下特护病房那里，正好他也有事找你。"

陈歌跟随老魏下了楼，远远就看见某间病房外面有警察看守。

征得同意后，老魏让陈歌一个人进去。

气氛有些不对，不过光天化日之下，陈歌也不认为会遇到什么危险。

推门而入，病房里只有一张病床，裘猛带着呼吸机躺在床上，医生正在旁边跟颜队说明情况，他们已经尽力了，但还是没有办法把裘猛弄醒。

看到陈歌进来，颜队让医生先出去，然后关上了病房的门。

"颜队，老魏说你找我？"陈歌扫了一眼病床上的裘猛，他头部、双臂和一条腿全部被纱布、石膏包裹着，看起来非常凄惨。

"这东西是你的吧？"颜队用双手从旁边的柜子里拖出一把造型恐怖狰狞的大锤，锤头上还贴着封条。

"它虽然长得吓人，但其实就是我鬼屋里的一个小道具而已。"

"小道具？"颜队双手用力才拿稳锤柄。"我们鉴定了裘猛身上的伤，肌肉撕裂，全身多处粉碎性骨折，倘若不及时救治，下半辈子就只能躺在床上生活了。"

"是他先动的手，这一点你可以问李政，我只是正当防卫。"陈歌一副身正不怕影子歪的样子，看得颜队也很无奈。

"我知道你没有做错，但有的时候我希望你能采取更理智一点的方法，比如说有了线索后立刻给我打电话，等待我们过去支援。"颜队撕下了碎颅锤上的封条，"现在从犯和主犯全部重伤，证据都无法采集，如果被有心人利用，会对你造成不好的影响。"

他将碎颅锤还给陈歌,又小声说了一句:"装进背包里,出去时不要再让人发现了,你这东西无论从哪个方面看都属于管制物品,以后最好少往外面拿。"

"明白。"

"行了,你去找老魏和李政吧,那边还需要你配合做一份笔录。"

从病房出来后,陈歌回想着颜队说过的每一句话,他实在无法把颜队和怪谈协会会长联系在一起。

"或许,是我猜错了吧。"

陈歌把手伸进背包夹层当中,里面有一个用油纸包裹着的、密封的袋子。

"还好,没有被动过。"袋子里装着的就是昨晚布偶使用过的长钉,钉子前端沾染有血迹。重新将袋子收好,陈歌在老魏陪同下做了笔录,然后就离开了。

第 16 章 第三位特殊游客

紧赶慢赶回到新世纪乐园，打开鬼屋防护栏，陈歌为徐婉和小顾化好妆，让徐叔在门口售票，外面还有罗董事专门安排的工作人员维持秩序，陈歌在冒险屋里转了一圈，忽然发现好像没自己什么事情。

小顾愈发熟练，徐婉本身就是老员工，地下场景里那二十四个人偶也在陈歌的教导下成为了熟练工，他们清楚了冒险屋的规则，有时候玩得太过火把人吓晕后，害怕陈歌生气，还会尝试给游客做心肺复苏。总之，一切都在慢慢走上正轨，陈歌现在只需要总领大局就行了。

坐在游客填写免责协议的地方，陈歌背靠墙壁，拿出了黑色手机。韩宝儿昏死过去后，黑色手机震动了一下，好像是收到了新信息，当时情况紧急不允许陈歌分心，所以他一直拖到现在才开始查看。

第三病栋试练任务完成度超过百分之九十！幸运的怨念眷顾者，恭喜你获得本次试练任务隐藏道具——第三病栋的病例单！

第三病栋的病例单（怨念值一百）： 我不明白自己为什么会变成这个样子，我那么认真地迎合，明明只是想做个人而已。

看完手机上的短信，陈歌稍有一些失望，他原本以为第三病栋试练任务的隐藏道具是门楠的主人格，现在看来是他想多了。收起黑色手机，陈歌进入道具间，在木箱之中找到了几份泛黄的病例单。

让陈歌觉得有些奇怪的是，这些病例单中只有五张贴着黑白照片，王声龙、门楠母亲、吴非、魔鬼和熊青这五个人的病例单上并没有贴照片。

"难道是只有确定死亡的人才会被贴上照片吗？"

王声龙还活着，门楠母亲守护在门楠副人格旁边，吴非被活棺村红衣女人抓走，魔鬼男让张雅做成了人偶，熊青则是在怪谈协会帮助下变成了红衣。除了这五个人外，剩下的人病历单上都有自己的黑白照片。陈歌盯着那些照片细看，黑白照片里好像囚禁着一个个病态的灵魂，他们有的在哭，有的在笑，有的默默盯着陈歌，双眼之中充斥着毁灭的欲望。

"精神病人死后的怨念，凝聚在了他们自己的病例单上？"生前的记忆好像滚烫的热油，让他们的灵魂无法得到安宁。活着的时候是门后怪物最好的载体，死后他们自身就是潜力无限的特殊怨念。

陈歌手指抚摸着病例单，一股寒意从照片当中传出。第三病栋试练任务的隐藏物品应该就是这十个病人的怨念。对于这个奖励，陈歌也不知道是好还是坏。这十个病人的怨念很有潜力，拥有他们十个，陈歌甚至可以重组怪谈协会。但凡事都有两面性，他们十个生前都是彻头彻尾的疯子，每一个都极其危险，想要让他们听话很难。

第三病栋最危险的就是他们十个病人，现在好了，他们十个人的怨念又回到了我的手中，用不了多久，我应该就能构建出完整的三星恐怖场景了！"第三病栋"场景里还有一个自带的隐藏任务——毁灭怪谈协会，等完成了那个任务以后，陈歌将第一次见识到真正的三星恐怖场景。

完整的"第三病栋"应该包含十个丧心病狂的病人，还有歇斯底里的医生，又或者更恐怖的东西。把游客放进这十个病人的包围之中，陈歌只是想象一下就觉得可怕。"我当时去做试练任务的时候也只是面对其中几个而已，把所有病人都放进去，估计游客真的会被逼疯。"

收好病例单，陈歌对三星恐怖场景有了一个全新的理解。"对我来说三星场景暂时够用，在张雅醒来之前，不用急着去解锁那个四星场景。"

走出工具间，陈歌将一批批游客送入恐怖场景当中，聆听着他们的尖叫和哭喊，看着他们双腿发软走出场景，一边喊着再也不来玩了，一边又好奇地跟别人打听其他场景里有什么。每当这时候，陈歌都会热情地走过去，介绍其他场景的卖点，给他们说好不容易进来一次，不玩得尽兴怎么行？要知道人生可以认输，但绝对不能留下遗憾。游客是付了乐园门票钱的，所以大部分会觉得陈歌说得有道理，就又开始排队。当然还有一少部分被吓破了胆的熟客，他们看见陈歌过来，根本不犹豫，撒腿就跑。

游客的"欢声笑语"回荡在冒险屋上空，连带着新世纪乐园也重新焕发了生机。

很快到了中午，游客数量依旧不减，徐婉和小顾交替着去吃饭，陈歌则走到外面帮徐叔一起卖票。

"徐叔，上次送医院那几个人怎么样了？"陈歌害怕给乐园带来麻烦，对这事还是挺上心的。

"罗董事帮你解决了，以后你也少惹点麻烦，现在乐园正处在关键的时候，可不能在这些小事上出问题。"

"放心。"陈歌正想说些什么，口袋里的黑色手机忽然震动了一下，他站到一个背光的地方，点击屏幕。

"午夜售票台特效触发！第三位特殊游客出现！请把握好这次机会，不同的选择，结果会完全不同！"

"竟然出现特殊游客了？"陈歌看着面前长长的队伍，轻轻皱眉。"生意太火爆也不太好，这要怎么把特殊游客给找出来？"

他拿出自己的手机对准前面的游客队伍拍了张照片，这样就算今天没有找到，等清闲了也可以慢慢研究，看哪个游客行为举止比较奇怪。

"拍什么照片，赶紧带人家进去。"徐叔在旁边催促，陈歌拍照的时候，有五个年轻人购买了门票。

"跟我来吧。"陈歌走在前面，那五个年轻人好像认识他，在他背后嘀嘀咕咕，小声说着些什么。

陈歌的冒险屋在江州市非常出名，网上能搜到一大堆视频，甚至还有网友把抡着大锤的陈歌做成了表情包，所以在他看来，自己被人认出很正常。

"你们准备玩儿哪个场景？"

"一星场景我们都已经通关了，今天准备挑战'暮阳中学'。"开口回话的是一个女生，长相普通，个子很高，说话带着鼻音，手掌上磨有老茧，有点像是女子篮球队的成员。

"二星场景要比一星恐怖许多，你们可要做好准备啊。"陈歌朝他们招手，"来这边，先签免责协议。"

陈歌把免责协议分给几个年轻人，他守在一边原本也没在意，只当是普通的游客。

直到他看见其中一个女孩的名字时，才突然意识到不对。

"刘娴娴？这不是高汝雪的那个室友吗？"

陈歌又看向其他几张免责协议，刚才那个高个女生在纸上写下了自己的名字——马颖。

单独一个人的话也有可能是重名重姓，两个人同时重名的概率就非常小了。她们来冒险屋干什么？

陈歌刚收到黑色手机的提示，接着刘娴娴和马颖就进入了冒险屋，这引起了陈歌的重视，他凑到几个年轻人旁边，随口问道："你们是江州市法医学院的学生吧？"

这句话一出口，五个年轻人都抬起了头，他们都有些紧张，感觉好像被坏人盯上了一样。

"你怎么猜出来的？"刘娴娴距离陈歌最近，她身上飘着一股淡淡的香水味。

"我不仅知道你是江州市法医学院的学生，还知道你心里藏着事儿，所以想要来鬼屋释放一下压力。"陈歌神神叨叨的，关键是他说得还挺有道理，"三男两女来参观，你们两个女的却紧凑在一起，也不往那几个男同学身上看，我估摸着你是心有所属，正在为这件事发愁。"

陈歌的话直接说到了刘娴娴心坎里，她小嘴微张，有些惊讶。"网上都说你精通心理学，我还不信，今天一见，我算是服了。"刘娴娴这么一说等同于默认，她旁边的三个男同学都有些失望。

可能是因为好奇的原因，刘娴娴又多问了陈歌一句："老板，那你觉得我和那个人到底能不能在一起？"

陈歌稍有犹豫，回想着手机怨念之前打电话时说的那些话，片刻后，他装模作样地摇了摇头。"我只能从你的神态、微表情、动作来分析你的心理，你喜欢的那个人我又没见过，不好下结论，如果你相信我的话，可以带我见那人一面，我一定给你个满意的答复。"

"真的？"刘娴娴似乎迫切地想要知道那个男人到底喜不喜欢自己，竟然对陈歌的提议有些心动。

"刘娴娴，老板在逗你玩呢，你还真信啊？"马颖搂着刘娴娴的肩膀，两个人的关系看起来非常好。

"我可没开玩笑，你们江州市法医学院的学生算是我这边的老顾客了，所以我才想要帮你们一把，别人我就算看出什么问题，也懒得开口。"陈歌觉得刘娴娴和马颖两人之中，很可能有一个是特殊游客，所以他才说了这么多。

看到自己的室友又开始动摇，马颖有点头疼。"你开心就好。"

"试试又不会有什么损失。"刘娴娴和陈歌交换了电话，对他说，"老板，我室友说的话你别往心里去，她就这性格，大大咧咧的，想到哪儿说到哪儿。"

陈歌收起手机，瞟了马颖一眼。"大大咧咧？我看你室友心里藏着的事不比你少。"

"说你胖你还喘上了，我心里能有什么事？"马颖翻了个白眼，把手从刘娴娴肩膀上拿开了。

陈歌看着马颖的眼睛，回忆起高汝雪曾经告诉他马颖的家事，过了五六秒钟，对着她说了两个字："姐姐？"

冒险屋内很安静，陈歌声音不大，但是这两个字却让在场所有人都听到了。一直镇定自若的马颖，在听到这两个字后，瞳孔放大，心脏好像是漏跳了一拍，身体直接僵住了。

"马颖！"刘娴娴晃动马颖的胳膊，几次呼吸之后，马颖才好像从梦中惊醒那样，直接甩开了刘娴娴的手。

"你怎么了？马颖！"

似乎突然意识到了什么，马颖瞬间平静下来，她没有搭理陈歌，将桌子上的免责协议往前一推。"没事，刚才我确实在想我姐姐，没想到被老板猜中了，吓了我一跳。"

"要不咱们不要玩了，你脸色看着好差。"

"哪有你说得那么严重？"马颖朝陈歌歉意地笑了笑，"免责协议都签完了，赶紧进去参观吧。"

"我就是随便猜猜而已，你们别往心里去。"陈歌收起协议，在前面带路，招呼她俩说，"'暮阳中学'场景在地下，跟我来吧。"

掀开木板，陈歌目送几名游客进去。"祝你们玩得愉快。"

将木板重新合上，陈歌脸上的笑容慢慢消失。听到"姐姐"两个字后，马颖的表现太反常了，难道她就是第三位特殊游客？刘娴娴也有可能，但相比较来说，马颖给陈歌的感觉更奇怪一点。

进入监控室，陈歌将对应"暮阳中学"的几个监控画面调出，注视着刘娴娴和马颖的一举一动。这五个年轻人胆子都挺大，他们对"暮阳中学"场景很熟悉，来之前应该是看过攻略的。沿着走廊搜寻校牌，五人很快来到了最后一间教室那里，他们经过的时候，教室的人偶齐齐扭头，三个男生和马颖都被吓了一跳，只有刘娴娴在没心没肺地笑着。

"她为什么要笑，这很好笑吗？"

在阴森恐怖的环境内，被一屋子人偶盯着，是个正常人都会感到害怕才对。

陈歌托着下巴，原本他比较怀疑马颖是那个特殊游客，但是看见刘娴娴在鬼屋里的表现后，他又开始怀疑刘娴娴。

"是不是还不够恐怖？"

陈歌点开背景音乐，将《黑色星期五》和《嫁衣》随机插入播放列表当中。

五个年轻人停在最后一间教室门外，三个男生谁都不敢进去，后来刘娴娴好像对他们说了什么，最后五个人一起进入了那间教室里。切换到教室里的那个摄像头，陈歌仔细看了几遍才发现，刘娴娴并不是不会害怕，只是她表现恐惧的方式和常人不太一样。在她经过两个人偶中间的时候，有一个人偶模型的脑袋突然掉了下来,其他四个人都被吓了一跳,只有距离人头最近的刘娴娴还保持着镇定,她脸上带着笑容,将地上的人偶抱起,重新安好。

陈歌暂停了画面,紧盯着刘娴娴抱起人头模型时脸上的笑容。

"她笑得很僵硬,几次露出笑容时,嘴角上扬的弧度都一模一样,就像是训练了好久。一个人在受到惊吓时,露出惊恐的表情,这不是很正常的一件事吗?她为什么要专门去训练自己?"克服恐惧和对恐惧笑脸相迎完全是两种概念,刘娴娴的这个情况,让陈歌也有点看不懂了。

"身体打颤,脸上却露出笑容,这个女人是不是有什么心理上的疾病?"陈歌回想起了自己鬼屋的前两位特殊游客——范郁和门楠,他们刚到鬼屋时,也表现得很另类。继续播放监控画面,五个人已经从最后一间教室出来了,他们刚走没过多久,几个人偶好像被风吹倒,摔出了最后一间教室。再往后的监控没有什么好看的,陈歌重点留意着刘娴娴,越看他越觉得这个女孩不正常。

比如在西郊私立学院男生公寓那里,站着上吊的人偶突然从寝室里钻出,蹦跳着朝他们跑来。其他四人直接被吓哭,玩了命的狂奔,但是刘娴娴却浑身打颤停在了原地。她脸上仍旧保持着那个笑容,眼里却流出了泪,能看得出来她很害怕,胸口起伏,感觉都快要被吓晕过去了。站着上吊的人偶自然不会真正伤害她,它蹦跳到刘娴娴身边后,摔在了她怀里。"死人"脸仰头看着她,刘娴娴再也控制不住,大声叫喊着对不起,也不知道她到底是在跟谁道歉。她这种情况明显是受了刺激,陈歌也不敢继续在监控室里待着,自己这鬼屋昨天刚送进医院五个,今天再有游客被吓晕,确实有点不好交代。

掀开木板,陈歌小跑着进入场景当中。

其他四个医学生已经将刘娴娴拖了出来。他们冲着监控高声求助,选择了放弃参观。

"你们别怕,我一直在监控室里看着你们,只要出现意外,我就会进来带你们出去的。"陈歌的态度很好,事情发生不超过一分钟,他就已经赶到了。

"老板,刘娴娴不会出事吧?"马颖有些担心。

"暂时不好说。"陈歌看了一眼慢慢平静下来的刘娴娴,她面部肌肉牵动,都这时候了居然还要勉强自己露出笑容。"其实我现在好奇的是,为什么她在面对鬼屋道具的时候不仅不跑，还傻乎乎地站在原地？"

"我也不清楚，刘娴娴在寝室的时候也出现过这种情况，不过并不严重。"马颖扶着刘娴娴，几人一起朝外面走去。

"出现过这种情况？"

"是啊，大二以前刘娴娴很害怕虫子，但是从某一天开始，她突然就不害怕了，有时候还敢伸手去抓那些虫子。"

"从某一天开始？"陈歌现在已经肯定，刘娴娴在校期间肯定遇到过什么事情，这个人绝对有问题。他清楚心急吃不了热豆腐的道理，也没有逼得太紧。"我们这边有专业的医生，先带她出去吧。"

陈歌亲自将刘娴娴送到医疗室，他本想着趁着这个机会多和刘娴娴交流一下，争取从她嘴里套出一些东西，但鬼屋那边实在离不开人，所以只能先离开。

一直等到下午五六点，黑色手机也没有发来短信提示，陈歌开始怀疑自己是不是找错了人。"难道特殊游客不在她们两个当中？"

忙碌到下午六点半，陈歌关门停业，他简单打扫了一下卫生，就背着包朝乐园外面跑去。坐上出租车后，陈歌给李队发送了信息，说有很重要的事情要面谈，这件事还不能让其他人知道。李队很快给陈歌回信息，约在西城派出所旁边的紫荆花公园见。

晚上七点十分，陈歌在一个凉亭里找到了身穿便装的李队。

"陈歌，你神神秘秘的，找我到底有什么事？"李队点了根烟，靠在凉亭柱子上。

"我想请你帮我化验一个东西。"陈歌从背包里拿出那个密封的油纸袋，"这里面有一根铁钉，钉子前端沾染着一些血迹，你们警察不是有DNA数据对比库吗？你帮我查一下这个血迹的主人，看看有没有备案。"

李队接过油纸袋，他没有立刻答应下来，只是问道："这是凶犯留下的？"

陈歌点了点头。

"那为什么不直接送到警局去，还专门把我叫出来，偷偷给我？"李队掐灭了烟头，吐出最后一口烟，他深深地看了陈歌一眼。"你怀疑凶犯是警察？"

陈歌没有否定。"三宝叔，这件事的结果可能会很可怕，我现在也不知道答案。"

"你就天天给我找事吧。"李队将油纸袋放入衣服里兜,"鉴定结果最迟明天晚上出来。"

"多谢。"

"你谢个屁,警察抓凶犯,义不容辞。"

李队转身离开,陈歌也打车准备回新世纪乐园,他刚坐到车上,手机突然响了起来。

"刘娴娴?"陈歌按下了接听键。"喂?你身体好点了吗?"

"好多了。"

"你找我有事吗?"

"是这样的。"刘娴娴情绪有点激动,她组织了一下语言说,"你今晚能不能来江州市法医学院一趟,我把那个人约出来了,我不清楚那个人到底爱不爱我,所以想要请你帮我看一下。"

陈歌没想到刘娴娴真的会因为这件事给他打电话,片刻后,陈歌开口说道:"好,我马上过去。"

在他答应刘娴娴的请求之后,另一个口袋里的黑色手机震动了一下,他将手机取出,发现屏幕上多出了一条新信息。

第三位特殊游客已经离开,经过你的努力,成功获取任务信息!解锁隐藏试练任务——消失的妻子!

消失的妻子(尖叫指数一星):午夜十二点之前找到刘娴娴。

任务提示:他或许并不爱我。

是否接受任务?试练任务只能存在二十四小时,若二十四小时内没有接受,视为放弃,本场景将永远无法解锁。

陈歌下意识地选择了接受,这只是个尖叫指数一星的任务,在他看来应该没有多困难。

"只需要找到刘娴娴就行了,没有其他的任务要求吗?"陈歌总觉得这句话有其他含义,但现在他还想不明白其中的关键。

挂断电话,陈歌先回新世纪乐园,他把所有工具带齐以后,这才赶往江州市法医学院。

晚上七点四十，陈歌来到江州市医科大学法医学院，在外面一间茶楼里找到了刘娴娴。

"你怎么跑到茶楼里来了？"陈歌心里觉得奇怪，这地方东西很贵，最主要的是看刘娴娴的样子也不喜欢喝茶，纯粹是花钱买罪受。

"他比较喜欢安静的地方。"刘娴娴有些不好意思，能看得出来她精心打扮过，就是脸色稍有一点苍白。"我帮你把旁边那个隔间订好了，你就躲在那儿。"

陈歌坐到刘娴娴说的地方，从这个角度正好能看到对面的隔间。安排好后就开始了漫长的等待，刘娴娴和那个男的约好晚上八点见面，算上刘娴娴之前等陈歌的时间，这个女孩至少提前了半个小时过来。

她一遍遍检查自己的妆容，小心翼翼地朝窗外看去，既期待又紧张。

很快八点钟到了，刘娴娴约的男人并没有到。她拿出手机，想要拨打某个电话，在通讯簿里找到那个人的名字后，却又犹豫了。

"是遇到了什么事吗？"

此时的刘娴娴和在同学面前表现的完全不同，她让服务员倒了一杯水，拿起杯子后，又担心蹭掉口红，她要把自己最完美的一面展现出来。

八点二十分了，那个男人仍旧没有到，刘娴娴看着桌上精致的点心，一点食欲都没有。她抓着手机，几经犹豫，终于拨通了那人的电话。忙音响了十几声，刘娴娴的电话没有人接听。

"肯定是出事了。"刘娴娴看向窗外，外面的人群已经散去，街道上慢慢冷清下来。

她一直等到了九点多钟，那个男人还是没有来。

"别等了，感觉他今天不会来了。"陈歌走出隔间，"从他对你的态度来看，他可能并不是太在意你的感受。"

"再等等吧。"刘娴娴不死心，可直到茶楼关门，她要等的人都没有出现。

两人一前一后走出茶楼，刘娴娴有些失落。陈歌因为黑色手机任务的原因，没有走远，跟在她身后。"能给我说说你们之间的故事吗？或许我能给你指一条路。"

刘娴娴摇了摇头，不知道是不愿意说，还是有什么难言之隐。

"你不说出来我怎么帮你？有些东西压在心底太久就会'变质'，你现在需要的是找一个可以倾诉的人。"

"你的室友和你生活在一起,你们是同一个圈子的人,她知道的太多或许会影响你们之间的友谊。但我不会,我是一个和你生活没有交集的外人,你不用担心我会干扰你的正常生活。"陈歌不断劝说,只为了能从刘娴娴嘴里套出有用的信息。

听了这些话,刘娴娴有些意动,她心里确实压着很多东西,已经快要让她喘不过气来了。

"说出来吧,说出来会好受一点。"陈歌的声音听着就像是邻居家的大哥哥一样,很温暖。

停下脚步,刘娴娴内心似乎还在挣扎,片刻后她说出了第一句话:"我是被母亲带大的,从未见过自己的父亲,有时候我也在幻想我的父亲长什么样。可能就是因为天天幻想的原因吧,我在第一次遇见那个人的时候,产生了一种非常特别的感觉。不知道是不是喜欢,反正我跟他在一起有种前所未有的安全感。"刘娴娴看着头顶的路灯,昏黄的灯光照在她略带痛苦的脸上。"就像是一个迷路在荒野里的孩子,遇见了一个举着火把、背着枪的猎人。"

"你这个比喻很新奇,后来呢?"

"他比我年龄大,拥有一个成熟男人所有的优点,在我眼中他几乎是一个完美的男人。我控制不住地陷了进去,可随着接触的越来越多,我才发现他和普通人有些不同。"刘娴娴的眼神有些恍惚。"喜欢一个人就会去了解和那个人有关的所有事情,我从他最亲近的人那里得知,他的妻子在七年前出了车祸。正因为知道了这件事,我才放下顾忌想要去追求他,一开始他拒绝了我,后来我死缠烂打,才慢慢和他拉近了距离。也就是从那个时候,我发现了他身上最大的秘密。"刘娴娴停顿了很久才开口。"他一直认为自己的妻子还活着,家里所有生活用品都准备了两份,有时候他还会突然对着空气说话,就像他的妻子站在那里一样。"

"这很明显是受了什么刺激,精神和心理上出现了问题。"刘娴娴听到陈歌的话后,犹犹豫豫地摇了摇头。"我觉得他那不是病,他只是因为太爱自己的妻子了。"

"我看是你被爱情冲昏了头脑,想着各种理由为他开脱,如果你真的为他好,就该带他去看心理医生。"

"等你真正见到他以后就会知道，我并没有骗你。"刘娴娴看着手机上的电话号码，朝陈歌道了声谢。"今天麻烦你了，这事我会自己处理好的，还希望你能为我保密。"

"放心，我不会告诉别人的。"看着刘娴娴的背影，陈歌脸上的笑容慢慢消失，他发现刘娴娴说话时带有一种特别绝望的情绪，这种情绪他也曾在怪谈协会成员身上感受到过。刘娴娴喜欢的那个男人，一直认为已经去世的妻子还活着。这和怪谈协会的十号有点像，笔仙留下的'遗书'里也说了，十号称呼自己后背上的尸体为妻子。陈歌越来越对刘娴娴好奇了，趁着四下无人，他背着包也进入了江州市法医学院。

刘娴娴等待的人没有出现，她失魂落魄地走在学院小路上，没有发现远远跟在后面的陈歌。

"她要是回寝室了，我怎么办？守在外面？"陈歌观察了一下女生寝室四周，虽然有能藏人的地方，但这万一要是被抓住，肯定会被当成变态。他眼看着刘娴娴进入女生寝室一楼，消失在楼道里。

"跟过去肯定不行，就这样离开估计试练任务会失败。"陈歌有点纠结，最后他朝着那栋被封禁的教学楼走去，"根据手机怨念的描述，马颖和刘娴娴每晚凌晨一两点钟都会离开寝室，今天应该也不会例外，我只需要找个能看见女寝大门的地方躲着就行。封禁教学楼晚上绝对没有人会过来，视野开阔，我也不用担心被保安发现。"

陈歌轻车熟路地进入封禁教学楼当中，他上到二楼，将背包扔在地上，默默注视着女生寝室。感觉这样的行为有些不妥，不过应该没人能想到废弃教学楼会有人。斜靠着墙壁，陈歌拿出手机翻动起来。"应该把白猫也带过来的，一个人这么守着，太无聊了。"

他上网搜了一下自己的冒险屋，看了看最新的评论和报道，然后登陆短视频平台。刚一上线，就看到信箱爆满，点开之后陈歌有些惊讶地发现，好多人竟然是来催更新漫画的。一眼看去，十条里面有五六条都和恐怖漫画有关。"闫大年这是要火啊！"

陈歌将闫大年的漫画上传到平台之后就再也没有管过，没想到今天一看那漫画下面竟然有上万条评论。很多人误把陈歌当作漫画作者，称赞他多才多艺，不玩直播和短视频，画漫画也能这么厉害，简直是一个"鬼"才。

"幸好我之前没有一次性上传完。"陈歌翻动手机，闫大年的漫画被他整理成了一个合集，叫作《灵楼鬼客》，前几天他上传的只是第一部分。查阅信箱，陈歌大致扫了一遍，并没有哪个漫画出版社或者漫画平台联系他。"看来还是影响力不够，不过能有这么多人喜欢，闫大年应该会很开心了。"

陈歌想起闫大年那张标准的中年失意脸，丧到了连怨念都不忍心欺负的地步，确实是有点可怜了。他从口袋里取出漫画册，轻声呼喊闫大年的名字。也许是之前几次，陈歌每次都是在最危险的时候叫闫大年出来，完全破坏了闫大年对生活的美好想象。这次足足喊了十几声，漫画册里那个坐在墙角的中年男人才很不情愿地转过身。

"大叔，你看看你的漫画有多少人喜欢！一万多评论，全都在催你更新！他们都是你的粉丝！"陈歌对着漫画册滑动手机屏幕，一条条评论闪过，闫大年脸上的表情第一次出现了变化，似乎被吓住了。他有点不敢相信，自己的漫画有一天也会被这么多人喜欢。

"大叔，别激动，这才只是个开始，以后会有越来越多的人喜欢你，更会有数不清的漫画平台和出版社找你，你的漫画还有可能被改编成动漫和电影。"陈歌也不懂这些，他就是使劲吹，给闫大年绘制一幅美好的蓝图，然后为接下来的话做铺垫。"跟着我绝对是正确的选择，我说过，你的梦想，我来帮你实现。"

狭长阴森的废弃教学楼走廊上，陈歌拿着手机，对着漫画册畅谈梦想。作为唯一的听众，闫大年信了陈歌的话，他坐在漫画册墙角，双手紧握，似乎等这一天已经等了很久了。当着闫大年的面，陈歌上传了《灵楼鬼客》的第二部分，并在最后添上了一句话——江州市西郊冒险屋联合出品。

看着评论区各种"更新了！诈尸了！"的评论，闫大年显得比陈歌还要兴奋。

"照这个势头发展下去，闫大年的第三个能力很快就可以解锁了。"闫大年被黑色手机评价为红衣之下最强怨念，但他的前两个能力都是辅助性质的，所以陈歌非常期待他的第三个能力。他整理着《灵楼鬼客》后面要用到的漫画，不知不觉就到了凌晨一点钟，校园里非常安静。

今天刘娴娴和马颖不准备出来了吗？是因为高汝雪那件事影响到了她们？一个人守在废弃教学楼里，陈歌觉得很无聊，他看着压抑恐怖的走廊，隐隐期待有什么怪物突然蹿出。

凌晨一点四十九分，女生寝室那边终于有了动静，老校区略显破旧的寝室楼门被人轻轻推开，两个女孩悄悄走了出来。

"总算是等到你们了。"陈歌收起所有东西，背着包下了楼……

马颖轻轻关上寝室楼的门，朝周围看了看，确定没有人发现后，和刘娴娴一起快速从监控前面跑过。两个人神神秘秘地躲入树林小道当中，然后慢慢朝废弃教学楼走去。

"整个仓库我们就剩下东北角没有搜，今天肯定能找到那个雕像。"马颖看着刘娴娴难过的样子，也不知道该怎么安慰，"等会儿我们就能知道一切问题的答案了。"

刘娴娴拿着手机，眼睛红肿，她有点不确定。"我们找了那么多天都没有找到，我现在很怀疑那个雕像到底存不存在？"

"应该是真的，我姐姐失踪前留下的视频里，有关于那个雕像的描述。"马颖拿出自己的手机，点开某段视频。

这视频只有短短十三秒，但是拍摄下来的画面却让人胆战心惊。视频可能是偷拍下来的，视角很奇怪，拍摄者似乎是躲在了床底下。画面转动，对准外面的屋子。小屋中央悬挂着一根晃动的绳子，似乎有人准备在这里上吊，地上残留着血迹，一条染血的被子从床上垂落下来。视频中看不到尸体，但是能看见柜门缝隙处夹着一片染血的床单。正对床铺的位置放着一座西式雕像，书柜上摆着许多残缺的艺术品。

视频很快到了最后，画面轻轻颤抖，在视频最后一秒钟，镜头转到了窗户的位置，就在窗户边缘，有一个皮肤颜色很不正常的女人露出了半个头，正在往屋里看。

屏幕一黑，视频到此结束。

"这是我姐姐失踪前发给我的最后一段视频，我一直在寻找视频里的那个房间，留意关于那个房间的任何线索。"

"功夫不负有心人，我在逛校园贴吧时，无意间发现了一个介绍江州市医科大怪谈的帖子，其中有一个怪谈叫作《会流泪的雕像》。据传只要在午夜十二点以后找到那座雕像，就能请它帮忙验证一句话的真伪，如果这句话陈述的是事实，它会流出血泪，如果是虚假的，那就会发生很恐怖的事情。"

马颖从手机相册里找出了那个帖子的截图，帖子末端配上了一张图片，巧的是那张图片上的雕像和马颖姐姐视频里拍到的雕像一模一样。雕像是西式的，雕得是一个成年男性，比真人要稍大一点，面目丑陋，底座上写着一句话——谎言拥有令人艳羡的外衣，真理却总是丑陋的。

"我私聊了发帖人，想要弄清楚他那张照片的来源，可是他一直没有给我答复。后来我通过导师联系到了那个人，他说那张照片是他随手在废弃仓库里拍下的，当时只是觉得这雕像和那个怪谈很搭配，就一同上传了。自从几年前医科大其他系搬到新校区后，仓库就没有人进去过，如果他说的是实话，那可以肯定雕像仍在废弃仓库里。"马颖性格大大咧咧，一旦相信一个人，就会毫无保留。

"希望这次能找到吧，我真的想要知道那个答案。"

两个女孩翻过护栏，偷偷进入废弃的教学楼里。

"每次进来都有点不习惯，总觉得这大楼里除了我们还有其他人在。"因为害怕灯光引起保安的注意，马颖和刘娴娴并没有打开手机照明，她俩摸着墙壁，一点点朝走廊尽头走去。

"这大楼荒废也挺可惜的，不知道学校为什么宁愿空着，也不外租出去。"马颖喃喃自语，她自己很害怕，但是在刘娴娴面前不表现出来，她是真的把刘娴娴当作了最好的朋友，探路的时候也是走在前面，将刘娴娴护在身后。身材相对娇小的刘娴娴跟在马颖后面，进入教学楼后，她也紧张了起来。"小颖，咱们前几次来探索过后，我找已经毕业几年的学长问了问情况，他们说这教学楼荒废另有隐情，包括其他几个系搬到新校区也是有原因的。"

"有什么原因？"马颖个子很高，看起来也比一般女孩壮实许多，但这并不代表她胆子很大。

"好像跟大体老师有关，这栋教学楼被封禁，只是因为距离实验楼太近了。"

刘娴娴看向窗外，凌晨两点的江州市医科大学法医学院出现了很奇怪的一幕。如果把整个校区分为东南西北四块区域，东南北三个方向多少都有亮光，唯有西边是一片漆黑。"据说江州市最大的地下尸库就在咱们学校西边，零点过后不开灯是很早以前留下的一个传统，大体老师白天很辛苦，晚上需要好好休息，可是这个理由你相信吗？"刘娴娴声音很怪，她的脸色今天看起来格外的苍白。

"是有些奇怪。"

"这学校里奇怪的事情还有很多，你记不记得咱们刚入校时，辅导员说过的话？零点过后绝对不能独自进入西校区，有人问他原因，他支支吾吾就是不说，后来问了学长才知道，很早以前有新生晚上出去上网，看到有人冲他招手，结果他大晚上跑进了西校区里，在实验室看到了一具被人破坏的尸体标本。"刘娴娴越说脸色越难看，"类似的事情还有很多，我现在也弄不清楚什么是真的，什么是假的了。"

"刘娴娴，咱们已经找了好几个晚上了，千万别在这时候放弃。"在马颖看来，刘娴娴是她仅有的同伴，如果刘娴娴退缩，那她以后再想要寻找和姐姐失踪有关的雕像，就只能一个人去了。

"我知道，就是突然觉得自己这么坚持很傻。"刘娴娴拿出自己的手机，很想把其中的某个联系人给删掉。

两个女孩走到楼梯拐角，进入地下一层。她们确定没有人跟来后，才敢打开手机自带的手电。

"感觉这地方好像变冷了许多。"阴冷的风吹过马颖的头发，她和刘娴娴挤在一起。"这也看不到个通风口，真不知道风是从哪儿吹进来的。"肩膀碰在一起，马颖忽然发现刘娴娴的身体很冷，就好像冻僵了一样。"刘娴娴，你身体怎么这么凉？"

"有点紧张。"

"别怕，还有我呢，不管遇到什么事情，我肯定会护在你身前。"

她俩穿过地下一层的走廊，也没有进入两边的房间，直接朝着地下二层走去。楼梯上残留着污渍，看起来很脏，就像是有人拖拽着什么东西走过。

"似乎有人在我们之前进来过。"马颖看着地上的水渍，闻着空气中残留的气味，作为一个医学生，她对这气味再熟悉不过了。"好像是福尔马林。"

"福尔马林严禁带出实验室,这里怎么会有?"刘娴娴和马颖都很清楚福尔马林的作用,这东西是用来保存尸体标本的,"教学楼下面和西区连通,难道有人进入了地下尸库?早些年的时候,我听说有人偷盗大体老师来卖钱。"

"应该不会,就算他能把尸体从地下尸库弄出来,可是要怎么运到学校外面去?地面上都是监控。"马颖想让刘娴娴安心"你不要想太多,地下尸库定期会请人来维护,应该是他们留下的。"

"如果是他们的话,不会从教学楼这边进去,肯定要走正门,我还是觉得有问题。"刘娴娴虽然嘴上说有问题,但是下楼的速度却比马颖还快。

她扶着墙壁,来到地下二层,举起手机照了照。

左右两边各有一条通道,墙壁上贴着指示牌,右边通往普通库房,左边通往地下尸库。

地面上残留的水渍越来越多,能明显看出,那些水渍全都集中在左边的通道里。

"好像真有什么人进入了地下尸库。"马颖看着左边漆黑的通道,抬起手机,朝那个方向照去。

通道很长,两边的墙壁上刷着白漆,每隔几米远能看到一扇锈迹斑斑的铁门,门上贴着泛黄的封条,似乎有些年头了。

"前几次进来还真没注意,这好像是运送尸体的通道。"

部分医学院有专门运送尸体的通道,这种特殊的通道一般在地下,地面平整方便小车推动,另外还有一个明显的特点是墙壁上会刷一层白漆,除此之外没有任何多余的装饰。

"别看了,赶紧去库房那边吧。"刘娴娴扯了扯马颖的手臂,拿着手机进入右边的通道当中。

左边是尸库,右边则是放置各种杂物和淘汰器材的普通仓库。两人沿着通道走了很久,马颖忽然听到背后好像有脚步声,她赶紧停了下来,用手机照向身后。

"小颖,你怎么了?"

"后面好像有人跟着我们。"马颖也不是太确定,她仔细去听的时候,那个脚步声好像又消失了。

"你会不会是听错了?"刘娴娴脸上挤出一个难看的笑容,在面对恐惧时露出笑容，这已经成为她的本能。

"先进仓库再说，这通道直来直去连个躲藏的地方都没有。"

加快脚步，马颖和刘娴娴很快走到第一个拐角处，这里有一扇伤痕累累的木门。锁头严重损坏，门板上残留着各种各样的黑色刻痕，最让人觉得莫名其妙的是，这扇门上面不知被谁写了两个字——乐园。

"奇怪了，上次走的时候，我明明记得自己把门给关好了。"房门半开着，好像有什么人在她们离开的时候进去过。

"小心一点。"马颖双手用力将木门打开，她停在门口，并没有第一时间进去。这个女孩看似大大咧咧，其实粗中有细，她拿起手机照向屋内，扫过一排排货架，没有发现任何异常。

"这次咱们两个在一起，不要分开行动了。"马颖很照顾刘娴娴，自己走在前面。

教学楼封禁了很多年，这间仓库按理说应该许久没有人进来过才对，但奇怪的是里面的灰尘很少，好像每隔一段时间就会有人进来打扫一样。整个江州市法医学院里的杂物大多都堆在这里，塞得满满当当，什么稀奇古怪的东西都有。货架上摆着各种瓶瓶罐罐，有的里面还泡着黏稠的橙红色液体，似乎以前保存过器官标本。诸如此类的东西有很多，如果是常人进来可能会被吓得直接扭头离开，但是作为法医学院的学生，马颖和刘娴娴并没有觉得这些东西很恐怖。从货架中间走过去，里面就比较乱了，墙角放着灭火器、坏掉的复印机和电脑，桌椅板凳摞在一起，抽屉里塞着各种乱七八糟的报告，椅子空隙间还扔着一些坏掉的体育器材。再往里走，有戏剧社不用的戏服，画社用废的画板、画架等一大堆没用的物品。江州市医科大学搬到新校区时，清理出来的大部分废弃物品都被堆放在了这里，塞得满满当当。

"我跟新校区的辅导员打听过了，江州市医科大搬走之前，有几个社团把难以携带又不舍得扔的东西交给校方处理，学校为了省事就把那些东西全部放入了地下仓库。"马颖独自走在前面，她拿着手机开始在一堆杂物中翻找起来。"咱们医学院能用到雕像的应该就只有美术社，今晚我们重点找一下这片区域。"

走出几步远，马颖才发现刘娴娴还愣在原地。"你怎么了？"

"你看那儿。"刘娴娴指着墙角的电脑，显示器后面的插头此时正插在墙壁的插座上。"上次进来的时候我就发现插头插在插座上,我担心短路引起火灾,特意拔了下来,结果这插头现在又被人插进插座里了。"

"看来确实有人进来过,会不会是小偷?"

"小偷应该不会无聊到跑这地方玩电脑吧?再说这电脑是几年前淘汰的型号,现在估计已经无法使用了。"刘娴娴按动显示屏开关,过了一会儿,让她惊讶的事情发生了,显示屏竟然正常启动了。屏幕上泛出冷光,画面好像卡住了,一直加载不出来。

"别管它了,先找东西,就算有人进来那对我们也没什么影响。"马颖转身离开,跑到堆放着画板、画架的地方,将那些看着就很业余的画作搬到一边,寻找可能存在的雕像。

刘娴娴站在原地没有动,她看着电脑屏幕,也不知道是故障还是什么原因,屏幕里隐约能看见一个人的轮廓。她俯身凑到屏幕前面,那个人的轮廓渐渐变得清晰起来,好像是一个男的,光头,脸要比正常人肿一圈。

"刘娴娴,来帮忙!"马颖喊了一声,她举着一个很沉的画架。

"好的。"刘娴娴随手拔掉了插销,走到马颖身边,托住画架一侧。两人合力将挡路的几个画架搬开,后面靠墙放着一个木柜。

"这柜子里面很可能藏有东西。"马颖说着就去开门,但是她的指尖在刚碰到柜门的时候,立刻又缩了回来。

"怎么了?"

"那上面好像沾着什么东西。"马颖搓了搓手指,放在鼻下闻了闻。"柜门把手上怎么会有福尔马林?"

外面的楼梯上有福尔马林,还可以解释成别人不小心洒落的,但是画架后面的柜门上有福尔马林,这就太奇怪了。

"难道柜子里藏着一具大体老师?"马颖心跳加速,感觉呼吸有些不顺畅,她做足心理准备,将柜门打开了一条缝隙。顺着缝隙朝里看去,柜子里没有尸体,只有几幅画。马颖松了口气,把那些画拿了出来,可是当她看到画中的内容时,心又狠狠地揪了起来。

画作有些抽象,描述的是医学生在解剖尸体时的场景,但诡异的是这幅画是以尸体的视角来绘制的。躺在冰冷的台上，看着旁边包裹得严丝合缝的医学生，望着他手里的刀具，最后看向自己的身体。整幅画中包含着一种特别的情绪，那是一种对生命的羡慕，羡慕细腻有弹性的皮肤，羡慕灵活柔软的四肢，羡慕他可以拥有一切，而不是躺在试验台上任人摆布。

"画这幅画的人挺有想法，站在尸体的角度来创作。"马颖看着手中的画，她似乎是被画中情绪感染，有一点难受。

"我倒觉得挺别扭，活人代入死人的视角，看着感觉怪怪的。"刘娴娴瞅了一眼，就没有了兴趣。"总觉得这画是给死人看的，说不定这画就是大体老师画的。"

"别瞎说。"马颖将这幅画放到旁边，正准备看第二幅画的时候，手指蹭到了画纸，指尖沾染上了一小块颜料。"还没干透？"她愣在原地，脑袋一下蒙了。

这个画好像是最近才画好的，仓库里肯定进来过其他人，可是他为什么要在这里画画，还画得如此另类？马颖想到了刘娴娴进楼之前说的那件事，有学生在晚上经过西区时，看到里面有人招手，进入后才发现是一具严重损坏的尸体。

"画画的真是大体老师？"脑中浮现出了一个可怕的想法，马颖控制不住地往后退了一步，她想要远离那个柜子，但是又好奇其他画作。最终好奇战胜了恐惧，马颖看向第二幅画。这是一幅油画，作者用的颜色很压抑，灰色的天空压在头顶，黑色的乌鸦啄食着惨白的肉体，一只快要腐烂的手挣扎着伸出地面。

"很悲观绝望的世界，没有任何色彩。"

马颖又看向第三幅画，画中是一个捧着苹果的小女孩。这幅画和上一幅完全相反，女孩穿着可爱鲜艳的衣服，站在霓虹灯下，手中的苹果色泽诱人。从背景到服装，充满色彩和光亮，可这幅画仍旧让人觉得不舒服。因为画中间的那个小女孩，她和整幅画格格不入，露在外面的皮肤呈现出一种不正常的灰白色，她手捧苹果想要去吃，可是她心里似乎很清楚，就算自己咬了一口，也吃不出苹果的味道。秀气的小脸上表现出一种很简单的渴求，她想要知道苹果的味道。

放下第三幅画，马颖看向最后一幅画。这是一幅写实画，画中是一个身体被拆散的人。眼前对普通人来说难以接受的画面，在马颖看来没有任何不适。在第一次上解剖课时，她就明白了一个道理：死去的人和活着的人是不同的，他们只是一具冰冷的机械，一个由复杂零件构筑成的，已经再也无法重新运转起来的机械。画作中被拆开的人在凝视自己的身体，或许他也在思考自己还能不能被称之为人。盯着最后那幅画中的人，马颖看了很久，忽然间好像是想到了什么。

她取出手机，点开姐姐失踪前发送给她的视频，在视频播放到第十二秒时，她按下了暂停键。当时镜头正好拍到窗口那里，有一个女人双手扒着窗台，露出了半张脸。对比了一下画作中的人脸，马颖发现，那个女人的肤色和这几幅画中人像的颜色很接近！怎么回事？一个是视频拍摄，真实存在的，一个只是画出来，虚构的。她手臂不由自主地颤抖起来，她感觉手机屏幕当中的那个女人和画作里的那些人像都在看她。抬手将几幅画放入柜子，关上柜门后，那种感觉才消失。

画里的主角似乎都是大体老师，这么想的话，视频里趴在窗口的女人其实也是一具尸体？可尸体怎么会趴在窗口？视频暂停在最后一秒，画面里趴在窗口的女人看着拍摄者，隔着屏幕马颖就感觉那女人在盯着自己一样。

她双眼中好像蕴藏着一种复杂的情绪，这绝对不是尸体能做到的。马颖关掉了视频，老看着那个女人，她也有点害怕。"我姐姐失踪肯定和这个女人有关，这几幅画也算是线索了。"

手按在柜门上，马颖摸了摸黏糊糊的柜门，愈发感到奇怪。柜门上残留着福尔马林，柜子里的画是以大体老师的角度来创作的，姐姐也是在看到一个类似尸体的怪物时失踪，难道死人真的"复活"了？

"小颖！"身后传来刘娴娴的声音，这个胆子很小的女孩好像一个人跑进了仓库深处。

"你在哪儿呢？"马颖只能听见刘娴娴的声音，但是却看不到人，仓库里杂物太多，遮挡住了她的视线。

"小颖！"刘娴娴又喊了一声，还是只喊了马颖的名字。

刚刚被视频和画作惊吓到的马颖高度警惕起来，她抓起旁边一个坏掉的椅子，朝着声音传来的地方走去。

穿过货架，她看见仓库某个很不显眼的角落里站着一道笔直的身影。

"刘娴娴？"单手拿着椅子，马颖举起手机，亮光还没照到那身影，她的肩膀忽然被拍了一下。

"谁？！"

手臂一抖，马颖抓着椅子砸向身后，在椅子快要碰到身后那人的时候，她才看清楚对方，椅子擦着身后那人划过，砸在了货架上，发出了很大的声音。僵硬地收回手臂，刘娴娴没想到马颖会有这么大反应，她也被吓了一跳。"小颖，你今晚怎么感觉有点奇怪？"

放下椅子，马颖深吸一口气。"我奇怪？在这地方突然拍我肩膀，你是想吓死我吗？"

"这地方我们也来过几次了，没什么好害怕的。"刘娴娴刚才在那一瞬间，竟感觉马颖的脸有些狰狞。

"不一样，我现在已经可以肯定有人在我们来之前进来过！"马颖说到这儿突然想起了什么，她拿起手机照向之前准备看的角落！

"人呢？"

那里空空荡荡，一个人影都没有。

"小颖，你别吓我，这除了我们哪还有其他人？"刘娴娴站在马颖身后说，"就算有人在我们之前进来过，那他现在也不一定还在这仓库里。"

"那个人没有走，我刚刚亲眼看到了他！"马颖简直无法想象，就在自己和刘娴娴放心大胆搜查的时候，这仓库里竟然还站着另外一个人。

"马上离开，我有种很不好的预感。"马颖重新拿起地上的椅子，想要劝说刘娴娴离开。

"不行，现在不能走。"刘娴娴站在原地，态度坚定，她死死抓住马颖的胳膊，"我刚刚在仓库另一边，找到那个雕像了。"

第 17 章 流泪的雕像

在情况最危险的时候,刘娴娴找到了她们一直苦苦寻找的雕像,按理说应该是一件很开心的事情,可马颖却怎么都笑不出来。

她清楚仓库里还藏着第三个人,此时此刻,那个人说不定正站在某个角落注视着她们。

是离开,还是冒险去尝试?

"不行,我还是觉得太危险了,反正已经知道了雕像的位置,明天我们还可以过来,没有必要急于一时。"马颖想要劝说自己最好的朋友:"听我的,咱们先出去。"

"只询问两个问题,耽误不了几分钟。"刘娴娴有些固执,她喜欢的那个男人已经成了她无法祛除的心病。刘娴娴松开了手,独自朝仓库深处走去。"很快就能结束的,很快我就能知道答案了。"她好像是魔怔了一样,说话语气有些奇怪。

"刘娴娴!"马颖心里着急,她想要离开,但是又不愿意把刘娴娴一个人扔在这里。她双手拿着椅子,一咬牙追了过去。

两个女孩来到仓库左边最后一排货架那里,刘娴娴指着货架和墙壁之间的缝隙说:"货架后面被掏空了,雕像就在那里面。"

马颖趴在货架上,借助手机的光亮朝里面看去,在货架深处能看到一张丑陋的人脸。灯光照在雕像上时，那石膏塑像的眼睛似乎轻轻眨动了一下。

"整个仓库里就这一个雕像，应该就是它。"刘娴娴抓住货架边缘，回头对马颖说，"愣着干什么？我们找了几个晚上的东西就在眼前，还不快来帮忙？"

"我总觉得这雕像是被人故意藏在货架后面的。"马颖看着那雕像，她也不知道为什么，感觉有点熟悉。

两人一起推开货架，一股淡淡的臭味飘散出来。

"你有没有闻到一股臭味？好像是从雕像身上散发出来的，有点像是……尸臭？"

"石膏雕像怎么可能散发出尸臭？"刘娴娴拿着手机走到塑像面前，光亮照在塑像身体上。这是一个成年男性雕像，比正常人稍大一点，没有穿衣服，身材很好，但是面容却极为丑陋，让人不忍直视。很少有雕塑家会这么糟蹋自己的作品，除非是有特殊的寓意。

"底座刻字，面容丑陋，这和你视频里那个雕像一模一样。"刘娴娴看着面前的雕像，手指轻轻打颤，她终于找到了这座雕像，可以弄清楚那个困扰了她很久的问题了。

货架和墙壁中间只有一米多宽，那雕像立在最深处，好像是一个伸开了双臂的魔鬼，准备拥抱迷路的旅人。站在雕像前面，那股臭味变得更浓烈了，但是刘娴娴就好像没有闻到一样，她双手合十，不敢看雕像的眼睛，默默地低下了头。

"我心里……"

"等等！"刘娴娴话没说完就被后面的马颖打断。"你考虑清楚了再问，那个怪谈当中说过，雕像可以验证一句话的真伪，如果这句话陈述的是事实，它会流出血泪，但如果是虚假的，那就会发生很恐怖的事情。"

"我知道。"刘娴娴现在听不进任何劝告，她又向前走了一步，对着雕像轻声说道，"我心里喜欢的那个人，他也在喜欢我，对不对？"

密闭阴森的仓库里，女孩对着雕像说出内心深处的疑问，她无比期待地看向雕像的双眼。如果雕像流泪，那就证明她说的是真的。刘娴娴不由自主地紧张了起来，她甚至能听见自己的心跳声。

一秒、两秒……

半分钟过去了，仓库里什么事情都没有发生。雕像没有流泪，也没有出现什么很恐怖的东西。

"传说是假的?"身体里的力气好像被抽空了一样,刘娴娴靠在墙壁上,她所有的期待都化作一个泡沫破碎了。马颖站在刘娴娴身后,对于这个结果她早有预料。很多时候人们去做某一件事不是为了要什么结果,只是想要有个期盼的念头。轻轻拍着刘娴娴的肩膀,马颖也不知道该怎么去安慰自己的室友。

"我没事。"刘娴娴脸上挂着那种训练出来的笑容。"这雕像曾经出现在你姐姐录制的视频当中,你快去看能不能找到什么线索,不用管我了。"

马颖点了点头,她拿出手机,将视频暂停在雕像出现的地方。"视频里的雕像和这个雕像完全一样,我只要弄清楚这个雕像原来的主人是谁,就能找出凶手。"她拿出手机对着雕像拍摄,任何一个细节都没有放过。镜头从雕像的胸口移动到脸颊,马颖心里那种古怪的熟悉感愈发强烈,似乎自己以前曾经做过这样的事情。我是不是忘记了什么?全部拍好后,马颖收起了手机。"有关雕像的怪谈是假的,不过对我来说这个雕像的出现至少证明了一件事,姐姐失踪前给我发送过来的视频是真的。"

她盯着近在咫尺的塑像,看着那张丑陋的脸,心里忽然产生一种冲动。伸手触碰雕像冰冷的皮肤,马颖问出了一个困扰了她很久的问题:"我姐姐是不是已经遇害了?"

失踪和遇害是两回事,就算这么多年过去了,她心里仍残留着一丝侥幸。等了一两秒,马颖摇了摇头。"怪谈是假的,雕像怎么会流泪?一切都是人编造出来的,可怜我们两个竟然还会去相信。"她在自言自语,说完后空气中的臭味似乎变得浓重了一点,手机的光线也开始扭曲,原本安静的仓库传出了"咚咚"的声响,好像有什么东西碰到了货架。

马颖察觉到了异常,她抬起头,准备转身离开的时候,站在她身后的刘娴娴忽然惊叫了一声!

"小颖!你看它的眼睛!"

"眼睛?"马颖很快意识到了什么,她扭头看向雕像的脸。

两行血泪正顺着雕像的眼角滑落,那血液浓稠散发着恶臭,和石膏塑像惨白的皮肤形成了鲜明对比。

"雕像流泪了？！"马颖呆在原地，很快她又被恐惧包围。"陈述事实雕像会流泪，可是刚才刘娴娴询问雕像的时候，它并没有什么反应。"

手机灯光被扭曲，门外咚咚的声音越来越清晰了。

"如果怪谈是真的，那当雕像认为她说的话虚假不成立时，就会发生很恐怖的事情。"马颖看着雕像脸上的血泪，心中产生了一种很特别的情绪，既害怕，又有些熟悉，这个场景似曾相识。"我们不能待在这里了，马上离开，快！"

听到马颖的催促，刘娴娴却无动于衷，她纤细的手臂向内弯曲，抱住了肩膀，似乎突然觉得很冷。"原来他真的不喜欢我，一直是我自作多情。"刘娴娴的情绪有些失控，她控制不住地哭了起来，对着空气说，"既然不喜欢我，为什么还要给我希望？为什么还要折磨我？

马颖按住刘娴娴，"先出去再说，这里不安全。"她个子比刘娴娴高一头，身体也壮，强行将刘娴娴从货架后面推出。在两人转身离开的时候，仓库最深处的雕像里传出好像磨牙的声音，血泪止不住地往下流，这丑陋的雕像似乎随时都会站起来一样。和进来时不同，仓库里发生了某些不为人知的变化。一排排货架好像要把人绕晕，各种杂物挡在了路中央，想要出去变得更难。

"我记得咱们不是把画板扔到了墙边吗？这几个画架现在怎么会堵在路中间？"马颖要照顾情绪崩溃的刘娴娴，还要想办法开路。

她独自一个人搬起沉重的画架，心里想着快一点，再快一点！耳边传来咚咚的声音，那声音好像是从仓库的某个地方传来的，让人发慌。马颖额头很快冒出了汗，她从来没有这么害怕过。连续搬开了好几个画架，她正要往外走，又发现原本堆在角落的桌椅板凳，不知什么时候也被扔在了狭窄的通道上。

"椅子活了吗？一点声音都没听到，谁能在这么短的时间，把桌椅堆在路中间？"马颖拽着刘娴娴，她已经没时间去一点点搬开桌椅了。"跟着我，咱们翻过去！"

仓库里跟进来时不太一样，刘娴娴也发现了这些变化，她虽然难过，但是并不想拖累自己的室友。两个女孩踩着歪斜的桌椅向上爬去，刚爬到最高的地方，马颖就看见早已被关掉的显示屏不知又被谁打开了，那泛着冷光的屏幕在漆黑的仓库里格外扎眼。

谁开的电脑，是我之前看到的那个人吗？她脑中刚浮现出这个想法，还没有思考，电脑屏幕上就突然出现了一个人脸的轮廓。是个光头男人，脸部肿胀。

与此同时，旁边的复印机自己启动了起来，一张张白纸从出纸口弹出，每张纸上好像都印有一张人脸。纸张弹出的速度越来越快，那张人脸也越来越清晰。不敢再犹豫，马颖直接从歪斜的桌子上跳了下来，屋内一片漆黑，不用手机照明什么都看不清楚。

"快啊！往这边跳！"马颖拿出手机给刘娴娴照明，刘娴娴看准了一块没有任何杂物的地面，就在她准备跳的时候，有什么东西突然碰了马颖一下，马颖被吓了一跳，转身照向身后。这个时候刘娴娴正好跳了起来，原本空无一物的地面上，不知怎么回事多出了一把只有三条腿的椅子，刘娴娴左脚直接踩在了椅子边缘，她尖叫一声，摔倒在地，手臂被擦伤，脚也给崴了。马颖转身没看到身后有东西，又听见刘娴娴尖叫，她感觉快要被逼疯了。

"来，我背你！"马颖扶起刘娴娴，身后忽然又被什么东西碰了一下，这次她做好了准备，攥紧手机抡向身后。一拳打空，她低头看去，刚才碰她的是一张从复印机里弹出来的白纸。

她的手机照向那张纸，纸面上有一张模糊的人脸。脸部肿胀，很丑陋，头发和眉毛似乎是因为长时间在某种液体中浸泡，已经全部脱落，看着光秃秃的好像一个皮球。

"为什么复印机里会弹出这东西？"她让刘娴娴趴在自己背上，举着手机朝前面走，显示屏上那张人脸的轮廓愈发清晰，马颖快步从显示屏前面走过。在她经过复印机时，白纸弹出的速度变慢，她下意识地朝复印机掀开的盖板里看了一眼。散发着淡淡绿光的复印机中，有一个脸部肿大，没有任何毛发的光头男人正在咧嘴看着她！

手脚无力，喘不上气，马颖强逼着自己跑快点。她本身已经很害怕了，还要背着刘娴娴，体力消耗很快，跑出没多远，双腿就好像灌了铅一样。

"小颖！放我下来！"

"没事，我扛不住了再说。"

两个女孩继续往前，越是靠近房门，那"咚咚"的声音就听得越清楚。

"仓库的门不会被什么东西给堵住了吧？"马颖心里害怕到了极点，各种关于西校区、地下尸库和运尸通道的怪谈闪过脑海，她的脸色愈发难看起来。不可能的，那些都是假的！

她朝着门口奔跑，最开始只是房门处传来咚咚声，紧接着货架下面的储物柜里也传出了咚咚声，更吓人的是仓库好几个地方都传出了咚咚声。

"到底是什么东西在响！"马颖脸色煞白，穿过货架，不敢停留，终于跑到了仓库门口。

木门锁头被破坏，无法上锁，此时门外面也传来了咚咚声。

"它就在外面！"马颖犹豫该不该出去的时候，她身后不远处，某个货架下面的储物柜被撞开。随着咚咚的声音响起，一个浑身湿透、毛发全无、拥有人形轮廓的东西，如同一条被扔上了岸的活鱼那样，在地上疯狂弹动着飞速逼近！

"小心！"

刘娴娴尖叫一声，马颖知道情况不妙，果断朝门外跑去，躲在仓库里只有死路一条，离开这里，才有机会回到地面上去。

"抓紧我！"马颖拉开房门，她一眼就看到地上有个人形的东西在弹动，刚才的咚咚声，就是它的头在撞门！

"跑！"刘娴娴声嘶力竭地叫喊着，马颖背着她朝来时的路跑去，可刚跑过拐角，让她更加绝望的事情发生了。一个手持狰狞铁锤的模糊人影，站立在仿佛没有尽头的漆黑通道里，阴森压抑地堵住了唯一的出口，如同绝望的化身。

马颖已经没有多少力气了，她脚步放慢，眼眸失去了色彩，无助地看着通道尽头。相比前方那个手持凶器的家伙，后面那些在地上弹动的怪人好像更好"欺负"一点。她不敢往前，双腿发软，越是害怕，身体就越用不上力。

"怎么办？"马颖征求刘娴娴的意见，现在能让她依靠的只有刘娴娴。

"地下运尸通道错综复杂，和西校区各个实验楼连通，咱们现在要不就往回跑吧，运气好的话可能会跑出去，更大的概率是被困死在地下通道里。"刘娴娴咬着嘴唇，做出了第二个决定。"还有一种选择是咱们往前冲，如果那个男人对你动手，就把我扔下，我拼命缠住他，你跑出去找老师和保安过来。"

"不行。"

"我脚崴了，根本跑不了，要不咱们两个都要死在这里！"刘娴娴脑海里闪过各种花季少女落入坏人手中的新闻报道，眼泪不争气地流了出来。

"死在这儿……"马颖想起了她在柜子里看到的那几幅画，那画中的场景让她感到害怕和莫名的恐惧。

马颖轻轻点头，做出了艰难的决定。"我会用最快速度冲出去，然后找人来救你。"

"我等你。"

两人商量好，此时后面的怪物已经离她们很近了。堵在前面的男人好像也注意到了她们，他手中半米长的凶器轻轻挥动，朝着她们走了过来。血腥味在地下通道中蔓延，那人身边隐约还能看到一个红色身影，一前一后，带给了马颖和刘娴娴巨大的压力。

两个女学生按照商量好的计划朝着那人走，可只走出几步，马颖就迈不动脚，她背上的刘娴娴脸上也毫无血色。那个堵在前面的男人身边似乎有血丝涌动，可能是因为太过害怕，马颖和刘娴娴甚至出现了幻听，她们似乎听见了血液滴落的声音。计划赶不上变化，身体的本能驱使着马颖放慢速度，她的大脑释放出了远离对方的信号。刘娴娴心里也有些后悔，真正要面对死亡的时候，她才知道自己是如此的胆怯。

眼泪顺着脸颊滑落，刘娴娴双手抓着马颖的肩膀。"要不我们还是往地下尸库深处走吧，万一能找到其他出口呢？"马颖来不及回答，就看到堵在前面的男人突然加快速度，她尖叫一声，大脑都没来得及思考，双腿就已经朝和男人相反的方向跑去。

太吓人了！

跑回拐角那边，通道里有几个宛如活鱼般的人形怪物，它们原本看到马颖和刘娴娴主动过来还挺开心，但紧接着它们就开心不起来了。通道中的血腥味盖过了福尔马林的气味，细密的血丝不断蔓延。那是什么？脚步声在走廊末端响起，红衣紧随在后。

陈歌手持碎颅锤狂奔而来。"不要怕！我是来救你们的！"没有人因为他这句话停下脚步，包括那几个人形怪物在内，所有"人"都在玩命朝通道更深处跑去。

看着马颖和刘娴娴跟在那群人形怪物后面，一起往通道里跑，陈歌嘴角轻轻抽搐。"她们是什么意思？"

前面的通道更加复杂了，陈歌担心马颖和刘娴娴跑丢，再次提速，大喊一声："站住！"

马颖背着刘娴娴，本身又是个女生，跑出一段距离后体力就彻底透支了。她眼看着身后那人越来越近，人生中第一次体验到了绝望，就像是那幅画中描绘的一样。腐烂的手伸向灰色的天空，但是却永远都触摸不到。

"娴娴，我跑不动了。"马颖不知道自己是用一种怎样的语气在述说，她看着还在哭泣的刘娴娴，握紧了拳头想要和身后那人拼一把，可是当她的目光触及对方的时候，她才发现自己所谓的勇气在那人面前根本不堪一击。好像认命了一样，她停下脚步。血腥味越来越重，刷着白漆的墙壁上好像有血丝蔓延，那个让人绝望的身影距离她们越来越近。马颖闭上眼，她不想看到自己软弱的样子。

脚步声不断逼近，只用了短短几秒钟就来到她们身前，预料当中的攻击和痛苦没有出现，但是当脚步靠近的时候，她们还是忍不住尖叫出声。

叫了半天，疼痛依旧没有出现，就在她俩以为这是一个猫捉老鼠的残忍游戏时，睁开眼却发现那个男人挥舞着手中那不知名的凶器，已经跑进了走廊深处。刘娴娴和马颖眼泪还没干，看着远去的陈歌，有种劫后余生的感觉。

"赶紧走！"两人还没有完全丧失理智，相互搀扶，跌跌撞撞朝相反的方向跑去。

陈歌在前面正追的起劲，回头一看，两个女孩好像要逃走，他稍作权衡，放弃了追赶那些怪物。"再继续追下去，说不定会强制触发法医学院地下尸库的试练任务，现在张雅没有苏醒，我还是低调一点比较好。"

陈歌停下脚步，地下通道错综复杂，对他来说实在不利。出去以后就要开始着手准备了，至少也要先弄到地下尸库的地图才行。他放下碎颅锤，开始往回走，那两个女孩看到他过来，吓得浑身发抖，想走又不敢走。

陈歌让许音先回到磁带当中，他站在漆黑的通道里，让马颖和刘娴娴看不清自己的脸。"别怕，我是专门来救你们的。"他本身属于那种比较阳光的人，但可能是和怨念在一起的时间太长，让他身上出现了一种很矛盾的气质。

马颖和刘娴娴都不敢动，尤其是刘娴娴，几乎都要晕过去了。

"虽然在这种地方杀人抛尸很难被发现，还有充足的时间去处理各种证据和线索，但是你们放心，我不会那么做的。"陈歌双手握着锤柄，"其实我只是想问你们几个问题而已，希望你们能如实回答。"

两个女孩挤在一起，后背紧紧贴着墙壁，听到陈歌说的话后连连点头。

"不用紧张，我问什么你们答什么，实话实说就行。"陈歌晃动着手中的碎颅锤。"我不会伤害你们，除非你们故意撒谎欺骗我。"

"你问吧，我们肯定把知道的东西都告诉你。"马颖和刘娴娴脸色苍白，身体轻轻颤抖，说话都有些不利索。

"你们叫什么名字？住在哪个寝室？辅导员是谁？"陈歌想要先根据已知的情报，来试探一下对方。两个女孩老老实实将自己的信息告诉陈歌，不管陈歌有没有问，一五一十都说了出来。

"看来只是普通的学生，那你们为什么会深夜跑到这地方来？"

"校园里有一个关于雕像的传说，只要在午夜十二点以后找到它，就能问它一个问题。"马颖把自己和刘娴娴来这里的原因告诉陈歌，为了证明自己所言不虚，她还把手机拿出来让陈歌看了看那段视频。

陈歌是第一次看到马颖姐姐失踪前留下的视频，受害者躲在床下面偷偷拍摄，屋内似乎刚刚发生过一起恶性案件，到处都残留着血迹。整个视频只有十三秒，最后一秒，画面定格在窗台那个女人身上。

"我姐姐失踪应该和那个患有皮肤病的女人有关。"马颖小声说道。

"不要那么武断，受害者躲在床下拍摄，被子垂落，染血的床单从柜门缝隙露出，很显然这房间刚刚发生过凶杀。也就是说，除了视频拍摄者外，还有其他受害者。"陈歌重新又看了一遍视频。"房屋中间悬挂着一条绳索，给人的感觉是有人要上吊，但是地上没有摆放椅子之类垫脚的东西，凶手是不是想要制造出受害者自杀的假象？屋内虽然很乱，但奇怪的是书柜上那些工艺品摆放得整整齐齐，旁边的雕像也没有任何损伤，这个卧室应该不是第一案发现场。"一个神似变态杀人狂的家伙，拿着手机一本正经地解析着案情，这让马颖和刘娴娴都有些不适应，她们也不知道是该害怕，还是该表现出其他情绪。

"窗台边缘的那个女人确实很可疑，从她的肌肉线条、发力点能看出，她双脚应该踩在某个东西上。这个房间外面如果没有供人蹬踩的地方，那就说明，这个房间就是某栋建筑的一楼。"陈歌和视频中那个女人对视。"当然，这一切建立的前提是，那个女人不是怪物。"

前面分析地头头是道，马颖快要对陈歌的印象有所改观的时候，他又忽然蹦出来一句让人无法理解的话。

"怪物？"

"你看这女人的肤色，像个正常人吗？"陈歌将手机还给马颖。

"那照你这么说，凶手肯定就是她了！"马颖身体恢复了一点力气。

"你是不是对怪物有什么误解？怪物不一定都会害人，你仔细看这个女人的眼睛，她并无恶意。如果她是真凶，为什么在杀人之后，还不立刻离开，非要趴在窗户那里偷看？"

马颖不知道该怎么反驳陈歌，她是第一次见到为怪物开脱的人。手里捏着一把汗，她在心中猜想，眼前这个男人会不会也是怪物？

陈歌发现马颖好像更害怕了，他也不知道自己哪句话戳中了对方的心思。"好了，没有其他问题了，带我去看看那个雕像吧。"

"雕像在仓库里，那里面不太干净。"马颖结结巴巴地说，"好像闹鬼。"

"都有什么类型的？"陈歌下意识地问了一句，可他的问题又把马颖和刘娴娴惊住了。

这要怎么回答？马颖额头渗出冷汗，正常人听到就算不害怕，也该提出质疑，为什么这个人会问都有什么类型的？怪物难道还分类型的吗？

"我也不是太懂。"声音颤抖，马颖感觉眼泪在眼眶里打转。

"带我过去看看。"陈歌的声音让人不容拒绝，马颖和刘娴娴也压根没想过反抗，她俩相互搀扶，一瘸一拐地停在了地下仓库门口。

"乐园？"陈歌看到了门上歪歪斜斜的两个字。"为什么要给废弃仓库起名叫乐园？里面有很多娱乐设施吗？"

马颖和刘娴娴都摇了摇头，她们也不清楚。

"这地方有点意思。"陈歌蹲下身体，抚摸着木门上那细密的刻痕，他将指甲探入刻痕，深度刚好。"这些刻痕应该都是被人用手挖出来的。"木门上的刻痕密密麻麻，让人看着很不舒服。

"那些怪物的数量，要比我之前想象的还要多。"陈歌将门推开，大步走在前面。"你们说的雕像在什么地方？"

"仓库最里面那排货架后面。"马颖小声提醒，"复印机和电脑里好像有奇怪的东西，我们刚才进去的时候桌椅板凳也会自己移动。"

"复印机里？"马颖的话成功引起了陈歌的好奇，他直奔复印机而去。桌椅板凳堵住了路，满地的白纸，每一张上都印着一个男人的鬼脸。"长得真丑，不过躲到复印机里倒是一个很好的创意。"

陈歌看着早已停止工作的复印机，插上插销，打开电脑显示屏。奇怪的是，眼前的电脑就像是报废了很久一样，按了半天都没有反应。"怎么回事？"

旁边两个女孩也被吓坏了，哭诉起来。"我们真没骗你，这复印机里确实有怪物，我们都看到了！"马颖掀开复印机盖板，里面什么都没有。"它去哪儿了？刚才还在这里呢！"

"我知道你们没撒谎，它估计是提前逃走了。"陈歌将堵路的桌椅搬开，有些卡在一起的，就将它们直接砸断，很快就将路清理了出来。两个女孩跟在后面，看着抢锤的陈歌，心底一点想要逃跑的想法都没有了。三人一起走到货架最后，陈歌终于看到了那个丑陋的雕像。

"这就是那个会流泪的雕像？"

"嗯，它可以验证一句话的真伪，如果这句话陈述的是事实，它会流出血泪，我们两个刚才已经试过了，真的会流。"

陈歌点了点头，他不是太理解这雕像的原理，不过这不是问题，不懂就直接问好了。手持碎颅锤，陈歌走到雕像面前，他看着雕像的眼睛，问出了第一个问题。

"你能够验证我接下来每一句话的真伪，对不对？"陈歌的问题并不是特别有难度，他也不准备难为这座雕像。停在雕像前面，等了有半分钟，雕像仍旧没有任何反应。

"怎么回事？它为什么没有流泪？"陈歌回头看向马颖和刘娴娴，两个女孩发现陈歌转身都被吓得一激灵。

"不可能啊！我们刚才试过了，这雕像没问题的。"

她们身处地下，周围一片漆黑，仅有的亮光来自手机。马颖想要看清楚雕像那边的情况，单手举着手机，可就在亮光照到雕像的时候，她好像突然意识到了什么，猛地又将手机亮光压了下去。

她焦急地向陈歌道歉："我懂你们的规矩，我没有看见你的脸，不知道你长什么样子，我什么都没看见！也不会把这里的一切说出去！"马颖的视线凝固在那血腥狰狞的凶器上，恨不得把手机给扔了。人为刀俎，我为鱼肉，她很担心自己因为知道得太多，被陈歌灭口。

在凌晨两点多的地下运尸通道里，先是雕像流泪，接着被一群像鱼一样的人形怪物追赶，最后又遇到了这个可怕的男人。一连串的致命打击，把马颖和刘娴娴彻底吓蒙了，她们脑子里一片空白，现在只想快一点回到地面上去。

"灭口？"陈歌换位思考了一下，"你们的担心不无道理。"听到他这话，两个女孩差点儿哭出来。

"行了，我没有责怪你们的意思。"陈歌又重新站在雕像前面，他拥有阴瞳，能够清楚看见雕像眼角残留的血痕。"是我刚才问的问题太难了吗？"在他研究雕像的时候，躲在马颖身后的刘娴娴倒是慢慢冷静了下来，她听着陈歌的声音，隐约觉得有点耳熟，和自己记忆中的一个人很像。不可能，他怎么会出现在凌晨两点的地下运尸通道里？应该是认错了。

陈歌没有去管那两个女孩，他拿着碎颅锤绕着雕像走了一圈。"好像有股臭味从雕像里传出，真想打开看看。"他又一次站在雕像身前。"这次我换个简单一点的问题试试，希望你能想清楚再回答。"陈歌按下复读机开关，扬起了手中的碎颅锤。"你信不信我能在一分钟之内将你砸个粉碎？如果你不信，那我现在就试一试。"

沙沙的电流声在陈歌背包中响起，只过去了几秒钟，两行血泪就从雕像眼中流出。

"看来传说是真的。"陈歌满意地笑出声来。

听见他的笑声，身后那两个女孩都打了个冷颤，她们望着黑暗中被陈歌逼在墙角的雕像，没来由地产生了一丝同情。

笔仙可以预知未来，但只有百分之五十的准确率，这雕像能够判断一句话的真假，如果把它和笔仙的能力结合起来，那我岂不是能得到百分百准确的信息了？陈歌打起了这雕像的主意。直接背出去肯定不行，让那两个姑娘帮忙抬也够呛，暂时先放在这里吧。

血泪挂在脸上，雕像看着有些可怜。直到陈歌将复读机关掉后，它才停止流泪。

"今晚也不算没有收获。"陈歌转身朝两个女孩喊了一嗓子，"你们学校关于雕像的怪谈里，有没有限制提问次数？"

"提问次数？"马颖和刘娴娴以为陈歌准备离开了，谁知道他会问这么个问题。"好像没有吧。"

"没有次数限制？"陈歌来了精神，雕像一直待在地下，肯定对这地方很了解。他收起碎颅锤，似乎良心发现，温柔地把雕像脸上的泪痕擦去。

"好了，现在我问你第二个问题。"陈歌看着雕像丑陋的脸，继续问道，"之前藏在这房间里的怪物来自地下尸库，对不对？"

几秒之后，雕像眼角流出了血红色的眼泪。

"很好，第三个问题，地下尸库里有比我还要可怕的人或者其他怪物，对不对？"

血泪没有停止，那场景让两个女孩都捂住了眼睛，感觉惨不忍睹。

"第四个问题，有人在暗中帮助地下尸库的那些怪物，对不对？"

雕像的眼泪似乎已经流尽，强烈的求生欲让它一点点往外挤出泪花。

"看来我之前猜测得不错，这个地下尸库不简单。"陈歌也清楚雕像快要不行了，问出了最后一个问题。

"想清楚再回答，最后这个问题很关键。"陈歌缓缓开口，"怪谈协会的会长是市分局的颜队，对不对？"

似乎怪谈协会四个字对雕像有特殊的含义，听到这四个字后，它身上的臭味瞬间消失不见，就好像雕像上的怨念消散了一样。

"不能说？难道这雕像是怪谈协会摆在这里的？地下尸库也和怪谈协会有关？"陈歌凑到近处，他手指划过雕像的眼眶，那里残留着最后一滴快要流出来的血泪。

"看来颜队和怪谈协会真的没有关系。"陈歌摸了摸雕像的头，"辛苦了，不过我也要给你提个醒，怪谈协会的成员人性泯灭，你跟着他们很危险，还不如弃暗投明，以后让我来保护你。"雕像毫无反应，陈歌也没有强求，他试着将雕像放倒在地。从底座往里看去，雕像是中空的。

笔仙能够预知是因为上面寄居着一个怨念，这雕像出现异常，应该也和怪物有关。陈歌将手伸进雕像内部，"空间很大，我原本以为雕像里会藏着一具尸体的。不对，这雕像能被怪物寄居肯定有问题，里面虽然没有尸体，但是这不代表它以前没有装过尸体。"陈歌自言自语，根本没考虑在场其他人的感受。旁边的马颖和刘娴娴心里慌得不行，她们感觉眼前这个人正在挑选藏尸的地方。

"今晚收获已经很大了，先离开吧。"陈歌站起身，将雕像扶起。雕像说地下尸库里有比我还恐怖的人，那凭我现在的实力，应该还不足以去完成那个三星试练任务。江州市法医学院的三星试练任务是在地下，出现了意外跑都不好跑，所以陈歌必须要慎重。

雕像先扔在这里，以后找个机会和校方接触一下，反正想要完成"地下尸库"任务，江州市法医学院是绕不开的一环。

"地下尸库"任务是四星恐怖场景"通灵鬼校"的最后一个支线任务，陈歌也不敢大意。三星恐怖场景已经如此吓人了，四星恐怖场景简直无法想象，更不要说后面可能存在的五星恐怖场景。黑色手机对恐怖场景的尖叫指数划分有一套专门的体系，只不过陈歌暂时还没有摸清楚评判标准。

脑中想着其他事情，他抓着碎颅锤走到两个女孩身边。黑暗之中，如果不是拥有阴瞳，他也看不清楚那两个女孩的长相。

"走了，我送你们出去。"陈歌就好像变了个人一样，语气缓和下来。"以后你们两个可不要到处乱跑了，这地方多危险，如果不是我及时赶到，恐怕你们现在已经遭遇不测。"两个女孩表情苦涩，眼前这个男人把学校怪谈里的雕像都给问死了，他居然还说这地方危险。

"你们不要害怕，我刚才之所以表现得很凶，只是因为这里太诡异，如果害怕退缩的话，就会被那些怪物盯上。"陈歌单手提着碎颅锤，"其实我生活中是一个态度温和、比较斯文的人。"

"温文尔雅？"

"对，就是那种感觉。"

此时陈歌的声音听起来蕴含着一丝暖意,跟刚才完全不同。刘娴娴和马颖心中都生出一种熟悉的感觉,她们好像在什么地方听到过类似的声音。

"走吧,我送你们离开。"陈歌走在前面,经过电脑和复印机的时候他又试了一遍,确定电脑无法启动,这才死心。

三人从仓库里走出,关上木门的时候,陈歌听见走廊深处传来一种气泡炸开的声音,好像有很多东西在地上跳动。

"什么声音?"马颖和刘娴娴也听到了。

"这条通道是不是通往地下尸库?"陈歌借助阴瞳仍旧看不清楚走廊那边的情况。

"不知道,但应该是延伸到了西校区下面,那片校区几年前就被封禁了。"马颖和刘娴娴眼皮狂跳,感觉会有很不好的事情发生。通道尽头,跳动的声音变得急促密集,其中还夹杂着一种好像巨兽呼吸的奇怪声响。地下深处明明没有看到通风口,却能感到有一股夹杂着福尔马林味道的风,朝他们吹来。

"走,别在这儿停留!"陈歌抓紧碎颅锤,冲着两个女孩喊道,"快跑!"

马颖和刘娴娴还没反应过来怎么回事,陈歌已经转身,他一个箭步窜出很远。

"是什么东西追过来了?"刘娴娴脚崴了,她心里害怕,但是又跑不快。

"我来背你。"马颖自己体力还没完全恢复,背上刘娴娴后,跑得更慢了。

身后那密集的跳动声越来越近,她俩听得头皮发麻,根本不敢去想那到底是什么东西。

"怎么办?"双腿越来越慢,马颖感觉自己快要倒下了。

"放她下来!"身前传来陈歌的声音,马颖刚想拒绝,还没开口,就看到陈歌将刘娴拽下,背在自己身后,玩了命的朝外面跑。

"跟紧我!"马颖看着陈歌的背影,眼中重新燃起希望,她拼尽全力跟在陈歌身后。

陈歌身材匀称,看着没有多少肌肉,但是耐力和爆发力已经不输那些受过训练的运动员了。一路冲刺,跑出地下二层后,马颖已经快要不行了,但是陈歌仍旧没有要停下的意思。"再坚持一下,这地方很危险!"

陈歌很少会让自己处于无法掌控的危险环境中,刚才地下尸库那边传出声音的时候，复读机自动打开，许音疯狂朝他示警。这说明对方至少是一个红衣，所以陈歌才当机立断转身就跑。

通道尽头是一个三星恐怖场景，对于三星场景陈歌从来都没小瞧过。第三病栋就不用说了，不管是活棺村里的那个投井女人，还是西城私立学院的张雅，红衣在怨念中是顶尖的存在，单凭许音很难和她们抗衡。

马颖跑到地下一层的时候已经没什么力气了，陈歌几乎是一人拖着她俩从地下跑出来的。离开教学楼，陈歌一脚将大门踢上，然后把马颖和刘娴娴直接扔在了草地上，他自己也累坏了。

三人之中，唯有刘娴娴没消耗什么体能，她看着陈歌的那张脸，越看越熟悉。壮着胆子，刘娴娴拿出手机照向陈歌。

"陈老板？！"她惊叫出声，虽然心里早有答案，但在这一刻她还是感到不可思议。

"很意外吗？我还以为你早就看出来了。"陈歌一副高深莫测的样子，将早已编造好的理由说出口。"今天你们来我鬼屋玩的时候，我发现你们两个心里都藏着事儿，我真担心你俩出问题，果不其然，让我猜中了。"马颖还想问什么，但是被陈歌摆手打断。"不用感谢我，你们来我的鬼屋玩，那就是我的游客。这事既然让我看到了，那我就不能不管。"

他默默将身边狰狞的碎颅锤塞进背包。"我别无所求，做这些只为了对得起自己的良心。如果你们觉得实在不好意思，就多带一些朋友来我的鬼屋玩吧。"

陈歌的形象在两个女孩心中渐渐高大了起来，马颖和刘娴娴虽然有很多疑问，但有一件事是她们无法反驳的，今夜救了她们的是陈歌。

"谢谢。"

"赶紧回寝室吧，你们两个凌晨三四点还在校园里晃悠，被人看到不好。"陈歌下意识回头看了一眼自己的影子，"有事情明天再聊。"

陈歌目送两个女孩离开，他自己也准备回新世纪乐园去。转过身，陈歌最后看了一眼教学楼，他本想放两句狠话，等张雅苏醒后就过来找场子。结果让他没想到的是，原本被他踢上的教学楼门，不知道什么时候又被打开了。

"有东西出来了？我怎么没看到？"陈歌朝四周看去，最后望向那两个女孩离开的方向。

瞳孔骤然缩小,他看见那两个女孩后面还跟着一个女人,三人一起进入了女生宿舍当中。

"什么时候多出来了一个?"陈歌稍一愣神,立刻朝女生寝室跑去。

跟在刘娴娴和马颖身后的女人似乎也发现了他,扭头看了陈歌一眼。灰白色的皮肤泛着死意,她目光中隐含着复杂的情绪。

这张脸陈歌看得很清楚,跟在刘娴娴和马颖身后的女人,就是马颖手机视频最后出现在窗台外面的女人!五官和眼神都完全一致,陈歌来不及多想,直接冲了过去。

"小心!"他大声呼喊,刘娴娴和马颖却好像听不到一样。那个皮肤灰白的女人双手搭在刘娴娴和马颖肩膀上,趴在她们耳边,小声对她们说着什么。距离太远,陈歌听不清楚女人的声音,他只能看到刘娴娴和马颖身体逐渐变得僵硬,目光迷离,仿佛梦游那样,闭着眼睛往前走。

"马颖!刘娴娴!"似乎是陈歌的呼喊起了作用,两个女孩速度变慢,脸上表情出现细微的变化,就像是正在做噩梦一样。她们也在挣扎,可是结果却跟陈歌想的不一样,两个女孩最终还是没有醒过来,走出几步就晕倒在地。跟在她们身后的女人深深地看了陈歌一眼,指了指自己心脏的位置,比画了一个奇怪的手势,然后转身朝女生寝室里跑去。这女人转眼消失不见,陈歌只看见她肩膀处的衣服破了一个洞,就像是被子弹打穿了一样。"她为什么要指向自己的心脏,是在威胁我?"

陈歌跑到女生宿舍门口,拍打着宿管的窗户,他刚才那一嗓子其实已经把宿管给吵醒了。

"有人晕倒了!就在宿舍楼门口!"

凌晨三四点,一个男人拍着女生公寓宿管的窗户,宿管大妈被吓得不敢出来,直接拿手机通知了保安和学校的人……

未完待续……

番外
灵楼鬼客

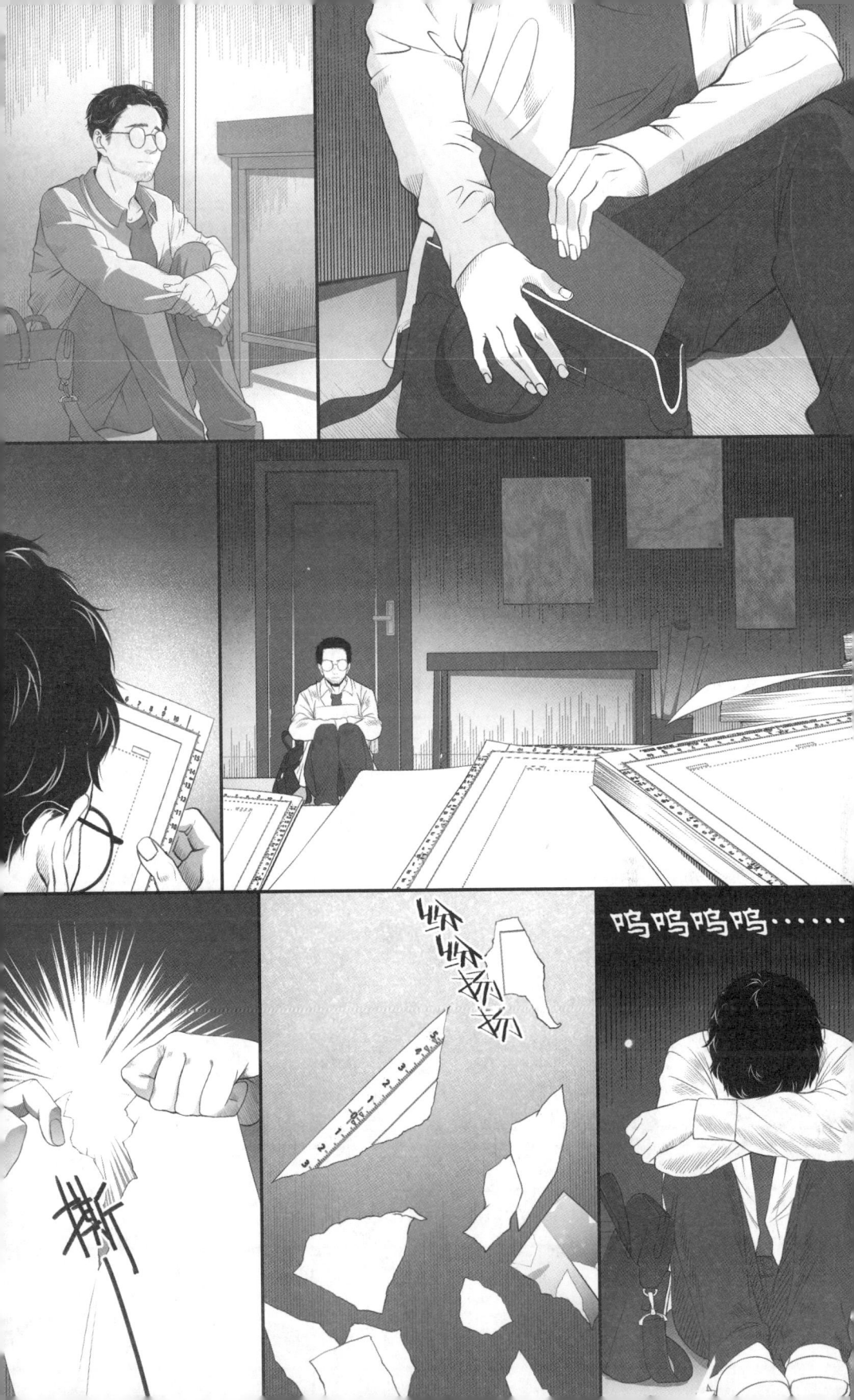

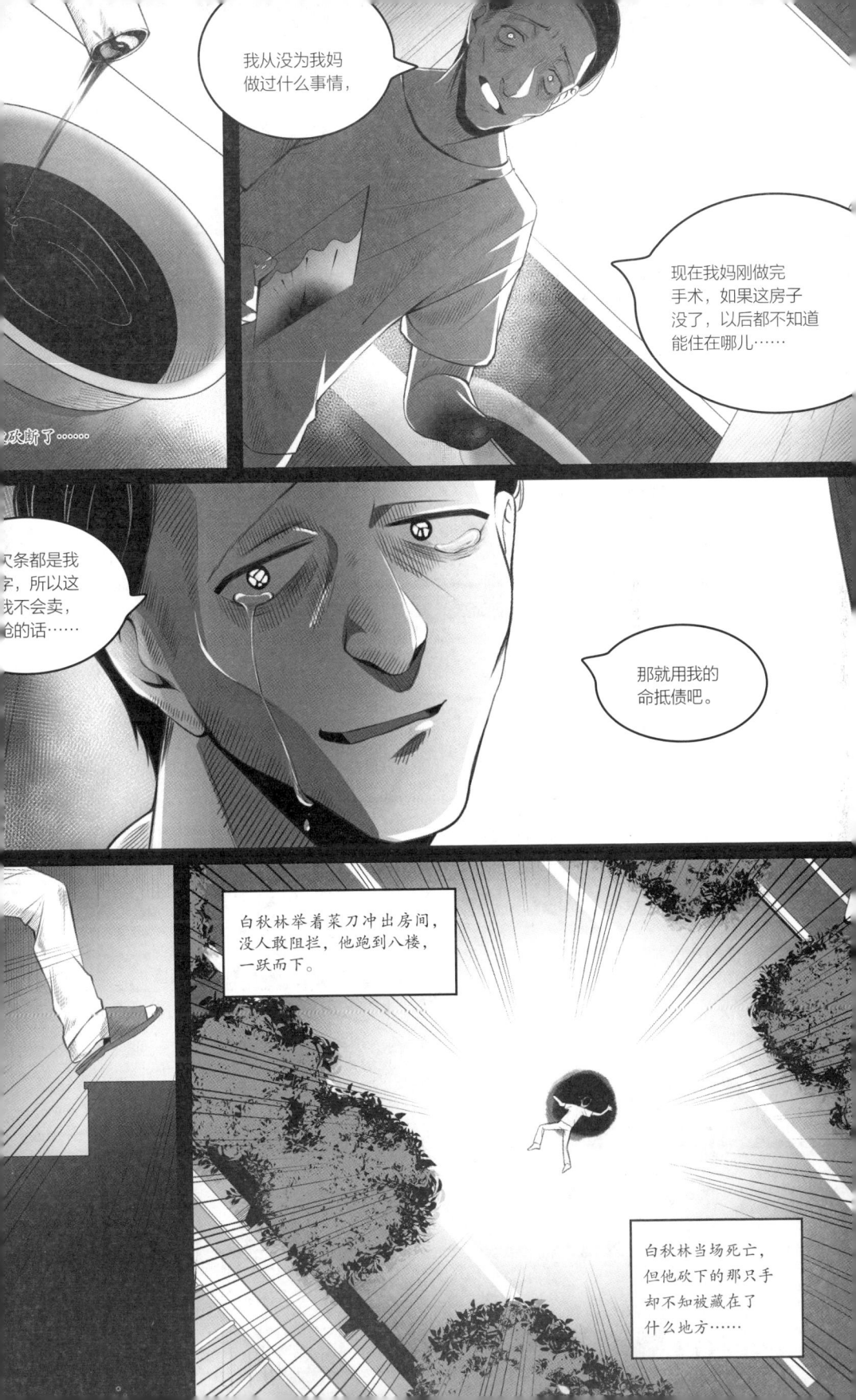

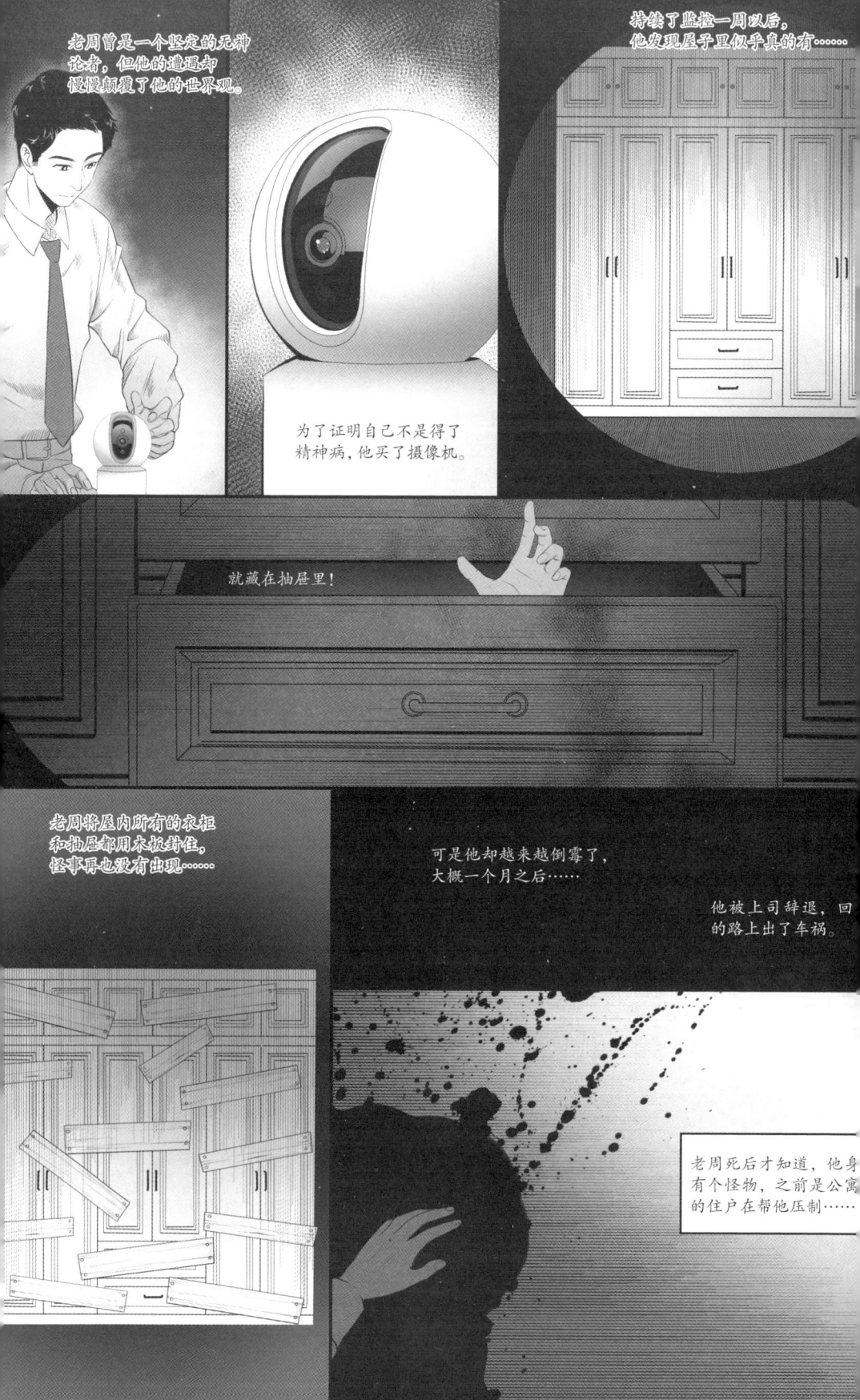

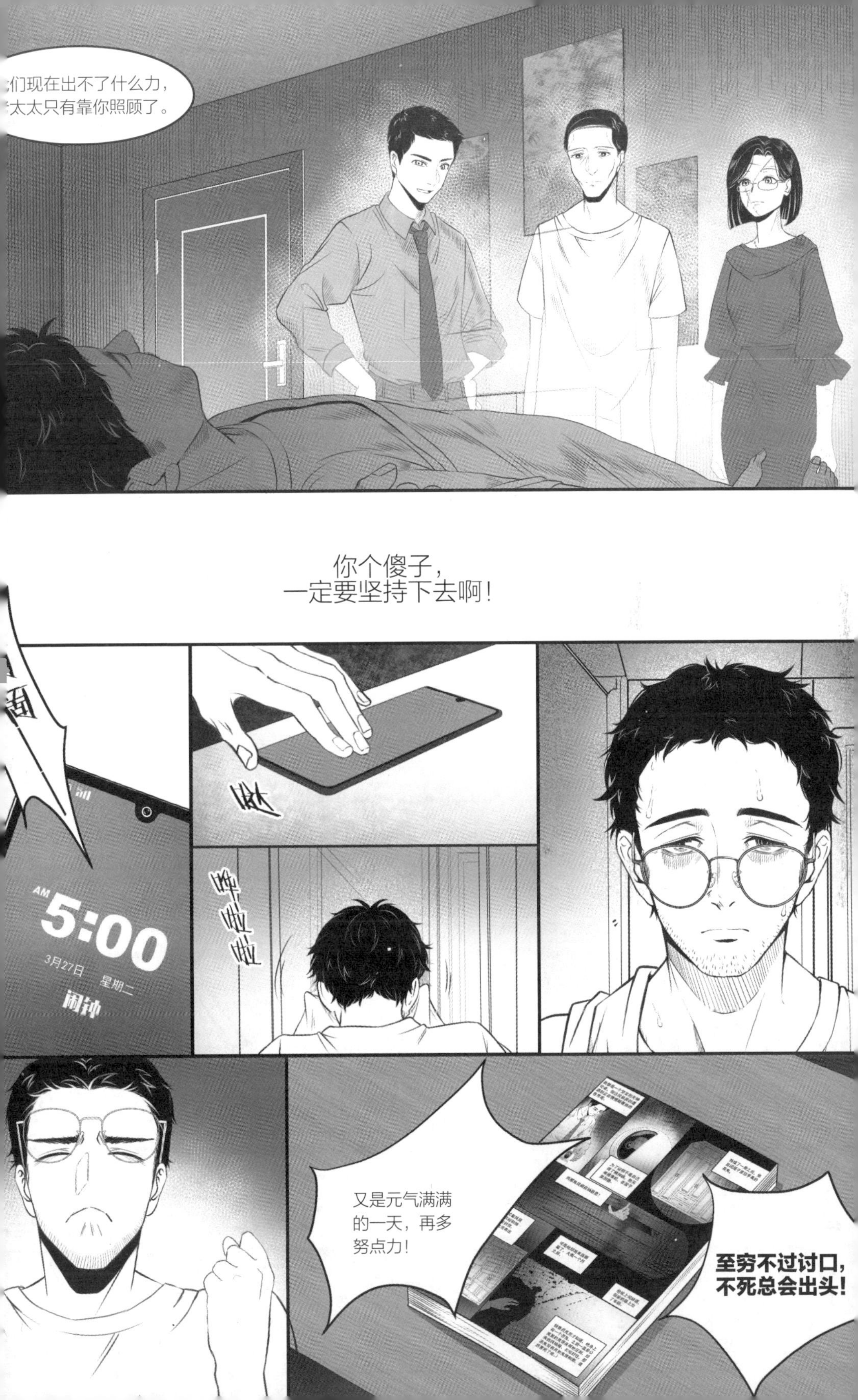

们现在出不了什么力，太太只有靠你照顾了。

你个傻子，一定要坚持下去啊！

AM 5:00
3月27日 星期二
闹钟

又是元气满满的一天，再多努点力！

至穷不过讨口，不死总会出头！

———————— 每本书都是一座传送门

次元书馆

图书在版编目（CIP）数据

我有一座冒险屋．伍，永生的人 / 我会修空调著
．-- 北京：新星出版社，2020.2（2023.11 重印）
ISBN 978-7-5133-3862-2

Ⅰ．①我… Ⅱ．①我… Ⅲ．①长篇小说-中国-当代
Ⅳ．① I247.5

中国版本图书馆 CIP 数据核字 (2019) 第 274348 号

我有一座冒险屋
伍 永生的人

我会修空调 著

新星出版社 NEW STAR PRESS

目录

001/ 第 1 章 江州市法医大学

011/ 第 2 章 我也曾想一了百了

021/ 第 3 章 隧道里的女人

040/ 第 4 章 荔湾镇的手机

057/ 第 5 章 妻子的房间

068/ 第 6 章 推门人

081/ 第 7 章 地下尸库

099/ 第 8 章 尸行道

125/ 第 9 章 相聚便是缘

144/ 第 10 章 血红的世界

157/ 第 11 章 卫九卿

170/ 第 12 章 我也是医生

179/ 第 13 章 生而为人！

194/ 第 14 章 张雅！张雅！

211/ 第 15 章 不姓陈的陈医生

226/ 第 16 章 欢迎来到战栗迷宫！

254/ 第 17 章 轮回噩梦

267/ 第 18 章 顶级医疗团队

287/ 第 19 章 冒险屋的立身之本

第1章 江州市法医大学

桌上摆着一杯早已放凉的水，陈歌看了一眼墙上的表，现在是早上五点四十分。灯光照在他身上，陈歌双手撑住桌子，平静地看着自己对面的七八个人，有警察、保安还有学校的老师。

"我已经反复说过很多遍了，我不是变态，那两个女孩也不是我弄晕的。你们可以质疑我，但是请等那两个女孩醒来再说。"

"陈歌，我们相信你没有问题，否则颜队也不会亲自安排我过来。"李政顶着黑眼圈，十几个小时前两人刚刚分别，十几个小时后，两人又换了一个场地再次见面。他现在看见陈歌，已经有种上班看到同事的感觉。

"那两个女孩昨天白天来我的鬼屋玩，我看出她俩有心事，询问后才知道，那个高个女孩的姐姐失踪了，这是她的一块心病。或许你们觉得我的行为很奇怪，非亲非故，为何要出手相助？但我想告诉你们，我的父母在大半年前也离奇失踪了，只有相同的经历才能感同身受，所以我想要帮她！"陈歌捂着自己胸口，他富有感染力的声音在办公室里回荡。

"凌晨三点多，两个女孩子昏倒在女生宿舍门口，我们查看了监控，当时校园里只有你跟在她们后面，凶手不是你，那会是谁？"说话的是一个三十多岁的男老师，穿衣打扮得很有品位，平时就住在教职工宿舍当中，这边一出事立刻就赶过来了。

"我没看到，可能是任何一个人，包括你在内。"陈歌根本没有退让的意思，见谁怼谁。"两个女孩子昏倒，这案子看似没有多严重，其实背后还藏着一个更大的案子。"陈歌的目光蕴含冷意，除了几名警察，其他几人都有些发毛。

"我之前说过，那两个女孩来冒险屋找过我。那个叫马颖的女孩儿，她姐姐失踪了。她之所以考进江州市法医大学就是为了寻找自己失踪的姐姐，因为她姐姐曾经是这里的学生……"陈歌将刘娴娴和马颖每天午夜外出，寻找学校怪谈里雕像的事情娓娓道来……

"都市怪谈大多都是虚构的，但也有很少一部分是有故事原型的，只不过在人们不断传播的过程中，渐渐被夸大了。"陈歌喝了一口水，音调平静，大脑却在飞速运转，想着如何去转移所有人的注意力。

"你的意思是，'雕像流血泪'这个怪谈是有真实故事原型的？"李政知道陈歌不会随便乱说。

"马颖手机里有一段视频，是她姐姐失踪前发给她的，地下仓库那个会流泪的雕像曾在视频中出现过，只要找到那座雕像的主人，就能顺藤摸瓜抓住杀害她姐姐的凶手！"陈歌双手握着杯子，手背上浮现出青筋。

屋子里的人都有些无法接受，他们原本以为这只是一起变态尾随女学生的案件，没想到竟然还会牵扯出一起谋杀案。

"你说的那段视频我们已经找到了。"李政脸色古怪。"视频不是使用马颖的手机拍摄的，几年前马颖姐姐失踪的时候，她的父母专门跑到江州市请求我们协助寻找，当时他们就提供过那段视频，但是经过相关技术人员鉴定，视频根本就不是马颖姐姐发送过来的，而是马颖自己拍摄的。"

"马颖自己拍摄的？"事情跟陈歌想的不太一样。

"没错，准确地说，马颖姐姐失踪那天，马颖和她在一起，但是马颖怎么都回忆不起那天的事情。"李政边翻看手机边说，"我们这边有案宗，她父母前几年也经常过来询问，直到最近才放弃。"李政轻声叹了口气。"马颖姐姐失踪的时候，马颖还没上大学，现在她都快要毕业了。"

"怪不得她急着要去寻找雕像。"陈歌听李政说完后，心里有一丝不舒服，他转动手中的杯子，忽然想起了一件事。视频以第一视角拍摄，屋内显然发生过一起凶杀案，屋内肯定还有其他受害者。也就是说，当时躲在床底下拍摄的是马颖，那么当时屋子里的受害者就是马颖的姐姐！凶手就在屋子里，那马颖是怎么侥幸逃命的？视频的最后一秒钟，马颖看到了那个趴在窗台上的女人，有没有可能是那个怪女人救了她？马颖失去了那天的记忆，很有可能也是怪女人有意而为，那个女人不想让马颖回忆起这些东西……想到这儿，陈歌一下子站了起来。"马颖和刘娴娴醒来没？快去看看她们两个，我怀疑她们两个可能已经忘记昨晚发生过什么事情了！"

跟着刘娴娴和马颖进入女生宿舍的，就是那个趴在窗台上的女人，几年前她能让马颖失忆，那几年后的今天她依旧可以让马颖和刘娴娴忘记发生过的事。

"你别急，我马上给医生打电话。"李政拨通了某一个号码，"张医生，那两个女孩醒了吗？我们现在方便过去吗？"

电话那边传出医生不是太乐观的声音："人已经醒过来了，也没什么大碍，就是她俩好像受了什么刺激，精神不太稳定。"

"好，那我们马上过去。"李政和另外一名警察在前面领路，法医学院的保安和那个很爱干净的男老师将陈歌围在中间，似乎还是对陈歌不放心。

几人一起来到医务室，刘娴娴和马颖躺在病床上，脸色有些苍白。

"好点了吗？关于昨晚发生的事情，我有几个问题想要询问你们。"李政搬来椅子，刚坐到病床旁边，就看见刘娴娴和马颖同时摇头。"昨晚的事情我们没有任何印象。我们一直待在寝室里，也不知道怎么就跑到走廊上了。"

"你俩再好好想想，昨晚我们三个一起去了地下仓库，最后还是我舍命把你们救出来的！"陈歌挤到病床前面，他被旁边的保安和医生拽住，那些人担心陈歌吓到两个女孩。说来奇怪，原本脸色苍白的刘娴娴和马颖，看到陈歌后竟然平静了许多，似乎眼前这个男人能让她们安心。

"我不记得昨晚的事情了，但我从他身上感觉不到恶意。"马颖抱着头说，"我好像真的忘记了什么很重要的东西。"

刘娴娴对陈歌的印象要比马颖深，可能是因为她被陈歌背了一路，现在就算记忆缺失了一部分，但她仍旧觉得陈歌是一个很好又可靠的人。

"他昨晚帮助过我和马颖，具体发生过什么我想不起来了，我只知道如果没有他的话，我和马颖可能都会有危险。"刘娴娴语气肯定，她说完还对着陈歌笑了一下，又小声补充了一句"谢谢"。

"昨晚你已经说过了。"

陈歌双眼轻轻眯起，两个女孩记忆缺失，肯定和那个皮肤灰白的女人有关。他昨晚清楚地看到，那个女人趴在刘娴娴和马颖耳边说了什么，然后两个女孩就好像梦游似的。

能隐藏他人某部分的记忆，这种能力还是第一次见到。陈歌在心里默默思考，他看着马颖和刘娴娴，想到了另外一个人——快要退休的警察老魏。那个警察和陈歌一起进入活棺村，在最后关头似乎遇到了怪谈协会的十号，然后他的记忆也缺失了一部分。老魏的症状和刘娴娴、马颖一样！他当时是不是也有可能遇到了那个灰白皮肤的女人？朱姓女人说怪谈协会的十号背上背着一具尸体，他背着的会不会就是那个皮肤灰白的女人？

陈歌在地下仓库询问雕像关于怪谈协会的问题时，雕像里的怨念直接消失了，能够看出地下尸库似乎也和怪谈协会有关。怪谈协会手里掌握着不止一扇门，其中一扇是第三病栋的血门，另外一扇有没有可能是地下尸库的门？陈歌被自己的想法惊到了，他感觉自己离怪谈协会会长的真实身份越来越近了！

十号应该对江州市医科大学很了解，见过自己碎颅医生的面具，还参加过个别案件的侦破，想到这里，陈歌脑海中忽然想起了一个人——贺峰！

"午夜逃杀"场景刚开启的时候，鹤山和江州市法医学院的几个学生来参观，其中个子最高、年龄最大的那个人就是贺峰。当时陈歌看这人冷静沉着、遇事不慌，还跟他交换了电话，准备发展成自己直播的队友。不会真的是他吧？陈歌正在思考，病床上的刘娴娴眼睛忽然红了起来，她看着人群的某个方向。

顺着她的目光看去，陈歌发现那个打扮很干净的男人目光躲闪，故作镇定。"原来刘娴娴喜欢的就是这个人。"

可能是因为情人眼里出西施的缘故，在陈歌看来除了会打扮外一无是处的男人，在刘娴娴眼中是完美的。黑色手机的一星任务还没完成，这个男人要多多留意。

马颖和刘娴娴亲自为陈歌证明,她们都说陈歌没有恶意,再加上李政出面,这事总算是平息了下来。

天刚亮的时候,李政带着法医学院的保安进入地下仓库,将那座雕像取出,接着他们联系医科大学新校区的人,开始排查到底是谁把这座雕像放入地下仓库的。

这时候已经没有陈歌什么事情了,他趁着别人不注意,背上包溜出法医学院。在他准备打车离开的时候,忽然发现刘娴娴喜欢的那个男人也偷偷跑了出来。

"现在是法医学院最忙的时候,他不在学校里帮忙,急急忙忙是要去哪里?"陈歌躲在便利店当中,等那人上了车后,自己也拦下一辆车跟在那人后面。出租车开了十几分钟,最后停在了芳华苑小区门口。"我听李政说,这个人不是一直住在教职工宿舍里吗?来芳华苑小区干什么?"陈歌对芳华苑印象不是太好,他下了车,悄悄跟在那个男人身后。

刘娴娴爱慕的那个男人警惕性很高,也幸好陈歌在跟踪方面颇有心得,才没有被发现。

他家在芳华苑小区吗?这里距离江州市法医学院也没多远,还有公交车,那他为什么要住校?陈歌不敢跟得太近,他看着男人进入了三号楼。

"又是三号楼,不太像是巧合。"芳华苑小区三号楼二十四层就是怪谈协会的总部,这个男人偷偷摸摸跑到这里感觉很不正常。掐着时间,陈歌也进入了三号楼,他很清楚楼道内的布局,进去后假装是这里的住户,很熟练地拐向旁边的安全通道。他走了几步才发现,三号楼电梯口并没有人在等电梯。

"那个男的没有乘坐电梯?"陈歌屏住呼吸进入安全通道,也没有听到脚步声,就在这时候,一楼某个方向传来了开门的声音。

"他就住在一楼。"陈歌侧身站在安全通道里,朝着开门声传来的方向看去。"3004号。"

陈歌记住了门牌号,缓缓走到那房间门口,耳朵贴在了房门上,屋内传来了男人打电话的声音。"姐夫?学校那边最近不安全,晚上老出事,我先在你这边住段时间可以吗?

"放心吧,不会把这地方弄乱的,你和我姐的东西我一样都不会碰,我知道这房子对你的重要性。"好了,知道了,我保证不会进你的书房!不动你的任何一件东西！"

电话挂断，男人立马换了种语气。"你当我愿意来？还装模作样的，跟施舍给我多大的恩惠一样。"

陈歌在屋子外面，能听到男人狠狠甩动衣服的声音，这个男人表面上成熟、自信，内心其实隐藏着一个和外在完全不同的灵魂。男人嘴里抱怨了几句，好像在屋内翻找什么东西，他动作粗暴，屋内不断响起柜门和抽屉被打开的声音。

"那个房间被重新装修过，布局也和之前不同，应该没人能看出来，我还是再检查一遍比较好。"男人在屋内走动，他不知道自己无意间说的话已经被门外的陈歌听到了。

"这屋子里的某个房间被重新装修过？他为什么要在这个节骨眼上跑回来检查？"男人的行为举止太过反常了，陈歌一开始跟踪这个男人只是觉得他有点奇怪，并没有往谋杀上联想，但现在这个男人所说的每一句话，都在加深陈歌对他的怀疑。

大概过去了几分钟，男人好像找齐了工具，又进入了另一个房间。陈歌距离太远，在走廊上什么都听不到了。他记住房间号，离开了三号楼，绕到了大楼后面。陈歌猫腰躲在3004房窗户下面，朝屋内看去。男人手里提着一个工具箱，他看着卧室的那张床，脸色泛青，有点吓人。"这房间我一进来就觉得冷，都过去那么多年了，还是没办法彻底忘记……"

在男人打量卧室中间那张床的时候，陈歌点开手机录像，悄悄拍下了卧室布局。这个房间加装了很多隔板，看起来显得很拥挤，没有书柜和桌子，房间里的家具全部换了一遍，床铺也和马颖视频里的不同，乍一看和视频里拍摄的完全是两个房间。但是床的位置没有发生变化，陈歌趴在窗户下面，正好能看到床下，床下的空间和视频里是一模一样的！

陈歌从房间布局和男人刚才说的话判断，就有五成把握，这个刘娴娴爱慕的男人和马颖姐姐的失踪有关。他摸着背包里的碎颅锤，有种蠢蠢欲动的感觉。"不行，天还没黑，光天化日之下这么做，有点不合适。"

现在已经到了上班的高峰期，小区里人很多，三号楼内也不断有人往外走。陈歌如果这时候伤了那个男人，对方肯定会大喊大叫，要是吸引来一大群人，那他真是有理也说不清了。

"这个男人在江州市法医学院工作,昨夜校园里出了恶性事件,今天肯定有一大堆事情要做。他绝对不敢在家逗留太长时间,估计要不了多久就会出来,我到那时候再找机会下手。"陈歌拿出漫画册,想要和里面的员工沟通一下,可因为白天的缘故,没有一个员工回应他。

"这么绝情?"最后还是闫大年帮了陈歌一把,亲自劝说其他三个"人"。看着努力的闫大年,陈歌觉得自己昨晚的鼓励很有成效,他从闫大年身上感受到了一丝的朝气,这是之前从未有过的。唤醒了赌徒白秋林、推销员老周和英语老师段月后,陈歌将心中的计划告诉他们,让他们"不小心"把那男人的钥匙弄到手。三个"人"还是第一次做这样的事情,这对他们来说也是一个挑战。

几分钟后,和陈歌料想的一样,男人从3004房间走了出来,他换上了自信的笑容,衣服没有一丝褶皱,皮鞋擦得锃亮。

楼内光线比较强,怨念可能只有几十秒的活动时间,所以陈歌只有一次尝试的机会。

在男人距离安全通道还有几米远时,陈歌将三个怨念放了出来。"准备动手。"

刚把老周他们放出来,陈歌还没反应过来,老周已经一拳砸在了白秋林脸上。"敢给我戴绿帽子!不要脸!"接着他就和白秋林厮打在一起,边打边跑出安全通道,直接撞向外面那个男人。"你俩别打了!"段月声嘶力竭地喊,跑出去劝架。这场景出现得太突然,别说外面那个男人,连陈歌自己都蒙了。

三个怨念又拉又扯,吵得激烈,那个男人被挤在墙边也不敢说话,只想赶紧走人。

大概用了十五秒的时间,白秋林一下子挣脱老周的双手,跑回安全通道。"我今天一定要打死你!"老周和段月紧追在白秋林后面,一起跑掉了。

三个怨念从出去到回来,前后只花了二十三秒的时间。陈歌看着自己手中的钥匙,有种特别不真实的感觉。"这也太给力了吧?"

男人低声说了句晦气,整理了一下衣服,确定皮鞋没有被踩脏,继续往外走了,他完全没有注意到口袋里的钥匙已经不见了。

没等男人走出多远,陈歌就拿着他的钥匙来到3004号房门口,打开了门。

别人做这事的时候会小心翼翼，神情紧张，时刻担心屋主人回来，毕竟那男人很可能是一个杀人凶手。但是陈歌就没有这方面的顾虑了，上一个针对他的杀人犯，已经被他捶断了两条胳膊和一条腿，现在还在医院里抢救。

"只要心存正念，那一切就没什么好怕的。"

陈歌看着那些被打开的抽屉和柜子，没有贸然去碰屋内的东西。他先走到卧室，将手机放在床下的某个位置慢慢转动屏幕，虽然房间里加装了隔板，但是窗户的位置没有发生变化，陈歌拍摄下的画面和马颖手机的视频画面差不多。陈歌轻敲隔板，将房间布局记下。"这个人问题很大。"陈歌站在卧室中间，想着刘娴娴之前对这个男人的评价。

"从茶楼出来后，刘娴娴告诉我这男人和普通人不太一样，除了拥有成熟男人的一切优点，还有一个奇怪的地方，他认为自己几年前出车祸的妻子仍旧活在身边。这男的将自己包装成了一个重情重义的人，实际上我看他似乎还没有结过婚，这房子也是他姐夫的。"

热恋中的人会失去理智，变得盲目，刘娴娴本质上又是一个比较单纯的女孩，陈歌猜测，刘娴娴被这个男人骗了。"也许马颖的姐姐也曾被这个男人骗过。"陈歌看着卧室，脑中推测着种种可能。"当她发现男人的真面目后，双方争吵打斗起来，后来男人失手将马颖的姐姐杀死了。"他想打电话向刘娴娴询问一些细节，但又害怕刘娴娴会做些多余的事情，为避免暴露，他还是放弃了。

"这个男人的成熟和自信都是伪装出来的，他内心其实有些自卑，结合刚才他和姐夫之间的电话，能看得出来，他很讨厌他的姐夫，也许姐夫就是他自卑的根源。"陈歌突然对男人的姐夫有些好奇了。"电话里，男人的姐夫严令禁止他进入自己的书房，看来书房里应该有很重要的东西，说不定就能从那些东西上获知男人姐夫的身份。"打开书房的门，陈歌进入屋内。这个书房比卧室大很多，两个书柜上摆满了各种各样的书籍，在靠窗的位置放着一张书桌。

"男人的姐夫应该是个很爱读书的人。"书架上摆着各种类型的书，哲学、艺术、医学，还有心理学和神秘学等，能看得出来屋主人涉猎很广。陈歌没有动书架上的书，真正的爱书之人，对每本书的位置都记得很清楚，陈歌担心自己会留下什么痕迹。他打开柜门看了看，里面收拾得很干净，没有异常。走到桌边，拉开了抽屉，里面是两台一模一样的笔记本电脑。"为什么要买两台同样的电脑？还都放在抽屉里？"

将电脑取出摆在书桌上，陈歌按下两个电脑的开关。其中有一台设置了开机密码，另一台则正常打开了。"两台电脑用处不一样吗？"陈歌对屋主人愈发好奇，这两台笔记本电脑似乎是用于不同场合的。"连开机密码都没设置，这电脑里应该没有什么重要的东西。"随手点开桌面上的一个文件夹，打开后，陈歌愣住了。

文件夹里是数百张照片和二十几段视频，而这些照片视频全都和陈歌的冒险屋有关！照片涵盖了所有场景，包括"活棺村"在内！

"进入过'活棺村'的游客只有猫姐，这电脑里的照片是从哪儿弄来的？"陈歌心里发毛，他看了一下照片后面的时间，发现那个时间和猫姐参观鬼屋是同一天。也就是说猫姐她们早上参观完鬼屋，这房间的主人下午或者晚上就从猫姐那儿弄到了照片。"那几个人从冒险屋出来就直接被送进了医院，难道户主是医院的人？"陈歌越看越是心惊，所有照片和短视频下面都标记有时间。

他点开了最靠前的第一段视频，这视频拍摄在一个月前，正好是他刚解锁"午夜逃杀"场景的时候！视频拍摄得很模糊，还能听见里面几个学生的声音。"这是鹤山他们在说话！"

陈歌瞬间回忆起，当时"午夜逃杀"场景刚解锁，江州市法医学院的学生们来找场子，想要帮高汝雪报仇。当时有个学生准备在鬼屋拍短视频，然后上传到他的短视频网站。那个时候，陈歌就混在几个学生当中，所以本该只有七个人的队伍，多出来一个人。拍摄者发现手机屏幕中多了一个人后，画面颤抖，他的手机直接摔到了地上。摄像头正好朝上，接着就拍到徐婉穿着碎颅医生套装从过道另一端走来。视频画面最后定格在徐婉佩戴着那张人皮拼合成的恐怖面具上。这视频本来没什么，但是出现的地点和时间都太奇怪了。

"十号在我第一次去怪谈协会的时候就认出了我，他见过我脸上的面具。"一开始陈歌以为十号肯定进他鬼屋参观过，但是在看到这段视频后，他觉得事情可能和他预想的有所出入。"十号可能是我现实中的熟人，但不一定进入过鬼屋。"

之前江州市法医学院来找场子的时候，贺峰是领头人，这人有一定的嫌疑，但是考虑到年龄和气质，陈歌觉得贺峰和十号有很大差距。

"会长应该另有其人。"陈歌盯着电脑屏幕。"这房间的真正主人为什么会对我的冒险屋那么感兴趣?他又为什么偏偏在芳华苑小区三号楼买下这房子?"

三号楼顶层是怪谈协会总部,屋主人对陈歌的鬼屋非常了解,同时又住在这栋楼内。在陈歌看来,这房间的主人很有可能就是怪谈协会的唯一幸存者。他迫切地想要确定这房子主人的身份,又点开了桌面上的其他几个文件,其他文件大部分都是英文,陈歌看了半天也没看懂什么。他打开漫画册想要把英语老师段月放出来,但怨念在阳光照射的地方出现,会对其造成很大伤害,所以陈歌看着可怜兮兮的段月,也没强求。没办法,陈歌只好拿出手机将那些东西全拍了下来。

接着,陈歌又拨通了李队的电话。"三宝叔,我想麻烦你一件事。"

"是关于钉子上残留血迹的鉴定结果吗?我下午帮你催催他们。"李队好像正在路上,还没有到派出所。

"不是,你帮我查一下芳华苑小区三号楼3004房的信息,看看户主是谁。"

"你要查这些干什么?"

"和钉子上的血迹有关,我感觉已经快要抓住他了!"

"行,我尽力。"

挂断电话,陈歌回忆自己触碰过的所有东西,擦去指纹,离开了3004房间。

特殊游客刘娴娴触发的一星任务还没有完成,按理说陈歌已经按照黑色手机的要求,找到了刘娴娴,可是他却一直没有收到任务完成的提示,估计是要彻底帮刘娴娴解决心病才行。这个任务其实不难,她喜欢的男人很可能是杀人凶手,到时候只要找出那男人的杀人证据,刘娴娴应该就会死心。毕竟,这个男人杀害的,是她最好朋友的姐姐。

第 2 章 我也曾想一了百了

手下员工业务愈发熟练，陈歌这个冒险屋老板自然就变得清闲。他闲着没事又给李政打了个电话，询问了一下案件进展，其实他更关心的是那个雕像，想要把雕像弄到自家鬼屋里来。

李政已经去了新校区，走访了很多人，大家都对那个雕像没什么印象，它就像是自己跑进地下仓库的。陈歌发现案件陷入僵局，给李政指了一条路，建议让他围绕着刘娴娴喜欢的那个男人暗中调查，说不定能有意外收获。

这一天的鬼屋营业没出什么意外，值得一提的是终于有人开始挑战三星恐怖场景。他们可能是听说"活棺村"场景昨天吓晕了五个人，所以都很自觉地避开了那个场景，把目标放在了"第三病栋"场景上。进去的时候气势汹汹，可惜大多数游客没走完全程就逃了出来。

不过这也让陈歌产生了一丝危机感，越来越多的游客开始挑战三星恐怖场景，迟早有一天三星场景也会产生出攻略的。

"慢慢来，先解决了怪谈协会，完成'第三病栋'场景的隐藏任务再说。"陈歌坐在屋子里，拿出漫画册，他让闫大年和其他几个员工跟手机怨念多多交流，准许他们使用一切手段，务必要让手机怨念明白，成为冒险屋员工是一件多么幸福和有意义的事情。

时间慢慢流逝，下午四点多钟，陈歌手机突然响起，他以为是李队那边有了重要线索，可一看来电显示，发现竟然是个陌生号码。

"怎么老有陌生人给我打电话？"陈歌按下接听键。

"请问你是陈先生吗？"

"对，是我。"电话那边的声音陈歌是第一次听到，声音中隐含着一丝难过。

"平安公寓灭门案就是你协助破获的吧？"

"没错。"

"老人身体情况很差，怕是要扛不住了。"听到这句话，陈歌脑袋嗡地响了一声。"你现在有时间吗？能不能请你过来一趟？老爷子想要见你一面。"

"我马上到。"

陈歌给徐婉和顾飞宇打了个电话，告诉他们将手头的游客送走后，就可以下班了，今天不再接待新游客。他抓着电话跑进了员工休息室，看见小小抱着白猫的尾巴不撒手，它俩彼此对视着，好像在进行某种博弈。

最后还是白猫输下阵来，任由小小抱着自己的尾巴，它露出高傲的表情，似乎是不屑于和小孩一般见识。小小的脑袋拱在白猫身上，被茸茸的白毛包裹，似乎觉得很有趣。

"小小……"陈歌站在门口，默默把手机收了起来，走到床边将小小抱起。"我们去看爷爷。"

这次陈歌没有把她像往常一样塞进口袋，而是抱在怀里，小小像是感到了什么，有些奇怪地望着陈歌。

关上员工休息室的门，陈歌冲出鬼屋。"徐叔，今天提前关门，麻烦你来安抚一下游客，等徐婉出来让她记得把鬼屋防护栏给关上。"陈歌急匆匆地往外面跑。

"这才四点多就关门？你要去哪儿？"徐叔完全没想到陈歌会这时候跑出来。旁边的游客也急了，尤其是站在最前面、马上就可以进去参观的那几位。

"老板，没你这么做生意的啊！平常都是营业到六七点钟，现在才几点？"

"上次我来就没排上队！这回好不容易挤到前面来了，通融一下行不行？"

"太过分了吧！"

陈歌被旁边的游客纷纷指责，他被围在中间，怀里的小小也被吓坏了，好像在发抖。陈歌伸手轻轻按住小小的头，陈歌对所有游客说："凡是已经购买鬼屋门票还没有参观的游客，双倍赔偿。"陈歌扭头又看了徐叔一眼。"麻烦徐叔你先记账，这个钱，我来出。"

"你有事先走，徐婉和顾飞宇还在里面，让他们两个先撑一段时间不行吗？"徐叔疑惑地说，"当初你和徐婉两个人的时候，不也没出过什么问题吗？"

"不一样，安全第一，不能随便去赌。"陈歌的语气不容拒绝，"就按照我说的做吧。"

陈歌不再犹豫，抱着小小从游客当中挤出。可能是因为人太多，小小蜷缩在陈歌怀中，有些害怕。

"没事，有我在。"陈歌摸了摸小小的脑袋，打车赶往医院。

四点半的时候，陈歌已经到达医院，他边给医生打电话，边冲进楼梯。在推开二楼走廊门时，迎面走来了两个熟人——高医生和警察老魏。

"陈歌？"老魏和高医生异口同声地问，他俩都没想到会在这里遇见陈歌。

"我是来找平安公寓那个老人的，269病房在哪儿？"陈歌语速很快，现在不是谈话的时候。

"我带你过去。"高医生似乎对这里很熟，他直接领着陈歌走到长廊拐角，老魏也跟了过来。

陈歌瞅了眼病房门上的编号，顺着门上的窗户朝病房内看去。两个护士和一个医生站在病床旁边，他们似乎在和病床上的老人说话。老人的身体状态已经很差了，他闭着眼睛，喉咙里发出声响，但是他说的话谁都听不明白。

敲了敲门，陈歌进入病房，屋内的一名护士认出了他，对着医生小声说了几句。医生轻轻点头，示意两个护士先出去。

"陈先生，今天把你叫来是有两件事要告诉你。"

"老爷子情况如何？我上次离开的时候，他不是已经好了很多吗？"

医生轻轻叹了口气，走到陈歌身边，他似乎是害怕老人听到，声音压得很低。"我们已经尽力了，老人的身体一直很差，在公寓楼内又被人虐待了那么久，对他身体造成了更大的损伤。他能支撑到现在，全凭着一股气，他想要找到杀死自己儿子的凶手，其实按照他的身体状况能拖到现在已经是个奇迹了。"

没有回话，陈歌看着病床上连眼睛都无法睁开的老人，脑子里空荡荡的。

"这老爷子确实挺不容易的，他那栋公寓楼是凶宅，卖不出去，前几年上面拆迁说要建度假村，正好经过他那个公寓。上面答应给他一大笔拆迁赔偿，但他死活不同意。断电、断水，各种招数都用了，这个倔老头就是不愿意，最后推土机和铲车开到门口的时候，老爷子坐在轮椅上，堵到路中间。他说这房子要是拆了，那案子的线索就彻底没了，凶手可能就再也抓不住了。我都不敢想象，他是怎么度过那些时日的，你看他枯瘦如柴、百病缠身，但就是这样撑了五年，一直撑到破案。"医生说到最后，自己都在感慨，他见陈歌一直没有开口，就又继续说了起来。"我们也是尊重他的意见，所以才把你叫过来的。这案子是他心中的执念，你帮他完成了心愿，所以老爷子很感谢你。"医生留给了陈歌一个号码，嘱咐他说："这是公证处那边的电话，老爷子将自己的所有财产、包括那栋公寓楼在内，一共分成了四份。一份捐给走失儿童基金会；一份赠予江州市公安局，用于悬赏追捕在逃通缉犯；一份赠予你作为完成他心愿的报酬；还有一份赠予人也是你，但是填写的内容是希望你能照顾好他的孙女。如果你没有意见的话，尽快跟公证处那边的人联系吧。"

"我有意见。"陈歌过了很久终于开口，"人还在，分什么财产？请你们尽全力治疗，不到最后一刻，不要放弃。"

医生还想说什么，陈歌摆了摆手。"能让我和老爷子单独待一会儿吗？"

陈歌面对横财，没有什么激动的表现。这跟医生预想中不太一样，他嘱托了陈歌几句，就走出去将病房门关上了，房内好像传来了哭声，隐隐约约，听不清楚。

陈歌坐在病床一侧，他将小小放在老人的肩膀旁边。陈歌轻轻抓住老人的手，好像握着埋在雪地当中的枯树枝。

"老爷子，小小还在，你是她唯一的亲人了。"陈歌不知道老人能不能听见自己的话，他只看到老人张开嘴发出了谁也听不懂的声音，像是要表达什么。

老人有太多的话想要和小小说了，口中发出砂纸般的声音，情绪越来越激动。

病房门被轻轻推开，高医生悄悄走了过来，他朝陈歌比画了一个手势，自己坐到了病床另一侧。高医生修长的手指轻按老人的肩膀和脖颈，慢慢地，老人平静了下来。

"我们先出去吧,这时候绝对不能刺激他,让他休息一会儿。"高医生依旧和陈歌第一次见他时那样,成熟温和,能把任何事情都处理得很好。

陈歌看了一眼枕头上趴在老人肩膀旁边的小小,摇了摇头。殷小小是他获得黑色手机后,找到的第一个怨念,一个非常特殊的、一点也不吓人的怨念。很多时候,陈歌已经习惯了这个小家伙的存在,把她当成了自己的家人。

"我想陪他们一会儿。"

"他们?"高医生望着病床上的老人和布偶,轻轻拍了拍陈歌的肩膀。"难过够了以后,记得抬头看一看天空。"

"为什么?"

"因为生命就是这样。"高医生朝着病房外走去,"几年前,我妻子出了车祸,我也曾想一了百了,后来因为小雪的存在,我才明白一个道理。放弃生命就等于把'见死不救的罪责'留给所有爱他的人。"

"你的妻子?"

"是的,我一直很爱她。"高医生推开了病房的门,走了出去。

房门关上,陈歌坐在病床旁边,回想着高医生的话。他握着老爷子的手没有松开,看着布偶小小和病床上的老人。其实世上有怨念也不错,至少有了弥补遗憾的机会。

老人的身体状况已经很糟糕了,但是在小小的陪伴下,他慢慢平静了下来,好像是睡着了。

口袋里的黑色手机轻轻震动,陈歌过了几分钟后才将手机取出,他收到了一个新的提示信息。点开后发现,小小对他的好感度从可以信赖变成了相依为命。

"相依为命?那老爷子……"陈歌把手放在老人鼻下,发现对方还有呼吸,他这才重新坐回原位。

他继续翻看手机,好感度提升后,小小名字那一栏出现了变化,多出了一行字。

殷小小(怨念):　稀有特殊能力——安魂。

安魂:安抚怨念,洗涤灵魂。

收起黑色手机,陈歌这才明白,为何每次小小来陪伴老人的时候,老爷子都能很快入睡。不光因为小小是老人的孙女,能让老人安心,还因为她拥有温暖灵魂的能力。松开老人的手,陈歌给他盖好被子,留下小小,自己走出病房。

高医生和老魏都守在外面,看见陈歌出来,直接迎了上去。

"老爷子睡了?"

"嗯。"陈歌看向两人,目光在高医生身上多停留了一会儿,问道,"你俩来这里干什么?"

"还不是因为失忆那件事。"老魏有些无奈地说,"从村子回来后,我就一直跟着高医生接受心理治疗,想要回忆起当时的场景。"

"高医生在帮你治疗?"

"他是江州市最好的心理医生,还精通犯罪心理学,跟我们也有过多次合作。"老魏似乎跟高医生很熟悉,"只不过以前我都是看他给别人治疗,没想到有一天,我会成为被治疗的那个人。"

陈歌脸上表情没有什么变化,心里却在想另外一件事。前天晚上在栖霞湖小区,李政进入监控室见到高医生时,也表现得很熟悉。高医生能和基层干警打成一片,除了自身的人格魅力,应该和他曾协助过警方破案有关。

"老魏的问题比较严重,所以需要配合药物进行治疗,我虽然也有处方权,但我那边常备的药物对老魏来说效果不大。"高医生随口说了几句,就带着老魏离开了。

目送两人走远,陈歌独自坐在走廊上,他看着高医生的背影,目光有些复杂。"刚才在病房里,他说完很爱自己的妻子后,就推开了'门',但愿是我想多了吧。"

陈歌在门口坐了十几分钟,医生和护士才过来,他们进去查看老人的情况。老爷子并没有什么好转,但是脸色看着却好了许多,安安静静地睡着了。陈歌将老人肩头的小小抱起,站在病床前面。

护士这时候顺口一说:"陈先生,以后有时间还是多来看看老人吧,每次只有你过来的时候,老爷子的精神状态才会比较稳定。"

"没问题。"陈歌一口答应下来。

"我替老爷子谢谢你,说实话,我在医院工作了十几年,还是第一次看到有人见义勇为后,拒绝接受遗产赠予,要求全力救助老人的情况。"医生朝陈歌笑了笑,"像你这样的人很少见。"

陈歌和医生一起走出病房，忽然想起了一件事。"医生，江州市西郊新世纪乐园前几天是不是送过来了几个病人？听说是进鬼屋被吓晕的。"

"有这事，你问这干什么？"医生挺惊讶的。

"他们在哪个病房？我想过去看看。"

"好吧。"医生稍有犹豫，"在四楼，我们医院领导跟新世纪乐园的董事很熟，单独划出来一间病房用来安置被吓晕的游客，后来还成立了一个紧急救治小组，专门用来应对他们乐园的突发情况。"

医生领着陈歌朝四楼走去，嘴里还在小声抱怨："我真不理解那些人胆子那么小，为什么还要去鬼屋里找刺激？一点自知之明都没有。"

"万一不是他们胆子小，而是那鬼屋太吓人呢。"陈歌笑了笑，没有再说话。

"437房就是，你在外面看看就行了，千万别进去，那几个病人身体很虚，正在调养。"医生说完就离开了。

陈歌抬头看了一眼四楼的监控探头，这个监控探头正好能拍下整条走廊。他从病房旁经过，不敢趴在窗户上往里看，害怕自己一出现再刺激到几位病人。3004房笔记本电脑上有关于活棺村的视频，可是进入过活棺村场景的就这几个人，也就是说肯定有人在他们住院期间来过这里，从他们手中弄走了视频。陈歌看着监控探头，给李政拨打了电话。

"陈歌，你找我什么事？"

"雕像的主人找到了吗？"

"你之前让我暗中调查的那个男人有重点嫌疑。"李政还是很感激陈歌的，毕竟陈歌的提示，给了他一个方向。

"千万别让他跑了，另外还有件事想麻烦一下你。"陈歌委婉地表达出了自己的意思，他想要借助李政的名义，调看医院走廊上某一个监控探头的视频。李政直接拒绝，但听陈歌说到好像和凶杀有关，再一想陈歌也没做过什么不好的事情，这才勉强同意下来。之后陈歌到了医院监控室，在一个工作人员陪同下，查到了猫姐他们被送入病房后的监控视频。这几人是中午被送到医院紧急救治的，下午三四点钟，他们陆续从昏迷中醒来。不过精神状态仍旧很不稳定，普通人根本想象不出来他们究竟遭遇过多么恐怖的事情。五点的时候，第二批医生赶到，工作人员介绍说后面的这一批医生是来为病人做心理疏导的。陈歌轻轻点头，他盯着监控视频，目不转睛，视线一直放在一个人身上。和他猜测的差不多，那天下午，高医生进入过病房！

从监控室走出，陈歌心里有种说不出来的感觉。他觉得这事情应该没有那么简单，不能随便下结论，应该等三宝叔那边钉子的鉴定结果出来再说。想到这儿，陈歌又给李三宝打了个电话，询问长钉上的血迹鉴定得怎么样了。李三宝的回复让他感到意外，相关技术部门从那长钉上检查出了两个人的血迹。一个是挖眼案受害者留下的，还有一个公安部门的数据库里没有，也就是说另外那个人没有任何犯罪记录……

等陈歌离开医院打车回到新世纪乐园的时候，天已经黑了，乐园已经关门了，小顾和徐婉卸了妆在鬼屋门口，等着陈歌。

陈歌看着已经关好的鬼屋大门，有些放心不下。"今天没出什么意外吧？"

"我们双倍赔偿了门票，再加上之前乐园出现过类似的情况，所以游客也比较理解。"徐婉打量着陈歌。"我现在比较担心的是你，感觉你也需要好好休息一下了。"

"我没事。"听到鬼屋没出问题，陈歌松了口气，不过通过这件事他也意识到了自己鬼屋的一个缺点。一星场景徐婉和顾飞宇负责没有问题，但是二星和三星场景，普通人根本震慑不住，自己必须要留在鬼屋里才行。看来冒险屋还需要一个管理型的怨念，陈歌不在的时候，可以替陈歌坐镇。

徐婉见陈歌沉默不语，以为他心里不好受，出言安慰："所有事情你都一个人扛着，也不跟我们说。你别忘了，我们两个也是你的员工，关键时刻肯定会跟你站在一起。"

小顾也走了过来，开口说道："是啊，老板，我虽然没什么本事，也没读过什么书，但是你有需要帮忙的地方，只要一句话，我立马就去做。"

"你俩搞这么煽情干什么？"陈歌回过神来，表情缓和了许多。"咱们冒险屋现在蒸蒸日上，已经走出江州市，在整个华中华南打响了名气，以后说不定还会接待外国友人。未来充满希望，你俩跟着我好好干就行了，其他的不用操心。"

安慰徐婉和小顾先下了班，陈歌又进入鬼屋，到地下场景转了一圈，所有怪物都老老实实待在自己的位置上，并没有发生什么意外。

"表现得还不错，但这不是个长久之计。"陈歌走在"暮阳中学"场景当中，"想要震慑住鬼屋里所有怨念，自身实力必须要强，张雅和许音都符合这个条件，但是他俩对管理一窍不通，真让他俩坐镇，肯定会出大乱子。"许音还未完全走出自己的世界，情感缺失，就算陈歌下令，他可能也会觉得只要不死人其他都没事。至于张雅，陈歌自己都害怕，让她来管理鬼屋，游客估计活着出去都是一种奢望了。陈歌停在最后一间教室门口，看着里面的一个个人偶，脑海里浮现出了一个合适的人选。"我去暮阳中学做试练任务时，最后一间教室里除了这些学生外，还有一个胖胖的老人，当时那人站在讲台上，好像还对我笑了一下。暮阳中学的前身是孤儿院，那个和我有过一面之缘的胖老人，应该是暮阳中学的老校长。他生前收养了这么多孩子，还自费修建了暮阳中学，人品绝对没得说。"

陈歌目光扫过最后一间教室里那些人偶，坐在里面的人偶瑟瑟发抖，也不知道自己哪里做得不对，一个个都感觉门外的人好可怕。陈歌心想："老校长心地善良，又跟二十四个人偶很熟，最重要的是他曾管理过一个学校，拥有很丰富的管理经验。"摸着下巴，陈歌眯起双眼。"这不正是我需要的人才吗？看来我有必要再去一趟暮阳中学了，三顾茅庐我也要把他请过来。"那位老校长身上可能还有其他秘密，不过现在的陈歌身上有许音和闫大年在，底气很足。

陈歌脸上挂着淡淡的笑容，看着教室里的人偶说："要不了多久，我就会把他带来，让你们团聚。"听到陈歌这话，教室里的人偶们好像更加害怕了。

陈歌又进入"第三病栋"和"活棺村"场景检查了一遍，过去的时候，那真是人鬼辟易。陈歌确定没问题后，走出地下，他看着那张遮盖通道的木板，觉得不太方便。"等有时间了，换一扇铁门，这样游客应该就不会老想着半途退出了。"

回到休息室，陈歌将小小放在床上。小小的那个能力似乎对自身透支很严重，一直到现在小小都没有跟陈歌沟通过，仿佛就是一个普通的布偶一样。

"安抚怨念，洗涤灵魂，小小的这个能力以后说不定会派上大用场。"陈歌躺在小小身边，没过一会儿，白猫从桌子上跳下，挤了过来。它好像看出来小小情绪不太对，用尾巴轻轻把小小揽到自己身前，让小小靠着自己的身体。

"白猫刚到我鬼屋的时候很暴躁，后来也是因为小小，这只猫才变得听话，这么一想小小还是很厉害的。"以前陈歌只是把小小当作枕头和吉祥物，并没有留意过,如果不是好感度暴涨,他恐怕也不会意识到小小自身的特殊能力。拿出黑色手机,陈歌看了看小小的面板,除了特殊能力,小小真的是什么能力都没有。"以后许音狩猎的时候,可以剩一些猎物留给小小和笔仙,说不定她俩还能带给我其他惊喜。"继续翻看手机,陈歌发现自己收集到的尖叫值,已经足够再转动两次转盘了。他看着手机上的选项,很想梭哈一次,或许这就是赌徒的心理,总感觉自己下一次就能转运。

"冷静,千万不能冲动,再转出来两个怨念,我那个'怨念眷顾者'的称号就要升级了。现在我已经到处打怪,再升级怕是那些家伙要开始主动来找我了。"眼不见心不烦,陈歌将手机收了起来。"抽中张雅那封情书的概率是千分之三,那转盘里会不会有比张雅更稀有的怨念?比如中奖概率只有千分之一的怨念?"陈歌觉得自己的想法很危险,赶紧打住。伸了个懒腰,他一天一夜没合眼,身体也到了极限。看了眼时间,现在才八点多,他定了个晚上十一点五十五分的闹钟后,就准备睡了。

"今晚再去厕所那扇门附近看看,希望不要出现什么问题。"

……

第3章 隧道里的女人

闹钟响起，陈歌从梦中惊醒，窗外黑漆漆一片，夜色已深。他披上外套，抓着背包进入卫生间。

"还有三分钟。"陈歌按下复读机开关，将碎颅锤拿在手中。

时间分秒流逝，当午夜十二点到来的时候，隔间的门板上浮现出一个怪物图案，血丝缠绕它的身体，一颗颗眼睛睁开了。一分钟的时间很快过去，怪物的最后一个眼睛还是没有睁开，不过和之前相比，它那只原本被戳瞎的眼珠似乎恢复了一点。接着门上图案慢慢消散，厕所恢复正常。

陈歌琢磨："它在自我修复？图案是怪谈协会会长弄上去的，现在我能想到最好的解决办法，就是彻底灭了怪谈协会，一个不留。"

陈歌走出卫生间，回到员工休息室，他本来准备再好好睡一觉，可是在翻动黑色手机的时候，无意间发现日常任务里刷新出了一个血红色的任务。他看了半天说："今天居然刷出来了一个噩梦任务，难道我真的时来运转了？噩梦任务非常稀少，极难遇到，这回不能错过。"

噩梦任务的奖励能够对陈歌自身产生影响，让他获得一些特别的能力。前三次固定噩梦任务完成后，他掌握了"殓容""阴瞳"和"活偶"三种技能。可惜的是那三个噩梦任务就相当于新手教程，通关之后，噩梦日常任务就改为随机刷新。陈歌每天晚上都会看一下日常任务，一直到今天才总算是遇见了一次噩梦任务。

站在走廊当中，陈歌看向那条血红色的任务信息。

噩梦难度日常任务：它们说，隧道尽头埋着另一个你。

注意！个别任务极度危险，请慎重选择！

任务提示只有一句话，陈歌看了几遍也没明白其中的意思。"隧道？前三次噩梦任务都是在冒险屋里进行的，这次的任务怎么感觉要去其他地方？最开始完成的三个噩梦任务是黑色手机安排好的，难道从这个任务开始，也许才是真正的噩梦难度？我拥有许音和很多员工帮忙，如果噩梦任务的难度和之前一样，那我根本不用担心。"

按理说确实是这样，但陈歌看着噩梦任务下面那一行血红色的字，又有点心虚。刚拿到黑色手机时，那几个噩梦任务可是差点要了他的命。思索再三，陈歌还是选择了接受，噩梦任务的奖励作用于他的身体，这是其他任务都不具备的。怪物虽然重要，但也绝对不能忽视自身，这一点陈歌心里很清楚。选择接受噩梦任务之后，完整的任务信息弹了出来，陈歌只看了几行，神色就开始发生变化。

幸运的怨念眷顾者，你的运气让人惊讶！

下面这个游戏的名字叫作隧道，穿过隧道，可以看到心底被遗忘的秘密。

任务要求：凌晨两点四十四分，进入一条长度至少在四十四米以上的隧道，走出四十四步，喊四十四声自己的名字，顺利喊完四十四声后，任务完成。

注意事项一：该任务具有唯一性，没有在规定时间内完成，此任务将永远不会再出现。

注意事项二：从接受任务这一刻开始，不能携带噩梦之城内任何怪物和道具离开，否则会无法获得任务奖励！

陈歌的目光集中在任务信息最后一段。"不能携带怪物和道具？这我需要好好考虑一下。"如果没有最后那段文字，这个任务对陈歌来说难度不算大。陈歌心里纠结着要不要接任务，也没有注意黑色手机对冒险屋已经改了称呼。他思考了半天，最后还是想要去尝试一下。

"机遇和危险并存，噩梦任务的奖励能改变我自身，现在我接触到的怪物越来越多，体温在不断下降，活棺村里那个老奶奶曾提醒过我，我也该多注意一下自己的身体了。"

噩梦任务可遇不可求，陈歌不愿意放弃。"不能携带鬼屋里任何怪物和道具离开，看来许音和闫大年都指望不上了。"陈歌思来想去，整个鬼屋里只有白猫在黑色手机的规则要求之外，感觉带上它也没什么用，不过最起码能做个伴。陈歌又回头看了眼自己的影子。"张雅在我的影子中沉睡，如果黑色手机把她也算上的话，我这次任务肯定无法完成。"陈歌不确定张雅有没有被黑色手机计算在内，不过也正因为张雅在他的影子里沉睡，他才敢肆无忌惮地接受噩梦任务。"尝试一下吧，噩梦任务的奖励对我来说太重要了。"

陈歌拿出手机开始上网寻找附近的隧道，噩梦任务两点四十四分开始，他必须要找一个距离不是太远，并且符合要求的隧道。

上网找了半天，陈歌发现了一件很奇怪的事情，整个江州市符合黑色手机要求的只有一条隧道，那就是位于江州市东郊的白龙洞隧道。其他的隧道不是距离太远，时间上来不及，就是长度不够。

"在东郊。"陈歌因为小时候的一些经历，并不是太喜欢江州市东郊，他父母以前也严令禁止他一个人去东郊玩。"白龙洞隧道，听着耳熟，好像在新闻里出现过。"陈歌脸色不是太好看，在网上搜索了一下江州市白龙洞，瞬间出现了几十条信息。

这条隧道修建于十五年前，从建成起就事故不断，而且很多事故都发生得莫名其妙。不止一个司机说过，大晚上经过的时候，看见路边有个女人冲他们招手。如果他们不停车的话，女人就会在路边追赶，感觉那女的跑得不快，但却距离他们越来越近，最后那个女人就好像贴在车窗旁边一样；要是停车的话，据说下场更惨，那女人会坐在车后排，这车子肯定会在隧道里出车祸。招手的女人只是隧道里的怪异传闻之一，还有司机开车的时候发现旁边有人超车，追上去朝驾驶座一看，刚才超过去的那辆车里好像没有驾驶员，出了隧道车子就消失不见了；有人大晚上从隧道旁边经过，能听见里面传出呼救声，还有的看见隧道里站着一个女人，不断朝外面的人招手，想要让人进去……类似的事情有很多，发生的事故也很多，最终这条隧道在五年前被封。隧道虽然封了，但是隧道的传闻却在江州市传开了。

陈歌仔细看完了所有信息，不管是新闻，还是杜撰出来的怪谈，他都扫了一遍。

"这地方比我想的要危险很多啊！"拿着手机，陈歌有点犹豫。噩梦任务的奖励作用于他自身，但是相应地，这任务也只允许他靠自己的力量完成。"黑色手机一向公平，付出和收获是对等的。"

很快，陈歌做出了决定。他将躲在员工休息室枕头下面的白猫抱起，放在自己肩膀上。"今晚我带你去个刺激的地方玩儿。"白猫眨巴着眼睛，任由陈歌将它抱起，好像还没明白发生了什么事情。陈歌这次连背包都没有带，口袋里装了一些零钱就直接出门了。

"我很小的时候父母一直不让我独自去东郊，现在想起来，东郊应该隐藏着很危险的东西。我父母知道那些东西的存在，那些东西可能也清楚我父母的一些事情。最了解自己的人可能不是朋友，而是敌人。说不定我能从东郊那些东西身上，逼问出一些关于我父母的线索。"陈歌看着黑色手机上的提示信息。"穿过隧道，能让我看到心底遗忘的秘密，这个噩梦任务，应该可以为我指明一条路。"每一个噩梦任务对陈歌来说都非常重要，不仅仅是因为噩梦任务能改变他自身，更重要的是噩梦任务似乎和他父母失踪有关。

陈歌抱着猫离开新世纪乐园，在路边等了好久才拦下一辆出租车。

"师傅，去白龙洞隧道。"陈歌拉开车门，直接钻了进去。

"白龙洞？"司机回头看了陈歌一眼，表情很是惊讶。"你大晚上去那地方干什么？"

"我跟朋友合作要去那里拍摄。"陈歌把白猫放在自己的腿上，拿出手机。"开车吧，我赶时间。"

"你可要想清楚啊，那地方不干净，几年前我有个同行就是在那里出的车祸。"司机还是没有开车。听语气，司机有点不愿意过去。

"什么干净不干净的，没事儿，你把我送到附近就行了，我自己过去。"陈歌不想为难司机，也正是考虑到这个原因，所以他才会提前出发。

"你这小伙咋不听劝呢？白龙洞出事也不是一次两次了，你上网搜一下，再好好考虑考虑。"司机发动车子，朝前面开去。"以前我们晚上跑出租车的人都不往白龙洞走，宁愿多绕一圈，这真不是为了坑你们钱，确实是那地方太邪乎。"

陈歌感觉这司机人还不错，就跟他聊了起来。"你能不能给我说说你那个同行的事情？我比较好奇这一点。"

"那人就是爱占小便宜，平时宰客，比较心黑。出事那天，他把人送到地方后想省时间，晚上两点半的时候从白龙洞里过。当时他还开着车载对讲机，正跟我们闲聊的时候，他那边忽然传出来另外一个女人的声音。我们都以为他车上载着乘客，也都没在意。后来才发现不对劲，他似乎根本不知道自己车上还有另外一个人，还在跟我们炫耀今天多宰了几个学生，赚了多少钱。我那个时候也用对讲机提醒了他一句，可等了半天他也没回话。结果第二天下午，我们就收到公司通知，要求所有司机接受安全教育，一打听才知道昨晚那个人在隧道里出车祸了。当时隧道里只有他一辆车，车子也没有任何故障，但就是发生了事故，他被卡在撞得变形的驾驶室里一个晚上，最后是用了切割机才把他的尸体给弄出来。事故调查原因是疲劳驾驶，不过昨晚我们几个和他通过话的司机都清楚，他在出事前的几分钟，一直都很正常，不存在疲劳驾驶的情况。"

听完司机的故事，陈歌若有所思。"你们从对讲机里听到他车上还有一个女人的声音，那我估摸着真正的凶手应该是那个女人。"

"是啊，自己车上拉着一个人，自己竟然没有发现，你说邪门不邪门？"司机双手握着方向盘，"我也不是故意吓唬你，就是想给你提个醒，靠近隧道的时候，要是有奇怪的人叫你，千万不要过去。"

出租车开得不算快，路上陈歌和司机聊了很多，路边的建筑越来越矮，光亮减少，看着很荒凉。

"还没到吗？"陈歌打开手机地图，显示的就是这个方向。

"白龙洞早就被封了，现在想要过去必须要绕一下。"出租车沿着公路继续往前，夜色深沉，又过了十几分钟，司机放慢了车速。

"到了？"

"不是，你看路面上那是什么？"司机没敢停车，只是朝前面指了一下。陈歌的阴瞳定睛一看，发现前面六七十米远的地方好像躺着一个和人类似的东西。"是人吗？"

司机打了方向盘，在出租车距离那东西还有三十米远的时候，那个躺在路中央、好像人一样的东西突然爬走了。他速度很快，钻入树丛后就不见了踪影，就跟从来没有出现过一样。

"什么玩意儿？"司机明显慌了起来。

"我也没看清楚。"陈歌没有撒谎，那东西看着和人很像，还披着一件破破烂烂的衣服，但是脸很模糊。

"你还要往前去啊？"司机有点害怕了，"要不咱们回去吧？"

"距离白龙洞还有多远？"陈歌从来没有强迫别人的习惯，他和司机说，"如果近的话，你放我下车，我自己过去好了。"

"你这人胆子是真的大。"司机活动了一下僵硬的手指，往前开了几分钟，将车子停在一个岔路口，"看见那条被树干堵住的路没？你顺着那条路，一直往里走就到了。"

"多谢。"陈歌付了车钱，准备下车。

"我说你要不要再考虑一下？这地方晚上很少有车辆经过，我走以后，你估计要在这荒郊野外待一晚上了。"司机看着前面的路，声音下意识的压低了，好像大声说话会惊扰到什么东西一样。

"放心吧。"陈歌感觉这老哥挺实在，和对方互换电话号码后，抱着白猫就下车了。

翻过堵路的树枝，陈歌独自走在公路上，四周很安静，似乎这片林子里一个活物都没有。"有点不太正常。"陈歌完全忽视了怀中白猫幽怨的眼神，他小心翼翼地朝公路尽头走去。地面上残留着砂石和泥土，随处可见折断的枯树枝，道路两边生锈的栏杆弯弯曲曲，依稀能看出被撞的痕迹，这条路以前确实发生过很多事故。

"现在是凌晨两点整，我还有四十四分钟的时间。"陈歌顺着这条路走了很久，他感觉自己距离那个隧道已经没多远了。路两边的树木左右摇摆，树叶沙沙作响，怀里的白猫愈发不安，小爪子紧紧抓着陈歌的衣服。"看来白猫已经察觉到什么了。"陈歌轻轻揉了揉白猫的脑袋，"你这家伙，以前多凶悍，怎么现在稍微遇到点危险就吓成这个样子？"白猫可怜巴巴地看着陈歌，小家伙此时的心情可能有些复杂，三言两语说不清楚。

"噩梦任务不能携带怪物和鬼屋里的道具,而白猫完美避开了这些限制,它不是怪物,但凶起来敢追着怪物跑,看来以后要重点培养一下它。"陈歌打起了白猫的主意。"怪谈协会的血丝原本是给红衣准备的,白猫吃掉后暂时还看不出什么变化。等我解决了会长,接手芳华苑小区24层,希望能在那里有所收获吧。"抱着白猫,陈歌很庆幸自己当初救了它。"噩梦任务以后还会遇到,到时候白猫肯定会派上大用场。"

白猫死死抓着陈歌的衣服,能看出它也很依赖陈歌,对陈歌很有感情。"这算是好人有好报吧。"一人抱着一猫走在深夜的废弃公路上,这幅画面竟然非常温馨。

夜风吹动树梢,道路两边树影摇晃,陈歌又走了二十几分钟,温度陡然降低。耳边传来呼呼的风声,一股奇特的气流从前方涌来。

"到了。"陈歌慢慢抬头,看着几十米外那凿穿大山的隧道,瞳孔逐渐缩小。隧道漆黑、幽深,一眼望不到头。陈歌的衣角被吹动,他忽然觉得身体很冷,不是皮肤上感到的冷,而是从脑海深处逸散出来的寒意,每一根神经好像都在颤抖。"很久没有过这样的感觉了。"

陈歌慢慢靠近,在高六米、宽十几米的隧道面前,他显得非常渺小。往里看去,黑暗之中,好像也有恐怖的怪物在凝视着陈歌。没有员工陪伴,陈歌仿佛又回到了第一次做噩梦任务的时候,他站在隧道前面,深深地吸了一口气。"噩梦级别的任务,还真是一个噩梦啊!"

眼前的隧道长度绝对超过了四十四米,陈歌拿出手机照向隧道当中。墙壁上残留着各种各样的刮痕,还有一些稀奇古怪的字体,路面倒还算平整,只不过上面有些小动物的尸体。

"距离任务开始还有一段时间。"陈歌跺了跺发麻的脚,轻轻拍打自己的脸颊,心中默默提醒自己,"不能慌,要冷静。"

他登录手机上的短视频平台,随手拍了几张照片,发了个动态。表示今晚会更新短视频,让大家拭目以待。下面关注他的水友的各种回复,驱散了陈歌心里的恐惧,他靠在隧道入口旁边的石头上,还不忘趁机卖惨,给自己的冒险屋拉人气。凌晨两点多,一个人跑到闹鬼隧道旁边发动态,这在短视频平台上很少见。评论区的热度很快就被带动,直到平台管理私信陈歌,央求他以后不要老玩得这么大，他们很担心陈歌的安全。陈歌随便回了几句，并没有把他们的话放在心上，他来这里，只是为了任务。

凌晨两点四十三分，陈歌退出短视频平台，重新站在隧道入口。"要开始了。"点开手机上的视频录制软件，陈歌把白猫放在自己的肩膀上，在时间从四十三分跨到四十四分的时候，他迈步进入隧道中。

这里要比外面暗很多，好像是一片漆黑的海。陈歌进入其中，全身被一种阴冷的感觉包裹，呼吸渐渐变得困难。

"陈歌、陈歌……"每走出一步，陈歌都会念一声自己的名字，这样四十四步走完，任务也就完成了。隧道入口距离陈歌越来越远，背后的光亮变得模糊，直到一切都被黑暗淹没。手机的亮光好像一盏小小的灯，陈歌自己仿佛一艘迷路的船，他此时能做的就是走完这四十四步。越往里走，他感到的压力就越大，大脑本能地发出预警，让他立刻离开。冷汗浸湿额头，隧道里回响着他自己的声音，渐渐地他有些分不清楚，那一声声陈歌，究竟是出自谁口。在迈出第十五步后，陈歌怀中的白猫突然竖起耳朵，异色双瞳盯着隧道一侧。隧道深处隐隐有声音传出，好像是脚步声，又好像夹杂着求救声。

有东西过来了！黑暗之中，好像有巨大的蜘蛛在头顶爬动，细小的沙砾落在陈歌身上，他后背湿透，强忍住抬头看的冲动，继续向前走。头顶的东西还没走，他身后似乎又出现了第二个人的脚步声。步履蹒跚，似乎身体扭曲歪斜，无法正常走路一样。陈歌保持着自己的速度，脚步声在慢慢逼近，跟在了他身后不到一米远的地方。

"陈歌……"陈歌低声念着自己的名字，手背上冒出一条条青色的血管，他没有回头。在走出第二十六步的时候，白猫似乎终于看清楚了黑暗中的那个东西，它用爪子紧紧抱住了陈歌的手臂。距离陈歌不远的地方，站着一个穿着红衣服的女人。她低着头，就像是附近村子里跑出来的疯子，头发凌乱，遮住了脸，站在隧道另一边，和陈歌相隔了几米远。陈歌衣服被白猫疯狂抓挠，他也看到了那个女人，那个传说当中在隧道里绝对不能碰见的女人。

陈歌小腿有些发麻，掌心满是汗水，尽量让自己双眼不要看向女人所在的地方。他一直盯着隧道更深处的黑暗。在经过女人身边的时候，他的余光捕捉到那个低垂着头的女人,忽然动了一下,她好像是在求助一般,抬起手臂,冲着陈歌招了招手!一股凉气顺着陈歌的脊骨爬上大脑,他回想着关于这个女人的传说。不救她的司机会被她缠上直到驶出隧道,而救了她的司机大多都会在隧道里出现意外。如此想来,还是不要管她比较好。陈歌曾在网上找到很多关于白龙洞隧道的怪谈,大部分都提到了这个招手的女人。他们将这个女人描述成了一个恐怖的凶灵,只要遇见就会出事。

陈歌此时的处境不是太好,头顶有类似蜘蛛的大片阴影在爬动,身后不到一米的地方还有脚步声,前方不远处还站着招手的红衣女人。在这种情况下,他承受着常人难以想象的心理压力。陈歌低声念着自己的名字继续向前,默数着脚步,从那个低垂着头的红衣女人身边走过。他无视了招手的女人,表情没有出现任何变化,就像是从未看到对方一样。和陈歌表现出的淡定不同,怀中的白猫不断发出低沉的呜呜声,似乎是在提醒陈歌千万不要再往里走了。

迈出第三十步的时候,陈歌微微侧头,朝身边看了一眼。那个低垂着头的红衣女人没有死心,贴着隧道左侧的墙壁跟了过来。两人并排走在通道当中,按理说各走各的谁也不影响谁,但是陈歌却感觉自己和那个女人之间的距离越来越近。

"怨念残留在世间,大多是因为执念,她生前到底遭遇过什么,为什么要对救她的人出手?难道她是在搭车的时候,被开车载她的司机杀害了?"想到这里,陈歌扭头看了女人一眼。她穿着很普通的红色外衣,腿上满是伤口和瘀青,白色的凉鞋丢了一只,露在外面的皮肤上还扎着某些植物的倒刺。

"红衣?"陈歌不敢确定自己的判断。"我只是做一个噩梦级别的日常任务而已,应该不会遇到红衣吧。"顶着"怨念眷顾者"的称号,陈歌现在自我认知也有些模糊了。"不管她,先走完四十四步再说,到时候如果出现意外,只需要往外跑就行了。"这条封禁多年的隧道,因为陈歌的进入,里面的各种东西开始苏醒,黑暗之中一双双眼睛盯上了他。陈歌机械性地重复着同一个动作,感觉自己的双腿好像被冻住了一样,每一步都走得很吃力。

"陈歌……"陈歌念出自己的名字,他的声音明明不怎么大,但是却出现了回声,感觉就像是隧道另一边站着另一个自己,正在和他相对而行。

这应该是第三十四声了。陈歌在脑海里默默记数,他要在喊出第四十四声之前做好心理准备。脚步抬起，正要喊出第三十五声，他还没有开口，一个女人的声音在她身边响起。陈歌听不清楚，但似乎是那个女人发出的！陈歌身体有些僵硬，余光扫了隧道左边一眼。脏乱的头发遮住了五官，那个女人通过头发之间的缝隙打量着陈歌，她的眼睛藏在头发下面，如同两个黑黝黝的洞。女人布满细小伤口的嘴唇上下开合，她的声音很特别，嗓子里好似被塞进了一根木棍，每一次发声都像是在往外吐气。

"她在说什么？"陈歌自己的节奏被打乱，脚步落下，在他想要继续念自己名字的时候，相隔不远的女人又一次发出了声音。这回陈歌听得很清楚，那个女人在喊他的名字。

"陈歌……"

自己的名字被一个疑似红衣念出，陈歌额头渗出冷汗，如果只是普通的怪物，他根本不会这么紧张，可对方披着一件红衣。陈歌没有搭理女人，继续向前，他已经能感觉到黑暗之中有更多的东西围了过来。他就像是一个人落入深海当中，周围的黑暗里也不知道隐藏着多少恐怖的怪物。

陈歌心跳加快，速度也没有放慢，仅存的理智告诉他，黑色手机不会发布必死的任务。噩梦任务难度极大，但并非没有破局的办法。隧道里发生过那么多起车祸，这里面的怪物一定很多，但是现在除了眼前这个女人外，还没有其他的怪物现身，这一点很奇怪。陈歌朝旁边的女人看了一眼，和网上那些司机说的一样，这女人在慢慢靠近他。"按照那些司机所说，她最后会趴在车窗上，脸紧紧贴着玻璃。我没有开车，如果我一直不搭理这个疯子，她会不会直接贴到我脸前？"陈歌有些怀念碎颅锤，他擦了擦手心的冷汗。

红衣女人在慢慢往陈歌身边靠，她的速度和陈歌一致，陈歌加快速度，她也加快速度，陈歌停下，她就站在隧道那边幽幽地看着陈歌。

"还差几步就能走完，问题是进来容易，出去可就难了。"刚进入隧道的时候，陈歌只能感觉到来自身前的阴寒气息，但是进入隧道十几米后，他已经被那种寒气包裹，连手机自带的手电灯光都无法带给他一丝安全感。"后路可能已被切断，我现在还不知道自己身后跟着什么，贸然回头或许会看到更恐怖的东西。"

头顶不时有碎石砾掉落，好像蜘蛛一样的巨大黑影肆无忌惮地舒展开肢体，它一直跟着陈歌移动,仿佛已经把陈歌当成了自己的猎物。

"噩梦级别的任务难度都这么高吗?"在不能借助外力的情况下,直面数个怪物,这在陈歌看来未免太夸张了,"我是不是忽略了什么关键的地方?"他重新把目光放在旁边的女人身上,仔细观察。就在陈歌认真看的时候,女人的头颅突然好像被什么东西撞了一样,猛地往里凹陷了一块,整张脸变了形,眼珠子快要鼓出来,黑发也跟着塌陷下去。

陈歌强忍着没有爆粗口,他强迫自己不要去招惹那个女人,老老实实地迈出了第四十步。"只剩下四步了。"隧道左边的女人身体还在发生变化,陈歌没有去看,但是那种身体一点点变形的恐怖声音却钻进了他的耳朵。

"只是一次普通的撞击,肯定不会把她撞成这个样子,这女的一定遭遇过很痛苦的事情。"陈歌的手在发抖,他身上的压力越来越大。

"我在这儿,救救我。"女人的声音越来越恐怖,距离陈歌也越来越近。"我在这里,在你旁边,我在这里!"女人向陈歌求助,但是陈歌却不敢伸出援手,帮她肯定会在隧道里出事,不帮她,看这情况恐怕也没办法活着走出去了。怎么选都有生命危险,陈歌很少见地纠结起来。女人的呼喊声越来越大,但诡异的是隧道里却没有她的回音,仿佛只有陈歌一个人能听见她的声音。

"救你的人死在隧道里,不救你的人虽然没有上新闻,但估计下场也不会好到哪儿去。"深吸一口气,陈歌决定先不管这个女人,等把噩梦任务完成后,再去做这道送命题。迈出第四十一步,耳边的风声好像小了一些,不知是因为陈歌周围聚集了太多怪物,还是其他原因。手机手电发出的亮光开始扭曲,他能明显感觉到,周围变暗了许多。打起精神,陈歌喊出了自己的名字。"陈歌!"

还剩下最后三步。隧道左边的红衣女人已经贴近,各种怪物都凑到了跟前,陈歌双眼看着隧道深处,毫不动摇地迈出了第四十二步。在他前脚落地的时候,手机自带的手电突然熄灭了。没有任何征兆,不管怎么按开关,手机都没有反应。

黑暗降临,把陈歌笼罩其中,就算拥有阴瞳,他也只能比常人多看几米远。没有一点光亮,陈歌站在原地不敢随便走动。人在绝对的黑暗中,五感会被蒙蔽,没有任何参考物,很容易迷失。他担心自己不小心摔倒,再站起来就分辨不出面朝哪个方向。这在隧道里是一件很恐怖的事情,万一选错了路,很可能会进入隧道更深处。周围安静下来,那个红衣女人也不再出声。这种感觉很不好,明知道身边到处都是怪物,可就是看不见。

陈歌的呼吸变得困难起来,他身体四周传来一种压迫感。"不能再继续停留在这里了。"抬起腿,陈歌迈出了第四十三步。隧道里变得更加安静,那些怪物好像都消失了一样,隧道深处隐隐约约传来一点亮光。很微弱,看不清楚。"要走出隧道了吗?"远处的亮光并非静止,好像是有人提着一盏灯在慢慢靠近。

陈歌没有轻举妄动,他集中全部注意力盯着亮光,身体好像被什么东西挤压着,仿佛钻进了无形的气墙当中。随着那亮光慢慢靠近,他承受的压力也越来越大。

"不管了,最后一步,先迈出去再说!"他感觉自己的身体快要被撕开,强行抬起了腿,准备迈出第四十四步。光亮在接近,那隐藏在光亮背后的身影也逐渐清晰起来。陈歌双眼看着前方,瞳孔收缩,左腿悬空甚至忘记了放下,他几乎不敢相信自己的眼睛。"那是……"

光亮后面是一个男孩,他背着书包,书包拉锁半开着,里面有一个很粗糙的布偶。这孩子左手好像被人牵着,右手拿着一个手机照路,这手机是很多年前生产的,连手电筒的功能都没有,他只能靠着屏幕散发出的微光,一步步往前挪动。男孩表情认真,似乎在寻找什么东西,他的手被牵着,很显然是有大人陪他一起进来的。男孩可能是举了一路手机,有点累了,他放下了手臂,又往前走了几步,最后停在了陈歌面前。

这孩子似乎没有发现前面有人,他凝视着前面无止境的黑暗。旁边的大人好像对他说了几句话,似乎想要劝说他放弃,但是男孩没同意,依旧望着眼前的黑暗。这孩子好像是感觉到了什么,他仰起头,将手机屏幕对准自己正前方。绝对黑暗的隧道当中,那一束微弱到几乎可以忽略的光,串接了两个人的视线。

陈歌立在隧道一侧,他好像凝固的石膏一样,双眼盯着男孩的脸。

这个孩子就是很多年前的自己!

陈歌手臂在颤抖,无法形容这种奇特的感觉。

"我曾在江州市东郊看见过一座红色的房子,那房子周围有很多孩子在玩耍、嬉笑,后来我就晕倒了,再醒过来的时候发现自己在车上,这中间的一段时间发生过什么,我直到现在都没有想起来。"

陈歌看着那个孩子，那个孩子也在看着他。

淡淡的手机光亮下，那孩子张开嘴，陈歌听不清楚他的声音，只能从嘴形上判断这孩子说了三个字，好像是——找到了！

男孩似乎还有其他话要说，但是他旁边的那个大人没有给他继续说话的机会，陈歌能清楚看到，男孩的脖颈开始变形，好像是陪同男孩一起进入隧道的大人掐住了他的脖子。

身体变冷，陈歌大口大口地喘着气，他想要阻止那个大人，脚步落下，迈出了第四十四步！

这一步好像是踩空了，他的身体仿佛在无限下坠，又像是灵魂被打出了身体，即将让什么东西吸走一样。眼前的亮光距离他越来越远，他拼命地想要抓住什么，但这时候没有人能帮他。一种难以形容的绝望涌上心头，他慢慢地闭上了眼睛。可就在他眼皮快要合上的时候，一道血红色的身影出现在亮光尽头，鲜血蔓延，那人好像一个血红色的太阳。

她将无边的黑暗驱散，化为一片血红。

"张雅？"陈歌手臂忽然传来剧痛，双眼猛地睁开，一下清醒了过来。衣服被汗水浸湿，陈歌手机的亮光恢复正常，他仍站在隧道当中。

"我见到了十几年前的自己，那就是我忘记的东西吗？"陈歌自心底感到一股寒意，"原来那个时候就有人想要杀我。"他记忆当中没有和凶手有关的线索，身边熟悉的人更没有一个被抓进监狱，也就是说那个曾经想要杀他的人，可能一直都生活在他的四周。

"现在只能确定那个人在东郊，问题不大，这个账慢慢算。"陈歌看向刚才传来疼痛的地方，那里直接被白猫咬出了血。"幸好带你过来了。"陈歌摸着白毛的脑袋，他更想要感谢的是张雅，在他扭头准备看向自己影子的时候，忽然发现那个红衣女人就站在他身边。

那个女人身体残缺，脑袋下凹，她看着陈歌，重复着那句话："我在这里，帮帮我，我在这里……"

差点儿把你给忘了。如此近的距离，陈歌已经没办法回避了，他咬着牙，斜眼看了一下自己的影子，然后面朝红衣女人问道："你想让我怎么帮你？"

红衣女人脑袋塌陷，身体扭曲，面部五官变形，只能大概看出一个人的模样。陈歌就算从小抱着各种鬼屋道具长大，此时也有些吃不消。

"这长得确实过分了吧？"女人面容极惨，陈歌强忍着夺路而逃的冲动，停在原地。

"救救我，我在这里……"女人站在陈歌面前，轻轻摆手，好像是害怕陈歌看不见她一样。那张脸离得越来越近，陈歌汗毛直竖，急忙开口："你一直叫喊我在这里、我在这里，是不是因为曾经呼救的时候，那些路过的人都忽视了你？"

他这话一说出口，女人语速放慢，歪斜的嘴巴抿在一起。陈歌一看有机会，马上拿出自己对待许音和张雅时的那种语气对她说："你放心，我和那些人不一样。"

身上没有携带任何怨念的陈歌，此时竟然冷静了下来，他感觉自己慢慢进入了状态。"我能想象到你曾经遭受过的痛苦，你每次呼喊都在拼尽全力想要抓住仅有的希望，可是现实却一次次伤害了你。"陈歌目光中流露出一丝同情，他抬起头直视面前的女人。"我知道你一直在等待有人能伸出援手，也许那个时候只要有一个人站出来，你就有活下去的希望。我明白你做的一切，也清楚你心中的怨恨。我不奢求自己能获得你的信任，只求你给自己一个机会，也给我一次尝试的机会。"陈歌主动伸出了手。"他们不帮你，我帮；他们不管你，我管；他们不救你，我救！"说到最后，陈歌往前走了一小步。"这隧道漆黑幽深，埋藏了太多仇怨，我带你出去，好吗？"

红衣女人在陈歌往前的时候，身体微不可察地往后退了一点。她的脑袋凹陷了一大块，整张脸只剩下四分之三，五官扭曲，挤出了一个很奇怪的表情。看不出来她想要表达什么，可能她自己也惊讶陈歌的热情，她从未见过这样的人，所以不知道该做出什么样的表情。

"我要怎么帮你？"陈歌凝视着女人的脸，十分认真地问道。

女人挥动的手慢慢停下，她歪着快要掉下来的脑袋打量起陈歌，许久之后才开口说道："我在这里，我的头破了个口子，血流进了眼里，我什么都看不清楚了，救救我。"

凹陷一大块的脸向外渗血，看得陈歌心惊肉跳，他从外衣上撕下一部分，在红衣女人不解的注视下，抬起双手。"我先帮你止血，然后再带你出去。"

红衣女人外凸的眼珠子里瞳孔轻轻跳动，她又说了一句："我的手臂和肩膀被撞碎了，求求你，帮帮我。"女人说的好像都是她临死前说过的话，很凄惨，带着哭腔，能从声音中听出一种浓浓的绝望。

"是左手还是右手？"陈歌望着女人，对方似乎压根儿没有考虑过这个问题，他慢慢往前挪动身体，对她说，"我来扶着你吧。"陈歌每一次开口都能让红衣女人愣神，这些暖心的回答她似乎是第一次听到。红衣女人身体扭曲，肢体变形，在通道里驻足很久，瞳孔中的血色慢慢消退。不过只持续了几秒钟的时间，她似乎又想到了什么痛苦的事情，仇恨和怨毒又从眼眸深处泛出。

"我的双腿被车子碾过，走不了了。"

"没事。"陈歌直直地望着眼前的红衣女人，眼神真挚。"不要怕，我来背你。"

"背我？"红衣女人双眼慢慢瞪圆，她没想到陈歌敢玩得这么大，眼眸中蕴含的怨恨慢慢减少，她似乎在做激烈的思想斗争。陈歌并没有趁着这个机会逃跑，他清楚红衣的实力，知道自己跑不出去。在红衣女人思考犹豫的时候，陈歌转过身，缓缓蹲下身体。"来，我背你离开这条隧道。"

看着陈歌的后背，红衣女人有些不知所措，她是第一次见到如此善良的人。

"背我？"

"嗯。"

陈歌衣领和额头满是冷汗，十根手指都在轻轻打战，但是他的心理素质非常好，声音依旧平静沉稳。"这条隧道就是你的执念，充满了你痛苦的回忆，留在这里对你自己也是一种折磨。"陈歌背对着红衣女人，忽然感觉后背上传来一阵浓烈的血腥味，他扭头看去，身体扭曲成麻花，肢体反转了一百八十度的红衣女人正趴在他背上。女人眼中交织着仇恨和怨毒，以及一丝不确定。似乎在纠结，该不该杀死陈歌。

陈歌后背上的压力越来越大，身体变得麻木，脖颈好像被藤条勒紧，他心里清楚红衣女人对他仍旧存有杀机。"我知道你可能不信任我，觉得我是故意做出这一切在糊弄你，但事实并不是这样。我收留过很多像你一样的可怜人，这可能也是你能从我身上感受到一丝亲切的原因。"陈歌轻轻叹了口气，声音有些沧桑，"我这么做其实别无所求，只是想要帮你们。"陈歌仿佛自嘲一般笑了笑，他轻轻摇头，声音中透着一丝无奈。"在生活中我常常因为过分善良，被人笑称为圣母。他们觉得我很傻，为什么要去原谅敌人和对手？为什么不愿去相信阴暗和残酷，只是一味地坚持自己心中的美好？或许我就是这样一个傻子吧。"那种落寞的声音让人听了感到心疼，包含着被旁人误解，但依旧无怨无悔的阔达。

女人眼中的仇怨明显消散了许多，她双手搭在陈歌的肩膀上，瞳孔中的血丝慢慢减少，开始尝试从另一个角度来看待这个男人。

"不要乱动，更不要松手，相信我，哪怕就这一次，让我带你走出去。"陈歌又向隧道深处走了一步，迈出第四十五步，喊出自己的名字，确定黑色手机任务完成后，他才转身，背着女人朝隧道外面走去。"我深夜来到这里，没有其他的目的，只是想要帮你，所以请跟我一起离开这条隧道吧。"

血色消退，红衣女人眼中的仇怨慢慢不见了，她感觉自己的身体很轻盈，或许这就是被救赎的感觉。如果活着的时候，能遇到他就好了。死前遭遇的事情刻印进身体，只要回想起来，红衣女人就想毁掉看到的一切活物。她明明不用死的，但是却无人愿意出手，结果导致她被连续辗轧。女人喉咙中发出古怪的音调，她的身体愈发冰冷，骨骼在变形，身体好像要碎裂开一样。

陈歌脊背已经麻木，心里清楚身后正在发生很可怕的事情，不过他并不准备放下红衣女人。如果可以的话，就帮一帮她吧。

背着惨死的红衣女人，黑暗之中其他怪物都不敢靠近，一直跟在陈歌头顶上的巨大蜘蛛阴影也不甘心地离开了。隧道顶部发出沙沙的声响，石砾掉落，那仿佛蜘蛛一样的大片阴影爬进了隧道深处。

"这条隧道里都住着些什么怪物？"陈歌如同把红衣女人当成了挡箭牌，背着她一点点朝隧道出口走去。白猫则早已跳到了一边，它跑在前面，不时会扭头看一眼陈歌，眼中透着敬畏，感觉好像在说——还是你狠。

进来时陈歌只走了四十四步，可出去的时候，他却发现这条路格外漫长。红衣女人因为他的一席话，对他的印象大为改观，但是眼中的杀意并未完全散去。陈歌知道言多必失的道理，也不喜欢废话，索性直接用实际行动告诉红衣女人，自己是真的想要帮她。一步步朝隧道外面走去，黑暗被驱散，气氛也不再压抑。隧道出口的轮廓慢慢变得清晰，有风从外面吹入，空气中的血腥味消散了。点点星光照在脸上，红衣女人凹陷下去的头颅，还有扭曲的身体都已经恢复了。陈歌感受不到背后的重量，他回头看去时才发现，红衣女人正仰望着隧道外面的夜空。

陈歌不敢乱动，尝试着又往前迈了一步，在他快要离开隧道口的时候，背上的红衣女人身体忽然发生变化。头颅、肢体控制不住地开始变形，似乎再往外走，她就会彻底解体一样。

"怎么回事，她不能离开隧道？"陈歌这时候有两个选择，趁女人没有反应过来时，将她扔下，果断逃走。这是最安全的方法，黑色手机上的噩梦任务已经完成，以后在拥有十足把握前，他是不会再来这个地方了。还有一个选择是站在原地等待，等红衣女人身体恢复，询问她的意见。

陈歌回头看着那个女人，收回了快要迈出去的腿，背着红衣站在隧道口。他面前是布满繁星的夜空，身后是漆黑幽深仿佛没有尽头的隧道。十几秒后，女人放弃挣扎，在星光照耀下变回了自己惨死时的模样。大红色的外衣套在变形扭曲的身体上，她双眼血红，慢慢松开了手。

"可惜，我现在已经不需要谁来救我了。"她从陈歌背上离开，慢慢后退，只有躲在隧道里，她才能保持自己生前的模样。

"喂！"陈歌转身冲着红衣女人喊了一句，"我是真的想要帮你。"本着多个朋友多条路的想法，陈歌酝酿了好半天的情绪，准备好了一套比较煽情的说辞。

隧道里的红衣女人听到陈歌的话，咧嘴朝着陈歌笑了一下，她脚步不停，独自小跑着进入隧道深处。

"怎么感觉她好像突然有什么急事一样，难道她是被封印在了隧道里？越是靠近隧道出口，就对自身消耗越大？"

这条隧道不像表面上表现得那么简单，有红衣存在就很能说明问题了。陈歌目送红衣女人消失在隧道当中，准备离开的时候才发现白猫远远避开了他，躲在几米外发抖。

"没事了，那红衣已经走了，我们算是不打不相识，以后咱们在东郊也有朋友了。"陈歌朝白猫走了一步，但是这只厌猫好像是受了什么刺激一样，看见陈歌靠近，立刻朝更远的地方蹿去。

"它在害怕什么？"陈歌也意识到了问题，刚才白猫看见红衣女人都没有抛弃自己独自逃跑，难道现在陈歌周围有比那个红衣女人更恐怖的东西！

轻轻吸了口气，陈歌小心翼翼走出隧道，他也没有看见什么可怕的怪物，直到他低头看向自己脚下时，身体才好像被闪电击中，呆在了原地。刚才红衣女人离开，星光映照出陈歌影子的地方，被人刻下了几个字。每一个字都透着无边的怨恨和血腥，似乎只看一眼就会让人沉沦其中，连续做好久的噩梦。

小腿莫名地颤抖了起来，陈歌嘴唇泛白，不由自主地将那四个血字念出："他是……我的！"

陈歌呼吸变得困难，悄悄看了一眼自己的影子，发现自己影子的形状正在慢慢发生变化，似乎躲在影子里的人意识到了什么，想要强行苏醒！

"冷静！张雅！这是个误会！"陈歌从没想过有一天自己会对着自己的影子大声辩解，不过在死亡和被做成娃娃两个必死选项前，陈歌也顾不得那么多了。他果断做出了最正确的选择，用最大的声音，最真挚的语言，将整个事情的来龙去脉喊了一遍。如果这一幕让外人看到，定然会认为他是个疯子。深更半夜，跑到隧道口，对自己的影子大喊大叫。

陈歌没有一丝隐瞒，全部说完后，他的影子恢复正常。陈歌后背已经湿透，一下子坐在了地上，擦着额头的汗。"这种压迫感比红衣还要恐怖，张雅似乎又变强了。"

他看着已经恢复正常的影子，有些心虚："张雅老待在我的影子里也不是个事儿，这样我一点自由都……"话没说完，陈歌的影子好像沸腾了一样，其中隐隐有东西要钻出来！

头皮发麻，陈歌狠狠地咬了一下自己的舌尖，用颤抖的手按住额头，他换了一种深情忧伤的口吻说："张雅老待在我的影子里也不是个事儿，她跟在我身后，那样我的心就会感觉很空。如果可以的话，我宁愿她住进我的心里。"

沸腾的影子忽然平复下来，影子里的人似乎没有想到陈歌会这么说，她就好像是害羞了一样，突然消失不见了。

手掌按着额头，陈歌保持自己的姿势，足足过了一分钟才敢往身后看。影子已经恢复正常，刚才的一切就好像从未发生过一样。陈歌没有大意，又试着呼喊了几声张雅的名字，确定对方再次陷入沉睡后，悬着的心才掉回肚里。他好像虚脱了一样，直接躺在地上。繁星点亮了夜空，陈歌也不知道自己在想些什么。

过了一小会儿,白猫跑了过来,毛茸茸的爪子搭在陈歌额头上,好像是在看陈歌有没有凉透。

"你刚才跑得倒是挺快,说好的生死与共呢?"心脏到现在还在怦怦直跳,陈歌感觉自己今晚用脑过度,现在有点缺氧。

白猫异色双瞳中透着一丝鄙视,仿佛在说,有能耐,你倒是站起来说话啊。陈歌揉了揉白猫的脑袋,假装没看见白猫的表情,他躺在地上,拿出黑色手机,点开了上面的未读信息。

幸运的怨念眷顾者!恭喜你完成噩梦难度日常任务!获得任务奖励——初级天赋技能鬼耳。

鬼耳:在你继承这项天赋之前,我希望你能想清楚,从这一刻起,你将能听到另一个世界的声音。

信息很短,陈歌看完后摸了摸自己的耳朵,感觉好像没有发生什么变化。他闭上双眼,集中注意力,竖耳倾听。隧道深处有人在低语,树丛当中有什么东西在爬动,相隔了十几米远,依旧听得很清楚。"好像有什么东西过来了。"陈歌发觉树丛中那个爬动的声音在慢慢逼近,他睁开双眼,阴瞳朝声音传来的方向看去。八九米外的树丛里趴着一个类似于人的怪物,它穿着破旧的外套,脑袋歪歪斜斜地对准陈歌,似乎是准备偷袭他。

"是你!"陈歌乘坐出租车过来的时候曾看到路中间好像躺着一个人,在车子经过的时候,路中间那个东西飞速逃进了旁边的树丛。趴在远处的怪物没想到陈歌耳朵这么灵敏,从背后靠近还是被发现了。它果断后撤,身体就像是没有骨头一样,迅速逃离。

"那到底是个什么东西?"陈歌从地上爬起,他不确定刚才逃走的那个怪物和之前遇到的是不是同一个。"它们应该和这条隧道有关。"拍了拍身上的灰尘,陈歌决定先离开这里。"等张雅苏醒后,我带齐所有员工,再来这里好好搜查一番,说不定还能认识更多志同道合的朋友。到时候,我会请他们去我的鬼屋里做客。"

抱着白猫,陈歌沿着公路朝外面走去。

"你好像又变沉了,下次咬我的时候轻一点,都流血了,也不知道用不用打狂犬病疫苗……"

第 4 章 荔湾镇的手机

沿着公路一直走了三十分钟，陈歌没有看到一辆车经过，这里真的是太荒凉了。快到四点钟的时候，终于有一辆搬家公司的货车从陈歌旁边经过，那车子朝着江州市区的方向开，陈歌一看顺路就立刻冲着对方大声呼救。司机心肠倒是不坏，他把车速放缓，不过并没有打开车门，隔着车窗谨慎地打量起陈歌。

"老哥，能搭个便车吗？我想去市区。"在司机打量陈歌的时候，陈歌也在打量对方，开车的人四十岁左右，脸色泛白，身体看着很虚，可能是因为经常熬夜的原因，眼眶泛黑。

"你这大晚上怎么一个人在郊区溜达，还抱着一只猫？"司机觉得陈歌很可疑，哪儿都透着诡异。

"我是开鬼屋的，也是个网红，平时喜欢探灵直播，顺便为自己鬼屋设计找些灵感。"陈歌这别开生面的自我介绍把司机给唬住了，对方半天没反应过来。"你看，这是我的短视频个人主页，这是江州市新闻上关于我见义勇为的报道。"陈歌将手机从窗户缝隙递给司机，对方看了半天才弄清陈歌的职业。

"我这是搬家公司的车，你要是不嫌弃的话，就先去后面的货厢里凑合一下，我把你送到市区去。"司机把手机还给陈歌。

"多谢。"陈歌也不矫情,打开货车后面的门,直接跳了进去。"老哥,可以开车了。"

"你记得把车门从里面锁上,要不车开起来,小心里面的东西会掉出去。"

"放心。"

陈歌关严了车厢门,车子发动起来,他站在货厢当中,身体随着货车一起摇晃。他想要找个东西垫着,坐下来休息一下,用手机照明的时候,无意间发现车厢里扔着很多绳索。这些绳子应该是搬家公司用来固定家具的,本来也没什么,但是陈歌却看见有些绳子上沾染着血迹,那些血已经凝固了。

"老哥,你这车子是从哪里开来的啊,怎么大晚上还要工作?"仅从声音,听不出任何不妥,陈歌就像是在随口询问。

"别提了,昨天我们遇见个很奇怪的客人,出双倍的价钱让我们晚上去给他搬家。"司机也没有多想,回了陈歌一句。

"晚上搬家?我们?"陈歌敏锐地发现司机话中奇怪的地方,"老哥,这车上就你一个人啊,你的同事呢?"

"他们还在那边帮忙,客人很大方,一人三百元的小费。"司机话语中透着一丝羡慕。

"帮忙?你们搬家公司之前也有过类似的情况?"

"就是帮客人把家具什么的搬进屋子里,很正常。"司机并不认为这是什么大事,反倒觉得陈歌有点奇怪。

"老哥,我是看你人不错,所以才给你说这么多的。"陈歌对着绳索拍了几张照片,"你们搬运那些家具的时候有没有发现什么奇怪的事情?或者说闻到某种奇怪的臭味?"

"我们就是出苦力的,哪会在意那么多?"车速加快,路况也渐渐变差。

没有问出更多的东西,陈歌坐在绳索旁边,觉得可能是自己太敏感了。在他准备闭上眼休息一会儿的时候,手机突然震动了起来,他拿出一看,发现是李政打来的,肯定是有了很重要的发现。陈歌接通了电话,问道:"李队,你找我有事?"

"法医从雕像内部提取到失踪者的皮肤碎屑,有人在几年前使用那具雕像来运送尸体!"警察的发现和陈歌之前的猜测一致,雕像就是运送尸体的工具。得到李政的回复后,陈歌思路非常清晰。嫌犯杀死被害人后将其藏入雕像当中,然后让人搬运到仓库里,再趁着无人的时候,偷偷进入仓库,将尸体处理,拖入地下尸库当中,神不知鬼不觉地完成谋杀。江州市法医学院比较特殊,西校区下面就是尸库,根本不用费多大力气就可以将一切处理得很完美。

"应该不会有人去尸库当中寻找失踪的活人,事实证明,嫌犯赌赢了。"陈歌接上了李政想要说的话,电话那边李政沉默了一小会儿,接着说:"雕像主人是谁还不能确定,不过范围正在缩小。经过我们走访调查,可以确定雕像不是江州市医科大学的,是突然出现在绘画社活动室里的。"

"突然出现?"

"我们找到了当时绘画社的社长,他记得很清楚,那天早上进入活动室的时候发现屋子里多了一尊雕像,当时很多人都以为是学校添置的,所以就没有在意。正巧赶上学校要搬迁,最后这东西就被几个男同学合力抬到了地下仓库当中。"

"也就是说凶手没有参与尸体的搬运。"陈歌细细思索,继续分析说,"凶手知道学校要搬迁,那些不用的物品都会被送入地下仓库,甚至有可能他当时也在现场,暗中推波助澜。"

"我和你想的一样,凶手能够在深夜自由进出学校,并且能获知学校里的种种信息,他很有可能是学校的老师或者校方的工作人员。"李政那边有人在说话,他跟那人聊了两句,然后又对陈歌说道,"经过排查,我们现在锁定了四个嫌疑人。第一个就是你昨天跟我说过的男辅导员,他叫刘哲,在学校人缘很好,人高马大,长相帅气,深受学生喜欢。不过在我们深入调查后发现,这个男人并不像他表现出来的那么简单,他没上过什么学,成为辅导员的原因校方也没有给出明确的回复,只说跟他的姐夫有关;第二个嫌疑人是老校区的夜班保安——张力,这个人今年三十五岁,性格内向,和刘哲完全相反,人缘非常差,很多学生都极为讨厌他;第三个嫌疑人是当初绘画社的一名成员,也是四个嫌疑人中唯一的女性,叫作张诗涵。她是张力的妹妹,和马颖的姐姐关系很差,马颖姐姐失踪前曾多次与其争吵。"

李政说到这里停了下来,陈歌正听得入神,刘娴娴喜欢的那个男人就是刘哲,陈歌曾跟随他一起进入芳华苑小区 3004 号房间。"张力是保安，拥有杀人的能力和条件，张诗涵拥有杀人的动机，但是他们两个的生活轨迹和西式雕像应该扯不上关系，我还是觉得第一个嫌疑人最有可能是凶手。对了，你不是说还有第四个嫌疑人吗？"

"其实根据我们的调查，第四个嫌疑人作案的可能性最大。"李政的声音有点奇怪，他似乎不想说出那个人的名字，"这第四个人你见过，就是高医生。"

"高医生？"这个答案倒是出乎陈歌的预料。

"正如你刚才说的那样，不管是张力还是张诗涵，他们的生活都跟艺术雕塑扯不上关系，但是高医生不同。"李政声音放慢，"我和高医生是在五年前认识的，第一次开枪击毙凶犯之后，我接受了他的心理治疗，两个星期的时间里，我和他成了朋友。"陈歌认真倾听，他没想到五年前李政和高医生就已经认识了。

"坦白说，高医生是个很完美的人，我从他身上看不到任何缺点，相反，他身上的优点简直数不清楚。"李政的声音有些低沉，陈歌也明白了对方为何会这时候给自己打电话。"我很敬佩他，不过这不代表我不会怀疑他。在接受他治疗的过程中，我了解到很多关于他的事情，包括他喜欢收集艺术品、迷恋梵·高的画作，等等。"

"喜欢艺术品不代表他就是凶手啊，难道你在高医生家里看到过那尊雕像？"借助雕像藏尸、运尸，这对别人来说看似高明的作案手法，真正实行起来却存在很多漏洞。如果高医生是凶手，陈歌觉得他会用更加完美的手段。

"我没有去过高医生家，但我知道他喜欢那些反差很大、极具视觉冲击的艺术作品，也知道他的车在马颖姐姐失踪前几天的深夜，进入过江州市法医学院。"李政的声音有些疲惫，"他对学校很了解，避开了所有监控。我们也是在扩大了排查范围后才发现，他的车子在学校周边出现过，随后就好像消失了一样。我们对比了附近的所有监控探头，得出的最终结论是，在他消失的这二十七分钟内，进入了学校。"

"等一下，那有没有可能是别人开着他的车子，利用他的车子进行犯罪？"

"这正是我接下来想要说的事情。"李政的语气慢慢严肃了起来，"这个案子的凶手很可能有两个。"

"两个？"

"无论高医生是不是凶手，他的车子在那个时间段进入过学校是一个事实，但能够开着他的车进入学校的人只有两个，一个是他自己，还有一个就是刘哲。"

李政的话让陈歌双眼睁大。"你说刘哲的姐夫就是高医生？！"

"没错！这可能是一个双重犯罪，杀害马颖姐姐，想出通过雕像运尸的人是刘哲，具体实施的人应该也是他。但这个人很蠢，暴露了很多线索，如果只凭他自己来完成犯罪的话，要不了几天就会露馅。可奇怪的是，我们翻看了当年的案宗，警方调查时能想到的所有线索都被人掐断，甚至有些线索是警方赶到前几个小时才消失的，黑暗中就好像有一只无形的手在干扰着一切。"李政轻轻叹了口气。"刘哲根本做不到这些，我从警十几年，在我印象当中，唯一一个能做到这一切的人，那就是高医生。"

"可是高医生为什么不惜自己出手，也要帮助刘哲掩盖罪行？"陈歌问道。

"刘哲是高医生妻子的弟弟，也是高医生妻子唯一在世的亲人。高医生的妻子在七年前因为车祸去世了，照顾好家人，是他妻子最后的愿望。"陈歌不是高医生，他无法体会那种感觉，所以他并没有在这个时候开口。"陈歌，我知道你和高医生关系不错，但我希望你能在这个时候理智一点。我这次给你打电话是颜队的意思，我们怀疑高医生有问题，但是所有线索都被处理得干干净净，我们现在仅仅只能怀疑。"

"你们想要我做什么？"

"高汝雪是高医生唯一的女儿，也是他最疼爱的人，我们在没有证据的情况下接触高汝雪，只会让高医生更加谨慎，所以这件事只能你去做。"李政委婉地说出了自己的目的，"高汝雪是一个突破口，你救过她的命，她一定不会提防你。所以我们需要你去找高汝雪，打探虚实。"

"让我去？"陈歌一直以来都是自发到处"见义勇为"，这回被警方正式授命，突然还有点不适应。

"只有你最合适。"李政又跟陈歌聊了许多，他并没有强迫陈歌，只是这么提议了一下。

挂断电话，陈歌坐在漆黑的车厢当中，他神色极为复杂。刘哲的姐夫就是高医生，也就是说芳华苑小区3004号房的真正主人是高医生。那个装满他冒险屋资料的笔记本电脑是高医生的，那天在医院里从游客身上弄走视频的也是高医生。陈歌没有去思考要不要帮助李政，他在想一个更可怕的问题。"难道高医生就是怪谈协会的会长？"

陈歌身体随着车子摇晃，路况很差，他拿出自己的手机，翻找到几个星期前，自己第一次去第三病栋时，高医生发送过来的资料。当时他对第三病栋一无所知，拜托高医生去弄了一份第三病栋病人的资料，现在想来，那份资料大有问题，根本不是谁都可以轻易弄到的，但是高医生却只用很短的时间就拿了出来。

"那个时候他为什么要帮我？"陈歌看着资料，猜不透高医生的想法，"他仅仅只是觉得有趣，还是想要用半废弃的第三病栋来试一试我？"

张雅血洗了第三病栋之后，高医生和陈歌之间的联系明显变少。在此之前，不管是找门楠，还是找笔仙的那个朋友，都是高医生带着陈歌过去的。

"十号拥有的特点是见过我的碎颅医生面具，清楚警方的行动，手指修长，和我关系很熟，对江州市法医学院很了解，称呼背上的尸体为妻子……"陈歌发现高医生完全符合十号表现出的所有特点，仔细想一想，十号的嗓音也和高医生有一点相似。身高、体形，披着黑袍的十号和高医生慢慢重合。

"难道真的是他？"陈歌手指握紧，他想起了自己和高医生一起去笔仙朋友家的情景。笔仙的那个朋友患有重度抑郁，陈歌将笔仙带了过去，缓解了那人的病情之后，高医生曾代替病人对陈歌说了一声谢谢。那一声感谢绝对是发自真心的，陈歌现在还能记起高医生说过的每一个字，他真的无法相信这样一个人竟然会是怪谈协会的会长。

"医生，病人……"仔细想想，怪谈协会成立的根本原因是想要帮助那些病人缓解痛苦，他们使用病态激进的手法治疗自己，试图获得救赎，想要变成一个正常的人。可是这么做的结果，却使他们在地狱中越陷越深，直到最后已经不配被称之为人。"这一切都是高医生在暗中谋划的吗？"

陈歌曾听怪谈协会的人说过，他们为了救治一个畏惧水的病人，当着他的面，将他恐惧的源头——病人的父亲给淹死了。这种治疗方法简直丧心病狂，根本不可能被世人接受，只有在城市的阴影中才可以实施。

握着手机，陈歌头一次觉得有些茫然了。

他可以毫不犹豫地追着第三病栋的疯子捶，但是却无法对高医生下手。无论是当初对待门楠，还是在面对其他病人的时候，高医生表现得都无可挑剔，能看得出来他是在全心全意救治那些人。

"人，真的是一种很复杂的东西。"

陈歌靠着车厢，抱着怀中的白猫，顺着车厢缝隙朝外面看了一眼。"天快要亮了。"

又开了一个小时，搬家公司的车没有进入市区，司机把陈歌送到郊区边缘，说突然有什么急事，要赶往其他地方了。陈歌被李政一个电话弄得思绪纷繁，也没有多想，道了声谢，就下车了。他看着搬家公司货车远去，被冷风一吹，才清醒过来。"这个司机不太对劲。"

他刚坐进车厢的时候，车子开得非常颠簸，似乎路况越来越差，司机很明显没有走大路，好像是想拉着他朝某个偏僻的地方跑。转变是从他接到李政电话开始的，司机似乎是听到了陈歌和警察打电话，这才掉转了方向，又重新开到了大路上。

"他是想要杀人灭口？听到我和警察打电话后才改变了主意？"陈歌思考的时候，远处货车离开的方向迎面驶来一辆出租车。陈歌摆了摆手，拦下出租，坐了进去。

"师傅，去江州市西郊新世纪乐园。"

"大早上，乐园还没开门吧？"

"我是那里的工作人员。"陈歌笑了笑，指着司机刚才来的那条路说，"你刚才过来的时候，有没有看到一辆搬家公司的货车？那个司机……"

"货车？没看到啊，整条马路上就我自己一辆车。"出租车司机比陈歌还要诧异。

"没看到？！"陈歌摸着白猫的脑袋，"那我是遇见什么搬家公司了？可白猫也没给我提示啊。"陈歌捧着白猫的小脑袋，怀疑是不是白猫最近见了太多怪物，对那些普通的已经不放在心上了。白猫显然没有理解陈歌的意思，它晃着头，想要从陈歌怀里挣脱出去。

"也可能是我没留意吧。"出租车司机回想了一下,"我是从工业园区绕过来的,那边有个岔路口,货车如果往东郊开的话,我很可能正好和他错过。"司机倒是看得很开,他压根儿就没往怪物那方面想。

搬家货车刚从东郊开出来,为什么把陈歌送下车后,又开回东郊去了?陈歌已经记住了那个司机的长相,难道司机是在听到他和警察通话后,有点心虚,所以又跑回去处理见不得人的东西了?

陈歌害怕白猫抓坏出租车坐垫,将它搂在怀里。"老哥,江州市东郊最近有没有发生过什么大事?比如说恶性伤人事件?"

司机抬头从后视镜里看了陈歌一眼,有一点儿慌,他从来没见过乘客一上车就询问这种问题。"东郊没听说发生过什么事,倒是西郊比较乱,最近一两个月连续出现好几起重案了。"

"西郊?"陈歌听着感觉有点耳熟,"我倒是觉得西郊还算平静。"陈歌拿出手机上网搜了搜,正如司机所说,最近几个星期江州市东郊除了一些关于虚拟未来乐园的报道外,没有发生过任何大事。

"平静之下暗流涌动,等我腾出手,再来这边好好探查一番。"换了个舒服的姿势,陈歌又打开视频录制软件,检查了一下昨晚录制好的视频。他是进入隧道前开始录的,视频里他一个人喊着自己的名字,一步步走进隧道深处。不需要任何音效和气氛烘托,这种真实恐怖的感觉已经超出很多恐怖片,能从陈歌的表情看出,他也不知道接下来会发生什么事情,这种未知往往是最吸引人的。视频里他走出十几步后,光线开始变暗,视频也变得模糊了一点儿。能从视频里隐隐约约听到,隧道里好像响起了另外一个人的脚步声。陈歌依旧很淡定,怀中的白猫则焦躁不安,跟陈歌形成了明显反差,这是一组很奇特的画面。白猫疯狂抓挠,感觉就像是黑暗中有东西围了过来,但身为视频主角的陈歌却无动于衷。

这是恐怖片中的经典场景,如果此时代入陈歌的视角,看客一定会为他捏一把汗。随着他不断深入隧道,恐怖也在升级,视频里的陈歌像是看到了什么东西,神色变得不自然,频频扭头朝着某一个方向看。但是从视频里能清楚看到,那个方向什么都没有。在他迈出第四十二步的时候,灯光忽然熄灭,视频里陈歌在呼救,白猫也发出了刺耳的叫声。几秒之后,视频恢复正常,但是画面中的陈歌却好像中邪了一样，对着空气自说自话，最后更是弯下腰，好像是将某个东西背了起来。视频结尾就是陈歌将隧道深处的那个东西，背出了隧道。

"感觉这又是一段要大火的视频。"陈歌自己看着视频都有种紧张的感觉，更不要说那些水友了。打上江州市西郊冒险屋的标志，起了吸引人注意的题目，陈歌将这段视频发送在了自己的短视频平台上。

《震惊！某男子竟在凌晨三点的隧道深处做了这事！》，他的短视频一发布出去，所有关注了他的粉丝都能收到提示，没过多久，他的评论区就热闹了起来。

凌晨三点的废弃隧道，对于大多数人来说都是陌生的，因为不了解，所以好奇。现在是短视频平台上人最少的时候，陈歌估摸着明天白天自己的视频才会大爆。他提前在主页更新了冒险屋场景的信息，还把乐园的种种优惠写了上去，弄完这些后，他默默退出了平台。

"我的短视频和直播可以为自己带来大量热度和关注，闫大年连载的恐怖漫画则能维持着热度不减，照这个趋势发展下去，我甚至可以打造出一个线上线下联动的超级恐怖乐园。"陈歌对自己的未来很有信心，这件事单凭他一个人很难做到，不过他手下有很多非常出色的员工。不管是闫大年还是笔仙，甚至包括老周、白秋林他们，他们身上都有巨大的潜力等待挖掘。"等我拥有了足够的资金，说不定以后还可以拍摄恐怖连续剧和电影。"有各位员工帮忙，陈歌可以省下一大笔特效费用，他的那些员工只需要本色出演，就是最完美的演员。"我手下优秀的员工太多了，不知道最后谁可以 C 位出道。"陈歌收起手机，类似于闫大年、老周这样的员工，对陈歌来说多多益善。

他坐在出租车里，看向江州市东郊。"西郊已经差不多走遍了，或许我能在东郊遇到新的实力型员工。"

收起手机，陈歌闭目养神。司机双手握紧方向盘，他借助后视镜偷偷看了陈歌一眼，不知道为什么，他突然感觉东郊要开始大乱了。

"我是不是说错了什么……"

早上五点多，陈歌回到新世纪乐园，他进入员工休息室定了个表，倒头就睡。可是刚刚睡了两个小时，陈歌就又被弄醒了，摆在桌上的漫画册哗哗作响，闫大年似乎有事情找他。从床上爬起，陈歌和闫大年沟通过以后才知道，原来是手机怨念已经被"说服"，同意加入陈歌的冒险屋，不过有一个小小的请求。

陈歌担心外面光线太强烈会伤害到新员工，于是拿着漫画册进入地下场景当中，这才让闫大年将手机怨念放出。手机怨念被漫画册里的其他怨念教育了很久，终于迷途知返，他看起来也就七八岁大，低着头，神色惊慌，面对陈歌有些害怕。

"我和怪谈协会不同，我是一个讲道理的人。"陈歌看着这孩子，身体干瘦，皮包骨头，脖颈上挂着一个几年前的老式手机。"说吧，你有什么心愿，只要不是太过分，我都会帮你实现。"

小孩怯生生地看着陈歌，双手捧起脖子上的老式手机，泛着绿光的屏幕上显示有99个未接来电，每个未接来电的备注都是——老妈。陈歌感觉他不像是怨念，从他身上感觉不到一点仇恨和恶毒，就像是个什么都不懂的小孩子一样。

"你想让我帮你找妈妈？"小孩点了点头，他扬起干瘦的手臂，冲着陈歌比画着什么。他比了半天发现陈歌还没明白，忽然拿起自己脖颈上挂着的手机，编辑了一条信息发送给陈歌。陈歌手机轻轻震动，滑动自己手机的屏幕，点开了小孩发送给他的那条信息：我妈一直在找我，我想让你用我的手机，给我妈发送一条信息，我的手机在东郊荔湾镇。

"你的愿望就是给自己母亲发一条信息？"陈歌点了点头，每个人都有自己的故事，正因为生前太过不甘，实在无法放下，所以他们才会滞留在人间。将手机收起，陈歌准备今天就去实现他的愿望。"这么特殊的怨念放在怪谈协会手中简直就是浪费，只有我才能将他的能力淋漓尽致地发挥出来。"手机怨念对陈歌的冒险屋有大用，只要手机怨念全心全意帮他，那以后敢在他鬼屋使用手机拍照、录像的游客肯定会越来越少……

陈歌洗了个凉水澡，换上了一套干净的衣服，简单打扫了一下鬼屋。早上九点，乐园开始营业，天空有些阴沉，不过这丝毫不影响游客的热情，相比前几天，游客数量又增加了许多。

一星场景对熟客来说已经没有什么吸引力了，大多数游客开始参观二星场景，最顶尖的那一批游客则开始挑战三星场景。

一个上午的时间，已经有六七波游客进入"活棺村"和"第三病栋"两个场景中参观,游客对于新场景的适应能力要比陈歌想的还要强。每个人心中都有一个恐惧的阈值,随着不断体验恐怖场景,游客心中的这个阈值在不断提高,这也让陈歌感受到了压力。

"第三病栋试练任务的奖励是那十个精神病,真能把他们放在'第三病栋'当中,不需要其他布置就能把游客直接吓哭,问题是我不能保证那些精神病人的残念百分之百听从我的命令,他们太疯狂了。"为了确保游客的安全,陈歌并没有使用"第三病栋"的病历单。"暂时也没有更好的办法,等有人快要通关的时候,只能先让老周他们三个进去为游客送温暖了。"陈歌对游客的关心体现在方方面面,他一边挖空心思想要吓到游客,一边又担心游客的安全。"这年头做生意太不容易了。"

坐在鬼屋当中,陈歌将游客送入地下场景后,就靠在一边休息了起来。他现在的作息时间已经跟张雅差不多了,昼夜颠倒,晚上生龙活虎,白天挤时间睡觉。拿出手机,陈歌上网搜了一下荔湾镇的信息,那只是个很普通的小镇。那小孩的手机在江州市东郊,他最开始出现的地方应该也在东郊,可他为什么会落到怪谈协会手中?莫不是怪谈协会和江州市东郊也有联系?陈歌摇了摇头,觉得可能性不大。

忙碌了一整天,晚上六点多钟,鬼屋才停业。等到徐婉和顾飞宇下班后,陈歌先给李政打了个电话,询问一下要如何配合他们。李政给他的回答是暂时不要轻举妄动,等待他们的通知。警方既然这么说了,陈歌自然不会过去添乱。他进入员工休息室,将碎颅锤、复读机等东西装进背包,确定没有遗漏,关门打车再次前往江州市东郊。和昨天晚上不同,陈歌现在底气十足,心中不仅没有害怕,还隐隐有一丝期待。

荔湾镇不算太偏僻,出租车只开了三十多分钟就把陈歌送到了。下车的时候,天空中飘起了小雨,陈歌没有带伞,付了车钱,匆匆躲入旁边一家手机营业厅当中。

"先生,请问有什么可以帮你的吗?"服务员看陈歌打扮比较另类,小心翼翼地问了一句。

"没事,你忙你的吧。"陈歌拿出漫画册,找了个没人的角落和小孩沟通。没过一会儿，他的手机收到了新信息。

"荔湾镇东街普明公寓楼顶，这是地址吗？"陈歌看着手机上的信息，又找到刚才的那个服务员问道："麻烦问一下，普明公寓怎么走？"

"沿着这条街直走，最破旧的那几栋房子就是。"服务员人挺好，以为陈歌是外来租房的，还特意交代了几句："东街那边有点乱，卫生也差，你最好还是住西街，房租也贵不了多少。"

"多谢。"陈歌背着包，冒雨前往普明公寓，他一路小跑，花了十几分钟终于找到了小孩所说的公寓楼，这栋楼估计有三十多年的历史了，看着非常破旧。

"就是这里吗？"

陈歌进入公寓楼当中，这地方几乎看不到什么租客，很多房门上都落着厚厚的灰尘。他一口气爬到了顶层，通往楼顶的门上了锁。锁头上满是锈迹，锁眼已经锈死。

"看来很久没有人来过这里了。"陈歌从背包中取出碎颅锤，砸落锁头，推开了门。公寓楼顶部堆着一些垃圾，靠墙的位置摆着一排排花盆，不过里面的植物早已枯死。"那小孩的手机掉在这里了？"

陈歌四处寻找，最后把目光放在了几个水缸上。这些水缸似乎是楼内租户用来腌泡菜的，每一个水缸都被封死，上面还压着石头。陈歌手持碎颅锤慢慢靠近，他将水缸上的石头搬开，打开了第一个水缸。

里面是空的，什么都没有。

紧接着陈歌又搬开了第二个水缸上的石头，刚一搬开，一股怪味就从水缸中飘出。掀开盖子，陈歌往里面看时，眼皮轻轻跳动了一下。水缸里有一个骨瘦如柴、身体已经干枯的孩子，他的脸部轮廓和那个孩子很像，胸口还挂着一个老式手机。陈歌站在旁边默默地看了好一会儿，直到头发被雨水打湿。"找到你了。"

他拿出自己的手机正准备报警，突然收到一条小孩的信息：先别报警，我想先用我的手机，给我妈发条信息，她肯定担心坏了。

"一定要用你的手机吗？"陈歌不知道为什么不让报警，不过他尊重小孩的想法。"好。"

他不想破坏现场，对着水缸拍了几张照片，将男孩尸体上的手机拿出来。这么多年过去了，手机早已无法正常开机。他把水缸盖子重新盖上，准备等完成手机怨念的遗愿之后再过来。

收起碎颅锤，陈歌匆匆下楼，跑回之前避雨的那个手机营业厅。雨势慢慢变大，他的外衣已经湿透。

"先生，请问有什么需要吗？"服务员刚刚见过陈歌，没想到对方这么快又回来了。

"你们这里能给手机充电吗，这种型号的？如果这个手机没办法用，那就先把里面那张卡取出来。"

陈歌将手机递给店员，那人看完后有些为难，在柜台里翻找了好久都没有找到能用的充电器。"先生，你这手机看起来有些年头了啊。"

"这个手机我好多年没有用过了，真要无法开机也没事，你把卡取出来，我需要里面那个电话号码。"陈歌理解手机怨念的想法，他妈妈一直在找他，所以他想要用自己的电话给他母亲回一条信息。

"好多年没有用过？"服务员摇了摇头说，"用户手机欠费超三个月，号码就会被回收，你这个号估计已经被注销了。"

"注销？"陈歌站在柜台旁边，手握紧了口袋里的漫画册。

"我帮你查一下吧。"服务员很有耐心，她打开手机后壳，将里面的SIM卡取出，通过大卡上的20位数字，查到了这张手机卡的信息。看着电脑屏幕，服务员有些惊讶。"你这张卡还真的可以正常使用。"

"能用？不是说欠费三个月号码就被注销了吗？这手机至少几年没用过了。"陈歌看向电脑屏幕，他也觉得不可思议。

"欠费三个月号码是会被注销，但你这手机号从七年前办卡到现在，每个月都有人往里充话费，这是账单。"电脑屏幕上清楚显示了这个号码七年来的缴费记录，最近一次缴费就在昨天！

服务员看着陈歌，脸上露出笑容。"先生，虽然你自己都忘了这个号码，但是有人没忘，能坚持七年，真挺不容易的。"

"谢谢。"

陈歌直接在营业厅里买了一款能插旧卡的手机，背着包走了出去。他将手机卡插入手机，看着外面不透光的天空，钻入后巷唤出了手机怨念。

"这是我们的约定。"陈歌将手机递给小孩，瘦瘦小小的他抱着手机，身体在不断发抖。雨越下越大，陈歌默默蹲在小孩面前，看着他的脸。"要不，我带你去见她一面怎么样？"

小孩摇了摇头，他拿着手机也不敢发信息，过了许久又将手机还给陈歌。

"她害怕手机被注销后，你再也联系不到她，所以每个月都会给这个号码充话费，她一直在等你。"不知是不是陈歌的话起了作用，小孩用挂在脖子上的老式手机给陈歌发送了一条信息，然后直接消失了。

点开那条信息，上面是一个地址——东郊普园路37号童童花店。

快八点时，陈歌找到了普园路37号，这时候雨已经下得很大了。陈歌的外套被打湿，他贴着街道一侧，终于在街角看到了那家花店。面积不大，不过布置得很温馨，走到跟前能闻到一股淡淡的花香。陈歌推动玻璃门，风铃声随之响起，店内一个看起来三十多岁的女人正捧着篮子，好像在思考要如何搭配枝叶、主花和衬花。她听到风铃声响起，赶忙放下手中的篮子，站起身。陈歌打量着眼前的女人，很普通、很平凡。"你好，我想订一束康乃馨。"

"送母亲的吗？她喜欢什么花色？"女人领着陈歌走到旁边。

"我不是太懂，就按照你喜欢的样子来做吧。"

"那你明天早上来取，或者我到时候给你发图片，你满意了，我再给你送过去。"

"好。"陈歌左右看了看，发现花店柜台前面有一个小木牌，上面贴着一个很可爱的男孩的照片。"这是你孩子吗？"

女人点了点头，目光有些复杂地说："他叫童童，六年前在花店附近失踪了，警察怀疑是被人贩子给拐走的。"

"人贩子？"陈歌没有继续说下去，他趁女人走神的时候，将那束花的钱悄悄放在柜台上。"你孩子一定会没事的，或许他也在想着你。"

没有再打扰女人，陈歌朝店外走去。

"等一下！"女人突然朝陈歌喊了一声，她钻进里屋。

"怎么了？"在陈歌诧异的时候，女人从屋子里拿出了一把伞。"外面下雨了，你先拿着，明天来取花的时候再给我。"陈歌道了声谢，但是却没有接那把伞，径直走出了花店。

风铃声被大雨淹没,陈歌绕了一圈,走进了花店对面的咖啡馆。他挑选了一个靠窗的位置,将手机怨念唤出。

"跟她说句话吧,她一直在等你。"陈歌把那个新买的手机递过去,这个看起来干瘦可怜的小家伙,双手握着手机,站在橱窗玻璃旁边,默默地看着街对面。花店的灯熄灭了,女人提着包,拿着伞走了出来。她像平时那样锁好花店的门,然后朝着远处走去。

看着她的背影越来越模糊,小孩终于拿起手机,他思考了很久,给女人发送了一条信息——对不起。

街对面,女人听到自己手机响了一声,起初她并没有在意。她一手撑伞,一手取出手机,当她看到手机屏幕上的信息时,身体好像是凝固了一样。雨伞掉落,她捧着手机一个人站在大雨当中。

咖啡馆里,小孩趴在橱窗上,隔着冰冷的玻璃大哭起来。

雨越下越大,模糊了视线,陈歌坐在旁边,默默看着这一切。

小男孩和他妈妈隔了一条街,这十几米就是两个世界之间的距离,看得见,但是碰触不到。

"用不用我带你过去?"

陈歌小声询问,小孩听到后却拼命地摇头,他用手抹着脸上的眼泪,根本控制不住。

过了很久,他给陈歌发送了一条信息:报警吧,不要让她再等了。

隔着橱窗,小孩看着站在大雨当中的女人,手轻轻搭在玻璃上,无声地说了一句话,慢慢消失了。街道另一边的女人不知有没有听到他的声音,似乎是无意识地朝着咖啡馆这边看了一眼,不过她并没有看见自己想要见到的那个人。

等女人离开后,陈歌才走出咖啡馆,他望着被大雨笼罩的城市,神色复杂。这段时间他经历了很多,先是小小的爷爷病重,然后又遇到了小男孩和他的妈妈。有些人已经不在了,但活着的人还牵挂他们,可能正是这份牵挂让他们有了寄托。

陈歌不在乎衣服被打湿,他在思考一个困扰了自己很久的问题。"怨念到底是什么?"自从获得黑色手机之后,他接触到了各种各样的怪物,可是接触得越多,他就越弄不清楚。最后看了一眼已经关门的童童花店，陈歌拿出自己的手机进入后巷。

"颜队，我想请你帮我一个忙，七年前江州市东郊有一个叫童童的孩子失踪了，警方认为他是被人贩子拐走的，你那边还能找到这个案子的案宗吗？"

颜队听出陈歌语气有点奇怪，他想了一会儿才说道："那案子可能是东郊派出所在负责，我等会儿打电话问一问他们。"

"多谢。"

"你没事吧？我怎么感觉你声音有点不对劲？"

"没事，放心吧。"

过了十几分钟，颜队又给陈歌打了过来。"案宗找到了，嫌疑人无法确定，只知道拐走童童的那辆车曾进入过江州市东郊荔湾镇，不过当时办案的民警并没有在荔湾镇找到童童，他们怀疑童童已经被嫌疑人转移到了其他地方。"

"他们搜查的时候有没有去东街普明公寓？"

"普明公寓？让我问问。"颜队给东郊派出所的人发送了信息，过了一会儿他才给陈歌回话。"办案的警察当时挨家挨户全部搜查过一遍，没有看到孩子，也没有听到哭声。"

"好，我知道了。"陈歌站在后巷之中，身体被阴影淹没。

"你是不是有什么事情瞒着我？"颜队有点不放心。

"没什么大事，就是我的一位员工受了些委屈。"

"员工？"颜队能听出陈歌声音中透出的冷意，这在之前从未有过，他劝说陈歌："陈歌，不管遇到什么，千万别冲动！"

"我不会冲动的，只是去讨个公道而已。"挂断电话，陈歌和手机怨念沟通，弄清楚了几年前曾发生过的事情——人贩子就住在普明公寓，当他发现警察进入荔湾镇后，彻底慌了。小孩吵闹哭喊，他担心被发现，为了掩盖罪行杀害了童童，然后将尸体和手机一起塞进了楼顶的水缸里……

晚上十一点半，东郊派出所民警接到了一个报警电话，有人发现了几年前拐卖儿童的人贩子，报警人给他们还原了整个事情的经过，拐卖儿童、谋杀、藏尸……警方立即出动，刚走出派出所大门，就看见有一个男人昏死在路中间。他们对比了资料,很震惊地发现这个男人就是多年前的那个人贩子。

看到民警将那个男人拖走,陈歌这才打车离开。

手机怨念的愿望已经完成,他对陈歌的好感度大幅提升,黑色手机的员工页面上也出现了童童的名字。

不过陈歌并没有感到开心,他几次提议想要把一些信息告诉童童的母亲,但都被童童拒绝。因为童童不想再去打扰母亲的生活了。

一夜无话,陈歌难得好好休息了一晚,直到第二天早上,阳光照进屋内。

陈歌伸了个懒腰,看向窗外。

"天终于晴了。"

第5章 妻子的房间

八点十五分的时候徐婉提着早餐来到鬼屋,她看见刚刚起床,头发乱糟糟的陈歌,轻轻摇头说:"老板,我给你带的早餐,趁热吃吧。"

"好的。"陈歌简单地洗漱了一下,拿起徐婉带的早餐大口大口吃了起来。

八点二十五分,顾飞宇火急火燎地从乐园门口跑了进来,他脖子上戴着徐叔给他的工作证,见谁都会热情地打招呼,能看得出来他很喜欢这份工作。

"你俩去化妆间准备一下吧,游客快要进来了。"陈歌亲自为他俩化装,将他们送入场景当中。

距离开园还有十五分钟的时候,罗董事和徐叔一起走了过来,陪同他们的还有几个工作人员。

"罗董,您怎么来了?"陈歌最近可是干了不少大事,也给罗董事惹了不少麻烦。

"我来给你送些好东西。"罗董事指了指身后的那几个工作人员,他们手里抱着几个箱子。"你还记不记得我上次给你说的定位手环和小程序?"

陈歌点了点头,看向工作人员手中的箱子。"那个程序开发好了?"

"内部测试没有任何问题,可以正式投入使用了。"罗董事让工作人员搬来一张桌子，将那几个箱子打开放好，里面摆着一个个手环。"这一千个手环免费发放，为那个小程序先搭建一个框架，后续的手环则需要游客自己购买。箱子正面和旁边的标牌上有二维码，扫描就可以下载小程序，还能领取游园折扣券，下次来参观的话九折优惠。"冒险屋门口几位工作人员忙碌起来，休息厅里也是人来人往，好像在安装什么东西。"给你新换了一块大屏幕，可以显示所有人的通关进度和场景简介，另外休息厅的设计方案也已经敲定，最迟三天之内就可以开工。"罗董事好像在下很大的一盘棋。他继续说道："旋转木马和周边的几个娱乐设施我准备全部拆除，一来可以配合你的鬼屋，方便你以后扩建地面场景，二来我们在技术层面和虚拟未来乐园差距太大，我准备购买一批娱乐设施，尽量缩小这个差距。"

几天不见，陈歌发现罗董事突然对新世纪乐园信心十足，这让他感觉有点奇怪。"罗董，你可要考虑清楚，咱们新世纪乐园和虚拟未来乐园在技术层面上的差距，不是简简单单一批新的娱乐设施就可以弥补的。"陈歌觉得罗董事应该明白这些。

"我更新娱乐设施只是为了让差距不那么大而已，你的鬼屋影响力在不断扩大，乐园不能扯你的后腿，基础项目必须要跟上。"罗董事一眼就看出陈歌在担心什么。"资金已经到位，不要小看咱们乐园这么多年的积淀。"在员工面前，罗董事永远保持着那种自信的模样，成竹在胸，仿佛一切都在掌控之中。

在场所有人里恐怕也就陈歌真正清楚罗董事的难处，乐园已经没有钱了，这批新的资金可能是罗董事通过自己的人脉和渠道，付出某种代价之后才筹集到的。建造休息厅，翻新娱乐设施，这需要一大笔钱，不过既然罗董事已经开口，那陈歌也不会当面反驳。大家都是为了乐园好，东郊的虚拟未来乐园再过几个星期就要开业，新世纪乐园已经到了最关键的时候，军心绝对不能动摇。

乐园九点正式开始营业，陈歌的冒险屋俨然成了乐园的中心，这里的游客数量最多。短短几分钟，冒险屋门口就排起了长长的队伍。游客们也发现了鬼屋门口的变化，很多人下载了冒险屋的软件，一开始只是好奇，但慢慢地发现这个软件还挺有意思。

大清早跑过来排队的游客多是冒险屋的铁粉，他们相互之间也有共同话题，下载了程序后直接在社区圈子里交谈起来。

"草长莺飞四月天,我老张又回来了!这次我一定要通关一星场景!"

"三星'活棺村'场景开荒!带俩妹子!"

"'暮阳中学'场景求队友,要求无心脏病史,关键时刻不会放弃队友独自逃跑。"

"为死者言,捍生者权!江州市法医学院内部交流帖!"

社区里很快热闹了起来,游客们都非常热情,感觉这一个小小的应用程序,把兴趣相同的人聚合在了一起,给大家一个畅所欲言的地方,也让喜欢冒险屋的游客更加有归属感。

随着前面的游客进去参观,大屏幕上的积分排名开始发生变化,后面的游客也摩拳擦掌、跃跃欲试。星级越高的恐怖场景通关后的积分越多,这么一来想要挑战三星恐怖场景的游客就更多了,陈歌也没偷懒,不断游走在地下的几个场景当中,防止游客出现意外。

一直忙碌到中午,其间罗董事又过来了一趟,发现那款应用程序很受欢迎后,这才放心离开。徐婉和顾飞宇轮流吃饭,陈歌直到下午两点多钟才从地下出来,游客们太过热情,他也有点吃不消了。大多数游客都是刚刚通关"暮阳中学",就开始挑战"第三病栋"和"活棺村",结果地下车库的尖叫声一直没有断过。

陈歌也是几个场景来回跑,往往刚把"第三病栋"的游客扶出来,"活棺村"里就又是一声扯破喉咙的尖叫。最后他不得已把老周三个给放了出来,不是为了让他们吓人,而是想让他们帮忙引导游客,防止被吓到崩溃的游客到处跑,出现意外。

老周三个一出来就露出了准备大干一场的表情,陈歌反复劝说,他们这才收心。陈歌担心他们的脸被人记住,还专门去猛鬼换衣间里给他们三个挑选了三套遮住脸的制服,才放他们离开。

一天无事,没有游客通关三星场景,也没有游客被吓昏死过去,陈歌总算是缓了口气,对他来说这就是最好的结果了。

几个场景同时开启,陈歌感觉到了压力,他愈发感觉自己需要一个管理型员工了。

"今晚如果没事的话,就再去一趟暮阳中学好了。"

晚上六点,陈歌送走最后一批游客,回到员工休息室,躺在床上。

"忙了一整天,感觉也不是太累,不知是我身体出现了变化,还是我已经适应了这种高强度的生活方式?"陈歌正想着怎么安排今晚的时间,手机突然响了起来,拿出一看,是李政打来的。李队需要我帮忙了吗?陈歌还是第一次和警方配合,他也不知道具体要怎么做,直接按下了接听键。

"陈歌,有件事我要通知你一下。"李政应该是在办公室里,周围很安静。"刘哲主动投案自首了。"

"投案自首?"陈歌从床上坐起,以刘哲自私的性格不可能做出投案自首这样的事情。

"我们现在怀疑高医生已经察觉到了,所以果断斩断了刘哲这根线,将所有罪责推到了刘哲身上。"

"不可能啊,那个刘哲心里对高医生其实很不忿,真要是出了事,他应该会拖高医生下水。"陈歌经营鬼屋,每天会遇见形形色色的人,他自认在看人这方面还是很准的。

"你让我把话说完,刘哲虽然投案自首,但是他的状态很不对劲,魂不守舍的,就好像一直处于梦游状态。"李政也觉得事情古怪,"我们最近考虑催眠和心理暗示方向,可惜江州市现在没有这个领域的专家,无法配合调查。"

"等于说刘哲这条线索完全断掉了?"刘哲现在的情况和那天夜里回寝室的刘娴娴、马颖很像,陈歌猜测可能是那个肤色奇怪的女人出手了。

"至少在他恢复前,是这样的。"李政话语中也有一点无奈,这次的对手做事滴水不漏,不给他们任何机会。"我们希望你能私下里偷偷接触高汝雪,具体要从她身上套出哪些信息,我明天白天会整理成文档发给你,今天就是先给你提个醒。"

"好,我一定配合。"陈歌自从获得黑色手机后麻烦了警方无数次,这次对方有要求,他自然不会拒绝。得到陈歌确切的回复后,李政语气轻松了许多,他自己也不明白为什么,每次给陈歌打电话都觉得很有压力。"没事的话我就先挂了,你早点儿休息。"

李政刚想挂断电话,没想到陈歌就开口说:"稍等,我还有一个问题。"

"什么问题?"

"刘哲投案自首，他有没有交代自己最后的藏尸地点？那具尸体找到了吗？"

"跟我们之前推测的差不多，刘哲是学校工作人员，他利用职务之便让学生们把雕像搬进仓库，自己晚上再偷偷过去，把尸体从雕像中弄出来，藏进地下尸库当中。"李政声音变得低沉，似乎回忆起了什么很不愉快的场景。

"那你们进入地下尸库了？"陈歌竖耳倾听，地下尸库是尖叫指数三星的恐怖场景，更是四星恐怖场景"通灵鬼校"的最后一个前置任务，任何和地下尸库有关的信息对他来说都很重要。

"今天白天和学校工作人员一起进去的，在五号库房找到了那具尸体，我们做了 DNA 比对，她就是马颖失踪的姐姐。"在李政说出这句话的时候，黑色手机忽然震动了一下，陈歌发现收到了一条信息。

他没有打开看，而是继续询问李政："政哥，你能不能给我说说地下尸库的布局？你们有江州市西校区地下尸库的地图吗？"地下环境非常复杂，地图对他来说太重要了。

李政今年三十多岁，陈歌叫他政哥一点毛病都没有，但也不知道为什么，李政在听到陈歌对他的称呼后，汗毛莫名其妙地立了起来，心中浮现出一种不祥的预感。"没有地图，不过大概的路线我知道，当时有学校工作人员在，你问这些干什么？"

"我就是单纯的好奇。"陈歌东拉西扯又说了半天，李政才将地下尸库的布局说了出来。"西校区的地下尸库是江州市，甚至华中南最大的地下尸库，从江州市医科大学建校起就开始使用，到现在已经有几十年的历史了。我们进去的时候，学校工作人员特意交代不让我们乱跑，那里面通道纵横交错，根据功能大致分为三种，一种是刷着白色墙漆的运尸通道；一种是没有刷漆供人行走的通道；还有一种通道刷着红色墙漆。那个工作人员没告诉我红通道是干什么的，只是说遇见了要保持绝对安静绕着走，不要进去。"

李政的话引起了陈歌的注意，他还是第一次听说有通道会刷成红色。"会不会是因为'门'的存在，对周边产生了影响？"

"你在说什么呢？"李政没有听清楚陈歌的自语。

"没事，你继续。"

"地下尸库具体有多大，工作人员也说不清楚，有记录备案的是六个库房，但是实际进入后，我们只走了大概三分之一的距离，就已经见到了三个小型库房和两个中型库房。"李政那边似乎还有事情要处理，他加快了语速，"大型库房在最里面，据说都是停尸池，就是一个大池子里放满福尔马林，各种标本都保存在里面，需要做试验的时候捞出来。不过那都是很多年前的东西，早已废弃不用，现在都换成了专门用来保存尸体的冰柜……"李政大致将地下尸库的布局告诉了陈歌，不过说跟没说一个样，路况太复杂，又没有什么参照物，陈歌感觉自己一个人进去还是很危险。

"政哥，你们进去的时候，有没有听到什么奇怪的声音？或者发生过什么奇怪的事情？"地下尸库跟自己鬼屋的地下停车场差不多，不见阳光，怪物白天也很有可能出现。

"奇怪的事？"李政想了想，"还真有几件，我们是从没有刷漆的通道进去的，在经过一条刷着白漆的通道时，听见里面有类似拍手的声音。"

陈歌来了兴致。"能详细说说吗？"

"就像是有人站在通道另一端拍手，可是我们过去看的时候什么都没有看到，不过刷着白漆的通道看着比没有刷漆的通道干净许多，似乎经常有人打扫。"陈歌拿出纸笔，将李政说的重点全部记了下来。"第二件比较奇怪的事儿，是我们经过一号库房的时候，有个组员看到库房里有人在走动，可是一号库房的铁门明明上了锁，而且那个时间段进入地下尸库的应该只有我们才对。我们问了工作人员，对方说是我们太紧张了，地下尸库非常压抑，很容易引起人的各种负面情绪，那个人还安慰了一下我的组员，说慢慢就会习惯的。第三件怪事发生在我们进入五号库房的时候，当时所有人都在寻找刘哲所说的尸体，可是五号库房的门却自己关上了，就像是有人从外面关上门，要把我们都困死在里面似的。最后一件事则是我们找到尸体后离开，明明是原路返回，走的是相同的路，但耗费的时间却是进去时的两倍。"第四件怪事最让李政困扰，他到现在也想不明白为什么会出现这样的情况。"你别不信，很奇怪的感觉，就像是同样一条路，但是被拉长了一样。"

"你说得还挺吓人。"陈歌看着白纸上记录的信息，确认无误后收了起来。

"吓人倒不至于。"李政好像是从陈歌话语中听出了一些东西，马上换了一种语气。"陈歌，那个地方特别危险，你可别产生什么奇怪的想法。"

"我能产生什么奇怪的想法？"陈歌也是无语，"我是那样的人吗？"

"给你提个醒，千万别一个人过去。我还有事，不跟你闲扯了。"李政说完就挂断了电话。

陈歌一个人坐在员工休息室，他发觉自己还是低估了地下尸库的危险性。"活棺村和第三病栋虽然都是三星恐怖场景，但是这两个场景里最恐怖的东西都因为各种各样的原因被削弱了，这才让我钻了空子。"第三病栋陈歌去的时候，十个病人只有三个在，活棺村就更不用说了，最恐怖的投井女人附在了江铃身上，对陈歌根本没有恶意。"以我现在的能力，完全状态下的三星场景还是比较危险的。"陈歌扭头看着自己的影子，有些纠结。如果这个三星场景是在开阔的地方，陈歌也不会太纠结，有员工断后，打不过那就撤。可现在的问题是尸库修建在地下，出了事跑都没地方跑，很可能会被困死在里面。

陈歌拿着纸和笔，简单统计了一下自己这边能派上用场的怨念。"我的冒险屋按理说也可以算是一个三星恐怖场景，员工众多，还都有特殊能力，不过战力普遍不强。"冒险屋百分之八十的战力来自张雅，百分之十五是许音，最后百分之五是其他怨念和执念。"我有硬刚其他三星场景的底气，但那也要等张雅苏醒之后。"想要加速张雅苏醒也不是没有办法，陈歌只要找几个异性聊聊人生应该就可以，就怕张雅苏醒过来，一生气先把他给做了。

陈歌靠在椅子上，他觉得也不能太过依赖张雅，虽然这种抱大腿的感觉很舒适。

"冒险屋里的其他怨念还有潜力可以挖掘，许音心脏的位置还没有染红，距离成为真正的红衣还差一步，这最后一步应该和门有关。"转动手中的笔，陈歌想起了第三病栋的那扇门。"要不去问问门楠的主人格？那孩子是推门人，肯定知道更多信息。"对于门后的世界，陈歌本能的有些抵触，不过现在是紧要关头，也顾不了那么多了。

"怪谈协会会长身上至少有两个红衣，熊青和他的妻子，我必须要做好同时面对两个红衣的准备才行。"陈歌朝窗外看了一眼，夜色已经降临。"趁着今晚没有其他的事情，去一趟第三病栋吧。"

陈歌收拾好背包，出门前又拿出黑色手机看了一眼，刚才李政说失踪者尸体被找到后，黑色手机轻轻震动了一下，陈歌一直没来得及看。他滑动屏幕，点开未读信息。

特殊游客任务——消失的妻子已完成，幸运的怨念眷顾者，恭喜你解锁恐怖场景——妻子的房间！

妻子的房间（尖叫指数一星）：我以为他会娶我，谁知他将我装进了雕像。

特殊游客刘娴娴身上的任务已经完成，但是还有很多问题没有解决，比如刘娴娴为什么会强迫自己去接触那些恐怖的东西？为什么在害怕时要露出笑容？陈歌可以肯定刘娴娴对他隐瞒了一些事情，这个女孩和刘哲之间的关系不简单，说不定她清楚刘哲的秘密。

"现在刘哲神志不清，刘娴娴却被忽略了，她身上的种种异常一定和刘哲有关，这是一个突破口。"陈歌背着包站在鬼屋门口，思索片刻后改变了主意，打车赶往江州市法医学院。

到了医学院，陈歌像往常那样直接朝学校里走去。这时传来一声"喂！干什么的"！一个高高瘦瘦的保安将陈歌拦了下来，这人似乎心情不太好，绷着一张脸。

"进学校找人。"陈歌的目光扫过保安胸前的牌子，这个人就是李政曾跟他提到过的张力。马颖姐姐失踪那晚，正好是张力在值夜班。

"最近学校里查得严，社会人员禁止入校，你打电话让那人出来吧。"张力一点情面也不讲，可能这也是他人缘很差的原因之一。陈歌没有跟张力废话，给刘娴娴打了电话，把她叫了出来。

刘娴娴对陈歌的印象很好，最关键的是他还曾救过她。"陈老板，你找我？"

陈歌点了点头，两人一起去了上次他们待过的那个茶馆。关上茶馆的隔间门，屋内很快安静了下来。

两人沉默片刻，陈歌率先开口问："你对刘哲了解多少？"提到刘哲，刘娴娴表情变得有些暗淡，眼神好像失去了色彩，她把自己和刘哲的故事讲了出来。

在刘娴娴的描述中，刘哲是一个成熟完美的男人，没有任何缺点，只是因为太过思念亡妻，所以面对新的恋情才会犹豫。陈歌认真听完，他望着刘娴娴，又问出了第二个问题："那天进入地下仓库的时候，马颖一直在保护你，最危险的时候她也没丢下你。现在我再问你一个问题，如果有一天，马颖和刘哲同时落水,你只能救一个,你会去救谁?"这是一个很无聊的问题,但是陈歌的语气却非常认真。

"我不知道。"刘娴娴拿起桌上的茶杯,她被陈歌看得很不自在,总觉得陈歌的目光好像刀子一样,能刺入她的内心。

"刘哲投案自首了。"陈歌决定直接进入主题,"几年前杀害马颖姐姐的凶手就是他。"

"啪!"

茶杯摔在地上,热茶洒了一身,刘娴娴却好像根本感觉不到疼一样,瞪大了眼睛看着陈歌。

"这事发生在两个小时前,刘哲现在已经被逮捕。"

"不可能!"刘娴娴一下站了起来,自己最喜欢的人,竟然是杀害自己朋友姐姐的凶手,这对刘娴娴来说太难以接受了。看到刘娴娴的反应,陈歌倒是松了口气,他最担心的情况是刘娴娴明知刘哲杀人,仍旧选择帮对方隐瞒。

"事情还没有到最糟糕的地步。"陈歌示意刘娴娴冷静,将刘哲作案的大概过程说了一遍。在事实面前,所有辩解都是苍白的,刘娴娴呆呆地坐在陈歌对面。

"其实你应该也察觉到了刘哲身上的种种问题,否则你就不会去寻找那个雕像,想要确定他到底爱不爱你。"陈歌给了刘娴娴一些时间,等她接受这个事实后才继续询问。"你第一次进入鬼屋的时候,我就发现你在面对恐怖的东西,即使心里十分害怕,依旧不会躲闪,甚至脸上还会露出笑容。马颖说你是从大二开始发生改变的,这个改变是不是和刘哲有关?"

刘娴娴许久之后轻轻点头,把所有事情都告诉了陈歌。

"其实我第一次看见刘哲的时候就喜欢上了他,他很懂得体贴别人,跟他在一起,我很快乐也很满足。直到大二下学期的一个晚上,我们看完电影回来后,在学校门口分别,我走到半路才想起他的手套落在我包里了。我跑回去找他,结果发现他并没有回住宿的地方,而是偷偷摸摸地进入了西校区。当时他神色紧张和平时表现得完全不一样,我担心他是不是出了什么事,就悄悄跟在后面。那天的夜晚格外漆黑,我眼看着他钻进了封禁的实验楼。等我靠近的时候,听见他和什么人在里面交谈,说什么尸体和血丝。我趴在窗户上偷看,屋内的场景让我这辈子都无法忘记。

"刘哲站在一个标本罐前面,正在和一颗人头对话,我没想过自己最喜欢的人会是一个疯子,差点儿叫出声。我咬着自己的手指准备悄悄离开,刘哲背对着我没有发现,但是那颗罐中的人头却好像看见了我!人头没有被任何人触碰,厚重的眼皮就撑开了一条缝,轻轻撞了一下玻璃罐,紧接着刘哲好像明白了什么,转身朝外面跑来。我知道自己被发现了,拼命地朝外面跑,可最后还是被刘哲追上了。我害怕极了,担心他会像电影里那些变态疯子一样,对我做什么事。但让我没想到,刘哲在距离我三四米的时候就停了下来。他用一种无奈痛苦的语气,给我讲述了他自己的故事。七年前,他的妻子出了车祸,从那以后他就变得跟正常人不太一样了,他似乎能感觉到一些东西的存在,他甚至能听见妻子在每天呼喊他的名字。"刘娴娴看着被热茶烫红的手,声音有些沙哑。"我被他的痴情打动,这样的人不应该被世界冷落,所以我答应帮他保守这个秘密。"

"他利用了你的善良,据我所知刘哲根本没有结过婚,他跟你说的实际是他姐夫的事。"陈歌按下桌铃,让服务员来帮助刘娴娴处理一下被烫伤的手。

"我知道,后来我也意识到了。"等服务员离开后,刘娴娴才开口接着说,"随着相处的时间越来越长,我也发现了刘哲身上一些奇怪的地方,比如说他每周三都会去地下尸库一趟。"

"每周三进入地下尸库?"陈歌喝了口茶水,每周三正是怪谈协会聚会的日子。

"对,没人知道他要去地下尸库干什么,我曾经问过他,但每次他都会大发雷霆,说什么他也不想,一切都是被逼的。"刘娴娴拿出自己的手机,点开了其中一段录音。"我不明白他为什么会发那么大火,这是有一次争吵时我偷偷录下来的。"

陈歌戴上耳机听了一会儿,刘哲的声音里除了愤怒外,还有一丝紧张和畏惧,他似乎在害怕某个东西。"平时生活中,他有没有什么异于常人的行为?"

刘娴娴回想了一会儿,说:"刘哲的衣柜里总会飘散出一股福尔马林的气味,他做的饭菜里也会有很淡的福尔马林的味道,那股气味似乎已经浸透入他的身体,所以他平时出门的时候都会喷很多香水。"她稍有犹豫,紧接着又说了一件事情。"刘哲不是学医的,但是电脑里却有很多关于解剖和死亡学的资料,他的兴趣爱好有些特殊,也可以说有些变态。他很喜欢去寻求刺激的东西,越是恐怖惊悚,他越感到开心。"刘娴娴脸上挤出一个笑容，轻轻摸着自己的嘴角。"我会变成现在这个样子，就是因为他对我说，这世界上有很多超出人类认知的恐怖存在，但是只要我对那些恐怖的东西露出笑容，它们就不会伤害我。"

"所以你就训练了自己？"

"刘哲对我非常好，给我买过很多东西，对我很体贴。我从小没有父亲，他给我的那种感觉很特殊。那时候我可能是中邪了吧，感觉自己为了他，什么都可以去做。"

陈歌不想在刘哲的事情上浪费过多时间，他跳过了这个话题。"关于刘哲的姐夫，你知道多少？"

"不清楚。"刘娴娴摇了摇头。"他每次接电话都会避开我，他似乎有点害怕他的姐夫……对了，有次刘哲不知为什么和他姐夫争吵了起来，刘哲当时几乎是哭着喊着求他姐夫，说再也不想进入那些红色通道当中了。"

"那他姐夫是怎么说的？"地下尸库的通道按颜色分为三种，没刷漆、刷白漆、刷红漆。

"他姐夫声音很低，我听不太清楚，好像是说进入红色通道后，只要不发出任何声音就没事儿。"

"在红色通道里不能发出声音。好，我知道了。"陈歌默默点头，刘娴娴在无意间透露给他的可能是一个非常重要的信息。陈歌又问了一些问题，之后把刘娴娴送回法医学院。临走时嘱托了她一句，最近几天就老实待在学校里，千万别去人少的地方……

第6章 推门人

陈歌再次打车，前往第三病栋。他在出租车上把所有信息整理到了手机上，现在所做的一切，都是在为攻略江州市法医学院地下尸库做准备。

晚上快十一点的时候，陈歌来到了第三病栋，这次他把冒险屋里所有怨念和执念都带在了身上，也不怕门楠主人格对他不利了。几个星期不见，第三病栋并没有发生太大变化。陈歌撕扯掉大门上的封条，推开铁门，来到三号病房外面。

当初门楠主人格曾说过，每晚零点的时候，第三病栋的血门会开启一分钟的时间。如果陈歌想要找他，在这个时间来就可以了。陈歌守在三号病房外面，随着时间慢慢流逝，紧张起来，这是他第一次主动进入门后的世界。他掌心出汗，心跳加快，凝视着三号病房的门，在第一缕血丝开始出现的时候，他悄悄按下了复读机的开关。鲜血慢慢从门缝中渗出，染红了整扇门，陈歌单手提着碎颅锤，将血门推开。

眼前的世界变得朦胧，身体被血红色的雾气包裹，有种浸入黏稠液体中的感觉。

陈歌挥动碎颅锤，轻轻吸了口气，淡淡的血腥味涌入鼻腔，让他有些不适。"每次进入门后的世界，我都会莫名心慌，总觉得这世界深处有什么东西在呼唤我一样。"陈歌让许音跟在自己身后,这才松了口气。"门后的世界对红衣来说应该也会产生影响,这里充斥着各种负面情绪,堆积着人世间的绝望,在这里待得越久,怨念就会越重,越难以得到解脱。"

陈歌带着许音,底气很足,他推开一间间病房的门,不过都没有看到门楠主人格的身影。

"跑哪儿去了?"陈歌来到走廊尽头,看见了电疗室。"上次进来的时候,就是在这里遇到的门楠。"他推开电疗室的门,冰冷的床铺上堆放着各种血红色的器械,那些器械上的线路连接着一颗老人的头。陈歌看了一眼,发现有些眼熟,这个老人正是第三病栋的院长,曾经身患绝症,和第三病栋病人合作进入门后的世界暗算了门楠。

"别来无恙啊,老院长。"陈歌很热情地走了过去,一副遇见了熟人的样子。

老人明显憔悴了很多,他非常虚弱,可就是在这种情况下,当他听见陈歌的声音时,还是在第一时间睁开了双眼。

"你……"他看见陈歌,就想起了那个无比狂暴的红衣女人,想要说的话,顿时说不出来了。

"怎么了?你对我有意见吗?"陈歌坐在老人的头颅旁边,语气轻松,感觉就跟到邻居家串门一样。老人看着近在咫尺的陈歌,眼珠转动,好像动起了歪脑筋。可他很快就看到,许音从陈歌背后走了出来。"又一个红衣?"

许音血红的双瞳盯着老人,眼眸中的恶意丝毫不加掩饰,仿佛只要陈歌下令,他会立刻撕了所有目标。老人收起了坏心思,无奈地看着屋内好像土匪一样的两个家伙,声音更加虚弱了。"你们是来干什么的?"

"门楠主人格在哪儿?我找他有些事儿。"陈歌并不担心老院长要花招,这个老家伙虽然擅长阴谋算计,但真正论起实力,却是红衣中的耻辱。

"他现在应该在四楼,那里的窗户裂开了,他正在修补。"老人语速很快,似乎是想要把许音和陈歌赶紧打发走。

"你可要知道欺骗我的后果。"陈歌心里清楚老人骗他的概率不大,但他这人比较谨慎。

"我骗你干什么?"老人哭丧着脸,他总觉得陈歌是在故意搞事情,想要找个理由，名正言顺地灭了他。

"算你识相。"

陈歌带着许音离开电疗室，穿过红色的走廊，从那群游荡的病人中走过，来到四楼。刚一走出楼道，陈歌就觉得不太对劲，四楼的雾气浓重，空气中的血腥味也有些刺鼻。

"难道出了什么意外？怪谈协会的人来过？"陈歌小心翼翼推开走廊两边的病房门，快要来到长廊尽头的时候，他看见一个矮小的身影从某间病房中走出。滴答着鲜血的外衣和他稚嫩的脸颊形成鲜明对比，他周身被血雾包裹，仿佛他就是血雾的源头。

"陈歌？"血雾慢慢散去，门楠仰头看着陈歌，皱起了眉。实际上他也不知道为什么要皱眉，只是本能地感到麻烦来了。

"我听楼下院长说你在这儿，所以过来看看。"陈歌朝门楠走出来的房间瞅了一眼，那房间的窗户似乎无法关闭。

"有事直说。"门楠虽然看着只是个孩子，但是智商却远超常人，他是个天才，只可惜因为在精神病院长大，世界观和正常人不太一样。

"你这就跟我见外了。"陈歌领着许音朝门楠走去。"你在江州市也没有什么亲人，我作为你唯一的朋友，来看望一下你，这不是很正常的吗？"停在门楠旁边，陈歌蹲下身体，平视着门楠主人格的小脸。

"我跟你不是朋友，我没有朋友，也不需要。"门楠往后退了几步，似乎有些忌惮陈歌。"你是因为身后那个怨念才来找我的吧？他马上就能晋升为红衣，但心口缺了一块，你找不到方法，所以才来找我。"陈歌还没开口，对方已经全部猜了出来。门楠又往后退了几步，和陈歌保持距离。"普通怨念当中有极少一部分拥有成为红衣的潜力，这种类型的怨念往往非常偏执，攻击性非常强，杀戮的欲望也很深，他们是最危险、最不可控的疯子。"

"那你自己不也是红衣吗？我怎么觉得你跟上述情况完全不符合。"陈歌看着躲得远远的门楠主人格，总觉得对方害怕自己。

"我说的是像他那种拥有成为红衣潜力的怨念，像我这种推开了'门'的人，死后会直接变为红衣。"门楠随口说出了一个大秘密。

"原来还有这个说法,那岂不是每一扇门都代表着一个红衣?"陈歌站起身,他有预感今晚能从门楠主人格身上套出很多有用的信息。

"门是怎么产生的我也不清楚,但我可以肯定每一扇门后面都至少有一个红衣。"门楠看向陈歌身后的许音,"像他们这样的怨念,要想快速晋升为红衣,只有两个办法。让他成为某一扇门的主人,或者让他吞食掉一个完整的红衣。"

"这也太困难了吧?"陈歌摇了摇头,这两个方法对他来说都没有什么用。他的冒险屋里有一扇门,但是那扇门后藏着什么他自己都不清楚,也不敢随便进去探索。吞食完整红衣就更难了,整个江州市除了怪谈协会那边外,还剩三个红衣——活棺村的投井女人、隧道红衣女人和门楠。这三个怨念一个比一个凶残,看似最弱小的门楠,花花肠子也很多,这时候故意说出这个方法,很可能就是在试探陈歌。

"还有没有其他的方法?许音只剩下心口的位置没有染红,他这种情况算是比较特殊的吧?"陈歌说话的整个过程中,门楠一直紧盯着他,确定陈歌没有对他产生杀机之后,神色才缓和起来。

"办法倒是还有,只不过相比较前两个方法,比较麻烦。"门楠个子也就比陈歌膝盖高一点,但是说话语气却跟大人差不多。"普通怨念需要寄托在某件物品上才能保证自己不随着时间消散,但是红衣却没有这种顾忌,出现这种情况的根本原因,是红衣拥有了一颗心。"

"心?"

"姑且能被称之为心的东西。"门楠有些感慨,"或愤怒,或仇恨,或怨毒,当某种情绪达到极致的时候就会成为怨念的心。这颗心将支撑他脱离寄托之物,永远留存世间。你身后的怨念吞食了足够多的鬼怪,但是他还没有找到自己的'心',如果他能找到,那他就可以很轻松地晋升为红衣。"他看了许音一眼,稚嫩的脸上稍有一丝茫然。"你身后的这个怨念,杂糅了很多种情绪,有绝望、有痛苦、有不甘,还有一丝让我很难理解的渴望,这么多种情绪交织在同一个灵魂身上,非常少见,这也给他成为红衣带来了很大的阻碍。"

听门楠这么一说,陈歌才发现许音确实跟一般的怨念不太一样,这个怨念对他言听计从,不求任何回报。

在芳华苑小区遭遇怪谈协会的时候，许音更是不顾快被撕裂的身体，用仅剩的一只手去阻拦怪谈协会的红衣（第三卷 第13章）。有时候陈歌也在思考，许音为什么要做到这样的地步？仅仅因为自己救了他吗？许音就像是在强迫自己去相信陈歌的每一句话，他无条件信任陈歌，似乎是为了证明什么。陈歌还记得自己第一次看见许音时的样子，那个时候许音只比普通怪物强一点，连怪谈协会的瘦长鬼影都打不过。就算是在实力最弱的时候，只要陈歌下令，他依旧会不计后果地冲出去，就像是在寻死一样。

"越是感到疼痛，力量就越强，或许是我一直低估了许音吧。"陈歌觉得自己有必要和许音好好聊聊，但不是在这里，门楠主人格很聪明，在他加入冒险屋之前，陈歌不想在他面前暴露太多底牌。

"情绪越是纯粹，越容易成为红衣，同样的道理，当人的某种负面情绪达到极致的时候，很可能就会成为推门人。"门楠觉得自己今晚已经说得够多了，他朝陈歌摆了摆手。"我还有事情要做，就不送你了，回见。"

"我好不容易来一次，你这态度未免有些太冷淡了吧？怎么说我以前也救了你一命。"陈歌领着许音靠近门楠。

"你想干什么？"门楠瞬间警惕了起来。

"别紧张，我只是想要做个对比。"陈歌指了指自己的影子，"我影子当中还有一个红衣，你能不能看出她是如何成为红衣的？"陈歌对张雅一直很好奇，西城私立学院因为张雅不在，尖叫指数直接掉了一颗星。由此可见，张雅在吞掉老院长和怪谈协会那几个红衣之前，就已经能独自支撑起一个三星场景了。

门楠盯着陈歌的影子看了很久，脸色忽然变得非常难看。"我从你影子里的红衣身上感受到了一种很熟悉的气息，她应该和我一样，都是在活着的时候推开了一扇门。"

"张雅也是推门人？"陈歌回想张雅生前的种种经历，摇了摇头。"她生活的那个地方好像没门。"

听了陈歌的话，门楠的脸色更难看了，他的身体慢慢融进血雾当中。"我的感觉不会出错，如果她不是推门人，那她以前一定吞食过推门人！"门楠发现自己越来越害怕陈歌了，这个活人简直就是个移动的怪物巢穴。

"我警告你,不要对我产生什么想法,推门人在门后的世界能够发挥出百分之二百的实力。"门楠想了想,似乎是觉得就算自己实力翻倍依旧不是张雅的对手,很快又换上了另一种口吻。"第三病栋这扇门已经被那几个疯子弄得千疮百孔,如果我不在了,无人看护,那后果不堪设想。"

陈歌一直对门后的世界感到好奇,他顺着门楠的话问:"会出现什么后果?门内的怪物跑到现实当中?"

"你把事情想得太简单了,这片血红色的世界充斥着各种负面情绪和被活人遗弃的记忆,如果门没有关严的话,这些东西会慢慢渗透入现实世界当中。随着缺口越来越大,会有极为恐怖的东西出现。"门楠领着陈歌进入旁边那个房间,他走到那扇无法闭合的窗户旁边,窗框上缠绕着一条条镌刻着人脸的血丝。"我不能在门内的世界提他们的名字,你只需要知道他们跟一般的怨念不太一样。"

门楠从窗框上扯下一条血丝,那血丝上竟然传出活人的惨叫。他将血丝递给陈歌,似乎是想告诉陈歌什么。

陈歌伸手,在指尖触碰到血丝的时候,一段绝望痛苦的记忆涌入脑海,这段记忆的主人和血丝上的人脸很像,他被追赶,然后被残忍杀害。

"每条血丝都是一段残忍的记忆。"门楠趴在窗台上看向窗外,"而这里是完全血红的世界。"门楠隐晦地想要告诉陈歌一些东西,他不敢细说,陈歌也听不太懂,只能先把门楠说的话记在心底。

陈歌还有很多东西想要询问门楠,可惜对方并没有这个耐心,很快就将陈歌送出了血门。每次开门似乎都会对门楠产生影响,让他短时间内进入一个虚弱的状态,这一点陈歌也记了下来,他觉得这应该算是"推门人"的一个弱点。

离开第三病栋,陈歌沿着公路走了很远,一直到后半夜才遇到了好心人。对方将他送到靠近市区的地方后,陈歌又拦下了一辆出租车,直奔暮阳中学。

"现在凌晨两点多,时间上来得及。"陈歌拿出手机翻看上面记录的各种信息,他在思考要如何完成地下尸库的任务。乘客深夜要赶往郊区废校,司机师傅压力很大,频频擦汗,通过后视镜悄悄关注着陈歌的一举一动。

老是被人这么盯着,陈歌也有些不自在,他很怀疑自己再这么下去,很快就会上江州出租车公司的黑名单。

"看来我也该考虑买辆车了,不过我没有驾照,算了,还是等弄到一个会开车的怨念后再说吧。"陈歌脑中闪过东郊那个搬家公司的货车司机,觉得他就挺适合。"等完成了地下尸库任务,就去东郊看看,要是那个货车司机同意加入鬼屋,我连买车的钱都省了。"陈歌脸上不自觉地露出笑容,觉得自己又发现了一个很有潜力的员工。

凌晨两点四十分,陈歌来到暮阳中学。他钻入杂乱的树丛,没多远就看到了那所隐藏在黑夜中的学校。

"这地方只是个二星恐怖场景,可是给我的感觉怎么比第三病栋还要阴森?"陈歌拉开背包拉锁,他是来请老校长帮忙的,原本不想弄得太吓人,但不拿着碎颅锤他心中总有点不踏实。抓着锤柄,按下复读机开关,陈歌进入暮阳中学。

"老校长之前在最后一间教室里出现过。"

井中藏尸案凶手已经抓到,警方撤走后,这里很长一段时间都没有人来过。操场上长满了杂草,暮阳中学又变回了最初的样子。陈歌进入教学楼当中,走过被焚烧过的长廊,他推开最后一间教室的门,朝里面看去。一排排桌子整齐摆放,黑板上写着奇怪的字符,桌面上刻着各种古怪的请求,窗户缓缓摇动,夜风从碎裂的玻璃口吹入屋内。同样的场景,但是陈歌脑海里考虑的问题却和上次来时截然不同。

"老校长能藏在什么地方?"陈歌对老校长没有恶意,只是想让他和那些学生团聚而已。陈歌思索片刻,从背包中拿出了圆珠笔。他坐在教室正中间的位置,玩起了笔仙游戏。

"笔仙,笔仙,你是我的前世,我是你的今生,能不能告诉我暮阳中学的第一任校长现在去了哪里?"

缠满透明胶带的圆珠笔立在桌子上,犹犹豫豫地写出来三个字——办公室。

看到这三个字,陈歌轻轻点头。他起身离开最后一间教室,钻进办公楼,挨个房间查看,最后在走廊深处找到了校长办公室。陈歌为了给老校长留下一个好印象,他先敲了三下房门,确定无人回应之后,才用碎颅锤将门锁砸掉,破门而入。

陈歌发现屋内空荡荡的。"暮阳中学是老校长一点点建立起来的,他应该不会离开这里。"也许是时机未到或者老校长有其他的顾虑,所以并没有现身。

"老校长是个老好人,他的执念回到暮阳中学可能只是因为放心不下那二十多个学生,现在那些学生由我照顾,他会不会已经放下执念彻底消散了?"陈歌想了想,也不是没有这种可能。

校长办公室非常简陋,除了办公桌、椅子和一个书柜外再没有其他东西。"笔仙让我来办公室肯定是有原因的,难道老校长知道我不会放过他,提前猜到了我要来?"陈歌脑海中浮现出那个胖老人的样子,有点不确定。

他走到桌边,随便拉开几个抽屉看了看,自上往下数,第一个抽屉放着寥寥几张市级比赛的证书。暮阳中学师资力量薄弱,学生学习成绩也不好,平时参加市里举办的各种大赛也都是垫底,获得过的证书很少,不过每一张都被老校长精心保存下来。"老校长是真的很想把这座学校办好,可惜只凭他一个人的力量还是不够。"陈歌又打开了第二个抽屉,里面是满满一抽屉的感谢信,大多是学生写的,感谢外界爱心人士捐款。"这些东西他竟然还一直留着。"

翻看了半天,陈歌也没有找到有用的东西,他拉了最后一个抽屉,里面是一个老花镜和几个厚厚的账本。

"爱心捐助统计?"

陈歌翻开账本,看到第一行那个人的名字时,他愣了一下。

"江州市心理疾病研究中心高医生?"为了确定这个高医生就是自己认识的那个人,陈歌还专门上网搜了一下。"没错,这个人就是高汝雪的父亲。"

高医生排在所有捐赠人的第一位,这让陈歌对高医生的看法又产生了变化。账本后面也有几个企业的捐款,不过陈歌知道企业每次爱心捐款都会大张旗鼓,找媒体报道,恨不得搞得全世界都知道,但实际捐赠的钱还没有高医生一个人捐得多。高医生默默捐助学校,也不声张,似乎只是为了做善事而已。

"这样的人会是怪谈协会的会长吗?"陈歌站在桌边,如果高医生真的是怪谈协会会长,那他是陈歌见过的最复杂的一个人。一方面捐助学校、救治病人;另一方面却又肆意杀戮,引渡门后的怪物,他到底想要干什么?没人能猜透高医生的想法,这个全江州市最出色的心理医生,似乎将自己的心藏了起来。

账本最后是高医生给孩子们手写的回信,这些全都被老校长保留了下来。陈歌一点点翻看，找到了一张夹在账本当中的照片。照片里的人物有些不清晰，但还是能一眼认出，照片里的人就是高医生。他和另外一个年轻人站在一起，身边围着一群孩子，在距离两人不远的地方还站着一个有些害羞的女人。

这个女人的脸非常模糊，不过从体形上来看，她和陈歌在江州市法医学院遇到的那个奇怪女人很像。"难道这个女人就是高医生的妻子？"

陈歌的目光很快又凝固在了照片中另外一个人身上。照片中间的两个年轻人，一个是高医生，另一个看着有些眼熟。"这个和高医生站在一起的人，有可能是江州市儿童福利院的陈医生。"活棺村那晚，江铃、范郁和陈医生一起消失，当时警方还怀疑是陈医生绑架了江铃和范郁。"陈医生和高医生看起来是朋友，他们似乎都在江州市心理疾病研究中心工作过。"

陈歌看着手中的照片，坐在屋内的椅子上，老校长还真是给了他一个惊喜。这张照片解开了一个困扰陈歌许久的问题。"我在活棺村时，朱姓女人说有一个外来者和十号大打出手，也正是因为那个外来者，导致十号没有随吴非一起进入血门。"陈歌回想朱姓女人对外来者的描述，对方穿着白大褂，好像是一个医生，有一群小孩围着他。能在那个时间地点出现，同时又符合朱姓女人描述的只有陈医生！

"看来这位陈医生也不简单，不过他为什么会和高医生大打出手？从这张照片看，他们应该是朋友才对。"高医生和陈医生是两种完全不同的性格，一个八面玲珑能把任何事情都处理得很好，另一个似乎是在大医院混不下去，才跑到福利院里专门为儿童进行心理辅导。

"老院长留在柜子里的书信提到了陈医生，那个陈医生指的应该不是我父亲，而是江州市福利院的陈医生，可是老院长的那封信为什么要寄到临江血防站去？陈医生也曾在血防站工作过？他不是心理医生吗？老院长最开始是和陈医生通信，可是为什么第三病栋的病人最后会和高医生走在一起？难道因为第三病栋，高医生和陈医生闹了矛盾？难道两人在如何对待门这件事上有分歧？"

陈歌很想再去问一问只剩下脑袋的老院长，可惜第三病栋的门只有凌晨十二点才会出现，一旦错过，二十四小时内都无法再进去。

"我的父母留下了一些关于第三病栋的信息，罗董事也说过他们失踪之前提到过第三病栋,在整个事件当中,我的父母又扮演了什么角色?"陈歌一直没找到关于自己父母失踪的信息,他总觉得陈医生和高医生应该知道什么。陈歌离开校长办公室后,又在暮阳中学里转了一圈,他想要当面感谢一下老校长,但对方并没有露面的意思。"他能躲到什么地方去?"带着一丝遗憾,陈歌离开了暮阳中学。

天快亮时陈歌才回到冒险屋,一进门黑色手机就震动了一下。他拿出手机,点开上面的新信息,原来是一星场景"妻子的房间"已经建造完毕。

"尖叫指数一星的场景对我来说用处不大。"本着对游客负责的态度,陈歌背着包进入地下场景。以楼梯为中心,左边是"暮阳中学"场景,右边是"第三病栋"场景,前面是"活棺村"场景,后面则是新出现的一星场景"妻子的房间"。

"我的冒险屋已经初具规模,等'地下尸库'解锁之后,冒险屋也差不多要开始第三次扩建了。"第三次扩建是一个门槛,扩建成功后,陈歌的冒险屋将正式升级为战栗迷宫!具体会多出哪些功能,产生哪些变化,陈歌也不太清楚,他只是看黑色手机上的介绍,升级后他将获得很多奖励。

陈歌站在地下通道当中,看了眼新出现的一星场景,这是一个单独的房间。他推开门,里面的布局和3004号房差不多,只不过墙壁、橱柜和茶几上到处都是血迹,给人很强的视觉冲击。"妻子的房间"应该是还原了马颖姐姐的死亡现场。陈歌神色不变,拿着碎颅锤仔细搜查了一下这个房间,慢慢地发现了奇怪的地方,屋子里摆放着很多残缺艺术品,他只要一进去,那些艺术品好像都会朝陈歌所在的方向看。

陈歌唤出老周三个,让他们也感受一下,这三个怨念的反应很奇怪。他们说可以确定这房间里藏着一个怨念,但是却不知道对方躲在了什么地方,只能隐隐约约地感受到一点气息,那个怨念似乎还在沉睡。陈歌听到房间里隐藏着怨念时,目光变得明亮了,当他推开卧室门,脸上的表情瞬间变得古怪起来。

屋子中间悬挂着一根长绳,柜门缝隙夹着一条染血的床单,被子垂落在床边,地上散落着一些血迹,床头的位置摆放着一座很丑的雕像。

这个房间和马颖视频里的房间一模一样。陈歌走到床边,盯着那座雕像看了很久,他轻轻托着雕像的下巴,说出了几天前曾经说过的一句话:"你能够验证我接下来每一句话的真伪,对不对?"一字不错,连语气都没有出现太大的变化。

听到他的声音，雕像里好像有什么东西活过来了一样，身上的气息和刚才截然不同，就仿佛是一个人刚从睡梦中惊醒。丑陋的脸上似乎露出了不可思议的表情，紧接着两行血泪从雕像眼中流出。

"真巧，我们又见面了。"陈歌知道雕像里可能躲藏着马颖姐姐的灵魂，他也不想为难对方。"以后这里就是你的新家，放心吧，你的事情我都已经知道了，我以后会把你当作家人看待的。"陈歌的手指滑过雕像的脸颊，帮雕像擦干了血泪，他的动作依旧是那么温柔。"杀害你的凶手已经受到法律的制裁，你还有什么需要可以跟我提。"雕像的血泪止不住地往外流，也不知是激动，还是害怕。

"我总感觉我们之间有个小小的误会，其实我不是你想的那种人。"陈歌知道心急吃不了热豆腐，不过他有信心改变雕像对自己的偏见，笔仙不就是一个很好的例子吗？

"你们三个劝劝它，我先去外面守着。"陈歌给了老周他们一个眼神，然后自己走出了卧室。他关上房门，就站在门口，屋子里传来老周三人的声音。

"以后我们就是同事了，说出来你可能不信，在鬼屋的这段日子是我一生中最开心的时间。"

"我们的老板看起来很凶，其实是个老好人，他特别尊重我们，也特别能理解我们。"

"以后你会慢慢喜欢上这里的，这里的怪物种类很多，都不带重样的，个个都有自己的特殊能力，性格也都憨厚朴实。"

陈歌在门口听了一会儿，他自己都有点不好意思了。"要不要告诉老周他们，雕像能判断出一句话的真假？"转头一想，算了，就这样也挺好。

没多久陈歌离开地下场景，回到员工休息室倒在床上。"一晚上跑了三个地方，我这夜生活还真是充实……"

陈歌不知不觉睡着了，早上八点多被闹钟吵醒。他简单洗漱了一下，将之前洗好的衣服收回衣柜，开始打扫鬼屋卫生。

八点半徐婉提着早餐来到鬼屋，她简单和陈歌聊了几句，独自进入化妆间。陈歌吃着徐婉捎过来的早餐，没过一会儿顾飞宇也跑了过来，小伙子今天精气神依旧很足，十分阳光，不化装根本看不出是鬼屋员工。

"老板，早啊！"

"赶紧去化装，游客快要进来了。"陈歌坐在鬼屋门口，大口吃着饭，他见顾飞宇脸上带着笑意，有些好奇。"你这是遇见了什么开心事吗？"

"没啊，就感觉现在过得很有趣。"顾飞宇蹲到陈歌旁边，轻轻碰了陈歌一下，故作神秘地问道。"老板，徐婉姐是不是喜欢你啊？天天给你带早餐，有次我还看见她跟卖早餐的要求不放辣，说你经常熬夜不能吃辣的东西。"

"我经常熬夜？她怎么知道的？"

"关心你呗。"顾飞宇脸上带着笑意。"其实我每天早上来得很早，之所以会晚到，就是害怕打扰你俩。"

"这不是你迟到的理由，下次你如果八点半还不到，我扣你工资。"陈歌吃完最后一口饭，站起身。

"别啊！"顾飞宇跟在陈歌后面。"老大，我就是感觉有好多人都喜欢你，我也想变得像你一样受欢迎。"小顾追着陈歌进入鬼屋走廊，似乎是真心求教。"我叔出院的时候跟我说，让我多跟你学学，但我这个人太笨，都不知道从何学起。"

"你要跟我学怎么做一个受欢迎的人？"陈歌有些苦恼地想了想，他回忆了一下自己曾经做过的事情，要是说出来，自己在顾飞宇心中的形象恐怕会直接化成灰。陈歌犹豫片刻，轻轻拍了拍顾飞宇的肩膀。"冷静、勤奋和无所畏惧，我能告诉你的只有这些。"

顾飞宇仔细品味着陈歌的话，深觉陈歌说得很有道理。

"你还年轻，还有很多的东西要学。"陈歌看着顾飞宇那张充满朝气的脸，"以后你白天在鬼屋上班，晚上最好再自己学些东西。如果有一天，鬼屋开不下去了，你也能活得好。"

陈歌进入化妆间，先帮顾飞宇把碎颅医生套装换上，再给徐婉化装。看着镜子里的员工，陈歌嘴唇动了一下，似乎是想要说什么。

"老板，你想说什么就说，不要忍着。"徐婉对陈歌很了解，两人算是一起扛过了冒险屋最难的那段时间。

"没什么大事，就是感觉我这个当老板的，天天被你这个员工照顾，挺过意不去的。"陈歌手很稳，一点点把妆容画好。

"我是觉得你太辛苦了,想要帮帮你,但不知道怎么办,所以只能给你带个饭,做点无关紧要的事情。"徐婉看了看镜中的自己,很是满意。"我进场景了。"

"嗯,去吧。"

陈歌坐在徐婉刚才坐过的椅子上,看着徐婉远去的背影。"我还没开口,她怎么就知道我是想说带饭这事情。"摇了摇头,站起身,他从来不认为徐婉会害她,只是突然对这丫头有一点好奇。

陈歌走出化妆间,将防护栏彻底拉开,暖暖的阳光照在身上,他舒舒服服地伸了个懒腰。

第 7 章 地下尸库

早上九点，乐园正式开始营业。

因为冒险屋应用程序，很多以前来参观过的游客又跑了过来，休息厅大屏幕上的积分排行也一直在发生变化。外面有工作人员维持秩序，陈歌只需要负责地下场景就行。每一个场景里基本上都有游客，陈歌的压力也很大，罗董事也担心陈歌这边出现问题，专门在休息厅里设立了一个紧急医疗救治中心。不管有没有用，几个穿着白大褂的医生护士往旁边一站，就给游客们一种别样的感受。罗董事为了方便陈歌运送游客，还专门让人打造了一辆手推车，上面用油漆写了几个字——晕厥游客专用。

后勤交给罗董事和徐叔，陈歌一点也不用担心，他只需要不断解锁新场景，让游客有新盼头就行了。

一天的时间很快过去了，晚上六点半，送走最后一批游客，陈歌让同样辛苦了一整天的徐婉和顾飞宇先下班，自己又拿着工具开始打扫起冒险屋的卫生。忙碌到晚上七点，新世纪乐园里的工作人员基本上都走完了，和白天的喧闹比起来，晚上的乐园安静得有点吓人。

打扫完卫生，陈歌又进入各个场景转了一圈，有意思的是他每进入一个场景，都会有怪物员工把游客在鬼屋里遗失的东西给找出来，放在门口。陈歌将这些东西收好，挨个贴上编号，然后全部放到乐园失物招领中心。这是他每天都会做的工作，只不过这一次他在给游客遗失物品贴编号的时候，看到了一件奇怪的东西。

"保安证？"

陈歌盯着保安证上的人名和照片，心里有些惊讶。"张力的保安证怎么会落在我的鬼屋里？"张力就是江州市法医学院那个人缘很差的保安，陈歌和他见过一面。"这个人今天来我的鬼屋参观了吗？"他思考片刻，拿着保安证跑进鬼屋监控室，调看了"冥婚"和"午夜逃杀"两个场景的监控视频。地下场景每一批游客他都有印象，可以肯定张力就算来过鬼屋，去的一定是地面上的一星场景。陈歌只是简单看了看每一批游客的脸，就直接快进，花了半个小时，他终于在监控视频里看到了张力。

这个性格很不讨喜的保安和一个年轻女孩在一起，俩人先后参观了"冥婚"和"午夜逃杀"两个场景。陈歌在监控里看得很清楚，张力和他旁边的那个女人特意避开了江州市法医学院的学生，似乎他们和那些学生关系很不好。监控视频里张力和那个女人也没有什么亲昵的举动，看起来不像是情人，更像是兄妹。

"这个女的会不会就是张诗涵？"李政曾跟陈歌提起过这个女人，马颖姐姐失踪前和张诗涵发生过言语冲突，所以当时张诗涵也被列入了嫌疑人名单当中。

视频当中，两人和其他游客也没什么区别，看到恐怖的东西会到处乱跑，遇到惊吓点会被吓得尖叫。不过随着时间推移，陈歌发现了比较奇怪的一点。张诗涵最开始走在张力前面，她是法医学院的学生，心理承受能力比张力这个保安强可以理解。可是在"冥婚"场景最后一阶段，徐婉出现的那一瞬间，张诗涵被吓得差点儿坐在地上。当时她身体往后倒，从监控中能明显看出是张力托住了她的后背。从表情也能看出，张诗涵已经被吓蒙的时候，张力仍旧保持着清醒。

"一个经常和尸体打交道的法医，为什么胆子还没有一个保安大？"随后张诗涵和张力又进入了"午夜逃杀"场景中，面对顾飞宇的"追猎"，张诗涵紧张、惊慌，反倒是张力脸色十分平静。

"总感觉这个保安好像见过什么大场面。"两名游客参观过"午夜逃杀"后就离开了，陈歌又调出了同一时间鬼屋门口的监控。

张诗涵和张力站在休息厅角落,张诗涵虽然脸色苍白,但是人很兴奋,她手舞足蹈地和张力说着什么。张力也很难得地露出了笑容,似乎自己妹妹开心,他就会很开心。张诗涵说到最后好像是准备去参观二星场景,她拉着张力重新去排队,张力却拼命摆手,死活都不愿意过去了。

"张力为什么不敢参观二星场景?难道他感觉到二星场景里有真的怪物?"监控里的兄妹在休息厅里待了很久,然后才去参观其他的项目。"张诗涵的表现比较正常,但是这个张力有问题。"陈歌想了一会儿,他把员工证塞进口袋,背着包从鬼屋里走出。"在李政打来电话之前,我要多收集关于地下尸库的信息。"

陈歌马不停蹄地到了江州市法医学院,直奔保安亭。他朝亭子里看了看,张力并不在里面。

"请问张力在吗?我是新世纪乐园的工作人员,他今天去参观的时候有东西忘在我们那儿了。"

"东西丢了,你们还亲自给送过来?"说话的是一个胖胖的保安,看着很富态,就是肚子上的肉很多,他保安制服最下面的扣子都快系不上了。

"哪里哪里,这都是我们应该做的。"陈歌看了一眼这个胖保安的工作证,他叫王二宝。"二宝哥,方便透露一下你们宿舍的位置吗?我想把东西亲手还给对方,当面点清楚,看还有没有什么落下的。"

"老张脾气怪,跟我们聊不到一块去,自己搬出去住了,你可以到海明公寓去找他。"

"海明公寓?"陈歌微微一愣,海明公寓正是门楠副人格曾经居住的地方。

"你没听说过很正常,那老楼破得很,又脏又乱,除了便宜没有任何优点。"

"他住在哪个房间?"

"403号。"王二宝说完后又有点不放心。"老张这个人有点怪,到时候他要是对你态度很冷漠,你别介意,他那人就这样。"

"好,多谢。"

张力住在海明公寓是巧合,还是另有隐情?门楠是在学校贴吧上看到有人发布了租房信息,然后才过去的,那个发布人不会就是张力吧?如果真是他,那他为什么要这么做?

陈歌带着疑问来到海明公寓,背着包进入楼道当中。陈歌轻敲403房间的门,等了半天才听见屋内传出一个很压抑的声音。

"你找谁?"房门没开,屋内也没有响起脚步声,屋主人就像是小心翼翼地移动到门边,从门缝中偷偷看过外面的客人后,才敢发出声音询问。

张力好像在怕什么?陈歌尽量让自己的声音听起来和善一点,他说:"我是新世纪乐园的工作人员,你的保安证落在乐园里了,我是问了你的同事,才找到这里来的。"

屋内没有回应,过了几秒钟,房门才打开。"把证给我。"门板只是错开了一条缝,张力的身体都躲在门内没有出来。看到他如此谨慎,让陈歌觉得更可疑了。

"给你可以,但是你总要让我看看你长什么样子吧?万一给错人了我可担不起责任。"陈歌取出保安证,故意在门口晃了一下。

屋内那人犹豫片刻后将房门打开。张力高高瘦瘦,眼眶下凹,穿着一双运动鞋,搭配着一件很普通的灰色外衣,衣服口袋里装有东西,鼓鼓的,给人的感觉就像是正准备外出一样。"可以把证给我了吗?"

"还是不行。"陈歌看张力的表情,对方应该已经认出了他,这时候再遮遮掩掩,感觉也没有什么必要了。"我来这里除了把证件还给你外,还想要问你几个问题。"

张力的脸色瞬间阴沉下来,他没有再开口,直接准备关门。陈歌的反应也不慢,伸手抓住门板。"我没有恶意,这几个问题对我、对你都十分重要!"

"松手!"张力瞪着陈歌,声音低沉。

"我知道你心里藏有事,再考虑一下,或许我能解开你的心结。"

"我让你松手!"张力急了,声音也变大,他阴沉的表情略有些扭曲。"我不需要你的帮助,松开!"

看见张力态度这么坚决,陈歌也不好强迫对方,他单手把背包扔在地上,从中抽出那半米长的碎颅锤。狰狞的巨锤刚拿出来,一股血腥味就扑面而来,隐约还能听见哭喊声。"我只是单方面想要帮你,至于你需不需要,那跟我又有什么关系?"

盯着陈歌手中的碎颅锤,张力眼皮跳动,他绷着脸,过了好半天才憋出三个字:"进来吧。"

张力慢慢挪动脚步,他不敢背对陈歌,看到陈歌进入屋里后,还用那种阴沉的声音又补充了一句话:"房门就不要关了,透透气。"

"嘭!"

陈歌反锁上了门,提着碎颅锤进入屋内,他左右看了看。房间很简陋,摆放着几件普普通通的家具,飘散着一股劣质烟的刺鼻气味。茶几上放着一个铁盘子,上面堆满了烟头,沙发旁边能看到很多烟灰和不小心被烧出来的小洞。

"你喜欢吸烟?"陈歌仿佛回到了自己家一样,搬了一把椅子坐在客厅靠近房门口的位置。

"这算是第一个问题吗?"张力耷拉着脸,站在茶几旁边,显得十分拘束。

"我问什么你回答什么就行了,我这也是为你好。"陈歌看着铁盘上的烟头,种类很多,不过价钱都很便宜。

"为我好?"张力往后退了几步,靠在窗台边缘。"你到底想要干什么?"

陈歌将口袋里的保安证拿出放在茶几上,把碎颅锤收了起来。"今天早上和你一起去鬼屋的女人是谁?"

"我妹妹,她最近刚刚辞职,心情不是太好,所以我才会请假陪她去乐园玩。"

"你们两个进入鬼屋的时候,为什么有意避开江州市法医学院的学生?你担心被认出来?"陈歌给张力编织了一张大网,等待张力进入后,再慢慢收紧。

"那些学生不喜欢我,要是被他们认出来,可能会很麻烦。"张力吸了口气,"而且我和我妹妹也已经习惯了。"

"习惯什么?"陈歌发现张力话里有话,好像还隐藏着什么。

"我妹妹以前在江州市法医学院上学,她因为某一件事和学校里另一个女孩发生了矛盾,结果第二天那个女孩就失踪了。"张力手指慢慢握紧。"从那以后学校里就有人开始造谣,说那个女孩失踪和我妹妹有关。"

这件事确实挺巧的,要不李政也不会把张诗涵、张力列为嫌疑人了。

陈歌点了点头问:"那些学生都说过什么?"

"一开始那些浑蛋还知道背着我妹妹议论,后来干脆当着我妹妹的面大声谈论,他们说那个女孩是因为跟我妹妹吵架导致抑郁症加重,最后自杀了;还有的干脆就说我妹妹是杀人凶手，是我妹妹将那个女孩藏了起来。"张力说到这里，从口袋中摸出一包烟，拿出一根点燃。烟雾升腾，张力这才觉得好受了一点。"很多原本和我妹妹玩得很好的学生都离她而去，那段时间我妹妹都快要崩溃了，她甚至亲自跑到学校各个地方去寻找失踪的女孩，可惜一直没有找到。"

"怪不得你对江州市法医学院的学生那么冷淡，没想到还发生过这些事情。"陈歌看着张力，他过了半天才说话。"警方曾经跟我联系过，在那个失踪女孩被杀一案中，你和你妹妹都是重点嫌疑人。他们的怀疑不无道理，从作案动机、作案时间、作案能力三方面来考虑，你们的嫌疑确实最大。"

"我们没有杀人！那个女孩的失踪和我们一点关系都没有！"张力很是烦躁，咬扁嘴里的烟头，拿它撒气。

"我知道你们没有杀人，真正的凶手不是你们，你们只是被利用了。"陈歌现在听张力讲述当年发生的事情，他才明白设这个局的人心思有多么周密，他不仅处理掉了所有线索，还利用那些不明真相的学生，弄出来两个替罪羊，把警方往错误的方向引导。

当张力听到陈歌用很肯定的语气说，凶手不是他们，这个性格糟糕的男人有些诧异地看了陈歌一眼，他忽然觉得眼前这个男人也不是那么可恶。

"你今天休假在家，所以还不清楚，失踪女孩的尸体已经找到，杀害她的凶手也已经投案自首。"陈歌没有隐瞒。

"凶手是谁？！"张力掐灭了烟，走到陈歌身前。

"就是你们学校那个穿着打扮很考究的工作人员，好像叫刘哲。"

"刘哲！"张力呆在原地，似乎是有点无法接受这个事实。

"刘哲只是凶手之一，还有一个至今没有找到，我们现在只知道另一个凶手和地下尸库有关。"

"你们？"张力察觉陈歌的用词比较奇怪。

陈歌表情瞬间变得严肃起来，他指了一下反锁的房门。"下面我对你说的话，不要告诉任何人。"

张力紧张地点了点头，说："这一层就住着我一户，不用担心被谁听到，我也绝对不会告诉第三个人。"

"那就行。"陈歌拿出手机展示了一下自己和市分局颜队、西城派出所李三宝、刑侦一组李政之间频繁的通话记录,然后缓缓开口。"其实我是警方安排的一名线人,配合调查过很多案件。"

张力似懂非懂,也不知道为什么,他渐渐觉得陈歌还是可以信任的。

"你和你妹妹现在的处境不是太妙。"陈歌紧接着又抛出来一个重磅信息,"现在还有一个凶手没有抓到,情况仍旧十分危险,他对江州市法医学院非常熟悉,应该就隐藏在你们身边,暂时是谁我们还不能确定,为了不引起恐慌,所以我才会过来,想要找你了解一些情况。"

"只要我知道的,肯定都告诉你。"张力声音没有那么压抑了,他坐到陈歌旁边,态度跟刚才截然不同。

"我们需要关于地下尸库的资料,越详细越好。"陈歌也不客气,直接开口。

"上次你们过来的时候,校方不是已经提供给你们一份了?"张力有些疑惑,不过他还是选择相信陈歌。"图书馆档案室里有尸库以前的建筑图,你需要的话,我可以帮你拍一些照片。"

"建筑图只是一方面。"陈歌并没有满足。"你在学校里当了这么多年的保安,有没有发现地下尸库里跑出来什么奇怪的东西,或者遇到过什么比较离奇的事件?"

陈歌之所以会专门跑来询问张力,是因为这个保安在鬼屋里表现得不太正常,他肯定有过特殊的经历。张力的阴沉和压抑是从骨子里透出来的,他心里应该藏着很多无法和别人分享的秘密。

张力被陈歌盯着,略有些紧张,他几次张口,都没有发出声音。

"你不要有什么顾忌,把你听到的、见到的全部告诉我。"张力越是这样,陈歌就越感到好奇。

"我不是不想说,我是怕说出来,你也不相信。"张力从口袋里摸出一根烟拿在手中。"我能抽根烟吗?"

"你在自己家里,想做什么就做,不用在意我。"

得到陈歌的同意,张力点燃了那根烟,狠狠地吸了一口,他很享受那种烟叶刺激肺部的感觉,似乎只有这样才能让他短暂忘记那些烦心事。

缓缓吐出一口烟雾，张力说的第一句话就吸引住了陈歌。"地下尸库里的那些尸体会自己移动。"

"尸体会移动？"

"还有比移动可怕几百倍的事情。"张力的手轻轻打战。"我刚到江州市法医学院当保安的时候，正好赶上西校区地下尸库扩建，原本那些存放尸体的池子全部停止使用，准备更换成全新的停尸柜。地下尸库在西校区的下面，施工难度比较大。一开始校方的意思是把尸库最深处的几个大型库房改造，挖开停尸池，再重新装修一遍。他们请了专业的施工队去弄，本打算半个月内完成改造，可就在施工队进入地下尸库的第二天，意外发生了。

"一名工人在清理停尸池里的福尔马林时，不小心掉进了尸池里，那池子不算深，但是那个工人却怎么都爬不出来，他感觉有很多人抓住了他，不让他离开。"张力很快抽完了一根烟，他双手跟陈歌比画了一下，"那种大型停尸池和过去的澡堂子很像，只不过尸池里的液体是黄褐色的，不透明，只能大概看到一些人体的手脚、脊背和头发。"

"掉进池子里的工人最后怎么样了？"陈歌比较好奇的是这个。

"停尸池旁边有用来拉尸体的铁钩，平时医学生做试验，就用铁钩把一具具尸体从池子里拖上来。当时在场的其他工人把铁钩扔进池子里，让那个掉进去的工人抓住，几个人合力才把他给拖上来。"张力又点了一根烟，他烟瘾很大，尤其是在回想那些自己曾竭力回避的东西时简直烟不离手。"工人落入池子里时，不小心喝了几口池子里的福尔马林，随后就被送到医院洗胃，人没有大碍，不过我听说他身体痊愈后，脑子却出问题了，从那以后就神神道道的。"

"那个工人你现在还能联系到吗？他在出问题之前有没有说过什么？"

"不清楚，这事儿都过去很久了，如果你想要知道的话，可以去学校里问问，不过别抱太大希望。"

"没事，你继续说吧。"陈歌取出自己的手机，准备把重要的东西记录下来。

"那个工人被送入医院后，施工就继续正常进行，可就在第二天晚上，又有一件怪事发生了。"张力表情凝重，似乎现在仍旧感到不舒服。"白天被施工队、学校工作人员运送出去的尸体，数量变了。"

"这就是你说的尸体会移动？"

"算是吧，不过恐怖的事情还在后面。"张力讲述的都是别人的故事，他并没有提及自己为什么会变成这个样子。张力声音越来越低，好像是有点冷，他又深深地吸了一口烟。"第三天施工队又进入地下尸库，他们处理完第一个库房当中的尸体，挖开了那个二十几年前修建的停尸池，当时的场景把所有工人都给吓坏了。停尸池的底部，就像是人体那样布满了血管，那些血管被光亮照射的瞬间，迅速干瘪下去。"张力皱着眉，他背靠在沙发上，脸色很差。"当时我也在旁边帮忙，朝里面看了一眼，怎么说呢，感觉那池子就像是有了生命一样。"

"停尸池底部长出了血管？"陈歌记下了张力的话。

"施工队负责人因为这件事还专门去找了学校领导，领导也不清楚原因，他们最后得出的结论认为那是一种极为罕见的菌类。"张力轻轻摇头，"连我这种没上过学的人都知道他们是在瞎扯，施工队那边也不想干了。后来听说是校方把酬劳翻倍，施工队才答应继续干下去。当天下午，施工队把池子边缘拆掉，往下深挖，想要清理出一片空间，但是他们越挖感觉越不对劲，那水池下面的泥土里都散发着福尔马林的气味，而且泥土颜色发红，其中还能看到深褐色一碰就碎的丝线。没人知道那是什么鬼东西，看着不像是植物的根须，也不像是虫子的尸体。施工队把地下尸库的情况反映给了学校，还弄出去了一些样土。校方也说不清楚，只是催施工队加快进度，学校的工作人员为了安施工队的心，也一直陪在他们旁边，跟他们说不用担心，这些都是正常现象。"张力似乎对校方的做法很是不满，他语气也发生了变化。"我当时刚进学校做保安，地下尸库这活没人愿意干，最后就推到了我身上，学校这边我就是个跑腿的，施工队那边我又不熟，最后两边受气。

"地下尸库改造进度十分缓慢，总是会发生各种各样的怪事，施工队那边的人也接二连三地受伤，最后他们实在受不了了，工人全部罢工。学校也没办法，在和工程负责人商量后，更改了计划。他们准备向外扩建新的尸库，原本的尸库废弃，停止使用。不过校方的妥协也是有要求的，他们给施工队下了死命令，必须要在一个月内完成改建。如果施工队仍旧拖拖拉拉，没有在规定日期内完工，那将视为违约。施工队早就不想在尸库待着了，他们将通往尸库深处的路堵死，开始按照图纸扩建尸库。之后果真再也没有出现意外，施工队开始投入紧张的工作当中。

"时间有限,在工期快要到的时候,他们为了赶工,会加班到很晚。学校也知道他们不容易,会派人去给他们送水,提供力所能及的帮助。"张力说到这儿,咬了咬牙。"校方将这个任务交给了留校的老师和保安队,最开始的时候大家还会一起过去,后来那位老师可能是看尸库里没什么问题,经常会提前离开。保安队的其他人也对这事不上心,最后他们把所有的事情都交给了我一个人。地下尸库原本就扩建过几次,内部道路十分复杂,我一个新来的保安,就算有地图在手,独自过去也很容易迷路。在距离工期截止还有三天的时候,施工队那边也急了,新找来了一批工人,分成两班,昼夜不停地赶工。

"他们昼夜不停,我也只好陪着他们,白天还好说,到了晚上每次进入地下尸库都感觉怪怪的。当时是夏天,外面热得好像蒸笼一样,但是进入尸库后不仅不热,有时候还会莫名地打冷战。新找来的那一批工人不知道地下尸库深处发生的事,他们还傻兮兮地觉得这工作环境很不错,有人晚上累了,就直接垫着废纸箱往地上一躺,偷偷睡一会儿。"张力把烟头狠狠按在铁盘子里,他的故事也讲到了最后。"晚上的地下尸库和白天不太一样,具体哪里不同我也说不上来,在距离工期截止倒数第三天的那个晚上,怪事又开始了。我是凌晨一点接到的电话,地下尸库那边打电话过来说有人失踪了,我赶紧通知了其他人,往地下尸库那边赶。走到一半,地下尸库那边又打来电话说人找到了,当时我自己一肚子火,更气的是我把这个情况反馈给负责的老师时,那人还把我狠狠地训了一顿,说我没有弄清楚情况就瞎给他打电话。

"我也没办法,一个人回到寝室,刚躺下没多久,地下尸库那边又有工人打来电话,语气焦急,说另外一个人不见了。这次我问了一下对方的情况,那人跟我说,最开始失踪的工人听到有人叫他,一抬头看到通道里有人在向他招手,他就跟了过去,走到一半,发现这条路好像是通往地下尸库深处,他感觉不对,就赶紧跑了回来;第二个失踪的工人是出去寻找第一个人时走丢的,手机打不通,现在也不知道人去了哪里。我一听这事情挺紧急的,一边往地下尸库赶,一边换了一个老师打电话。那老师得知出事后,让我先过去稳住局面,他随后就到。那一晚我都和工人待在地下尸库里,直到天快亮的时候才在地下通道深处找到那个工人。他躺在挖了一半的停尸池旁边,昏迷不醒。这事情谁也说不清楚原因,一股不安的情绪在施工队里蔓延,他们都不愿意再继续留在这里。但是眼看着工期快要截止,扩建也快要完工,这时候放弃太可惜了。

"最后校方出面,让保安队晚上陪同施工队一起待在地下尸库中,务必保证在规定时间内完成扩建。倒数第二天晚上,我和另外两个保安留了下来,施工队那边有什么问题,可以直接找我们。到了后半夜我实在撑不住就找了个角落小睡了一会儿,这一晚上倒还算平静,没有出什么问题。到了最后一天晚上,我叫那两个保安一起去地下尸库,前半夜风平浪静,后半夜我想着也不会有什么事,就又找了个不引人注意的房间,垫着几个破水泥袋想要偷偷休息一会儿。可能是因为那段时间太紧张的缘故,我很快就睡着了。等我迷迷糊糊再睁开眼的时候,发现地下尸库里变暗了许多,施工队携带的工作灯已经全部关掉,只剩下墙壁上那些老式壁灯。我躺在角落里,抬头看了一眼,外面的通道上人来人往,施工队似乎还在忙碌。我刚刚睡醒,脑袋有点不清醒,刚拿出手机想要看看几点了,就忽然听见脚步声响起,有人走了进来。人家在外面干活,我在屋里面偷懒,这要被看见了影响不好,所以我就没吭声。那人进来转了一圈又出去了,我看了眼手机,那会儿是凌晨三点四十分,屏幕上还显示有几条未读短信和几个未接电话。我躺在水泥袋上,点开了信息,发现是另外两个保安发来的,他们问我在哪儿。"屋内的烟雾还未散去,张力就又取出了一根烟,点燃后,他狠狠地吸了几口。

"我当时真没有多想,发信息回了他一句:'我还在尸库里,你们人呢?是不是偷偷跑回寝室了?'我是新人一直想要跟他们处好关系,还用开玩笑的语气回道:'你们真不够意思,走也不叫上我。'过了十几秒,那人给我回了信息,让我赶紧出来,很多人都在找我。'我有点纳闷,外面施工队还在工作,这两个人偷偷跑了,现在竟然说很多人在找我。在我正准备给他发信息的时候,那人一个电话打了过来,接通后我才发现事情跟我想象中完全不一样。

"那人开口说的第一句话就是,扩建已经完成,施工队都撤出来了,你一个人还待在尸库里干什么?"张力咬断了嘴里的烟,他双手死抓着膝盖。"听到他这句话的时候,我还专门朝外面看了一眼,走廊上人来人往,有一个人似乎是听见了响动,直接朝我所在的房间走来。施工队已经撤出,通道中走来走去的是什么人?

我挂断电话,用地上的水泥袋盖住身体,只把眼睛露了出来。脚步声慢慢逼近,我眯着眼朝那边看去。光线很暗,一个模糊的人影走到了我旁边,他移动的姿势有点奇怪,身体很不协调。我屏住呼吸,不敢乱动。那人在屋子里转了一圈就准备离开,我将水泥袋掀开一角,结果看到了让我这辈子都无法忘记的场景。"张力嘴唇泛紫,说出了这个困扰了他多年的噩梦。"那个人,面颊是空的,脸都被掏干净了。"

烟灰落在沙发上,张力的手臂止不住颤抖。"很早以前医学院解剖用的尸体并非遗体捐赠,大都是死刑犯,犯人被击毙后,头就会变成那样……"

他说到这里,已经有些说不下去了,陈歌这次是真的不敢再勉强他了。"你休息一下,喝口水。"

"不用。"多少年过去了,张力回想起来还是很害怕,他只用几口就抽完了一支烟。"在看到那个死刑犯的时候,我就已经意识到刚才进屋的那个人,还有外面通道中的那一群人,他们应该都是解剖用的尸体。"张力此时所说的情况确实要比尸体会移动恐怖得多,当时地下通道里似乎正在举行一场尸体的狂欢,而张力则是唯一误入场的活人。在那样的地方熬到天亮,也难怪他的性格会出现骤变。

"我真的看到了,这件事一直压在我心里,我不敢跟任何一个人说,包括我妹妹在内。"张力的瞳孔跳动,双眉拧在一起,表情痛苦。"几年前和我妹妹争吵的女孩失踪后,我妹妹曾怀疑对方是跑进了地下尸库当中,她本来准备进入尸库里寻找,最后被我死命拦住,那个地方真的不能去,那不是活人该待的地方。"把心里的话说出来后,张力似乎也好受了一点,他摸了摸烟盒,发现劣质烟已经抽完。

"少抽点吧,吸烟对身体不好。"陈歌坐在椅子上,他把张力说的东西全部记在了手机上。

"无所谓,自从那晚过后,我已经不在乎这些了。"张力将烟盒揉成一团,没有烟吸,他情绪有些不安,似乎很难平静下来。"你会不会觉得我是个精神病,那晚看到的都是幻觉?"

陈歌摇了摇头,他很清楚地下尸库里的危险,黑色手机也给过提示,说那里居住着一群永生的人。

"其实我有时候也在怀疑,自己那一晚看到的到底是不是幻觉。"

"你还记不记得自己是怎么逃出来的?"按照张力的说法,尸体数量应该多到了一个夸张的地步。

"当时我躲在水泥袋下面,身体好像冻僵了一样,一动不敢动。一直到早上五点多,通道里的那些人开始陆陆续续朝着通道深处走去。"

"这个过程中,你没有发短信求助外人吗?"陈歌放下自己用来记录的手机,他比较好奇学校的反应。

"我刚睡醒的时候,就跟那个保安通过电话了。我跟他说了自己在地下尸库,可是他们一直没有派人过来找我,也不知道是出了什么事。"能从张力的语气中听出,他心里很不舒服。

"那你出来的时候有没有发现什么异常的地方?通道中有没有残留的福尔马林,墙壁上有没有抓痕?"

"我一直等到早上八点,外面没有任何动静的时候才从地上爬起,当时我浑身酸痛,心里又非常害怕,急急忙忙往外跑根本什么都没有留意。"张力的故事到此结束,从那以后他就把地下尸库当作禁区,脾气也越来越差。

"地下尸库那地方我劝你不要过去,如果实在要去,最好多叫上一些人在白天进去。"张力又讲了一些在其他地方听到的故事。"尸库和实验室连接的通道口经常关不严,就算关严也会被人打开。上次扩建,学校新增了七个停尸库房,但是很多人去取尸体的时候,会莫名其妙地看到第八个库房,那个库房在靠近地下尸库原址的地方,没有编号。通往地下尸库深处的路被封过好几次,但不管怎么封都会出现问题。有一次学校用砖头把通道堵死了,但过了一两个星期,那面墙突然就倒了,学校工作人员去查看的时候,发现每块砖上都有浓浓的福尔马林的气味。类似的事情还有很多,江州市医科大学搬迁也和地下尸库有关,我听说最迟明年江州市法医学院也要搬迁到新校区,到时候这片老校区会闲置,另作他用。"陈歌没有想到法医学院要搬迁了,事情比他预想的还要严重。

"你提供的线索对我非常有用,我会把这些汇报给其他警官。另外,地下尸库的地图你最好明天就给我。"陈歌交代了几句后,就准备离开,他站起身走到门口的时候,突然又想起了一件事。"张力,你为什么非要住在海明公寓?这地方听说以前出过事,好像就发生在你楼下。"

"楼下有个疯子自杀了,这我知道,我是这里的老租户了。"张力的表情没有什么异常,他住在这里似乎只是个巧合。

"那你知不知道,你们学校有一个叫门楠的学生也曾住在这栋楼里?"陈歌停下脚步,随口问道。

"知道,这傻小子图便宜,住在那个死过人房间的隔壁。那房间不能住人的,之前也有个医生在那里住过,可住了一个晚上就搬走了。"

"你怎么知道他是医生?"陈歌背着包,有些疑惑,"医生在医院外面也不会穿着白大褂到处跑,再说他只住一天,以你的性格应该不会主动去跟他聊天。"

"我在学校里见过他,那个医生姓高,家里很有钱,当时我还好奇他怎么住到这地方来了。"张力实在是想不明白,"那天晚上我下楼买烟的时候,还看到高医生站在楼道里,一个人也不知道在干什么。"

"高医生在门楠入住之前,曾在那个房间里住过一晚?"张力的话引起陈歌警觉,最开始发现门楠情况不对的是高医生,照顾门楠的也是高医生,这一切很可能是高医生自己布下的局。

"张力,你一定要尽快把地下尸库的地图给我,这东西非常重要。"陈歌交代后正要离开,他的手机忽然响了起来,低头一看是李政打来的。

"需要我回避一下吗?"张力倒是识趣。

"不用。"陈歌当着张力的面接通电话,"李队,有事吗?"

"高医生是我从警这么多年来,见过的最谨慎、最狡猾的对手!他应该已经察觉到了我们的计划,就在两个小时前他离开了江州市。"

"离开了?你确定?"高医生离开江州市对陈歌来说是一件好事,这样他去做地下尸库试练任务时就会少一个变数。

"我怎么听你的语气还有点儿兴奋?"李政有些郁闷,高医生的突然离开让他如同攥紧了拳头,结果一拳打空了。

"他这时候离开江州市,正好说明心中有鬼,看来他是害怕了。"陈歌嘴上这么说,心里真正的打算是决定趁这个空当,进入地下尸库完成任务。

"你根本不清楚情况,我们这几天调查得越多,发现高医生身上的问题就越多。"李政声音压低,"你附近没有其他人吧?"

"怎么了?"

"根据我们的调查,高医生可能和数起谋杀案有关,他不是直接参与者,但这些案件背后或多或少都有他的身影。"

"数起?"陈歌抱着最后一丝侥幸询问,"他有没有可能是被人陷害的?"

"以他的智商,我感觉整个江州市能害他的人只有他自己。"李政话语中有一丝无奈,"我无法否认他是一个优秀的医生,但他身为医生的同时,也是一个隐藏很深的疯子,有些信息我不方便和你透露,今天给你打电话主要是通知你一声,明晚准备和高汝雪接触,另外我会发给你一些资料,你最好看一看。"

"行,没问题。"陈歌挂断电话,交代了张力几句后直接离开了。

"高医生离开了江州市,这对我来说是个千载难逢的机会,等明天地图一到手,我就开启任务。"

高医生在江州市有好几套房,为什么偏偏跑到廉价公寓楼里住?门楠说当初之所以住到这么偏僻的公寓楼里,是因为他在校园贴吧上看到了一条信息,现在想起来,那条信息也非常可疑。海明公寓的人不会专门跑到医学院的贴吧上发信息,那条信息估计就是高医生发布的。可是高医生为什么要这么做?他想要从门楠身上得到什么?

思前想后,陈歌觉得门楠身上,唯一能吸引高医生的就是他的副人格和主人格之间的联系。以怪谈协会全盛时期的实力,完全可以杀死门楠主人格,但是他们却没有这么做,只是让门楠主人格陷入沉睡。

高医生会不会是在研究如何才能控制推门人?陈歌回想着高医生和门楠之间的对话。如果说高医生就是怪谈协会的十号,那门楠主人格知不知道这件事?陈歌想要完成地卜尸库的试炼任务,仅凭他自身的力量有些勉强,如果能把门楠拉下水就好了,毕竟门楠主人格也是一位红衣。"无论高医生是不是怪谈协会的会长,我都可以利用这一点去争取门楠,他应该也不想看到自己的副人格落在死敌手中。"打定主意,陈歌准备今晚再去一趟第三病栋。

陈歌为了这次任务,已经准备了很久,但是他还是不放心。比起惊心动魄九死一生地完成任务,陈歌更喜欢那种一路碾压的躺赢局。"看来我还需要找几个帮手。"

第三病栋那扇门晚上十二点才会打开，陈歌也没急着过去，他先打车跑到了江州市儿童福利院。看门大爷一见到陈歌，非常激动，起身就准备把福利院大门给锁上。

"老伯！"陈歌跑过去，硬是抓着铁门挤了进去。"江铃和范郁在吗？我找他们有很重要的事。"

"昨天刚被警方送过来，俩孩子也累了，你就让他们，也让我们好好休息一段时间吧。"以前福利院从没出过什么事，自从他们打电话叫陈歌来过一次后，先是孩子走失，接着唯一的医生也不见了，现在他们承受着外界很大的压力。

"不会耽误多少时间的。"陈歌说完直接走了进去，福利院里还和之前一样，道路两边摆放着花盆，墙壁上画着各种卡通画。看门大爷拦不住陈歌，只好把陈歌之前见过的护士请了过来。

女护士对陈歌印象非常好，她朝旁边的看门大爷说："范郁和江铃是他跑进大山里找回来的，要是没有他，我们福利院还指不定会被媒体怎么编排呢。"

在女护士带领下，陈歌来到了范郁和江铃居住的那个房间。轻轻推开门，屋内的场景十分温馨。卧室里开着一盏台灯，范郁坐在书桌前面画画，江铃踮着脚尖趴在桌子一边观看。

"范郁，你看谁来看你了？"女护士冲着屋内喊了一句，如果换成其他孩子肯定会很热情地跑出来，可尴尬的是，范郁和江铃都没有搭理她。

"过去看看吧。"女护士对着陈歌不好意思地笑了笑，还想要说什么，但是被陈歌制止了。进入屋内，暖暖的灯光照在陈歌身上，这里的一切都让人感到温暖、舒适，直到他看见桌面上那幅画——白纸之上，一个黑色小人走在前面，身后跟着各种各样狰狞的红影。

范郁的画彻底破坏了屋内温馨的氛围，在画完最后一笔后，他仰起头看向陈歌说："你来了。"

"嗯。"陈歌从来没有把范郁当作普通的小孩，他蹲在范郁旁边，看了一眼范郁的手腕。"范郁，商量个事情怎么样？你胳膊上的这个手镯能不能借我用一晚上？"

"没问题，不过这镯子好像只有我戴着才能发挥作用。"范郁将手腕上活棺村女人赠送的玉镯取下，镯子离开他手腕后，上面猩红的血丝直接消散了，看起来就和普通的手镯一样。等他再戴上的时候,那些猩红的血丝又重新浮现出来。"如果你需要我帮忙,可以带我一起过去。"

"那还是算了。"陈歌不想让范郁涉险,也不想到时候分心去照顾范郁。他摸了摸下巴,又把目光放在了江铃身上。活棺村的投井女人已经从江铃身上离开,她现在只是个很普通的小孩子,被陈歌这么一看,差点儿要哭出来了。女孩一下子躲到了范郁后面,这让在场的两个大人都有些尴尬,陈歌是不知道该怎么开口,女护士则是感觉自己完全被忽略了。

陈歌轻轻咳嗽一声,先让女护士出去,然后尽量做了一个和善的表情。"江铃,叔叔明天晚上要去干一件大事,能不能借你姐姐一用啊?"陈歌已经尽可能地放缓语气,但是江铃听到他这句话后,还是被吓哭了。

"我有那么可怕吗?"陈歌对小孩子是一点办法没有,感觉还是范郁、童童那样的小男孩相处起来比较轻松。江铃越哭声音越大,最后是范郁趴在江铃耳边对她说了些什么,这个小女孩才慢慢停止哭泣,一双含着泪的大眼睛盯着陈歌。

"她这是同意了吗?你对她说了什么?"

"我说你是她姐姐的朋友,你人很好,能让她的姐姐开心。"

"说得没错。"陈歌点了点头,他感觉范郁正在学习自己身上的优点,这孩子进步很快。

江铃迈着小短腿跑到外面,从沙发后面抱出来一个塑料瓶,她很是不舍地递给陈歌。

"放心,我只是让她去给我撑场面,绝对不会让她受委屈。"陈歌接过塑料瓶,里面有一只很小的蜘蛛,"你姐姐就在里面吗?"江铃可怜兮兮地点了点头,总觉得自己好像是被骗了……

目的达成,陈歌没有继续在这里逗留,离开江州市福利院又跑到了第三病栋。他苦等到晚上十二点,在血门出现的时候溜了进去。一回生二回熟,当陈歌又出现在老院长身旁时,那颗孤零零的人头简直要哭出来了,因为他发现陈歌身后跟着的怨念又换了一个。

没有在老院长那儿耗费时间,陈歌直接找到了门楠,他将事情的紧急程度添油加醋地说了一遍。

门楠听完后,纠结起来。离开血门,他的实力会下降很多,而且陈歌带给他的威胁并不比高医生低。门楠很担心自己刚逃出狼窝,又掉进虎穴。"你让我考虑一下……"

凌晨一点多,陈歌从第三病栋离开,他回头看了一眼,如果一切顺利的话,这将会是他最后一次光临这个地方。

回到新世纪乐园,陈歌把地下尸库的信息又全部整理了一遍。

小心刷着红漆的通道,进入其中要保持绝对的安静。

尸库外围只有七个停尸库,不能进入第八个尸库。

……

他熟记下所有信息,这才躺在床上睡去。

第 8 章 尸行道

早上九点乐园开业，几乎是同一时间，张力把地下尸库的地图发送到了陈歌的手机上，总共十几张照片，还有两段一分多钟的视频。"这家伙是不是真把我当成警方的线人了？"

趁着高医生不在江州市，陈歌今晚就决定开启地下尸库任务，他把游客送入场景当中后，躲在一边开始仔细翻看那些照片。

江州市医学院地下尸库面积很大，前后扩建过三次，第一次扩建的日期和扩建图纸全都找不到了，第二次扩建是因为江州市当地的两个医学类院校合并，第三次扩建则是张力参与过的那次。

"囊括整个西校区，这占地面积也太大了吧？"地下尸库大致能分为三个区域，外围是各种运送通道和两个杂物仓库，五个停尸库。中间区域是废弃不用的停尸池，在很多年前已经封停。据张力说地下尸库还有一个核心区域，这个区域资料上写了，但是却没有人能找到进去的路，张力还在照片上特别标记出来。他怀疑核心区域出过什么事情，导致被彻底封死了。

陈歌翻看了所有照片和视频，只有外围区域的地图，中间区域的地图似乎是被人为处理掉了。

"地下尸库最大的秘密应该隐藏在核心区域当中，我必须要在中间区域找到通往核心区域的路才行。"他用心记下照片上的地图，看了整整一个上午，反复确定没错后才收起手机。

下午的时候陈歌也投入工作当中，一直忙到晚上六点半。等徐婉和顾飞宇下班后，陈歌把自己一个人锁进休息室。他深吸了几口气，检查完所有道具装备后，拿出了黑色手机。

"地下尸库是四星恐怖场景'通灵鬼校'的第八个支线任务，完成之后，我就有资格去开启四星场景了。"坐在桌边，陈歌手指在屏幕上划动，轻轻点击了一下那个任务。

是否接受通灵鬼校第八支线任务？

"是！"

支线任务八：永生（在地下尸库未开放的区域，住着一群永生的人）

任务场地：江州市医科大学法医学院。

任务提示：生命的意义不在于是否会呼吸，而在于其他东西。

任务要求：午夜十二点之前进入江州市法医学院地下尸库核心区域！存活至天亮！

看完黑色手机上的信息，陈歌脸色不是太好。"要在十二点之前进入核心区域，看来我要尽早动身。"陈歌的目光凝固在任务要求的最后几个字上，"这种要求存活到天亮的任务，通常难度极大，幸好我做足了准备。"

拿起背包，陈歌走出员工休息室，和上次去活棺村一样，他这回也准备把鬼屋里的所有员工都带过去。"就算没什么战斗力，撑一撑场面还是可以的。"

笔仙、小小、许音、碎颅锤，陈歌把能想到的东西都装进包里，最后趁着白猫不注意一把将它抱起。

"是不是还遗漏了什么？对了，地下场景里还有一座雕像。"陈歌急匆匆跑进地下场景当中，推开一星场景妻子房间的门。丑陋的雕像立在床边，那双眼睛无神地盯着房间某个地方，谁也不知道它到底经历过什么。

"老周他们是怎么劝说它的？怎么感觉憔悴了好多？"陈歌走到雕像旁边，拿出闫大年的漫画册。"杀死你的真凶已经被我找到，只要你愿意成为我的员工，那我就算豁上性命,也会去帮你报仇。"雕像没有理解陈歌的话,不过能明显感觉到它的身体轻微晃动了一下,好像是情绪出现了某种变化。

"杀害你的凶手躲进了地下尸库深处,那里非常危险,如果你可以加入我的鬼屋,那我现在就带上所有员工去为你讨个公道。"陈歌全副武装,语气坚定,能听得出来他不是在开玩笑,而是真的准备过去。雕像觉得哪里不太对,可是它在流出血泪,陈歌说的那句话是成立的,并没有在欺骗它。

"我会为你报仇,今晚我就去地下尸库,抓住那个伤害过你的幕后真凶。"雕像丑陋的脸望着陈歌,眼眶中隐约能看到有血泪渗出,陈歌说的是实话,他真的准备今晚就带上所有员工一起去危险的地下尸库拼命。"跟我一起来吧,你对那地方比较熟悉,要是你能帮我,今晚会轻松许多。"

雕像有点害怕,它其实不太想去地下尸库,那地方的恐怖外人很难想象,可是它又无法拒绝陈歌的提议。眼前的男人为了帮它了结心愿,甘愿以身涉险,去那么恐怖的地方,这让它冰冷的心中涌过一丝暖流。

"进来吧,到了地方,我还有很多东西要问你。"陈歌见铺垫得差不多了,翻开了闫大年的漫画册。雕像在地下尸库里待过几年时间,对那里非常熟悉,这也是陈歌一定要带上雕像的原因。

雕像眼中的血泪不再流动,那张丑陋的脸慢慢变了形状,象征真理的脸逐渐柔和,最后一个身高一米七的女生出现在雕像前面。这女生和马颖长得有三四分相像,十分文静,个子都很高。女生直接钻入闫大年的漫画册里,画册空白的一页上多了一座女性的雕像。这雕像忧伤、痛苦,充斥着背叛和绝望。

"雕像也愿意帮忙,今晚完成任务的概率又增加不少。"陈歌离开"妻子的房间",又进入"暮阳中学",将散发恶臭的男孩和站着上吊的人也收入漫画册。

"第三病栋试练任务完成度超过百分之九十的时候,奖励了我一套精神病人的病历单,每张病历单上都有一个疯子的灵魂,要不要把他们也带上?"那些疯子原本就是怪谈协会的成员,他们的灵魂仍旧被疯狂支配,陈歌平时都不敢随便使用他们。"带上吧,好歹也算是我的一张底牌。"陈歌思索片刻,将那几页病历单塞进了背包。"等怪谈协会会长看到他的成员全部跟我站在一起,估计会被气到吐血。"陈歌也觉得自己有点过分,继承了协会所有的遗产不说,还把曾经的"成员"也给收编了。

"以前怪谈协会做事太过疯狂,如果我成了会长,定要改变这一切。让他们幡然悔悟,得到真正的救赎。"

陈歌背着包,提着碎颅锤,刚走出冒险屋,大门还没来得及关,李政的电话就打了过来。"高医生失踪,高汝雪的情绪现在很不稳定,她似乎知道了些什么,你马上和高汝雪接触一下,争取问出一些东西。"

"政哥,我今晚还有其他的事情,恐怕待不了多久,要不你们让其他人去和高汝雪谈谈?"

"只能是你。"李政斩钉截铁地说道,"在她被挖眼案凶手盯上的那天,我们翻看了她的手机,整整一天的时间她都在给你打电话,我不清楚你们之间是什么关系,但我知道你们之间的关系绝对不一般。陈歌,我希望你能在大是大非面前,坚持自己的原则。"听到这儿陈歌才发现,李政他们应该是误会了。

那天高汝雪的手机被控制,别人的电话都能打通,只有自己的打不通,高汝雪一直给自己打电话,只是被误导了。陈歌得知高汝雪现在独自住在高医生的心理诊所当中,她不敢回学校和室友住在一起,也不愿意再回栖霞湖小区。于是二话不说打车赶往高医生的诊所,陈歌下了车后才发现,这诊所距离江州市法医学院很近。

街道上有便衣二十四小时盯着高汝雪,那人在陈歌下车的时候就已经认出了他。对方对陈歌的打扮很惊讶,目光在陈歌怀中的白猫上停留了很久,最后还是决定服从上级命令,主动接触陈歌。便衣告诉了陈歌一些高汝雪的情况,给了他一个录音钢笔就离开了。

陈歌轻敲房门,过了许久,高汝雪才把门打开。

她昨晚似乎没有休息好,看起来十分疲倦,没有一点精神。

"陈歌,你来干什么?"

"我听说你最近很难过,有点担心你。"陈歌背着沉甸甸的大包,语气略显生硬,为了避免尴尬,他双手抱起白猫。"你喜欢猫吗?"白猫毛茸茸的小脑袋,搭配上异色双瞳,一脸懵懂地扭头看着陈歌。

白猫"可爱"的表情让高汝雪心情好了一点,她伸手摸了摸白猫的头,让开门。"我还好,进来吧,你要不要喝点什么?"

"不用了。"

高汝雪一个人待久了,也想和别人聊聊天,只是她不知道该去找谁。

陈歌跟着高汝雪进入高医生的办公室,屋子里摆放最多的东西就是书,各种各样的书籍,很多都是网上搜不到的绝版。

"高医生这么喜欢看书啊?"

"嗯,他没什么爱好,除了看书就是喜欢收集一些奇奇怪怪的艺术品。"高汝雪泡了两杯咖啡端过来。

陈歌接过咖啡喝了一小口,东拉西扯了半天,装作不经意地问了一句:"说起来,咱们也认识很久了,不过我好像从没听你喊过高医生一声父亲,总感觉你俩有些生分。"

高汝雪本身就是那种冷冰冰的性格,她也不是刻意针对谁,可能只是因为某些经历,让她变成了这样。而她曾经经历过的那些事情,就是陈歌此次过来最想要弄清楚的。

高汝雪没有立刻开口,她看着杯子里的咖啡,过了许久才说出了一个压在她心底很久的秘密。"几年前,有一位病人在治疗过程中出了意外,病情突然恶化,不知是药物原因,还是我父亲的治疗方式出了问题。那个人在治疗到一半的时候,发疯从阳台上跳了下去。那会儿我父亲还没有自己的诊所,是在家里为病人治疗的。我家住八楼,病人跳楼当场死亡,病人家属要求杀人偿命,我们解释、赔偿、搬家,想尽了各种办法都不行。父亲那段时间承受着巨大的压力,不过幸好他还有母亲的支持。本以为这只是我家的一道坎,跨过去就好了,可谁知道这件事造成的影响越来越大。病人家属跑到了医院,想要讨个公道,父亲被堵在了办公室。我的母亲担心父亲,打车赶往医院,结果在路上出了车祸,父亲最终还是在医院里见到了母亲,只不过……"高汝雪双手握着杯子,声音很低,她就像是一个满身伤痕被遗弃的玩具娃娃。"抢救无效,母亲最终还是离开了我们,父亲那段时间一直把自己关在屋子里,他好像是将自己彻底封闭了起来。他不愿意跟外界交流,我有时候半夜从他房间外面经过时,还能听见他在轻声呼喊母亲的名字。从那时候开始,父亲就好像变了个人一样。

"他开始做一些很反常的事情,经常深夜十二点外出,身上混合着血腥和福尔马林的气味。在我母亲准备下葬的时候,他又做出了一件骇人听闻的事情,他偷走了母亲的尸体。这件事只有我知道,我曾经问过他,可是他就像是变了个人一样,我永远忘不了他当时的那个眼神。悲伤,绝望,还有一种烧尽一切的疯狂。母亲的尸体不见后,大概过了一个月,父亲才恢复正常,他目光深邃,仿佛望不到底的大洋,所有的负面情绪都消失了。他变得比以前更加成熟,似乎这世界上没有什么能阻碍他。别人以为他走出了悲伤,重新拾起了生活的希望,只有我知道,他是把最深的痛苦藏进了心底。他表现得越平静,内心就越煎熬。从那以后,我父亲很少晚上在家,他白天上班,晚上会独自一人外出,也是从那个时候开始,我感觉自己变成了一个人。"这些话高汝雪憋在心底很长时间了,她是第一次跟别人说。陈歌在关键时刻救了她一命,把她从死亡线上拉了回来,所以她对陈歌很感激,也很信任。高汝雪的故事讲完了,她有点疲惫,蜷缩在沙发上。陈歌没有打扰高汝雪,眼前的女孩似乎还没有意识到自己的父亲失踪了,她就像往常那样,一个人度过整个夜晚,反正他的父亲也不会回来。

白天上班,夜里出去,每天还很精神。陈歌感觉高医生的情况跟自己很相似,他在心里琢磨,高医生可能也是受了怨念的影响才会变成这样。看了眼时间,陈歌从旁边的房间找来毛毯给高汝雪盖上,然后轻手轻脚地抱着白猫离开了。

当关门声响起的时候,原本睡着了的高汝雪,慢慢睁开了眼睛,她摸着身上的毛毯,看向已经关上的房门……

陈歌从诊所出来后,直接步行赶往江州市法医学院,他要在午夜十二点之前进入地下尸库核心区域。地下尸库和之前遇到的三星恐怖场景不同,保存完整,没有任何削减,所以陈歌不敢有丝毫大意。他没有直接从正门进入法医学院,而是绕到了西门,根据张力地图显示,地下尸库真正的入口是在西校区。与其他几扇校门比起来,这里非常冷清,周围连个商贩都没有。陈歌左右看了看,确定没人注意后,避开监控直接翻进了学校里。

"现在是晚上九点,我还有三个小时的时间。"

西校区里虽然也亮着路灯,但是和其他几片校区比起来,明显少了几分人气。陈歌走在路边的草丛中,贴着学校围墙,回忆着地图,慢慢靠近地下尸库的入口。

西校区是几片校区中占地面积最大的，这里有两栋实验楼和若干栋不清楚功能的建筑，不过其中大多建筑都被封死，无法进入。

继续向前，远处好像有三个保安在巡逻，他们距离陈歌很远，就算拥有阴瞳，陈歌也只能看到个大概的轮廓。"这三个保安怎么一直停在那里？"地图上标注出来的，能进入地下尸库的通道一共有五条，三个保安看守的就是尸库正门，当初张力他们扩建走的就是这条路。剩下四条通道中有两条分别通往两栋实验楼，一条通往废弃教学楼，为了防止在地下出现危险，还有一条是应急安全通道，这条应急通道直接通到校外。保安拦住了正门那条路，陈歌只能从其他通道进去，于是他绕到了左边的实验楼。陈歌推开窗户，跳入屋内，还没走多远，他就看到不远处的架子上摆着一个玻璃容器，其中浸泡着一个类似人头的东西。

"我好像听刘娴娴说过这东西，她偷偷跟踪刘哲时，发现刘哲在实验室和玻璃罐里的人头说话。"陈歌打开手机上附带的手电筒，亮光照在玻璃罐上，多少年过去了，罐中的人头依旧栩栩如生。"很可疑。"

陈歌盯着玻璃罐看了看，里面的人头好像凝固在胶体中，一动不动，并没有出现眨眼、上下浮动的情况，和刘娴娴说的不太一样。"大晚上在实验楼里看见这东西还挺吓人的。"保险起见，陈歌唤出老周他们检查了一遍罐子，并没有发现什么异常。

"附在上面的东西可能已经离开。"陈歌望着玻璃罐若有所思，刘哲会和玻璃罐中的人头说话，那是不是也就表示西校区里有某种东西可以附在这些标本上，通过这些瓶瓶罐罐里的东西传达信息？如果真是这样，情况就有些不妙了。整个西校区都在对方的监控之下，实验室、地下尸库里那么多器官标本，说不定那东西现在就藏在某一个罐子里默默注视着他。

"要尽量避开这些东西才行。"陈歌把白猫放在背包上，走出房间，外面是一条十几米长的通道，两边的房门全部上了锁，还有几扇门上贴着黄褐色的封条。陈歌顺着门上的窗户朝里看去，一排排冰冷的试验台摆在屋内。陈歌瞳孔慢慢缩小，他发现最前面的试验台上残留着类似水渍的东西，就像是试验台刚刚被人躺过。

"通道不在这里。"如果不是有任务在身，时间紧迫，陈歌很想每个房间都进去看看。"实验楼也是个很好的场景，这里的气氛很不错，以后我也可以建一个类似的场景。"陈歌一直来到走廊最深处，发现这里有间解剖室的门没有上锁，门扉半开，门上的封条也被撕去了。

"门把手上没有灰尘，最近几天有人从这里进去过。"陈歌蹲下身，地面上残留着剐蹭的痕迹。他握住把手，试着推了推门。门板略有变形，推的时候，握住把手向上稍微用力，地上才不会留下剐蹭的痕迹。"看来那个人进来时很急，忽略了这些细节。"彻底将门推开，一股淡淡的福尔马林的气味飘散出来。陈歌在门口没有急着进去，他心里很清楚，每当闻到这个气味，那就预示着那些东西可能来过这里。

陈歌将白猫放在桌子上，摸了摸它的头。"你能闻出这气味是从什么地方散发出来的吗？"陈歌比画着手势，尽力想要让白猫弄清自己的意思。白猫异色双眸中倒映着陈歌的身影，过了好一会儿，突然从桌子上跳了下去，钻进了解剖室后面的一个单间里。

"找到了？"单间里还有一扇木门，白猫此时就停在木门前面，喵呜喵呜地叫个不停。福尔马林的气味就是从门后散发出来的，陈歌过去推了几下门，发现木门上了锁。

"你让开。"陈歌抬起碎颅锤，白猫心领神会地跳到一边。

"嘭！"

狰狞的巨锤正对锁头砸了下去，锁芯直接震落在地。陈歌现在砸门已经很有经验了，把力量集中于锁头一点，这样动静会小很多。木门后面是一条漆黑的通道，根据张力提供的地图来看，这就是实验室通往地下尸库的通道之一。顺着这条通道向下，可以直接到达地下尸库外围区域。

陈歌将白猫放在背包上，举着手机照明，他只是朝通道里看了一眼，眉头就立马皱起。阶梯之上布满了碎玻璃渣，还有一些看不出形状的脏东西，好像是有人故意在门口把标本瓶摔碎了。

"堵在尸库正门的三个保安估计很快就会被刚才的声音引过来，我还是先离开这里比较好。"陈歌不想耽误时间，可是他转身关门的时候，视线又被吸引。木门后面满是指甲抓挠留下的痕迹，密密麻麻，看着特别瘆人。"有东西想要出来。"指痕太多，根本数不清楚，也就无法通过这些来判断尸库里到底有多少怪物。

陈歌拿出手机拍了张照片，避开台阶上的那些脏东西，继续往下走。很快他来到了地下一层，面前出现了一个岔路口。左边那条通道没有没有涂漆，右边通道则被刷成了白色。走到近处，陈歌看见墙壁上写着几个字，歪歪斜斜好像蚯蚓在爬一样。左边那条没有涂漆的通道里写着人行道，右边那条刷了白漆的通道里写着尸行道。

"字体写在两米高的地方，书写者应该是大人，可是这字也太丑了吧，就像刚学会用手拿笔一样。"陈歌拿出手机看了眼地图，想要去地下尸库，只能走刷了白漆的尸行道。没办法，为了完成任务，陈歌直接钻进了尸行道当中。不知是不是心理暗示的原因，自从进入这条通道后，陈歌就感觉通道前面有人在走动。他试着加快脚步，前面那人也加快脚步，他放慢速度，对方也跟着放慢。大概走了半分钟，刷着白漆的墙壁上陆陆续续出现血红色的字体。

"你走错路了，这里是尸体才能走的路。"

"我警告你，不要再往前了。"

"你怎么不听劝告？"

"我知道了，你也想变成一具尸体，对吗？"

陈歌不关心那些字写的是什么，他好奇的是这些字体的位置。有的字写在墙壁上，还有的写在通道顶部，陈歌仰头研究了半天，发现想要写出那种感觉，除非是趴在通道顶部才行。

"这怪物是壁虎吗？"他停了下来，前面那人也停止走动，整条通道忽然变得安静了。

"每个三星恐怖场景里都有各自特殊的鬼怪，也不知道地下尸库里的怪物会长成什么样子？"陈歌将白猫放在地上，他匀速向前，通道前方那人也保持着同样的速度。"听声音，相隔了大概二十米远，那个人就在拐角另一侧。"

"走在我前面的家伙会不会就是留下这些血字的人？"陈歌决定亲自过去问问，他手持碎颅锤，又从背包里拿出了复读机，在他按下开关的时候，那个走在他前面的人好像突然消失不见了。通道里只剩下陈歌自己的脚步声，他走过拐角，白色的墙壁上写着一句话——你会后悔的！

"这算是威胁吗？"通道里除了那些丑陋的血字外再没有其他东西，陈歌又默默将复读机收起。

"现在还不是暴露底牌的时候，当务之急是在任务规定时间内进入地下尸库核心区域。"陈歌心里清楚，三星恐怖场景十二点以后才会展露出真正的可怕之处。

陈歌在刷着白漆的通道里又走了几分钟，发现奇怪的地方越来越多。刷着白漆的墙壁上偶尔能看见成片的水渍，也不知道那些液体是从什么地方渗出来的，仔细看的话能在地面上找到人的头发，有长有短，捡起一根，还能闻到从头发上散发出的浓浓的福尔马林的气味。那气味就像是浸透到了发丝当中，与头发融为一体。除此之外，最让陈歌想不通的是墙壁上的那些血字，对方似乎知道有人会从运尸通道进入地下尸库一样，不断向外来者发出警告。

"这些字是尸库怪物用来警告法医学院那些人的吗？"学校工作人员和需要做实验的学生都会从这条通道进入，去尸库当中取尸体，那些红字给人的感觉就像是尸体写的，话语中带着警告、威胁，以及一丝无奈的妥协。每走出几步就能看到一段文字，字体越来越丑，似乎书写者握笔的手出现了什么问题，有几个地方能明显看出，字写到一半笔画断了，仿佛笔从手中掉落。

"如果是写到一半手掉了，那就有些恐怖了。"陈歌直到现在还不清楚地下尸库里都有哪些怪物，今夜的任务也才刚刚开始，需要探索的地方还有很多。这些运尸通道是有坡度的，一直向下，走到头的时候，陈歌已经到了地下二层，这里就是尸库最外围的区域。

"比想象中要稍微简单一点。"不知是不是许音的原因，这一路很顺利，陈歌只是发现了一些蛛丝马迹，并没有遇到什么实质性的危险。运尸通道尽头又分出了两条路，一条没有刷漆，不过看起来阴森恐怖，非常安静。还有一条仍旧刷着白漆，平整的地面上能看到小车推过、滚轮留下的痕迹。"这应该是工作人员平时运送尸体时留下的。"

尸库里有专门运送尸体的小车，看起来很轻便，这让陈歌略有些心动。徐叔做的那辆车子有些笨重，等地下尸库场景解锁以后，可以用这里面的车子来运送晕厥的游客。被怨念推着尸库的车子送出恐怖场景，这本身就是一种特殊体验。陈歌拿出手机看了一眼，地图显示，他现在已经在地下尸库边缘，那条刷着白漆的通道就是进入尸库外围区域的。从这条路进去，七八米远的地方有三个小型尸库，往前是一个中型尸库，更远的地方出现了一段未知区域。陈歌看了所有的地图，都没有找到关于那段通道的记录。

陈歌取出碎颅锤，走到第一间小型尸库外面，铁门没有上锁，门上也没有灰尘，这间小型尸库似乎最近还被人使用过。"要不要打开看看？"

陈歌来之前已经计划好了，他准备一路清扫过去，不放过任何一个角落，这样自己回来的时候就能安全许多。在地下这种密闭的环境当中，他最担心在逃跑时，被前后夹击。拉开铁门，门轴发出难听的声响，黑漆漆的屋子里是四台藏尸柜。冰柜还在正常运作，柜门上写着请勿随便触碰的字样。屋子不大，陈歌带着白猫在屋内走了一圈，白猫也没有什么异常反应。从这个库房里出来，陈歌又查看了另外两个小型尸库，都没有问题。

"地上车轮的痕迹到中型库房门口就没有了，看来学校里那些来取尸体的人，平时不会往尸库深处走。"陈歌停在中型尸库门口，试着拉了一下门，房门并没有上锁。"门上挂着醒目的禁止入内的牌子，但是房门却能随意打开，这到底是管理员疏忽了，还是有人在管理员离开后，又把房门给打开了？"陈歌将门拉开一条缝隙，朝里面看去，除了冰柜之外，中型库房角落还摆着几张铁桌。目光扫到那桌子时，陈歌的眼神一凝。几张桌子拼合在一起，上面躺着一个类似人形的东西。之所以说它类似人形，是因为那东西只有一个人的轮廓，但是四肢、身体却是完全扭曲的。

白猫轻轻叫了一声，陈歌小心翼翼地经过墙边的一排冰柜，冰柜门好像没有关严，温度越来越低，都能感受到丝丝凉意。"这些冰柜里会不会全都塞满了尸体？"陈歌下意识地远离冰柜，来到墙角才看清铁桌上摆着一具被拆开的人体模型。可能是医学生上课要用到的东西，被人扔到了这里。模型肚子中的各种器官被整整齐齐地摆在一边，如果只是这样倒还没什么，但这个模型的眼睛是睁开的，眼珠栩栩如生，就像是真人的眼珠子被镶嵌进了模型中一样。那漂亮的眸子中蕴含着一丝渴望，陈歌顺着它的视线看去，在模型的脑袋旁边，摆着一个散发着淡淡臭味的腐烂苹果。长着霉斑的苹果和模型光洁的身体形成了一种反差，布置这一切的人似乎是想刻意营造出一种氛围。

陈歌站在模型旁边正准备仔细看看，外面的通道上突然传来一阵奇怪的声音，就像是一摊烂泥从高处掉落。

"有东西过来了？"陈歌顾不上继续查看，取出碎颅锤，躲在库房门口，他关掉了手机上的手电筒，凭借阴瞳注视着刷着白漆的走廊。

烂泥掉落的声音慢慢逼近，陈歌侧身靠在房门旁边，举起了手中的碎颅锤。黑暗的通道中慢慢有了亮光，紧接着一道白色的身影从没有刷白漆的那条通道走出。那人穿着白大褂，戴着厚厚的口罩，腋下夹着一个手电筒，双手提着两个红色大桶。他移动得很快，不断有黏稠的东西从桶中洒出。随着他慢慢靠近，一股刺鼻的气味扑面而来。不只是单纯的福尔马林，其中还混杂着一股更加恶心的气味。

"这……好像是个活人。"陈歌并没有放下碎颅锤，他双眼紧盯着对方。"学校的工作人员吗？可他为什么晚上十点跑到地下尸体库？"来人穿着不合身的白大褂，身体健硕，戴着塑胶手套，看起来力气很大，提着两个大桶依旧走得飞快。

"这家伙想要干什么？他为什么往尸库深处走？"眼前的男人非常可疑，看打扮像是学校的工作人员，但是他出现的时间和正在做的事却让陈歌有点想不明白。片刻之后，陈歌放弃了思考，他手里线索太少，决定用更直接的方法解决这件事。

"如果他进入这屋子，那我就跟他好好谈谈，要是他没有进来，那我就跟在他后面，暂不打草惊蛇。"可能是性格原因，陈歌很少去强迫别人，他给了那人一个选择的机会，这样就算误伤的话，陈歌心里也多少会好受一点。他握紧锤柄，屏住了呼吸。

那人的脚步声越来越近，水桶里的东西又洒出不少。他皱着眉头，心情似乎很不好，闷着头一直往前走，在经过陈歌所在的中型尸库时，他朝尸库的门看了一眼，发现门被人推开了。

"这门我出来的时候不是关好了吗？谁打开的？李旭那小子也进来了？"口罩下传出一个男人的声音，男人停在原地朝四周看了看，低声骂了一句。他将水桶放下，戴着塑胶手套的手伸向尸库房门。在手指刚碰到门把手的时候，岔路口的那条人行道里传出了另一个男人的声音。

"威哥！好了没？今天怎么耽误这么长时间？"一个又矮又瘦、皮肤很黑的男人，拿着手电筒跑了进来。

"今天要处理的东西有点多。"被叫作威哥的男人没来得及打开门就收回了手，疑惑地看了眼黑瘦男，"你进来干什么？我不是让你去稳住保安吗？等会儿他们要是过来，咱们这边可就不好交代了。"

"放心吧，那几个保安胆子小得跟老鼠一样，他们是绝对不会过来的。"李旭朝中型尸库里看了看，没有发现异常后收回了目光，他压低声音，凑到威哥旁边。"不过话说回来，咱们最好也不要在这里停留太久。今天那几个保安聊天的时候，我偷听到了一些事儿。"

"他们说了什么？"

"这地下尸库闹鬼。"李旭神秘兮兮地对威哥说道。

"闹鬼？你还信这个？"威哥提起红色水桶放在李旭面前。"别废话了，既然进来，就帮我一起把这些东西处理掉，看着真恶心。"

李旭一看威哥不相信，加快了语速，"不只保安，还有高年级的那些学生，他们都知道地下尸库闹鬼。威哥，你仔细想想，咱们去其他医学院帮忙处理尸体，都是他们提前准备好，我们趁着夜色直接搬到车上就行了。但他们这学校，宁愿付给我们高价，也不愿意自己进去处理，这里面肯定有问题啊！"

"有钱赚就行了，还有什么东西比穷更可怕？"威哥提着红色水桶朝着走廊深处走去，水桶因为装得太满，一旦动作幅度过大，里面那些黏稠的物体就会洒落出来。

"我没戴手套啊！"李旭喊了一声，见威哥没有理他，无奈之下只好双手提起自己面前的水桶，追了过去。

等到两人走远，陈歌才从门后走出，他看了一眼地上的黏稠液体，也认不出来那是什么东西。"正好让他们在前面探路吧，要是遇到了危险，我还可以照顾一下他们。"陈歌刚迈出中型尸库的门，趴在背包上的白猫忽然叫了一声，陈歌回头看去，发现躺在铁桌上的人体模型脑袋转到了门口，原本一直盯着腐烂苹果的眼睛，现在直勾勾地盯着自己。

"苹果应该预示着生命，模型看向苹果代表着它渴望生命，现在这家伙盯上了我，它是准备夺取我的身体吗？"如果不是白猫提醒，陈歌肯定发现不了。

"被一个模型盯着后背，想想还真有点可怕。"陈歌根本没有犹豫，直接走到人偶模型旁边，和它对视了一会儿，然后双手抱住模型的脑袋，将它的头扭了下来。

"你想看，那我就让你看个够。"陈歌把模型的头放进背包，和漫画册、复读机扔在了一起。通道里的脚步声已经远去，陈歌担心跟丢那两个人，没有在中型库房停留，赶紧追了过去。

陈歌又经过了几个库房，刷着白漆的通道看着有些瘆人，越走他心里就越感到奇怪。"张力说地下尸库外围一共只有七个库房，再往前走就要进入地下尸库中层区域了，那里可是校方严令工作人员进入的封禁地区。"

温度已经低到了一种不正常的程度，仿佛所有库房里的冰柜全被打开了一样，墙壁、地砖缝隙中也都在往外渗出寒意。前面的那两个人也意识到情况不太对劲，他们放缓脚步，陈歌则趁此机会和他们拉近了距离。双方相距只有大概几米，陈歌躲在拐角处，借助阴瞳，注视着那两个人。

"威哥，还是你来提吧，刚才桶里的东西溅到我手上了。"李旭放下水桶，用手电照向自己的手，他的掌心浮现出浅浅的红斑，如同被虫子咬了一样。"也没什么感觉，不过看着挺吓人的。"

"你事儿真多，那都是化学药剂，回去拿水一冲就没事了。"威哥把自己的手电筒给李旭，让他帮忙照路，自己提起了两个大水桶。

"怪我？要不是你非让我提，我的手也不会出事。"李旭埋怨了威哥一句，把手用力往衣服上蹭了蹭，可是并没有什么用，红斑不仅没有消退，还变得更加严重了。

"废什么话？快点儿过来，弄完了走人，这鬼地方怎么这么冷？"威哥走在前面，提着水桶按照记忆中的路线，沿着通道不断往里走去。刷着白漆的通道里每隔几米远就能看到一扇停尸库的门，门上标着尸库的编号。两人从六号尸库门口经过，走到了七号尸库旁边，在威哥准备继续往里面走时，李旭突然拽了威哥一下。

"你又怎么了？"威哥不耐烦地瞪了李旭一眼。

李旭杵在原地，拿着手电照向七号库房旁边，神色古怪。"之前咱们进来的时候，七号库房旁边好像是一面墙壁吧？"

"没什么印象，怎么了？"威哥的声音从口罩后面传出，闷闷的。

"你自己看啊，这七号库房旁边怎么又多出来了一个库房？是最近新修建的？"李旭不敢往前走了，"门上落了那么厚的灰，肯定是以前修建好的，可我怎么一点印象都没有？"

"一惊一乍，我当多大的事。"威哥从七号库房门前走过，停在了那个多出来的库房旁边。

这个库房的门和前几个库房一模一样，但门上的编号很不清楚，模模糊糊的，好像被人用指甲一点点挖掉了。

"我们要不要进去看看？"威哥仔细想了想，之前来的时候七号库房旁边好像确实没有库房。

"要进你进，我可不敢。"李旭摇着头，握着手电筒躲在后面照明。

"瞅你那点儿出息，咱们在火葬场天天面对的尸体不比这些学生多？看把你吓成什么样了？"威哥嘴上这么说，心里也有一点害怕，他直接跳过了这个话题，加快脚步，打算飞速走过那个仓库门口，此时威哥和李旭之间拉开了距离。

"你等等我！"李旭拿着手电筒往前跑，结果此时谁都没想到的事情发生了。在李旭快要从那个仓库门口过去时，仓库外面的铁门竟然自己打开了。十分突然，就像是有人在里面用力推了一下。

"啊！"李旭本来胆子就不大，突然打开的铁门吓了他一跳，直接喊了出来。听到李旭的叫声，威哥回头看了一眼，当发现铁门打开了，脸色马上变得苍白。"你没事开什么门！有好奇的时间，还不如赶紧来帮忙！"

李旭被威哥训也是委屈："这门是自己开的，我碰都没碰。"他朝屋内看了一眼，只是一眼，他的身体就仿佛冻住了一样，连视线都凝固在了某个方向。

"你咋了？"威哥毕竟和李旭搭档了很多年，也清楚自己这位工友的性格，不是那种喜欢搞恶作剧的人。威哥放下水桶，走到李旭身边，看向尸库里面。在距离房门不远的玻璃容器里浸泡着一具尸体，这具尸体的眼睛是睁开的。

"威哥，我怎么感觉它好像是在看我们？"李旭声音很小，他现在一开口就感觉凉气飕飕地往嘴里钻。

"过去看看。"威哥抓着李旭的胳膊，两人一起进入这间仓库当中。

这间尸库好像是陈列室，墙壁上贴着一个牌子，上面写着每一个遗体捐赠者都是值得尊敬的，无论在什么时候都应该对他们保持尊重。牌子就贴在墙面上，但是威哥和李旭全部注意力都被那具睁眼的尸体吸引，并没有看到牌子上的字。

两人在屋内挪动，挪到了那具睁眼的尸体旁边。

"刘正义？"玻璃容器上有一段介绍，这具睁眼尸体叫刘正义，他是在江州市法医学院毕业的，毕业后留校做了老师。这人正义感很强，生平事迹上写着，他在成为老师的第一天，就做了决定，自己死后，遗体要捐赠给学校。曾经有学生在他的课堂上，评论大体老师的长相，对大体老师开玩笑，当时他严厉训斥了那几个学生。玻璃容器里的他依旧很年轻，至于他的死亡原因，介绍中没有提及。

"保存得倒是挺完好，跟真人一样。"威哥伸手敲了敲玻璃容器，里面的尸体没有任何反应。

"你干什么？真把它吵醒了怎么办？"李旭手掌上的红斑已经蔓延，但他自己还没有意识到，用力把威哥拉到一边。"那些保安说地下尸库闹鬼，他们学校自己的人都不愿意进来，我们也赶紧出去吧，以后这破学校的活儿再也不接了。"

"先做完这一单再说。"威哥甩开李旭的手又朝旁边看去，刘正义的左右还摆着其他几个玻璃容器，每个里面都有一具大体老师。其中有慈眉善目的老人，看着非常安详，好像是法医学院的一位教授。还有一个十几岁的壮小伙，闭着眼睛，脸上带着阳光的笑容，好像正在做美梦一样。威哥的目光扫过所有玻璃容器，当他看到门后的那个玻璃容器时，停住了。那容器是空的，容器顶部的盖子被打开了，就好像刚刚有人爬了出去。

两人凑到那玻璃容器旁边，用手电筒一照，发现了更吓人的东西。玻璃容器顶部散发出浓烈的福尔马林的气味，旁边还有两个湿漉漉的掌印。威哥和李旭对视一眼，面色有些慌张。"罐子里的东西跑出来了？"

"先稳住。"威哥粗中有细，他看了看玻璃容器四周。"如果容器里的尸体跑了出来，不可能只留下两个手印，而且这附近并没有类似的手印或者脚印。"

李旭拿着手电扫了一圈，发现确实跟威哥说的一样。"那这上面怎么会有两个手印？"

"不清楚，咱们先出去吧。"这里是地下二层，周围黑漆漆一片，那种阴森的感觉是手电筒的亮光驱散不了的。威哥也打起了退堂鼓，他转身和李旭走了出来。"我去把桶里东西倒了，你先在这儿等着。"

"好，你快去快回。"

威哥和李旭走到了门外,两人都没有发现,玻璃容器后面摆着一个柜子,此时正不断有福尔马林顺着柜子底部的缝隙渗出。威哥提起地上的两个大水桶,迈步朝通道深处走去。李旭一个人留在原地,他拿着手电,控制不住地想要往尸库里照,他心里清楚,黑暗中正有一具尸体在睁眼看着他。

"还是关上门好了,眼不见,心不烦。"李旭将库房门关上,他朝四周看了看,威哥已经走远,他一个人待在长廊里有点心慌。回头看去,在灯光照射不到的地方似乎隐藏着什么怪物,他总感觉有人躲在通道拐角那里。他想要去看,但是又不敢。纠结了很久,他觉得还是和威哥在一起比较有安全感。"这地方太邪乎,两个人在一起好歹也能有个照应。"

李旭拿着手电,一步三回头,生怕身后突然钻出来什么东西。"但愿是我太敏感了吧。"

等到李旭走远,一柄开着血槽的狰狞巨锤从拐角处露出,陈歌歪头盯着通道深处的两人,双瞳之中透着一丝疑惑。"那家伙刚才发现我了?"他从拐角走出,停在仓库门口。"张力给我的所有照片中都没有关于这个尸库的介绍,难道这间库房就是传说当中并不存在的八号仓库?"

陈歌推开铁门朝里面看了看,除了那几个浸泡着大体老师的玻璃容器外,并没有什么奇怪的地方。"死者很安详,应该是自愿捐赠遗体的,这屋子里也感觉不到丝毫怨气,怎么看都跟传闻当中的八号尸库不太一样。"陈歌和鬼屋打交道的经验极为丰富,他看了一眼,心中更加疑惑,这个地下尸库的情况可能比他想象的还要复杂。

"刚才我好像听那两个人说什么手印,有东西跑出来了……"陈歌刚要进屋,趴在他背包上的白猫突然跳到地上,朝着通道深处跑去。通道里还有其他人在,陈歌不想暴露自己,没有说话,暂时撤离八号尸库,紧紧跟在白猫身后。白猫吃了怪谈协会的血丝之后,身体好像变大了一点,动作也更加灵敏,它的速度很快,眨眼间已经蹿出去了几米远。

"是什么东西吸引了它?"陈歌对白猫十分了解,每次外出一起去做试练任务,白猫都会死死趴在自己身边。这只猫曾经胆子很大,但是安逸的生活让它丧失了野性,大多时候都表现得非常尿,不到万不得已的时候,是不会主动离开陈歌的。

陈歌怕白猫跑丢，也加快了速度，一人一猫来到通道尽头。这里似乎曾经被人用砖块封死了，但后来不知道又发生了什么事情，砖墙又被推倒。路中央堆着各种各样的杂物，最前面横着一块路牌，上面写着一句话——年久失修，有塌方危险，严禁入内！牌子旁边的石砖上依稀能看到那种黏稠的液体，李旭和威哥就是跑进了这里面。

外围区域是最新扩建的，拥有七个库房，再往里走，那就是中层区域了。江州市医科大学修建于几十年前，是江州市最早的医学院，地下尸库中层区域完整保留了当时的设施。那个时候保存尸体用的都是停尸池，大水池里灌满福尔马林，池子里满是院方通过各种渠道收购来的尸体。学生需要做试验时，就由老师带领进入地下尸库，从池子中捞取尸体。

"通往核心区域的路应该就隐藏在中层区域里。"陈歌收起手机，张力提供的地图大多都是外围区域的，关于中层区域的很少，至于核心区域，那里在地图上根本没有显示。

迈过木牌，陈歌借助阴瞳，扶着墙壁进入了中层区域。

通道中的空气变得浑浊了，飘散着一股浓浓的怪味，陈歌抽动鼻翼，他也分辨不出来这气味究竟是从什么地方散发出来的，感觉四面八方都是那股味，墙壁、地砖、天花板，那股气味已经渗透进整栋建筑当中。

"中层区域是学校里的禁区，连保安和学校的工作人员都不敢进去，这两个外来者跑进来干什么？"陈歌是真的有点想不明白，对方似乎比他还热衷"冒险"。

陈歌捂住口鼻，放慢了速度，他盯着前面的白猫，保证它一直在自己的视线当中。白猫跑出几米，趴下身体，好像见了老鼠一样，进入狩猎状态。陈歌是第一次见到白猫这么认真的样子，他悄悄靠近，蹲下身体。没过一会儿，空气中的臭味更浓了，白猫继续往前爬。通道越来越破旧，白漆大块大块脱落，露出后面灰褐色的墙壁。走了几米，陈歌听见李旭和威哥的声音从前面某个房间中传出，吸引白猫的东西似乎也藏在那个房间。陈歌一把将白猫抱起扔在背包上，自己走到房间门口，朝里面探出头。房间要比陈歌设想的大很多，里面有一个长方形的池子，威哥站在池内，李旭则站在水池边。

"每次都攒下一大堆，就等着我们来处理，真当我们不是人吗？"李旭干呕了两声,他见过很多尸体,但是每次看到这些东西的时候,还是控制不住情绪。刺鼻的气味从水池里涌出,熏得李旭直流眼泪。

"我让你在外面等着你不听,自己跑进来怪谁?"威哥戴着口罩,将水桶里的东西倾倒入水池当中。"知足吧,按照我们和校方签订的协议,这些东西本应该拉回咱们火葬场进行焚化的,现在有地方能提前处理掉,已经省了咱们很多事了。"

"说得也对。"李旭脸色苍白,他看着那些被倾倒在水池里的东西,觉得直犯恶心。"你说那些学医的是怎么忍下来的,这可都是从人身上摘下来的,想想我都浑身打战。"两人又聊了一会儿,陈歌在门口听得一清二楚,他总算弄明白了这两人的身份和进来的目的。

李旭和威哥都是某火化场的工人,医学生解剖课上使用完的尸体会交给他们来进行火化处理。正常来说每具尸体上都留有标签,火化后,骨灰会返还家属或者直接葬在公墓当中。这一点他们也不敢胡来,但是解剖室当中不仅有解剖过的尸体,还有很多解剖残留的东西。那些东西极难处理,需要耗费整晚的时间,停尸池中间有一个比常人肩膀稍宽一点的洞,也不知道是干什么用的,李旭和威哥这两人嫌麻烦,所以把那些东西偷偷倒进封禁的地下尸库停尸池的洞里。这事他们之前就干过,一直没有被人发现。

"威哥,这个洞是不是快填满了?我怎么觉得今天往下渗的速度有点慢啊。"李旭强忍着不适朝停尸池里看了一眼。

"估计是下面堵住了吧。"威哥提着水桶,他眉头紧皱,有点烦躁,越是害怕,越是遇到怪事。"你去外面找找,看有没有扫把、木棍之类的东西。"

"哥,这可是尸库,你让我去哪儿给你找扫把?"

"这东西倒一半下不去,万一被人看见了怎么交差?校方追责,罚钱都是次要的,他们这种医学院对解剖用的尸体都很重视,咱们的工作肯定保不住。"威哥心情很差,他甩了甩手,将塑胶手套上沾着的那些残渣弄掉。"别傻站着了,赶紧去!"威哥穿着白大褂,戴着口罩和塑胶手套作为防护,但是鞋子只是普通的运动鞋,他低头看了看,总觉得鞋子好像被什么东西弄湿了,穿着很不舒服。

李旭无奈地去寻找工具,他拿着手电在屋子里转了一圈,走到角落,一个存放工具的木柜旁。打开柜门,里面是几个锈迹斑斑、带着长长锁链的大铁钩。

"这是干什么用的？"李旭不想一个人出去，他将那铁钩拖出来，"威哥，要不就用这个试试吧？"

威哥也不想耽误时间，他看了一眼，从李旭手中接过铁钩。钩子很大，尖端也不是很锋利，就是比较重，要是抛到水池里估计会立刻沉下去。

"凑合着用吧。"威哥将铁钩放入洞中，看着铁钩慢慢下沉，很快铁钩被洞内的那些残渣淹没。他站在一边，抓着铁链一点点往下放。

"怎么还没到头？"这个停尸池的洞比他想象的要深很多，"谁会在停尸池挖这么深一个洞，难道是尸体吗？"要是在外面，威哥估计会被自己这个想法逗笑，可现在他站在停尸池当中。

"这洞到底有多深？"前几次来的时候只图着省事，他还真没想过这个问题。威哥为了让锁链尽可能地往下伸长，蹲了下来。在那条锁链还剩四分之一的时候，铁钩终于碰到了东西。威哥双手抓着锁链往上提了一下，惊讶地发现，锁链竟然被卡住了，拉不上来。"下沉的时候可是一点阻碍都没有，难道是钩住了什么东西？是那东西堵住了这个洞吗？"

威哥别的不敢说，论力气他在整个火化场都是数一数二的，他使劲往上拉，锁链缓缓向上，感觉铁钩末端好像钩住了什么东西，特别沉。眼前的场景有点类似钓鱼，只不过在停尸池里能钓出什么，威哥来之前还真没想过这个问题。他的大半张脸憋得通红，隔着厚厚的口罩，都能听见他的喘息声。锁链被一点点拉出，铁链上还有各种残渣，看着令人头皮发麻。

"过来帮忙！"威哥拉到一半，忽然感觉不对。之前锁链末端钩住的东西虽然很沉，但好歹是在缓缓向上，但是拉着拉着他发现锁链那边传来另外一股拉力，就好像有东西躲在灌满解剖残留物和福尔马林的地洞里，想要把他也拖进去！

"哥，我没手套啊！"李旭看着那条从残留液中拉出来的锁链，腿都是软的。

威哥咬紧牙关，身体向后倾倒，借助身体的重量阻止锁链往下。他用尽全力，根本来不及思考更多了。

"我还就不信了。"威哥双腿蹬地，慢慢向后使劲，将那条锁链一点点拖出。地洞里漂浮着各种杂质的水面上开始出现气泡，眼看铁索快要被拖出来，地洞里的那股力量又变大了，好像这时候对方才开始认真起来。锁链绷得笔直，过了一两秒钟，地洞里力量猛增，猝不及防，威哥的身体直接被带到了地洞那边。他脚下打滑，摔倒在地，朝着地洞所在的方向栽去！

"马威！"李旭一下跳进水池，在最后关头抓住了威哥的外衣。马威的脸几乎要贴到那些悬浮物上，刺鼻的气味让他有点睁不开眼，锁链在他旁边飞速滑过，被那股力量直接拖入了地洞当中。福尔马林的水面呈现黄褐色，非常浑浊，马威隐约看到地洞里有一团深色阴影沉了下去。

"那是什么？"额头的冷汗顺着脸颊滑落，滴入地洞当中，马威简直无法想象自己一头栽进这些解剖残渣中会怎样。他双手撑着地洞边缘，脸色苍白，瘫坐在地。

"你没碰到那些东西吧？"李旭有点不确定，他光看着那地洞都受不了，更别说用脸近距离接触了。

"没有。"马威好一会儿才缓过劲儿，他盯着地洞，越看越觉得瘆人。"李旭，你有没有听说什么鱼能在化学药剂里生活？"

"我知道鲇鱼能在下水道里活很久，生命力很顽强，但这些化学药剂可都是用来泡尸体的，那是给死人用的，生命力再顽强也没用啊！"李旭刚才也被吓得不轻，马威如果真的一头栽进去，那他以后估计要换个搭档了。

"不是鱼，那会是什么？"马威看着还在冒泡的地洞，声音轻轻颤抖。"我刚才往上拉铁链的时候，明显感觉到下面钩住了一个东西，只不过一开始的时候那东西好像在沉睡，后来才被我弄醒。"马威心有余悸，他看着自己的双手，"那东西力气很大，我刚才被对方轻易拽走了。"

"活在满是解剖残渣和福尔马林的地洞深处，力气比常人大很多……"李旭不敢再继续想下去了，"威哥，咱们还是赶紧走吧！工作没了就没了，小命重要啊！"

马威点了点头，他也不愿意继续在这里待了。"拉我一把。"他抓着李旭的手，想要站起来，可是试了一下却发现自己的双腿完全使不上力。低头看去，马威这才发现自己的鞋子不知什么时候已经湿透了，好像是水桶里的那些东西溅到上面。

"能站起来吗？"李旭费了好大劲才把马威给扶了起来。马威用力跺了跺脚，情况并没有好转，他感觉自己小腿往下正在慢慢失去知觉。

"那水桶里的东西有毒，估计是各种化学药剂混合在一起产生了什么反应。"

马威高中上完就没有再继续读书,也不是太懂那些东西,只知道自己现在最应该去的地方是医院。"李旭,你的手不是也蹭到那种东西了吗?现在好点了没?"

李旭扬起自己的手掌,掌心那一大片红斑已经蔓延开,看着有点吓人。"我就蹭到了一点,现在已经变成这样了。你整个鞋子都被浸湿了,情况肯定比我要严重得多,咱们还是赶紧离开吧。"

两人水桶也不要了,李旭扶着马威往停尸池外面走,他们还没从池子里出来,身后的地洞里忽然传出哗啦哗啦的声音,就好像有东西正在往上爬。同一时间,房间角落摆放着各种工具的柜子轻轻震颤起来,似乎柜子后面躲着一个人,想要把柜子挪开。

"怎么回事?"李旭神色慌张,他翻出停尸池,抓住马威的胳膊,"快!那些怪物要过来了!"他双手拽着马威,将他从停尸池中拖出来。

屋内的异响声越来越大,角落里柜子的柜门被震开,里面生锈的铁索全部掉了出来。李旭把马威拖出停尸池,两人什么都顾不上的,跟跟跄跄地朝房门口跑去。他们手电筒的灯光四处摇晃,地下尸库里变得更加恐怖了,两人一心逃命,刚冲到房门口的时候,一张男人的脸突然伸了出来!

"啊啊我操!"

那张脸出现得毫无征兆,没有任何心理准备的李旭被吓得差点儿蹦起来,他一连往后退了三四步,直接撞到了后面的马威身上。马威双腿逐渐失去知觉,自己走路都困难,又被李旭突然撞到,他顿时失去了重心。两人滚作一团,地下尸库里回响着他们的喊声。

"我看到了!"

"门口有张脸!"

"那东西就在外面!"

在手电筒灯光映照下,那张男人的脸显得格外苍白,双瞳散发着阴寒,李旭和马威在他的注视下感觉身体都快要冻僵了。他们刚才全部的注意力都放在了停尸池中央的地洞和角落的柜子上,根本没想到真正的危机来自房门口。唯一的出路被堵住,李旭大喊大叫,双腿拼命蹬着地面,手脚并用往房间深处爬去。马威还没明白到底发生了什么,就被李旭给吓住了,头也不敢抬,跟在李旭后面,疯狂地朝房间里面爬。

屋子就那么大，连个藏人的地方都没有，两人靠在房间最里面的墙壁上，都从对方眼中看到了一丝绝望。

"我没有听见脚步声，一张脸，就在门口，突然出现的！"李旭挥动着手，他都不知道该怎么去形容了。马威跟在李旭后面，没有看到李旭说的那张脸，但是光听李旭的描述，他就有点犯怵。他的双腿正在慢慢失去知觉，这时候要是遇到了意外情况，跑都跑不了。不过相比李旭，马威还是更冷静一点，他拿起手电筒，慢慢抬手，照向房门口。

一个背着包的男人站在走廊上，他身材匀称，穿着普通，脸上还挂着一丝笑容，看起来很和善，可是当马威把视线移到那人右手上时，心咯噔跳了一下。

那人手中拿着一柄半米长的巨锤，锤头开有血槽，沾着清洗不掉的血渍，锤柄好像是用活人的脊椎制作的，看起来狰狞恐怖到了极点！微笑的脸，狰狞的凶器，马威脑海里第一时间浮现出很多关于变态杀人狂的电影。那些人在行凶的时候，都会露出这样的表情，他们甚至把折磨当成了一种乐趣，一种享受。马威身体往后缩了缩，和李旭挤在一起，两个火化场工人开始止不住地打战。

"被发现了。"陈歌也没想到这两个人会突然往外跑，他想要躲起来，可是距离他最近的一个拐角在六米外。陈歌提着碎颅锤走进屋内，也不觉得被这两人发现是什么大事，从他们见到自己的反应就能看出，这两个家伙胆子并不大。锤头拖在地面上，白猫跟在身后，说来也奇怪，陈歌进来的时候，地洞和柜子后面的声音全都消失了。

李旭和马威看着陈歌靠近，一起额头冷汗直流，最后还是马威鼓起勇气，用颤巍巍的语调问了陈歌一句："你是什么人？大晚上跑到地卜尸库里干什么？"

"我是什么人？"陈歌晃动着手中的碎颅锤，停在李旭和马威身前，他咧了咧嘴，"我还没想好，要不你们帮我编一个身份吧？"

"编？"马威一下愣住了，对方这也太直白了吧。他看着近在咫尺的陈歌，还有那散发着血腥味的巨锤，脸上挤出一个难看的笑容。"你应该是学校里的保安。"

"江州市法医学院的保安都穿有制服，很明显，我不是。"

马威真不知道该说什么好，他总觉得眼前这人是打定主意要杀人灭口了。马威胁胳膊被按着，旁边的李旭开口说："我猜你是学校的工作人员，你进来一定有自己的事情要做，我俩都没看见你的长相，就不打扰你继续工作了。"李旭靠着墙壁慢慢站了起来，拽着马威的胳膊，想要远离陈歌。

"猜得不错。"陈歌默默注视着眼前两人。"那你俩又是进来干什么的？不要隐瞒，把你们在这里遇到过的所有事情都给我说一遍。"

"我们是江州市松林火化场的职工，进来帮助学校处理尸体的……"李旭跟陈歌自我介绍了一遍，他最后提到的柜子在震颤和地洞里有怪物这两件事引起了陈歌的重视。

陈歌先到角落的柜子那里，打开柜门敲了敲柜子后壁，"柜子后面是空的，这后面是一条被挡住的通道。"

黑色手机的任务要求是在午夜之前进入地下尸库的核心区域，他手中没有地图，根本不知道通往尸库核心区域的通道在什么地方，所以对地下尸库的密道表现出浓厚的兴趣。他扭头扫了李旭和马威一眼，低声说道："别傻站着，过来帮忙。"

三人合力推开柜子，柜子后面是一条仅能容纳一人通过的密道。呼呼的风声从密道另一边传来，空气中混杂着一股腐臭味。陈歌伸手摸了摸隧道边缘，湿滑黏稠，密道边缘好像生长着苔藓，只不过那些"苔藓"不是绿色的，而是深褐色的，用手机一照，还泛着红光。

"手电给我。"陈歌从李旭手里接过手电筒朝里面照了一下，隧道很窄，转角很多，也不知道是通往什么地方。"医学院存放尸体的库房里为什么会有一条密道？像是很多年前就挖好的，这条密道有什么用？"陈歌回头看了看李旭和马威，两人连连摇头。

"要不要进去看看？"陈歌在自言自语，但是旁边那两人在听到他的话后，脸色变得很差。

可能是担心自己被陈歌逼着探路，出于自保，李旭小声提醒道："我们还是不要乱跑了，学校保安都说这地下尸库闹鬼，刚才我和威哥两人也亲身体验了，这地方确实很不安全，可能真有传说的那些脏东西。"

陈歌也不想钻进这种狭窄的通道里，空间太小，不利于他发挥自身实力。再说万一被怪物前后夹击，那到时候可就危险了。在他犹豫的时候，旁边的白猫叫了一声,趴在地上,慢慢摸进了密道当中。

听见猫叫,李旭和马威这才发现,眼前这个凶神恶煞的家伙竟然还随身带着一只猫,他俩的目光在白猫和陈歌之间徘徊,对陈歌的印象出现微妙的变化。

"吸引白猫的东西在这条通道里?"陈歌拿着碎颅锤,将上半身探入密道当中。"有风,不会出现窒息的情况。"

"你俩在这不要乱动,我进去看看就出来。"陈歌自己进入密道里担心后路被堵,所以让两个火化场的工人帮他看守。陈歌又指了指李旭说:"那个谁,你把手机给我,出了意外,方便联系。"

这哥们儿心里有苦说不出,正常人为了方便联系不都是要手机号吗?为什么这个人直接要手机?人在屋檐下不得不低头,李旭把自己手机递给陈歌。

"放心,如果咱们能活着出去,我肯定会把手机还给你的。"听到陈歌的安慰,李旭反而更心慌了。简短地交流了两句,陈歌打算万一出了事,他就用李旭的手机拨打马威的手机,通知那两人。"你们要是遇到危险也可以朝我求救,实在是无法抵抗,那你们通知我后,就自己先逃走吧,不用管我。"

陈歌将李旭的手机装进外套口袋,随后跟着白猫进入密道当中。刚进去的时候还没有什么感觉,等走过第一个拐角,陈歌发现空气混浊了许多,那些长在墙壁上的褐色苔藓也变多了。

"白猫吞了怪谈协会在门后找到的血丝,它现在急着往里跑,吸引它的东西很可能也和怪谈协会有关。"密道越走越窄,最里面的那一片区域几乎被那种类似于苔藓的植物覆盖。陈歌用碎颅锤刷蹭掉了一点"苔藓",发现这东西跟人的皮肤一样,表皮蹭掉后,下面会渗出血红色的液体来。陈歌靠近闻了闻,发现那液体透着一股清香,并没有血液的腥臭味。

"地下尸库里还能长出这东西?"那些液体流出后不久,被碎颅锤刷蹭掉的一小块"苔藓"开始以肉眼可见的速度生长,似乎从"苔藓"下面渗出的液体有刺激生长的功能。陈歌继续往前走,密道变得更加低矮,他需要侧身弯腰才能继续向前。慢慢地,墙壁、地面、头顶全都被那种"苔藓"覆盖,踩在上面使不上力,给人的感觉很不舒服。

"这条密道会通到什么地方去呢?"空气愈发浑浊,不过那些"苔藓"的颜色却慢慢变得鲜艳起来,从黄褐色逐渐变成了浅红色。

转过几个拐角,陈歌有些喘不上气,他开始出现缺氧的症状。他轻声呼喊白猫,放慢脚步,又往里走了几米远,此时墙壁上那些"苔藓"已经完全变成了血红色。停下脚步,陈歌看了看四周,心中忽然响起李政和刘娴娴曾说过的话。

地下尸库里的通道有三种,刷着白漆的、没有刷漆的和刷红漆的,其中红色的通道最危险,进入其中要保持绝对安静,否则就会有不祥的事情发生。

"这密道就是他们所说的血红色通道?"越是往深处走,墙壁上"苔藓"的颜色就越鲜艳,密道空间也越狭窄。陈歌几乎是贴着那些"苔藓"往里挪动脚步,他单手拿着碎颅锤,在进入更深处的一个拐角时,锤头部分的尖刺划到了墙壁。一开始陈歌也没有在意,可是"苔藓"被蹭掉后,阴瞳隐约看到"苔藓"后面好像有东西。

陈歌往后退了几步,侧着身慢慢蹲下,他看向那被碎颅锤剐蹭掉的一块缺口时,瞳孔骤然缩在了一起。"苔藓"下面露出了一张人脸,那是一个女人的脸,她的皮肤正在往外渗血,让人有些无法接受的是,从她脸上渗出的血液带着一股淡淡的香味。

"这条通道是用尸体垒出来的?"身体略微有些僵硬,陈歌看着自己四周,在厚厚的"苔藓"下面不知道隐藏着多少张人脸。

"这也太疯狂了。"白猫还在继续往前跑,陈歌看着那张女人的脸,犹豫了一下,没有抛下白猫独自离开,他也跟了进去……

第 9 章 相聚便是缘

密道口，李旭和马威面面相觑。

"咱们就站在这儿等他出来？"李旭把声音压到最低，他生怕自己说的话被密道里的陈歌听见。

"不然呢？我感觉他可能是在故意试探我们？一旦我们逃跑，他就会立刻冲出来干掉咱俩。"马威小心翼翼地回了一句，他俩是真的想不明白，为什么晚上十点多会在地下尸库里遇见一个拿着铁锤的年轻人。

"我觉得咱们还是赶紧走吧，那个人可能就是保安们所说的'鬼'。"李旭越想越害怕，他脸都是白的。"我们最开始遇见他的时候，他身上连个灯都没有。这周围黑咕隆咚的，如果他是人怎么可能看清楚四周的场景？"

马威一想也觉得李旭说得有道理："对啊，他那双眼睛肯定有问题，我每次一跟他对视心里就发慌。"

"正常人谁会大半夜的跑这地方来？我们再不走，等会儿估计就来不及了。"李旭悄悄挪动位置，远离柜子后面的密道。马威拿起手电朝密道里照了一下，确定陈歌没有躲在密道拐角后，也开始往后退。两人很有默契，谁也没有再开口，互相搀扶着离开这个房间。长廊跟进来时相比好像发生了某种变化，他们隐约觉得某些地方和刚才不一样了,但是具体哪里变得不同,两人又说不上来。

李旭拿着手电筒走在前面,马威打开了自己手机上附带的手电跟在后面。"小心点儿,地下尸库里的怪物可能不止一个。"眼前的场景对马威和李旭来说简直是最高难度的逃生游戏,他们要面对死而复生的尸体,随时可能出现的怪物,手持凶器的变态杀人狂,还有各种未知的陷阱。

"李旭,我要不要把手机扔这儿,带着它我总感觉刚才那个人会打电话过来。"马威拿着自己的手机,心里却十分不安,他脑海中不止一次出现陈歌拖着碎颅锤,带着恐怖的笑容,在给他打电话的模样,想一想就觉得瘆人。

"还是留着吧,这是咱们和外界联系唯一的通信工具,不过你记得调成静音,别在关键时刻因为一个电话暴露了咱们的位置。"李旭想得比较多,身处险境,他似乎爆发了连自己都不知道的潜力。马威听后更改了手机设置,两人贴着通道墙壁原路返回。

转过拐角,在经过八号库房的时候,走在前面的李旭顿了一下。"这房间的门是被那个人打开的吗?我们离开的时候不是把门都关好了吗?"铁门把手上残留着黏稠的液体,屋内涌出浓浓的福尔马林的气味,李旭举着手电朝屋内看了一眼,他双眼一下瞪得滚圆。

"怎么了?"马威也发觉不对,凑过去看了一眼。

屋内那些玻璃容器都安稳地待在原地,但是容器里的那些大体老师全都不见了!李旭的腿在打战,他拿着手电筒照向地面,水泥地上能清楚看到几条水渍从房间中延伸而出,进入了他们所在的通道当中。

"那几个'人'跑出来了,它们现在也在这条通道里。"李旭喉结滚动,他缓缓移动手电筒,很担心突然照出什么恐怖的东西。

"我们还要继续往前走吗?"马威有点不确定,他双腿使不上力,根本跑不快,遇到危险只能留在原地等死,这是最让他绝望的事情。李旭也纠结了起来,漆黑的通道里隐藏着从玻璃容器里爬出的尸体,以及各种未知的危险,留在这里的话,又要面对那个危险程度并不比怪物低多少的疯子。

"还是往前走吧,我们跑快点儿,不出意外十几分钟就能离开。"李旭将马威的手机拿了过来,"那个拿着铁锤的人应该没出来,我先报警,再联系一下外面的保安。"

李旭拿出手机拨打电话，报警电话是打通了，对方也接了，但信号被严重干扰，一句话都听不完整。

"不应该啊！这里虽说是在地下，信号不太好，但也不至于连报警电话都打不通啊！"地下尸库当中有什么东西在干扰着通信，李旭无奈之下只好放弃。屋漏偏逢连夜雨，他感觉今天把所有倒霉的事情都遇到了。

"先往外走吧，要是遇到了什么怪物，咱们再退回来。"李旭扶着马威，他挤出一个苦笑。"现在对我们来说，仅有的好消息，是那个拿着铁锤的人和尸库里的怪物好像不是一伙的。"

手电筒的亮光照着前路，两人加快了速度，在他们从八号尸库经过的时候，库房里传出一声轻响。他们现在哪还敢进去查看，低着头就当作什么都没有听见。通道幽长看不见尽头，跑过七号尸库，前面是一个分岔口，在两条通道中间，站立着一道黑色的身影。个子不高，很瘦，手里好像还捧着什么东西。

马威碰了碰李旭的手臂。"要过去吗？"

李旭也拿不定主意，他感觉今天的地下尸库里似乎格外热闹。他缓缓抬手，扬起手电筒，让灯光照在了前面那人身上。

披着白色的宽松外套，黑发垂落，站在分岔路口的是一个小女孩。她低着头，双手捧着一个腐烂发臭的苹果。这诡异的一幕让李旭和马威都不敢轻举妄动，他俩停在原地，感觉寒气一阵阵涌上心头。被光线照射，女孩慢慢抬起了头，她长相甜美可爱，给人的感觉就是一个很安静、很内向的孩子。她有一双浅褐色的眼睛，目光凝固在掌心的苹果上，似乎是想要品尝手中那个腐烂变质的苹果。细腻光滑的皮肤、精致的五官、可爱的容貌，这女孩和那个腐烂的苹果形成鲜明对比，女孩看着苹果，眼神中竟然透着一丝让人难以理解的渴望。手电发出的亮光让女孩轻轻皱眉，她小巧的鼻尖轻轻抽动，如同闻到了什么香味，缓缓抬头。浅褐色的眼睛看向马威和李旭，女孩嘴角上扬，薄薄的嘴唇弯出一个浅浅的弧度。那种笑容很单纯，既感受不到善意，也不包含恶意，就像是孩子找到了一件心仪的玩具。女孩脸上的笑容越来越明显，不过除此之外她再没有表现出其他异常，这孩子似乎是完全按照本能在行事。

"她头发、衣服都是湿的，皮肤颜色也不太正常，你说她会不会是从玻璃容器里爬出来的？"

"咱们刚才进去的时候，那些容器里好像没有女孩。"

"不是有一个容器被打开了吗？我怀疑她就是从那个容器里跑出来的。"

马威和李旭被女孩看得发毛，一想到对方可能是一具尸体，两人更加害怕了，身体不由自主地往后退去。女孩站在原地没动，通道其他方向却传来奇怪的声音，那条刷着白漆的运尸通道里车轮滚动，旁边的七号尸库当中有几个停尸柜发出嘭嘭的声响，就像是关在里面的东西要出来一样。空气中福尔马林的气味变得更加浓重，留给马威和李旭选择的时间不多了。

"往里退是死路一条，往外走还有一线生机！"李旭紧咬着牙，他抓住马威的胳膊。"拼了！咱们一起冲出去！"

"好！"

两人下定决心，好像被逼到绝路的野兽，准备拼死一搏！

李旭看准女孩身边的空隙，拽着马威，双腿肌肉绷紧，如同弹簧一般蹿了出去。

"右边的通道没有刷白漆！"平时都是李旭躲在马威后面，这一次马威腿部受伤，李旭站了出来。他在前面开路，表情因为极度恐惧而显得狰狞，五官变形，他嘴里发出一声嘶吼："快！"

两人拼尽全力冲向那个女孩，此时此刻通道里那车轮声也已经靠近，李旭和马威能做的就是在车轮声靠近之前，进入那条没有刷白漆的通道。女孩看到两人冲来，一动不动保持着笑容，除此之外再无任何多余的表情。

"这是个机会！"李旭扬起手电筒，他在脑中已经计划好了一切，等跑到女孩身边时就从她身侧钻过去。

那个缝隙足够他和马威通过，如果女孩敢阻拦，那他就用手中的手电筒狠狠将其击倒。虽然李旭前二十多年的人生中从未有过这么刺激的一刻，但是他相信自己一定可以做到。

"来吧！"

两人全速奔跑，在车轮声停止的那一瞬间，李旭和马威也冲到了通道拐角！

他俩从女孩身边跑过,那女孩并没有阻拦他们,甚至还保持着原本的姿势,动都没动。出乎意料的顺利,李旭来不及兴奋,他心里清楚现在还不到放松的时候,从女孩身边离开只是第一步,想要逃出地下尸库还有很远的路要走。

"不能大意!"他扭头看向旁边刷着白漆的通道,那里面停着一辆学校工作人员运送尸体的推车,看不到推车的人,但是能看到车子上扔着几具人体模型,还有一具模型的脑袋被人生生拔下!

"幸好没有从这边跑,那些模型一看就有大问题。"李旭很庆幸自己在关键时刻做出了最正确的选择,他收回目光,拿着手电照向旁边那条没有刷漆的通道。

滴答!

黏稠的液体落在脸上,李旭茫然地扬起头,入目的场景令他这辈子都难以忘记。

没有刷漆的通道里爬满了尸体,它们如同提线木偶般朝着走廊这边拥挤而来。数量太多了,那刺鼻的气味让李旭和马威嗅觉短暂失灵,一张张变形的脸占据了全部视野,他俩感觉脑袋嗡嗡作响,思维已经凝固。

"这谁扛得住啊?!"

速度太快,李旭差点儿一头撞进去,关键时刻是马威抓住了他。"往后!撤!"

这两人的组合也颇为梦幻,在生死线上徘徊了好几次,竟然都挺了过来。

出去肯定是不行了,看着满通道的怪物,李旭和马威忽然觉得,还是刚才那个拿着铁锤的男人更加亲切一点。他俩飞速后退,经过女孩身边时,一直站在原地的女孩子,好像上紧了发条的玩偶那样脑袋慢慢转动,脊柱发出脆响,脑袋一点点扭到了后面。女孩的脑袋转了一百八十度,嘴唇泛白,仍旧带着微笑。这个看着最正常的女孩彻底击溃了李旭和马威的心理防线,两人的满腔热血被冻成了冰,一股深深的寒意和无力感涌上心头。这个时候只能逃跑了,在他们心中唯一能救他们的就是刚才的那个男人。

他们头也不回,一口气跑进地下尸库中层区域,进入停尸池所在的房间,反锁上了房门,又把衣柜挪到了门后面。外面的长廊上响起脚步声,安静了几秒之后,停尸池所在房间的门被重重撞了一下。

马威和李旭顶住柜子,勉强支撑,在两人和门外的怪物僵持的时候,停尸池中间的地洞里又出现了气泡炸裂的声音。没过多久,原本渗入地下的各种残留物开始往上翻涌，好像有东西在下面推着它们，要从地洞里爬出来一样。

"不能待在这屋子里了，威哥，咱们也进入密道吧！"李旭的提议非常冒险，毕竟谁也不知道密道另一边是什么。"横竖都是一死，不如再拼一把！刚才那人进去得那么果断，我感觉他应该是知道什么。"

"行！就按你说的办。"马威捡起地上的铁索，将柜子固定在门后，能拖一会儿是一会儿。

两人弄完直接钻进了密道当中，他俩跑得飞快，根本没考虑前面会有什么危险。密道狭窄，两人一前一后，和陈歌之间的距离慢慢缩短。跑出了几米后，他们听见密道外面传来柜子被推倒的声音。两人的心都在颤动，全力往密道深处跑去……

陈歌在密道里走了很久，越往里去，"苔藓"就长得越厚实，他的外衣和身体不可避免地触碰到了那些东西。说也奇怪，当"苔藓"中那散发清香的液体滴落到他皮肤表面的时候，他原本比正常人低很多的体温竟慢慢回升，虽然只有短短一瞬间，不过也让他感受到了一丝久违的暖意。

"这可不是个好现象。"陈歌清楚"苔藓"后面全都是尸体，他虽说一直在寻找能让自己体温回升的东西，但如果和尸体有关的话，那还是再考虑考虑吧。

密道变得更加低矮，通道最深处几乎被"苔藓"完全堵死。白猫可以直接钻过去，陈歌没办法只好伸手将堵路的成片"苔藓"拨开。手指触碰到墙壁，血红色的"苔藓"下面藏着一张张人脸，它们紧闭着双眼，陈歌就在它们面前走过。

"这些尸体应该是被人使用特殊的方法保存下来，看着跟活着时差不多。"陈歌少有地感觉不适，"如果在我经过的时候，它们突然睁眼那乐子可就大了。"

这用尸体垒出的通道里长满了血红色的苔藓，陈歌依稀记得李政说过的话，在血红色的通道里一定要保持安静，不能发出太大的声音。李政没有告诉陈歌具体的原因，只说校方工作人员是这样提醒他的。

"如果声音太大，会将墙壁中的这些尸体吵醒吗？"陈歌的目光从那一张张脸上扫过，动作更加轻柔，每一步都走得很谨慎。有白猫在前面开路，他倒也不是太担心。可没走出几步，陈歌忽然听见身后有声音传来，好像是有人在通道里奔跑。

"那两个火化场的工人很害怕我，不到逼不得已绝对不会进通道来找我，应该是有怪物进来了。"动静闹得很大，陈歌感觉整条通道都在颤抖，随着脚步声慢慢逼近，墙壁上那些"苔藓"开始渗出血红色的液体，头顶、身侧、脚下，不断有"苔藓"大块脱落，一张张人脸浮现出来。它们保存得非常完整，就像是还活着一样。在血红色汁液滑过它们的脸颊时，肌肤重新焕发出生机，它们的睫毛轻轻颤抖，眼皮跳动，似乎下一刻就会睁开双眼。陈歌不敢在密道里多作停留，这里空间狭窄，万一墙壁中的尸体苏醒，他感觉自己会被活埋在里面。

"难道会被尸体活埋，永远地留在这里，然后变成其中之一？"陈歌吸了口凉气，隐约知道这里为什么会有这么多的尸体了。他加快了脚步，紧跟着白猫往前走。

密道很长，周围已经是一片血红，"苔藓"还在脱落，墙壁中堆砌的尸体在轻轻颤抖，交错的尸体听到了外面的声音，它们仿佛是想要从彼此的身体中抽离出来。整条通道都在晃动，尸体垒出的墙壁出现缝隙，一条条手臂从洞顶垂落下来！

眼前的场景让人头皮发麻，就连陈歌看了都心脏狂跳，更不要说普通人了。伸手挡在头顶，陈歌几乎是趴在地上向前走，头顶一条条手臂垂落，感觉就好像是准备抓住他。身后的声音还在逼近，墙壁中的尸体在慢慢苏醒，陈歌能清楚感知它们在蠕动。

"这个三星场景比我想象得危险多了。"怪物只是衡量场景危险程度的标准之一，有些场景本身就存在很大的危险性，就比如说修建在地下的尸库，这地方对攻略者来说非常不友好。要是密道在这时候坍塌，他就算把身上的全部员工放出来也没有用，估计只有张雅，可以用自己的长发为陈歌支撑起一个空间，除了她谁都不行。

前方传来白猫的叫声，吞食了怪谈协会为红衣怨念准备的血丝之后，白猫变得越来越聪明了，它同样感知到密道出现了变化，叫声急促，似乎在催促陈歌。反正墙壁上的尸体也快要苏醒，陈歌干脆全力跑起来。密道深处完全被厚厚的红色"苔藓"堵住，看不见路，只能用身体使劲向里面挤。陈歌如果不是知道白猫就在前面，他也不会义无反顾地往里钻。"苔藓"脱落，那散发着清香的汁液蹭了他一身，在这个诡异恐怖的环境中，陈歌竟感觉身体好像被一股暖流包裹，就像是冬天裹着被子坐在了暖炉旁边，他的体温在慢慢回升。如果不是这些尸体马上就要苏醒，他甚至产生了多在这里停留一段时间的想法。

身后的脚步声越来越近,陈歌没有管后面,闷着头往里钻,也不知过了多久,身体周围的压力陡然减轻,视野变得开阔起来。

"总算是出来了!"

他的外衣已经湿透,散发着那股淡淡的清香,手中碎颅锤上的血腥味也减少了一些,不过看着却更加狰狞了。密道这边应该就是地下尸库的核心区域,和密道里差不多,一眼看去所有东西都被一层厚厚的血色"苔藓"覆盖。

这地方相当于用尸体隔离出来的一个房间。密道里的脚步声并没有对核心区域造成什么影响,陈歌守在密道不远处,等着那两个火化场的工人,他也想知道外面到底发生了什么事情。

没过多久,李旭一头从密道中撞出,他明显受到了惊吓,一看见旁边的陈歌,就张大了嘴巴,准备说什么。陈歌已经预料到了李旭的反应,一步冲过去死死捂住他的嘴巴,然后在他耳边小声说了四个字:"保持安静。"

一两秒后李旭才反应过来,连连点头。这时候马威一瘸一拐地冲了出来,陈歌同样在他开口之前捂住了他的嘴巴。等两人平静下来后,陈歌才开口说:"这地方埋着无数的尸体,不想吵醒它们的话,就小点儿声。"

"兄弟,外面那些容器里的尸体跑出来了,我们过去的时候,正好看见它们在往这边跑。"李旭声音紧张,满脸都是汗水。

"你们过去的时候?"陈歌眯起眼睛,他冷冷的语气把李旭和马威吓坏了。"你俩是不是准备逃走?"

"没有,真没有,我们就想出去看一看。"李旭说话结结巴巴的。

陈歌拿起碎颅锤掀开密道口的血色"苔藓"看了看,那些尸体并没有跟进来。"别紧张,逃跑是人之常情,我比较好奇的是我有那么吓人吗?你们宁肯去找尸体,也不愿听我的命令?"李旭和马威不知道该怎么回答陈歌的话,他俩低着头不敢开口,生怕自己一不小心说错。其实也不怪他们胆小,毕竟在这地方行凶,连藏尸的过程都可以直接省略了。

"行了,大家能在这里相遇也是一种缘分,只要你们两个乖乖听话,我不会难为你们的。"陈歌前半句话说得很温和,"不过丑话说在前面,如果你俩敢给我捣乱……"他扬起碎颅锤,让李旭和马威能更加清楚地看到锤头上残留的血渍。"想清楚了，这上面沾染的可都是人血。"李旭和马威没有多想就赶紧点头。

"说说吧，你俩在外面都遇见了什么怪物？"陈歌站在密道旁边，时刻留意着密道里的情况。

"有一个捧着苹果的女孩，还有很多也不知道从哪冒出来的尸体，它们身体被缝合过，所有缝合用的线都是红色的。"

"红色的线？你会不会是看错了？"陈歌还是第一次听说，尸库里的尸体会用红线缝合伤口。

"确实是红色的，不过比生活中咱们用的线还要细，另外它们自己会动。"

李旭的描述让陈歌想起了怪谈协会的血丝。"除了这些，你们有没有遇到其他东西？比如像壁虎一样能在墙壁上飞速爬动的怪物，或者像鱼一样，在地上弹跳的尸体？"

"没有。"李旭和马威摇了摇头，他俩是真不知道地下尸库还有这么多诡异的怪物，感觉这就像是一个和外界隔绝的地下世界。

"看来你们招惹的还只是其中一小部分。"这里是江州市乃至华中南最大的地下尸库，修建时间也是最长的，里面到底积攒了多少怪物估计就连怪谈协会也说不清楚。

"兄弟，那我们现在要怎么办？"马威和李旭都把目光投向了陈歌。

"你们应该庆幸遇到了我，否则你们今天很难活着出去了。"陈歌低头看了一眼手机上的表。"现在还只是小打小闹，等到零点过后，这场景才会展现出真正的恐怖！"

"零点？"

"对，零点过后这场景里所有的怪物都会苏醒，那将会是一场属于它们的狂欢。"陈歌的声音从牙缝里挤出，他狠狠瞪着李旭和马威。"我本来准备进来转一圈，然后在零点之前离开，现在倒好，你们两个把怪物引来，将唯一一条后路给切断了！就因为你们两个，我也陷入了绝境，只能在这鬼地方熬到天亮！"

李旭和马威脸上露出一丝愧疚和歉意。"兄弟，当时那个情况我们也来不及思考，谁能想到会出现这事儿？"他俩低着头，声音不敢太大，诚恳地给陈歌道歉。

"算了，我懒得跟你们计较，被困在这里已经成为一个无法改变的事实，现在能做的就是想办法破局。"陈歌神色平静,他无论什么时候都给人一种可以依靠的感觉。"白天那些怪物会进入休眠的状态,它们只有晚上会出来,所以我们要想尽一切办法坚持到天亮。"

"一直到天亮,就凭我们三个吗?"

"任何时候都不要放弃希望,只要不是立马去死,那就努力地活下来。"站在被血红色"苔藓"覆盖的房间,陈歌转身朝里走去。看着他的背影,李旭和马威突然感觉眼前这个人的形象,渐渐高大了起来。

李旭和马威对陈歌来说是意料之外的帮手,陈歌对他们要求也不高,他在脑海中思考着如何最大程度发挥这两个火化工的作用。没事的时候可以让他们打个下手,关键时刻还可以让他们来探路,真要是被怪物追得没地方跑了,也可以让他们先拖延一下,为自己呼唤张雅争取时间。

"等等我们啊!"李旭跑到陈歌后面,小声对陈歌说道,"兄弟,今晚你让我俩干什么,我们就去干什么,绝对不会再出现之前的那种情况了,这一点你可以放心。"

"我俩虽然没啥本事,但力气足,今晚咱们一定能活下去的。"马威也走了过来,他衣服湿透,沾染上了那些液体。两个火化工主动跟过来,这也在陈歌的意料之中,他们没得选择。

"我们先在这四周看看。"地下尸库中层区域陈歌还没探索完,他直接通过密道进入核心区域内。

这一片区域被血色"苔藓"包裹,完全是用尸体堆砌而出,没走出多远陈歌又看到了第二条密道,隐藏在墙壁的"苔藓"当中,如果不是他拥有阴瞳还真发现不了。陈歌默默记下密道的位置,没有声张,他跟着白猫继续往前走,一共发现了三条密道,数量正好和中层区域停尸池的数量一样。

"每条密道对应着一个停尸池?"三条密道在三个不同的方向,正好将核心区域围在中央。跟着白猫转了许久,陈歌总算对地下尸库核心区域有了一个大概的了解。这地方堆积了太多尸体,原本是用来干什么的已经看不出来了,通道呈螺旋状向内延伸,路的尽头是一扇铁门。看着很普通的门,但让陈歌感到奇怪的是,那血红色的"苔藓"几乎覆盖了核心区域的所有东西,可唯独这扇看着极为普通的铁门上没有"苔藓"。长时间放置在阴暗、潮湿的地下,门上竟然一点锈迹都没有。

"你们守在外面,不要进来。"陈歌将趴在铁门下面的白猫抱到一边,晃动门锁,轻轻将门拉开。屋内很干净,摆着各种医疗器械,大部分陈歌都叫不上名字来,只在医院里见过类似的东西。

"这些好像是用于急救的。"设备上落满了灰尘,那些仪器后面还有一大堆被剪断的线路,可以看出这些东西已经很久没人使用过了。在那些仪器中间是一张改造过的手术台,四周高、中间低,凹槽处蓄满了那种散发清香的液体。

"有人在专门收集那些液体。"陈歌站在手术台旁边,其实他对那些液体有些好奇,他刚才只是蹭到了一些,体温就开始回升,如果数量足够多的话,或许可以抵消掉怨念带给他的负面影响。

"散发着如此清香,谁又能想到它是从尸体中流出来的?"陈歌正在感慨,白猫突然叫了一声,它跑到房间深处,抓挠着通往下一个房间的门。吸引白猫的东西在其他地方,陈歌走过去推开了第二扇门,这屋子面积只有外面那间的二分之一,墙壁上贴满了受害者的照片,每一张都代表着一起凶案。

陈歌随手揭下一张照片看了看,照片里的人看着四十多岁,应该是死于溺水,在照片下面还写有几句话。

星期三,41号患者。

诊断结果:幽闭恐惧症、深水恐惧症。

治疗方案:41号患者童年时曾被继父施虐,多次被按入水槽当中,由此留下心理阴影。想要解开这个心结并不难,我建议对他父亲做同样的事情,让他亲手溺死自己心中的恐惧和一直逃避的记忆!

照片上写的那段治疗方案,陈歌看着感觉很眼熟。"我第一次收到邀请去怪谈协会时,有一个成员给我讲过这件事,这墙壁上贴的所有照片都是怪谈协会杀害的人?"

密密麻麻的照片贴满了整个房间,其中绝大多数都是在受害者死后拍摄的,照片记录下了他们死亡时的场景。

"怪谈协会、受害者、地下尸库、完全由尸体垒砌的核心区域……"陈歌脑海中有一条线将线索串联了起来,他睁大了眼睛,震惊幕后主使者的大手笔。"地下尸库的主人就是怪谈协会会长!他需要用到大量的尸体,所以就去帮助第三病栋的疯子,用一种更加癫狂的方式为他们治疗,让他们成为自己的帮手,在产生一个个怪谈、治愈一个个成员的同时,他将所有在怪谈中死亡的人运送到了这里,构建起了自己的尸体王国!"

第三病栋是在五六年前废弃的,老院长也是在那个时候进入门后失踪的。从时间上来说,怪谈协会已经活跃在这座城市的阴影中长达五六年的时间,他们从来不跟警方硬碰,只是用一种隐蔽的方式,给这座城市留下无数的怪谈。陈歌又从墙壁上取下了一张照片,受害者是一个身材火辣,看起来二十多岁的女人,在她那张照片下面也写着几句话。

星期三,107号患者。

诊断结果:厌食症、抑郁症

治疗方案:雌激素、甲状腺激素分泌下降,皮质类固醇激素升高,107号患者生理、精神受到双重压迫,调查发现其从小就因为身材被"最好的朋友"嘲笑、愚弄。建议为患者准备一道特殊的开胃菜,食材为她那个最好的朋友。

跟踪反馈:107号患者厌食症已成功治愈,抑郁症得到轻度缓解,但疑似患上新的精神类疾病,病症为会将所有喜爱的东西放入锅中煮熟。

治疗方案:待定,建议重新吸纳为协会成员,展开第二次治疗。

第二张照片上写的那些病症和治疗方案,让陈歌想起了当初和他一起来到怪谈协会的电台主播——荔枝。那个电台主播在星期三晚上讲述的故事就和煮熟、吞食有关。

怪谈协会的治疗确实有点不靠谱,他们不是在治愈患者,而是在制作恶魔,把活人一步步逼入深渊。荔枝就是个很好的例子,她从一开始的厌食症,发展到后面直接变成了一个怪物。站在房间当中,看着墙壁上那一张张照片,陈歌忽然觉得最疯狂的人其实是怪谈协会的会长。做出这么多疯狂的事情后,他还能保持绝对的冷静和理智,写出新的诊断方案,这人眼中的世界已经和正常人不一样了。

"江州市每年一大半的失踪人口估计都在这里了。"每张照片都代表着一个受害者，不过这些受害者大多也是有错在先，比如说那个凌虐孩子、将孩子按入水槽的中年男人，又或者荔枝童年"最好的朋友"。所有死亡都是有原因的，他们或许有该杀的理由，只不过这个理由并不是相对法律来说，而是相对于患者自身来说。那些人活着就是患者们一生的魔障，以眼还眼以牙还牙，则是最直接粗暴的治疗方式。

最开始的怪谈协会或许真的只是一个精神病患互助组织，不过随着时间推移，一切都变了。疯了的人没有被治愈，病态的世界观逐渐被认可，他们沉浸在黑夜当中，认为自己才是正常人。理智的疯子才是最可怕的，而怪谈协会就是由这样一群疯子组成。

陈歌目光扫过那些照片，仿佛能看到一段段痛苦、挣扎的过去，能看见另一个完全不同的人间。白猫进入屋内后，跑到了左边的墙壁那里，冲着陈歌直叫唤。陈歌手掌按在那面完全被照片覆盖的墙壁上，他摸索了半天，终于找到了一个隐藏的门把手。抓住把手轻轻推动，陈歌进入了核心区域的第三个房间。

如果说外面的房间类似于展览室的话，里面这个房间应该是会长自己工作的地方。两张桌子并在一起，摆满了各种资料和书籍，一切都收拾得井井有条。干净整洁的环境，甚至会让人忘记这是在地下尸库当中。

陈歌随手翻阅那些资料和笔记，会长的字很漂亮，但是读起来会让人直冒冷气，里面记录了各种各样的怪谈，而每一个怪谈背后往往都代表着一条人命。

"这些应该就是怪谈协会五六年来犯下的所有罪证了。"陈歌还没细看，白猫又发出叫声，它停在书架前面，在地上打转。"还有一扇门？"

陈歌走过去将书架移开，和他猜想的一样，书柜后面还有一扇门。推开门，这次白猫没有进去，而是在门口乱叫，似乎是想要告诉陈歌什么事情。看到白猫表现异常，陈歌也没有急着进去，他站在门口朝里面看了看。

最里面的这间屋子里摆着一张双人床，正对床铺的墙壁上贴着五张照片。第一张拍摄于某年夏天，年代已久，照片里有三个年龄不大的孩子。女孩长得清纯可爱，她站在两个男孩中间，神色颇为无奈地劝阻着两个正在激烈争吵的男孩。第二张照片拍摄于某年冬天，已经稍微长大一些的三个孩子站在某栋单元楼下面。女孩望着失火的公寓楼，哭喊着想要冲进楼道，被两个男孩和周围的大人阻止。第三张照片清晰了很多，三个孩子已经长大，女孩愈发美丽，拿着课本大大咧咧地坐在另外两人中间。那两个男孩有一个在和女孩聊天，另一个稍显木讷的男孩则往远处挪了挪，他扭过头看着桌上的杯子。照片是从侧面拍摄的，正好能看见那个男孩的杯子上映着女孩浅浅的身影。第四张照片是婚纱照，那个木讷的男孩不见了踪影，照片里只剩下了两个人。最后一张照片就挂在婚纱照旁边，相框里只有女孩一个人，这是一张黑白色的遗照。

望着墙壁上的几张照片，陈歌有种说不出来的感觉，他无意识地走入屋内，站在那几张照片前面。

一直追寻的真相就在眼前，这一刻陈歌却感到一丝茫然。"原来，真的是你……"他默默注视着那张婚纱照，看着年轻时的高医生。照片里的男人，脸上带着幸福的笑容，而这种笑容陈歌从来没有在高医生脸上看到过。

"是因为背负的东西太沉重了吗？"上百条人命好像一张密不透风的网将高医生包裹，又如同一根根针刺在他的灵魂中，让他喘不过气。"三个人最后变成了一个人，这就是怪谈协会如此钟爱数字三的原因吗？"他一想到高医生，脑海里首先浮现出来的是在笔仙朋友家发生的一件小事。在那个患有重度抑郁症的女孩家里，高医生曾说过一句话——"你没走过他们走过的路，不会知道那有多坎坷，而他们能够挺过来，也是一种坚强。"这句话现在重新想起来，更像是高医生说给自己听的，作为江州市最好的心理医生，他其实早就知道，自己也生了病。只不过他选择了另外一种治疗的方式，不是妥协，而是用最激烈的手段反抗。

走到床边，陈歌打开床头的柜子，里面堆放着各种不知用途的针剂和药片，有很多药物的包装上都写着请在医生指导下使用，过量注射容易产生生命危险等字眼。

"包装早就撕开，这地方全都是尸体，唯一的活人就是高医生自己，这些药应该是他给自己准备的。"小小爷爷病危时，高医生恰巧在现场，他当时说过自己也曾想一了百了。坐在双人床上，陈歌的双手握在一起，仔细回想着和高医生有关的一切。

"那天在病房里，高医生说完自己妻子出车祸后，又补充了一句，说他很爱自己的妻子，紧接着……"陈歌站起身，看向这房间的门。"接着高医生推开了病房门,走了出去。"白猫徘徊在门外,不肯进入这个房间,一直在吸引它的东西似乎就在两个房间的交界处,而两个房间的交界处,只有一扇很普通的木门。

"高医生会不会在最后准备寻死的时候,推开了血门?"这个修建在地下尸库最深处的房间里摆放着很多医疗器械,以及各种稀奇古怪的东西,高医生似乎是想让死人复生。可惜他失败了,万念俱灰之下,他也准备一了百了,但这时候发生了一件事让他改变了主意。

"站在绝望最深处的他,有很大概率推开了那扇通往血红色世界的门。"陈歌望着婚纱照,照片中的女人在马颖手机视频中出现过,只不过照片里的她成熟明艳,带着一种特殊的气质。"已经死去很久的人又出现,恐怕只有利用门后的那些东西才能做到。"陈歌已经明白吸引白猫的究竟是什么了,它吞掉的那些血丝来自门后的世界,也就是那些东西在吸引着白猫。

"午夜零点是血门出现的时候,黑色手机的任务要求又正好是让我在零点之前进入地下尸库核心区域,难道这次试练任务的真正任务场地在门那边?"别说门后的血色世界,光是门这边的地下尸库就已经让陈歌感受到了压力,那数不清楚的怪物他一想起来就头疼。

"门内的世界要比门外的世界危险很多倍,反正黑色手机没有明确要求我进入门内,今晚我干脆就在这房间里熬到天亮算了。这样做任务完成度不会太高,不过相比解谜和找出真相来说,陈歌觉得还是谨慎一点比较好。他坐到桌边,翻开桌上的笔记,拿出手机将重要的东西全部拍了下来。怪谈协会创造了无数的怪谈,他要把那些惊吓点记下来。一桌子的笔记和资料,这对他来说是一笔特殊的财富。

"如果能将这些怪谈全部还原,那将极大程度丰富我的冒险屋,为以后修建惊悚主题的乐园打下基础。"陈歌坐在桌边,认真拍照记录,用心学习。时间分秒流逝,门口的白猫渐渐发出不安的叫声,它在两个房间中间来回徘徊,似乎一直等待的东西终于要出现了。

晚上十一点五十五分,桌子晃动了一下,明明距离零点还有五分钟的时间,核心区域却已经开始出现变化。墙壁震动,一条条血丝从墙缝中渗出,原本待在门外的李旭和马威匆匆忙忙跑了进来,俩人不敢大声说话,只能跑到陈歌跟前向他汇报。"兄弟,情况不太对啊!外面那些'苔藓'开始往外渗血了,你快过去看看吧!"

"渗血?"陈歌计算着时间,跟着两人到房间外面看了一眼。生长在屋顶、地板、墙壁上的"苔藓"开始大片脱落,"苔藓"下面开始渗出血红色的液体,随着时间推移,"苔藓"掉落之后,就露出了里面层层堆砌的尸体!

一张张受害者的脸露了出来,这座用尸体堆砌而成的房间在零点到来的这一刻,终于露出了它的真面目。

李旭和马威两人已经被吓傻,他们根本没有想到,那厚厚的"苔藓"后面竟然是完全用尸体堆成的墙壁。他俩张大了嘴巴,说不出话,凉气涌入喉咙中,感觉嘴巴都僵住了。

"你俩往后退。"陈歌凭借阴瞳和鬼耳,感官异常敏锐,在李旭和马威还处于震惊当中的时候,他已经发现不对。走廊另一边有东西过来了,而且数量还很多!"应该不是从密道里钻出来的。"

墙壁、地面,一眼看去,全都是尸体。一滴滴血红色的液体从它们身上渗出,陈歌能清楚看到一根根血丝好像毒蛇般在尸体中钻动,将它们固定在了一起。零点即将到来,越来越多的血丝从尸体当中涌出,数量已经多到了一个夸张的地步。

"哥,我们现在该咋办?"李旭和马威哪见过这场面,他俩没有直接昏倒就已经算是胆子大了。

距离零点还剩下两分钟,血丝混杂在那些红色液体当中,根本分辨不出来。更糟糕的事情还在后面,血丝是用来固定墙壁上那些尸体的,当血丝离开那些尸体之后,整个地下尸库核心区域都晃动了起来,仿佛地震一样。

"都进来,先躲到屋子里再说。"陈歌把李旭和马威拉进铁门当中,他抓着门把手独自站在门口。

零点将至,外面的走廊感觉跟之前相比发生了某种变化,那些堆砌在墙壁当中的尸体,好像失去了某种束缚。一条条手臂从头顶垂下,在半空中随着整个场景一起晃动,看着让人头皮发麻。"这场景搬到鬼屋里估计没人能受得了。"

在陈歌移动视线的时候,肢体残躯缝隙中的一只只眼睛睁开了!

"死人睁眼?"在尸体堆里的眼珠子和正常人完全不一样,没有瞳孔,或者说瞳孔已经和眼白融化到了一起,只有一层黄褐色的东西,非常吓人。陈歌承受能力比较强,在这种时候依旧能冷静地和尸堆里的眼睛对视。

不过接下来发生的事情,让陈歌也淡定不下来了。他看的那个方向,越来越多的眼睛睁开了,这些怪谈协会的受害者,现在也成了怪谈的一部分。墙壁上的那一张张脸已经从沉睡中醒来,它们五官扭曲歪斜,身体已经畸形,挣扎着扭动脖子看向陈歌。这场景很难形容,整条通道里探出无数畸形的手臂和拉长的脖子,一个个变了形的脑袋张大了嘴巴,使劲往陈歌所在的方向凑。

太恐怖了!陈歌的后背已经湿透,他能勉强保持镇定,完全是因为最近一两个月他不间断地完成黑色手机的任务,让自己的胆量变得更大了。如果他是在几个月前看到这场景,估计也会被吓出问题。

"这就是完整的三星恐怖场景吗?"陈歌的身体不由自主地往后退了一步,握紧了碎颅锤才有一丝安全感。

在距离零点只剩下一分钟的时候,整条通道好像活过来一样,所有的尸体都已经苏醒,墙壁坍塌,尸体从里面爬出,头顶的天花板上也不断有尸体掉落下来。它们保持着临死时的模样,身体被红线穿透,大部分肢体还连在一起,没有完全分开。

陈歌现在清楚怪谈协会的老巢究竟有多么恐怖了,他对创造出这一切的高医生也有了一个新的认识。能成为怪谈协会的会长,能为那么多精神病和杀人狂制定治疗方案,实际上高医生才是最恐怖的那个人。白天他是全江州市最好的心理医生,为病患着想,身上几乎找不到一个缺点。但到了晚上,他却和无数的尸体待在一起,用受害者的身体垒出了一座地下实验室。这是完全相反的两种人生,却又如此完美地结合在了一起。他就这样一直生活了五年,在这五年当中没有任何一个人对他产生过怀疑。

他是怎么做到的?

一具具尸体汹涌而来,现在根本冲不出去,陈歌只能退回房间当中,从里面反锁铁门。

"你俩跟我来,什么都不要问,等会儿我让你们干什么,你们就干什么。"那些尸体似乎有些害怕这扇门,它们不敢靠近,但是后面的尸体不断向前挤,最后一张张惨死的脸贴在铁门的缝隙当中。

"别发呆！快点儿过来！"铁门发出刺耳的声音，陈歌也不知道这扇门能撑到什么时候。他又回到最里面的那个房间，盯着手机上的时间，默默站在那扇门前。

午夜零点终于到来，血液好像一朵玫瑰花在木门中央绽放，带着浓重血腥味的液体从门内渗出，很快就将整扇门染成了红色。

李旭和马威从没见过这样的场景，今晚遭遇的一切给他们造成了很大的冲击，大脑一直处于浑浑噩噩的状态，他们现在只知道跟着陈歌。

"下面我说的每句话都很重要，你俩听清楚了。现在你们有两个选择，跟着我一起进门，或者待在这里等死。"陈歌语气凝重，他将早已按捺不住的白猫放在背包上，提着碎颅锤将那扇血门打开。浓重的血腥味好像大浪一样涌出，李旭和马威都有点顶不住，脸色发白地紧紧跟在陈歌身后，用行动做出了回答。

"既然你俩愿意跟我去冒这个险，那我就多说一句。"陈歌指着半开的血门，"以我对血门的了解，这扇门如果没人推，一分钟后会自动消失，需要过二十四个小时才能再次打开，你们最好提前做好心理准备。"

陈歌有门后世界的经验，他知道能掌控一扇门的只有"推门人"，活棺村的推门人是投井女人，第三病栋的推门人是门楠主人格，这两个人都对自己没有恶意，所以在任务完成后，他们就直接打开门让自己出来。

但是这次试练任务不同，他和怪谈协会会长是不死不休的关系，偌大一个协会已经被陈歌灭得只剩下会长一个人。陈歌进入门后，无论交战结果如何，对方应该都不会主动开门放他离开，所以这次陈歌只能二十四小时后才能离开。只是避难的话，应该不会出现太大问题，门后的世界虽然恐怖，但是推门人高医生不在江州市，这就像第三病栋里没有了门楠主人格一样，危险性会降低很多。在陈歌思考的时候，外面那扇铁门不堪重负，轰然倒下，地面血流涌动，无数的尸体爬了进来。

没有再废话，陈歌领着李旭和马威进入门内。

"每次去做试练任务我都会做足准备，可就算这样，还是会发生各种各样的意外。"陈歌看着外面那些尸体，眼神复杂，被血丝操控的尸体和怨念不同，就算他把自己身上能用的所有怨念都放出来，也没有太大用处。

"恐怕高医生也是看中这一点，才会煞费苦心去修建这一切。"陈歌看到了怨念的局限性，不过他很快就又振作了起来。"怨念对这些尸体确实没有多大用处，但是红衣可就说不定了。如果我身上有足够多的红衣，这些尸体根本不足为虑。"陈歌从不盲目自信，也不会轻易认输，在这次试练任务中，他又给自己定下了新的目标。

回头看了一眼，在那群尸体到来之前，陈歌关上了门。

第10章 血红的世界

门板闭合的瞬间,血雾附着在陈歌身上,形成了一层薄薄的血膜。

"这扇门后面的世界好像和第三病栋、活棺村不太一样。"陈歌伸手摸了摸皮肤上的那一层血膜,他感觉整个人被包裹住了,呼吸有点困难,十分不舒服。"我在活棺村和第三病栋里,可从来没有遇到过血雾附着在身体上的情况。"他心中莫名觉得有些不安,拿出漫画册,发现漫画册上也有一层薄薄的血膜。走到角落,陈歌小声呼喊闫大年和老周他们,但是得不到任何回应。陈歌又打开背包,按下复读机的开关,可无论他怎么按,复读机都无法正常工作,连沙沙的电流声都听不到了。

"血膜可以隔绝我和怨念之间的联系?"陈歌抓紧了碎颅锤,他没有轻举妄动,"我在活棺村里见过投井女人操纵门后世界的血雾,第三病栋里门楠的身体也曾和血雾融合在一起,推门人难道都是可以操控血雾的?"陈歌在心中思索,"我一进门就被血雾包裹,这是高医生离开前留下的布置,还是说他根本没有离开江州市,只是用手段骗过了警察,现在他就躲在门后的世界中,悄悄操控着门后世界的血雾?"

高医生是陈歌最不愿意遇到的对手,从各个方面来说都是如此。

"在血雾里停留的时间越长,这层血膜就越厚,有点棘手。"不能叫帮手,陈歌能依靠的只有手中的碎颅锤和白猫，局面对他有些不利。他心里有些慌，蹲下身扭头看了一眼自己的影子，他伸手触碰，影子上并没有血膜。

"她还在。"陈歌感觉踏实了许多，他试着在心底呼喊张雅的名字，隐隐约约能听见有人回答，不过两者之间似乎相隔了很远，就算他使用鬼耳，依旧听不真切。

"这是什么地方？我有点喘不上气了。"李旭和马威身体也被一层血膜覆盖，只是他俩似乎看不见那一层血膜，只是不断摸着自己的脖子，好像脖颈上有一条无形的绳索。

"不要慌，无论遇到什么都要保持冷静。"陈歌说完后，转动门把手，再次将血门打开。

一分钟过去，门外是一个无比荒诞恐怖的世界。道路扭曲，好像一条曲折的肠道，两边墙壁如同生物的脏器般向外鼓起，表面是一层透明的血膜。头顶仿佛血管一样的东西纵横交错，其中还有无数血丝在流动。

一片血色，远远看去，仿佛这世界本身就是一个畸形的生命。

这就是高医生眼中的世界？一个人的心理究竟出现怎样的变化，才能把自己生活的世界想象成这般模样？高医生他每天到底在思考些什么？

活棺村那扇门是投井女人推开的，在她眼中村民全都是畸形的畜牲，她那个时候心中最强烈的渴望是逃出去，千万不要被发现。所以她推开门后的世界，血雾异常浓重，能见度只有一两米远，村民的形象也都如她所愿，全都变成了人形怪物。第三病栋门后的世界，病人宛如行尸走肉，床底下生活着象征恐惧的断手，还有象征欲望的瘦长鬼影，这些东西都是门楠对世界懵懂的印象，各种复杂的情感在孩子的眼中具象成了怪物。地下尸库是陈歌进入的第三扇门，而这扇门后的世界也是最恐怖、最让陈歌无法理解的。

"门后的世界不会撒谎，这才是高医生真正的内心。"陈歌回头看了一眼，"世界变成了血肉脏器，但是这个放着他妻子照片的房间却没有发生改变，这里应该是他心中最后一片净土了。"

握紧碎颅锤，陈歌思考片刻，将墙壁上的照片小心翼翼地取下，放入自己背包。拉开拉链的时候，陈歌意外发现自己背包里装着一个模型人头，如果不是放照片，他都快把这东西给忘掉了。那人头缩在背包最底下，好像在打战。

陈歌伸手在它脸上摸了一下，将其取出，"奇怪，这东西上面竟然没有被血膜覆盖，难道是因为它原本就是地下尸库的道具？"李旭和马威原本就呼吸困难，看到陈歌突然从包里摸出一个人头更是差点昏过去，他俩壮着胆子靠近，发现是一个模型后，才稍稍松了口气。不过接下来发生的事情，又让他们俩紧张起来。

陈歌将模型人头放在双人床上，抬起碎颅锤，站在人头对面，说："告诉我怎么去掉这层血膜？把你知道的全部说出来！"

屋子里突然变得很安静，除了陈歌外，其他人没有一个敢吭声。人头模型的表情好像发生了变化，陈歌耳朵一动，听到了模糊的求饶声。

"是它在说话？"天赋鬼耳起了作用，陈歌放下碎颅锤，将模型人头放在自己耳边，又重新问了一遍刚才的问题。判断不出方向，也不知道是从什么地方传来的，陈歌只听到一个带着哭腔的声音传入自己耳中。这声音很简短，听了好几遍陈歌才听清，对方只说了两个字——认可。

放下人头模型，陈歌思考这两个字的含义。模型人头的意思是想要破除血膜，必须要让我们这些外来者获得门后世界的认可才行？我和怪谈协会会长是死仇，想要获得门后世界的认可太难了。

陈歌将模型人头放入背包，试着朝门外迈出了第一步。鞋子踩在地面上，就像踩到了肉上一样，很软、很滑，还有些黏黏的感觉。这绝对不是一种很好的体验，常人如果进入这样的通道，估计会做一辈子的噩梦。

"你俩不要勉强自己，不过最好还是跟着我。"陈歌迈出了第二步，头顶粗大的血管中有血液流淌而过，脚下的路不时会自己颤抖。

"地形和门外的世界一样，只不过墙壁、地面以及所有一切能看到的东西变成了血肉。"陈歌深吸了一口气，将白猫放在背包上，提着碎颅锤走进通道当中。墙壁仿佛跳动的脏器，淡淡的血雾从中渗出，笼罩着陈歌的身体，他皮肤表面上的那层血膜还在加厚。门后的世界似乎定格在了门推开的那一刻，建筑构造和当时的地下尸库完全一样。核心区域原本是用来集中处理脂肪和结缔组织的，现实当中因为种种原因被封禁，最后被高医生用尸体垒砌成了一个特殊的试验室。

"只要看习惯了，也没什么好怕的。"陈歌这句话是对李旭和马威说的，两人努力了很久还是不敢踏出房间半步，他俩一起疯狂摇头。对刚接触这些东西的普通人来说，确实太过刺激了一点。

陈歌指了指他们身后的房间，没有强求，独自向前走去。

荒诞怪异的世界，血肉构成的长廊，四处飘散的血雾，这地方就像是一个无法主动醒来的噩梦，一旦进入就会沉沦。挂在头顶的灯变成了活人的眼珠，没有光亮，入目的全是血红。在这里待的时间长了，会出现一种奇怪的感觉，仿佛自己原本就属于这里，是这世界的一部分。长廊两边是一扇扇布满血丝的房门，陈歌试着将门打开，里面是各种匪夷所思的器械，大部分由血肉构成，还有一少部分里面是正常的机械，但是外面被血肉包裹。

"真是个疯狂的世界。"

穿过长廊，在第一个拐角，陈歌看见了一个活人。距离他五六米远的地方，有一个穿着白裙子的小女孩蹲在血肉旁边，她手里拿着一个色泽诱人的苹果，双眼盯着墙壁上跳动的脏器，不知在想些什么。眼前的女孩让陈歌有些惊讶，无论是一尘不染的白色裙子，还是那清纯可爱找不到瑕疵的精致脸颊，这女孩身上的任何一个地方都和脚下的世界形成了无比鲜明的反差。这样的女孩，为什么会出现在血肉构成的世界当中？

陈歌从拐角走出，慢慢靠近。女孩听到了陈歌的脚步声，她似乎从没想过这里会有人出现，如同受惊的小鹿一样，慌慌张张转身，结果拿在手里的苹果不小心掉在了地上。

陈歌看着滚到自己身边的苹果，捡了起来。这苹果色泽诱人，但是拿在手中的感觉却不舒服，湿滑柔软，似乎还在不断跳动。

"这是苹果吗？"看到陈歌捡起苹果，女孩紧张起来，她想要抢回去，但是又有些害怕。

"不太对劲。"陈歌将手中的苹果放在女孩身前的地上，自己往后退了几步。女孩见陈歌主动退让，立刻跑过来，将苹果抱在怀中。她的脸蛋只有巴掌大小，配合着那慌乱的表情，看着非常可爱。

"不要紧张，我没有恶意，只是一个迷路的人。"陈歌和女孩保持着距离，实际上他也在防备那个女孩，毕竟对方可是门后世界的居民。

女孩还是有些不安，如同一个人在离家不远的地方玩耍，结果被坏人盯上，现在正绞尽脑汁想要脱身似的。

陈歌看出自己很不受待见，没有再逼迫，自己身上的所有怨念都无法使用，要是把这个女孩逼急了，谁欺负谁还真不好说。陈歌往后退了一步，将碎颅锤收进背包当中。

"我只是想要问你一些事。"陈歌故意将锤柄露在背包外面顺手的位置，一旦遇到危险，他能瞬间将其取出。女孩看着陈歌，不愿意靠近他，扶着血肉组成的墙壁，很谨慎地远离陈歌，然后加快脚步逃走了。

陈歌没有追赶，女孩逃走后，他十分惊讶地发现，自己呼吸竟然变得顺畅了一些，好像覆盖在自己身体上的那层血膜变薄了。"我好像也没做什么事情，就是随手帮女孩捡了苹果，难道帮助他们就可以逐渐获得这世界的认可？"

掌握的线索太少，陈歌还不能确定，他暗自记下了女孩离开的方向，不紧不慢地跟了过去。

"这孩子看着不像是尸体，身体灵活，表情多变。"因为女孩的出现，陈歌稍微放松了一些。"地下尸库门后面的世界虽然吓人，但是住在这世界当中的居民却保留了人性，我刚才从那女孩眼中看到了一丝渴望和恐惧，如此复杂的情绪，也只有人会有。"每扇门后的世界都不一样，陈歌最担心遇到那种无解的杀局，怪物见人就咬，无法沟通，不死不休。

"看来事情还没有到最糟糕的地步。"门后的世界在一定程度上反映了推门人的内心，整个世界由血肉构成，但是其中的居民却保留着活人的外貌，这种反差也让陈歌暗暗留意。探索门后的世界，其实也是在解读推门人，这是一个难得熟悉推门人的机会。陈歌跟着女孩，推开长廊尽头的门，他从核心区域走出，来到了地下尸库中层区域。

血雾更加浓重，墙壁被脏器取代，凹凸不平。中层区域有三个房间，每个房间里都有一个停尸池，房门上还贴着承诺书："为感谢大体老师的无私奉献，给予大体老师足够的尊重，我以医学生的身份庄严承诺：以认真的态度对待每一堂课，不拍摄任何以娱乐为目的的照片……"

承诺书上的字还没有干，像是最近写的。陈歌通过门上的玻璃朝里面看去，停尸池里装满了红褐色的液体，不过并没有看见一具尸体。"当务之急是要找到更多生活在门后世界的'人'才行，只有破除血膜我才能联系上员工。"

陈歌没有进入停尸池，他正要离开中层区域，忽然听到了一个男人的声音，好像是从中层区域最左边的一个解剖室内传出的。"生命的价值不在于形体，而在于你做了什么。当你全副武装站在解剖台旁边时，你眼中只能有皮肤、脂肪、血管、肌肉、骨骼和脏器，明白吗？"

陈歌朝着那解剖室走去，房门半开着，他顺着门缝往里面看了一眼。一位穿着白大褂的男老师站在讲台上，他声音沉稳有力，正在指导屋子里的八个学生。江州市医科大学拥有江州市最大的地下尸库，估计整个华中南也只有这里的医学生能做到四人一组，解剖一具大体老师。因为尸源紧张，大部分医学院都是八人，甚至十六人一组。男老师口罩遮住了大半张脸，双眼炯炯有神地从两组学生中间走过。

"你们是第一次在这里上课，好奇、感到恶心很正常，但是不要让我看到你们有谁在故意开玩笑。

"每一位大体老师都是值得尊敬的，在这个房间里，所有的死亡都是为了让生者更好地活下去。

"你们现在关注的重点应该是这条神经的走向是否清晰，血管分离是否干净，记住肌肉的连接和位置细节。"解剖室内只有男老师在说话，他年龄不大，看起来有些严厉。

陈歌在门外默默注视着一切，他看着屋内那个身材挺拔的男老师，总觉得自己在什么地方见过。"那双眼睛给我的感觉很熟悉，我好像在八号尸库外面看到过。"他想了半天才想起来，八号库房里有一个玻璃容器中浸泡着一具大体老师，比较特别的是那具尸体双眼是睁开的。

"门外被浸泡在福尔马林里的尸体，在门内获得了新生？这是高医生幻想出来的，还是他将死者的灵魂囚禁在了门内世界当中？"陈歌身体表面的血膜又开始变厚，他犹豫要不要进入屋内时，血肉长廊另一端响起了粗重的呼吸声。一股夹杂着臭味的风从通道另一侧吹来，伴随着那呼吸声，墙壁上的脏器也开始有规律地收缩跳动。

"什么东西过来了？"走廊另一侧正在接近的怪物，带给陈歌的感觉和之前遇到的白衣女孩、男教师完全不同，充斥着破坏、杀戮、愤怒等负面情绪。白猫抓着陈歌的肩膀，耳朵向后，发出低沉嘶吼，它也感受到了威胁。在陈歌把全部注意力都放在走廊远处的时候，他旁边解剖室的门突然发出一声轻响。扭头看去，那个戴着口罩的男教师此时正在门边，疑惑地打量着陈歌。

"我……"陈歌还没编好理由，手臂就被男老师抓住。

"进来再说。"男老师将陈歌拉进屋内，随手关上房门。"你先躲起来，不能让它看见你。"

通道里的呼吸声越来越近，在男老师的催促下，陈歌拿着碎颅锤钻进二组试验台下面，这是个可以升降的台子，原本是用来放尸体的。走到近处陈歌才发现，屋内那八个包裹得严严实实的学生，其实也是尸体。它们低垂着头，僵硬的手指歪歪斜斜夹着手术刀。"怪不得它们一句话都不说，这老师恐怕也是个疯子。"

外面的动静越来越大，粗重的喘气声慢慢靠近，陈歌通过试验台下面的缝隙偷偷朝外面看去。通道里的那些血管在收缩弹动，很快一个面颊被挖空的人形怪物走了出来，它身体比正常人壮硕许多，身高两米四左右，头几乎顶到了天花板。这人的身体构造与陈歌见过的女孩不同，反倒和周围的墙壁一样，仅有一层血膜包裹，能清楚看到里面的各种器官。怪物走得很慢，它似乎已经和门后的世界融为一体，只是在漫无目的地游荡。通道晃动，怪物经过解剖室时停顿了一下，被挖空的面颊转向房门。在屋子里能清楚感受到门锁颤动了几下，那怪物发现无法打开房门后，渐渐朝着远处走去。等了几分钟，通道里恢复平静，陈歌这才从试验台下面爬出。

"刚才过去的是什么东西？"男老师一直躲在门后，他没有回答陈歌的问题，而是用一种很怪异的目光盯着陈歌。

片刻后，他将口罩取下，他的五官和门外福尔马林中浸泡的人脸一模一样。"那是学校里新来的保安，脾气很暴躁，发现你这种在上课期间还到处乱跑的学生，估计会被直接抓住去见校长。"

"学生？校长？"陈歌有点不是太明白男老师的意思，对方眼中的世界似乎跟他不太一样，而男老师接下来说的话，也证实了这一点。

"你是哪个班的学生？负责你的老师是谁？"男老师发现陈歌没有回话，也不生气。"不愿意说就算了,逃课是不对的,快点儿回去吧。我知道像你这样的孩子可能内心想法比较多,也比较敏感。"

"像我这样的孩子?我像孩子吗?"陈歌不是太明白男老师的意思,但是他能从男老师语气中听出一丝善意。

对方说话的语气和跟自己学生说话时完全不同,似乎是害怕伤害到陈歌的自尊心。"身体上的残缺并不能说明什么,有一颗勇敢坚强的心才是最重要的。"

男老师似乎是在安慰陈歌,这让陈歌更加疑惑了。"在你眼中我身体有残缺?"

"是我用语不对,老师向你道歉,快回去吧。"这个刚才还严厉训斥自己学生的男老师,换了一种语气,能看得出来,他人真的很不错。通过男老师的种种反应,陈歌算是弄明白了,在男老师眼中门后用血肉构筑成的世界才是正常的,而像自己这样的外来者,对方看起来会觉得很畸形。

陈歌无法理解男老师眼中的世界究竟是什么样子的,他只想从男老师身上套出更多的线索。"老师,您贵姓啊?"

"我叫刘正义,你叫我刘老师就行了,逃课是不对的,以后你实在心里有事没处说,那就来找我好了。"

刘老师应该只是客气一下,不过陈歌却不准备放过这个机会,他不着痕迹地把碎颅锤放入背包,双手抓着衣服下摆,几经犹豫后开口说:"刘老师,其实我一直是校园霸凌的受害者,这些秘密我从来都不敢跟人说。"

"校园霸凌?咱们学校还有这事?"刘老师神色一下严肃了起来,语气也变了,"你别怕,把所有欺负过你的人都告诉我,你这事我会管到底的!"

陈歌也没想到会这么顺利,他只不过是想让自己看起来可怜一些,方便套近乎。谁知道刘正义老师会这么直接,一上来就问谁欺负了他,准备帮他出头。这是个好老师啊。陈歌打心底觉得刘正义这人不错,很对他的脾气。鬼屋里正好还缺少一个能镇住人偶们的管理者,刘正义看起来挺合适的。

陈歌轻轻吸了口气,没有立刻回答刘老师的问题,他压低了声音:"老师,我知道你是为我好,但我不能说。"

"你是害怕他们以后会变本加厉地欺负你?"刘老师皱起眉头,"那你有没有想过,你越不反抗,他们就越认为你软弱,从而形成一个恶性循环?"陈歌低下了头，好像是在认真思考刘老师的话。

"不要怕，老师会帮你摆平。"刘老师说得很霸气，他也确实准备这么做。

过了一会儿，陈歌好像是终于下定决心，他慢慢抬起头。"刘老师，我的事情会牵扯到很多人，到时候你会发现身边有些学生，甚至同事都隐藏着不为人知的另一面。你是个好人，所以我不想连累你。"

"牵扯到很多人？这学校里的大多数人我都见过，他们应该不会做那样的事情。"刘老师正义感很强，但是并不傻，他回想了一下。"学校里除了校长，算上我还有六位老师，其中几位是拥有丰富临床经验的医生，以我对他们的了解，欺凌学生这种事，他们绝对干不出来。"陈歌低着头，在旁边默默把刘老师说的每句话都记在心中。

"教师排除在外，那就剩下学生、保安和后勤工作人员。"刘老师想了半天也没猜出是谁，但是他看陈歌的样子也不像是撒谎。

"老师，那些人在你面前是一个样，在我面前又是另一个样，他们简直就是披着人皮的畜牲。"陈歌说话的时候双手紧握，青筋暴起。看到陈歌这样，刘老师更加觉得陈歌受了委屈。

"我不能拖你下水，不过有机会，我会亲手为你揭开那些人的真面目。"陈歌不是随便说说而已，刚才他从保安怪物身上感受到了无穷的恶意。被血色世界同化的保安，对刘老师没有兴趣，但如果让它看到陈歌，肯定会疯狂进攻，到时候刘老师自然能看见那些"人"的真面目。

"也好。"刘老师没有强求陈歌继续说下去，他走到那两组学生尸体旁边，又开始上课。

陈歌站在旁边看着也无聊，而且停留的时间越久，皮肤上的血膜就越厚。

"刘老师人不错，正好可以借着这个机会，验证一下我的猜测。看看是不是只要帮助血门后的那些灵魂，就能得到门后世界的认可。"

他朝着刘老师那边走去，还没靠近，就被刘老师拦了下来。"没有穿戴实验服，不许靠近解剖台。"

"老师，我就是想问问，我能不能帮你什么忙？"

"帮忙就算了，你能学好课上教的东西，以后救助更多的人，那我就很满意了。"刘老师看着陈歌摇了摇头。"消毒柜里有实验服,你先去换上一套,这节课先在我这儿旁听,等下了课,我再和你一起去找你老师问问情况。"

"好的。"陈歌换上实验服,戴上厚厚的口罩,走到试验台旁边,和四个学生尸体站在一起,看着摆在桌面上的大体老师。在陈歌进来之前,这屋子里其实只有刘正义一个人,刘正义对着尸体讲课,不时会对着桌上的尸体比画一下。桌上摆着课本,大多数名词陈歌都弄不懂意思,他将书翻到了有图的一页,看着图才明白了三四成。

刘老师讲了半天,课桌上的尸体依旧是原样,尸体旁边的"学生"也是尸体,它们自然不会去触碰尸体。

而这一切,刘老师就好像完全没有看到。反倒是陈歌看了半天理解得越来越透彻,他第一次完成噩梦任务奖励的天赋技能是"殓容",一位好的殓容师会精通人体结构学。陈歌也算是触类旁通,他从旁边学生手中拿过手术刀,调整呼吸。只有实践才能证明,他确实学好了刘老师教的东西。

解剖的第一步是分离全身的皮肤,陈歌拿着手术刀的手很稳,一开始刘老师还想提醒陈歌,但是当陈歌将大体老师背部的皮肤分离完后,他闭上了嘴,安静地站在一边。

手术刀划到了颈部,从枕骨下方进刀,刀片划过头皮,切断头发,当头发断开的声音在屋内响起时,陈歌的心也跳动起来。他第一次距离尸体这么近,还是用这样一种方式。

尸体长时间浸泡在福尔马林中,皮肤很硬,就像是牛皮一样,没有生机,陈歌也是头一次如此清晰地感受到死亡,这种感觉他会铭记一辈子。

"死后,所有渴望的事情都会变成遗憾,我的冒险屋应该就是收容这些遗憾的地方。"

随着解剖不断进行,陈歌发现覆盖在自己身上的血膜慢慢变薄,他的呼吸也愈发顺畅。刘老师不时会纠正陈歌的一些错误,陈歌一开始动作很不规范,错误也很多,但是他手稳心静,学得非常快,这让刘老师感到非常惊讶。解剖最终只完成了第一部分,在陈歌准备继续的时候,他发现自己身上的血膜不再变薄了。

"怎么回事?"陈歌放下手术刀,他原本准备在这房间里彻底把血膜消除的。

陈歌抬头看去，站在他身边不远处的刘老师双眼失去了神采，血肉构成的地面上，不知什么时候长出了无数血丝，钻进了刘老师的双腿之中。刘老师的皮肤下面有血流在涌动，慢慢他的双眼变得通红，布满了血丝。他好像变了个人一样，缓慢移动身体，将旁边桌子上的大体老师抬下，为它穿上实验服，然后又将一个学生尸体放在了解剖台上。做完这一切后，他又看向陈歌所在的试验台。血红色的双眼在几个人身上移动，他似乎在思考，为什么会多出一个人来？

血膜仍旧存在，陈歌现在无法使用身上的怨念，背包又在刚才换衣服时放在了试验台下面，他没办法第一时间取出碎颅锤。陈歌穿着实验服，戴着厚厚的口罩，停下了手上所有的动作，混在几个尸体学生当中。

眼中满是血丝的刘老师双腿被一条条血管缠绕着，跌跌撞撞地围着陈歌和几个学生转了一圈。他的身上带着浓重的血腥味，被操控得失去了理智，他无法做出选择，似乎只要一思考，脑袋就好像要炸裂一般，疼痛难忍。

刘老师双手拉扯着头发，拼命捶打着自己的身体，墙壁上那些凸起的脏器也因为他情绪的变化，收缩跳动。通道里再次响起粗重的喘气声，那个面颊被挖空的怪物，缓缓走来。它身材高大，皮肤接近透明，一条条血管密布在身体表面。通道轻轻摇晃，刘老师慢慢平静下来，他朝外面看了一眼，没有再犹豫，随手抓住一个学生，将其拖了出去。隔着门上的窗户，陈歌看见那个面颊被挖空的怪物，肚子裂开了一个很大的口子，将学生尸体给塞了进去。怪物享受着这个过程，片刻后它的身体变得更加高大了。吃掉学生之后，怪物没有离开，它那张被挖空的脸正对着窗户，似乎还没满足，想要吃掉更多的东西。

刘老师处理掉那个学生后，关上教室门，回到试验台旁边，将解剖台上的尸体抬起，为其换上实验服，然后又将陈歌身边的一位学生尸体放在了解剖台上。所有尸体的位置都和陈歌第一次进入这间教室时一样，只不过现在他替代了其中一个学生。

刘老师双腿上缠绕的血管慢慢散去，眼中的血丝也开始消退。当墙壁上那些脏器停止跳动的时候，刘老师眼底的最后一条血丝也消失不见了。他捂着胸口，趴在地上，大口大口地吸着气，好像刚从河里捞出来的溺水者。陈歌赶紧走了过去，将刘老师扶起。他脸色苍白，身体似乎透明了一些。

"你还好吧？"

"老毛病了……"刘正义站起身，好像忘掉了之前的一切，直接把陈歌当成了自己的学生。"好了，我们现在继续上课。"他又开始重复刚才讲过的内容，在满是尸体只有自己一个人的房间里，充满激情地讲着课。

陈歌试着又询问了一下刘老师，需不需要帮忙？

刘老师的回答和之前一样，但这次当陈歌按照刘老师所说的解剖尸体时，他身上的血膜却没有变薄。这片血色世界非常特殊，就像一个庞大的畸形生命，拥有自己的意识，似乎会主动修复漏洞。

在这地方待得久了，很可能会被它们注意到。陈歌心里有种急迫感，他要趁着自己没有被发现赶紧将血膜的问题解决。放下手术刀，陈歌朝着刘正义喊了一声："老师，我想去趟厕所！"

"快去快回。"刘老师正在和尸体学生交流，没有在意陈歌，等到陈歌从他旁边经过时，他仿佛忽然想起了什么，疑惑地看了陈歌一眼。"这位同学，你之前是不是跟我说过什么？我好像答应过你一件事。"

"老师，记住我这张脸，要不了多久我们应该还会见面的。"陈歌穿着实验服，将白猫从背包里抱出，直接离开了。走廊上看不到任何血迹，如果不是亲眼看到，陈歌根本无法相信，就在几分钟前这里发生过一起"凶杀"。

"刘正义刚才在无意间给我透露了一个信息，地下尸库里一共有五类'人'，校长、老师、学生、保安和后勤工作人员。血色世界改变了刘正义的世界观，在他眼中这一切都是合理的，那么他眼中这五类人的本体是什么？

"刘正义自己是老师的代表，拥有记忆和高超的专业技能，保留着活人的外貌，甚至连生前的性格也完全保留了下来。学生应该代表着尸体，不会说话，不会反抗，这一类在门后世界是最多的。保安我见过了，它们看起来更像是各种残尸拼合成的怪物，完全受这片血色世界支配，维持着秩序。后勤人员可能是怪谈协会的受害者们，他们死后如果有残念留存于世间，很可能会被高医生送入门后的世界当中，成为这世界的养料。至于最后的校长，应该就是高医生本人，他代表着这片血色世界的意志。"五类人构成了这个畸形的世界，陈歌想要仅凭自己的力量去对付他们全部，几乎是不可能的。这个三星场景未免太变态了一点儿。

与陈歌的谨慎小心不同，一向胆小的白猫此时独自跑在前面，双瞳泛着亮光。

"感觉这只猫好像又变大了一点。"陈歌取出碎颅锤，紧跟在白猫身后，他们从地下尸库中层区域走出，来到了占地面积最大的外围区域。

"你先别跑！"陈歌抓住白猫，将它放在背包上，停在走廊一侧朝里面看去。在地下尸库中层区域和外围区域之间，有一扇被封死的房门，门上歪歪斜斜地写着一个数字八。

学校档案当中没有记录的八号停尸库，在门后世界竟然真的存在？看来现实当中也确实有这样一个库房，只不过被心怀不轨的人给封掉了。陈歌扯动房门上满是血迹的铁链，盯着锁头看了半天。"这锁的结构跟我以前见过的完全不同，想要砸开它估计有点困难。"砸门动静太大，陈歌虽然好奇门后隐藏的秘密，但现在血膜还未完全破除，太莽撞的话会让自己变得更加被动。

"忍了，等我可以和怨念沟通之后，再带着员工一起过来。对手越想隐藏的东西，对我来说应该也就越重要。"

陈歌记下八号库房的位置，没有在此多作停留，继续朝走廊深处走去……

第11章 卫九卿

血肉构成的通道里，脏器在墙壁上跳动，一条条血管横过天花板，其中有无数血丝在涌动。与陈歌刚进来时相比，门后的世界也开始出现变化，就像一个沉睡的人在慢慢苏醒。

陈歌走过长廊，听见七号尸库里传出两个人的交谈声。

"听说试验又失败了？"

"是啊，全死了，没一个人能从那房间里出来。真可怕，希望永远不会轮到我。"

"你想得美，估计下一批就到咱们两个了，你有没有发现，最近一段时间来的新人很少？"

"发现了，可能加紧试验也是因为这个原因，外面出事了。"

"其实我挺同情那具尸体的，被一个疯子喜欢，死了也要饱受折磨，不得安生。"

"闭嘴吧，这不是我们能讨论的，好好干活。"

陈歌站在门口朝里面看了一眼，屋内正在交谈的是两个怪物。它们只是大概长了一个人的形状，脸和正常人一样，但是身体却好像烂泥般糊在一起，全靠着红色血丝缝合才没有散开。陈歌有些惊讶，它们的身体虽然是后天拼凑出来的，脸却是它们自己的。陈歌在血门外面贴满照片的房间里见过两人的照片，它们两个都是怪谈协会的受害者，其中之一正是41号患者的父亲，那个虐待过自己孩子的中年男人。

陈歌没有急着进入七号尸库，他大脑飞速运转，眼前看到的一切和他的猜测大致吻合。这两个应该就是刘正义所说的"后勤人员"，它们是由怪谈协会受害者的残念组成，直接服务于"校长"。

"为虎作伥。"陈歌脑海里直接浮现出了这个词语，在他看来怪谈协会确实是一个没有丝毫底线的组织，人死之后，还要带走受害者的残念，逼迫它们为自己做事。

"等着，我会把你们都救出来的。"陈歌握紧碎颅锤，蹲守在走廊拐角，利用阴瞳偷偷注视着七号库房。两个怪物将地上的血布掀开，里面是一具具尸体，看着像是从门外世界带进来的。它们把尸体抬起放在推车上，正对着停尸柜的门。

"准备好了，开柜吧。"其中一个怪物有些紧张地站到停尸柜旁边，深呼吸，伸出满是缝补痕迹的手，打开柜子上的锁。在锁头卡簧弹动的瞬间，停尸柜厚厚的柜门直接被撞开，无数粗大的血管如同巨蟒般伸了出来。另外一个怪物经验丰富，柜门移开的同时立刻往前推动车子，血管伸出来的时候，它正好将车子上的尸体推到血管面前。那些如同章鱼触手般的血管包裹住尸体，就往停尸柜深处拖拽。

"快关柜门！"

两个怪物合力把柜门关上，可在上锁的时候出现了意外，有一条血管顺着缝隙钻了出来缠上了一个怪物的手臂。血管前端好像有长满了尖牙的嘴巴似的，直接弄断了那怪物的前臂。手臂断了，那怪物也不喊疼，似乎早已习以为常，它趁着血管咬着手臂往后退的时候，顺势将锁头合上。柜门仍被不断撞击，柜子里仿佛关了数头野兽一般。

十几秒后停尸柜才安静了下来，两个怪物又准备打开第二个停尸柜。直到将所有尸体全部送入柜中，它们两个才松了口气，此时它们已经伤痕累累，身体残缺。"总算完事了。"两个怪物推着车子从七号库房离开，陈歌悄然跟上。

"它们将门外的尸体放入停尸柜里，供那些血管吸收，这是在为血色世界提供营养？"陈歌看着头顶天花板上粗大的血管，还有在里面安静流淌的无数血丝，更加觉得这个世界诡异畸形了。

"怪谈协会比我早五年发现了'门'的存在，他们似乎已经掌握了改造'门'的方法。"陈歌经过七号尸库时往里面看了一眼，感觉这里不像是一个血色学校，更像是一个血色工厂。"高医生是比'门'还要恐怖的怪物，这个人太疯狂了，完全不知道他到底在想些什么。"

往前走了几米远，六号尸库门口有两个穿着白大褂的医生在争吵，吵架内容涉及很多人体的专业名词，反正陈歌是一句都没有听懂。医生在这片血色世界的地位似乎很高，两个"后勤人员"根本不敢靠近，好像接近他们就是一种不尊敬。等到医生吵完离开，两个怪物才敢小声说几句，发泄一下不满。

"看来试验又失败了，那房间已经吞掉了上百人。"

"其实也不算失败，很早以前那具尸体不是就可以移动了吗？"

"你懂什么？尸体活了，但是灵魂早已消散，那个疯子是想要找到他妻子的灵魂。灵魂和尸体结合在一起，才勉强能算作一个人。"

"我不懂，反正跟我也没什么关系。咱们走快点儿吧，到那个疯老头住的地方了，万一被他遇上，肯定又要出事。"

"你不说我都忘了。"

两个怪物闭上了嘴巴，它们在经过四号停尸库时放慢了脚步，生怕弄出一点声响。但是它们没想到的是，有一个老人就站在四号停尸库门后面，看到人过来，直接打开了门。

"你俩站那儿！"老人的声音很严厉，不苟言笑，听着就让人感到害怕。

"卫医生，你找我们？"两个怪物挤在一起，不敢靠近。

"回答我一个问题。"老人拥有一双鹰眼，目光锐利。

怪物被老人盯着也不敢反抗，不情愿地点头问："您想要问什么？"

老人嘴唇动了动，面带疑惑。"我到底死了没有？"这个问题一问出口，通道里的血管就开始加速，墙壁上的脏器也跳动得更加剧烈了。

"您这不是活得好好的吗？"两个怪物挤出笑容。

"可是我明明记得自己已经死了啊！"老人双眉拧在一起，开始沉思。一个怪物悄悄拽了拽另一个怪物，它俩慢慢退入走廊深处，小跑着离开了。

房门大开，老人就站在门口，他双眼之中有少许迷茫。"我没有死？"

这位不苟言笑的老人陈歌见过，也是在八号尸库当中，当时老人的尸体就在刘正义旁边。浸泡在福尔马林中的他神色安详，和现在截然不同。好像所有被陈列在八号尸库里的人，都还保留着记忆和各自的性格，并没有受到血色世界的影响。门后的世界充斥着各种负面情绪，长时间停留会在潜移默化中受到影响，也只有那些最纯粹的人能够坚持下来。之前遇到的刘正义，刚正不阿，听到学生遭受霸凌，就直接准备为学生出头，一身正气，现在陈歌面前的老先生同样如此。

陈歌隐隐明白了一些东西，可能正是由于血红色世界无法同化他们，所以才会每隔一段时间强行操控他们，让他们忘记某些东西，以此来维护这里的稳定。陈歌是一个很冷静的人，他脑海里很快又出现了另一个问题。相比较强行控制思维，杀掉他们显然更容易，但是血色世界却没有这么做，门后的世界没有同情和怜悯，他们到现在仍旧活着，说明他们肯定对门后的世界有用！

通过怪物的交谈，还有自己掌握的一些线索，陈歌心中得出了一个结论："怪物称呼老人为医生，不管是刘正义，还是这位老先生，他们应该都是某个领域最顶尖的医师。门的拥有者似乎是想要复活什么人，他留着这两位医生，应该是为了帮助自己，完成那个让死人复生的试验。两个怪物怕惹麻烦不愿意接触老人，但我就完全不同了。"陈歌把白猫放进背包，收起碎颅锤，大大方方地从角落走出。

老人家听到脚步声，缓缓抬头，看见陈歌的时候有些诧异，那感觉就像是冷不丁被吓了一跳。

"我真好奇自己在他们眼中究竟长什么样子？"陈歌很有礼貌地走到老人身边。"老先生，我有几句话想对你说，能不能耽误你几分钟的时间。"

"现在应该是上课时间，你哪个班的？"老人看了陈歌几眼，似乎是慢慢看习惯了，神色恢复正常。

"老爷子，你刚才和那两个人之间的对话我都听到了。"陈歌开门见山，他不准备再耗下去了。

"听到又如何？你也觉得我是个疯子？"老人抓着尸库的门，准备退回去。

"你没疯，其实你确实已经死了。"陈歌说完这句话后，整条通道都安静了下来，他能清楚听到天花板上血液流过的声音。

老人深深地看了陈歌一眼，没有说话，微微点了下头，让开了路。征求到老人同意之后,陈歌闪身进入四号尸库当中。这是一个小型尸库,因为线路原因,四号尸库被停用,里面改造成了一个标本室。

"嘭!"房门关上,老爷子仍旧一句话都没有说,他自顾自地走到摆放着各种器官标本的架子当中。陈歌不明白老人要做什么,只是安安静静地跟在后面。

老人领着他来到了货架最里面,然后说:"你有什么话就在这说吧,外面人看不到这里。"

陈歌点了点头,开口说道:"老爷子,你能形容一下我在你眼中长什么样子吗?"

"五官全都没长在该长的地方,你能活着也是个不小的奇迹了。"老先生说话很不客气。

"那周围的墙壁和货架在你眼中又是什么样的?"

"墙壁?"老人听出陈歌话里有话,"刷着白漆,刚翻新过,很干净。"

"那你知道这面墙壁在我眼中是什么样子的吗?"陈歌指着身边的墙壁。"它表面被一层透明的血膜包裹,布满粗细不同的血管,仿佛人体的脏器一样,在不断跳动。"陈歌说完后指了指自己的脸,"我看到的才是真实的世界,这一点相信你应该已经意识到了。"

生前越是纯粹、意志强大的人,死后在门内的世界就越不容易被控制,老先生就是属于这一种人,他不仅没有被血色世界的负面情绪影响,还在和血色世界的斗争中慢慢察觉到了一些东西。

"我知道突然给你说这些,你可能无法接受,但这是事实。"陈歌一直留意着老人,一旦老人情况不对,他会立刻采取措施。"我曾在地下尸库八号库房里见过你,你的身体浸泡在福尔马林当中,神色安详。"

"你是说,我不仅已经死了,还把自己的遗体捐赠给了学校?"老人拼命回想,他隐约记起了一些东西,可就在这时候异变陡然出现。墙壁、地面,一瞬间有数道血管冲向老人。

类似的事情已经在陈歌眼前发生过了,这回他做好了准备,在血管刚出现的时候就拿出碎颅锤,将那些靠近的血管全部抡开。不过紧接着,更多的血管从地面和墙壁中涌出。密密麻麻,数量多到吓人。

"老爷子!想想你曾经做过什么决定!你看到的一切都是假的!"

他护着老人,砸断靠近的血管,可是这也只能拖延几秒钟的时间。门外的通道里响起了粗重的呼吸声,"保安"也被吸引而来。

"我做过什么决定?"老人双眼之中有了一丝清明,但紧接着那些血管就从身后缠上了老人的身体。他的眼眸在血红和黑白之间变换,老人表情十分痛苦,在他快要忍受不住的时候,他把手伸进了自己的衣袖当中。但最终老人还是没有摆脱控制,血管消失后,他虚弱地趴在地上。

"老爷子?"陈歌蹲下身将老人搀扶起来。"你还能不能记起来我是谁?"

捂着心口,老人从地上站起,他望着陈歌茫然地摇了摇头,随后又好像忽然想了什么,伸手掀开自己的衣袖。在他干瘦的手臂上,密布着一条条用指甲狠狠挖出来的伤口。他看着最新的那道伤口,若有所思。"什么时候又多出了一道伤口?"

陈歌没有想到老人会以这种方式做记录,在血管爬上身体,极度痛苦的时候还能做出这些事情,说明他的意志力极强,远超常人。"老爷子,这伤口是你自己挖出来的,你可以对比一下自己的指甲。就在刚才我亲眼看到,你是用食指和中指挖出来的。"

"我自己挖的?可我怎么一点印象都没有?"

两人对话的时候,走廊上传来粗重的呼吸声,那面颅被挖空的怪物过来了。它恐怖的脸贴在四号库房窗户上,发现视线被摆满标本的货架阻挡,看不到屋内场景之后,它打算进来,没一会儿房门震颤起来

"你在这儿别乱动。"老人放下袖子,从货架里面走出,他直接走到门口打开了房门。残尸拼合成的巨大怪物将头探入屋内,它没有脸,颅腔内干干净净,也不知道它是如何感知外界的。

"谁让你进来的?"老人声音严厉。论身高和体形,他只有那怪物的一半,但是要论气势,双方根本不是一个层面上的。老人双眼目光犀利,他发现怪物没有离开的意思,抬起手臂拦在怪物身前。"这不是你该来的地方,滚出去!"

陈歌躲在货架后面,觉得眼前这一幕有点不可思议,双方实力相差太大,但是气场却正好相反。"老爷子眼中的世界和我眼中截然不同,可能在他看来,进来的只是个不怀好意的普通人。"

怪物被老人挡在门口，它似乎察觉到了陈歌，肚子上裂开一条缝隙，宽大的手掌从身后拖拽出一条满是血渍的绳索。血腥味和臭味传出，怪物露出了獠牙，可这时候老人不仅没有退让，还又往前走了一步。他对着怪物呵斥，声音越来越大。双方在门口僵持了一会儿，那怪物肚子裂开，发出类似喘息的声音，它愤怒到了极点，但是又无可奈何，最后很不甘心地离开了。

等怪物在走廊尽头消失，老人才关上门，回到货架里面，将手臂上的衣服掀开。"我们继续刚才的话题，你亲眼看到我挖伤了自己，可为什么我一点印象都没有。"

"老爷子，你脑海里一点关于伤口、血管、死亡的记忆都没有吗？"

"我最近好像一直在做同一个噩梦，闭上眼就会有很多血管缠上我的身体，我拼命反抗，但还是会被那些血管拖入黑暗中，之后我就醒了。"老人摸着手臂上的伤口，"这些伤是什么时候留下来的，我完全不记得了。"陈歌想把刚才发生的一切告诉老人，可是才说到一半，墙壁上的脏器就开始疯狂跳动，外面的走廊上又响起粗重的喘息声，无奈之下，陈歌只好作罢。

"还是再等等吧，现在我们没有自保的实力，告诉你也没用。"陈歌算是看明白了，只要老爷子一回想起某些重要的东西，门后的血色世界就会强行控制他，一直在走廊上游荡的怪物也会过来。这次蒙混过去了，陈歌不觉得自己下次依旧会这么幸运。比起让老人想起一切，还是破除血膜比较重要。"老爷子，你还有没有其他什么需要我帮忙的事情？"

陈歌突然开口，老人搞不清楚状况，他思考了好半天，双眼看着陈歌说："我想让你带我去八号尸库一趟。"

"八号尸库？"陈歌没想到老人会提出这样一个请求。"那尸库被人封死了，你去哪里干什么？"

"我也不知道，但觉得那里面关着对我来说很重要的东西，可能我之前进去过，把什么东西忘在了里面。"

"必须要进八号尸库里面才行吗？"开锁需要时间，在开门的过程中很可能会吸引不止一个怪物过来，到时候自己的处境可就危险了。

"是的。"老人点了点头，他脾气很倔，认准了只需要陈歌帮他做这一件事。

进入八号尸库很危险，但是陈歌短时间内又找不到其他的"人"，他现在感觉血色世界已经开始注意到他了，再拖下去局势可能会对他更加不利。停留在门后世界的血雾当中，皮肤表面的血膜会不断加厚，在核心区域的房间里还有另外两个倒霉蛋，要是陈歌这边耽误太长时间，他们两个恐怕会直接窒息死掉。

陈歌最终点了点头，说："好，我带你去八号库房。"得到陈歌肯定的答复，老人表情舒缓了很多，他看着陈歌的目光中不由得多了一丝欣赏，他自己也不知道为什么，就感觉看这小子特别顺眼。其实老人会产生这样的错觉只是因为陈歌是个外来者，他和门内那些怪物完全不同，老人从他身上感觉到了一丝少见的人性。如果换李旭和马威过来，可能老人会觉得那俩人更加亲切一些。

"八号库房的钥匙应该在校长办公室里，想要过去比较困难，我知道一条通往那边的路，其中最近的那一条保安比较多，还有一条走的人很少，不过……"

"不需要那么麻烦，开门也不一定非要用钥匙。"陈歌觉得只是想要破除血膜，完成老人的愿望而已，他不想搞那么麻烦。"你直接跟我去八号尸库就行了。"

陈歌走到门口，老人又不放心地提醒了他一句："我每次离开这房间，心里都会出现一种很不好的预感，我也不知道为什么，等会儿你多注意一些。另外还有一点，咱们绝对不能被其他人看到。"老人以前好像有过偷跑的经验，当时具体发生过什么他已经记不清楚了，只是有个模糊的印象。

"放心，有我在。"陈歌身上的血膜只剩下薄薄一层，完成老爷子的心愿后，应该就能彻底获得认可，到时候他就再也不用东躲西藏了。

打开门，陈歌从屋内走出，他出来的时候通道里没有发生任何变化。但是当老人迈出门的时候，整条通道都轻微晃动了一下，墙壁上那些脏器收缩的频率明显变快。

"不要耽误时间，直接过去！快点儿！"地下尸库外围区域地形复杂，连接着许多建筑，陈歌很庆幸自己进来之前将手机照片上的地图背了下来。他拿着碎颅锤，轻车熟路朝八号尸库走去，老爷子则跟在他后面，目光坚定。

老人离开房间之后，血色世界明显出现了变化，如果说之前是风暴之前的平静，那现在风暴的前奏已经到来。没有回头的路，也没有其他的选择，陈歌带着老人在通道中快速穿行。他已经做好了准备，不管是谁拦在他前面，都要冲过去！墙壁里飘散出一股怪味，头顶血管当中的血流速度再次变快，两边尸库里那些停尸柜里发出嘭嘭的声响，那些巨蟒般的血管似乎又感到饿了。转过几个弯，陈歌听见前面传来脚步声，他握紧碎颅锤，不仅没有放慢脚步，还越跑越快。走廊那边的人好像也听见了他的脚步声，反而停了下来。

转过拐角，陈歌看到两个身体好像烂泥一样的"后勤人员"在修补通道，它们推着一辆小车，车内是残缺的尸体。它们耐心地将尸体放入墙壁裂开的缝隙当中，然后又用红色的血丝将墙壁缝合住。两个怪物在认真干活，看到陈歌过来也没有放在心上，但看见老人就露出见鬼的表情，神色紧张。

"被发现了。"陈歌提着碎颅锤就准备过去灭口，但是被老爷子制止。"不用管他们，这些家伙胆子很小，你伤害了他们，保安会立刻过来，但你不管他们，他们也没有胆量去通风报信。"

老人说完盯着那两个怪物，俩怪物很识趣转过身，就像看不见陈歌和老人一样，继续开始干活。

"我和他们打交道比较多，比较了解他们。"

陈歌早就看出那些"怪物"有点害怕老人。"赶情您老人家也是个狠碴子。"

"谈不上，先去八号尸库，到地方再聊。"

通道里的气氛愈发压抑，墙壁上已经开始渗出鲜血，情况很不乐观。转过几个弯，陈歌和老人只用了几分钟就跑到了八号库房门口。此时通道里墙壁、地面，还有头顶的血管都开始往外渗血，周围的血雾也变浓了许多。

"门上了锁，没有钥匙怎么开？"老人站在血雾当中，他自从离开那个房间后，头就感到非常痛，好像有东西要突破某种限制钻出来一样。

"交给我吧。"现在已经没有退路了，陈歌双眼盯着门上的锁头，高高扬起碎颅锤！

"嘭！"

房门颤动，旁边墙壁上的脏器都震出了血。"还真结实。"陈歌咬着牙，玩命抡砸，他对准了门轴墙壁结合的地方。他一开始就做好了砸门的打算，第一次经过时就有这个冲动。就算这扇门很坚固，陈歌也不害怕，大不了就把旁边的墙壁一起砸了，无论如何，总能找出一条进入的路。

陈歌不断抡砸，不断有血丝从血槽里爬出，显得更加狰狞。陈歌连续抡砸十几下后发现，那些血丝不只是装饰，好像还有其他的特殊效果，似乎因为那些血丝，碎颅锤才能对门后血色世界的物品造成极大的破坏。

陈歌自己也不知道砸了多少下，动静闹到太大了，这跟老人之前的计划也完全不同。他本想着让陈歌去偷钥匙，然后悄悄过来开门，找到那个对自己很重要的东西。但是陈歌的做事风格完全超出了常规，可能连隐藏在地下尸库深处的"校长"都想不到，有人敢这么疯狂。房门上面的锁链哗哗作响，锁头已经松动，更恐怖的是紧邻锁头的墙壁都快被陈歌砸透了。走廊两端又传来了喘息声，有"保安"过来了。

"好了吗？"老人在后面看得心惊肉跳，他刚才对陈歌的欣赏，现在转化为一种很微妙的情绪。

"马上！"陈歌紧咬着牙，后退几步，借助身体的力量，抡锤猛击！

"嘭！"八号库房门重重撞在墙壁上，锤头去势不减，砸在墙壁边缘，蹭掉了一大块墙皮。

上锁的门被陈歌硬生生砸开，这时候走廊两边那些面颅被挖空的"保安"也跑了过来。它们体形高大，由无数残尸构成，携带着仇怨和痛苦，肚子上裂开了一道道缝隙，其中还有手臂不断往外伸。

"快进来！"

陈歌和老人一起进入八号库房，老人的心愿已经实现，陈歌身体表面的血膜在慢慢变薄。他关上房门，拿着碎颅锤用后背顶住门板。"希望能拖到血膜消失……"

陈歌原本对这个八号库房并不在意，可是当他抬头看去时，整个人呆住了。

门内世界八号库房的构造和现实世界存在细微差异，这里多了一个以血肉为材料的特殊容器，其中囚禁着一个四十岁左右、穿着白大褂的男人。

"陈医生？！"这个被关在容器里的男人正是江州市儿童福利院的陈医生，活棺村试练任务最后时刻，似乎就是他赶走了怪谈协会的十号。"他怎么会在这里？难道他在交手的时候落败了？"

陈歌思考时，身后的房门被不断重击，一只只带着血丝的手臂从门缝处往里伸。那两个面颅被挖空的怪物过来了！

"老爷子，你找到自己丢的东西了没？我快顶不住了！"陈歌手臂上的血膜还有最后薄薄一层，怎么都消除不了。他已经开始呼喊员工们的名字，但就是得不到回应。

"你别急。"老人从一个个空了的玻璃容器前面走过，最后停在了现实世界装着他自己身体的那个容器前面，手掌贴着玻璃，目光看向容器前面的一段介绍。

"卫九卿，江州市法医学院教授，生前创立江州市生命科学研究所，73岁患肺癌后，立遗嘱捐献遗体作为医学教学之用。"他看着容器上的那行字，无数的记忆在脑海里炸裂。有关于自己的生活、研究的记忆不断翻涌，最后画面定格在他身体快要不行的时候。病房中，他准备将自己的遗体捐赠给学校，当时他的子女都在阻拦，身体虚弱的他拿着笔说了最后一句话。

"我宁愿他们在我身上划错千千万万刀，也不希望他们在病人身上下错一刀。"

无数的记忆涌入脑海，老人头痛欲裂，但是他的眼神却十分平静。血管从地面和墙壁中涌出，缠上了他的身体，老人动都没动，仍旧站在那玻璃容器前面。血管钻入他的身体，在他的皮肤下面涌动，好像一条条青色的小蛇朝着他的大脑爬去。密密麻麻，只是看着就觉得疼痛，可是老人却连眉头都没有皱一下。

陈歌很想去帮助老人，但是他现在自身难保，面颊被挖空的怪物在外面疯狂撞击房门，一只只带着明显缝合痕迹的人手从缝隙探入屋内抓向他的身体。"老爷子，你一定要撑住啊！"

那一条条血管最终还是钻进了老人大脑当中，不过和前几次不同，老人的双眼并没有立刻被血丝占据，他仍旧保持着清醒。满脸青色的血管，那种疼痛常人无法想象，但老人就强忍着这种疼痛，站立在存放大体老师的玻璃容器旁边。他并不高大的身体，站得笔直，仿佛这世界上没有什么能击倒他一样。墙壁上的脏器疯狂跳动，天花板上那些纵横交错的血管胀大了一圈，血液奔流，无数的血丝从外面涌入其中。血色世界没有想到会出现这样的意外，它在想方设法进行补救。越来越多的血管从房间各个角落伸出，眼前的场景简直如同地狱一般。

与仿佛无穷无尽的粗大血管比起来，老人显得太瘦弱了，他就像是风暴里一块很不起眼的礁石。更多的血管钻入了他的身体，老人却好像看不见它们一样，没人知道他此时此刻在想着什么。站在远处，陈歌只看到老人那双眼睛直直地望着玻璃容器。身体快要被血管撕碎，他却毫不在意，手掌贴着冰凉的玻璃容器，他的眼神很复杂。渴望生命，但他也不惧死亡。

"原来我应该在这里面。"生如朝露，死若星辰，卫九卿终于回想起了自己的一切，他双手握紧，喉咙中发出低沉的嘶吼声。痛苦、煎熬被抛之脑后，他的双眼焕发出前所未有的明亮。全身血管凸起，他干瘦的身体变得有些恐怖，但是他的表情看着却是那样地和善，外人肯定想不到这个严厉的倔老头也会有这样一面。

他把目光从玻璃容器上移开，轻轻摇了摇头。"那帮臭小子到底在想些什么？我捐献自己的身体可不是为了被摆进陈列室里当作展览品，太做作了！等我出去，一定要好好训斥他们一顿！"老人的声音中带着一丝怒意，他承受着极致的疼痛，找回了所有记忆。身体里那些血管发现无法影响到老人，更加卖力，整个房间都在晃动，墙壁上的脏器，还有头顶的血管多处开裂，到处滴答着鲜血。站在血雨当中，卫九卿一直保持着同一个姿势，能看得出来他正忍受着血管的摧残，不过他并没有屈服，双眼之中甚至还带着一丝轻蔑！血色世界和老人的意志，以老人的身体为战场，正在进行一场旁人根本无法参与其中的凶险战斗。

陈歌帮不上忙，他只能在门后，顶住门板，不让那些"保安"干扰到卫九卿。陈歌咬紧了牙，也是拼尽全力，门板旁边的墙壁出现了裂口，上面的脏器渗出血液，表皮皱皱巴巴，最后好像秋天的树叶一样，慢慢脱落下来。墙壁上的缝隙越来越大，没过多久，一个保安将自己的一只手臂和脑袋伸了进来。它的肚子裂开大缝，发出粗重的喘息声。它在看到陈歌后，喘息声变得更加急促，就像是暴食患者发现了最喜爱的食物。

"嘭！"

房门震颤着，两个怪物好像疯了一样冲撞着房门。

陈歌这边情况危急，卫九卿那边也到了最关键的时刻。墙壁上的脏器因为剧烈颤动，现在开始衰竭，天花板上的一条条血管也已经胀大到了极限，但就算这样仍旧没有击垮卫九卿的意志。和那些狰狞丑陋的血管比起来，老人显得微不足道，可就是他阻拦了血色世界的意识。短暂的一生在脑海中划过，卫九卿双眼愈发明亮。血管终于到了极限，上面的裂痕越来越多，最后啪一声炸裂开。屋内下起了血雨，血肉组成的房间很快变得暗淡下来，缠绕在老人身上的那些血管也失去了活力，好像枯死的老藤一样掉落在地。

"不过如此。"

卫九卿从干枯的血管上踩过,意志如同钻石一般。在卫九卿将屋内那些血管逼爆,守住自己记忆的时候,陈歌身体表面的那层血膜也悄然破碎。一股带着浓浓血腥味的空气涌入鼻腔,陈歌深深地吸了一口气,全身舒畅!他就仿佛是在水中憋了很久,终于浮出水面,那种畅快的感觉无法形状!

房门被撞击,怪物想要从各种地方挤进来,由血肉拼接成的身体被撕扯拉裂,一条条手臂抓向陈歌。他的后背已经被震麻,看着近在咫尺的怪物,脸上却露出了笑容。他知道从这一刻开始,自己不再是一个人孤身奋战了。陈歌按下复读机开关,当沙沙的电流声响起时,他握紧碎颅锤,主动打开了尸库的门。

"许音!"

猩红的身影在他身旁浮现,许音冷漠的双眸满含杀意盯着靠近陈歌的怪物,红衣滴答着血液,十根手指犹如剔骨尖刀一般向外张开。这时候走廊里又响起了第三个喘息声,怪物越聚越多。

"血肉构成一切,到处都是畸形和扭曲的东西,我原来一直生活在这么一个地方。"卫九卿找回了记忆,他看到的不再是那个虚假的世界,短短几秒钟他结合生前死后不同的记忆,很快明白了一切。老人走到陈歌旁边,小声提醒:"我们还是先离开吧,我知道一条能逃出去的路,这里怪物很多,没必要硬碰。怪物会越聚越多,等会儿再想走就来不及了。"

陈歌活动着身体,破开血膜之后感觉浑身畅快,他看着那些送上门的怪物,一点要逃命的意思都没有。

"你就放心吧,交给我来处理。"陈歌将背包里的白猫放在一边,拿出漫画册,紧接着一道道身影出现在他的四周。"只比人数的话,我还真没怕过谁!"

第12章 我也是医生

血膜包裹在身体上,陈歌心里一直憋着一股火,在血膜破开的时候,他终于可以肆无忌惮一次了。为防止血膜再出现,陈歌这次直接将漫画册里的员工全部放了出来。乌泱泱一大片,有老有少,有高有瘦,这一幕也把老人给镇住了。

"他们人都很不错。"陈歌对老人说完后,又对自己的员工小声说了一句,"那是你们未来的同事,别给我掉链子,给人家留一个好印象。"这句话卫九卿也听到了,但是没明白什么意思,不过陈歌那边的员工都心领神会,看向老人的目光也变得不同。

屋内突然出现一大片人,门外的"保安"停下脚步,它们本能地感到不安。

"现在想跑?晚了!刚才不是追得我很欢快吗?"陈歌话音一落,身边的血腥味就浓重了几分,许音十指张开,红衣之上裂出伤口,如同猎豹一样扑了过去。

"你们也去帮忙。"站在门口,陈歌注视着战局,残尸缝合成的"保安",实力在第三病栋的瘦长鬼影之上,不过也没强出多少,只不过它们比瘦长鬼影更难杀死。

"不要放过任何一个!"地下尸库是三星恐怖场景,陈歌自己的冒险屋也可以算是一个三星恐怖场景,所以陈歌有底气。在员工的围殴之下,三个"保安"一个也没离开，它们残缺丑陋的灵魂化为了鬼屋员工的养分。短时间还看不出什么变化，但长此下去，鬼屋的其他员工里说不定会出现新的红衣。陈歌知道这件事发生的概率比较小，不过试一试又没有什么损失。

解决掉三个"保安"，门后世界开始出现更大的变化，通道两边的脏器接连枯萎，天花板上的血管不断裂开，流淌其中的血液顺着通道壁滑落。

"我们该走了吧？"老人身体随着通道轻轻摇晃。

"不着急，还有位朋友没有救出来。"陈歌叫上许音一起进入屋内，在那个用血肉筑建出来的容器边。

八号库房里的血管已经破碎，这容器表面也暗淡了下来，陈歌让许音将容器打开，里面一股腥臭味传出，陈歌有点怀疑男人是不是已经死很久了。

陈医生和高医生从小玩到大，喜欢着同一个女孩，还都是心理医生，但是人生轨迹却截然不同。

血雾涌入，原本双眼紧闭、表情痛苦的中年男人猛然睁开了眼睛。那双眼眸里一片赤红，他喉咙里发出野兽一样的嘶吼，过了好久才停下。等中年男人冷静下来后，陈歌扯断了他身上的一条条血管，将他拖出。吸附在身上的血管被扯断，趴在地上的陈医生眼眸缓缓睁开，瞳孔之中映出陈歌的身影。他在看清楚陈歌那张脸后，身体轻轻地颤抖了一下，不过很快就又恢复如常。

这个细节被陈歌看在眼中，他蹲到陈医生身前，好奇地问道："陈医生，你看见是我，很惊讶吗？"

过了好久，陈医生才发出沙哑的声音："我只是觉得这场景似曾相识，另外他们都叫我陈医生，但我其实并不姓陈。"

"你不姓陈为什么要叫陈医生？"陈歌觉得这人说话挺有意思。

陈医生没有回话，他抓着旁边开裂的容器，一点点站了起来。整个过程中双眼一直盯着陈歌的脸，把陈歌看得都有些发毛。对于这个陈医生，陈歌不敢大意，高医生应该是地下尸库的推门人，掌控一扇门长达五六年的时间，拥有众多怪物。在这种情况下，陈医生能跟高医生打个平手，由此可见这人也不简单。

"我之所以叫陈医生是受人之托，他让我用这个姓，在江州市西郊办一件事。"陈医生身体非常虚弱，站都站不稳，他停顿了一会儿又继续开口说，"那个人姓陈。"听到这儿，陈歌察觉有些异样，可是不管他再怎么询问，陈医生就是不开口。

陈歌也没有强迫陈医生，他这个人最讨厌用强。"不愿意说就算了，我会把你安全送到门外的。"陈医生因为"拐卖"儿童，现在还在被警方通缉，出去后以他这么虚弱的身体肯定没办法逃离，陈歌决定到时候先把他安排在冒险屋里，等陈医生休养好了，再送他离开。

让老周搀扶着陈医生，陈歌把战斗力几乎等于零的几个怨念收入漫画册，周围瞬间清空出了一片区域。

"老爷子，你不是知道通往校长办公室的路吗？我们现在直接过去吧。"陈歌扬起碎颅锤，神态和几分钟前完全不同。

卫九卿一时间没有绕过弯来，"门都打开了还去干什么？我们已经不需要寻找钥匙了。"

"好不容易进来一次，怎么能空手而归？"陈歌脸上露出老爷子无法理解的笑容，"您只需要告诉我，前面会遇到什么怪物，要注意什么事情就可以了。"

"你不要冲动，我想起了很多东西，这地方绝对比你想象的要恐怖。"卫九卿有点担心陈歌的安全。

"我知道这里很危险，但是我必须要去做。"陈歌收起笑容，看着眼前蜿蜒的通道，换了一种说辞。"这血色世界里囚禁的医生不止您一个，我不能见死不救。"他想尽办法要在卫九卿面前刷足好感。

卫九卿听完陈歌的话，轻轻地点了点头，说："行，我带你过去。"

"多谢老先生。"

"你一定要做好准备，越往里走，就越危险，还有比刚才那种尸体拼合成的怪物更可怕的东西。"卫九卿回想了一会儿，"这地方和地下尸库很像，里面的尸体大致分为两类，一类是像我这样自愿捐献的，还有一类是死刑犯和通过其他渠道买来的尸体，有些尸体带的怨气很重。"

"能详细说说吗？"

"你之前看到的面颅被挖空的怪物就是死刑犯，枪决后，子弹穿透颅骨，把面颅炸开。它们本身就带着恶意，只不过平时被我们这些人镇住，不敢造次。但是在这片世界里，各种恶念滋生，让它们变得越来越疯狂、越来越不受控制了。那些尸体憎恶一切活人，它们不甘死亡，渴望重生，随着心灵不断扭曲，它们的身体也在不断异化，变得更加丑陋和恐怖！"

从卫九卿口中陈歌得知了很多信息，也有了一个心理准备。核心区域的血门已经关闭，想要短时间内出去只有抓住推门人，让推门人开门才行。

"假设高医生就是推门人，他现在很大概率不在门内世界，所以抓住推门人逼他开门的方法行不通。不过换种思路，推门人是门后最恐怖的存在，既然推门人不在，那这地方我岂不是可以为所欲为？"陈歌望着血红色的长廊，准备挨个房间搜查一遍，或许能遇见有缘的"鬼怪"。清理一遍场景，就算推门人再回来，自己的压力也会小很多。

"我们力量集中，而对手现在还没有发现我们，它们分散在场景的各个角落，再加上有老爷子在旁边帮忙引路，怎么看都是我这边胜算大。"陈歌还有底牌没有动用，所以显得信心满满。"老爷子，我们就先去校长所在的地方看看吧，说不定会有意外收获。"

卫九卿拗不过陈歌，答应帮他引路。

天花板上的血管裂开缝隙，血水滴落在身上，这些血珠看着和正常的血液不同，由无数细小的血丝组成。

"我们最好走快点儿。"卫九卿的外衣也被血液浸湿。"我曾看见一个后勤人员在往墙壁里装填尸体的时候，不小心划破了旁边的一条血管，血液溅落在他的身上。起初我和他都没有在意，四五十分钟后，我转了一圈回来，发现他的身体已经变成了那些血丝的温床。无数新的血丝从他身体中涌出，将他的残躯拖入了墙壁裂开的缝隙里。"

"也就是说我最多还有四十分钟的时间？"血管断裂，整个血色世界里都下起了血雨，不管躲到什么地方都会沾染上血滴。"感觉这就像是一次有预谋的大清洗，有可能会波及门后所有的怪物。"

陈歌和卫九卿走在前面，老周和其他员工将陈医生护在中间，很快他们就从几个停尸库之间走过，来到了地下尸库最外围。

"校长可能会在三个地方出现，试验室、手术室和办公室，我知道试验室和手术室的位置，至于办公室我只听后勤人员说过。"

"也就是说'后勤人员'应该知道办公室在哪儿？没事，咱们先去其他两个地方，如果没有收获，再抓几个'后勤人员'问问。"陈歌晃动着碎颅锤，老人也相信他确实有这个能力，只是担心时间不太够。

一行人在通道中绕来绕去，很快来到了卫九卿所说的试验室。这房间原本是干什么的已经看不出来了，血丝爬满了门板，血肉拥堵在一起。卫九卿将门推开，门板上的血丝被扯断。屋内空间很大，摆满了各种用血肉做成的实验器材，屋内还有两个医生争吵着什么，他们双目赤红，精神状态很不正常。

卫九卿在门口咳嗽了一声，听到响动，那两个医生回头看了一眼，发现是卫九卿后立刻停止争吵，眼中的血色也消退了。

"卫医生？您怎么过来了？"

"您来得正是时候，试验又失败了。"

两个医生一高一矮，不由分说将卫医生请进屋内，陈歌本来是想要劝阻的，但是老人轻轻摆了下手。两名医生推开试验室中央的桌子，露出了下面满是血管和碎肉的凹槽。凹槽中央嵌着一个活人，他身上有多道伤口，胸口起伏，吊着一口气，挣扎在生死线上。两个医生对着凹槽里的活人指指点点，好像在说什么，老人充耳不闻，只是默默看着凹槽里的那个人。

两个医生为了时刻让他处在垂死的边缘，一边对他进行救治，一边控制他的伤势，同时也会视情况为他增添伤口。

陈歌隔着很远偷看卫九卿和两位医生，他好像在怪谈协会受害者照片里见过那个实验体，这个人在小学六年级时欺凌自己的同桌，用笔扎同桌的大腿，揪同桌的头发，这些在他看来只是恶作剧、开玩笑的小事却对自己的同桌造成了很大的心理阴影。

"那张照片看着比较新，不过结合怪谈协会的活动规律，他们至少是在三个星期前完成的'狩猎'，也就是说这个家伙已经躺在凹槽里活了将近三个星期。"

两名医生还在说话，卫医生没有搭理他们，转身朝陈歌走来。"血管破裂，供给不足，那个病人已经不行了，我本来想要把他也一起救出去的。"

另外两个医生也早就注意到了陈歌，他们跟在老人后面，警惕地看着陈歌："你是什么人？我怎么从来没有见过你？"

陈歌没有搭理他们，直接看向老人问："您跟他俩熟悉吗？"

"我记得很清楚，这两个家伙能活到最后已经完全抛弃人性了。"老人自始至终都没看那两人一眼。"高个子姓隗，是很有名的外科医生，后来被曝光走私人体器官潜逃在外；矮个儿姓王，同样是极为出色的医生，只不过人暴躁、易怒，看着挺和善，其实是个喜欢剥皮的变态，我也不知道那位校长是从什么地方找到他们的。"

"原来是两个疯子。"陈歌听出了卫九卿话中的厌恶，他已经知道该怎么做了。"老爷子，你先出去，给我一分钟的时间。"

"你想干什么？"卫九卿没有听到陈歌的回答，就被推了出来。其实老人问的问题，也是那两个医生想要问的，他俩眼看着陈歌将试验室的门关上，感觉屋内气温下降了好多。

"你是负责后勤的？怎么长得跟其他人不一样？"两位医生有点犯怵，眼前这人看着不太对劲。

陈歌摇了摇头，他指着自己身上还未脱下的实验服，说："我也是医生。"

"新来的？"两位医生更加疑惑了。

"我算是不请自来吧。"陈歌喊上许音，扬起了碎颅锤，"我的治疗方式比较简单，很多体验过的患者都喜欢叫我碎颅医生。"狰狞的巨锤上，血丝如同蛛网一般蔓延开来。

陈歌的五指抓紧了好似活人脊柱一样的锤柄，他站在血肉组成的房门中间，踩着流淌的鲜血。"你俩还有什么要说的吗？"

一高一矮两名医生同时后退，他们眼中的陈歌本来就和正常人不同。

"如果你们没有其他要说的，那我们就开始治疗吧。放心，不会很痛的。"话没说完，陈歌和许音就冲了出去，两个生前做尽了坏事的医生，在死后受到了应有的惩罚。

一分多钟后，陈歌打开门，他和许音从屋内走出。"我们可以去下个地方了。"

卫九卿朝屋里看了一眼，那两个医生已经消失不见，他也没有问陈歌那两个医生去了哪里，就好像什么都没有发生一样，直接朝前面走去。

天花板上血管跳动得越来越厉害，白猫从背包里探出头，它似乎又闻到了那股吸引它的气味，躲在背包里冲着陈歌叫唤。每经过一个岔路口，它都会拼命在包里闹腾指路。

"这猫是真的贼。"白猫应该能感觉到被血丝淋到身上会发生不好的事情,所以它躲进包里不出来,陈歌看着它泛着水光的大眼睛,也有点无奈,询问过卫九卿过后,尽量按照白猫要求的方向走。通道摇晃,血雨滴落,长廊尽头,传来粗重的呼吸声。

"终于忍不住了吗?"陈歌让老人站在自己身后,他手持碎颅锤和许音一起走在前面。

头顶一条血管崩裂,血液顺着缝隙滴落,在跳动的脏器之间,一个个摇晃的身影出现在通道尽头。血丝在它们被挖空的面颅中弯曲缠绕,凝聚成一张张不断变换的脸,那似乎是它们生前的模样。喘息声从它们肚皮上的裂缝中传出,似乎里面还藏着另外一个怪物。

"怪不得前面没有看见这几个,原来全部集中在了一起,这是血色世界自己指挥的?"

"保安"同时出现,也预示着手术室是血色世界最后的底线,里面定然隐藏着很重要的东西,所以血色世界才会不遗余力地保护。

"比我预期的还要多。"卫九卿在这时候没有后退,他站在陈歌旁边。"你最好快点儿解决它们,这是一座血肉工厂,那些怪物就是用各种'废料'拼合而成,而这样的'废料'在地下尸库当中还有很多。"

陈歌点了点头,经过之前的交手之后,他已经明白了"保安"这种怪物的构成,身体由各种残躯尸体拼凑而出,用血丝串联,核心则是一个或几个死刑犯的灵魂组成,充满怨愤、不甘和仇恨。

"由内而外,从上到下,完全就是垃圾堆砌而成,没有任何的价值。"双方越来越近,混战一触即发,也只有陈歌能在这千钧一发的时候,冷静分析敌人身上的优点。

地下尸库是顶级三星恐怖场景,陈歌对这扇门后的世界抱有无限期待,可惜真正进来后他才发现,这里面的怪物大多都不适合带出去。它们和活棺村那些"檐鬼""轿鬼"还不同,这些由尸体拼接成的怪物对活人攻击性太强,受到血色世界影响太大,已经完全无法沟通,成了门后世界的傀儡。

"无法成为鬼屋员工,那就体验不到人间的温情,实在可惜。"为了在卫九卿面前留下一个好印象,他这次没有身先士卒地冲上去,而是打开漫画册,叫出员工。"看你们如此痛苦,不如我帮你们解脱好了。"

有一身红衣的许音冲在前面,鬼屋的其他员工也一反常态,变得勇猛了起来。不过他们大多都聚集在许音周围,往往是许音将怪物撕倒之后,他们一拥而上,表现得极为团结。通道不算宽,许音站在中央,只要他不倒下,无论来多少怪物,也只有被撕碎的分儿。许音身上的红衣愈发鲜艳,但是心口依旧没有被染红,他在杀戮中癫狂,可是依旧没有找到那颗属于自己的心。残尸堆在通道两边,墙壁上开始浮现出一条条裂痕,许音化作一道血红色的身影,目光看到哪里,血液就流淌到哪里,他速度太快了,十根手指就像是最锋利的餐刀,而这是属于他一个人的盛宴。

迎着源源不断的"保安",陈歌等人竟然慢慢向前走去。

蜂拥而来的"保安"在许音和其他员工配合下清理干净,吞食了数量众多的怪物和恶念,鬼屋员工也带给了陈歌一个意外的惊喜。断了一只手的白秋林,他断手的袖口之上出现了一抹血迹,就这一抹淡淡的血迹,说明他也有成为红衣的潜力!

"赌徒吗?"陈歌回想关于白秋林的过去,这家伙其实也是个狠人,为了还债,当着欠债人的面剁掉了自己的手。白秋林是个不折不扣的浑蛋,但不可否认,他身上还有最后一点闪光的地方,那就是对老母亲的愧疚。"下一个重点培养的就是他,或许不久之后我将能拥有三个红衣。"

陈歌决定将资源朝白秋林身上倾斜,加速他的成长。"成为我的员工还真是一件幸福的事情,什么都不需要考虑,只需要'吃喝玩乐'就行了。"

血色世界似乎也发觉不妥,通道最深处,传来低沉的呼气声。这声音和从保安肚子里发出的声音完全不同,更加有力,整条通道都随着它的呼吸在震颤。

满身鲜血的许音终于停止了杀戮,他甩掉指尖的血液,独自站在血肉构成的通道中央,低垂的头慢慢抬起,苍白的脸上保持着冷漠的表情,血红色的双眼看向通道尽头。

陈歌听到过那个呼吸声,他第一次进入教学楼,在地下二层听到了这个声音。

当时伴随这个呼气声,还有无数好像活鱼跳动的声音。"看样子这怪物体形很大,只是不知道是不是红衣?"

手术室就在通道的尽头,"保安"被清理干净之后,前路再无阻碍。

"就是这里了。"卫九卿的手指向通道尽头的那扇门,让陈歌感到惊讶的是手术室的门竟然不是用血肉构筑而成,而是和现实当中的门完全一样。

在一片畸形扭曲的世界里,突然出现了这样一扇正常的门,让陈歌很不适应。他走到大门面前,房门紧闭,门板上面用各种颜料绘制出了一幅画。那应该是高医生曾经居住过的房间,茶几上摆放着水果和看了一半的书,电视里播着广告,遥控器扔在沙发的薄毯上,旁边的钟表显示的时间是三点十五分。门板的画非常细致,所有细节都完美还原,仿佛整个场景已经完完整整地刻入绘画者脑海当中。温馨的场景,悠闲的午后,这和周围凸起的血管、跳动的脏器、溅落的血滴形成了鲜明的反差。

"很惊讶吧?我第一次看到的时候也露出了和你一样的表情。"老人轻轻叹了口气,"这幅画画的是校长曾经的家,他希望自己妻子在苏醒之后,第一时间睁眼看到这些。"

"看来他也知道,相比血肉,家更温暖一些。"手搭在门板上,陈歌用力将门推开。

手术室很大,面积是试验室的三倍,这里也是所有血管的源头,就像是心脏一样。无数血管涌入其中,汇集在手术室正中心的位置,那里有一个比普通停尸池大许多的池子,而此时此刻正有一个穿着白大褂的中年男人站在血池边缘。他身材挺拔,成熟理智,目光中好像蕴含着一个世界。

听到开门声,男人抬头扫了一眼,似乎早已预料到了这些。

陈歌停下脚步。"高医生,我们又见面了。"

第 13 章 生而为人！

粗大的血管遍布整个手术室，如同老树的根须，将所有人包裹在内。墙壁上的脏器收缩跳动，天花板上镶嵌着一张张人脸，看着就如同一大片人体拼图。陈歌想过无数种和高医生见面的场景，但唯独没有想过会是在这样的情况下。

墙壁上的血液滴落在高医生的白大褂上，却没有留下任何痕迹。高医生是这世界里最特殊的存在，他站在血肉和残尸中间，却穿着一件象征着挽救和希望的白大褂。

高医生神色平静地看着陈歌，开口说出了第一句话："你来得比我预想的要晚。"

"你猜到我会过来？"

"我知道你一定会过来，在芳华苑小区二十四层，我看到你第一眼时就产生了这种感觉，你给了我一种强烈的危机感。"

"你那个时候一直帮我说话，是防止我和怪谈协会其他成员发生冲突？"陈歌回想第一次去怪谈协会的情景，十号一直在帮他，最后还在桌子下面留了字，告诉他临江血防站这个地点。

高医生点了点头，说："你们都是我的病人，医生为病人考虑不是很正常的一件事吗？"

"病人？"陈歌摇了摇头，"你可没资格这么说，在我看来你才是病得最严重的那一个，门后的世界不会撒谎，这片完全扭曲畸形、用血肉构成的噩梦才是你内心的真实写照。"

"心灵被血肉残渣充满，这不叫作病。每个人的内心都有畸形的地方，如果这是病，那我们人人都有病，你也不例外。"高医生笑了笑，他似乎很喜欢和陈歌聊天，眼前这个年轻人不管是思想，还是对事物的认知都和常人不同，高医生从陈歌身上找到了"同类"的感觉。"我是心理医生，见过无数畸形扭曲的心灵，他们之所以会变成这个样子，其实很多时候并不怪他们自己。"高医生停顿下来，脸上的笑容慢慢退去。"你来的时候，看到墙壁上的那些照片了吗？"

陈歌点了点头，说："那些受害者，就是怪谈协会这五年以来犯下的罪吧？"

"受害者？"高医生仰头看着天花板上的一张张人脸，"在我看来他们才是施暴者，肆意妄为，不考虑后果，披着人皮活在我们周围，源源不断地制造出不幸，他们每一个都有该死的理由，而我所做的一切只是让他们死得更有价值一点罢了。"

"可是这对他们来说公平吗？"陈歌没有刻意去偏袒谁，"我在试验室里看到了一个半死不活的男人，据你们这里的医生说，为了进行试验，会让他长时间维持在这个状态，一边救治他，一边又在他身上增添新的伤口。他承受着无穷尽的折磨，只是因为小学时，欺负同学，用笔尖扎同学大腿，你觉得这样的惩罚公平吗？"

"你会质疑公平，只是因为你没有站在病人的角度考虑，你看不到病人内心的创伤，你无法理解他们心中的绝望，无法理解那种喘不过气、恨不得撕裂自己的痛苦。"高医生语速变快，他似乎是想到了自己。"那种痛苦是长久的，浸透了每一根神经。它无时无刻不在折磨着你，跟着你，就好像无数细小的虫子挤满了你的身体，你知道它们就在你的身体里，占据了你身体的每一寸地方，可你就是无法将它们释放出来。不管你做什么，它们都跟随着你，在你的身体里不断繁衍，吞食着你的每一根神经，你能听到自己的记忆在一点点被撕碎，直到最后满脑子都是那种让人恶心的虫子，只要闭上眼睛就能看到它们，只要活着就会想到它们。

"你能理解这种感觉吗？这就是一个心灵受过伤害的人，每天二十四小时都要承受的痛苦，你还觉得我的做法有问题吗？"高医生看着陈歌的双眼。"就算伴随着这样的疼痛，他们依旧努力地活着，可是咬牙硬撑下去换来的不是解脱，而是更大的痛苦。

"人被称之为人，是因为产生了自我的意识，当一个人可以用'我'来肯定自己的时候，他便成了人。而我的那些病人，他们正在慢慢失去自己，因为那种痛苦慢慢地吞食掉了'我'。"高医生是第一次在陈歌面前说这些，"人是由多种矛盾构成的高级生命，这不是一个简简单单的名词，所以他们受到的伤害和痛苦也不是用公平两个字就可以衡量的。"

听完高医生的话，陈歌握紧了碎颅锤，可能是文化水平差距过大，他并没有听懂高医生说的是什么意思。陈歌带着求助的目光，回头看了旁边的卫医生一眼，对方似乎也是第一次听到这些，他轻轻咳嗽一声，冲着陈歌说道："千万别太在意精神病人说的话、别深想他们告诉你的世界观，否则你迟早也会疯的。"

"不要把发疯当借口，你们看到所有无法理解的东西时，总会说不正常三个字，可你们有没有想过正常与不正常究竟是谁规定出来的？"高医生站在血池之上，他就是整个房间的中心。"当你的眼睛凝视一个人形时你在寻找什么？人之所以为人，不是因为他的声音、动作和外貌，而是因为灵魂，所有的一切都围绕着它。"

陈歌虽然听不懂高医生的话，但总觉得对方说得很有道理，这是一个极为危险的信号。当一个人接纳了一个疯子的世界观后，那他就离疯不远了。"高医生，不管你说得多么有道理，但有一点你没办法否认。他们因你而死，你手染鲜血，逾越了法律。"血丝开始往皮肤下面钻，陈歌的时间没有多少了，他翻开漫画册，将鬼屋员工全部放了出来。"你是少有的我佩服的人，正因为如此我更加不能任由你继续下去。高医生，你已经病了，自从推开这扇门，你就不再是你自己了。就算你的妻子死而复生，她睁开眼看见你现在的模样，也会感到陌生，这不是她想要看见的你。"

高医生站在原地没动，他神色平静，但是他脚下的血管却开始剧烈起伏，墙壁上那些脏器也在疯狂跳动，头顶天花板上的人脸一个个露出惊恐的表情。"你不是她，你又怎么知道她的想法？"高医生喜怒不形于色，但是产生巨变的门后世界，已经说明了很多问题，这位江州市最顶尖的心理医生，无法维持他自身的平静了。

"其实你自己心里也清楚。"陈歌朝旁边迈了一小步,让出身后的门板。"整片世界都是臭肉和污血,唯有这儿,正对着血池的房门是正常。如果我所料不错,你的妻子应该就在血池当中吧?你希望她能在醒来的第一时间看到曾经的家,而不是看见这周围扭曲畸形的一切。

"高医生,不要再逃避了,人只有在最绝望的时候才可能推开'门',而'门'的那一边不是救赎,而是一片更加绝望的世界。

"你妄图用十倍甚至百倍的绝望来救赎自己,这根本就是不可能实现的事情。"

陈歌还想继续说什么,但是被高医生开口打断:"你不用再继续说下去了,我已经明白你的意思了。"他恢复了最开始的表情,双目之中带着一丝冷漠。"我把这一切告诉你,是觉得你也许可以明白我的感受。"

高医生目光凝视着陈歌,说出了最后一个秘密:"从第一次见到你开始,我就动用一切关系调查你,我发觉你真的和我很像,从各种意义上来说都是这样,你觉得我独自一人在地下尸库里和尸体相伴了五年非常疯狂,可你知不知道,你在我眼中也是一个彻头彻尾的疯子?"陈歌还真没想到自己在高医生心中评价会这么高,他一直觉得自己很普通,身上也没什么特别闪光的地方。

"调查得越是深入,我就越能发现你身上存在的问题,可能连你自己都没有意识到,但我可以很明确地告诉你,你心底最深处的疯狂比我还要炽热,那是一团永不熄灭的火焰,能将所有东西烧成灰烬。"

"你说的是我吗?"陈歌不清楚高医生说这些是为了什么,对方似乎也没有欺骗他的理由。

"你不相信也没关系,验证的方法很简单。你鬼屋卫生间里有一扇'门',推开它,你就能看到真实的自己了。"高医生目光依旧冷漠,但是脸上却带着笑意。"那天晚上,我进入了那扇门,我看到了你的世界,所以我很清楚,我们两个放在一起比较的话,你才是真正的疯子。"

"那扇门和我有关?"陈歌也不知道高医生是把他往错误的方向引导,还是真的想要透露给他一些信息。"照你这么说,我也曾推开过一扇'门'?"只有身处最深的绝望中才有机会推开"门",陈歌并不觉得自己这前半生有什么绝望的事情,在他看来那扇"门"应该是别人推开的。

"我可以肯定，那扇'门'就是你推开的，因为我在那扇'门'内看到了你。"高医生的笑容中隐藏着一丝不明显的畏惧，他的嘴唇稍微抖了抖。

"我是推'门'人？！"陈歌一颗心沉了下去，"你还知道些什么？"

"我还知道很多，只要你答应帮我做三件事，我不仅会告诉你我知道的所有东西，到时候还会和你一起进入那扇'门'，帮助你找到最需要的东西。"血管在头顶涌动，地板上满是蔓延的血丝，高医生背后的血池里也冒出一个个气泡，很显然，他此时的情绪也出现了某种变化，似乎在期待陈歌的回答。"这是一个互惠互利的过程，相信你一定不会拒绝吧？"

陈歌确实对自家门后的世界非常好奇，但他在思考的时候，目光扫到了不断出现变化的血池。刚才进来的时候，那血池的颜色还没有这么鲜艳。陈歌又看向其他地方，周围墙壁上的脏器如同花朵般枯萎，变得暗淡，血管中不断有东西涌入血池当中，似乎是准备把整个血色世界里所有的"营养"全都灌入血池里。高医生是不是在有意拖延时间？心思电转，陈歌想到了一个更稳妥的办法，只要控制住高医生，或者控制住他最爱的妻子，那自己将完全占据主动。

"三件事都是什么，你先告诉我，我再考虑要不要同意。"陈歌在说这话的时候往前走了几步，似乎很迫切。

"你在迈步的时候，步子比平时短了五分之一，说明你心中想要完成某件没有把握的事。虽然你尽可能地表现出了轻松，但你拿着锤子的手比刚才更用力，在你意识到有问题之前，大概有零点三秒的时间，你的手指关节下意识地握紧了锤柄。"高医生从口袋里取出了黑色木盒。"看来你已经意识到我是在拖延时间，不过这样也好，我做这些并不是因为没有必胜的把握，只是想要给你一个机会，一个选择。"

木盒掀开，浓浓的血腥味冲散了屋内原本的臭味，周围的血管开始崩碎，无数的血丝从中涌出，汇聚到木盒当中。大概一两秒后，一只满是疤痕的血红色手掌从木盒中伸出。带着仇恨和怒火，一个半边身体扭曲，浑身伤疤的怪物爬了出来。他赤红的双眼盯着陈歌，那好像被大火烧灼过的半边脸，咧开一个难看的笑容。

不用高医生下达任何指令，他就疯了一般冲向陈歌。

"熊青？"陈歌双手握紧碎颅锤，没有后退半步。"来得正好，吃了你，我就又能多一个红衣！"

熊青的半边身体化为血丝，犹如一片从血浆中拖拽出来的羽翼。仇恨和怨毒溢满眼眸，他只要看到陈歌就无法控制自己，想要立刻将这个看似人畜无害的家伙给撕成碎片。很难想象，一个活人竟然会成为怨念挥之不去的噩梦，而陈歌却偏偏做到了这一点。

那个恐怖的夜晚，就是陈歌手持狰狞的凶器，在拼命地追赶着他。而他仓皇逃窜，丢掉了所有的尊严。怒火在燃烧，活棺村的记忆也浮现在熊青的脑海当中，一次次被戏耍，一次次被挑衅，他猩红的双眼被陈歌的身影占据，脑海中只剩下一个念头——杀了他！

用最残忍的方式杀了他！

手术室里传出一声嘶吼，熊青眨眼间已经冲到了陈歌身前，血红色羽翼猛然张开，皮肤残缺的手指上缠绕着血丝，满是疤痕的手抓向陈歌的眼睛。

红衣怨念近在咫尺，陈歌已经能看清熊青那开裂的指甲和上面残留的碎肉，不过他并没有躲闪。陈歌眼眸之中没有一丝波动。

熊青的手在距离陈歌的脸还有十几厘米时停了下来，那满是疤痕的手臂被五根纤细苍白的手指死死抓住。血丝蔓延，一身红衣的许音挡在陈歌身前。

"疼吗？"许音五指用力，指尖如同尖刀般刺入熊青的手臂。红衣如血，许音和熊青同时尖号着撞向对方。残暴、疯狂、歇斯底里，战斗在开始的一瞬间就进入高潮！

"看来你朋友的情况不太妙啊，不出十分钟，应该就会被吃掉了。"高医生对陈歌的实力很清楚，他已经做好了应对措施。熊青背靠血色世界，不断将血丝融入自己的身体，而许音还未找到自己的"心"，严格来说，他还不是真正的红衣。

"确实有点不太妙，不过他能拖十分钟已经足够了。"陈歌拿着碎颅锤，在说话的时候，已经走到了高医生五米之内。"我其实很不喜欢依靠别人，想要的东西，想做的事情，还是自己动手比较好。"他在体能方面要比高医生好太多，还有碎颅锤在手，公平对决的话，高医生赢面不大。

看着手持铁锤，就这么直接走过来的陈歌，高医生双眉微微皱了一下，说："在你来之前，我预想过二十四种可能会出现的情况，也想到了二十四种不同的应对方法……"

高医生话还没说完，陈歌已经抢起碎颅锤冲了过去，他不会再给高医生开口说话的机会！自己的心思已经完全被猜透，面对这样恐怖的对手，最好的办法就是不要考虑那么多，不去思考，自然不会落入对方精心制造的思维陷阱中。

"还有九分钟！"

狰狞的巨锤直接抡向高医生的脑袋，已经撕破脸皮，陈歌不会有丝毫留手。

"嘭！"

锤头擦着高医生的肩膀，砸在血池边缘，血肉横飞，溅起无数的血滴。高医生双眼依旧平静，只是脸色稍有一点差，如果他刚才没有躲开，脑袋恐怕会被直接砸扁。"明明刚才还在说人性和正义，转眼间就一锤抡来，这就是你所说的公平？"

陈歌略有惋惜地又一次将碎颅锤举起，他不知道高医生这么说的意义何在，只知道如果现在不控制住高医生，那他今晚很可能无法活着离开。没有想高医生的话，陈歌双眼死死盯着他，一声不吭，提着碎颅锤又冲了过去。

"从野兽进化为人，我们用了数百万年，但是从人退化为野兽，往往只需要短短几分钟，陈歌，你不应该这么冲动的。"高医生这次没有后退，他轻轻挥手，天花板上的血肉开始松动，一个个身体残缺饱受折磨的怪物掉落下来。它们全都是怪谈协会的受害者，一个个怨气十足，它们本能地想要攻击高医生，可是却无法操控自己的身体。一根根血丝扎在身体当中，连接着骨肉，强行操控它们，让它们围住陈歌。

高医生没有继续强逼，围而不攻。他很清楚，只要拖下去，赢的一定是自己。越来越多的怪物从天花板上掉落，这座血肉工厂将尸体全部存放在了头顶，几年下来，估计就连高医生也不清楚到底埋葬过多少具残躯。

"你准备得还真是充足，不过和我比起来，还是差了一点。"陈歌从背包中取出一个塑料瓶，倒出了那个已经死去多时的蜘蛛。"你在活棺村时曾将这个女孩打成重伤，一报还一报，现在是她讨债的时候了。"一条条手臂从血雾中伸出，蛮横地将那些残尸扫开，清出了一片空地。女孩苍白清秀的脸和她身上数条畸形的手臂形成极具视觉冲击力的反差，她也是半身红衣，清浅的眼眸在看到高医生的时候,好像想起了什么不愉快的记忆,脸上的表情开始变得扭曲起来。这个新出现的怨念正是江铃的姐姐朱新柔,在活棺村时,高医生曾将她多个手臂弄断,处处添伤。怨念都是记仇的,在它们眼中哪有什么以德报怨,只要被盯上,定然是不死不休!刺耳的尖叫声响起,朱新柔如同蜘蛛一样,手臂按着地面,身体前倾,飞速爬向高医生。

那场面看起来非常怪异吓人。

"拦住她!"高医生神色依旧没有发生什么太大的变化,让人捉摸不透。在高医生下令的同一时间,陈歌已经让所有员工全部压上去为朱新柔开路。双方谁也没有退让,都在心里猜测对方的底牌究竟还有多少。从天花板掉落的尸体大多死于怪谈协会之手,它们的怨气更加针对高医生,再加上它们本身只是很普通的怪物,所以在半身红衣的朱新柔面前显得有些无力。

没耗费多少时间,朱新柔就杀了出来,对高医生更为不利的,是陈歌拿着碎颅锤正偷偷躲在朱新柔身后,这个高举正义大旗的家伙,仿佛完全忘记了自己刚才说过的话,看那样子是打定主意,准备找机会偷袭。

"他身上到底藏了多少怪物?这么棘手的家伙,我还是第一次遇到。"高医生看着的陈歌,对方拒绝和他沟通,拥有众多底牌,随着战斗越来越激烈,他渐渐有点看不透陈歌了。

"还有六分钟!"

一具具尸体从天花板掉落,歪斜的身体慢慢立起,它们双眼散发出恶毒,骨肉之间串联着一条条血丝。它们不畏死亡,按照高医生的命令,不断对陈歌发起冲击。

鬼屋员工护在陈歌四周,其中散发恶臭的男孩给了陈歌一个意想不到的惊喜。随着他不断吞噬,不断强化,他身上的臭味也变得愈发浓烈。这臭味甚至能对围攻过来的尸体产生影响,它们一旦进入臭味笼罩范围之内,动作就会变得迟缓,双目之中的仇恨也渐渐被厌恶取代,那些被怪谈协会杀死的受害者怨恨的目标,原本就不是陈歌,在感到恶心之后,它们反抗得更加激烈了。尸体们的动作越来越慢,朱新柔受到的阻力也越来越小,半身红衣的她在残尸群中展现出了真正的实力。手臂舒展开,如同一只巨大的蜘蛛,携带死亡和无穷的怨恨,横冲直撞!

"时间足够了！"陈歌躲在朱新柔身后，双眼死死盯着高医生，拖着碎颅锤，随时准备冲出去。

高医生站在血池旁边，面无表情，看着他就好像面对一片深不见底的大海。"还是走到了这一步，陈歌，从我第一次见你就竭力避免这一幕的出现，可没想到事情兜兜转转还是回到了原点。"高医生轻轻叹了一口气，这也是陈歌认识高医生以来，第一次见到他叹气。"既然终究无法避免，那就只好用我自己的方式来解决了。"

高医生看着身体还在变大的朱新柔，手臂再次抬起。"这游戏该结束了。"

朱新柔距离高医生越来越近，但是高医生没有任何慌乱。随着他手臂缓缓抬起，他身后血池当中的血液也在不断上涌，好像血池深处生活着一个无比恐怖的怪物。

"这是我眼中的世界。"高医生脸上的表情慢慢发生变化，那是一种绝对的自信。"这里可是我的世界！"

血浪翻腾，形成一个漩涡，在血池最深处躺着一个穿着血红色婚纱的女人。她的肤色泛红，看起来和正常人完全一样，神态恬静腼腆，但是她身下却是数不清的碎裂尸体和血水！

她似乎还活着，就好像是枕着尸山血海睡着了。"陈歌，这就是我的妻子，是这扇门的核心，也是我的全世界。"

朱新柔冲到高医生两三米远时，那血池深处的女人似乎感觉到了什么，睫毛轻颤，眼皮跳动，双眼猛地睁开！血水倒灌，一切彻底沸腾！

女人的气息超过陈歌之前见过的所有怪物，她和整座血池连为一体，她苏醒的一瞬间，这片血红色的世界也彻底苏醒了。脏器狂跳，血管变粗，那个女人就是这世界的心脏，所有的东西都在围绕着她。血红色的婚纱从池子里拖出，血液化为台阶，她一步步朝着陈歌走来。

无法形容的压迫感让朱新柔停下了脚步，她不敢乱动，似乎只要她再往前一步就会魂飞魄散。

"能对付红衣的，只有红衣。"高医生已经计划好了一切，他的目光只有在看到那个女人时才会变得温柔。

"陈歌，你赢不了的，从你进门那一刻起，你就已经输了。"高医生神色再次变得平静，似乎一切重回他预想的轨迹当中。"我很了解你，正因为了解得多，我才会感到不安，你身边的怪物在以一种连我都无法想象的速度增长，再拖下去，局面会对我越来越不利。"

"所以你就伪造出离开了江州市的假象，让我麻痹大意，提前进入地下尸库当中？"

"我知道你可能提前猜到了，但以我对你的了解，就算你知道这是我设的局，你依旧会冲进来。你内心住着一个魔鬼，它在不断把你往深渊当中引诱。"高医生望着陈歌，表情第一次露出些许不确定。"而你似乎还很喜欢这种感觉。"

"你怎么看出来我很喜欢的？"陈歌觉得高医生这句话好像不是在拖延时间，而是真心实意，被一个顶尖心理医生这么说，陈歌自己也有点儿慌。

"你是我见过最奇怪的病人，你的病让我好奇，也让我兴奋，等会儿我会保留你的灵魂，然后慢慢救治你。"高医生自以为胜券在握，也就在他仅有的分神的一瞬间，陈歌又往前走了两步，再次拉近距离。

"没用的，你再挣扎也是没有用的。没有人能突破红衣的阻拦。"

高医生知道陈歌身上还有一个红衣存在，那也是陈歌身上的最强红衣。

"没有人能在红衣面前挣扎？"陈歌手持碎颅锤，他不仅没有减速，还在顶级红衣的注视下全力冲刺！

血池里的女人看向陈歌，无数血丝交织成的锁链从血池当中涌出，好像一条条血色巨蟒，想要将陈歌撕碎拖入血池当中。空气中都是浓重的血腥味，锁链临近，陈歌却没有后退，又在这最后关头向前迈了一步。

"门楠！"

冲向陈歌的血色锁链被一股无形的力量阻止，一个四五岁大的小孩黑着脸从陈歌身侧走出。"拿命逼我出来，你对自己可真够狠的！一上来就是这样的敌人，陈歌，我这辈子干得最错的一件事，就是信了你的话！"门楠咆哮着扛住了女人的锁链，仅仅只是一次冲击，他的身体就暗淡了许多。

"为我争取三分钟！"陈歌头也不回，全力冲向高医生。生死一搏，只要杀了高医生，一切就都可以结束了。所有对手都被拖住，陈歌终于创造出了一个机会。他疯了一样冲向高医生，但是就算到了现在这个地步，高医生依旧保持平静。

"陈歌，你还真是让我惊讶，不过你还是忽略了一个问题。"他身上的白大褂开始浮现出血丝，交织成了一个复杂的图案。"这扇门是我推开的，你现在是在我的世界当中。"时间流逝的速度好像变慢了，随着高医生情绪出现变化，整片血色世界都受到了影响。

"这世界上从来没有绝对的善与恶，也没有公平的对与错，甚至连所谓罪与罚也不过是人为制定出的规则。"高医生安静地站在原地，一根根血丝从他的身体当中冒出，组成了一张张不同的人脸。"我知道你一定会以为我是在为自己开脱，可当你真正站在我的角度，你会发现，我做得并没有错，或者说不能用简简单单的错来形容。"

"高医生，别再狡辩了，换作任何一个人过来，就算是我都不会去做如此疯狂的事情！"陈歌的碎颅锤已经抬起，他距离高医生非常近了。"世间万物本身就是相对的，有好就有坏，有善就有恶，区别只在于如何去选择，你既然已经做出了选择，又何必再为自己找那么多冠冕堂皇的理由？"

许音和熊青的战斗落入下风，门楠远远不是高医生妻子的对手，看似势均力敌的局面在几分钟之后就会全面崩盘，陈歌想要破局，就必须要在他们分出胜负之前，先解决掉高医生，这时候任何的心慈手软都会把自己拖入深渊，他可不想自己死后，灵魂还落入一个疯子手中，日夜受到折磨。

血雨飘落，击打在身上，高医生看着已经抢砸向自己的铁锤，目光中蕴含着一种说不出的复杂情绪。"你还是不理解这个世界的本质，这世界是由人构成的，每个人眼中的世界都不相同。如你所说，倘若世间万物都是相对的，与善相对的是恶，与好相对的是坏，那你告诉我，与人相对的是什么？"

"与人相对的？"陈歌的心咯噔一跳，这句话他之前在某个地方听到过，但是却怎么都想不起来了。

碎颅锤快要落到高医生的身上，带起的风蹭得脸疼，但高医生依旧没有躲闪，他望着陈歌，眼里却好像包含着一个世界。陈歌脑海中隐约想起了什么，他似乎跟人在某个地方有过类似的对话。"与人相对的是兽，是怪或者是鬼。"

"都不对，我研究了数年的人，最后发现如果非要找出一个和人相对的东西，那其实应该是神。"血丝密布，一滴鲜红的血，自内而外出现在高医生的白大褂上。如同一朵绽放的彼岸花，在那象征着救赎和生命的外衣上飞速蔓延。"我这五六年来，几乎每晚都与尸体相伴，待在这地下尸库当中，搭建属于自己的世界，慢慢地，我忘记了人的意义，甚至忘记了自己也是一个人。我见过数以千计的患者，看到过他们每个人眼中不同的世界，或扭曲，或怪诞，或苍白，我一直在思考，仿佛活在另一个世界的他们，究竟还能不能称之为人？或者从另一种意义上来讲，所有不正常的人，他们就是各自世界的神。"这句话说完，高医生的白大褂彻底被染红，他成了一位穿着红衣的医生。

"这是我的世界，我是这里的神，人又如何能够跟神对抗？"

陈歌的碎颅锤砸到了高医生的头，仔细看的话，锤头只是触碰到了他的头发，压弯了几根发丝而已。陈歌用尽了全部力气，但碎颅锤就是无法再向下哪怕一毫米。

"不要再白费力气了，我说过，从你进门后的那一刻起，你就已经输了。"一身血衣的高医生露出了和以往完全不同的一面，他双眸深处燃烧着血红色的火焰，无数的负面情绪堆积在他心灵深处。绝望、愤怒、厌恶、痛苦，他的身体似乎和整片血色世界连接，而这门后世界的所有苦难都被他一人承受。如果说门后世界是推门人无法摆脱的一个噩梦，那高医生就是生生将这个噩梦吞进了肚子里的人。他背负了所有灾厄，疯狂到了极致。

"陈歌，留下来吧，你会成为我最好的帮手，我会将你身上的病全部治好。"高医生身上的红衣似乎代表着整片血肉构成的世界，那上面隐约能看到无数的亡魂在哀号，也不知道这个疯子是如何做到这一切的。"用怪谈协会的所有成员来换你一个，这是一场豪赌。"高医生的手指抓住碎颅锤，锤头上的血丝和高医生红衣上的血丝接触，慢慢被吞噬。

"不要挣扎了，永远留下来吧！"高医生眼底的负面情绪已经快要溢出，整个人在失控的边缘，他抬手抓向陈歌，似乎是准备摘掉陈歌的心脏。高医生指尖仿佛利刃，轻松剖开了陈歌的皮肤，陈歌没有感到疼痛，只是心头感到一丝凉意。高医生速度太快了，毫无征兆，一上来就下了死手，不给陈歌任何机会。陈歌的胸口好像被冻结，而在这个时候，高医生忽然停手了。

高医生的目光中诧异一闪而过。"你想要帮他？"

听到高医生的声音，陈歌才低头看去，一个丑陋到了极点，整张脸都被刮花的人偶挡在了陈歌和高医生中间，它的身体已经被刺穿，拼命想要挣脱，但是身上的几根黑发牢牢束缚住了它，让它动弹不得。这人偶是张雅用第三病栋外号魔鬼的那个病人做成的，因为是张雅赠送，所以陈歌一直带在身上，没想到这次竟然派上了用场，这人偶似乎可以替他挡一次灾。

"又有什么用呢？"高医生完全忽视了人偶，指尖连同它一起刺穿。绑在人偶上的黑发一根根崩断，每崩断一根头发，陈歌身后的影子就会出现一点变化。

高医生也好像意识到了什么，他没有再多说一句废话，现在就只有一个念头，那就是杀了陈歌！眼前这个年轻人带给他一种无法形容的危机感，而这种感觉正变得越来越强烈。人偶的身体被高医生生生刺透，他的指尖终于触碰到了陈歌的心口。冰冷的指尖划开了陈歌的皮肤，高医生被血丝包裹的手穿透人偶，他想要刺入陈歌的胸口摘下心脏。

咚咚的心跳声在耳边放大，陈歌已经感觉不到疼痛了，他只是觉得很冷。原本为全身提供热度的地方，此时却好像被冰封了一样，彻骨的寒意从心口散向全身。思维已经凝固，感觉不到时间在流逝，陈歌用尽了全身的力气，能做的也仅仅是转动瞳孔，眼睁睁看着高医生的手掌完全穿过了人偶，看着捆绑在人偶四肢和脖颈上的黑发四散，一根根断开。黑发飘落在血雨当中，陈歌感觉某种东西在离自己远去。他熟悉那种感觉，一开始是害怕、担忧、畏惧，但不知道从什么时候开始，里面掺杂进了其他的东西，不只是同情，有时候就连陈歌自己都说不清楚。心脏跳动的速度变慢了，高医生的指尖好像已经触碰到他的心脏了。

由绝望和怨念构成的血丝，从高医生指尖逸散而出，想要爬上陈歌的心头，取代陈歌心脏周围的血管，将他的心完完整整地剖出来。"你是我最欣赏的人，你的这颗心我会好好帮你保管。"

心脏是陈歌身上最温暖的地方，也带给了高医生一丝久违的暖意，他的手掌慢慢张开，快要握住了那颗心，此时陈歌身后谁都没有注意到的影子荡起涟漪，整片血色世界都能听到一个女人的声音。

"松手——"

所有的残尸怪物都停顿了一下，包括这血色世界的主人高医生在内，一瞬间都下意识停止了动作。

陈歌面对高医生，并不知道自己身后发生了什么，他也是第一次听见那个女人的声音，只有两个字，但就是这两个字让他心中重新升起了希望。

已经凝固的思维飞速运转起来，陈歌那颗快要被握住的心猛然跳动了一下，一个熟悉的名字从他心底浮现。

"张雅？"

回应他的是一声刺耳的、仿佛要撕裂整个血色世界的尖叫！

漆黑如墨的影子，仿佛一道裂开的地渊，向下看去，那里是无边无际的、正在飞速往上蔓延的黑发！他身后的影子在刹那间化为一片黑色的海洋，无边的黑发从中涌出，用最暴力的方式撞向四周所有敢阻挡在自己面前的东西。无所顾忌，肆无忌惮，绞碎触碰到的一切！

魔鬼玩偶使命完成，不甘心地化为黑烟，高医生也在同一时间被逼退，他脸上的表情有些阴沉，完美的计划出现了纰漏。他故意露出破绽，甚至亲自跑到医院去给陈歌隐蔽的提示，又用替身依靠警方传递假消息误导陈歌，为的就是引诱陈歌尽快进入地下尸库。高医生很清楚，陈歌身上还有一只顶级的红衣，只不过因为一次性吞食了太多怨念，陷入了沉睡，所以现在是解决陈歌的最好机会！他掌控血门数年时间，用怨念做过无数的试验，他清楚怨念吞食掉同类后需要沉睡的时间，也正是因为清楚这一点，他才会布下今天这个局。可惜，现在情况出现了变化，当那个女人的声音在门后世界出现的时候，事情就已经脱离掌控了。

眼底闪过种种负面情绪，高医生双目紧盯眼前的黑发，浪潮席卷，不管是尸体，还是怨念，全部被黑发淹没。"这可是我推开的门……"

陈歌站立的地方，就是黑发的中心，他胸前被撕开了一道口子，血液不断往外流。温度一点点流逝，陈歌的身体轻轻摇晃，在他快要倒下的时候，脊背感受到了一种熟悉的冰冷。没有恶意，那好像只是一个单纯的怀抱。陈歌向后伸手，触碰到了一丝冰冷，血液在掌心流淌。几根黑发绕过他的臂弯，将他胸前的伤口缝合，黑色发丝永远留在了他心口的位置。陈歌慢慢扭过头，就在他身后半步远的地方，站着一位身穿红衣的女人。深红色的血液在外衣上流淌，精致无瑕的脸微微扬起，她血红色双瞳中映照着陈歌一个人的身影。

"张雅，好久不见。"垂落的手慢慢抬起，陈歌用尽身体里仅剩的力气，轻轻抓住她的肩膀。他似乎是想要将对方抱进怀里，但是身体已经虚弱到了连这些都做不到的地步。苍白的嘴唇轻轻张开，陈歌自己也不明白他究竟是用怎样一种语气在诉说。"那家伙想要夺走我为你准备的家……"

根本不用说第二句话，一片黑发支撑起了陈歌的身体，站在他身后的那位红衣轻轻伸开双臂，带着一丝极为少见的温柔，自他身体当中走过。

当张雅从陈歌背后走出的时候，脸上的温柔已经荡然无存，取而代之的是无尽的杀意和冲天的仇怨。血红色的双眸里翻腾着一片血海，无数的黑发狠狠刺入血肉构成的手术室当中，整片世界都在哀号。一块块血肉被割裂，高医生的身体上也开始出现同样的伤势。

高医生身体不断流血，但他依旧冷静，仿佛就连这种最糟糕的情况，他也考虑到了！"看来等过了今晚，我又要去寻找新的'门'了。"高医生双手伸开，门后世界随着他的心跳而跳动，墙壁上所有的脏器都进入了同一个节奏。"你们赢不了的！"

他向后躺去，落入血池当中，仅仅过了几秒，血色世界又出现了变化。一个个气泡从血池深处冒出，仿佛有一个巨大的怪物在呼吸。

陈歌第一次被手机误导进入地下尸库的时候，就听到了这种声音；第二次他跟随刘娴娴、马颖进入地下的时候，也听到了这个声音。直到现在陈歌才明白，那几次高医生都在地下尸库里准备了杀招，只要陈歌进入地下尸库，就会遭遇不测。

血池里有东西要出来，一袭红衣站在池边，张雅居高临下俯视着血池。

她表情没有任何波动，她并不关心血池里会出现什么。对她来说，不管是鬼，还是神，只要杀了，就都变成了一样的东西。

第14章 张雅！张雅！

高医生在血水中下沉，他的身体落在尸堆之上，被无数只手拽进尸堆内部。

不断有气泡从尸堆下面冒出，那铺满血池的尸体，慢慢地颤动起来，所有尸体都仿佛活了一般，拼命向着尸堆内部钻去，就好像饿极了的人在争夺着美味的肉食。血池中的血液以肉眼可见的速度开始减少，那一滴滴血液全部化为蠕动的血丝融入尸堆当中，将所有尸体缝合成了一个整体。墙壁上的脏器全部枯萎，头顶供应整片世界的血管一根根断裂，这片门后的世界遭受到了不可逆的破坏，构成世界的种种负面情绪被抽离，无数尸体当中的那个医生，他独自一人承担了常人避之不及的所有绝望。

"嘭！"

一只由残尸构成的手从血池中伸出，胳膊、小腿、畸形的身体扭曲在一起，滴答着血液，被无数的血丝包裹。手掌重重落在血池边缘，拍裂了池壁，五指抓紧地面，血池深处传出一声歇斯底里的兽吼！在汹涌的血海当中，又有一只由残尸拼接成的手从黏稠的血液中伸出，整片世界都在晃动，随着最后的血水浸透手臂，一个巨大的怪物爬出血池。它完全是由残尸拼合而成，一根根血管裸露在身体表面，没有眼睛和鼻子，只有一张开裂的巨嘴。

"吼！"

整个头部都是疯狂嘶吼的人脸组成，怪物抬起手臂，不断有残尸掉落，但是它丝毫没有在意这些，用尽全力砸向张雅！

和体形巨大、撑破了手术室血肉屋顶的怪物比起来，张雅显得太渺小了，双方完全不在一个层面上。可就是面对体形是自己数十倍的怪物，张雅却一点要躲闪的意思都没有。

一袭红衣，站在原地，她望着身前的怪物，双眼之中的疯狂被彻底点燃！她露出了和在陈歌面前完全不同的一面，背对陈歌的脸苍白扭曲，一道道浅黑色的血管凸显出来，眼中满是怨毒和暴虐！

她是红衣，真正的红衣！

刺耳的尖叫声响起，黑发如同大潮汹涌而来，不知是不是因为吞食掉了黑色血迹的原因，张雅身后的长发变得更加漆黑，远远看去，黑发涌来，就如同黑夜降临。没有躲闪，也没有等怪物的手掌落下，张雅的长发主动撞上了怪物。大片残尸掉落，怪物的手臂被拦了下来，它不仅没有办法往下压，还被一点一点抬起。

怪物咧开的嘴巴里发出嘶吼声，不断有残尸从它嘴角掉出。它无法相信，眼前这个红衣居然能将自己拦下，更不敢相信，这个红衣似乎比自己还要蛮横霸道。另一只手臂也抬了起来，可还没等它落下，汹涌而来的黑发已经将它淹没。

动静越来越大，这片血肉构成的手术室仿佛快要崩塌了一样。背负起门后世界全部绝望的高医生，依旧落了下风，事情的发展已经失控，他现在能做的只有拼尽全力先将张雅杀掉。怪物嘴里又发出一声嘶吼，远处正在和门楠交手的女人，动作迟缓了一下，血红色婚纱上的血液开始流动。她听到了高医生的声音，以伤换伤，拼着手臂被撕掉的风险，将另一只手刺入门楠的小腹，将门楠重创。她来不及吞掉门楠，拖着血色婚纱冲向张雅。

"小心！"陈歌抓着碎颅锤想要过去帮忙，但是被黑发阻拦，张雅微微扭头留给了陈歌一个侧脸。黑色的血管愈发明显，张雅分出了一部分黑发冲向高医生妻子，她似乎从来都不懂得防御，无论面对什么样的对手，只会主动进攻。

看到黑发袭来，身穿婚纱的女人速度突然暴增，直到这时陈歌和门楠才发现，对方一直在隐藏实力。那女人在快要被黑发缠上的时候，身体炸裂，化为无数只血红色的飞鸟。每一只鸟都体形娇小，每一只鸟都没有双脚，它们只能不断地飞，义无反顾地冲向张雅。部分血鸟被黑发拦截，但还有一大部分冲到了张雅身边，它们撞在一起，重新化为那个身穿婚纱的女人。

　　远处的黑发来不及赶回，这是一个破绽，张雅失去了黑发的保护。高医生妻子的手指好像刀锋一般刺向张雅的脸，张雅没有防备，不过也没有一丝胆怯，似乎畏惧和害怕这种情绪早在死亡的那一刻就已经被彻底抛弃。那血鸟化成的女人速度非常快，可在她手指就要刺入张雅眼中的时候，谁都没有注意到的角落里响起了一个男人的声音。

　　"闫大年！"陈歌在女人化为血鸟时就使用了闫大年的能力——画魂，这个能力有一定概率将普通怨念收入漫画册里，甚至可以干扰到红衣，让其停顿半秒钟。就是这关键的半秒，远处的黑发已经赶到，张雅脸上黑色的血管在苍白的皮肤上蔓延，她抬起手，抓住了高医生妻子的手臂。高医生妻子再一次化为血鸟，但这一次大部分血鸟被早就做好了准备的黑发包裹住。

　　女人偷袭失败，损失惨重，身体变得透明。而血池里的怪物因为妻子身体被撕裂，失去了理智，不计代价地对张雅发动进攻。女人的双手被黑发淹没吞掉，黑色的血管在张雅脖子上浮现出来，她不再只是单纯地操控黑发，自从完全消化了黑色血迹之后，她的长发似乎出现了某种特殊的变化。

　　张雅背对陈歌，没有让陈歌看见自己的脸，她的双眼中充斥着暴虐，将穿着婚纱的女人和无数残尸拼合成的怪物同时拉入黑发中。黑发就像是一片悬浮在空中的黑色海洋，隔绝了血色世界，外面的人根本看不到里面发生了什么。

　　"她疯了吗？就算是红衣……"门楠肚子上的伤口已经愈合，他的身体变得透明，原本准备偷偷溜走，但是看到张雅表现得如此凶残，他又害怕了。

　　"门楠！跟我一起，先解决掉他！"陈歌比谁都清醒，他在张雅以一敌二的时候，立刻呼唤所有员工，围住了熊青！"让许音吞掉熊青，他们就会少一个红衣，而我们这边将再多出一位红衣！"

　　"不用管他们！"陈歌非常果断，他没有办法插手张雅和另外两个红衣之间的战斗，想要帮助张雅，只能从其他方面来考虑，孤零零留在外面的熊青就是一个突破口。

听到陈歌的呼喊，门楠撇了撇嘴，有些不情愿地操纵着血雾走向熊青。他现在没得选择，不帮助陈歌，高医生杀掉张雅后，下一个肯定会对付他。门楠偷偷回头看了一眼那无尽的黑发，眼中的畏惧一闪而过，他帮助陈歌干掉高医生，又担心被张雅顺手给收拾掉，简直是给红衣丢人，然而此时此刻也没有更好的办法，只能表现出视死如归的气势帮助陈歌。"我当初真是脑抽了！为什么要告诉他吞食红衣是成为红衣的最快方法？"

许音和熊青的厮杀也到了最惨烈的时候，许音满身是开裂的伤口，血液横流，但越是疼痛，他的战力就越强，死死缠住了熊青。反观熊青，情况很不乐观，高医生抽走了血色世界里的所有血丝，熊青再也无法从血色世界中获得帮助，主场优势已经消失。许音和熊青以伤换伤，完全是不要命的打法，门楠在旁边找机会偷袭，其他的鬼屋员工也围了过来。熊青感到的压力越来越大，他身上的伤势不比许音少，那半边满是疤痕的身体也已经到了崩溃的边缘。

"别给他喘息的机会！一鼓作气！"陈歌杀意已决，熊青多次想要加害他，他自然不会心慈手软。在陈歌看来，熊青就是破局的关键，只要能让许音吞食掉熊青，自己这边将占据绝对的优势。比起单打独斗，陈歌更擅长的是依靠数量将对方磨死，他抓着漫画册，一直在寻找机会。

熊青对陈歌非常了解，被眼前的这个家伙盯上，不管是人还是鬼都不会有好下场，那个男人简直就是厄运和不祥的化身，只有把他杀死，彻底把他撕碎才能心安。被员工围攻，熊青身上的伤越来越多，他感觉自己落入了狼群当中。更可气的是那些怨念没有任何操守和下限，把偷袭和游猎发挥得淋漓尽致，专门进攻他防守的死角。

"太慢了！不要留手！"陈歌再三催促，门楠终于不再隐藏自己。他身体慢慢化作第三病栋里的血雾，躲在白秋林身后。几只怨念被熊青化为血翼的半边身体扫开，白秋林看准机会高高跳起，咬向熊青脖颈。他的速度不算快，和熊青根本没办法比，在他靠近的时候，熊青已经做出应对。血丝交缠形成一根尖刺，刺向白秋林。在那尖刺快要刺到白秋林身上时，一片血雾避开尖刺，从空当中钻过，罩住了熊青的头。

"真是麻烦。"血雾凝聚出门楠的样子，他站在熊青肩膀上，十指如刀毫不犹豫刺入熊青的脖颈当中!

"在第三病栋时我就看你不顺眼,天天给我讲什么床底下藏着断手的鬼故事,现在好了,我们都变成了红衣!老子再也不害怕你了!"门楠双眼之中被血红色占据,表情狰狞,双手没入熊青脖颈,似乎是准备将熊青的脑袋直接拧下来。

同时面对两位红衣,生死存亡之际熊青爆发出了前所未有的潜力,半边满是疤痕的身体彻底炸开,血丝在半空中交织重组。"这个世界并不平等,应该被重新分割!"熊青仅剩的那只眼睛死死地望着陈歌。"我想要的仅仅只是公平!"

熊青患上了偏侧空间综合征,从医生变成病人,所有人都知道他患了病,但是却很少有人知道他到底是如何发病的,真正的病因估计只有高医生清楚。

陈歌发现自己还是低估了这个红衣的强悍,而熊青能被怪谈协会选中,成为红衣,他本身定然也有和常人不同的地方。这种特例不一定会表现在身体上,更可能是一种心理上的病变。血丝扩散,熊青的另外半边身体也在不断化作血丝,被一点点抽离。他的身体一直以来都是不对称的,看着更像是半人半鬼,但在这一刻,他的身体在完全朝着怨念的方向转变。

"拦住他!"陈歌又一次使用了闫大年的能力,为许音和门楠创造出机会,在他们这边战况最激烈的时候,远处由黑发构成的海洋当中传出一声巨响!

头顶血肉构成的天花板布满裂痕,随时都会坍塌。黑色长发向四周散开,一具具残尸掉落出来。血雨倾盆,那整片区域当中,只剩下一道血红色的身影。

除了张雅,再无一人站立。

陈歌这边还在抓紧时间想要解决熊青,没想到张雅那边似乎已经解决了战斗。

"赢了?"陈歌朝着血池所在的方向看去,张雅背对着陈歌,一袭红衣立在血雨当中,他只能看到那血红色的背影。"张雅的红衣好像更鲜艳了一些,她的手在往外渗血!"他让门楠和许音继续进攻熊青,自己拿着碎颅锤慢慢靠近张雅,他必须要亲自过去看一眼。因为那个如同血日一般耀眼的红衣,好像受伤了。

黑发在地上涌动,陈歌走到跟前才看到,满身是伤的高医生抱着他的妻子跌坐在血池边缘。妻子的身体已经被严重破坏,高医生似乎是因为担心妻子的安全,才主动炸开怪物,从张雅的黑发中逃出。

"张雅,你的手没事吧?"陈歌站在张雅身边,但张雅的反应却有点奇怪,她将头扭到一边，仿佛没有听到陈歌的话，不过手掌上血迹却自己消失了。

陈歌又看向高医生，说："跟我去警局吧，无论是非对错，这上百条人命需要一个交代。"

"交代？"高医生抬起了头，他的一只手抱着自己妻子，另一只手撑住身体，慢慢站了起来。"陈歌，说出来你可能不相信，但现在这个局面我也考虑到了，现在所发生的一切，我在一个星期前就已经想到了。"

高医生抱着身受重伤的妻子，靠着血池，将一只手伸进白大褂当中。他勉强站立，模样狼狈，任谁看都会觉得他再无还手之力。可就算这种情况下，高医生脸上仍旧带着笑容。

他的笑，让陈歌很不舒服。

血色世界开始崩塌，血肉构成的墙壁、地面失去了色彩，血雨也似乎已经流干了。

"你身上的每一只怨念我都清楚，包括第三病栋的门楠，我猜到了所有东西，这一幕在我脑海中出现过无数次。"高医生从口袋里拿出一本被血液打湿粘在一起的便签本，随手扔向陈歌。

陈歌并没有伸手去接，任由便签本掉落在地。本子摊开，阴风吹动，上面密密麻麻记录了所有可能存在的情况，看日期，这些东西是在几天前写的。

"你让我看这些干什么？证明自己并不是输在了智商上吗？"陈歌也有将重要东西记在本子上的习惯，从这一点来看，他和高医生真的很像。

"我只是想告诉你，这一切都是我设计好的，我想逼迫自己做出一个决定，一个只有在走投无路、彻底没有翻盘希望时才会去做的决定。"高医生再次把手伸进白大褂当中，从贴身的口袋里拿出了一把锋利的手术刀。"五年里我做了无数次试验，但都没有办法唤醒我的妻子。她丢失了所有记忆，我找不到她的灵魂，只能靠着命令她去做一些事情来欺骗自己。我知道从她被推进急救室的那一刻，我就已经弄丢了她。"高医生望着手术刀上映照出的人影，没有高医生的命令，他妻子表情有些呆滞。"我所做的一切，只是想要找回她，一个很简单的愿望而已。"他抱着自己的妻子，站直身体。

在高医生说话的时候，周围无数的尸体中不断有黑色的丝线爬出，那些黑线完全是由绝望和各种负面情绪构成，带着浓浓的恶意钻进他的身体。

"这一天终究还是到来了，比我预想中快了许多，我原本准备等到小雪结婚后再做这个决定的。"

"你到底想说什么？"高医生情绪不太对，陈歌在暗中呼唤张雅。

"其实这片血色世界里，还隐藏着一个怨念。"高医生的双眸平静得吓人。

"还有一个？"

"陈歌，你去过活棺村，应该知道，推门人死后将成为最恐怖的怨念。"高医生扬起了手术刀，黑色的丝线在他双眸之中狂舞，眼白消失，一双眼睛完全变成了黑色。"其实我也很好奇，红衣之上，究竟是什么！"

高医生锋利的手术刀对着自己身体落下，他很清楚刺入什么地方可以一击毙命！

太突然了，距离太远，没有人能够在这时候阻挡高医生，陈歌也没想到高医生最后一张底牌竟然会是他自己。

"这片血色世界的最后一个怨念，就是推开了这扇门的高医生。"陈歌远远地看着，张雅的黑发缠向高医生的手臂时，对方的刀子已经刺破了自己的皮肤。谁都来不及阻止，此时手术室门口传来了一个女孩声嘶力竭的叫喊声。

"爸——"

熟悉的声音，让陈歌想到了一个人，但对方从未用过这样的语调说话，他印象中那个女孩对什么都很冷淡，总是用一层坚硬的外壳包裹住自己的心。他回头看去，手术室门中间站着一个皮肤苍白的女孩，她看着高医生，双眼红肿，五指紧紧地攥在一起。在这女孩身后，还有一高一矮两个火化场工人缩着脖子，双腿打战，慢慢走出来。

"高汝雪？"陈歌想起自己在进入地下尸库前找过高汝雪，他走的时候，还给睡着的高汝雪盖上了薄毯。

听到高汝雪的声音，高医生握刀的手顿了一下，刀尖没入胸口五分之一。不过他并没有停下手中的动作，完全漆黑的眼睛中有两种不同的情绪在激烈争斗，刀子还在一寸寸刺入自己的胸口。

高汝雪看到这一切，哭喊着疯了一样朝着高医生跑去。

手术刀还在向着心口刺入，直到刀子进入三分之一的时候，五根纤细的手指从高医生怀中伸出，轻轻握住了他拿刀的手。高医生身体一震，漆黑的眼眸中浮现出一丝清明，他不可思议地看向自己怀中的女人，他并没有对那女人下达任何命令。一人一尸好像凝固了一样，高汝雪也在此时跑了过去，带着活人体温的手死死抓住了高医生的手。

"跟我回家吧。"手背上传来一丝温暖，高医生怔怔地看着怀里的妻子，妻子五根纤细的手指搭在他和高汝雪中间微微颤抖，似乎是想要同时抓住他们两个。

高医生眼中的黑色丝线被暂时压制住了，眼白慢慢浮现出来，松开了刀，抓住妻子的手指，又朝高汝雪看了一眼。"这还是你第一次喊我……"

"我一直都清楚你在做什么，我也想要帮你保守这个秘密，我不敢跟任何人开口说话，我连睡觉的时候都不踏实，怕做梦的时候把见到的一切说出来！"高汝雪性格冷淡，不喜欢和人交流，她直到这时候才说出原因，这些秘密在她心里积压了太久。

"我知道。"高医生没有去碰高汝雪，他似乎是害怕把不详带给眼前的女孩。

"爸，我们回家吧。"高汝雪抓住高医生满是鲜血的白大褂，用一种几乎是乞求的语气诉说。

高医生摇了摇头，手臂用力，将妻子紧紧抱在怀中，说："从五年前我推开这扇门开始，就已经回不去了。"

他又看向陈歌，手掌握住了心口的手术刀。血液顺着伤口流出，高医生眼底的疯狂慢慢消退，他看着陈歌就像是第一次在芳华苑小区门口遇到时那样，成熟自信，但声音透着一丝复杂的情绪。"我应该是唯一看懂了你的人，你的所有反应我在一个星期前就已经全部预料到了。我不可能输的，除非从一开始，我就没有想过要赢。"

他手掌用力，将心口的手术刀慢慢拔出。手术刀掉落在地，发出一声脆响，高医生捂着心口，生命一点点流逝，他眼底的黑色丝线又冒了出来。

"推门人临死之前身上的怨念越强，变成的红衣就越恐怖，我从五年前就开始培养门后的世界，将这里的每一寸土地都填满血肉和绝望，为的就是这一天。"高医生看着怀中的妻子。"人的力量是有极限的，而我已经到了极限，想要找到她，必须拥有更强的力量才行。"

"所以你在五年前就有了变成怪物的想法?"

"残念、怨念、红衣,这几年我也一直在思考,红衣之上究竟是什么,或许到达那一步,就可以做到我想要去做的事情了。"高医生眼底的黑色丝线已经不受控制,他快要压制不住了。"陈歌,这一天提前到了,我已经不打算做人了,在我还能保持清醒的最后一段时间里,我想和你做个交易。"

"你还想让我帮你复活妻子?"

"是另外一件事,不会违背你自身意愿。"

"说吧。"高医生状态很不对劲,陈歌也不知道接下来这个疯子又会去做些什么事情,先答应对方的请求比较好。

"你从第三病栋出来,应该能发现,怪谈协会里很多编号和数字三有关,这个数字对我来说很特别。它代表着第三病栋三号病房,代表着我心里装着的三个人,还代表着怪谈协会拥有的三扇门。"

"三扇门?!"陈歌倒吸了口气,他自从和怪谈协会打交道开始,一直以为对方拥有两扇门,没想到他们除了地下尸库和第三病栋外,还拥有第三扇门。

"那扇门在东郊荔湾镇,是一扇完全失控的门。"高医生身体在发抖,绝望和负面情绪构成的丝线在他身体中游动。"怪谈协会五年来积累下的东西,有三分之一都在那扇门后面,我可以把那些东西全部送给你。"

"开什么玩笑?那扇门已经失控,就算里面埋藏有好东西,我拿到以后也要能活着出来才行啊。"高医生愿意将怪谈协会五年来积累下的底蕴送出,这让陈歌有点心动,但对方那句门已经完全失控又让他冷静了下来。

"这就是交易的内容,我希望你能帮我照顾高汝雪,在力所能及的情况下关掉那扇门。"高医生似乎并不担心陈歌会拒绝。"作为报答,除了怪谈协会积攒下的底蕴外,我还会告诉你彻底关上'门'的方法。"

陈歌的鬼屋里也有一扇门,对他来说那扇门是一个隐患,他也一直在寻找关门的方法。"照顾高汝雪没问题,她以后的生活费、学费,包括就业问题我都能解决,至于关上那扇失控的门,我要好好考虑一下。"

"你一定会答应的。"高医生看着陈歌,那双眼睛似乎能够直接看透人心。"你的父母和推开了那扇门的人认识,她清楚你父母的下落。"

"我怎么知道你不是在欺骗我?"关于自己父母的线索一度中断,陈歌没想到会从高医生嘴里得到新的信息。

高医生把手伸进贴身的口袋,拿出一张照片。"这是怪谈协会在追猎那名推门人时拍到的照片,拍摄时间就在你父母失踪的前一个星期。"照片背景是一条阴森小巷,两边都是很普通的建筑,但看着却给人一种别扭的感觉。一对夫妇背对镜头站立,他们对面有一个红衣小女孩。照片拍摄的时候,女孩似乎是发现了拍摄者,冲着小巷尽头叫喊,那对夫妇也准备扭头。

从背影来看,陈歌可以肯定那就是自己的父母,高医生也没有欺骗自己的必要。"这照片是在什么地方拍摄的?"

"午夜十二点以后的荔湾镇。"

"荔湾镇我也去过,那边的街道好像不是这样的。不过我父母失踪前一个星期,确实每晚都会外出,好像是在寻找什么东西。"陈歌向前走去,准备近距离看一眼那照片,但是双腿却被黑发缠住,张雅没让陈歌离开自己身边,似乎附近还有隐藏的危险。

高医生看到这一幕后,将照片塞给了高汝雪。"那扇门现在已经失控,谁也不知道接下来会发生什么,会有什么怪物从那扇门中跑出。"

"高医生,有一个问题我想不明白。"陈歌打断了高医生的话。"在我看来,你从不在乎别人的生死,可你为什么要让我去关掉那扇门,这对你有什么好处?"

"等你进入门后,就会知道原因。"高医生说到这里,似乎已经确定陈歌会答应,他直接将关门的方法说了出来。"我现在已经证实过的关门方法只有一种,那就是找到推门人,让他将门后世界所有的绝望积压在自己的身体里,门后世界因为推门人的绝望才出现,失去了种种负面情绪后,门出现的周期会变得越来越长……"

"所以说想要关门必须要找到推门人?可如果推门人已经变成了红衣或者直接魂飞魄散了怎么办?"

"红衣依旧可以承受门后的绝望,至于魂飞魄散,这样的情况我还没有遇到过。"高医生的声音越来越弱,他双眸之中黑色细线不断涌动,似乎是准备从他的身体里钻出去,只是远远看着,陈歌就能感受到高医生此时正遭受巨大的痛苦。

"带着高汝雪离开吧,这片世界要被毁掉了,接下来,我要接着寻找另一种关门的方法。"

地下尸库开始出现大面积的坍塌,支撑这世界的绝望和负面情绪全部进入了高医生的身体,此时这世界已经开始崩溃了。高医生摸了摸高汝雪的头。"回家吧,门我已经打开了。"

不等高汝雪说话,躺在高医生怀里的女人突然抬头,看向高汝雪的眼睛,只是简单地对视了一眼,高汝雪就昏倒在地。女人的身体变得更加虚幻,在高医生的命令下,她又弄晕了那两个护送高汝雪进来的火化场工人。

"他们关于今晚的记忆已经藏在脑海最深处,门外的那些尸体,在你进来后,我已经让残尸全部搬进了门内。所有证据我都已销毁,我希望你也能忘掉今晚发生的一切。"高医生身体颤抖,由绝望和负面情绪组成的黑线几乎要钻出他的眼睛。"带他们离开吧。"

高医生应该是早就考虑好了一切,不管陈歌做什么样的选择,他都不会输。陈歌杀了他,他会超越红衣,大家同归于尽;陈歌答应和他进行交易,利益可以最大化。

"看来我也没得选择。"陈歌在张雅的注视下,让白秋林把高汝雪背了过来。在他看来高医生应该不会对自己的女儿下手,他将高汝雪交给自己,也算是表现出了自己的诚意。"暗中调查我那么久,这家伙是不是一直都在物色能照顾他女儿的人?"怪谈协会活在城市的阴影里,得罪过的东西有很多,高医生走后,高汝雪的处境就变得危险了。

大块血肉掉落,地下尸库的天花板裂开了一条条缝隙,隐约有血红色的雾气飘进手术室当中。陈歌每次进入门后,世界都局限在某一栋建筑当中,他还是第一次看到建筑外面的场景,那里才是真正的门后世界,根据推门人内心构筑出的这一片空间更像是连接两个世界的纽带。

血红色的光亮照在身上,高医生身体里的黑线开始快速生长,同一时间躲在陈歌背包里的白猫也钻了出来,其中一只眼睛完全变成了血红色。吸引它的东西就在裂缝外面!

白猫想要过去,但这回陈歌早有准备,地下尸库就要坍塌,现在必须赶紧撤离。他抱着白猫，一把塞回背包，拉上了拉锁。不理会在包里乱叫反抗的白猫，陈歌悄悄向后退去。他今晚是来完成黑色手机试练任务的，存活到天亮才是最重要的。

血肉构成的墙壁碎裂坍塌，地板凹陷，头顶的天花板传来一声巨响，一大块血肉脱落下来，重重砸在地上。

顺着头顶裂开的口子朝外看去，地下尸库外面大雾弥漫，似乎隐藏着一座血红色的城市！

建筑的轮廓和现实当中的江州市没有什么区别，只是整体建筑风格给人一种特别诡异的感觉。地下尸库内部暴露在外，陈歌看到血雾里隐隐有东西在靠近。

"离开吧，如果门被破坏，你就走不掉了。"高医生抱着他的妻子，眼白已经完全消失。"以后我们说不定还会见面，我已经提前在一扇门上做好了标记。"高医生说话的语气越来越别扭，他的声音里似乎混杂着其他人的声音，他看向陈歌和张雅的目光也变得奇怪起来。

"提前在一扇门上做了标记？！"张雅已经受伤，现在跟高医生发生冲突，恐怕会被大雾中的怪物占便宜，还是离开比较好。陈歌向后退去，在后退的过程中，叫上张雅，一起围攻熊青。这个可怜的家伙刚爆发出自己的潜力，就被无情扼杀，他的身体被打散，头则被许音拿走了。

"别怕，这里太危险，我带你一起离开。"陈歌朝熊青笑了笑，拖着地上那两个火化场工人朝外面跑去。

熊青被陈歌笑得毛骨悚然，这个红衣拼命地叫喊，直到嘴巴让许音捂住。

血肉构成的世界已经坍塌，陈歌回头看了高医生一眼，那个男人身体皮肤开始龟裂，漆黑的双眼望着自己妻子，两人的身体靠在一起，似乎是准备就这样被埋葬在地下。

"真是个可怕的对手。"在陈歌进来之前，高医生就预想过无数的结局，现在这个结局是对高医生来说最差的，可就算是最差的结局，他也没有输。

血雾消散、脏器干枯，通道晃动得愈发剧烈，陈歌、鬼屋员工和卫医生一起朝着地下尸库核心区域跑去，在经过某个尸库时，又有几名医生在卫医生的劝说下决定跟随陈歌一起离开。意外收获还有很多，如果不是因为这里快要坍塌，陈歌还想去更多地方看看。一路狂奔，陈歌终于在血肉世界完全崩塌之前，来到了核心区域。

那扇血门半开着，门板上的血丝脱落了许多，颜色已经不再鲜艳。

"该离开了。"陈歌领着所有鬼屋员工跑出血门，门后世界也在这一刻彻底坍塌。

门内隐隐传出不似人声的嘶吼，但这一切都已经跟陈歌没有关系了。关上房门，血色消退，再打开时，门外已经恢复正常，刚才经历的一切就像是个噩梦，而现在梦醒了。地上残留着污迹，那些尸体和墙壁上的照片都已经消失不见了，高医生早就做好了最坏的打算，他没有留下任何证据。

"血肉世界崩塌，这扇门估计也无法正常使用了。"陈歌拉开背包拉链，将白猫放了出来。它本来准备很凶地叫一声，但一下看到了陈歌身边的红衣，它立刻又缩进了背包里，小爪子在外面扒拉，似乎是准备自己把拉链重新拉上。

"真是只性格古怪的猫。"陈歌拿出漫画册，开始清点收获，他首先看向熊青。

被一群怨念、红衣和满肚子坏水的鬼屋老板盯着，熊青体会到了生前都没有经历的绝望。

"别怕，不会很疼的。"陈歌示意许音吞掉熊青，但是许音的反应却很奇怪，他摇了摇头，伸手指了指自己的心。许音不愿意吞掉熊青，他似乎是想要靠自己找到那颗心。

一人一红衣在这边谦让，倒是把熊青给吓得半死。

"你有自己的想法其实蛮好的。"陈歌又把白秋林叫了出来，鬼屋所有员工中，只有这个赌徒外衣上出现了血迹，暂时也只有他表现出了成为红衣的潜力。

"老白，别让我失望。"陈歌习惯性的想要去拍白秋林的肩膀，但是却拍了个空，他已经把自己的员工当活生生的人来对待了。白秋林脸上带着苦笑，他光是站在熊青面前就有点害怕，更别说要吞掉对方。最后还是在许音的帮助下，白秋林才完成"吞食"。

几乎就在吞食完成的瞬间，白秋林就滚倒在地，他拼命撕扯着身体，感觉就像是有一团火在他胸口燃烧。

他吞食的过程和张雅、许音不同，从普通怨念直接到红衣，跨度很大，根本无法陷入沉睡，而是在魂飞魄散的边缘苦苦支撑。就这样足足持续了一个多小时，白秋林才恢复正常，他身体看起来不再虚幻，心脏的位置被鲜血染红。

白秋林的情况和许音正好反了过来，他已经找到了心，只要不断"吞食"，就能毫无障碍地成为冒险屋里新的红衣。

"这样的红衣可能要比许音弱一些，不过总归是红衣。"手下员工里又要多出一位红衣，仅此一条，陈歌就觉得今晚所有付出都是值得的。

用漫画册将白秋林他们收起，陈歌又看向卫医生，在老爷子身边还站在三位同样穿着白大褂的医生。这四人都是各自领域顶级的医生，更让人钦佩的，是他们四位都将遗体捐赠给了医学院。

"诸位，相逢便是缘，我打心里敬佩你们，如果可以的话，我想请你们到我那里坐坐。"陈歌说得非常诚恳。他之前给卫医生留下的印象非常不错，在卫医生看来，陈歌就是不畏惧邪恶和黑暗的热血青年。

"我是你救出来的，仅凭这一点，就没办法拒绝。"卫医生点了点头，看向其他几位医生，"你们觉得呢？"

"这小子我看着很顺眼，学习能力很强，还是咱们江州市法医学院的学生，我很欣赏他。"开口说话那医生一连用了几个"很"字，他脾气耿直，直接走到了陈歌旁边，这人正是刘正义。两位医生开口，另外两位医生也都点头了。

"多谢四位老师。"陈歌拱了拱手，心里乐开了花，一下拥有四位各自领域顶级的医生，他们在门内世界连半死不活的人都能救回来，更别说冒险屋里游客晕厥这样的小毛病了。

他已经开始在心中计划，以后再有不开眼的人过来找事，一定要亲自将其吓晕，然后就站在一边看着他被救醒，接着再给他个"惊喜"，吓晕再救醒，循环个几次才行。陈歌脸上不由得露出温暖的笑容，其他人身处漆黑恐怖的尸库里都能感受到陈歌那发自内心的喜悦。

"他是因为我们几个答应去他那里做客才感到开心的吗？"几位医生都觉得这人不错，心里也很舒服。

陈歌用闫大年的漫画册将四位医生收起，可能是因为外面天还没亮，他还没有收到黑色手机任务完成的提示信息。

"鬼屋里拥有了急救小组，安全彻底得到保证，徐叔再也不用担心我把游客吓出问题了。"陈歌心满意足。"以后或许可以尝试着开发一些更刺激的项目，毕竟市面上任何一个鬼屋都不会像我这样，还配备顶级的医疗抢救组。"一个鬼屋必须拥有能够经得起时间考验，而且是竞争对手都难以模仿的技术，才能在激烈的市场竞争中脱颖而出。陈歌觉得自己的冒险屋完全做到了这一点，纵观江州市，乃至整个华中南，没有任何一家鬼屋能和他的相提并论。"这就是企业的核心竞争力。"

今夜的试练任务陈歌收获颇丰，白秋林只要吞食掉足够的怨念就能够直接变为红衣，四位医生的加入，让陈歌再无顾忌，怪谈协会这个悬在头顶的利剑也终于解决，接下来他可以安安稳稳发展自己的鬼屋，全力应对即将开业的虚拟未来乐园。只要能抗住虚拟未来乐园对客源的掠夺，游客数量没有断崖式下跌，那就算是赢了。

这是实体乐园和虚拟乐园之间的一次较量，从已掌握的情报来看，对方来势汹汹，新世纪乐园和虚拟未来乐园比起来，唯一的优势就是陈歌的鬼屋。罗董事眼光独到，他提前发现了这一点，全力扶持陈歌。

"只剩下不到三个星期了。"时间很紧，不过陈歌也不是太担心，鬼屋在不断完善，等以后出现四星恐怖场景，说不定会发生质变。

陈歌在外面找到了一辆运送尸体的手推车，将两个火化场工人放了上去，当他抱起高汝雪，准备将她也放上去的时候，后背忽然感到一阵刺骨的冷意。

"好像还有一位没有回去……"黑发从陈歌背后伸出，有什么冰凉的东西紧贴着他的脊背。生死攸关，陈歌果断将高汝雪扔到了运尸车上，然后老老实实待在原地。后背那种冰冷的感觉并没有消退，身后的女孩似乎是想要走进他的身体，住进他的心中。心脏仿佛冻结，跳动得越来越慢，陈歌身体变得僵硬，他感觉再这么下去，自己肯定见不到明天的太阳了。

"张雅。"陈歌转过身，一袭红衣就站在他身后。张雅低着头，黑发遮住了半边苍白的脸，没人知道她在想些什么。

"这应该是我们第二次约会吧？"陈歌很自然地抬起手，轻轻抚摸着张雅的黑发。"明明只有几天，却感觉跟你好久不见。"

他顺势坐在停尸车旁，伸了个懒腰，张雅在原地站了好久，慢慢移动到了停尸车那里，鲜血滴落，她有些犹豫地坐到了陈歌旁边。

"我们第一次约会是在废弃校园，第二次约会是在地下尸库，每一次我都印象很深。"陈歌主动朝张雅那边挪了一下，身体跟她挤在了一起，他感受到那刺骨的冰凉，微微低头，看着张雅的脸。他们谁都没有开口，在阴森、恐怖、散发着福尔马林气味的尸库里，一男一女并肩坐在一起，享受着久违的"宁静"。

"你今天是不是受伤了？"陈歌靠着张雅的肩膀，小声说道。

张雅摇了摇头，她生前被人孤立，没有朋友，更没有谈过恋爱，此时陈歌离得太近，让她有点不知道该怎么去做了。

"把手给我。"耳边传来陈歌的声音，张雅感受到陈歌的体温和呼出的热气，她攥着红衣的手慢慢松开。

指尖朝陈歌那边伸出，在触碰到陈歌的手时，她又突然收回了自己的手，收拢黑发，毫无征兆地钻入陈歌的影子当中。

尸库里似乎变得明亮了一些，气氛不再压抑，被冻结的空气也恢复正常。陈歌全身被冷汗浸湿，靠在那两个火化工身上。他刚才之所以会选择坐到停尸车旁边，原因很简单，他当时双腿发麻，身体好像被冻僵，已经站不稳了。"我陈歌从来没有怕过任何人，之所以在张雅面前表现不同，只是因为我感受到了她对我的那份爱，我不想辜负她而已。"

陈歌自我催眠完，想站起来，试了几次，愣是没站起来，半边身体已经凉透。"这么下去，感觉会出大事，刚才张雅对我的好感度好像又提升了，估计用不了多久可能就会突破情不自禁，到达更高的级别。"陈歌瘫在地上，也在反思。"我究竟哪里值得那么多'人'喜欢？"

休息了好半天，直到黑色手机震动，陈歌才从地上爬起来。他滑动屏幕，点开了未读信息。

在规定时间内到达地下尸库核心区域，并存活至天亮，幸运的怨念眷顾者，恭喜你完成三星试练任务——地下尸库！

试练任务完成度为百分之六十，未获得本次试练任务隐藏道具。

全灭怪谈协会所有成员，幸运的怨念眷顾者，恭喜你完成第三病栋场景唯一隐藏任务——怪谈协会！

获得任务奖励——会长的委任书！

看着黑色手机上的信息，陈歌觉得有点意外。"地下尸库试练任务的完成度只有百分之六十，看来最主要的幕后黑手高医生应该还没死。可是后面提示我，说隐藏任务完成，全灭了怪谈协会所有成员。黑色手机不可能出错，这是不是说明高医生现在已经不是人了？"

不是人，但却仍旧存在。

陈歌回头看了一眼那扇门，门内世界已经崩溃，"门"可能再也无法正常使用了。

黑色手机还在不断震动，一条条信息发送了过来。

冒险屋内部空间已不足！将于今夜开始第三次扩建！

第三次扩建完成后，三星恐怖场景——地下尸库将完全解锁！

注意！第三次扩建完成后，冒险屋将正式升级为战栗迷宫！

注意！升级完成后，将随机抽取一座特殊建筑！冒险屋将解锁全新功能！

地下尸库任务对陈歌来说是一个转折点，冒险屋升级为战栗迷宫后会解锁新的功能，他距离找到自己父母失踪的真正原因又近了一步。

"战栗迷宫，听起来感觉还挺厉害的，就是不知道会增加什么新的功能，希望不要让我失望。"

第 15 章 不姓陈的陈医生

算上即将解锁的地下尸库在内,陈歌的冒险屋已经拥有了十个场景。

地面上三个场景:僵尸复活夜、冥婚、午夜逃杀。

地下有大大小小七个场景:暮阳中学、西城私立学院、三个人的房间、第三病栋、妻子的房间、活棺村、地下尸库。

现在难度最高的应该是第三病栋,只有这个三星场景完成度超过了百分之九十,所有惊吓点都解锁成功。

"'第三病栋'场景自带的隐藏任务是让我消灭怪谈协会,现在任务完成,奖励了我一份会长的委任书,这东西有什么用,难道可以命令那些协会成员死后的灵魂?"第三病栋试练任务完成度超过百分之九十时,黑色手机奖励给他一本病历单,上面附着第三病栋几位病人的怨念。那些病人都是彻底的疯子,也只有高医生才能震得住他们,陈歌担心贸然将他们放出会把游客给逼疯,为了游客考虑,他一直都没有使用那份病历单。现在第三病栋场景自带的隐藏任务完成,按照他以往的经验,这两个任务的奖励应该是相辅相成的,所以他的第一想法就是通过会长委任书来操控那几个病态的灵魂。"那几位可是纯粹的疯子,还有医生开的证明,让他们负责第三病栋场景真是再合适不过了。"每次一想到能带给游客更优质的体验，陈歌都会觉得开心。他活动了一下身体，把同样陷入昏迷的江州市福利院的陈医生也扔在了运尸车上，四个人整整齐齐排在一起，看上去很是和谐。

"陈医生因为'拐卖'儿童正在被警方通缉，在这个误会解开之前，还是暂时让他住在我那里好了，正巧我还有很多东西想要问他。"高医生拥有怨念是因为推开了"门"，陈医生能够操控怨念，这就让陈歌有些想不明白了，他准备慢慢挖出陈医生身上的秘密。

陈歌推着运尸车朝外走去，通道宽阔了许多，核心区域的那些尸体和墙壁上的照片都被高医生提前放到了门内，高医生在还没交手的时候，就已经想好了所有退路。

"'地下尸库'共分为三个区域，这场景占地面积仅次于'活棺村'，它比'活棺村'更恐怖的地方在于无路可逃，完全被恐怖的氛围包裹。"陈歌已经开始在脑海里思考如何去布置场景了，他将今晚的经历在脑海里梳理了一遍，眼底闪过一丝疯狂。"要不，这回就玩次大的？"

陈歌推着运尸车又在通道里绕了几圈，这才离开核心区域和中层区域。在他经过七号停尸库的时候，停下脚步朝旁边看了看，并没有找到昨晚出现过的八号尸库，那间库房好像不存在。

江州市法医学院的贴吧上有关于八号尸库的传说，但是这五六年来却没有任何一个学生在尸库里出现过意外，这应该是八号尸库那些大体老师的功劳。他们不是高医生的对手，无法阻止高医生，只能一直在暗处守护，在力所能及的情况下保护自己的学生。

"昨晚这两个火化工如果不是对大体老师不敬，估计他们也不会被追着到处跑。"陈歌对着昨晚八号尸库出现的地方，微微鞠了一躬，然后推着车子继续向外走。

"火化工进来处理尸体的时候，保安应该还在外面守着，火化工整晚没有出去，按理说他们早就报警了才对，可为什么地下尸库里这么安静？"陈歌拿出其中某个火化工的手机，看了眼时间，现在是早上五点半，外面的天刚亮。"要提前想好怎么应对接下来的盘问。"陈歌发现自己在这方面已经很有经验了。

他把手机塞回火化工的口袋，经过一个个库房，来到了尸库正门。

晨风带着一丝凉意，让陈歌精神了许多。正门口停着火化场的面包车，本该放尸体的车厢里扔着两个身穿保安制服的男人。

"他们也是被高医生弄晕的？"陈歌看了一眼，那两个保安没有生命危险，症状和高汝雪他们差不多。

试练任务已经完成，陈歌不想再给自己找麻烦，于是他把那两个火化场工人也塞进车厢，然后推着高汝雪和陈医生，避开监控朝着学校外面跑去。

坐上出租车后，陈歌才松了口气，他先把高汝雪送回家，然后又带着昏迷的陈医生回到了新世纪乐园当中。

他背着陈医生进入鬼屋，将陈医生关进"第三病栋"场景最深处的一间病房里，还细心地为他准备了水和方便面，临走的时候也不忘留下自己的电话号码。这是冒险屋第一次有外人来做客，陈歌也算没有亏待对方。

"还是有点不放心。"陈歌想了想又拿出圆珠笔，在陈医生枕头旁边放了张纸条，上面写着自己是范郁的家人，没有恶意，只是想要和他好好聊聊。走出病房，陈歌在门上挂了个"内有恶鬼、闲人免进"的牌子，又按下复读机开关，放在门口，这才离开。

回到员工休息室，困意袭来，不过陈歌还是没有去睡，他还有很多事情要做。拿出手机，陈歌给人偶制作工坊打了个电话，响了十几声后电话终于接通。

"钱老板，还在睡觉吗？我有笔大买卖想跟你谈。"

"大买卖？"人偶工坊的老板钱贵根一听到这儿，立刻清醒过来。"有多大？"

"我想定做一百个真人大小的人偶。"

"多少？！"

"一百个，我亲自去做，你只需要提供材料和场地就可以了。"陈歌望着窗外慢慢升起的太阳，眼中透着光。"这也只是个开始，如果方便的话，我准备长期和你建立合作关系，未来我的冒险屋可能会需要更多的人偶。"

"陈老板，一百个人偶不是小数目，方便打听一下您制作这些人偶的用途吗？"

"我们不是第一次合作，有些话也不用藏着掖着。"陈歌很直白地告诉钱贵根，"这次我要做的是'尸偶'，这一百个人偶最后都会被化装成尸体，堆在鬼屋深处。"

钱老板只是在电话里听到陈歌的声音，就觉得头皮发麻，他打了个冷战，说:"既然是做尸体,那就用一般的材料好了,一个人偶的材料成本在一百元左右。"

"材料还是按照最高规格来,要和上次一样。"陈歌语气坚决。

"大哥,你那鬼屋里那么暗,又只是做尸体,用好材料纯粹是浪费啊!"钱贵根有点不理解。

"在你看来我是在做人偶,其实我是在做一个可以取代血肉的身体,这些人偶以后都有大用。"陈歌有自己的计划,他想要完整还原出地下尸库场景,打造出一个真正的"尸体乐园",在他的计划当中,每具人偶里都会有一个残念。

"和上次一样的话,一具人偶的材料成本在九百左右,你这边需求量大,我再给你优惠一下,一具人偶按照八百来算,那就是八万……"

"没问题,你尽快帮我办妥就行了,我这边有急用。"

"我的工坊闲着也是闲着,平时我也能学习一下你的技法,场地费用就算了。"钱老板有些苦恼。"关键是我这里库存材料只够做二十个,剩下的材料我需要到外省帮你买,有的还是进口的,你需要等一周的时间才行。"

"你尽快帮我办好就行,对了,现在你有时间吗?我想去你工坊先把那二十个人偶的模胚给做出来。"

"现在?行,那我们半小时后见。"

挂断电话,陈歌从柜子里取出一套新衣服,进入卫生间。他冲了个凉水澡,换上新衣服走出鬼屋。"怎么洗完澡身上还是有一股福尔马林的气味?"陈歌也没有太在意,来到钱贵根的工坊,在那里忙碌到快九点才离开。人偶模坯已经做好,今晚再熬夜把其他工序完成,明天白天就能投放入鬼屋使用了。交了两万的预付款,陈歌离开工坊回到新世纪乐园当中。

他整宿没有睡觉,身体也有些撑不住了,和徐叔打了个招呼,交代了徐婉和顾飞宇几句,就一个人坐在鬼屋过道上开始休息。

冒险屋的框架已经搭建起来,每个场景都有专人负责,倒是省了陈歌很多事,他只需要看着游客签下免责协议,然后将协议保管好就可以了。游乐园淡季快要结束,能明显感觉到游客数量变多,除了追求刺激的年轻游客外,也有带着小孩的一家三口跑来参观。陈歌的冒险屋让新世纪乐园重新回到大众视线当中,这个几乎快要被江州市当地人遗忘的乐园，现在重新焕发出了生机。

"罗董事说得不错，乐园要想重回巅峰，不能只靠鬼屋，基础娱乐设施也要跟进，双管齐下才能真正留住游客。"鬼屋扩建可以依靠黑色手机，但是基础娱乐设施翻新需要大量的资金，就需要罗董事来想办法了。

天塌了有高个子顶着，有罗董事在，陈歌根本不需要去考虑那些杂七杂八的事情，只需要安心经营冒险屋就可以了。游客来来往往，门口的队伍越排越长，休息厅里各位游客的积分也在不断发生变化，旁边的音响里则实时播放着游客在鬼屋里的惨叫。一星场景对大多数游客来说已经没有什么难度，很多游客都开始挑战二星恐怖场景，随着越来越多的人通关二星场景，进入三星场景的游客数量也慢慢变多。网上关于三星场景的资料和照片越来越多，不过至今仍旧没有人能够通关三星场景。

其实这也不怪游客，陈歌是以自身为标准来设计通关难度的。"活棺村"场景的通关条件是找到那件残破的嫁衣，嫁衣上本身附着一个女人的残念，带着嫁衣离开，那就相当于与怨念同行，还要想尽办法躲避怪物的追赶。"第三病栋"的通关条件是找到一盘染血的磁带，陈歌告诉游客，磁带里记录着疯人院中最大的秘密，这里不仅有怨念，还有红衣。

中午休息的时候，陈歌去食堂打了两份饭进入地下场景当中。他来到"第三病栋"，走到最深处的那间病房，房门上的牌子没有人动过，复读机也摆在原地。他捡起复读机，带着血迹的磁带在里面缓缓转动，陈歌拿着它，随手推开病房门。阴森破旧的病房中间横放着一张病床，陈医生已经清醒过来，看着桌上的矿泉水，似乎在思考水里有没有下毒。

"你醒了？昨晚的事情你还记得吗？"陈歌将盒饭递给陈医生，自己坐在一边，直接吃了起来。

"陈歌？"陈医生看着陈歌有些诧异，"是你救了我？"

"不然呢？"

"我想不起来了。"陈医生揉着太阳穴，他打开桌上的矿泉水喝了一口，嗓子舒服了许多。

"你的记忆最后停留在了什么地方？"陈歌比较好奇的是这一点。

"我跟随江铃和范郁来到活棺村,与高医生在村子外面交手,最后我棋差一招输给了他。"陈医生竭力回想着,"我记得自己后来被他拖进了一扇门后面,那个疯子说我是他仅有的朋友,要把我当成收藏品陈列在玻璃罐中。他是这么说的,也是这么做的,再往后发生的事情我就不记得了。"

"希望你没有骗我。"陈歌咽下嘴里的饭,很认真地看着陈医生。"高医生已经死了,江州市法医学院地下尸库的门也被毁掉,是我在最后关头将你救了出来。"

"我相信你说的话,只是……"陈医生有点不确定,"那疯子身上至少有两位红衣,你是怎么击败他的?"

"两位红衣算多吗?"陈歌头也没抬,继续吃着饭。

听到陈歌的话,陈医生一时语塞,他想到了之前听到的一些关于陈歌的传闻,苦笑着摇了摇头。"对我来说已经很恐怖了。"

"陈医生,我等会儿还有其他事情,今天过来就是想要问你一些东西,希望你能看在我救了你一命的分儿上,如实回答。"陈歌放下盒饭,喝了口水,他的动作和神态,与他接下来将要说的话完全不搭。"你曾在地下尸库告诉我,你自己并不姓陈,是因为受人之托,那你到底姓什么?对方要你以这个姓在江州市西郊办一件事,是什么事?"

"这话我也跟你说过?"陈医生犹豫了一下,"我本姓甄。"

"那个人是谁?为什么要用陈这个姓?他让你来江州市西郊做什么?"陈歌一连问了三个问题。

甄医生沉思片刻后,给出了陈歌回答:"我和康复中心的老院长认识,也曾在他那里工作过,第三病栋的门第一次出现的时候,老院长和我有过交流,后来我亲自去门附近查看,进入了门后的世界。"甄医生低头想了一会儿。"我应该是除门楠外第一个进入门后世界的人,在那里我看到很多稀奇古怪的东西,那就像是一场噩梦,这个秘密我只告诉了两个人,老院长和我最好的朋友高医生。我们三人一开始决定将门用水泥封死,但后来发现效果很差,门依旧会出现,血液渗透附近的墙皮,一到晚上就开始蔓延。

"可能是因为进入过门后世界的原因,我感觉好像被什么东西给缠上了,午夜凌晨一过,我家床下面总有手指在抓挠床板,卫生间里没有人,但是从半开的卫生间门往里面看，却发现镜子里站着一个黑影，它正对着我的床，似乎是准备从镜子里走出来。我是一个心理学医生，在这些东西出现的时候，我首先做的是审视自己，确定这些东西不是我自己的幻觉。精神病医生最后自己住进精神病院的情况也真实出现过，所以我一开始以为是自己出了问题。但随后发生的一件事彻底改变了我的想法。

"从血门后面出来的第三天晚上，我看见窗外站着一个男人，他的头正对着我的床。我家住三楼，二楼没有安装防盗网，空调外装机不在这个位置，那么除非男人身高至少超过三米，才能站在我窗外。那个男人看了我好久，最后钻进了二楼那户人家。我立刻报了警，但是警察并没有在二楼发现那个可疑男人，二楼邻居抱怨不休，我被警察带走了。第二天早上，我是在警局里听到了二楼邻居自杀的消息。受害人死状非常诡异，肩膀下陷，表情惊恐，死前受到了惊吓。我怀疑邻居的死和昨晚看到的那个男人有关，我向警察说明了一切，但是值班的民警却觉得我该去看看心理医生。

"我记得很清楚，我当时还向他出示了自己心理医生的资格证。有些东西说不清楚，警察根本不相信，倒是屋里一个看起来很开朗的老哥对我说的很感兴趣。我一开始以为他也是警察，跟他详细说了半天，最后我才知道那人因为报假警、冒充警察、超速驾驶，刚接受过治安教育，今天才被放出来。"甄医生语气有些无奈。"我不敢回家，又想尽办法在警局多住了几天，直到我工作的医院开始流传我疯掉的谣言，我才不得不离开警局。到家后，我脑海里总会浮现出窗口那个男人的身影，我担心自己会成为下一个受害者，所以直接住到了市区最繁华区域的酒店当中。就这样持续了一个月的时间，那个男人再没有出现，我的生活也恢复正常。一直住在酒店也不是个事，我准备卖掉以前的房子，在市区比较繁华的地方再买套新房。

"其实我很早以前就有这个打算，交了首付，我联系了东郊一个搬家公司，准备趁着白天先搬走一些比较贵重的东西。新房在十五楼，我特意选了个顶层。所有家具运送完毕后，已经是傍晚，我请搬运的师傅吃了顿饭，自己也喝了几杯酒，准备住进新家，开始新的生活。回到新家，我躺在熟悉的床上，很快就睡着了。"

说到这里，甄医生稍微停顿了一下。

"大概是凌晨零点的时候,我感觉身体有点冷,紧了紧被子,睁眼朝旁边看时,忽然发现屋内好像站着一个男人。我瞬间被吓醒,再仔细一看,那个站在我屋子里的男人,就是我之前见过的怪物!他身长三米多,上半身直起,下半身正慢慢从床底下钻出,脸上带着怪笑,嘴里还说着终于等到你了……我真没想到这个怪物会一直躲在我床下面,鞋子也顾不上穿,我发了疯似的朝外面跑。我不敢回头,跑进走廊,大声求救,但是却没有一个人回应。但我的肩膀越来越沉,那个怪物好像是踩到了我的双肩之上。笑声从头顶传来,我的视线开始模糊,楼道就好像扭曲了一样,我感觉自己随时都会摔倒。我强忍着种种不适,来到了楼梯口,在我五感都快要被剥夺的时候,耳边突然传来了打火机的声音。

"钢轮摩擦火石,一缕跳动的火焰出现在我的视野当中,我看见一个男人靠在楼道口,给自己点了一根烟。这人我有点眼熟,仔细一看,正是我在警察局里遇到的那个因为冒充警察、超速驾驶而接受治安教育的男人。他手中的烟燃得很慢,随着烟灰掉落,我肩膀上传来凄厉的求饶声。一根烟燃尽,我肩膀上的怪物也彻底消失不见了。是那个男人救了我,那晚我和他聊了很多,他告诉我这个世界还隐藏着另外一面,他教了我如何去关闭第三病栋的门,也是他让我用陈这个姓帮他在江州市西郊做一件事情。"

甄医生说到这里,喝了口水,他默默看着陈歌说了最后一句话:"那个男人和你长得很像,而他嘱托我做的那件事,也和你有关。"

"长得和我很像,嘱托你做的事情和我有关,抽烟,性格开朗……"陈歌感觉甄医生说的这个人很像自己的父亲,不过转念一想他又觉得不对。"我这么乐于助人、遵纪守法,我爸怎么可能干出冒充警察、超速驾驶这样的事情?其中可能有误会。"

甄医生看了一眼复读机里缓缓转动的血色磁带,没有反驳,轻轻点头,说:"我和你看法差不多,咱们先不管那是不是你的父亲,他嘱托的那件事确实和你有关系。"

"说来听听。"

"这还要从第三病栋说起,我按照那个男人教我的方法,将门楠主人格送入门内,成功关上了门。但过了大半年的时间,我发现那扇门又被人打开了。"

"是院长做的吗?"陈歌在完成第三病栋任务时,知道院长得了癌症,他不想死,所以进入了门后的世界。

甄医生摇了摇头。"院长老了,没那个胆子,门是高医生打开的,也是他在暗中撺掇的院长。"甄医生轻叹一口气,眼底的情绪变得复杂起来。"我把高医生当最好的朋友,也理解他为什么会这么做,因为我知道他到底有多爱自己的妻子。"

喝完瓶中的水,甄医生讲述了这几年发生的所有事情。"在如何处理'门'的问题上,我和高医生产生了分歧,我认为'门'是不祥的,是灾厄,一旦出现必须要立刻想尽办法关上。但高医生的想法和我不同,他认为'门'是可以利用的,绝望、痛苦、愤怒,这些情绪都是可以利用的。那个时候我还不知道他已经推开了一扇'门',我们两个因为理念不合,最终撕破了脸。结果在我采取强制措施和他交手的时候才发现,他不仅对'门'非常了解,甚至还拥有一位红衣。我不是高医生的对手,只有找那个男人求助,但在他看来,我和高医生可能就像是两个孩子在打斗。他没有去找高医生,而是直接进入了第三病栋门后的世界,在那片世界里,他好像有了一个很重要的发现,而这个发现也和他后来失踪有直接的关系。"甄医生说到一半,突然停下,看着陈歌,似乎在考虑要不要把这件事说出来。

"别有什么顾虑,把你知道的全部告诉我就行了。"陈歌在听甄医生讲述的时候,已经将盒饭吃完。

"你应该也进入过第三病栋门后的世界,不知道门楠主人格有没有告诉过你,某间病房的窗户是无法关上的。"

"窗户?"陈歌细细一想,自己后来几次去第三病栋,门楠好像都在修复窗户。"我知道这事。"

"那个男人曾在门后的世界和一个怪物交手,窗户就是被他们打穿的,具体发生过什么我也不清楚,我只知道那个男人从门内出来后一副若有所思的表情,然后他就交给了我一个任务。"

甄医生从病床上站起,神色郑重地说:"那个男人说了三种情况,分别对应着三种不同的处理方式。如果你没有经营鬼屋,而是选择从事其他职业的话,就让我在暗中照顾一下你;如果你坚持经营鬼屋,但是一直没有什么起色的话,就让我以陈先生的名义,每隔一年给你寄一封信,劝你放弃;如果你坚持经营鬼屋,并且把鬼屋做得越来越好的话,他让我当面找到你,然后对你说一句话。"

"什么话?"陈歌感觉自己父母好像预料到了自己能把冒险屋经营得很好。

甄医生表情前所未有地认真起来,他盯着陈歌的眼睛,说出了八个字:"千万不要去找他们。"

"不要去找他们?"陈歌眼睛眯起,笑了笑没有说话。

"说来惭愧,我不仅没有帮到你,还被你救了出来。"甄医生也不知道该怎么说,这种情况,陈歌的父母估计都没有考虑到。

"他们失踪前一段时间,都做了什么,有什么异常举动,对你说过什么奇怪的话,把你知道的所有东西一字不差地告诉我。"陈歌说话的语气更像是在命令,而不是询问。

甄医生现在连自己在哪里都不知道,生怕陈歌做出什么冲动的事情,老老实实地回答了陈歌的问题。"他们对我说过这些后,就再也没有跟我联系过,我只知道他们在失踪前经常前往东郊,似乎在寻找什么东西。"

"没有跟你联系,你怎么知道他们去了东郊?"陈歌手指搭在复读机上,沾染血迹的磁带在里面缓缓转动。

"这些事情很好打听的,本来东郊一片平静,但在你父母失踪的前一段时间,东郊接连爆出了各种各样的怪事,什么鬼火焚楼案、吃人公路、废弃医院诅咒游戏、隧道灵车、水鬼、冥胎……"甄医生自己说着都头皮发麻。"每到夜深人静的时候,东郊都会出事,直到你父母失踪后,东郊才又恢复平静。"

"你怀疑那些怪事都和我父母有关?"

"八九不离十。"

"开什么玩笑?"陈歌拿着复读机,微皱眉头。"我们一家人都是本本分分的老实人,怎么可能去做这样的事情?他们或许是被卷入了某个巨大的阴谋。"

"应该不会,东郊以前就跟现在差不多,很平静的,从来没发生过什么大案,也没有什么怪谈。"甄医生不由自主地压低了声音。

"绝对有问题,等忙完了手边的事,我们两个一起去东郊看看,平静之下肯定隐藏着风暴。"陈歌冲甄医生摆了摆手。"你先在这里住着,等到晚上我再送你出去。"

"行。"甄医生偷偷看了复读机一眼。"我不会乱跑的,你可以放心把那个复读机拿走了。"

"来者是客，我怎么能把你一个人晾在屋里？"陈歌走出病房，将复读机打开放在门口。"有什么需求可以跟许音提，我晚上七点回来送你离开。"

"那……麻烦你了。"甄医生抱着盒饭坐在床边吃了起来，看着陈歌离开的背影，苦笑着轻轻摇头。"这似曾相识的感觉……"

陈歌去卫生间洗了把脸，很快就又投入紧张的工作当中。晚上六点半，鬼屋闭馆，陈歌让徐婉和小顾打扫卫生，自己找到徐叔，要到了乐园货车的钥匙，准备晚上把人偶拉回来。处理好这些事后，他又进入地下找甄医生。两人互留了联系方式，陈歌用黑布蒙住甄医生的眼睛，打车将他送到了西郊边缘。路上没有耽误多少时间，快七点时陈歌回到新世纪乐园，徐婉和顾飞宇已经把鬼屋门口打扫干净。

"辛苦了，剩下的交给我。"陈歌接过扫帚，拿出手机又给钱贵根打了个电话。"钱老板，你那边把材料准备好，我今晚可能要在工坊里熬一晚上，把第一批人偶先做出来。"

"好的，我就在工坊等你。"钱老板很是爽快。

陈歌挂断电话，回头一看发现徐婉和小顾两个人并没有离开。"你俩还有什么事吗？"

"你是老板，我总觉得你比员工还累，天天不是熬夜，就是通宵。"卸了妆容的徐婉，看着有些可爱，不过跟她刚来鬼屋工作时比，已经成熟了许多。

"陈哥，你看我俩能帮上你什么忙不？"小顾也走了过来。"反正我这么早回家也没什么事。"

员工主动要求加班，陈歌还有些小感动，他想了想，二十个人偶搬运起来确实是个大问题。"行，你们跟我一起来吧，咱们争取在十二点之前搞定。"

关了鬼屋门，陈歌开上乐园的货车，带着徐婉和顾飞宇一起来到工坊。模坯陈歌早上已经做好了一部分，他简单地教了一下顾飞宇和徐婉后面该怎么做，把填冲、搬运等没什么技术含量的活交给了两人。

晚上十一点，第一批二十个人偶已经全部做好。这批模型使用的是最好的材料，和真人比例相同，只不过为了节省时间，陈歌并没有给模型化装、搭配衣服。

几人合力将人偶模型搬上货车，全部拉回冒险屋。

"后面的工序我自己慢慢弄，你们赶紧回家吧。"陈歌看了眼时间，今晚十二点过后鬼屋将迎来第三次扩建，冒险屋也将正式升级为战栗迷宫，他担心闹出什么动静，引起徐婉和小顾的怀疑。

"老板，这一大堆人偶，你自己一个人要搬到什么时候？"小顾望着鬼屋走廊上横七竖八的人偶，大晚上看着还真有点吓人。

"等会儿我还要挨个给它们化装，这样明天就能投入使用了。"陈歌朝两人道了声谢，关上了鬼屋大门。

"你一个人要弄到什么时候啊？"顾飞宇还想说什么，可惜陈歌已经开始工作。"太拼了，果然这世界上没有谁可以随随便便成功。"

"少感叹了，明早见。"徐婉摆了摆手，直接离开。

乐园里只剩下顾飞宇一个人，和白天的喧闹相比，晚上的乐园显得空旷、阴森。他脑中闪过人偶横七竖八摞在一起的画面，不由得打了个寒战。"老板到底是老板，换成我，估计在这地方待一晚上就受不了了。"

小顾走出新世纪乐园，现在是晚上十一点半，公交车早已停运，他租住的地方在郊区，距离新世纪乐园有点远。

"打车回去吗？"顾飞宇摸了摸口袋，有点心疼，他来城里打工几个月的时间，也就从陈歌这里领过一次工资，租房、住院又花了不少钱，平时他连外卖都不舍得点，一直是自己做饭吃。

"反正也没什么事，慢慢往家里走吧，能走多远是多远，累了再打车，好歹还能省一点。"顾飞宇戴上耳机，沿着马路朝郊区那边走。夜风顺着袖口吹入，有一点冷，行人稀少，两边的路灯越来越暗。走了大概四十分钟，十二点多的时候，顾飞宇忽然听见有人问他：去哪儿？要不要上车？

他摘下耳机，左右看了看，发现四周没有一个人。

"奇怪？难道那声音是从耳机里传出的？"他戴上耳机又听了一遍刚才那首歌，并没有其他人的声音。"怎么回事？"顾飞宇想不明白，马路两边的灯光似乎变得更暗了，周围一个人都没有，他孤零零地往前走。建筑慢慢变得低矮，越来越荒凉，这明明就是他平时回家的那条路，但是给他的感觉却有些不同。又走了十几分钟，顾飞宇来到了一个岔路口，一边是他熟悉的回家路，另一边的路看着有些眼生，他以前好像从来没有见过那条路。

"你要去哪儿？"耳边又听到了那个声音，顾飞宇一下把耳机摘了下来，他朝身边看去时才发现，自己身后不知什么时候开过来一辆公交车。

车身破旧，看着有些年头，车头灯也没亮，里面零零散散坐着几位乘客，他们大多低着头，似乎在玩手机。

"这都快凌晨一点了，怎么还有公交车？"顾飞宇莫名地感到心慌，他往路边退去，还没走出几步，手机突然震动了一下。点开一看，顾飞宇发现陈歌给自己发了个红包，下面还有一条语音信息。

"小顾，辛苦了，这是加班费。"陈歌的声音在阴冷的黑夜中显得格外温暖，小顾领了红包，准备把自己遇到的怪事告诉陈歌，可还没等他打通陈歌的电话，回头一看，却发现那辆公交车已经开远，进入了旁边那条他看着很陌生的路。

顾飞宇站在路口，目睹公交车离开。他感觉两边的路灯恢复正常，身体也没有那么冷了。

"真奇怪。"顾飞宇不敢一个人继续乱跑了，他在路口等了半天，拦下了一辆出租车。

"你要去哪儿？"

"明花庄旁边的公寓楼。"顾飞宇心里还在想着公交车的事，他不太确定地问了司机一句。"大哥，你车子过来的时候有没有看见一辆公交车开过去啊？"

"没有啊。"司机从后视镜里扫了顾飞宇一眼，也在嘀咕。"我说你们这些年轻人最近是怎么了？前几天我在东郊拉了个游客，也跟你差不多，上车就问我有没有看到一辆搬家公司的货车经过，那马路就这么宽，有没有车经过，你们不会自己看啊？"

"你没有看到？"小顾回头望了望那条路，两边的建筑感觉跟之前比似乎有点不太一样。"真是奇怪，那辆公交刚才还在的……"

冒险屋化妆间里，陈歌见小顾和徐婉领了红包以后，就把手机扔在一边，开始专心致志地给人偶化装。

他使用"殓容"和"活偶"技能，最真实地还原出了那些残尸的样子，双目外凸，眼中满是对活人的怨毒和嫉妒。

"这几个可以把面颅挖空，做成可拆卸式的，游客过来的时候，脸会一边转动，一边掉落。"陈歌竭尽所能，一个人在化妆间里忙活到凌晨两点多，才给二十具人偶化完装。连续高强度工作，陈歌也有些吃不消，他给自己定了个闹钟，回休息室睡觉了。可刚躺下，陈歌口袋里的手机忽然震动起来。

他迷迷糊糊拿出一看，是黑色手机发来了提示信息。

第三次扩建完成！冒险屋升级为战栗迷宫！可拥有红衣数量上限增加！员工数量上限增加！

战栗迷宫特殊效果：方向感大幅降低（其余特效在第四次扩建后解锁，这将是一个从肉体到心灵迷失的过程）。

幸运的怨念眷顾者，恭喜你将冒险屋升级为战栗迷宫，随机获得顶级特殊种类建筑——尖号之门！

尖号之门：在你做好惊声尖叫的准备之后，就可以推开这扇门了！

第三次扩建完成！三星恐怖场景"地下尸库"解锁！可通过手机页面操控内部全部机关！

连续几条信息，让陈歌瞬间清醒过来。"扩建完成了？！"

他穿上外套，跑出员工休息室，准备进入地下的时候忽然发现，"僵尸复活夜"门口的木板不翼而飞。取而代之的是一扇纯黑色、看起来无比沉重、雕刻着各种各样怨念的铁门！

"这就是新奖励的那扇尖号之门？"

实心铁门卡在唯一的出入口上，陈歌走到跟前抚摸着门上的图案，脑海中隐隐约约响起哭喊和尖叫声。

抓住门把手，陈歌用力将门打开，进入地下场景。升级为战栗迷宫之后，地下场景给人的感觉更加阴森，走在其中，总觉得有人在某个方向呼喊自己的名字，不由自主地想要往那个方向走去。

"应该还有其他隐藏的效果。"

一进入地下，左边是"暮阳中学"，右边是"第三病栋"，正对着的是"活棺村",新解锁的"地下尸库"场景则在背后。陈歌进去转了一圈,对照着黑色手机,看了看所有惊吓点,确定没有什么安全隐患后回到地面,将所有人偶运送到场景当中。"人偶里可以隐藏几个怨念,等游客习惯这个节奏后,再出来给他们一个惊喜。对了,这几位医生要放到什么地方?吓人不是他们擅长的,还是专门给他们安排一个单独的房间吧,就担心他们到处乱跑。"按照自己之前的想法,陈歌将尸库场景布置好,等他再出来时,天已经擦亮了。抓紧时间睡了一觉,八点十五,陈歌准时起床,洗漱完毕,打开了鬼屋大门。

"又是阳光明媚的一天,希望新的场景会有游客喜欢。"

第 16 章 欢迎来到战栗迷宫！

他拿出手机，在罗董事专门为鬼屋制作的小程序上发布了新恐怖场景的信息。当这个新的三星场景介绍在鬼屋交流社区里出现的时候，瞬间吸引了所有在线游客的目光。很多人惊讶于陈歌鬼屋场景的开发速度，他们有点绝望地发现，自己的通关速度，还没有人家的场景铺设速度快，他们纷纷留言要去挑战新场景。也有人认为陈歌可能确实热爱这项工作，感觉这个人把自己的生命都用在了如何吓人上。

"罗董事设计的这个东西，用着还挺方便。"陈歌顺手将自己在场景里拍的几张照片发了出去，又看了一会儿评论，就默默退了出来。"新场景引来热议在我意料之中，今天估计又能吸引一部分鬼屋忠实爱好者前来体验。"

八点二十，徐婉从乐园门口走来，陈歌先去给她化了个装，可直到徐婉进入场景，小顾都没有来。

"堵车了吗？"

打了几个电话都没有人接，快九点时，陈歌才看见小顾匆匆忙忙地跑进乐园当中。

"老板，不好意思！"小顾气喘吁吁，脸色有点苍白。

"你是不是遇到什么事了？"陈歌看着顾飞宇，觉得有点奇怪。

"昨天我回家太晚，没休息好，今天早上起晚了。"小顾连声道歉，"老板，我去化装了。"

"去吧，小心点儿，不着急的。"陈歌看着跑进鬼屋的小顾，觉得有一点奇怪，他暗暗留了个心眼。

九点钟，乐园正式开业，游客蜂拥而来，陈歌明显感觉到淡季快要结束，游客数量是越来越多。旺季到来的时候，也就是跟虚拟未来乐园真正硬碰硬的时候，只要不被他们夺走太多客源，一切都还有挽回的机会。陈歌看过虚拟未来乐园的内部资料片，清楚对方的实力。

开业短短五分钟的时间，冒险屋门口已经排起了长队，有游客甚至在乐园门外面就开始排队，乐园门一开，直接冲向冒险屋。

"大家不要拥挤！"徐叔和工作人员赶来维持秩序，陈歌则进入休息厅，将自己用手机编写的新场景简介输入电脑，在大屏幕上滚动播放。

"尸库里传出奇怪的声响，运送尸体的车子在通道中来回移动，到处都充斥着福尔马林的气味，想要逃离这里只能不断向前，在红色和白色两种通道之间做出一个选择。华中南最大的地下尸库里住着一群永生的人，他们在福尔马林中睁开了双眼，这就是冒险屋最新的三星恐怖场景——地下尸库。"

屏幕上的介绍，成功引起了不少游客的好奇，但是现在游客都学聪明了，宁死都不做第一个吃螃蟹的人。

"地下尸库第一天开放，按照惯例，新场景票价减半，欢迎大家进来参观！"

新场景解锁，但是却没有人愿意参观，这让陈歌有种锦衣夜行的感觉。从游客在鬼屋小程序上的互动能看得出来，他们对新场景都很好奇，不过能挑战三星场景的游客，必然是经受过二星场景摧残的老油子了。他们一个比一个谨慎，都等着别人进去探路，带出第一手情报和资料，更有一些熟悉陈歌鬼屋的游客，此时已经在休息厅里找好了位置，坐等看戏。

"这届游客不行啊，胆子太小了，没有那种一往无前、舍我其谁的势头。"陈歌拿着手机走出休息厅，回到鬼屋当中。等他走远，外面才热闹起来，游客们交头接耳，讨论着关于新场景的事情。

陈歌鬼屋里每一个场景都给人一种无比真实的感觉，绝对是经过认真打磨的。三个三星恐怖场景，完全是三种不同的类型，这让那些鬼屋爱好者心里跟猫抓的一样，非常好奇，既想去体验，又有点害怕，担心遇到太刺激的东西。

"穆老师，王哥之前就是被这家鬼屋吓住院的，直到现在都没缓过来。"人群后面有一个穿着牛仔裤的年轻人，冲旁边的中年人小声说道："才几天时间，他就又新开了一个场景，我觉得他们肯定是提前造好了，就等着旺季到了跟我们抢占市场，现在公开的场景应该还不是他的杀手锏。"

"最好的东西肯定会放在最后，不过新世纪乐园想要只凭一个鬼屋跟我们竞争，那还差得太远了。他们剑走偏锋，对自己乐园的定位出了问题，服务的游客年龄段过于单一，就是在钢丝上跳舞。"中年男人看得很透彻。

"那我们就不管他们，让他们自生自灭吗？"年轻人感觉中年男人说得很有道理。

"也不能不管。"中年男人看着长长的队伍，声音压低。"江州市有一座乐园就够了，我只需要把新世纪乐园的特色放入自己乐园当中，那这座乐园也就没有存在的必要了。"

"把他们的特色放入自己乐园？"年轻人似懂非懂地点着头，"我们乐园也开发一个鬼屋项目？我记得之前王哥来的时候，好像也说过这些。"

"我们的技术领先新世纪乐园五年，我们拥有他们没有的东西，而他们拥有的东西，我们可以复制，用虚拟技术达到更好的效果，所以说他们没有赢的可能。"中年男人已经想好了后续的计划。"不过在此之前，我们还要解决一个难题，就是要弄清楚他的鬼屋为什么会如此吸引人。据我所知，新世纪乐园的鬼屋在网络上引发了前所未有的热议，好评率高得吓人，这是之前任何一家鬼屋都没有做到的。"

"我明白了，那我们今天先去王哥之前体验的那个场景看看？"年轻人看了一眼休息厅里的大屏幕，"感觉他那个新场景也蛮吸引人的。"

中年男人慎重地思考了一会儿。说："小李，你是咱们乐园胆子最大的人，今天的任务比较重要，我会在外面接应你，你记得随时将重要的东西发送给我。"

"你不进去吗？"年轻人愣了一下。

"必须要有一个人留在外面,上次我听说王哥拍到了很重要的东西,可惜被人删掉了。这次我们不能让类似的事情重演,你拍好后,立刻发送给我,我会上传到公司高层云盘当中,不给别人插手的机会。"穆老师的话听起来很有道理,但小李有点不舒服,只有在人被吓晕的时候,手机里的东西才可能会被神不知鬼不觉地删掉,看穆老师的布置,乐园那边已经做好了他被吓晕的准备。

"那我先从一星场景开始吧。"

新场景开启,心动的游客有很多,只是缺少一个领头人,陈歌在鬼屋里注视着外面的动静,恨不得弄几个托儿出来。一直到中午十一点,外面排队的游客里终于有人忍不住了。

"'第三病栋'和'活棺村'咱们都参观过了,通关要求全是寻找指定物品,想要在那么大一个场景当中找到目标,难度太大。等会儿我去问问老板,看看新场景的通关要求是什么,如果不是寻找某件物品的话,我觉得咱们还是有通关希望的。"说话这人正是江州市法医学院的杨辰,他早上看到陈歌在冒险屋小程序里发布的新场景介绍,实在是心痒,就跟另外两个同学偷偷逃课出来玩。

"你确定要玩新场景?大哥,你是不是参观过三星场景后膨胀了?你忘了当初咱们三个是怎么被送出鬼屋的吗?"开口那人叫王琰,脾气很暴躁。

"再考虑一下吧。"最后说话的是一个看起来很文静的女孩,叫李雪,三人曾经来鬼屋参观,那次正好有怪谈协会派人来捣乱,陈歌处理掉怪谈协会的人,还免除了三人的门票,告诉他们下次来参观有优惠。

"我们就是因为有新场景才过来的,现在你们戾了,那咱们出来的意义是什么?"杨辰看着快要排到自己的队伍。"这样吧,咱们先买票,不急着进去,等愿意参观新场景的游客多了,再一起进去。人多了,恐怖感自然而然会降低。"两位同行者终于同意下来,三人在徐叔惋惜同情的目光中购买了新场景的门票,进入鬼屋内部。

"先签免责协议,纸和笔在桌上。"陈歌抬头一看是熟人,立刻变得热情了起来。

"老板,我们几个这次想进新场景参观。"

听到新场景三个字,陈歌脸上不由得露出笑容,说:"新场景半价优惠,你们今天算是来对了。"

杨辰现在一看陈歌微笑，汗毛就立了起来，他赶紧解释道："我们是想要等人多以后，再一起进去。"

"没问题，你们先坐那休息会儿，我去给你们拿水。"

"不用了，老板，我们不是太渴……"杨辰还想说什么，但是被陈歌打断了。

"客气什么，都是一家人，我现在看见你们江州市法医学院的学生就觉得很亲切。"陈歌递给三人三瓶水。"在这儿等着，我去外面看看。"陈歌算得很好，三个医学生，再加上白秋林三个员工，已经有六个游客可以成团啦！陈歌拿着手机走出鬼屋，冲着游客喊道："还有没有要体验新场景的游客？现在已经有六位游客报名参与，考虑是第一次开放，为了给大家一个适应的机会，我会凑够十名游客一起进去参观！"陈歌突然跑出来喊了这么一嗓子，把徐叔吓得够呛，他听出来这个不靠谱的鬼屋老板已经完全兴奋起来了。

"新场景非常恐怖，只对挑战过二星场景的游客开放，有没有胆子比较大的游客来挑战？限时半价！现在已经有六位游客报名！"拿着桌上的喇叭，陈歌又重复了一遍，能明显看到很多游客露出心动的表情。

"我来！"

大多游客都在犹豫的时候，有一个穿着牛仔裤的年轻人走了出来，他脸色稍有些发白，走出队伍的时候还朝着人群某个地方看了一眼，与一个中年人交换了一下眼神。有人打头阵，很多游客都开始动摇。

"这位先生怎么称呼？"陈歌看着年轻人，越看越觉得顺眼。"小伙子，你叫什么？"

"免贵姓李。"年轻人刚从一星场景和二星场景里出来，他实在无法把那么恐怖的场景与眼前这个和善爱笑的鬼屋老板联系在一起。

"好，李先生稍等片刻。"陈歌拿着喇叭又喊了起来。"已经有七位游客报名！再有三位，'地下尸库'场景将正式开放！这是极具意义的一天！所有参与者的故事都会被写入鬼屋小程序历史页面当中！"

听到这儿，终于又有游客忍不住了。"老板，算上我们三个吧。"队伍后面走出两女一男，这三人气质都挺特别的，凑在一起很吸引人注意。男的皮肤苍白，瘦得皮包骨头，看起来斯斯文文，有些腼腆，手里提着一个大袋子，里面装着各种吃的、喝的。他左边的女人穿着运动鞋，打扮得很阳光，头发扎了起来，走起路来自带一种御姐范，很有气场。他右边的女人跟左边的女人正相反，身高一米六多，长着一张可爱的娃娃脸，看着感觉年龄特别小，就像是邻居家笨手笨脚，但是很开朗惹人喜欢的小妹妹。

这三人不像是兄妹，也不太像是情侣，他们主动走到陈歌旁边，自我介绍起来："我们是《最惊悚》杂志社的编辑，也是你鬼屋的忠实粉丝，之前你的每个场景我们都参观过。"

陈歌并没有想起他们是谁，但还是做出一副恍然大悟的样子，说："有印象！"

"你这鬼屋设计得非常棒，那些奇诡荒诞的场景你是怎么想出来的？有空我们一定要多交流交流。"男的想要加陈歌的微信，本来陈歌是拒绝的，但是看到手机页面上介绍他们编辑部是在东郊，陈歌觉得以后说不定真会见到，所以就加了他好友。

"行了，十个人正好够，三位怎么称呼？"陈歌对待游客的态度挑不起一丝毛病，永远面带真诚的微笑。

"我叫阿楠，这位气质贼好的御姐是我们主编，叫'虎牙'，旁边这个丫头叫'尾巴'，你可别被她天真的外貌骗了，她所有的可爱都是伪装出来的。"干瘦男人提着两个大袋子，不顾身边两位同事的白眼，自顾自地说着。

"'虎牙'？'尾巴'？你们这名字类似于作家的笔名吗？"陈歌看了那位御姐一眼，对方穿着运动装，气质是由内而外散发出来的，可能是管的作者比较多，自然而然给人一种很厉害的感觉，不过她笑起来的样子很好看。

"'虎牙'是真的有虎牙，那'尾巴'又为什么叫尾巴？"陈歌朝女孩"尾巴"看了一眼，觉得对方还挺可爱。"你们四个跟我来吧。"

"等一下！"

几人刚转身，人群里又有人喊了一声："老板，你'暮阳中学'场景都是一次进去十几个人，这好歹是个三星场景，能不能多带几个人一起参观。"说话的是一个男人，身高一米九，袖子挽起，天不是太热，他却一直流着汗。

"你也想来参观吗？没问题啊！"陈歌就喜欢这样的游客，直接、干脆、有追求。

"我们是两个人一起的。"高个壮汉朝鬼屋走来，身后还跟着一个苦着脸的胖子。"多加俩人，你看行不？"

"再来三个都没事！不要有那么多顾虑，来鬼屋参观开心才是最重要的！"

"陈老板大气！"壮汉朝着陈歌伸了个大拇指，他觉得陈歌非常豪爽。

"你这话其他游客也说过，没办法，我就是这么一个人。"陈歌朝他们一摆手。"跟我来！"

陈歌推开防护栏，这时候正好有其他游客参观完，急急忙忙地往外跑，陈歌让几名游客在外面稍等一下，他先进去拿免责协议。独自进入屋内，他跑到猛鬼的换衣间拿了件外套，偷偷带了出来。在走廊的视线死角，打开漫画册，唤出了老周、段月和白秋林。

"这衣服你先穿着，别把心口被染红的地方露出来。"陈歌考虑得很周到，看着白秋林穿上外套后，让他们三位先进去，然后才来到门口将免责协议分发给其他几名游客，看着他们签好，陈歌将协议收起。

"好了，咱们现在去跟里面的游客会合。"陈歌收好免责协议，领着门外的六名游客进入鬼屋当中，屋子里温度要比外面低很多。会合了十二位游客，陈歌朝着场景入口走去。"地下尸库是第一次开放，里面还有很多东西没有完善，如果你们看到了什么比较奇怪，又拿不准它是不是鬼屋道具的时候，最好立刻转身就跑。"

"不是……老板，你这话什么意思？难道你这鬼屋里还有不是'道具'的道具？"杨辰深知陈歌鬼屋的恐怖，不放过陈歌话语中的任何一个提示。

"当然了，新场景里除了道具外，还有很多惊喜等待着你们。"陈歌语速变快，"地下尸库的通关要求和其他场景不太一样，我在地下尸库核心区域的墙壁上贴了五张受害者的照片，你们不需要再费力气去寻找，东西的位置我已经告诉你们了，但是你们要记住，照片只有五张，也只有拿到了照片的人才能算通关。"

"照片只有五张？拿到照片的人算通关，那没有拿到照片的人会怎么样？"杨辰从陈歌制订的规则中感受到了满满的恶意，这是在鼓励游客之间相互竞争。

"没拿到照片只不过是通关失败而已，放心吧，我不会设计什么额外惩罚的。"陈歌越是这么说，杨辰就越觉得害怕，他和陈歌打交道不是一次两次了。因为好奇，他还曾经专门找到学校犯罪心理学名誉讲师讨论过陈歌这个人，那位姓高的导师给陈歌的评价只有四个字——不要招惹。

在陈歌带领下,十几个人来到走廊最深处。

"从这儿进去,下了楼梯,场景入口在你们身后。"陈歌看着身后的十二名游客。"我最后再重复一遍,安全第一,当你们遇到一些比较奇怪的东西,拿不准它是不是鬼屋道具的时候,最好立刻远离。"

双手抓住沉重的尖号之门,陈歌用力将其打开。刺耳的尖叫在脑海中响起,一股阴寒煞气直接冲了出来!

鬼屋里温度再次降低,几名游客挤在一起,而陈歌就站在那条漆黑通道的入口,面带笑意,说:"参观时间为三十分钟,祝你们玩得开心。"

目送几位游客进入地下,陈歌将沉重的尖号之门合上,锁链缠绕,大门已经被他从外面锁上。能来参观三星场景的游客,肯定都是经受过二星场景考验的,心理承受能力比较强,应该可以坚持参观完整个场景。陈歌进入化装间,给自己补了个装,然后打开猛鬼换衣间的门,为自己挑选了一套合适的衣服。

"新场景刚开放,不能太过火,一会儿再把背景音乐打开,将手机怨念通通放进去就差不多了。"

实心铁门重重关上,锁链滑动的声音让人直起鸡皮疙瘩,几位游客停在楼梯上,感觉自己好像被囚禁了一样,心中莫名生出一种绝望无力的感觉。

"每次进来都像是进入了另一个世界,可能是心理作用吧。"那位《最惊悚》杂志社的男编辑走在第一个。"你们好,我叫阿楠,这两位美女是我的同事。"

"你好,我叫杨辰,旁边是我的同学,我们三个是江州市法医学院的学生,这是我们第四次来西郊冒险屋参观。"杨辰主动和阿楠握了下手,他深知团队协作的重要性,想提前和对方打好关系。

"三个恐怖杂志社的编辑,三个法医学院的学生,有你们六个在,我感觉这次通关有望啊!"身高一米九的壮汉擦去额头上的汗,"我叫范大德,是新东方国际饭店的厨师,这是我弟弟范聪,失恋了一直在家闷着,我想带他出来散散心。"

"来这地方散心?"穿着牛仔裤的年轻人脸色苍白,这是他今天第二次进入地下了,如果不是虚拟未来乐园那边逼得紧,他说什么都不会进来。

"你们几位怎么称呼?"范大德为人热情,身材高大,让人觉得很可靠。

"叫我小李就行,我……是个器械维修工人,算是我们那边胆子最大的人了。"小李把手插在牛仔裤里,活动着下巴,一想到等会儿还要进去挑战三星场景,他感觉自己说话都有点不利索了。

"我姓周,是房地产销售,这是我女朋友段月。"老周在段月幽怨的目光中,轻轻牵起她的手,呵护在自己掌心,不经意的小动作就喂了周围人满满的狗粮。尤其是范大德那个刚失恋的弟弟,他抱着自己胖胖的肚子,感觉特别糟心。

最后所有人的目光都集中在队伍末尾那个高瘦男人身上,他单手插兜,冷着一张脸,散发着一种生人勿近的气息。那人觉察到其他游客的目光,随口说了三个字:"白秋林。"

"好了,大家也都相互认识了,时间有限,咱们赶紧动身吧。"范大德心说这次可算是抱上了大腿,不管是惊悚杂志的编辑,还是法医学院学生,那胆子都不是一般的大。

"先等等,有些事情要提前给大家说清楚。"杨辰从口袋里取出一个小本,他把自己学长、学姐总结的鬼屋注意事项分享给其他游客。和之前那次参观不同,这回进来的都是老手,大家都深知冒险屋的可怕,没有人轻视大意,一个个默默将资料背下。

"这资料太重要了,你们总结花了不少时间吧?"老周看完后,还朝杨辰点头致谢。

"当然,这些都是我学长、学姐用自己做试验换回来的宝贵经验。你们不要外传,也不要发到鬼屋小程序上,防止被鬼屋老板看到,做出更改。"王琰开口说道,他语气有些不情愿,似乎是不想把这些法医学院的内部资料分享给其他游客。

"放心,我一定不会外传的。"老周牵着段月走在人群当中,脑海里回想着刚才看过的几页注意事项。"这鬼屋真可怕,注意事项都能出个小册子了。"

"可怕的还在后面,咱们这次体验的是新场景,我们是第一批进去的游客,学长学姐们的经验很难对我们产生帮助,还是要靠自己才行。"杨辰将小本重新装回口袋。"准备进去了,各位最好把手机调成静音,参观期间千万不要使用。"

"如果使用会发生什么?"小李想到了穆老师给自己的任务,他今天进来就是为了拍照和录像。

"会发生非常可怕的事情,我劝你还是不要有侥幸心理比较好,一旦出事,所有人都要受连累。"杨辰对这一点深有体会。

"有这么严重吗?"小李嘀咕了两句,把自己手机也设置成了静音。

十二名游客依次走下楼梯,停在"地下尸库"场景入口处,面前是一扇生锈的铁门,门后是一条幽深的通道。

"这里怎么还有个房间?""尾巴"朝旁边看了一眼,在幽深的通道旁边还有一扇门。她将门推开,里面被布置成了凶杀现场,各种东西散落一地,能看到大量血迹。"不要乱动,在参观的时候,我们首先要面对的敌人就是自己,要克制住自己的好奇心,只去做和任务有关的事情。"杨辰感觉那女孩比自己年龄还小,上前劝说了一句。

"好的。""尾巴"在收回目光的时候,看到房间卧室里的雕像眨动了一下眼睛,她正诧异的时候,杨辰和王琰已经将地下尸库的铁门推开。通道里每隔几米远安装着一个壁灯,墙壁上刷着白漆,弥散着一股奇怪的气味。王琰和杨辰闻到这个气味后都有点惊讶,因为他们对这个气味太熟悉了。

"这好像是福尔马林!"王琰和杨辰对视一眼,作为法医学院的学生,绝对不会闻错的。

"这也太真实了吧?玩个鬼屋,直接上真的福尔马林了,陈老板完全不考虑成本的吗?"王琰愣在通道入口处,没有进去。

"地下尸库、福尔马林、刷着白漆的通道⋯⋯"杨辰朝通道里面看了看,也停下了脚步。"我怎么有种回到了学校的感觉。"

"你俩进过你们学校的地下尸库没?"编辑阿楠走了过来,他闻到福尔马林的气味后轻轻皱了一下眉。"我听说你们医学生上实验课,老师会亲自带你们去搬运尸体,这地方你们医学生应该比较了解吧?"

"谁告诉你医学生就要了解尸库的?"王琰回过神来,往后退了几步。"反正我是没进入过尸库,你问问他们两个吧。"

李雪也摇了摇头,只有杨辰反应比较奇怪,他独自走进通道,闻了闻墙壁。"那股很淡的福尔马林的气味是从墙壁里渗出来的,气味已经浸透入墙壁当中,这可不是随便撒上一些福尔马林就能做到的，我现在怀疑陈老板是不是把哪个医学院的废弃尸库给拆了，然后偷偷运了回来。"

"这味对身体没什么害处吧？"小李望着通道，死活迈不出腿。

"我们医学生天天闻不也没事吗？再说这气味不算浓烈。"杨辰摸着墙壁，用指甲轻轻扣动上面的白漆。"我以前听一位学长说过，我们学校的地下尸库墙壁上也刷着白漆，据传凡是刷着白漆的通道那都是用来运送大体老师的，没有刷漆的则是给学生和工作人员准备的。"

"还有这说法？"

"我以前觉得就我们学校是这样，今天来陈老板这鬼屋后才发现，似乎所有地下尸库都会这么做。"杨辰招呼王琰和李雪，"我们三个走在前面，进去以后你们一定要跟紧，不管遇到什么情况，千万不要分开！只有聚在一起，我们才有通关的机会。"

"我同意你的提议，但是等我们找到照片后怎么分配？鬼屋老板也说了，墙壁上只有五张照片。"白秋林阴着一张脸，感觉谁都欠了他钱一样。"我以前玩过这个鬼屋，老板说的所有话都要反着听，他说照片没有用处，那就说明照片才是破局的关键！"

"五张照片，我们三人，只要一张。"杨辰做出了很大退让。"一切都是为了通关，陈老板更改通关要求就是为了分化我们。按照我对他的了解，在我们进入核心区域之前，应该都不会遇到太恐怖的东西，不过一旦等我们拿到照片，那真正恐怖惊悚的事情就该发生了。"

"我也是这么认为的，照片只是为了转移我们的注意力。"阿楠很赞同杨辰的看法。"我们三个编辑只是来体验的，五张照片，我们也只要一张就好了。"

"五张照片，你们六个人分去两张，还剩下三张。我没有同伴，自己占一张不过分吧？"白秋林看了其他人一眼，他还没说完，厨师范大德就抢先开口："我弟弟刚失恋，我想帮他争取一张。"

"几位大哥，我今天一连挑战了两个一星场景和一个二星场景，就想着能一口气通关三星场景，算我求你们，分我一张照片。"小李也是无奈，他背后是虚拟未来乐园，进来是为了找寻有用的东西。这个照片听着感觉很邪乎，似乎没有照片就会寸步难行，就算是为了完成穆老师交代的任务，他也必须要弄到一张照片。

照片已经被分完，就剩下老周和段月没有分到，几位游客都看向他们两个。老周勉强笑了一下，攥着段月的手说："不碍事，我俩跟着你们就行，只要不走散，应该不会出什么问题。"老周并没有在照片上纠缠，这让其他几位游客对他有了一丝好感。

"人都还没进去，现在说这些也没什么用，等进入核心区域再讨论吧。"王琰觉得自己这边出力最大，最后就分到一张照片，有点不合适，不过他也没有明说，只是语气稍有些不耐烦。

"大家跟紧了。"杨辰走在最前面，越往里，光线就越暗，在不使用其他照明工具的情况，六七米远可能就看不清楚对方的脸了。

"哥，要不咱们还是别参观了。"范聪停在通道口，仔细看的话，会发现他身上的肥肉在轻轻抖动，似乎是害怕极了，身体在打战。

"来都来了，不进去参观多浪费？"范大德看着自己弟弟，手搭在范聪肩上。"你就是平时太宅了，偶尔也要出来体验一些新东西，别老把自己锁在屋内，哥知道你心里不舒服，但失恋就不活了吗？日子总还是要过下去的。"

"我一直在家待着，真不是因为失恋。"范聪对自己哥哥很无奈，他似乎另有隐情，但是不方便说出来，最后只能被哥哥拖拽着进入了"地下尸库"场景当中。

厨师和他弟弟走在最后，然后是段月和老周，小李和白秋林都是单独进来的游客，他俩并排，再往前就是《最惊悚》杂志社的编辑和杨辰他们。几人很快来到了第一个岔路口，一条没有刷漆，还有一条刷着白漆。

刷着白漆的那条通道墙壁上，写着四个血红色的字——活人止步。而没有刷漆的那条通道，或许是因为没有白漆反光的原因，看着有些昏暗，给人的感觉非常阴森。

"刷着白漆的通道是用来运尸的，我们走没有刷漆的那条路。"杨辰没有犹豫，直接走了过去，可他刚进入那条通道，就又停了下来。

"老杨，你咋了？"王琰差点儿撞到杨辰身上，他顺着杨辰的目光看去，也停下了脚步。

几名游客全部围了过来，他们看得清清楚楚，这条没有刷漆的通道里，有一个球状物体在不断地上下跳动。

"那好像是个人头吧？"

"太暗了，看不清楚。"杨辰也没想到这才刚进来，就遇到了这么古怪的东西。"别怕，我们人多，一起过去看看。"杨辰说完往前走了几步，就感觉身后冷风阵阵，回头看的时候才发现其他游客都站在原地，包括王琰和李雪在内。

"你们愣着干什么？一起啊！"杨辰胆子并不大，他只是相比较其他人更加理智一点罢了。

"按照鬼屋老板的性格，最危险的地方说不定才是最安全的地方，你根据常识判断刷白漆的是运尸通道，应该换另一条。但我觉得你选择的这条路才是真正危险的，我们不能用正常的思维来揣摩鬼屋老板的设计。"白秋林又一次开口，他声音很冷，让人听着不太舒服，但不可否认，他说的也有道理。

"那你说怎么走？"王琰语气比较冲，自己三个人出那么大力，最后就分到一张照片，这让他很不爽。

"走哪条路都无所谓，重要的是我们不能分开。"杂志社编辑阿楠走了出来。"只要咱们十二个人在一起，遇事不慌，还是很有希望通关的。"他看着走廊深处那上下跳动的球状物体，表情不太自然。"体验时间为三十分钟，这两条通道咱们都可以进去看看，没必要因为这些小事产生分歧。"

阿楠从中调和，白秋林看着那三个医学生，仿佛自言自语地说了一句："真奇怪，他们三个为什么非要把我们往那条路上引？"他声音很低，只有旁边的范大德、范聪和小李听见了。

在法医学院三位学生的带领下，十二位游客进入刷白漆的通道当中。墙壁上的灯忽明忽暗，空气中飘散着淡淡的福尔马林的气味，通道越走越窄，地面上的污迹变多，也不知道那是什么东西，踩在上面黏黏的，让人有些不舒服。

"哥，要不咱们还是出去吧。"范聪心里有苦说不出，他是真的不知道自己哥哥抽什么风，为什么非要带他来这种地方散心。

"别怕，有哥在。"范大德自己都没有发现他说话的时候，神情紧张，感觉就跟进入了别人家的小偷一样。

墙壁上开始出现湿漉漉的手印，头顶的天花板似乎也变低了许多，个子最高的范大德一伸手就能轻易触碰到屋顶。几人往里走了十几米远，慢慢地阿楠发现不对。"先等一下，我们已经朝里面走了很久，怎么感觉那个跳动的球和我们之间的距离并没有缩短？"被他这么一说，其他几人也反应过来，好像还真是这样。通道深处那个上下跳动的球状物，似乎也在不断移动，一直和他们保持着距离。

"现在回头还来得及。"白秋林站在队伍中间，自己处于安全的位置。"你们心里也清楚，那估计不是什么球状物，而是一个自己在跳的人头，这肯定是鬼屋老板设计的惊吓点，就等着我们自己上钩。"白秋林参观鬼屋的经验似乎很丰富，他单手插兜，也不针对某一个人，就事论事。"你们设想一下，当我们被跳动的人头吸引，不断朝着通道里面走时，那人头突然加速朝我们这边跳过来，会不会打我们一个措手不及？如果这时候再加上其他怪物从旁协助，我们十二个人很可能会被直接冲散，队伍被完全分割开。"

阿楠点了点头，认同了白秋林的话，朝后面的游客喊了一句："大家一定要跟紧，不要乱跑，凑在一起才是最安全的。"

"你说这些没用，道理大家都懂，但真正等恐惧降临的时候，支配我们的不是理智，而是本能，身体会先于思维做出反应。"白秋林语气冷酷，但是说的话却让人无法反驳。"如果我猜得不错，继续往前走，可能会出现分岔路口，通道也会越来越复杂，人头和鬼怪就会在那个时候出现。鬼屋想要放大每个人心中的恐惧，必定会想尽一切办法把我们分离，岔路口出现，大家在受到惊吓的时候仓皇逃窜，很可能会进入不同的岔道中，这里路况复杂，一旦进去，再想要出来可能就很难了。"

"扯那么多，不过是你自己的设想罢了。"王琰心里憋屈，自己这边好心好意带其他游客一起，又是分享学长们总结的经验，又是引路的，怎么还有人一直跟自己唱反调。

"确实，这些只是我自己的设想，不过我希望大家能提前做好准备，如果前面有岔路口出现的话，请大家务必要打起精神，聚在我身边。"白秋林很明显是在跟杨辰他们争夺队伍的话语权。

王琰还想说什么，但是被杨辰打断。"他也是为了大家好，没必要计较那么多。"杨辰心里有种不安的感觉，他闻着空气中那熟悉的福尔马林的气味，目光从游客身上扫过，总觉得哪里不太对劲。之前来参观的时候，似乎也出现过类似的情况……

继续往前走,通道两边的墙壁上出现一扇扇贴着封条的铁门,锈迹斑斑,看着有些年头了。"陈老板都是从哪儿淘来的这些东西?"

人头在前面上下跳动,一直和他们几个保持着距离,又走了一分多钟后,前面出现了一个十字路口。

左边的通道刷着白漆,墙壁上写着各种血字;右边的通道没有刷漆,但是人头拐了进去,依旧在地上跳动;正对他们的那条通道也没有刷漆,不过那条通道里有一个房间的门是打开的。

"这简直就是个迷宫,才刚进来一分多钟,就已经遇到两个岔路口了,再继续往前,咱们很容易迷路。"范大德就是个路痴,他体形最壮,但表现得却最怂,一直在跟身边的范聪和老周说话,试图分散自己的注意力。

"我还是建议跟着人头走,第一我可以向你们保证,我曾听学长说过,在地下尸库里迷路之后,走没有刷漆的通道,百分百可以出来,这是修建尸库前就设计好的;第二,你们不要把事情搞得太复杂,我们只是来参观鬼屋,不是去野外冒险,这个人头就相当于向导。"杨辰坚持自己的看法。

"我觉得咱们应该先去那扇打开的门里看看,说不定能找到有用的线索。"阿楠这次没有帮着杨辰说话。

"你们做出什么选择我不关心,我只是想要提醒你们一下,不要在十字路口停留太久,这里真的很危险。"白秋林没有去看杨辰和阿楠,他的目光一直集中在身后,仿佛那幽深的通道里有什么东西正在慢慢靠近。他也没有说什么特别吓人的话,但就是这么一个小小的动作,却让周围几人都不由得回头看向通道。幽深黑暗的通道里,似乎真的有东西在动,而且还不止一个!

"不知不觉已经走这么远了。"范大德干笑了一声,拽着弟弟朝队伍前面走了走,之前一直是他俩断后的。

"那个……打断一下。"阿楠旁边的"尾巴"抬起手,这小姑娘声音特别好听,只凭声音和外貌根本猜不出她的真实年龄。"你们有没有发现一个问题,那个人头一直在移动,但是我刚才观察了四周,并没有在墙壁上找到操控它的机关。而且你们看它的运动轨迹,直上直下,也不像是被人用丝线拉扯。""尾巴"观察得很细致。

"应该是内部有驱动装置吧？或许现在鬼屋老板正在监控里看着我们偷笑呢。"小李耸了下肩，他自己是虚拟未来乐园的员工，对于乐园娱乐器材比较了解，知道以现在的科学技术可以做到很多看似不可能的事情。

"你们仔细看。""尾巴"用最可爱的表情，说出了让其他游客最不舒服的话。"上下跳动的幅度其实是不一样的，不太像是内部安装有程序，更像是有一个看不见的人在上下拍动着那个人头，又或者是那个人头自己在跳动。"

几个游客还没从身后幽深通道里的鬼影那儿缓过神来，注意力就又集中到了右侧通道里的人头上，看得久了，感觉还真的像是人头自己在跳。一边跳，一边笑，隐隐约约距离还拉近了。范大德擦着额头的汗水，他觉得站在队伍中间也有点不安全。

"先不管那个人头，我们直着走，看看那扇打开的门里有什么。"阿楠看向杨辰。"按照你的猜测，人头是鬼屋向导，那等我们探索完房间出来后，人头很可能还在外面等我们，所以我们没必要急着离开。"

"我也觉得先进入房间里看看比较好。""虎牙"很少开口，她一说话就代表三位编辑都决定先进入房间探查。杨辰本来还想坚持一下，但是听到"虎牙"的声音后，他没有再发表意见。那位美女主编的声音成熟温暖，和"尾巴"完全是两种风格，倒是跟陈歌有一点像，这让杨辰觉得对方可能是个隐藏很深的腹黑大姐姐，不能轻易招惹。"那就这么决定吧。"

十二名游客小心翼翼地走过十字路口，拥挤在那扇打开的门外面。这是一扇木门，下端被挖空，门板上满是刻痕。在房门旁边还被人用笔歪歪斜斜地写着两个字　　乐园。

"鬼屋里的乐园？"杨辰走在最前面，他伸手摸了摸门板上那些深深的刻痕，有些刻痕当中还残留着血迹和一些黑褐色的杂质。"这痕迹不会都是人挖出来的吧？"进入地下尸库后，所有的东西都带给他一种无比真实的感觉，有时候他甚至会忘了自己是在参观鬼屋。推开房门，屋子里堆满了各种各样的杂物，货架上陈列着一些瓶瓶罐罐，泛黄的液体中似乎还浸泡着各种器官模型。"这算哪门子乐园啊！"

屋内空间狭窄,十二位游客没办法全部进去,阿楠进入房间后对后面的几位游客说道:"你们就待在外面,千万别乱跑,等我们出来再一起行动。"

三位法医学院的学生和三位编辑进入屋内,小李为了完成穆老师交代的任务也跟了过去,等他们进入后,白秋林很自然地守在门口。范大德胆子比较小,他拽着弟弟和老周挤在一起。"咱俩就别进去了,等他们找完,咱们跟着他们走就行了。"说完他还不好意思的朝老周笑了笑。"我们不经常来这种地方,等会儿往里走的时候,咱们走一起吧。"

"没问题。"老周这人看着就感觉很不错,热情、大度、爽快。

阴森、幽暗的尸库通道里,范大德被老周、段月和白秋林围在中间,他觉得很有安全感,这几个人要比房间里那些小年轻靠谱多了。这次运气真不错,算是抱上大腿了,说不定还真能通关。在范大德心里偷着乐的时候,他弟弟范聪却产生了一种不好的预感。身上的肥肉轻轻颤动,范聪朝来时的路看了一眼,远处通道里的壁灯不知什么时候熄灭了。更让他感到害怕的是,那壁灯由远及近,每隔一段时间,就会熄灭一盏。通道越来越暗,躲藏在里面的东西,似乎也在不断靠近。

"好像真的有东西过来了……"

杨辰和阿楠他们进入屋内找寻线索,可是他们翻了半天,除了弄得两手灰外,并没有任何发现。

"鬼屋老板绝对不会白费这么大精力,去造一个无用的房间,屋子里肯定隐藏着一个大秘密。"阿楠领着两位女编辑从货架中间穿过。"这地方看起来像是一个废弃的仓库。"

货架另一边堆着一些桌椅和破损严重的社团戏服,阿楠过去捡起一件戏服,惊讶地发现,这些戏服上湿漉漉的,就像是有人刚从水里出来,然后湿着身体穿过这些衣服一样。放下戏服,阿楠闻到手上有一股怪味。

"这好像不是水。"阿楠思考的时候,"虎牙"走到了仓库最里面,她打开了角落的柜子,翻看着里面那几幅风格诡异的画作。"尾巴"跟在最后面,路已经被堵死,她一个人靠在旁边的打印机上,好像不经意间碰到了开关,打印机上的灯突然亮了起来,一张打印纸掉落在"尾巴"身前,这姑娘是恐怖杂志社的编辑,胆子也挺大,看到那张纸的第一反应不是害怕,而是将其捡起。"我是不是触发什么机关了?运气这么好?"她拿起白纸看了一眼,A4纸上有一个很模糊的轮廓。

"什么东西?""尾巴"看了半天也没看明白。"阿楠,你来看看这张纸,突然从打印机里掉出来的,上面还有一个很浅的图案。"

正在研究戏服的阿楠接过白纸,他看着上面模糊的轮廓也有点发蒙。"没有数字和字母,应该不是密码之类的东西。"阿楠拿出手机照了一下,"很普通的白纸,没有夹层。"他又蘸了点口水,搓了搓白纸上印有很浅轮廓的地方。"纸面颜色没有发生任何细微变化,表面应该也没有涂抹化学药剂。"阿楠尝试了各种方法,最后发现这似乎就是一张很普通的白纸。

"我看了那么多悬疑侦探类小说,能想到的方法都试了。"阿楠把白纸还给"尾巴"。"收起来吧,或许后面的关卡能用上。"

"好。""尾巴"将白纸叠好,还没装进口袋,就看见打印机又"吐"出来一张白纸。同样的大小,上面印着同样模糊的轮廓,只是跟刚才相比,似乎清晰了一点儿。

"有人在操控打印机?"阿楠将打印机的盖子掀开,检查了一下,并没有发现什么问题,这就是一台很普通的打印机。"真是怪了,都是些我们生活中再普通不过的东西,怎么搬到这鬼屋里以后就变得邪门儿起来了?"拔掉插头,阿楠没有去管打印机弹出来的第二张纸,他有点心慌。"咱们在这里耽误的时间有点长,不找了,先离开再说。"

库房最里面"虎牙"正在欣赏柜子里的几幅画,她表情有点奇怪,似乎是被那奇诡怪诞的画风给震撼到了。

"虎牙姐?我们该走了。"阿楠催促了一句。

"你来看看这些画,似乎是以死人视角绘制的,我甚至能感受到画中之人几乎要透出画纸的渴望,他想要体验生命,仿佛就快要从画里钻出来,将欣赏者拖入画中一样。""虎牙"拿出手机想要拍照,但考虑到这是在鬼屋当中,她又忍了下来。"以后有机会我一定要跟这些画的作者好好聊聊,如果能请他为我们杂志社画插画那就完美了。"

"你这话让咱们的美工听见估计又要炸毛。"阿楠无奈一笑。

"虎牙"和阿楠朝外面走去，准备离开。"尾巴"在后面本来也准备走的，可就在这时打印机里传出一声轻响，紧接着打印机旁边的电脑又启动了。

四周很安静，任何声响都会被放大，"尾巴"是亲眼看着电脑屏幕自己亮起的，没有任何一个人碰过它。

"是鬼屋老板在后台操控吗？""尾巴"停在原地，脑中开始胡思乱想起来。鬼屋老板不可能浪费空间布置出一个没用的场景，这间仓库的秘密会不会就藏在电脑里？刚进来的时候"尾巴"就很好奇，这么一个破旧的仓库门口为什么会写着乐园两个字，其中必有蹊跷。她瞪大了那双漂亮的眼睛，凑到了电脑旁边。

屏幕散发出淡淡的光，整体背景还是黑色的，其中隐隐约约印着一张人脸的轮廓。"尾巴"一开始还以为那是屏幕反光，映出了自己的脸，但她越看感觉越不对。"这好像是张男人的脸啊？"

仓库里东西很多也很乱，杂志社的三位编辑挤在最里面，杨辰三人在稍靠外的位置，他们中间还隔着一些破旧的货架。

"李雪，你看这些玻璃罐里的器官模型，和我们学校里那些标本完全一样。"作为一个医学生竟然对眼前的器官模型挑不出一点毛病，这让李雪感到一种莫名的恐惧，要知道他们现在可不是在法医学院里，而是在参观鬼屋。

"不是经常和器官脏器打交道的人，根本做不出如此真实的模型。"内脏器官模型和人偶模型不同，只有打开活物的身体才能看到，另外，人的内脏和动物是完全不同的，杨辰可以确定，货架那些标本罐里摆着的全都是人的脏器模型："上次来参观的时候我就感觉鬼屋老板对人体结构非常了解，通常来说，一个人对内脏器官特别了解，那他不是救人的医生，就是杀人的屠夫。"

"你电影看多了吧？"王琰被杨辰说得有点害怕。"鬼屋老板很注重细节，这些内脏模型估计是他专门请人定做的。"

"我感觉事情没有那么简单。"杨辰收回目光，朝着外面走去。"每次来这个鬼屋都有不一样的体验，各个恐怖场景风格迥然不同，但都是那么真实，就像是现实中真的有这些建筑和怪谈一样。"

三位医学生准备离开仓库，小李抓着手机，还没找到拍照的机会，就看到堵在门口的白秋林。白秋林单手插在口袋里，若无其事看了一眼范聪。范聪肚子上的肥肉轻轻颤动，并不知道自己已经被盯上，全部注意力都集中在通道当中。一盏盏壁灯熄灭的频率似乎越来越快，就像是通道中有什么东西在加速冲来。

范聪手指下意识地握紧，眼睛慢慢地瞪大，黑暗侵袭，其中人影晃动，还有好像是趴在天花板上的。范聪心脏狂跳，他抓住范大德的胳膊。"哥，注意！有东西过来了！"

"什么东西？"范大德人比较木讷，被范聪提醒后才开始左右张望。

"就在那边！快叫他们出来！"范聪牢记着阿楠的话，不管发生什么事情，大家都要聚在一起。

"别慌，我去看看。"范大德朝着十字路口那边走去，他胆子很小，只不过是想在自己弟弟面前装装样子，迈出两三步后就停了下来，伸长了脖子，卖力朝路口那边看去。壁灯熄灭得越来越快，光线一下子暗了下来，范大德也紧张了起来。在范大德往前走的时候，老周和段月往后退了几步，俩人和白秋林将范聪围到了中间。

通道里的气氛和之前比发生了很大的变化，站在仓库门口的几个人全部看向十字路口。人头落地的声音变得清晰，壁灯一盏盏熄灭，站在最前面的范大德能清楚看到黑暗中站立着一道人影。歪斜的身体，搭在肩膀上的头颅，还有两条长短不一似乎是随便拼合起来的手臂。人影隐没在黑暗当中，踮着脚尖，在黑暗中轻轻跳动。女人的低语钻入耳中，阴郁悲伤，没人能听清她在说什么，似乎是恳求，又像是在低声抱怨，要借走什么东西。焦虑、不安、压迫慢慢注入灵魂，恐惧从角落慢慢爬出。

范大德的双腿已经开始发软，他脖颈上感到了一丝凉意，仿佛有一双冰冷的手从他自己衣服里伸出，轻轻抚摸着他的脖子。汗水顺着额头滑落，小腿轻轻打战，十字路口其他三条通道里的壁灯已经全部熄灭，一眼看去只剩下黑暗。心脏在胸腔里跳动的声音和人头跳动的声音慢慢重合，越来越近。壁灯还在不断熄灭，突然范大德身前几米远的灯灭了。那模糊的、歪斜的身体在靠近，它们已经来了。

范大德小腿颤抖得更加剧烈，想要转身的时候，他身边的那盏灯毫无征兆地熄灭了。半边身体被黑暗笼罩，他高大的身体好像是一堵墙，横拦在黑暗和亮光之间。脖颈愈发冰冷，被触碰的感觉从小腿往上爬，就像是无数只蚂蚁钻入了衣服当中,他的力气被一点点抽离,喊不出声音,喉结拼命颤抖,他的瞳孔几乎要缩成了一点。身前的黑暗中有一团极致的暗慢慢拉伸出来,如同黏稠的液体,在范大德身前站立。

长时间被福尔马林浸泡,它们的皮肤如同放干的牛皮一般,贴上了范大德的身体,黑暗还在加深,那张脸终于显现出来。面颊被挖空,这是绝对限制级的画面,在出现的一瞬间,就彻底击碎了范大德所有的心理防线。

那一刻,范大德感觉自己的心脏停止了跳动,血管中的血液甚至开始逆流,无法形容,似乎晕厥和尖叫也成了一种奢望。

谁来救救我?救救我?

不知道是谁发出的声音,也不知道是从什么地方发出的声音,范大德全身都开始打战,身高一米九的他完全遮住了前面的黑暗。在他身后的几个人只能看到,范大德好像犯病了一样全身开始抽搐,皮肤颜色变得惨白。

"哥?你……怎么了?"弟弟范聪的声音,在范大德身后响起,让在黑暗旋涡中不断下沉的他看到了一丝光亮。他想起了自己相依为命的弟弟,很小的时候,弟弟也曾说过同样的话。

血流猛然开始加速,范大德慢慢扭过头。他那张脸上满是青色的血管,表情已经扭曲到了极点,颤抖的嘴唇慢慢张开,身处黑暗当中的范大德用尽全身力气喊道:"它们来了!快跑!"

后背一片冰冷,双耳流出了液体,完全被一种仿佛指甲划过玻璃的声音占据,他感觉黑暗中面颊被掏空的怪物爬上了他的身体,滴答着福尔马林的双手轻轻捂住了他的双耳。

五感减弱,他脑子里一片空白,只能看见弟弟在张嘴,却听不见弟弟的声音。

范大德疯了一样大声叫喊,他像头受到惊吓的公牛,转身抓住同样惊恐不安的弟弟,朝着仅有的壁灯还没有熄灭的通道末端跑去。

"快跑!它们追来了!它们就在后面!"

范大德没有回头,也没有去管其他游客,他的头皮都快要炸开了,每根神经都在打战,满脑子都是那张无法形容的脸!

"哥!"手臂被抓住,范聪没办法挣扎,他被范大德拖着奔跑。

"你们要去哪儿？！回来啊！"老周声嘶力竭地在后面大喊，仓库里几人也全部听到了。白秋林第一个跑了出来，他身后是小李和几个医学生。

"快回来！"老周又喊了一声，他表情焦急，咬着牙和段月一起追了过去。

"跟上！"白秋林、小李和杨辰他们追在后面。

事情发生得太突然了，没有人想到会有游客突然发疯。范大德和范聪冲到通道尽头，看也没看钻进了某一条通道里，老周离他们最近，也跑进那条通道后，却停了下来。在他面前是三条岔路口，而岔路口的三条通道里都传来脚步声！

"应该是这边。"老周牵着段月的手，朝着某条通道追去，可他刚跑出去几步却被白秋林拽住。

"别去！这个时候绝不能自乱阵脚！"

"你放开我！"老周甩手将白秋林推到一边，他不能眼睁睁看着同伴就这样消失！

老周情急之下用了全力，白秋林往后退了两步，狠狠撞在墙壁上，这一幕落在了后面的小李和法医学院三人眼里。

"老哥！千万别冲动！这时候不能再去追了！"杨辰赶紧开口，他思维敏捷，在第一时间意识到肯定是出事了。"冷静！一定要冷静！"

他担心老周再冲过去，和小李一起想要拦下老周，可就在这个时候，通道里仅有的那盏壁灯熄灭了！整片通道完全陷入黑暗当中。

"都蹲在原地！谁也不要乱动！"在所有壁灯熄灭，黑暗降临的时候，杨辰高喊提醒众人。

黑暗里谁也看不到发生了什么，范大德兄弟两个的脚步声慢慢消失，很快通道里又响起了车轮滚动的声音，有什么东西跟在了范大德和他弟弟身后！

三十秒后，壁灯重新亮了起来。

昏黄的灯光下，几人惊魂未定地从地上站起，他们看着彼此，都从同伴的脸上捕捉到了惊恐。

灯光熄灭后两位游客失踪，那车轮声又是怎么回事？是什么东西追在范大德兄弟后面？他们两个刚才又看到了什么？杨辰满脑子都被疑问充满，他越想越是不安，刚才发生的事情就像是一桶冰水，当头浇下，让他全身冷得彻骨。自己所有的准备似乎都没有用处，那种无力的感觉要比绝望本身更加痛苦！杨辰握紧了双手，深深吸了一口凉气。"连挣扎的机会都没有吗？"

此时三位编辑还在仓库里没有完全走出，阿楠和"虎牙"正好在货架中间，他俩走在前面，并没有意识到"尾巴"还没跟过来。屋内一片漆黑，唯有电脑屏幕散发出亮光，"尾巴"身体倾斜，脸慢慢凑到了屏幕前面。随着她的靠近，电脑屏幕里的那张人脸也变得清晰起来。深绿色的轮廓，向外凸起，就像是一具沉在水里的尸体慢慢浮出。她专注地望着屏幕里的那张脸，那张脸没有头发，似乎是因为长时间浸泡在某种液体里，泡得肿胀泛白。

"这个轮廓……"从口袋里拿出那张白纸，"尾巴"趴在电脑显示器前，将纸展开。纤细白净的手指落在纸面上，"尾巴"眼睛慢慢睁大，她发现打印纸上的轮廓和电脑屏幕里的人脸轮廓完全一致！

"这是张人脸？""尾巴"扭头看去，外面的灯已经全部熄灭，一片黑暗当中，她看到打印机上的指示灯又亮了起来。一张白纸当着她的面，掉落下来。

纸面上这一次没有人脸轮廓，而是写着三个字——回头看！

"尾巴"双手拿着地上的白纸，被一种恐惧包围，找不到自己的队友，她身体发寒，独自站在漆黑当中，脖颈僵硬，她强行控制着自己不要扭头。电脑显示屏散发出的冷光映照在身上，"尾巴"娇小的身体止不住地发抖，她的瞳孔在眼眶中轻颤，眼角的余光不受控制地朝着旁边移动。黑色的电脑屏幕好像水面一样荡起波纹，"水"底的东西在向上游。

"尾巴"一动不敢动，保持着自己的姿势，余光死死地盯着屏幕。

在其他人都没注意到的电脑屏幕里，波纹扩散开，一张惨绿色肿胀的脸钻了出来！

太快了，根本来不及做出反应，"尾巴"只能看着那张人脸冲来，她想要尖叫但是喉咙却发不出声音。

她的双眼大睁，似乎快要涨裂眼眶。

肿胀的人脸还在靠近，脖颈，手臂，上半身。

湿漉漉的手臂抓向眼前无助的女孩，那怪物似乎是想要将"尾巴"拽进电脑屏幕当中!

"刚才发生了什么事情?"通道里的壁灯再次亮起时,阿楠冲着外面喊了一声,他和"虎牙"急急忙忙跑了出去。仓库外面所有游客脸色都很难看,老周还在剧烈地喘着气,似乎也吓得不轻。

"说话啊!到底发生了什么事?"阿楠心中产生了很不好的预感,他扫了一眼人数,眉头皱起。"厨师和他弟弟失踪了?"

"是他们自己跑走的。"白秋林揉着肩膀,他刚才被老周推到了一边,磕到了墙壁上。

"你们当时应该都在外面,他俩为什么会突然发疯?"阿楠盯着白秋林。

"刚才壁灯由远及近一盏盏熄灭,厨师的弟弟好像看到黑暗中有什么东西过来,厨师跑到十字路口查看,再然后他就像疯了一样抓着自己弟弟跑走了。"白秋林把自己看到的场景如实说出,没有隐瞒任何东西。

"黑暗中的东西?"阿楠眉头皱得更深了,"也就是说是黑暗中的怪物把厨师吓到崩溃,而那怪物长什么样,也只有厨师见过。"阿楠说完这句话后,所有人的心都是一紧,未知才是最恐怖的。能把一个身高一米九、身材魁梧壮硕的大汉吓到崩溃,那东西该有多么可怕?而那东西就隐藏在黑暗当中,随时都会找下一个人。

"你们在外面有没有触碰什么机关?"阿楠单手抱在胸前,另一只手托着下巴。

"没有,我们是被袭击的一方,毫无征兆。"白秋林说得很果断。"我早就跟你们说过,十字路口是最危险的地方,绝对不要在这附近停留,但是你们不听。"他叹了口气。"我们时刻处于鬼屋老板的监控之下,他在精准找寻我们的每一个漏洞,只要发现可乘之机,就会像水里的食人鱼般,冲上来狠命撕咬。"

事实摆在面前,其他几名游客也无法反驳,三位编辑和三个医学生都有自己的队友,他们是两个小团体,就算心里认可了白秋林的话也不会表露出来。但是小李就不一样了,他和白秋林一样都是散客,独自一人进入鬼屋挑战三星场景。此时他感觉白秋林这人很不一般,无论思维逻辑,还是推理分析似乎都在普通人基准之上,便萌生了和白秋林组队的想法,两人在一起也好有个照顾。

"我觉得咱们应该多听听大家的意见,再做行动。"小李没有公开表明支持白秋林，但他是站在白秋林身边，面朝着阿楠和杨辰说的，这已经很能说明问题了。

"进入库房探索是我的主意，这次是我的错。"阿楠直接向其他游客道歉，他也变得更加认真起来。"以后我在做决定前，会更多地和大家交流。"

"没事。"白秋林指了指范大德和范聪消失的地方。"下一步我们准备怎么走？"

"我们去找他们吧？"老周心地善良，"咱们十二个人在一起还害怕，他们两个人独自探索，恐怕真会被吓出毛病来。"

"也行。"白秋林和阿楠都没有意见，他们一起看向双手紧握、站在通道中央的杨辰。"你们三个医学生有什么要说的没？"

"我不反对去找厨师和他弟弟，但去之前，你们一定要想清楚一个问题。"杨辰目光扫过所有人。"我们现在掌握着主动，每一条路径的选择权都在我们自己，一旦我们去寻找他们两个，那我们将完全丧失主动权，彻底成为鬼屋老板手里的玩具，落入他精心编织的一个个陷阱当中。"

"你什么意思？"老周有些不满。

"我说得已经很清楚了，如果我们想要通关游戏，或者不说通关，就是尽量走得更远一些。"杨辰松开了手，看向了和厨师所走的相反的那条通道。"我建议咱们自己去找路。"越是聪明的人，骨子里就越骄傲，杨辰渴望通关，哪怕只有一次，这也是一种证明。

"我不同意。"老周第一个开口反驳，"进来时说大家是队友，现在出了事就立马换上另一副面孔，你不觉得自己说的话有点过分吗？"

"老周……"段月带着歉意朝大家笑了笑，她轻轻扯了扯老周的衣袖，似乎老周生活中就是一个冲动、正义感很强的人，这样的事情经常发生，她作为女朋友已经习惯了。

"我也觉得不能扔下他们两个不管。"说话的是小李，因为他也是单独进来的游客，没有团体照顾，他担心自己出了事，会落到和范大德一样的下场——被队友毫不留情地抛弃。

"我只是说出自己的看法，具体做什么选择，那就少数服从多数吧。"杨辰抬起自己的手。"我认为应该回十字路口，挑选另外一条通道。"他说完后，身边的王琰和李雪都举起了手。

"只有三个,现在谁同意去找厨师和他弟弟的举手。"老周说完第一个抬起了自己的手,稍后段月和小李举起了手,同样是三个人同意。"你们几个不要耽误时间了,赶紧表态。"

"去找厨师没问题,但是这个医学生说得也有道理。"白秋林说出了第三种提议。"我也建议去找厨师,但是不能走厨师走过的那条路。"说完他看向阿楠。"你们觉得呢?"

编辑阿楠一直在思考,最后看向老周,说:"我们是一个整体,内部产生分歧只会削弱我们自己的实力,所以我也选择去寻找厨师。"他和"虎牙"都举起了手。

"五比三,准备出发吧。"在计算人数的时候,阿楠突然意识到了什么,他朝左右看了看。"等等!'尾巴'呢!"

"是不是还在屋里没有出来?"

几人转身跑进仓库当中,跨过满地的杂物,穿过拥挤的货架,他们找遍了仓库都没有看到"尾巴"的身影。

"人呢?!"

"刚才还在我们后面啊!"

刚才黑暗降临,失踪的不是两个人,而是三个!

无法形容的寒意爬上每个人的身体,他们呆立在原地,有的心里已经开始打退堂鼓。明明做好了一切准备,可这才刚进去,小队就减员了四分之一,这还怎么玩?

"一个大活人是不可能凭空消失的,这屋子里肯定隐藏有密道!"阿楠没有放弃。"鬼屋老板不会修建完全没用的建筑。"

"或许'尾巴'是发现了这房间的秘密,触发了某种机关,掉入了密道当中?""虎牙"回想着"尾巴"最后站立的地方,她走到打印机旁边,看着打印机上一闪一闪的指示灯,目光下移,发现了地上的几张打印纸。

"之前我记得好像没有这么多张纸。"她蹲下身体,将所有纸张捡起。

前面几张上都是一个模糊的轮廓,唯有最后一张上写着三个字——回头看!简简单单三个字,在这特殊的环境下却带给人不一样的恐惧感。

"看来'尾巴'确实有所发现,只不过她是怎么触发机关的?这个机关又在哪里呢？""虎牙"拿着从打印机里掉落出来的白纸，看向打印机。"难道跟这东西有关？"

她向后招手，几人合力搬开打印机。在被打印机遮挡住的墙壁上，他们看到了一个深邃、不知道通往什么地方的大洞。洞壁边缘极不规则，就像是被人用手一点点挖出来的。

"'尾巴'？"阿楠朝着洞里喊了一声，没有任何回应。

"不行，我要确认一下'尾巴'的安全。""虎牙"拿出手机，拨打了"尾巴"的电话，响了十几声仍旧没有人接通。"进来的时候说好了，手机一定要开机，随时保持联络的，她这是出了什么事？"

"电话打不通？那我们直接进去看看吧？"阿楠心里也着急。

"跟着我。""虎牙"胆子比阿楠还要大，打开手机自带的手电，直接弯腰进入洞中。

"喂！"杨辰本来想说不要随便用手机，但看到"虎牙"这个架势肯定不会听自己的话，所以语气一转。"别轻易做决定，洞穴那边说不定已经有东西在等着我们了。"

"你们可以选择其他路走，但我们两个会从这里走。""虎牙"担心"尾巴"的安全，抬起手机，猫腰向前。洞内湿滑，她走得很慢。

"没办法，我要听大姐头的。"编辑阿楠也跟着钻了进去，剩下几人站在外面，都有些犹豫。

"我们也过去吧，不能再分散了。"杨辰有些无奈，局面已经完全脱离掌控。

"白哥，咱们进不进去？"小李想要跟白秋林搞好关系，抱白秋林的大腿，所以说话很客气。

"从范大德和范聪失踪开始，我们就已经陷入被动了，以后的情况会越来越糟糕。"白秋林语气不是太乐观。"大家不能再分散了，也不要长时间在同一个地方久留，这样会给鬼屋老板安排布置道具的时间，我们必须要掌握主动，才有一丝走出去的机会。"他说完跟在阿楠后面进入洞中，小李和段月、老周紧随其后。

仓库里只剩下三个医学生，刚进入地下尸库的时候，他们是领队，这才过去几分钟，已经没有人听他们的了。

"总觉得哪里不太对。"杨辰看着已经进去的几名队伍,觉得有些心累。

"没事,就我们三个,一样可以通关的。"李雪安慰了杨辰一句,三人本来还想说些什么,但他们耳边突然听到了人头跳动的声音。他们扭头看去,通道里的壁灯似乎又在慢慢熄灭,而那个跳动的人头则好像跟在了他们身后。"不管了,先离开这里再说!"

三位医学生断后,所有游客都钻进了洞中。

走了几米远,眼前出现光亮,"虎牙"小心翼翼地探出头,洞穴尽头是两条刷着白漆的通道。

"又是岔路口?'尾巴'会选择哪条路?""虎牙"再次拨打了"尾巴"的电话,但还是没有人接听。"到底是出了什么事!"咬着自己的虎牙,这位气质极佳的主编,有些生气……

第17章 轮回噩梦

孤单无助的"尾巴",独自走在一条完全漆黑的通道中,她双眼泛着泪花,握紧了自己的手机,似乎正在跟什么人通话。

"虎牙姐,你们在哪儿?我已经走出很远了,还没有看到你们啊!"

"我听见你的脚步声了,你再往前走走。"电话里传出"虎牙"的声音。

"好。""尾巴"打着战慢慢挪动脚步,她一手扶着墙壁,身体渐渐消失在黑暗当中。

"我怎么还没看到你们?"

"别怕,'尾巴',继续往前,我会一直陪着你的……"

"尾巴"的手机里传出"虎牙"的声音,温暖、柔和,如同阳光般照进她的心里。

"虎牙姐,你们听我说,那个怪物就藏在打印机里,它把我拖到了洞穴这边,你们搬开打印机就能看到。"

"好的,放心吧,我们很快就能见面了。"

听着电话那边的声音,"尾巴"还是有点不放心。"你们一定要往左边的通道走啊!我刚从洞穴出来的时候,身后响起了车轮滚动的声音,有东西追了过来,我当时没敢多想就随便选了一个方向跑了，等那声音消失才敢给你打电话。"

"我们已经过来了，你再往前走走，不要怕，也不要挂断电话。"电话里不断传出"虎牙"的声音，她好像是一个贴心的大姐姐。

在那声音的陪伴下，"尾巴"感觉身体重新有了力量，她朝着更深处的黑暗走去……

"电话打不通。"

阿楠站在岔路口中间，看着左右两条刷着白漆的路，陷入沉思。

"该往哪走？"

这个问题已经困惑了他很久，地下尸库场景和其他恐怖场景完全不同，这里就像是一座内部构造极为复杂的迷宫，而他们现在已经深陷其中。

"没有人接听，鬼屋老板心思缜密，这场景里应该安装了信号屏蔽仪。"小李尝试着用科学去解释。

"不是屏蔽仪，信号满格，但就是无人接听。""虎牙"收起手机，她站在阿楠旁边，双眼之中有一丝担忧。"'尾巴'可能是在逃命的过程中不小心把手机掉在什么地方了。""虎牙"说出了最贴近现实的答案，这也是她给自己的解释。

"接下来我们该怎么办？又是一个分岔路口，往哪边走？"杨辰看着在鬼屋里使用手机的"虎牙"，下意识远离了她，情况有些不对，他也不愿意再做出头鸟了，尽量保持低调。他的目光偷偷扫过身边几人，心中的不安越来越强烈，他暗自留意，发誓要找出那股不安的源头。

"两条路没有任何标识，全都刷着白漆，按照那个医学生所说，这是运尸通道，是给死人准备的路，我们最好不要随便进去。"小李说完后，看了一眼白秋林，他可能是想得到白秋林的支持，可惜白秋林注意力自始至终都没有放在他的身上。

"只能赌一把了。""虎牙"和阿楠也没跟其他人商量，两人互相看了一眼，直接选择了左边那条通道走去。"'尾巴'手机能打通，但是却没有人接听，应该是在奔跑过程中掉了。而能让她仓皇逃命，连手机都顾不上捡起，说明她当时肯定被什么恐怖的东西追赶，也许是那种带着轮子的小车。在那种情况下，她肯定会选择距离自己近的通道，而左边的通道相比右边来说离她更近。"

"你这推测在我看来更像是自欺欺人，完全站不住脚。"杨辰毕竟年轻，他实实在听不下去，反驳了一句。"那万一追逐'尾巴'的恐怖怪物是从左边的通道里冲出来的呢？那她只能往右边跑，我们再去左边的通道，只会跟那些怪物撞上。"

"'尾巴'进入左边通道的概率更大，这对我来说已经足够了。""虎牙"和阿楠头也不回地进入左边的通道当中。两位编辑执意要走，为了保持队伍的完整，杨辰就算心里不满意，也只好跟过去。十二个人的队伍已经变成了九个人，再分裂下去，通关的机会就更加渺茫了。

轻声叹气，杨辰越发感觉自己看不透鬼屋老板了。"以我对老板的了解，拿到照片后，这场景真正的恐怖之处才会展现出来，现在只是开胃菜而已。"他只要稍微往深处想一想，额头就止不住冒汗，对方明显还没有发力，这才刚进入场景几分钟，原本拧成一股绳的队伍就已经分崩离析。照此发展下去，别说通关，能不能进入核心区域找到照片都是个问题。

这鬼屋老板也太变态了，完全是一点活路都不留啊！杨辰在心里感叹，表情却没有一点变化，他担心自己的情绪影响到其他人。

"不能靠别人，这时候只能以自己为核心，优先考虑自己人。"杨辰回头看了一眼，这一批进去鬼屋参观的游客已经分成了几个小团体。两位编辑在前面，白秋林和小李两个散客走在一起，队伍末尾是老周和段月。

那两位编辑不听劝告，太有自己的想法，白秋林这人心高气傲，感觉城府很深。杨辰看了一圈，最后把目光放在了老周身上。这对小夫妻为人和善，丈夫正义感强、宽容大度，妻子性格柔弱，他们两个很适合成为队友，有必要多跟他们接触一下。杨辰低声跟李雪交代了一句，放慢速度，主动凑到了老周身边。

老周发现杨辰主动跑来找自己聊天，露出了很强的戒心，他仍记得刚才厨师跑丢的时候，杨辰冷漠的发言。他没有给杨辰好脸色，在他看来，杨辰能够抛弃厨师，以后也会抛弃自己。

"你过来干什么？"老周绷着脸，倒是段月一直在旁边劝说。杨辰低声道了歉，将自己的苦衷说出，又认真给老周分析了一下当时的局势，老周的神色才稍有缓和。可当杨辰提出要和老周联合的时候，老周想都没想直接拒绝了。

段月问老周原因，老周用刚好能让杨辰听见的声音说道："跟他们联手，就是与虎谋皮，咱们心眼少，别到时候被他们卖了，还帮着他们数钱。"段月似懂非懂地点着头，旁边的杨辰却只剩下苦笑，不过老周越是这么说，就越坚定了他拉拢老周的想法。他也不知道为什么，心里的不安越来越强烈，似乎危险就潜伏在自己四周，甚至就隐藏在游客当中，所以这时候他必须要团结更多的力量，应对突发情况。

当杨辰继续游说老周的时候，前面的通道里出现了新的变化。

空气中福尔马林的气味变浓，一阵阵冷风从通道尽头一扇打开的铁门中吹出。

"尾巴？""虎牙"走在队伍最前面，她朝着那扇半开的铁门喊了一声，但是没有人回应。

"过去看看。"

壁灯散发着昏黄的光，"虎牙"独自向前，她贴着墙壁，慢慢靠近那扇铁门。房门上满是斑驳的锈迹，还有类似于血迹一般正在往外流的液体。

"这房间是用来干什么的？""虎牙"挪动脚步，又往前走了一步，她身体前倾，没有去触碰那扇门，调整视角想要看清楚门内的东西。可还没等她看清楚，天花板上就有一滴液体滴落到了她手背上。

液体黏稠，有些像是血，但是又好像混杂了其他东西，散发着一股说不出的怪味。

"漏水？"她慢慢仰头，周围的光线忽然变暗了一点，铁门轻轻晃动。

"小心！"杨辰大喊了一声，身后通道的壁灯又开始熄灭！

一盏接着一盏，速度很快，就好像饥饿的野兽般疯狂扑来！没有准备的机会，黑暗转瞬间将几人全部吞没。

"全部蹲下！待在原地！"杨辰心里着急，但是又没有什么好的办法。上次灯光熄火，失踪了三个人，这次不知道谁又会消失。通道完全陷入黑暗当中，非常安静，能听到身边同伴的呼吸声和心跳声。所有人都蹲在了地上，谁都没有乱动。

黑暗之中，吹来一阵阴风，模模糊糊能看到通道尽头有人影晃动了一下，然后消失不见，怪物似乎是混入了他们当中。

时间变得漫长，咚咚的心跳声响在耳边，配合着诡异的背景音乐，恐惧被无限放大。

"嘎吱……"

一声刺耳的声音从"虎牙"所在的位置传出，她面前的那扇门被推开了。

是谁在这时候开门？！

铁门向外推开，空气中飘散着福尔马林的气味，通道里又多出了另外一种声音。

滴答，滴答……

液体从高处掉落，滴在了地上，那声音距离"虎牙"越来越近，最终停在了"虎牙"身前。一片漆黑，什么都看不见，唯有不断传来的滴答声。

"那东西就站在我旁边。""虎牙"的手心被汗水浸湿，一种无形的压迫感传来，她鼓起勇气，抬起了自己的手，向前伸去，可是手指却什么都没有摸到。"应该就在这个位置，声音是从这里传出的。""虎牙"十分肯定，她的手继续向前伸。

滴答……

又一滴液体落下，这次是落在了她的手臂上。

"摸不到，还在移动和滴落，难道……它在我头顶？"眼睛已经慢慢适应了黑暗，"虎牙"仰头看去，就在自己头顶的天花板上趴着一团模糊的人形阴影。它好像刚从水池里爬出，身体上残留着水渍，四肢好像壁虎那样粘连在墙壁上，头颅向下探出，被挖空的脸就停留在"虎牙"头顶，似乎是准备将"虎牙"的脸一口咬下！

"这是什么东西！"呼吸一窒，"虎牙"双腿保持着半蹲的姿势，身体有些麻木，但她思维仍旧很清晰。"那东西在我头顶！""虎牙"惊声尖叫，她抓住口袋里的手机，对准头顶，用力甩了出去。

"啪！"手机砸在了墙壁上，在"虎牙"身后有一道光亮起，阿楠打开了手机上自带的手电。光亮照来的时候，天花板上的怪物已经跑远，他只看到了一团人形黑影在天花板上飞速爬走……

身后车轮滚动的声音越来越近，范大德和范聪都已经跑不动了，他俩早已迷失了方向，现在也不奢求通关，只想着能摆脱身后那东西，缓口气，休息一下。

"进来！快！"他俩钻进了一条刷着白漆的通道里，看到了一扇半开的铁门，上面写着四个汉字——二号尸库。

范大德看也不看，拽着范聪直接跑了进去，然后重重将门关上。

"哥，你慢点。"范聪从范大德手中挣脱，他剧烈喘息，靠着墙壁直接坐在了地上，近几年他都没有这么剧烈地活动过。房门紧闭，几秒之后，车轮滚动的声音从门口经过，慢慢离开。

"得救了。"范大德好像刚从水里捞出来一样，全身被汗水浸湿，他双腿发软，不争气地坐在了地上。"太累了，我要休息一下。"

看到哥哥嘴硬，范聪也不揭穿，他喘着气坐在自己哥哥旁边。"你这是何必呢？非要跑到鬼屋里来，咱们一家子都是胆小鬼，爸妈怎么走的你又不是不知道，干吗非要来找罪受。"

"我就烦你这个态度，没有人生来胆小，再说我带你来鬼屋玩跟咱爸妈没关系，纯粹只是想让你出来走走，别老窝在家里打游戏，你看看你消沉成什么样子了！"

"哥，我那不是在打游戏。"范聪想了想终于说出了实话，"那个游戏据说是一个杀人犯制作的，其中藏着他虐童的证据，只不过暂时还没人能解读出来。"

"你少找借口，我是你哥，我能不清楚你？"范大德摆了摆手。"不就是失恋了嘛。女朋友没了，再找就是，大丈夫何患无妻。"

"你这都跟谁学的？"范聪懒得再跟自己哥哥解释。"我不和你扯了，咱俩也别想着通关了，就在这屋里待三十分钟，然后等老板来救我们吧。"

"这样不好吧？"

"有什么不好的？反正你打死我，我也不会再出去了。"

范聪这句话还没说完，尸库旁边那一排停尸柜里突然发出一声脆响。"啪！"

他浑身肥肉一颤，吓得哆嗦了一下。"什么声音？"

"不知道，不过好像是从那柜子里传出来的。"范大德从地上爬起，兄弟两个靠在门口，心里慌得不行。

"我觉得咱们还是不要过去看好了，所有机关，只要不去触发，那就相当于没有机关。"范聪脸上的汗还没干，新的冷汗又流了出来。

"有道理。"

兄弟两个都没有靠近尸柜的意思，但是那尸柜里的东西似乎不准备放过他们。

屋内的灯光明灭不定，某一个尸柜里忽然又传出指甲挖挠金属门板的刺耳声音，似乎是在寻找缝隙，准备出来。

停尸柜里有东西要出来，指甲抓挠着铁柜的缝隙，它好像是在慢慢摸索，寻找开关的位置。刺耳的声音不断在耳边响起，柜内的东西抓挠了许久，慢慢变得急躁起来，发出低沉的喘息声。

"哥，你听到那个声音了没？"

"听到了，应该是有员工躲在了停尸柜里，等我们靠近就突然冲出来吓唬我们。"范大德故作镇定，"这套路我见过很多了，不用害怕。"

"不是，我在考虑另一个问题。"范聪想得比较多，"你有没有觉得这鬼屋里演员的情绪特别到位，我是指演技这方面。"

范大德想起之前躲在黑暗中的无脸怪物，汗毛立了起来。"有点儿。"

"停尸柜里面很少会安装开关，毕竟这是给死人准备的地方。"范聪听着从柜子里传来的喘息声，心脏跳得很厉害。"我们刚才先是听到用指甲抓门的声音，呼吸急促的声音，就好像停尸柜里真的装有一个死而复生的怪物，没找到开门的开关似的。"脸上带着苦笑，范聪手抓着房门。"如果我预料得不错，接下来，柜子里的怪物可能会采取更激烈的手段，比如说撞击柜门，闹出更大的声响等等，到时候不仅会吸引外面的怪物过来，原来待在这房间里的怪物也会出来夹击我们，到时候腹背受敌，咱俩可就真的凉了。"

"那你有什么好的建议？哥听你的。"范大德是个厨子，他弟弟虽然身材肥胖，但人要比范大德聪明多了。

"玩过逃生类游戏的人都知道，这类游戏当中有一个默认的规则，那就是不要在某一个地方停留太久。这个规则就是为了针对那些胆小鬼，防止他们躲藏在某一个地方，消极游戏。"范聪擦了擦额头的汗，"新世纪乐园里的鬼屋以吓人闻名全网，鬼屋老板又精通心理学，并且性格恶劣，充满了恶趣味，他一定也会在自己的鬼屋里引入类似的机制。"

"那你说，咱们等会儿还要出去？"范大德有点后悔，早知道这样，刚才就不跑么快了，现在跟其他队友分开，他们的处境非常不妙。

"不是等会儿，而是现在。"范聪不敢再继续停留下去。"趁着柜子里的怪物没有出来,车轮声也远离的时候,赶紧离开。"

"现在就走?"

"对,这应该是鬼屋老板给我们的唯一一个机会,一旦错过,接下来恐怕就要直面最恐怖的东西了。"

在范聪说话的时候,停尸柜的喘息声越来越急迫,指甲挖挠铁门的声音也越来越大,柜子里的东西似乎快要窒息了一般,指甲碎裂,血液从停尸柜缝隙渗出。

停尸柜里的怪物似乎非常痛苦,情绪已经完全失控,停尸柜里忽然发出砰的一声巨响,就好像柜子里有人用头狠狠撞在了铁质柜门上。范大德和范聪的心都狠狠揪了一下,他俩互相看了一眼,心里很清楚,范聪的预言正慢慢变为现实。

"马上离开!"范聪喊出这句话的同时,屋外走廊上又响起了车轮滚动的声音。

"我就知道。"范聪还是低估了鬼屋老板的可怕,对方确实给了他们机会,但是这机会只有短短几秒钟。

"怎么办?!"门外的车轮声激活了范大德脑海中恐怖的回忆,他趴在门缝处向外面张望,正好壁灯全部熄灭,通道里陷入一片漆黑,只能听到滚滚车轮声。

通道中具有某种特殊象征意义的车子正在靠近,尸库里停尸柜里发出的砰砰声也越来越大。最开始只有一个尸柜里发出声音,很快这声音蔓延开来,它旁边的两个停尸柜里也开始传出声响。时间在犹豫中流逝,范聪和范大德兄弟两个仍旧没有做出选择,在这最紧要的关头,两人互相看着彼此,都慌了神。仅仅只是来参观个鬼屋而已,谁知道会遇见这么刺激的情况?

车轮声由远及近,速度并没有减慢,范聪和厨师已经放弃抵抗,他们在心里默默祈祷,希望门外的怪物没有发现他们,能再给他们一次重来的机会。

十秒之后,两人脸色煞白,他们祈祷的奇迹并没有出现,车轮声在经过二号尸库时突然消失了。

那车子似乎就停在门外!

两人冷汗止不住地往下流,一直追赶他们的怪物终于要露出真面目了。范聪和范大德趴在门缝处,两人连呼吸都不敢发出太大声音,全神贯注地盯着门外。

几秒之后,外面依旧没有任何动静,那辆车子就好像从未出现过,是范大德他们幻想出来的一样。

"那玩意儿走了？"范聪耳朵贴在房门上，静静倾听。

"要不要出去看看？"身后停尸柜开始震动，怪物不断用头撞击着柜门，破旧的铁柜上锈迹不断脱落，范大德真担心一会儿有什么东西从柜子里面跑出来，直接冲向两人。他五指抓住了门把手，慢慢向下压，卡簧在锁芯当中转动，就在快要弹开的时候，通道里有东西重重撞击在了房门上！

"嘭！"

一声巨响，吓得范大德松开了手，一连往后退了好几步。"那玩意儿还在外面！"门外的怪物智商不输普通人，突袭失败后就不再掩饰，歇斯底里地撞击着房门。

范大德站在屋子中间，身前的门锁哗哗乱响，身后的停尸柜震动摇晃，脖颈上的血管因为紧张浮现出来，他不知道该躲藏到什么地方，身体越来越无力，不由自主地往后退去。

"哥，别过去！"范聪的提醒已经晚了。

血液顺着柜门缝隙流出，在范大德距离停尸柜还有几米远时，那破旧的柜门猛地被撞开，一张血肉模糊的脸冲了出来，它双臂张开，似乎是想抱住范大德，将其拖入停尸柜里。

范大德全身发寒，感觉一股凉气直冲大脑，他来不及多想，玩了命地往前跑。屋子里所有停尸柜都开始震动，血液渗出，这房间似乎要被染成红色。

"走！赶紧走！"被堵在这里必死无疑，范大德和范聪朝着唯一的出口跑去，扭动门把手，铁门打开。

两人还未跑出去，黑暗之中就有数道身影涌进来，它们一个个表情怪异，似乎脸都并不是自己的。

"跑！"

范大德高声叫喊，握紧了拳头，身高一米九几的他决定跟那些怪物拼了！范大德嘴里发出自己也听不明白的古怪音调，主动冲向那些怪物，可还没等他的拳头碰到那些人影，一件让他终生难忘的事情发生了。

那些人的脸在慢慢脱落！他还是第一次看到人的脸在脱落！

"这他妈！"完全超出预期和承受能力的画面让他彻底崩溃，好不容易鼓起的勇气，瞬间消散。他想要再回屋内，可是回头看去时，他才对绝望两个字有了更深的理解。

二号尸库里一扇扇柜门被撞开,一具具人形轮廓的怪物爬了出来。

福尔马林的气味刺激着鼻腔,视线慢慢被红色占据,范大德和范聪在那些怪物的包围之下,跌倒在地……

半分钟后,怪物全部散去,一切就像是从未发生过那样,如果不是范大德和范聪兄弟两个口吐白沫晕倒在地,恐怕根本没有人会意识到这里曾经发生过很恐怖的事情。

时间慢慢流逝,通道尽头,几位穿着白大褂的"人"走了过来。

"我有点同情他们。"

"是啊,这画面我们看了都感觉不适,更别说他们。"

"扔在这里也不是事儿,抢救一下吧。"其中一位医生侧耳靠近范大德和范聪的胸口,倾听两人心跳声,又检查了一下颈动脉。"身体素质不错,也没有心脏类疾病,问题不大。"

……

五分钟后,范聪缓缓睁开眼睛,视线逐渐变得清晰起来。

"我这是在哪儿?"四周没有怪物和尸体,他摇摇晃晃站起身,终于回想起了刚才的一幕。

"我不是已经晕倒了吗?"他扶着墙壁,朝两边看去,发现自己仍旧被关在二号尸库当中。

停尸柜里开始传出指甲抓挠柜门的声音,门外隐约有车轮声响起,刚才经历的事情,似乎又要再次重演了。

"等等!不人对啊!是我忘记了什么吗?我怎么感觉这事情我刚刚经历过了一次啊!"

"哥,快醒醒!"范聪晃动着范大德的肩膀,过了好一会儿,范大德才清醒过来。

"我们这是在哪儿?"双眼终于有了聚焦,身材高大魁梧的范大德此时侧身躺在地上,看起来很是虚弱。看到哥哥这副样子,范聪嘴唇动了一下,他有点不忍心再继续往下说。"我们已经被工作人员送出鬼屋了吗?"

范聪半天没开口,脸色诡异得跟中邪了一样,范大德意识到不对劲,挣扎着爬了起来，看向四周。

铁门，停尸柜，还有萦绕在耳边的车轮声，这似曾相识的感觉，让范大德一时之间没有反应过来。

"这场景……我们是不是经历过？"

指甲抓挠柜门的声音越来越大，停尸柜里传出低沉的喘息声，不用范聪回答，范大德心里已经有了答案。

车轮声呼啸而来，停在了房间门口，一扇扇柜门被撞开，血液四溅，比之前数量更多的怪物钻了出来。范大德双腿瘫软，靠着二号尸库的门，双手控制不住地颤抖起来。身后的房门被人撞击，他的身体随着门板，一起震动，范大德感觉浑身骨头都快要散开。

"停手啊！你们这频率也太快了吧！我刚醒！我才刚醒！"

范大德委屈得想要哭，和他比起来，范聪则要显得更加冷静一些。对于聪明人来说，同样的错误是不可能犯两次的。擦去额头的冷汗，范聪小腿好像抽筋一样，扑通一声坐在地上，顺势倒在范大德身后。

"哥，一会儿如果你先从昏迷中醒来的话，记得千万不要摇醒我，就让我多昏迷一会儿吧。"说完最后一句话，范聪眼皮上翻，直挺挺地"晕"了过去。

范大德还没反应过来怎么回事，屋子里的灯已经熄灭。

"弟？小聪？范聪？！"

尸库的门被撞开，范大德被数道阴影围住，整个地下场景都能听到范大德的惨叫声。

……

半分钟后，壁灯亮起，通道恢复平静。

阴影消散，范大德身体一抽一抽地挺在墙角，他已经吐不出更多的白沫了。

躺在范大德身边的范聪缓缓睁开眼睛，他在感到害怕的同时，心中竟然还有一丝激动。

只要装死，就不会被怪物攻击？不对，也有可能是我哥吸引了全部火力。想到刚才的场景，范聪就一阵头皮发麻。要赶紧离开这个地方，随便去哪儿都比在这里强。他勉强站起身，晃动着范大德的肩膀。"哥，醒一醒！快！"

晃了半天，范大德也不见好转，范聪心里着急，双手拖着范大德的胳膊，想要把他背起。可他刚把范大德拽起来，就听见走廊尽头传来一声叹息。

"因为受到惊吓引发的晕厥，属于突发性晕厥，你首先要做的是让他平躺在地上，确保通风，然后进行心肺复苏。这时候挪动他的身体，对他没有什么好处。"

这是个陌生的声音，不属于其他游客，范聪根本没听清楚那人说什么，他在对方开口的瞬间，就松开手，原地躺下了。范大德的身体也落在地上，兄弟二人"横尸"通道中央。

远处那人似乎没想到自己的好意提醒竟会把人吓晕，几秒之后，壁灯变暗，通道中刮起阵阵阴风，四位穿着白大褂，佩戴口罩和手套的医生走了过来。他们全身都包裹得严严实实，看不见脸。

"怎么就昏过去了？刚才不还好好的吗？是神经太敏感了吗？"

"这大个子身体素质真不错，摔了好几下，皮都没蹭破，真结实。上次遇到这样的人，还是在七号解剖室，那是一个工地搬砖工人，刮脂肪的时候非常轻松。"

"别废话，救醒再说，就这么扔在路中间太危险了。"

其中一位好心的医生去救治范大德，剩下几位都围住了范聪。阴风拂面，范聪身体很冷，但是额头却止不住地冒汗。我好像被围住了？我该怎么办？一个正常人遇到这种情况该怎么办？

范聪脖颈一凉，某位医生语气有些惊讶地说："他身体没事啊，怎么就晕了呢？"

"心脏跳得这么快，应该是装晕。"

"那他岂不是看到我们几个了？不如我们把他给……"

几位医生正在讨论的时候，地上的范聪眼睛偷偷错开了一条缝，正好和几位医生犀利的目光撞在了一起。

"果然是在装晕。"为首的医生看起来最年轻，眼神也最可怕。"我平时最讨厌的就是那些耍小手段的人。"

范聪尴尬一笑，脸上的肥肉抖了起来，他的胖手按着地面，想要坐起来。"真没想到这鬼屋里还配备医生，这在国际上都很少见了吧？不愧是江州市最恐怖的鬼屋。"

他看着正在给自己哥哥施救的那位医生，怎么看怎么觉得奇怪，但是具体又说不出来哪里有问题。

范聪被几位医生围在中间，身体越来越冷，他强迫自己露出开心的假笑。"几位，我就不打扰了，你们继续。"他把手伸进自己口袋，手指在屏幕上划动，身体往后退去，也不要自己哥哥了，这时候最好的办法就是自己先逃出去。

"等一下。"几位医生，同时开口，目光集中在范聪伸进口袋里的那只手上。

范聪自知情况不妙，走得更快，他转过一个弯才发现，走的是一条死路，而出口被医生们堵死了。

"你过度肥胖，再加上连续受到惊吓，心率不太正常，我这边有专业的仪器，希望你能配合我做个检测。"医生说完后，自己也不是太确定。"应该是有仪器的，如果我没记错的话。"

"给我治病吗？"范聪抓着手机，慢慢靠近医生，在距离医生还有一两米的时候，突然开始加速。

"你们的好意我心领了，我自己的身体自己清楚，不需要你们操心了！"范聪快二百斤的身体撞向几名医生，他也是被吓得没办法了，想要拼死一搏。范聪胡乱挥动的手臂打在了为首那名医生身上，也不知蹭到了什么，感觉湿漉漉的。

这几个医生的外套怎么都是湿的？侧着头，范聪用余光扫了一眼，医生的领口被他用手指打到的地方凹陷下去了，久久没有复原。

他的脖子！眼前的画面非常恐怖，全身被制服包裹的医生，唯独脖子上凹陷下去了一块，看着极不和谐。就好像制服里面裹着的不是一个人，而是一个泥塑。医生的领口错开了条缝隙，一股浓烈的福尔马林味散发出来，呛得范聪睁不开眼睛。

"精力旺盛，言语凌乱，行为紊乱，这可是躁狂症的前兆，看来你确实病得不轻。"为首那名医生凹陷下去的衣领慢慢恢复正常，他朝旁边两位医生使了个眼色。"拦住他，我们来帮他做个全面的检查。"

"我没病！"范聪真的是绝望了，别人家的鬼屋豁出去了大不了就是被吓晕，这家鬼屋吓晕了还能给救醒，他更想不明白的是，医术如此精湛的人跑到鬼屋里当群众演员究竟是出于什么样的心理？

"我真的没病，你们别过来！"

听到范聪声嘶力竭的叫喊，为首的那位医生摇了摇头说："你有没有病你自己说了不算，医生说了才算，你可以去最近的医院做个全方位的检查……"

第 18 章 顶级医疗团队

范聪的惨叫声在地下场景中回荡，所有听见的游客都不由得打了个哆嗦，带着同情朝着声音传来的地方看了一眼。

"这声音有点耳熟。"小李蹲在地上，小声对旁边的白秋林说道。

"看来范聪和范大德已经出事，我们也不用去救他们了。"白秋林依旧是那副冷冰冰的语气，对谁都爱答不理，就像是一匹独狼。

通道里的壁灯重新亮起，那个趴在"虎牙"头顶的怪物早已消失不见。

"刚才那是什么东西？"阿楠小跑过去，扶起"虎牙"。"你刚才看清楚了吗？"

"虎牙"摇了摇头说："似乎没有脸，脑袋是空的。"

"脑袋是空的？那应该不是特技演员，难道是机器人？"阿楠仰头看着天花板，刷着白漆的通道顶部残留着水渍。

"这鬼屋看着很土，没想到还融合了这么多高新技术在里面，老板真舍得投入，也不怕打了水漂。"说者无意，听者有心，小李拿出手机偷偷记下了这个重要发现，按下发送键，将这段信息传递了出去。

"是啊，这鬼屋老板真拼。我听说鬼屋里的道具和其他行业里的道具不同，不能回收，除了同行基本上没人会要的。"老周和段月距离小李最近，他刚才用手机发送信息都被两人看在眼中。面带微笑，老周松开了抓着段月的手，他们两个站在小李两边，将小李夹在中间。

小李见老周过来还回头迎合了几句，他对老周印象很好，在他看来所有人里最可靠的就是白秋林，而人最好的就是老周夫妇。

"灯已经亮了，抓紧时间去找'尾巴'吧。"杨辰看了一眼时间。"我计算了一下，这两次灯光熄灭间隔了三分半钟，我现在不确定这个时间是固定的还是随机的，如果是固定的，我建议咱们在接下来的三分钟里，先找一个相对安全的地方，熬过下一次熄灯再说。"

杨辰目光扫过队伍里的几个人，他眼底闪过一丝异色，说完这句话后就低下了头。"范聪和范大德已经出事，现在就剩下我们几个人，大家聚在一起，就我们几个人，黑暗中的怪物到底长什么样子，熄灯后究竟会遭遇什么样的危险，弄清楚这些之后，我们再制订下一步计划吧。"他的心里隐隐有了一个推测，结合之前来鬼屋参观的经验，杨辰看向其他游客的目光变得和之前不太一样。他不敢把自己心里的想法说出来，怕被隐藏的家伙利用，只能自己去寻找。在下一个游客出事之前，找到那个人。

杨辰很聪明，刚刚二十岁，只是大学新生，他非常看重通关鬼屋，这对他来说是一种挑战和证明。但是其他游客则不一样，比如说编辑阿楠和主编"虎牙"，对于他们来说，相比通关鬼屋，找到走丢的"尾巴"才是最重要的事情。

"一共就两条路，'尾巴'走这条路的概率非常大。"阿楠没有再继续说下去，但是他表达的意思已经很明显了。两位《最惊悚》杂志社的编辑朝着远处走去，白秋林显然也没有把杨辰说的话放在心里，他和小李紧随其后。

"老杨，要不咱们就别管他们了，咱们几个自己走。"王琰是个急性子。"咱们跟他们又不熟，他们爱找，自己找去。"

"还是一起比较好。"杨辰盯着阿楠和"虎牙"的背影，眼神出现轻微变化，他想到了一个细节。在签免责协议的时候，老周三人和他们三个医学生都是在屋内签好的，但是他并没有看到其他游客签署免责协议。

没错，他们是直接进来的，省了签署协议的过程。

杨辰心底似乎出现了一个旋涡，牵动了所有记忆。也就是说我要找的那个人应该就隐藏在后来进入鬼屋的六个人当中，他们之中有的人根本就没有签署免责协议！

恐惧慢慢爬上了身体，杨辰轻轻眯起双眼，他回想自己和鬼屋老板之间的对话，他们想要凑够十个人再一起进入鬼屋参观。假如直到最后都没有凑齐十个人，那鬼屋老板有没有可能让自己的员工混入其中假扮为游客？这样的事情那位鬼屋老板也不是没有干过，上次参观"暮阳中学"时，他就遇见过一次。

"明白了。"杨辰嘴角牵出一丝冷笑。"怪不得我总感觉一直被人牵着鼻子走，所有提议都会有人反驳，原来是我们的队伍里混杂进了'鬼'。"他发现了鬼屋老板的破绽，这秘密他谁也没有说，只是把自己全部的注意力放在了后来进入鬼屋的几名游客身上。

"编辑，机修工人，包括突然犯病已经失踪的厨子，他们每一个都有很大的嫌疑。"杨辰走在最后面，眼中露出精光，他微微低头，管理表情，确保自己的异常不会被任何人看出。

"你们想玩，那我就陪你们玩到底，这次我要赢一局。"因为从来没有做到过，所以才会渴望成功，杨辰很享受这个过程，他喜欢这种紧张刺激的感觉，这是其他任何一种娱乐都无法带给他的。

"十二个游客里混进了'鬼'，抓住他，就能破局。"杨辰走在自己同学和老周、段月中间，确保自己的安全后，偷偷注视着两位编辑和小李的一举一动。

"鬼屋老板从来不按套路出牌，已经出事的范聪和范大德也很有可能是'鬼'，他们提前消失，接下来说不定又会在某个地方出现，然后把自己伪装成受害者。"杨辰思考得很全面，他非常谨慎，不断完善心中的推测。

壁灯散发出昏黄的光，旁边的铁门半开着，地面上残留着水渍，屋子里是一排生锈的停尸柜。

"一号停尸库？"

门旁边歪歪斜斜写着几个字，"虎牙"朝里面看了一眼，所有停尸柜都上了锁。

"'尾巴'？"她冲着屋里喊了一声，无人回应。"'尾巴'应该不会躲进停尸柜里吧？"

两位编辑进去转了一圈，没有任何发现，几人继续向前。

江州市法医学院里的尸库并不是按照位置来排序的，而是根据规模和用途，几位游客沿着通道往前走了三分钟，他们眼前又出现了一扇半开的铁门、

"五号尸库？这些尸库内部构造差不多，鬼屋老板修建这么多尸库到底有什么图谋？他不会是真的准备藏尸吧？"王琰摸着那些冰冷的铁柜。"跟我在教材上看到的一样，这些停尸柜应该都是真家伙，可能都是从一线淘汰下来的东西，被鬼屋老板收集了起来。"他说这句话的时候脸色不是太好看，声音也有点走调。

"从一线淘汰下来的东西？"小李琢磨着王琰的话，慢慢地整张脸黑了下来。"那岂不是说，这些停尸柜曾经真的存放过尸体？"

"没错。"杨辰点了点头，他双目紧盯小李，试图从小李的表情当中看出什么，可让他失望的是，小李的所有反应都很正常。"根据我的推测，再有十几秒钟，壁灯就要熄灭了，我建议大家就停在这房间里不要乱跑，熬过第三次黑暗再继续探索。"

黑暗中隐藏着各种各样恐怖的怪物，"虎牙"和阿楠知道杨辰是为大家好，这次也同意了下来。

时间分秒流逝，距离上次熄灯已经过去了四分钟，但是壁灯依旧没有熄灭。

几人围在一起，都看向了杨辰。

"灯光没有熄灭，代表熄灯是毫无规律可循的，说明鬼屋老板在时刻监视着我们，只要发现漏洞就会立刻动手。"杨辰还想说什么，但是被其他游客打断。

"不要再做没有意义的推测了。""虎牙"摇了摇头，她转身朝外面走去。"跟着我，走在一起，其他的什么都不要怕。"这位恐怖杂志社的主编，展露出自己雷厉风行的一面，她拉开铁门直接朝外面走去，阿楠小跑着跟在后面。

"这女的挺有意思。"白秋林看着"虎牙"的背影，咳嗽了一声。"我们也过去吧，她说得对，很多时候都是我们自己在吓唬自己罢了，我们没有必要太紧张，大家别忘了，这就是一个鬼屋而已，只不过是个吓唬人的娱乐场所，难道里面还会有真的鬼不成？"

"白哥说得对。"小李跟着白秋林一起走了出去。

"我们也走吧。"

老周和段月正要往外走，队伍最后面的杨辰突然用很低的声音说道："老周，你们夫妻两个最好不要跟那两个编辑一起走。"

"为什么？"老周回过头，他感觉这个法医学院学生有点莫名其妙。

"我现在也不能确定，你记住我这句话就好了。"杨辰说完，领着李雪和王琰走到了老周前面。

"不能跟那两个编辑一起走？"老周若有所思，在杨辰从他身边经过的时候，他眉宇间闪过一丝恍然和惊讶，轻轻吸了一口凉气。"难道那两个编辑有问题？"

杨辰没有再详细给老周解释，种子已经播撒下去，等待它自己生根发芽就可以了。

通道里的壁灯一直没有熄灭，几位游客又经过了六号尸库和七号尸库，同样没有遇到任何危险，这就像是暴风雨来临前的宁静。从七号尸库门前走过，通道里变得更冷了，空气中福尔马林的气味也加重了一点，几位游客来到了地下尸库外围区域和中层区域交界处。通道正中间是一堵拆了一半的墙，在缺口处堆积着大量杂物，其中包括木质桌椅、被撞歪的围栏，还有几个身体关节畸形扭曲的人偶。

"这个场景还没到头？"王琰穿着短袖，冷气顺着袖口钻进衣服当中。

通往下一个区域的入口很窄，又被杂物挡住，很像是那种未开放区域。"虎牙"走到墙洞附近，拿出手机朝里面照了照，她本来只是想要看看墙那边有什么，但在光亮照过去的时候，她忽然看到一个背影很像"尾巴"的女孩，拿着手机，钻进了某条通道里。

"'尾巴'，还拿着手机？她在跟谁打电话？""虎牙"手掌怕打墙壁，冲着墙洞那边高喊，但是通道里却只有她一个人的回音。

"我好像看见'尾巴'了！阿楠来帮忙，把这些东西移开！""虎牙"抓着残缺的桌椅，可能是考虑到游客的安全问题，这些桌椅边缘都很光滑，没有尖锐的棱角，似乎经常被人搬运。

"我们也去帮忙吧。"老周很是热心，他和白秋林、小李都走了过去，帮助两位编辑清理道路。

三位医学生干站在旁边，杨辰默默注视着"虎牙"和阿楠，高度警惕。

他不相信"虎牙"说的话，觉得这很有可能是一个提前布置好的陷阱。"刚过去正好就看见失踪的同伴，这也太巧了吧？"

杨辰越看越觉得三个编辑可疑，他们三个是后来进入鬼屋的，应该没有签署免责协议，而三人的职业是惊悚杂志社编辑，心理承受能力很强，这个身份让他们不用刻意去表现出那种很害怕、胆小的样子，方便伪装。

"在我提议跟着人头走的时候，是男编辑强烈要求进入仓库查看，这才导致后面发生的一系列事情。当时那个情况，白秋林已经提前说明岔路口可能会遭遇危险，但是他们仍旧执意要去查看，这本身是就十分反常。

"厨师和他弟弟在外面通道出事时，三个编辑都在仓库最里面，他们就像是提前知道外面的游客会被攻击，会出事一样，提前撇清关系。最主要的是，那个仓库里明明什么都没有，三位编辑当中的'尾巴'是如何失踪的？打印机后面藏着一条密道，但是在这种诡异的情况，但凡是个正常人都不可能独自进入密道里探索，一定会大声叫喊，吸引同伴过来一起查看。那个叫'尾巴'的女人，应该是故意从打印机后面的通道逃走的，她营造出失踪的假象，让队友有了领路的借口！好一个天衣无缝的布局，队友失踪，剩余的两位编辑情绪激动，所以这时候做出一些冲动的事情，其他游客也无法指责。"

杨辰的目光渐渐变得明亮起来。原来这是他们早已安排好的，怪不得"尾巴"的电话一直打不通，根本不是像他们说的那样手机丢了，而是"尾巴"从一开始就不准备去接听。疑点太多，三位编辑的举动也太过反常，而在杨辰看来，对方这么做的合理解释只有一个，那就是他们三个编辑其实是鬼屋老板安排进来的"鬼"！

"我应该早点儿发现他们的。"杨辰额头隐约能看到冷汗滑落。"《最惊悚》这杂志我压根儿就没有听说过，很可能是随口编出来的名字，刚进入鬼屋的时候，那个男编辑主动答应与我合作，但是进去没多久，他就做出了和我不同的选择，慢慢地取代了我们三个老手，在不知不觉中成了领路人。"心里一阵后怕，杨辰擦去额头的汗水。"幸好我提前留了个心眼，这次我绝对不会再傻乎乎地跟着他们一起去送死了。"

目光从那两位编辑身上扫过，杨辰双手握在一起。要想个办法揭穿他们，这个场景本身占地面积很大，像个迷宫一样，三十分钟之内想要进入核心区域，在躲避怪物进攻的情况下找到照片再出来几乎是不可能的事情。鬼屋老板不会设计出完全没有通关可能的场景，那样也就失去了游戏本身的意义，如此来想的话，这地下尸库场景通关的关键和那五张照片……

杨辰回想鬼屋老板说过的所有话，那五张受害者的照片能对通关产生帮助，照片能对通关产生什么样的帮助？拿着照片就不会被怪物攻击？鬼屋老板应该不会设计这么无聊的游戏，排除护身符的作用，那么这五张照片有什么用处？老板在进入鬼屋之前，特别强调了受害者三个字，也就是说那五张照片上的人应该都是死人。五张死人的照片……大脑飞速运转，杨辰单手托住了下巴。突然他的双眼睁大，身体剧烈颤抖了一下，一个念头闪电般划过他的脑海！

我知道了！那五张照片上的五个人，可能就是我的五位队友！他们代表着五个死人！也代表着混进了队伍里的五只"鬼"！心思急转，杨辰觉得自己终于明白了"地下尸库"场景的真正玩法。地下尸库的真正通关要求不是拿着照片离开场景，而是找出队伍里的五只"鬼"！那五张照片就是最关键的提示信息！

心脏咚咚狂跳，杨辰完全兴奋了起来，他猜到了鬼屋老板的布局，看透了隐藏的游戏规则。

"老杨，你没事吧？"王琰看到杨辰突然挥舞了一下拳头，变得亢奋了起来，很担心对方的精神状态，怀疑是不是受了什么刺激。

"放心吧，这次我一定会带你们通关！"杨辰嘴角牵出一丝笑意，他目光好像锋利的尖刀一样盯着那两位编辑。

五张受害者照片，原来鬼屋老板一开始就给了我们提示，这队伍里面其实隐藏了五个'鬼'。后面有六位游客是新进来的，也就是说六位游客里有五个就是鬼屋员工，鬼屋老板玩得真大啊！十二位游客里面，有五个都是"鬼"！这谁能想得到？

杨辰将后面六位没有签协议的游客全部在脑海里过了一遍，三位编辑可能性最大，那什么《最惊悚》杂志完全没有听说过，其次是突然犯病逃跑的厨师和他弟弟，最后一个是小李。认真思考后，杨辰感觉自己已经明白了一切。

小李是单独进来的，和其他几个人都不熟悉，如果将他排除在外，那么真相只有一个！三位编辑和范大德、范聪都是鬼屋的演员，范大德突然犯病，和范聪一起烘托恐怖的气氛，让真正的游客陷入恐慌不安和自我怀疑，接着三位编辑联手控制节奏，将剩下的游客全部带入深渊，体验一个个早已准备好的惊吓点，真的是太可怕了，这鬼屋真的是太疯狂了！五个人对应着五张照片，代表着五只"鬼"！

杨辰已经确定了五只"鬼"的身份，他手指伸进口袋，想要编辑一条信息，偷偷发送给李雪和王琰。

"你们三个愣着干什么？一起来帮忙，不要在这里久留，岔路口是最危险的地方。"白秋林看三个医学生待在原地，朝着他们三个喊了一句。

"我们也去帮忙吧。"李雪感觉有点不自在，她和王琰走过去开始搬运桌椅，慢慢清理出了一条通道。此时王琰、李雪、小李、白秋林和两个编辑在通道外侧，老周夫妇在通道另一边，杨辰则一个人远远站在角落，他一直在找机会，想要当众揭穿两位编辑。

桌椅和破旧的人偶被搬开，几名游客走在刚清理出的通道当中。

"老杨，快过来啊！"王琰看见杨辰一个人站在后面，开口催促，他并不知道杨辰的内心此时已经掀起了万丈狂澜，正在进行激烈的思想斗争。

"你们两个急什么？"杨辰对着王琰喊了一句，他信息还没发出去，正准备劝王琰和李雪回来，身边的壁灯突然闪了一下。

"灯光？"杨辰好像突然意识到了什么，他疯狂朝着王琰和李雪跑去。"到我这边来！快！要熄灯了！"

通道里的壁灯开始熄灭，速度比之前两次都要快。李雪听见杨辰的声音，立刻朝杨辰这边跑来，但是王琰距离他们比较远，只跑到一半，身边的壁灯就熄灭了。

通道第三次陷入黑暗当中，让杨辰感到不安的是，他们现在正好是在外围区域和中层区域交界处，谁也不知道墙洞那一边到底藏有什么怪物，那是一片未知的过渡区域。

"鬼屋老板在我准备说出那五个'鬼'时熄灯，他会不会已经察觉出有人猜出了五个'鬼'的身份，如果真是这样，那这次遇害的人很有可能就是我。所有参观者里，那个高冷的白秋林最难对付，除此之外应该就是我了。多次进入鬼屋参观，我已经摸清楚了鬼屋老板的套路，他肯定会把我当作心腹大患，重点针对。"杨辰心中涌现出强烈的危机感。

他不能坐以待毙，站起身，抓着李雪朝着通道另一侧喊道："王琰！来我这儿！"

黑暗中人影晃动，液体从头顶滴落，有一道影子从头顶飞速爬过。

"什么东西？"跑到一半的王琰感觉一股潮湿阴冷的气息迎面而来，他呆呆地看着头顶，瞳孔慢慢适应了黑暗，当他想看清楚那怪物外形的时候，肩膀突然被拍了一下，身体打了个哆嗦，王琰下意识扭头看去，身后什么都没有。

"刚才谁在我身后？"

一滴冰凉的液体落入脖颈，王琰又被吓得一激灵，不等他回过神，肩膀又被人拍了一下，这次他能明显感觉到有一只手搭在了他肩膀上。

"抓住你了！"王琰脾气暴躁，不擅长推理和思考，但是他身体素质很好，反应也很快。他在那只手还没有抽离的时候，直接将其抓住，对方故意在这种时候吓唬他，王琰心里非常生气。他动作粗暴，抓着那手，全力挥动胳膊，那只手也被他一下拽到了眼前。

五根修长的手指和王琰的手指扣在一起，再往后看，是白净的手掌，以及一个参差不齐，好像是用菜刀砍出来的断口。这是一只断手，被人从手腕处砍下，而此时这只手正被王琰紧紧抓在掌心。

一只手？

王琰思维凝固了一秒，随后被恐惧淹没！

哪来的手？！

黑暗之中，他拼命甩动胳膊，一股气憋在了嗓子眼，在他准备叫喊出声时，四周那些残破的人偶仿佛全部活过来一样，拥向王琰。完全被恐惧支配的王琰，分不清楚方向，他大喊大叫，朝着没有人偶的地方跑去。

"王琰！"杨辰听到自己同伴的声音，立刻将口袋里的手机拿出来。在他滑动屏幕，打开手电筒的时候，天花板上液体滴落，浓郁的黑暗在他头顶聚集，化为一张面颊被挖空的脸，黑暗慢慢贴近杨辰，似乎是准备将杨辰的脑袋完全包裹住。

杨辰全部注意力都放在了王琰身上，并没有看到自己头顶的黑影，反倒是旁边的李雪发出一声尖叫，她拼命向后躲，坐在了地上，身体靠着墙壁，不断向后蹭。看到李雪的反应，杨辰才知道自己也被盯上。"鬼屋老板真正想要袭击的人是我！"

通道里手机的光亮胡乱闪动，黑暗凝聚成的怪物大量出现。

"都不要慌！黑暗只会持续一段时间！"杨辰向一侧躲闪，他举着手机护在李雪身前。

堆满杂物的通道里响起了脚步声，黑暗中有人朝着某个方向逃走。

"待在原地不要乱跑！停下！"杨辰听到游客杂乱的脚步声，终于意识到不对，他猜测鬼屋老板可能已经察觉到，有游客发现了队伍里混杂着"鬼"，所以这次关灯就是为了将游客队伍打乱，为自己员工创造更有利的环境。杨辰声嘶力竭，可是已经被吓慌了的王琰根本没有仔细去听，他拼命甩着手，但让他更加害怕的是，那只断手死死抓住了他。十指相扣，就好像是粘在了他掌心一样。

天花板上有怪物逼近，周围的人偶仿佛复活，地上人头滚动，王琰一个人站在杂物堆中间，他已经完全失去了思考的能力。身边传来脚步声，队伍里有游客朝着远处逃走，王琰侧身向后，他什么都顾不上，跟着那脚步声倒退，想要从人偶和头顶怪物的包围中冲出去。

"谁在跑！蹲在地上！靠着墙壁！全都待在原地！""虎牙"和阿楠也在呼喊，他们发现队伍里似乎有人在故意捣乱，引发恐慌。

黑影摇晃，壁灯一直没有亮起，王琰在人偶和怪物的追赶下跑入中层区域。

他跟着前面的游客，也不知道跑了多久，印象中经过了好几个拐角，现在已经回不去了。

心情平复下来后，王琰有些后悔，不过他也没有其他的选择了。

手掌上的力量越来越强，他是学医的，那只手带给他的触感和人体皮肤完全一致，只是没有温度，好像是一只死人的手。

闷着头躲避人偶和头顶怪物的追赶，王琰突然听见前面白秋林惊讶并带着怒火的声音大喊："什么人？谁在哪里！"紧接着就听到了小李的一声惨叫。

王琰清楚小李是一直跟在白秋林后面的。"发生了什么？他们又遇到了什么？"

前面是一个拐角，王琰凑到近处才看见，角落里斜躺着两个人。小李晕倒在前面，不省人事。白秋林躺在后面，还有意识，他冲着王琰招了招手。

王琰看不见袭击那两个游客的怪物，心里发虚，他不敢过去，也不想去救两人，只是现在自己也不知道跑到了什么地方，不跟那两位游客待在一起，自己独自一人出去更容易出事。王琰迟疑了一两秒后，喘着气弯下腰，还是蹲到白秋林身边，准备问问情况。

王琰看着白秋林，构思好的话还没说出来，就看到白秋林的脊骨突然弯曲成九十度！那颗再熟悉不过的脑袋直接掉落到王琰身上，七窍开始渗血，一张无比恐怖的面孔和王琰对视，嘴里还不断重复着一句话。"把我的手还给我！"

王琰被吓得差点儿跪下来，他身体慢慢倾斜，嘴里的话卡在喉咙里，憋得整张脸都紫了。

王琰眼皮上翻，终于知道小李为什么会晕倒了……

王琰感到自己的身体被搬动，眼睛迷迷糊糊地睁开一条细缝，看到几个穿着白大褂的医生站在自己四周，他们还拿着自己的校牌，好像在谈论着什么。

"我在哪儿，这是医院吗？"王琰用尽力气回头看去，他觉得奇怪，眼前这几个穿着白大褂的医生对自己特别好，对同样被吓晕的小李就很恶劣。自己躺在铺着干净床单的病床上，而小李则被随便扔在一块木板上。

"你醒了。"四位医生围在王琰的病床旁边，从王琰的角度看，着实有些惊悚。

"我……不是在参观鬼屋吗？"王琰也不确定，他被吓蒙了，想了半天才想起来自己是谁。

"我们是鬼屋里的医生，你晕倒了，是我们几个把你救醒的。"几位医生看起来非常和蔼，也很好说话，他们似乎对王琰格外亲切。

可在江州市西郊鬼屋里，几位全身包裹得严严实实的医生对自己十分亲切，这让王琰有种毛骨悚然的感觉。

"谢谢。"他小心翼翼地看着几位医生，一动都不敢动。"我能离开了吗？"

"当然，收好你的校牌，别弄丢了。"为首那名医生将王琰的校牌轻轻放在他手边。"劳逸结合没问题，但凡事都要有个度，参观完就回学校去吧，好好上课。"

为首的医生很久没有跟人说过这些话了，颇有点感慨，心中还有几分庆幸。没想到有一天，还可以见到学生们，还可以对他们说这些话，这熟悉的场景，怎么有种热泪盈眶的感觉？

"几位，我们是不是在哪儿见过？"语气疑惑，王琰看着为首那人的体形，隐隐约约感觉自己好像在什么地方见过。

为首的医生笑了笑，双目中透着慈爱说："其实我们几个……"

旁边另一位年龄比较大的医生轻声咳嗽了一声，摆了下手说："不要给陈老板惹麻烦。"

"好吧。"为首的医生语气有些低落。

王琰完全不知道这几位医生在说什么，他抓紧校牌。"我确实是江州市法医学院的学生，几位莫非是我们学校的学长？也不对啊，今天是周三，每个周三上午，法医学院会统一安排有大课，不可能有学长来做兼职。"

"大一？周三？"为首的医生微微一愣，剑眉慢慢拧在了一起。"你倒是提醒我了，这位同学，现在应该还是上课时间吧？"医生语气变得严肃起来，王琰小腿一哆嗦，更加蒙了。

王琰忽然有种面对自己学校教导主任的感觉，声音发虚，底气不足地说："今天鬼屋新场景开业，我是跟几个同学逃课过来参观的。"王琰也不知道自己在害怕什么，这种害怕和之前那种害怕完全不同。

"逃课？"为首的医生点了点头，整张脸瞬间绷了起来，屋内气氛变得极为凝重，四位医生身上散发出深深的寒意。"大一就开始逃课？你就不怕被你们老师发现吗？"

"应该不会吧，我这也是第一次逃课……"王琰结结巴巴，越来越害怕了。

"你别吓着他。"那个十分和蔼的声音再次响起，开口的医生年龄比较大。"行了，我送你离开场景，参观完赶紧回去，别耽误了下午的课。"这位医生说完又朝旁边喊了一声："还有你，别装死了，一起离开吧。"

躺在地上的小李慢慢睁眼，尴尬地笑了一下，从地上爬起来。"我这就走，打扰了。"

小李和王琰相互搀扶着走出病房，看着看外面错综复杂的通道，两人都不知道该往哪里走。如果随便选个方向，他俩感觉自己用不了多久，就会再次被运回这里。

"你们顺着左边的路走，遇见岔路口，走中间那条路，然后进入第二个房间，屋内有一个衣柜，推开它，出去的密道就在衣柜后面。"那位年龄比较大的医生很有耐心地为小李和王琰指路，确定两人记住了这条路后，才摇了摇头回到房间里，关上了门。

"多谢几位！"小李兴奋地拽着王琰朝那条路跑去，终于能够离开这个鬼地方了，穆老师交代的任务早就被小李抛到脑后，他现在就想着赶紧离开。"老弟，你什么背景啊？怎么感觉那几位鬼屋演员跟你很熟悉，他们好像认识你？"

"我也不知道。"王琰摇了摇头，总感觉哪里不太对。"真是奇怪，鬼屋演员还劝人不要逃课，现在的群众演员素质都这么高？这也太正能量了吧！"

"不管怎么说，我今天欠你一个人情，等过段时间江州市东郊新乐园开业，到时候绝对是一票难求，哥们儿我可以帮你免费搞几张票。"小李拍着胸口保证。

"东郊新乐园？"王琰摇了摇头，"还是算了吧，你跟紧我，咱们先出去再说。"

"好嘞！"

两人一路跑到医生所说的房间，屋子里有一个很大的停尸池，池子中央还有一个大洞，里面灌满了黏稠的液体，不断往上冒泡泡，似乎洞里藏着什么东西。

"就是这柜子了。"小李和王琰合力将柜子推开，后面是一条黑漆漆的通道……

几位医生站在屋子里，为首那位个子最高的医生看着年龄最大的那位医生，神色有一丝不自然地说："卫老，你告诉他们通往核心区域的密道干什么？那条密道里可是被小陈安装了十几个人偶和各种机关，我看了都害怕。"

"大一就开始逃课，越来越不像话了，真不知道小郑是怎么管理学校的！哪天我非要回去看看不可！"被称作卫老的医生独自飘到屋内。

其他几位医生面面相觑，看着年龄最大的卫医生。"卫老，咱们这么弄，不会出事吧？"

"出事？有我卫九卿在，只要还剩一口气，我就能给他抢救回来！我就是要借这个学生的口，告诉江州市医科大学的其他学生，这就是逃课的下场！"

王琰看着柜子后面的密道，有点心慌，刚才那几位医生带给他的感觉很奇怪，一开始亲切、和善，但是在听到自己逃课之后，他们语气和神态明显发生了变化。"我是不是说错了什么？逃课也不是什么大不了的事儿啊！好多学长都这么说过，没有逃过课的大学那是不完整的。"

停在密道入口，王琰朝里面走了一步，通道里温度要比外面高不少，他犹豫半天又退了出来。

"怎么了？"小李紧跟在后面，他已经迫不及待想要离开了。

"没事，我只是觉得刚才那几个医生有点像我们教导主任。"王琰心情很是复杂。"真是见鬼了，我想过会遇到各种各样恐怖的事情，唯独没想过会在逃课的时候遇到学校老师这种情况，难道是因为我们学校来陈老板鬼屋参观的人太多，老师担心影响我们学习，专门进来逮人了？"

"行了行了，你是第一次逃课吧？紧张在所难免，以后多逃几次就习惯了。"小李催促王琰离开。"咱俩同时晕倒，你被放在病床上，下面还垫了两层褥子，我是直接被扔在木板上，从他们对咱俩的态度就能看得出来，那几位医生应该是你的熟人，他们肯定不会骗你的。"

"我也感觉他们很熟悉，只是我怎么一点印象都没有。"

屋内停尸池中央的洞穴里不断冒出气泡，墙壁上的灯忽明忽暗，走廊上的一扇扇铁门发出轻微声响，似乎有人来回推动。在这种情况下，王琰也不敢耽误太长时间，他生怕壁灯熄灭，那些怪物再追过来。

"走吧，你要是害怕，那我走前面，你给我指路就行了。"小李是虚拟未来乐园胆子最大的员工，参加工作多年，稳重机灵，这时候他勇敢地站了出来。

王琰没有拒绝小李的好意，让开道路，看着小李进入密道当中，说："你小心点。"

"知道。"小李拿出自己手机，打开手机自带的手电筒。"赶紧走吧，我可不想下次一睁眼，再看到那几个医生。"

两人一前一后钻入密道当中，通道越走越窄，墙壁上贴着一片片血红色的类似于苔藓的东西。

"怎么还没到头？"王琰越往前走，心里越忐忑，密道仅容一人侧身通过，他的衣服不可避免地蹭到了旁边的"苔藓"。衣服被打湿，皮肤有一点痒，他跟在小李后面，心里很是不安。

"这应该就是通往外面的路。"和王琰相反，小李倒是很有信心。"你有没有发现，空气中福尔马林的气味几乎闻不到了，这条通道里有一股很清新的香味。"

王琰鼻翼抽动，确实闻到了一股香味，只不过他并没有小李那么乐观。"是从墙壁上的苔藓里散发出来的吗？"王琰伸手摸了摸墙壁，冷硬的墙壁被苔藓覆盖，摸起来很是柔软。

"终于不用闻那股怪味了，这条路应该直接通到外界，估计密道的存在就是为了方便游客退出的，毕竟他这鬼屋一般人真承受不了，密道就相当于一个惊喜，就比如说现在。"小李弯下了腰，通道又变得低矮了许多，地面也愈发软和，就好像是铺了一层厚厚的地毯。

"我觉得还是福尔马林闻着亲切一点。"萦绕在鼻尖的香味,让王琰有点想吐。"这不是正常的香味,也不像是人工合成的化学香料,闻起来很怪。"王琰竭力回想,终于想了起来。"我以前看古代《洗冤录》的时候,上面介绍过一种尸香,那上面对尸香的描述就跟这香味很像。"

"尸香?"小李打了个寒战,这玩意儿他还是第一次听说。

"尸香分很多种,其中比较有名的就是,用美人尸体熬油做蜡,经过特殊工序处理之后,点燃放在屋内……"

"打住!你别说了!"小李加快了脚步,迅速和王琰保持距离,普通人对于尸体还是有所避讳的,不可能像法医学院学生那样,随口谈论一些过火的内容。

虚拟未来乐园的小李弯腰往前走,王琰只好跟在后面。两人往里走了十几米远,前面的小李突然停了下来。

"你看到什么了?"王琰拿着手机朝前面照了一下。

小李愣在原地,好半天才挤出一句:"没路了。"

此时两人弓着身体,都快要趴在地上了,通道很窄,连转身都难。四周全都是红色"苔藓",衣服已经全被打湿了,空气中满是那种诡异的香味。

"那……我们原路返回?"

"等一下。"小李胆子确实很大,他抬手按在了身前的血色苔藓上,五指用力,手掌慢慢陷了下去。

"这后面是空的。"小李暗骂一声阴险,在出口位置,竟然还设置这样的考验。"幸好我尝试了一下,要是刚才直接后退离开,我肠子估计都要悔青。"

他得意扬扬,扭头想要给王琰报个喜,身体贴着墙壁,小李费力地转动脖颈。"苔藓是故意用来伪装遮挡的,出口就在前面,我们很快就能……"说到这儿的时候,小李扭头看到了王琰,同时也看到了王琰身后一个个爬着的人!悄无声息,一边爬,脸一边掉,那些东西全都紧紧跟在后面!

"你在看什么?"王琰拿着手机照向小李的脸,不等他看清楚小李的表情,手机光线扫过头顶的苔藓当中,有一只苍白的手臂垂落了下来。晃动的手臂就落在王琰脸前,他目光呆滞向上看去,一条条手臂自头顶垂落下来。

狭窄的通道中，柔软的红色苔藓下，是一具具昨晚刚做好的，温暖热情的"尸体"……

中层区域边缘，杨辰、李雪和老周、段月站在一起，他们四个远远看着两米外的两位编辑。

"三个人都失踪了，为什么你们两个好好的没事？"杨辰声音有些压抑，他已经看穿了鬼屋老板的把戏，清楚了两位编辑的真实身份。

"他们失踪跟我们有什么关系？"阿楠觉得杨辰有点神经。"灯光熄灭，脚步声响起的时候，我还专门开口提醒他们不要乱跑，可是他们不听，现在他们失踪了，你跑来责怪我们？"

"还在狡辩？"刚才通道深处传出王琰和小李的惨叫，他隐约还听到什么"我再也不逃课了"之类的语句，声嘶力竭、痛彻心脾，绝对不可能是装出来的。正是因为听到了王琰的惨叫，杨辰才慌了起来，他不再隐瞒，决定将一切挑明。

"我们狡辩？""虎牙"皱起了眉。"你是不是误会了什么？"

"别再演了，我已经看透了你们的把戏，说起来你们还真挺敬业的。"杨辰往前一步，将李雪、老周他们护在身后。"你们应该是鬼屋演员吧？是陈老板提前安排好的，对不对？"

"虎牙"和阿楠嘴角抽搐，最后还是阿楠没有忍住，看着杨辰小声说了一句："你有病？"

"气急败坏了？没想到吧，我只用了十九分钟就找出了你们。"杨辰和老周他们站在一起，声音变冷。"你们三个编辑，还有最开始失踪的厨师和他弟弟都是鬼屋的演员，五张受害者照片上应该就贴着你们五个人！你们是混进游客队伍里的'鬼'，你们就是已经死掉的受害者！"

现场只能听到几道抽气声，不止"虎牙"和阿楠，连老周和段月也倒吸一口凉气。

这话该怎么接？完全是没有考虑到的情况啊！

"你怀疑游客队伍里有鬼屋演员？有人在假扮游客？"两位编辑似乎也意识到了问题，他们两个阅读过很多惊悚灵异悬疑类的小说，逻辑思维能力也要比一般人强一点，之前因为从来没遇到过这种情况，所以压根儿就没往这方面想，但是被杨辰这么一提醒，两人瞬间明白了。

"'鬼'，就在我们当中！"冷汗滑落，阿楠和"虎牙"站在一起。"你听我说，我们当中好像真的有'鬼'存在，只不过这个'鬼'不是我们三个，而是其他人。"

"对。""虎牙"回想了一下。"鬼应该是那个白秋林，他进来的时候我就觉得很奇怪，这人为什么一直把手插在兜里，从未拿出来过，当时我还以为那是他的个人习惯，现在想想这个人问题很大！刚才出事的时候，白秋林也不见了，脚步声很乱，可能就是他在捣乱！再往前，厨师和他弟弟出事的时候，白秋林正好站在仓库门口，他分隔了门内、门外，关键时刻正好能为怪物争取时间！"

"这人问题很大！他应该是'鬼'，而且他一定还有同伴！"阿楠思维比较清晰，他和杨辰思考的方式不同，没有带着任何感情色彩去看待每一位游客，只是单纯理智地分析。

"如果白秋林是'鬼'，他的同伴应该不会表现得和他太熟悉，小李的嫌疑基本可以排除，剩下的人里，除去已经'遇害'的，剩下的都在这里。"阿楠目光在老周和杨辰之间徘徊，双方都太具有欺骗性，他一时间很难猜出来。

"现在是什么情况？"段月抓着老周的手，轻声询问。

"我也不清楚，他们两拨人里好像有鬼屋的演员。"老周低头回了段月一句，他俩距离杨辰很近，交谈的声音刚好被杨辰听到。

"相信我，他们两个才是鬼屋演员，我掌握着决定性的证据。"杨辰悄悄将免责协议的事情告诉了老周，两人听到后都面露惊讶。

阿楠和"虎牙"原本觉得杨辰嫌疑不大，但是他们看到杨辰自信的样子，又看到老周听到杨辰那句话后的反应，他们又动摇了。他们听不到杨辰说的话，只是感到很不妥。

"队伍里混进了'鬼'，跟他们待在一起太危险了，我们自己去找'尾巴'吧。""虎牙"朝着某个方向走去。"我刚到岔路口的时候，好像看到'尾巴'朝这边走了。"

两位编辑没有停留，直接离开了。

"做贼心虚，他们知道自己演不下去了。"李雪也在旁边帮杨辰说话，无论发生什么事情，她都绝对信任杨辰。

"分开也好，我们赶紧趁着这个机会去寻找照片，防止他们狗急跳墙。"杨辰选择了和两位编辑相反的方向，领着老周和段月进入通道深处……

场景某处不久传来四声惨叫，前两声是老周和段月发出的，极为凄惨，好像遇到了什么非常恐怖的事情，后两声是杨辰和李雪发出的，他俩的声音里除了害怕外，还有一丝深深的绝望。四声惨叫几乎同时响起，"虎牙"和阿楠听得清清楚楚。

"四个人全都遇害了？"阿楠心里一惊，他之前的推测好像出错了。按照他之前的推测，那剩下的"鬼"只能在自己和"虎牙"之中了，可是这怎么可能？

"现在就剩下我们两个人了。""虎牙"笑得有些勉强。"十二个人的队伍，现在只剩下两个，前后只用了二十分钟的时间，这鬼屋老板真的是太懂人心了。"

"或许从一开始，我们当中就没有'鬼'？"阿楠摇了摇头，他现在脑子很乱，感觉自己陷入了一座迷宫里，不只是身体，思维也被困入其中。

"别管他们了，我们先找到'尾巴'再说，我记得她就在这个方向。""虎牙"和阿楠小心翼翼贴着墙壁前行，两人走到路的尽头，看见了一扇闭合的铁门。"这门没有上锁。"

阿楠心情急躁，上前用力晃了晃门。"好像是被人故意用什么东西卡住了。"

"会不会是'尾巴'干的？"

"很有可能。"

铁门震动，墙壁上的灯明灭不定，灯光似乎又要熄灭了……

"尾巴"躲在通道尽头的不知名房间里，她抱着手机，疯狂按动号码。"怎么没人接听啊？快接啊！"

铁门被人用力晃动，锈迹脱落，发出很大的声音。"尾巴"心跳加快，她那张娃娃脸苍白如纸，手指紧紧抓着手机，脖颈上血管凸起，她真的是害怕到了极点。

"那些东西过来了！一定是它们！"铁门晃动得更加厉害，她急得快要哭出来了，身体蜷缩在柜子里面，瞳孔缩小，紧盯着柜门缝隙。

"怎么办？怎么办！"

"嘭！"堵在门后的桌椅被推倒，铁门终于打开了。

心脏跳到了嗓子眼，"尾巴"一口气差点儿没喘上来，她咬紧了嘴唇，双手攥在一起，死死盯着门口。

"'尾巴'？"熟悉的声音从门口传来，"尾巴"一下愣住了，幸福来得太突然，让她有点不敢相信这是真的。此时通道里壁灯熄灭了，她只能看见门口那人的轮廓，但她可以确定那就是"虎牙"！

"尾巴"手搭在柜门上，眼泪流了出来，她真的太激动了，这种从地狱飞入天堂的感觉无法形容。可就在她要推开柜门的时候，手机屏幕却亮了起来。刚才一直打不通的电话终于打通，来电显示正是"虎牙"。

她不是就在门口？"尾巴"手指下意识地接通了电话，话筒那边是"虎牙"焦急的声音。

"尾巴，我们已经离开鬼屋了，你待在原地不要乱动！警察马上进去找你，这个鬼屋有问题！记住待在原地别乱动！千万别乱动！"

"离开？警察？""尾巴"听着电话里熟悉的声音，看着门口熟悉的人形轮廓，整个人都呆住了。

电话里"虎牙"说自己已经离开鬼屋，那么此时此刻站在房门口的人是谁？壁灯熄灭，黑暗降临，"尾巴"蜷缩在柜子后面瑟瑟发抖，这一幕就算是鬼屋员工看见了都不忍心再欺负下去。她泪眼蒙眬，咬紧了嘴唇，双手抱在一起，连呼吸都不敢发出太大声音。

"虎牙"的电话挂断了，手机屏幕恢复正常，屋子里陷入一片死寂。几秒之后，脚步声响起，有人进入屋内。鞋底和沙砾摩擦，一步步的脚步声，"尾巴"都听得很清楚。

"嘭！"

靠近房门的第一个停尸柜被人暴力拉开，一股消毒水的味道散发出来。

"不在这里。""虎牙"的声音和平时听起来不太一样，有些压抑，鬼知道她都在这鬼屋里经历了什么，情绪变得很不稳定。

"嘭！"

第二个停尸柜的门也被打开，他们动作十分粗暴，有些柜门边缘生锈，阿楠和"虎牙"两人合力将门生生拽开。

那声音距离"尾巴"越来越近，她就躲在最后一个停尸柜后面，只要走到旁边，多换几个角度就能看见她。

"走吧，这可能也是个陷阱，如果她听见了我们的呼喊，没有道理不答应，除非她已经昏迷。"阿楠和"虎牙"连续打开了四个柜子都没有看到"尾巴"，最终选择了放弃。

"她能跑到哪儿去？""虎牙"看向房间深处，最后一个停尸柜和墙壁中间有一个缝隙，刚好能躲藏进去一个体形瘦小的人。她朝着那里走了两步，快要靠近时，手机忽然震动了一下，她收到了一条信息。

"是'尾巴'发来的？"点开一看，"尾巴"说自己被困在了一个满是红色苔藓的密道里，那条通道在一个修建着停尸池的房间当中。

"别怕，我们马上就过去。""虎牙"印象中似乎中层区域有这样一个房间，她停下脚步，拨打"尾巴"的电话，转身和阿楠一起离开了房间。

脚步声消失，"尾巴"还是不敢出来，她拿不定主意，又拨打了"虎牙"的电话。可是这一次她却没有打通，手机提示音告诉她，电话占线，"虎牙"似乎正在跟别人通话。

"刚才跟虎牙姐很像的人好像拨通了某个电话，现在我打她的号码，对方又占线，这到底是怎么一回事？"

"尾巴"拿着自己手机，她慢慢从房间里走出，远远跟在了那两个急匆匆离开的编辑后面……

第 19 章 冒险屋的立身之本

陈歌双手拉开沉重的铁门,穿戴整齐地进入冒险屋的地下,他从旁边的库房里找到了一辆手推车,慢慢悠悠地进入"地下尸库"场景当中。

"一辆车应该够用了,有那几位江州市法医学院的大体老师掌控大局,这次应该不会吓晕太多人。"陈歌笑着继续往前走。"我完成地下尸库试练任务,最大的收获就是这几位医生,有他们在,鬼屋游客的身体安全能得到最大保证。"

通道尽头,有球状物体在原地跳动,似乎是在等待陈歌。

看到那球状物体,陈歌也不害怕,只说了一句:"前面带路。"

这球状物正是陈歌从地下尸库顺回来的模型人头,那具人偶在解剖室里待了十几年的时间,成日被学生触摸,渐渐变得有了执念,不过这人偶没有什么恶念,只不过是孤独惯了,希望找些朋友而已。

以上这些都是闫大年告诉陈歌的,执行任务时,陈歌将人偶头颅和漫画册、复读机、白猫扔在一起,当时他们玩得很开心,后来陈歌便收留了这个无家可归的模型头颅。

在人头的带领下,陈歌首先在外围区域找到了"横尸"路中央的范大德、范聪,兄弟两个似醒非醒,似乎他们也不知道自己该不该清醒过来。

"没有被吓晕这已经是一个很大的进步,不愧是经过了二星场景磨炼的游客。"陈歌费力将兄弟两个放在推车上。

车轮滚动,陈歌来到了中层区域,杨辰和李雪被整整齐齐摆在墙边,可能是担心地面太硬,还有人贴心地给他们两个头下面垫了东西,服务非常周到。

"很不错,对待游客就应该这样,在惊吓他们的同时,也要让他们感受到人文关怀。"得到陈歌的表扬,三道黑影从通道深处钻出,溜进了漫画册里。

"这两人是老周他们三个的杰作。"陈歌将李雪放在手推车上,看着昏迷中的杨辰,轻轻摇头。"终于还是被你体验到了,这次你遇见的是真员工。"

放下四个人后,手推车已经满了,陈歌又在场景里找到了一辆尸库自带的车子,在人头模型的带领下来到了中层区域那条密道入口处。

"还真有人往这里面跑?人生哪有那么多捷径?"

陈老板弯腰进入密道,先看到了"尾巴",这丫头昏倒在地,可能是害怕她被磕着,一个人偶斜躺着支撑着她。

"三位编辑是一起的,里面应该还有。"陈歌越往里走,神色越是古怪,这批游客就像是疯了一样,一个接着一个冲进了自己精心设计的陷阱当中。"现在的游客都这么野吗?"

将五人全部拖出,陈歌看着两辆被塞满的推车,也挺不好意思。

"不应该啊!我在游客进来之前已经跟医生打过招呼了,看见晕倒的游客记得救一下。"陈歌推着两辆车子往外走,他看着几名游客的样子,忽然吸了口气。"坏了,我忘了说把人救醒后,给他们送到场景入口处了,这几个医生该不会是来来回回救了他们好几遍吧?"

现在说这些也晚了,陈歌抓紧时间将游客推到了卫九卿他们所在的房间,简单检查了一下游客的情况,确定没有大碍后,他才放心大胆地推着两辆车离开了地下尸库……

当冒险屋不透光的厚帘子被掀开的时候,外面嘈杂的声音慢慢减小,一个个游客就好像被剥夺了说话的能力,他们不约而同地看向鬼屋门口。

车轮滚滚,陈歌迎着阳光推出来一车又一车游客。正午的阳光洒在他身上,他的微笑一如既往,有力的双臂握着运尸车手柄,车上的乘客神态也很安详。

"徐叔，剩下的就交给你了，他们都没有生命危险，我已经找人检查过了，休息一段时间就能清醒过来，不用担心。"

将两辆手推车放在徐叔面前，陈歌朝旁边的游客挥了挥手。"市面上很多鬼屋都以恐怖为噱头，以此来吸引游客，而我的鬼屋就不同了。我们鬼屋最重视的就是游客的安全，所以放心来参观吧，我们这里有最全套的服务，为方便参观还配备有专业医生，准备了各种运送游客的道具。放心，一票到底，我们不像其他无良景点，绝对不会额外收费的。"

双手插兜，阳光拉长了陈歌的身影。这是一个长相普通，但很有魅力的男人。

在陈歌回到鬼屋里面后，呆滞的游客们彻底炸开了锅，声浪仿佛要掀翻整座乐园。

"九个游客全推出来了？！赶尽杀绝啊！"

"这是四星场景吧？"

"我这还没去，腿就开始发软了，怎么办？"

"瞧你们那点出息，不就是九个游客被吓晕了，有什么可大惊小怪的？老哥，我刚才买的是'地下尸库'的票，现在换票可以吗？我真不是害怕，就是觉得'第三病栋'更适合我，其实我也有过很坎坷的心路历程。"

游客乌泱泱聚过来一大片，现场完全控制不住，徐叔被人潮推搡着，走都走不动，仰头大喊："医生呢！待命的医生呢！别拿担架了！快！推出去！"

"老哥，换票吗？"

"太给力了吧！"

"能跟这九位游客合个影吗？"

"杨辰！我的天，我看见咱们学校的人了！"

"真是咱们学校的啊！不对，我特么看着那小车怎么也有点眼熟？！"

人群一窝蜂拥来，徐叔声嘶力竭："陈歌！陈歌！你给我出来啊！"

厚厚的门帘已经合上，陈歌坐在桌边给自己倒了杯水。"这次他们是真的误会我了，按理说应该也没多吓人，难道是因为冒险屋升级为战栗迷宫的原因？游客在里面会更容易产生恐怖感？"

打开黑色手机，上面有关于战栗迷宫的介绍，随着不断扩建，里面的游客会经历一个从身体到心灵的迷失过程。

"冒险屋升级后是战栗迷宫，那战栗迷宫再升级是什么？惊悚乐园？怎么感觉我距离打造一座恐怖主题乐园的目标越来越近了？""地下尸库"场景的出现，让陈歌缓了口气，这个场景足够游客们探索好久了。

"九位经受过二星磨炼的游客全部'阵亡'，以后三星场景'地下尸库'可能会成为一个现实版的都市怪谈。"这次的游客实力很强，但是他们连核心区域都没进去，就被直接"全灭"，后面陈歌为他们准备的很多惊吓点都没有用上。"鬼屋场景这边暂时够用，我需要做的是开发出其他的功能，发掘出冒险屋原有的潜力，以应对虚拟未来乐园。"陈歌装作没有听见门外面的声音，他拿出黑色手机看了看。"之前第三病栋隐藏任务奖励的道具还没有看过，正好借着这个机会去瞅瞅。"

怪谈协会被全灭之后，陈歌也获得了黑色手机的任务奖励——会长的委任书。

他进入道具间，在角落的木箱里翻找到了一个信封，拆开后上面是一行熟悉的字体。

当我走在黑夜当中，我就是这座城市最恐怖的怪谈。

没有署名，看着像是高医生写的。

陈歌将这封信和第三病栋那些病人的病历单放在一起，能明显感觉到那些病人绝望疯狂的灵魂平静了下来。

"这些病人潜力巨大，以后倒是可以把他们唤出来看看。"收好那些东西，陈歌又回到鬼屋入口，等待新的游客进来参观。

下午两点多，几名游客先后苏醒，也不知道是遭受了太强烈的刺激还是怎么回事。几人都感觉头脑昏沉，情绪激动，其中最可爱的那个女孩醒来后第一件事就是砸了自己手机，其他几人似乎也对医生有了阴影，看见穿着白大褂的人，都会下意识躲起来。陈歌对游客还是很上心的，得知他们醒来后，他立刻跑到乐园医务室看了看。三位编辑是最快恢复过来的，他们和陈歌聊了很多，邀请陈歌以后一定要去东郊参观一下他们的编辑部，在他们看来能设计出这种鬼屋的人，一定很有故事。

三位医学生的情况也不是太严重，在鬼屋里他们老师已经将他们里里外外详细检查了一遍，确保还能继续上课，不需要请病假后，卫医生和正义老师才把他们放了出来。

"陈老板……"杨辰年轻气盛，他骨子里很骄傲，平时学习成绩名列前茅，从小到大都是大人口中别人家的孩子，很少受到这样的挫折，所以他才想要征服陈歌的鬼屋。

"你有什么要说的吗？"陈歌并不知道这孩子在鬼屋里遭遇了什么。

杨辰张了张嘴不知道该怎么说，最后双手握紧，和陈歌对视。"一次失败没有事，屡战屡败也没关系，我还会回来的！"

"我很欣赏你这个劲头，以后你的门票全部八折优惠，不过你也要量力而行，别耽误学业。"陈歌考虑到杨辰只是个学生，平时生活费估计有限，所以才多说了一句。

听到陈歌这句话，杨辰握紧的手慢慢松开，他看着陈歌心里矛盾得很，明明自己几个人被玩了半天，但还是对这个人恨不起来。

从三位医学生身边走过，陈歌又看向小李。"你早上的时候，独自一人，连续挑战了所有一星场景和二星场景，然后又跟着他们去挑战新开放的三星场景。其实你第一次进来参观时我就留意到了你，你跟其他的游客不一样，其他人是进来参观体验，或是开心或是紧张，只有你心里有事，是被迫进来的。"

小李在挑战一星场景在使用手机录像时就被发现了，陈歌也早就知道有这么个人，只不过前面的场景网上都是攻略，他根本不在意。

小李躲避着陈歌的目光，不敢抬头。

"你来我鬼屋应该和虚拟未来乐园有关吧？"陈歌脸上笑容不变，他坐在小李病床旁边。"放心，我不会说你什么的，不管你怀着什么样的目的，只要你进入我的鬼屋，那就是我的游客，我就会为你提供最优质的服务。"陈歌朝窗外看了一眼。"你们不是一直好奇我的鬼屋为什么会有这么多游客来参观吗？其实答案很简单，我在真心实意地为游客服务，竭尽全力想要做到最好，这就是我的冒险屋受欢迎的秘诀。"

小李似懂非懂地点了点头，又赶紧摇了摇头，这笨拙的样子让陈歌嘴角上扬。"如果你是我的员工，我会陪你一起进去参观，而不是把你一个人扔在病床上，直到现在都不敢露面接你回去。"

站起身，陈歌自始至终都没有提手机两个字，只是说："好好养病吧。"他转身走向范大德和范聪，小李望着陈歌的背影，摸着藏在枕头下面的手机，心里思绪万千。

陈歌最后走到了范大德和范聪两人身前，这两位游客的情况比较严重。

范大德眼神空洞，呆呆地望着天花板，似乎在思考人生和未来，弟弟范聪倒是已经恢复正常，就是身体会不时痉挛，看起来有点吓人。

"好些了吗？"陈歌提着一茶壶热水坐在病床旁边，范大德呆滞地看了看陈歌，他实在无法把自己刚才的经历和眼前这个和善的幕后黑手联系在一起。

"多谢关心，已经好多了。"连续被吓了几次，范聪似乎阴差阳错地走出了失恋的阴霾，重新明白了生命的可贵，找到了活着的意义。

"那就好。"陈歌倒了两杯热水放在桌上，准备离开，冒险屋还在营业，他不能离开太久。

"陈老板，稍等一下。"范聪从病床上坐起，看向陈歌。

"有事？"

"我能不能请教你一个问题。"范聪那双胖手抓着病床边缘，思考了很久才开口。"你在鬼屋里设计了那么多的怪物和机关，那你本人相信这个世界上有真的'鬼'吗？"

"世界上有没有'鬼'这个问题，很多游客都问过我。"陈歌有些惊讶地看着范聪，这个胖胖的宅男似乎还有着不为人知的经历。"我也不知道答案，或许有吧，不过我是从来都没有见过。"

"没有见过吗？"范聪表情略有失望。

"你为什么会突然问这个问题？"比起世界上有没有"鬼"，陈歌更好奇的是范聪身上发生过什么事情，这人看着很普通，但是在遭受反复惊吓后，还能保持理智，这一点很厉害。

"其实也没什么，我最近在玩一款疑似杀人狂制作的小游戏，里面可能记录着他行凶的过程。"范聪一句话把病室内所有人的注意力都吸引了过来。

"杀人狂制作的游戏？"陈歌有了兴趣，"可这跟世界上是否有'鬼'有什么关系？"

"可能是画面太阴郁了，我玩的时间一长，就会听到孩子的哭声，一开始我以为是游戏自带的音效，但我取下耳机走出房间，那声音依旧会出现在我的耳边。"范聪这些话还是第一次说出来，他的表情怪异。"我怀疑自己出现了幻听，但医生检查过后告诉我，说我的身体没有任何问题，可那孩子的声音是真实存在的。"

"能告诉我那声音都跟你说了些什么吗？"陈歌停在病房门口。

"她一直在哭，总是在晚上出现。"

"那个游戏大概是什么内容？"陈歌又问出了另一个问题。

"表面看是个换装小游戏，可以把自己女儿打扮得漂漂亮亮，完成各种小任务之后，还会奖励各种各样的衣服，有连衣裙、礼服、校服等等。"

"养女儿？换装小游戏？"陈歌狐疑地看着范聪，"你为什么会去玩儿这样的游戏？"

"这不重要，重要的是我在通关所有小游戏后，游戏奖励了我最后一件衣服。"范聪抱着头，手指插入头发当中。"那件衣服的名字叫'妈妈的睡衣'，获得这件衣服的同时，游戏屏幕上弹出了一行字，小布在妈妈的睡衣里找到了一把通往地牢的钥匙。"

"小布是你给游戏里自己女儿起的名字？"陈歌十分好奇。

"不。"范聪摇了摇头。"那段时间我刚和相恋四年的女友分手，我给游戏里的女儿起了我女朋友的名字，叫刘佳茹。"

"你给自己女儿起女朋友的名字？"陈歌也是惊了，他坐到床边，决定好好询问一下。

"不要在意那些细节，我当时也很奇怪，我明明给游戏人物命名为刘佳茹，她为什么在通关的时候会自己把名字改为小布？我上网搜了一下这款游戏的攻略，但是没有找到任何与这游戏有关的信息。"范聪见陈歌露出疑惑的眼神，又解释了一句。"我是在一个小游戏论坛上找到的这款游戏，那上面有很多玩家自己制作的小游戏，其中有些游戏修改了难度，很适合自虐。"

"你通关了一个养成换装类手游，获得了一把通往地牢的钥匙，那后来又发生了什么？"陈歌喝了口热水，安静倾听。

"那个游戏场景不大，是一个小镇，所有的任务都是在小镇当中完成的，我获得通往地牢的钥匙后,就让名叫小布的女孩穿上了她妈妈的睡衣,走出自己房间,开始寻找地牢入口。"范聪缩在床头,他表情慢慢出现了变化。"游戏的画风非常温馨,阳光明媚,花团锦簇,小镇里每个人都很热情友善,互帮互助,我当时刚刚失恋,也是看到这么治愈的画面才决定玩下去的,我本想着玩游戏转移注意力,但谁曾想更加痛苦的事情发生了。"

"你别铺垫,直接说结果。"陈歌急着听后面发生的事情。

"我花费一个星期的时间,用鼠标点击了小镇的每一个地方,最后在小布同学家一楼壁橱后面,找到了地牢的入口。"范聪抬起头看向陈歌。"屏幕上又弹出了一行字,告诉我已经找到了地牢入口,是否使用地牢钥匙?"范聪双手握紧又松开,能看出他十分紧张。"我使用了钥匙,在按下确认之后,壁橱打开了,我操控着小布进入壁橱后面。我的电脑在那一瞬间完全黑屏,一两秒钟后,等画面再恢复时,游戏画风和之前已经完全不同了。"

"壁橱后面是不是一片血色世界?"陈歌想到了"门"。

"不是。"范聪摇了摇头。"壁橱后面所有东西都是暗淡的,地上扔着枯萎的向日葵,墙壁很厚。从地下走出后,外面是一条灰扑扑的马路,路两边相隔很远会有一盏路灯。能看得出来,我还是在小镇里,只不过天黑了,周围的建筑看着感觉和白天完全不同。因为没有其他的路,我只能操控小布顺着马路往前走,前面是一个车站,站牌旁边还停着一辆有些破旧的公交车。我操控小布经过那辆公交车时,看到车站上还站着一个女人,一个穿着红色雨衣的女人。整个游戏界面都灰扑扑的,所以那个穿着红色雨衣的女人非常显眼。我用鼠标点击那个女人,屏幕下方弹出一条消息——你见过我的孩子吗?

"这句话应该是穿红色雨衣女人说的,不管怎么点击,对方只有这一句话。这个游戏画风变化太大,我这时也有些害怕,纯粹是因为好奇才继续玩下去。我没有搭理那个穿着红色雨衣的女人,想要继续往前,可是女孩小布却不听指挥,身体突然无法移动。我贴近屏幕才看见,雨衣女人抓住了小布的胳膊,更可怕的是,屏幕中的雨衣女人身体在不断颤抖,游戏也好像出了BUG一样,屏幕下面不断弹出——'你见过我孩子吗'这句话。我疯狂点击鼠标,最后点到了公交车,女孩这才挣脱雨衣女人的手,进入公交车当中。车辆很快开动了,在公路上行驶。也不知道开了多久，穿着妈妈睡衣的小布，忽然在公交车里来回走，她听到了孩子的哭声。"

范聪没有再继续说下去，他情绪有点不稳定，胖胖的手捂着胸口。"我也是从那个时候起，开始出现幻听的，那天玩到凌晨三点，我心里害怕，就直接关掉了电脑，但上床以后，耳边还是能听到孩子的哭声。那声音一开始似乎是从电脑里传出的，不过很快哭声又在屋子的其他地方响起，就像是那孩子从电脑里走了出来。"

"这事儿是从什么时候开始的？"陈歌取出自己的手机和范聪互换了微信。

"一两个星期前，不对，我也记不清楚了。"范聪显得有些痛苦。"下次你可以来东郊找我，我们好好聊聊。"

"行，你家在哪儿？"

"东郊荔湾镇西街第一个家属院。"陈歌记下了这个地址，又跟范聪聊了几句后就离开了。

陈歌回到鬼屋继续营业，几位游客虽然被吓惨了，但没有一个人要投诉，或者心生不满。对于真正寻找刺激的人来说，他们从来不会因为太过刺激而心生不满，只会因为不够刺激而吐槽。不过这样的游客也不多，大部分游客尝试过一星场景和二星场景后，都会变得理智，在他们眼中现在敢去挑战三星场景的那都是狠人。

陈歌的冒险屋晚上六点五十停止营业，送出最后一批游客后，几位员工终于可以离开自己负责的场景。打扫完鬼屋卫生，陈歌跟着小顾和徐婉一起走出了冒险屋。

"辛苦了，今晚预报有雨，天气不好，你们早点儿下班回家吧。"

"老板，你这是要去哪儿？"

"人偶工坊那边还有些材料，我准备做些残肢道具，新场景还需要完善。"陈歌锁上了鬼屋大门。

"还要完善？"小顾瞪大了眼，"老大，我听说你今天可是吓晕了九名游客，这个战绩按理说都可以上新闻了，你确定还要再完善新场景吗？还是给游客们留一条活路吧！"

"那不行。"陈歌想都没想直接拒绝。"你不懂人心，越是得不到，越会苦苦去追寻。我们必须保证,自己鬼屋里有一个永远都无法通关的传说场景,只要有这个场景在,游客就会源源不断地过来挑战。一旦所有场景都被通关,那我们的鬼屋也就和其他的鬼屋没什么区别了。"

"是的,打造一个游客永远都不可能通关的鬼屋,是我们的立身之本。"无论陈歌说什么,徐婉都无条件支持,她走在陈歌另一侧,配合着陈歌说。

"我好像有点明白了。"小顾似懂非懂地点着头。

"出去以后别跟外人说,这是咱们鬼屋的核心秘密。"陈歌带着淡淡的笑容,随口说道。

"好,一定。"

———— 每本书都是一座传送门

次元书馆

图书在版编目（CIP）数据

我有一座冒险屋．陆，荔湾镇 / 我会修空调著
．—— 北京：新星出版社，2020.2（2023.11重印）
ISBN 978-7-5133-3862-2

Ⅰ．①我… Ⅱ．①我… Ⅲ．①长篇小说-中国-当代
Ⅳ．① I247.5

中国版本图书馆 CIP 数据核字 (2019) 第 274349 号

我有一座冒险屋（全三册）

我会修空调　著

责任编辑：汪　欣
责任印制：李珊珊

出版统筹：贾　骥　宋　凯
出版监制：张泰亚
策划编辑：邓英洁
助理编辑：姜　珊
美术编辑：宋　慧
封面绘图：长　乐
插　　图：咚雾雾

出版发行：新星出版社
出 版 人：马汝军
社　　址：北京市西城区车公庄大街丙3号楼　　100044
网　　址：www.newstarpress.com
电　　话：010-88310888
传　　真：010-65270449
法律顾问：北京市岳成律师事务所

读者服务：010-88310811　　service@newstarpress.com
邮购地址：北京市西城区车公庄大街丙3号楼　　100044

印　　刷：北京天恒嘉业印刷有限公司
开　　本：710mm×1000mm　 1/16
印　　张：53.5
字　　数：603千字
版　　次：2020年2月第一版　2023年11月第八次印刷
书　　号：ISBN 978-7-5133-3862-2
定　　价：149.00元（全三册）

版权专有，侵权必究；如有质量问题，请与印刷厂联系调换。

我有一座冒险屋
陆 荔湾镇

我会修空调 著

新 星 出 版 社　NEW STAR PRESS

目录。

001/ 第 1 章 你看见我的孩子了吗?

020/ 第 2 章 丢失的孩子

029/ 第 3 章 陌生的丈夫

044/ 第 4 章 小布的结局

065/ 第 5 章 东城派出所

076/ 第 6 章 明阳小区

088/ 第 7 章 小布的游戏

117/ 第 8 章 到底谁疯了

131/ 第 9 章 姜小虎与布忆

140/ 第 10 章 绝命灵车

160/ 第 11 章 红雨衣

175/ 第 12 章 消失的门

191/ 第 13 章 幸运的怨念眷顾者

211/ 第 14 章 天堂的阶梯

219/ 第 15 章 自杀干预接线员生

229/ 第 16 章 愿你此生尽兴，赤诚善良

第1章 你看见我的孩子了吗？

三人沿着马路，走着走着就一起来到了人偶工坊，徐婉和小顾都没有要离开的意思，想要帮陈歌打个下手。

钱老板那边陈歌已经打过了招呼，三人来到工坊直接投入新的工作当中。

晚上八点多，陈歌考虑到两位员工的身体，再加上明天还有上班，就让徐婉和小顾先回家了。

"员工数量还是太少了，徐婉和小顾每天太辛苦了，等扛住了虚拟未来乐园的冲击后，我可以带所有员工出去度个假。"

钱老板早已回了家，陈歌关上店门，他准备在这里工作一个通宵，反正那些次等材料放在仓库也是浪费，还不如让自己赋予它们新的"生命"。

徐婉和小顾从人偶工坊走出，两人也不顺路，说了声明天见后，小顾独自朝着郊区那边走去。

"现在才八点多，应该能赶上最后一班公交车。"走到最近的车站旁边，小顾看着线路图。"我住的那地方太偏僻，等这个月工资发了，就换个靠近新世纪乐园的公寓。不过不够三个月就退房，押金可能不会返还，感觉又要攒钱了。"打车回去太过奢侈，小顾看着线路图，等着最后一班公交车，他看着看着，忽然发现车站标牌玻璃上映照出了一个女人的身影。在路对面的车站,有一个女人好像在偷偷看着他。

"好奇怪的打扮,今晚虽说预报有雨,可这雨还没下来呢,怎么就穿上雨衣了?"小顾被马路对面那女人盯得发毛,他拿出手机想要拍下那女人,但刚拿出手机,却发现那个女人不见了。

"就在那里,为什么一下就不见了?"小顾拿着手机左右环视,那个女人却好像从来都没有出现过一样。

夜空中响起雷声,厚厚的云层开始往下压,今晚可能会有一场大雨。在小顾发呆的时候,远处一辆公交车朝着他这边开来,那辆车开得不快,里面乘客很少。

"17路?"

小顾回头看了一下公交站牌,17路公交并不经过自己居住的地方。"我需要坐104路才行,坐到终点站,然后再自己走两个路口。"站牌上写着104路最后一班车是晚上九点,小顾松了口气,他靠着站牌,安静等待104路公交车的到来。

17路公交进站,司机是个胡子拉碴、不修边幅的中年人。前后门打开,乘客下车后,公交车并没有离开,依旧停在原地。

"什么意思?"小顾并不准备坐这班车,他抬头看向司机,发现司机直勾勾地盯着距离小顾一两米远的车门处,仿佛那里站着一个人。过了五六秒钟,那位中年司机很不耐烦地呵斥了一句:"要上车就上,不上就站远点,别堵着车门!神经病……"

车前门关上,17路公交车缓缓朝前方开去,很快消失在公路尽头。

"他在跟谁说话?"小顾朝四周看了看,公交站台只有他一个人。

夜空中乌云堆积,不见星月,让人觉得有些压抑。八点二十分,天空中飘起了雨花,来往行人一个个神色匆匆,原本还算热闹的马路很快变得冷清起来。

"感觉还有点冷。"小顾拿出手机无聊地浏览网页,翻看江州市当地最新的快讯。

"中央医院窃尸案最新进展,监控拍下爬行身影,已排除内部作案可能。"

"某平台探灵主播,于昨日凌晨在暮阳中学直播时失联,据知情人士透露,暮阳中学自废弃以来已有多人在此失踪。"

"新区血防所职工王某离奇死亡,全身血液被抽离百分之三十,尸体背部残留玫瑰状伤口。"

"三男子在东郊水库游泳时溺亡，近期天气炎热，针对江州市多河富水的特点，在此特别提醒：请广大市民不要在露天水域游水嬉戏，以免发生意外。"

"江州市快讯：荔湾商城一对情侣自焚，似在举行某种仪式。"

"时隔一周，104路末班车再次发生严重交通事故！公交公司将对公交线路做出整改。"

收起手机，小顾看着空无一人的公交站台，莫名地打了个寒战。

不知从什么时候开始，新闻快讯里关于明星八卦的播报少了许多，取而代之的是种种比较重口的猎奇事件。

"怎么觉得这世界突然变得危险了？"

小顾蹲在马路牙子上，雨越下越大，他没有拿伞，只能躲在车站里。

"我在江州市除了陈哥和徐婉姐外，没有什么朋友，现在这么晚了，打电话向他们求助也不合适，毕竟大家都累一天了。"小顾是个很体贴的人，性子也比较直，谁对他好，他就对谁好，没有那么多花花肠子。

公路很快被打湿，雨水顺着车站顶棚流下，这雨也不知道什么时候才会停。

"车怎么还不来？"

远处建筑的轮廓在雨中变得有些模糊，马路上的车辆逐渐减少，整个车站陪伴小顾的只有旁边那一盏路灯。

昏黄的灯光穿透雨幕后变得暗淡，一阵凉意钻入小顾的衣袖当中，他探头朝马路那边看了看，别说公交车，就是普通的轿车和货车都没有见到。马路空空荡荡，被雨水冲刷，相隔十几米才能看到一个路灯，也正是那昏暗的灯光带给了小顾一丝温暖。雨势仍在变大，小顾等得有些着急，他在车站来回走动，心里想着如果这时候有出租车过来，那就直接打车回去。

路灯变暗，又等了十几分钟，快九点的时候，小顾才看到马路尽头有一辆公交车穿过雨幕，朝着车站缓缓开来。可能是雨太大的原因，小顾远远看到了那辆车，但是却听不到那辆车发出的任何声音。

"好像是104路。"小顾在口袋里翻找零钱，一回头却看见车站里多出来了一个人！就在距离他不远的地方，站着一个身穿红雨衣的女人，她好像也在等车。

这姐姐刚才不是在路对面吗？她什么时候走过来的？她的雨衣外面是湿的，露在外面的头发黏在一起，遮住了脸。她好像没有穿鞋子，这不会是个疯子吧？小顾朝旁边挪动身体，他站在车站一侧，那个穿红雨衣的女人则站在车站中间。

雨下得更大了，那辆104路末班车缓缓驶入车站，停在了小顾和女人中间。

早就准备好了零钱的小顾，一个箭步冲向车门，可让他没想到的是，一直低头沉默的雨衣女忽然毫无征兆地抓住了小顾，头发垂落在小顾手臂上。

"你想干什么！"

女人慢慢抬起头，头发遮住了大半张脸，只能通过头发之间的缝隙，勉强看到一双几乎满是眼白的眼珠子。

"你见过我的孩子吗？"

"没有，我没见过。"小顾被雨衣女吓了一跳，他想要挣脱，但对方枯瘦的手死死抓住了他。

"你见过我的孩子吗？"女人又往前走了一步，红色雨衣上粘着大片和雨衣颜色相近的污迹，一开始小顾并没有看到。

"大姐，我真没见过你孩子！"公交车后门已经关上，小顾不愿意再跟雨衣女纠缠，他用尽力气挣脱女人的手，快步进入公交车当中。投币一元，小顾随便找了个靠窗的位置坐下。隔着车窗玻璃，小顾看见那个身穿雨衣的女人仍旧站在车站中间，她低着头，头发被打湿了紧贴在脸上。

"她也是个可怜人，估计是丢了孩子，然后因为太过思念，所以精神出了问题。"小顾托着下巴，目光中带着几分同情。雨水透过车站顶棚的缝隙，偶尔会有几滴落在女人身上，然后顺着她的雨衣滑落，染红了她脚下的那一小块站台。

"车辆起步，请坐稳扶好，欢迎您乘坐104路无人售票车，上车的乘客请往后门移动，下一站中央医院。"

冰冷的电子合成音从车头传来，小顾伸了个懒腰，靠在了椅背上。

"什么东西？怎么感觉后背黏黏的？"小顾朝椅背看了一眼，靠背中间湿漉漉的，好像之前有人坐过这个位置。"是因为有乘客衣服淋湿后直接坐过这里了吧？"小顾伸手摸了摸靠背，不像是雨水，感觉怪怪的，他也说不清楚。"我还是换个位置吧。"

公交车开得很稳，两边景色飞速倒退，他却没有感到任何颠簸。小顾站起身，环顾四周，坐末班车的乘客很少，算上他在内一共只有六个。左边前三排是空着的，第四排坐着一个老太太，她一直看着车窗外面，似乎有什么心事。右边第四排坐着一个女人，正低头玩着手机。她三十岁左右，打扮得很时尚，应该是附近公司的职员，加班到了现在，坐末班车回家。

小顾自己在公交车中间，他后面是一个看起来四五十岁的女人，怀里抱着一个三四岁大的小孩。这女的身材走形严重，上下一般粗，脸上还长有麻子，不过她怀里的小孩却眉清目秀，跟她一点也不像。再往后看，在公交车最后一排坐着一个学生，他背着书包，外衣被雨水淋湿，像是刚从补习班出来。

"现在学生压力真大。"小顾正要收回目光，坐在公交车最后一排的男学生突然抬头和他对视了一下，不过那学生又很快移开了视线。这学生的脸上怎么一点血色都没有，身体还在发抖，生病了吗？这车上的乘客小顾看了一圈，也没觉得有奇怪的地方。他换了一个位置，坐到后车门附近。

在鬼屋里扮演杀人狂也是一项体力活，需要来回奔跑，有时候为了制造惊喜，还要听从老板指挥，绕远路，通过密道提前出现在游客前面。这样折腾一天，小顾也很累了。他靠着椅背，困意袭来，眼皮变得有些沉重。

在小顾快要睡着的时候，他后脑被什么东西轻轻碰了一下。

小顾扭头看去，地上有一个小纸团。是那个学生扔的？

小顾捡起纸团，他本来以为是恶作剧，但回想那个学生刚才的表情，他心里又有点不踏实。小顾拿着纸条，回头看了一眼，那个学生低着头缩在最后一排，好像刚才那个纸条并不是他扔的一样。小顾将手中的纸条展开，上面用水笔很潦草地写了一句话——千万别睡，小心别坐过站。

很普通的提示，小顾知道对方是出于好意，他将纸条收起，朝最后一排的男孩笑了笑，轻声说了一句："没事，我是在终点站下车的。"他刻意压低了声音，但是因为车内原本无人开口，非常安静，所以他说话的声音要比他想象中大很多。终点站三个字一出口，公交车突然小幅度地晃动了一下，顾飞宇朝驾驶室看去，他发现司机也正在从后视镜里观察他。

这位司机穿着江州市公交公司的制服，外套有些破旧，他喉结滚动，满脸都是汗水，双手紧紧抓着方向盘，似乎非常紧张害怕。司机和学生一样，都避开了小顾的视线。

"他在害怕什么？"小顾有些疑惑，刚才司机看他的目光很奇怪，似乎是想传递给小顾什么信息。

雨越下越大，车内车外是两个不同的世界，小顾也不敢睡了，他偷偷观察着车上的其他乘客。

公交车在雨夜飞驰，很快到达了下一个站点。104路公交车进入站台，停稳后，电子合成的声音再次响起。"叮！中央医院到了，下车的乘客请带好您的随身物品，从后门下车。"前后门同时打开，外面的雨滴落入车内。不一会儿，有一个手腕上系着红绳的中年人从前门上车，他穿着白大褂，估计是中央医院的医生。医生站在司机旁边，在口袋里翻找零钱，但找了半天都没有找到。司机看外面下着雨，也就没有跟那人计较，示意他先上车，然后慢慢找。前门关闭，医生抓着扶手往车里面走，他在经过小顾时停顿了一下，扭头看了小顾一眼。小顾坐在座位上仰头和医生对视，他发现这个医生长得很恐怖，眉毛很丑，眼珠子看人的时候会往外鼓，就像是要掉出来一样。

"你好……"小顾实在被医生看得尴尬，站起身，准备直接下车。

医生见小顾起来，不好意思地朝小顾笑了一下，坐在了过道另一边和小顾并排的位置上。

车内很暗，刚才在这位医生笑的时候，小顾看他的嘴里好像没有牙齿。小顾摸着口袋里的那张纸条，没有在位置上久留，直接朝后车门走去。"我还是打车回去算了。"抓着扶手，小顾走到车门口时，身体一下僵住了，他满脸的不可思议。就在公交车后门外面的站台上，站着一个身穿红雨衣的女人，那女人低着头，头发黏在一起，遮住了脸。

"红雨衣？她怎么在这里？这不是刚才那个站点啊！"顾飞宇愣在门口，车内那冰冷的合成声音又一次响起。"车辆起步，请坐稳扶好，欢迎您乘坐104路无人售票车，上车的乘客请往后门移动，下一站洪氏餐馆。"后车门缓缓合闭，小顾这时候才反应过来。"那个穿着雨衣的女人为什么会出现在中央医院站点外面？她距离后车门的位置好像还近了一点！她一直在跟着我？"

小顾额头冒汗，此时他和司机刚才的表现差不多，他紧紧抓着扶手，没有立刻回到自己的位置上。

"你……身体不舒服吗？"阴冷的声音突然从身后传出，那个医生盯着小顾的后心。

"没事。"小顾坐回原位，他压低了声音。"老哥，你刚才有没有看到后车门外面站着一个女人，她穿着红雨衣。"

"红雨衣？"医生摇了摇头，"你是不是看错了？"

"不可能。"小顾又扭头对最后一排的学生说道。"你刚才有没有看到那个女人？她就站在车站中间！"

那名学生没有回答小顾的问题，甚至连头都没转，他专注地看着窗外的雨水，不过手却一直在书包里摸索，好像在寻找什么东西。那名学生看起来非常紧张，他的书包拉锁拉开了一半，手握住了某个东西，只不过没有从书包里拿出来。

"水果刀？"小顾隐隐从开口缝隙看到了一个反光的东西，不知道是镜子，还是刀子。

公交车已经启动，小顾回到原位坐下，他眼皮直跳，有些不安。窗外的雨越下越大，隔着玻璃已经看不清外面的建筑。车内静悄悄的，没有一个人开口说话，气氛十分压抑。

"这车上的人好奇怪。"小顾身体靠着车窗，和他相隔一条过道的医生不时会朝他这边看，脸上带着莫名其妙的笑容，好像发现了一件精致的艺术品，表情很是奇怪。小顾拿出手机，滑动屏幕，点开了自拍选项。

他将手机抬起，通过屏幕看向坐在最后一排的男学生。那孩子好像有点晕车，将书包放在膝盖上，表情愈发苍白，额头还在渗着冷汗，不过自始至终，他的手都放在书包里没有拿出来。

"身体不舒服？"小顾有点担心那孩子，可还没等他站起来，坐在最后一排的学生就发现了小顾通过手机在偷看他。

这孩子似乎是不愿意被拍到，他用手挡住脸，悄悄指了一下小顾旁边穿着白大褂的医生，然后轻轻摆了摆手。

"他是在提示我，医生有问题？"

学生比画完就低下了头，抱着书包，一言不发。小顾放下手机，用余光看了一眼旁边的医生，他忽然想起了上车前看到的一个新闻——中央医院窃尸案最新进展，监控拍下爬行身影。

小顾点开网页，那篇报道还配上了一幅很模糊的图片，疑似是医院监控拍下的。有一个披着白大褂的人四肢着地，在地上快速爬动，钻进了停尸间当中。"白大褂？"小顾将那图片放大，车内光线很暗，他全神贯注地看着那张照片。"脸看不清楚，不过这个体形有点像。"

车内突然响起手机铃声，注意力高度集中的小顾被吓了一跳，他捂着自己手机，抬起了头。铃声是从小顾前面那个穿着职业装的女人包里发出的，女人拿出手机看了眼来电显示，她心情似乎变得很差。

女人接通电话，手机那边传来一个男人焦急的声音："黄玲，你在哪儿呢？还在加班吗？我看你们公司大楼的灯全都熄灭了。"

"我早就出来了，你人呢？说好来接我，我等了你半个小时都不见你人！"黄玲也很是委屈，下着雨，自己加班到那么晚，守在公司门口等到现在。

"你出来了？我怎么没看见你？"

"别装了，这已经不是你第一次迟到，你跟我的约定就从来没有做到过，我真的受够你了！"

"我知道我以前做得不好，但这次我真的没有迟到，我六点就守在你们公司门口了，看着整座大楼所有灯光慢慢熄灭，但是我没有看见你出来啊？"手机那边的男人语气愈发着急。"你在哪儿？我听你声音不太对，是不是那条老狗又为难你了？！"

"他没有为难我，我只是觉得累了。"黄玲语速变慢，她看向窗外被大雨笼罩的城市。"贾明，我不怕每天生活得很苦很累，但是最起码你要给我一个奔头才行。我马上三十岁了，不想再每天工作到晚上七八点，然后坐着只有三四个人的末班车，回到租来的房子里给你做饭。"

"小玲，我已经找到发财的门路了。咱俩一起从老家来到江州市，这么多年都熬过去了，你再给我一段时间。"

黄玲看着窗外的大雨，眼神有些麻木。"好吧。"

"你在哪儿？我现在去接你……"男人没说完，黄玲就挂断了电话，她将手机塞进背包。

"家家有本难念的经啊。"小顾在心里感叹，他刚才看见黄玲打扮得很时尚，以为对方是个有钱人，仔细一看才发现对方穿的大多都是廉价的山寨货，只不过因为气质比较好，所以显得很漂亮。

"叮！洪氏餐馆到了，下车的乘客请带好您的随身物品，从后门下车。"公交车不知不觉开到了下一站，前后车门打开。

这次没有人上车，小顾透过窗户朝站台看了一眼，那个穿着红雨衣的疯女人果然又在站台上，她距离公交车好像更近了一点。

"真是见了鬼了。"小顾心里慌得不行，他坐在靠近后车门的位置，如果那红雨衣上车，第一个看到的人就是他。"这女的该不会一直跟着我回家吧，每个站台她都出现，那她会不会在终点站等我？"

汽车前后门开始关闭，在后门即将闭合上的时候，公交车中间传来一个小孩的咳嗽声。那个抱着孩子的中年女人，轻轻拍打小孩后背，但是没有用，孩子咳嗽得更厉害了。

"好像是发烧了，你会不会照顾小孩，昼夜温差大，你怎么就给孩子穿一件单衣？"黄玲听见孩子的咳嗽声，有些烦躁。

"我是帮亲戚带孩子……"中年女人声音很粗，听着跟个男的一样，她挤出一个难看的笑脸，没有喂孩子吃药、喝水，只知道轻拍小孩后背。孩子咳嗽得越来越厉害，身体在轻轻打战。

"这情况还是直接送到医院比较好。"小顾站起身，脱掉自己的外套，递给那个中年女人。"先给孩子裹上吧。"

"好。"中年女人犹豫了一下接过衣服，给小孩盖上，但是那孩子还在不断咳嗽。

小顾拿着手机和从自己外衣口袋里掏出来的十七块钱，朝自己的座位走去。车门已经关严，就在他快走到自己座位的时候，后车门处传来"啪"一声响，有一个枯瘦的人手贴在了车门上。"车辆起步，请坐稳扶好，欢迎您乘坐104路无人售票车，上车的乘客请往后门移动，下一站荔湾商城。"电子合成音响起，公交车发动，那只手很快消失不见。

"其他人都看不见那个穿着雨衣的女人吗？"小顾坐回自己位置，他回头望向站台，那道红色身影正逐渐变得模糊。

"你见过我的孩子吗？"小顾耳边飘过一个声音，视线当中，远处那个身穿红雨衣的女人好像看了他一眼。打了个冷战，小顾不由自主地往后退了两步。

"你怎么了？"医生站起身，很是关心地想要去搀扶小顾，他身上带着一股怪味。

"没事，没事。"小顾回头看了一眼，医生白大褂下面好像什么都没穿。小顾表情瞬间变得精彩起来，连连摆手避开了医生。

"没事就好。"白大褂保持着笑容，在小顾旁边站了一会儿才回到自己位置上去。

小顾勉强挤出一丝微笑，双手抓在一起，手背上冒出鸡皮疙瘩。"这家伙好像是个变态，我今晚都遇到了些什么人啊？"

小顾很想下车离开，但他一想到车站里还有个红雨衣在等着自己，就又纠结起来。在变态和红雨衣之间，他想了想觉得还是待在车上比较安全，虽然周围的乘客很奇怪，但至少他们都是人。

路上黄玲的手机又响了好几次，电话那边的男人一直在询问她在哪里，就算黄玲告诉了对方自己的位置，过了一会儿，那个男的还会打电话过来询问她在哪儿。反复了好几次，黄玲觉得对方就是在胡搅蛮缠，干脆关掉了手机。"答应我了那么多次从来没有做到，现在知道悔改了？"黄玲似乎受过很多委屈，听他们聊天小顾也大概弄清了黄玲的情况，她丈夫没有工作，美其名曰是自由职业者，家里只靠黄玲一个人撑着。电话关机后，车内又安静了下来，偶尔能听见孩子的咳嗽声。

大雨淹没了城市，104路公交车在漫长没有尽头的公路上飞驰，谁也不知道最终会开往什么地方。

"明明行驶在城市当中，怎么感觉距离城市越来越远了，没有一丝人气，看起来好荒凉。"外面建筑灯光全部熄灭，让人觉得有些陌生。几分钟后，荔湾商场站到了，在冰冷的合成广播声中，公交车前后门打开。

小顾靠在玻璃上看了一眼，雨衣女人就站在站台边缘，默默地看着公交车。

"下次估计她就要出现在车门口了，要不等她上车以后，我再下车？"小顾正在思索着脱身计划，站台另一侧突然传来争吵的声音。他们动静闹得很大，女的声音尖锐，男的歇斯底里，似乎还互相动起手来。

小顾扭头朝车站那边看了一眼，发现一男一女身体紧紧贴在一起，抱着对方，正在激烈争吵。男人想要上车，但是女人竭力挽留，抓挠、啃咬，就是不让男人上车。

"这俩人什么情况？"小顾缩了缩脖子。"他俩吵成这样了，为什么还不分开？身体黏住了？"

公交车停了一分钟，最终在女人的疯狂阻挠下，男人没有上车。车辆启动，缓缓驶出公交站台。

"这雨下了一个小时，两人衣服还都是干的，看来他俩在这站点争吵了很长时间。"眨眼的时间，小顾再朝公交站台看去时，那对争吵的情侣已经消失不见，站台上只剩下那道红色的身影。

"人呢？"他站起身，想要打开车窗看看，可是试了半天都没有成功，车窗的锁似乎坏掉了。

"太奇怪了。"小顾愈发觉得不安起来。"那一对情侣不会也是什么脏东西吧？可是他们表现得和正常人一样，完全看不出来不同……"握紧手机，小顾看着手机，又想到了医生和之前的报道。

"荔湾商城？这一站好像也出过事！"小顾翻动手机，找到了那篇情侣在商场自焚的新闻，网页上面的配图打了马赛克，那对情侣抱在一起，火焰燃烧，他们再也无法分开了。

"这也太巧了吧？医生、情侣都跟新闻上说得一模一样，难道他们都不是人？还都会坐公交？"小顾瞟了一眼过道那边的医生，穿着白大褂的男人直勾勾地盯着黄玲，似乎在幻想什么很龌龊的事情。

"不对，这么家伙纯粹只是个变态。"

公交车继续往前开，连续好几站都没有人上车，不过小顾发现了一个奇怪的地方，每经过一个站点，司机都要在车站停一分钟。小顾几次想要下车，但他一看到站台上的雨衣女，所有勇气都烟消云散。情况和他计划的不太一样，红衣女距离公交车越来越近，但是却不准备上车，她只是守在后车门外面，就像是在等什么人。

"她为什么对这辆车这么执着？"小顾越想越害怕，最后拿出手机，点开通讯录找到了陈歌的号码。"直接给陈哥打电话不太好吧，如果我真的有麻烦，那这么做岂不是连累了他？"

小顾拿不定主意，但是也没有其他办法，只好给陈歌发信息。在他编辑短信的这段时间，104路公交车开到了下一个站点——东岗水库。

车辆停稳，站台上传来脚步声，有三个全身湿透的男人走上了公交车。他们全都低着头，衣服被雨水浸湿，沉默不语，也没有投币，上了车直接朝里走。司机对那三人视而不见，不过从他流到了下巴的汗水能看出，他现在很紧张。三个男人上车后，围坐在小顾四周，其中还有一个正好坐在了小顾旁边的座位上。小顾鼻尖飘过一股腥臭味，他往车窗那边挪了挪。离得近了，看着更加吓人，这三个男的就像是刚从水里捞出来一样，皮肤泛白，皱皱巴巴的。小顾不敢再继续看下去，拿出手机，将编辑好的信息发给了陈歌。

车辆再次启动，似乎是因为进入了郊区的原因，车身摇摇晃晃，慢慢离开了东岗水库，正式进入江州市东郊。水珠从男人身上落下，三个男人的眼珠子向外凸起，他们的脑袋随着车辆轻轻晃动，身体也慢慢靠近小顾。在车辆完全离开站点之后，小顾的手机震动了一下，陈歌回了他一条信息。

"方便打电话吗？很紧急的事情！"

"老板回信了！"小顾看着手机屏幕上的短短一行字，感觉心里踏实了许多，他从口袋里摸出耳机戴上，然后拨通了陈歌的电话。只响了一声，电话就接通了，手机里传来了陈歌的声音。"你尽量少开口，从现在开始听我说就可以了。"

"好。"小顾靠在窗边，用手臂挡住了耳机线，身体随着车辆左右晃动。

"你刚才给我发的所有内容我都看了，不管你信不信，我都要告诉你一件事。"陈歌的声音平静沉稳。"在我说这件事之前，希望你提前做好准备，不要做出什么太大的反应。如果你已经准备好，就给我发条短信。"

"你说吧，老板。"小顾发完短信后，深吸了一口气，他心里还是有点害怕。

"我刚查了你乘坐的104路公交车，那辆车一个月之内连续出了三次事故，而最近的一次事故就发生在昨天夜里，末班车在经过东郊自来水厂时发生了事故，车辆冲出公路，差点撞入旁边的白龙江里。也正是因为这次事故，上面紧急下达通知，104路公交车临时更改线路，不再往东郊开。"

"不往东郊开？"小顾没忍住，还是说了出来。"那我坐的这班车是怎么回事？"

"104路公交不仅更改了线路,九点的那趟末班车也被叫停,所以你现在坐的那班车并不是真正的104路公交,很有可能是一趟载满死人的灵车。"陈歌用一种十分平稳的语气,说出了一件令人无比惊悚的事情。

小顾支撑着身体的手臂轻轻打战,额头涌现出细密的汗水,他不敢扭头去看身边的乘客,双手紧紧抓着手机,似乎它是自己唯一的希望。

"我、我该怎么办?"小顾想要发短信,但是他的手指却好像不听使唤一样。陈歌救过他的命,所以他一直无条件相信陈歌,可正因为如此,在听到陈歌说的话后,他才更加感到害怕。

"冷静,这个时候你一定要保持冷静。"陈歌的声音里没有掺杂任何多余的情绪。"不要开口说话,以免被旁边的人听见,你用短信跟我交流,你乘坐的公交车距离下一站有多远?"

"下站是东郊自来水厂,郊区的线路站点之间都相隔很远,估计还有七八分钟才会到。"小顾活动僵硬的手指,用了好半天才打完这句话。

"东郊自来水厂就是昨天104路末班车出事的地方,那个站点是你最后的机会,现在你还有六分钟的准备时间,告诉我你距离后车门有多远,中间有没有其他乘客挡路?"

"我就坐在后门附近,不过我旁边有一个外衣被淋湿的乘客。"小顾偷偷朝旁边看了一眼,那个低着头的男人身体在朝自己倾斜,他浑身湿透,上衣口袋里似乎还有没有处理干净的泥污。

"既然你距离后门很近,那就不用担心了。等车一停,你想尽办法从后门下去就可以了。"

"不用担心吗?可我还是觉得自己的处境很危险啊。"小顾抱着手机,想了想又给陈歌发了一句话。"老板,公交车站台外面有一个穿着红雨衣的女人,我每站都能看见她!真的!我没有撒一句谎!我怀疑那个穿红雨衣的女人,她不是人。"小顾吸着气,鼓足了勇气才打出这句话。

芳华苑小区的那次经历被他深埋在心底,他在不断欺骗自己,可今夜发生的一切,又将那恐怖的记忆重新唤醒。"老板,现在我在车上应该还能保证安全,一旦下车我可能要单独面对她,面对那个穿着红雨衣的女人了。"小顾掌心全是汗水,留给他准备的时间不多了。

"我理解你的想法,前有狼后有虎,乍一看似乎待在车上安全一点。"

"是啊,我这个情况很无解。"小顾哭丧着脸,自己就想回家而已,谁知道会遇见这样的事情。

"并非无解,只是你没有看明白。"陈歌用最快的语速,冷静分析。"通过你最开始给我发的信息能看出,站台上的女人并没有为难你,只是不断询问你有没有看见她孩子,这说明至少现阶段她对你没有恶意,只想要找到自己的孩子。"

"没错。"

"那你有没有想过她的孩子去了哪里?她又为什么会一直守在公交车站台?"

小顾还真没考虑这个问题,谁会去为不相干的人想那么多?再说他看到那个红雨衣都已经被吓坏了,哪有时间去思考那些东西?

"红雨衣一直跟着104路公交车,说明她丢失的孩子可能就在公交车上。"陈歌尽量用常人可以接受的语气说道。"红雨衣因为某些原因没办法上车,但是你在车上,这就是破局的关键!"

"雨衣女的孩子在公交车上……"小顾看向那个中年妇女,她似乎根本不在意怀中孩子的死活,就算孩子发烧、剧烈咳嗽,她也只是象征性地将小孩抱起,脸上甚至还有一丝不耐烦。

"老板,我好像知道雨衣女人找的孩子是谁了。"

"不要声张,等到公交车快到站的时候,靠近那孩子,带着他一起下车!你如果可以完成红雨衣的心愿,她定然不会伤害你。"

"我把孩子带下车,她就会放过我?再怎么说,她也、也不是人啊!"小顾毕竟是第一次做这样的事情,只是想一想身体就开始发抖。

"杀死她的也是人,你为什么要对她有那么大的偏见?"陈歌的声音依旧平缓。"按我说的做,这是唯一能救你的方法,记住了,千万不要在车上停留太久!"

"明白了。"小顾心脏跳得厉害,根本不受控制,他越来越紧张了。

"104路车上不止一个怨念,说不定除了你外全都不是人,你下车的时候一定要果断,不要被他们纠缠住,另外……"陈歌停顿了一下。"顺利下车后不要立刻把孩子交给穿红雨衣的女人,观察一下她的反应再做决定。"

小顾听着陈歌在电话里说的话,有些恍惚。为什么自家老板对鬼怪这么了解?不仅不害怕,还手把手教自己如何才能获得怪物的好感,并且每一句话都透着熟练和智慧。小顾心里好奇,但仅仅只是好奇,他从来不会认为陈歌要害他,对他来说,陈歌是一个很特别的存在。这位看着很不靠谱的老板,曾两次将他从生死线上救了回来。第一次是被精神分裂的女人下了药,差点被分尸,当时是陈歌仗义出手,踹开了那个女人。第二次还是在芳华苑小区,自己误入三号楼,身后跟着一道白影,眩晕昏迷,醒来后警察说还是陈歌出手相救。

"这已经是第三次了。"小顾将手机塞进裤子口袋,他觉得自己的人生很危险,也只有跟随陈歌才能安安稳稳地生活下去。电话没有挂断,小顾戴着耳机斜靠车窗,牢牢记住陈歌说的每一句话。

雨下得更大了,车窗外面一片漆黑,根本看不见路,小顾只能默默计算着时间,确定那孩子的位置,随时做好下车的准备。五分钟后,车速开始减缓,小顾肌肉绷紧,低声说了一句:"快到站了。"

"车门打开后,不要犹豫,直接动手,不要给那个中年女人反应的机会。"陈歌的声音从耳机当中传出。

"好。"小顾隔着车窗已经可以看见车站轮廓,那道红影仍旧守在车站。郊区的站点没有修建雨搭,女人穿着红雨衣站在大雨当中,孤零零的,在暴雨中非常显眼。

车速变慢,即将进站的时候,手机铃声突然响起。坐在最前面的黄玲刚把手机打开,她丈夫的电话就打了过来,可能是气消了一些,她没有直接挂断,按下了接听键。

"黄玲!快下车!下车!"手机里传出一个男人声嘶力竭的呼喊,黄玲根本没听完就直接挂断了,老实说她也被吓得不轻。"犯什么病?"

电话刚挂断,手机铃声就又响起,仍旧是她丈夫打来的。黄玲将音量调到最低,她带着歉意朝四周看去,这时她才发现周围的乘客全都在看着她。那一张张脸,带着诡异的表情,似笑非笑地盯着她,将她看得心里发毛。

"不好意思……"黄玲掌心的手机不断震动,发出嗡嗡的声音。

"你怎么不接电话?"坐在司机后面的老太太第一次开口,满脸皱纹如同豆皮铺在脸上,她双眼被一层薄薄的白膜遮盖,小顾刚上车的时候,老人还不是这个样子,也不知道是从什么时候出现的变化。老人的外貌有些吓人,黄玲拿着手机,摸不透老人的意思,只是不断地道歉。

"我觉得你还是接他的电话比较好,你越是不接,他就越担心你。"穿着白大褂的男人嘿嘿笑道,他目光在黄玲和小顾之间徘徊,手腕上的红线不知什么时候已经消失不见,取而代之的是一道道红褐色的伤口。

黄玲没有搭理医生,她身后的小孩又剧烈咳嗽起来,那个中年妇女耐心逐渐被消耗干净,她本就丑陋的脸变得有些狰狞,五官歪斜,恶狠狠地看着小孩,眼神十分可怕。车内气氛瞬间变得紧张起来,就在这时,冰冷的广播合成声从车头传出。

"叮!东郊自来水厂到了,下车的乘客请带好您的随身物品,从后门下车。"104路公交车终于进站,停稳之后,汽车前后门缓缓打开。车辆停下时,小顾就站了起来,他擦着旁边乘客的身体从座位当中走出。小顾按照陈歌在电话里教的,直接朝着那个中年女人走去。车门打开,小顾也来到了中年女人身边。"大姐,我要取个东西,能把外套先给我吗?"

中年女人脾气很差,她仰头看着小顾,单手抱住孩子,另一只手去抽衣服。小顾喉结轻轻颤抖,他双手慢慢抬起。同一时间,黄玲的手机又开始震动,她丈夫好像是疯了一样,一个接着一个地给她打电话,似乎真有极为重要的事情。小顾的衣服被慢慢抽出,中年女人一只手搂着孩子,另一只手拎着衣服塞向小顾。

一切都在按照计划进行,小顾的心也提到了嗓子眼,他看着越来越近的衣服,双眼死死盯着中年女人的另一只手。小顾身体向前倾斜,前后腿错开,他的手臂也抬了起来。时间好像变慢,在小顾的手指快要碰到那件衣服的时候,黄玲又一次接通了电话。

"有什么事回家再说,你别……"

"下车!你坐的那辆车上全都是怪物!他们全都不是人!"手机里的声音,车内所有乘客都听得一清二楚,黄玲再想挂电话已经来不及了。

"怪物?"她没想到丈夫会对自己说这么一段话,回头看去时,那一张张面无表情的脸全盯着自己。车身猛地震动了一下,司机满脸惊恐的表情,他仿佛看见了自己死亡时的样子，双眼盯着前面的路，汗水不断滴落。抱着孩子的中年女人，五官歪斜得愈发厉害，她身体变得更加臃肿，似乎快要炸开一样。

"呕！"原本坐在小顾旁边的那名乘客突然呕吐起来，他浑身湿透，手指抠着自己喉咙，一团团好像水草般粘连在一起的头发从他嘴里涌出。

"我们怎么可能是怪物？我们这不是活得好好的吗？"坐在一边的老太太也侧头看了过来，厚厚的眼睑遮挡住了眼珠，完全分辨不出瞳孔和眼白。所有乘客都发生了异变，电话那边的陈歌也听到了，他当机立断下令："走！"

小顾抓向衣服的双手猛然加速，穿过衣服抓向那个孩子，可等他的手触碰到孩子身体时才发现，那孩子身体一片冰凉，没有任何生机。

"这……"就是一愣神的工夫，中年女人察觉到了小顾的想法。

"你想抢我的孩子？"女人的胖手抓向小顾，那张脸丑陋到了极点。女人的脸在小顾眼中不断放大，他从来没有见过如此畸形的五官，大脑一片空白。

"下车！"关键时刻，耳机里陈歌的声音提醒了小顾，大脑重新支配身体，在鬼屋锻炼出的反应能力，让小顾侧身避开了中年女人的手，他来不及抓住那已经失去了生机的孩子，指尖只是钩住了自己的外套。

"跑！什么都别管了！"小顾抓住外套，用力抽出，往后门跑的时候，看到那个叫黄玲的女人还傻坐在原位。那女人的手机里还传出她丈夫的叫喊声，但是黄玲本人好像是被吓傻了一样，她甚至连尖叫声都发不出来。"这个应该也是人。"

车身摇晃，封闭的车厢里不知从什么地方开始渗水，三个低着头的怪人从座位上站起，他们嘴里往外吐着头发，眼睛上翻，手臂好像痉挛般剧烈抖动着抓向小顾。再从后车门走已经来不及了，小顾破釜沉舟，他果断改变了逃生路线，一个箭步冲向汽车前门，在经过黄玲时没有任何犹豫，抓住了那女人的手腕。"跟我走！"

汽车前后门开始闭合，满脸惊恐的司机双眼瞪大，脚挪到了油门上。他仿佛看到了什么非常可怕的东西，一脚踩了下去。公交车摇晃得更加剧烈，在车门闭合的前一刻，小顾拽着黄玲从 104 路公交车前门挤出。

两人摔倒在泥泞当中，暴雨瞬间打湿了两人的身体。

在他们身边，车门已经完全闭合的 104 路公交车突然加速驶出，这一段路只有一个路灯还亮着,暴雨之中很难看清楚路,那辆公交车朝着正前方开去,很快消失在了黑夜当中。"它没有拐弯,我记得正前方好像有一条河啊!"

小顾来不及去扶旁边的黄玲,耳机里就传出了陈歌的声音。"小顾!你没事吧!"听到陈歌着急的声音,小顾心里有一丝暖流涌过。"蹭破了一点皮,我已经从车上下来了。"

说完这句话,小顾正要爬起来,他忽然感觉脖子有些痒,回头看去时才发现,一缕被雨水打湿的黑发垂落下来,落在他后颈上。小顾慢慢仰头,看着站在自己身后的红雨衣,眼角抽搐。"老板,我接下来该怎么办?"

"你见过我的孩子吗?"一双女人的手抓住了小顾的肩膀,身体强壮的小顾竟被那双枯瘦的手提起。

雨衣女人发丝垂落,她满是血丝的眼睛,透过黑发的缝隙看向小顾。似乎是在小顾身上感受到了自己孩子的气息,她愈发癫狂起来。"你见过我的孩子?"

"你一定见过我的孩子!"她嘴巴张大,黑发散开,这时候小顾才看到,女人的嘴巴被人用丝线封住了!

她大声叫喊,唇角撕裂,那些丝线一根根崩断!

双肩传来剧痛,小顾已经看傻了,眼前的画面对一个普通人来说超出了承受范围,如果不是他受过陈歌的培训,此时恐怕会被直接吓晕过去。女人的身体还在不断发生异变,关节碎裂的声音从她身体当中传出,她的个子在不断变高,雨衣的颜色也变得更加鲜艳,就像是被血染红的一样。

"小顾?顾飞宇?!稳住!尝试着跟她沟通!她想要找自己的孩子!你不是在车上看到了她的孩子吗?告诉她!把这些都告诉她!"陈歌大声喊道。

听到耳机里的声音,小顾涣散的瞳孔总算是有了一丝聚焦,他嘴唇颤抖,开口说道:"我、我见过你孩子,就在那辆公交车上,他被一个中年女人抱着……"

"说重点啊!"陈歌在电话那边听着着急。"你这么说她怎么知道你都做了些什么?你要强调自己拼尽全力想要救下她孩子!为此差点搭上自己的命!"

小顾连连点着头,可他根本不敢看眼前的女人,目光看向其他地方,咬着牙说道:"我很想去救你孩子,但差了一点。"肩膀越来越疼,小顾感觉自己双肩快要被洞穿,他痛苦呻吟,双手无力下垂,那件曾借给小孩用过的外套从他的指缝间滑落，外套快要掉进脚下的泥水中，雨衣女人忽然松开了手，她接住了小顾的外套。小顾摔落在地，他赶紧往后爬，劫后余生，只想要离那个女人远一点。

"神了！老板教的方法还真管用。"小顾身体颤抖，一直退到黄玲身边才停下来。

红雨衣双手抓着小顾的外套，好像抱孩子那样将他的衣服搂在怀里，这一幕看得顾飞宇汗毛都倒立了起来。

"小顾？还活着吗？"

"老板，她好像放过我了！"小顾从泥水中爬起，双腿打战，"我现在要不要直接往家跑？"

"你想让她一辈子都缠上你吗？"陈歌一句话就让小顾脸绿了。

"那怎么办？老板，我现在真的好害怕。"小顾看着红雨衣轻轻抚摸着自己穿过的外套，头皮发麻。

"别怕，你先保持冷静。"耳机那边陈歌似乎在思考，过了一会儿他又对小顾说道。"这样吧，你把手机给她，让我跟她谈。"

"给她？"小顾一时没有反应过来。

"照我说的做。"

在黄玲和雨衣女人诧异的注视下，小顾哆哆嗦嗦拔掉耳机线，拿着手机走到雨衣女身前，抬了抬手。"我老板有话跟你说。"

小顾眼皮狂跳，拿着手机的胳膊抖得很厉害。雨衣女人停下手中的动作，歪头看着小顾，她崩裂的嘴唇还没有合上，丝线和头发混杂在一起。"我老板说了，他、他想和你谈谈。"雨衣女人双手抱着衣服，站在原地无动于衷。

小顾深吸一口气，又往前走了一步，鼓足勇气将手机放在雨衣女人耳边。"老板，我点公放了，你说吧。"

他的手机里传出一个孩童的哭声，不过很快恢复正常，紧接着就传出了陈歌的声音。"我是怪谈协会会长——陈歌。你丢失的孩子，我来帮你找到！如果一星期之内，我没有做到，你可以随时过来取走我的性命。我对你只有一个要求，放了我的员工。"

第 2 章 丢失的孩子

手机开了功放，陈歌的话小顾也听得清清楚楚，当他听到陈歌那句——我对你只有一个要求，放了我的员工时，他鼻子一酸，双手紧紧握在了一起。

他感觉自己是个很不吉利的人，不管走到哪儿都会给人添麻烦，在芳华苑小区是这样，成为鬼屋员工后还是这样。但就算如此，自己的老板却从来都没有嫌弃过自己，更是在关键时刻说出这样的话。大雨滂沱，小顾的心却是暖的，他觉得自己在江州市也有了一个可以依靠的家。

雨衣女人也听到了陈歌的话，她站在暴雨当中，身体慢慢恢复正常，雨水顺着她鲜红色的雨衣滑落。许久之后，雨衣女人扭头对准手机，将嘴巴凑到手机跟前说："你见过我的孩子吗？"

"一星期之内，我会让你见到你的孩子。"陈歌一口答应下来。

雨衣女人没有再开口，她慢慢低下了头，抱着小顾的衣服离开了东郊自来水厂，似乎赶往下一个站点了。

红雨衣走了，小顾好像虚脱了一样，坐在泥水当中。"老板，她走了！得救了！"死里逃生，小顾声音有点激动。

"你不要乱跑，找个地方避雨，我等会儿过去接你。另外，注意保持手机电量,顺便把我的号码设置成一键拨号。"

"好的。"

"先挂了,答应她的事情要做到才行。"

电话挂断,小顾老老实实把陈歌的号码设置成一键拨号。全部弄好,他收起手机,走向另一位倒霉的乘客——黄玲。

"没事了。"他朝黄玲伸手,惊吓过度的黄玲过了好久才握住小顾的手,从地上爬了起来。

"刚才……那是什么?"黄玲不知道该从何说起,双眼之中满是恐惧,她完全无法接受,两个小时前,她还在公司忍受客户的刁难,两个小时后,自己却坐着一辆满是死人的公交车来到了郊区。

"我也说不清楚,等会儿我老板过来了,让他给你说吧,他懂很多东西。"小顾领着黄玲跑到了自来水厂外面,站在房檐下避雨。暴雨冲刷,黄玲的衣服已经湿透,脸上的妆也花了,不过她丝毫没有在乎这些,拿着自己手机,不断拨打某一个号码,但是却一直没有人接听。

"你是在给你丈夫打电话吗?"小顾在公交车上听到了黄玲和她丈夫的对话,两人发生过争吵,黄玲似乎还产生过离婚的想法。黄玲点了点头,她心里莫名地觉得害怕,这种害怕和刚才那种害怕完全不同,更不安更痛苦。"为什么不接?他在干什么?接电话啊。"

小顾看着疯狂给自己丈夫打电话的黄玲,没有开口。刚才在104路车上,黄玲的丈夫疯狂给她打电话,询问她在哪里,最后更是直接喊破车上全都不是人。她的丈夫又不在车上,那是怎么知道黄玲上了一辆灵车?又是怎么知道车上都是怪物呢?这个问题的答案,估计黄玲自己也想到了,所以她现在才会疯狂给自己丈夫打电话。

小顾默默看着黄玲,这个比他成熟的女人后背靠着墙壁,几乎崩溃。电闪雷鸣,雨水顺着她的下巴滴落……

挂断小顾的电话,陈歌站在人偶工坊里,他将一个能插大卡、市面上早已淘汰的破手机拿了出来。

"童童,刚才电话那边的是红衣吗?"陈歌得知小顾出了意外后,立刻唤出了手机怨念童童，时刻关注着小顾。

身体干瘦的童童反应有些奇怪，他没有回答陈歌的问题，拿起那台快要被淘汰的手机。几秒之后，陈歌收到了一条短信，只有三个字：别过去。

"她很危险？是红衣？"陈歌觉得手机怨念童童对自家鬼屋的力量一无所知，所以才会劝阻他。"就算是红衣也没事，毕竟她只有一个。"

童童摇了摇头，又发过来了一条信息：我见过她，她死在荔湾镇，那里很危险。

陈歌看着童童的短信，这才想起来，童童的尸体也是在荔湾镇某栋公寓楼楼顶发现的，这孩子似乎对荔湾镇很了解。

"荔湾镇的怨念和其他地方的怨念不一样吗？"陈歌对荔湾镇非常好奇，高医生自杀前留下的委托，就是让他关掉荔湾镇那扇失控的门。"难道是因为门完全失控，导致怪物变得不同了？"

童童再次摇头，他好像也不知道该怎么去形容。

陈歌看着童童的样子，心里有些不踏实。荔湾镇在东郊，我隧道里看见的那段记忆也发生在东郊。当时我还是个小孩子，有人想要杀死我，但没有成功。白天范聪讲述的那款游戏，背景似乎在东郊，游戏主人公是个小孩子。等等，我好像发现了某种共性。雨衣女的孩子看样子是在东郊走失，童童当初也被拐到了东郊，高医生最后让我看的那张照片里，我父母也是在东郊和一个红衣小女孩说话。怎么感觉所有跟东郊有关的都是小孩子？

手机轻轻震动，童童又给陈歌发来了一条短信：我说不清楚，不过你可以带我一起去，我来领路。

"好。"陈歌锁上工坊的门，冒着雨回到鬼屋，简单收拾了一下，背上包，穿着雨衣匆匆离开。

站在路口，陈歌足足等了十五分钟才拦下一辆出租车。冒雨等车，就算穿着雨衣，身体也湿了大半，让他迫切地想要给自己的冒险屋配一辆专车。

坐着出租车，陈歌拿出自己手机跟童童发短信交流，他们沿着104路公交车走过的线路，一站一站追了过去。

雨越下越大，进入郊区后，路两边的灯光慢慢减少，好像有一张黑色的大幕遮盖住了一切。

"东郊的平静绝对只是假象,这里的情况可能已经很严重了。"陈歌从来没有见过失控的门,他面无表情地望着窗外,也不知在想些什么。在出租车上,陈歌又跟小顾通了两次电话,确定红雨衣没有再回来后,他才松了口气。"今晚的首要任务是将小顾安全带回,东郊的事情以后慢慢处理。"陈歌有自己的顾虑,出租车司机和小顾都是普通人,陈歌不想把他们牵连进来。雨水击打在车窗上,模糊了视线,窗外乌云密布,感觉整片夜空都在向下坠落。

"天气预报就没准过,说是小雨,这都下多长时间了?"司机是个年轻人,看着跟陈歌差不多大,他聚精会神地盯着前面的路,因为天气原因,他不敢有丝毫分心。

"一会儿到了地方,我去接个人,然后还坐你的车回来。放心吧,不会让你跑空车的。"陈歌收回目光。

"我倒不是担心车费。"司机没有回头。"你有没有觉得今天这雨下得很邪门儿?越往东郊跑,雨就越大,马路都被淹了,我现在连马路牙子都看不见。"

"这有什么邪门儿的?你是不是太敏感了。"陈歌轻声笑道。

"宁可信其有,不可信其无,有些事说不清楚的。"司机指了指后视镜下面悬挂的佛珠。"我以前载过东郊的乘客,他们那边人很迷信,规矩很多。像什么家里有新生儿,男人回家要先在门口跺跺脚才能进屋;做梦梦见不好的东西,醒了要把枕头翻过来;晚上十二点以后接到电话,不要先开口;车祸现场,看见有奇怪的车子经过,千万别靠近等等。一开始我也不信这些东西,后来硬是被他们给说害怕了。"路两边的灯光越来越暗,司机看着左右摆动的雨刷,有些紧张。"他们这边还有个最吓人的传说,下大雨的时候走夜路,很容易迷路,看着是往家的方向走,实际上却越走越远,最后会到一个完全陌生的地方。"

"还有这事?"陈歌来了精神,很多都市怪谈的产生,其实都是有一定原因的,它们大多都和现实有关联,并非完全是人编造的。

"东郊虽然没发生过什么重大恶性案件,但是整个江州市每年的失踪案,有五分之四都发生在东郊,这地方就跟会吃人一样。"司机说得很邪乎,陈歌听完后也把司机的话记在了心里。"好好开车,真遇见什么怪事,我们就直接报警。"

"报警？"司机有点不适应陈歌跳跃性的思维。"也行吧，我就是好心给你提个醒，以后最好不要一个人大半夜的往东郊跑，这地方比较荒……"说到一半，司机突然闭上了嘴，他眯着眼看向前方，忽然急打方向盘！出租车猛地变向，陈歌身体撞在了车门上，他没说一句话，手伸进背包，果断按下了复读机开关。车速突然减慢，司机大口大口喘着气，他的额头被汗水浸湿。

"怎么回事？"

"刚才路中间好像站着一个人。"

"你看错了吧？下着暴雨，周围黑成这样，谁会站到路中间去？"陈歌双手在背包里摸索，好像抓住了什么东西。

"不可能啊。"司机擦了擦额头的汗，朝旁边看了一眼，窗外是一片漆黑。

"那你给我形容一下那人的长相？是不是穿着一件红雨衣？"

"没穿雨衣，就是一团影子，可能真是我看错了吧。"司机揉了揉头，将后视镜上挂的佛珠取下来套在手腕上，然后又继续往前开。

"车速不要太快，东郊这边河流比较多，安全第一。"陈歌不害怕怨念，他担心的是怨念对司机下手，如果车辆在高速行驶的时候司机出了意外，那他也要跟着送命。沙沙的电流声在出租车内响起，窗外的雨滴似乎有意避开了出租车。

两人有惊无险来到东郊自来水厂，陈歌让司机在大门口等着，自己戴上雨衣帽子，打开车门，走入雨幕当中。一下车，陈歌就莫名觉得压抑，看什么都会产生一种奇怪的感觉。很熟悉，仿佛这场景之前经历过，又或者曾在梦里梦到过。身处暴雨当中，耳边雨滴坠落的声音却慢慢被剥离，陈歌轻轻皱起眉头，他拿出手机拨打小顾的电话。嘟嘟声传入耳中，却没有人接听，雨越下越大，但是陈歌却听不见雨水落地的声音，耳边只剩下手机里的忙音。

他好像被世界孤立了一样，黑暗从四面八方涌来，视线当中只剩下自来水厂那扇破旧的门。被风吹动，铁门摇晃，其中传出孩子的笑声和哭声，很多，很杂。水坑上开始出现一个个小小的脚印，有什么东西从自来水厂里冲了出来，他们跑着、跳着，将陈歌围绕在中间。陈歌身体僵硬，一段埋藏在心底的记忆慢慢浮现出来。

很小的时候，陈歌的父母曾嘱托他不要前往东郊，但是有次学校郊游，选定的地点正好在东郊。他在某个水库旁边玩的时候，听见有人喊他的名字，后来他在老师的陪同下穿过树林，在路的尽头看到一座血红色的房子，那房子周围有很多孩子在玩闹嬉戏，他们或哭或笑，当时的场景就和现在一样。

"看来东郊绝大多数的异常都和那间红房子有关，荔湾镇失控的门会不会也和红房子有关？"脚印慢慢逼近，陈歌瞳孔缩小，就算他拥有阴瞳也依旧看不清那些东西。这些小孩好像和周围的环境完全融合在了一起。孩子的哭声和笑声由远及近，凑到了他的身边，抱住了他的腿，然后慢慢地往他的身体上爬。

陈歌握紧了碎颅锤，在他准备将许音唤出的时候，身上那冰凉的感觉又消失了。那些孩子哭喊着从他身上逃离，而就在同一时间，一个有些熟悉的声音从远处传来。"陈歌……"

陈歌抬头看去，发现自来水厂里面立着一道人影，身高体形和自己差不多。"你是谁？"

"我？"那身影抬起双手，慢慢刺入自己胸口，从身体当中又拽出了一个小孩。孩子面容模糊，和陈歌小时候有三四分相似，他脖颈歪曲，好像被人用力掐断了一样。"我就是那个被你杀死的孩子啊……"

"被我杀死？"陈歌拖着碎颅锤，沉思了半天。"可我为什么一点印象都没有？要不你再过来点，让我仔细看看你的脸？"陈歌声音平静，他很认真地询问对方。

"你全都忘记了吗？那我再给你一点提示。"面容模糊的小孩伸出双手，掐住自己的脖子。"当时你将我骗进一条荒废的隧道里，你说你听见那里面有人在喊你的名字，但是等我们一起进入隧道之后，你站在我的身后，就像这样突然掐住了我的脖子！"小孩头颅歪斜，双手将脖颈掐得变形，他的脸慢慢肿胀起来，额头浮现出一条条青色的血管。"想起来了吗？当时你的手指一点点陷入我的皮肤当中，不断用力……"

那孩子的声音在陈歌耳边回响，他脑海里闪过一幅幅支离破碎的画面，眼前的场景似乎真的出现过。

更让陈歌感觉奇怪的是，他看到孩子被掐住脖颈的时候，身体竟然产生了一种熟悉的感觉，似乎凶手真的是自己。

"我杀过人？"雨水打湿了头发，陈歌摇了摇头，他想起了另外一件事。自己之前在隧道深处做第四个噩梦级别任务时，曾看到童年的自己和一个大人进入隧道当中。眼前的画面确实很熟悉，只不过和那孩子说的不一样，受害者是自己，当时并不是他在杀人，而是有人想要杀他！如果之前没有做过那个噩梦级别任务，没有在隧道深处看到那一幕，陈歌现在就算不相信自己是杀人凶手，恐怕心里也会产生一丝动摇。

"他或许就是当初的凶手，否则不可能知道这些事情。"陈歌喃喃自语，朝着那孩子所在的方向挪动脚步，想要拉近距离。发现陈歌依旧保持着冷静，那孩子松开了双手，他的脑袋搭在肩膀上，说："看来你真的不记得了？"

那男孩的脸在雨水冲刷下，慢慢变得清晰，他脸上的表情非常诡异，看着陈歌就仿佛在看镜子中的自己一样。"是你杀了我，是你亲手杀了我，那种感觉我不会忘记，很快你也会体验到的。"小孩往后退去，他身后那道人影将男孩重新塞回自己的身体，安静地立在原地。

陈歌此时距离人影已经不到十米远，在他准备更靠近一点时，一只惨白的手轻轻搭在了陈歌肩膀上。复读机发出沙沙的电流声，一袭红衣的许音不知何时出现在陈歌身侧，他轻轻摇头，阻止陈歌继续往前。

"他很危险吗？"陈歌觉得他还有其他的依仗，在他抬起腿的时候，大腿被人死死抱住，低头看去，一个三四岁的小男孩龇牙咧嘴地堵在了他前面。

"门楠？"这孩子被陈歌带出第三病栋之后，还没来得及还回去，或者说陈歌压根儿就是选择性地忘了这件事，一直将门楠放在漫画册当中。两位红衣同时阻拦？这人影看着也不像是红衣，似乎只是一道影子啊？陈歌停下了脚步，没有继续往前走。

片刻之后，人影周围开始出现一个个小孩的脚印，孩子们的笑声和哭声慢慢消失，人影的身体也在慢慢凝实。当最后一个孩子的哭声消失后，人影默默注视了陈歌一眼，他和陈歌身高、体形完全一致，他就像是陈歌自己的影子。

"是你杀了我。"身体是一个成年人，但黑影嘴里发出的声音却是孩子的声音，阴森、冰冷、充斥着恶意。

他说完这句话，目光越过陈歌，看向陈歌身后，然后转身消失在了大雨当中。

"这就走了？"陈歌顺着黑影刚才的目光看去，在手机光亮照射下，隐约能看到他的影子变成了一个女人的形状。影子是在顾忌张雅？不太像，他似乎在忌惮其他东西。耳边雨滴声渐渐变大，一切恢复正常，暴雨肆意席卷大地，那黑影早已消失不见。

"两位红衣阻拦我，张雅也感受到了威胁，那究竟是个什么东西？"陈歌以前对怪物的概念只有两个，见到身穿红衣的就跑，不是红衣的就追，现在他遇到了第三种，一道声称是被陈歌杀死的影子。

"这有点特殊，东郊每年失踪那么多人估计都和他有关，刚才司机讲的最恐怖的那个怪谈应该就是它。"

人影已经离开，陈歌不再耽误时间，打通小顾的电话，奔向自来水厂。"小顾，我已经到了？你们在哪儿？"

"你已经到了？"小顾声音很是诧异。"刚才那个站在自来水厂门口一动不动的人就是你吗？"

"废话，你们在哪儿呢？"

"我们马上过来！"电话挂断，小顾和一个全身湿透的女人从自来水厂旁边的树丛里跑出。"老板！"

小顾兴高采烈，但那个女人却不愿意过来，她浑身湿透，双手护在胸前，身体止不住地打战。她远远看着暴雨当中，身穿雨衣拖着碎颅锤的陈歌，心里有些不安。

"怎么还有个女的？"

"她也是那辆车上的乘客。"小顾给陈歌简单说了一下黄玲的情况。

"那辆车上除你之外还有其他活人？"

"不止我和黄玲姐，在汽车最后一排还有个学生，他在车上也帮过我，不像是坏人。"小顾有些懊悔。"我下车的时候距离他太远，要不就带着他一起下车了。"

"帮你的不一定都是人，害你的也不一定全是怪物。"陈歌盯着黄玲看了很久，然后招了招手。"出租车在外面，一起走吧。"

一行人来到路边，陈歌发现车窗外面满是小孩的泥手印，而那个可怜的司机，已经昏倒在驾驶位上了。

"别慌，他还有呼吸，应该是被吓晕了。"陈歌将司机放到后排，拖着碎颅锤站在车门外面沉思,过了好久他转身看向小顾和黄玲。

"你俩谁会开车?"

小顾摇了摇头说:"老大,你不会开车吗?我记得上次你还开着货车回乐园来着。"

"我会开。"陈歌顿了一下,"但没有驾照,出租车上安有行车记录仪和车载录像,万一司机报警,警察询问起来的时候就麻烦了。"

"那个……要不我来开吧?"黄玲走到小顾和陈歌身边,神色犹豫,"我会把你们送到目的地,不过在此之前,能不能先去一趟我家?我有点担心我丈夫。"

陈歌点了点头,没有拒绝。"开车吧。"

"谢谢。"黄玲浑身湿透,坐在主驾驶位上。"我家离这里不算远,十几分钟就能到。"

车灯亮起,黄玲载着其他几人穿过雨幕,沿着公路朝远处开去。一路上都没有人开口说话,大家都在想着各自的事情。凌晨一点,汽车开到了黄玲租住的小区,这里位置很偏,距离荔湾镇非常近。

"以前市里面准备大力开发东郊,后来也不知道为什么不了了之,结果就留下了这一大片修建到一半的建筑,原本住在这里的人也因为交通、生活等各种原因陆续搬走。"黄玲将出租车直接开进小区,偌大的小区里竟然没有一盏灯是亮着的,感觉就跟进入了鬼城一样。"几年前江州市东郊准备建新区的时候,房价高得吓人,现在只剩下一地鸡毛,还有像我们这些被坑的住户……"

第3章 陌生的丈夫

通过交谈，陈歌才清楚了这个女人的过往，她和自己丈夫在几年前拿出全部积蓄在江州市东郊买了房。最开始两人还因为在东郊抢到一套房而欣喜若狂，坐等东郊新区建立，房子升值。可谁知没多久，开发商就因资金断裂、债务纠纷等问题延期交房。为了买房小夫妻花光了家里积蓄，还欠了不少外债，他们和其他业主联合起来想要找开发商要一个说法，但是对方却一拖再拖，一直到了现在。项目被莫名其妙喊停，花光积蓄买的房子成了无法入住的烂尾楼，夫妻两个只能租房度日。生活不易，在这期间，丈夫还出了一次车祸，现在基本上就靠黄玲一个人撑着。

"到了，就是这儿。"黄玲停下车，拿着包急匆匆往楼上跑，陈歌和小顾跟在后面。居民楼内只有一楼的灯可以正常使用，墙壁泛黑，似乎是受潮的原因，楼道里飘散着一股淡淡的霉味。

"贾明！"黄玲来到四楼，一边用钥匙开门，一边冲着屋内大喊，她心里害怕极了，很担心自己害怕的事情成为现实。看着慌乱不安的黄玲，陈歌和小顾都没有开口，在他们看来黄玲的丈夫既然会在那个时候打电话，并且知道车上情况，这说明他自己很可能已经死了……

钥匙半天塞不进锁孔，黄玲急得手发抖，可就在这时候屋子里响起了一个男人的声音。"你怎么才回来？大晚上跑哪去了？我给你们公司领导打电话……"房门从里面打开，一个神色憔悴、瘸着一条腿的男人出现在黄玲眼前。

"贾明？！"黄玲看到中年男人非常激动，她伸手想要抱住对方，但是却被那中年男人不着痕迹地躲开了。

"衣服都湿透了，你这到底干什么去了？"

"我等会儿再给你说，你没出事就行，今天真把我给吓坏了。"黄玲声音哽咽，"我先去换衣服了，这两个都是我的救命恩人，等会儿我开车送他们回家。"

黄玲进入屋内，瘸腿男人堵在门口，丝毫没有让陈歌和小顾进屋坐坐的意思。门外的陈歌和小顾看着瘸腿男人也觉得奇怪，这男人活得好好的，那他当时怎么可能会跟黄玲打电话？他又是怎么知道104路公交车上的情况呢？

"你妻子遇见了坏人，是我们两个见义勇为救了她。"陈歌朝屋内看了一眼，房间收拾得很整齐，这男的就是一个标准的家庭妇男，也没有什么奇怪的地方。

"喂！你往哪儿看呢？"男人对陈歌十分警惕。

"没事，能借我用一下你的手机吗？我手机没电了，想要跟家里人报个平安。"陈歌淡淡开口。

"那你在这儿等着。"瘸腿男人进屋拿来自己手机递给陈歌。

"多谢。"陈歌随手翻了一下通讯记录，男人确实在今晚给女人打了好几个电话，但是所有电话都没有打通。不是他打的电话？

陈歌装模作样地发了几条信息，然后删除记录，将手机还给了中年男人。

屋子里黄玲已经换好了衣服，穿着休闲装的她散发出一种成熟知性美。"老公，你在家待着，我把他们两个送回去，这是我之前答应人家的。"

"不行！"瘸腿男人想都没想直接拒绝。"凌晨一点多了，你跟着他们出去我不放心，让他们自己打车走吧，大不了车钱我们出。"

"外面下这么大的雨，你让我们上哪儿找出租车？"陈歌板着一张脸，看向黄玲。"你觉得呢？"

黄玲稍有犹豫，还是走出了房门。"老公，情况比较复杂，等我回来再详细给你说。"

"你今晚哪儿也不能去！凌晨一两点还要往外跑？你疯了吧？"瘸腿男人伸手想要去抓黄玲的胳膊，但是被陈歌拦住。那人明显有点儿害怕陈歌，说话底气不是太足。"你想干什么？"

陈歌单手提着背包，双瞳慢慢缩小，紧盯着瘸腿男人的脸。"我是一个很讲道理的人，我完成了她的要求，如果她没有做到和我的约定，那就别怪我不客气。"

气氛有些紧张，最后小顾和黄玲同时劝说，瘸腿男人冷哼一声，勉强同意下来。

"你们别介意，我老公有点小心眼，平时就是这样。"黄玲将手中的伞和毛巾递给小顾。"之前在车上还没好好谢谢你。"

"没事，我理解。"小顾傻笑着接过毛巾，擦了擦脸。

"你俩别磨蹭，先下楼再说。"陈歌面无表情朝楼下走去，整个过程中没有说一句话。走出楼道，陈歌坐在出租车副驾驶上，他拉开背包拉锁，手伸进包中抓住了什么东西。黄玲看到自己丈夫没有出事，悬着的心终于放下了。只有失去后才懂得珍惜，她决定以后再也不和丈夫争吵，好好过日子。

出租车发动，驶入雨幕当中，一直保持着沉默的陈歌终于开了口。"黄玲，你有没有发现，你的丈夫从某个时间起，变得跟以前不一样了？"

雨水击打在车窗上，黄玲听到陈歌的话，认真思考了一会儿。"没有什么不一样啊，怎么了？"

陈歌停顿片刻，缓缓开口说："我怀疑那个男人不是你丈夫。"

"你在开什么玩笑？他是不是我丈夫，我肯定比你要清楚啊！"黄玲开着车，不以为然。

"我看了他的手机，今晚他给你打了七个电话。"陈歌低着头，手伸在背包当中。

"这不是正好说明他担心我吗？"黄玲觉得陈歌这人很奇怪，从各种意义上来说都是如此。

"可是，这七个电话没有一个打通，你在104路公交车上接到的电话是另外一个人打来的。"

"另外一个人？"黄玲因为太过惊讶，直接扭头看向陈歌。"不可能！"

"好好开车。"陈歌指了指前面的路,语气平静。"我没有欺骗你的必要,提醒你只是出于好意,信不信由你。"陈歌说完后,出租车内安静了下来,谁也没有开口。

黄玲抿着嘴,认真开车,不过她抓着方向盘的手却越来越用力,几分钟后,黄玲毫无征兆地踩下了刹车。出租车停在暴雨当中,车内气氛有些诡异。黄玲盯着方向盘看了好长时间,然后慢慢看向陈歌,说:"贾明确实和以前不太一样了,自从出了车祸以后,他就变得沉默自闭,很少和我交流,成宿失眠,医生说他应该是得了抑郁症。"

"也就是说你丈夫是那场车祸后改变的,对吗?"陈歌没有去看黄玲,依旧低着头。

"你到底有没有注意我说话的重点?贾明因为那场车祸得了抑郁症,他生病了。"黄玲抓着方向盘,很努力地笑了笑。"他考虑到我们家情况比较困难,主动放弃了心理疏导,药物维持一段时间后也停止了,因为一个月四五百的医药费对我们来说是一笔不小的负担,那个时候家里就靠我一个人,我知道他心里很不好受,所以他身上发生的这些改变我都可以理解。"

"你再仔细回想一下,他除了心情低落之外,有没有什么异常举动?我是指那种和病症无关的特殊行为。"陈歌随口举了几个例子。"比如说你深夜醒来发现他睁开双眼站在床边看着你,突然间嘴里冒出另外一个人的声音,背着你杀死一些小动物,还将尸体藏在房间里之类的。"

黄玲听完陈歌的话,艰难地扭头看了一眼坐在后排的小顾,她已经有些害怕陈歌了。"没有,你说的这些情况全都没有发生过。"

"你可以看看自己手机上的通话记录,再仔细考虑一下,这件事可能会关系到你自己的生命。"陈歌对黄玲家里的那个男人没什么兴趣,真正引起他注意的是在车上给黄玲打电话的那个人。

"通话记录?"黄玲拿出手机看了看,通话记录上只有七个未接来电,并没有显示自己在灵车上和丈夫之间的那几次通话。

"你可以怀疑我撒谎,但你自己的手机不会。"陈歌望着窗外的暴雨。"我劝你最好不要有所隐瞒,你家里的那位可能也有所察觉,等你下次和他独处的时候,说不定他就会对你做出什么奇怪的事情。"

黄玲抓着手机，过了好久才开口说道："贾明出车祸后，变得特别讨厌小孩子，还有布偶之类的东西。"

"详细说说。"陈歌眼中闪过一丝明亮。

"很早以前他送过我一些布偶，虽说我年龄大了，但那些东西好歹也是我和他之间的记忆，所以就一直没有扔，我把它们装进了柜子里，偶尔会拿出来看看。忘了是从哪天开始，我发现柜子里的布偶少了一个。刚开始我也没在意，谁知道过了几天又少了一个。我问过贾明，他说没有看见。大概过了一个月，有次我因为发烧提前下班，回家时发现房门没关。我心说会不会是家里遭了贼，轻手轻脚进去后，看见厨房的火是打开的，上面还放着一个用来煲汤的铁锅。小偷可不会在别人家里煲汤，我喊了几声贾明的名字，没人应答，就自己跑到厨房想要看看贾明在做什么汤。可等我打开锅盖的时候，脑子完全蒙了。

"锅里放着一个被切碎的布娃娃，当时娃娃那张塑料脸就在清汤里上下漂浮。我赶紧关掉了火，这时候房门被人推动，我看见贾明一手拿着菜刀，一手提着个黑色大袋子从屋外走了进来。那场景我到现在都忘不了。我记得自己当时还问过他，为什么要把布娃娃切碎放锅里煮？他神神道道地告诉我，布娃娃里住着一个人，只有这样才能把它赶走。

"类似和小孩、布偶有关的事情还有很多。几个月前，邻居家小孩刚出生的时候，每到夜里就会哭，好像屋里有什么吓人的东西一样，一哭就是一晚上。贾明一听到孩子的哭声，病情就会加重，经常和邻居家争吵，最后还是邻居受不了，搬到西郊去了。"黄玲说完后，将手机收了起来。"以前我和他在一起没有要孩子是因为负担不起，现在纯粹是因为他厌恶小孩。"

"车祸以后，你丈夫就突然变得害怕布偶和小孩了，这可不是抑郁症的表现。"陈歌示意黄玲继续开车。"你把贾明出车祸那天的场景给我说一说。"

"我和贾明工作的地方离得很近，平时都是贾明骑着电动车来接我，那天我被客户刁难，加班到了很晚，快九点才从公司出来。外面下了大雨，就跟今晚的情况差不多，我等了好久没见贾明，后来是交警给我打的电话，说贾明出车祸了。监控显示，他在横穿马路的时候和104路末班车相撞，当时他就好像完全没有看到那辆车一样，眼睛直勾勾地盯着某个方向，骑车撞了过去。"

黄玲想起当时的场景就感到一阵后怕。"我接到这个电话被吓坏了，直接跑到医院，贾明腿部被碾轧，人也不知为何陷入深度昏迷中，第二天才醒过来。"

"你说贾明当初就是被104路公交车撞的？"陈歌打断了黄玲的话，他已经弄清楚了自己想知道的东西。"也就是说这个占据了你老公身体的家伙，很可能是从104路末班车上下来的。"

黄玲和小顾听了陈歌的话都没反应过来，好半天后才感觉脊背发凉。黄玲和小顾都刚从104路灵车上下来，他们清楚那上面载满了什么乘客。

贾明出车祸的时候，监控显示他是主动撞向公交车的，种种不正常的举动，似乎都在说明当时确实发生了一些特别的事情。正是这些特别的事情，导致贾明出了车祸，让他性情大变，甚至会做出用锅煮切碎的布偶这样荒唐的事情。

"你的意思是，我丈夫被104路末班车里的乘客上身了？"黄玲沉默许久，才勉强接受了现实。

"上身？你可太乐观了？"陈歌看向女人的手机。"你在104路公交车上接到了自己丈夫的电话，给你打电话的应该才是你真正的丈夫，他知道你在末班车上，同时也知道这车上都是怪物，那最大的可能是他当时也在车上，或者说他的执念被困在了那辆车上。"陈歌说的话对黄玲来说很难接受，如果不是之前她在那辆车上待过，目睹过种种恐怖的怪物，此时此刻她一定会认为陈歌是个疯子。黄玲张了张嘴，想要说很多话，但千言万语最后全都汇聚成了一句。"我该怎么办？"

她无助地抓着方向盘，一想到和自己朝夕相处的丈夫可能已经被替换，她就有种窒息的感觉。

"你想不想找回自己丈夫？"陈歌把手从背包里拿出，他通过黄玲的语气和神态，基本确定黄玲只是个受害者。

"当然。"黄玲又把头扭了过来。

"想要找到你真正的丈夫，那就还要从那个假冒你丈夫的人身上入手，他应该知道很多和那辆末班车有关的事情。你真正的丈夫在末班车上，我们只有弄清楚关于那辆灵车的一切，才有机会找到那辆末班车，将你丈夫救出来。"陈歌嘴角牵动出一个弧线，他现在所做的一切都是为了那辆104路末班车。

他一直没有忘记，黑色手机里还有一个二星恐怖场景没有解锁，那个场景的名字就叫"午夜灵车"。从难度上来说，"午夜灵车"和"暮阳中学"差不多，只不过因为它并非固定的场景，所以不太方便找到而已。

"你让我去套贾明的话？"黄玲瞬间明白了陈歌的意思，她摇摇头，不愿意去做这样的事情，她内心深处也不愿意去相信这些东西。

"我没有让你去套话，你也别自作主张做什么决定。我只需要你在暗中观察贾明，将他那些反常的举动告诉我就可以了。"陈歌将自己的电话和微信留给黄玲。"你可以把我当成给自己留的一条后路，或许在某个时候，只有我能帮你。"

黄玲反复念叨着陈歌说的话，弄了半天才明白陈歌的意思。在她心里，眼前这个男人虽然看起来奇怪可怕，却又给人一种莫名可以信赖的感觉。

"以后常联系，对了，今晚发生的任何事情都不要告诉别人，包括你丈夫和父母。"陈歌也想直接开车回去，把黄玲丈夫绑起来逼问，但这样效果很差，还容易引起黄玲反感。

"我知道。"黄玲收起手机，认真开起车来。

陈歌嘴角露出一抹微笑，他并没有把自己内心的想法说出来。"能够自己移动的场景我还是第一次见到，绝对不能放过。不过话说回来，104路末班车，车上的乘客、小孩，还有让红衣忌惮的影子，这几者之间应该有所联系……"出租车在大雨中缓慢前行，陈歌靠在椅背上，闭目养神。

凌晨两点，黄玲将陈歌和小顾送到了新世纪乐园。"路上小心，另外你最好把我的号码设置成一键拨号，方便联系。"又向黄玲交代了几句，陈歌又检查了一下司机的身体，确定没有问题，留下了双倍的车费，陈歌才带着小顾一起离开。

"老板，你真要帮黄玲啊？这事怪吓人的。"等黄玲开车离开，小顾才打着伞凑到陈歌身边。

"帮她只是顺手，我的真实目的是找到红雨衣的孩子，你不是说红雨衣的孩子就在末班车上吗？"陈歌随口一说，没想到小顾听完后，又陷入深深的自责当中。"这事怪我。"

"别想太多，你是我的员工，你遇到的事情，那就是我的事情。"陈歌走在前面，暴雨冲刷着他的身体。

跟在陈歌身后，小顾看着自己老板的背影，犹豫再三，终于下定决心问了出来："老板，你在和雨衣女打电话的时候，说自己是怪谈协会会长，这是个什么组织？怎么感觉你不太害怕那些东西？"

"很好奇吗？"陈歌救过小顾的命，而且不止一次，再加上小顾本身性格比较直，没有那么多花花肠子，所以陈歌对小顾还是比较放心的。

"有一点，其实最近这几个月的遭遇，让我有点害怕。"小顾苦着一张脸。"一个月前我被杀人犯迷晕，差点被分尸。两个星期前，我才刚出院，就又昏迷被送进急救室。算上今晚的104路公交车，这已经是近两个月来第三次撞邪了，我感觉自己再这么下去，不采取什么措施的话，出事只是个时间问题啊。"小顾愁眉苦脸，再看不见往日的朝气。"我可能是被诅咒了。"

"以后你搬到新世纪乐园附近住，应该就不会出什么问题了。"陈歌哭笑不得，不过他也理解小顾，换个人过来估计早就吓疯了。

"老板，冥冥之中我感觉自己以后肯定还会出事，所以我想多了解一些相关的东西，你看我能不能加入你们那个协会。"小顾语不惊人死不休，他腼腆纠结地站在陈歌旁边。

"你想加入怪谈协会？"陈歌停下脚步，他上下扫视小顾，然后轻轻摇头。"怪谈协会虽然取名为怪谈，实际上只是一个精神病人互助协会，病友之间互相鼓励对方，让大家重新燃起对新生活的希望。"

"是这样的吗？"小顾感觉陈歌说的这个怪谈协会和自己想象中不太一样。

"仅此而已，你不要想太多。"陈歌将露在外面的碎颅锤的锤柄塞进背包里，拉上拉锁。"我们怪谈协会的宗旨有三个：对人的尊重与关怀，对心的理解与接纳，以及对生活的感恩与回报。"

"原来是这样啊。"小顾有一丝失落。

"身正不怕影子歪，只要不做亏心事，活得光明磊落，就算撞见了鬼，他也会怕你三分。"陈歌传授了自己的秘诀，小顾深以为然。

"我明白了，谢老板指点。"

"以后你要学的东西还有很多，我会带你去看更精彩的风景。"陈歌身边没有一个可用之人，很多事情都不方便，小顾的出现，让陈歌觉得自己的机会来了，他打算培养出一个合格的冒险屋员工。

"在公交车上发生的事情，不要告诉任何人，包括徐婉在内。"陈歌打开了鬼屋的门，带着小顾进入其中。"你今晚去员工休息室睡吧，记住，不要乱跑，更不要进入场景当中。"

"那老板你睡哪儿？要不我们挤一挤？"小顾有些不好意思。

"你就别管我了，等会儿我陪你去卫生间换身衣服，再上个厕所，然后你天亮之前就不要从员工休息室里出来了。"

"上厕所这个我自己去就行了，我又不是小孩。"小顾还没有意识到他现在的处境，西郊冒险屋论危险性已经是三星恐怖场景当中最顶尖的存在了。

"厕所里有一些道具，我担心你不小心碰着。"陈歌随便找了个借口，便不再继续这个话题。

他进入员工休息室，拿了两套自己的衣服递给小顾，"先换上，湿衣服给我就行了。"全部弄好之后，陈歌关上了员工休息室的门。"好好睡一觉吧，明早我来叫你。"

"行。"

房门关闭，小顾坐在床边，心里挺过意不去。自己睡床，老板睡地板，这种情况他还是第一次遇见。"陈哥刀子嘴豆腐心，虽然平时他不说，但我能看出来，他是个好人。"掀开薄毯，小顾正要往上躺，突然听见了一声猫叫，他赶紧站了起来。薄毯下面，一只拥有异色双瞳的大白猫，懒洋洋地瞥了小顾一眼。

那眼神仿佛是在说，哪儿来的弱鸡？

"你好。"小顾抓着薄毯，委屈地站在床边，不知道该不该过去。白猫并没有欺负小顾，轻轻咬着一个很可爱的布偶，十分灵巧地跳到了旁边的书桌上。猫爪按下电灯开关，员工休息室内重新陷入黑暗当中。抱着毯子，小顾傻傻地站在原地。"乖乖，它还会自己关灯……"

陈歌在门外待了一会儿，看到灯光熄灭，才放心离开。他换上了一套新衣服，然后提着半边被淋湿的背包进入道具间。东郊的情况比较复杂，这可能和荔湾镇那扇失控的门有关，高医生说那扇门曾经被怪谈协会掌控过，现在想要获得这方面的信息，倒是可以从怪谈协会的成员入手试试。

陈歌翻箱倒柜，找到了"会长的委任书"和"第三病栋的病历单"，带着这些东西来到地下场景里。按下复读机开关，陈歌推开了"暮阳中学"最后一间教室的门。穿着校服的人偶们老老实实地坐在各自的位置上，就好像准备高考一样，一个个神色肃然。

"别紧张，我只是想让你们见一下新朋友。"陈歌站在讲台上，第一次与病历单中的怨念沟通，将里面那几个疯子的灵魂全部放出。他们生前是最病态扭曲的疯子，死后执意不散，全部化为怨念。教室里阴风阵阵，桌椅、门窗哗哗作响，凄厉的惨叫声响起，更有的瞪着恶毒的眼睛，直接扑向陈歌。

"许音。"鲜血流淌，许音在陈歌身侧悄然浮现，教室里所有哭喊、惨叫声瞬间被压了下去。等那几个疯子化作的怨念安静下来，陈歌挨个从他们身边走过，这群怨念确实和一般的怨念不同，他们就算有红衣压着，双眼之中依旧露出危险的光，不怀好意地盯着陈歌。

"没办法沟通吗？"陈歌又拿出"会长的委任书"，向怨念展示高医生的字迹，当那些怨念看见高医生的字迹时，他们眼眸之中出现了一道道黑红色的血丝，只用了几秒钟的时间，所有怨念都在陈歌面前低下了头。

"没有办法沟通？还是他们对我有所怨言，不愿意和我说话？"作为怪谈协会新的会长，陈歌对这些老会员还是比较有感情的，他唤出了鬼屋所有员工，将那几个疯子怨念围住，自己从教室里走出……

雨势减缓，黄玲开着出租车离自己家越来越近，但是她的车速却越来越慢。她心里很纠结，一想到陈歌说过的话她就害怕。"今晚我到底回不回去？"

以前是不知道，所以不害怕，现在黄玲自己也不清楚该听信谁的话。陈歌说得很有道理，但陈歌毕竟是个外人，贾明可是自己的丈夫，一起生活了那么多年。思前想后，黄玲拿不定主意。"还是别回去了，可不回去住哪里？就在车上待一整夜？万一司机醒过来怎么办？"

出租车开到了小区门口，黄玲还没做出决定，忽然看见一个男人撑着伞满脸焦急地站在楼道口。

"贾明？他在等我？"贾明外衣都已经淋湿，看起来有些狼狈。

"你怎么才回来！"贾明有些生气，黄玲停好车，刚推开车门，贾明就将伞撑到了车门外面。"快跟我回家！"

"等等，我给司机留个电话，他醒来有什么事可以联系到我。"黄玲在出租车上找了张便签写了一句话。

"你今天到底遇见什么了？这司机咋还晕了？用不用送医院去？"贾明看到司机仍旧瘫在出租车后座上，害怕出事。

"我那个朋友说他没生命危险，就是被吓着了，过段时间就好了。"

"你朋友？你以后少跟那些不三不四的人交朋友，今天那两个看着就不像好人。"贾明撑着伞，拽着黄玲上了楼。房门是打开的，暖暖的光驱散了黄玲心中的寒意和忐忑。

"我饭菜都给你热了七八遍，死活等不到你人。"贾明指了指桌子上的菜。"我还专门给你煲了一锅汤。"

"不用了，我没什么胃口。"看着桌上的饭菜，黄玲心里有些感动，但一想到眼前这人有可能不是自己丈夫，所有感动都化为一种无法表达的恐惧。

"那行，我来收拾，你赶紧睡觉吧，明天还要上班。"贾明有些生气，他强压着才没有发火。

黄玲回到卧室并没有换掉衣服，她裹了一层薄毯就直接躺在了床上。客厅里，贾明在收拾饭菜，锅碗瓢盆叮叮当当响个不停，也不知道过了多久，客厅的灯熄灭了。有人进入卧室，躺在了黄玲身边，两人中间隔着一小段距离。黑暗笼罩狭窄的房间，黄玲很困，但是她不敢入睡。她越想越怕，手心一直在出汗。

十几分钟后，黄玲听到自己丈夫发出了轻微的鼾声，确定对方睡着后，她才松了口气。

上了一天班，又开车折腾了那么长时间，她早就撑不住了，迷迷糊糊地闭上了眼，黄玲也不知道自己睡着了没有。隐隐约约地，黄玲好像做了一个很恐怖的梦，自己丈夫拿着菜刀守在房门口，嘴里念叨着用什么东西来做汤。冷汗滑落，她脑袋晃动，挣扎片刻后，猛地睁开了眼睛。

卧室内漆黑一片，非常安静，房门口也没有站人。

"太吓人了。"黄玲揉了揉头，拿起放在床边的手机，翻到了陈歌的电话，她想检查一下一键通话有没有设置成功。为防止被旁边熟睡的丈夫看到，黄玲的身体整个缩进了薄毯里。手机屏幕散发的冷光照在脸上，黄玲点开通讯录，目光集中在今晚的那一条条通话上。

"这些才是我丈夫打来的。"视线下移，黄玲全神贯注拖动屏幕，看着手机。就在这时，有一根手指伸了进来，按在了她手机屏幕上，似乎是准备拨通某个电话。看着那多出来的一根手指，黄玲一下从床上坐起来！

手机掉在床中央，屏幕散发出的冷光映照在丈夫贾明那张脸上。熟悉的五官，表情却有些陌生。"怎么不睡啊？是不是饿了？"

"没事。"黄玲抱着毯子，起身去开灯，但是卧室的灯怎么都打不开。

贾明的身体直挺挺地从床上立起，他的声音愈发古怪，就好像没有听到黄玲的话，自顾自地说道："饿了就去吃饭吧，我还专门为你煲了一锅汤。"陌生的表情，怪异的语气，贾明就好像梦游一样，他站在床上，踮着脚尖，脖颈好像被什么东西抓住，眼皮上翻，眼珠外凸，居高临下地看着黄玲。

在被黑暗笼罩的卧室里，和黄玲一起生活了好几年的丈夫，就这样死死地盯着她。"我为你煲的汤在厨房，趁热喝了吧。"

他们租住的房间不大，卧室狭窄，黄玲背靠墙壁，五指紧抓着手机。她有一个很不好的预感，一旦她拨打电话，自己的丈夫很有可能会动手杀了自己。

"我、我不是太饿。"黄玲朝着房门口移动，她抓住了卧室门把手，可还没等她将门打开，丈夫就从床上跳了过来。贾明的身体非常僵硬，各个关节都无法正常弯曲，给人的感觉就像是一个被人用丝线提着的木偶。贾明苍白的手抓住了黄玲的胳膊，一阵冰凉传来，黄玲第一次发现自己丈夫的手掌没有一丝温热。她紧张得说不出话，身体轻轻颤抖，瞳孔不安地跳动着。丈夫的脸凑了过来，他的眼珠子大部分都被眼白占据。"我都做好了，你多少喝一点。"

"好，我喝……"黄玲不敢反抗，她担心自己死在这个狭窄黑暗的小房间里。卧室门被丈夫打开，那个熟悉又陌生的男人踮着脚，用一种很怪异的姿势牵着黄玲的手走进厨房。门窗紧闭，厨房似乎完全和外界隔绝。黄玲不敢反抗，被自己丈夫拖进厨房。刚进去她就看见燃气灶上放着一个煲汤的铁锅。

"我煮了好久才把它炖烂，你快来尝尝。"贾明踮着脚，僵硬地抬起双手，把铁锅从燃气灶上取下，放在餐桌上。掀开锅盖，屋子里好像变得更加阴冷了。他找来两副碗筷放在锅边,然后直勾勾地看向黄玲。"快来尝尝,很好喝的。"

"嗯。"黄玲轻轻点头,她朝铁锅内看了一眼,里面是一个被切碎的布娃娃,各种残片漂浮在锅内的清汤上,最显眼的是一个塑料人脸。娃娃的脸被煮化了一部分,不过黄玲还是一眼认出,这个娃娃就是贾明给自己买的第一个娃娃,很便宜的娃娃。那时候两人刚到江州市,还没结婚,青涩单纯,对未来充满希望。看着锅内被切碎的娃娃,黄玲感觉自己心里那一段珍贵的记忆被人狠狠撕碎。

"你怎么能用它来做汤?"黄玲没有忍住,还是说了出来。

贾明没有回答黄玲的问题,他拿起锅内的汤勺,给黄玲盛了满满一碗,说:"尝一尝。"

"这是我们两个人之间的回忆啊!"黄玲站在旁边,她感觉自己身体里的力气正被一点点抽出去。

"回忆?"贾明看着锅内的娃娃,用一种很疑惑的语气,回了一个更吓人的话。"这不是我们两个的孩子吗?和记忆有什么关系?"他吞咽着口水,喉咙里发出难听的笑声。"好多孩子,扔掉了它们还会回来,干脆全部吃到肚子里去。"一个正常人绝对说不出这样的话!

贾明踮着脚,脑袋斜搭在肩膀上说:"快,都吃了,把这些都吃了!"

黄玲手拿勺子,她看着碗里漂浮的碎片和那个娃娃的脸,有点想吐。她的手指触摸着手机屏幕,想要拨打陈歌的电话,但是转念一想,打了电话又有什么用?陈歌不可能立刻赶过来,等他来到的时候,自己恐怕已经遭遇不测。

"怎么不吃啊?不好吃吗?你不喜欢这个味道吗?你听啊!这里面还有孩子的哭声?多么美妙的声音。"贾明拿起锅里的汤勺,喝了一大口,明明只是清汤,他却好像品尝到了极品珍馐一样,露出了很享受的表情。"我讨厌孩子,尤其是那些从红房子里跑出来的坏孩子,它们偷了门里的东西,好想吃掉它们。"喝完之后,贾明上翻的眼睛慢慢恢复正常,他看向黄玲。"快喝啊!难道你是想让我喂你?"

握紧了勺子,黄玲怎么都下不去口,她纠结的样子落在了贾明眼中。

"不知道怎么下口吗?我来帮你。"贾明拿起了餐桌上的水果刀。"让我帮你划开,没事的,很快你就能把这一锅全部喝掉,以后我还会为你做更美味的汤,用更加新鲜的食材。"贾明踮着脚走向黄玲,他的语气非常吓人。黄玲再也控制不住了，她扔掉手里的汤勺直接按下了一键拨号，巧的是在她按下一键拨号的瞬间，有人正好在这个时间打来了电话。她一键拨号的电话没有打通，手指按在了接听按键上。

"你是今晚坐我车那人吧？你把我车弄成这样子，扔两百块钱就以为能解决？今晚要是不给个说法，那我就……"

"救命！救命！快报警！我住在四楼！我丈夫他疯了！"听到手机那边的声音，黄玲彻底失控，她拿着电话高喊，冲向客厅的门。就像是溺水的人抓住了最后一根稻草，黄玲爆发出前所未有的潜力冲向大门。客厅的门分两层，里面的门被她轻易打开，但外面的防盗门却被人反锁住了，想要打开必须要找到钥匙才行。

"救命！救命啊！"黄玲的声音在楼道里回荡，阴冷的风灌入她衣袖当中，她拼命晃动着门锁。

"我警告你，别吓唬我啊！"手机里年轻司机的声音在打战，他昏迷了大半个晚上，刚清醒过来，看见车里有人留了字条，所以才打个电话想要问清楚今晚发生了什么事情，顺便再要些赔偿。

"救命——"黄玲仍旧在高喊，她拼命地撞着防盗门，尖叫声整栋楼都能听清楚。

"喝一口吧。"丈夫悄无声息移动到了黄玲身后。

"救命！"黄玲声嘶力竭地叫喊，她后背撞击着防盗门，手机照向贾明，眼前的画面让她更加崩溃！

贾明脑袋歪歪斜斜耷拉在肩膀上，眼皮上翻，眼睛外凸，他根本不是踮着脚尖，是他身后的影子掐着他的脖子，一直在提着他到处移动。"喝一口吧。"

"救命！别过来！"楼道里黄玲的声音传出很远，大概几秒之后，黄玲家对面的房门忽然被人打开，一个老太太朝外看了一眼。这个时候贾明已经将碗内的汤灌进了黄玲嘴里，看着黄玲的身体软软倒下，目光变得呆滞起来。对门的老人对这场景已经是见怪不怪，她打开防盗门走到黄玲家门口，带着一丝同情询问道："小贾，黄玲她又犯病了？"

贾明搀扶着黄玲，他低垂的头慢慢抬起，神色完全恢复正常，只是表情有一点僵硬地说："哎，一到晚上就做噩梦，死活都不肯吃药。"

"真难为你了,守着一个病人。"老太太轻轻摇头。"你最好还是带她去正规医院看看吧,这个月她已经犯三次病了,再这样下去指不定会出什么事儿。"

"嗯,一定。"贾明挂断黄玲的手机电话,关上了防盗门。

楼道里重新恢复平静,老太太看着贾明家的防盗门,颇有些不忍。"房子没了,孩子也没了,这么大的打击也难怪会疯,就是可怜小贾了。"

楼底下,出租车司机听着电话那边传来的忙音,还没从震惊中反应过来。"什么意思啊?我这是卷入了一场凶杀?听说还有人生病?"司机感觉脑子都是蒙的,一觉醒来,车子停在一个陌生的家属院里,他连自己在哪儿都不知道。

"还是报警吧。"手在发抖,司机直接拨打了报警电话……

第4章 小布的结局

陈歌在"暮阳中学"最后一间教室外面休息了一会儿，又重新进入教室当中。

阴气消散，那几个精神病身体接近透明，但是凶性依旧不减，仍旧没办法沟通。

"这还真是病得不轻。"将他们重新收回病历单，陈歌走出"暮阳中学"，进入"第三病栋"场景，随便找了一张病床，也没脱外套，倒头就睡……

早上八点，陈歌被手机闹钟惊醒。

"睡得还挺舒服。"陈歌揉了揉眼睛，打开了病房的门。"这么多床位晚上都空着也挺浪费的，感觉可以开个只在晚上营业的旅店。"

陈歌跑到员工休息室，他本来很担心小顾被白猫和小小欺负，进去后才发现，小顾睡得很死。"心真大，不过这样的人，对新事物的接受能力才强。"陈歌弄醒小顾，两人简单打扫了一下冒险屋卫生，然后就准备开始新一天的营业。拉开鬼屋防护栏，阳光洒在陈歌身上。陈歌默默感觉，从地下尸库回来后，体温虽然仍在降低，但下降速度好像慢了许多。

"老板，你开门可是越来越晚了！"休息厅里走出一个上围傲人的女孩，她手里提着一份早餐。"你的。"

"还不到八点二十,是你来太早了。"陈歌接过早餐吃了起来,这时候小顾也从鬼屋里走了出来。

"早啊,徐婉姐!"小顾没什么心眼,大大咧咧从鬼屋里走出,有些羡慕地看着陈歌的早餐。

见小顾从鬼屋里走出,徐婉礼貌性地打了个招呼,她正要往里走,瞳孔突然震了一下,停在原地看向小顾。"防护栏是刚打开的,你昨晚没回去?"徐婉不等小顾开口,表情变得更加怪异。"你怎么穿着老板的衣服?"

"昨晚下雨啊,我回家的时候……"小顾说到一半,突然想起陈歌不让自己把昨晚的经历告诉别人,他闭上了嘴,然后看向陈歌。徐婉也略有幽怨地望着陈歌,似乎是想要一个解释。

气氛有些不对,陈歌也愣住了,问:"你俩都看我干什么?"

整个西郊冒险屋老板、员工加在一起,一共也就三个活人,陈歌可不想大家之间闹什么别扭,赶紧解释道:"小顾昨晚回家打不着车,又下了暴雨,没办法,我就让他在休息室里住了一晚,我自己昨晚一直在场景里忙活。对了,不说我都忘了,小顾,我今天下午给你放半天假,你去把东西收拾好,然后就在西郊乐园附近租个房子住,房租我先给你垫上。"

"谢老板!"小顾到现在还没明白怎么回事,开开心心地朝着化装室走去。

听到陈歌的解释,徐婉心情也瞬间变好。"老板,那我也去化装间了,一会儿记得过来给我化装啊。"

"好的。"看着充满朝气的员工,陈歌自己也充满了干劲。

九点乐园开工,游客络绎不绝,不过让陈歌奇怪的是,竟然没有一个人再愿意去挑战"地下尸库"场景。忙碌到中午十二点,大家在员工休息室准备吃饭的时候,休息厅里跑出一高一胖两道身影。陈歌看清楚那两人,连忙放下饭朝鬼屋里走去。

"陈老板!我有要紧的事情找你!"那个胖胖的身影,以和他体形不相符的灵活追上了陈歌。

陈歌知道躲不过去,才一副刚刚看见的样子,热情地抓住了对方的手。"范聪?你怎么来了?快坐,咱们俩也算是一回生二回熟,今天来我这是想参观哪个场景？"

拦住陈歌的正是之前被吓晕的范聪,以及他哥哥——新东方国际饭店厨师范大德。范聪的手很凉,他脸上有两个黑眼圈,似乎好久没有睡过觉了。"陈老板,我可能真需要你的帮助。"

他语气郑重,不像是开玩笑,陈歌也认真起来。"到底发生什么了?"

"我之前给你说的那个换装小游戏你还记得不?"范聪在被送进乐园医务室后,曾给陈歌讲过那个怪异的小游戏,他怀疑那个游戏是根据一起真实凶杀案改编的。

"记得,主人公叫小布。"那款游戏给陈歌留下了很深的印象,原因很简单,范聪曾说过,游戏主人公在打开地下室的门后,游戏画风改变,而他操控游戏主人公小布在画风改变后遇到的第一个场景就是汽车站台。站台里有一道红色身影,以及一辆破旧的公交车。这一切都和昨晚小顾的遭遇吻合!

站台上的红色身影代表穿着红雨衣的女人,那辆破旧的公交车代表104路末班车。也就是说,那个游戏的制作者很可能也经历了这一切。

"你还记得就好。"范聪搓了搓手,他沉吟片刻后说道。"那个游戏我已经通关了,可是……"

"别有顾虑,有什么就说什么。"陈歌比范聪还要紧张,他现在已经可以肯定,那个游戏里隐藏着很大的秘密。

"我这两天没有睡觉,通关了那个游戏四次,获得了四个不同的结局。"范聪脸上的肉挤在了一起。"可这四个全都是坏结局,小布用不同的死法,死了四次。我猜测还有其他的结局,而那些结局里小布可能还会有更多的死法。这是个完全没有希望的游戏,或者说,我根本找不到希望在哪里。"

"你不要急,慢慢说。"陈歌拉着范聪来到休息厅。"你把具体的通关过程告诉我,或者今晚我去你家见识见识那个游戏。"

范聪情绪很不稳定,明显是受了很大的刺激。"陈老板,那个游戏真的是太绝望了,小布每次死的时候,我都感觉她在看着我,好像是我亲手杀死了她一样。"缓了口气,范聪拿出自己的手机。"我每通关一个结局,都会记录流程,下一次更改选项,去尝试新的结局。"滑动屏幕,范聪点开手机便签,上面密密麻麻全是字。"解锁这个换装游戏所有成就之后,系统奖励了我一件'妈妈的睡衣',地牢钥匙是在睡衣里发现的,也是在发现钥匙之后,游戏主人公的名字变成了小布。接下来发生的事情我曾给你讲过,地牢入口隐藏在同学家壁橱后面,使用钥匙后,治愈系游戏画风发生改变。我操控小布从地下走出,看到了一个车站,为了躲避红影怪物,被迫坐上了公交车。公交车辆很快开动起来,在公路上行驶。穿着妈妈睡衣的小布会在公交车里来回走动,没过多久,游戏里传出孩子的哭声,强忍着听了一会儿后,屏幕上会出现两个选项:寻找哭声的来源和询问司机。

"我第一次选择的是询问司机,可等我来到驾驶室的时候发现,这公交车上空无一人,根本就没有司机。哭声越来越大,感觉已经不像是从电脑里传出,而是直接在我脑子里哭一样。公交车很快到达了第一个站点——荔湾镇,此时屏幕上出现了一行字:我要快点儿离开这个地方才行。我操纵小布离开公交车,下了车后回头看公交车,惊悚看到公交车窗口挤满了人脸,他们隔着电脑屏幕,全都在看着我。不等我做出反应,站台上一道红影就跑了过来,是那个穿着红色雨衣的恐怖女人。为了躲避她的追赶,我跑入旁边的荔湾镇。

"这个小镇就是换装游戏主人公到处做任务的小镇,建筑布局都一样,只不过风格完全不同,从欢快、温馨、充满阳光,一下变得阴郁、灰暗、充满着不安和诡异。红雨衣追在身后,我操控小布在街道上狂奔,屏幕下面不时会弹出——救命两个字,但是小镇里却没有一个人出来。最后我被逼入了一栋破旧家属楼内,无路可逃。红雨衣越来越近,屏幕上她的脸在不断放大,慢慢占据了整个屏幕。她黏在一起的黑发向两边分开,红雨衣露出了自己的真容,她双眼满是血丝,嘴巴被人缝上,看起来极为瘆人。电脑里传出很可怕的笑声,紧接着屏幕上出现了一行字——小布成了她的新孩子。小布的脑袋被红雨衣头发包裹住,我再也无法操控小布了。"范聪说完后深吸了一口气,游戏画面太压抑,似乎回想起来都让他觉得难受。

"这算是其中一个坏结局吗?"陈歌从工作人员手里拿来一瓶水递给范聪。

"相比较其他结局,这算是最好的一个了。"范聪没有去接那瓶水,他脸色发白,继续讲起了其他几个结局。"小布被红雨衣带走后,屏幕黑掉,电脑里传出孩子的哭声和笑声,片刻后浮现出一行灰白色的字体——你为什么要杀我?那字体就像是孩子麻木绝望的眼睛一样,看得让人很揪心。许久之后,字体消散,屏幕恢复正常,小布穿着妈妈的睡衣,仍旧躺在自己房间里。"

范聪说到这里,陈歌抬手打断了一下,问道:"躺在自己房间?也就是说人物死亡后,读档地点是自己房间。"

"没错,她躺在床上,就像是刚才经历的一切只是个噩梦一样,窗外仍旧阳光明媚,人们相互问好。"范聪并不觉得这有什么奇怪的。"游戏重新开始,我又操控小布进入同学家的地牢,坐上了公交车,只不过这次我做出了和刚才不同的选择。"

"你选择了自己在车上寻找孩子的哭声?"东郊和西郊不同,所有恐怖场景和怪谈似乎被什么东西串联了起来,形成了一个整体,牵一发而动全身,不能莽撞。陈歌感觉那游戏里隐藏着重要的线索。

"是的,我操控小布来到公交车最后一排,看到了一个破旧的书包,这时候屏幕下面弹出来了一句话——小布在书包里找到了一个进水的手机。游戏里小布将手机打开,这时候对话框又出现了几句话,似乎是小布将手机屏幕上的内容念了出来。"

"最后一排的书包里有一个手机?手机上都说了什么?"陈歌想起昨晚小顾说过,他在104路末班车上见到了一个高中生,那个高中生抱着书包坐在最后一排,手一直伸在书包里,好像抓着什么东西。

"我都记下来了,这几句话也是我今天来找你的原因,因为我觉得这可能已经脱离了游戏的范畴,里面绝对隐藏着一起发生在现实当中的凶杀案。"范聪将自己手机递到陈歌眼前,便签上写着三句话。

九月一日,我和妈妈新搬入了一间公寓,邻居是一个独居年轻人,他养着一条大狗,看起来很温顺,叫小布。

九月七日,我上网回来的时候,看到邻居抱着一个黑色的大袋子朝楼下走,他神色悲伤,说养了那么多年的宠物就这样离开了自己,那条爱犬好像吃了不干净的东西,死在了家里。

十月末的时候邻居搬走了,房东在邻居家冰箱里找到了满满一冰箱的狗肉,小布死的时候,邻居一定很难过吧。

这三句话乍一看没什么,但前后仔细读一遍就能发现问题所在,邻居神色悲伤地抱着一个黑色大袋子下楼,说自己养的宠物死了,可房东后来在冰箱里发现了满满一冰箱的狗肉,那九月七号晚上,手机主人看到的黑色袋子里究竟装着什么?

范聪手指继续向下滑动屏幕。"我查了一下去年九月江州市的新闻快讯,当时确实发生过一起类似的凶杀案,而那起凶杀发生的地点就在游戏里所说的荔湾镇。"

游戏里手机留下的信息和现实当中的案子相吻合,这让范聪内心变得更加恐惧。"我查看了所有新闻,报道中说那具尸体就是用黑色袋子包裹,死亡时间是在九月七号左右,抛尸地点也距离荔湾镇非常近。"

"你就是因为这案子所以才过来找我?"陈歌也意识到了问题的严重性。"为什么不直接报警?"

"我不敢说,这个游戏涉及的案件远不止这一起。"范聪的话让陈歌都有些惊讶。

"不止一起案子?"陈歌示意范聪继续往下说。

"我操控小布获得手机后,就再没有其他提示。公交车很快开到了荔湾镇,下车后,红雨衣女人追来,不过这次情况发生了改变。"范聪皱着眉头,"这可能是一个小小的BUG,小布在将学生书包交给红雨衣后,那个疯女人就没有再追过来,抱着书包就好像抱着孩子一样离开了。"范聪不理解的情况陈歌倒是知道原因,可能书包主人曾在公交车上救过红雨衣的孩子,所以她才在看到书包的时候选择放过小布。昨晚小顾歪打正着,也因此逃过了一劫。红雨衣很有可能是红衣,不过她和一般的红衣不同,残暴凶狠的外表下藏着对自己孩子的执念,那是一种无法替代的浓烈感情。

"红雨衣离开后,我操控小布再次进入荔湾镇,没有再被追赶,当是我的心情很轻松,但是进入小镇后,我才发现自己太天真了,我低估了游戏制作者的变态程度,也低估了人性的恶。"范聪说着说着眼睛竟红了起来,显然后面的内容让他极为不适。"公交车在小布下车后朝着远处开去,车上依旧传出孩子的哭声和种种惨叫声,那辆车最后去了哪里我也不知道。小布的视角中那辆公交车最后被一层灰雾吞没,消失在了小镇的边缘。在我看来,这辆车更像是运送亡灵的专车,将枉死者送到某一个地方去。"

范聪声音很低,现在明明是中午,太阳最毒的时候,但是他却好像很冷,说话的时候身体在轻轻打战。"等公交车开走后,我操纵小布继续往前,进入荔湾镇当中。这次没有红雨衣的追赶,我很放松地在小镇中转悠。灰蒙蒙的街道被大雾笼罩,两边的建筑全都是死灰色,走在中间感觉像是在另一个世界当中一样。路上看不见一个人,所有店面都关了门,家家户户门上都贴着一些白纸,写着一些奇怪的符号。我感觉那场景就像是一个噩梦,我在建筑上看到很多具有象征意义的东西,到处都是诡异的图案,看着十分吓人。"范聪陷入恐惧当中,他的这种恐惧,旁人很难理解。

"你别紧张,看到什么就说什么。"陈歌安慰道。

"我操控小布来到了街道中央,这时候屏幕上又出现了一个选项,问我选择东街,还是西街?"

"你是怎么选的?"陈歌为了处理童童的事情,亲自去过荔湾镇,他心里很清楚,荔湾镇东街和西街的区别。

"我选择了看起来比较繁华的西街。"范聪苦笑了一声,噩梦也是在这个时候开始的。"确定选项之后,我操控小布进入西街,两边的商店全部关了门,街道上空空荡荡的,小布一直往前走,来到一个小区。那小区似乎有些年头,墙皮脱落,楼层当中的窗户全都紧闭着,不过能看到窗户后面有一只只眼睛。这似乎是小布幻想出来的,又或者有特殊的寓意,那些眼睛清楚地看到了小布经过小区门口。

"我操控小布路过小区的时候,屏幕下面又探出了一个聊天框,里面写着一句话——小布感觉有人在看她,那目光就像是野兽一样,好像要把她连皮带骨头全部吞掉。再次点击屏幕,对话框消失,小区里走出了一个中年人,穿得十分邋遢,似乎还喝了酒。这个人靠近小布后,屏幕下面的对话框再次出现——那个男人走过来了,他拿着酒瓶,裤子上还有血迹。我操控小布躲开醉汉,想要往远处跑,但是醉汉却追了过来,我没办法只有不断逃窜,绕着家属院转了一圈仍旧没有甩掉他,后来我想着最危险的地方就是最安全的地方,一狠心躲进了小区当中。醉汉在小区门口徘徊,这时候家属楼内走出了另外一个女孩,她似乎也很害怕醉汉,快步跑了出去,可醉汉似乎已经被酒精吞噬了理智,他就跟在女孩后面。几分钟之后,醉汉拖着女孩回到了小区,钻进了某个楼道当中。

"这时候屏幕上又出现了一个选项,是否跟随醉汉进入楼道?

"我想要救那个女孩,所以选择了跟随,但接下来发生的场景,真的让我无法接受。"范聪几乎要说不下去。"我操控小布跟着醉汉进入楼道,来到104房间,屏幕下面又出现了一行字——你亲眼看到小布被做成了泥塑,因为恐惧,你的身体无法移动。"

"小布?"

"对,游戏里所有的受害者好像都叫作小布。"

"明白了,后面又发生了什么?"

"这该死的游戏无时无刻不在挑战人的三观,我只能眼睁睁看着醉汉靠近,然后屏幕上出现了另外一句话——小布被水泥浇灌,成了艺术家新的艺术品。"说到这儿,范聪停顿了一下,他抬起头,眼睛里满是血丝。"有了上一次的经验,我在小布死后,立刻开始搜查新闻,和我猜想的一样,去年十月十一日,荔湾镇西街某小区104房间里曾发现一件特殊的艺术品!凶手目前已经被逮捕归案,不过警方逮捕的凶手并不是那个艺术家,而是104房间的户主,也就是房东。"

"抓错人了吗?"

"从游戏上显示的结果是这样的,我之前匿名反映了一次,但是并没有什么效果。"范聪苦着一张脸,后面他还有更加恐怖的东西没有说出来。

"两起凶杀,这涉及的东西太多了。"越是往下听,陈歌越觉得这个游戏不一般。

"第一个结局小布被红雨衣带走,成了红雨衣的女儿;第二个结局小布被做成雕像,变成了艺术家的作品,这两个毫无疑问都是坏结局。"范聪声音中透着一丝无力。"读档重新开始,小布又在自己房间里清醒,我操控她开始进行第三次尝试。"范聪是个游戏爱好者,这个游戏对他来说有一种莫名的吸引力,既害怕又想玩。"和上次不同,我这回在选择前往东街、西街时,选择了相对破旧的东街。两边的建筑是灰黑色的,墙皮斑驳,线路复杂。这游戏是一个自由度极高,充满死亡陷阱的开放世界,作为玩家永远不知道自己可能会遇到什么恐怖的东西,又会以什么样的方式迎来死亡。我玩了那么久以后也发现了一个问题,在这个游戏里,人比鬼还要可怕。看见鬼,还有逃生的机会,但遇到人几乎就是必死的结局。"范聪把自己心里想的全部说了出来。

"游戏制作者对人的看法比较偏激,或许跟他自己的经历有关。"陈歌示意范聪继续往下说。"小布的第三个结局是什么?"

"我操控小布漫无目的在街道上走动，经过一栋公寓楼时，楼道里急匆匆跑出来一个身体消瘦的男人，他似乎是想要抓紧时间离开小镇。放在其他游戏里，这就是一个很普通的NPC，但在这个游戏里，只要是个活人或多或少都有问题。那人从小布身边跑过，屏幕下面弹出了一段话——他们为什么会需要那么多小孩？该死的，警察要来了，早知道就不该接这单生意。男人离开后，电脑屏幕上又出现了两个选项：进入楼道和继续向前。

"出于好奇，我选择了进入楼道。公寓楼内堆满了垃圾，看着十分破旧，我操控小布来到顶层，发现通往楼顶的门是开着的。继续往里走，我看见楼顶有一个小菜园，不过里面种的所有蔬菜和花朵全都已经枯萎了，在菜园旁边并排摆着几个大水缸，可能是楼内居民用来腌制什么东西的，每个水缸上都压着一块大石头。一开始我没有多想，楼顶风大，石头压着可以防止盖子被吹跑。可等我经过那水缸的时候，屏幕下面又弹出来了一个对话框——小布听见水缸里传出手机铃声。我知道自己可能触发了剧情，四周寻找工具，将水缸盖子上的石头搬开。"范聪说到这里的时候，表情非常压抑。"你根本想不到水缸里藏着什么。"

"一个孩子吗？"陈歌表情也发生了变化，范聪讲的这第三个故事，正是童童的故事！那个被藏进楼顶水缸里的可怜小男孩，就是童童。

范聪诧异地看了陈歌一眼，然后点了点头说道："里面塞着一个肢体扭曲的小男孩，男孩胸口还抱着一个手机。他的脸色青紫，皮肤呈现灰白色，四肢扭曲，我操控小布发现他的时候，他已经不行了。"范聪哭丧着脸。"我操控小布将男孩尸体上的手机取了下来，来电显示是孩子妈妈打来的，当时我接通了电话，可能就因为这个举动，触发了什么东西。楼道里传出脚步声，那个刚才跑下去的男人从楼顶那扇门中探出头，他脸上的表情非常可怕，双手掐住了小布的脖子，将小布塞入了第二个水缸里。这是第三个坏结局。"范聪已经不想再说下去了，他感觉这个游戏就是在折磨人性，用最极致冷漠的方式拷问一个"人"。

听完小布的第三个结局，陈歌思索很久，将手中的水放在一边，语气变得严肃起来。"范聪，我觉得你还是报警比较好，我会陪同你一起去。"

范聪在水缸里发现的小孩就是童童，所有的特征都吻合，在他讲述的过程，陈歌还注意到一个细节，杀死童童的凶手第一次和小布见面时，说的一句话——

他们为什么会需要那么多小孩？

这句话透露出了一个非常重要的信息，诱拐儿童案背后另有真凶！这个真凶很有可能就是将整个荔湾镇变成鬼蜮的罪魁祸首！

"那个害了童童的畜生应该还在监狱里，看来今天要去一趟市分局了。"想要见到那个凶手，仅凭陈歌的力量不行，必须依靠颜队才有可能。"小小一个游戏里隐藏了这么多案子，东郊要比西郊危险太多了。"对比一下两个地方，陈歌发现西郊的所有恐怖场景，都被局限在某一个范围内，这可能也和他父母有关。而东郊则完全不同，各个恐怖场景相互融合，在黑夜中悄无声息地扩张，暗中似乎还有某个恐怖的东西在推波助澜，最后导致的结果，就是东郊白天看着一切正常，但到了晚上以后，各种界限开始模糊了。

"我只想安安稳稳地经营自家鬼屋，但是让他们再这么扩张下去，迟早会影响到我。"陈歌为自己主动出击找到了理由。"人分好坏善恶，怨念也如此，冒险屋升级为战栗迷宫之后，能拥有更多的红衣和怨念，等除掉了怪物之后，我倒是可以为那些流离失所保有善意的怨念提供一个家。"陈歌和范聪都陷入了沉思，只不过两人所想完全不同。

几分钟后，范聪先开了口："陈老板，报警这个事，你让我再考虑一下。"

"为什么要考虑？游戏里涉及凶杀案，这很严重。"陈歌有些不解。

"我再想想。"范聪似乎有什么难言之隐，所以他才在第一时间来找陈歌，而不是直接报警。阳光照在身上，但是范聪却感觉不到丝毫温暖。

"没事儿，你慢慢想，三天之内给我答复就行，再晚恐怕会发生不好的事情。"陈歌是真的担心范聪被某些东西盯上，毕竟这个游戏记录了太多真实残忍的东西。

"嗯。"范聪咬着自己手指，上次来鬼屋参观时，陈歌就发现范聪有这个习惯，一紧张就会咬手。陈歌没有强迫范聪去报警，对方不愿意肯定有原因，他能做的就是将道理说明白，至于报不报警，还要看范聪自己。

"能给我说说第四个结局吗？"陈歌对那款游戏愈发好奇了。

站在阳光下面，范聪少见地沉默了，他的心现在很乱。"第四个结局比较复杂，经历三次死亡之后，我也大概掌握了这个游戏的玩法和相关设定，在小镇里探索了半个小时才被杀害。这第四个结局，一时半会说不完，不如今晚你到我家来，我让你亲眼看看那个游戏。"

"也行。"陈歌点了点头。"那你们先在这里休息，有什么需要可以随时联系我。"说完陈歌朝鬼屋里面走去。

完成东郊隧道噩梦级别任务之后，黑色手机奖励了他天赋技能——鬼耳，所以就算距离很远，他依旧能听见身后范大德和范聪兄弟两个坐在休息厅角落里小声交谈着。

"小聪，咱家昨晚发生的那件怪事真不用告诉他吗？"范大德忧心忡忡，"游戏里的人好像跑出来了，这事就算报警，人家估计也不会相信。"

"今晚等陈老板来了再说，那个游戏我是不敢再玩下去了，或许可以再给它找一个新的主人。"范聪咬着手指，双眉皱在一起。

午餐休息时间已过，陈歌又进入鬼屋忙碌起来。

晚上六点多，鬼屋停止营业，陈歌让小顾去附近挑选租住的地方，自己和徐婉将鬼屋卫生打扫了一遍。

全部忙完，已经是晚上七点。"老板，咱们乐园旁边新开了一家餐厅，你有没有兴趣？"卸完了妆，徐婉漫不经心地背着包从陈歌旁边走过。

"今晚不行，等会儿我要去警局一趟。"陈歌见徐婉表情没有发生什么太大变化，也就没有往心里去。"下次我请你。"

"嗯，说好了。"

"一定。"目送徐婉离开，陈歌回到员工休息室，将复读机和漫画册装进背包。"带着碎颅锤去警局总感觉不太妥当，毕竟我只是问些事情而已。"陈歌单手提包，锁好鬼屋门，跑出乐园。

在路边等车的时候，陈歌拿出手机给颜队打了电话，铃音刚响三次就被人接通，足可见颜队对陈歌的重视。

"颜队？我是陈歌，上次那案子凶手抓到了吗？"

"挖眼案已破，医科大雕像藏尸案主犯也已经落网，但是重点嫌疑人高医生仍在外逃窜，不过抓住他应该也只是个时间问题了，现在大街小巷全都是监控，他迟早会露出马脚。"颜队前段时间忙得焦头烂额，最近一两天才刚闲下来。

"也就是说，之前的几起恶性案件都可以顺利结案了？"陈歌看到远处来了辆出租车，他赶紧招手。

"怎么？听你的意思，你还准备再给我们找点事情做？"颜队警惕起来，陈歌这家伙太邪门，去哪儿哪儿出事。

"一点小事而已，颜队，我现在去市分局找你怎么样？"陈歌坐进出租车。

听到陈歌的话，颜队过了两三秒才反应过来，他虽然做好了心理准备，但还是有点接受不了。"你先等等，你不觉得自己最近来警察局的次数太频繁了吗？"

"颜队，具体情况你不了解，我之前在东郊意外发现了一起凶杀案，嫌犯已经移交东郊公安机关，但后来我发现那案子很不简单，背后可能还隐藏有其他案子。"陈歌想了一下，补充道。"涉及失踪人口，还有拐卖儿童。"

一听到拐卖儿童，颜队那边就改变了主意。"我现在在家，十五分钟后市分局见。"

"好的。"

陈歌挂断电话，朝司机喊了一声："师傅，去市分局。"

他说完后，那司机磨磨蹭蹭发动车子，不断通过后视镜偷看陈歌。

"老哥？我脸上长什么东西了吗？"

"没、没有……"司机脸色一下变得很差，似乎和陈歌说话都是一件很恐怖的事情。

"那你偷偷摸摸盯着我干什么？"陈歌不觉得司机会害自己，只是他的态度有点奇怪。

司机没有说话，老老实实将车开到了市分局。付了车钱，陈歌这边刚下车，那司机就立刻加速逃走了。

"感觉他好像不是太待见我？我在车上做了什么事情让他误会了？难道是因为我要来市分局报案？"陈歌一想也对，在普通人看来，谁没事儿会往警察局跑。将出租车司机的事情放在脑后，陈歌在经过门卫同意后进入市分局。

"小陈，颜队临时有事，可能会晚来一会儿，你先跟我说说大概的情况。"刑侦一组组长李政也被叫了过来，他跟陈歌是老熟人了，虽然他自己都不知道为什么一个刑警会和普通群众这么熟。李政带着陈歌进入办公室，他打开电脑，又准备了录音笔和普通纸笔。"把你觉得重要的全都告诉我，如果理由不够充分，我们也没办法帮你进看守所见犯人。"

"明白。"陈歌没有提及任何和游戏有关的东西,只是将自己如何抓住杀害童童那个凶手的过程说了一遍。

警察破案是通过蛛丝马迹去找到凶手,而陈歌"破案"的顺序正好相反,他询问童童,直接确定了凶手是谁,再开始针对性地"搜集证据"。

李政当然不知道陈歌一开始就知道凶手是谁,只是觉得陈歌的"推理"天马行空,看起来完全无法关联起来的东西,最后不仅相互佐证,还能全部串联在一起,形成一个缜密严谨的证据链条。在陈歌的推理快要结束的时候,颜队也来了,他带给了陈歌一个好消息。"我已经和看守所那边取得联系,对方安排你明天早上八点和犯人见面。"

"多谢颜队,不过明天会不会太晚了一点儿?我就简单问他几个问题,给我十分钟就够了。"东郊变数太多,陈歌不想拖那么久,他其实准备今晚就过去的。

"想要提前,也不是不可能,以前我们也有过先例。"颜队拿起李政之前做的记录。"来的路上,我登录公安内部系统看了一下案宗,你说的这个案子里确实有很多蹊跷的地方。"

"这个案子背后牵扯了很多东西,可能隐藏着一个大型拐卖儿童团伙,所以我才着急。"陈歌他没敢把知道的全部说出来。

"正因为这案子可能涉及其他东西,才更要谨慎。"颜队看着李政整理出来的资料,手指无意识地敲击着桌面。"案宗里记录的情况和你说的都差不多,不过有一点让我很疑惑,凶手被扔在派出所门口时已经完全陷入昏迷,医生说他精神受到了极大刺激……"

陈歌已经意识到颜队想要说什么了,他语气冷冽地说:"可能是因为他杀害了孩子,每天承受巨大的精神压力,所以脑子才会出问题。"

"看来你在抓住他的时候,他就已经半疯了。"颜队将这句话添加在了笔录最后。

"不管谁问,我都会这么说,因为这就是事实。"陈歌反应很快,立刻明白颜队是什么意思。

颜队轻轻点头,将陈歌的笔录收好,递给李政。"一起带上,我再去打几个电话。"颜队走出办公室打起了电话。

姜还是老的辣。陈歌望着颜队的背影，他忽然想到了一个问题。在和其他警察交谈的时候，比如说李三宝、李政等，他们遇到不能确定的问题时经常会说，要按照市里面的指示，或者上面的要求，但是颜队从来没有说过这样的话。

三分钟后，颜队推开了办公室的门说："李政，去开车，咱们两个陪陈歌一起过去。"

"好。"

事情发展得要比陈歌想象中顺利，晚上八点半，颜队、李政已经带着陈歌来到了东城看守所。出示证件之后，他们在专人带领下，停在了一个单间外面。

"马福暂时被隔离关押，估计他知道自己难逃一死，已经彻底崩溃，半疯半傻。"看守所那人也知道马福是因为什么才进来的，对于这样的人渣不需要任何同情。"你们在讯问的时候一定要注意安全，死到临头的人，指不定会做出什么事情。"几人在单间外面交谈，屋子里的马福似乎听见了动静，单间里响起脚步声，紧接着就听到嘭嘭的拍门声。

"救救我！放我出去！它们回来了！有鬼！这屋里有鬼！"这是个中年男人的声音，前言不搭后语，声音很大。

"习惯就好，刚送进来的时候，这疯子甚至不敢盖被子，不敢穿衣服，每天晚上光着身子贴着墙睡觉。"看守人员提到马福也直皱眉。

"不敢盖被子？不敢穿衣服？"李政是第一次听说这样的事，他下意识地看向陈歌。

陈歌轻轻摇头，没有开口，其实他心里很清楚马福为什么会变成这样。那天晚上，陈歌和童童找到马福后，童童使用了自己的能力，激发出马福内心深处最害怕的场景。

只要到了午夜十二点，床上熟睡的马福就能感觉到被子里有东西在动，他迷迷糊糊往被子里看，里面有一个死灰色的小孩在盯着他。他瞬间被吓醒，一下把被子掀开，结果发现床边围满了小孩，这些孩子全都是被他拐卖或者经过他手的孩子。那一张张脸、一只只手全部抓向他，钻进了他的皮肤里，很快他满身都是小孩的形状。被他伤害过的人，总会回来，而他只能惨叫哀号。

"吵什么吵！退后！"看守人员冲着铁门内喊道。"你们可以先去旁边等着，一会儿我们会把他控制住。"三名看守人员站在铁门旁边，就是为了防止意外出现。

"让我出去！求求你们！让我出去！有鬼！这屋子里有鬼！"中年男人不断用头、用手击打铁门，情绪完全崩溃。

"现在知道害怕了，犯事的时候怎么不多想想？"看守人员似乎是考虑到有外人在，十分克制。"几位，你们要不先去外面？等会儿我直接把人给你们送到审讯室去。"

"你们这里也有审讯室吗？"陈歌进入看守所后，第一次开口。

"这位是？"看守所的人对陈歌没什么印象，他们接到领导的通知是全力配合市分局刑侦队。

"我叫陈歌。"陈歌不再理会看守人员，站在门口，透过门上的铁窗朝里面看去。他的双瞳缩小，声音不大，只有周围几个人能听到。"原来你叫马福。"

单间里捶打房门仿佛犯病一样的中年人，听到陈歌的声音后，突然停下了所有动作。他慢慢抬起头，看到陈歌的一瞬间他就发出一声尖叫，身体好像触电似的，一连往后倒退了好几步。

"鬼，鬼！"他嘴唇打战，眼中溢满了恐惧，不断重复着同一个字。

这场景将几位看守和警察都给镇住了，仅仅看一眼，就被吓成这样，眼前这个年轻人有那么可怕吗？

"开门吧，我想好好跟他谈一谈。"陈歌站在门口，但这时候看守又犹豫了，他们感觉这么搞会出事，很担心在判决书下来之前，犯人直接被吓死在看守所里了。

房门打开，三位看守抢先进入屋内控制住了马福。"有什么要问的就快问，你们只有二十分钟。"其中一位看守拦在陈歌和马福中间。"保持一下距离，就这样问吧。"

"好的。"陈歌根据范聪讲述的事情判断，马福很可能见过东郊的幕后黑手。"几年前，你是不是拐走了一个叫童童的男孩。"

"我不记得了。"马福全身都在颤抖，他的样子不像是在撒谎。

"那你记不记得，自己曾将一个孩子杀害后放入楼顶的水缸，还搬来一块大石头压在了水缸盖子上？"陈歌说得很慢，他的声音就像一把锋利的锯子，切割着马福的神经。

"记得……"马福表情痛苦扭曲。

"告诉我,当初是谁向你购买的这个孩子?把你知道的所有买家信息都告诉我!"

单间内气氛凝重,几名看守都有点不太适应,坦白说他们对陈歌的第一印象很不错,可看起来文质彬彬、阳光和善的人,怎么突然间说变脸就变脸?

"回答我的问题,你还记不记得买家的长相?"陈歌很少用这样的语气说话,他面无表情,双眼直视马福。

马福缩在墙角,身体剧烈颤抖,他好像想起了什么更加恐怖的东西,五根手指挖进肉里,脑袋拼命撞击墙壁,似乎是在寻死。

"我们也问过他,但只要提起任何与买家有关的问题,他都会犯病。"看守人员将自己的手垫在马福脑后,用力下压,按住了他的脑袋。看到马福病得更严重了,陈歌想到了一种可能,那位买家也曾做过和陈歌一样的事情。只不过陈歌那么做是为了给童童报仇,而那位买家去吓唬马福,则是为了让他不要泄露自己的信息。走进单间,陈歌在马福身前蹲下,看着这个半疯半傻的人贩子,在他耳边轻声说道:"你是不是想到了什么很可怕的事情?我能看得出来你活得很痛苦,死亡对现在的你来说应该是一种解脱吧?"

陈歌声音越来越低,单间里只有马福一个人能听清楚。"你不说,那些被你杀害的孩子就会来找你,我现在已经听到了他们的声音,是从你身体里发出来的。他们日日夜夜、时时刻刻地看着你,你后背上满是孩子们的轮廓,你犯下的罪孽,要慢慢偿还。"马福迫切地想要远离陈歌,但肩膀被看守按住,他根本无法动弹。"还是不说吗?问不出来,那我就只有想办法延缓你的判决,让你在这阴暗的小屋里和他们多待一段时间。就这么活着吧,以后我们还会见面的。"

在陈歌准备起身的时候,马福扬起了头,他脸上血管外凸,眼中有大团血丝。"我记起来了。"

"想起来了?"旁边的几位看守人员都觉得不可思议。

"李政,把录音笔拿过来。"颜队第一个反应过来,和李政一起进入单间,几人将马福围在中间。"开始说吧。"

马福下半身瘫在地上,低着头说:"我跟买家通过电话,那人警惕性很强,应该是使用了假音,或者变声工具,听着就像是一个七八岁大的男孩。"

"男孩?"马福第一句话就让屋内的警察和看守人员感到惊讶。

"是的,我不知道对方是怎么弄到我电话的,但我可以肯定那个人就是买家。"马福声音断断续续,他脸上没有一丝血色。"声音听着像孩子,但是他说的那些话根本不是孩子能够说出来的,我不清楚旁边是不是有人教他,或者让他专门练习过。"

"你们没有在现实中见过面?"陈歌关心的是这一点。

"他很警惕,更换了好几个交易地点,最后让我将小孩带到荔湾镇。等我到了以后,对方又提出一个奇怪的要求,他给我加钱,条件是让我在荔湾镇住三个晚上。"马福不像是在撒谎。

"后面发生了什么?你又为什么要杀害那个无辜的小孩。"颜队在场,其他人都没有插嘴。

"好不容易把小孩带到了荔湾镇,现在走太可惜,我琢磨了很久,最终答应了对方的要求。"马福表情有些扭曲,恐惧和各种负面情绪杂糅在了一起。"我住荔湾镇第一个晚上的时候,做了一个梦。梦见房间里到处都是小孩的手印,有东西在跑,它们最后汇聚成一道影子站在我床边。"

"别瞎扯。"看守人员越听越觉得马福疯了,在说胡话。

"让他继续往下说。"颜队摆了下手,"那道影子的身高、体形、在房间里做过什么?你还能想起来吗?"

"影子……"马福眼中惧意更胜,"我梦见的影子跟我一样高,体形也都差不多,感觉它就是我。那个梦很真实,等我想要仔细去看看影子的脸时,它消失了。早上醒来,屋内一切正常,我本以为是自己想太多,谁知道第二天晚上,我又做了同一个梦,影子再次出现,恐怖的是,这次它是直接从我身后钻出来的,它似乎已经彻底变成了我的影子。我清楚地看见了它,我想要呼喊求救,但是身体却根本动不了,只能眼睁睁看着那道影子从床上走下去,打开了柜门。当时我带过来的小孩就在柜子里,那影子默默注视着小孩,一直到我醒过来。

"第三天早上的时候,买家又给我打来了电话,让我在晚上十二点以后,将小孩送到东郊明阳小区三单元104号。这个小区在荔湾镇旁边,还没建好,据说修建没几天就出过很多怪事，为了辟邪，最后改名为明阳小区。再往后的事情，你们都知道了，警察突然来到荔湾镇搜寻小孩，那孩子像是中邪了一样，又哭又闹……"马福趴在地上，偷偷看着在场几人，没敢继续往下说。

"李政，马上跟分局值班人员联系，查一下刚才他说的那个地址，十分钟之内，让他们把户主资料传过来。"颜队走出单间，他怕自己控制不住对马福动手。

"你们问完了吧？"看守人员望向陈歌，屋内只有他还在原地沉思。

陈歌听了马福的话，想起自己在东郊自来水厂外面遇到的影子怪物，它和陈歌身高体形完全一致，似乎有变成活人影子的能力。张雅藏在我的影子里，那天晚上怪物会不会已经提前和张雅交过手了？

想不明白，陈歌也不准备因为这点小事把张雅叫出来，万一张雅出来后不愿意回去，那事情就真的严重了。

离开单间，没走出多远，颜队就收到了分局的电话，户主信息已经查到。

"明阳小区修建了七年还没完工？"颜队停下脚步，他看着手机屏幕上的信息，朝陈歌招了招手。"户主已经查到，叫贾明，这件事我们会调查到底的。"

"这么快就查到了？你们这效率……"陈歌说到一半，忽然愣住了。"贾明？这不是黄玲那个'老公'的名字？不对啊！童童出事是在六七年前，当时贾明应该还没有被附身吧……"

"你认识这个人？"颜队通过陈歌的表情变化，看出了一些东西。

"昨晚下暴雨，我的一位员工和贾明妻子被困在车站里，员工打电话向我求助，后来我叫了辆出租车去接他们，顺便将贾明妻子送回了家，也因此和贾明见了一面。"贾明的情况有些特殊，涉及104路末班车，所以陈歌没有细说，直接岔开了话题。"我能看看贾明的信息吗？"

颜队将自己手机递给陈歌，上面不仅有贾明的照片，还有贾明从事过的一些工作，以及曾经就职公司对他的评价。"贾明以前因为和客户发生纠纷进过派出所，所以我们内部系统里有这人的资料。"

陈歌接过颜队的手机看了起来，贾明今年三十岁出头，他是十年前来的江州市，做过很多工作，但每一个工作做的时间都不长。不过他离职的原因并不是因为能力不强或者人品有问题，刚到江州市的贾明老实本分，人也非常勤快，要说起来这人身上唯一的缺点那就是不知变通。年轻时候的贾明就和刚到江州市的小顾一样,性子直,死脑筋,总是在不经意间就得罪了别人,混得很差。

进派出所那次严格来说他一点儿错都没有,当时他和妻子都在保险公司工作,一位客户出了车祸,其家人要求保险公司理赔,但根据事故现场的报告,那名客户是因为酒驾才导致车辆冲出防护栏,致使车辆受损的。对于酒驾,保险公司是可以拒绝理赔的。贾明严格按照保险公司的规定执行,但客户家人并不理解,每天打电话辱骂他,最后更是找到保险公司对业务人员大打出手。客户家里有权有势,保险公司经理闭门不见,把贾明扔出去当替罪羊,贾明被羞辱殴打,他出于自卫,用桌上的剪刀划伤了客户。这一划出了大问题,伤口很浅,客户一家人直接报了警,现场协调未果,贾明就被送进了派出所。

客户家人伤得不严重,可是他们不依不饶,保险公司不愿意理赔,这事就这么耗着了。保险公司和客户干耗着,贾明可是吃够了苦。为了把他从派出所里弄出来,贾明的妻子黄玲没少往警察局跑。等贾明从派出所出来,一气之下辞去了保险公司的工作。

此后贾明的求职经历就仿佛进入了一个怪圈,不断地找工作,又不断地辞职,他讨厌人际交往,越来越不愿意和人说话。福无双至祸不单行,贾明又出了车祸,他一条腿被撞瘸,从那开始他就整日待在家里,再也不愿意出去工作了。

警方提供的资料让陈歌对贾明有了一个全面的认识,在被怪物附身之前,贾明虽然过得不如意,但人品还算过得去,应该不会干出买卖孩子这样的事情。

"是不是哪里出了问题?买家为什么要把地址选在贾明家里?"陈歌将手机还给颜队,他并不是在为贾明辩护,只是从一个公正客观的角度去看待这件事。这会不会只是一个巧合?当时明阳小区还未完工,大楼内没有人入住,买家有没有可能只是随便找了一个地方,想要完成交易?

"不好说,明天我们会派人继续跟进这案子。"颜队收起手机,领着陈歌和李政往外走,快到门口时,看到一个看守人员拿着一包糖朝关押马福的单间走去。

"你们还给罪犯吃糖?"陈歌是第一次来看守所,以为这是看守所的规矩。

"我们哪有那闲工夫?"看守人员随口说道。"马福犯病后会喊着要吃糖,不给他的话,他就要把自己皮肤全部撕下来,我们经历了一两次后,现在值班的人都会在办公室里放一两包糖,以备不时之需。"

"吃糖能缓解病情?"陈歌想了想,觉得这可能和马福遭遇过的痛苦经历有关,也许是他身体里那些可怜的孩子在讨要糖果。又往前走了一两步,陈歌口袋里的手机忽然震动了起来。

"黄玲?她怎么这时候给我打电话?"

"你朋友?"颜队觉得黄玲这名字有点耳熟,刚才好像在贾明的资料里见到过。

陈歌摇了摇头说:"她就是贾明的妻子,昨晚被我和员工送回家的女人。"

"她为什么会给你打电话?"李政也有点好奇。

"可能只是单纯地想要感谢吧。"陈歌当着颜队和李政的面接通了电话。"你好,有事吗?"

"你就是陈歌吧?昨晚你有没有搭乘过一辆出租车前往东郊?"电话那边传来一个男人的声音。

"我昨晚确实乘坐过一辆出租车去东郊?怎么了?"陈歌觉得男人的声音很陌生,他一点印象都没有。

"终于找到你了,我们是东城派出所的,请你立刻来我们这里一趟!"手机那边的男人中气十足,说话声音很大,旁边的颜队和李政都听得清清楚楚。

"你们让我过去,总要给我一个理由吧。"陈歌觉得莫名其妙,自己最近很老实,怎么就招惹上东城派出所了。

"你自己做了什么还需要我们提醒吗?马上过来配合调查!"

陈歌计划今晚去东郊明阳小区看看,不想耽误时间。"恐怕不行,我现在在看守所,这地方也不是我想来就来想走就走的。"

"看守所?"电话那边的警察没想到陈歌会给他这样一个回答,"行,那你告诉旁边的人,让他们给王所长打个电话,不管怎样,你今晚必须要过来。"

"看守所的所长姓白,不姓王。"颜队已经听出给陈歌打电话那人是谁了,他拿过陈歌的手机,开口说道。"田磊,我是市分局的老颜,陈歌现在和我在一起,他犯了什么事吗?"

"颜队长?!"电话那边的男人明显愣了一下,声音和缓了许多。"昨晚天快亮的时候,有个司机报案,说自己遇见劫车的了,他原本在西郊,一觉醒来就跑到了东郊，车载录像和行车记录仪全部被破坏，我们怀疑犯罪嫌疑人是一个具有反社会人格的高智商罪犯，经过走访调查，最后锁定了陈歌。"

"哪儿那么多高智商罪犯？没有经过调查不要乱说，这应该是个误会，等会儿我会带他一起过去。"挂断电话，颜队把手机还给陈歌。

"颜队，到底怎么回事？"李政小声询问，他私下里关系和陈歌比较好。

"东城派出所打来的。"颜队表情古怪地看向陈歌。"前几天老李还跟我抱怨，说西城派出所太辛苦，真想调到东城派出所去。"

李政开车，带着颜队和陈歌赶往东城派出所。

第5章 东城派出所

路上陈歌一句话也没说，显得有些沉默。

东城派出所用黄玲的手机打电话，说明他们盘问过黄玲，而黄玲很可能将自己供了出来，只是不知道黄玲有没有把104路公交车的事情也说出去。

昨晚黄玲开着出租车回东郊，司机一直在车里，他们后来又遇到了什么事情陈歌并不知情。现在司机报警，陈歌必须要做好一切准备，不能让事情朝着对自己不利的方向发展。

二十分钟不到，三人就来到了东城派出所。

"老田，这么辛苦啊，现在还不回家。"颜队一进门就看见屋子里有几个警察在交谈，他冲着其中最结实的警察说道。

"麻烦你亲自跑了一趟，对不住。"田磊给旁边警察说了几句话，然后朝办公室走去。"咱们去里面谈。"

"好。"颜队和李政跟在后面，陈歌则在大厅站了一会儿。

东城派出所的气氛和李三宝所在的西城派出所完全不同，屋内收拾得整整齐齐，墙角还专门放了两排椅子，左边歪歪斜斜躺着一个喝大的醉汉，右边是一个表情呆滞的老人。刚才和田磊交谈的两个警察，其中一个在耐心跟老人交谈，询问老人家的地址,但是老人含含糊糊就是说不出来。

另一个警察则撸起袖子,拿着拖把清理醉汉的呕吐物,他皱着眉,很是不满地说:"人家西城派出所天天负责重案、大案,咱们可倒好,整天不是送迷路老人回家,就是送这些醉鬼回家,咱们可是警察,不是保姆。"

"你少说两句吧,这话让所长听见肯定会揍你,没出事还不满意?你是不知道他们西城派出所有多羡慕咱们。"旁边的警察轻轻揉着老人僵硬的手,帮助老人缓解紧张情绪,促进血液循环,能够看出他绝对不是第一次做这样的事情了。"小青,忙完了去给老爷子倒杯热水,再把我值班用的那个毛毯拿过来。"

"你别叫我小青!"年轻警察将拖把杵在墙边,嘴上很不满。"这跟我想的警察生活完全不同。"他朝饮水机走去,看见陈歌仍站在大门口。"他们都进去了,你怎么还站在这儿?"

"我就是随便看看。"陈歌从年轻警察旁边走过,他一副自来熟的样子。"其实你不用羡慕西城派出所,我感觉你们东城派出所很快也要忙起来了。"

"忙起来才好,要不身体都生锈了。"年轻警察看着陈歌的背影,觉得有些眼熟,一时想不起来。

他们推开办公室的门,几道目光瞬间集中在了陈歌身上,与此同时一个熟悉的声音响起。"就是他!昨晚坐我车的就是这个人!他大晚上去东郊自来水厂,我早就看出来他有问题了!"

"早看出问题,你怎么不早点儿说出来?"陈歌也挺无语,自己明明才是最无辜的。

"警察同志,你们看到了没?这人气焰何其嚣张啊!"司机年龄也不大,当时怕得要死,现在才缓过劲儿来。

"都少说两句。"田磊有些头疼,他没想到颜队会过来,这打乱了他之前的计划。"颜队,笔录已经让你看过了,我们也调看了新世纪乐园门口的监控,昨晚确实是陈歌打车前往东郊的。"

"之后的监控找到了吗?现在最大的争议点在东郊自来水厂,司机说陈歌采取了某种特别的方式弄晕了他,但是具体是哪种方式,他又想不起来,如果无法确定作案方式,所有指控都很难站住脚。"颜队看着笔录,随随便便就挑出了问题。

"东郊自来水厂的监控也被人提前破坏,我感觉这是一场有预谋的犯罪。"田磊拿出了另一份资料。"白天我们找技术部门检查了一下,出租车上的行车记录仪和车载视频都出了故障,破坏手段非常高明,外壳没有任何损伤,这有可能还是一起高科技犯罪。"

颜队回头看了陈歌一眼,将手里的笔录放下问道:"你觉得他像是那种高科技罪犯吗?"

"这可说不定,知人知面不知心。"田磊还是坚持自己的看法。

颜队觉得自己说服不了田磊,又看向出租车司机说:"笔录上,你说自己是在东郊自来水场昏迷的,但是醒来后却发现自己在东郊一个破旧家属院里。"

"没错。"出租车司机很懂得察言观色,他看出颜队好像是个领导,说话声音都低了下来。"我醒来的时候,身边还放着一张纸条,上面写着电话号码和几个字——我叫黄玲,我住在四楼。"

"这么说你钱财、手机都没有丢,人家还好心留下字条,也没有逃避责任?"

"话不能这么说啊!"出租车司机急得直流汗。"我就是个普普通通的司机,开着车正等人,然后就晕了,醒来发现自己在一个完全陌生的地方,这事儿谁受得了?还有那个电话,说起来我就生气,我一开始也没想过报警,当时我心里怕得要死,想要打电话问问情况,你猜怎么着?"

屋内几人全部看向了司机。"电话那边的人怎么说?威胁你?不愿意给你赔偿?"

"这都已经不是赔偿不赔偿的事情了,我的妈呀,我电话刚打通还没说话,那边就跟要杀人一样,有个女的玩命地喊——救命啊、救救我!然后不等我说第二句,电话就被挂断了。你们摸着良心说,遇见这样的事情你们怕不怕?"司机情绪有点激动,从座位上站了起来。

"你说你给那个女人打了电话,她在求救?"陈歌目光变得凝重,也站了起来。"你有没有上楼看看,那个女的是不是出了意外?"

"我哪儿还敢上楼?这也是我最生气的地方,我以为真出了杀人案,等天亮警察来了以后,去那家一查才发现,妻子患有间歇性的精神病,昨晚是她犯病了。"

"这点我可以证明,我们跟那个女人的丈夫沟通过了。"田磊示意司机坐下,从抽屉里拿出了一个证物袋,里面装着一个手机。"这是那个女人的手机,所有通话记录都被人删除了,但是我们发现了一个很奇怪的地方。"他看向陈歌。"那个病人为什么会把你的号码设置成一键拨号?你和她到底是什么关系?"

陈歌被田磊的目光逼视,沉默了一会儿,然后说道:"昨晚我和我的一位员工将黄玲送回家时,她说她的丈夫是一位控制欲很强的精神病。"

"疯的不是她,是她丈夫?"田磊放下手机。"你有什么证据?"

"黄玲一直在外工作,养家糊口,她丈夫贾明将自己关在家中,不与人接触,自我封闭,从生活态度上来说贾明更可能是那个病人。"陈歌看向颜队。"之前我也请颜队调查过贾明,具体情况你可以问颜队。"

"你们没有见过真人,只是通过外围调查,怎么能轻易下结论?贾明和黄玲我都接触过了,连黄玲自己都觉得自己有病,你却说生病的是她丈夫,难道你比患者自己还了解本人?"田磊因为担心发生意外,接到司机报案后,大清早就亲自赶往黄玲家,并没有看到所谓凶杀,也不存在家暴的情况,黄玲身上没有任何伤痕。

"我还是坚持自己的看法,我感觉你们都被黄玲的丈夫欺骗了,他曾经是个单纯善良的人,但人也是会变的,说不定经历了生活的摧残之后,他身体里现在正住着一只魔鬼。"事情的发展和自己预想的完全不同,黄玲还没有探听出消息就已经被控制,这让陈歌产生了一种危机感,这次的对手很狡猾,不能大意。

陈歌和田磊你一言我一语,旁边的出租车司机已经听傻了眼,谁是精神病,谁在撒谎这样的问题,他完全没有想过,不过有一点可以肯定,他以后再也不敢深夜开车去东郊了。

"你俩都安静一下。"颜队示意陈歌和田磊别再争吵。"黄玲和她丈夫的笔录你们有吗?"

"只有黄玲丈夫的,黄玲昨晚刚犯过病,我们担心再刺激到她,就只是简单询问了一些问题。"田磊所在的东城派出所,人情味要比西城派出所重,不过有些时候,人情味反而会影响主观判断。

"你们的方向出现了错误,昨晚和陈歌在一起的是黄玲,给司机留下电话号码,将车开走的也是她,这个女人才是整起案件当中最关键的人。"颜队将东城派出所整理的笔录扔在桌上。"走,我们现在再去一趟黄玲家,正好我也想见见他们。"

"你也要去吗?不用了吧,这事交给我们来就行。"田磊并没有意识到这案子背后隐藏的危险，觉得他们派出所完全可以胜任。

"既然遇到了，那就去看看，不管不顾，这可不是一个警察该做的事情。"颜队直接打开办公室的门朝外面走去，李政和陈歌紧随其后，屋内很快就剩下田磊和司机两个人。

"警察同志，现在是个什么情况？我能走了吗？"司机已经不指望可以要到更多赔偿了。

"一起过去吧，你是受害者，这时候你不在可不行。"田磊戴上警帽，也走出了办公室。"小青、阿文，你俩留下来看家，今晚辛苦一下，有事给我打电话。"

"田队，你这是要去哪儿？"小青刚清理完地面，刚才那个醉汉又吐了。

"办案。"田磊摆了下手，领着司机走出派出所。

晚上九点多，两辆警车开到了黄玲家楼下。

"颜队，我们也不通知一下他们，这样直接过去不太好吧？"田磊下车后小跑过来。

"你白天不是通知过他们了吗？"

"这不合规矩吧……"

几人来到四楼，敲了半天门，才听见屋内有脚步声传来。

"谁啊？"那人十分警觉，没有开门。

"警察，请马上开门，配合调查。"

"田警官？"防盗门被人打开，一个神色憔悴的中年男人探出了头。"您怎么来了？白天不是都问过了一遍吗？"

"进去说。"几人全部进入屋内，陈歌跟在最后面，非常低调。

屋子不大，看着十分简陋，沙发破旧，应该是二手的，茶几上残留有污渍，上面还扔着一包水果糖。

"随便坐。"中年男人看着要比实际年龄老很多，他跑到厨房倒了几杯水出来。

"你的妻子呢？她的病好些了吗？我们有几个问题想要问她。"颜队明面上是在询问黄玲的事情，实际上一直盯着中年男人的脸，注视着他的表情变化。

"好多了，我这就把她叫出来。"中年男人走到卧室门口，轻轻敲了敲门。"黄玲，警察想要问你一些东西。"片刻后，一个脸色蜡黄，看着没有什么精神的女人走了出来。

"你就是黄玲?"颜队仔细打量了眼前的女人很久,她和资料上的照片差别很大。"昨晚你是在哪儿遇见的陈歌?为什么你会把他的手机设置成一键拨号?"

"我不记得了,昨天晚上发生的事情我全都不记得了。"女人坐在沙发上,她甚至连看都没有看陈歌一眼。

"一点印象都没有吗?"

"没有,没有,没有!"黄玲声音突然变大,她双手用力砸着脑袋。距离她最近的贾明没有马上阻止,反倒是稍远一点的陈歌和田磊同时过去抓住了黄玲的手臂。"冷静点!"

"我没看到!我昨晚什么都没看到!"黄玲情绪异常激动。

"跟我们上午来一样,只要问昨晚发生的事情就会犯病。"田磊控制住黄玲后朝着颜队说道。"她本身就有病,估计昨晚又受了惊吓,导致病情加重了。"

"病情出现变化,肯定有一个诱因。"颜队看向站在一侧的贾明,"昨晚你干什么了?"

"我一直在家啊,黄玲回来的时候就有些不正常了,好像是被什么人胁迫,跟刚才表现出的症状一样,我一问她看见了什么,她就疯狂捶打自己的头。"贾明说完后,偷偷扫了几人一眼。"昨晚他们到底经历了什么,你应该问出租车司机和那个叫陈歌的人,他们昨晚在一起。"

贾明对自己妻子的病十分了解,他等黄玲停止挣扎后,从茶几上拿起一颗糖,放入黄玲嘴中。说也奇怪,糖放入嘴中后,黄玲很快冷静了下来。

"喜欢吃糖?"颜队和陈歌都注意到了这个细节,他们同时想到了刚才在看守所里见过的马福。马福犯病时,也是只有吃糖才能快速冷静下来。

"糖又不是药,怎么还有这样的功效?"颜队想不明白,旁边的陈歌则隐隐有了思路。马福吃糖才能安静下来是因为孩子的怨念钻进了他的身体里,孩子们似乎对糖很感兴趣,如此想来,黄玲体内很可能也有一个或几个"孩子"。

"这就是很普通的糖,不信你们带走几颗。"贾明说着将那包糖塞给颜队。

颜队没有去接,只是伸手拿走了一颗。"这就够了。"

黄玲好不容易才情绪稳定下来,李政扶着她回卧室休息,颜队和田磊又询问了贾明几个问题。一直到晚上十一点，几人才准备离开。

"感谢你的配合，我们一定会查出真相的。"颜队走在最前面，等几位警察走出房间后，陈歌才收回看向卧室的目光。此时屋子里只剩下贾明和陈歌两人，气温在慢慢降低。

"这位朋友，你还有什么要问的吗？"

"没什么，你照顾一个疯女人也真挺不容易的。"陈歌轻轻拍了拍贾明的肩膀，没有再说话，朝门外走去。

下了楼，李政拿出手机悄悄凑到颜队身边说："刚才我跟黄玲进卧室看了看，内部场景大致拍了几张，没发现什么问题，这个贾明应该不具备作案嫌疑。"

"黄玲会疯，一定和贾明有关。"颜队很肯定地说道。"黄玲犯病的时候，贾明距离最近，但是他却无动于衷，类似的小细节有很多。"

"可根据田磊他们的走访调查，街坊邻居都很同情贾明，觉得他是个好人，这人的工作履历我们不是也看过了吗？他不管从哪方面来说都是一个好人，这样的人怎么可能会把自己妻子折磨疯？"李政也学过犯罪心理学，人格变态是有征兆和一个过程的，贾明的表现和书里讲的不太一样。

"好人就永远都是好人了吗？"颜队看着手里的糖，将糖纸拨开。

"好人毕竟心里还存有基本的道德，不会做出太离谱的事情。"

"你错了，好人变成坏人，会坏得更加彻底。"颜队将糖放入嘴里，似乎在说一件完全不相关的事情。"因为他们知道，糖已经不甜了。"打开警车门，颜队对李政下达了最后一条命令。"你们刑侦一组之前负责挖眼案辛苦了，西郊的案件暂时由二组接手，你们暂时就在暗中调查贾明和黄玲的案子。"

"颜队，这案子东城派出所负责还不行吗？我们刑侦队出面不太好吧？"案件无大小，李政这么说，只是担心东城派出所那边有意见。

"所以我让你们暗中调查。"颜队的手指敲击着车窗边缘，神色慢慢变得凝重起来。"多注点意，我总感觉这背后可能牵扯着一桩惊天大案。"

"应该不会吧，东郊一直都很平静。"李政也严肃了起来，他知道颜队不会随便乱说。

"以前确实很平静，但现在……"

颜队话没说完，车门打开，刚下楼的陈歌很熟练地钻进了警车里。"不好意思，我来晚了。"

"没事，李政，我们先去新世纪乐园，把陈歌送回去。"颜队和李政很有默契地没有继续刚才的话题。

"多谢，麻烦开快点儿。"陈歌随口说道，他今晚还有其他的事情要做。刚才他拍了一下贾明的身体，本想着用自己身上的怨念测试一下对方，拍完以后他才想起来，自己身上除了影子里的张雅外，没有携带任何员工，背包还扔在鬼屋里。张雅是陈歌指挥不动的，他又担心自己的举动让贾明警觉，所以准备回到新世纪乐园，拿上所有道具，再回来用更直接的方式进行尝试。

警车还未启动，家属院楼道里突然走出来了一个老奶奶。老人家颤颤巍巍地走到警车旁边，敲了敲车窗。

"有事吗？"颜队打开了车门，走了出去。

"警察同志，我儿子在那边的明阳小区给我买了套房子，这都好几年了，房子还没住进去，你能不能帮我问问，这房子啥时候才能完工？"老人的语气非常可怜，让人不忍心拒绝。

"明阳小区？好的，我会帮你询问的，快回去吧，外面风大。"

颜队送走老太太，回到车内。"去把田磊叫过来，他应该比较熟悉。"李政朝后面喊了一声，田磊跑到颜队车边。"颜队，你找我？"

"关于明阳小区的事情你知道多少？"

田磊摇了摇头说："明阳小区停工好多年了，业主每年都会闹，我们也出警跟他们打过交道，对他们的遭遇表示同情，他们很多都是拿了半辈子的钱去买的房，可这也是没办法的事。"

"没办法的事？"颜队抬起了头。

"一共三个投资商，第一个病死了，第二个修到一半出了车祸，第三个大半夜站在未完工的明阳小区里跳楼了，那地方很多人都说不吉利，现在谁也不敢接手这个项目。"

"三个投资商都出了事，应该不是巧合。"颜队想了会儿对李政说道，"等会儿回去把阳明小区的资料整理出来。"

"好的。"李政比了个没问题的手势。

"颜队,这个事你最好还是别插手了,那阳明小区就是个烂摊子,谁碰谁倒霉。"田磊似乎深有感触。

"还有你,回去也整理一份资料给我。"颜队升上了车窗,没有再去管苦着脸站在车边的田磊。

警车发动,等开出小区后,颜队突然看向陈歌,冷不丁地问了一个问题:"陈歌,你之前认识贾明吗?"

"不认识啊。"陈歌下意识说了出来。

颜队点了点头,神色缓和了许多。"你最近小心一些,我感觉那个贾明对你有种莫名的敌意,我在问讯过程中,他总想方设法把事情推到你的身上去。"

"往我身上推?"陈歌觉得贾明应该是从自己身上感受到了威胁,所以才会用这么下作的手段污蔑自己。

"你小心留意就行了,大局我们掌控,再说我们也不是区区几句话就可以挑拨的。"颜队的话给了陈歌一粒定心丸。"东郊的事情你就不要插手了,交给我们来处理。我已经安排专人接手,等着我们的好消息吧。"陈歌点头答应下来,心里已经开始计划今晚的行动。黄玲是无辜的,让她和那个魔鬼住在一起,陈歌不太放心,对方指不定会做出什么极端的事情。

警车开出小区,行驶了几百米远,对讲机里突然传出田磊的声音。

"颜队,我刚才跟派出所值班的同事打听了一下,有一个发现。"

"说。"

"九年前贾明在泰安保险公司工作,当时他曾因为和客户发生纠纷被送入东城派出所,那位客户正好就是明阳小区的三大股东之一——姜龙。"田磊语气很是奇怪。"没过几年,姜龙驾驶的轿车就在一个晚上和104路末班车相撞,姜龙当场死亡,这事我刚才给你们说过,明阳小区第二个出车祸的投资人就是他。"

"这跟贾明有什么关系?"

"你听我继续往后说,巧的是过了几年贾明也出了车祸,同样是撞上了104路末班车,我们调看过监控后发现,贾明是主动撞上104路公交车的,撞击的位置和之前姜龙撞击的位置完全一致!"田磊声音慢慢变大,仿佛有了什么了不得的发现一样。

"也就是说这个贾明精神确实不正常?"李政没懂田磊的意思。

"那些我不知道,我知道的是刚才小青查了户籍档案,发现明阳小区第二股东姜龙的住址变成了明阳小区104房,而这房子原本的户主是贾明。"

"有人修改了姜龙的户籍资料?"

"谁会这么无聊去修改一个死人的户籍资料?再说人都死了,还用关心住在哪里吗?"

田磊和李政都没弄明白,在场所有人里,只有看着窗外的陈歌眼中闪过一丝精光。姜龙户籍资料上的住房地址莫名其妙变得和贾明一样,这很可能就是在表明,那个替换了贾明,从104路公交车上逃下去的怨念——就是姜龙,他替换了贾明,成了104号房的新主人。

投资修建明阳小区的三个投资商,全部遇害,如果说全都是意外,那未免太巧合了一点,所以说这很可能是一件谋划已久的事情。陈歌越来越好奇,姜龙为什么非要找上贾明?贾明这个人身上有什么特别的地方?还是说只是他比较倒霉,购买了那套104号房?姜龙和贾明的身份地位相差极大,所以陈歌实在想不明白,姜龙为何会选择贾明。

"104号房?有人进入过户籍档案室?停车!"颜队一直在沉默,他从不轻易发表自己的看法,不过一旦他发表看法,那就没有再讨论下去的必要,只需要去执行就可以了。"田磊,你来送陈歌回新世纪乐园,我和李政今晚去那个104房看看。"

"颜队,大晚上去那地方太危险了,我觉得咱们还是等天亮以后再做决定。"陈歌五指虚握,没有碎颅锤在手,他总感觉少了些什么。

颜队摇了摇头,说:"永远不要小瞧你的对手,如果贾明真的有问题,那刚才我们登门搜查的时候就已经打草惊蛇了,他今晚很可能会采取行动,销毁证据。"

"可是东郊我们人生地不熟,明阳小区里怪事又多,就凭我们几个是不是太冲动了?"

"你还知道冲动?"颜队扭头看了陈歌一眼,很快又看向其他地方。"你这应该是激将法吧。"陈歌真没想到自己在颜队眼中居然会是这样一个人,他也挺无奈的。

"行了,你去坐老田的车,剩下的交给我们。"颜队让李政打开了车门,但是陈歌死活不愿意下车,硬是赖在警车上。大家都是成年人,看到陈歌这样,三个警察都有点束手无策。

"这臭小子看着没多少肉,力气怎么这么大?"田磊想要把陈歌拖到自己车上去,试了半天,硬是没拉动。

"颜队,你让我跟你们一起去吧,我是真的担心你们遇到危险。"

"不管遇到什么案件,保护民众都被放在第一位,也就是说出了事,你的安全要比案子重要,明白吗?"

"赶紧下车,我还第一次见不愿意从警车里出来的人。"

折腾了两三分钟,最后在陈歌的强烈要求下,颜队总算是同意带他一起过去。

两辆警车掉转车头,朝着东郊更偏僻的地方驶去。

第 6 章 明阳小区

十几分钟后，颜队和陈歌他们来到了明阳小区，这里距离荔湾镇非常近。

"好荒凉啊。"一下车陈歌就感叹了一句，长满荒草的小区内，耸立着四栋破旧的高楼。其中前两栋楼差不多已经完工，后面两栋只修建了大部分。

"建成这样扔在这里，太可惜了。"田磊翻找出了警用手电。"我以前来过这里，领路的事就交给我吧。"

几人刚往里走了一会儿，陈歌忽然觉得不太对劲。"不是说明阳小区完全废弃了吗？这里面怎么还有亮光！"

陈歌拥有阴瞳，视力极好，隔着很远就看到最前面那栋大楼里隐隐约约传出亮光。

"小区没有通水、通电，谁会住在这里面？"田磊也感到疑惑。

"别纠结了，进去看看不就知道了。"颜队和田磊并排朝着小区里走去，只有陈歌望着那些微弱的灯光，陷入了沉思。小区修建到一半停工，线路都没有走完，不可能送电，楼内的光亮到底是什么东西发出来的？四栋大楼耸立在小区中央，隐约从建筑中透出的光，就像是一颗颗微微张开的眼睛，不怀好意地盯着靠近的活人。

"陈歌,别离我们太远,时刻保持警惕!"李政见陈歌没有过来,回头喊道。

"明白。"陈歌知道李政是担心自己,快步走到他身边。"我只是觉得有点奇怪,大楼内没有通电,这些房间为什么会发出亮光?"

"原因很多吧,可能是窗户反射的月光,也可能是流浪汉把大楼当成了自己的家,不管原因是什么,进这种闲置多年的建筑时一定要小心。"李政似乎有过什么不好的记忆。"位于城郊的废弃仓库、工厂、建筑很容易成为不法分子躲藏的地方,还有一些疯子热衷于尝试各种各样的神秘仪式,越是荒凉的地方他们就越喜欢。我之前曾负责过的一个案子,凶手偷盗医院的尸体,幻想着能召唤出神话中的鬼怪,最后我们是在郊区一个充满臭味的下水道里将其擒获的。"

"在下水道里召唤鬼怪,他这么做考虑过鬼怪的感受吗?"陈歌的回答让本来还想说什么的李政,突然不知道该怎么往下说了。"你这个人的思路有时候真是让人捉摸不透,算了,我也不跟你扯那么多,你知道这里面很危险就行。"

明阳小区很大,四栋未修建完的大楼耸立在眼前,好像四块写满了名字的墓碑。夜风吹过,草木摇晃,枝叶沙沙作响,站在楼下向上仰望,会让人产生一种很不舒服的感觉,仿佛这四栋大楼随时都会坍塌,将小区内的所有东西埋葬。

"要不,我们先去有亮光的地方看看?"李政提议,"距离我们最近的亮光在一号楼二层左拐角,如果顺路的话,我建议咱们先去看看那亮光到底是什么。"

"顺路,104号房在10楼,上楼之前,我们可以把沿途所有的房间全部查看一遍,说不定能发现什么有用的线索。"田磊对明阳小区很了解,他曾负责过小区业主的事情。

"104号房在10楼?他们这个房间号是怎么排的?"

"前两位数是楼层,第三位数是同层房间编号,104代表十楼第四个房间。"田磊对陈歌解释道。

"可这里一共有四栋大楼,那是不是就说明一共有四个104号房间?"

"一号楼十层的四个房间编号是一到四,二号楼十层的编号是五到八,所以不存在你说的那种情况。"

"不同大楼的房间编号都是连在一起的?"陈歌只是单纯的好奇,但是田磊说的话却让他产生了一些想法。"小区的设计师为什么要这么设计?"

"据说是投资方的要求,他们本来还准备在高空修建廊桥,将四栋大楼连成一个整体,将明阳小区打造成江州市地标建筑,可惜还没建好,几名投资商就先后发生了意外。"

"你俩小点儿声,准备进楼。"颜队拿着警用手电,第一个进入漆黑的楼道当中。

"将四栋楼打造成一个整体?"陈歌把这句话记在了心里,那几个投资商死得不明不白,整件事肯定另有隐情。进入楼道后能明显感觉到温度下降了很多,空气中透着一股阴冷,每次呼吸就好像有人在心尖上吹了一口凉气。从江州市东郊穿过的河流有很多,这地方相较江州市其他地方来说比较潮湿,墙角长着苔藓和霉斑,墙皮皱皱巴巴,手指划过,能轻易撕下一大块。

"外面看到的亮光就是从这屋里发出来的。"几人来到二楼左侧拐角,看着其中某一个房间。

"李政,进去看看,田磊注意接应。"

"好。"

"收到。"

三名警察都没有携带配枪和警棍,所以显得非常谨慎。

李政单手举着手电筒进入屋内,墙壁上画着一些稀奇古怪的图案,地上扔着各种各样的垃圾,这些东西表明有人曾长时间居住在这个房间里。

"呼!"卧室当中传出一声轻响,一个酒瓶被碰倒了。

"出来!我是市分局刑侦一组组长——李政!请立刻从房间里出来,配合调查!"李政把手电照向那个房间,过了许久,一个衣衫褴褛的流浪汉走了出来。

他看起来六十岁左右,头发、胡子长在了一起,里面穿着一件破毛衣,外面披着一件满是烂口的大衣。他戴着一顶脱线的帽子和一双露了手指的手套,就算穿成这样,他似乎还是觉得冷。

"姓名,年龄,为什么会出现在这里?"可能是李政那身制服起到了作用,流浪汉并没有反抗,表现得很老实。

"我姓郑,名字不记了,家里排行老七。"似乎是因为很少和人交谈的原因,流浪汉说话语速很慢。"我就是想找个避雨的地方,这建筑反正空着也是空着,要是你们不让我住,我马上就走。"

"李政，把手电放下。"颜队走进屋内，盯着那人看了好一会儿。"天这么热，你裹那么多衣服，难受不难受？"

"不难受，我很冷。"从流浪汉刚才的回答来看，他思路清晰，应该没有精神方面的问题，但是他穿得比正常人厚太多了，就像是已经提前几个月进入了冬天一样。

"冷？"颜队朝流浪汉走出来的卧室扫了一眼，"靠墙站好，我们不会伤害你，不过出于安全考虑，我劝你还是不要独自一人在这地方生活，江州市有专门的救助站，你有困难可以去那里寻求帮助。"颜队说完，往前走了一步，那名流浪汉顿时紧张起来。

"你在害怕？"颜队目光从流浪汉脸上移开，猛然加速跑进旁边的卧室当中。

"别过去！"李政和田磊将流浪汉拦住，他想要阻拦已经来不及了。"别进去！你们会死的！"流浪汉大喊大叫，满脸惊恐，但他没有能力去阻止颜队和陈歌。卧室不大，散发出一股难闻的臭味，在房屋正中央堆着一些破碎的娃娃玩具。

"不是我杀的他们，我只是不小心看到的，我没有杀过人。"流浪汉好像是突然发疯了一样，开始拼命挣扎起来。"我没杀人！不是我！"

李政说道："安静点！"

"这些全都是人偶玩具，我们当然知道你没杀人，老实点。"田磊将流浪汉按在墙面上，扭头看向那一堆碎娃娃时，也吸了口寒气。

"你们瞎吗？那不是人偶玩具，那是尸体！放开我！"流浪汉不管如何挣扎，都无法从李政和田磊手中挣脱，折腾了几分钟才安静下来。

"怪不得无家可归，原来是个疯子。"流浪汉不再反抗，田磊也松懈了下来，李政表现的则和田磊截然相反，取出手铐直接将流浪汉铐住。

"喂，老李，对付一个流浪汉不至于吧？"李政一脚将旁边的垃圾踢开，露出后面几根前端被磨尖的钢筋。"不要掉以轻心，他们这些流浪在街头的人发起狠来，什么事都能做得出来。"田磊看着那些被藏起来的钢筋，不再说话，他清楚记得刚才流浪汉一直想要往那个方向跑。

"我不是疯子！我是在救你们！"流浪汉固执地大喊。

"少废话，这些娃娃碎片都是你从垃圾堆里翻出来的吧？"李政看着一地的破娃娃，这些玩具被主人遗弃之后，失去了精致，变得古怪、丑陋，开裂的脸蛋上满是孤独和悲伤。

"不是，他们不是玩具，他们原本就在这里！跟我没关系！"

"还狡辩！"田磊将那几根钢筋放到远处，确保流浪汉接触不到。"小区里那么多房间，为什么偏偏就你住的房间里一地的玩具碎片？你是不是有某种特殊的癖好？"

流浪汉似乎是感觉很冤，他也不像是在撒谎，"明阳小区很不吉利，死过许多人，所有住进来的业主都会被某种东西缠上，这事东郊很多人都知道，如果不是有次下大暴雨，实在没地方躲雨，我也不会跑进这地方来。"

"不要岔开话题，回答我的问题！屋内这些玩具碎片是不是你弄的？"田磊声音变大。

"不是，我第一次进入这个房间的时候，就看到屋内有很多尸体。"

"那你为什么还要住在这屋里？"田磊已经不想纠正流浪汉的说法了。

"看见这些尸体后就回不去了！他会缠上你的，跑到什么地方都没有用的！"流浪汉像是疯了一样大喊大叫。"现在你们踩着他们的尸体，总有一天，他们也会踩在你们的尸体上！"

"老李，你怎么看？"田磊被流浪汉说得心里发毛，其实要换个场景，他根本不会有任何感觉，实在是这地方太诡异。

"疯子的话你也信？你看着他，我去问问颜队。"李政进入卧室，颜队和陈歌正在里面搜查。"颜队，那流浪汉是个疯子，说这些娃娃碎片都是尸体，碰了会发生不好的事情。"

"你说晚了。"颜队无奈地朝陈歌那边抬了抬手，这个鬼屋老板比警察都要积极，也不用手电筒，瞪着双眼，弯腰仔细翻看每一块娃娃碎片。轻咳一声，颜队冲着陈歌说道："小陈，你那边有什么发现没？"

"这些娃娃大多是塑料做成的，出厂时间跨度很大，应该是流浪汉从各个地方收集来的，我比较好奇的是，他为什么要把这些娃娃玩具全部打碎？"陈歌捡起一个娃娃的脑袋。"你们看，这个断口很明显是被人用刀子划开的，不然不会这么整齐。"

"或许是为了发泄？"

"恐怕没么简单，我大学专业是玩具设计与制造，对制作玩具的各种材料还算了解,这些碎片从材质到上色都存在问题。"陈歌将手里的娃娃脑袋放在颜队身前。"你仔细看,有没有发觉不对劲?"

颜队看了半天还真没看出什么。"掉色?"

"对,这些碎片好像被人用开水煮过一样,不仅掉色严重,边缘也彻底变形……"陈歌望着一屋的娃娃碎片,有点迷糊。"谁会没事去把这些娃娃煮一遍?"

颜队也想不明白,拍好照片之后,朝屋子外面走去。"我们先去104吧,那房间才是今晚的关键。"

流浪汉看见颜队出来,又开始大喊:"你们看到了尸体,他们今晚就会去找你们的!"

"你一口一个尸体,难道在你眼中,这就是一个人头吗?"陈歌将刚才娃娃的脑袋拿出,流浪汉看到后一下撞在了墙壁上,双臂护在胸前,表情惊恐,就好像看见了一个真的人头一样。"拿开!把它拿开!"

流浪汉的反应不像是在演戏,这一幕也出乎陈歌的预料。

他是不是真的见过什么东西?一开始陈歌并没有把流浪汉说的话放在心上,但是他看到流浪汉此时剧烈的反应后,有了新的想法。将玩具娃娃的脑袋拿开,陈歌顺着流浪汉的意思说道:"在你眼中这些娃娃碎片都是尸体,那你知不知道是谁杀死它们的?"

"我没有杀人!我什么都不知道!他只是让我留在这里看守这些尸体,其他的我什么都不知道!"

"他?"陈歌和三名警察都愣了一下,然后全部围了过来。"他是谁?为什么要让你看守尸体?"

"不能说,说了我会死的!我一定会死!他会杀了我,杀了你们的!"流浪汉抱着头,蹲在地上,痛苦得哭了起来。

"这个凶手还真是可恶,威胁一个五六十岁的流浪汉。"田磊看向颜队和李政。"要不要把他带回去?"

"让你们派出所值班的警察过来,将他带回去审。"颜队盯着流浪汉的脸看了半天。"他这种表情我在很多凶杀目击者脸上看到过,他有可能真的目击过一起命案。"

"命、命案?"田磊没想到一起普普通通的民事纠纷会牵扯出命案,立刻给值班的小青等人打了电话。

"李政,注意拍照取证,强光手电给我,咱们先去104房间看看。"颜队和陈歌走出房间,沿着楼梯往上走。在楼道里,陈歌隔着玻璃窗户,看见暴雨里好像有辆电动车从两辆警车旁边驶过,也进入了明阳小区当中。"颜队,我刚看到有其他人也进入小区了,骑着一辆电动车,应该不是避雨的。"

"你们几个多留意一下,进入104房,确定没有问题后,我们立刻离开。"颜队走在前面,几人没有停留,很快来到了10楼。

"靠墙走,离栏杆远点,小心掉下去。"颜队找到了104号房,进入其中。这间房和其他房屋最大的不同是屋内摆放着各种破旧的家具,斑驳的墙壁上还有很多小孩子的涂鸦。

"感觉就像是有一家三口在这里生活过。"陈歌跟在颜队后面,他拥有阴瞳,也不需要手电筒,自顾自地在屋内转了起来:"这是什么?"

少了条腿的木桌旁边扔着许多干瘪的苹果,木桌下面也能看到被啃咬过的苹果。

"住在这里的人应该很爱吃苹果。"陈歌垫着纸捡起一个看了看,腐烂变质,表面长着霉菌,看到这个苹果,他忽然想起了自己曾在地下尸库里见过的苹果。对于尸体来说,苹果似乎有特别的意义,等有时间了可以询问一下那几位医生。

"你们看这儿!"一直存在感很弱的田磊突然开口,他把手电筒的灯光照到客厅左侧的墙壁上。开裂的墙皮上画着一幅有些奇怪的画,两个大人和一个女孩说话,在不远处有一个小男孩在画画。

"这两个大人应该是孩子的父母,女孩是他们的女儿,在墙壁上画画的是儿子。"李政尝试着分析。"原来是个四口之家。"

"我们之前询问贾明时,他不是说因为黄玲的身体原因,他们没有要孩子吗?"田磊双眉轻挑。"难道这个人找了小三?还是说他对我们说谎了?"

"他肯定对我们说谎了,不过在孩子这一点上他应该没有欺骗我们。"颜队从厨房走了出来。"房子还没完全建好,住在这里的不是贾明、黄玲夫妇,画画的孩子可能也跟他们没有关系。"

"是流浪儿童吗?"李政站在窗户旁边朝外面看了一眼。"可他们为什么要住在这个房间,大楼没有电梯,住在底层不是更省事儿吗?"

"答案估计就隐藏在这个房间里。"陈歌仰头看着天花板,目光久久无法移开。其他三名警察见他这个样子,也看向头顶。在104房间天花板上,有人用锋利的石头刻出了四张人脸。四张脸分别在东南西北四个方向,中间画着一个小女孩,四张脸分别咬住了小女孩的四肢。

"这画想要表达什么?不像是孩子能画出来的。"

两个大人的脸上写着姜龙、张初语,两个孩子脸上写着姜白、姜小虎。

"姜龙?这不是那个跳楼投资商的名字?怎么被人写到这里来了?"

"这好像是他一家四口的名字。"田磊想了一会儿。"估计是业主们把心里的怨恨发泄到了姜龙身上,毕竟他是开发商。"

"业主就算再丧失理智,应该也不会把怨恨发泄到一个死人身上,再说画里的内容是姜龙咬住了别人。"颜队看着头顶的画。"字体稚嫩,像是小孩写的,不过小孩肯定够不着天花板,这屋里也没有一个能踩的地方。"

三名警察思考着各种可能,陈歌却在这时候独自进入了卧室,他必须要控制住自己的表情。在场几人里只有他知道贾明已经被姜龙附身,屋内出现姜龙一家四口的名字,更加肯定了陈歌的猜测,姜龙占据贾明的身体,很可能就是为了这个104号房间。这房间有什么不一样的地方吗?

陈歌找了半天也没有什么发现,他直起身看向窗外,站在这个位置能朦朦胧胧地看到远处那一大片黑漆漆的建筑。

"荔湾镇?"黑夜当中的荔湾镇没有一盏灯,就好像是一片死城。"我还是想不明白,姜龙到底要做什么,如果不是颜队非要过来,这会儿我估计已经控制住姜龙了。"

陈歌朝着旁边的几栋建筑看了一眼,他看着看着忽然发现了一个问题。这四栋大楼分立东南西北,顶层都是十九层,第十层正好在中间,而且每层四个房间,104号房正好是在最西边的位置。四栋大楼的布局和那四张脸的位置很像,姜龙那张脸也正好在最西边,和一号楼位置吻合。陈歌又出去看了一眼那幅画,他们为什么会咬住那个女孩?如果说每张脸对应一座大楼……

陈歌下意识地来到104房间最西边,挪开地上的垃圾后,他发现这里的地面颜色不太一样,他在屋内找到一根钢筋对着那块区域抡砸,在警察不理解的目光中砸裂了那薄薄一层水泥。

"果然是空的。"陈歌把手伸入其中,感觉好像触碰到了什么东西,不算软,但也不是太硬,他将那东西抓了出来。

在他手臂抬起的那一刻,屋子里所有警察,包括他自己都呆住了。陈歌的影子涤荡变成了一个女人的形状,但此时此刻陈歌毫无察觉,他看着那条被自己抓出来的纤细苍白、包裹着保鲜膜的手臂,很艰难地扭过头,看向那几位警察。说实话,他也没想到这里面藏着的会是一条手臂。

"不要乱动!慢慢放下!"颜队第一个开口,他举着手电慢慢靠近,将那条包裹得严严实实的手臂拿了起来,只是简单扫了几眼,颜队就好像已经确定了什么。"田磊,让你的人二十分钟之内给我赶到!李政,通知刑侦一组值班人员,立刻来东郊明阳小区!准备接手分尸案!"

"是!"

下完命令,颜队神色稍微缓和了一点,他问李政要了一根烟递给陈歌。"吓坏了吧?去外面抽根烟冷静下。"

"不用了。"陈歌没有去接那根烟,他脸色很差。"颜队,你还记不记得,我们刚来明阳小区时,我曾问过田队长一个问题?"

"什么问题?"

"为什么1号楼10层的房间编号是104?如果这样安排,那其他几栋楼的编号怎么排?"

"嗯,我记得,怎么了?"颜队不太明白陈歌的意思。

"四栋楼,每栋十九层,每层四个房间,正常来说编号应该是四位数才对。比如一号楼十一层一号房的编号是1111。但当时田队长给出的说法是,这四栋楼是一个整体,建筑商还准备在高空修建廊道,将四栋楼连接起来,所以代表哪一栋楼的编号都被省略了。"陈歌竭力想要表达出自己的意思。

"你究竟想要说什么?"

"往上看。"陈歌指着天花板上的那幅画。"我们在西边这栋楼里发现了尸体的左臂,正好和图画最西边对应,如果说四栋楼是一个整体,那这明阳小区是不是就代表图中那个被人脸咬着的女孩?她的其他的部位,是不是就藏在对应的楼层房间里？"

听到陈歌的分析，几位警察都感到吃惊，陈歌平时的表现跟思维敏捷四个字相去甚远，但一到案发现场，他却总能有所发现，这家伙就像是为了破获凶案而生的一样。

"走，去其他几栋楼的第十层看看。"颜队带着那条手臂和几人匆匆下楼，赶往二号楼。

和陈歌猜测的一样，他们在二号楼10层某房间里也找到了一条手臂。"先拍照，不要破坏现场，凶手埋藏尸体应该会留下一些东西。"

等李政拍好照片后，几人又进入了三号楼。这栋楼只修建了一半，楼道里连栏杆都没有装，一不小心就会直接掉下去。"小心点！"

几人靠墙行走，费了不少时间才来到十层，可让他们没想到的事情发生了。找遍十层所有房间，他们都没有找到尸体，只能看到某个房间墙壁上被挖开了一大块儿。

"有人在我们之前来过？"陈歌摸着墙壁边缘，想起了之前在一号楼内看到的那辆电动车。"颜队！你还记不记得我刚才给你说过，有人骑着电动车进入小区了，那个人可能就是凶手！是他取走了女尸的腿！"

"马上去四号楼！"几人马不停蹄赶往四号楼，可还是晚了一步，凶手的目的非常明确，也很懂得取舍，他拿走女尸双腿之后，果断撤离，直接放弃了女尸的双手。

"拼着暴露的风险，也要回来拿走女尸的腿，看来那双腿上应该残留有关键性的证据。"田磊在旁边分析，颜队则阴沉着一张脸，站在屋子中央。

"在警察眼皮底下窃走女尸双腿，这凶手胆子不是一般的大。"陈歌捡起地上碎片，试着拼接起来。"对方携带了专业工具过来，有锤子、铁锥等，凶手是怎么知道我们过来的？他在明阳小区里留有眼线，还是说他提前收到了风声，又或者那个凶手就是今晚我们曾经见过的某一个人？"

陈歌心里有百分之九十的把握，在警方眼皮子下偷走女尸双腿的就是贾明，今晚知道警察过来的也只有贾明，贾明家里就有电动车，他当初就是骑着电动车出的车祸。

颜队明白陈歌的意思，不过他有自己的考量。"挖眼案，分尸案，西郊和东郊的这两起案子有一个相同点，充满仪式感，凶手之间会不会也存在某种联系？"

"应该没有什么联系吧？作案手法都不一样。"陈歌惊讶颜队的直觉，荔湾镇那扇门会失控和怪谈协会有关，明阳小区的变化严格来说是因为荔湾镇，所以真要说起来明阳小区隐藏的这案子还真有可能与怪谈协会扯上关系。

二十五分钟后，东城派出所的人赶到。四辆警车停在明阳小区当中，近半年第一次接到命案的东城派出所阵仗很大，几乎把能联系到的民警全部抽调过来了。

"田队！我们来了！"

"原地待命，听颜队指挥。"田磊走到颜队身边。"颜队，我们的人到了，一共来了三组。"

"一组去调看附近监控，找一个骑电动车的人；二组留守现场，进行取证；三组去帮我监视几个人。"颜队列了份名单，其中就有贾明和黄玲。陈歌就站在颜队旁边，他本来还准备杀贾明一个回马枪，但是看到颜队的布置后，他也不敢对贾明下手了。"颜队，你看我需要做些什么？"

"明天等有了结果会通知你，办案毕竟是我们警察的事情，你已经做得够好了。"颜队扭头朝旁边田磊说道。"找个人把陈歌送回去，这地方没办法打车，他今晚也辛苦了。"

田磊扭头冲着警队叫道："小青！你过来，我给你安排一项任务。"

"到！"小青第一次参与重案侦破，有一点紧张。

"看见那个人了吗？开车送他回家。"田磊说完和颜队一起离开，留下年轻警察一个人站在原地。

"又见面了。"陈歌笑着和年轻警察打了个招呼。"以后你们可能要开始忙了。"

小青总觉得陈歌的笑容有些恐怖。"别废话，你家在哪儿？队长让我送你回家。"

陈歌看了下时间，晚上十二点对他来说夜生活才刚开始，回去也不一定睡得着。"你等下，我发个短信。"按照陈歌原来的计划，他是准备见过马福之后就直接去找范聪，见识一下那个诡异的游戏，结果谁知道中间出了这么多事情。拿出手机，陈歌给范聪发了条信息。让他没想到的是范聪还没睡，几秒之后就给陈歌回了信，说零点以后玩那款游戏更能看出问题，只要陈歌不害怕，现在就可以过去。得到范聪同意后,陈歌让小青警察开车将自己送到范聪家去,他将范聪家的地址告诉了小青。

"东郊荔湾镇西街第一个家属院?荔湾镇有这地方?家属院名字你不知道吗?"小青在网上找了半天,开着警车将陈歌送到了荔湾镇。这地方临近县区,十分荒凉,唯一的好处是空气清新。警车驶入荔湾镇,在路的尽头看到了一片老楼。

"你家住这里?"小青望着空无一人的荔湾镇,心里莫名犯怵。

"这是我朋友家,正好来了东郊,干脆去他家看看。"

"凌晨去串门,你朋友不会揍你吗?"

"行了,你先回去吧,路上小心。"

第 7 章 小布的游戏

陈歌等小青离开后，一个人站在荔湾镇西街上。现在想想范聪家住在荔湾镇，这本身就是一件值得思考的事情。

"陈老板，你还真过来了，快上楼吧。"范大德穿着背心专门下楼去接陈歌，"我弟弟今天又玩了一整天，感觉人都入魔了，你今天可要帮我好好劝劝他。"

"嗯，放心。"

两人来到顶层，右边那户人家门上面贴着一面巴掌大的镜子，左边那户的门则是半开着的。

范大德领着陈歌进入左边那户，冲着卧室喊道："范聪，陈老板来了！"听见他的声音，卧室里传来"哗啦"一声响，好像有东西掉落，紧接着卧室门打开，顶着黑眼圈、憔悴到了极点的范聪探出头来。

陈歌关上客厅门，他抬头看了看对面那户人家挂在门上的镜子，随手拍了张照片，然后进入屋内。"范聪，那游戏通关进度如何？你有没有什么新的发现？"

"剧情卡住了，这个游戏真不是给人玩的，我感觉自己都快要得抑郁症了。"范聪将陈歌拽入卧室，随手拿起桌上不知什么时候打开的可乐猛灌了几口。乱糟糟的卧室里连个下脚的地方都没有，地板上扔着衣裤和各类书籍，茶几堆着各种空瓶子，还有没来得及收拾的餐盒，整个房间唯一还算整齐的就是电脑桌。

"卡住了？"陈歌沉吟片刻。"要不我来试试？我也算是专业设计恐怖实景游戏的，从设计者的角度来攻略，说不定能带给你一个惊喜。"陈歌小心翼翼地走到电脑桌前，看向电脑屏幕。漆黑的屏幕上有一行血字——你杀死了小布。

"这几个字很像是孩子写的。"陈歌在明阳小区104房间也看见过类似的字体。

"玩的时候不要戴耳机，那个音乐听多了会神经衰弱的。"范聪很有经验，他熟练地点击屏幕，那行血字缓缓消失，屏幕一闪，游戏画面恢复正常。"操作很简单，就是用鼠标不断点击就可以了，对了，你要喝点什么，可乐行吗？"

"好的，谢谢。"陈歌的注意力已经被电脑屏幕吸引，眼前的画面完全是那种萌系少女风游戏，主色调是粉色，看着很暖很可爱："你能把这样一个游戏玩通关也挺厉害的。"

"只是无聊，瞎玩。"范聪有些尴尬，推开门冲外面喊了一声。"哥！拿两瓶冰可乐过来。"

没过一会儿，范大德端着一个餐盘走了进来。"我随手做了两个小菜，你俩玩累了可以吃点东西。"东西放下后，范大德并没有要离开的意思，他也很好奇地看向电脑屏幕。"陈老板，你玩的时候注点意，这游戏时不时就会突然冒出很恐怖的场景，你可别被它现在的画风给骗了。"

"放心吧。"陈歌没有去吃餐盘里的东西，他这人有个习惯，离开鬼屋后，不吃任何人给的食物。陈歌点击鼠标，很快上手，他操控小布从床上坐起，然后走出房门。在范聪的讲解下，陈歌很快摸清楚了游戏地图，游戏内的场景和现实当中的荔湾镇几乎一致。

十几分钟后，陈歌找到了小布的同学家，刚准备打开密道的门，忽然发现在鼠标点击墙壁的时候，下面会出现一个聊天框——同学的家好大，要不要去二楼看一看？

这句话应该是小布的内心独白，陈歌看完后望向范聪问道："你去过二楼吗？"

"只有一张小布同学的获奖证书，我每一个地方都点击过了，用的是地毯式排除法。"范聪回答得十分肯定。陈歌想了想还是操控小布来了二楼，正对房门最鲜艳的地方孤零零贴着一张奖状。

用鼠标点击，对话框再一次出现——姜小虎同学表现突出，被评为三好学生，特发此状，以资鼓励。

"姜小虎？！这不是姜龙的孩子？我刚才在104房间的那幅画里见过！"陈歌盯着屏幕，好半天才反应过来。这么大的房间里，只贴着一张奖状，这是想要表达什么？他想不明白，又操控小布回到一楼，打开密道的门进入其中。明媚可爱的画风在瞬间变得阴森诡异，地面上是向日葵凋零的花瓣，密道砖块缝隙间好像有一只只眼睛睁开又闭合，感觉就好像美梦瞬间变成了噩梦。

"陈老板，从现在开始你一定要小心，危险可能会来自任何一个地方，稍不注意就会丧命。"范聪也紧张了起来，抓着可乐罐，双眼紧盯屏幕。

小布走出密道，看见公交车站台和红雨衣女人，前面的剧情范聪都已经攻略，陈歌只需要做出正确的选择即可。

"你之前说剧情卡住了，是卡在了什么地方？"陈歌已经顺利度过前几个关口，甩开了红雨衣，躲过马福的追踪，摆脱了醉酒艺术家，整套操作行云流水，小布在他的操控下就好像活了一样，非常灵活。

"天黑以后，不能在街道上走，否则会莫名其妙地死亡，必须要躲在建筑里才行。"范聪指着屏幕最上方。"看见天空的颜色了吗？现在是灰黑色，等完全变为黑色就预示着天黑，这个游戏细节做得非常好。"

"那我现在应该干什么？"陈歌操控小布站在十字路口，有些迷茫。

"按照我之前的经验，距离天黑还有十分钟，你必须在这十分钟内，给小布找到一座安全的房子，而我就是在这个地方卡住的。"范聪放下可乐，挠了挠头。"普通的房子你根本进不去，我尝试了很多地方，整个小镇天黑后只有旅馆和小布自己家所在的单元楼可以正常进入。"

"那你让她回自己家不就行了？"

"她家里有一具尸体，邻居家有一个提头怪物，楼底下的草丛里有个杀人犯正在肢解受害者，我试了无数次，回家只有一个下场，那就是死。"范聪眼睛都肿了。"天黑后，这个游戏难度飙升了十倍，根本不留活路啊！"

"确实挺过分，那就让她去旅馆。"陈歌依旧很平静，他这时候还在计算着时间。

"去旅馆就更惨了，店老板是个变态杀人狂伪装的，厨师是个精神不正常的疯子，房客除了小布，全都凉透了。"范聪似乎是终于找到人可以诉苦了。"我今天下午的时候，狠了狠心选择了旅馆，结果被店老板追了二十分钟，设计这游戏的人就是个变态，小布一碰就死，等于说整个游戏玩家就一条命，死了就从头开始。"

"照你这么说，这还是拼操作的游戏？"

"我现在能想到的唯一通关方法就是跟店老板玩一晚上捉迷藏，等到天亮然后离开旅馆，除此之外再没有熬过夜晚的办法了。"范聪是破罐破摔。

"让我来试试。"陈歌看了下表。"距离游戏里天黑还有七分钟，我先去小布家里看一看。"他操控小布来到荔湾镇某个还算高档的小区当中，画风改变后，温馨的小区变得冷清阴森，那些热情的邻居也全都不见了。

"回家必死无疑。"范聪已经不忍心再看下去了，小布每死一次，他心里都有种说不出的难过，这游戏好像已经影响到了现实当中的他。

草丛沙沙作响，陈歌操控小布远远避开。她直接进入家属楼，这时候电梯刚好打开，一个穿着黑雨衣的人走了出来，那人有些刻意地低着头。屏幕下面弹出了一个聊天框——你没有看清楚他的脸，但是你记住了他的体形特征。

陈歌操控小布乘坐电梯回到自己家，刚打开门，聊天框就再次出现——你发现继父被人杀害倒在血泊当中。

进入屋内，屏幕上弹出了三个选项。

一：立刻报警，然后寻求邻居帮助。

二：找来针线为继父缝合伤口，将继父做成布娃娃。

三：不管他，睡觉。

陈歌思考了一会儿，选择了第三个选项。

"哥，你冷静一下。"他这边刚选完，范聪就立刻站了起来。"你确定要选三？"

"你也说了，邻居是怪物，一号是必死选项，二号不符合一个正常人的思维，相比较来说还是选三号吧。"陈歌很认真地回答道。

"那你觉得三号就符合一个正常人的思维了吗？"范聪双手捂着额头，将头发捋了上去。

"还好，在有尸体的房间睡一晚上，对大多数人来说也不是完全不能接受的。"陈歌示意范聪坐旁边好好看。"观棋不语真君子，你少说话，我也要认真起来了。"

这个游戏成功引起了陈歌的兴趣。

"你可别随便操作啊！我怀疑游戏里面住着一个怪物，要是把它放出来，到时候你跑了，我们兄弟俩可咋办啊！"范聪哭丧着一张脸，他看到陈歌认真的表情，心里感觉很不踏实。

"不会的。"陈歌不再搭理范聪，操控小布在屋子里转悠。

客厅躺着继父的尸体，还在往外流血，选择了三号选项后，游戏里的小布就好像完全看不见自己继父的尸体一样，在屋子里走来走去。

"她家住的房子还挺大，我很好奇小布的父母是做什么的？还有她母亲的睡衣里为什么会有地牢钥匙？"陈歌对剧情越来越好奇，他操控小布进入卫生间，对话框再次弹出——你看了镜子一眼，发现镜子里没有你的身影，你慌忙退了出来。

"镜子照不出小布的身影？小布就是怪物？还是说镜子里面住着一个怪物？"陈歌没有纠结这个问题，又进入卧室，他刚推开门，对话框就弹了出来——你听见卧室墙上有"咚、咚"的声音，似乎是从隔壁传来的，接下来你准备怎么做？

一：对方是在求助，立刻报警。

二：打开窗户翻过去看看。

三：不管她，睡觉。

"陈老板，这声音就是邻居怪物发出来的，怪物的头一直在墙壁上弹动，你选择一的话，拿起电话会传出女人的声音；选择二，翻到一半一个女人会打开窗进来；所以只能选择三，不过三也是一个必死选项，半夜的时候，咚咚声消失，你睁开眼会发现怪物的头从墙那边穿了过来。"范聪已经提前给陈歌剧透了。"所有选项我都试了，根本没有存活的机会。"

陈歌想了想还是选择了三。"半夜怪物的头才会过来，现在还有挣扎的机会。"选了三后，陈歌又在床头抽屉里找到了针线和布匹，这应该是将继父做成布娃娃的工具。"细节设计得很到位，我现在都有点好奇第二个选项了。"

陈歌正在后悔，屏幕下面又弹出了一个消息框——门铃响了，有人站在门外。

"这时候谁会过来？"陈歌操控小布来到客厅门口，屏幕上弹出三个选项——来者自称警察，他接到小区里居民报案，说有人目击到一起凶杀案，请你配合调查，接下来你会怎么做？

一：打开门，配合警方调查，抓住凶手，为继父报仇。

二：告诉他继父已经被你抢救过来，变成了布娃娃。

三：不管他，睡觉。

看着屏幕上的三个选项，陈歌这次好好思索了一会儿。"门外那个家伙应该不是警察，很可能是刚才小布遇到的雨衣男，也就是真正杀死她继父的凶手。"

"厉害，不愧是专业设计恐怖场景的。"范聪玩了几次后才意识到这个问题，他发现自己和陈老板确实有很大的差距，这种差距不是智力上的，而是思维上的，陈老板总能很轻易地猜到杀人狂的想法。

"电梯外面雨衣男和小布偶遇，想着要斩草除根，所以又拐回来准备杀掉小布，这才符合游戏阴暗的背景。"陈歌把鼠标滑到二号选项上。"继父被抢救过来，这句话容易刺激到凶手，他在知道自己已经暴露的情况下，肯定会发疯，估计会采取暴力手段强行开门，小布只是个孩子，一刀必死。稳妥起见，还是选择三吧。"

听了陈歌的分析，范聪不由得点头说："选项三是最合适的，不过等你熬到半夜，怪物从旁边过来的时候，你没地方跑，只能离开家，到时候你一打开门会发现，那个杀人狂就站在门口，堵死了唯一的出路。"

"也就是说我选择了选项三后，门外假冒警察的凶手并没有离开，而是一直守在门口，等我自己出去？"陈歌盯着屏幕。"这游戏设计得还真是绝望。"

"是啊，所有选项都是必死的，没有任何活路。"范聪抓着自己头发，有些上火。

"没有任何活路倒不至于。"陈歌想了一会儿，操控小布打开了阳台的窗户，点击背包，将刚才获得的针线和布匹扔到窗外。

"你这是在干什么？"范聪有点看不懂了。

"吸引另一个杀人狂的注意，你不是说草丛里还有一个正在肢解受害者的变态吗？"陈歌淡定地丢弃布匹，这游戏里不能大喊，他身边也没有其他物品，要不他肯定会弄些重物丢下去。

"吸引另一个杀人狂的注意？"范聪和范大德完全无法理解陈歌，这种思维方式已经完全不是一个层面上的了。

"连环杀人狂都是孤独的，大多都是独狼，因为他们性格上存在缺陷，人越多他们就会越不安，他们能相信的永远只有自己。在这种情况下两个杀人狂相遇，最有可能发生的事情是他们两个大打出手。"陈歌扔了半天布,一个穿着厂服的男人从草丛里走出,他抬头看了小布一眼。对视过后,陈歌立刻操控小布后撤。"接下来就到了最关键的时候了。"

"你确定他会上来?"范聪自己玩的时候,从没有采用这样的操作,所以后面会发生什么,他也不清楚。

"你不了解杀人狂,刚才对视的时候,他应该已经在数楼层,确定小布房间的位置了。斩草要除根,所以他一定会上来。"陈歌说完后似乎意识到了什么,又补充了一句。"我只是较为了解杀人狂的行为模式,你们可别误会了。"他不解释还好,说完后范聪和范大德汗毛都立了起来。范聪其实还好,范大德是彻底害怕了,作为旁观者他的感受最深。同样一款游戏,自己弟弟玩起来抓耳挠腮,痛苦、绝望,感觉都快要得抑郁症了。但是陈歌玩起来就完全换了风格,不急不躁,甚至好像还从这样一款游戏里找到了久违的乐趣。

"我进入家属楼的时候已经记住了所有通道,上下楼一共有两种方式可以选择,坐电梯,或者走楼梯。"陈歌看着屏幕,非常的平静。"等会儿看情况,哪条路距离杀人狂比较远就选哪一条路逃走,当然,最好的结果是两个杀人狂同归于尽。"说完,陈歌又操控小布进入了厨房。

"你在找什么?"范聪一颗心提了起来,游戏已经进入他从来没有经历过的剧情,所以他既紧张又期待。

"看有没有菜刀、水果刀之类的东西,两个杀人狂厮杀之后,存活的一方应该也会受伤。如果此时我们手里有刀,那就有一搏之力。"陈歌的解释听得范聪不知该说什么好,这一位感觉是要把解谜类游戏硬生生给玩成对抗类游戏。陈歌找遍整个房间,也没发现刀具,屋子里只有针线和布匹。"看来这个游戏不鼓励反抗,玩家只能被动躲避,然后尽力活下去。"

游戏画质很一般,但细节做得非常好,让人可以完全带入小布的角色当中,仿佛自己就是那个孤单可怜的小女孩。当陈歌操控小布再次来到阳台时,楼底下那个穿着厂服的变态已经消失不见。大概几分钟后,屏幕下面弹出一个对话框——门外传来了厮打的声音,刀子刺破了皮肤,就像是刺入了装满水的布袋,有人在奔跑,有人在追赶。

"两个杀人狂打起来了！"范聪看着屏幕上弹出的对话框，表现得比陈歌还要激动。"两个杀人狂一追一逃，现在就是我们的机会！"堵门的杀人狂已经离开，陈歌操控小布打开客厅的门，楼道里被鲜血染红。

"血迹朝着楼梯方向延伸，他们朝楼梯那边走了，我们坐电梯离开！"范聪一颗心提到了嗓子眼，这时候容不得分神，杀人狂不知何时回来，时间很紧。

"不着急，外面天已经黑了，就算坐电梯离开，我们又能去哪里？你不是说天黑以后，走在大街上会莫名其妙死亡吗？"陈歌大脑在飞速运转。"再说我们坐电梯走，那个杀人狂意识到后肯定会追过来，太不安全了。"

"那你说怎么办？"在范聪看来，不管怎么做结局都是死，最多就是延迟死亡来临的时间罢了。

"杀人狂朝楼梯那边跑在我预料之中，因为电梯需要等，他想要摆脱追杀，只能从楼梯走。"陈歌操控小布从屋内走出，然后在范聪和范大德极为震惊的注视下，停在了旁边邻居的门口。

"你想干什么？"兄弟俩都目不转睛地盯着屏幕。

"我准备把另一个杀人狂也解决掉。"陈歌点击背包，站在邻居家门口舍弃了背包当中仅剩的布匹和针线。

这一幕把范聪和范大德看呆了，过了很久，范聪第一个反应过来。"你是想要营造出一种小布躲进了邻居家的假象，然后把杀人狂骗进邻居家？"

"理想情况下是这样的。"扔完布匹后，陈歌操控小布直接朝楼梯那边走，两个杀人狂朝楼下跑去，陈歌操控小布站在上一层和这一层的拐角处，只要杀人狂回来的时候往楼上多走一层，就能发现小布。

"你胆子可真大。"范聪由衷地感叹。

"没办法，躲在家里肯定会被发现，使用电梯离开，杀人狂会追过去，所以我只能解决掉他们了。"陈歌看着电脑屏幕，十几秒后，一个穿着厂服的男人从楼下跑了上来。

"看来雨衣男已经被干掉了。"陈歌操控小布靠墙站立，从这个角度正好能看见杀人狂。接下来发生的事情跟陈歌想的不太一样，穿着厂服的杀人狂比陈歌想的还要聪明，根本不像是一个设计出来的NPC，给人的感觉就是一个真实存在的冷血变态。他没有进入小布家搜查，直接跑向电梯，不时还会回头注视着小布家的房门。片刻后，他从电梯那边跑回来，他确定刚才没有人使用过电梯，所以他肯定小布应该还在这一层。手持尖刀，杀人狂进入小布家里，一开门就看见地上躺着具尸体，有意思的是这时候屏幕下面弹出一行字，似乎是杀人狂的自语——见鬼！今天晚上要处理四具尸体了！可我明明只想杀一个！

穿着厂服的杀人狂进入屋内，他并没有找到小布，屏幕下面又弹出了几个聊天框——那个小女孩跑哪儿去了？她看见我在处理尸体，她应该就藏在这个屋子里。

杀人狂找遍房间都没有发现小布，只好又从屋里出来，这时候他发现了地上的碎布——那个女孩离开过房间？这些布料上带有血迹，她想要为死者包扎伤口？布料是在旁边的房间里消失的……

杀人狂在邻居家门口停了好半天，然后敲门——我是警察，接到小区里居民报案，说有人目击到一起凶杀案，请你开门配合调查。没过一会儿，邻居家的门竟然真的打开了，杀人狂阴笑着，手持尖刀走了进去。

"该我们出手了。"陈歌操控小布从楼道里跑出，用鼠标点击邻居家房门，把门给关上了。

这时候对话框再次弹出——你听见有人在屋内求救，但是你无动于衷，十分钟后，门板上传来了新的"咚咚"声。

屏幕里小布站在邻居家门口，穿着母亲睡衣的小女孩可爱单纯，和整个世界的颜色格格不入，但是在范聪和范大德看来，这个小女孩才是最可怕的存在。

"你还把门给他关上了？"范聪喝着可乐，他想要冷静一下，旁边的范大德也觉得陈歌绝对不是一般人，整套操作看得他都不敢大声说话了。

"你们别紧张，我这叫为民除害。"黑夜降临，陈歌没有耽误时间，操控小布进入楼道找到了雨衣男的尸体，他不断用鼠标点击尸体。

"你这又是在干什么？"范聪已经放弃去揣摩陈歌的想法了。

"找钥匙和能用的东西，小布家旁边住着一只怪物，回去住肯定不行，如果能找到杀人狂家的房门钥匙，那我们今晚就去杀人狂家里住。"

"住在杀人狂家里？"范聪和范大德不约而同地看向陈歌。

"最危险的地方就是最安全的地方。"陈歌疯狂点击雨衣男尸体，在鼠标移动到雨衣男上衣口袋时，屏幕下方弹出一个对话框——你掀开了死者的外衣，在被鲜血浸湿的口袋里找到了一张房卡。

"还真能翻到东西！"范聪凑到屏幕跟前，一脸好奇。

将房卡放入背包，陈歌不死心地又点击了很久，直到背景音乐中人头撞门的"咚咚"声变大，他才十分惋惜地朝楼下走去。"仍旧没有获得刀具和凶器，以后估计很难再有这样的机会了。"陈歌点击背包，观看那张房卡，纯黑色的卡片上沾着血迹，背面写着一个数字四。"范聪，这小镇里一共有几个旅馆和酒店？"

"只有一个，就是我之前给你说的那个小旅馆，老板是个杀人狂，厨师是个神经病，房客全都被杀了。"

"旅馆距离小区远吗？"

"不远，就相隔一条街，不过你确定要过去？"范聪不是太理解陈歌的想法。"咱们不是刚把小区里的杀人狂给处理掉吗？现在只需要待在小区就能安稳度过今晚。"他看到陈歌还在犹豫，伸手抓住陈歌的肩膀。"你该不会是准备……就靠这个小女孩去干掉人家一旅馆的人吧？"

"我们连把水果刀都没有怎么跟人家干？"陈歌操控小布往楼下走，奇怪的是背景音乐当中的"咚咚"声，并没有因为拉开距离而减弱，声音反而越来越大。

"那你为什么要离开？"

"注意背景音乐，那个咚咚声是邻居家的怪物发出的，现在声音变得急促，说明我们把杀人狂诱骗入邻居家后，邻居家的怪物可能会提前暴走。"陈歌操控小布来到一楼，看着黑漆漆的街道。"晚上走在街道上为什么会莫名其妙死亡？你之前玩的时候，每次死亡前有没有什么征兆？"

"没有任何征兆，就是突然就死了，街道上似乎有隐形的杀手。"

"隐形杀手？"陈歌摇了摇头。"这个游戏里的很多场景，应该都是根据现实当中发生的事情改编成的，不可能出现太离谱的东西。"

"大哥，整个小镇里到处都是杀人狂和鬼怪，这还不够离谱吗？"

"这些都还可以接受，至少没有违背游戏制作者自己的设定。"陈歌操控小布停在一楼和二楼拐角处来回跑动。

范聪实在想不明白陈歌这是在干什么，忍了好久还是问了出来："陈老板，你这又是在做什么？"

"情况不太妙。"陈歌双眼盯着屏幕，随口说道。"一个游戏的操作方式通常决定了它惊吓玩家的方式，你有没有发现随着存活时间增加，小布的移动速度变快了？"

"这是好事啊。"范聪看着在楼道里来回跑的小布，感觉她的速度确实变快了一点儿。

"游戏制作者不会那么好心，这是一个不能反抗的绝望游戏，小布速度增加，说明等会儿我们会遇到速度更快、更加恐怖的东西。"陈歌单手托着下巴。"如果我猜测不错的话，等到了后半夜，我们要躲避的就不单单是杀人狂了。"

陈歌的话让范聪感到心凉。"杀人狂、鬼怪、陷阱，还有莫名其妙就会触发的死亡机制，游戏制作者压根儿就没想过让玩家通关。"

"你不要把这个游戏当游戏来玩，仔细去思考游戏制作者为什么要做出这个游戏，只有弄清楚制作者想要表达的东西，顺应他的思想，才能找出答案。"陈歌一直都在思考，范聪是在玩游戏，而他则是在体会游戏制作者的情绪。任何游戏都会包含有一种情绪，包括怨恨、愤怒、悲伤等等，但让他感到意外的是，这款游戏虽然无比绝望，但是小布并没有露出任何情绪，她就像个没有感情的机器人一样，她不会害怕，不会痛苦，也没有对家人的担忧，总是冷眼旁观。

小布这个主人公很有意思，看到继父尸体后，甚至还会产生将其做成布娃娃的念头，这绝不是一个正常孩子，可她是怎么变成这样的？在她身上又发生了什么？游戏者现在经历的一切，是不是就是小布经历过的？陈歌正想得入神，范聪一句话将他拉回现实："那咱们接下来怎么办？"

"我们首要目的是活过这一晚，楼道里暂时安全，所以就先待在这里。等到邻居家的怪物出来，我们再去旅馆。"陈歌思路非常清晰。"现在我唯一担心的是，穿过那条街的时候一不小心触发死亡机制，莫名其妙地死掉。"

"你心里真是这么想的吗？我怎么觉得你是故意在等邻居家的怪物？想用自己身体做诱饵，把它勾引到旅馆去。"范聪小声说道。

"并不是勾引，而是引诱。"陈歌操控小布在楼道里来回跑动，他已经完全熟悉了小布的速度和奔跑方向了。"这是个自由探索的游戏，我们不可能只在里面住一个晚上，把邻居家的怪物引走之后，小区就彻底安全了，以后就可以放心回这里住了。"背景音乐当中，那"咚咚"的声音越来越大，陈歌将鼠标放在了一个舒服的位置。"怪物应该要过来了。"

话音未落，屏幕当中，二楼拐角出现了一个提着自己头的女人，她的外衣被鲜血染成了红色。"红衣？"陈歌操控小布朝楼道外面狂奔，还不忘调整角度去观察那个提着自己头的女人。"算上红雨衣，这应该是小镇里的第二个红衣了。"游戏里提着自己头的女人速度很快，陈歌也认真了起来，操控小布疯狂逃窜。

只用了几秒钟，陈歌已经操控小布跑出了小区。街道上没有路灯，黑漆漆一片，陈歌利用阴瞳勉强在暗与暗之间找到了路。他操控小布朝着旅馆所在的方向奔跑，在经过某一扇窗户的时候，那窗户突然打开，一只手伸了出来，想要将小布抓进去。也幸好陈歌视力远超常人，在第一时间就改变了方向，险之又险地躲了过去。

"杀机隐藏在黑暗当中！"

陈歌额头流下了一滴汗，而旁边的范大德和范聪看着几乎是一片黑的屏幕，完全不理解，眼前这个男人为什么会疯狂晃动鼠标和键盘。

"他在干什么？"

"不知道啊。"范大德和范聪不敢打扰陈歌，他们感觉陈歌已经进入了某种状态当中。事实上陈歌此时也顾不上和那两兄弟说话，他全神贯注地操控小布在漆黑的街道上逃命。这游戏制作者绝对是个彻头彻尾的变态，黑暗中隐藏了无数的杀机。窗户里突然伸出的手臂，转角遇见的杀人狂，追在身后的红衣，还有不知道从什么地方蹿出来的会笑的野狗，如果只有这些东西，陈歌也不会太紧张，真正让他担心的是另外的事。在漆黑的街道上狂奔了大概半分钟，陈歌看到小布身后有什么东西站了起来，那好像是她自己的影子。

是什么东西跑进了她的影子里，还是夜晚的小镇能唤醒活人的影子？陈歌现在处于一种高度紧张的状态，他不敢分心，但是脑海里却不自觉地闪过那晚在东郊自来水厂的遭遇，东郊所有鬼怪似乎都和那道影子有关。屏幕当中小布的影子站了起来，趴在小布肩膀上说着什么，小布的速度开始变慢。

"范聪，距离那个旅馆还有多远？"陈歌头也不回，语速非常快。

"就在前面，街道尽头唯一开门的那栋建筑！"

"敢在深夜开门,这旅馆不一般。"陈歌已经看到了远处那栋破旧的建筑,他操控小布左右躲闪,操作鼠标和键盘的声音在范聪屋内回响。在离开小区楼道的第五十七秒钟,陈歌操控小布跑进了旅馆当中,提着脑袋的红衣女人则停在了旅馆外面,没有跟小布一起进去。

"红衣不敢进来?"

陈歌在看到红衣停止追逐的时候,他立刻让小布也停下了脚步,站在旅馆大门口左右移动,疯狂勾引怪物。

"陈老板,你这是在干啥?挑衅她?"范聪实在看不下去了。

"我不把她弄进旅馆,等会儿你来对付店老板?小布只是个手无缚鸡之力的孩子,怎么跟那些变态杀人狂斗?"小布站在门口左右跑动,红衣女人跃跃欲试,提在手里的人头表情纠结,似乎正在进行激烈的思想斗争。

"身为红衣居然还畏首畏尾,东郊的怪物素质果然不行。"陈歌折腾了半天,红衣似乎是终于被他弄烦了,准备往旅馆里面走。可还没等她进来,旁边房间一个拿着猎枪的胖男人突然跑了出来,将旅馆大门给关上。同一时间屏幕下面弹出了一句话——旅馆木门上传来"咚咚"的敲门声,门外的客人不知什么时候才能进来。

用鼠标点击对话框,紧接着第二句话弹了出来,这句话带着胖男人的头像,应该是他在说话——每到晚上就会有奇怪的客人登门造访,他们非常危险,现在父亲的猎枪只剩下一发子弹了,必须要小心点。

"这个就是你说的变态老板?看着还挺和蔼。"陈歌指着屏幕,进入旅馆后,小布的影子已经恢复正常,根据陈歌自己的猜测,这应该是游戏设计者添加的某种游戏机制,天黑以后不能在街道上停留超过一分钟,否则就会被自己的影子杀死。

"你可别被他表象给骗了,这个疯子杀了整个旅馆里的所有客人,他的旅馆有进无出。"范聪声音轻颤,旅馆老板已经成了他的心理阴影。

"给我说说旅馆老板是什么时候发狂的?让我提前有个心理准备。"

"我没有获得过房卡,进入旅馆的时候,老板好心给了我一间房。"范聪哭诉他的经历。"我就一直老实待在房间里,想着熬到天亮就好,结果还没过几分钟,房门打开了一条缝,我看见老板拿着菜刀站在门口。最变态的是他就站在门口一动不动,脸上带着笑容,然后你如果不去管的话,房门会越开越大,最后他才会冲进来,追着人砍!"

"这么恐怖的吗?"陈歌点击屏幕,旅馆老板问他有没有房卡,陈歌又点击背包,拿出雨衣男的四号房卡让老板看了一眼。老板看到陈歌的那张房卡后,告诉陈歌,凌晨十二点厨房会准备宵夜,希望所有房客都能过去。

"凌晨准备宵夜,食材难道是房客?"陈歌回头看了范聪一眼。"这一幕你经历过吗?"

"我没有房卡,咱们的剧情完全不同。我只见过其他几个房间里的房客,当然我看见他们的时候,他们已经全部变成了尸体。"范聪无奈地摊开双手,他很想帮助陈歌,但有心无力。

"你知道其他几名房客的信息?"陈歌有点惊讶,这是个意外收获。"把你知道的都告诉我,说不定我能团结其他房客,找出一条生路。"

"一号房住着旅馆老板的父亲,他房间里还有自己和旅馆老板的合照,这人好像拥有旅馆的备用钥匙;二号房住着一个女的,穿着很暴露的衣服,应该是从事特殊职业的;三号房是个学生,他背着一个书包,包里有一个手机;四号房是空的;五号房住着一个穿着警察制服的人,不知道是骗子,还是真的警察。"

"还有警察?"陈歌点了点头,范聪给他提供了很关键的信息。

"有其他房客在,我活过今晚的把握就更大了。"他操控小布回到自己房间,可是刚进门背景音乐里就传出一声枪响,紧接着屏幕上弹出了一个对话款——你听见了猎枪走火的声音,旅馆里疑似发生了凶杀案,请你立刻做出选择。

一:去寻找老板,问清楚刚才发生了什么事情。

二:找到警察,寻求警察的帮助。

三:不管他们,睡觉。

鼠标在三个选项中移动,陈歌没怎么犹豫就准备去选择第三个选项。

"都这时候还睡什么啊!"范聪赶紧拦住陈歌。"别冲动,这三个选项我总感觉有古怪,可能会影响后面的剧情。"

"不用想了,刚才那声枪响是猎枪发出的,开枪的应该是旅店老板,第一个选项是送死选项。"

"那我们也可以找警察啊！"

"找什么警察？"陈歌直接选择了第三个选项。"旅店老板只有一发子弹，在这种情况下，他一定会对警察下手，现在他可能就在警察房间里。"

"老板在警察房间里？"

"你可以站在杀人狂的角度想一想，警察手里可能有枪，获得了警察的枪，他才能继续肆无忌惮地杀死旅馆里其他人，所以除了三号选项，剩下两个选项全都是必死选项。"陈歌操控小布打开了四号房的门，朝着远离警察的一号房跑去。

从看到选项到做出选择只有短短几秒钟的时间，陈歌表现出了惊人的冷静。在范聪终于想明白、开始后怕的时候，陈歌已经操控小布来到了一号房门外。他用鼠标点击房门，屏幕下方弹出了一句话——你的房卡无法打开这扇门，你趴在门板上，听到房间里传出了叹息声。根据范聪的描述，旅馆老板的父亲不久就会死在一号房当中，这位老人可能知道自己的孩子是个变态杀人狂，也清楚自己时日无多了。

一号房打不开，陈歌没有过多停留，直接赶往二号房，住在这里的是一个穿着暴露、疑似从事特殊职业的女人。鼠标点击二号房的门，这次没有弹出对话框，房门没有关严，直接被打开了。

"这女的晚上睡觉都不锁门的吗？"进入二号房间，陈歌看见房间角落，有一个只穿着内衣的女人蹲在一个大箱子前面，似乎是在挑选衣服。

"陈老板，你小心点，我之前进入二号房的时候，屋里面可没有那个大箱子。"范聪出声提醒，陈歌也停下了脚步，这旅馆里居住的旅客很有可能也都是杀人狂。

陈歌尝试着用鼠标点击女人，屏幕上弹出了一个新的选项——这位性感美丽的女士正在为自己挑选衣服，你要不要将刚才发生的凶杀案告诉她？

一：告诉她旅馆里十分危险，让她多加小心。

二：拿起桌子上的台灯，对准她的后脑勺砸下去。

三：不管她，回房间睡觉。

看着三个选项，陈歌陷入了沉思。"心存善念的人会选择第一个选项，但贸然接近对方很可能会出事，这个女人暂时还无法信任；心存邪念的人，估计会选择第二个选项，不过理智地分析一下，以小布的力气，加上台灯的重量，不管从哪儿下手，都没有办法将女人砸晕或者砸死，这个选项很没有诚意，如果提供刀具还差不多。"陈歌的分析让旁边的范聪冷汗直流，悄悄将电脑桌上的水果刀往远处放了放。

陈歌犹豫片刻，选择了第三个选择，在他做出选择的时候，蹲在墙角的女人回头朝房门看了一眼。她的脸上没有人皮，手里拿着小刀，那个大箱子里则露出半截纤细白嫩的手臂。

"这是换衣服，还是换脸啊！"陈歌赶紧操控小布离开女人房间，顺便帮她关上了门。"旅馆老板是杀人狂，房客不是疯子就是变态，难道整个小镇就我一个正常人？"

"陈老板，要不我们还是离开旅馆吧，我感觉这地方比小区危险多了。"

"门外还有个怪物，往哪儿跑？"陈歌操控小布又走到三号房外面。"那个高中生总不可能也是个杀人狂吧？"他担心一会儿二号房的女人跑出来，果断点击三号房的房门，屏幕下面对话框再次弹出——屋内有人在打电话，声音很小，你隐隐约约听到了哥哥、妈妈、藏尸、密室等词语。

"这个三号房间的房客很奇怪啊，他在跟谁打电话？"陈歌仔细盯着屏幕，若有所思。

"会不会是他爸爸？电话里提到了哥哥和妈妈，但唯独没有提到父亲。"范聪大胆猜测，"陈老板，三号房的高中生很可能是唯一能帮助小布的人。"

"你为什么这样认为？"陈歌有些诧异。

"你之前不是说要站在游戏制作者的角度思考吗？这游戏我玩了几个星期，死了无数次，对它的世界观也有了一个大概的了解。"在陈歌的引导下，范聪也开始尝试从游戏制作者的角度思考。"所有大人不是疯子就是变态，孩子大多数是受害者，可能这就是游戏制作者眼中的世界，大人是虚伪可怕的，只有在孩子身上才能找到一丝单纯和善良。高中生严格来说不算是大人，他介于大人和孩子之间，我觉得你应该尝试着去跟他接触。"范聪清楚这款游戏绝不是一个简简单单的恐怖小游戏，它有深层次的内涵，但奈何水平有限，只能看出这么多东西。

"你想得太简单了，小布的世界是完全绝望的，想要解读游戏世界，必须要先弄懂小布这个主人公。"陈歌回头看着范聪。"这个游戏里所有孩子的名字都叫小布，所有被杀害的、遭遇不幸的孩子都叫小布，这样的小孩你还指望她单纯善良吗？"

陈歌重新望向屏幕说："其实玩到现在，小布在这个绝望的世界里存活时间越长，我就越感到不对，你之前也查过新闻，这游戏里所有的悲剧都是根据现实当中的案子改编，也就是说里面大多数场景都是在现实中发生过的，那你有没有考虑过一个问题，如果现实当中真有小布这个人，她在遭遇这些恐怖的事情后，又是如何活下来的？"

陈歌语速非常快，范聪和范大德都没有反应过来，问道："你想要表达什么？"

"我刚才操控小布做的事情，小布可能真的做过。"陈歌已经隐约明白了这游戏的核心，他还想要再说些什么，但是电脑屏幕上出现了新的变化。

三号客房的门在这时候打开了，一个穿着学校制服的学生站在门口，紧接着屏幕下方对话框弹出——外面很危险，三号客房担心你的安全，邀请你进入房间当中。你站在门口，看到三号房客手里拿着一张全家福，爸爸和妈妈幸福地站在一起，旁边还有两个长相一模一样的男孩。

陈歌再次点击屏幕，对话框里出现了新内容——你刚才在门外偷听到男孩的电话里提及藏尸，你很害怕，不愿意进去。三号房客为了劝说你对天发誓，他说自己虽然杀过人，但那是被逼无奈的，他是这小镇上唯一一个可以信任的好人。

"你看，我猜得怎么样？这高中生应该能对我们产生很大的帮助。"范聪很开心，他感觉自己帮上了忙。

"好人可从来不会指着自己的鼻子说自己是好人。"陈歌摇了摇头，又点击了一下屏幕，对话框里弹出了最后一句话——你对三号房客很好奇，决定听一听他的故事再做决定。

接下来三号房客的男孩开始向小布诉说自己的故事："……我还有个和自己长相完全一样的哥哥，只不过我们两个性格差别很大。我内向懦弱十分听父母的话，哥哥却到处惹是生非，性格非常暴躁。有一次哥哥和父亲发生激烈争吵，两人厮打起来，哥哥慌乱中刺了父亲一刀。当时我也在场，根本没想到会发生这样的事情，拼命阻拦哥哥，但谁知哥哥连我也想要杀，最后在厮打的过程中，我失手刺中了哥哥……

"母亲回来的时候,哥哥和父亲都已经死亡了,好好一个家四分五裂,母亲清楚我的性格不可能撒谎和杀人,于是在警察后面的盘问中撒了谎,把所有罪都推到了哥哥身上。这个小镇里的所有人都不干净,唯有我是个例外,因为我根本就不想去杀人,那只是个意外。"

电脑屏幕上闪过三号房客说的话,在他全部讲完以后,屏幕下方弹出一个选项——接下来你会怎么做?

一:进入房间,告诉他旅馆很危险,让他多小心。

二:坚决不进入房间,并让他进入其他房间探路。

三:不管他,睡觉。

进入房间等于把生死交给那个学生,让学生去其他房间探路等于说让他去送死,第一和第二两个选项代表着善与恶。

"要不赌一把?我觉得这学生不像是坏人。"范聪不知不觉已经喝完了可乐,他目光在陈歌和电脑屏幕之间来回移动。

"赌个屁,这学生百分之百有问题。"陈歌非常果断,他直接把鼠标移向第三个选项。

"他杀人是自卫,而且你看他的动作神情和人物动作,跟那些双眼血红的杀人狂完全不同,有点自卑,这样的孩子应该不会去主动害人。"这次开口的是范大德,他和自己弟弟看法一样。

"自卑懦弱说明他性格存在缺陷,不少杀人狂童年都是在自卑懦弱中度过的。他们极度自卑,但同时又极度渴望被尊重,所以性格才会逐渐变态。"陈歌已经懒得再解释下去了。"这个学生很危险,他不够强大,所以更容易对弱小的人出手。"

"你说他是在撒谎?"范聪又打开了一瓶可乐,猛灌了几口,现在是凌晨,但是他却一点都不困。

"我可以肯定这个学生一定在撒谎,你们仔细想一想,如果他的母亲真的把所有罪责都推到了哥哥身上,那他为何会在深夜出现在这个满是杀机的小镇当中?"陈歌声音阴沉。"我现在有两个猜测,第一,是他杀死了哥哥和父亲,然后将一切嫁祸给了哥哥,又利用母亲的信任,将罪责全部推到了哥哥身上;第二,这个学生就是哥哥假冒的,哥哥杀了父亲和劝架的弟弟,为了逃避法律制裁,他把自己伪装成性格懦弱的弟弟。"陈歌说完后，范聪和范大德都不敢说话了，他们实在是找不到反驳的理由，只感觉冷气嗖嗖地往头顶冒。

"第二种猜测的可能性更大。"陈歌看着屏幕，选择了三号选项，然后操控小布快速离开。"他深夜出现在这个小镇，说明他很有可能连自己母亲也一起解决掉了，而他杀掉母亲的原因很简单，就算是双胞胎，性格上伪装得再像，自己亲生母亲还是有可能看出来的。"

陈歌操控小布简单熟悉了一下旅馆的道路，就朝旅馆大门走去，准备把提头红衣给放进来。"这间旅馆里没有无辜的人，他们应该能为我争取到足够的时间。"

陈歌来到旅馆大门口，但是却发现旅馆大厅里站着一个大胖子，这人戴着一个厨师帽，正将一块块蛋糕摆在餐桌上。

"他就是旅馆厨师，是个疯子，不过我之前玩的时候从未见过他杀人。"范聪在旁边小声说道。陈歌点了点头，他操控小布远远避开厨师，可是只要一靠近旅馆大门，厨师就朝小布这边走来。

在大厅耗了几分钟后，陈歌尝试着用鼠标点击厨师，屏幕下面弹出了一个对话框——门外不断传来咚咚的声响，午夜凌晨，现在是旅馆的夜宵时间。

在这个对话框消失以后，老人、女人、学生和旅馆老板从客房里走了出来，没有看到警察的身影。旅馆老板和厨师站在一起，紧邻着他们俩并排摆着四个椅子，桌面上放着九块蛋糕。人到齐后，屏幕下方弹出了四个选项——请选择座位。

一：坐在厨师和老人中间。

二：坐在老人和女人中间。

三：坐在女人和学生中间。

四：坐在桌子最外侧。

这四个选项里终于没有了去睡觉的选项，陈歌看了半天却突然不知道要怎么选了。"为什么突然让我选择座位，这四个位置有什么不同？"陈歌想不明白，保险起见，他选择了第四个选项，独自坐在桌子最外侧。

他做出选择后，几个人物都坐在了座位上，当陈歌也操控小布坐在椅子上的时候，屏幕下面弹出了一句话——厨师将菜刀放在了桌子上，他和旅店老板笑眯眯地看着你们，给你们出了一个难题：四个人如何在只切一刀的情况下，平分九块蛋糕。

"四个人平分九块蛋糕？把三块蛋糕并在一起从中间切开？这也不行，他要求的是平分。"范聪和范大德都陷入了思考，他们两个都没有发现，此时此刻陈歌看见桌上那把菜刀已经完全兴奋了起来！

"这应该是旅店老板在故意刁难房客，不管怎么切，都没办法做到平分。"范大德自己就是厨师，他比画了半天也没想出好办法。

"是啊，就算能切出来，蛋糕上的奶油也会或多或少粘在菜刀上，根本做不到完全平分。"兄弟两个正在激烈讨论，忽然看到屏幕上，老人、女人、学生，还有陈歌操控的小布全都伸手抓向那柄菜刀！

四个人距离菜刀远近不同，陈歌操控的小布距离菜刀最远，老人距离厨师放下的菜刀最近。

"不好！"眼看着菜刀被老人拿走，陈歌立刻操控小布疯狂朝远处逃窜！

"你跑什么？"范聪和范大德傻了眼。"这不是在回答问题吗？怎么突然就这么激情了。"

陈歌操控小布头也不回地朝远处跑，只见屏幕上手持菜刀的老人，用尽全力挥刀砍向旁边的女人！

四个人如何一刀平分九块蛋糕，那当然是让四个人变成三个人！老人挥刀砍向女人的脖子，在菜刀落下来的时候，女人慌忙躲闪，这一刀最后砍在了女人肩膀上。餐桌上出现大片血迹，老人、女人和学生厮打在一起。老人想要杀掉女人，女人拼命反抗，学生则是想要夺走菜刀，他认为老人一刀没有砍死女人，已经算是回答问题失败，接下来该轮到自己了。

四名房客里只有陈歌操控着小布远远避开。"真是一群疯子，如果能坐下来好好谈谈，就算旅馆老板有枪，房客们也不是没有翻盘的希望，可惜了。"厨师和旅店老板开心地看着三位房客厮杀，陈歌趁着他们注意力被吸引的时候，绕到了旅馆大门处，用鼠标疯狂点击旅馆大门。他终于找到机会，将提着脑袋的女人放了进来。"这个旅馆能在夜晚营业，里面肯定隐藏着不为人知的秘密，提头女人追着小布来到旅馆的时候，犹豫了很久才进来，说明她可能是感受到了威胁。"

用头敲了半天门的红衣女人，站在漆黑的大街上，心中充满了怒火，看到陈歌操控的小布后，直接冲进了旅馆当中。

"我也没怎么招惹她啊，为什么这么记仇？难道她的死是因为小布的继父？但小布继父被人杀了，她身上的仇怨无处宣泄，所以盯上了小布？"陈歌感觉提头的红衣女人更像是一种游戏机制，为的就是不让玩家在某一个地方停留太久，必须要时刻保持警惕。陈歌晃动鼠标让小布和怪物拉开距离，朝着旅馆深处跑去。

他心里计算着小布到旅馆大门的距离，情况如果出现变化，就立刻离开。

背景音乐中传出连续三声枪响，旅馆老板似乎朝着提头怪物开枪了。

"打吧，你们打得越激烈越好。"陈歌操控小布躲在角落里，此时怪物的脑袋已经和身体分离，追着几个杀人狂到处乱跑。

"陈老板，现在我们该怎么办，离开旅馆吗？"范聪今晚是真的长见识了，看过陈歌操作之后他才知道，原来这游戏还可以这样玩。原本平静的旅馆现在鸡飞狗跳，陈歌操控的小布简直就是个可以自己移动的灾厄之源。

"你之前告诉我老人是旅馆老板的父亲，他拥有旅馆的备用钥匙？"陈歌操控小布贴着墙壁，朝客房跑去。

"咱们剧情不一样，我来到旅馆的时候，老人已经被枪杀了，我在他房间抽屉里找到的钥匙。"

"先把钥匙拿到手再说。"陈歌操控小布进入一号客房，这房间似乎专属于老人，墙壁上挂着很多照片，其中有他和旅馆老板的照片，还有他年轻时和一个女人的照片。"那个女的是老人的妻子？"

陈歌用鼠标点击抽屉，屏幕下面弹出了一个对话框——你看到了一把锈迹斑斑的钥匙、很多牙齿和一本破旧的笔记。

"这老头的癖好很奇怪，喜欢收集牙齿？"陈歌点击笔记本，屏幕对话框里出现了新的内容——三月一日，我丈夫疯了，他将我囚禁在厨房冰箱后面的密室里，每天只给我三块面包和一杯水，他禁止我外出，禁止我和顾客接触，他真的疯了。

三月二日，厨师又在做什么好吃的？我闻到了肉香，好饿，那个疯子就是在故意折磨我！

四月一日，我已经很久没有吃饱过了，我必须要从这里出去，对，今夜就偷偷跑出去。

四月二日，我被发现了，我们争吵了起来，那个疯子生气的样子真可怕，他就像一头失控的棕熊，最后竟然拔掉了我的一颗牙齿。

五月五日，好饿，待在这里，我迟早会被他折磨死，我一定要离开！

六月六日，谁能救救我，我丈夫是魔鬼，他竟然要拔掉我所有的牙齿，这个变态的疯子！

十一月一日，我恐怕再也吃不了肉了，好饿，好饿……

笔记上的内容很奇怪，乍一看是在记录老人年轻时的暴行，但仔细读了几遍后，陈歌发现事情并不简单，可还没等他想明白，背景音乐里就又传出枪响，紧接着屏幕下面弹出了三个选项——你看完了老人妻子的日记，知晓了旅馆最大的秘密，请从下面三种东西中选出你认为最重要的一个带在身上。

一：你拿起锈迹斑斑的钥匙，觉得这把钥匙很可能是旅馆正门的备用钥匙。

二：你将那些牙齿装进背包，觉得这是很有纪念意义的收藏品。

三：你把笔记塞入怀中，觉得里面隐藏有很重要的线索。

看着屏幕上的三个选项，陈歌眉头轻轻皱起，问道"范聪，这个选择你之前是不是也遇到过？"

"嗯，拉开抽屉就会弹出这三个选项，我当时选择的是旅馆备用钥匙，有了钥匙可以自由进出旅馆大门，就算上锁也没事。"范聪感觉这次自己应该能和陈歌想到一起去。

"看来第一个选项可以排除了。"陈歌仿佛自言自语一般，鼠标在二、三两个选项之间移动。

"那就选择三号选项吧，笔记估计有特殊的用处。我看好多恐怖悬疑电影里，笔记里都会留下凶犯的信息。"范大德只是根据自己的生活经验来做选项。

"笔记确实很重要，可是笔记里的内容我们刚才不是已经看过了嘛。"听了范大德的话，陈歌摇了摇头，最终选择了二号选项。

"牙齿？这东西能有什么用？"范大德和范聪完全想不明白，但两人又不敢随便开口，只能在旁边小声嘀咕。

"应该就是牙齿。"陈歌大脑飞速运转，他沉声说道。"刚才那三个选项弹出来的时候，屏幕下方有一句话，'你看完了老人妻子的日记，知晓了旅馆最大的秘密'。"

"可这能证明什么？"范聪还是觉得钥匙才是最重要的。

"旅馆最大的秘密就在老人妻子身上，换句话说旅馆之所以会变成这样，就是因为老人的妻子。"陈歌用鼠标点击那本笔记，看着笔记的内容。

"老人的妻子应该是无辜的，丈夫和孩子都是变态，她被囚禁，被拔掉牙齿，饱受折磨，她只是个受害者。"范大德也不理解陈歌的选择。

"任何一个杀人狂的出现，都和他生活的环境有关，旅馆老板和老人会如此淡漠人命，肯定有一个诱因，而这个诱因很可能就是老人的妻子。"陈歌目光阴沉。"你们注意笔记上的内容，三月一日，妻子被囚禁，她说自己丈夫疯了，每天只给她三块面包和一杯水，这个分量对普通人来说算是勉强够活，老人可能是有意在限制他妻子的食量。再看后面的内容，妻子的日记全都围绕着一个吃字，而老人折磨她的方式也并不是断手、断脚，而是拔牙，这说明老人很讨厌女人吃东西。一个正常的家庭，丈夫为什么会讨厌妻子吃东西？难道妻子有暴食症？

"三月一日，妻子被囚禁的时候，丈夫禁止妻子去接触顾客，他为什么会这么做？

"六月六日，丈夫拔掉了妻子所有的牙齿，妻子究竟做了什么才会让丈夫如此愤怒？她究竟是吃了什么才让丈夫做出那么疯狂的举动？"

陈歌几句话说得范聪和范大德都有点儿害怕。"难道妻子喜欢吃人肉？她在三月一日杀了一位顾客？"

"很有可能。"陈歌指着笔记的最后一条。"六月六日妻子的牙齿被拔光，十一月一日妻子写了最后一篇日记，她再也无法吃肉了，这说明她很可能在十一月一日的时候，无法忍受没有肉吃的日子，然后自杀了。"

"自杀？"

"对，妻子的死是旅馆转变的开始。"陈歌还有些话没有说出来，他猜测妻子死后变成了怨念，老人和旅馆老板为了满足妻子的愿望，于是开始疯狂作案。

"可这跟你选择牙齿带在身上有什么关系？"范聪还是不明白。

"等会儿你就知道了。"陈歌和怪物打交道的经验极为丰富，他知道大多数怪物都有一个可以寄托自己执念的物品，妻子生前天天念叨着吃肉，她死后就算本体不在牙齿上,也肯定会对牙齿十分在意。

"这些牙齿藏在老人抽屉里肯定是有用的。"陈歌操控小布从屋内跑出,直奔厨房而去。"旅馆敢在深夜营业,说明他们不畏惧一般的鬼怪,他们的底气应该来自变成了怪物的妻子。"

在陈歌操控小布进入厨房的时候,满身是血的老人连滚带爬朝一号客房跑去,屋子里的其他房客和厨师已经被提头女人解决了,此时她正在满屋子追杀旅馆老板。

"真可怕。"陈歌没有再耽误时间,他进入厨房,站在冰箱前面。"笔记里说,老人当初把他妻子囚禁在了冰箱后面的密室里。"

"照你这么说,老人的妻子已经变了怪物,你确定要在已经招惹一个怪物的情况下,再去招惹另外一个吗?"范聪拿着可乐,怎么都冷静不下来。

"别怕,她就是我们今晚破局的关键!"陈歌用鼠标点击冰箱,柜门打开,冰箱后面被掏空,里面藏着一个四肢干瘦,肚子高高鼓起的怪物。这怪物张大没有牙齿的嘴巴,闭着眼睛,似乎在等待别人喂她东西吃。

看到冰箱里的怪物,范聪和范大德都往后挪了挪,两人感到极度不适。反观陈歌,他滑动鼠标,调整小布的位置,和冰箱里的怪物对视。陈歌确定怪物身穿红衣后,脸上露出了满意的笑容,嘴里说着谁也听不懂的话,像什么只有红衣才能对付红衣等等。

"把牙齿扔进怪物嘴里,她应该就能清醒过来。"陈歌点击背包,但是却没有立刻丢掉牙齿,他操控小布跑到厨房门后,默默看着提头女人追着旅馆老板到处跑。等到旅馆内所有杀人狂都被提头女人解决掉后,小布才打开了厨房的门,将牙齿扔进冰箱里。牙齿落入怪物没有牙的嘴巴,怪物的双眼猛地睁开了,看向站在厨房门口的小布。与此同时,刚刚大开杀戒的提头女人也发现了小布。

气氛有些微妙,不管是屏幕里的两个红衣怪物,还是现实当中的范聪、范大德,所有人和怪都好像凝固了一样。

"红衣也没想到会遇见红衣吧。"

陈歌活动了一下手指,在两个红衣都没反应过来的时候,操控小布朝着旁边跑去。他这边一动,冰箱里的红衣怪物和外面的提头女人同时冲了过来。提头女人刚解决掉了冰箱女人的老公和儿子，尸体还新鲜地扔在地上，冰箱女人眼睛都红了，直接杀向提头女人。

两个女人厮杀起来，陈歌操控小布远远避开，他偷偷摸摸地跑到了旅馆老板尸体旁边，用鼠标疯狂点击尸体。

"枪呢？"屏幕上没有弹出任何信息，陈歌又操控小布来到餐桌旁边，拿起了那把切蛋糕的菜刀。"没有枪，菜刀也行。"在陈歌的操控下，可爱单纯的小布就好像完全黑化了一样，她提着菜刀，站在旅馆门口，耐心观看两个女人的打斗。可能是因为吞食过很多灵魂的原因，从冰箱里跑出来的那只怪物明显要比提头怪物强，很快就将提头怪物压制住，准备将她吃掉。

"该离开了。"陈歌对这个结果还是比较满意的。"提头怪物被吃掉后，小区将成为安全区，以后终于有个地方可以过夜了。"陈歌操控小布跑出旅馆，很贴心地关上了旅馆的门，然后玩命地跑回小区。在小布回到自己房间的时候，完全漆黑的夜空变成了灰色，游戏里面天亮了。

"还不错，这个游戏也没有想象中那么难。"陈歌伸了个懒腰，扭过头才发现，范聪和范大德都坐在距离自己很远的地方。"你俩怎么了？"

"没事儿，没事儿，你不用管我们。"范聪看着陈歌，脸皮轻轻抽动，眼前这个男人的操作已经不能简简单单用强和弱来判断了。他先是让杀人狂杀了杀人狂，然后又让杀人狂主动挑衅邻居家的怪物，在借助邻居家怪物杀死杀人狂的同时，又勾引怪物清理了一整个旅馆的杀人狂，最后利用旅馆里的怪物解决掉了邻居家的怪物。他不仅活过了第一个晚上，还清理出了一个安全区，更让人难以置信的是他甚至还在单纯的解谜游戏里弄到了一把菜刀！

游戏里天亮之后，屏幕下面弹出了三个选项——你凭借惊人的运气活过了第一晚，你内心惶恐不安，害怕到了极点，你开始犹豫，不知是继续留在这里寻找母亲，还是原路返回，离开这座小镇。

一：你觉得自己在这里如鱼得水，你很喜欢这座小镇的氛围，决定留下来，再体验一晚。

二：你很想念你的母亲，但是你感觉自己已经到了极限，必须要离开了。

三：你很纠结，也很痛苦，这里的一切都和你印象中的世界不同，你决定留在这里，直到找到母亲后再离开。

鼠标在三个选项之间移动，陈歌思索了起来，作为玩家他比较倾向于第一个选项，但如果让他站在小布的角度去选择，他会选第二个选项，离开这个阴森恐怖的世界，小布或许可以健康成长。

沉默许久，陈歌将鼠标移动到了第三个选项上。"第一个选项是最稳妥的，第二个选项是对小布最好的，第三个选项却是小布当初最有可能的选择。"找到小布的母亲后才能离开，可是如果小布的母亲已经遇害，那小布永远都找不到自己想要找的人，她也就永远只能待在这个小镇里了。

陈歌按下了鼠标，他选择了第三个选项。"想要真正让小布得到救赎，那就不能在游戏里自欺欺人。"在他确定选择之后，游戏存档页面多出了一个新的读档点。原本的读档点是在现实世界小布自己家里，这个新的读档点是在画风改变后的小布家里。

"有了这个新的读档点，我可以放心交给范聪去探索所有支线案件了。"陈歌操控小布站在家属楼顶层，看着外面灰色的天空，还有被大雾笼罩的小镇。这地方不知道隐藏着多少故事，想要一次性解决掉根本不可能。陈歌心里清楚，他可以借助杀人狂来杀死杀人狂，也可以借助怪物来诛杀怪物，但这终究不是长久之计。"我很好奇，如果一切都是真实发生过的，那当时小布是如何活到最后的？"

"陈老板，我觉得你不用想那么多，按照你自己的游戏节奏来就可以了。"范聪望着电脑屏幕上手持菜刀俯视整座城镇的小布，真心觉得这游戏画风已经开始改变。

"新的读档点已经出现，后面游戏节奏会慢下来，我今晚可能没办法通关，以后这个游戏还要交给你来攻略。"陈歌双眼轻轻眯起，似乎心里有了什么计划。

"交给我来玩？"范聪搓了搓手，看过陈歌的操作后，他不太好意思再去玩了。

"没事，随便玩就好了，不过你一定要记住，每死一次就把死亡原因和涉及的案件记录下来，争取这几天把这个地图所有地方全部过一遍。"

"全部过一遍？"范聪嘴唇微微一动，小声说道。"那我要死多少次才行……这是不是太残忍了？"

"尽力而为。"陈歌活动着手指，眼中放出精光，他已经不满足于在游戏里探索小镇了,他准备带齐所有员工在现实中找到这个小镇。游戏映射着现实,在提前预知所有危险的情况下,陈歌决定主动出击,把这个小镇"收编"了。

"晚上很危险,你就让小布待在家里,白天比较安全,我们主要在白天探索。"陈歌操控小布跑出小区。

白天的小镇看起来很安静,地上的血迹也全都被清理掉,根本看不出昨晚这条街上曾发生过生死追击。

"小布是在妈妈的睡衣当中发现了通往地牢的钥匙,进入地牢后就会来到一个画风和现实世界完全相反的小镇,每次小布在城镇里死亡后,游戏都会在小布自己的房间读档,她躺在自己床上,就好像一切都是她的梦一样。"陈歌思考了很久,想出了一种可能。"游戏场地和荔湾镇很像,高医生死前说过怪谈协会那扇失控的门就在荔湾镇,结合游戏里的内容,我是不是可以认为,小布在同学家的地牢里推开了门?她进入了门后的世界,她自己就是推门人!"陈歌操控小布漫无目的地在街道上行走,大脑飞速运转。"假设小布就是推门人,那她在同学家的地牢里看见了什么?她推门的原因是什么?她为什么会穿着妈妈的睡衣?"

陈歌很想唤出门楠,现场咨询一下他,毕竟门楠和小布年龄最接近,两者又很可能都是推门人,身上应该会存在某种共性。小布能在如此恐怖的环境当中活下去,她本身肯定有问题,如果她是推门人,那就说得通了。陈歌看着屏幕当中单纯可爱,但是手里却提着把锋利菜刀的女孩,心里没来由地产生了一种奇怪的感觉,像是同情,又像是惋惜。

"或许我明白这游戏想要表达的东西了,它应该是想告诉玩游戏的人,小布其实才是最无辜的。"陈歌突然开口,把旁边的范聪和范大德吓了一跳,他俩思维和陈歌完全脱节,但是又不好表现出来,所以现在不管陈歌说什么,两兄弟都会随声附和。

陈歌利用游戏里白天的时间,操控小布逛遍了小镇,撞破了多起凶杀,见识了各种各样的变态杀人狂和怪物,不过除此之外再没有什么发现了。白天的时间过去得很快,陈歌在游戏天黑前,操控小布回到小区当中。

灰色的天空再次变得漆黑,第二夜到来了。外面的街道不时响起诡异的笑声和慢慢逼近的脚步声,陈歌操控小布关好房门,拿着菜刀和小布继父的尸体坐在一起。"旅馆里的红衣怪物应该不会来找我的麻烦，但不得不防，她吞食掉邻居怪物后估计要消化一阵子，等她再饿了，肯定会沿着街道一路吃过来，毕竟喂养她的杀人狂已经被杀了。"

"那过几天岂不是很危险？"范聪有些担忧，陈歌决定把游戏交给他来玩，他不想辜负陈歌的信任。

"问题不大，旅馆里的红衣怪物想要消化一个红衣至少要一个星期，这个时间已经足够你探索完整张地图了。"陈歌从座位上离开，看了一眼旁边的表，现在是凌晨两点半。

"今晚多有打扰，你们也早点儿睡吧。"陈歌玩的时候全神贯注，没想到已经这么晚了。

"你还要回去吗？就在我这住一晚算了，我床很大的。"范聪将床上皱皱巴巴的衣服裤子扔到一边。

"不用了，我的鬼屋明天还要营业。"陈歌很有礼貌地摆了摆手，他准备把所有事情处理完就离开。"我记得你们之前说玩游戏的时候出现过异常，感觉游戏里面的东西跑出来了？"

范聪和范大德对视一眼，他俩也在纳闷，之前自己玩的时候都是关掉背景音乐，把电脑屏幕摆在最远处，隔着一米远进行操作，可就算这样有时候还是会被吓到。但是看陈歌玩的时候，他们不知不觉从害怕游戏，变成了害怕那个玩游戏的人，这种情况他们也是第一次遇到。兄弟两个不知该怎么开口，最后还是哥哥范大德岔开了话题："估计是因为心理原因吧，现在想想游戏里的东西怎么可能跑出来。"

"你俩不要大意，这游戏确实存在问题，你们以后最好只在白天玩。"陈歌又交代了范聪几句，确定没有问题后走出卧室。

"陈老板，这地方不好打车的，我送你回去吧。"范聪追了出去，可能是陈歌的操作镇住了他，此时他有很多东西想要和陈歌探讨。

"留步，不用送了。"通过玩这个游戏，陈歌和范聪、范大德的关系倒是好了许多，兄弟俩都非常热情。

"荔湾镇晚上没有出租车会过来的，你要走到东郊商贸城那边才有车。"范聪从抽屉里拿出一把钥匙。"你把我电动车骑走吧,明天我正好准备去你们乐园玩,到时候你再把车子给我就行。"话说到这份儿上,陈歌也没有推辞,接过范聪的电动车钥匙。"多谢了。"

范大德和范聪一起送陈歌下楼,整个小区里漆黑一片,只有范大德家里还亮着灯。

"我怎么觉得你们小区里住户很少?"陈歌回想起范大德对门那户人家,大门上还专门挂着一块辟邪的镜子。

"这里太偏僻了,交通很不方便,久而久之能搬出去的就都搬走了。"范大德带着陈歌找到了那辆电动车。"路上小心,明天见。"

陈歌检查了一下电量,再次对范大德和范聪说了声感谢,骑着电动车离开了。过了一会儿,范聪家的灯光也熄灭了,整个荔湾镇都陷入一片漆黑当中。

"这东郊还真有点儿邪乎。"陈歌回头看了一眼。"要不今晚就去游戏里对应的地方看看?"思考片刻,陈歌放弃了这个想法,还是稳妥一些比较好,等范聪弄清楚了所有危险区域,再去寻找那扇失控的门。

第8章 到底谁疯了

陈歌骑出荔湾镇,足足花了一个多小时才回到新世纪乐园,到了鬼屋,陈歌绷紧的神经终于松懈下来。陈歌强忍着困意,在员工休息室里找到背包,然后打开通往地下场景的铁门,走进最后一间教室,按下复读机开关,然后又翻开了漫画册,将门楠放了出来。

只比陈歌膝盖高一点儿的门楠,从闫大年的漫画册里钻出,他略带幽怨地看着陈歌。

陈歌干咳一声,也有点儿不好意思,问道:"还待得习惯吗?"

"你什么时候送我回去啊!第三病栋门后世界里那扇破损窗户如果没有人看管,会发生很恐怖的事情!"门楠一副小大人的样子,可爱的脸蛋非常严肃地看着陈歌。

"会发生什么?"

"第三病栋的门已经有失控的征兆了,在我昏迷的那段时间,门后的世界正在慢慢和门外的世界重叠!它们在相互影响,放任不管的话,门将再也无法关上,门内的负面情绪会宣泄到门外的世界当中。"门楠向陈歌说明这个问题的严重性。

"门内的负面情绪会宣泄到门外的世界?"陈歌想到了自己在游戏中看到的场

景，整座小镇里到处都是变态杀人狂和怨念，所有人好像疯了一样。

"没错，门如果长时间没有闭合，就会慢慢影响到周围的一切。"门楠爬到了椅子上，他很讨厌仰头跟人说话。"凡是在'门'影响范围内的人都会出现问题，最开始是心理上的细微转变，比如说突然变得内向沉默，对什么都失去了兴趣，久而久之生理习惯也会发生改变，就好像吃牛排，以前喜欢九成熟的，现在喜欢三成熟，甚至渐渐开始喜欢带着血丝的生拌牛肉。"

"这个过程是不可逆的吗？"陈歌心里清楚，荔湾镇的门已经失控，他此次要面对的敌人除了怨念，还有心怀不轨的人，以及从门后面跑出来的怪物。

"我现在能想到的最好方法，就是不让门失控。当然你也可以找心理医生给他们挨个调理，只要你不怕麻烦。"门楠暗示陈歌，他得赶紧回去。门楠想走又打不过陈歌身上的怨念，这让他很纠结，有种上了贼船就没办法下来的感觉。

"失控的'门'能不能关上？"陈歌有自己的想法，他无论什么时候都非常冷静。

"你先弄清楚一个逻辑，一扇'门'就是因为关不上，才说它已经失控了。"门楠的回答有些悲观。

"推门人自己都关不上吗？"陈歌靠在座椅上，有些不甘心，他原本的计划是找到荔湾镇的那扇门，再进入门后寻找小布，再使用合理的手段让小布把门关上。

"推门人或许有办法能关上，但这是因'人'而异的，不同的推门人强弱不同，能力也完全不同。"门楠说这句话的时候，目光更加幽怨了，他没有偷偷逃跑就是因为自己不擅长打斗，即使在第三病栋门后也不是张雅的对手，所以他才一直老老实实待在漫画册里。

"能说的我都说了，其他的你问我，我也不知道。"不等陈歌再开口询问，门楠眼巴巴地望着他继续说道。"门失控真的很可怕，我必须要回去，没我守在门后，西郊迟早也会变得和东郊一样。"

"西郊会变得和东郊一样，你知道东郊的事情？"陈歌一愣，刚才的对话当中，他并没有提东郊两个字。门楠自知失言，他知道今天是糊弄不过去了。

"东郊和西郊有什么区别？表面上来看，明明是东郊更加平静一些，治安上来说东郊应该也比西郊要好，这一点对比两个地方派出所的工作状态就能看出来。"

陈歌知道东郊很危险，但这种危险是隐藏起来的，他直到现在甚至连敌人的真面目都没有见过。

"我劝你还是不要老往东郊跑了。"门楠犹豫半天，说出这样一句话。

"你总要给我一个理由吧，前天晚上在东郊自来水厂，你和许音一起出来阻拦我，那道影子真有那么恐怖？你们两个红衣都不是他的对手？"陈歌早就想要问门楠这个问题了。

门楠摇了摇头，看向陈歌的影子，眼中露出一丝担忧。"那天晚上如果不是你影子里那位出手，咱们恐怕都要玩儿完。"

"张雅和那道影子交手了？！我怎么不知道？"陈歌一点儿感觉都没有。

"也怪那家伙倒霉，他准备占据你的影子，将你变成他的傀儡，结果谁知道你影子里住着一个顶级的红衣，他大意之下被你影子里的红衣打伤。"门楠不敢直呼张雅的名字，也不是因为他胆小，正常的怨念看到张雅都会感到害怕。

"那张雅有没有受伤？"陈歌有点儿担心，他清楚张雅的风格，那是"谁敢对我的人有想法，我就撕了谁"的霸道，可是那天晚上，张雅在和影子交手后，并没有主动出现。

"你影子里的那个红衣本身就有伤，她的一条手臂上满是裂痕。"

"裂痕？"陈歌想起张雅和高医生交手的场景，他们之间发生了什么谁也不知道，当时被张雅的头发分隔开了。

"你最大的依仗身上有伤，正在休养，而那道影子只是一道影子，是谁的影子，本体有多强，这些我们都不知道，所以你以后还是少去东郊比较好。"门楠伸出自己的小短胳膊，爬到了桌子上，这下他终于不用再仰视陈歌了。

"那道影子的本体会不会是红衣之上的存在？"陈歌思虑良久，像是在询问门楠，又像是在自语。

"没人知道红衣之上是什么，或者说见过的都死了，渣渣都没有剩下。"门楠自己也不清楚，但是他不排除东郊有红衣之上怪物的可能。

"见过的人都死了？"陈歌想起了最后选择成为红衣的高医生，那个疯子曾经独掌三扇门，死后好像触摸到了红衣的极限。

"陈歌，我是为你好，东郊和西郊不一样，你没发现连第三病栋的精神病们都不愿意去东郊吗?"门楠苦口婆心,他真害怕陈歌一冲动再带着他去东郊。"西郊的危险是看得见的,比如说第三病栋的疯子,他们是确实存在的;而东郊可怕的地方,在于我们连危险是什么都不知道。你可以找江州市当地的报纸看一看,东郊重案最少,但是整个江州市每年的失踪人口,有百分之九十都在东郊,这个数据已经充分证明东郊的危险了。"

"我知道东郊很危险,但我有不得不去的理由,我父母失踪前曾在东郊出现过。"这一直是陈歌心里的一个结。牵扯到了陈歌的父母,门楠也不敢随便乱说话了。"东郊的事情我只听第三病栋的疯子们提到过,你如果真想知道关于东郊的事情,可以去问他们。"

"我也想问他们,关键是他们还没有习惯自己的身份。"陈歌拥有第三病栋的病历单,可惜那些精神病变成的怨念无法和陈歌沟通。陈歌又跟门楠聊了一会儿,架不住门楠的苦苦哀求,终于决定送门楠回去,其实他也担心第三病栋的门失控。

"西郊平静下来,乐园和冒险屋才能安心发展。"陈歌将门楠收回漫画册,从最后一间教室走出。"东郊那么乱,虚拟未来乐园正好开在那里,他们还真是会选地方。"

离开地下场景,陈歌进入员工休息室,倒头就睡……

新的一天开始,九点乐园开门,游客们蜂拥而至,陈歌能明显感觉到自己的鬼屋人气一天比一天高。

"我的鬼屋能同时接待的游客还是太少,如果再多些场景就好了。"守在鬼屋大门口,陈歌忽然发现游客里有好几个熟悉的人影。鹤山,这小子怎么来了?

鹤山也看到了陈歌,他用力挥手喊道:"老大!好久不见!"

"你嗓门还是这么大。"陈歌暂时让徐叔帮忙卖票,自己走进人群当中。

"老大,我们学校这次可是做足了准备,挑选出了各个年级最大胆的学生,今天我们来的目的就是两个字——通关!"鹤山朝身后指了一下,在他背后乌泱泱站了一大片人。

"这都是你们学校的人,你们今天是罢课了吗?"陈歌也不知道江州市法医学院是哪根筋搭错了,居然一下来了这么多人。"通关倒是次要的,你们还是学生,可别荒废了学业啊。"陈歌内心的真实想法是,如果这事让"地下尸库"场景的几名医生知道，后果估计会很严重。

"放心吧，我们没逃课。"杨辰黑着一张脸站在鹤山旁边。"你的鬼屋连我们校领导都知道了。"

"你们学校领导都知道？"陈歌一阵心虚。

"是啊，说起来也奇怪，我们校长连续四天做了同一个梦，他年轻时候的老师，站在你的鬼屋里不分青红皂白地把他臭骂了一顿。"鹤山压低了声音。"我们校长被连骂了四天，现在一闭眼就能感觉到那老爷子在他眼前飘，真受不了了。"

"你们校长连续四天做了同一个梦？"陈歌哭笑不得。"他年轻时候的老师是不是叫卫九卿？"

"对！就是这位老爷子，你怎么知道的？"鹤山很是惊讶。"我们校长后来跟几个导员商量了一下，有人说这是老爷子给他托梦，觉得我们医学生连尸体都不害怕，但是却在你的鬼屋里被吓晕，太丢人了。"

"所以你们校长就主动让你们到我这参观？"

"差不多吧，校长的意思是一名合格的法医要时刻保持冷静，做到泰山崩于前而色不变，麋鹿兴于左而目不瞬。他鼓励大家在闲暇之余来你的鬼屋练胆，作为法医连小小的鬼屋都征服不了，以后还怎么跟那些穷凶极恶的歹徒斗智斗勇！"鹤山模仿着校长的语气，学得很像。

"你们校长估计是理解错了老先生的意思。"人来了，陈歌也不会把他们撵走，只能最后给江州市法医学院的学生们一个忠告。"其他场景你们随便参观，但是'地下尸库'就算了。"

江州市法医学院的学生和陈歌不是第一次打交道了，他们心里清楚，凡是不听陈歌话的游客，最后的下场都很惨。"放心，我们这次来准备挑战的是'活棺村'场景，来之前我们也做了大量的准备。"鹤山说完后退回人群当中，几个高年级的学长走了出来。

"不去'地下尸库'场景应该不会出事，不过你们在里面还是要多注意一下，要是看到有穿医生制服的人出现，赶紧对摄像头求助，我会第一时间进去接你们。"江州市法医学院的学生们都是老熟人，人家校长又那么配合，所以陈歌这次没有故意为难他们，背景音乐用的是普通音乐，也没有放出老周他们三个陪同参观。"祝你们玩得开心。"

大概四十分钟后，冒险屋旁边的休息厅里传出一阵欢呼，整个休息厅都好像沸腾了一样。显示积分的大屏幕上，江州市法医学院的几名参观者排名飙升，他们成了第一批通关"活棺村"场景的游客。

当杨辰举着绣娘的嫁衣从"活棺村"跑出来的时候，他竟然有种热泪盈眶的感觉，鬼知道他这四十分钟到底经历了什么，九名学长全部"阵亡"，最后硬是把寄托有新娘残念的嫁衣给送出了"活棺村"。

"我们做到了！"

"活棺村"是三星恐怖场景，通关这个场景的意义和通关"暮阳中学"完全不同，这代表着游客们终于有能力通关三星场景，虽然只有一次，但这也是开了一个头，随着攻略和内部场景流出，会有越来越多的人通关。看到游客们那么开心，陈歌脸上也带着笑容，他很享受这种感觉，能为游客带来更优质的体验，一直是他的追求。"活棺村"场景完成度只有百分之七，投井女人还活着，这个场景是残缺的，论恐怖程度也就比"暮阳中学"多一点儿罢了。陈歌的鬼屋里，现在最恐怖的两个场景是"第三病栋"和"地下尸库"，这两个场景是两种不同的风格。

"我拥有第三病栋的病历单，要是操控那些精神病来吓唬游客，恐怖程度会飙升一大截。"陈歌从来没有小瞧过游客，他从获得黑色手机到现在，才一个多月的时间，游客们已经可以通关三星场景，可见那些游客的厉害。

"想要保持鬼屋的神秘，让游客对鬼屋一直感兴趣，就必须要有新东西才行。"陈歌拿出黑色手机，看了一下那个四星试练任务——通灵鬼校。"还是再等等吧，张雅身上有伤，许音还没有找到自己的心，白秋林也没有消化掉熊青的灵魂，现在还不是时候。我只要在虚拟未来乐园开业之前解锁通灵鬼校就可以了，有这个四星恐怖场景做底牌，不管虚拟未来乐园搞出什么幺蛾子都不用担心。现在就先把东郊的事情解决掉，至少也要把那辆末班车弄到手，再考虑其他的事情。"

见有人通关"活棺村"场景，很多游客都兴奋了起来，之前不敢去参观三星场景的游客也跃跃欲试。

一天时间很快过去，傍晚六点半鬼屋关门的时候，还有很多游客在外面排队，最后还是在工作人员的劝说下，才恋恋不舍地离开。

"马上旺季就要来了，到时候可以考虑加开夜场，晚上参观鬼屋，这恐怕只有极少数的人才敢挑战。"独自一人回到员工休息室，陈歌叫了份外卖，舒舒服服地躺在床上。等会儿打电话问一下颜队明阳小区分尸案的情况，还有范聪那个游戏的通关进度，黄玲的老公贾明也要留意一下……

吃完饭，陈歌拨通了李政的电话。"李队？明阳小区女尸的其他部位找到了吗？"

"没有找到，根据我们的推测，女孩躯干应该埋藏在明阳小区四栋楼中间，可是今天让警犬找了一整天也没有发现。"李政声音有些沙哑，他似乎身体不太舒服。"不过我们有了另外一个重要发现，法医比对了我们内部的数据库，这个被分尸的女孩身份已经确定，她叫布忆，五年前因为车祸在市人民医院做过手术。"

"布忆，她姓布？"陈歌是第一次见到姓布的人。

"嗯，这孩子是三年前在东郊失踪的，谁能想到她会被如此残忍地杀害。"从李政的声音中能听出他压抑着心中的怒火。

"明阳小区修建于八年前，104号房顶画着投资商姜龙一家，布忆的左臂就埋藏在104房间。"陈歌试着将所有线索串联起来："李队，你知道姜龙是什么时候出的车祸吗？"

"明阳小区共有三位投资商，第一位投资商在六年前出了意外，第二位开发商姜龙在三年前出了意外，第三位开发商是在两年前于明阳小区跳楼自杀。"李政将所有资料都记在了心里。

"姜龙出车祸的那一年，布忆失踪了。"陈歌拿着手机，脑海中一直在思考一个问题——布忆会不会就是小布？

陈歌现在还记得游戏里面的一个场景，他操控小布来到同学家准备打开密道。在二楼他发现同学家墙壁上贴着一张奖状，奖状上的名字是姜小虎，这个姜小虎正好就是姜龙的儿子，也就是说游戏里的小布和姜小虎是同学。

"要说起来，姜龙和布忆之间还有另外一层关系。"李政他们已经调查得非常清楚了。"布忆的父亲在她很小的时候就去世了，后来布忆的母亲为了养家，做了姜龙的情人。"听到李政的这句话，陈歌脑海里不知为何闪过了游戏里小布穿着妈妈的睡衣，去同学家寻找密室的场景。

"那布忆的母亲现在在哪里？"

"布忆失踪之前，她母亲就失踪了，如果不是布忆所在的学校因为布忆失踪报警，我们甚至都不知道她母亲失踪这件事。"李政似乎在翻阅以前的案宗，那上面的内容触目惊心。

"布忆的母亲失踪了，布忆去寻找她的母亲，然后布忆也失踪了。"这个过程和陈歌玩的那款游戏很像，陈歌的手慢慢握紧，脑海里浮现出明阳小区104房间天花板上的那幅画——姜龙一家四口咬住了中间那个女孩的四肢。

游戏里面小布在妈妈的睡衣里找到了地牢钥匙，但是地牢入口却不在她自己家，而是在同学姜小虎家里，令陈歌感到揪心的是，小布似乎是在姜小虎家的地牢里推开了那扇门。一个人只有失去了全部希望的时候，才有可能推开"门"，那小布在地牢里看见了什么，又遭遇了什么？

"李队，你们那里有姜龙家人的资料吗？"地牢里发生的事情只有姜龙的家人知道，陈歌准备过去问个清楚。

"你问这干什么？"在李政看来，姜龙的家人和案件无关。

"我觉得杀死布忆的凶手可能就是姜龙和他的家人，104房间天花板上的那幅画你还记得吗？上面写着姜龙一家四口的名字。"陈歌给李政提示，如果他能得到警方的帮助，也会轻松许多。

"凶手应该不会傻到把自己的名字刻在案发现场。"李政办案十几年，从未见过这样的事情。"将自己的名字留在藏尸现场，这是故意告诉所有人，自己就是杀人犯吗？"

"那幅画可能是别人画的，也有可能是某种特殊的仪式。"陈歌知道李政是警察不方便透露公民隐私，所以他只能一口咬定姜龙的家人和分尸案有关。

手机那边李政沉默了十几秒后才开口说道："其实姜龙的家人我们已经调查过了，他家的情况比较复杂。"

陈歌心里出现了一种不好的预感，"他们一家该不会全都失踪了吧？"

"在姜龙出事之前，姜龙的妻子曾带两个孩子看过心理医生，随后只过了一个星期的时间，姜龙出了车祸，姜龙的妻子张初语和大女儿姜白相继失踪，一家四口，只有姜小虎还活着。"李政欲言又止，他似乎在犹豫该不该把后面的事情告诉陈歌。

"姜小虎还活着，他现在住在哪里？我有几个问题想要当面弄清楚。"陈歌觉得这个孩子很关键。

"那孩子已经疯了，他刺伤了给他治疗的心理医生，有时候就像没有理智的野兽一样，根本无法沟通。如果你非要去问的话，那就去江州市精神病院吧，我们今天白天刚和他在那里见过一面。"陈歌能想到的东西，警察也早已想到，只不过他们并没有从姜小虎身上得到有用的线索。

听到李政的话，陈歌的第一反应是那孩子会不会是装疯？他不会小看任何一个对手，哪怕孩子也不例外。

"李队，你能带我去见见那孩子吗？"

陈歌反复劝说了很久，李政才终于同意，他挂断电话片刻后又打了过来："我给精神病院打了个招呼，你最好早点儿过去，他们好像九点钟就禁止外人进出了。"

"多谢李队！"

"陈歌，去可以，但有件事我要提前告诉你。"李政说话语气不是太对劲。"注意安全，和那个孩子交谈的时候记得保持距离，小心他犯病伤着你。"说完李政就挂断了电话，东郊出了命案，最近他非常忙。

李政为什么让我小心那个孩子？陈歌从床上坐起，抓起背包，检查了一下里面的东西，急匆匆地从鬼屋跑出来。江州市精神病院是公立医院，和第三病栋不同，十分正规，严格按照规章办事，去得晚了，很可能连门都进不去。七点二十分，陈歌打车来到江州市精神病院，他向看门大爷报上市分局刑侦大队李政的名字后，一位穿着白大褂的医生跑了出来。

"你就是李队长说的陈歌吧？"那医生高高瘦瘦，戴着一个黑框眼镜，人刻板沉默，似乎不太爱说话。"我是裴娇阳，你叫我裴医生就行，病人已经带到白天问讯的房间了，考虑到安全问题，你们的谈话必须在九点之前结束。"

"好的。"在裴医生的带领下，陈歌进入江州市精神病院，这里带给他的感觉和第三病栋完全不同。

"就是这个房间，我会和护工一起陪着你，安全方面你不用担心。"

"麻烦你们了。"陈歌觉得还是警察的名头好用，如果他自己过来，人家可能根本就不会让他进门。

"人命关天，配合你们调查是应该的。"

裴医生进入病房，指向床上的男孩。"他就是姜小虎，关于他的资料等会儿有人会送过来。"

病房很简陋，只有一张病床和三把木椅，那孩子就坐在病床上，双手双脚被绳索绑着，眼神呆滞，就算有人靠近他也不会去看一眼。

"能给他把绳子松开吗？"陈歌坐在病床旁边的木椅上，他发现那些绳子已经勒入男孩肉中。

"为了你的安全，还是绑上比较好，他下午刚犯过病，见谁咬谁，我们费了好大劲才控制住。"裴医生坐在陈歌旁边，又补充了一句。"你别看这孩子白白净净，长得清秀，发疯的时候要两个护工才拦得住。"

在裴医生说话的时候，外面传来了敲门声，一个女护士拿着文件走了进来。"裴医生，你要的病人资料。"

裴医生接过资料直接递给了陈歌。"从三年前姜小虎第一次来我们这里接受治疗，一直到现在的资料都在这里，你自己看吧，有不明白的可以问我。"

翻开资料，陈歌简单扫了一眼，他发现三年前给姜小虎做心理疏导的医生就是裴娇阳，后来被姜小虎刺伤的心理医生也是他。

"三年前就是你给姜小虎做的心理疏导？"陈歌可算是找到人了，他迫切想要知道三年前的事情。"能不能详细说一下当时的情况？"

屋内突然安静了下来，裴医生没有立刻回话，三年前的治疗过程对他来说似乎是一段很不愿被提起的记忆。

"我看姜小虎的诊断结果上最开始写着狂躁症，后来又改成精神分裂，最后又改为该患者人格相对稳定，自知力相对完整，可排除精神病性问题。同一个人，为什么前后三次诊断，诊断结果都不相同？"陈歌放下资料看向裴医生。"三年前到底发生了什么事？姜小虎的家人为什么会把一个孩子送到精神病院？"

过了足足有一分钟，裴医生才开口，他看着病床上的姜小虎，表情很是奇怪。"他们一家我感觉都有病，没有贬义的意思，就像我字面上表达的那样。"裴医生站起身，围绕着病床走了一圈。"三年前姜小虎的母亲带着他和姐姐一起来看病，我现在还清楚记得那天的场景，他的母亲叫张初语，打扮得很漂亮，身上带着浓浓的香水味。她一身名牌，不过我能感觉到她并不快乐，心里藏着事情，精神有些恍惚，在和我对话的时候经常跑神。简单交谈后，我大概了解了她家的情况。

"姐姐姜白患有妄想症，总觉得有人要杀她，看谁都像是变态杀人狂。弟弟姜小虎的病比较奇怪，他经常会去做一些莫名其妙且非常危险的事情，比如一个人打开燃气灶开关，朝电源插口泼水，在家里玩火等。张初语不止一次训斥过姜小虎，但是这孩子不仅不听，还变本加厉。后来她丈夫姜龙知道了这件事，揍了姜小虎好几次，但是暴力并没有改变姜小虎，反而让他性格变得更加古怪了。冲动、暴躁，经常在学校和同学打架，搞破坏，有时候感觉就像是中邪了一样，伤害身边的人。

"我也是第一次遇到这样的病人，考虑到姜小虎年龄还小，所以我当时没有给姜小虎开药，而是鼓励他父母多跟他交流。我是为了孩子未来好，但是张初语却不这么认为，她非常急躁，觉得孩子病了就应该吃药，于是我们对治疗方案产生分歧。作为一个精神疾病方面的医生，我们平时经常被人误解，这点儿小事我也没放在心上。一个孩子后天性格突然发生改变，这肯定和周围的环境有关，在我看来姜小虎的病有很大一部分原因出在他父母身上。为了更好地治疗姜小虎，我让他妈妈和姐姐先出去，单独把姜小虎留下来准备和他好好沟通一下。这一沟通不要紧，我发现了一件诡异的事情。"裴医生没有避讳病床上的姜小虎，当着他的面继续说道："在询问姜小虎的过程中，这个孩子无意间透露出了一个信息，他的妈妈在撒谎。"

"撒谎？"陈歌有点儿不理解了。"母亲撒谎，就是为了把孩子弄进精神病院？我倒觉得撒谎的应该是姜小虎才对。"

裴医生轻轻摇头，说道："我也没办法确定真假，不过后来姜龙出车祸，意外死亡后，我才发现姜小虎可能没有撒谎。"

"他都给你说了什么？"

"姜小虎偷偷告诉我，自己并没有去做那些危险的事情，那些事情都是母亲握着他的手，逼着他做的，就是营造出一种他已经疯了的假象。"

"母亲逼着孩子去做那些危险的事情？"陈歌越来越听不懂了。"那她这么做的目的何在?"

"目的是为了杀死姜小虎的父亲——姜龙。"裴医生看着姜小虎,目光复杂。"这孩子告诉我,真正疯了的人是他母亲张初语,他母亲知道丈夫在外面包养了一个女人,准备制作意外杀掉姜龙,获得大笔保险赔偿,然后独吞姜龙的公司。"

"很难想象这些话会从一个孩子嘴里说出,事情应该没有那么简单吧?"

"是的,我跟你想法一样。"裴医生靠在床边,目光阴沉。"我不认为一个孩子能懂那么多东西,这些话有可能是别人教他说的,这一家四口,父亲常年在外工作,母亲不可能去诬陷自己,所以最有可能教姜小虎说这些话的就是他的姐姐——姜白。"陈歌没有再插话,让裴医生一口气说完。"我后来又把姜白单独叫了进来,结果让我十分震惊。姜白告诉我,真正发疯的人是父亲——姜龙,早在姜龙负责明阳小区项目时,她就感觉到自己父亲不正常了,彻夜不回,经常做些正常人不能理解的事情,看向自己家人的目光也变得很陌生。有一次姜龙喝醉酒后,和母亲张初语争吵,一向温和的姜龙竟然对张初语大打出手,最后还跑进厨房里拿出了一把菜刀。他对着空气胡乱挥动,指着一个没人的地方破口大骂,就好像完全变了个人一样。从那以后,姜龙就更少回家了,他整天神神秘秘的,还专门在东郊荔湾镇买了一套房子,自己一个人住在外面。如果只有这些,姜白也不会觉得自己亲生父亲是个疯子,但是后面发生的一件事彻底让姜白对自己的父亲感到恐惧。

"就在他们来我这儿接受治疗的前一个月,张初语倒开水时被姜小虎撞到,两人都被烫伤。姜白将张初语和姜小虎送到医院,她打电话联系自己父亲,但是却无人接听,后来她就跑到姜龙在东郊的房子找人。姜龙听到张初语和姜小虎都被烫伤后,骂了几句,说他最近没空,不方便去看。姜白听到这话非常生气,就留在姜龙新家里,执意要求自己父亲去医院。到了晚上,姜龙接到一个电话,急匆匆离开,把姜白一个人留在了家里。后半夜的时候,姜白忽然听到屋子里有动静,她以为是老鼠,寻着声音找了半天,最后在壁橱后面发现了一间密室。她进入其中,看见里面有一个铁笼,笼子里关着一个巨大的布娃娃!那个布娃娃里面似乎有一个人,那人说不出话,身体很虚弱,听到密室门打开后,缩在笼子最里面。姜白没敢过去,她被吓坏了,关上壁橱的门,连夜逃回医院,她把这件事告诉了张初语和姜小虎。

"姜小虎年纪小什么都不懂，但是张初语的反应就很奇怪了，她听到壁橱后有一个巨大的布娃娃，笑得非常开心。根据姜白的描述，姜龙夫妇精神都存在问题，但张初语说姜白患有妄想症，一切都是姜白幻想出来的。"裴医生终于把这一家人的事情说完了。"总之他们家就是这样一个情况，母亲说弟弟和姐姐有精神病，弟弟说母亲是疯子，姐姐觉得母亲和父亲脑子有问题，我也不怕你笑话，直到现在我都不敢确定到底是谁在说谎。"

听完裴医生的话，陈歌陷入了沉思。姜龙一家的关系很混乱，谁都觉得对方是疯子，不过仔细梳理过后，陈歌发现他们一家可能谁都没有发疯。他们只不过是因为立场不同，看待问题的角度不同，所以才会出现这样的荒唐事。陈歌玩过范聪的那个游戏，清楚许多内情。姜龙一家四口里，弟弟姜小虎应该是最无辜的，他只是个世界观还没有完全形成的孩子，他所做的事情很可能是有人在背后指使。诱使他犯错的，可能是张初语，也可能是姜白。姐姐姜白最开始应该也没有得妄想症，她在父亲东郊新家里看到的巨型布娃娃，估计就是小布的妈妈。姜白没有撒谎，但是她妈妈张初语却说她脑子有病，觉得她有幻想症。作为一个母亲，张初语的表现非常不正常，她亲自将两个孩子送到精神病院，坚称两个孩子患上了精神类疾病，这十分反常。

陈歌思来想去，觉得张初语之所以会这么做是想要隐瞒一些事情，当姜白把自己发现巨型布娃娃的事情告诉张初语时，她笑得很开心。这根本不是一个正常人该有的反应，可能她之前也一直在怀疑丈夫，但是听到这个消息后，她就知道自己丈夫并没有背叛自己，只是按照计划在做某件事。

"什么事情需要把一个成年人囚禁起来？还塞进布娃娃当中？"这件事应该就是所有悲剧的源头，现在姜龙意外死亡，张初语和姜白全都失踪，所有受害者和加害者里只有姜小虎还活着，他是唯一的知情者。陈歌坐在椅子上，望着洁白的床单。明阳小区在八年前就开始出事，布忆是在三年前失踪，这就出现了一个矛盾的地方：假设她是推门人，那她推开的"门"应该是在三年前才出现的，可是东郊那些诡异的事情却是从很早以前就开始的。也就是说，东郊除了这扇失控的门外，还可能存在着其他势力。所以陈歌很小的时候他爸妈就叮嘱他，江州市其他地方随便去，唯有东郊不能去。

荔湾镇的门原本在怪谈协会高医生掌控之中，但是却因为未知的原因失控，这会不会就是东郊那些怪物干的？陈歌很了解高医生这个人，能让这样一个拥有数位红衣，并且算无遗漏的心理医生主动退让，东郊的怪物实力一定极强！

"他倒是给我留下了一个大难题。"东郊的门已经失控，放任不管的话，谁也不知道会发生什么事情。"高医生之前曾让我看了一张照片，我父母和一个红衣小女孩一起站在荔湾镇的某地，那个红衣小女孩很有可能就是小布，照片上我父母并没有为难红衣女孩，他们应该不是仇敌关系。"

陈歌心思活络起来，他从来不是一个死心眼的人。不管门楠还是活棺村的投井女人，所有推门人都将"门"视为自己的东西，布忆应该也不例外。现在荔湾镇的门完全失控，门后的怪物到处乱跑，相信这样的场面也是布忆不愿意看到的。门后的场景是根据推门人自己的记忆形成，呈现出了推门人最真实的内心，那是一场无法消散的噩梦。没有人会愿意将自己血淋淋、满是伤痕的内心世界展示给别人看，所以推门人肯定不愿看到自己推开的门失去控制。陈歌觉得荔湾镇的门会失控完全是因为东郊其他势力的干扰，想明白这一点，陈歌产生了一个念头：或许，我可以联合小布一起灭掉东郊的怪物，关上荔湾镇的门！

一般人肯定不会产生和红衣联手的想法，就算有，也不知道该怎么去做，但是陈歌不同，他拥有丰富的和各个年龄段红衣打交道的经验，他觉得自己完全可以说服小布。小布和她母亲的死没那么简单，调查清楚后，可以帮助她完成愿望。陈歌越想越觉得这个计划可以实现，这个计划最难的一点不是说服小布，而是找到小布。

陈歌眯起双眼，他的样子有些吓人，让病房里的医生和护工都不敢随便开口说话了。

别人不知道小布在哪里，但是我不一样，我玩过范聪那款奇怪的游戏，随着不断攻略，肯定会发现小布的线索。默默抬起头，其实陈歌从开始玩那款游戏的时候心中就产生了一个想法——真正的小布，很有可能就躲在游戏里面。他和范聪操控的也不简简单单是一个游戏人物，而是一个绝望的无限重复着死亡的幼小灵魂。门楠也说了，想要彻底关上一扇门，最简单的方法就是找到推门人。陈歌有了一个大概的计划，他准备联合小布以及所有红衣，推平东郊！

第 9 章 姜小虎与布忆

白龙洞隧道里有一个红衣，104 路车站有一个红衣，活棺村还有一个红衣，这三位的力量或许可以借助一下。陈歌跟白龙洞隧道的红衣打过交道，差点儿把人家直接背回家，他煽情的话语弄得对方还有点儿小感动。活棺村的红衣则和范郁关系不错，陈歌准备找时间，带着范郁进山寻找对方，现在张雅苏醒，他又有许音和白秋林，真到了活棺村，谁害怕谁还真不一定。

"隧道红衣和活棺村红衣都好说，关键是那位 104 路车站的红雨衣，我跟她不熟，之前还答应她一个星期内帮她找到孩子，这都已经过去三天了，我连她孩子长什么样还没弄清楚。"陈歌是真心想帮，奈何他确实找不到可以下手的地方。陈歌决定未来几天，等天黑以后都去 104 路车站碰碰运气。"暂时也只能这样了。"想好一切后，陈歌又把目光放在了姜小虎身上。

说也奇怪，被其他人看都没什么反应的姜小虎，在被陈歌盯着的时候，他神色变得很不自然，身体往后倾斜，困住他手脚的绳索都被拽直了。

"怎么感觉这孩子有点儿害怕我？"陈歌往前走了几步，直接坐到了病床上。"我知道你能听懂我的话，也知道你心里背负有很多东西，聊一聊吧，或许我可以帮你。"姜小虎不愿意离陈歌太近，可是他手脚被绳索捆住，只能眼看着陈歌坐在自己旁边。

"你看起来很紧张,是不是因为这屋里人太多了?"陈歌十分关切地看着姜小虎。"放轻松,我们都是来帮你的。"说完他又望向裴医生。"能不能让我和他单独待一会儿?这孩子似乎不太习惯这么多人围着他。"

裴医生面露难色,说实话,他并不觉得姜小虎表现出的异常是因为人多。"不太好吧,姜小虎有过伤人记录,你一个人留在这里,我担心……"

"没事的,你们不用担心我的安全。"陈歌放下背包,沉甸甸的背包里也不知道装着什么东西。"这孩子只是缺乏一个沟通的机会,他的内心或许隐藏着不为人知的柔软一面。"

护工和护士都看向裴医生,之前他们配合警察调查姜小虎的时候,人家警察也没有提出过这样的要求。裴医生想要拒绝,但又考虑到陈歌是李政介绍过来的,他们负责的案件涉及好几条人命。思虑再三,裴医生点了点头,说:"我们就在门外,如果这孩子突然犯病,对你做出攻击性行为,你只需要大声呼救我们就会冲进来。"

"好的,多谢几位了。"

精神病院的工作人员先后离开病房,看着他们一个个走出去,姜小虎更加害怕了,他喉咙里发出奇怪的声音,好像受伤的野兽遇到了危险一样。

病房门关上,确定医生们看不到屋内场景的时候,陈歌将复读机从背包当中取出,按下了开关。沙沙的电流声在病房里响起,那声音好像会自己钻入大脑当中,刺激每一根神经。

"来点儿舒缓的音乐,是不是感觉好多了?"

陈歌一直注视着姜小虎,观察着他的一举一动,十几秒后他突然问道:"你应该见过怪物吧?"

姜小虎眼睛睁大,瞳孔震颤,他更加激烈地远离陈歌。

"反应那么大,难道被我猜中了?让我想想,你是不是亲眼见过她的尸体,而几天之后她又活了过来,在其他地方出现?"先不说姜小虎是不是真的有精神病,光听陈歌问的问题,如果裴医生在场,肯定会认为陈歌也不怎么正常。绑在床腿上的绳索被绷紧,姜小虎反应得更加剧烈了。

"不管你是真疯还是假疯，我希望你明白一件事情，一家四口只有你活了下来，不是因为你运气好，只是因为她特意放过了你。"

陈歌在玩那款游戏时心里就有一个疑惑，小布是怎么知道自己同学家有一间密室的？一开始陈歌觉得是她妈妈留下的信息，但她妈妈做的并不是什么很光彩的事情，应该不会把这些告诉年幼的女儿。

游戏里有一个细节，小布在妈妈的睡衣里找到了钥匙，但是仔细想想，一个被囚禁的人，衣服口袋里怎么可能会有出口的钥匙？在看到姜小虎后，陈歌有了一个猜测，会不会是这孩子将钥匙偷了出来，交给了小布的妈妈？而小布之所以会进入密室，可能也是姜小虎告诉她的，毕竟他们是同学。

"我不会偏袒任何一方，我只是想要知道当年的真相。"复读机里电流声慢慢变大，病房内的灯闪了一下，光线扭曲，似乎变暗了许多。陈歌身侧隐约有一道血红色身影浮现，姜小虎真的被吓坏了，他再也控制不住，大声喊了出来。"啊——"

"你能感觉到他的存在，你是不是回想起了什么东西？"陈歌唤出许音并非是为了故意吓唬姜小虎，只是想要许音去检查一下姜小虎的身体，看看他体内有没有隐藏什么东西。

姜小虎表情惊恐，他就好像是做梦说胡话一般，指着陈歌叫喊。"啊！啊——"

是因为太久没有和人交流，失去了语言的能力？还是许音把这孩子吓住了？关上了复读机，许音没从这孩子身上看到多余的身影，他只是个普通的孩子。

电流声在屋内消失，陈歌握住了姜小虎紧紧拽着绳子的手。"我是在帮你，也是在帮她，我知道你心里有一片挥之不去的阴影。说出来吧，你就把我当成一个再也不会出现的过客，我可以保证不把我们之间的谈话告诉第三个人。"

几分钟后，姜小虎慢慢平静了下来，他一头的冷汗，胸口起伏，喘着粗气。陈歌刚才直接把红衣唤了出来，别说姜小虎，换一个成年人也扛不住。

"你如果不说，以后我可能会天天过来看你，直到你告诉我真相为止。"陈歌将复读机放在床头，十分认真地说道。

姜小虎终于承受不住压力，开口说话了。"你想要问什么？"

"就先从你父亲开始说吧，他为什么会囚禁活人，他负责的明阳小区又为什么会一直出事？"

"我不知道到底发生了什么，只知道姜龙曾说过，明阳小区开发项目是一个骗局，是有人逼着他去做的，那四座楼不是给人住的，是专门为、为怪物修的。"

声音断断续续，陈歌费了好大劲才弄明白姜小虎的意思。"谁会逼他做这样的事情？"

"很早的时候姜龙曾说过，他总感觉有东西一直在背后盯着他，看了好多心理医生，都认为是他工作压力太大导致。但后来他病情越来越严重，开始胡言乱语，说自己亲眼看见自己的影子活了过来，他甚至觉得自己影子拥有思想，能和自己沟通。"

"那你父亲的病情后来又是怎么得到控制的？"

"我也不清楚，某天早上起床后，姜龙看起来突然变得精神了，也就是从那天起，他给我的感觉与之前完全不同，多了很多奇怪的习惯……"姜小虎停顿了一下，有些迟疑。"我就是从那个时候起，不再叫他爸爸了，因为我总觉得，他的身体里住进了另外一个人，我怀疑他被自己的影子取代了。"

"被自己的影子取代？"陈歌想到了东郊自来水厂的那道影子，这怪物四处布局，在暗中操控人心，比他之前想象的还要棘手。

"至于他囚禁活人，那纯粹是他自己的事情，和我的家人没有一点儿关系。"姜小虎张了张嘴，最后还是说了出来。"姜龙出事的前几年，一直都在做类似的事情，他故意把人带到荔湾镇，然后在心理和肉体上折磨对方，让人陷入绝望，我也不知道他这么做到底图什么，可能这是他自己的特殊爱好吧。"小时候的经历让姜小虎有些早熟，他说完后，偷偷看了陈歌一眼，接着又沉默了起来。

"故意把人带到荔湾镇折磨？"陈歌觉得对方这么做很有可能是为了"门"，他们想要人为在荔湾镇推开一扇门。可这么一想的话，问题又出现了。东郊的幕后势力为什么非要在荔湾镇推开这扇门，荔湾镇和其他地方有什么不同？

姜龙囚禁小布的母亲，将她装进布娃娃里，具体做过什么陈歌不清楚，但是能大概猜得出来。不过直到小布的母亲失踪，门依旧没有被推开，反倒是最后阴差阳错，小布在看到地牢里的场景后推开了"门"，这应该也是东郊计划之外的事情。

"你还有什么要问的吗？"姜小虎打断了陈歌的思考。"如果没有的话，能不能把这东西拿开。"他指着复读机，眼中有一丝害怕。

"你既然知道自己父亲囚禁活人,为什么不报警?"陈歌将复读机放回背包,还顺手整理了一下床单,就好像从未拿出过那东西一样。

"姐姐一开始准备报警的,妈妈劝阻过她,第二天等我醒来的时候姐姐就失踪了,我妈说姐姐的病更严重了需要去接受治疗。"姜小虎双手抓着床单。"妈妈还告诉过我,如果我表现得不好,也会被送去接受治疗。"

"你妈妈威胁你?看来小布的事情,她很可能也参与其中。"

"姜龙已经死了,我姐姐和妈妈也全都失踪了,现在问这些还有用吗?"姜小虎抬起头看向陈歌,他说完后似乎意识到了什么,语气顿时变软。"之前警察来的时候我也是这么说的,我把知道的东西都告诉你了。"

"你知道的都告诉我了?"陈歌盯着姜小虎的眼睛,他的目光连一般的残念都不敢对视,更不要说一个孩子。看到姜小虎心虚地低头,陈歌问出了最后一个问题:"我在明阳小区104房间里看到了一幅画,画上你们一家四口咬住了一个小女孩的四肢。或许你和你姐姐只是被动参与,但在那幅画里,你们都是凶手,至少绘制那幅画的人是这么认为的。"

"画?我不清楚这件事。"姜小虎微微一愣。

"你刚说明阳小区是为怪物修的,那里面的画估计也是怪物画的吧。"

陈歌总觉得姜小虎身上还隐藏着秘密,他正想继续追问,这孩子忽然双眼上翻,手脚全部抽筋,嘴里大声呼喊救命,感觉马上就要断气了一样。听到呼救声,裴医生和护工立刻冲了进来,他们按住姜小虎的四肢,给姜小虎打了一针药剂。姜小龙的目光慢慢变得呆滞,他渐渐停止挣扎,瘫在病床上一动不动。

"陈先生,这孩子没伤着你吧?"

"没事,该问的我已经问完了,辛苦几位了。"陈歌站起身,向裴医生道谢。

"能帮上你们的忙就行,以后有什么需要配合的尽管开口。"裴医生只是客气了一句话,但是陈歌却当真了,他朝裴医生招手,两人一起离开了病房。

"陈先生,你找我还有事?"

"里面说话不方便,有几个问题我想单独问问你。"

"你怕姜小虎听见?"裴医生觉得陈歌有点儿太过小心了,"根据我们的诊断,这孩子确实患有精神疾病……"

"精神病人有时候可能比一般人还要聪明，类似的例子我知道好几个。"陈歌又朝远处走了几步，这才放心。"裴医生，你之前说姜小虎的姐姐曾去过姜龙在东郊荔湾镇的住所，并且在里面发现了一个密室？"

"是的，姜白当时给我说过。"

"那你后来有没有去东郊荔湾镇验证过她的说法？"陈歌比较好奇这一点，如果这件事裴医生也告诉过警察，那警察一定会去实地勘查，但是在和李政的交谈中，对方并没有提到任何与密室有关的信息。

"我没去过，但是警察去过。"

"他们有没有什么发现？"陈歌心跳加快，因为"门"就在那房间里，正常来说，警察过去的时候应该会发现异常。

裴医生摇了摇头，说："我听他们说那就是一间很普通的房子，衣柜后面确实有密室存在，可是里面并没有铁笼和大布娃娃，只有几个保险柜，装着一些商业文件以及现金。"

"现金？"

"警方已经拍照带走，那是姜龙的遗产，以后要留给姜小虎的。"裴医生见陈歌提到现金时神色出现变化，苦笑着解释道。

"能给我说说那房子具体的位置吗？我想去实地了解一下。"游戏里面的地图场景和三年前的荔湾镇很像，但只是很像，它似乎是根据小布噩梦当中的荔湾镇还原出来的。那只是小布眼中的荔湾镇，与现实还是存在一定差异的。

"他父亲住在荔湾镇西街第一个家属院，一号楼一层，那个家属院看着比较破旧，警察刚去的时候也根本没想到姜龙会在这地方买房子。"听到裴医生说的家属院，陈歌还仔细想了一下，范聪和范大德好像就住在那里，看来范聪会找到那款游戏并不是一个偶然。

陈歌暗想，看来我有必要再去一趟范聪家了，正好把电动车还给他。

似乎是看出陈歌准备去东郊荔湾镇，裴医生又提醒了陈歌一句："陈先生，我觉得你最好还是白天过去，那边走夜路不安全，我这里有很多东郊的病人，他们大都是晚上看到了什么东西，或者是听到了什么东西，导致精神状态出现了问题。"

"还有这事？"陈歌发现东郊的情况其实已经到了一个很严重的地步，那些怪物无法无天，渗透到了各个角落。

"就拿我昨天遇到的病人举例，一个月前，他去机场接自己妻子，飞机零点到，小夫妻两个只能自己开车回东郊。据病人自己所说，他们在经过一个十字路口后，两边的建筑忽然变得陌生起来了，路灯也越来越暗。他们又继续往前开了一段，病人从后视镜里看见一辆公交车缓缓驶来，当时是半夜十二点多，马路上怎么可能有公交车，但他不仅看见了公交车，还看见车上的乘客全都在冲他招手，他甚至还听到有陌生的声音在喊他的名字。他们被吓坏了，赶紧掉转车头，把车子往回开，但是却感觉那条路越来越长，似乎永远都回不去了。最后在病人快要绝望的时候，手机突然响了，原来是他奶奶很担心他的安全，问他怎么还没回家。他就把自己遇到的事情原原本本地说了出来，奇怪的是在他跟自己奶奶打电话的时候，车子不知不觉开出了东郊。等他挂断电话后才意识到，他的奶奶去年就在老家病逝了，当时他因为一个重要的工程脱不开身，没有回去。"

"是他病逝的奶奶救了他？"陈歌听到公交车和公路两边建筑出现变化的时候就确定，这个病人可能并没有疯，他说的是实话。

"与其说是他的奶奶救了他，不如说是他潜意识当中的美好救了他，从心理学的角度来分析，他因为自己没有去见奶奶最后一面，所以心里一直都在愧疚，这份愧疚让他在精神出现异常的时候保持了理智。"裴医生双手插在白大褂的口袋里。"我用他来举例只是因为他是幸运的，这家医院里还关着很多不幸的患者，东郊那边怪事很多，你去调查的时候多加小心，我知道自己作为医生说这些不太合适，不过还是希望你能注意一下。"

"裴医生，你们这里还有很多类似刚才那个司机的病人？"陈歌越听越觉得自己来对地方了。"能不能给我讲讲他们的经历？"

"他们的故事听多了，会对自己的意识形态造成冲击。另外，这属于病人的隐私，就算你是警察我也不能随便泄露的。"裴医生回绝了陈歌的要求。

"没事，还是要谢谢你。"陈歌觉得这位裴医生是个好人，至少在他遇见过的心理医生里算不错的了。

离开精神病院，陈歌打车回到新世纪乐园，看了眼时间发现才晚上九点多。

"这个时间正好是104路末班车的发车时间，要不今天就出去碰碰运气？"陈歌昨晚回来的时候，顺手就给范聪的电瓶车充上了电，他担心范聪来取车的时候没电，不方便回去，只不过范聪白天一直没有过来。

"今晚就沿着104路公交车的线路去蹲守吧，不管是遇到红雨衣，还是末班车都行，如果到东郊时间太晚，那就在范聪家里睡一觉好了。"陈歌把自己手头需要做的事情在脑海里过了一遍。"距离我和红雨衣约定的期限越来越短，找到红雨衣的孩子是最主要的，等以后有空，再把门楠送回第三病栋。"

陈歌检查了一下背包，骑着电瓶车来到新世纪乐园门口，跟看门大爷打了个招呼。看门大爷已经习惯陈歌深夜外出了，他从来不会多问一句。要说起来两人关系其实非常好，当初陈歌父母失踪后，陈歌每天就住在冒险屋里，整座乐园一到晚上，就剩下看门大爷和陈歌两个人。有时候看门大爷遇到点儿没办法解决的事情会请陈歌帮忙，平时心情特别好，或者心情特别不好的时候，老爷子还会弄两瓶酒，带着陈歌大半夜跑乐园食堂里偷偷炒菜，吃宵夜。在陈歌最难的时候，这座乐园里很多人都帮助过他，在乐园遇到困难的时候，他也会义无反顾地站出来。

"小陈，你好歹也算是个老板了，这电动车可跟你现在的身份有些不般配。"老大爷端着一个茶缸，隔着老远，陈歌就闻到了一股酒味，老爷子杯里装的并不是水。

"以后再说吧，我现在驾照还没考下来，他们驾校的人对我有成见，说我开车太野。"

"那你改一下习惯不就行了，人家也是为你好，安全第一。"

"懒得改了，我以后雇个司机专门给我开车。"

陈歌跟看门大爷话别后，倒是发现了一个问题。"我真把104路公交车弄回来，恐怕也只能在城郊开，去市里还是不方便。不过我听说市区的4号线地铁也不安生，以后有时间倒是可以去看看。"

陈歌骑着电动车，赶到最近的104路车站牌处，站在冷风里足足等了半个小时，也没见104路灵车和红雨衣出现。

"难道非要是下雨天才行？"陈歌有点儿不甘心，他骑着电动车沿着104路公交车的线路朝着东郊驶去。

晚上十一点,陈歌进入江州市东郊,他能明显感觉到这里和其他地方不同,马路上忽然就看不到一辆车了。

"上次来的时候偶尔还会有出租车往这边跑,难道是因为之前我那事,现在出租车晚上都不来东郊了吗?"陈歌轻轻摇头,他觉得自己一个人的能量还没那么大,应该是东郊又发生了什么事情。

"没有遇见,说明缘分未到,这也不能怪我。"陈歌每经过一个车站,都会停留一会儿。一开始他还期待着灵车出现,渐渐地,他也不抱什么希望了,闷着头赶往荔湾镇。路况越来越差,十一点半的时候,陈歌突然感觉脖子一凉,他伸开手,细如牛毛的雨丝落在了掌心。

"下雨了?"

陈歌取出自己手机,他翻看天气预报,上面明明说这几天江州市都没有雨的。

"下雨是好事,阴气重,撞上灵车的机会就大,红雨衣也很有可能会出现。"收起手机,陈歌朝四周看了一下,他虽然来过东郊几次,但还是觉得周围的建筑很陌生。昏黄的路灯散发出淡淡的光,但是却没办法驱散黑暗,气氛莫名变得压抑起来。

"我现在还在104路公交车的线路上,要不要在车站这里等它一会儿?"四周出现的变化和精神病院里裴医生描述的很像,陈歌有预感灵车很可能会在今晚出现。

"小顾说红雨衣的孩子就在104路灵车上,到时候我只要上车帮她把孩子抢下来,让她确认一下就行了。"

陈歌心里有自己的计划,他只是让红雨衣确认,并没有打算把孩子给红雨衣,当初他和红雨衣的约定也只是帮助她找到孩子,至于还不还给她,怎么还,这就是另外一回事了。

第 10 章 绝命灵车

漆黑的夜空仿佛一块巨大的幕布，遮住了所有光亮。

陈歌坐在电动车上，摊开手掌，雨滴带着丝丝凉意落入他的掌心。

"好像要下大了。"

道路两边的建筑看着有些模糊，这还不到后半夜，居民区里已经看不到任何光亮了。

"东郊的人都喜欢早睡吗？"

陈歌察觉出异常，他将电动车停在公交车站台上，拿出手机看了一眼时间。

"还不到晚上十二点，通常来说零点以后那些东西才会变得活跃。"陈歌没有携带雨衣和雨伞，他担心闫大年的漫画被弄湿。留在这里等，还是趁着雨没有下大继续赶路？思考片刻，陈歌还是决定继续向前。

"等会儿雨下大了，就找个地方避雨，我不能把一晚上时间都花在等待灵车出现上，灵车不出现就去姜龙囚禁小布妈妈的老房子看看。"陈歌是个非常果断的人，有了决定立刻就会去行动。

此时此刻整条公路上就他一辆电动车，不过他却丝毫不慌。

104 路公交车是江州市线路最长、站点最多的一班车，也是唯一一辆从西郊直接开到东郊的车，当初市里开通这条线路，是为了加强东郊和西郊的联系。现在想来，所有线路当中，偏偏只有104路末班车会出事，这背后搞鬼之人，恐怕是想要通过这辆车，把西郊的怪物和残念带到东郊去，又或者是想要把东郊的某些东西偷偷送到西郊。

陈歌不清楚东郊幕后黑手到底想要干什么，但从之前的一些接触来看，对方似乎是准备将东郊变成鬼怪的乐园，它们甚至还在荔湾镇外面专门为鬼怪修建了一座小区。

"东郊要比西郊危险许多，不能大意。"

越是深入东郊，两边的路灯就变得越暗，那扭曲的光线不仅无法带给人温暖和安全感，反而会加重人内心的不安。马路旁边的建筑明明都是生活中常见的，但此时看着却总有种说不出的怪异，就仿佛里面住的根本不是活人，而是其他什么东西。

陈歌在经过一个丁字路口的时候，停了下来。他站在丁字路口一个104路站牌下面，看着左右两条路，竭力回想，但是他却怎么都想不起来该往哪边走。陈歌为了完成黑色手机的试练任务，能在危机时刻逃命，他已经养成了不管去哪里都会记住附近道路的习惯。之前去过几次荔湾镇，他明明已经记住了路，可是当他按照记忆里的路线走时，眼前却出现了记忆中没有的路。

"是我记错了，还是我已经进入那扇失控的门影响范围之内了？"他拿出自己手机，打开地图导航，但是手机半天都无法定位。"看来我也遇到了裴医生所说的那种情况。"

相同的情况，但是陈歌和那位病人的做法完全不同，他将电瓶车停在路边，提着背包来到最近的一家商店门口，用力敲击已经关上的卷帘门。"咣咣咣！"

半夜十二点，这么疯狂的敲门，整栋楼竟然没有一家出来看看情况。陈歌回头看去，视野中的建筑有些模糊，黑暗就像是狂奔的兽群从远处袭来，准备将包括陈歌在内的一切吞掉。

失控的门长时间打开，门内充满绝望和诡异的世界就会和门外的世界重合。陈歌听门楠说过，他自己从来没有见过，也不能确定门楠说的是一种什么情形。

"算了，不想那么多了。"陈歌拉开背包拉锁，正准备取出碎颅锤砸门，试探一下门后居民的反应，远处浓重黑暗当中忽然有什么东西朝这边驶来。

破旧的车身，似乎很久都没有保养过，与其说这是一辆公交车，不如说它是一副在公路上移动的棺椁更加贴切。

"104路？"陈歌望着那从丁字路口驶出的公交车，瞳孔缩小。

同一时间，一直装在上衣内兜的黑色手机震动了一下。陈歌将其拿出，滑动屏幕。

幸运的怨念眷顾者！恭喜你触发二星试练任务——绝命灵车！

是否接受任务？

注意！放弃任务后，该场景将永远无法解锁！

看着手机上的提示信息，陈歌没有任何犹豫直接选择了是。

搭载死人的灵车已经上路，如果不能在一小时内离开，你将被永远留在车上！

任务要求：午夜之后乘坐104路公交车抵达荔湾镇，并安全下车。

任务提示：该任务完成后，将解锁全新试练任务！

过了两三秒，陈歌才将黑色手机收起，看完了黑色手机上的任务信息后他更加肯定了自己的猜测。黑色手机上最初赠送的几个试练任务里，绝命灵车任务应该是连接西郊和东郊的关键！完成这个任务后，黑色手机会出现需要在东郊完成的高难度试练任务！

陈歌提着背包回到站牌旁边，他看着那仿佛棺椁一般缓缓靠近的104路公交车，双眼轻轻眯起。东郊应该有红衣之上的存在，看来等完成了灵车任务后，黑色手机估计会更新出四星试练任务。陈歌深吸一口气，做好了准备，他独自站在黑夜当中，神色肃然。"灵车任务是新的开始，不能大意。"

冷风吹拂着陈歌的衣袖，他的头发被打湿，看着越来越近的104路灵车，他的一只手缓缓伸入背包当中。

雨，越下越大。

压抑阴森的104路末班车终于驶入公交站台，陈歌的心跳也开始加快，他听到了公交车广播里传出的报站声。

"终于来了。"

陈歌看到了公交车上那一个个低垂着头的乘客，准备上车，可还没等他走出站台，那辆公交车就直接从他眼前驶过，加速开出车站，朝着远方飞驰而去。望着渐渐远去的104路灵车，陈歌半天才反应过来。

"不让我上车？！"

黑色手机上的任务要求是乘坐104路灵车抵达荔湾镇，并安全下车，可现在的情况是那灵车根本就没有让陈歌上去的打算。没有乘坐灵车，任务自然会算作失败，陈歌从来没想过会遇到这样的情况。为了避免任务失败，陈歌背上包，骑着范聪的电动车，在马路上疯了一样追前面的灵车。

"还有人没上车啊——"

厚厚的云层堆积在夜空，压抑、阴沉，透不过一丝光亮。黑暗降临，轮廓模糊的建筑里有阴影闪过，一道道阴毒的目光望向公路。

空旷的城郊公路上，一个男人骑着电瓶车正在疯狂追赶前面的公交车。

"我就不信你下一站还不停！"陈歌咬牙切齿，他是第一次遇到104路灵车，但是对方的反应却出乎他的预料。

"难道这辆车是只让死人上车，禁止活人入内？那黄玲和小顾上车的时候怎么没人管？"

电瓶车电量有限，最多再追四站，陈歌就只能靠人力来驱动了。他着急做任务，连路也不记了，什么乱七八糟的事情全都抛之脑后，玩命地追向前面的灵车。"不让我上车，你等我追上你再说！"

想要靠电瓶车追上公交车难度很大，不过也不是没有任何机会，那辆灵车不知是因为老化严重的原因，还是本身有问题，它没法开得太快。陈歌玩了命地追赶，却没办法拉近和104路灵车之间的距离，他只能寄希望于下一站104路公交会停车。两边的建筑飞速倒退，雨水打湿了陈歌的外衣，也不知道追了多久，他终于看见了前面的公交车站台。

"有人在等车？！"陈歌看见站台上有位中年人，他穿着冬天的衣服，戴着围巾、帽子和口罩，将脸完全遮住了。

104路公交驶入站台，在陈歌的注视下开始减速，车还没停稳，上车门就打开了。车内的司机似乎是在向外面那人招手，让他赶紧上车。中年人一时搞不清状况，犹豫了一会儿才上车。就是这一耽搁的工夫，陈歌和104路公交车的距离已经拉近了很多。

"有机会！这灵车似乎就是为了把那些在站台等待的特殊乘客送到某个地方去，所以只要有'人'在站台等车，它应该都会停车。"中年人上车后还没搞明白状况，104路末班车已经启动，朝着下一站开去。

冰冷的雨水打在陈歌脸上，他依旧紧追不舍。两边的建筑愈发诡异模糊，雨也下得更大了，不过这些都不能阻挡陈歌。他自从获得黑色手机到现在，还从来没有一个试练任务失败过。如果是其他的任务也就算了，绝命灵车任务关系到东郊其他试练任务的开启，这个任务必须要成功！

陈歌也是玩了命了，大半夜骑着电瓶车追灵车，这样的事一般人想都不敢想。陈歌驶过几个路口，很快又看到了一个站台，这一站蹲着一个怪人，他肢体极不协调，似乎随时都会摔倒一样。灵车驶入站台，速度减慢，车门直接打开。那个蹲在地上的怪人好像发觉了什么，他感觉不太对劲，车内的氛围十分奇怪，他没有第一时间上车。公交车上有乘客打开窗户冲着他比画，但是怪人根本无法理解。

这么一犹豫，陈歌可开心坏了，咬着牙蹬车往前冲。

怪人和车上的司机在经过短暂交流之后，怪人还是上了车。司机应该是发现陈歌距离他们更近了，连车内广播都省了，关上车门，直接提速。

"快了！如果下一站还有乘客要上车，我应该就能追上它了！"陈歌也不在乎电量，全力追赶，过了几分钟，第三个站台出现了。

一对情侣在站台上，两人身体黏在一起，甜甜蜜蜜。灵车进站，速度减慢，车门打开，司机冲着外面大喊着什么。两人刚才还如胶似漆，一眨眼就产生了分歧，争吵了起来。男人准备上车，但是这时候女人却翻了脸，她拼命挽留男人，还流出了眼泪。男人似乎在说"今天一定要离开，头七已过"什么的，他手抓着车门，但是女孩就是不想让他走，甚至撕咬起那个男的来。

"机会来了！"

远处的陈歌看到这一幕，有点儿激动，电瓶车的电量已经没多少了，这一站如果还没追上，那可就真的悬了。

情侣在车门口还在争吵，车里的司机感觉自己要疯了，他急得脑袋都要炸开了，瞪着眼睛朝着那对男女叫喊。"上车！快上车！！"

司机眼看着陈歌越来越近，他决定不再等待，直接关门走人。可这次外面的那个男人似乎下定决心要上车，他用身体卡在车门处。女人拼命将他往外拽，但是男人却抓着车内的栏杆，就是不松手。司机在旁边看得上火，他甚至快要忍不住过去踹那男人一脚。一整车低垂着头的乘客都变了表情，他们似乎都感觉到了什么。

男人卡在门口，车门关了一半，但是司机已经等不了，他准备强行发车，可就在这时候，车内所有人都听到了沙沙的电流声。这声音并不是从公交车内部发出的。

"终于让我赶上了！"

一个低沉的声音在车外响起，陈歌从旁边超车，将电动车停在了104路公交车前门处。他手心都是汗，电瓶车的电量很快就要耗尽了，这个任务差一点儿就要失败。陈歌站在104路公交车门口，这回一点儿也没有跟司机废话的意思，伸手从背包里取出碎颅锤。

正在前门处争吵的情侣看见陈歌取出这么个大家伙，也不敢吭声了。

"别怕，今天多亏你们两个我才能上车，以后我会好好对待你们的。"陈歌扬起碎颅锤，看着满脸是汗的司机。"你自己开门，还是我帮你开？"

司机喉结蠕动了一下，有些不太情愿地将公交车前门全打开。

"你这是公交车，大家都能坐，凭什么不让我上车？"

陈歌在全车"人"的注视下，将旁边的电动车扶起，然后对旁边的男人说道："哥们儿，搭把手。"

那男人有点儿搞不清楚状况，和陈歌一起把电动车搬进了104路灵车当中。

"你俩也一起上来吧。"陈歌对那对情侣说道。男的想要拒绝，但是陈歌却抓住了他的袖子。"别怕，有我在，这司机绝对不敢欺负你们。"

男人的身体和女友黏在一起，袖子却被陈歌拽在手中。他站在104路公交车前门处，有些后悔，"要不，让我再考虑一下吧？"

"你帮了我大忙，今天我可要好好谢谢你才行。"不等男人说完，陈歌已经将他和他女友一起拽上了公交车。车门关闭，104路灵车缓缓前行，听着耳边冰冷的广播声，男人和他女友也感觉到了深深的寒意。三人投过币后，那对情侣在司机怨毒的注视下朝着车后排走去。

陈歌则扶着电动车站在司机旁边,他扭头看着司机,也不说话。司机额头的冷汗顺着脸颊滑落,他穿着破旧的公交公司制服,双手紧紧握着方向盘,手背上浮现出一条条青筋。

"你看起来身体不太舒服?"

"还好,老毛病了。"司机不敢和陈歌对视,双眼盯着前面的路。"那个……新上车的乘客请往后面走,我们公司有规定,不让司机在开车的时候跟乘客交谈。"

"你们公司不让你跟乘客交谈?那你们公司是不是也规定了晚上不能让乘客上车?"灵车试练任务差一点儿就失败了,陈歌是拼了老命蹬着电动车追了三站路才赶上,这事搁在谁身上都受不了。

"我看你骑着电动车,以为你只是在车站避雨,所以就没停。"司机憋了半天想出一个理由。

"你说的还挺有道理。"陈歌默默把碎颅锤塞回背包,他看着司机,意味深长地点了点头。"你叫什么名字啊?"

"唐骏,骏马的骏。"司机感觉自己被盯上了,小腿不自然地抖动。

"挺好的。"这位司机对待乘客态度很好,而且人也不死板,警觉性也很强,这样的员工不正是陈歌需要的吗?

陈歌没有为难司机,看向 104 路末班车上的其他乘客。除了坐在最后面的那对情侣和陈歌自己外,车内还有八名乘客。一位是那个全身被厚衣服包裹的男人,他戴着口罩和帽子,整张脸只露出了一双眼睛。这人旁边是在前一站刚上车的男人,四肢极不协调,就好像是玩具厂里刚拼接好,还未调试过的机械玩偶一样。除了这两个陈歌亲眼看着他们上车的乘客外,还有四个身穿病号服的女人,她们四个坐在车窗旁边,全都低着头,长长的黑发遮住了脸,看起来有点儿吓人。

陈歌的目光从她们身上扫过,最后停在了第三排一个中年女人身上。这女的长相很丑,五大三粗,她攥着邻座一个小男孩的手。那孩子看起来也就四五岁大,靠在女人身上,不管车辆有多颠簸,他都没有睁开过眼睛。不像是睡着,倒有点儿像是昏迷了。

陈歌是第一次坐上 104 路末班车,车内的情况和小顾当时说的不太一样,他没有在车内看到什么高中生和浑身湿透的男人,唯一能对上号的就是那个中年妇女。

"她旁边的孩子就是红雨衣的孩子?"陈歌不敢确定,因为之前小顾关于那个孩子的描述和这个男孩不太一样。"这女的会不会是又跑去东郊拐了一个孩子?"陈歌心中闪过一丝烦躁,停好电动车,直接走到了公交车最后一排。

那对情侣躲得远远的,没想到陈歌会主动去找他们。两人有些尴尬地往里面挪了挪,身体自始至终都黏在一起。

"公共场合,你俩稍微注意一下。"陈歌就好像看不见其他空位一样,坐在那个男人旁边。"兄弟,刚才多谢了。"男人摸不着头脑,礼貌性地冲着陈歌笑了笑。

距离近了,陈歌这才看见,男人脖颈下方有明显烧伤,狰狞的疤痕和他白净的皮肤、俊俏的脸蛋呈现出明显反差。这对男女小顾之前似乎也遇到过,只不过那一次他俩没有上车。

"你俩是怎么回事啊?在站台的时候还好好的,怎么这辆车一进站,你俩就吵起来了?"陈歌随口问道。

"我想要搬到东郊去住,她担心那边住不习惯,所以就吵起来了。"男人声音嘶哑,好像嗓子被火烧过一样。

"东郊有什么好的,还是西郊住着比较舒服,你们是没在那边住过,等你们去了以后,肯定会喜欢上那里。"陈歌注视着车内的乘客,并没有太过松懈。绝命灵车是二星试练任务,难度和暮阳中学差不多,虽然没有红衣存在,但是对陈歌来说还是有一定危险性的。

"西郊?"男人计划中没有这个选项,但是他又不好意思当面反驳陈歌,只能随便应付了一句。"有机会我会去看看的。"

"你绝对不会后悔。"陈歌露出和善的笑容。"冒昧地问一句,你俩以前是从事什么工作的?"

谈到以前的工作,男人微微低头,倒是旁边的女人说话了:"他是我的小提琴私人教师,我爸花高价从外省请来的。"

"你还会拉小提琴?"陈歌眼睛明亮起来,这是个人才啊!

男人碰了碰女人,不想让她再继续说下去,但是女人却好像是想起了什么伤心事,死死抓着男人的手就是不松开。她的指甲已经挖进了男人的肉里,但伤口处却没有血渗出来。"不过比起拉小提琴，他更擅长的是撒谎和欺骗。"

"你瞎说什么？"男人声音变得严厉。"我从没欺骗过你，当初只是想要让你多给我一些时间。"

女人直直地看着男人的眼睛，片刻后移开了视线。"无所谓了，反正现在我们终于在一起了，谁也不能把我们分开。"

陈歌在旁边耐心倾听，他比较喜欢这种有故事的人生。曲折的经历通常会孕育出不一样的情感，而浓烈的情感有些时候也会感染游客。拿出手机，陈歌搜索江州市最近几个月的新闻，关键词设定为情侣、烧伤，很快他就找到了一条。

明阳小区最后一位投资人自杀之后，他唯一的女儿和小提琴老师在荔湾商场自杀，警方曾一度怀疑是公司其他人谋杀了这一家，当时这件事还在江州市闹得沸沸扬扬。

看完手机上的信息，陈歌看向旁边这对情侣的目光出现了变化，明阳小区三位投资人全都身亡，这其中必有蹊跷。陈歌甚至怀疑这三位投资人都是被那道恐怖的影子蛊惑，所以才会吃力不讨好地跑到荔湾镇旁边修建这么一个小区。为达目的不择手段，为了消灭证据，利用完后直接杀掉，这幕后之人好狠的心。

男人强烈要求上车，准备赶往荔湾镇，很可能是收到了什么消息，而女人坚决不同意坐上104路公交车，估计也有深层的原因。两人想法不同，但是自杀时，身体融在了一起，所以没办法，就一直停留在车站。

这次要不是陈歌，估计他们两个还是不会上车。

"这对情侣对我了解荔湾镇和明阳小区有帮助，看来不能把他们当简简单单的员工来看待了。"

弄清楚了两人的身份，陈歌对其他乘客就更加好奇了。"今晚注定是个收获之夜。"

陈歌喜欢这种挑战低星级试练任务的感觉，大家坐在一起聊聊天就能解决问题，这氛围多好。

陈歌不再管情侣间小声的争吵，提着背包离开了最后一排，坐到了那个四肢很不协调的男人身边。

"兄弟，怎么称呼？"陈歌抱着背包看向旁边那人。

那人僵硬地转动头颅，缓了好久才发现陈歌是在跟他说话，他抬起手比画了几下，见陈歌还不明白，他又指着自己的嘴巴，然后摆了摆手。

"哑巴？"陈歌没想到车上还有这样的乘客，他微微欠身。"不好意思。"

男人双手摆动，指尖无意间碰到了陈歌手背，还带着温度。

手是热的？这是个活人？陈歌使用阴瞳，并没有在男人身上看出什么异常。他应该和小顾、黄玲一样，是无意间上车的。思索片刻后，陈歌又觉得不对劲。

灵车进站的时候是晚上十一点半，谁会在这个时间跑到公交车站台等车？

陈歌盯着男人看了半天，他渐渐发觉，这男的智力好像有缺陷，他不是发不出声音，只是不会说话而已。一个智力存在缺陷的人，大晚上坐灵车去荔湾镇，他到底是真傻还是装傻？

陈歌取出手机，点开自己的通讯页面。"你这样一个人在外面很危险，你准备去哪里，我陪你一起去吧，这是我的手机号。"男人似乎听不太懂他的话，只知道摆手。

陈歌看了一下那人的穿着，他身上衣服好久没有洗过，裤子也破了洞，这个形象实在无法和杀人狂、幕后黑手联系起来。陈歌没办法和他交流，试了几次后选择了放弃，他准备等完成了灵车任务，再跟着这个男人去看看他到底准备在荔湾镇做什么事情。要是他身上有问题，陈歌会立刻将他控制住，如果他只是个普通人的话，陈歌也会确保他不会被怪物袭击。

深夜的荔湾镇，谁也不知道隐藏着什么东西，在那扇失控的"门"影响下，荔湾镇已经成了两个世界重叠的地方。

陈歌又走向车子另一边，一车的人看着他走来走去，没有一个人有意见，司机更是一句话都不敢说，油门踩到底，只想着赶紧开到终点站去。

陈歌停在那个穿着厚衣服的男人旁边，打量起对方。"你穿这么厚不热吗？"

那人被厚厚的衣服包裹，又戴着帽子、手套和口罩，全身只有眼睛露在外面，他抬头看了一眼陈歌，然后压了下帽檐，冷冷地说："还好。"

"你是不是生病了？"陈歌使用阴瞳观察，发现这男的似乎也是一个活人。

陈歌坐在男人旁边，他能感受到从男人身上冒出的丝丝寒意，那种冷是从他身体内部散发出来的。这种情况陈歌之前也遇到过，在活棺村，那位守了投井女人几十年的老太太，体温也在不断降低，最后是靠投井女人出手才勉强帮助她维持住体温。怎么活人比怪物还要奇怪，难道这男的也经常和怨念打交道？

陈歌看不清楚对方的脸，只从眼睛和声音根本没办法判断出什么有用的信息。"这两个活人上车的时候，司机都没有阻拦，说明司机从他们身上没有感受到威胁。他们就算有底牌，那也强不过张雅。"想到这儿，陈歌放下心来，身体向后靠在了椅背上。

陈歌时不时就朝旁边看一眼，他从一些细节上，渐渐地发现了有用的东西。这个男人脖颈上的围巾是用毛线手工织出来的，针脚很乱，其中有一段应该是线用完了，结了一个团儿。正常来说就像编辫子一样，把两边各拆成几股，再穿插着编起来接好就行，陈歌自己在鬼屋里为人偶做衣服时就是这么干的，完全看不出一点痕迹。但是男人的围巾却能明显看到一个线团捆绑的疙瘩，给他织围巾的人应该是个新手，再从围巾的款式和新旧程度来看，这至少也是十几年前的东西了。另外，男人就算在灵车上，依旧戴着这条围巾，说明这件普通的围巾对他有某种特殊的意义。最后再结合男人说话时的声音，陈歌判断这个男人年龄在四十岁左右，他这个年纪应该已经结婚了，现在孤身一人，那他的妻子很可能已经出了意外。把以上所有线索串联在一起，陈歌觉得这个男人身上应该也有一个一直陪伴着他的怨念，而那个人也许就是他的妻子。

没有任何实质性的证据，陈歌只是猜测，不过比起男人的身份，其实他更好奇的是这男人为什么会大晚上去荔湾镇。

陈歌在西郊见过的大多数怪物，都会相互厮杀，吞食对方，但这东郊的似乎有些不太一样。

那男人被陈歌看了半天，紧了紧领口的衣服，轻轻咳嗽了一声。"我们之前认识吗？"他的声音清冷沧桑，似乎对外界的任何事情都不在乎。

陈歌没想到对方会突然开口，他停顿了一下，然后顺着那男人的话接了下去。"你很像我的一个朋友，气质很像，我们是不是在什么地方见过？"

男人转过头，眼眸之中隐藏着一丝疲倦。"你可能是认错了。"

"不可能，我一定在什么地方见过你。"陈歌和那男人只是第一次见面，他这么说仅仅是为了和对方多聊几句，获得更多有用的信息。

男人沉默了一会儿，他看陈歌不像是在说谎，犹豫再三，抬起手，将脸上的口罩取下。高鼻梁，皮肤苍白，嘴唇青紫。男人剧烈咳嗽了几声："你认错了，我不是你要找的人。"说完他又将口罩戴上，目光中隐含着一抹别人难以理解的情绪。"我没有朋友。"这个男人并不害怕陈歌，他是后来才上车的乘客，本身又是一个活人，他并不知道陈歌影子当中藏着什么，可能在他眼中，陈歌和其他乘客没有太大的不同。

陈歌想要弄清楚发生在东郊的事情，也想把这灵车上的怨念全带回鬼屋，但出乎他预料的是今夜的灵车上竟然有两个活人乘客。他不想暴露自己的秘密，不方便当着两个活人的面做什么出格的事情，所以他临时改变计划，打算等到了荔湾镇，两位活人乘客下车后，他再跟其他乘客好好聊一聊。

陈歌老老实实坐在座位上，目光从那个男人身上移开，看向窗外。雨水落在玻璃上，两边的建筑早已看不清楚，周围一片漆黑，他们乘坐的104路灵车，就像是一座漂浮在黑色海洋上的小岛。

车内突然安静了下来，那男人发现陈歌自他说完话后就再也没有开口，还以为自己说错了什么。他双手放在膝盖上，忽然低声问了陈歌一句："你想要乘坐这辆车，就是为了寻找你那个朋友吗？"

陈歌目光变幻，脸上的表情发生变化，就好像被那个男人猜中了心底的秘密一样，有些不安，有些痛苦，还有一些自责。陈歌缓缓点头，看向旁边的男人。"你怎么知道的？"

"这辆车上的乘客都有自己的故事和秘密，否则大家也不会午夜来乘坐这辆公交车。"

"听你的语气，你不是第一次坐这班车了？"陈歌嘴角牵动，露出和上车时一样的笑容，但是眼中却有一丝压抑极深的痛苦，让人看了都觉得心疼。

"我上班的时候就坐104路车，坐了差不多二十年。"男人似乎很久都没有和人交谈过，说话语气很慢。"那时候科室里比较忙，人手不够，我经常加班，总是坐最后一班车回家。一开始我还挺喜欢坐末班车的，人很少，很安静，不过后来坐得多了，看着两边黑漆漆的建筑，多少会觉得有些寂寞。"

"科室？你以前是做什么的？"

"医生，烧伤科的医生。"男人特别强调了烧伤科这三个字，他眼神中出现一丝波澜，好像是想起了什么。

"烧伤科？"陈歌之前只和心理医生打过交道，对烧伤科不是太了解。

"手术、植皮、复健，这就是我们的工作。"男人说得风轻云淡，但是陈歌却从这几个词背后听出了一丝沉重。

男人觉得陈歌眼中有压抑极深的痛苦，他仿佛在陈歌身上看到了自己的影子，下意识将陈歌当作了和他一样的人。

简短的对话过后，两人又沉默了起来，许久之后陈歌才开口："你乘坐这辆车也是去找人的吗？"

男人轻轻点头，戴着手套的手摸在围巾上。

"这围巾是你妻子织给你的？"陈歌找准时机，装作不经意地问道。

听到陈歌的话，男人愣了片刻，他把手从围巾上拿开，慢慢摇了摇头。

"不是你妻子送的？"事实和陈歌之前的猜测不太一样，他有些好奇。"能给我讲讲你的故事吗？"

雨下得更大了，雨点儿击打在窗户上，不断发出声响。

男人沉吟片刻，取下了口罩，深深吸了口气说："烧伤科的病人和其他科室不太一样，体无完肤、面目全非、焦头烂额、皮开肉绽，在我们这里，比比皆是。我实习的时候曾一度以为自己来到了地狱，直到我慢慢习惯，习惯了恶臭和种种异味。那个时候，我一度以为自己面对病人时，再也不会有太大的情绪起伏。

"直到我三十岁的时候，我遇见了一个十四岁的病人。她还是个孩子，后背被开水严重烫伤，那个女孩很安静，不哭也不闹。在我分离她的衣服和皮肤时，为了防止对她的大脑神经产生影响，我没有用全麻，这孩子就睁着眼睛，看着我。整整半个小时，我才把她的衣服和皮肤分开。她的后背和她的面容是两个极端，我只能无力地像安慰其他病人那样安慰她。我处理完伤口，找到了将她送到医院的大人，准备交代一些注意事项，可是将她送到医院的是邻居，她身上的伤也不是意外，而是她父母干的。

"我报了警。"男人说话的时候，偶尔还会咳嗽几声，他的身体状况很差。"女孩的父亲有严重的暴力倾向，母亲是个聋哑人，性格懦弱。警方关押教育了她父亲一个月，后来是她母亲主动跑去派出所求情把她父亲放出来，毕竟一家人都指望父亲养活。

"在治疗女孩期间，我一直陪着她，这孩子就像是一朵开在路边的白色小野花。陪着她，也让看惯了残忍，闻惯了恶臭的我，久违地感受到了一丝快乐。她出院两个月后的某一天，我突然接到了一个陌生的电话，电话那边是她的声音。她无法忍受父亲醉酒后的暴行，离家出走了。我收留了她，瞒着警察和她的家人。我知道自己可能做错了，但我无法想象，那时候把她送回去，她会遭受什么样的事情？"说到这里，男人停顿了一下，见陈歌表情没有什么变化，这才继续开口。"在她二十岁那年，她向我表白了。那年我三十六岁，省却了谈恋爱的过程，我们没有领证，在那一年举办了一场只有我们两个人的婚礼。

"我和她度过了最快乐的五年，也承受着难以想象的压力。在我四十一岁的时候，她的父母找到了她，辱骂她、殴打她，闹到我所在的医院。生活一下就变了，人言可畏，我可以承受，但她放弃了。那天坐着末班车回家的时候，我给她打了好几个电话，但都没有人接听。我回到家打开门，桌上放着做好的饭菜，还有她给我写的一封长信。最后我在浴室里找到了她，她的身体泡在水里，已经没有了呼吸。"

男人脸色白得吓人，他咳嗽得越来越厉害，陈歌伸手拍了拍他的后背。

"谢谢。"男人并没有戴上口罩，他眼中的疲惫无法遮掩。"其实这辆车上的乘客都有自己的故事，白天大家忙碌着，隐藏着内心，到了夜里，这些无助、痛苦、绝望的人就会乘坐这辆车去终点站。"从男人的话语中他似乎不知道其他乘客已不是人，又或者他早已知晓，只不过他觉得大家都是一样的人。

"你还知道其他的事情？"

"太多了，就比如旁边那个哑巴，我之前也遇到过他。"男人语气中带着一丝同情。"他智力有缺陷，不会说话，在一家超市当搬运工，经常被人欺负，还傻笑着念别人的好。"

"一个心思单纯的人，那他为什么会上这辆车？"陈歌有些疑惑。

"他是去终点站找他女儿的。"男人有点儿不忍心再说下去。"因为某些原因，有人找校外的混混欺负了他女儿，用烟烫她的手心，揪掉她的头发，监控里还拍到了更过分的事情。她女儿一直没说，最后受不了，自己结束了生命。"

"校园霸凌？"陈歌目光阴沉下来，这些事情他也曾见过。"报警了吗，警方是怎么处理的？"

"报警？"男人咧了咧嘴。"那个男的智力有缺陷，身体不协调，平时走路都会跌倒，他这样的人维权很困难。但就是他将那几个混混以及罪魁祸首全部弄晕关到了东郊一栋废弃大楼里，然后浇上汽油，一把火全部烧了。"

"他身体不好，智力还存在缺陷，一个人是怎么做到的？"

"警察也想不明白，所以这案子至今还没抓到凶手。"烧伤科医生和陈歌同时回头看向那个男人，那个男人显得有些局促，朝着两人傻笑了一下。

"以暴制暴，后续问题会更多，本就因为受到伤害而残缺的心，很难承受之后的种种压力，他可能会从一个极端走向另一个极端。"陈歌无法去评价那位父亲的所作所为，换位思考，如果他是那位父亲，他也不敢保证自己会做出什么事情。

"以眼还眼，以牙还牙，我倒觉得这很公平。不说他了，我在这车上还见过比他情况更严重的。"烧伤科医生随口说道。"有次下暴雨，我上车后看见一个西装革履的年轻人，他打扮得很精神，看起来也和其他乘客不太一样，但是谁又知道这人是个彻头彻尾的疯子。"

"他都做过什么事？"

"那年轻人是个婚礼主持，入行几年，主持了上百场婚礼，终于等到他结婚的时候，西装革履地迎娶新娘，但是在接亲回来的路上出了车祸。新娘没有抢救过来，他的命虽然保住了，但是却毁了容。婚庆公司将他辞退，他改行做了殡葬设计师，有人找他时，他就帮人设计葬礼，没人找他的时候，他就看守墓地。但他自己说会在夜深人静的时候，给那些尸体拉阴缘、配冥婚，然后自己去主持婚礼。"男人说得有点儿吓人"他上这个车就是为了去寻找他的妻子，他还准备到时候再补办一场特殊的婚礼。"

陈歌听烧伤科医生说完，这才明白灵车上的乘客都有自己难以言说的过去，他们心里埋藏着秘密，深夜乘车前往终点站，也是为了那一份渺茫的希望。这辆车似乎成了常人进入城市阴影当中的通道，形形色色的人乘着它去寻找最后一丝念想。

这是一群可怜人，所有人都把这班车当成了最后的希望，陈歌在思考该不该告诉他们真相。不说，他们可能还会抱有一丝希望，努力活下去；说了以后，这些乘客极有可能因为失去最后的寄托而崩溃。这班车的终点站是由最深的绝望和痛苦构成，他们注定不会成功。陈歌甚至怀疑，东郊幕后黑手之所以会弄这样一班车出来，就是为了收集绝望和种种负面情绪。

怪谈协会当初不断制作怪谈就是为了绝望和负面情绪，"门"需要这些东西，另外，也只有绝望痛苦、被负面情绪支配的人才能成为怪物的容器。104路末班车上的人，他们怀揣着最后一丝希望来到终点站，然而迎接他们的恐怕会是另一个无止境的绝望世界。

"不能再让这样的事情发生了，看来我只能把这辆车开走，或许我可以弄一条直通鬼屋的新线路出来。"车上这些不正常的活人乘客，让陈歌想到了在范聪家玩的那个游戏。在那个游戏里，不仅有怨念和红衣，还有很多变态杀人狂，陈歌现在很怀疑那些杀人狂就是曾经104路车上的乘客。整个小镇里全都是怨念和杀人狂，东郊的幕后黑手要比怪谈协会疯狂太多了。"灵车的终点站是荔湾镇，那是一个被门后世界影响的地方，充斥着邪恶和绝望，他们所有的付出注定是徒劳的，我不能看着他们越陷越深，付出了那么多的人应该被生活善待。"告诉他们真相，只会让他们崩溃，但能给他们新的希望，那就是另外一种情况了。思虑很久，陈歌决定用自己的方式来帮助他们。

"你在想什么？"烧伤科医生见陈歌突然发起呆来，轻声问道。

陈歌没有回话，他脑子飞速运转，在几秒内浮现出了王琦、许音、高医生等人的故事，他们经历的那些事情，随便拿出一件代入自己身上，就能糊弄过去。

"不方便说也没事，以后或许我们还会在这车上见面。"男人目光扫过陈歌，嘴唇微动。"你是第一次乘坐这班车吧。"

"是的。"陈歌点了点头。

烧伤科医生又往陈歌旁边挪了挪，声音压到最低，小声说："等到了地方后，如果有人让你在付出和承受之间选择一个，你记住，一定要选择承受。"

"什么意思？"陈歌敏锐地察觉出不对。"我想要找到我的朋友，还需要付出和承受某些东西？老哥，终点站到底有什么？"

医生缓缓扭头，朝四周看了看，然后才开口说道："那个小镇里有一座冥楼，在楼里你能听见自己想见之人的声音，想要找到他们，那就要付出某种代价。"陈歌将医生的话记在心里，对方透露出了一个很重要的线索——荔湾镇里有一座冥楼。

他同样压低了声音，小声说："老哥，我只是想要见我的朋友，难道见一面就要付出某种代价？"

"世界上没有单方面的获取，你想要见到你的朋友，必须要承受某种东西，或者付出某种代价。"医生似乎没有什么坏心眼，他取下了手套，将袖子轻轻掀开，在他干瘦的手臂上捆绑着一条条红线。"这是用来辟邪的，我每次进入冥楼选择的都是承担，当我从冥楼出来的时候，总感觉双肩很沉，就好像有什么东西趴在我后背上，跟着我一起出来了一样。"

陈歌知道男人所说的承担是什么意思了，怪不得医生身体散发着寒意，非常虚弱，那幕后黑手就是利用这些绝望的可怜人，把他们当作怪物的容器。这和怪谈协会的那些会员本质上差不多，不过区别也有，这些乘客并不知道自己的躯壳成了怪物的家、自己的情感成了怪物的食物，他们没有操控怪物的能力，只能被动承受，这样甚至更容易掌控一些。

"那付出是什么意思，你为什么不让我选这个？"

"邻座那个痴傻的父亲选择的就是付出，最开始，你只需要付出指甲、头发，可是越往后你要付出的东西就越可怕，比如牙齿、手指、自己的良心，还有人性中美好的那一面。"医生声音很小，如果不是陈歌拥有鬼耳这个能力，根本听不清楚。

"良心也能付出？"

"他会让你去小镇里做一些事情，比如偷东西、抢劫，甚至杀人，你选择了付出以后，会发现自己越来越不像自己。"医生见陈歌还是一副很好奇的样子，似乎一点儿也不害怕，他也懒得再多作解释。"你只需要记住，所有选择了付出的人，在付出了所有之后，就再也没有走出那栋楼。"

"这是将自己都献出去了？"没有了良知、人性和记忆，他们在不断付出的过程中，早就迷失了。陈歌感觉医生所说的这些人和游戏里那些杀人狂很像，心中满怀恶意，极具攻击性，非常危险。如果游戏里面那个小镇代表着荔湾镇门后的世界，那些选择了付出的人，最后很可能都被送入了门内。选择了寄托的人，成了门后怪物的容器，被慢慢蚕食；选择了付出的人，成了门内世界的怪物。

陈歌对比了一下怪谈协会和东郊幕后黑手的行事风格，怪谈协会是让会员去操控怪物，研究如何去掌控"门"，但是东郊的情况完全反了过来，幕后之人似乎是在让怪物操控人，然后不断去为"门"输送"养料"，让本就失控的"门"更加难以关闭。

如果说高医生是理智和疯狂达到极致的人，那东郊的幕后黑手就是完全歇斯底里的鬼，他根本没有把人当作人来看，肆意践踏那些美好的东西，已经彻底扭曲变态了。

"这还真是个恐怖的对手。"陈歌通过和医生谈话，弄清楚了很多东西，他也慢慢冷静了下来。"自来水厂里一道影子就能和还未痊愈的张雅交手，那影子的本体，难道真是红衣之上的存在？"

陈歌以前可是见到红衣撒腿就跑，根本不多废话，现在随着许音和白秋林一步步成长，他好不容易克服了对红衣的恐惧，但紧接着又出现了更加诡异的东西。他无法确定对方的实力，想想自己父母就是在东郊失踪的，陈歌忽然觉得有些不妥，他看着摆在公交车过道正中间的电瓶车，嘴里小声嘀咕："我最近是不是太高调了一点儿？"

红雨衣也是红衣，却在明知道自己孩子可能在车上的情况下，仍不敢踏足幕后黑手势力之下的灵车，这也从侧面反映了那个幕后黑手的实力。

"能把红衣吓成这样，对方的实力我要重新估算一下。"陈歌一个人在座位上嘀嘀咕咕，他旁边的烧伤科医生以为他是被自己说的话给吓住了，轻声安慰道："只要选择承担就没事了，在承受不住之前，或许就有希望看到她了。"医生的愿望很单纯，陈歌不愿看着对方就这样一步步走入深渊当中，他决定用自己的方式来救赎这些人。

"其实我还知道另外一种能见到她的方法，而且不用付出那么惨重的代价。"

"什么方法？"医生眉毛轻轻上扬，对陈歌说的话很感兴趣。

陈歌直视医生，开口说道："你听说过怪谈协会吗？"

"那是什么？"烧伤科医生皱下了眉头，光听名字，他感觉这个协会并不怎么友善。

"一个大家自发组建的互助协会,里面的成员也都像我们这样,有自己的故事。"陈歌本来是想说精神病人互助协会的,但害怕给人的第一印象不好,临时改了口。

"我不太习惯待在人多的地方。"曾经各种流言蜚语逼死了自己深爱的人,医生本就不愿跟人交流,这次在车上会和陈歌说那么多,也是医生先入为主,觉得这车上的人都有悲惨的遭遇。

医生委婉地拒绝了,陈歌也没有强求,毕竟任谁听到这么一个奇怪的协会,都会迟疑。

"如果有一天,你身体实在扛不住了,但是又想见到自己的妻子,可以给我打电话。"陈歌将自己的手机号留给了医生。医生觉得有些奇怪,不过还是记下了陈歌的电话号码。

"老哥,你刚才说荔湾镇有座冥楼,能不能具体说一下?"陈歌还想得到更多的线索。

"那座楼需要自己进入小镇里寻找,有时候……"医生说到一半,104路车突然来了个急刹车,所有乘客身体前倾,话也被打断了。

电瓶车晃动了一下倒向一边,碰到了一个穿着病号服,低垂着头的女人。女人的黑发完全遮住了她的脸,看不见她的五官,电瓶车碰到她的身体后,她仍旧保持着自己的姿势,一动不动。

"没有碰疼你吧?"陈歌赶紧将电瓶车扶好,他看着坐在公交车中央那四个身穿病号服的女人,侧着头,慢慢蹲下身体。他想要看看这四个女人的脸,确定一下她们的身份。

陈歌一手扶着电动车,一手抓着座椅靠背,已经把角度调整为仰视,但还是看不见女人的脸,这四个女病人仿佛后脑和前脸全长满了头发似的。不过陈歌也不是毫无收获,他看到了女病人病号服上医院的名字。

是四个字的,但是第一个字看不清楚,后面三个字是——心医院。

陈歌脑海里大致过了一下江州市当地的医院,比较出名的有中央医院、人民医院和江州市妇幼保健院,他从没听说过哪个医院的名字里有一个心字。

"她们大晚上的怎么从医院里跑出来了?"这四个女病人肯定有问题,陈歌在靠近她们的时候，汗毛倒竖，他早已熟悉，甚至习惯了这种感觉。这四个女病人为什么要去荔湾镇？活人去荔湾镇的原因陈歌已经弄明白了，但是死人去荔湾镇的原因，陈歌还是不太清楚。"我都把脸伸到她头发旁边了，这几位怎么还没反应？多少看我一眼也行啊。"怨念和活人不同，不能随便带回鬼屋，要经过长时间的观察和了解后才能放心让她们居住在场景当中。

在陈歌想要从四位女病人身上找出更多信息的时候，车内广播声响起，新的一站到了。

第11章 红雨衣

车门打开,雨水被冷风吹入车内,落在了陈歌后背上。

"下这么大了,这天气预报差得也太离谱了吧。"陈歌转过身,他看向车门外的站台,只一眼,目光就无法移开了。暴雨倾盆,一个身穿红色雨衣的女人孤零零地站在车站中央。雨水顺着她的帽檐滑落,将她的头发打湿。

"那天和我打电话的就是你?"陈歌站在车内,看着车外的女人。

听到这熟悉的声音,红雨衣低垂的头慢慢抬起,一双怪异的眸子,透过长发缝隙看向陈歌。

"我答应在一星期内帮你找到孩子,所以才会冒着生命危险坐上这班灵车,给你的承诺,我没有忘记。"陈歌的声音有着让人信服的感觉。

红雨衣看向陈歌的眼神和看向小顾的眼神似乎不太一样,她待在原地,没有往前走一步。

车内广播声响起,司机唐骏通过后视镜看着陈歌和站在门外的红雨衣交流,冷汗止不住地往外冒,他按下开关,准备关上后门,赶紧开往下一站。

"等等!"后车门快要关上的时候,陈歌将背包卡在了门中央。"我还有件事要处理。"

"这……不太好吧，公共汽车，大家一起坐的，总不能让别人都等你一个吧。"司机很担心陈歌做出什么事情，他现在一听到陈歌的声音就感到心慌。

"你还知道这是公共汽车，那你之前为什么不让我上车？"陈歌朝车头走去，他并没有继续为难司机，而是停在那个中年妇女旁边。

此时全车人都看着陈歌，不知道他准备干什么。

"你有事吗？"那个体形很壮的中年妇女朝座位里面移了移，声音不自觉地变低了。陈歌没跟她废话，他也不是那种磨叽的性格，既然红雨衣已经出现，那她孩子的事已经没必要再拖下去了。

"旁边这个男孩是你孩子吗？"陈歌很少用这种语气说话，听着让人有些害怕。

"是、是啊。"中年妇女挡在陈歌和男孩面前，不让陈歌靠近那孩子。

"我再问你一遍，这是不是你的孩子。"在全车人惊诧的注视下，陈歌从背包里取出了碎颅锤。

中年女人带着求助的眼神，望向司机和旁边的乘客，但是却没有一个人敢开口。她张大嘴巴，犹豫半天才说道："这是我亲戚家的孩子，他们一家都在江州市打工，平时很忙，就由我来带孩子。"

"又变成你亲戚家的孩子了。"陈歌晃动碎颅锤。"把这孩子叫醒，我有几个问题想要问他。"

动静闹得很大，但是孩子却一直在沉睡，完全没有苏醒的迹象。中年妇女面露难色，推了那孩子几下，但是男孩没有任何反应。"这孩子睡得比较死……"

"是睡得比较死，还是你给他用了什么药？"陈歌单手握紧碎颅锤。"让我看看那孩子。"

中年妇女慌张的脸慢慢低下，她的表情在发生变化。她似乎是知道躲不过这一劫，手伸进口袋，准备往外取什么东西。

"许音！"陈歌没有给对方一点儿机会，在察觉到这女的神色不对的时候，直接将许音喊了出来。"我再说最后一遍，把那个孩子给我！"

104路车厢内变得更加阴冷、压抑，似乎有什么东西站在陈歌身侧，看不太清楚。

中年妇女慢慢把手从口袋里拿出，她身体在打战。不用陈歌再说什么废话，她主动将孩子放在外面的座位上。陈歌抱起座位上的男孩，有温度，能清楚感受到心脏的跳动，这孩子是一个活人。

这个中年女人为什么要把孩子带到东郊，难道他们是觉得孩子更容易成为推门人？陈歌已经在东郊见过很多悲剧了，这些悲剧的主角都是孩子，原因不明。

陈歌来到公交车后门，没有下车，也没有直接把那个孩子给红雨衣。范聪曾说过，小布的游戏曾有过一个结局，是小布被红雨衣给带走了。红雨衣应该不是小布的母亲，但最后还是将小布带走了，她可能是将小布当成了自己孩子的替代品。对于这个结局，陈歌也不知道是好是坏，相比较死亡肯定是一个好结局，但这对于小布本人来说并不公平。此时他要面对的情况和游戏里的情况差不多，男孩昏迷在车厢里，没人知道他究竟是不是红雨衣的孩子。如果贸然将他交给红雨衣，红雨衣估计也不会拒绝，甚至有可能把这个男孩当替代品。

陈歌轻轻扶正男孩的脸，冲着车外暴雨中的红雨衣问道："他是你的孩子吗？"

红雨衣的目光柔和了许多，她没有回答陈歌的问题，只是往前走了一步。

"看来他不是。"陈歌一直盯着红雨衣，一位冒着大雨守候在公交站台的母亲，在看到自己走丢的孩子，绝不可能表现得如此平静。陈歌往后退了一步，把孩子放在身边的座位上。红雨衣见陈歌将孩子放在一边，被血丝缝合住的嘴巴里发出低沉的声音，她眼中的柔和瞬间消失不见，一条条血丝从眼底涌出，密密麻麻，很是吓人。

"我只答应帮你找到孩子，可没说要把别人家的孩子给你。"换成一个月以前，借给陈歌几个胆，他也不敢当着面这么跟红雨衣说话。不过现在不一样了，他站在灵车上，身边又有许音在，张雅虽然身上有伤，但并未陷入沉睡，随时可以唤醒，这就是他的底气。

"你看起来有点儿不开心？"陈歌挂着碎颅锤，上下扫视红雨衣。"我很好奇，你明知道自己孩子可能就在这车上，为什么不亲自上来看看，你在害怕什么？"

红雨衣情绪激动，被缝住的嘴巴无法发出声音，嘴唇一动，上面的红色血丝就开始扭曲，能看得出她的痛苦和愤怒。

"你一直守在公交车站台，寻找自己的孩子，难道你们是在车站走散的？你身上有伤，孩子丢了以后，你在寻找他的过程中又遭遇了什么事情？"陈歌的话让红雨衣回想起了过去发生的事情，一幕幕痛苦的记忆闪过脑海，雨水冲刷在她的身上，等落到地上时已经变成了血。雨夜当中，女人独自站在车站，她脚下的血迹慢慢扩散。女人仰起脸，苍白的脸上一道道黑青色的血管向外鼓起，她想要张开嘴巴，那缝住嘴唇的血丝被一点点撑开。红雨衣的面容扭曲，一步步朝着陈歌走来。

陈歌站在车门口，护在男孩身前，静静地看向红雨衣，说："你在害怕，我能看出你心里的恐惧，你不是不想上这辆车，你是不敢，你在害怕这辆车真正的主人，对吗？"一个活人如此平静地诉说着红衣内心的恐惧，其他乘客看起来都觉得陈歌已疯。

红雨衣最终还是停在了车门口，她知道这辆车是属于某个势力的东西，踏上这辆车就等于说犯了对方的忌讳。

"你的孩子就是在这辆车上失踪的，但是你连踏上这辆车的勇气都没有，你这样还怎么去寻找自己的孩子？"陈歌在全车乘客的注视下，将自己的手伸到红雨衣身前。"上车吧，我们一起找。"

从雨衣上滑落的血浸湿了站台，红雨衣停在104路灵车门口，表情痛苦纠结。她是东郊的红衣，此时上车就等于打破了某个约定，将走到她所不欲的境地。陈歌看出了红雨衣的不安和痛苦，他往前走了一步，把手轻轻搭在红雨衣肩膀上。雨水淋湿了陈歌的衣服，但是他就好像没有发觉一样，直直地看着红雨衣的眼睛。"不要再犹豫了，我相信当你的孩子从噩梦中醒来，他一定希望看到的第一个人是你。"

驾驶位的司机唐骏通过后视镜一直盯着后车门，他看到陈歌和车门外面的红衣对峙时，一颗心怦怦直跳。他的脚已经放在了油门上，一旦双方打起来，只要陈歌离开公交车，他就会立刻加速逃离这个地方，不过事情的发展跟他想的不太一样。本来快要失控的红雨衣又慢慢平静了下来，她抬起一只手朝车内伸去，这是从来没有发生过的事情。红雨衣之前一直守在车门外，从来没有碰过104路灵车。

"还要再上来一个？"

司机喉结颤抖，他感觉现在全车人的性命都在自己手中，压力很大。

在陈歌的劝说下,红雨衣终于做出了决定,可就在她的手伸进104路灵车的时候,马路两边忽然传来了孩子的哭声。听到哭声,红雨衣好像想到了什么极为恐怖的事情,已经伸出去的手立刻收了回来,她满是血丝的眼睛看着陈歌,停了几秒,转身从车站离开了。

"怎么回事?"

车门关闭,104路灵车朝着前方开去,陈歌看着空荡荡的站台,有些不解。他提着碎颅锤走在驾驶位旁边,不等他开口,司机就赶紧解释道:"我什么都不知道,我就是个开夜班车的,真的!"

司机都这么说了,陈歌也不好再继续问,他将碎颅锤装回背包,抱着那个男孩,重新坐在医生旁边。

"也不算完全没有收获,至少和红雨衣之间的关系拉近了许多。"陈歌扭头,看见烧伤科医生怔怔地望着他的背包,似乎还没从刚才那件事中缓过神来。

"三更半夜,我一个人出门在外,肯定要带些东西来防身,要不万一遇到危险怎么办?"陈歌给出了自己的理由。

"有道理。"烧伤科医生犹豫片刻后又问道,"你刚才说那个……怪谈协会里的成员,也都和你一样吗?"

"和他们比起来,我更加理智一点儿吧。"

"你算是其中比较理智的?"医生咳嗽了几声,他的身体已经非常虚弱了。

"嗯,等你有时间了,可以给我打电话,我们到时候好好聊一聊。"陈歌觉得自己和这位烧伤科医生很聊得来,看对方的样子似乎也对他很感兴趣。

104路公交车在大雨中穿行,很快开到了下一站,陈歌起身朝外面看去,并没有见到红雨衣。

"她去哪儿了,是不是遇到什么麻烦了?上一站路边传来了孩子的哭声,这哭声我之前在东郊自来水厂也听过到,难道是那影子又出现了?"当影子出现的时候,门楠和许音同时出现阻挡陈歌,由此可见,普通的红衣根本不是那东西的对手。

"那位老姐不会出事了吧?"陈歌担心完红雨衣,转念又想到了自己。"104路灵车连接着东郊和西郊,将城市里那些绝望的人聚在一起,红雨衣仅仅只是破坏了规矩,就出现异常。我如果直接把104路灵车开走,东郊的幕后黑手会不会直接现身?"

陈歌想了一会儿,觉得可能性不大。幕后黑手可能在做一件很重要的事情,所以他才会用影子来布局。不过还有另外一种可能,那影子本身就是幕后黑手,他没有本体,或者说本体受损严重,他现在做的一切都是为了修复本体。陈歌也不敢随便去赌,他决定先把灵车开走试探一下对方的反应。"就算是红衣之上的存在,他也不敢随随便便来西郊找我吧?大不了到时候就待在冒险屋里,等到张雅手上的伤养好,再想办法。"陈歌一直是个很乐观的人,也只有这样的性格,才能在如此复杂的环境当中,坚守本心。

公交车又经过了几站,终于来到了线路图上的最后一个站点——荔湾镇。

车站就在小镇西边的马路口,非常简陋。车辆停稳,让陈歌有些惊讶的是,红雨衣再次出现,不过她看起来颇为狼狈,似乎刚才经历过一场恶战。

104路灵车在这最后一个站点停留三分钟,但是车上却没有一个乘客下车。三分钟后,末班车在红雨衣的注视下,开入荔湾镇当中。眼前这一幕和陈歌在游戏里见到的一模一样,小布也是在挣脱了红雨衣后坐上末班车,然后进入荔湾镇。模糊的建筑慢慢变得清晰,末班车行驶在空无一人的马路上,整个小镇就好像没有人居住一样,看不到任何灯光,听不到任何声音。

"站点已经过了,你这是准备开到什么地方去?"陈歌提着背包走到司机唐骏旁边。

唐骏现在只要一听到陈歌的声音,就胆战心惊。"终点站在小镇里面,还没到。"他想着赶紧把车开到站,将陈歌送下车去。但奇怪的是,他在小镇里转了半天愣是没找到站牌。

"你是迷路了吗?"

察觉到陈歌语气不善,唐骏苦着一张脸解释:"我真没骗你,以前这个地方有一个站牌,也就是终点站,但今天那个站牌突然不见了。"

唐骏指着岔路口旁边的一块空地,说:"你说我骗你,对我有什么好处?我也想赶紧让你们下车,可是我们有规定,只能在站点停车,要不就会出现不好的事情。"

"没有站点，你难道就一直这么转悠下去？"烧伤科的医生站了起来，他之前一直不发声，是因为那些事情和他无关，现在站牌找不到，车不停下来，他就没办法去冥楼倾听自己妻子的声音了。

"我比你们谁都想停车啊！可是没有站牌就不能停，随便停的话，会上来其他东西。"司机掉转车头。"现在我能想到的办法就是回到上一站去，在那儿停车，你们如果还想进荔湾镇，就自己进来吧。"司机说话的时候偷偷看了陈歌一眼，他很担心陈歌提出不一样的意见，事实证明，他的担心是有道理的。

"就在这儿停吧。"陈歌指着岔路口旁边的空地，那个游戏里，小布乘坐的公交车就是停在这里的。

一切都和游戏吻合，除了本应该有站牌的地方变成了一片空地。

陈歌一开口，司机连挣扎的欲望都没有了，老老实实地把车停在了空地上。"终点站已经到了，你们赶紧下车吧，我不能在这里停太久。"说完他又很客气地看向陈歌，嘴角轻轻扬起，露出如释重负的笑容。"祝您旅途愉快。"

"多谢了。"陈歌单手提着包，看向司机。"既然到了，那就一起走吧。"

"一起？"司机的笑容僵在脸上。"我的任务是把你们安全送到，等会儿我还要把车子开走，就不陪你们了。"

"车子先放在这里吧，不着急。"如果不是车上有活人，陈歌早就拿出漫画册，唤出所有员工，直接动手了。见陈歌态度坚决，司机也没办法，只能在心里暗叹自己倒霉，他想着熬过这一会儿就好了，犯不着激怒陈歌。

"那行，我跟你们一起走。"司机说完按下开关，104路末班车的前后门同时打开。

就在车门打开的一瞬间，穿着病号服、低垂着头、一路上都没有任何异常的四个女病人，突然像疯了一样，用最快的速度一起从后门冲了出去。陈歌站在车头驾驶位旁边，等他反应过来的时候，那四道影子已经消失在街道上，不知钻入旁边哪栋建筑当中了。此时去追肯定是追不上了，陈歌也不是太在意。"跑吧，我已经知道你们医院的名字了，跑得了和尚跑不了庙。"

他和许音分别守着前后门，为了避免意外再次发生，陈歌让智力存在缺陷的男人和烧伤科医生先下车。"你们别紧张，以后大家见面的机会还有很多。"然后陈歌让唐骏关上了车门，拿出漫画册，将一位位员工唤出，他没有解释更多，直接走到公交车最后一排。

车上乌压压一片"人"，那对情侣被吓坏了，他们千算万算，真没想到自己都已经这样了，还会遇见劫车的。

"这里很危险，你们暂时先跟着我吧。"陈歌没有去询问那对情侣的意见，让闫大年将他们两个收进了漫画册当中。那对情侣只是强一点儿的执念，和老周、段月差不多，所以陈歌也不担心他们会捣乱。处理完那对情侣的，陈歌又带着员工围住了灵车司机——唐骏。

"说吧，为什么在车站的时候，你不让我上车？"

司机没想到陈歌会这么记仇，到了终点站还不肯放过他。司机五官挤在一起，感受着来自四周的压力，怯生生地说道："红衣是不能上车的，这辆车只有绝望的人和执念可以乘坐。"

"你知道我身上有红衣？"陈歌瞥了司机一眼，没有在这个问题上过多纠缠。"是谁让你来开这末班车的？"

"我不知道。"司机小心翼翼回答着陈歌的问题，他从没见过这阵仗，不用陈歌多问，就直接把所有东西都说出来了。"我只是个公交车司机，以前就是开104路末班车的。我们公司里流传有很多和这末班车有关的恐怖传说，这车子总会遇到各种各样的怪事，很多老人都不愿意开，最后领导没办法，说开104路末班车的司机每个月多发三百的补助。我这人胆子比较大，所以就当上了末班车的司机。"

"后来你都遇到过什么？"陈歌盯着司机的脸，对方应该没有撒谎。

"104路公交车线路很长，横穿江州市，连接了东郊和西郊，第一次开的时候，交班的老师傅偷偷跟我说了几句话。"司机看着陈歌的脸，此时此刻他更加后悔了。"他告诉我开夜班车的时候，不管车上有人没人，在经过站点的时候都要打开车的前后门，停一会儿。还说千万不能在站点以外的地方停车，不能在站点停车超过三分钟。最后也是最重要的一条是，在下雨天的时候，一定不能开得太快，越慢越好。"

司机额头的汗水越来越多，他不断用肩膀上的毛巾去擦拭，但是没有任何作用，过了一会儿，陈歌才发现，那好像不是汗，而是水。随着交谈的深入，司机脸色也越来越差,他露在外面的皮肤略有些浮肿,就好像在水里浸泡过了很久一样。

"我记住了老师傅的话,刚开始的几个星期,我也严格按照他的叮嘱,不管有人没人,都会打开车门在车站停留一会儿。直到一个月后,那天下着大暴雨,进入东郊后,车上就没有一个乘客了。整辆车就我一个人,前面几站,我还会按照师傅的要求,打开门停一会儿。但是我后来一想,车上又没人,车站也是空的,我开门关门干什么?纯粹是浪费时间啊。那天和今天差不多,雨越下越大,我也急着早点儿下班回家,所以后面所有站点,只要我看见车站里没有乘客,就会直接开过去。结果开到自来水厂后面那一站的时候,我突然听见车里有人说话,说什么我也没听清,好像是让我停车。外面黑灯瞎火的,再说还没到站点,我就没停。又往前开了一会儿,我突然意识到不对,自己这车上根本没有乘客啊!那声音是从哪儿来的?"

司机说到这里肩膀开始打战,他低下头,双手抓着头发,从额头渗出的"汗水"顺着脸颊滑落。"我感觉全身都好像被冻住了一样,抬头朝后视镜里看去,发现、发现在我身后就站着一个人,他皮肤泡得发白,眼睛都快要鼓出来了。"司机的脸慢慢扬起,他皮肤苍白,眼睛外凸,和他自己的描述很相似。"我慌乱之中急打方向盘,然后车子就一头栽进了江里。"

这司机还挺有讲故事的天赋,他一口气说完这些,偷偷看了陈歌一眼,见陈歌没有动手的意思才继续说道:"我看着车沉入江里,后来也不知道过了多久,当我睁开自己的眼睛时,发现自己仍在这104路末班车里,旁边还站着一道影子,他告诉我,只要我载够一千位乘客,就可以重获自由。"

"影子?形容一下他的身体轮廓和说话语调。"

"那影子跟我体形一样,简直就像是我自己的影子活了过来,他的声音我形容不出来,或者说听过以后,转眼就忘记了。"陈歌看司机的表情和说话语气,应该没有撒谎。这鬼影还真是滴水不漏,比以前见过的所有对手都要难对付。

"如果你是想要调查那影子的话,我还可以给你提供一个信息。"司机整张脸看起来浮肿吓人,他已经卸去了伪装。"不过,你要答应我一件事。"

"什么事?"

"放我离开。"司机期待地看着陈歌。"我出事以后,家里人肯定特担心,我想回去看一看。"

"我到时候可以陪你一起回去,你还有其他什么心愿,全说出来,我会尽量帮你实现。"陈歌态度和缓了很多,他已经把司机当自己人看待了。

"你陪我一起回家?"司机完全猜不出陈歌的真实想法,他感觉眼前这个恐怖的家伙很可能会对自己家人下手。司机纠结了许久,叹了口气,放弃挣扎。"我曾问过影子,为什么要把乘客全部送到荔湾镇,他说自己在荔湾镇养了什么东西,需要不断注入痛苦和绝望。"

"弄出一扇失控的门,把整个江州市绝望痛苦的人都送到这地方,就是为了培养一个东西?"陈歌记住了司机的话。

他又问了几个问题,然后将司机也收进了闫大年漫画册里。104路灵车上的乘客现在只剩下中年妇女一个人了,她目睹了陈歌之前的"暴行",此时非常害怕。

"别耽误时间了,把你知道的,也全部说出来吧。"

中年女人亲眼看着一个个乘客消失,她心里的不安达到了极点。"我只是负责将孩子送到荔湾镇,其他的事情我全都不知道啊!"

"不知道?那我也没有留你的必要了。"陈歌说完就让许音和其他鬼屋员工围了过去。女人尖叫一声,她丑陋的脸出现变化,五官狰狞。看起来很土的衣服也不断往外渗出血迹,斑斑驳驳,全是小孩子的手印。

"让我下车!"女人的声音嘶哑恐怖,骨骼发出脆响,身体似乎长高了许多。看着女人身上出现的变化,陈歌和周围的员工都很平静,就像是站在笼子外面,看笼子里的野兽嘶吼。

"想下车没问题,但你要先告诉我,那些孩子都去了哪里?"陈歌答应红雨衣在一星期内帮她找到孩子,现在已经过去了三天。

女人好像听不到陈歌的声音,面目愈发狰狞。有意思的是,陈歌也好像完全看不到女人身上出现的变化,声音平稳,没有一丝波动,继续问:"这些孩子都是你偷来的吗?"他指着仍在昏睡的男孩那张稚嫩的脸。

女人似乎意识到了陈歌是所有怨念的主心骨,而恰好陈歌刚将碎颅锤装进了背包里,此时双手空空。她不再犹豫,怨毒的目光盯住陈歌脖颈,然后扑了过去!

陈歌看着外衣上血迹斑斑,冲向自己的女人,连象征性的躲避都没有。"半身红衣,看来你就是这个二星试练任务里最强的。"

女人冲到一半就强行停了下来,她的身体因为恐惧,完全僵住了。不知什么时候,在她和陈歌之间多出了一个人。不需要陈歌多说什么,红衣如血的许音已经挡在了他身前。

"104路末班车是二星恐怖场景,这个场景最强的是半身红衣,如此想来,那暮阳中学里应该也有一位可以匹敌半身红衣的存在。"陈歌仍旧对老校长念念不忘,推测对方可能是半身红衣后,陈歌更加心动了。

让许音控制住女人后,陈歌并没有直接将她杀掉,他准备把这女人交给红雨衣来处理。毕竟冤有头债有主,一报还一报。

女人不知道陈歌内心深处的想法,她只是看着陈歌脸上的笑容,觉得非常"瘆人"。将其他员工收进漫画册,陈歌抱起昏迷的小男孩走下104路公交车。在他双脚都踏在地面上时,黑色手机轻轻震动了一下。

"这就算任务完成了吗?"陈歌回头看着末班车,整辆车已经空了,他竟然是最后一个下车的人。

"我现在的实力应该可以开启更高难度的任务了。"陈歌清楚感地受到了自己的变化,对几个月前的他来说,二星恐怖场景是在绝境中寻觅一丝生机,战战兢兢,随时都可能丧命,现在情况已经完全不同了。

"看来我这段时间的辛苦付出也是有收获的。"陈歌滑动手机屏幕,点开了黑色手机上的新信息。

幸运的怨念眷顾者!恭喜你完成二星试练任务——绝命灵车!

任务完成度达到百分之百!获得隐藏道具奖励——104路末班车!

104路末班车(一辆象征着不详和灾厄的灵车,曾出过多起事故,只有在雨夜的凌晨才可以上路)。

注意!现在你有两个选择!

一:在战栗迷宫中解锁二星恐怖场景绝命灵车,选择该选项后,灵车将永远无法离开战栗迷宫!

二:保留灵车,该车辆只能在雨夜凌晨后驾驶上路,经过站点时,有概率吸引到特殊的乘客。

陈歌看完信息后，没犹豫就选择了第二个选项，以后恐怖场景还会有很多，但灵车只有一辆，而且它的那个特殊能力很对陈歌的胃口，一定概率吸引到特殊乘客，这样的乘客上了陈歌的104路末班车后，恐怕就再也下不去了。

确定选择之后，黑色手机又震动了一下。

二星试练任务——绝命灵车已经完成，将开启全新试练任务——噩梦之城！

可解锁恐怖场景增加！

双生水鬼（姐姐把石头绑在了我的腿上，身体在下沉，我看见水库里面有很多黑乎乎的水草，尖叫指数二星）。

鬼火焚楼（邻居家总是传出奇怪的声音，那房子明明没有人住的，尖叫指数三星）。

隧道深处（隧道深处有什么？尖叫指数三星）。

荔湾鬼镇（妈妈，我是小布……尖叫指数三星半）。

冥胎（有一天，我一定会成为你！尖叫指数四星）。

新海中心医院诅咒游戏（废弃的医院里，有这样一个关于诅咒和死亡的恶毒游戏！尖叫指数四星，需完成前置任务才可开启）。

灵车连接东郊之后，黑色手机更新出了六个新的试练任务，解锁出了两个四星任务和一个三星半的试练任务，这是陈歌之前没有想到的。其中难度最低的也是二星，让陈歌皱眉的是，唯一的一个二星试练任务似乎还是在水中进行的。他本身会游泳，但是在水里毕竟不方便。"任务名字叫双生水鬼，敌人应该还不止一个。这任务的描述也挺古怪，'我'看见水库里很多黑乎乎的水草，那些究竟是水草，还是死人的头发？"

任务难度明显加大，新解锁的两个三星场景，鬼火焚楼他是第一次听说，隧道深处那个任务应该和之前的噩梦级别日常任务有关联。陈歌和隧道里的红衣见过一次面，他反而觉得这个任务难度最低。"有机会先去把隧道深处这个试练任务完成，说不定我的冒险屋还能再吸引一位红衣加入。"

值得注意的是荔湾鬼镇任务，尖叫指数为三星半，陈歌猜测之所以会出现三星半这种情况，很可能是因为荔湾镇的那扇门失控了。"门失控以后，难度增加到了三星半，这么想来，就算是失控的门也没有四星场景恐怖啊！"最后两个任务全都是四星，这也完全出乎陈歌的预料，东郊要比他想的危险太多了。

"现在列表里已经有两个四星试练任务了，不能急，等做好全部准备再出手。"

陈歌在心里计算着虚拟未来乐园开业的时间，他想在那家乐园开业的最后几天，再去进行四星试练任务，搞个大新闻出来。

"这几个任务之间也可能会有关联，东郊的幕后黑手可能就隐藏在其中某一个场景当中。"陈歌看着黑色手机上的任务信息，久久无法平静下来。"新海中心医院，这地方我完全没有听说过，还有冥胎，光从任务名字完全猜不出具体任务内容会是什么。"陈歌有些苦恼，巅峰三星恐怖场景里已经出现了高医生这样的"怪胎"，那四星场景里很有可能会出现红衣之上的存在。普通怨念和红衣之间的差距，陈歌心里很清楚。由此推断的话，那红衣之上的实力也要远远超出普通红衣，就算类似于张雅这样最顶尖的红衣也不一定是他们的对手。陈歌思考着自己从获得黑色手机后见过的所有怪物，想要借此推测红衣之上的实力。

"残念无法交流，执念只是一段不愿散去的念头，甚至还畏惧阳气旺盛的人。普通怨念不敢在白天出现，大多寄居在生前某件物品上，无法离开。不过特殊类型的怨念就完全不同了，他们每一个都拥有自己的特殊能力，就算本体受到限制，也能轻易将活人玩弄于股掌之间。

"再往上是半身红衣，这些拥有成为红衣资质的怨念，无一不是暴虐凶残的怪物。费尽周折找到自己的心后，半身红衣将成为真正的红衣，能操控诡异的血丝，拥有种种奇诡的能力。

"我见过张雅的战斗方式，和其他红衣差不多，只是她的黑发好像无边无尽，只要被缠上，就会被拖入绝望的黑色海洋当中。"张雅毫无疑问是陈歌身上的最强怨念，但她的攻击手段仍在某一个范畴当中，只能算是红衣里比较强悍的，并没有出现质变。"怪谈协会从门后世界弄到的黑色血迹似乎对张雅有用，不过张雅之前吞食过后，明显变得更加暴躁恐怖了，如果再继续让她吞食那些黑色血迹，张雅很可能就会失控。"对于这位住在自己影子里的顶级红衣，陈歌也不知道该用什么样的态度去面对。

"算了，现在想这么多也没用，等以后找到了黑色血迹再纠结吧。"

荔湾鬼镇试练任务难度为三星半，比地下尸库还要高出半星，现在张雅受伤，许音还没找到自己的心，陈歌思前想后觉得还是不开启这个任务的好。先把前面几个三星任务做了，等有了更多红衣以后再来做这个任务。陈歌看着停放灵车的空地，司机说这里本该有一个站牌，他自己在游戏里玩的时候也在这里看到过一个站牌，可是自己亲自来到荔湾镇后那个站牌却不见了。

从这个细节可以看出，躲藏在荔湾鬼镇深处的怪物应该也在忌惮陈歌。

从几年前开始布局，把整个东郊的绝望输送到一个小镇当中，又专门在这里制作出了一扇失控的门，搞出这么大的阵仗，对方想要培养的东西绝对不止一个红衣。"司机说他的任务是将活人送到荔湾镇，对方要在荔湾镇培养什么东西，那幕后黑手估计是怕我给他捣乱，导致他功亏一篑。"

陈歌想到范聪那个游戏里在荔湾镇遇害的无数孩子，又看向荔湾鬼镇试练任务下面的那个四星试练任务——冥胎。

这两个任务估计有关联，那个冥胎有没有可能就是影子养在荔湾镇里的东西？冥胎能被黑色手机评为四星，肯定有其恐怖的地方，但是陈歌现在掌握的信息太少，根本推断不出有用的信息。还是要找到小布才行！在游戏通关之前，荔湾鬼镇试练任务先暂停吧。小布的游戏和现实对应，里面的一个个剧情正好对应现实当中的一起起凶杀，陈歌觉得只要能彻底通关那个游戏，掌握所有支线剧情，那到时候再来做荔湾鬼镇任务，就相当于拿着一份攻略，可以最大限度地避开危险。

"还是实力不够啊。"

陈歌心里有些不踏实，连续两个四星场景出现让他产生了一种危机感。"不能放过任何一个可以增强鬼屋实力的机会。"

陈歌又抱着昏迷中的孩子回到104路灵车上。他坐在驾驶位上，试着启动灵车，发现这车子老化极为严重，感觉随时都可能散架。陈歌回忆着驾校教练的指导，踩下油门，掉转车头。

偌大一个荔湾镇，零点以后看不见一丝光亮，陈歌开着车在寂静的街道上行驶。他将灵车开到荔湾镇入口处，在马路旁边一个站台上看见了一道孤零零的红色身影。

陈歌将车辆停好，让许音提着中年女人走下灵车。那个中年女人从灵车里一出来，红雨衣双眼立刻变得通红，几乎瞬间就要失控。

"杀了她，你孩子的下落可就没人知道了。"陈歌站在红雨衣身前，刚才红雨衣爆发出的杀意让他也有点儿受不了。"你的孩子被她送进了荔湾镇，不过具体在哪里还需要问她才行。"

红雨衣慢慢冷静了下来，她的目光从中年女人身上移开，双眼望向陈歌。陈歌也是第一次仔细打量红雨衣，她的脖颈、脸颊残留有细小的伤痕，嘴巴被血丝缝住，想要开口说话，必须要忍受嘴唇被撕裂的痛苦。

"你也挺不容易的，我是真的想要帮你，这个女人我会交给你来处理，希望你能问出自己孩子的下落。"陈歌叹了口气。"你不敢进入荔湾镇，肯定有自己的原因，但是你想要找回自己的孩子，就必须要进入其中。我不奢求你能听从我的命令或安排，我只是想要告诉你，到时候我会陪你一起去寻找自己的孩子。"

看到红雨衣有些动摇，陈歌趁热打铁又多说了几句："等你问出孩子下落，可以来西郊新世纪乐园里的冒险屋找我，我以怪谈协会会长的身份向你承诺，不管荔湾镇里有多危险，我都会陪你一起进去，找到你孩子。"说完后，陈歌就让许音将中年女人交给了红雨衣。

"我等你的消息。"他没有在车站停留，带着许音回到了104路灵车上。

车站传来中年女人的哀号，红色的雨衣下面渗出鲜血，好像一根根丝线勒入中年女人肉中。

听着中年女人的求饶声，红雨衣并没有觉得开心，她猩红的双眼望着灵车上的陈歌，飘过一丝丝复杂的情绪。陈歌没有用中年女人做筹码，以此来要挟或者逼迫她去做某些事情，而是果断将中年女人交给红雨衣，这一举动让红雨衣对他的好感度增加了……

第 12 章 消失的门

104 路灵车开出车站，直奔范聪住的家属院而去。

外面雨势减弱，陈歌把电动车从公交车上搬下来，推着它进入小区里。

折腾这么久，此时已凌晨一两点，陈歌担心打扰到范聪睡觉，先给对方发了条信息。没过多久，陈歌的手机震动了起来，范聪直接给他回了个电话。

"陈老板，你现在就在楼下？"

"是啊，没有打扰到你吧？你还没睡？"

"外面下着雨啊！我马上下去接你。"

"不用了，我来还电瓶车，顺便问你点事儿。"

陈歌挂断电话，将电瓶车放回原位，来到顶楼，范聪就站在门口。

"我哥在另一个屋睡觉，他明天还要上班。"范聪见到陈歌后显得很兴奋。"陈老板，我又玩出了好几个结局，那个游戏里还有隐藏的彩蛋。"

"这回我过来不是为了游戏。"陈歌还没忘记在江州市精神病院里发生的事情，他想要去姜龙在东郊的房子里看看。游戏里小布打开同学家壁橱后面的门后，整个游戏画风开始改变，如果小布的游戏在映射现实，那荔湾镇里失控的"门"很可能就在姜龙家中。陈歌很想看看失控的"门"和普通的门有何区别。

"不是为了游戏？你大晚上跑这么远就为了还车？"范聪傻了眼。

"还车只是一方面，走，进去说。"陈歌背着包站在楼道里，总感觉这楼梯上阴森森的，下层好像有什么东西在偷听。

关上房门，范聪给陈歌拿来了毛巾。"你这都快湿透了，要不你先换我的衣服？"

"不用了。"陈歌直接进入主题。"范聪，小布那个游戏你也玩过，你有没有发现小布的同学家所在的那栋楼，很像是你们小区里的一号楼。"

一开始范聪也没觉得像，但是被陈歌这么一说，他的眼睛慢慢睁大。"还真是，小布的同学家住的小区跟我们小区整体布局差不多。"

"我准备今晚去小布的同学家里看一看。"陈歌站在屋内，他衣服是湿的，所以没有随便乱坐。

"去小布同学家？在现实里？"范聪还是跟不上陈歌的思路，弄不清楚陈歌想要干什么。

"我已经跟警方的人联系过了，小布的那个同学现在就住在精神病院里，他家的具体位置我也弄清楚了。"

陈歌一番话说得范聪更加迷糊。"陈老板，你不是开鬼屋的吗？怎么还跟警方联系上了？"

"你放心，我没有透露任何一点儿关于游戏的信息，联系警方也是因为一起分尸案。"

"分尸案？"范聪的脸白了一下。

"对，就在距离你们这儿不远的明阳小区。"

"就在我们附近？"

"是啊，凶手至今没有抓住，不过我已经有了怀疑目标。"陈歌在交谈的时候没考虑到范聪的感受，他忽略了凶杀、分尸这些字眼对普通人的冲击力。

听到陈歌要去干这么大的事，范聪也紧张了起来，问道："那我要怎么配合？"

"经过我的走访调查，确定游戏里小布的同学家对应你们小区一号楼一单元一层，你和你哥在这里住了那么久，有没有发现过什么异常。"

"我也没觉得对面有什么问题，你这说得我心里毛毛的。"范聪苦笑着回道。一号楼就在范聪住的那栋楼对面，他平时只要拉开窗帘就能看到。

"不着急，慢慢想，等明天你哥起来了，你也可以问问他，或者问问小区里的其他老住户。"陈歌本来就没指望一来就能有所发现。"这是电瓶车钥匙，我给你放桌上了，今晚你这辆车可是立大功了。"

范聪不知道陈歌在说什么，他思索了一会儿，朝陈歌招手。"你跟我来，我仔细想了想，对面那栋楼确实有点奇怪。"

两人进入卧室，范聪拉开了窗帘。

"荔湾镇在东郊最东边，交通不便，很多人都搬走了，我们这小区里三分之二的房子都是空的。"范聪指着对面那栋楼。"我跟我哥刚搬过来的时候本来是准备选一号楼的，那栋楼房租比另外三栋楼便宜很多，但是我们现在住的这房子的户主跟我们说，一号楼不安生，住进去就会出事，这几年有好多人不明不白地就失踪了。"

"失踪？"陈歌立刻想到了失控的"门"，他怀疑那些人估计是进入"门"里了。

"对，就是看着人搬进去了，但从某一天开始就再也没见到那户人家出来。也不知道是搬走了，还是怎么回事。"

"你们没有人报警吗？"

"报警也没用啊，东郊临近县区，住在这里的大多数都是外地人，人员流动大。警察一般会过来确定是不是凶杀之类的恶性案件，发现住户家里没有搏斗痕迹。他们确定一切都正常后，就离开了。久而久之，大家也不觉得这是什么事儿，反而都习惯了。"

"除此之外，还发生过什么事情吗？"陈歌盯着一号楼一层，那一层的窗户上全都贴着封条。"那些封条是警察贴的吗？"

"嗯，以前一号楼一层还住着人，是个独居的老太太。她经常说自己晚上会看见一个小孩站在窗户外面，小区里的人见她不像是说谎，还专门组织人蹲守想要抓住那个小孩。"

"结果呢？"陈歌有些好奇，提到孩子，他现在就会往冥胎那个任务上联想。

范聪摇了摇头。"其实哪有什么孩子，应该是老人年龄大了，糊涂了。小区里的人守了整晚都没有看见小孩，最后进入老人房间检查才发现，老人家的那扇窗户外面满是油渍和泥污，站在房间里根本看不清窗外。"

"看不清楚窗外？"陈歌想了一会儿。"会不会是那孩子一直站在屋内呢？"

卧室里突然安静下来，范聪看着陈歌的脸，他已经忘记刚才想要说什么了。

"应该不会吧……"过了很久范聪才勉强挤出一丝笑容，他每次和陈歌在一起都告诉自己，要冷静，要淡定，可还是经常会被陈歌说的话惊到。"老太太家里门窗完好，那孩子不可能突然出现在屋子里的。"

"会不会是他趁着老人外出的时候跑进了屋子里，然后一直躲在屋内某个地方，等到晚上老人躺在床上睡着后，他再从躲藏的地方出来？"

"你怎么还越说越吓人了。"范聪跟不上陈歌的思维，本来这也不是多恐怖的一件事，但是被陈歌一说，他总感觉心里发毛。

"我只是根据有限的线索，推理最有可能出现的情况。"

"就算真是这样，那孩子大晚上跑到老人家里干什么，恶作剧，偷东西？"

陈歌看着对面那栋楼，目光集中在封条之上。"很少有孩子会去作弄一个老人，小偷倒是有可能，但可能性不大，对了，老太太看到的孩子是男孩还是女孩？"

"这重要吗？"范聪回想了好一会儿才开口。"我记得是个女孩。"

"女孩？"陈歌回过头，看了一眼电脑屏幕上的游戏画面。"会不会是小布回来了？"

陈歌思维跳跃幅度极大，范聪还没想明白，陈歌又接着开口说道："一号楼一层就是游戏里小布同学家所在，如果游戏对应着现实，那小布很有可能在那里出现，毕竟'门'就在那里。"陈歌不再犹豫。"我想去那栋楼看看，你要不要一起？"

"现在吗？"范聪打了一个激灵。"凌晨两点多去那地方不太好吧？"

"白天人多眼杂，想要做什么都会感到很拘束，还是晚上好。"

"陈老板，不是我胆子小。"范聪拿起桌上的可乐喝了一口，似乎想要通过这种方式缓解自己紧张的情绪。"老太太在看见那孩子后不久就去世了，突发性心脏病，救护车赶到的时候老人已经不行了。当时我也在场，曾听急救人员说过，老人年龄大了，心脏病突然发作，她自己是不可能拨打急救电话的，本来这事我也没放在心上，但是今天跟你一交流，我越想越奇怪，屋子里就住着老太太一个人，在她病发失去行动能力的时候，谁会去帮她拨打急救电话？"

"这不正好说明她看见的那个孩子没有害她的意思吗？可能只是路过。"

"大哥，你这也太乐观了吧？"范聪摇了摇头。"现在过去，我总觉得不太踏实。"

"算了，你还是留在这儿吧，咱们俩电话联络。如果你在楼上看到什么奇怪的东西出现，记得电话里告诉我。"陈歌说完就提着背包朝外面走去，范聪想要劝说，但看着陈歌完全不知道该怎么开口。

从楼道里走出，陈歌独自一人站在黑漆漆的小区里。

"荔湾鬼镇难度等级为三星半，最终对手肯定比高医生要强，如果我能找到小布，让所有受害者联合起来，那这个任务的成功率就能大幅提高。"

在陈歌看来，小布推开"门"只是个意外，虽然那扇失控的"门"可能是荔湾镇会变成现在这副鬼样子的根源，不过罪魁祸首并不是小布，她也是一个受害者。

陈歌来到一号楼，进入楼道当中。一号楼一单元一层有左、右两个房间，老太太住的是西边那户，姜龙住的是东边那户。

陈歌看着面前锈迹斑斑、落满灰尘的铁门，拉开背包拉锁，按下复读机开关，然后拿出手机给范聪打了个电话。"范聪，我已经进入楼道了，现在有个事想跟你确认一下。"

"什么事？"

"一号楼里现在还有住户吗？"陈歌伸手握住锤柄，如果这楼内没有住户，或者住户都住在顶层，那他就考虑用暴力开门了。

"我前几天还见三楼的大姐出去买菜，应该有人住的，不过只有两三户。"范聪的回答让陈歌有些失望，他松开了锤柄，拉上背包拉锁。"你问这干什么？"

"有人住，那我就要多注意一点了。"陈歌走出楼道，提着背包趴在外面的窗户上，朝里面看。

"陈老板，这凌晨两三点，你趴人家窗户上，万一被人撞见，多吓人！"

"你再废话，我就挂电话了。"陈歌瞳孔慢慢缩小，他在使用阴瞳查看屋内的情况。

这房子两室一厅，有八十多平方米，里面装修很简陋，不过摆放着许多手工制作的小工艺品，有自己的风格，可以看出住在这里的人很热爱生活，是个精致幸福的人。屋内陈设和陈歌知晓的故事完全不同，也跟姜龙的身份不符。陈歌觉得姜龙最开始接触小布母亲的时候，很可能曾许诺过对方什么，让小布的母亲真正爱上了他，等到对方沉浸在幸福当中的时候，再换上另外一种面目，把绝望和残酷带给对方。毕竟想要推开门，必须要让一个人彻底绝望才行，从心灵到肉体。

陈歌移动视线，看到了摆在客厅的壁橱。壁橱外面是美好幸福的生活，里面却是囚禁和折磨。这极度的反差就像小布的游戏一样，画风改变之前，阳光明媚，充满色彩，画风改变后，到处都是杀人狂和怨念，一切都已经扭曲变态。

"失控的'门'应该就在这里。"陈歌在几扇窗户前面走了半天，发现卫生间的窗户被人砸碎了一小块，可能是孩子踢球时不小心踢到了。"就从这进去吧。"

陈歌拿出碎颅锤，将缺口扩大了一点儿，然后伸进手打开窗户里面的锁，进入屋内。他唤出许音跟在身后，然后直接来到客厅，将壁橱推开。"跟游戏里差不多。"

壁橱下面有一块和地砖颜色一样的木板，将其掀开后，露出了一条密道。

"这下面空间还挺大。"陈歌研究了一会儿木板，觉得这应该不是小布推开的门，他准备进入地下密室里看一看。陈歌挂断电话，沿着木梯来到密道底部，打开手机自带的照明功能。他让许音打头阵，确定没有危险后，才进入其中。

他弯腰前行，走了三四米后，面前出现了一扇铁门，上面贴着警方的封条。

可能是在地下受潮的原因，铁门上满是红色的锈迹。

陈歌试着推动房门，让他惊讶的事情出现了。

这扇门仿佛和周围的土地长在了一起，形成了一个整体，不管他怎么推，都无法将门推开。

"上锁了？"陈歌检查了一下铁门，连锁眼都没有看到，根本不存在上锁这种可能。

"看来只能采取其他方法了。"陈歌拿出碎颅锤，简单计算了一下这里和地面的距离。"在这地方弄出声音，楼上的住户应该不会察觉。"

他往后退了几步，然后扬起碎颅锤，重重锤击在铁门边缘！

血红色的锈迹震落了一地，头顶的泥土大块掉落，给人的感觉就像是这里快要塌了一样。

"嘭！嘭！嘭！"

陈歌连续几次全力挥击，铁门终于被锤开，头顶的土掉落在身上，他感觉自己的身体都在摇晃。此地很危险，不过既然来了，不进去看看，这不是陈歌的风格。

他看着被自己锤开的铁门，伸手抚摸铁门边缘。在铁门和泥土连接的地方，有很多如同枯死的植物根须一样的东西，大多是灰色的，还有少部分是血红色的。

"这是从门内爬出来的血丝？失控的'门'和正常的'门'到底有什么区别？"陈歌检查着面前这扇铁门，越看越觉得奇怪。"门整体嵌在通道里，极不方便打开，我一个成年人都很难推动，更别说小布了。"

陈歌怀疑这扇门并不是密室里小布推开的门，而是警方后来专门安上的，为了防止有人进入密室里。

"门上贴有警方的封条，看不到锁眼，与其说这是门，不如说是堵路的铁板更加恰当。假设这门是警方安装的，那密室里真正的门在哪里？"

陈歌观察着铁门边缘，很快有了发现。在铁门内部，距离铁门稍远的地方有一个血红色的木质门框。可奇怪的是，门框还在，门却不见了。

"密室里应该还有第二扇门，可这门哪去了？失控后，门会消失？还是被警方当作证物拆走了？难道他们在门上发现了什么？"陈歌嘴里小声嘀咕，他扬起手机，当光亮照向铁板后面的密室时，他愣了一下。

铁门后面是一间大概三十平方米的密室，在密室中央放着一个大铁笼，里面扔着一套套毛绒娃娃外衣。就在此时此刻，那一堆毛绒娃娃外衣中间好像站立着一个女孩。

"小布？"

许音没有预警，陈歌握紧碎颅锤慢慢靠近，往前走了一两米，当他绕到那"女孩"跟前时才发现，这是一个假人。假人脸上用红色圆珠笔写满了姜白两个字，看着有些吓人。"姜白是姜龙的女儿，为什么这假人脸上会写她的名字？"

陈歌很快又有了新的发现，铁笼的门没有锁，铁笼里所有毛绒娃娃外套上都用彩笔写上了三个字——张初语。这个名字陈歌也有印象，姜龙的原配妻子就是她。

"难道小布后来为了报复，让张初语也穿上了所有的娃娃外套，还把她也关进了铁笼里？"小布在密室里推开了门，进入门后的世界，她年龄那么小，能活着从门后世界出来的概率几乎没有。按照陈歌的猜测，当小布再出来的时候，她已经变成了红衣。

"姜龙一家四口,姜小虎被送进了精神病院,姜龙出车祸死亡,妻子和女儿失踪,这些都是小布做的?"

红衣大多是某种情感到了极致,或是痛苦,或是怨恨,他们实力要远超普通怨念,但他们同样也受到情绪的支配,会更加冲动和疯狂,拥有极强的破坏欲。小布做出任何事情陈歌都不奇怪,让他想不通的是,小布是怎么将张初语和姜白弄到荔湾镇里来的?

红衣虽然不像普通怨念那样,需要寄托在生前的某件物品上,但他们也无法离开自己所在地太远。强如张雅,也是一直待在西城私立学院里,直到她的情书被陈歌抽中以后,她才从西城私立学院里出来。而张雅能够自由活动,则是因为她把陈歌的影子当作了自己寄托之物,换而言之,陈歌就是她执念的寄托,所以她才能跟随陈歌在江州到处跑。

"有人帮小布把张初语和姜白送了过来?"陈歌自己经常和怪物打交道,他知道怪物有时候也是可以沟通的。他现在很怀疑是幕后黑手和小布之间达成了某种交易,对方将姜龙一家交给小布处置,而小布也要帮他做事。

"怪谈协会也曾掌控过荔湾镇的门,听高医生说,他们还将怪谈协会积攒下来的一些东西存放进了这扇门内,那和小布做交易的会不会是他们?"陈歌仔细思索,觉得可能性不大。"怪谈协会可能是被东郊的影子给坑了,这扇门和第三病栋那扇不一样,本身就是人为制造出来的,是影子的布局之一。"

站在一个旁观者的角度,陈歌看得更加透彻。怪谈协会的活动范围主要集中在西郊和北郊,他们却偏偏在东郊发现了一扇门,这背后说不定就是影子在搞鬼,估计想要连同怪谈协会也一口吞掉。全盛时期的怪谈协会拥有普通怨念无数、红衣数位,再加上吴非这个疯子里的天才和高医生这个天才里的疯子,可就算这样仍可能被影子给算计了,这也让陈歌对东郊的幕后黑手更加忌惮了。

"高医生临死的时候还提到了东郊这扇门,看来东郊也给他留下了很深的印象,他跟东郊的影子恐怕也交过手,只不过并没有占到便宜。"陈歌其实很想借助高医生的力量,但是对方现在连人都找不到了,想了想他还是放弃了这个危险的想法。

密室顶部的泥土不断脱落，这地方陈歌感觉很不安全，似乎随时都会坍塌一样。搜索一圈再无其他收获，陈歌准备离开。"连接两个世界的门，通常会在午夜零点出现一分钟，失控的门不知道是否还保留着这个特性，下次我倒是可以卡着时间再进来看看。"

警方并没有发现门的秘密，很有可能就是因为错开了时间，毕竟警察也是人，谁会没事在晚上十二点跑到案发密室当中呢。

陈歌叫上许音，从密室里爬出，将木板合上，把壁橱复原。他看着屋内摆放的各种手工艺品，再想想密室铁笼里那厚厚的毛绒玩偶外套，陈歌心情也有些复杂。"绝望是本就存在的东西，活着已经够辛苦了，为什么还要去做这些无意义的事情。"

陈歌从卫生间窗户翻出，然后将没有了玻璃的窗户关好。他看了下表，现在是凌晨三点，正好是夜色最深沉的时候。"完成了灵车试练任务，归还了电动车，还查看了一下姜龙家的密室，要做的事情已经全部做完，该回去了。趁着天没亮赶紧把灵车开回去，等天明以后万一遇见交警那可就麻烦了。"黑色手机上说灵车最好是在雨夜的十二点以后上路，这一点陈歌牢记在心，他可不想自己的车子第一次上路就被警察扣下来。

范聪家住在顶楼，陈歌嫌上楼下楼比较麻烦，拿出手机准备给范聪打个招呼就离开。

手机刚打通，只响了一下，话筒那边就传出范聪的声音。"哥！你怎么把人家窗户给砸了！不是说好只是去看看吗？"

"我看过四周了，没有监控。"陈歌提着包站在楼边，雨已经快要停了。

"不是啊！这跟监控有什么关系！"

"我也是为了破获凶杀案，遇难者家属天天以泪洗面，更重要的是不抓住凶手，很快就会有新的受害者出现，你想想你们活在这样的恐惧当中，不害怕吗？而我砸碎一块玻璃，可能挽救一条甚至几条人命，与人命比起来，一块本来就有破损的玻璃重要吗？"范聪没话反驳，被陈歌这么一说感觉还真挺有道理。

"对了，我砸玻璃之前，特意把电话挂了，你是怎么知道的？"陈歌是个很注重细节的人，这也是他能活过那么多次试练任务的原因。

"我一直在楼上看着你啊,如果你出事,我准备报警的。"

陈歌听范聪说完这句话后,仰头朝范聪家看去。对面那栋楼顶层靠左的一个房间里透出淡淡的光亮,范聪就站在窗口,拿着手机,见陈歌往上看,还专门给陈歌摆了摆手。

"陈老板,我是真佩服你,凌晨两三点敢一个人跑到凶宅里去,厉害。"范聪说了半天,却没有陈歌的回应,他站在楼顶朝楼下看,陈歌手机放在耳边,身体好像石化了一样,呆呆地站在原地,保持着向上看的姿势。

"陈老板,说话啊?"范聪见陈歌有些异常,自己也莫名其妙地慌了起来。"你可别吓我啊!你是不是中邪了!靠!我就说千万不能去那里!"

"你先别说话。"手机里传出陈歌的声音,也不知道是不是心理作用,范聪觉得陈歌的声音好像跟之前有些不一样了。

"怎么了?"

"你保持这个姿势别动,注意,千万不要回头!"

范聪第一次听陈歌用这么严厉的语气说话,他连忙答应下来。"好,我不回头。陈老板,难道我背后有什么东西吗?"

范聪嘴上说不回头,但是心里却控制不住地想要回头看,他感觉有一股凉气顺着脊柱涌上了大脑。

"没事儿,你现在把拿着手机的那只手,往后伸一些。"

"这样吗?"

"对,再往后,好的,就是这个位置。保持住,别乱动。"陈歌站在楼下,双瞳缩小成一点儿,目光直直地盯着范聪所在的房间。微弱的光亮从屋内透出,范聪站在窗口,一手死死抓着自己的睡衣,另一只手拿着自己的手机伸到了脑后,就在他手机旁边不远处,站在一个身穿红衣的女孩。

这孩子脸上没有清晰的五官,取而代之的是几个黑色的孔洞,黑色的头发垂落在血红色的衣服上。她没有眼睛、鼻子、牙齿,手脚也被红衣遮挡,看不出年龄、身高和外貌,一切似乎都是未知的。

"红衣……"

"啥衣?陈老板,到底怎么了?你别故意吓我啊!我保证不把你砸玻璃的事说出去！"

"你先别说话！让我跟她交流。"陈歌简单整理了一下思路，突然出现在范聪房间里的红衣女孩极有可能就是小布，陈歌之前就猜测这孩子是躲在了游戏最深处。游戏里所有孩子都叫小布，所有悲剧都发生在了小布身上，这肯定是有原因的。陈歌拿起手机，先表明了自己的立场。"你别冲动，需要什么、渴望得到什么，都可以给我说。"

卧室里范聪和他身后的红衣女孩都没有动，就好像时间静止了一样。发现女孩没有伤害范聪的意思，陈歌又继续说道："我没有经历过你的痛苦，不敢说能够完全理解你，但请你给我一个帮你的机会，或许我们可以坐在一起聊一聊。"

范聪身体在打战，他听着陈歌在手机里说的话，感觉不是自己疯了，就是陈歌疯了。"大哥，你在跟谁说话啊？"

陈歌没有理会范聪，他自己都不敢在毫无保障的情况下，单独和陌生的红衣待在一起，但范聪做到了。

"我见过很多像你一样的孩子，或许他们的遭遇和你比起来不值一提，但至少在我的帮助下，他们重新找到了生活的方向。"陈歌玩过小布的游戏，他在背包里翻找，拿出了一个十分破旧的手机，将手机怨念童童唤了出来。"看到我旁边的孩子了吗？那个游戏里有他的身影，你应该知道他的故事，我帮助他完成了心愿，惩治了伤害他的人，这些东西你可以去问他。"童童也明白到了该表现的时候，他点着头，努力露出开心的笑容，但似乎很久没有笑过，他的笑容有些难看。

听着陈歌手机里的话，范聪看着陈歌旁边空荡荡的地面，崩溃地说："啥意思啊，怎么又多出来一个？我这屋里现在到底有几个人？"

红衣女孩之前似乎见过童童，她脑袋朝一边倾斜，考虑了一会儿，抬起了袖子。陈歌看不见她的手，只能看到血红色的袖子对着窗户挥动了几下。片刻后，范聪家窗户外面开始渗出鲜血，那血迹形成了几个字——你再来荔湾，会死的……

血字浮现在窗户上，陈歌和范聪都看到了。

只不过两人的反应完全不同，陈歌微微皱眉，而范聪在看见血字的时候终于扛不住了，腿一软坐在了地上。

"会死？"红衣女孩如果真是小布，那她可不是一般的红衣，而是推开了"门"

的红衣,这样的红衣应该察觉得到张雅的存在。

"就算拥有张雅、许音,我仍旧可能会死?"陈歌没有跟红衣女孩交代自己的底牌。他真正的打算,是带上门楠、红雨衣和隧道女人,凑齐五位红衣再来做荔湾鬼镇这个三星半任务。

听到手机里陈歌的声音,红衣女孩又一次挥动袖子,窗外出现了新的字——他已经发现你了,再来荔湾,你会死的。

"他?"看着窗户上的那个血字,陈歌敏锐地获取到一个信息,东郊的幕后黑手可能是一个男人,或者说他以前可能是一个男人。血字出现了一小会儿就消失了,陈歌还想要问红衣女孩更多的东西,但试了几次后,陈歌发现,不管他问什么,红衣女孩的回答都是那句话。

下次再来荔湾镇,他就会死。

没有掺杂任何情绪,红衣女孩仿佛就是在说一件事实,她觉得这件事不存在其他可能。

几分钟后,坐在地上的范聪实在忍不住了,他胳膊都已经完全僵住,脑子里也是一片空白,在活动身体的时候,脖颈本能地往后扭动了一下。红衣女孩好像并不愿意被更多的人看到,在范聪脖颈转动的时候,她消失了,也不知躲到了什么地方。

"陈老板,你看见我屋子里有东西?我怎么什么都看不见啊!"范聪被吓得不轻,一开始他还觉得有可能是陈歌故意在吓唬他,但是当窗户上浮现血字的时候,他就彻底慌了。

"你待在屋里别乱动,我马上过去!"

"好,那个,你能不能别挂电话?我有点儿害怕。"

陈歌一口气跑到了顶楼:"开门,范聪。"

过了半天房门才打开,范聪扶着墙,走路都有点儿不稳。"陈老板,刚才我背后到底有什么啊!你给我透个底,你什么都不说,我自己瞎想感觉更害怕了!"

范聪也算是见证者,陈歌没有隐瞒,说:"刚才你身后电脑桌上站着一个很可爱的小女孩,我怀疑她就是游戏里的小布。"

"小布?"范聪愣在原地。"她从游戏里跑出来了?!"

"声音小点,你哥明天还要上班,别把他吵醒了。"

"都啥时候了,还上什么班啊!明天还是搬家算了。"范聪今晚是真被吓住了,玩鬼屋就算被吓晕,他潜意识里会安慰自己那些都是假的,但这是在他自己家,以后估计他每晚一闭眼都会想到这房间里发生过的事情。

"你先别急,咱们好好梳理一下。"陈歌拽着范聪进入他的卧室。屋内一切都和他离开时一样,没有任何变化,陈歌走到电脑旁边,看了看那款游戏,游戏里的小布也没出现什么异常。

"陈老板,你也别劝我,我必须要搬家了。太吓人了,那个游戏我也不玩了,你带走吧,电脑也送你了。"

"冷静。"陈歌轻拍范聪肩膀。"那个女孩长得很可爱,不像是坏人。"

"关键是她长得再可爱,我也害怕啊!"范聪坐在电脑桌边,又好像突然想起了什么,把椅子往后挪了挪。

"她并不想害你,如果她想要害你,你早就出事了。"陈歌看着电脑屏幕里的游戏,"你们小区里现在一共住了多少人?"

"这小区大多数人都搬走了,现在估计就剩一两百人吧。"范聪不清楚陈歌的意思。"你问这干什么?"

"小区里有一两百人,那孩子为什么偏偏选中了你?"陈歌看向范聪,有些疑惑。

"因为我倒霉呗,失业,失恋,被人嘲笑,彻底的人生输家。"范聪脸上的肥肉轻轻战动。

"恐怕正是这样,那个女孩想要帮你。"

"帮我?"范聪慢慢冷静了下来。

"你把获得这游戏前后发生过的事情,详细跟我说说,这个女孩选择你一定是有原因的。"陈歌也觉得奇怪,小布的游戏为什么偏偏被范聪遇到。

范聪双手握在一起,思想斗争了很久才开口说:"好吧,不过你要答应我,别把这些事情告诉我哥,我不想让他为我操心了。"

"嗯,没问题。"

"其实前段时间我已经完全绝望了,工作干了几年,很不顺心。我可能属于那种天生就不受待见的人,从上学到上班,一直是被排挤的那个。几个星期前,领导很委婉地给我做思想工作，希望我能自己离开，我同意了。"范聪终于说了实话，将心底压着的事告诉了陈歌。"回到家我给女朋友打电话，我向她抱怨，她很有耐心地听完，然后很平静地跟我说分手。她说她厌倦了听我讲这些，她已经连假装爱我都做不到了。我向她认错，想各种办法补救，但无论我做什么，都没有用。后来我买了礼物去她公司门口等她，结果看见她和一个很高很帅的男人走在一起。我问她的同事，她同事根本不知道我曾经是她男朋友，只说人家两个已经谈了很久，好像都准备订婚了。"

范聪脸上的肥肉挤在一起，双手握在一起，越来越用力。"我也不知道自己是怎么回的家，当时脑子很乱，特别特别厌恶别人、厌恶自己，只想'离开'这一切。我来到了楼顶，站了三四个小时，每次准备迈出那一步的时候，总能听见有人在轻声喊我名字。从下午站到天黑，可能是因为太饿了，我突然很想吃我哥做的菜，然后我就回家了。再后来，我就找到了这个游戏，把自己关进了房间里，没日没夜地攻略。"

"往前看，以后会越来越好的。"陈歌轻声安慰。"我大概明白小布找上你的原因了，你在最绝望的时候，估计也是她拦住了你。或许在她看来，你们都是绝望的人，你应该更容易理解她的处境。如果不是她，你已经不在这个世界上了，正因为她的阻拦，你才活了下来。她在你最绝望的时候救了你，你又有什么理由去害怕这样一个可爱的女孩呢？"陈歌的声音平静温暖，似乎蕴含有一种特殊的力量。

范聪仔细想了很久，他觉得陈歌说得很有道理。"死了，就什么都没有了，连追求幸福的机会都没了，你说的对，我应该感谢她。"

"其实你之前给我讲老太太的故事时，我就想到了小布。老太太住在小布家旁边，她看到的女孩很可能就是小布。"陈歌望着电脑屏幕上那个穿着自己母亲睡衣的小女孩。"独居的老太太突发心脏病，在邻居都不知道的情况下，有人拨打了急救电话，你觉得这个电话会是谁打的？"

"小布？"

"除了她还会有谁？从这件事也能看出，这孩子还有基本的善恶观。"陈歌把范聪的椅子推到电脑前。"所以你就放心地玩这个游戏吧，小布是不会无缘无故伤害你的，她让你遇到这款游戏，应该是想要把自己的故事和委屈告诉别人。"

"只有这些？她也需要倾诉？"范聪声音很轻，他坐在电脑前面，还是有些不适应。

"这应该是她制作这款游戏的原因之一，至于其他原因，恐怕要等到彻底通关游戏才能弄清楚。"陈歌见范聪没有那么紧张了，他自己也松了口气。"加油吧，那孩子可能现在深陷在游戏最深处，被绝望和痛苦纠缠，她曾经救了你一次，现在轮到你来救她了。"

"她就躲在我的电脑里？"范聪目光慢慢变得坚定，他双手重新放在键盘和鼠标上。"明白了，我一定会尽快将这个游戏打通。"说完，他退出游戏界面，将电脑里的D盘、E盘和F盘全部清空。"对了，陈老板，刚才窗户上浮现出的那些血字你看到了吧，那也是小布写的？"

"应该是。"

"可她为什么要给你说，如果你再来荔湾镇就会出事，我们住的这地方有那么危险吗？"范聪似乎害怕陈歌误解，又补充了一句。"我是担心我哥，他性格毛毛躁躁，大大咧咧，很让人不省心。"

"暂时江州东郊会比较乱，你们晚上不要随便出门，等过一两个星期应该就好了。"

"一两个星期？好的。"范聪也不知道陈歌嘴里这个时间是怎么推算出来的，不过他选择了无条件相信。

"有事记得跟我联系，最近这几天我不会来荔湾镇。"小布的留言还是引起了陈歌的注意，他一向都很谨慎，不会拿自己的生命去冒险。

陈歌交代完就离开了，他必须要趁着夜色把公交车开回新世纪乐园。上车后，陈歌看到了被他放在公交车后排的小男孩，这孩子仍旧昏迷不醒。丢孩子的父母肯定急坏了，等会儿把公交车开回乐园，就直接把这孩子送到西城派出所吧。104路公交是从西郊开往东郊的，这孩子应该是中年女人在西郊偷来的，交给西城派出所也没问题。

"郊区监控比较少，不过还是不能大意。"陈歌打开漫画册，又将司机唐骏唤了出来。"考虑得怎么样了？"

唐骏在白秋林、老周等众多员工轮番洗脑的情况下，态度好了很多。他本身不是什么大恶之徒，死亡完全就是交通意外，心里也没有什么仇怨，唯一的执念就是对家里亲人有些不舍。

"我无所谓，反正是开车，给谁开车都一样，不过你如果能让我再去见家人一面，以后我就死心塌地跟着你干。"

"你家在哪儿？"

"怎么了？"

"你来开车，咱们现在就过去。"

……

二十分钟后，唐骏从东郊一个破旧的小区里走出，他身体变得虚幻了很多，几乎快要消散，似乎执念不再强烈。等他上了公交车后，身体才慢慢恢复。

"这么快？不多陪他们一会儿吗？"陈歌还在看黑色手机上的任务信息，唐骏已经回来了，只用了不到三分钟的时间。

"我没上楼，就在楼下面站了一会儿。"

"不去看看他们吗？"

"想了想，还是算了。"

"没事，以后如果你想来，只要提前给我打个招呼，随时可以来。"陈歌对待员工一直很好，都是把他们当家人来看待。"不过你也要注意，当执念消散的时候，也就是你消失的时候。"

"嗯，我明白。"司机唐骏握着方向盘，启动了公交车。

第 13 章 幸运的怨念眷顾者

早上四点多,天蒙蒙亮的时候,104 路公交车开到了新世纪乐园附近。

当看门大爷看到陈歌出去一晚,然后开着这么个大家伙回来,眼珠子都快要瞪出来了。看门大爷再三询问,确定陈歌没偷、没抢,这只是道具后,老爷子才放陈歌进去。

公交车停到了鬼屋后面的空地上,然后陈歌把唐骏收进漫画册。

"开着公交车确实有点太招摇了。"陈歌打开车门,看到车辆最后一排躺在座位上的孩子。在他过来的时候,那孩子的睫毛在轻轻战动,嘴唇也轻轻地绷紧。

"你醒了?"这孩子很聪明,天刚亮的时候应该就醒了,但他一直在装晕。男孩发现自己的小伎俩被陈歌识破,怯生生地从座位上爬起,也不说话,偷偷地看着陈歌。

"别怕,叔叔是好人,昨晚就是我把你从坏人手中救出来的。"陈歌牵着男孩的手走下公交车。"孩子父母肯定很担心,这事儿不能拖。"

早上五点钟,陈歌牵着小男孩的手来到西城派出所,值班人员看到有人进来,一开始也没特别在意,可等他们看清楚来人那张脸后,立刻清醒了过来。"陈歌,你怎么来了?!"

陈歌也没想到被值班人员认出来,他干咳一声,很快进入状态。"我在去东郊的路上意外撞破了一起儿童拐卖案件,我这人你们是知道的,眼里容不得沙子,有很强的正义感,经过一番殊死较量之后,我终于将这孩子救出。"

"有正义感的人,可不会天天把正义感挂在嘴边。"西城派出所里三名值班民警全都过来了,其中有一个之前曾和李三宝一起,负责过暮阳中学藏尸案,对陈歌印象很深。"你这事情我做不了主,我们所长和李主任都交代过,一旦某个案件涉及你,必须要先跟他们请示,然后才能做决定。"

"这次不是命案,应该没那么严重吧?"陈歌还有事,他的原计划是把孩子往这里一放,自己就可以安心走了。

"合着在你眼里只有命案才算严重啊,你这个思想很危险。"那名警察直接拨打了李三宝的电话,剩下两名警察,一名将孩子带到一边,另一名就守在陈歌旁边,高度戒备。几分钟后,和李队通电话的那名警察从办公室走出,神色古怪地看着陈歌。

"李队怎么说,我现在能走了吗?"陈歌一晚上没睡,九点乐园就开始营业了,他想着回去补觉。

"走是不可能了。"警察那手里的资料放在桌上。"昨晚九点,有一对年轻父母来报案,说自己孩子丢了,他们提供的孩子照片就和你找回的这个孩子一样。"

"这好事啊!也节省你们时间了,直接把孩子还给人家不就行了。"陈歌不解,"难道是孩子父母想要当面感谢我?不用那么麻烦。"

"不是,我们想要请你配合一下。"那名警察翻开资料,里面记录了好几个孩子的信息。"这些是西郊最近几个月失踪的孩子,他们这几起案子都有一个共性,都是发生在雨夜。我们一直在跟进这案子,通过走访调查,有目击者曾看到一个中年女人进出过案发现场,而就在昨晚这个男孩失踪的时候,小区里也有人看到了那个女人。"

"连续好多起?"陈歌知道这些案子应该都和东郊的幕后黑手有关,只是他也不清楚对方为什么需要这么多孩子。

"是的,这案子影响非常恶劣,在案件高发的那几个地区甚至还流传起了一个故事。说每当下雨的时候,就会有一个挎着篮子的中年女人出现,她因为无法生育，被丈夫赶出家门，因此憎恨起了男人和孩子，会用各种各样的方法将孩子带进街道深处，然后把孩子藏起来。"

"这不就是典型的都市怪谈嘛，做不得真的。"陈歌没想到警察会突然说这个。

"当地流传的一些怪谈、都市传说，其实大多都是有故事原型的，不能全信，也不能完全不在意。"警察说完，看向陈歌。"孩童丢失案一共发生过七起，这孩子是唯一一个被找到的，而你是唯一一个和嫌疑人打过交道的，所以我必须要把你留下来。"

"行吧，我全力配合你们调查。"陈歌知道自己是走不了了，给自己倒了杯热水，坐在椅子上。"不过话说回来，配合归配合，那你们也不能老让我配合。最开始的时候我为平安公寓灭门案提供关键性线索，你们还奖励我五万块钱，现在别说钱了，连个奖章、表扬通告都没有，这不太合适吧。"

看到陈歌一副要无赖的样子，警察被气乐了。"放心吧，所有功劳市分局那边都有记录，以后说不定会给你颁发一个荣誉市民、江州十大杰出青年之类的称号。"

"还有这好事，那我是不是有可能上电视啊？"

"你先配合我们把案子顺利破了，那些都会有的。"

"没问题，不过到时候你们一定要和记者沟通好，如果非要采访我，请在我的冒险屋门口进行，这也算是一种宣传。"陈歌很认真地回道。

半小时后李队赶到，陈歌将编好的故事告诉他。他说自己骑着电动车去东郊，经过一个车站的时候，看到一个中年妇女抱着孩子，好像在等什么人。他心想这黑灯瞎火的，多不安全，就过去准备把他们母子两个送回家。聊天的过程中他发现情况不对，男孩不是睡着，而是昏迷，立刻准备报警，但巧的是手机没电了。后来中年女人自知事情败露就逃走了，陈歌追了一会儿，觉得还是孩子的安全最重要，所以就把孩子带了回来。被拐的孩子在末班车上一直处于昏迷状态，陈歌也不担心这孩子会说漏嘴。

几名警察听完后，都觉得不可思议，出门溜达一圈就能碰见拐卖儿童案的嫌疑人，眼前这个男人从某种程度上来讲，已经不能用正常的眼光来看待了。在陈歌描述完中年女人的长相后，李队同意陈歌离开，他也知道陈歌的鬼屋白天要营业。

早上七点,陈歌被警车送回新世纪乐园,看门大爷看着朝自己走来的陈歌,他都忘了这是自己今天第几次看见陈歌了……

"马上乐园就要开门营业,我还是别睡了。"陈歌冲了个凉水澡,强打精神换上干净的衣服,简单打扫了一下鬼屋的卫生。

全部弄完后,陈歌就拿着黑色手机开始研究上面的试练任务。这几个新出现的试练任务都在东郊,要想扩建鬼屋,东郊必须要去。小布当时给他的忠告是再去荔湾镇就会出事,但没说不能进入东郊。如此想来,最稳妥的办法就是暂时不去荔湾镇,等把其他几个三星试练任务做完后,再集合所有员工一起过去。

"就算拥有张雅和许音,小布仍旧觉得我必死无疑,看来我的实力和东郊幕后黑手比起来还是有很大差距的。"陈歌滑动手机,思考着弥补差距的方法。闫大年的特殊能力必须要尽快解锁,还有白秋林,他吞掉了熊青,拥有了被染红的心,但是实力增长不太明显,还要吞食更多怪物才行。陈歌将鬼屋所有成员过了一遍,发现如果不算张雅的话,自己这边的实力远远不如当初的怪谈协会。遇到危险,一旦张雅和许音被拖住,那自己就已经凉了一半了。

"鬼屋里能拿到台面上来的员工还是太少了。"陈歌思考片刻,打开黑色手机,看着其中的某一个选项。"这个恐怖转盘倒是能抽出怨念来,可现在的问题是再抽出两个怨念,我那个'怨念眷顾者'的称号就会升级。我身边有张雅和许音,普通的怨念对我没有太大威胁,这个称号正好适合现在的我,但如果这个称号升级了,那以后很有可能会吸引到更危险的东西过来吗?万一张雅和许音也应付不了,那我岂不是又要回到以前那种胆战心惊的生活了。"陈歌依稀想起了自己刚抽出张雅的那段时间,那时候他还不知道红衣和普通怨念的区别,初生牛犊不怕虎,硬是用一颗真心把张雅给稳住了。

"引起张雅讨厌会被杀,太让张雅感动也会被杀,必须要控制好一个度,身上有这一位已经够吓人了,如果再吸引来一些更危险的东西,到时候可就不好收场了。"称号升级后会有太多不可控的事情发生,这是陈歌不愿意看到的。"再抽出两次怨念,'怨念眷顾者'称号会升级,不过从概率上考虑,抽出怨念的可能性并不大,我现在还有两次机会……"陈歌有点儿心动了,恐怖转盘其实是黑色手机上很重要的一个功能,张雅、许音、闫大年,这三个被抽中的怨念给了陈歌很大的帮助，如果没有他们，陈歌根本不可能走到现在。想要增强自身实力有两个途径，完成噩梦级别日常任务，或者从转盘里抽到有用的东西。陈歌获得黑色手机也有一段时间了，但截至今天，他抽取到的东西不是怨念，就是和怨念有关物品，这也让他有点儿绝望。

"从第一次抽奖把张雅抽出来的时候，事情就开始朝着一个谁也不知道的方向发展了。"一晚上没睡，陈歌感觉脑袋有些昏沉。"先抽一次试试吧，反正再抽到两次怨念，怨念眷顾者称号才会升级。"他看着手机屏幕上的恐怖转盘，慢慢抬起手指……点了一根烟。

陈歌站起身绕着自家鬼屋走了一圈，他为了能抽出好东西也是煞费苦心，试过在中午阳光最强烈的时候抽奖，试过在初阳升起、万物焕发生机的时候抽奖，也试过骑着自行车跑到距离乐园一两千米外的地方抽奖，但事实证明这些都没有什么用。要不这次来个以毒攻毒？等到午夜，在一天中阴气最重的时候，站到鬼屋最深处抽奖？陈歌思考了一会儿，还是放弃了这个打算。"还是找笔仙问问吧。"

他进入地下场景当中，准备结合笔仙和流泪雕塑两"人"的能力，推算下自己这一次会不会抽出怨念。

陈歌推开女生宿舍的门，看见一支缠满胶带的圆珠笔，正在纸上无聊地画圈圈。"好久不见啊。"可能是被陈歌亲切的声音给吓到，那支笔向远离陈歌的地方滚去。

"跑什么，我有正事问你。"陈歌握着圆珠笔，询问自己下一次会不会从黑色手机的转盘里抽出怨念。可让他没想到的是，只问到一半，笔仙就有崩溃的迹象，吓得他赶紧停止了。接着他又用会流泪的雕塑试了一下，结果同样如此，似乎只要涉及黑色手机，这些怨念的能力都会失控。

"还真是奇怪，我父母给我留下的这个手机有点儿不一般。"

没办法投机取巧，陈歌也就不纠结了，他进卫生间洗了个手，然后跑到104路公交车上，等心情完全平复以后，点击黑色手机屏幕上的转盘。

陈歌聚精会神地盯着手机屏幕，转盘越转越慢，他的心也提了起来。这段时间积攒下来的尖叫值足够他连抽五次，如果这次没有抽出怨念，他就会继续抽，把尖叫值耗完为止。随着一声轻响，转盘停止，指针停在了某一个地方。

抽奖完成！恭喜你获得特殊道具——诅咒游戏邀请函（中奖概率百分之一）。

诅咒游戏邀请函：诅咒和死亡在这座医院里轮回上演，谁也不知道人性的极限在哪里。

"邀请函？"陈歌仔细读了几遍，终于确定这次抽到的不是怨念。"难道我要改运了吗？一切都好起来了！虽说这邀请函看着也不像是什么好东西，但至少比称号升级要强一点儿。"坐在驾驶位上，陈歌觉得是这辆车带给了自己好运。"只要不是次次出现怨念就行，这才是正常概率。"陈歌心安了许多，他又一次点击转盘。

飞速转动的转盘几秒之后慢慢停止，在陈歌的注视下，手机弹出了新的中奖信息。

抽奖完成！幸运的怨念眷顾者，恭喜你获得稀有类特殊道具——被死者亲吻的电话号码（中奖概率千分之五）！

警察发现，每一位死者在生前的最后一段时间，都拨打了这个电话。

第四次抽中怨念！幸运的怨念眷顾者，当你第五次抽中怨念时，怨念眷顾者称号将自动升级！

陈歌在看到"幸运的怨念眷顾者"这几个字的时候，他心里就出现了不好的预感。被死者亲吻的电话号码，中奖概率千分之五，这个概率比许音和闫大年都低，仅次于张雅，很有可能也是一位红衣！

又一次抽中了怨念，陈歌看着自己的手，说实话，他也有点儿害怕了。"这转盘是不是坏了，上面标的概率全都是假吧。"几分钟后，陈歌平静下来，拿着手机往后翻动。"再抽到一次怨念，称号就会升级，要不要莽撞一次？"称号升级后会出现什么变化，没人知道，一切都是未知。

"刚获得黑色手机的时候，我在它的引导下开始接触这个藏在阴影中的世界，直到今天我也不敢说自己已经完全了解了这个世界。或者说知道得越多，就越明白这个世界的可怕。"陈歌将黑色手机收起。"等到张雅手上的伤好了再继续抽奖吧，要不总觉得不踏实。"

陈歌回到鬼屋，进入道具修理间，在墙角父母留下的那个木箱里找到了两件东西——一张纸条和一张挂号单。纸条皱皱巴巴的，上面写着一个电话号码，010开头，尾数是三个零，应该是座机号码。

"这字条好像曾经被人用力攥在手里，是临死前的挣扎吗，为什么这个号码会被叫作'被死者亲吻的号码'？我拨打这个电话就会遇见红衣吗？"他将纸条叠好放进口袋，又看向另外一个东西。

那是一张盖有新海中心医院刻章的挂号单，挂号科室，挂号费，姓名全都是空白，只有日期那一栏，用鲜红色的颜料，歪歪斜斜涂了几个数字。

"这就是'废弃医院诅咒游戏的邀请函'？看起来挺新的，感觉还不如'第三病栋的挂号单'唬人。"黑色手机新解锁的四星场景当中有一个新海中心医院，陈歌觉得这个诅咒游戏邀请函应该和那个场景有关。"先留着吧，说不定到时候就用上了。"

陈歌对什么诅咒游戏不感兴趣，他想要的只是四星场景，谁如果敢再暗中对他下诅咒，那他会立刻用笔仙和雕塑反推算对方的位置，如果能推算出来，那就直接带着一群红衣杀过去。堂堂正正，不玩那些阴谋诡计。

乐园马上就要开门，陈歌准备等有空了再去尝试，他将诅咒游戏邀请函和那个电话号码收好，走出修理间，打开鬼屋护栏，小顾和徐婉已经来了，陈歌强撑着帮他们两个化了装，然后找了个没人的地方把老周和段月放了出来。

"你俩无论是对突发事件的处理能力，还是临场反应我都很满意，之前的种种表现也证明了你们的实力，今天白天你俩就别待在漫画册里了，出来帮我给游客带路。当然，我也不会白白让你俩帮忙的。"

"能为老板效劳，是我的荣幸，我也很喜欢和游客们待在一起。"老周眼中露出一丝兴奋。

"别玩得太过火了，你们只需要引路，把游客送入场景就好了，今天你俩的身份不是鬼屋演员，而是纯粹的服务人员。"陈歌生怕两人没理解自己的意思，在游客还没进场景的时候就把游客给吓晕过去。

"服务人员？"老周和段月都有些失望。

"如果你俩实在觉得无聊，也可以在游客从场景里出来的时候，给他们一些小惊喜。"陈歌和老周他们待在一起的时间不算短了，对他们两个知根知底，清楚他们的为人，所以才敢尝试一下让他们来引导游客。

"你们在白天出现，会对身体造成一定损伤，这个算作工伤，你俩有什么要求可以向我提，就当作我给你们的补偿好了。"对待员工，陈歌一向十分大度。

"只要能和她一起工作，我别无所求了。"老周偷偷地想要去牵段月的手，结果被段月一巴掌拍开。"一边待着去，我跟你只是逢场作戏。"

"那我们不如假戏真做？"

陈歌看着在自己面前斗嘴的段月和老周，忽然觉得自己有些多余。"你俩是在秀恩爱吗？工作时间，还是稍微注意下比较好，我怕其他员工受不了。"

他从猛鬼换衣间里找出两套不露脸的衣服，让老周和段月换上。"你俩能不说话最好就别说话，千万别暴露自己，出了事记得第一时间通知我。"

"放心吧。"

老周和段月的业务能力很强，这一点陈歌很早就看出来了，有他们在，就算遇到什么突发事件，他们也有能力自己解决。如果所有的怨念都像老周和段月这样，那就好了。

陈歌叮嘱了几句，回到了员工休息室。定了个表，倒头睡去……

快到中午的时候，陈歌被闹钟惊醒，他伸了个懒腰，走出员工休息室。"该吃饭了。"

老周和段月果然没有让他失望，他们打理得井井有条。段月声音很好听，她负责和进入屋内的游客交流，老周则负责带着游客进入各个场景，为了缓解紧张的情绪，老周不时还会讲几个段子和冷笑话活跃一下气氛，非常尽职。

"辛苦了，你俩回去休息吧。"把老周和段月送回漫画册里以后，陈歌又专门跑到监控室调看监控，确保老周和段月没有捅娄子。

"他们两个感觉比我都适合。"彻底放下心来，陈歌走出鬼屋和徐叔打了个招呼。

"今天你倒挺老实，游客反响很好，还有几个外国人慕名而来，说你跟他们交流完全无障碍，你记得你英语不是很差吗？"徐叔脸上带着笑意，其实他要求并不高，只要陈歌不惹麻烦，他就很满足了。

"活到老学到老，别说英语了，我还自学了画画和拉小提琴，以后有机会可以给你表演一下。"陈歌看着鬼屋门口长长的队伍，很是满意。

他又进入休息厅看了看游客们的通关记录，截至今天，三星场景"活棺村"被通关了两次，游客们已经找到了攻略这个场景的办法。三星场景最多一次进入十五个游客,他们就专门凑够十五个人再进去,然后用最快速度找到嫁衣,轮换着携带嫁衣。一旦某个游客被嫁衣里的执念吓崩溃,或者吓晕,旁边的人会立刻抱起嫁衣继续往场景外面冲。之前的那个游客会被战略性"放弃",就这样一个接着一个,最后把嫁衣给运送出场景。那场面,如果配上合适的背景音乐,即悲壮又震撼。

"一旦被游客摸索出通关方法,这个场景的难度就会暴降,通关的人也会越来越多。"三星场景被通关,陈歌一点儿也不着急。当游客们还在绞尽脑汁玩命想要通关其他两个三星场景的时候,陈歌已经开始为三星半甚至四星场景做准备了。"真期待游客们进入四星场景的样子,到时候我的鬼屋会彻底爆火一把。"

傍晚六点鬼屋停止营业,六点半的时候最后一批游客才出来。陈歌等到小顾和徐婉下班后,一个人回到员工休息室。

"早上补了一觉,现在倒也不是太困。"陈歌将口袋里的那张纸条拿了出来。"该去把这位员工接回来了,抽中他的概率比抽中闰大年还要低,他应该是一位红衣。"

陈歌反复研究过那个号码之后,拿出自己的手机,将其拨通。

现在是晚上七点钟,乐园里的员工都已经下班,周围非常安静。电话打通了,但是却没有人接听,忙音在耳边回响。"现在使用座机的人已经很少了,这个号码到底有什么隐藏的含义?"

在响到第十四声的时候,电话终于被人接通。陈歌屏住了呼吸,他没有开口说话,竖耳倾听,电话那边传出了一种奇怪的声音,好像是什么东西在燃烧。酒精、煤气燃烧,火焰会很安静,只有木材燃烧时,才会发出这种噼里啪啦的声响。

十几秒后,陈歌见电话那边还是没有人开口,他便试探着问了一句:"你好?请问有什么可以帮你的吗?"

对面有酒瓶掉落的声音,好像有什么东西洒了出来,火烧得更旺了。

"你好!有人在吗?"电话被人接通,说明此时电话附近一定站有人。"难道是火灾?!你还好吗?请立刻告诉我你的位置!"陈歌紧张了起来,大声喊道。

"能和你聊一会儿吗?"火依旧在烧,升腾的火焰里还夹杂着另外一个声音。他的声音很好听,只是嗓子哑了。

"好啊，我现在也没什么事。"陈歌就担心对方一直不说话，只要能交流，他就能得到有用的信息。"那你想要聊些什么呢？"

过了许久，他才回答："不知道。"语速很慢，他好像一直在思索。

陈歌听出对方语气不对，他也不敢随便开口，担心刺激到对方。"我们来想些开心的事情吧？"

"开心的事情有很多，大家都很开心，我知道自己也应该表现得很开心，可我就是开心不起来。"

"放轻松，那我们来想些美好的记忆怎么样？"

"回忆吗？"男人再次沉默，但手机那边火焰燃烧发出的声音却越来越清晰。"小时候，我爸妈经常吵架，为了生活。"

听到第一句，陈歌觉得不对，这可不是什么美好的记忆，他想要打断对方，但手机那边的男人却根本没有要停的意思。

"我母亲管我很严，望子成龙，我也一直是个很乖的孩子，有些腼腆，不爱说话。小学的时候我学习还算不错，可六年只得到过一次三好学生的奖状；初中的时候，我英语很差，成绩中等，初三我母亲给我找了英语老师单人辅导，放了学，我还要去上课，上到晚上九点半，回到家就已经十点了。那老师教得很好，我中招的时候，英语考了九十多分，虽然擅长的数学和语文没考好，但总成绩依旧在全班前十，好像是考了五百六十多分。这个成绩可以报除了市一高外的所有高中。

"市一高是最好的高中，我差了二十多分，想要去一高，就要多掏一万八千元的学费。我父母一个月的工资加在一起是四千多，为了能让我有一个更好的起点，他们多掏了这个钱，让我去了一高。

"我很感激吗？

"我自己也不知道，或许是不想愧对，刚去的那三个月拼了命的努力，我担心自己暴露，担心别人知道，你并不是靠自己实力进来的，你是个走后门的家伙，其实别人不会太在意这些。也许我骨子里是一个很骄傲的人吧，又或者我不想跟他们不一样。入学摸底考试，我成绩中等靠前，这让我心里窃喜，我更加努力；可是期中考试的时候，我的成绩滑到了中等偏后。我找不到原因，可能是学习方法出了问题，也可能是因为自己还不够努力。

"拼了吧。

"期末考试成绩出来的时候,我的排名再次下滑,掉到了车尾。其实我很不明白,为什么要在那时候就给孩子身上打上标签。

"一个成绩优异的人,变成了差生,身份上已经转变,但心理上还有一个适应的过程。当你从心理上也开始适应的时候,你就从一个学生,变成了一个差生。我比较奇怪,是那种自尊心强,又很骄傲的差生。

"文理分科的时候,我遇到了自己喜欢的人,很难形容那种感觉,看到就很开心。她是那种学习特别好的学生,也很刻苦,早上总会很早就去教室。我们教室的钥匙在班长手里,我每天早上起特别早,就为了赶在班长来开门之前,跳窗户帮她把门打开。类似的事情有很多,中午她去食堂吃饭的时候,我会拿着英语书站在走廊上背单词,想等她回来,看着她从食堂走进教学楼。说来惭愧,背了一个学期的单词,期末英语只考了三十多分。我的学习成绩越来越差,稳定在倒数十名内,到了高三,所有人破釜沉舟、背水一战的时候,我的兴趣则是看书和写文。看各种各样的课外书,网文,杂志,国内国外所有的科幻、悬疑小说。看得多了,脑子里就会出现一个世界,自己构想出的世界,我也是那个时候第一次在网上注册了作者号,尝试着去写东西。

"距离高考还有一百多天的时候,打夜市的几位战友相继收心,我则仍旧踩着监控溜出去码字。百日誓师大会的时候,校领导在台上做总动员,我看着他,心里想着的是喜欢的书、喜欢的作者,我想要成为和他们一样的人。塑造一个世界,让很多人喜欢。

"高考完了,这四个字有两种解读的方式。一是考完了,二是我完了。

"我只过了大专的分数线,相比较那些考了一本还不满意、准备复读的人,我决定抓住这最后的机会去表白。现实很真实,我依旧没有开口,因为我看见喜欢的女孩和班长在一起了。

"我去理了个光头,作为市重点高中重点班唯一的一个大专生,一定要有自己的风度,从容不迫。我不准备再和他们联系了,或许是因为,自尊心越强的人,越不喜欢别人同情。我做差生,也要是个有梦想的差生。

"我上了大专后,写文就成了全部,我准备弄出一部集合古今中外所有元素的神话作品。我看过很多书，什么都了解一点点，把写的东西给网站投稿。第一次签约就在那个时候，三十多万字上架，没有人看。后来又给一些乱七八糟的杂志投稿，他们不要。大专最后一学期，有些同学开始忙着专升本，忙着考教师资格证，而我去了离家最远的一个地方实习。

"那个时候我父亲所在的工厂倒闭了，老总非法集资被判了十年，家里只有我妈一个人的工资，不到两千。我出去实习吧，在离家最远的地方，工资是最高的，还能看见海。我们学校有三十三个人去这家公司实习，我们都在一线工作，车间温度四十度以上，要经常接触铜泥、煤油，每天工作八小时，每周休息一天，一个月以后，就留下来了十六个人。我因为专业原因，后来被调到了其他部门，每天工作不轻松，但在可以接受的范围内。慢慢地我越来越熟练，领导也觉得我虽然不爱说话，但踏实认真，居然提前转正了。习惯了这种生活，我开始反思，难道要在这里工作一辈子吗？作为一名新时代的工人怎能没有理想？

"我重新开始写文，上班八小时，晚上回去写四千字，没有人看、没有人喜欢、连个骂的人都没有的四千字。不写，什么都不会改变，写，虽然很累，但至少我喜欢写。也许上天真的会眷顾努力的人，文章读者寥寥无几，但高中时喜欢的那个女孩突然在微信上联系到了我。大专的时候，我曾听一名男同学说她和班长分手了，不过我当时痴迷于写自己的神话科幻悬疑小说，也就没在意。后来我们就经常联系，休年假的时候我去看了她，在她的大学校园里转悠。大专和大学就差了一个字，所以我觉得差距不大，不过后来她硕博连读了，四个字就差得比较远了。我忘了表白是在哪一天，也不知道自己当时说了什么，反正就是不合适，我也不是太难受。

"后来我就继续工作、码字，终于把这本书熬到了上架。还是没人看，每个月稿费六百多，六百是全勤奖。我搜自己的书，发现被盗版网站盗用，那个地方还有读者评论，比我的正版书评区热闹，我气得不行，去举报，去投诉，想尽办法终于加上了盗版网站管理员留的QQ号。我加了那人以后，让他立刻把我的书下架，否则我将采用各种手段来维权。他没理我。

"我又找了其他盗版网站，发现管理员是同一个人，我跟他讲道理。他还是不回。最后我一个骨子里这么骄傲的差生，第一次求人。我这个正版作者，向这个开盗版网页的人求饶,我也不要求你下架了,你别跟我同步更新,等我正版章节发了三天以后你再更新行不行?如果三天你不同意,一天也行,算我求你了。我还在那个盗版的评论区里发帖子,说我一个月就六百的全勤,如果大家喜欢请支持一下正版。下面有人回我,说我卖惨,说我傻,说看我写的东西毒死了,说哪个大神在乎这些,就扑街的事儿多。开盗版网站的人没回我,我也没回那些盗版读者。我继续去写当天的四千字了,每天四千字,一个月不断更才有全勤奖——六百元,那六百元是我付出的全部回报。

"大概过了一个星期,我在开抛光机的时候操作失误,零件飞出来砸到了手。我的右手中指骨头断了,就剩两层皮连着。下午两点出的事,晚上八点多处理完,等我回到寝室,打开电脑,用七根手指去写四千字,每天四千字,不断更才有全勤奖。写到晚上一点半,就写了三千多字,我整个人突然就崩溃了,趴键盘上哭得跟条狗一样。我到底在干什么?

"再后来我又休假的时候,回了趟老家,那个女孩想请我吃饭,吃完饭看了电影。那天看的电影是《大鱼海棠》,看到男配角湫为了女主椿付出了生命后,女主椿还是和鲲在一起了。我仿佛看见了自己,所有东西都放下了。我把自己精心准备的礼物放到天桥上,在马路上蹲到了后半夜,来往的人估计会觉得这家伙很奇怪。我第二天就回工厂了,工作,码字,那时候我自己都不知道是什么在支撑我。

"我后来又写了新书,过了大半年,上天没有亏待努力的人,我过上了最开心的一段时间。我遇到了一个比我小五岁的女读者。那个时候她在上学,我在上班,隔着半个中国。我第一次去找她的时候,台风来了,飞机没办法起飞,晚点了好久,更巧的是,这场台风还没走,后面还有一场台风即将登陆。当时她跟我说,如果我那天到不了,就不在一起了。这时候最巧的事情出现了,在两场台风中间那一小段时间,飞机起飞了。

"这应该算是我第一次谈恋爱。我们之间做的所有事情,对我来说都是第一次。第一次牵手,第一次去水族馆,第一次去游乐园,第一次从鬼屋门口路过,第一次坐地铁,第一次接吻……我这个钛合金直男没少让她操心,还对她隐瞒了很多自己的缺点,比如矫正过仍能看出问题的手指,比如学历,还吹嘘自己的书。我有很多话想跟她说,和她非常默契,跟她待在一起就很开心。

"后来我又写了一本小说，彻底火了起来，上天真的不会亏待一个努力的人。那段日子就像是会发光一样，苦尽甘来，梦想近在咫尺。我仿佛看到了高中百日誓师大会的时候，站在人群里最不显眼的那个差等生在对我说感谢。感谢你没有放弃，终于有一天，你和那些曾经你喜欢的作者，站在了一起。这是我最开心的时间，但开心的时间总是很短。

"写作的圈子里每年会选出一名最厉害的新人，我本以为我的成绩十拿九稳，结果遇到了一个刷票的人，我只能跟着刷票。最后我的书以绝对领先的成绩，一共发了四十多万元人民币的红包才挣下这个荣誉。这四十万有十多万是书友们发的，还有三十万是我自己出的，我卖了家里的老房子。那一个月里我都想好了，如果我的书被人举报被封了，就去找到那个刷票的人，宰了他，然后一把火，连同自己把所有的都烧了。幸好，书没被封，我成了最厉害的新人，可挣到这个荣誉后，我感觉世界一下子暗了下来。这应该是一件很开心的事情，但我却笑不出来。所有人都为我开心，只有我是努力地挤出笑容。

"梦想实现了，但我好像哪里出了问题。在和人交流的时候，感觉对方的嘴就像是一个黑洞，会把自己吸进去。喜欢的人和亲近的人给予我的关心，我也会拒绝。一定是哪里出了问题……"

手机那边火焰燃烧发出的声音越来越大，似乎有衣柜之类的东西被推倒，男人的声音渐渐变远，陈歌只听到了他的最后一句话。"这把火烧得好大啊……"

"喂？喂！你现在在哪儿！我能帮你，我可以帮你！"陈歌对着电话大声叫喊，但回答他的只有火焰燃烧的声音。"冷静，千万要冷静啊！"

陈歌握紧了手机，一脚踹开鬼屋的门，冲向乐园里最高的办公楼。他全力冲刺跑到了楼顶，站在乐园最高的地方俯瞰江州。

灯红酒绿，车水马龙，唯独看不见火光。可现在话筒那边明明火焰升腾，噼里啪啦的声响不断传出，大火已经蔓延开了。

"喂，我不知道这句话你能不能听见，我只是想告诉你，我可以帮你，这个世界上还有人愿意帮你。"电流沙沙作响，似乎火烧到了电话线，没有任何留言，电话中断了。听着手机那边的忙音，陈歌心里有一点儿堵。那个作者最后一段讲的应该是自己的幻想，一直以来的坚持没有得到回报，梦想坍塌后，他的精神可能已经出了问题。

陈歌扶着大楼边缘的护栏，看向远方。

几分钟后，他抱着一丝侥幸再次拨通了那个电话号码，他知道可能性不大，但还是想要再试一试。忙音在他的耳边响起，也不知道响了多久。陈歌轻声叹了口气，在他准备挂断的时候，电话突然被接通了。

"你好。"

话筒那边传来的是一个完全陌生的声音。

打错了？陈歌下意识地看了一遍电话号码，几个数字全都是对的，但是话筒里火焰噼啪作响的声音却消失了，手机那边安静到了压抑的地步。同一个号码，不同的声音，陈歌冷静下来，他回想着黑色手机上关于这个号码的介绍——警察发现，每一位死者在生命的最后时间都拨打了这个号码。

死者不止一个！

陈歌意识到了这一点后，迅速整理好自己的情绪，调整说话的声音和语调。"你好，请问有什么可以帮你的吗？"陈歌不了解情况，不知道对方遭遇过什么，能说的只有这句话。

"帮我吗？不用了，谢谢。"电话那边的声音有些虚弱，就像是快要睡着了一样。

"你听起来很不舒服。"陈歌不由得不安了起来，对方平静得吓人，这让他想起了刚才的那位作家。"能不能告诉我，你现在在什么地方？如果你想找个人聊一会儿的话，我可以立刻过去。"

"时间来不及了。"男人语速很慢。"如果你真想要帮我的话，能不能在挂断电话之前，给我的房东说一声，水电煤气费，放在了行李箱上。"

"房东？那我要怎么联系到他？"陈歌他想要知道男人此时的位置，房东是一个很好的突破口。

"她住在童话王国乐园左边的居民区，六号楼一层。"男人的声音有气无力，似乎说话对现在的他来说已经是一件很费力的事情了。

"童话王国？"陈歌脑中闪过这个乐园的位置。童话王国建在江州南郊，是一个专门为孩子打造的儿童乐园，后来因为某些原因被关停了。"那你有她的联系电话吗？我怕到时候找不到地方。"陈歌果断朝楼下走去，他准备亲自去江州南郊看一看。

人命关天,他没有挂断电话,想尽办法稳住对方。"听你的声音,感觉你很困,昨晚没休息好吗?"

"我已经很久没有熟睡过了。"男人笑了笑。"我也不知道为什么,白天没心没肺的,一到晚上就会胡思乱想,翻来覆去就是睡不着。"

"我很理解你这种痛苦,我晚上也总是睡不着,经常凌晨三四点还一个人在外面溜达。"陈歌感同身受,说的也是实话。男人似乎从陈歌真挚的语气中找到了一丝共鸣。"你也总是失眠吗?"

"是啊,我父母在大半年前失踪了,至今没有找到任何线索,我每天都活在痛苦和焦虑当中,只能靠帮助别人,来为自己的心灵寻求一丝慰藉。"陈歌说到这里,话音一转。"不过我还是会坚持找下去,等找到了他们,我一定要大声告诉他们我自己的愤怒和担忧,然后再跑过去紧紧抱住他们。"

"祝你早日能找到他们。"男人的语气有一丝软化,不过他的状态却越来越差,好像随时都会昏迷一样。

"能不能给我说说你的事情,你把我当成一个路过的陌生人就行了。"陈歌见差不多了,试探着问了一句。

"我的人生很没意思。"男人回想了一会儿,说出了这几个字。

"人生本来就没什么意思,主要是因为每个不同的人赋予了它不同的意义,所以才变得不是那么无聊。"陈歌已经跑出了办公楼,朝着乐园外面跑去。

"也许吧,我的出生是一个意外,从小是父亲照顾我长大,他努力工作,拿着微薄的薪水,就像随便在马路上看到的一个人一样,很普通。"男人的声音慢慢变低,不过语速没有发生太大的变化。

"我从小身体很弱,给他添了不少麻烦,上了学后,更是处于一种格格不入的状态。我总觉得自己很笨,什么事情都做不好,注意力也无法集中,谁都不喜欢和我做朋友。"男人吸了口气,他犹豫了一下继续说道:"一开始老师只是觉得我性格有问题,我自己也是这么认为的,直到后来有一天,老师把我爸叫到了学校,他们建议我去看看医生。"

"看医生?"

"对,诊断后的结果是大雄—胖虎综合征,很有趣的名字,刚听到的时候我还觉得挺有意思。"男人笑了笑,不过从他的声音里听不出任何开心。

陈歌也是第一次听到这个病,大雄和胖虎好像是某部漫画里的人物。"这个病具体有什么表现?"

"国外对过动症及注意力缺失症这类精神官能障碍的统称,其中大雄代表的是注意力缺失症,也就是我所患上的病。对于这个病我当时是一无所知,回到学校,同学们也只是知道我得了病,但并没有了解过这个病。其实有时候他们只是需要一个孤立你的理由而已,而脑子有病恰巧是一个很好的借口。"

男人说这些的时候很平淡,似乎和后面发生的事情相比,这根本没什么。"高中上完,我就没有再继续念书,感觉很对不起自己的父亲。我找了很多工作,但都因为性格被辞退,我开始变得害怕见人,病情也越来越严重,最终演变成了重度抑郁症,被送进了精神疾病矫正中心。那时候我二十出头,不仅没办法给父亲一点儿帮助,还像只吸血的蚂蟥一样,拖累了他。我考虑了很久,决定离开。我将最后想要对父亲说的话发布在网上,设成了定时发布。"男人深深地叹了口气。"如果我那天离开了,或许之后也就没什么了。"

"千万别有这样的想法!活着才有一切!"陈歌已经坐上了出租车,让司机尽快往南郊开。"我被抢救回来了,但在我昏迷的那段时间,定时发布的那些话已经公开了。

"我第一次收到那么多的关心,有种诚惶诚恐的感觉。康复以后,我上网做了澄清,给大家添麻烦了,我没事。很多人给我以安慰,说没事就好,但我还看到了一些私信。

"你怎么还不死?

"你怎么还在蹦跶?

"我还在期盼你的头七给你上炷香呢?

"安眠药发现及时很好救的,选百草枯一类的毒药吧。

"就不能安静地去死吗?

"我很奇怪,明明素不相识,为何这么多人盼着我死,是因为我的死能让他们会心一笑?"男人的声音断断续续,变得更低了。

这些话陈歌听着都觉得有些恶毒。"我觉得你不能让他们如愿以偿，他们越求着你死，你就越要活得开心，笑容满面，气死他们！"

　　电话那边的男人轻轻笑了一声，说："你可真是个有意思的人，我也曾苦恼过一段时间，后来我和父亲聊过以后才明白，他并不在乎我生病，也不在乎我拖累他，只要我好好活着就可以，一切都有他在。我那时二十二岁，父亲的话给了我最大的鼓励，积极配合治疗，三个月后，我出院了。

　　"父亲知道我的情况，见到人会非常紧张，他特意帮我联系到一个不用见人的工作——让我去扮演儿童乐园里的大型卡通人偶。上班那天，乐园工作人员将我带到了仓库，让我在一堆卡通人偶服装里选一个。我一眼就相中了机器猫，头大，里面有一个小型风扇，而且我小时候患有大雄——胖虎综合征，我觉得机器猫可以带给大雄好运。经过简单的培训后我就上岗了，每天的工作就是穿着机器猫的人偶服装，在肚子前面的口袋里准备好糖果和小礼物，然后在儿童乐园里陪孩子们玩耍。我很喜欢这种感觉，看着孩子们的笑脸，我自己也会情不自禁地微笑。躲在人偶服装里，我也有了安全感，不仅不害怕，还会主动去和游客交流，我觉得这个工作简直就是为我量身定做的，机器猫果真能带给大雄好运。就这样做了很久，有时我父亲也会来看我，每当他偷偷过来的时候，其实我都知道，我都会表现得格外认真，我不想让他觉得自己儿子是个没用的人。我不是一个没用的人，我可以做到。"

　　男人的声音在轻轻颤抖，他似乎很困很困，语速在变慢。"二十五岁的时候，父亲找到了我，他为我感到骄傲，觉得我就算这样依旧没有被生活打败，已经超过了很多的人。他相信我能继续勇敢地生活下去，告诉我他也可以放心去外地打工了，他的朋友为他介绍了一个很不错的工作。我起初并没有怀疑什么，每个星期还会和他通话，但渐渐我发现他的声音很奇怪。终于有一天，我请了假，去了外地，找到了他所说的那个朋友，但是对方却说并没有给我父亲介绍工作，我父亲也不在那里。

　　"我回到自己的城市，找了许久，才在一个破旧的出租屋里找到了他。满屋子的中药味，父亲憔悴了太多，我是直到那个时候才知道他患有白血病，一直在硬抗，没有治疗的钱，就找偏方，自己弄些中药来喝，因为担心对我造成影响，所以就找了个出去打工的借口。我爸最后还是走了，我觉得自己很没用，当初支撑自己活下去的信念就是让我爸晚年享福，但没想到会是这个结局。"

男人很平淡的语气，但陈歌听着心里却很不是滋味。

"我知道父亲临走时候的想法，所以我很努力地活着，可总觉得心里少了些什么，在我二十七岁的时候，儿童乐园因为种种原因要被关闭。我想尽办法去挽回，可我只是个大雄，并不是机器猫。其实卡通人偶服装穿着很不舒服，夏天很热，里面还需要穿一层紧身衣，否则衣服粘着皮肤会很难弄。但真到了必须要脱下的这一天，我发现自己还有些舍不得。穿着它，我是孩子们眼里的机器猫，口袋里装着无数的礼物和糖果，但是脱了它以后，我就又变成了那个大雄。我发现自己这么多年过去了，其实并没有进步，我每天都在跟自己战斗，但从来没有真正赢过。

"今年我三十岁，不想那么累了，我准备好好睡一觉。"男人的声音越来越低，到最后几乎都快要听不到了。

"喂！你先别睡！"陈歌很担心男人睡着，他怕对方再也醒不过来。出租车飞驰在西郊的公路上，陈歌此时距离男人所说的地方还有一段距离。"清醒一下！我马上就到！"

陈歌的声音越来越大，但是那边的回应越来越小。渐渐地，男人好像真的睡着了。

陈歌不敢挂断电话，拼命催促司机，半小时后他终于来到了男人所说的地方。下了车，陈歌冲进楼道，拼命敲房东家的门。过了半天，门才被打开。

"你好！我找一个人，男的，三十岁左右，比较怕生……"

陈歌只说到一半，开门的那个女人脸色就变得很差，打断他问道："你找他干什么？"

"他在哪儿？他现在的情况很危险！"

"在哪儿？"女人怪异地看着陈歌。"那个人已经死了，穿着不知道从哪儿弄来的玩偶衣服，一个人跑到封闭的儿童乐园里，警察发现的时候已经晚了。"

"这是什么时候的事情？"陈歌电话还没挂断，他的手机就在耳边。

"几个月前吧，那家伙看起来很不合群，一个朋友都没有，走得很突然，水电房费都还没交。"女人往后退了一步，将房门合上了大半。

"那我去乐园里看看吧。"陈歌点了点头,转身的时候又突然想到了一件事。"对了,那个水电房费,你去他的行李上找一找,应该能找到。"

"行李?"女人看向陈歌的目光更加奇怪了。"你和他是什么关系?"

"我是他朋友。"陈歌拿着手机冲出楼道,跑向旁边已经废弃的儿童乐园。

第 14 章 天堂的阶梯

生锈的大门紧紧闭合，陈歌将上面"请勿靠近"的牌子取下，进入废弃的儿童乐园当中。

掉了漆的彩虹门，没有水的喷泉，还有再也无法转动的旋转木马。这里已经很久没有人进来过了，陈歌四处走动，最后停在了仓库门口。长满霉菌的仓库里，扔着一件破旧的机器猫卡通外套。

"喂，你还在吗？"

陈歌一直没挂断电话，可直到现在，手机那边都没有人回应。他走进仓库，将地上的卡通人偶服装拿起，单手托着机器猫的头。

"衣服我先帮你收着，你好好休息一下，等天亮了我再叫醒你。"

陈歌在旁边找了个大袋子将卡通人偶服装塞进去，在他叠服装的时候，发现机器猫肚子的口袋里放着一张照片。好像是在医院拍的，一个年轻的父亲在跟医生说着什么，旁边有个骨瘦如柴的男孩躲在年轻人身后。

收好照片，当陈歌再看向手机的时候，他发现电话已经被挂断了。

"忘记问他的名字了。"陈歌回想了一下，发现不管是网上的报道，还是房东大姐，都没有喊过男人的名字。他就像是活在卡通人偶服装里面一样，人们也只知道乐园里有这样一个喜欢小孩的"机器猫"。

陈歌拿着手机，看向上面的电话号码。两次拨打这个号码，两段不同的人生，两位不同的死者。

"这个号码到底是什么意思？为什么每位死者生前都会拨打这个电话？我抽中的怨念到底要怎么找到？"

陈歌想了想，没什么思绪，他决定继续拨下去。他一手提着装有卡通服装的大袋子，用另一只手拨通了电话号码。

"从概率上来说，这次抽中的怨念应该比闫大年、老周他们加起来还要厉害。"

忙音响了三四声后，电话终于被打通，有了前两次的经验，陈歌这回直接开口问道："你好，请问有什么可以帮你的吗？"

手机那边很吵，陈歌听到了火车开过的声音。等火车的声音消失后，手机那边又安静了下来，隐约能听到孩子们在背诵什么东西。

"喂？"陈歌提着袋子走出儿童王国乐园，叫了辆出租车，告诉司机随便往前开。呼呼的风声从手机里传出，陈歌没有催促对方，他耐心等待，也不知道过了多久，手机里忽然响起了剧烈的咳嗽声。

"你……没事吧？身体不舒服吗？"陈歌的声音很温暖，无论什么时候都能给人力量。"需不需要我帮你做什么？"

"谢谢，不用了。"电话那边的男人嗓子里好像被塞进了烧炭，说话声音非常难听，一开口就伴随着剧烈的咳嗽。

"你的情况听起来很不好，别在外面待着了，快回家吧，或者你告诉我你的位置，我送你去医院也可以。"陈歌总结了前两次电话，他都是在电话挂断以后才赶到的，这次他准备在电话还没有挂断的时候就找到对方。

"多谢你的好意，不过送医院就算了，我的病医院已经治不好了。"男人咳嗽了半天才缓过来，他慢慢往前走，风声有点儿大。

"医院治不好？"

"是啊，我在医院里住了很久，但这病就是好不了，我甚至感觉它们不是病，而是我身体的一部分。"

男人的话，陈歌有点儿不太理解地问道："老哥，你到底得了什么病？"

"肺癌,已经晚期了。"

男人好像在诉说一件很平凡的小事,但陈歌听着心脏却咯噔一跳。"那你怎么还一个人在外面,你家人呢?我送你回去吧,外面风大。"

"今天的风确实挺大。"男人不时会咳嗽几声,他身体状态非常差,似乎随时都会跌倒一样。"我是瞒着家人偷偷跑出来的。"

陈歌一下子想到了前两个电话的主人公,他立刻意识到不妥。"你这么做太危险了,能不能告诉我你现在在哪儿?我不会干涉你的任何决定,只是单纯地陪你走一走怎么样。"

"我自己慢慢走就行了,其实从我知道自己患上了肺癌后,就一直很想去一个地方看看。"

"去一个地方?"

"那个地方修建在高处,想要过去,要爬很多楼梯才行。"

"你想去江州世贸中心?为什么要去那里?"陈歌很少去市区,但他知道世贸中心是江州最高的地方,站在那里能俯视整个江州。想到这儿,陈歌立刻给司机比画,让他往江州世贸中心开。

男人没有回答陈歌的问题,他一直在咳嗽,光在电话这边听着就感觉很难受。"老哥,要不你就待在原地别动,我等会儿过去接你。"

"不用了。"男人咳嗽完后,似乎觉得陈歌真是一个不错的人,他沉默了一会儿后,主动开口。"你跟我以前的主治医生很像,不管是说话的语气,还是做事的风格,你不会就是他冒充的吧?"

"主治医生?"陈歌很认真地在思考,自己是不是应该扮演什么角色,方便套出对方的话。仔细想想,死者最后接触的人很可能是医生,所以这个号码有可能是某位医生的。

"你别往心里去,我就是随便说说。"男人没什么幽默感,笑得也很勉强,能听得出来他很痛苦。

"老哥,能给我讲讲你的事情吗?有些东西埋在心里会很难受,还是说出来比较好。"南郊距离世贸中心没多远,陈歌觉得这一次自己应该能赶得上。

"我也没什么事,前半生就是很普通的人,可能是因为抽烟作息不规律,去年查出了肺癌。"男人的声音很平缓,除了咳嗽外,情绪上没有太大的起伏。"在肿瘤医院做了三个疗程,然后就回家去了,准备好好享受最后的时间,做个幸福的人。我不是个懦夫,我也在努力地和它抗争,这是一场拉锯战,我要用最好的心态和最快乐的事情去打败它,它则想要用痛苦和恐惧来压垮我。这场发生在我身体上的战争很惨烈,我对它说老子不认输,它也用出了种种手段让我低头。呼吸变得困难,持续的全身疼痛、低烧。我的体重一直在下降,四肢疼得抬不起来,每一次咳嗽都会牵动全身,可我就是忍着不吃止疼药。

"我真的不是一个懦夫。"这是男人第二次强调自己不是懦夫。

陈歌没问缘由,只是点了点头,说了三个字:"我明白。"

男人好像是松了口气。"大概一个月后,我脖颈上出现了一个能用手指摸到的淋巴结,那时候我一直感觉自己喘不过气,连水都喝不下去了。看了医生后,他们说是因为长期咯血导致喉咙肿胀,淋巴结持续胀大,压迫了食道。我上一个敌人没有战胜,现在又多了一个对手,不过,我还是不会认输。"男人是个很固执的人,就像他一直对陈歌这个陌生人强调自己不是懦夫一样。风声变大了,刚才那些孩子背诵诗文的声音现在已经听不见了,男人还在继续往前走。

"老哥,你就告诉我你现在在什么地方吧?我去接你好不好?"陈歌是真的担心对方,他总觉得自己现在过去,应该可以改变什么,哪怕这希望微乎其微。

"我在一段长长的楼梯上。"男人想要笑着去说,可是一张嘴就开始猛烈咳嗽起来。

"楼梯上?"陈歌听着男人那边呼呼的风声,觉得不对。修建在大楼外面的楼梯?难道他已经到世贸中心了,他爬到了最顶层?陈歌以前去过世贸中心,那里并没有户外楼梯,他意识到自己可能找错了地方。

"我正踩着楼梯,一步一步往想去的那个地方爬,应该就快要到了。"男人说话的时候,身体上疼痛的感觉也没有消失,每一次咳嗽对他来说都是一次煎熬。

陈歌让有些不耐烦的司机先把车停了下来,他拿着手机,从头思索了一遍男人的话。

楼梯,想去的地方在高处……

陈歌能听出男人话语中隐藏的痛苦,对方一直在强调自己和病魔的惨烈战斗,强调自己不是一个懦夫，强调自己没有逃避。这样一个人，为什么会在某一天，背着家人偷偷跑出来？他痛苦到这个地步的时候，为什么偏偏要去高处的某个地方？

陈歌仔细倾听，男人身体很弱，脚步平缓，不太像是在爬楼。

"修建在平地上的阶梯？有这样的地方吗？"陈歌正在思索，脑海中突然闪过一件事，在电话刚打通的时候，他曾听到火车开过的声音！

铁轨！

铁轨中间有一块块枕木，就像是铺在平地上的阶梯一样，如果这么想的话，那个男人要去的高处根本就不是什么世贸中心。

他是在寻死！

这条阶梯的最后，就是死亡，对他来说也是所有痛苦终结的地方。因为放弃了，所以他才会一直对陈歌这个陌生人强调，自己不是一个懦夫。

陈歌想通了这一点，立刻开始上网搜索。他之前还听到了孩子们朗诵古文的声音，江州有两个国学堂，其中有一个正好修建在距离铁路不远的地方。陈歌抬起手机，示意司机往这个地方开。做完这一切后，他开始试着安慰男人，想要尽量争取到更多的时间。

"在病痛面前，人显得有些渺小，这也是我最近才明白的。"男人不断咳嗽，他的身体已经快要支撑不下去了。"我以前是个脾气很暴的人，但慢慢被癌病磨去了棱角，在和它的战斗中，我才知道人其实很脆弱。"

"你别再往前走了，停下来休息一会儿吧，我马上就到江州世贸中心了，咱们有什么话，见了面再好好聊。"陈歌谎报了自己的行踪，他朝司机比画手势，催促对方再开快点儿。

网上搜索显示出的结果表明，那个建在铁路旁边的国学堂就在南郊附近，距离他这边并不是太远。

"我已经在原地停留了很久，也该往前走了。"男人的声音在打战，他每次咳嗽都会牵动全身，那种痛苦无法形容。"我知道你是为我好，可我也想去看看其他的风景，这也是我去那个很高的地方的原因。"

陈歌不知道该如何去劝说男人，他毕竟不是专业的心理咨询师。

"人死了就什么都没有了,你先冷静,想想你记忆中那些没有完成的心事,想想你生活中那些珍贵的人,他们还在等着你,你们在一起的每一分每一刻对他们来说都很重要。"陈歌速度很快,他也有点儿急了,拼命给司机摆手。这司机也是个聪明人,他听到陈歌说的那些话后立刻意识到问题的严重性,再次加速。

他们原路返回,很快从儿童乐园门口经过,朝着南郊边缘开去。江州的郊区,西郊面积最大,南郊交通最便利,但面积却是最小的。

电话里男人的声音慢慢变低,他似乎把陈歌当成了自己的最后一位听众,给陈歌说了很多关于自己的事情。

出租车在马路上飞驰,两边的建筑慢慢变矮,周围的行人越来越少。陈歌坐在车内,一心二用,在跟男人打电话聊天的同时,双眼盯着车外,对比地图,寻找那个国学堂。手机那边男人咳嗽的声音愈发剧烈,感觉就像是要把肺给咳出来一样,这绝不是夸张的形容,仅仅只是从声音上陈歌都能感受到男人此时身体上正遭受的疼痛。

"坚持住!我马上到!"陈歌心急如焚,手机那边的声音如此真实,他总觉得一切还有挽回的机会。

"没事的,我都习惯了。"男人咳嗽了很久才憋出一句话,他的声音听起来很奇怪,带着一种释然、一丝解脱,还有一丝不舍。

他努力把每一个字都说得很清楚,尽管这样做会刺痛他已经咳肿的喉咙和脖颈上肿块。"你能陪我聊这么多,我已经很开心了,回去吧,我不在你说的那个地方,你也别来找我,剩下的路让我一个人走就可以了。"

风声变大,陈歌屏住呼吸,他现在就担心在手机里听到火车的鸣笛声。当那声音响起的时候,恐怕也就是男人抵达"目的地"的时候。

几分钟后,司机将陈歌送到了地方。街道尽头有一个古香古色的大院,这是江州以前一位文士的故居,那个国学院就在这大院旁边。司机很聪明,没有打断陈歌和男人的聊天,他停下车后,朝外面指了指,然后又指了一下计价器。陈歌急着去找那个准备卧轨的男人,随手从口袋里摸出几张纸币递给司机,然后打开车门,提着包冲了出去。

手机那边,男人的声音变得模糊起来,说话断断续续,前言不搭后语,状态很危险。

"你的故事还没讲完,刚说到你第一次和你夫人见面时的场景,后来又发生了什么?"陈歌不敢让男人停止思考,他试着让对方继续说下去。

走出街道就能看见远处的铁轨,两边装有隔离栏,不过少部分隔离栏已经缺失,应该是附近居民为了方便通行,将其拆下来的。人呢?

符合火车鸣笛和国学院这两个信息的地方就是这里,电话还没有挂断,陈歌也不敢弄出太大动静,他在隔离栏外面狂奔,耳边是呼呼的风声。黑夜里的铁轨看着像一条通往世界另一边的梯子,没有尽头,伸入黑暗最深处。"这阶梯到不了天堂的……"

下一班火车不知什么时候来,陈歌也不知道自己这么做是对是错,他能做的就是竭尽全力地去寻找对方,让男人再思考一下。陈歌一手拿着手机,一手提着大袋子,独自一人在铁轨旁边狂奔。"冷静,你一定要冷静啊!"

前两位陈歌都没有救到,这一位他不会再错过了。咳嗽声又一次响起,男人的身体状态好像也到达了极限,他停下了脚步,没有再继续往前走动。

"我快要到那个地方了。"男人的声音从手机里传出。"还是有些不舍,以前应该多陪陪他们的。"

在男人开口的同时,陈歌使用阴瞳,发现在很远的地方有一个人影。那人坐在铁轨中央,他面前是延伸进黑暗里好像没有尽头的轨道。

是他吗?

陈歌朝着那人跑去,慢慢地,黑夜之中出现了一点儿光亮。

呼呼的风声响起,手机里传出男人的声音。"我已经看到自己想要去的那个地方了,是光,慢慢靠近的光……"

"快!离开那里!"

陈歌很清楚那光亮是什么,火车来了!

他扔掉袋子,朝黑影冲去。

手机里火车开动的声音越来越清晰,陈歌距离那黑影也越来越近。

他不再去理会其他东西,此时脑海中只有一个念头,将那黑影拉开。

全力冲刺,陈歌看到了飞驰的火车,他嘴唇咬出了血,硬着头皮继续往前。

如果有第三者在的话，就会感觉陈歌是在主动撞向远处迎面而来的火车一样。

"闪开！"

只不过是眨眼的时间，陈歌已经冲到了黑影身前。

在火车过来之前，他伸手抓向黑影。掌心冰凉，陈歌顾不得细想，抓着他，一起滚落到铁轨外面。火车从旁边开过，仅相差了几秒钟。

陈歌全身被冷汗浸湿，他在面对红衣时都没有如此后怕过。车轮辗轧着铁轨，那声音沉重无比，直到火车开过以后，陈歌才松了口气。

"你还好吧？"

他赶紧看向刚才自己抓住的那人，仰头看向四周时才发现，那人像道黑影，站在铁轨另一边，和陈歌保持着距离。

"你为什么要救我？"黑影发出手机里一样的声音。

"救人还需要什么理由吗？"陈歌反问了对方一句，他挂断电话朝着黑影走去。随着他不断靠近，那黑影的五官开始慢慢出现变化，一滴一滴的血从皮肤下渗出，慢慢染红了外衣。气氛凝重，陈歌停下了脚步，他和黑影分立在铁轨两侧。

面对普通的残念和怨念，陈歌已经可以做到面不改色心不跳，但是红衣对他来说还是很有压力的。刚才为了救人，他全力奔跑，将装有机器猫服装的袋子和自己的背包全部扔在了路边。此时此刻，冒险屋的那些员工并没有和他在一起。陈歌手掌虚握，有些不适应，他总想抓住些什么东西来让自己保持冷静。

第 15 章 自杀干预接线员

黑夜如同幕布遮住了月色和星光,那黑影身上的变化还没结束。

原本虚弱佝偻的身体慢慢挺直,眼角的皱纹被抚平,血液从额头渗出,在脸上绘成了一个诡异的符号,像是胎记,又像是血红色的文身。

陈歌和男人分立在铁轨两边,他看着那个男人,没有靠近。

"胎记?"

陈歌是第一次见到这样的怨念,血液在脸上绘成了符号,仔细看的话会发现,那片好像胎记一样的东西是无数张人脸重叠在一起形成的。它们占据了男人的半张脸,也就是说男人只有一半的脸是自己本来的样子,另外半张脸一直在发生变化。

"这个气势要远远超过许音了,不愧是稀有度仅次于张雅的红衣。"陈歌咽了下口水,扭头朝自己身后看了一眼,背包被他扔在很远的地方,现在往后跑根本来不及。他站在原地,告诉自己一定要冷静。

陈歌就像是没有看出男人的真实身份一样,用很自然的语气开口问道:"今晚一直和我通话的人是你?"

男人长得很文静,甚至可以用漂亮来形容,他眼睛不大,但是双目之中好像隐藏着一个世界,让人在和他对视的时候,会不自觉地深陷进去。陈歌还是第一次遇到这样的红衣怨念，对方给他的感觉很奇怪，没有普通红衣身上的血腥和残暴，更多的是一种说不出来的感觉，就像是寒夜的月光一样。

"我是来帮你的。"陈歌不知道该说些什么，他判断不出这个红衣的实力，所以不敢轻举妄动。

双方对视了许久，那个奇怪的男人看着陈歌第一次开口说道："这些人的生死和你无关，你为什么要拼了自己的命去救他们？"

"你怎么还在纠结这个问题？我不是圣人，不会天天没事跑出去到处见义勇为，但既然让我撞上，那我就要在力所能及的范围内去帮他们。"陈歌说得很诚恳。"哪怕我知道他们以后还会继续去寻死，但至少我曾经帮他们争取到了一次重新思考的机会。"

也不知道陈歌的哪一句话触动了对方，男人脸上的血迹不再流动，表情柔和了许多。他望着延伸进黑暗里的铁轨，轻轻叹了口气说："如果我当初有你一半聪明，他就不会死了。"

"他？不会死？"陈歌心里充满了疑惑。"你是什么意思？我是拨通了某个电话后才接触到了这些死者，那个电话你也曾经拨通过，还是说那个电话就是你留下来的？"

他从黑色手机中抽到的奖励叫作——被死者亲吻的号码，每一位死者在生前都拨打过这个电话，这让陈歌心里有些发毛，因为他今晚已经连续拨打了好几次了。

男人听到陈歌的声音，收回目光。他体形偏瘦，皮肤苍白，看起来文文弱弱，但是半边脸却被狰狞的血色文身占据，这让他身上出现了两种完全矛盾的气质，不过两种相反的气质交织在同一个人身上，竟然会如此和谐。

男人没有回答陈歌的问题，他站在铁路另一边，目光看着其他地方，嘴里说着莫名其妙的话。"你有没有发现这些人身上有一个共性。"

"共性？"陈歌回想了一下，"他们每一个人都在活着的时候遭遇了很痛苦的事情，走投无路，最后都选择了独自离开。"

"那你知道，他们为什么在告别这个世界之前，都会拨打那个号码吗？"男人的声音不带一丝感情，不知是先天感情缺失，还是对所有事情都已经失望透顶。

陈歌在来的路上也有过各种各样的假设，但都被他推翻了，这个号码存在的意义似乎仅仅是为了和死者沟通，倾听他们的话语。没有任何恶意，也不存在诅咒杀人之类的事情。

陈歌摇了摇头，他心里有一个猜测，但是他没有说出来。

男人似乎已经料到结果会是这样，他就站在铁轨旁边，似乎是陷入了回忆当中。他脸上的表情有痛苦，也有自责，更多的是迷茫。"我上学的时候，曾亲眼看见一个朋友跳楼，当时我站在窗前，他站在对面的那栋楼上。我朝他招手，对他微笑，但他并没有回应，整个人就像是魔怔了一样。我意识到可能会发生什么不好的事情，我大声呼喊他的名字，可终究还是没有挽回他。那是我第一次见到死亡，就发生在我的面前，距离我不到十米远的地方。

"有人说学心理学的不是为了治愈自己，就是想要治愈别人，我应该是属于前一种。"听男人说到这里，陈歌没有忍住，问道，"你是心理医生？"

他其实也不想打断男人，只不过他这段时间见到太多的医生，比如说高医生和陈医生，这两位了解人心的顶尖医生，非但没有把病人救好，自己反而是越陷越深，所以陈歌现在对心理医生这个职业有心理阴影。

"我确实从事着心理咨询方面的工作，但并不能算是心理医生，你有没有听说过自杀干预接线员这个职业？"

"自杀干预接线员？能给我说说你们具体是干什么的吗？"同样都是红衣，但是男人却能和陈歌无障碍沟通，一般这种类型的红衣都属于智力超群，但是战斗力相对薄弱的，比如说门楠。陈歌对付这样的红衣，比较有经验，无法动之以情晓之以理，那就只能采用另外一种方式去沟通。

张雅……

陈歌在心里默默呼喊张雅的名字，在陌生的红衣面前，他也不敢托大，准备看情况采取不同的对策。但让人有些不安的是，他没有得到任何回应。陈歌扭头朝身后看了一眼，夜色漆黑，周围没有一点亮光，他根本看不见自己的影子。

"你在干什么？"男人发现陈歌行为举止有些奇怪，低声说道。"你的脸色看起来不太好。"

"我是第一次听到自杀干预接线员这个职业，你们每天需要做什么？"陈歌也是见过大风大浪的人，他立刻调整好状态，岔开话题。

"全球每年近百万人自杀,这个数目远远超过凶杀,但这一话题常常因为耻辱和沉默,很少走进公众视野,其实我们更应该做的是去正视它,当一个人出现自杀倾向时,就及时去帮助他,治愈他。而不是用那种不理解的目光去责怪他,孤立他。没有人会笨到看轻生命,当一个人真的被逼到那种地步时,他所承受的痛苦只有自己能明白。"男人似乎是想到了什么东西,他望着无边无际的夜空。"我是一名自杀干预接线员,我每天要做的工作,就是向那些走到了深渊旁边的人伸出自己的手,告诉他们这世界上有人愿意帮他,我无法把他们拖拽出深渊,但我可以告诉他们世界上还有美好的东西。"

"那个号码就是自杀干预热线?"陈歌点了点头。"怪不得前面几个人跟我说话的语气那么奇怪。"

"他们那不是奇怪,如果你遭遇了他们曾经遭遇的事情,恐怕也会和他们一样。"男人看了陈歌一眼。"事实上,那些怀着必死信念的人很少会拨打我们的求助热线,选择在生命的最后拨通自杀干预热线的人,他们内心深处,其实还保留着一丝对这世界的热爱。他们的格格不入,他们种种奇怪的表现,其实也是在向身边的人求助。"

"求助?"

"没错,自杀不是一个短暂促成的临时性举动,各种原因在很早的时候就会埋下,那些不好的情绪和事情积蓄在心中,然后突然在某一天,因为某一个点被触发,那一瞬间人会被负面情绪淹没。很多自杀其实早有预兆,但是身边的人却很少会察觉,如果他们能早一点发现,做出改变,悲剧完全能够避免。"

男人外衣上的血色在慢慢消退,他左脸上的血色文身颜色也在变淡。陈歌还是第一次遇到这种情况,之前他见过的所有红衣,不管在什么时候,那血红色外衣都不会改变,眼前这个红衣似乎和其他红衣有些不一样。

男人并不在意陈歌的目光,他应该只是想要找个人说说话:"我听过很多自杀的理由,有人厂子破产,为了东山再起,欠下了巨额高利贷。那个人走投无路了,在生命的最后时刻,仍旧不敢回家,当时我接通那个电话,听到那个四五十岁的男人一直在哭,他唯一的心愿是看看自己孩子。类似的事情太多太多了,每到夜深的时候,人总会变得更加脆弱,午夜十二点到凌晨三点是我们最忙碌的时段,我第一次救助失败也是在那个时候。"

铁轨横在中间，男人和陈歌很有默契地保持着距离。

"你还记得自己第一个打通的电话吗？"

"有印象。"

"那个作家生前曾给我打过电话，我听出了他语气中的疯狂，但是我低估了他的决心。我本以为他只是想要找人倾诉，因为他的声音真的很冷静，在和他对话的过程中我感受不到他有一丝异常，只是很普通的情绪低落而已。"男人在说这话的时候，他半边脸上的血色文身出现轻微变化，一根根血丝交织，慢慢勾勒出了另外一个人的面孔。

"我记得很清楚，那是我第一次干预失败，甚至直到现在我都能把我和他之间的对话全部背出来。"男人的声音有些痛苦。"我是在第二天的报纸上看到他的，很后悔，他把最后的希望交给了我，但是我却忽视了，那个悲剧我也有责任。从那以后，我和人交谈时会更加小心，但情况却并没有好转。一个月后的某一天，我再次干预失败，那天是那个人的三十岁生日。他特意选择了这一天，穿着工作服，在最留恋的地方告别。"男人说的应该是患有大雄——胖虎综合征的病人，陈歌能从对方语气中听出一丝痛苦。

"活生生的生命在眼前消失，我分明是有机会的。"男人侧脸上的血色文身又一次发生变化，陈歌发现他每说到一个人，脸上的血色文身就会变化一次，以他和怨念打交道的经验来看，那些自杀之人的执念似乎是进入了男人的身体当中。换句话来说，也可能是男人以一己之力，扛起了电话那边所有自杀者的执念。

"第二次干预失败就在第二天，我原本是准备亲自去看看上一位自杀者的。"男人语调又一次出现了变化。"他真的是一个很善良的人，我曾询问过他，在生命的最后时刻有没有什么心愿。他的回答是，他担心死在房东家会导致房东的房子租不出去，所以特意跑到了其他地方，他已经把水电费和房租放在了行李箱上，但是他没有一个朋友，所以希望我能通知一下房东，把水电费和房租交给房东。我那天和他聊了很多，直到他睡着，我应该报警的，可是我连他在哪里都不知道。还没从上一个自杀者的事情中摆脱出来，我又遇到了另一位自杀者。他患有癌症，饱受病痛折磨，和其他自杀者不同，这一位是在白天给我打的电话，他经过了深思熟虑。"男人说到这里,又一次看向陈歌。"我的工作是把一个人从死亡的泥潭里拽出,但在那一天,我并没有去做这样的事情。也许是因为精神压力太大,也许是因为连续受到了刺激,我没有劝说他拥抱生命,而是尊重了他的选择。"男人每提到一位自杀者,他侧脸的血色文身就会出现一次变化。

"我没有去做自己应该做的事情,可我做错了吗?"男人神情更加茫然。"我们那里所有的通话记录都会被保存,我的那通电话也不例外,但后来不知道发生了什么事情,在他出事后不久,我和他之间的最后那次通话被人公开了。通话录音被公开后,第一个找到我的人,是我的老师。凌晨五点多,我盖着自己的外套在休息室里补觉,隐约听到了开门声,可那时候我太困了,并没有放在心上。直到中午,我睁开双眼的时候才发现老师就坐在休息室的书桌前,正在翻看门林格尔的《人对抗自己》,那是一本研究自杀心理学的书。

"阳光照进屋内,当时我还不知道外面发生了什么,只是觉得老师今天有些奇怪。他是我们那里资历最老的心理咨询师,我就是他一手带出来的,所以不管什么时候,我都会叫他一声老师。"

"你老师把这件事告诉了你?他是什么态度?"陈歌有些好奇,想要和红衣打好关系,一定要摸清楚他的性格和执念,对症下药,才能让他心甘情愿为自己打工。

"他没有跟我说任何一句和那件事有关的话,只是问了我一个问题。"男人望着漆黑的夜空。"如果有一天,当他站在大楼边缘的时候,我该如何劝解他?

"我从没想过这个问题,在我眼中老师是心理非常强大的人,这种情况在我看来几乎不会发生,我把自己的想法如实告诉了他。真有那么一天的话,我会把自己学到的所有东西全部用在他的身上,拼尽全力去救助他,如果这些仍旧无法说服,那我会尊重他的决定。我从没觉得自己的工作有多么神圣,我只是觉得自己的工作非常重要,和那些急诊室的医生一样。我会用自己最认真的态度去救助,但同样我也会去尊重病人。"男人说着说着声音慢慢变低。"老师听了我的话以后,很满意地笑了一下,他就像是多年的老朋友一样,坐在我旁边,对我说,他觉得我是一个很好的人,是他最骄傲的学生,但不是一个合格的自杀干预接线员。老师已经看出了我情绪不太对,他让我多出去走走,放空一下心灵。

"自杀干预接线员是一个很特殊的工作,除去那些骚扰电话,平均每个人每晚会接到二十个左右的中度危险电话,一到五个紧急危险电话。在连续不断的情绪冲击下,接线员自己有时候也会受到影响,郁郁寡欢,和对方一起失声痛哭,每当这个时候你还必须要告诉自己,一定要冷静下来,说服对方。人的身体就像是一个灌了水的气球,好的、坏的、各种各样的情感都会注入其中,如果无法做到自己调节,当气球炸开的时候,就是一个人彻底崩溃的时候。作为自杀干预接线员,大脑每晚都浸泡在哭诉和哀痛之中,很多人工作一段时间后就会离开,所以我刚开始并没有真正理解老师的意思。等我准备再去询问的时候,老师拍了拍我的肩膀离开了,不过他刚才翻阅的那本书却留了下来。

"再后来我知道自己的那段电话录音被传到了网上,我成了第一个把人劝死的自杀干预接线员。无数的人在漫骂,那个时候我其实很平静。别人说什么和我无关,我只认对错。从这一方面来说,我确实是个很蠢的人,会因为求助者的故事流泪,会和这些素不相识的陌生人聊到天亮,会陪着他们一起哭,会带入他们的角色,感受他们的苦痛。我没有把自己当成一个救助者,而是把自己当成了他们的朋友。"

男人在说这些话的时候,表情有些迷茫。不过很快他眼中的迷茫被血色替代,猩红的血从皮肤下渗出。"这件事还没有个结果,新的事情又出现了。在危机干预时,对抱有必死决心的人强行阻拦,就算这次成功了,但他们下次很可能会采用更加决绝的方式自杀。为了避免这种情况出现,所以我们有时会允许他们在可控范围内进行尝试,比如在有救生气垫,救护车、消防队都在的情况下,如果楼层较低的话,我们不会去强行阻止对方跳楼。我知道这听起来很难让人接受,但是换一个角度来思考,这世界上很少有人能感同身受,就连亲生父母都很难做到,生硬地劝阻大多时候都会起反效果,这是一种不理解对方痛苦的表现。而允许他们尝试,则是一种尊重,能让他们感受到的、切实的尊重。"

听到这里,陈歌已经产生了不好的预感。"你该不会真的这么做过吧?"

"在现场危机干预的时候,我做过这样的事情。其实这并没有你想的那么可怕,我们是在危机可控范围之内尝试。再给你举个例子,曾经有位求助者想要吞服安眠药自杀,他情绪极不稳定,根本无法交流,当时我和警方沟通后,找来了低浓度的安眠药,让他做了尝试。体验了一次'死亡'后,他有了很大的改变,重新开始了生活。我有很多成功的例子,只是这方法听起来像是违背了我们的职责。在后续录音公开后,这种方法引来了舆论的强烈攻击。

"我明明是在救人,人人却都觉得我在杀人。我开始思考,老师也曾来找过我,很多朋友都安慰过我,可问题的关键不在于我自己,而是对,还是错。"男人看起来和陈歌差不多大,但声音听着却要比陈歌沧桑许多,他望着无边的黑夜,静静地看了许久,脸上的表情慢慢变得狰狞,然后又渐渐恢复正常,最后嘴角勾勒出了一个无所谓的弧度。

"也许我确实不是一个合格的自杀干预接线员,不过我帮助过的那些人他们确实把我当作了人生中最后一个可以相信的朋友。"男人的外衣彻底被染红,那半边血红色的脸在不断变化。"这一点我是在死后才明白的,原来自己身上寄托了如此多的希望。"

黑夜尽头亮起了一道淡淡的光,不过陈歌和男人谁也没有回头去看。

"他们把希望都寄托在了你的身上吗?"陈歌多多少少明白了男人为何可以变为红衣,他自身怨念并不是太强,但是他在生前接触过无数的死者,最关键的是那些死者将他当作了唯一一个可以倾诉的对象。所有负面的情绪,所有悲伤的往事,还有种种再也无法实现的遗憾,那些死者将这些东西全部告诉了接线员,积压在了他的心底。一个合格的自杀干预接线员会懂得排解自己内心的困惑,他们把人的身体看作一根导管,不好的情绪积蓄太多,就会堵塞,所以他们大多时候不敢去深思,接通电话时会耐心劝导,但是挂断电话后,就再也不会去想这件事。但是铁轨那边的红衣接线员则不同,他已经被影响太多,就像陈歌一样,会代入其中,掏心窝子去劝解,把自己的情感和对方连接在一起。他是真正对求助者好的人,但是这同样也是一件非常危险的事情。他在帮助那些站在悬崖旁边的求助者时,也把自己逼到了悬崖边上。

人的承受能力是有极限的,就算是专业心理干预人员,从业多年后也会多多少少出现心理问题,男人就是在一次次的救助当中,还没来得及调整好自己的状态,就被新的困惑缠上。他伸手抓住了那些自杀者,可是他自己的身体也被一点点拖拽到了深渊里。男人的老师已经看出了问题所在,所以让他放空心灵,好好休息一下,但最终的结果表明,他似乎并没有按照自己老师说的去做。他成了自己无数次帮助过的人，一个自杀干预接线员选择了自杀。

"为什么要这样去做？死亡解决不了任何问题的。"陈歌想要去劝说男人，但是想到男人生前的职业，他又产生了一种很荒谬的感觉。

"你说的这些，我都考虑过，毕竟单就这方面来说我才是专业的。"男人身上的红衣渗出鲜血，他和其他怨念完全不同，双目看向远处的光亮，他似乎非常喜欢光。"自杀的原因大概能分为几种，一是人们对世界、生活、周围的环境产生认知偏差的时候，他会用一种纯粹灰暗的目光来看待周围的所有人，认为活着是一件痛苦的事情，我的死不属于这一类；第二种是当一个人对某件事产生内疚或者罪恶感的时候，他们会做出冲动性的行为，我显然也不属于这一类；第三种则是为了报复，用自己的死，让别人后悔莫及，这和我的情况也不吻合。自杀的原因细分能有几十条，但我不属于其中任何一条，我应该算是一个比较特殊的自杀者。其实我也一直在说服自己，我救助过那么多人，可轮到救助自己的时候，我才忽然发现语言的力量有些苍白。

"作家、乐园人偶、癌症患者，他们三个代表了三种不同的人格和生活态度，我为他们的离开惋惜，我痛恨自己的无力，我发自心底地希望他们能够活下去！我拼命劝解，可是真正倾听过他们的声音后，会发现他们都有离开的理由。有时候我很羡慕医生，只要开对了药就能救好病人，但我的工作不同，即使知道解脱对他们来说是一味药，也不能让他们使用。在网络上所有人对我进行攻击的时候，我把自己的想法说了出来，那是一场公开的处刑，只不过没有血淋淋的场景罢了。"男人的神色一直很平静。"很多人说我病了，疯了，是刽子手，是在间接杀人，其实我只是想要帮助他们。"

远处亮光越来越近，男人站在铁轨旁边，丝毫没有要躲避的意思。"没有见识过死亡的人，没有体会过那种撕心裂肺痛苦的人，又有什么资格来指手画脚？又有什么理由摆出一副高高在上的样子？"随着亮光逼近，男人语速变快，额头不断渗出鲜血，染红了他那半边不断变化的脸。"当我从血泊中再次站起的时候才彻底明白了这个道理，那一段段走投无路、绝望到窒息的人生涌入我的身体，我终于理解了他们，理解了那些曾经活过的人为何会做出如此荒唐的选择。"男人双眸血红，脸上不再平静，声音愈发癫狂。

"我拼尽一切去治愈他们，或许可以让他们更好地释放出爱，同时提高他们发现爱和吸纳爱的能力，但是我无法改变他们所处环境当中爱的浓度。所以很多人在危机干预成功后，还会继续去自寻死路，因为他个人生活的环境没有得到改变，受欺凌的人变成了遭遇冷暴力，被孤立的孩子更难交到朋友，真正能拯救他们的不是我这个自杀干预接线员，而是身边的人。深入了解他们后，你会发现，其实真正可恶的是他们身边的某些人，那些用自己手中画笔将自杀者的世界涂灰的人，才是真正的罪魁祸首！然而就算他们死亡，那些杀死了他们的人也不会露出半点儿悲伤，反而是最爱他们的亲人会难受痛苦。"

"这公平吗？"男人看着飞驰而来的火车，慢慢抬起了双手。"我是在死后才明白的这些东西，其实很多死者都很后悔，但是他们已经没有了重来的机会，只能把所有执念寄托在我的身上，让我帮他们讨回一个公道。"

"公道？你准备干什么？"这一瞬间，陈歌从男人身上感觉到了彻骨的杀意，他明白那男人在经历了种种事情之后，已经完全黑化了。

"比如说将那些只知道贪婪索取爱，但是却无法释放出爱的垃圾清理掉，不再让更多善良的人蒙受痛苦。"男人的用词是"那些"，他想要解决的人不是一个两个，而是许多。这个男人和其他红衣相比，他的残忍和暴虐隐藏在内心最深处。

"你先冷静，我觉得应该还有更好的方法。"陈歌向后退了一步，在心里呼喊张雅的名字。

"这不是我一个人的决定，而是所有人的心愿。"

血液翻腾，火车头部的灯光照亮了荒地，在光线划过的瞬间，陈歌看到男人身后密密麻麻站满了人影。

第16章 愿你此生尽兴，赤诚善良

"你听到他们的声音了吗？他们在向我诉说自己的痛苦，就算身死，那份执念依旧被保留了下来。"男人双臂慢慢张开，半边不断变化的脸最终定格成了他自己的样子。

他看着陈歌，说："我曾经亲眼看见过这样一件事，一个女孩站在大楼边缘，消防员耐心劝阻，但是楼下看热闹的人却在起哄，他们把女孩的死当作一种乐趣。我知道这么说不太恰当，但这是事实。他们拿出自己的手机拍照，催促着对方跳下，或许还会发一条朋友圈，再配上几句同情的话。这样的人不是个例，正是因为他们的存在，所以有些本来不该死的人，最后才会被逼上绝路。"

陈歌看着铁轨对面的男人，他很理解对方，但这并不代表他就完全认同对方的话。"朋友，我知道这世界上有很多肮脏的人和事，他们就在我们周围，但是除了他们，这世界上还有很多美好的东西，好和坏交织在一起，才构成了我们的生活。我觉得你老师的话挺有道理，你是一个真正为病人着想的人，也是一个好人，但是你却不是一个合格的接线员。你自己也说过，你能够改变一个人吸收爱和释放爱的能力，但你有没有发现，你自己在潜移默化中已经被求助者改变，你的世界被那些肮脏的东西占据，你的眼睛现在只能看到那些丑陋恶心的东西，其实世界本身并没有发生变化,它一直是这个样子,改变的人是你。"

铁轨那边的红衣是一个善良的好人,陈歌也是第一次见到这样一个纯善之人死后会成为红衣。他成为红衣并不是因为极致的恨和极致的爱,也不是因为仇怨和种种负面情绪,只是因为善良,一个普通人想要扛起所有自杀者痛苦的过去,这在陈歌看来简直就是一件不可能的事情,但是眼前的男人做到了。从某种意义上来说,这个红衣可能比张雅的潜力还要大,只不过对方并不懂得利用。

男人没想到陈歌会反驳他的观点,双目直勾勾地望着陈歌,双眼之中有一抹特殊的情绪在翻动,他的平静被打破,似乎有些激动,大声说:"你知道我为什么会跟你说这些吗?"

"为什么?"陈歌并不觉得自己能够用几句话就说服对方,他只是单纯地觉得这个男人很辛苦,无论生前还是死后,或许他可以换另外一种活法尝试一下。

"你手机里存的那个电话,就是我曾经使用过的号码,接通你电话的那些人,就是我干预失败的求助者。"男人说话的语气和神态,越来越奇怪,他五官慢慢扭曲,如果说他一开始给陈歌的感觉和活人差不多的话,那现在他身上最后一丝人性也消失不见了。

"前几个人就是对你的考验,如果你没有帮助他们,或者对他们的死肆意嘲笑,又或者事不关己高高挂起,那很快你就会成为我身后的某一道影子了。"男人已经从一个极端进入了另一个极端,他的这种思想非常危险。

"看来我还是挺幸运的,那我现在算是通过考验了吗?"陈歌心里清楚红衣不是那么好得到的,之前闫大年和许音这两个普通怨念也让他费了好大功夫,为了得到红衣张雅,他更是把自己下半生的幸福都压了上去。想要回报,必须要先付出,黑色手机里所有东西都是等价交换的。

"本来你会遇到七个求助者,我没想到你能通过一些声音直接判断出了其中一个求助者的位置,找到了我,这是我当初都不曾做到的。"男人表情依旧恐怖狰狞,但是目光却柔和了一点儿。"我更没想到你会冒着生命危险去救一个素不相识的陌生人,甚至在不清楚对方是什么东西的情况下,你居然敢在火车开来之前冲到铁轨上。你有没有想过,如果你动作慢了几秒钟,那你的命可就没有了。"

"不管真假,我都要去救,因为涉及人命,我不能去赌,就算我自己心里清楚这百分之九十九是一场骗局，那我也心甘情愿被骗。"陈歌声音平淡，但却充满力量，让人听着感觉很舒服。

"那你还真是一个傻子。"男人顿了一下，他眼神中带着一丝复杂。

"傻子就傻子吧，类似的傻事我还干过很多，很多人都这么说过，我自己都习惯了。"气氛稍有缓和，陈歌试探着问道。"现在我已经通过了你的考验，接下来你有什么要给我说的？"

他满怀期待地看着铁轨对面的红衣，眼中放光，扫过那男人背后密密麻麻的黑色身影。被陈歌这样盯着，男人皱了下眉头。"以前也确实没出现过这样的情况，这个号码只是我用来平息自杀者怨恨的工具，我会用它来筛选一些嘲笑死者的混蛋，然后将他们带走。你通过了考验，仅仅代表着你可以继续活下去。"

"你用这号码杀人？"陈歌声音凝固了，他是真没想到，曾经用来救人、被人寄托了最后希望的号码，此时竟然变成了杀人的工具。男人生前和死后，对同一个号码，采用不同的处理方式，让陈歌产生了一丝惋惜。

"我知道你会觉得奇怪，其实这不正好符合某些人的心意吗？"男人狰狞的脸上露出一丝笑容。"在我出事后，这个救过无数人的号码，被那些疯子说成了一个受到了魔鬼诅咒的号码，但凡拨打过这个号码的人最后都会变得不幸，遭遇意外，横死街头，他们甚至把我编造成了一个恐怖故事。而我现在做的事情，只是把他们编造出的恐怖故事，变为现实而已。"他的声音里没有报复的快感，只是很冷漠。

陈歌内心明白那个男人的想法，他没想过要害任何一个人，但最后受到伤害的却是他自己，就算死后仍旧不得安宁，如果男人的性格没有改变这才说不过去。

陈歌想了一会儿，慢慢开口说道："其实我和你是一样的人，我们都是那种奋不顾身的傻子，那种全心全意为别人考虑，最后却迷失了自己的人。"

男人听到陈歌的话，皱着的眉头有所舒展，他正要说什么，但是被陈歌打断。"不过我们也不完全相同，我选择的路和你不一样，你默默将一切扛在了心里，直到自己承受不住崩溃。其实你根本没必要那么累，你改变不了所有人，你能改变的只有自己。我不是让你变坏，只是让你明白自己的重要性。"

陈歌拿出自己的切身经历来说服对方。"我遇到过许多很坏的人，形形色色，他们有的是为了治疗自己的心病，肆意剥夺他人的生命；还有的是为了某种执念，不惜毁掉周围的所有，也有那种天生就坏到了骨子里的东西，将得不到的爱情砌入墙内，诸如此类，我见过很多。"他的语调平稳，波澜不惊，这段时间确实经历了太多太多了。

男人打量着陈歌，发现陈歌并不像是在说谎。"见过那么多坏人，你为何要冒着生命危险去救一个死人？你是不是早就看出这是个陷阱，提前揣摩出了我的用意，所以才故意这样去做？"在男人眼里，陈歌是一个很聪明的人，仅从电话里的一些杂音就判断出了自杀者的位置，他现在怀疑，觉得这有可能是陈歌的一出苦肉计。

"我是见过很多坏人，但我并没有被他们影响，我有我自己的活法，我有我自己的坚持，不管那些人说什么、做什么，我只需要做好一件事就可以了。"陈歌站在红衣对面，实力完全不在一个层面上，但是两人气场却不相上下。

"什么事？"男人自己也曾有过这样的困惑，他没多想就问了一句。

"做好自己就行了。"陈歌长相普通，但是笑起来的样子却很阳光，无论何时都能带给人鼓励。"社会很残酷，但我会保持自己的温暖，我不去在乎那些乱七八糟的事情，只求自己这一生，活得尽兴，赤诚善良，这就足够了。"

"仅仅如此吗……"男人张嘴还想要说什么，但是火车却在这时候开过，瞬间隔开了他和陈歌。地面震动，在那轰隆隆的声响当中，男人后面说的话陈歌并没有听到。

火车朝着远处飞驰，光亮渐渐消失在地平线上，周围的一切东西再次被黑暗吞噬。漆黑的夜色里，陈歌和红衣男人分立在铁轨两边，就像刚见面时一样。两人谁都没有再开口，陈歌不知道自己的劝说是否有用，他是真心想要帮助红衣男人，顺便也为以后去东郊拯救更多的人做准备，他觉得自己和红衣男人的目标完全一样，两人本就该联合起来。

"别这么痛苦了，这世界上你还有很多东西没有享受到。你身后站着那么多的人，他们把最后的希望寄托在了你的身上，你就应该活出他们不曾有过的样子，带着他们的心愿和执念，活成他们想要成为的人，我想这应该也是他们愿意看到的。"陈歌手插在口袋里，夜风吹拂着头发，他把自己想说的全部说了出来。

站在黑夜里，谁也看不见男人身后那密密麻麻的人影，红衣男人在原地愣了半天，然后从铁轨那边走了过来。每一步迈出，身上的血腥味就会消散一点儿，当他停在陈歌身前时，红衣已经变为正常的颜色，他此时看起来和正常人几乎完全一样。如果不是事先知道，陈歌也看不出来这其实是个背负着无数自杀者执念的特殊红衣。

"你不该把自己困在那个小圈子里，你不是一个人，应该让他们也感受到幸福和阳光，毕竟这才是他们生前最渴望的东西。"陈歌见男人微微点头认同了自己的话，他也露出了善意的笑容。"有趣的生活是最好的调剂，要不你就先跟着我吧，我会给你介绍一些新朋友，让你慢慢找回那些快乐和温暖。"

"跟着你？"男人语气有些诧异，常人对他避之不及，但眼前这个年轻人似乎不太一样。"你没有被我吓着，我已经很意外了，不用勉强自己。"

"不勉强的。"陈歌没想到都这时候了男人还在为自己考虑，但是他又没办法表现得太热情，害怕把对方吓走。

"你就是太考虑别人了，我收留过很多无家可归的'朋友'，他们应该也会欢迎你的到来。"过几天陈歌就准备去东郊干一票大的了，所以他肯定要挽留对方，再说红衣男人能够变得和正常人几乎完全一样，这在陈歌看来是一项很厉害的能力，旁人以为他只是个普通人或者普通怨念，但翻脸后才发现这其实是个极为恐怖的红衣。无论陈歌怎么劝说，男人都没有回话，他和其他红衣不同，生前的记忆全部保留了下来，不像张雅和许音，他有自己的想法。

"我会去你生活的地方看一看的，但不是现在。"男人难得地露出一丝笑容。"等我把压在身上的那些遗愿完成，我就按照你说的，重新去做好自己。"

"所有自杀者的遗愿吗？"陈歌想到男人身后那密密麻麻的人影，如果每个人影都留下遗愿要完成，估计男人再次和陈歌相见，是在好几年以后了。陈歌可不想自己现在抽出来的红衣，要等到好几年后再派上用场，他想了一会儿，开口问道："你一个人能完成那么多遗愿吗？"

"这是我答应他们的事，无论如何，我都会做到。"

"你理解错我的意思了。"陈歌摆了下手。"我是说要不让我跟你一起来完成他们的遗愿？这样也能快一点儿，你也不想那些自杀者的灵魂久久无法安息吧？"

"你帮我？"男人这次是真的动容了，从来没有一个人会像陈歌这样。

"放心吧，我别无所求，只是想让你明白，哪怕这个世界背弃了你，也会有人愿意和你站在一起。"陈歌朝男人伸出了自己的手。"对了，一直还没问你的名字，我该怎么称呼你？"

男人沉默了许久，握住了陈歌的手，说："我叫张文宇。"

"张文宇。"感受着掌心的冰冷，陈歌露出发自内心的笑容。"你的名字我记住了，我会帮你一起完成自杀者的遗愿，以后我们还要多多联系才行。"

红衣男人觉得陈歌这人很不错，他默默收回了自己的手，忽然不知道该说些什么。生前没有遇到明白自己的人，没想到死后竟然遇到了一个。

"你那边有没有哪些死者的遗愿是在江州当地就可以完成的？我们先找一些距离比较近的，那些需要去很远的地方才能完成的遗愿，我需要提前做准备才行。"陈歌想要帮助红衣男人完成自杀者的遗愿，这句话并不是说说而已。

男人没有开口，他并不确定自己到底该不该这么做，毕竟承受自杀者所有执念的"人"是他。

"放心吧，我没有掺杂任何私心，也不会要求你去做某些事情来回报我。我帮你只是顺手而为，你要知道，很多死者的愿望以你现在的样子恐怕很难去实现，而我就不同了，我是一个活人，你不方便出现的场合交给我就行了。"陈歌说的是实话，红衣男人听后明显动摇了，看来他在完成那些死者的遗愿时也确实遇到过很多困难。

"好，那我也不矫情了。"红衣男人平视陈歌，目光中的血色彻底消失不见。"你帮我完成那些自杀者的遗愿，相对应的，我也可以帮你去做一些不违背我自身意愿的事情。"

"你帮我？"

"对，你帮我完成一件自杀者的遗愿，我会帮你去做一件事，这很公平不是吗？"

陈歌没想到男人会这么耿直，在红衣男人的坚持下，他"勉强"同意下来。

"作家的遗愿是拍一部被众多人喜欢、票房很高的恐怖电影；乐园玩偶装扮者希望确定一下，房东有没有收到他放在行李上的水电费；癌病患者的遗愿是照顾一下他的家人，等你完成了这三个遗愿，我再去告诉你其他自杀者的遗愿，希望能让他们再也不留遗憾。"红衣男人说完，转过了身。"想要联系我，拨打那个号码就行了。"

"嗯，我已经把号码背下来了。"

陈歌目送红衣男人离开，那道黑色的身影沿着铁轨走远，最后消失不见了。

"比我想象的还要顺利，抽时间先把这几个遗愿完成吧，到时候我在东郊遇到了危险，这位老哥恐怕也不会袖手旁观。"

陈歌准备在虚拟未来乐园开业之前把东郊的事情全部解决掉，他没有耽误时间，找到自己的背包，朝着和红衣男人相反的方向离开了。

"三个遗愿里，乐园工作人员的愿望最容易实现，癌病患者的愿望也好说，比较难的就是作家，他想要拍一部口碑和票房齐飞的恐怖电影，这个难度有点儿大了。"陈歌也没想明白，对方一个作家为何最后的执念是拍一部电影出来。

"合格的鬼屋员工也一定是优秀的演员，人选我这边没问题，关键拍出来给谁看？怎么才能保证叫好又叫座？"陈歌对电影是一窍不通。"闫大年成为知名漫画家的愿望还没实现，现在又多了一个拍电影，我只是个鬼屋老板，难道还要专门去学习一下和电影有关的知识？"

恐怖电影想要大火真的太难了，陈歌暂时也不准备去尝试。"我有足够的演员，但是缺少技术指导和资金，以后倒是可以留意一下这方面的人才，真要是能火，对我的冒险屋也是一种宣传……"

陈歌打车回到儿童乐园，又一次敲开了房东的门。

"大姐，我还是为我朋友那事来的，他给你留在行李上的钱你找到了吗？"

中年女人站在防盗门口，像看神经病一样看着陈歌。"你到底什么意思？他人都没好久了，现在你跑上门问我收没收到水电费？"

"是这样的，那兄弟走之前没有什么牵挂……"

"行了，我也不骗你了，行李我都给扔了，他的东西不吉利。"房东大姐语气很是不耐。

"扔了？"陈歌一愣，不过他很快恢复正常。"当时他欠了多少水电费和房租？"

"二百八十多，怎么了，你准备替他还钱吗？"

中年女人冷着张脸看向陈歌，然后就见陈歌从自己口袋里取出了三百元。"他走之前就怕出现这样的事情，特意交代过我。钱你拿着，还希望你不要介意，不管他做出了什么选择，他都没有亏欠过任何一个人。"

陈歌给了女人水电费后，就回到新世纪乐园。当他坐在员工休息室的椅子上时，身体才彻底放松下来。

陈歌回想今晚发生的所有事情，有一个问题他没有想明白。"在我遇到自杀接线员的时候，曾在心里呼唤张雅的名字，但是却没有得到回应，她已经看出红衣男人没有威胁，还是说她手臂上的伤更加严重了？"

张雅不愿意从影子里出来，陈歌也不知道她的情况，想要帮忙也帮不上。

"她会不会是饿了，需要我抓些怪物送给她吗？"陈歌觉得自己有必要去试一试。"小布跟我说再去荔湾镇会有生命危险，不过我可以去东郊的其他地方，先把黑色手机上那个二星难度任务完成。"

有了决定，他也不想那么多了，积蓄精力准备第二天就干。

第二天早上八点，洗漱完毕的陈歌走出恐怖屋，他用力推开防护栏，看着初升的太阳。

"新的一天开始了。"

没等他感慨完，口袋里的黑色手机似乎是为了配合他，突然震动了一下。

"怎么这时候来信息了？"

拿出手机，滑动屏幕，陈歌点开了那条未读短信。

午夜售票台特殊能力触发！有特殊游客光临！